鷗外『椋鳥通信』全人名索引

山口 徹

Personenregister zu

Mukudori-Tsushin

von

Mori Ōgai

翰林書房

鷗外「椋鳥通信」全人名索引―1909年の情報革命

「椋鳥通信」（1909年３月～1913年12月）は、日露戦後から第一次世界大戦（ローカルな戦いからグローバルな戦争）へと向かう時代、鷗外が定期購読していたヨーロッパの新聞雑誌のうちから興味深い話題をピックアップして翻訳連載したものである。高い速報性、扱う話題の広さ（時代・地域・ジャンル）、今なお色あせない記事ひとつひとつの面白さなど、質量ともに傑出した内容になっている。多様な情報が次から次へと掲載・更新されていく様相は、ちょうど今日のインターネットの速報ニュースサイトに類似している。19世紀末から20世紀はじめにかけて世界が急速に一体化する諸相を実況中継した一大絵巻と言っていい。

鷗外こと森林太郎が第二軍軍医部長として日露戦争に出征したのは42歳時の1904年４月、帰国したのは1906年１月であり、1907年11月には軍医としての最高位、陸軍軍医総監・陸軍省医務局長に就任していた。国家の要職にあって政策の立案や施行に大きく関与していた人物が、石川啄木、木下杢太郎ら若い文学者と創刊したのが文芸雑誌『スバル』（1909年１～1913年12月）であり、雑誌終刊までの５年間ほぼ毎号にわたって連載したのが「椋鳥通信」なのである。そのあまりに膨大な情報量のためからかほとんど内実が明らかにされてこなかったこともあり、実情に反し、ヨーロッパ文壇事情の抜書き紹介と思い込まれてきた節がある。しかしながら、鷗外がキャッチした話題は、およそ考えられるありとあらゆるジャンル、神代から当代最先端までの森羅万象に亘っており、激動する世界情勢、文化・文明の盛衰までもが見えてくる記事内容となっている。

「椋鳥通信」の時代と世界情勢

「椋鳥通信」で取り上げられている多様な情報が、どのような性質のものであり、またいかなる背景を持つものであるか、まず、20世紀初頭の世界情勢について簡単に確認しておきたい。当時、ヨーロッパの列強は、海外進出によって得た富を背景に、石油と電気を中心とする技術革新によって大衆消費社会を実現しつつあった。これによりさらなる植民地、市場、資源を求めて対外進出策が推し進められ、世界は政治、産業、交通、社会、文化などさまざまな面で抜本的な変革期を迎えていた。

列強各国にとって世界進出の重要な地域となったのは、中央アジア、東南アジア、東アジア、バルカン半島、アフリカ大陸であり、玉突き衝突的に戦争、事変が生じた。冒頭でも触れた日露戦争と第一次大戦はこうした世界情勢を典型的に示している。日露戦争ではロシアの南下を恐れたイギリス、アメリカが日本を支持し、これに対立してドイツ、フランスがロシアを支援した。敗戦により極東方面からの南下に失敗したロシアが、バルカン方面からの南下を企図したことは第一次世界大戦の遠因となっていた。

日英同盟を後ろ楯に日露戦争を戦った日本は、戦後、ポーツマス条約で得た権益を守るためにロシアと協調路線を取り、フランスとも協約（1907）を結ぶことで、アジアにおける地位と領土権の保持拡大に努めていた。各国諸制度を取り入れつつプロイセン型モデルに比重を置いて近代化を推進していた日本であったが、三国協商陣営（英仏露）との結びつきを強めていくことで、三国同盟（独墺伊）との距離が生じつつあった。日露戦後から第一次大戦までの期間とは、各国の思惑が交錯しつつ、二つの陣営間の緊張が極限まで高められた一方で、世界中に張りめぐらされた物流と情報のネットワークによる「一体化した世界」、すなわち、かつてない規模と速度の国際交流が実現した期間でもあった。

「椋鳥通信」の意義

さて、こうした歴史的情勢を踏まえ、「椋鳥通信」の意義についても言及しておきたい。まず、「椋鳥通信」は、20世紀初頭のヨーロッパと極東間の文化交流の実相を伝える随一の史料ということである。「椋鳥通信」と続編「水のあなたより」（『我等』1913年12～1914年９月）の発表期間が、日露戦後から第一次大戦勃発までに限定されているのは、全線開通したばかりの、シベリア鉄道の国際間利用に依っていたためである*。シベリア鉄道は、それまで航路で一ヶ月から一ヶ月半要していたヨーロッパ―日本間の物流の時間を一気に半減させた。「水のあなたより」の最終回末尾には「一九一四年七月十五日発」の記載がある。この日付よりわずか二週間後に、従兄弟同士であったドイツ皇帝ヴィルヘルム２世とロシア皇帝ニコライ２世との交渉が決裂し、両国は交戦状態に突入、ドイツ・ロシア間の物流経路が断ち切られたことで、「椋鳥通信」の成立要件が失われたのである。

つぎに、世界の通信情勢と日本の事情とを照らし合わせると「椋鳥通信」がきわめてユニークな性格を示していることである。当時、日本国内の新聞でもいわゆる「外電」によって海外の事件や情勢が伝えられていたが、そこには一つ大きな障壁があった。それは、世界の通信網がフランスのアヴァス、ドイツのヴォルフ、イギリスのロイターといった三大通信社により分割して支配されており、情報の収集と販売とが占有されていたためである**。日本はロイターの傘下に置かれ、外電を得るにはロイターとの契約を踏まえなくてはならなかった。通信ケーブルの拡張や無線電信の開発により、情報の分野でも世界は一体化しつつあったが、同時に分割されてもいたのである。「椋鳥通信」の独自の価値は、別の圏域（ヴォルフ系）から直接情報を入手することで、「外電」というフィルターにより除外されてしまう情報や、異なるポリティクスにある報道までも豊かに伝えたことにあると言えるだろう。のちに述べるように、このことは、日本国内で生じた諸々の事象に対する明敏な批評として比類ない役割を果たした。

＊　拙稿「文芸誌『スバル』における「椋鳥通信」一九〇九年のスピード」（『学術研究』第53号、早稲田大学教育学部、2004・3）

＊＊　三大通信社の支配圏は以下の通り。アヴァス：フランス及びその領土、イタリア、スペイン、スイス、ポルトガル、エジプトの一部、フィリピン、ラテン・アメリカ諸国。ヴォルフ：ドイツ及びその領土、オーストリア、オランダ、北欧、ロシア、バルカン諸国など。ロイター：大英帝国（インド、南アなど含む）、トルコ、エジプトの一部、中国、日本。「椋鳥通信」にはヴォルフ圏の情報の特質が表れている。

「椋鳥通信」の特色

以上に、「椋鳥通信」が成立した時代状況について概観してきたが、列強間の激しい覇権争いが世界各地で行われるようになったのは、それを支える新技術、新システム、インフラが急速に開発されたからである。例えば1900年創設のノーベル賞各賞予想、ライト兄弟やツェッペリンなどの航空パイオニアによる航空開発、クックとピアリーの極地到達競争、アフリカ横断やチベットなど中央アジアの探索、鉄道・海底ケーブル・電話の敷設、無線電信の実験、新素材や新薬の開発など、「椋鳥通信」では「世界」のあり方を抜本的に変える発明、発見、探検などについて逐次報告されている。アンリ・ベクレルが発見した「目には見えない光線現象」を「放射能」と名付けたマリー・キュリーが、今日からちょうど百年前の1911年、金属ラジウムの精製によって二度目のノーベル賞を受賞したこともそのひとつである。

当然のことながらこれらは、各国内における政治、社会、風俗の変化とも連動している。近代以前の諸制度が崩壊しはじめると同時に新たな仕組みが作られようと、様々な場面で破壊と生成とが生じていた。たとえば、「椋鳥通信」には先にも触れたドイツ帝国のヴィルヘルム２世、ロシア帝国のニコライ２世など、最後の皇帝となった人物がずらりと登場している。1910年10月５日に起こったポルトガルの革命でマヌエル２世はじめ王族が国を追われ、共和国が成立していく過程は「椋鳥通信」で実況中継された政変でももっとも大きな話題の一つであろう。

王侯貴族たちの時代が去りゆこうとしていた一方で、大量生産・大量消費社会の成立を背景に新たに存在感を増してきたのは、A. カーネギー、J. ロックフェラー、P. モルガンら実業家たちである。彼らが巨大な資本と事業により、既存の国家や身分を越えて絶大な政治力を持つようになったことで、新たな国際秩序と「帝国」が築かれようとしていた。アメリカの鉄鋼王カーネギーとヴィルヘルム２世との会談のエピソードなどはこうした一端を伝えている。ほかにも、パリの電燈王と呼ばれたパトーによる大規模停電ストライキをはじめ各地で頻発した労働運動、各国の王と社会主義者との面談、王族や要人の暗殺事件、貴賤婚の話題など、流動化する階層や世相が幅広く具体的に記録されている。

ヨーロッパ貴族社会の最後の輝きと新興階級のきらめきが交錯するなか、映画や探偵・冒険小説など大衆社会に対応した新たなジャンルが登場しただけでなく、象徴主義、表現主義、新ロマン主義、未来派、キュビズムなど新しい潮流がつぎつぎと現れていた。文学、思想、演劇、絵画、彫刻、音楽、建築などの新動向を多岐にわたって紹介していたことも「椋鳥通信」の特色のひとつとなっている。G. アポリネールが容疑者の一人とされた「モナリザ」盗難事件、ドイツ帝に受勲を阻まれたロダンの弁、トルストイが命を落とすこととなった家出の実況中継、死に際してのビヨルンソンやストリンドベリらの感動的なエピソードなど、読み物として色あせない話題も多いが、たとえばG. マーラーの「千人の交響曲」やR. シュトラウス「ばらの騎士」の初演、A. シェーンベルクを採用したウィーン音楽院人事、R. ワーグナーの「パルジファル」公開問題といった音楽界の最新情報など、文学者鷗外のイメージを大きく塗りかえるトピックが目白押しである。

鷗外にとっての「椋鳥通信」

さて、鷗外という表現主体にとって「椋鳥通信」はどのような意味を持つものであったのかということについても言及しておこう（詳しくは別稿で述べる)。先に触れたが、『スバル』を創刊した当時、森林太郎は、陸軍省医務局長という要職にありながら、旺盛な創作活動を再開し、文学者としても「豊熟の時代」を迎えたと言われている。『スバル』刊行期間中に鷗外が直面した出来事は主だったものだけでも、文学博士号授受（東京帝国大学、1909・７)、「ヰタ・セクスアリス」発禁（1909・７）と戒飭、大逆事件（1910・５～1911・１）および南北朝正閏問題、朝日新聞による「危険なる洋書」キャンペーンによる指弾（1910・６)、文芸委員会委員就任（1911・５)、大正改元（1912・７）と並ぶ。

自己を取巻く歴史的な出来事や風潮とアクチュアルに対峙することで、言論・政治思想・文芸思潮への弾圧に疑義を唱えた「フアスチエス」「沈黙の塔」「食堂」「文芸の主義」、新時代の青年を描こうとした「青年」や「灰燼」、歴史と宗教と政治の癒着に懐疑を挟んだ「かのやうに」連作や「興津弥五右衛門の遺書」以降の歴史小説などが生まれた。これらの創作やエセーは従来、上記した国内問題との関わりの中で解釈され、意味づけられることが多かったが、「椋鳥通信」で取り上げられた数多くのトピックと具体的な関連を見ていくことができる。膨大な翻訳を含めた「豊熟の時代」の鷗外の先進的で批評的な活動が、同時代世界との対話の中に営まれていたことを指摘しておきたい。

人名索引の利用について

本書は、岩波書店版『鷗外全集』第27巻（1974）収録の「椋鳥通信」を底本とした人名索引である。登録した人名は約7200名、その生地は74ヵ国に及んだ。たんに人名と掲載ページ数を記したものではなく、【人名、本文表記、掲載ページ数、人物紹介、生地、生年、没年、トピック】の項目を用意した。「椋鳥通信」という情報資産を活用するためには、そこに記録された人物たちがどのような存在であるか調査し、またどのような話題で取りあげられているか、全容を明らかにする必要があると判断したためである。くわしくは読者諸賢の興味にしたがって索引そのものをご覧いただきたい。以下に凡例を記す。

【人名】

- データは左から右に、人名・本文表記・掲載ページ数・人物紹介・生年・没年・トピックの順に配列した。
- 人名は原則として姓、名の順で配列した。ただし、欧米および日本以外の人名で姓名の別が判然としないものは、本文の表記のまま配した。また王侯貴族など慣例的に家系名を用いない人物の場合は、名のみで登録した。
- 人名はアルファベット、カタカナ、漢字の順で配置した。
- 人名には神話・伝説上の存在も加えた。
- 氏名の一部しかない場合で、姓が判定しづらい場合は、該当の人名に移動できるよう→を施した。
- 本文の表記に誤りがあり、実際の名前とはアルファベット順の位置が異なってしまう場合には、該当の人名に移動できるように→を施した。
- 特定の人物を表す普通名詞も登録し、必要に応じて人名に移動できるよう→を施した。ただし匿名の場合やトピックとの関連性の薄いものは除いた。
- 特定の個人との続柄だけが記されている場合は、該当の個人名に続きその続柄を施して登録した。
- 劇場や美術館、ホテルや宮殿などの建物や、賞や会などに冠せられた名前なども登録した。地名（通り、広場、町など）の中に含まれた名前は原則として除外した。
- ä は ae、ö は oe、ü は ue に置き換えて登録した。
- 登録した人名はドイツ語表記が多いが、慣用的に置換えや抜け落ちを生じやすいアルファベットがあるので、一部を紹介しておく。

  置換えしやすい文字　c と k、f と v、i と j と y、c と z、k と q

  抜け落ちやすい文字　e、h、i

【本文表記】

- 本文表記には、該当ページに現れるすべての表記を登録した。
- 「その人」など指示語に付属する普通名詞、「本人」などは除外した。
- 本文表記欄は全集の表記に依ったが、固有名以外で用いられた旧字は新字に改めた。

【掲載ページ数】

- 掲載ページが複数にわたる場合はすべて登録した。
- P841〜854は全集に「椋鳥通信拾遺」として採録されたもの。これは『スバル』１、２号（1909・１〜２）に「海外消息」として掲載されたもので、鷗外以外の人物（「栗生（栗原元吉）」「茅生（茅野蕭々）」「舎生」）によるものが入っているが、全集に倣い省略しなかった。

【人物紹介】

- 該当の人物の肩書、略歴に加え、必要に応じ、「椋鳥通信」のトピックとの関わる説明を加えた。また、本文中の誤りについてもできるかぎりの指摘・訂正をおこなった。
- 今回の調査により同定しきれなかった人物でも、今後判明する可能性を期待し、本文で書かれた特色を丸カッコ内に記した。

【生地】

- 原則として現在の国名で登録した。

【生年】

・西暦で登録した。諸説ある場合は、可能な範囲で【人物紹介】に書き加えた。不明な場合は空欄にした。

【没年】

・西暦で登録した。生年は判明していても没年が不明な場合は「？」を書き入れた。

【トピック】

・該当ページでどのような話題で取り上げられているかキャッチフレーズ（トピック名）を施した。
・１つのトピックに複数の人物が登場する場合、すべて同じトピック名を施した。
・同一人物が同一ページ中に複数回現れる場合は、それぞれ別のトピック名を施した。
・本文の特性を活かし、一部に現在とは異なる字句を用いた。

本書には、検索などの利便性を高めるため、データCD-ROM（Excel形式）を付した。文学研究に限らず、歴史学全般（近代史、政治史、政治思想史、国制・社会史、文化史、メディア史、交通史、産業・技術史、医学史、文学史、音楽史、演劇史、美術史など）、社会学、経済学など人文学諸領域での幅広い利用を期待するとともに、諸賢の御教示を仰ぎながら学問の漸進に寄与することを願う。

人名	頁数	本文表記	人物紹介（肩書・略歴など）	出生地	生年	没年	トピック
Aasen, Ivar Andreas	823	Ivar Aasen	詩人、言語（方言）学者、植物学者	ノルウェー	1813	1896	オーセン生誕百年記念
Abarekian, Meg	586	Meg Abarekian	（インドの女流抒情詩人）				インドで有名な女性著述家
Abbe, Ernst Karl	164	Ernst Abbe	物理学者、天文学者、検眼士、起業家。カール・ツァイスらとともに顕微鏡など光学機器の研究開発、実業化を行った	ドイツ	1840	1905	E. Abbe 記念堂
	454	Ernst Abbe					E. Abbe の胸像
	578	Ernst Abbe					E. Abbe の胸像除幕
	582	Ernst Abbe					イエナ大学のモザイク画盗難
Abderhalden, Emil	270	Emil Abderhalden	生理学者	スイス	1877	1950	ベルリン学士院奨励金一覧
Abdul Hamid II	65	Abdul Hamid	オスマン帝国34代スルタン（1876-1909）。在位中、露土戦争、希土戦争、青年トルコ党の革命などがあり、議会で廃位が決議された最初の皇帝	トルコ	1842	1918	トルコで王が幽閉・ペルシャでは退位
	94	Abdul Hamid					ハレムの女たちのウィーン流出を差し止め
	101	Abdul Hamid					六十七歳で種痘
	113	Abdul Hamid					外国に出たハレムの女たち
	188	Abdul Hamid					追蹤狂（追跡恐怖症）
Abdul Rahmann II	240	Abdul Rhamann 二世	後ウマイヤ朝４代アミール（822-852）アブド・アッラフマーン２世	スペイン	790	852	町に敷石をした歴史
Abel	500	Abel, Faivre	→ Faivre, Abel				展覧会情報（パリ）
Abel	609	Abel	旧約聖書に登場する人物。兄にアベル、弟にセトがいる				処女作にして遺稿の「カインとアベル」
Abel, P.	452	P. Abel	（劇作家）				新興行ドラマ一覧
Abélard, Pierre	800	Peter Abaelard、アベラルド	キリスト教神学者、論理学者。唯名論の創始者でスコラ学の基礎を築いた。エロイーズとの往復書簡が有名	フランス	1079	1142	「アベラールとエロイーズの書簡」擬作の疑い
Abels, L. W.	365	L. W. Abels	（劇作家）				新興行ドラマ一覧
Abels, Ludwig	612	Ludwig Abels					レンブラント「聖フランチェスコ」鑑定に疑惑
Abend, Anna	100	Anna Abend	（ベルリンの霊媒師、詐欺師）				霊媒師が詐欺で罰金
Aborne	183	Aborne	（子供用オペラ座設立計画者）				子供用オペラ座設立計画
Ábrányi, Emil	40	Abrányi	作曲家、指揮者	ハンガリー	1882	1970	「モンナ・ワンナ」オペラ化・出版により起訴
	668	E. Abranyiji					新興行オペラ一覧
Abruzzen	400	Abruzzen 公爵	アブルッツェン公爵 Luigi Amadeo von Savoyen	スペイン	1873	1933	結婚の予定
Achen	458	Achen	（建築家）				盗まれたミケランジェロの指輪
Achenbach, Andreas	201	Adreas Achenbach	風景画家	ドイツ	1815	1910	訃報
	202	Adreas Achenbach					遺作品展覧会

人名	頁数	本文表記	人物紹介（肩書・略歴など）	出生地	生年	没年	トピック
Achilles	93	Achilleion	ギリシア神話に登場する英雄。ホメロスの叙事詩「イリアス」の主人公の一人				ハイネ像移設に曲折
	119	Achilles					脚本「アキレスの怒り」採用
	186	Achilles					新興行ドラマ一覧
	349	Achilles					新興行ドラマ一覧
	403	Achilles					アキレウス像
	471	Achill					新作戯曲「アキレウス」の作者
	472	Achill					新興行ドラマ一覧
	660	Achilles					「アキレスの怒り」初興行
	719	Achilleien 城					訃報（L. Hasserlriis）・ハイネ記念像（Korfu →ハンブルク）
	754	Achilles					シラー賞（ゲーテ・ブント）結果
	816	Achilles					桂冠詩人の後任決定
Achillopylo（息子）	56	情夫、Achillopylo の息子	（アレクサンドリアの富豪の息子）				女優宅で情夫が自殺・五人目
Ackermann, Sophie Charlotte	536	Sophie Charlotte Ackermann	女優	ドイツ	1714	1792	滑稽戯曲の懸賞にまつわる話
Adalbert（Preussen）	27	Prinz Adalbert	プロイセン王国王族。軍人。江戸幕府と修好通商条約を結んだ	ドイツ	1811	1873	最高齢給仕が隠居・訪日逸話
Adam	116	Adam	旧約聖書に登場する人類最初の人間				「アダムとイヴ」初興行
	119	Adam					「アダムとイヴ」批評
	734	Adam					五十歳誕生日（H. Conradi）
Adam, Abdallah	408	Abdallah Adam	（Fullah 語講師）				Fullah 語講義
Adam, E.	348	E. Adam	作家				新興行ドラマ一覧
Adam, Juliette	821	Juliette Adam	著述家、フェミニスト	フランス	1836	1936	ドレフュス事件時に左右に分かれた名士一覧
Adam, Julius	837	Julius Adam	動物画家。通称 Katzen-Adam	ドイツ	1852	1913	訃報
Adam, Paul	827	Paul Adam	作家	フランス	1862	1920	G. ブランデス「現代のフランス文学」分類図
Adamastor	362 363	駆逐艦 Adamastor、アダマストル	16世紀のポルトガルの詩人 Luís de Camões がギリシア神話の巨人族から着想を得て創造した精霊				1910年10月5日革命
Adami	64	Adami	（イタリアの貴族）				遺産をめぐり遺族が法王を起訴
Adami（遺族）	64	遺族	（イタリアの貴族 Adami の遺族）				遺産をめぐり遺族が法王を起訴
Adami, Giuseppe	835	Giuseppe Adami	劇作家、作家	イタリア	1878	1846	「汝の胸と小屋と」が大当り
Adamy, Fritz	503	Fritz Adamy	（俳優 F. Haase の孫、非職士官）				訃報
	504	ハアゼの孫					孫も没したため F. ハーゼの遺産は舞台組合の所有
Adelsvaerd	608	Baron Adelsvaerd	（蔵相）				スウェーデン自由主義内閣

A

人名	頁数	本文表記	人物紹介（肩書・略歴など）	出生地	生年	没年	トピック
Aderer, Adolphe	349	Aderer	（劇作家）		1855	1923	新興行ドラマ一覧
Aderer, Paul	387	Paul Aderer					J. Claretie の祝宴
Aderers, Adolf	583	Adolf Aderers	（臨時雇いの記者）				外国語侵入警戒し「仏語の友」結成
Adler, Friedrich	154	Friedrich Adler	法学者、政治家、翻訳家、作家	チェコ	1857	1938	興行情報
	681	Friedrich Adler					バウエルンフェルト賞受賞者
Adler, L.	347	L. Adler	（劇作家）				新興行ドラマ一覧
	413	L. Adler					新興行ドラマ一覧
	453	L. Adler					新興行ドラマ一覧
Adlersfeld-Ballestrem, Eufemia von	72	Euphemia von Adlersfeld-Ballestrem	女流作家	ポーランド	1854	1941	パリの少女雑誌 *Corona*
Adlon, Lorenz	85	Adlon	ホテル経営者。1900年頃ベルリンで Adlon ホテルを創業	ドイツ	1849	1921	色気たっぷり午後５時のお茶
	214	Hotel Adlon					ベルリン分離派祝宴での講演
	358	Adlon ホテル					M. プレヴォー夫妻ベルリン滞在
	757	Hotel Adlon					五十歳祝賀（G. ハウプトマン）
Adolf	11	Dr. Adolf	→ Oechelhaeuser, Adolf				誤植のために意外な侮辱
Adonis	545	Adonis	ギリシア神話に登場する美少年				訃報・略歴（A. Wilbrandt）
Adorée Villany	627	Adorée-Villany	女性舞踏家、ヌード・ダンサー。Olga Desmond とともに画中の人物のようなポーズをとるヌード・ショーで話題を呼んだ	フランス	1891頃	?	Adoré-Villany 舞踏禁止に抗議
	643	Adorée-Via Villeny					裸体舞踏の必要性を主張
	651	Adorée-Villany					裸体舞踏を褒めた摂政を新聞が論難
	797	Adoré Villanyi					パリで広告を出して罰金
Adorni	340	Adorni	（殺人を犯したカトリック僧）				物騒なローマ修道社会
Aenesidemus	617	Aenesidemus	哲学者。紀元前１世紀頃のギリシアで活躍。懐疑論新ピュロン主義の創始者				カント協会が哲学叢書を刊行予定
Aehrenthal, Alois Lexa von	123	von Aehrenthal 伯	政治家　（オーストリア外相）	チェコ	1854	1912	歴史家が秘密党を奸発し投獄
	681	Aehrenthal 伯					訃報・オーストリア外相交代
Aeschylos	505	Aeschylos	ソフォクレス、エウリピデスと並ぶ古代ギリシャの三大悲劇詩人のひとり。オレスティア三部作は代表作	ギリシャ	前525	前456	アイスキュロス「オレステイア」興行
	508	Aeschylos					アイスキュロス「オレスティア」興行がバッティング
Affleck	135	Lady Affleck、Madame Julia	（Madame Julia の名で洋服店を経営）				洋服店マダム・ジュリアが評判
Affonso	368	Affonso 公、アツフオンソオ公爵	→ Oporto, Affonso				ポルトガル王族の行く先
	377	アツフオンソオ					ポルトガル王族がイギリスとイタリアに出立

A

人名	頁数	本文表記	人物紹介（肩書・略歴など）	出生地	生年	没年	トピック
Agafia	777	Agafia	→ Gruschetzkaja, Agafia				ゴーゴリ「Agafia の婚約」興行
Aganoor, Vittoria	190	Vittorio Aganoor	女流詩人。夫は Guido Pompilj	イタリア	1855	1910	P. ハイゼ八十歳賀帖署名者
	247	Vittoria Aganoor、妻					G. Pompilj が妻の後追い自殺
Agatha	198	聖 Agatha	キリスト教の聖人	イタリア		251	エトナで噴火・溶岩除け祈禱
Agnew	525	Agnew 方					ロンドン訪問中のドイツ帝と妃
Agrippa von Nettesheim	745	Agrippa von Nettesheim	人文主義者、神学者、法律家、軍人、医師。Heinrich Cornelius Agrippa	ドイツ	1486	1535	F. Mauthner 監修の哲学叢書
Ahasver	792	Ahasver	刑場に行くキリストを休息させなかったために、流浪する運命を負った靴屋。「さまよえるユダヤ人」				ベルリンで「アハシェロス」朗読
	832	Der ewige Wanderer					作品上演
Ahlefeldt-Laurvig, William	285	Graf Ahlefeld-Laurvig	政治家　（外相）	デンマーク	1860	1923	デンマーク新内閣
Ahmad Mirsa（shah）	66	波斯王、Achmed Mirsa	ガージャール朝 7 代シャー（1909-1925）		1898	1930	シャーからスルタンと改称
Ahn, Albert	278	Albert Ahn	ケルンの書肆。同名の息子も出版業者。R. ワーグナーと交際があった		1840	1910	大病
	279	Albert Ahn					訃報
Ahn, Albert Jr.	531	Buehnenverlag Ahn und Simrock	書肆。父の死後、1911年に N. Simrock と合併し演劇関係の出版社を立ち上げ	ドイツ	1867	1935	A. Ahn と N. Simrock が合併した演劇出版社
Aho, Juhani	735	Juhani Aho	作家、ジャーナリスト。本名 Johannes Brofeldt	フィンランド	1861	1921	「我がフィンランド」独訳
Ahrens, Nils	724	Nils Ahrens	（俳優）				「グスタフ・アドルフ」模範的興行
Aicard, Jean François Victor	463	Jean Aicard	詩人、劇作家	フランス	1848	1921	アカデミー・フランセーズ会員
Aiwasowski, Iwan Konstantinowitsch	317	Aiwasowski	画家	ロシア	1817	1900	訃報（A. Kuindshi）
Ajalbert, Jean	264	Jean Ajalbert	（劇作家）				新興行ドラマ一覧
Akinow	402	Akinow 議長	（ロシア枢密院議長）				トルストイの遺骸乗せた列車のモスクワ通過許されず
	405	Akinow					トルストイの死に反応さまざま
Akunian	6	Akunian、夫	文筆家。本名 Iwan Akunoff。女流作家 Ilse Frapan-Akunian の夫	アルメニア	1869	?	訃報（I. Frapan-Akunian）
Al Raschid Bei	123	Al Raschid Bei、Arndt	→ Omar al Raschid Bey				女流作家 H. Boehlau の夫
Al Raschid Bey	106	Al Raschid Bey	→ Omar al Raschid Bey				五十歳祝賀（H. Boehlau）
Alaicaca, Arthur	60	Arthur Alaicaca	（インドの官吏）				インド革命派学生が発砲事件
Albengo	589	Albengo	（イタリア駆逐艦船長）				美人にそそのかされ軍艦沈没
Albers, Paul	238	Paul Albers	（劇作家）				新興行ドラマ一覧
Albert I（Belgium）	46	太子 Albert	3 代ベルギー国王（1909-1933）	ベルギー	1875	1934	船の調査のため旅行
	119	Albert 第一世					訃報（レオポルド 2 世）

人名	頁数	本文表記	人物紹介（肩書・略歴など）	出生地	生年	没年	トピック
	121	新王					レオポルド２世遺産争い
	160	国王					レオポルド２世遺産争い
	219	白耳義王					国際展覧会開会
	229	Albert 王					ブリュッセル殖民博物館落成式
	293 294	Albert 第一世、 今の王					ベルギー国王がブリュッセル博覧会に国内文士を招待
	311	Albert I、王					ベルギー国内で上流を占める社会主義者・国王の理解
	390	国王					社会党が普通選挙の要求
	626	ベルジツク王					ヴェルハーレンに爵位の噂
	715	国王					メーテルリンクのノーベル賞祝賀会に国王と妃が臨席
Albert I（Monaco）	129	Monaco 侯爵	モナコ侯（1889-1922）、海洋学者。パリに考古学研究所、海洋研究所、人類発展史研究所を設立。学術に対する寄与により英国科学アカデミー、ロシア科学アカデミー、米国科学アカデミー会員となるなど表彰を受けた	モナコ	1848	1922	賭博場からの納入増額を意図
	280	Monaco の君主、 Prince Albert I					欧州列強の中学制度研究
	422	Albert 侯爵					考古学研究所（パリ）
	443	Monaco 侯爵					海事学研究所（パリ）
	444	Prince Albert					ペテルブルク学士院会員
	447	Albert 侯					人類発展史研究所（パリ）
	771	Monaco 侯					モナコ侯「パルジファル」興行禁止決議受入
Albert of Saxe-Coburg and Gotha	60	Victoria and Albert-Museum	英国ビクトリア女王の夫アルバート公。ザクセン＝コーブルク＝ゴータ公エルンスト１世の次男	ドイツ	1819	1861	ヴィクトリア＆アルバート博物館開館式
	287	Albert-Medaille					キュリー夫人がデイビー勲章に加えアルバート勲章も受賞
	306	Albert 記念牌					キュリー夫人にアルバート勲章
	367	Victoria and Albert 号					英王がポルトガル王族を迎えるべく客船を派遣
	375	英艦 Victoria and Albert					英艦がマヌエル王夫妻を奉迎
	377	ヰクトリア・エンド・アルバアト号					ポルトガル王族がイギリスとイタリアに出立
	675	Victoria and Albert-Museum（London）					P. モルガンが美術品をアメリカに持ち帰り
Alberti	400	Alberti					笞刑廃止案
Albiol, Jose	554	Jose Albiol	（線書学校教師）				セルヴァンテスの肖像発見
Alboino	60	Alboin	ランゴバルト王国王（568-572）	イタリア	526頃	572	珍客用の最古の留名録

A

人名	頁数	本文表記	人物紹介（肩書・略歴など）	出生地	生年	没年	トピック
Albquerque, Maria José de Camara	363	Donna Maria José de Camara Albquerque	（T. ブラガの母）				T. ブラガ略歴
Albrecht I von Brandenburg	501	Albrecht der Baer	初代ブランデンブルク辺境伯。アルブレヒト熊公とも呼ばれる		1100頃	1170	Pichelswerder 戸外劇場興行
	533	Albrecht der Baer					Pichelswerder 戸外劇場予定
Albrecht, Henry	88	Henry Albrecht	（滑稽雑誌画家）				訃報・自殺
Albrecht, Johann Friedrich Ernst	527	J. F. E. Albrecht	医者、作家	ドイツ	1752	1814	同一題材の戯曲紹介
Albrecht, Margarete	436	Margarete Albrecht	（女優）				ハウプトマン「鼠」配役
Aldeburg, Walter	373	Walter Aldeburg					ベルリン大学百年祭名誉学位
Alegre, Manuel Sanchez	791	Manuel Sanchez Alegre					スペイン王狙撃事件
Aleksandros III	823	アレクサンドロス大帝	マケドニア国王（前336-前323）、エジプトのファラオを兼ねた。アレクサンダー大王として知られる	マケドニア	前336	前323	アレキサンダー大王胸像発掘
Alexander	206	Alexander	（劇作家）				新興行ドラマ一覧
Alexander, Richard	559 560	Richard Alexander、アレクサンドル	（俳優、宮廷劇場座長、劇作家）				滑稽こそ大詩人が備えた性質
	600	Richard Alexander					引退の予定
	618	Richard Alexander					ベルリン宮廷劇場人事
	668	R. Alexander					新興行ドラマ一覧
Alexander, Paul	415	P. Alexander	（劇作家）				新興行ドラマ一覧
	540	Paul Alexander					タリア座（ハンブルク）興行評
Alexander I	421	Alexander 座	ロマノフ朝10代皇帝（1801-1825）、ポーランド立憲王国初代国王、フィンランド大公国初代大公	ロシア	1777	1825	ベルリン演劇学校視察とロシア興行事情
	666	Alexander 一世					トルストイ遺稿小説検閲削除
	815	Alexander I					「アレクサンドル1世」二重翻訳
	705	アレクサンデル大帝					メレシュコフスキー携行の原稿などが押収
Alexander II	193	Alexandrit、アレクサンドリツト	ロマノフ朝12代皇帝（1855-1881）。宝石アレキサンドライトの名の由来	ロシア	1818	1881	人工宝石と偽造宝石との違い
Alexandra	455	Alexandra	→ Tolstaya, Alexandra				娘がトルストイ遺言公開拒否・日記に未亡人破り捨ての形跡
Alexandra Feodrovna (Alix von Hessen -Darmstadt)	107	露国皇后	ロシア皇帝ニコライ2世妃。ヘッセン大公ルートヴィヒ4世の四女。二月革命後に幽閉、家族とともに銃殺された	ドイツ	1872	1916	重い神経衰弱・発作
	379	ロシア妃					神経性脊柱炎との報
Alexandra of Denmark	50	英国皇后	イギリス王エドワード7世妃。デンマーク国王クリスチャン9世の長女。ロシア皇妃となった妹マリアとは特に仲が良かったと伝えら	デンマーク	1844	1925	ロシア皇太后に暗殺の恐れ
	95	Alexandra、妃					「羊」と「子供」とを取り違えた笑い話

人名	頁数	本文表記	人物紹介（肩書・略歴など）	出生地	生年	没年	トピック
	182	英国王妃	れる				英国王妃が秘蔵の扇を公開
	252	Alexandra 妃					ピエール・ロティがアレクサンドラ妃の影響で英国嫌いを返上
	287	英国皇后陛下					キュリー夫人がデイビー勲章に加えアルバート勲章も受賞
Alexandre, Arsène	187	Arsène Alexandre	芸術評論家	フランス	1859	1937	A. ヴァトーは二点とも真作
Alexei Ⅰ	419	Alexi 大侯	モスクワ・ツァーリ国ツァーリ Alexei Mikhailovich（1645-1676）	ロシア	1629	1676	トルストイ履歴中の要点
Alexis, Willibald	490	Willibald Alexis	歴史作家	ドイツ	1798	1871	墓修繕のため醵金
	554	Willibald Alexis					W. Alexis 記念像除幕
Alfani, Guido	109	G. Alfani	地質学者	イタリア	1876	1940	フィレンツェ大学に地震学講座
Alfonso XIII	11	Alfons	スペイン王（1886-1931）。結婚式の際に暗殺未遂事件が生じた。失政が多続き、1931年に亡命後にスペイン第二共和政が成立	スペイン	1886	1941	帝王の眠
	52	西班牙王					ヴァレンシア博覧会開会
	130	Principe Alfonso 座					常設子供芝居設立
	201	西班牙王 Alfonso					23名の死刑を赦免
	429	西班牙王 Alfons					スペイン王暗殺計画者逮捕
	475	王					スペイン王の暗殺を企てた無政府主義者が自殺
	640	王					皇族の著作物につきスペイン宮廷で揉め事
	791	スパニア王 Alfons					スペイン王狙撃事件
Alfred	228	Alfred	（R. Schumann の孫、大学生）				シューマン百年祭（ミュンヘン）
Alkestis	412	Alkestis	ギリシャ神話に登場する貞女。夫アドメートスの身代わりとなった。エウリピデスの書いた悲劇でも知られる				新興行ドラマ一覧
	453	Alkestis					新興行ドラマ一覧
	539	Alkestis					レッシング劇場新作興行予定
	543	Alkestis					ドイツ脚本家協会賞（1911）
	680	Alkestis					俳優救助費のため夜興行
	685	Alkestis					興行情報
Allihn, Max	395	Allihn（作名 Fritz Anders）	著述家、政治家。筆名 Fritz Anders		1841	1910	訃報
Alma	97	Alma	→ Sendina, Alma				ゲーテの伝説化・幽霊の噂
Alma-Tadema, Lawrence	730	Lawrence Alma-Tadema	ビクトリア朝時代の画家。ハリウッドの初期歴史映画に影響を与えた	イギリス	1836	1912	訃報
Almeida, António José de	361	Antonio José Almeida	政治家、大統領（1919-1923）	ポルトガル	1866	1929	革命後ポルトガル仮政府
Almeida, Celestino	597	Celestino Almeida	（拓相）				ポルトガル新内閣
Almquist, Viktor Emanuel	778	Viktor Almquist	政治家	スウェーデン	1860	1951	「九人のアカデミー」創立

A

人名	頁数	本文表記	人物紹介（肩書・略歴など）	出生地	生年	没年	トピック
Aloisius von Gonzaga	289	Aloisius	カトリックの聖人	イタリア	1568	1591	新興行ドラマ一覧
Alsberg, Max	582	弁護士、Alsberg	弁護士	ドイツ	1877	1933	猥褻文書事件弁護士が小冊子公刊
Alt	468	Alt	（世界語事務所所長）				ベルンに世界語事務所設立
Altenberg, Peter	165	Peter Altenberg	作家。本名 Richard Englaender。奇装・奇行の文士として知られる。ウィーン市内のカフェに入り浸り、市民からしばしば援助を得ていたと伝えられる	オーストリア	1859	1919	病気
	171	Peter Altenberg					入院・病状
	253	Peter Altenberg					発狂の噂は虚伝
	335	Peter Altenberg					P. アルテンベルク義捐金
	721	Peter Altenberg					東京国際博覧会の建築様式
	755	Peter Altenberg、アルテンベルヒ					P. アルテンベルクと H. バールの山上での会話
Althaus, Adolf Paul Johannes	772	Althaus	神学者	ドイツ	1861	1925	ザクセン王がライプツィヒ大学講義を聴講
Altieri	781	Altieri 侯爵	（侯爵）				未来派大会で騒乱
Altmann, Georg	624	Georg Altmann	（クライネス・テアトル主宰者）				劇場人事
Altmann, Joseph	171	Joseph Altmann					ヨーロッパ版絶句帳
Alton, Aimée	133	Aimée Alton	（P. Musset の妻）				パリ国民文庫で貴重資料公開
Amalf	122	Amalf	（バンベルク劇場座長）				劇場人事
Amalie	362	Amalie	→ Amélie d'Orléans				1910年10月5日革命
Aman-Jean, Edmond-François	275	Aman Jean.	画家	フランス	1858	1936	流行の婦人服アンケート
Amato, Pasquale	251	Amato	バリトン歌手	イタリア	1878	1942	パリでイタリア・オペラ興行
Amberg	354	Amberg	（J. カインツを渡米させた人物）				訃報（J. カインツ）・詳細
Amberg, Adolf	342	Amberg	（彫刻家、L. Tuaillon の弟子）				ベルリン大学百年記念貨幣
	815	Adolf Amberg					訃報・自殺
Ambrosius, Aurelius	118	博物館 Ambrosiana	聖職者。ミラノ司教を務めた	ドイツ	339頃	397	ミラノの聖アンブロジアナ博物館創立百年
Améen, Matte	227	Matte Améen	（スウェーデン総領事）				ビョルンソンの葬送
Amélie d'Orléans	7	Amelie	ポルトガル国王カルルシュ1世妃 Marie AmélieLouise Hélène d'Orléans。ブラガンサ公ルイス・フィリペ、マヌエル2世の母。1908年2月1日リスボンでの暗殺事件で、夫カルルシュ、長男ブラガンサ公を失う。その後、1910年の革命により国王一家は亡命、ポルトガル王国最後の王妃となった。	イギリス	1865	1951	政権ある王侯ばかりの展覧会
	362 363	Amalie、アメリイ、Ameria 号、アメリイ太后、アメリア号					1910年10月5日革命
	367	アメリイ夫人					Woodnorton にポルトガル王と妃が到着
	368	アメリイ夫人					ポルトガル王族の行き先
	369	アメリイ夫人					ポルトガル王・皇后の行き先
	374	Donna Amelia 座					革命で劇場も改名
	375	アメリイ夫人					英艦がマヌエル王夫妻を奉迎
	379	アメリイ夫人					英国に亡命の途上

人名	頁数	本文表記	人物紹介（肩書・略歴など）	出生地	生年	没年	トピック
Ampère, André-Marie	798	Ampère	物理学者、数学者。電磁気を発見した。電流の単位は彼の名に因む	フランス	1775	1836	アンペールの２匹の猫
Amrhein	9	Amrhein	（歴史研究者）				ハウプトマン戯曲で注目のF. Geyer略歴
Amundsen	227	Amundsen	（デンマーク総領事）				ビョルンソンの葬送
Amundsen, Roald	247	Amundsen	極地探検家。南極点に初到達した探検隊のリーダー	ノルウェー	1872	1928	北極探検
	263	Roald Amundsen					北極探検に６、７年の予定
	690	Roald Amundsen					アムンゼン隊がスコット隊に先んじ南極到達の報
	720	Amundsen					ブエノス・アイレスに到着
	762	Amundsen					レジオン・ドヌール受勲
Anacreon	490	Anakreon	詩人、古代ギリシャを代表する詩人の一人	ギリシャ	前570頃	?	サモス島発掘事業は有望
Anastasius I	459	Anastasius 帝	ビザンティン皇帝	アルバニア	430頃	518	A. ハルナックがヴァチカン政治史につき演説
Ancker, Michael	109	Michael Ancker					訃報（P. Kroyer）
Andersen（兄弟）	57	Andersen 兄弟	（デンマークの発明家兄弟）				テレビ電話発明との報
Andersen, Hans Christian	846	ANDERSEN 博物館	童話作家、詩人	デンマーク	1805	1875	イプセン博物館設立計画
Anders-Krueger, Hermann	400	Hermann Anders-Krueger	文芸学者	ドイツ	1871	1945	葬式（W. ラーベ）
Anderson, Thomas Frederik	316	Thomas Frederik	（俳優 T. W. Anderson の息子）				俳優の銃殺事件・疑獄
Anderson, Thomas Wildon	316	Atherstone、本名 Thomas Wildon Anderson、アザアストオン、父	（殺害されたイギリスの俳優、芸名 Atherstone）				俳優の銃殺事件・疑獄
Andree, Richard	682	Richard Andree	地理学者、民族誌学者。世界地図の作成で知られる	ドイツ	1835	1912	訃報
Andreei	104	Andreei	（テノール歌手）	ロシア			マリインスキー劇場傷害事故
Andrejew, Leonid	129	Leonid Andrejew	短編作家、劇作家。トルストイと同じく教会から除籍された。弁護士として活動していたが、ジャーナリズムへと転向。裁判所取材記者や新聞文芸欄など担当するなか、ロシアの旧体制に反発して革命運動を支持した。しかし次第に厭世的で破滅的な傾向を強め、ロシア革命勃発後は、ドイツやフランスなどに移住、フィンランドで没した。小説「血笑記」「七死刑囚物語」など。鷗外訳に小説「犬」、	ロシア	1871	1919	アンドレーエフがトルストイと同じく教会から除籍
	133	Andrejew					新興行ドラマ一覧
	152	Leonid Andrejew					ついに *Anathema* 興行禁止
	411	Andrejew					*Okean* 興行禁止
	415	L. Andrejew					新興行ドラマ一覧
	429	Leonid Andrejew					「学生の恋」興行に出席
	431	L. Andrejew					新興行ドラマ一覧

人名	頁数	本文表記	人物紹介（肩書・略歴など）	出生地	生年	没年	トピック
	517	Andrejew	戯曲「人の一生」がある				「人の一生」興行中の騒動
	699	Leonid Andrejew					*Katherina Iwanowna* 興行予定
	836	Leonid Andrejew					新作「不可殺（*Ne Ubij*）」
	843	ANDREIEF					ロシア作家の作品翻訳
Andries, Bessie	404	Bessie Andries	（被害を受けた女性）				女性の容貌毀損時の賠償額
Androclus	814	Androkles	紀元1世紀頃のローマ帝政下に奴隷であったと伝えられる人物。ライオンを手なずけたエピソードで知られる				新作「アンドロクルスとライオン」興行
	830	Androclus					新脚本「ピグマリオン」「アンドロクルスとライオン」興行
	831	Androclus					興行情報
	832	Androclus					B. ショー「アンドロクルスとライオン」あらすじ
Angele	228	Angele	（Vaughan 男爵夫人の同胞）				故王の愛人狙撃未遂事件
Angeli, Heinrich von	296	von Angeli	画家	オーストリア	1840	1925	七十歳祝賀
	482	Heinrich Angeli					Allgemeine Deutsche Kunstgesellschaft 名誉会員
Angerer, Franz	702	Franz Angerer	作家				キリスト受難劇
Angerer, Gottfried	80	Gottfried Angerer	（ドイツ生まれのチューリッヒの作曲家）				訃報
	90	Gottfried Angerer					訃報
Anglada-Camarasa, Hermenegildo	624	Anglada	画家 Anglada Camarasa	スペイン	1871	1959	ローマ国際美術展覧会受賞者
Anhalt 公	675	Anhalt 公	アンハルト公国君主 Friedrich II（1904-1918）	ドイツ	1856	1918	美術及学問の金牌
Anjou, Karl von	733	Karl von Anjou	ナポリ王 Carlo III（1382-1386）、ハンガリー王 Karoly II（1385-1386）。別名 Karl von Durazzo	イタリア	1345	1386	*Johanna von Neapel* あらすじ
Anna	389	聖アンナ	イエスの母マリアの母親				聖アンナ像がベルリンで競売
	848	SANKT ANNA					著名劇作家の近況アンケート
Anna Monika Pia von Sachsen	104	Monica 女王、Anna	ザクセン王女。ザクセン王 Fridrich August III と元妻 Louise von Oesterreich-Toskana との末子	ドイツ	1903	1976	音楽家トセリと駆落ちした元皇太子妃の近況
Annunziata	146	Annunziata 勲章	サラエヴォ事件で暗殺されたオーストリア皇太子フランツ・フェルディナントの母 Maria Annunziata von Neapel-Sizilien	イタリア	1843	1871	イタリア王よりアヌンチャタ勲章
Anschuetz	64	Anschütz 教授	（文学的解釈に関わる諮問委員会委員）				文学的解釈に関わる諮問委員会
Anschuetz	571	Anschuetz	（羅針盤製作者）				羅針盤の改良製作
Antas	362	Antas	（海軍大将）				1910年10月5日革命
Anthes, Otto	129	Otto Anthes	教育者、作家	アメリカ	1867	1954	オペレッタ「王孫」ドイツ初興行

人名	頁数	本文表記	人物紹介（肩書・略歴など）	出生地	生年	没年	トピック
							など興行情報
Anthony	486	Anthony	オペラ台本家、作詞家				新興行オペラ一覧
Antigone	318	Antigone	ギリシャ神話に登場するテーバイの王女。ソフォクレスの書いた悲劇でも知られる				ダヌンツォの新脚本「アンティゴネの影」
	746	Antigone					トーマスシューレ創立七百年祭
Antoine, André	217	Théâtre Antoine	俳優、演出家、舞台監督、映画監督。自身の名を冠したテアトル・アントワーヌ(のちにThéâtre Gemier と改称)を創設	フランス	1858	1943	電灯王パトー作「朝」興行
	225	Théâtre Antoine					パリでドイツ俳優の興行
	263	Antoine					H. バタイユのため差押にあったサラ・ベルナールに慰問状
	264	Antoine					新興行ドラマ一覧
	367	Th. Antoine					新興行ドラマ一覧
	403	巴里 Antoine 座					天幕芝居による地方巡業
	424	Théâtre Antoine					F. Gémier が劇場取調に憤慨
	470	André Antoine					*Après moi* 撤回事件・脚本興行の自由に関する抗議署名
	498	Théâtre Antoine					A. Richard「ユダ」不採用
	562	Th. Antoine					新興行ドラマ一覧
	567	Antoine 座主					巡回興行劇場 Théâtre Ambulant National
	634	Th. Antoine					新興行ドラマ一覧
	834	Antoine 訳					「ヴィルヘルム・テル」仏訳上演
Anton	475	Anton	(精神病学者)				ハレ自然科学者アカデミー加入
Anton, Breinl	831	Anton Breinl	医師	オーストリア	1880	1944	熱帯衛生研究所（豪州）
Antoni	398	Antoni	(トルストイに電報を発した人物)				トルストイの容態悪化
Antonius	803	Antonius	→ Marcus Antonius				検書官の裁定のため文芸顧問に辞職者の可能性
Anzengruber, Ludwig	110	Ludwig Anzengruber	劇作家、作家	オーストリア	1839	1889	興行情報
	459	Anzengruber					興行失敗の具体例とその弁護
	602	Anzengruber、アンチエングルウベル					L. Ganghofer のウィーン回想録
	807	Ludwig Anzengruber					訃報（L. Martinelli）
Apel, Paul	471	P. Apel	(劇作家)				新興行ドラマ一覧
	652	Paul Apel					クリスマスの予定アンケート
Aphrodite	679	Aphrodite	ギリシャ神話のオリンポス十二神の一柱。愛と美を司る女神				興行情報
Apollinaire, Guillaume	411	Guillaume Apollinaire	詩人、作家、美術批評家、文芸雑誌記者。キュビズム、シュールレアリスムの主導者。一時、ピカソらとともに「ジョコンダ」盗難容疑者として拘束された。「ミラボー橋」など	イタリア	1880	1918	ゴンクール賞当落
	598	Guillaume Apollinaire（本名					「ジョコンダ」盗難関連事件でG. アポリネールが逮捕、アポリネー

A

人名	頁数	本文表記	人物紹介（肩書・略歴など）	出生地	生年	没年	トピック
		Kostrowsky)、アポリネエル、Apollinaire					ルは冤罪の疑い
	599	Apollinaire、アポリネエル					アポリネールの書記に「ジョコンダ」盗難容疑、アポリネールの書記の名
Apollon	348	Apolloth	ギリシャ神話のオリンポス十二神の一柱。光明、医術、音楽、予言、牧畜などを司る				新興行ドラマ一覧
	360	Apollotheater					名優 R. Schildkraut が除籍
	412	Apollo					新興行ドラマ一覧
	464	アポルロンの石像					発掘の石像を半額で買上
	529	Apollo 座					パリで国民芸術の示威興行
	758	Apollon					ソフォクレスの滑稽脚本「捜索犬」翻訳・あらすじ
	799	Apollo 蝶					絶滅危惧の蝶の採取禁止
Apolloni	343	Apolloni	（彫塑家、国際芸術家会議首座）				国際芸術家会議（ローマ）
	356	Appolloni					国際芸術家会議の分科公開
Appel, Paul	681	Paul Appel	（劇作家）				バウエルンフェルト賞受賞者
Apponyi, Albert	352	Albert Apponyi 伯	政治家。Albert Apponyi von Nagyappony	オーストリア	1846	1933	T. ルーズベルトの洋行は大統領選のためとの噂
Aprile, Camillo Finocchiaro	484	Finocchiaro-Aprile	政治家　（法相）	イタリア	1851	1916	イタリア新内閣
	488	Finocchiaro-Aprile					イタリア Giolitti 内閣の人材
Arbiter, Gaius Petronius	258	Petronius Arbiter	ローマ帝政時代の文人、宮廷人。皇帝ネロの側近だった。「サテュリコン」	イタリア	27	66	挿絵のため発売禁止・解除
Aretino, Pietro	567	Pietro Aretino	作家、脚本家、詩人	イタリア	1492	1556	猥褻書籍翻訳裁判・A. ネルシア紹介
Argyll	663	Argyll 公爵	9代アーガイル公爵 John Campbell。カナダ総督も務めた	イギリス	1845	1914	ロンドンで M. ラインハルト歓迎
Ariadne	636	Ariadne	ギリシャ神話に登場するミノス王の娘。怪物退治のため迷宮に向ったテセウスの帰還を助けた				新興行オペラ一覧
	653	Ariadne					クリスマスの予定アンケート
	664	Ariadne					「ナクソス島のアリアドネ」制作
	682	Ariadne					「ナクソス島のアリアドネ」初演予定
	737	Ariadne					「ナクソス島のアリアドネ」初演予定
	751	Ariadne					ヴュルテンベルク大金牌受賞
Aristobulos	814	Aristobulos (Armenia 王)	（サロメの二人目の夫）				伝承に残るサロメ
Arlotta, Enrico	111	Arlotta	政治家　（商相）	イタリア	1851	1933	イタリア新内閣
Armand	461	Armand	（パリのファッション・デザイナー）				パリの新流行・女性用ズボン

人名	頁数	本文表記	人物紹介（肩書・略歴など）	出生地	生年	没年	トピック
Armande	690	Armande	女優、モリエールの妻。Armande Béjart	フランス	1640頃	1700	*Le Ménage de Molière* 総浚い
Armin	287	Armin	俳優。J. Wassermann の異母弟 Armin Wassermann	ドイツ	1887	1916	新パトス文学会で詩の朗読
	441	Armin					A. Wassermann 所属劇場異動
Armrat, D.	185	D. Armrat	（劇作家）				新興行ドラマ一覧
Arnal, Emilie	161	Emilie Arnal	（女流作家）				フランス女性作家会ラ・フランセーズと脚本家会ラ・ハルテ
Arndt, Roderich	561	Roderich Arndt	（戸外劇場監督）				ドイツの野外劇場一覧
Arnhold, Eduard	481	Arnhold	企業家、慈善家	ドイツ	1849	1925	ベルリン王立芸術院名誉会員
Arnim, A. v.	485	A. v. Arnim	（劇作家）				新興行ドラマ一覧
Arnim, Bernd von	272	von Arnim	政治家　（農相）	ドイツ	1850	1939	ドイツ閣僚交代
Arnim, Bettina von	492	Bettina von Arnim	作家	ドイツ	1785	1859	B. v. Armin 子孫が短編小説集を出版
Arnold, Albert	264	Albert Arnold	（劇作家）				新興行ドラマ一覧
Arnold, Edwin	568	Edwin Arnold	詩人、ジャーナリスト	イギリス	1832	1904	ヨーロッパの仏教・インド研究
Arnold, Franz	451	Franz Arnold	（劇関係者）				脚本興行組合 Die Klatschbasen 創立
Arnold, Viktor	451	Viktor Arnold	（劇関係者）				脚本興行組合 Die Klatschbasen 創立
Arnyvelde, André	440	Arnyvelde	文筆家		1881	1942	人事の透明性に関する提議・反ユダヤ的示威運動
Arosa	579	Arosa	（劇作家）				新興行ドラマ一覧
Arp, Karl	767	Karl Arp	風景画家	ドイツ	1867	1913	訃報
Arriaga, Manuel de	591	Manuel d'Arriaga、アリアガ	政治家、大統領（1911-1915）	ポルトガル	1840	1917	ポルトガル大統領当選
Arroyo	263	Arroyo	（作曲家）				新興行オペラ一覧
Arthur Herbert	235	Sir Arthur Herbert	→ Dyke Acland, Arthur Herbert				ビョルンソンの葬儀
Artus, L.	453	L. Artus	（劇作家）				新興行ドラマ一覧
Artzibaschew, Michail	114	M. Artzibaschew	作家、詩人。小説 *Ssanin* の性描写を問題視した警察当局と書店との間で裁判闘争が起こった	ウクライナ	1878	1927	M. アルツバーシェフ「サーニン」翻訳裁判
	743	Artzibaschew					「有識社会の瓦解」執筆予定
Asch, Scholom	589	Scholom Asch	作家、劇作家	ポーランド	1880	1957	英国全土で興行禁止
	787	Schalom Asch					新作脚本 *Der Einarmige*
	796	Schalom Asch					新作脚本あらすじ
Aschehoug, Hieronymus	387	Aschehoug und Co.	書肆。従兄弟 Halvard とともに1872年オスロで創業				V. Krag が書肆顧問に転職
Ashley, William James	372	William James Ashley	歴史家	イギリス	1860	1929	ベルリン大学百年祭名誉学位

A

人名	頁数	本文表記	人物紹介（肩書・略歴など）	出生地	生年	没年	トピック
Asquith, Herbert Henry	21	Asquith	政治家、首相（1908-1916）	イギリス	1852	1928	女権党が国会襲撃
	59	Asquith					女権党が議会で巡査と格闘
	170	Asquith 内閣					英国内閣で一部更迭・交代
	302	Asquith					英国下院で女権問題
	383	Asquith					演説「教育の発展」
	474	首相					「新聞切抜」ウィーン興行禁止
	504	Asquith					英米間で紛争仲裁の契約
	823	Asquith					英国議会で花柳病につき質疑
Assenbaum	561	Assenbaum	（劇場監督）				ドイツの野外劇場一覧
Asser, Tobias	643	T. M. C. Asser	法学者。ハーグ国際法アカデミーの創設を提唱。ノーベル平和賞（1911）	オランダ	1838	1913	ノーベル平和賞（1911）
	675	Asser					ノーベル賞賞金を基に国際法アカデミーをハーグに設立
Astor	106	Astor	（ドイツ系の著名な財閥アスター家の一員）				大風で船が失踪、無事発見
Astor IV, John Jacob	199	Colonel John James Astor	実業家、建築家、発明家、著述家。アメリカの富豪アスター家の一員。タイタニック号沈没のため死亡	アメリカ	1864	1912	離婚披露舞踏会
	706	Astor					タイタニック号沈没（訃報一部誤り）
Astruc, Gabriel	142	Gabriel Astruc	ジャーナリスト、興行主	フランス	1864	1938	シャンゼリゼにオペラ座計画
	243	Gabriel Astruc					シャンゼリゼ劇場落成予定
	786	Gabriel Astruc					シャンゼリゼ劇場開場
Atalanta	198	Atalante	ギリシャ神話に登場する女狩人				ルーベンス作品の復元に議論
	431	Atalanta					新興行ドラマ一覧
	660	Atlanta					E. Ludwig「ビスマルク伝」
	702	Atlanta					少壮詩人 G. Heyn 遺稿出版
Athénée	785	Théâtre Athénée	ギリシャ神話のオリンポス十二神の一柱。学芸、戦いを司る女神				*La semaine folle* 劇評
	789	Théâtre Athénée					タルノウスカ夫人事件に取材の脚本など興行情報
Athis, Alfred	238	Alfred Athis	劇作家。本名 Ludwik-Alfred Natanson	フランス	1873	1932	新興行ドラマ一覧
Atlanta	660	Atlanta	→ Atalanta				E. Ludwig「ビスマルク伝」
	702	Atlanta					少壮詩人 G. Heyn 遺稿出版
Attila	766	Attila	フン族の王		406	453	匈奴王アッティラを描いた劇
Atzberger, Leonhard	454	Atzberger	神学者、聖職者	ドイツ	1854	1918	反モデルニスムス誓文に服従した教授一覧
Auber, Daniel- François-Esprit	267	Auber	作曲家	フランス	1782	1871	知名人の音楽の嗜好
Aubertin	716	Aubertin					不朽の名声と忘却
Auburtin, Victor	329	Victor Auburtin	作家、劇作家、ジャーナリスト	ドイツ	1870	1928	新興行ドラマ一覧

人名	頁数	本文表記	人物紹介（肩書・略歴など）	出生地	生年	没年	トピック
	365	V. Auburtin					新興行ドラマ一覧
	534	Victor Auburtin					小冊子 *Die Kunst stirbt*
Audoux, Marguerite	395	Marguerite Audoux	女流作家。養護施設に育ち、お針子仕事など自らの貧困生活を綴った小説「マリ・クレール」でフェミナ賞受賞	フランス	1863	1937	ゴンクール賞候補
	410	Marguerite Audoux					小説「マリ・クレール」独訳出版
	411	Marguerite Audoux、オオヅウ					ゴンクール賞当落
Auerbach, Berthold	114	Berthold Auerbach	作家、詩人	ドイツ	1812	1882	B. Auerbach 銅像
	683	Berthold Auerbach、父					B. Auerbach 生誕百年記念
Auerbach, Eugen u. B.	114	Dr. Eugen u. B. Auerbach	（B. Auerbach の息子）				B. Auerbach 銅像
Auerbach, Rudolf Berthold	114	Rudolf B. Auerbach	（B. Auerbach の息子）				B. Auerbach 銅像
	683	Rudolf Berthold Auerbach					B. Auerbach 生誕百年記念
Augagneur, Jean-Victor	558 559	Augagneur	政治家、医師　（公業相）	フランス	1855	1931	フランス新内閣
Augier, Guillaume Victor Émile	286	Augier	劇作家	フランス	1820	1889	A. フランスのドラマ論
August II（Poland）	125	August der Starke	ポーランド王（1697-1704、1709-1733）、ザクセン選帝侯としてはフリードリヒ・アウグスト１世（1694-1733）。異称アウグスト強王	ドイツ	1670	1733	ロココ文化の再評価
	255	Augustusbruecke					ドレスデンのアウグスト橋架け替えに際する名称変更に議論
August Wilhelm（Preussen）	101	Prinz August Wilhelm	ドイツ皇帝ヴィルヘルム２世の四男。軍人。ナチス突撃隊（SA）幹部となった	ドイツ	1887	1949	あだ名博士太子が勉強中
August Wilhelm（妃）	568	Prinzessin August Wilhelm	アウグスト・ヴィルヘルム妃。シュレスヴィヒ＝ホルシュタイン公フリードリヒ・フェルディナンド次女 Alexandra Viktoria	ドイツ	1887	1957	王妃が女優に帽子屋を問合せ
Auguste Victoria	17	妃	ドイツ皇帝およびプロイセン王ヴィルヘルム２世の妃 Auguste Viktoria von Schleswig-Holstein-Sonderburg-Augustenburg。本文では妃、独逸妃、皇后として登場	ポーランド	1858	1921	ヘディンがベルリン地学会でチベット（西蔵）旅行談
	26	妻（meine Frau）					ヴィルデンブルッフのヴィルヘルム帝とビスマルクとの逸話
	213	Kaiserin Augusta Viktoria 号					航海中の演劇
	381	独逸妃					ドイツ妃誕生日に赤十字勲章
	481	皇后、妃					ベルリン王立芸術院名誉会員、ドイツ帝が「信仰と故郷」激賞
	514	独逸帝並妃					スウェーデン王夫妻とドイツ帝夫妻が観覧予定の演目
	525	独逸妃					ロンドン訪問中のドイツ帝と妃

B

人名	頁数	本文表記	人物紹介（肩書・略歴など）	出生地	生年	没年	トピック
	614	皇后					ドイツ帝・皇后・内親王が料理店見物
Augustus	265	Augustus	ローマ帝国初代皇帝オクタビアヌス（前27-前14）	イタリア	前63	14	アウグストゥスの石像発掘
	280 281	Augustus 帝					アウグストゥス帝像承認
Aulby	214	Comte Aulby、Prince Borghetto、Prince de Lusignan	→ Daulby				贋作絵画販売者逮捕
Austin, Alfred	805	Alfred Austin（Poeta laureatus）	詩人。テニソンから桂冠詩人に指名された	イギリス	1835	1913	訃報
Avebury	817	Lord Avebury	銀行家、生物学者、考古学者、政治家。John Lubbock, 1st Baron Avebury	イギリス	1834	1913	Lord Avebury の遺産
Avendo, Vittorio	417	Vittorio Avendo	（ローマの画家）				訃報
Axenfeld, Theodor	724	Axenfeld	眼科医	ドイツ	1867	1930	光を恋しがることについて
Azew	66	Azew	（ロシアのスパイ）				評判のロシア・スパイの経歴
	69	Azew					ウィーンで発見され逃亡
Azis, Abdul	94	Abdul Azis					フランス政府質入の品が競売
Aznar	169	Aznar	政治家　（兵相）				スペイン新内閣
Baas 未亡人	597	Witwe Baas	（肖像画に描かれた未亡人）				古文書からレンブラントの真作でないと判定
Baath, A. U.	736	A. U. Baath	（デンマークの詩人）				訃報
Bab, Julius	649	Julius Bab	作家、劇作家、現代演劇評論家。ドイツユダヤ文化連合を創設	ドイツ	1880	1955	J. バーブが二題講演
	685	Julius Bab					E. ヴェルハーレンの朗読旅行
	851	ユリウス・バツブ（JULIUS BAB）					国家シラー賞と民衆シラー賞
Babbit	70	Babbit	（米国 Buffalo の富人）				女拳銃強盗
Bac	500	Bac	（美術関係者）				展覧会情報（パリ）
Bacciochi, Felice Pasquale	220	Bacciochi 伯	軍人。ナポレオン・ボナパルトの妹婿	フランス	1762	1841	P. Metternich-Sandor 講演
Bacchos	816	Bacchos	ローマ神話に登場する酒神				桂冠詩人の後任決定
Bacelli, Alfredo	190	Alfredo Baccelli	政治家	イタリア	1863	1955	P. ハイゼ八十歳賀帖署名者
	325	Alfredo Bacelli					政界屈指の詩人
Bach, Ernst	543	Ernst Bach	劇作家、俳優、劇場監督	チェコ	1876	1929	劇場監督交代
Bach, Johann Sebastian	102	Bach	「音楽の父」と称される作曲家。H. v. Buelow によりベートーヴェン、ブラームスとともにドイツ三大 B の一人に数えられた	ドイツ	1685	1750	著名作曲家の筆跡の巧拙
	495	Bach					名家自筆コレクション競売
	640	Bach 協会					パリ音楽界の近況
	773	Bach					バッハの子孫による演奏会
Bach, Johann Sebastian	773	Bach の遺子三人	（J. S. バッハの子孫たち）				バッハの子孫による演奏会

人名	頁数	本文表記	人物紹介（肩書・略歴など）	出生地	生年	没年	トピック
（遺子三人）							
Bachmann	513	Bachmann	（オペラ教育主任）				音楽院オペラ教育主任就任
Bachur	441	Bachur	（劇場座長）				劇場人事
Bacmeister, Hans	671	Hans Bacmeister					滑稽劇 *Hans Frei* 興行
Bacon, Francis	713	ベエコン	神学者、哲学者、法律家。シェークスピアはベーコンだったという説がある	イギリス	1561	1626	訃報（E. Bormann）・シェークスピア＝ベーコン説
	779	Shakespeare-Bacon-Problem					シェークスピア別人説の類
Bacon, Henry	674	Henry Bacon	美術学校の建築家	アメリカ	1866	1924	リンカーン記念館設立
Baden 大公爵	71	Baden 大公爵	→ Friedrich II von Baden				ライプツィヒ大学五百年記念名誉学位
	96	Hessen, Baden 両大公爵					七十歳祝賀（H. Thoma）
Baden-Powell, Robert	20	Baden-Powell	軍人、著述家、スカウト運動の創始者。「スカウティング・フォア・ボーイズ」など	イギリス	1857	1941	ボーイ・スカウト運動の波及
	290	Baden Powell					ロシア帝が *Scouting for boys* を軍隊の必読書に選定
Badet, Regina	663	Regina Badet	（パリのダンサー）				ヌード・ダンスにより告訴
Badt-Strauss, Bertha	706	Bertha Badt	女流作家	ドイツ	1885	1970	R. v. Varnhagen 語録出版
Baedecker（家）	521	書店 Baedecker	出版社 Baedecker の創業一族。「ベデカー旅行ガイド」で知られる				訃報（K. Baedecker）
Baedeker, Fritz	71	Fritz Baedeker	出版経営者。創業者 Karl Baedeker の三男で当主	ドイツ	1844	1925	ライプツィヒ大学五百年記念名誉学位
	521	Fritz Baedecker					訃報（K. Baedecker）
Baedeker, Karl Jun.	521	Karl	出版社創業者 Karl Baedeker の二男	ドイツ			訃報
Baekeland, Leo Hendrik	58	L. H. Baekeland	アメリカ合衆国の化学者、発明家。合成樹脂ベークライトを発明、実用化した	ベルギー	1863	1944	人工樹脂（セルロイド）の製造・開発
Baelz, Erwin	418	Baeltz	医師、明治政府雇い外国人	ドイツ	1849	1913	突然白髪になった逸話
	514	Erwin von Baelz					ハレ自然科学者アカデミー加入
	830	Erwin Baelz					訃報
Baer, Christian-Maximilian	449	Christian Max Baer	画家	ドイツ	1853	1911	訃報
Baer, Joseph	672	Joseph Baer & Co.	貴重書取扱業者、古物商				売出中のスピノザ全コレクションは目録だけでも価値あり
Baertson	301	Baertson	（画家）				ブリュッセル博覧会
Baerwinckel, Richard	571	Baerwinckel	新教神学者	ドイツ	1840	1911	訃報・E. ヘッケル批判
Baeyer, Adolf von	284	Adolf von Bayer	化学者、ノーベル化学賞（1905）	ドイツ	1835	1917	教師五十年祝賀
	384	Adolf von Baeyer					七十歳祝賀
Baffico	206	Baffico					新興行ドラマ一覧

B

人名	頁数	本文表記	人物紹介（肩書・略歴など）	出生地	生年	没年	トピック
Bagrow, Dmitry	602	Bagrow	無政府主義者、ストルイピンを暗殺した	ロシア	1887	1911	ストルイピン暗殺犯が絞罪
	603	Bagrow					ストルイピン暗殺者が処刑
Bahr, Hermann	114	Hermann Bahr	作家、劇作家、批評家。ベルリンからウィーンに活動の場を移し、世紀末文化を代表する青年ウィーン派の中核となった。自然主義、印象主義、表現主義など新たな運動の先頭に立ち、評論・劇作に筆をふるった。演劇、詩の潮流において大きな影響と足跡を残した	オーストリア	1863	1934	ウィーンの劇場でパリ流騒動
	117	Hermann Bahr					「コンサート」興行
	146	Hermann Bahr					好評の二興行
	160	Hermann Bahr					興行禁止につき H. バールが公開演説
	264	Hermann Bahr					新興行ドラマ一覧
	277	Hermann Bahr					遊興税反対署名者一覧
	288	Hermann Bahr					新興行ドラマ一覧
	299	Hermann Bahr					芸術界知名士女の避暑地
	335	Bahr					P. アルテンベルク義捐金
	345	Hermann Bahr					「小兒（*Die Kinder*）」興行
	349	H. Bahr					新興行ドラマ一覧
	353	Bahr					「小兒（*Die Kinder*）」興行
	356	Hermann Bahr					J. カインツの葬儀
	369	Hermann Bahr					旧作を改題し興行
	377	Hermann Bahr					旧作 *Krampus* 興行
	423	Hermann Bahr					「小兒（*Die Kinder*）」興行好評
	427	Bahr					新聞 *Il Piccolo* の文芸雑報
	438	Hermann Bahr					死刑廃止論者中の文士
	491	Hermann Bahr					旧作 *Wienerinnen* 興行
	521	Hermann Bahr					病中の G. マーラーがパリからウィーンに帰着
	522	Hermann Bahr					H. Bahr 近作 *Das Taenzchen*
	539	Hermann Bahr					レッシング劇場新作興行予定
	544	Hermann Bahr					ヴェデキント興行禁止反対署名者一覧
	550	Hermann Bahr					ヘルマン・バールの妻
	579	Hermann Bahr					ワーグナー興行権期限切れ・「パルジファル」問題
	583	Hermann Bahr					オペラ女優がリブレット脱稿・翻訳・作詩
	605	H. Bahr					新興行ドラマ一覧
	640	Hermann Bahr					イタリアでのドイツ詩人への示威運動をおそれて興行中止
	652	Hermann Bahr					クリスマスの予定アンケート

人名	頁数	本文表記	人物紹介（肩書・略歴など）	出生地	生年	没年	トピック
	656	H. Bahr					新興行ドラマ一覧
	660	Hermann Bahr					ベルリン警視総監と女優の事件を材料とした戯曲興行
	688	Hermann Bahr					H. Bahr がザルツブルクに転居
	690	Hermann Bahr					*Der Meister* 興行
	710	Bahr					M. ブルクハルトの蔵書が競売
	714	Hermann Bahr					ブルクハルト蔵書競売・寄付
	750	Hermann Bahr、Bahr					自伝執筆開始、「原則」興行
	755	Hermann Bahr、バアル					P. アルテンベルクと H. バールの山上での会話
	757	Hermann Bahr					長編小説 *Die Raeuber* 執筆中
	765	Hermann Bahr					ドイツ諸家の新年の仕事
	804	Hermann Bahr					新作脚本 *Das Phantom*
	805	Hermann Bahr					美術品のレンタル組織（Leihmuseum）を提案
	815	Hermann Bahr					雑誌 *Der Merker* が H. バール五十歳特別号
	816	Hermann Bahr					*Das Phantom* 興行
Bahr-Mildenburg, Anna	550	Anna Bahr-Mildenburg	ソプラノ歌手、H. Bahr の妻	ドイツ	1872	1947	ヘルマン・バールの妻
	688	Anna Bahr-Mildenburg					H. Bahr がザルツブルクに転居
Baierlein, Joseph	6	Joseph Baierlein	文筆家	ドイツ	1839	1919	七十歳祝賀
Baierlein, Joseph（娘）	7	娘	（文筆家 J. Baierlein の娘の一人）				七十歳祝賀（J. Baierlein）
Baille, Maurice	623	Maurice Baille	（彫刻家）				E. ゾラ記念像（エクス・アン・プロヴァンス）除幕
Bakst, Léon	529	Bakst	画家、挿絵画家、舞台美術家	ロシア	1866	1924	「聖セバスチャンの殉教」内湊
	530	Léon Bakst					「聖セバスチャン」を新聞各紙が酷評・ドビュッシー（音）と Bakst（美）については高評価
Balakirev, Mily Alekseyevich	257	Balakirew	作曲家。国民主義的音楽を目指した「ロシア五人組」の中心人物	ロシア	1837	1910	訃報
Balarino	169	Balarino	政治家 （法相）				スペイン新内閣
Baldrighi, Giuseppe	539	Baldrighi	画家	イタリア	1722	1803	十七世紀以降の肖像画展覧会
Balfour, Arthur James	504	Balfour	イギリス保守党の政治家、首相（1902-1905）	イギリス	1848	1930	英米間で紛争仲裁の契約
	302	Balfour					英国下院で女権問題
Ballby, Léon	282	Léon Ballby					Liaboeuf死刑中止哀願状・死刑

B

人名	頁数	本文表記	人物紹介（肩書・略歴など）	出生地	生年	没年	トピック
							執行
Ballentine	242	Ballentine	(M. トウェインに手紙を出した英人)				マーク・トウェインの空返事
Balling, Michael	511	Michael Ballling	指揮者、ヴァイオリン奏者	ドイツ	1866	1925	ブタペスト宮廷劇場に就任
	551	Balling					バイロイト音楽祭上演予定
Ballmann, Heinrich	77	Heinrich Ballmann	(ミュンヘン線画蒐集所所長)				ミュンヘン線画蒐集所など
Balogh	569	Balogh	(女性出版業者)				偽名で猥褻書籍出版
Balthy, Louise	174	Louise Balthy	(歌手)				猥褻な歌に関する歌手の意見
Baltz, Johanna	198	Johanna Baltz	女流作家	ドイツ	1849	1918	ルイーゼ勲章二等
Baluschek, Hans	446	Hans Baluschek	画家、作家	ドイツ	1870	1935	ベルリン分離派総会・新役員
Balzac, Honoré de	22	Balzac	作家、劇作家。19世紀フランスを代表する小説家の一人。「人間喜劇」などの写実的小説群により、ロシアのドストエフスキーやトルストイにも多大な影響を与えた	フランス	1799	1850	英雄と文豪の奇妙な癖
	135	Balzac					詩人が治財に拙いことの例
	297	Balzac、バルザック博物館、バルザツク、詩人					バルザック博物館開館式
	305	Balzac、バルザツク					バルザックの散歩杖
	556	Balzac					猫文学いろいろ
	825	Balzac					G. ブランデス「現代のフランス文学」分類図
Bamberger, Alice	820	Alice Bamberger	(アメリカ人女性)				フランス民法による結婚調停
Bamberger, Leo	408	Leo Bamberger					マキシミリアンオルデン授与者
Banco, Soares	122	Soares Banco	(蔵相)				ポルトガル新内閣
Baneau, Georges	256	Georges Baneau	彫刻家		1866	1931	ジュール・ヴェルヌ記念像除幕
Bang, Herman Joachim	649	Hermann Bang	作家。「希望なき世代」「ティーネ」	デンマーク	1857	1912	世界周遊計画
	673	Hermann Bang					訃報
	675	Bang					死の六週間前の予告
	688	Hermann Bang					葬儀・改葬
Bánk bán	239	Bánk Bán	12～13世紀にかけて実在したとされるハンガリーの英雄。Banus Bánk はドイツ語の表記				新興行ドラマ一覧
	475	Bánk bán					史劇 *Bánk bán* 興行
	527	Banus Bánk、バヌス・バンク					同一題材の戯曲紹介
Bar, Carl Ludwig von	828	Ludwig von Bar	刑法学者、国際法学者	ドイツ	1836	1913	訃報
Barada, Maharadscha	586	Maharadscha Barada	(女流作家・著述家)				インドで有名な女性著述家
Barboux, Henry	220	Henry Barboux	弁護士、アカデミーフランセーズ会員。パナマ事件、S. ベルナール事件など	フランス	1834	1910	訃報
Barbusse, Henri	849	ア・バルビユス (H. BARBUSSE)	作家。ゴンクール賞。「砲火」「地獄」	フランス	1873	1935	ゴンクール賞（詳細）
Barchan, Paul	405	Paul Barchans	文筆家、ジャーナリスト	ベラルーシ	1876	1942	P. Barchan の戯曲がロシアで発禁

人名	頁数	本文表記	人物紹介（肩書・略歴など）	出生地	生年	没年	トピック
Bardenhewer, Otto	454	Bardenhewer	神学者	ドイツ	1851	1935	反モデルニスムス誓文に服従した教授一覧
Barlach, Ernst	446	Ernst Barlach	表現主義の彫刻家、劇作家、詩人	ドイツ	1870	1938	ベルリン分離派総会・新役員
Barlow, Thomas	665	Thomas Barlow	英国王室侍医	イギリス	1845	1945	第十七国際医学会
Barnabas	445	Barnabas	初期キリスト教会の一員。新約聖書に登場				「キリストとバルナバ」に切り傷
Barnay, Ludwig	200	Ludwig Barnay、Lacroix	俳優、劇場監督。Lacroix は1860年の初舞台で用いた芸名	ハンガリー	1842	1924	俳優生活五十年
	228	Ludwig Barnay					舞台生活五十年目の記念日
	232	Ludwig Barnay					二十五年（五十年の誤り）舞台記念日
	262	Ludwig Barnay、舅、バルネエ					L. Barnay が新聞記者に勝訴
	484	Ludwig Barnay					劇場監督辞任予定
	497	Ludwig Barnay					ハノーファー宮廷劇場人事
	582	Ludwig Barnay					宮廷劇場監督引退
	641	Ludwig Barnay					劇場座長の会と俳優の会
	674	Lidwig Barnay					七十歳祝賀
Barnewitz（嬢）	467	Fraeulein Barnewitz	（F. シュピールハーゲンの孫娘）				訃報（F. シュピールハーゲン）
Barnewitz（夫人）	467	娘二人、Frau Barnewitz	（F. シュピールハーゲンの娘の一人）				病状（F. シュピールハーゲン）
Barnowsky, Victor	494	Barnowsky	俳優、舞台演出家、劇場監督	ドイツ	1875	1952	契約につき女優と座長が衝突
	609	Victor Barnowski					劇場人事（レッシング劇場）
	823	Victor Barnowsky					「ペール・ギュント」興行
Baron de Richemont	495	Baron de Richemond	ルイ16世とマリー・アントワネットの子と自称した人物。本名は Henry Hebert または Claude Perrin で生地・生年にも諸説あり	フランス	1788	1853	ナウンドルフ問題に関する演説
Barrés, Albert	259	Albert Barrés	（流行歌 Tata Toto の作者）				訃報
Barrès, Maurice	463 464	Maurice Barrès、Barrès	作家、ジャーナリスト、政治家、アジテーター	フランス	1862	1923	アカデミー・フランセーズ会員
	727	Maurice Barrès					ルソー生誕二百年祭費用につきフランス議会で議論
	821	Maurice Barrès					ドレフュス事件時に左右に分かれた名士一覧
	827	Maurice Barrès					G. ブランデス「現代のフランス文学」分類図
Barreto	361	Barreto	（陸相）				革命後ポルトガル仮政府
Barrett, William	418	William Barrett	（画工。星条旗を作った一人とされる）				星条旗由来に反証なし

B

人名	頁数	本文表記	人物紹介（肩書・略歴など）	出生地	生年	没年	トピック
Barrier	433	Barrier	（飛行士）				1910年末の飛行記録一覧
Barroso y Castillo, Antonio	487	Barroso	政治家　（法相）	スペイン	1854	1916	スペイン進歩主義内閣
Barry, James	341	James Barry、バリイ	（本名不詳）				男に化けていた女
Bartels, Hans von	113	Hans von Bartels	画家	ドイツ	1856	1913	Pulci studio 名誉会員
Bartet, Jeanne Julia	282	Bartet	女優	フランス	1854	1941	「マクベス」翻案の二脚本興行
Barth, Johann Ambrosius	268	Johann Ambrosius Barth	書籍販売商、出版社創業者	ドイツ	1760	1813	大学時代のゲーテの病気
Barthélemy-Saint-Hilaire, Jules	376	Saint Hilaire	学者、政治家、ジャーナリスト　（外相）	フランス	1805	1895	訃報・略歴（R. Lindau）
Barthold, Frieda	19 20	Frieda Barthold、女優	（殺害されたオペラ女優）				三角関係から殺人事件
Bartholomé, Paul-Albert	209	Bartholomé	彫刻家、画家。J. J. ルソー生誕二百年記念像（真理・栄光・音楽の三美神像）を制作した	フランス	1848	1928	1910年の国民サロン（パリ）
	692	Albert Bartholmé					大病
	728	Bartholomé					ルソー生誕祭記念像
	731	Bartholomé					ルソー生誕二百年記念祭
Barthou, Jean Louis	771	Barthou	政治家、首相（1913）（法相、首相）	フランス	1862	1934	フランス新内閣
	785	Barthou					フランス新内閣
	838	Barthou					首相がJ. Claretie を慰留
Bartlekt	178	Bartlekt	（R. ピアリーの北極探検同行者）				イタリア地理学会表彰
Bartsch, Rudolf Hans	126	Rudolf Hans Bartsch	軍人、作家。フランツ・シューベルトを題材とした小説「キノコ」	オーストリア	1873	1952	R. H. Bartsch の文士成名記
	391	Rudolf Hans Bartsch					ウィーン戦史編纂所を非職
	415	R. H. Bartsch					新興行オペラ一覧
	563	R. H. Bartsch					新興行オペラ一覧
	771	Rudolf Hans Bartsch					小説執筆
Bartz, Marie Luise	385	Marie Luise Bartz、女作者	（女流作家）				剽窃疑惑起訴・棄却
Barzini, Luigi	207	Luigi Barzini	作家、ジャーナリスト、戦争特派員	イタリア	1874	1947	新興行ドラマ一覧
Baseleer, Richard	301	de Baseleer	（画家）	ベルギー	1867	1951	ブリュッセル博覧会
Basil, Friedrich	544	Friedrich Basil	俳優、劇場監督、演技指導者	ドイツ	1862	1938	ヴェデキント興行禁止反対署名者一覧
Bassano（家）	538	Bassini 家	数々の絵師を輩出したイタリアのBassano家。本文のBassini は誤り				十七世紀以降の肖像画展覧会
Bassano, Leandro	538	Leandro	画家	イタリア	1557	1622	十七世紀以降の肖像画展覧会
Bassermann, Albert	311	Bassermann	俳優、名優の証イフラントの指環継承者。映画に出演した最初期の役者の一人	ドイツ	1867	1952	議員候補辞退の流言
	313	Bassermann					議員候補
	479	Albert Bassermann					第一の名優の証 Iffland の指環
	503	Bassermann、バツセルマン					イフラントの指環

人名	頁数	本文表記	人物紹介（肩書・略歴など）	出生地	生年	没年	トピック
	543	Albert Bassermann					劇評に関する俳優の意見
	592	Albert Bassermann					高額年俸歌手・俳優一覧
	678	Bassermann					L. ハルトの声帯模写公演
	732	Albert Bassermann、バツセルマン					肖像写真・画の作製販売禁止
	761	Albert Bassermann					「ファウスト」第一部興行配役
Bassermann, Otto Friedrich	13	Otto Fr. Bassermann	出版業者。出版社 Bassermann Verlag の二代目社主	ドイツ	1839	1907	七十歳祝賀
Bassewitz, Gerdt von	562	E. Bassewitz	劇作家、「シェーラザード」「ユダ」など	ドイツ	1878	1923	新興行ドラマ一覧
	593	G. Bassewitz					新興行ドラマ一覧
	604	G. von Bassewitz					興行禁止
	632	G. v. Bassewitz					新興行ドラマ一覧
Bassi, Amedeo	213	Bassi	テノール歌手	イタリア	1874	1949	興行情報
Bassini（家）	538	Bassini 家	→ Bassano（家）				十七世紀以降の肖像画展覧会
Basté, Kaethe	564	Kaethe Bastě	（劇場主宰者）				Helgoland に劇場設立
Bastin, Léon	310	Léon Bastin	（資産家、遺産で懸賞基金設立）				品行の良い人に懸賞金
Bataille, Félix Henriy	85	Henry Bataille	詩人、劇作家	フランス	1872	1922	迷信家の脚本家・音楽家たち
	186	Bataille					新興行ドラマ一覧
	187	Henry Bataille					「おろかなる処女」あらすじ
	208	Henri Bataille					新興行ドラマ一覧
	226	Henry Bataille、バタイユ					「ファウスト」脚本訴訟
	253	Henry Bataille					サラ・ベルナール「ファウスト」興行
	261	Henry Bataille					「ファウスト」脚本事件で H. バタイユがサラ・ベルナールに損害賠償請求
	263	Bataille					H. バタイユのため差押にあったサラ・ベルナールに慰問状
	265	Henry Bataille					差押え強制執行は行き違い
	305	Henry Bataille					新脚本「愛の子」
	345	Henry Bataille					英国で外国劇作家に所得税
	524	Bataille					女優レジャネが舞台を病欠
	758	Bataille					*Les Flambeaux* 初興行
	831	Henry Bataille					興行情報
Bataille, Henri	566	Henri Bataille	（故レオポルト 2 世の僕）				ベルギー故王の暴露本
Batka, Richard	415	R. Batka	音楽学者、台本作家	オーストリア	1868	1922	新興行オペラ一覧
	563	B. Batka					新興行オペラ一覧

B

人名	頁数	本文表記	人物紹介（肩書・略歴など）	出生地	生年	没年	トピック
	636	R. Batka					新興行オペラ一覧
Batseba	820	Batseba	旧約聖書に登場する女性。ダビデ王の妻、ソロモン王の母 Bathseba				ドレスデン警察がジョルジョーネとルーベンスの絵葉書禁止
Battermann, Hans	665	Hans Battermann	天文学者		1860	1922	ケーニヒスベルク大学役員
Batteux, Viktor	304	Viktor Batteux	（官吏）				着色木像摸作販売事件
Battistini, Mattia	213	Battistini	バリトン歌手	イタリア	1856	1928	興行情報
Batul, Lella	297	Lella Batul	（モロッコの El Hadi Ben-Aissa の夫人）				L. Batul 夫人帰郷要求許可
Bauch, Bruno	612	Bruno Bauch、Bauch	哲学者、新カント派。H. ファイヒンガーとともに「カント研究」を刊行	ドイツ	1877	1942	イエナ大学人事
Baudelaire, Charles Pierre	140	Baudelaire、ボオドレエル	詩人、批評家。近代フランスを代表する詩人。ドラクロワの評価、E. A. ポーの翻訳でも知られる	フランス	1821	1867	C. ルモニエの伝記・逸話紹介
	739	Baudelaire					ボードレールの末路の記事
	826	Baudelaire					G. ブランデス「現代のフランス文学」分類図
Baudin, Pierre	771	Baudin	政治家 （海相）	フランス	1863	1917	フランス新内閣
	785	Baudin					フランス新内閣
Baudissin, Eva Tuerck	328	Graefin von Baudissin	劇作家	ドイツ	1869	1943	新興行ドラマ一覧
	366	Eva Türck Baudissin					新興行ドラマ一覧
Baudissin, Friedrich	476	von Baudissin	海軍大将	ドイツ	1858	1921	ドイツ帝国海軍歴代司令官
Baudissin, Wolf Wilhelm Friedrich	736	Graf von Baudissin	神学者、文筆家	ドイツ	1847	1926	ベルリン大学役員一覧
	749	von Baudissin					ベルリン大学総長就任
Baudius, Auguste	546	Auguste Baudius	女優。A. Wilbrandt と結婚	ドイツ	1843	1937	訃報・略歴（A. Wilbrandt）
Baudorf, Paul	794	Paul Baudorf	（彫刻家）				E. Marlitt 記念像
Bauer（家）	195	Café Bauer、バウエル一家、バウエル	（ベルリン Café Bauer 創業一族）				ベルリン Café Bauer 売渡
Bauer, Julius	437	Julius Bauer	ジャーナリスト、文筆家	ハンガリー	1853	1941	グリルパルツァー賞・詳細
Bauer, Ludwig	537	L. Bauer	（劇作家）				新興行ドラマ一覧
	715	Ludwig Bauer					新自由劇場興行情報
Bauer, Rosa	21	Rosa Bauer、情婦	（ワルシャワの歌女）				ロシア騎兵大尉が情婦に殺害
Bauernfeld, Eduard von	45	Bauernfeld-Stiftung	劇作家、作家。1894年、優れた戯曲を表彰するバウエンフェルド賞が創設された	オーストリア	1802	1890	リルケにバウエルンフェルト賞
	462	Bauernfeldpreis					バウエルンフェルト賞
	535	Bauernfeld					滑稽戯曲の懸賞にまつわる話
	546	Bauernfeld					訃報・略歴（A. Wilbrandt）
	681	Bauernfeld 賞金					バウエルンフェルト賞受賞者
Bauffy, Nicolaus	766	Graf Nicolaus Bâuffy	（劇作家）				匈奴王アッティラを描いた劇
Baum, Albert	665	Baum	考古学者				Oberaden の発掘調査

人名	頁数	本文表記	人物紹介（肩書・略歴など）	出生地	生年	没年	トピック
Baum, Oskar	719	Oskar Baum	作家、音楽教育者。カフカとも親交の深かった盲目の作家として知られる	チェコ	1883	1941	小説家 O. Baum は盲人
	724	Oskar Baum					光を恋しがることについて
Baumbach	416	Baumbach	（オペラ台本原作者）				新興行オペラ一覧
Baumbach, Max	187	Max Baumbach	彫刻家。支配者の英雄的な彫像を数多く制作した	ドイツ	1859	1915	ベルリン大展覧会（1910）
	251	Max Baumbach					ベルリン美術大展覧会（1911）
	408	Baumbach					ヴィルマースドルフ芸術ホール
	503	Baumbach					ベルリン美術大展覧会（1912）
Baumeister	715	Baumeister	俳優	ポーランド	1827	1917	八十三歳祝賀
	718	Baumeister					オーストリア帝が老優を引見
Baumgarten, Otto	557	Baumgarten	神学者	ドイツ	1858	1934	傾聴に値した牧師 Jatho の弁護
Baumgartner, Peter	645	Peter Baumgartner	風俗画家	ドイツ	1834	1911	訃報
Baur, Erwin	464	Baur	医師、植物学者、遺伝・育種研究者	ドイツ	1875	1933	ベルリン大学植物学後任人事
Bauer, Antun	454	Baur	聖職者、ザグレブ大司教	クロアチア	1856	1937	反モデルニスムス誓文に服従した教授一覧
Bautzer, Karl	462	Karl Bautzer	画家				ベルリン王立芸術院加入
Bayros, Franz von	533	Marquis de Bayros、マルキイ	版画家、イラストレーター、画家。官能的なデザインで物議を呼んだ。Marquis de Bayros とも呼ばれる	オーストリア	1866	1924	猥褻な挿絵の告発と鑑定
	578	Marquis de Bayros					「デカメロン」挿絵のため没収
	582	Marquis de Bayros					猥褻文書事件弁護士が小冊子公刊
	612	Felix von Bayros					猥褻書刊行二年後に発売禁止
	802	de Bayros					展示中のバイロスの画が押収
Bazes, Gustav	70	Gustav Bazes	（クラカウの陶磁器商）				財産相続権に関した罪で捕縛
Bazin, René	463	René Bazin	作家	フランス	1853	1932	アカデミー・フランセーズ会員
Bazzani, Cesare	421	Bazzani	建築家	イタリア	1873	1939	国際博覧会後は常設美術館
Beaconsfield	801	Beaconsfield	政治家、長編小説家、首相（1868、1874-1880）。初代ビーコンズフィールド伯ベンジャミン・ディズレーリ	イギリス	1804	1881	ゲーテ協会会長にふさわしい人物
Beatty	842	BEATTY	（翻訳者）				O. エルンストの劇が英訳出版
Beauclair, Victor de	378	V. de Beauclair	飛行家（気球）。ブラジル系ドイツ人				遠距離飛行の歴史
Beaumarchais, Pierre-Augustin Caron de	286	Beaumarchais	劇作家、時計技師、発明家、音楽家、政治家	フランス	1732	1799	A. フランスのドラマ論
	495	Beaumarchais					名家自筆コレクション競売
Beaume, Joseph	741	Beaune	歴史画家	フランス	1795	1885	ヴェルサイユの戦争画に切傷
Beaunier, André	712	André Beaunier	作家、評論家	フランス	1869	1925	滑稽劇 *La Crise*
Bebel, August Ferdinand	162	Bebel	社会主義者。ドイツ社会民主党（SPD）の創設者の一人	ドイツ	1840	1913	自伝出版
	355	Bebel					社会民政党政治集会
	539	Bebel、ベエベル					ハレ大学自由学生団と大学当局の衝突

B

人名	頁数	本文表記	人物紹介（肩書・略歴など）	出生地	生年	没年	トピック
	824	August Bebel					訃報
Béchoff-David	469	Béchoff David et Co.	（パリのファッション・デザイナー）				キュロットの生みの親は Poiret でなく Béchoff David et Co.
	776	Bechof-David					パリの裁縫屋達が模倣者撲滅
Bechstein, Ludwig	691	Bechstein	作家、おとぎ話作家、司書	ドイツ	1801	1860	子供たちに読み聞かせの催し
Beck, Adolf	119	Adolf Beck	（大詐欺師 John Smith と間違われ何度も入獄させられた人物）	ノルウェー	1844	1910	訃報・人違いで災難
Beck, Carl Heinrich	627	C. H. Beck	書肆。社名は二代目の名に由来	ドイツ	1767	1834	クライスト伝及び作品集
Beck, Heinrich Gustav	314	Beck	法律家、政治家 （ザクセン王国文相）	ドイツ	1854	1933	小学校問題演説につき批判
Becke	534	Becke	（学術アカデミー書記長）				学術アカデミー（ウィーン）人事
Becker, Artur	434	Artur Becker	（プロイセンの豪士）				A. Becker の苛刑につき物議
Becker, Hermann	285	Hermann Becker	（富豪）				レンブラントの書状が大量発見
Becker, Maria Louise	178	Maria Louise Becker	女流作家、劇作家				純性欲戯曲の作者
	413	M. L. Becker					新興行ドラマ一覧
	571	Maria Louise Becker					宗教上の理由から興行禁止
Becker-Neumann, Christiane	706	Christiane Neumann-Becker	女優。ゲーテの弟子	ドイツ	1778	1797	ゲーテ協会例会予定
Beckmann, Ernst Otto	405	Beckmann	化学者	ドイツ	1853	1923	ドイツ帝新設の研究所
Beckmann, Max	164	Max Beckmann	画家。ベルリン分離派	ドイツ	1884	1950	ベルリン新分離派
	174	Max Beckmann、Beckmann					ベルリン分離派展覧会・画風の新旧と価値は別
Becque, Henry	359	Henry Becque	劇作家。「鴉の群れ」「パリの女」	フランス	1837	1899	脚本 *Les Polichinelles* は共作
	826	Becque					G. ブランデス「現代のフランス文学」分類図
Bedford, Leo	146	Leo Bedford	（ルイスヴィルの青年）				だしぬけの接吻で告訴
Bednarek, Viktoria	45	Viktoria Bednarek	（ロシアの女すり）				ベルリンでロシア人すり逮捕
Beer, Michael	559	Michael Beerstiftung	劇作家。ベルリン王立芸術院はこの人物を記念し、毎年二人の若手芸術家にイタリア留学の恩典を与えた	ドイツ	1800	1833	ベルリン王立芸術院 Michael Beer 記念賞
Beer-Hofmann, Richard	652	Richard Beer Hofmann	劇作家、詩人	オーストリア	1866	1945	クリスマスの予定アンケート
Beer-Walbrunn, Anton	636	Beer-Walbrunn	作曲家	ドイツ	1864	1929	新興行オペラ一覧
Beerbohm, Maximilian	773	Max Beerbohm	風刺作家、戯画家	イギリス	1872	1956	戯曲「社会的成功」紹介
Beernaert, Auguste Marie François	111	Bernaert	政治家、首相（1884-1894）。ノーベル平和賞共同受賞（1909）。本文中の44歳で没は誤り	ベルギー	1829	1912	ノーベル平和賞（1909）
	749	Auguste Beernaert					訃報
Beethoven, Ludwig van	16	Beethoven	作曲家。音楽史においてもっとも重要な位置を占める一人。盛期古典派から初期ロマン派	ドイツ	1770	1827	ベートーヴェンが主人公の戯曲初興行

人名	頁数	本文表記	人物紹介（肩書・略歴など）	出生地	生年	没年	トピック
	102	Beethoven	への転換期において前代の到達点を示すとともに新時代の先駆けとなった。難聴に苦しんだ際に残した「ハイリゲンシュタットの遺書」も有名。19世紀以降、芸術・文化の偶像的な存在となり、広範な影響を与えた。1909年に発見されたC-dur-Symphonie（イエナ・シンフォニー）は、ながらくベートーヴェンの作品とされていたが、のちにF. Wittの作品と判明				著名作曲家の筆跡の巧拙
	200	Beethoven					楽譜商シュレジンガー創業百年
	213	Beethoven					1908・9～ドイツでの興行回数
	267	Beethoven					知名人の音楽の嗜好
	279	Beethoven					ハイリゲンシュタットにベートーヴェン記念像
	314	Beethoven					ニュルンベルクにベートーヴェン記念像設立計画
	433	Beethovensaal					K. ミハエリス講演
	495	Beethoven					名家自筆コレクション競売
	569	Beethoven					ベルリン大学講義一覧
	651	Beethoven、ベエトホフエン					ウィーンのヴェーリンガー墓地が取払いの予定
	636	Beethoven					新発見C-dur-Symphonie（イエナ・シンフォニー）試演
	639	Beethoven					ベートーヴェン作品上演のシンフォニー・ホール設立予定
	824	Beethoven					カールスバートにベートーヴェン記念像
	825	Beethoven					ヴェーリンガー墓地のベートーヴェンとシューベルト像は保存
Begas, Reinhold	249	Begas	彫刻家、画家。ネオ・バロック様式を代表する一人。父は画家Carl、息子Wernerも彫刻家、画家	ドイツ	1831	1911	八十歳祝賀（E. Klingenberg）
	568	Reinhold Begas					八十歳祝賀
	570 571	Reinhold Begas、 Begas					八十歳祝賀・ベルリン彫塑界の大物たち、八十歳祝賀に称号受称
	573	Begas					ベガス警句集の紹介
	582	Reinhold Begas、ベガス					訃報、R. ベガスの息子の紹介
	583	Begas					埋葬
	590	Begas					R. Begas と L. Knaus 二人展
	773	Begas 胸像					再度 R. Begas 胸像制作
Begas, Reinhold（娘）	249	伜のよめ、Begasの娘	（R. ベガスの娘。E. Klingenbergの息子と結婚）				八十歳祝賀（E. Klingenberg）
Begas, Werner	582	Werner Begas	彫刻家、画家	ドイツ			R. ベガスの息子の紹介
Behaim, Martin	520	Martin Behaim	地理学者、航海者	ドイツ	1459	1507	訃報（J. W. Roessner）
Beheim-Schwarzbach, Max	317	Max Beheim-Schwarzbach	詩人、歴史家	ドイツ	1839	1910	訃報
Behn, Fritz	576	Behm	彫刻家	ドイツ	1878	1970	R. シュトラウス胸像をバイエル

B

人名	頁数	本文表記	人物紹介（肩書・略歴など）	出生地	生年	没年	トピック
							ン政府が購入
Behr, Sofie	748	Sofie Behr	→ Tolstaya, Sofia Andreyvna				ソフィア夫人トルストイ回想録
Behrend, Ernst	695	Ernst Behrend	（作家）				訃報
Behrend, Otto	410	Otto Behrend	（劇作家）				脚本の合作
	442	Otto Behrend					合作脚本は H. Odilon の自伝
Behrends, Marie	832	Maria Behrends	フランクフルト市長の娘。Lenau が最後に恋に落ちたとされる人物		1811	1889	作品に関する誤伝
Behrs, Andrey	419	医師	医師。トルストイの妻ソフィアの父。クレムリンの医師を務めた		1808	1868	トルストイ履歴中の要点
Behrs, Sofia Andrejewna	419	Sofia Andrejewna Behrs	→ Tolstaya, Sofia Andreyvna				トルストイ履歴中の要点
Beirão, Francisco António da Veiga	122	Beirao	首相（1909-1910）	ポルトガル	1841	1916	ポルトガル新内閣
	272	Beirao					ポルトガル首相辞表提出
Beit, Otto John	612	Beit	金融業者、芸術愛好家	ドイツ	1865	1930	レンブラント「聖フランチェスコ」鑑定に疑惑
Béjart, Armande	286	Mademoiselle Molière	女優。女優マドリーヌ・ベジャールの娘。モリエールと結婚		1640頃	1700	新興行ドラマ一覧
Bekker, J. J.	426	J. J. Bekker					死刑不可廃論者一覧
Belasco, David	424	David Belasco	劇作家、演出家。「蝶々夫人」「西部の娘」などの原作者として知られる	アメリカ	1853	1931	プッチーニ「西部の娘」俗受で大当り
Beljaeff	678	Beljaeff	（劇作家）				興行情報
Bellangé, Hippolyte	741	Bellangé	画家	フランス	1800	1866	ヴェルサイユの戦争画に切傷
Belli, Giuseppe Gioachino	796	Gioachino Belli	詩人	イタリア	1791	1863	G. Belli 記念像除幕式
Belling, Rudolf	575	Rudolf Belling	彫刻家	ドイツ	1886	1972	芸術高等学校（ベルリン）表彰
Bellini, Giovanni	25	Giovanni Bellini	ルネサンス期の画家	イタリア	1430	1516	寺院で絵画紛失
Belmonte（Nuntius）	214	Nuntius Belmonte	枢機卿 Gennaro Granito Pignatelli di Belmonte	イタリア	1851	1948	法王拝謁辞退のルーズベルト
Beloselski	80	Beloselski 侯爵夫人	（ロシアの侯爵夫人）				不正持込み発覚し税関で課金
Belser, Johannes von	454	von Belser	神学者	ドイツ	1850	1916	反モデルニスムス誓文に服従した教授一覧
Beltramini, Giulio	340	Giulio Beltramini	（元フランシスコ会僧徒）				物騒なローマ修道社会
Benavente, Jacinto	366	J. Benavente	劇作家。ノーベル文学賞（1922）	スペイン	1866	1954	新興行ドラマ一覧
Benavente, Joaquin	130	Joaquin Benavente	（劇場主催者）				常設子供芝居設立
Bencoe, Rosa	88	Rosa Bencoe	（歌手）				訃報・自殺
Benda	215	Benda	（劇関係者）				劇場人事
Benda, Simone	166	Simonne	女優。俳優 Charles Le Bargy と離婚後も Le Bargy 姓を名乗った。のち Madame Simone と		1877	1985	「シャンテクレ」総浚い
	204	Mme. Simone					「シャンテクレ」主演女優が盗難

B

人名	頁数	本文表記	人物紹介（肩書・略歴など）	出生地	生年	没年	トピック
			称し文筆家として活動				被害
	217	Simonne					ダヌンツォ近況・執筆中脚本
	474	Simone Benda					H. ベルンスタン脱営事件
Bender（家）	250	ベンダア一家	（カンザスの強盗殺人宿屋経営一家）				連続強盗殺人事件
Bender, John	250	John、ジヨン	（William Bender の二男）				連続強盗殺人事件
Bender, Kate	250	老婆、Miss Kate Bender、ケエト	（William Bender の長女）				連続強盗殺人事件
Bender, William	250	William Bender	（カンザスの旅宿経営者）				連続強盗殺人事件
Bendiener, Oskar	201	Bendiner	ジャーナリスト、劇作家		1870	1940	オペレット座設立予定
	412	Bendiener					オペレット興行
Benedix, Julius Roderich	535	Benedix	劇作家、脚本家	ドイツ	1811	1873	滑稽戯曲の懸賞にまつわる話
Benelli, Sem	256	Benelli	詩人、作家、劇作家、脚本家	イタリア	1877	1949	観劇中に口笛を吹く権利
	506	Benelli					新興行ドラマ一覧
	656	Sem Benelli					新興行ドラマ一覧
	659	Sem Benelli					オペラ *Rosamunda* 喝采
	737	Sem Benelli					*Cena della beffe* 興行2000回
	784	Sem Benelli					興行情報
	790	Benelli					オペラ「三王の恋」に喝采
Bennett, Arnold	738	Arnold Bennett	作家	イギリス	1867	1931	ロンドンの人気劇作家
Bent, Thomas	91	Thomas Bent	ビクトリア州知事（1904-1909）	オーストラリア	1838	1909	訃報
Bentheim und Steinfurt, Eberwyn zu	24	Eberwyn zu Bentheim-Steinfurt	Bentheim und Steinfurt 侯子	ドイツ	1882	1949	皇太子嫡子権利放棄
Benzon, Otto	188	Otto Benzon	作家、劇作家	デンマーク	1856	1927	紳士とはどのようなものかアンケート
Beradt, Martin	407	Martin Beradt	作家、弁護士	ドイツ	1881	1949	自由文学協会（ベルリン）設立
Béranger, Pierre-Jean de	324	Béranger	抒情詩人、シャンソン作家	フランス	1780	1857	J. v. Eckardt のビスマルク懐旧談
	495	Béranger					名家自筆コレクション競売
Bérard, Léon	731	Berard	政治家、弁護士 （美術次官）	フランス	1876	1966	ルソー生誕二百年記念祭
	771	Léon Bérard					フランス新内閣
	785	Bérard					フランス新内閣
Berchtold, Leopold	681	Berchtold 伯	政治家	オーストリア	1863	1942	訃報（A. Aehrenthal）・オーストリア外相交代
Berend, Alice	206	Alice Berend	劇作家	ドイツ	1875	1938	新興行ドラマ一覧
Berenger, Henry	424	Sénateur Berenger	政治家	フランス	1867	1952	F. Gémier が劇場取調に憤慨
	433	Berenger					裸体芸術につき賛否両論

B

人名	頁数	本文表記	人物紹介（肩書・略歴など）	出生地	生年	没年	トピック
Bérénice	657	Bérénice	ユダヤ王アグリッパ1世の娘でアグリッパ2世の妹。キリキアのベレニケ		28頃	79頃	新興行オペラ一覧
	659	Bérénice					A. Magnard「ベレニス」パリ興行
Berenski, Leo	151	Leo Berenski	→ Brinski, Leo				ロシア革命劇「モロク」に喝采
Berent	267	Berent	→ Possart, Ernst von				ビョルンソン記念興行
Berg, Fedor	134	Fedor Berg	(オペラ座主催者)				ワーグナー興行の新オペラ座
Berg, Fridtjuv	608	Berg	政治家　(文相)	スウェーデン	1851	1916	スウェーデン自由主義内閣
Berg, Leo	847	LEO BERG	ジャーナリスト、ナチュラリスト。前衛的文化人の団体 Durch や Freie Buehne の設立者	ポーランド	1862	1908	近頃死んだ著名人
	848	LEO BERG					L. ベルク「ハイネ-ニーチェ-イプセン」
Berg-Eyvind	765	Berg-Eyvind	無法者 Bjarg-Ejvind。妻 Halla とともに山岳に逃亡生活を送ったとされる	アイスランド	1714	1783	戯曲「Berg-Eyvind と其妻と」
Berg-Eyvind（妻）	765	其妻	Bjærg-Ejvind の妻 Halla				戯曲「Berg-Eyvind と其妻と」
Bergé	147	Madame Bergé、ベルジエ夫人	(フランス前蔵相 Merlou の愛人)				前蔵相愛人が発砲傷害事件
Berger	94	Berger	(ドレスデン宮廷劇場舞踏教員)				奉仕団体不明金につき取調中
	223	Berger					スキャンダル記事につき開廷
Berger, Alfred von	121	Berger 男爵	劇作家、舞台監督、作家、美学者。ブルク劇場の監督を務めた	オーストリア	1853	1912	ブルク劇場監督交代の噂
	125	Berger 男					ブルク劇場座長就任要請辞退
	130	Von Berger					ブルク劇場座長就任要請受諾
	281	Baron Berger					葬儀（C. Hebbel）
	355	Berger 男爵					訃報（J. カインツ）
	356	Berger 男					J. カインツの葬儀
	437	von Berger					グリルパルツァー賞・詳細
	521	Berger					ウィーン興行情報
	739	Alfred von Berger					訃報
	766	Alfred von Berger、ベルゲル					ブルク劇場の新作者
Bergfeld	393	Bergfeld	(ベルリン学芸協会役員、無鑑査展覧会役員)				新団体ベルリン学芸協会
	554	Bergfeld					ベルリン無鑑査展覧会役員
Bergh, Richard	484	Richard Berg	画家	スウェーデン	1858	1919	ストリンドベリ救助金募集
	555	Richard Bergh					ストックホルムのストリンドベリ展示室
Bergliot	645	Bergliot	→ Ibsen, Bergliot Bjornson				良い娘を持った文豪
	765	Bergliot					イプセンとビョルンソンの交友
Bergson, Henri-Louis	658	Henri Bergson	20世紀前半のフランスを代表する哲学者の一人。カントから新カント派にかけての観念論に対し、実在論を展開した。「物質と記憶」	フランス	1859	1941	ドイツのベルクソン哲学受容
	733	Henri Bergson					ノーベル文学賞候補にベルグソンかハウプトマンかで議論

人名	頁数	本文表記	人物紹介（肩書・略歴など）	出生地	生年	没年	トピック
	826	Bergson	「笑い」など				G. ブランデス「現代のフランス文学」分類図
Bergstroem, David	608	Bergstroem	政治家、ジャーナリスト　(陸相)	スウェーデン	1858	1946	スウェーデン自由主義内閣
Berkenheim	401	Berkenheim	（トルストイの臨終に居合わせた医師）				訃報（L. トルストイ）・詳細
Berkes, Vela	262	Vela Berkes	（ジプシーの舞踏家）				宮中舞曲製作師（ブタペスト）
Berlepsch-Valendas, Hans Eduard von	689	E. von Berlepsch	画家	スイス	1849	1921	M. G. コンラッド記念牌
Berlichingen, Goetz von	650	Goetz	後期中世の騎士。ゲーテの戯曲で知られる		1480	1562	「鉄の手のゲッツ・フォン・ベルリヒンゲン」翻訳上演
	772	Goetz					ゲーテハウス改造案・ゲーテ自筆「ゲッツ」競売など
Berlière	766	Berlière	（カトリック僧）				ブリュッセル王室図書館長
Berlioz, Hector	274	Hector Berlioz	作曲家、音楽評論家。画家ドラクロワ、小説家ユーゴーとともにフランスのロマン主義を代表する一人	フランス	1803	1869	「ファウストの劫罰」興行
	742	Berlioz					スカラ座「ファウスト」興行
	777	Hector Berlioz					ベルリオーズ「ファウスト」再演
Bermann, Cipri Adolf	280	C. A. Bermann	彫刻家	ドイツ	1862	1942	ヴァイマル美術学校人事
	628	Cipri Adolf Bermann					デュッセルドルフ大展覧会金牌
Bermann, Friedrich	239	Friedrich Bermann	作曲家	ドイツ	1880	1919	新興行オペラ一覧
Bernard, Maurice	286	Maurice Bernard	（弁護士）				弁護士がロシェットの冤罪主張
Bernard, Tristan	137	Tristan Bernard	作家、劇作家、ジャーナリスト、弁護士、法律家	フランス	1866	1947	近頃俗受けした喜劇
	238	Tristan Bernard					新興行ドラマ一覧
	381	Tristan Bernard					新興行ドラマ一覧
	656	T. Bernard					新興行ドラマ一覧
	827	Tristan Bernard					G. ブランデス「現代のフランス文学」分類図
Bernardy, Anny	418	Anny Bernardy					アメリカ黒手組（マフィア）規約
Bernatzik, Edmund	566	Bernatzik	政治家、法学者		1854	1919	雄弁法講座設置案（ウィーン大）
Bernauer, Rudolf	239	Rudolf Bernauer	シャンソン作家、劇場監督、映画監督、脚本家、演出家、作詞家、俳優	ドイツ	1880	1953	新興行オペラ一覧
	516	Rudolf Bernauer					元ヘッベル劇場がまたも改称
Berndal, Karl Gustav	555	Berndal	俳優	ドイツ	1830	1885	ドイツの演劇学校の沿革
Berndl, Ludwig	808	Ludwig Berndl	（校訂者）				トルストイの日記（1895-1910）復元出版
Bernevitz, Karl-Hans	442	Bernevitz	彫刻家	ドイツ	1858	1934	ドイツ帝より受勲の芸術家
Bernhard, Ludwig	409 410	Ludwig Bernhard、ベルンハルト	経済学者		1875	1935	学説が原因で学者同士が決闘、決闘教授に学生拍手喝采
Bernhardt, Maurice	339	倅 Maurice	文筆家、ジャーナリスト、劇場支配人。サラ・ベルナールの息子	フランス	1864	?	サラ・ベルナールにひ孫
Bernhardt, Maurice（娘）	339	Maurice の娘	（サラ・ベルナールの息子の娘）				サラ・ベルナールにひ孫

人名	頁数	本文表記	人物紹介（肩書・略歴など）	出生地	生年	没年	トピック
Bernhardt, Sarah	41	Sarah Bernhardt	女優。本名Henriette-Rosine Bernhardt。19世紀から20世紀初頭を代表する女優。「フェードル」「トスカ」「椿姫」「クレオパトラ」などで国際的名声を博した。無声映画に出演した最初期の一人で、その第一作「ハムレットの決闘」ではハムレット役を務めた。旧ナシオン劇場をサラ・ベルナール劇場（現パリ市立劇場）と改称し運営、晩年まで精力的に活動した。生涯を通じ、さまざまな著名人と交流を持ったことでも知られる	フランス	1844	1923	思い出の記に書かれた動物
	107	Sarah Bernhardt					64歳のベルナールが19歳のジャンヌ・ダルク役
	122	Sarah Bernhardt					老女優の新作興行
	161	Sarah Bernhardt					フランス女性作家会ラ・フランセーズと脚本家会ラ・ハルテ
	220	Sarah Bernhardt					訃報（H. Barboux）
	226	Sarah Bernhardt、サラア					「ファウスト」脚本訴訟
	253	Sarah Bernhardt					サラ・ベルナール「ファウスト」興行
	261	Sarah Bernhardt、サラア、テアトル・サラア・ベルナアル					「ファウスト」脚本事件でH. バタイユがサラ・ベルナールに損害賠償請求、ロスタンが「シャンテクレ」を朗読して波紋
	263	Sarah Bernhardt					H. バタイユのため差押にあったサラ・ベルナールに慰問状
	265	Sarah Bernhardt					差押え強制執行は行き違い
	316	Sarah Bernhardt、サラア					サラ・ベルナールと隣人ボクサーとの逸話
	321	サラア・ベルナアル、サラア					サラ・ベルナール自伝出版権
	339	Sarah Bernhardt					サラ・ベルナールにひ孫
	340	Sarah Bernhardt、サラア					訃報（M. Colombier）
	342	Sarah					俳優のキャバレー出演に騒然
	352	Sarah Bernhardt					S. ベルナールがペレアス役
	360	Sarah Bernhardt					サラ・ベルナールがロスタンに「ファウスト」を翻訳させメフィストを演じる計画
	377	サラア・ベルナアル					パリで爆裂弾の流行
	526	サラア・ベルナアル座					ロシア・オペラ組合楽長が曲譜を持って逃亡
	611	Sarah Bernhardt					女優がハムレット役
	638	Sarah Bernhardt					パリの劇場（雑誌 *Comoedia*）
	774	サラア・ベルナアル座					ドイツに宣戦する内容の戯曲
Bernheim, Alexandre	544	Bernheim	美術商		1839	1915	前海相が私劇場で一幕物上演
Bernier, Charles	626	Charles Bernier	彫版工、彫刻家、画家	ベルギー	1871	1950	詩人ヴェルハーレンの肖像
Bernouilli（家）	201	Bernouilli	17世紀から今日に至るまで、著名な科学者や				学者の家系

人名	頁数	本文表記	人物紹介（肩書・略歴など）	出生地	生年	没年	トピック
			芸術家などを輩出したドイツの家系				
Bernoulli, Carl Albrecht	347	C. A. Bernoulli	神学者、作家、劇作家	スイス	1868	1937	新興行ドラマ一覧
	678	Karl Albrecht Bernoulli					ニーチェ書簡版権につき和解
Berns, Heinrich Robert	662	Berns Salonger	菓子職人、実業家。A. ストリンドベリ「赤い部屋」の舞台となった商業施設をストックホルムに創業	スウェーデン	1815	1902	六十三歳祝賀予定
	669	Berns Salon					六十三歳祝賀（ストリンドベリ）
Bernstein, Eduard	333	Eduard Bernstein	政治家、社会民主主義理論家。ドイツ社会民主党（SPD）党員、社会民主主義および修正主義の理論的創始者	ドイツ	1850	1932	社会民政党の変化
	424	Bernstein					ライプツィヒ自由学生同盟講演会で物議
Bernstein, Henry	84	Henry Bernstein	劇作家。「泥棒」「*Après moi*」「秘密（Le secret）」など。「*Après moi*」は、総稽古で女優がずぼんを着用したことがスキャンダラスな話題となっただけでなく、ユダヤ的な作品であるとして国粋的な団体アクション・フランセーズによって攻撃の標的とされた	フランス	1876	1953	迷信家の脚本家・音楽家たち
	114	Bernstein					ウィーンの劇場でパリ流騒動
	462	Henry Bernstein					*Après moi* 大浚で女ずぼんに騒然
	466	Henry Bernstein、作者					*Après moi* 興行中に反ユダヤ主義者らの大妨害
	468	Bernstein、ベルンスタイン、作者					ベルンスタンへの決闘取下げ
	470	Bernstein、作者					*Après moi* 撤回、*Après moi* 撤回事件・脚本興行の自由に関する抗議署名
	473	Henry Bernstein					H. ベルンスタン脱営事件
	475	Bernstein					妨害のため旧作も興行中止
	489	Henry Bernstein					興行中に暴行者捕縛
	576	Henry Bernstein					*Après moi* 事件を起こした批評家にベルンスタンが決闘申込
	607	Henry Bernstein					ベルンスタンが再入隊
	674	Henry Bernstein					脚本 *L'Assaut* あらすじ
	789	Henry Bernstein					タルノウスカ夫人事件に取材の脚本など興行情報
	795	Henry Bernstein					ベルンスタンが座長就任
	827	Henry Bernstein					G.ブランデス「現代のフランス文学」分類図
Bernstein, Max	471	Max Bernstein	芸術および演劇評論家、劇作家、法律顧問官。女流作家 Ernst Rosmer（Elsa Bernstein の筆名）は妻	ドイツ	1854	1925	新作戯曲「アキレウス」の作者
	528	Max Bernstein					H. Walden が主演予定
	687	Max Bernstein					F. Philippi のミュンヘン追憶記
Bernstein-Saversky, Albert	507	Bernstein-Saversky	劇作家、舞台・映画監督				新興行ドラマ一覧
Berntsen, Klaus	285	Claus Berntsen	政治家、首相（1910-1913）	デンマーク	1844	1927	デンマーク新内閣

B

人名	頁数	本文表記	人物紹介（肩書・略歴など）	出生地	生年	没年	トピック
Bernus（家）	802	Bernus	ハイデルベルクの都市貴族の家系。ゲーテに関わる蒐集を行った				ベルヌス一族のゲーテ・コレクション公開
Berry	814	Berry	（脚本検閲の再興を提議した人物）				パリで脚本検閲再開の動き
Berryer, Paul	335	Paul Berryer	政治家　（内相、法相）	ベルギー	1868	1936	ベルギー内相就任
	548	Berryer					ベルギー新内閣
Berstl, Julius	452	J. Berstl	劇作家、作家	ドイツ	1883	1975	新興行ドラマ一覧
Berteaux, Maurice	469	Berteaux	政治家　（陸相）	フランス	1852	1911	フランス新内閣
	529	Berteaux					飛行機墜落で陸相死去・首相負傷
Bertens, Rosa	210	Rosa Bertens	女優	トルコ	1860	1934	近年の面白い話
Berteval, Maurice	783	Maurice Berteval					ゾラの「小説を作る法」公開
Berthauld	483	Berthauld	（画家）				裸体画絵葉書販売で処罰
Bertillon, Alphonse	303	Bertillon	パリ警察庁職員、犯罪人類学者。ベルティヨン式人間識別法を考案	フランス	1853	1914	毛髪の色による犯罪者識別法
Berton, Claude	335	Claude	（俳優 Pierre Berton の息子）				家庭内不和から裁判沙汰
Berton, Claude（妻）	335	よめ	（Claude Berton の妻）				家庭内不和から裁判沙汰
Berton, Pierre	335	Pierre Berton	（劇作家、俳優）				家庭内不和から裁判沙汰
Berton, Pierre（妻）	335	妻、姑	（Pierre Berton の妻）				家庭内不和から裁判沙汰
Beschany, W.	812	W. Beschany	（植木屋）				花で作ったトルストイの肖像
Beskiba, Marianne	542	Marianne Beskiba	女流画家。政治家 K. Lueger の愛人		1869	1934	政治家情婦の暴露的追懐録
Besnard, Paul-Albert	58	Besnard	画家、版画家	フランス	1849	1934	展覧会出品絵画斬りつけ事件
	106	Besnard					拳銃をおもちゃにして大怪我
	262	Albert Besnard					ハーグの平和宮に絵画作成
	496	Besnard					1911年春のサロン出品者など
	795	Albert Besnard					アカデミー・ド・フランス長官
Besnard, René	558	Besnard	政治家（労働及社会救護相）	フランス	1879	1952	フランス新内閣
	771	René Besnard					フランス新内閣
Besold, Hans	4	Hans Besold、記者	（雑誌 *Deutsche Rundschau* 記者）				小劇場批判に関する裁判
Bestelmeyer, German	545	Bestellmeyer	建築家	ドイツ	1874	1942	ドレスデン芸術アカデミー人事
Bétal	566	Bétal	（化学者）				英独仏の化学者会合
Bethmann-Hollweg, Felix von	66	父	政治家	ドイツ	1824	1900	ドイツ新内閣の顔ぶれ・皇帝による更迭
Bethmann-Hollweg, Theobald von	11	Bethmann-Hollweg	政治家、帝国宰相（1909-1917）。灰色の猊下と呼ばれた。第一次世界大戦中、無制限潜水艦作戦に反対し失脚。P339の「首相」は普通名詞として用いられている	ドイツ	1856	1921	ドイツ連邦劇場法案
	66 67	von Bethmann-Hollweg、Theobald von Bethmann-Hollweg、首相、新首相					ベートマン・ホルヴェーク親族関係、ドイツ新内閣の顔ぶれ・皇帝による更迭
	71	首相					ドイツ首相の年収

人名	頁数	本文表記	人物紹介（肩書・略歴など）	出生地	生年	没年	トピック
	78	首相					首相が近衛隊少佐に就任
	183	Bethmann					歴代ドイツ首相につき短評
	191	von Bethmann-Hollweg					P. ハイゼ八十歳賀帖署名者
	339	首相					ドイツ帝を御用新聞が弁護
	371	首相					ベルリン大学百年祭
	372	von Bethmann-Hollweg					ベルリン大学百年祭名誉学位
	482	von Bethmann-Hollweg					首相が進水式で陸軍少将に任官
	557	首相					絵葉書発売禁止につき風刺
	615	ベエトマン・ホルヱヒ					R. コッホ記念像設立委員会
	789	首相					陸軍拡張案演説・国家総動員
Bethmann-Hollweg, Theobald von（母）	66	母	Isabelle de Rougemont de La Schadau。マレット夫人 Anna の末妹	フランス	1833	1908	ベートマン・ホルヴェーク親族関係
Bettolo, Giovanni	111	Bettolo	政治家　（海相）	イタリア	1846	1916	イタリア新内閣
Beumer, Wilhelm	622	Beumer	政治家、帝政期・ヴァイマル期における重工業の利益代表者	ドイツ	1848	1929	ビスマルク記念像設立事務
Beutler, Otto	726	Beutler	政治家、ドレスデン市長、弁護士	ドイツ	1853	1926	ドレスデンに大学創立の議論
	744	Beutler					ドレスデンに大学設立と首唱
Beyer, Hermann	651	Hermann Beyer Soehne	書肆。1867年ランゲンザルツァで義子 Friedrich Mann（1834-1908）と創業			1877	大学入学に古典語廃止論
Beyer, Robert	446	Robert Beyer					ベルリン分離派総会・新役員
Beyerlein, Franz Adam	379	Adam Beyerlein	作家、劇作家、法律家	ドイツ	1871	1949	新作小説
	472	F. A. Beyerlein					新興行ドラマ一覧
	595	Franz Adam Beyerlein					剽窃疑惑の指摘は酷
	635	F. A. Beyerlein					新興行ドラマ一覧
	765	Beyerlein					ドイツ諸家の新年の仕事
	775	Beyerlein					興行情報
Bezzenberger, Adalbert	457	A. Bezzenberger	文献学者	ドイツ	1851	1922	コペンハーゲン考古学会
Bibra, Ernst von	242	von Bibra	自然科学研究者、化学研究者、文筆家	ドイツ	1806	1878	紙幣偽造防止の手法
Bidel	180	Bidel	（猛獣使い）				猛獣の競売
Bie, Oscar	752	Oscar Bie	美術史家、ジャーナリスト	ポーランド	1864	1938	ドイツ音楽界の現状批評
Biehmer, Fritz	680	Fritz Biehmer	（劇作家）				興行情報
Bielschowsky, Albert	759	Bielschowsky	文学史家、ゲーテ研究者	ドイツ	1847	1902	ビルショウスキー「ゲーテ伝」第25版

人名	頁数	本文表記	人物紹介（肩書・略歴など）	出生地	生年	没年	トピック
Bienaime, Amedee Pierre Leonard	556	Amiral Bienaime	軍人　(海軍大臣)	フランス	1843	1930	フランス内閣退陣
Bienerth, Richard von	417	von Bienerth	政治家、首相（1908-1911）	イタリア	1863	1918	オーストリア内閣総辞職
	418	Bienerth					オーストリア内閣組閣見込
	433	Bienerth					オーストリア新内閣
	557	Bienerth					オーストリア内閣交代
Bier, August	310	August Bier	外科医、麻酔科医、健康科学者。脊髄麻酔の先駆者	ドイツ	1861	1949	エディンバラ大学 Cameron 賞
	626	August Bier					五十歳祝賀
Bier, Richard	752	Richard Bier	(ドイツ人のトルコ軍野戦衛生長官)				外国で活動の衛生官・赤十字社員
Bierbaum, Otto Julius	101	Otto Julius Bierbaum	作家、オペラ台本家、ジャーナリスト、編集者。筆名 Martin Möbius	ドイツ	1865	1910	喫煙アンケート
	131	Otto Julius Bierbaum					中耳炎の手術
	164	Otto Julius Bierbaum、Ottoju					訃報
	165	Bierbaum					葬儀
	169	Bierbaum					Bierbaum という名の由来
	255	Bierbaum					遺族のため義捐金募集
	633	O. J. Bierbaum					新興行ドラマ一覧
	644	O. J. Bierbaum					O. J. ビーアバウム全集
Bierbaum（妻）	255	妻	(O. J. Bierbaum の妻)				遺族のため義捐金募集
Bierbaum（母）	255	母	(O. J. Bierbaum の母)				遺族のため義捐金募集
Bierens de Haan, Johan Catharinus Justus	752	Bierens de Haan	医師、美術品蒐集家。外科医としてオランダ赤十字に参加	オランダ	1867	1951	外国で活動の衛生官・赤十字社員
Biermann, Georg	125	Georg Biermann	美術史家		1880	1949	ロココ文化の再評価
Bigelow, John	648	John Bigelow	政治家、弁護士	アメリカ	1817	1911	訃報
Billaca	122	Billaca	政治家。Antônio Eduardo Vilaça　(外相)	ポルトガル	1852	1914	ポルトガル新内閣
Binder, Josephine	54	Josephine Binder	(Istablowinsky に殺害された女性)				画家が女を銃殺後に自殺
Binding, Karl	71	Binding	刑法学者。安楽死についての研究でも知られる。ライプツィヒ大学学長などを歴任	ドイツ	1841	1920	ライプツィヒ大学五百年祭式典
	426	Karl Binding					死刑不可廃論者一覧
	540	Karl Binding					七十歳祝賀
	772	Binding					ザクセン王がライプツィヒ大学講義を聴講
Binet, Alfred	616	Alfred Binet	心理学者、大学教授	フランス	1857	1911	訃報
Bingen, Pierre	110	Pierre Bingen	彫刻家	フランス	1842	1903	M. クリンガーがニーチェの肖像とデスマスクに関して証言
Bingham	213	Miss Bingham	(イギリスの女優)				航海中の演劇
Binnen, Karl	494	Karl Binnen	画家、文筆家 Carl Vinnen。筆名 Johann	ドイツ	1863	1922	フランス美術偏重を批判

人名	頁数	本文表記	人物紹介（肩書・略歴など）	出生地	生年	没年	トピック
	512	Karl Binnen、ビンネン	Heinrich Fischbeck				外国芸術尊重の風潮につきドイツで賛否両論
	513	カルル・ビンネン					絵画の値段
Binswanger, Otto	360	Binswanger	精神科医、神経科医	スイス	1852	1929	J. Lehmann-Hohenberg の入院を拒否
	554	Binswager					学生の自殺に関する研究
Binz, Karl	731	Karl Binz	薬理学者	ドイツ	1832	1913	八十歳祝賀
	769	Karl Binz					訃報
Birch-Pfeiffer, Charlotte	469	Charlotte Birch-Pfeiffer	女優、女流作家。娘もまた女優で作家の Wilhelmine von Hillern	ドイツ	1800	1868	七十五歳祝賀（W. v. Hillern）
Birckbeck, George	489	Birckbeck College	→ Birkbeck, George				バーナード・ショーが現行の学校教育につき批判的演説
Birinski, Leo	281	Birinski	劇作家、脚本家、監督	ロシア	1884	1951	カインツが大元気で退院
	354	Leo Birinski					訃報（J. カインツ）・詳細
	633	L. Birinski					新興行ドラマ一覧
	722	Leo Birinski					*Narrentanz* 同時興行
	746	Birinski					L. Birinski 作 *Narrentanz* 出版
	791	Leo Birinski					「ラスコーリニコフ」が興行失敗
	839	Leo Birinski					ロシア革命の三部作を編集
Birkbeck, George	489	Birckbeck College	医師、教育者。成人教育を提唱、ロンドン大学バークベック・カレッジを創設	イギリス	1776	1841	バーナード・ショーが現行の学校教育につき批判的演説
Birő, Ludwig	699 700	Ludwig Birő、Birő	劇作家、小説家	オーストリア	1880	?	ハンガリーの脚本家
	748	Biro					ロシア政府 *Die Zarin* 興行禁止
Bisleti, Gaetano	243	Bisleti	枢機卿	イタリア	1856	1937	法王ピウス10世の日課
Bismarck, Otto von	22	Bismarck	政治家、プロイセン王国首相（1862-1890）、ドイツ帝国初代宰相（1871-1890）。プロイセンを中心とするドイツの統一を目指し、ヴィルヘルム1世の側近として鉄血政策を推進。対外戦争に連戦連勝し、ドイツ帝国建国の立役者となった	ドイツ	1815	1898	英雄と文豪の奇妙な癖
	26	Bismarck、侯爵					ヴィルデンブルッフのヴィルヘルム帝とビスマルクとの逸話
	46	Bismarck 記念標					ビスマルク記念像建設地
	62	ビスマルク塔					ビスマルク塔落成式（イエナ）
	69	Bismarck 像、侯					ビスマルク記念像完成予定
	97	ビスマルク					八十歳祝賀（R. Lindau）
	183	Bismarck					歴代ドイツ首相につき短評
	267	ビスマルク					知名人の音楽の嗜好
	312	ビスマルク					バイエルン交通大臣の演説
	315	ビスマルク記念像					ポーランドのラースロー像に対抗しビスマルク記念像設立
	324	ビスマルク					J. v. Eckardt のビスマルク懐旧談

人名	頁数	本文表記	人物紹介（肩書・略歴など）	出生地	生年	没年	トピック
	376	ビスマルク					訃報・略歴（R. Lindau）
	426	Bismarckturm					ビルマルク塔（シャルロッテンブルク）
	445	Bismarck 記念像					ビスマルク記念像競技会
	447	ビスマルク					キャビアの種類・値段
	482	ビスマルク塔					ビスマルク塔（ライプツィヒ）
	511	ビスマルク					ゲーテ協会講演「ゲーテとビスマルク」
	514	ビスマルク					ニーチェ書翰集・愛国主戦論
	541	Bismarck					ゲーテ協会大会（ヴァイマル）
	548	ビスマルク					鑰匙小説（モデル小説）
	585	ビスマルク伝					訃報（H. v. Poschinger）・ビスマルク伝資料蒐集
	608	ビスマルク伝					訃報（O. Klein-Hattingen）
	622	ビスマルク記念像					ビスマルク記念像設立事務
	624	ビスマルク					五十歳祝賀（E. Marcks）
	638	ビスマルク記念像					ビスマルク記念像制作者決定
	661	ビスマルク伝					E. Ludwig「ビスマルク伝」
	688	ビスマルク					罪人へのビスマルク的見解
	690	ビスマルク、Bismarck					ビスマルクはデュッセルドルフのハイネ記念像設立拒否せず
	740	ビスマルク					訃報（W. Heinrich）
	794	ビスマルク記念像					ビスマルク記念像（ニュルンベルク）
Bissolati, Leonida	693	Bissolati	政治家、イタリア社会党党員。「共産党宣言」を一部翻訳	イタリア	1857	1920	負傷の王を社会民政党議員が慰問
Bisson, Alexandre	140	Alexandre Bisson	劇作家、作家	フランス	1848	1912	興行情報
	413	A. Bisson					新興行ドラマ一覧
	672	Alexandre Bisson					訃報
Bistolfi, Leonardo	355	Leonardo Bistolfi	彫刻家	イタリア	1859	1933	G. Carducci 記念像
	592	Leonardo Bistolfi					C. ロンブローゾ記念像
Bittner, Julius	432	J. Bittner	作曲家、オペラ作曲家	オーストリア	1874	1939	新興行オペラ一覧
	606	J. Bittener					新興行オペラ一覧
Bizet, Georges	212	Bizet	作曲家	フランス	1838	1875	1908・9～ドイツでの興行回数
Bjenstock, Iwan Ilitsch	401	Iwan Ilitsch Bienstock					トルストイの手紙
Bjerknes, Vilhelm	613	Bjerknes	気象学者、海洋学者、物理学者	ノルウェー	1862	1951	ノーベル賞候補一覧（1911）
Björklund, Johan Abraham	650	Johan Bjoerkelund	ジャーナリスト	スウェーデン	1844	1931	ストリンドベリ近況

人名	頁数	本文表記	人物紹介（肩書・略歴など）	出生地	生年	没年	トピック
Bjoernson, Bjoern	43 44	Björn Björnson、ビヨルン	俳優、脚本家、舞台監督、劇場監督。作家ビョルンソンの長男	ノルウェー	1859	1942	国民劇場の思い出
	160	Bjoern Bjoernson					「若き葡萄の花咲けば」興行
	164	Bjoern					ビョルンソンの容体悪化
	168	Bjoern					ビョルンが舞台挨拶
	223	Bjoern					訃報（ビョルンソン）・詳細
	229	Bjoern					ビョルンソンの葬送
	231	ビヨルン					ビョルンソンの葬送
	579	Bjoern Bjoernson					ワーグナー興行権期限切れ・「パルジファル」問題
	733	Bjoern Bjoernson					はじめて世話物を執筆
	738	Bjoern Bjoernson					イプセンとビョルンソンの記念像取除運動
	780	Bjoern Bjoernson					「そして日が照る」興行
Bjoernson, Bjoernstjerne	43 44	Björnstjerne、Björnson、父、親父	作家、劇作家、詩人。イプセンと並び、19世紀ノルウェー文学を代表するひとり。ノーベル文学賞（1903）。青年期より指導者としての天分を発揮し、演劇改革運動、新聞創刊、スカンジナビア連合運動、青年民主党結党、被圧迫民などに関わる国際的人道問題などに積極的に関わった。パリで客死した際、ノルウェー政府は軍艦 Norge を派遣して遺骸を搬送、国葬を行った。作詩した「我らが愛する山の国」はノルウェー国歌となっている。グリーク、イプセンらと深い親交を結んだことでも知られる。ビョルンソンの長女 Bergliot とイプセンの息子 Sigurd は、双方の親の希望によっていいなずけとなり、のちに結婚した。鷗外訳に戯曲「手袋」「人力以上」がある	ノルウェー	1832	1910	国民劇場の思い出
	56	Björnstjerne Björnson					ビョルンソンが重病
	105	Bjoernstjerne Bjoernson、Bjoernson					治療のためパリに来たビョルンソンが重体、ビョルンソンの病状
	106	Bjoernson					パリのビョルンソンが危篤
	127	Bjoernson					R. H. Bartsch の文士成名記
	131	Bjoernstjerne Bjoernson					パリで療養中のビョルンソン
	141	Bjoernson					興行情報・ビョルンソン新作
	153	Bjoernson、老人、病人、夫					パリで療養中のビョルンソン
	155	Björnson、作者					「若き葡萄の花咲けば」興行
	160	Bjoernson					「若き葡萄の花咲けば」興行、興行禁止につき H. バールが公開演説
	164	Bjoernson					ビョルンソンの容体悪化
	167	Bjoernson					ビョルンが舞台挨拶
	173	Bjoernson、病人					A. フランスがビョルンソンを見舞い
	192	Bjoernson					ビョルンソン容体が一時回復
	203	Bjoernson					ビョルンソンの手紙公開・著作権

人名	頁数	本文表記	人物紹介（肩書・略歴など）	出生地	生年	没年	トピック
							と所蔵権の問題
	221 222 223	Bjoernson、ビヨルンソン、詩人					訃報・詳細
	225 226	Bjoernson、ビョルンソン					ビョルンソンとストリンドベリの初顔合わせ
	226	Bjoernson					ビョルンソンの柩
	227	Bjoernson					ビョルンソンの葬送
	228	Bjoernson					イプセン全集に揃えてビョルンソン全集を出版・ビョルンソンの葬送
	231	Bjoernson					ビョルンソンの葬送
	235	Bjoernson					ビョルンソンの葬儀
	247	Bjoernson、亡夫					未亡人 Karoline 昏倒
	262	Bjoernson					未亡人 Karoline に扶助料
	267	Bjoernson					ビョルンソン記念興行
	273 274	Bjoernson、ビョルンソン					ビョルンソン生家買取
	284	Bjoernson、故人					ビョルンソン博物館
	307	Bjoernson					ベルリン大学講義でビヨルンソン・イプセン・ストリンドベリ論
	314	Bjoernson					O. ブラームの近況・予定
	339	Bjoernson					遺族が荘園売却
	358	Bjoernson、亡夫					ビョルンソン全集
	422	Bjoernson					ベルリンに新しい町名
	516	ビョルンソン					アイスランドに夏興行の劇場
	564	Bjoernson 全集					イプセン全集と同じ訳者と出版社でビョルンソン全集刊行
	620	Bjoernson					歴代ノーベル文学賞受賞者
	623	Bjoernson					歴代ノーベル文学賞受賞者によるアナグラム
	627	Bjoernson					独文ビョルンソン全集出版
	645	ビョルンソン					良い娘を持った文豪
	738	Bjoernson					イプセンとビョルンソンの記念像取除運動
	755	Bjoernson					ドイツ諸劇場（1912）の興行数
	765	Bjoernson、ビョルンソン					イプセンとビョルンソンの交友

人名	頁数	本文表記	人物紹介（肩書・略歴など）	出生地	生年	没年	トピック
Bjoernson, Bjoernstjerne（遺族）	231	遺族	作家ビョルンソンの遺族				ビョルンソンの葬送
	339	Bjoernson の遺族					遺族が荘園売却
Bjoernson, Bjoernstjerne（二男）	247	二男	→ Bjoernson, Einar				ビョルンソン未亡人が昏絶するも回復
Bjoernson, Bjoernstjerne（娘）	222	娘	→ Ibsen, Sigurd（妻） ※長女 Bergliot				訃報（ビョルンソン）・詳細
Bjoernson, Bjoernstjerne（娘）	229	故人の娘	作家ビョルンソンの長女 Bergliot、次女 Dagny のいずれかまたは両方				ビョルンソンの葬送
Bjoernson, Bjoernstjerne（娘達）	105	二人の娘	作家ビョルンソンの長女 Bergliot と次女 Dagny				ビョルンソンの病状
Bjoernson, Bjoernstjerne（娘達）	247	娘達	作家ビョルンソンの長女 Bergliot（Sigurd Ibsen 夫人）、次女 Dagny（Albert Langen 夫人）、三女 Gudrund				ビョルンソン未亡人が昏絶するも回復
Bjoernson, Einar	106	Ejnar、息子	作家ビョルンソンの次男、劇場座長	ノルウェー	1864	1942	パリのビョルンソンが危篤
	222	Einar					訃報（ビョルンソン）・詳細
	247	二男					ビョルンソン未亡人が昏絶するも回復
Bjoernson, Karoline	105	細君	女優、作家ビョルンソンの妻	ノルウェー	1835	1934	ビョルンソンの病状
	153	Bjoernson 夫人 Caroline					パリで療養中のビョルンソン
	203	Karoline Bjoernson					ビョルンソンの手紙公開・著作権と所蔵権の問題
	222 223	細君、妻、未亡人					訃報（ビョルンソン）・詳細
	226	未亡人					ビョルンソンの柩
	227	未亡人 Karoline					ビョルンソンの葬送
	229	未亡人					ビョルンソンの葬送
	231	未亡人					ビョルンソンの葬送
	235	ビョルンソン夫人					A. フランスからの弔文
	247	未亡人 Karoline					ビョルンソン未亡人が昏絶するも回復
	262	未亡人 Karoline					未亡人 Karoline に扶助料
	358	未亡人 Karoline					ビョルンソン全集
Black, Alexander	810	Alexander Black	著述家、講師。生身の俳優とナレーションに映写を組み合わせたピクチャープレイ（映画の前身）を制作。代表作 Miss Jerry。本文の Jersey は誤り		1859	1940	「光写ドラマ史」出版
Blackie, John Stuart	778	Blackie	学者、文人	イギリス	1809	1895	グラッドストーンがゲーテを好むようになったきっかけ

人名	頁数	本文表記	人物紹介（肩書・略歴など）	出生地	生年	没年	トピック
Blackwell, Elisabeth	259	Elisabeth Blackwell	医師。アメリカ初の女医で女権運動家としても知られる	アメリカ	1821	1910	訃報
Blakelock, Ralph Albert	192	Ralph A. Blakelock	画家	アメリカ	1847	1919	アメリカ画展覧会（ベルリン）
Blanchard, Jean-Pierre	378	Blanchard	発明家、航空パイオニア（気球）。気球によるドーヴァー海峡横断に成功	フランス	1853	1909	遠距離飛行の歴史
Blanche, Jacques-Émile	500	Blanche	画家	フランス	1861	1942	ローマ博覧会におけるロダン
Blau	281	Blau					ベルリン学士院ライプニッツ賞
Blau, Hermann	70	Hermann Blau	化学者、技術者、石油気化ガスのブラウ・ガス発明者。ブラウ・ガスはツェッペリン飛行船でも利用された	ドイツ	1871	1944	局所燈用ガス発生装置の発明
Blaul, Julius Ritter von	285	von Blaul	官吏、中部フランケン州知事	ドイツ	1853	1930	エアランゲン大学名誉学位
Blech, Leo	263	Leo Blech	作曲家	ドイツ	1871	1958	新興行オペラ一覧
Bleeker, Bernhard	446	Bernhard Bleeker	彫刻家	ドイツ	1881	1968	ビスマルク記念像競技会
Blei, Franz	611	Franz Blei	エッセイスト、劇作家、翻訳家、編集者、文芸評論家、脚本家	オーストリア	1871	1942	*Die Hose* ミュンヘンで興行禁止・会員制にして興行
	616	Blei					F. Blei 編集の詩集が再度没収
	664	Franz Blei					裁判中の詩集 *Lustwaeldchen* が芸術趣味のものとして解禁
	692	Franz Blei					*Der Riese* 興行情報
Bleibtreu, Karl	4	Karl Bleibtreu	作家、画家	ドイツ	1859	1928	五十歳祝賀・作家紹介
	524	Bleibtreu、ブライプトロトイ					講演「新ドイツ詩の淵源」
Bleichroeder, Adelheid	702	Adelheid Bleichroeder-Stiftung					貴婦人の遺産でドイツ自然科学者・医学者協会に研究基金
Bleichroeder, Hans von	835	某富豪の息子、Hans von Bleichroeder	大銀行家の息子（ハイデルベルク大学学生。自殺した Prinzessin Sophie von Sachsen-Weimar-Eisenach の恋人）			1917	ザクセン＝ヴァイマル公女が恋愛で自殺、自殺した公女とその兄
Blériot, Louis	69	Blériot	航空パイオニア、飛行家、発明家、技術者	フランス	1872	1936	英仏海峡横断記録
	70	Blériot					L. ブレリオをモデルに絵画
	136	Blériot					訃報（L. Delagrange）・飛行機事故
	240	Blériot					L. ブレリオ記念碑は飛行機型
	253	Blériot					英仏海峡飛行横断記録更新
	268	Blériot 式					いくら金を使えば飛べるか
	357	Bleriot 式					ブレリオ式飛行機で記録・怪我
Bleyle, Karl	416	K. Bleyle	作曲家、音楽家	オーストリア	1880	1969	新興行オペラ一覧
Bloch, Ernest	282	Bloch	作曲家	アメリカ	1880	1959	「マクベス」翻案の二脚本興行

人名	頁数	本文表記	人物紹介（肩書・略歴など）	出生地	生年	没年	トピック
Bloch, Felix	163	Felix Bloch Erben	書肆。父 Waldemar が1849年ベルリンで創業。ドイツ語圏ではもっとも古い舞台関係の出版社				パントマイム劇「女ピエロのヴェール」出版
	548	Felix Bloch Erben 書店					脚本 *Cher Maitre* 出版
Bloch, Oscar	99	Oscar Bloch	医師、著述家	デンマーク	1847	1926	著書「死」
	550	Oskar Bloch					飛行機など高所からの落下
Block, Paul	512	独逸人、Paul Block	文筆家		1862	1934	現代文学における無遠慮主義
Bloem, Walter	185	Walter Bloem	作家、劇作家	ドイツ	1868	1951	新興行ドラマ一覧
	207	Walter Bloem					新興行ドラマ一覧
	365	W. Bloehm					新興行ドラマ一覧
	397	Bloehm					演劇会と文士会との興行契約
	412	W. Bloem					新興行ドラマ一覧
Bluethgen	517	Bluethgen	（ヴァルハラ劇場座主）				Zum grossen Wurstl 興行不入
Bluethgen, Clara	133	Clara Bluetgen	女流作家、劇作家、ジャーナリスト	ドイツ	1856	1934	新興行ドラマ一覧
	264	Klara Bluethgen					新興行ドラマ一覧
Bluethner, Julius	241	Julius Bluethner	ピアノメーカー創業者	ドイツ	1824	1910	訃報
Blum, Hans	164	Hans Blum	著述家、弁護士、政治活動家	ドイツ	1841	1910	訃報
Blumenthal, Oscar	127	Oscar Blumenthal	劇作家、演劇評論家、詩人、劇場主。劇評家時代には「血のオスカー（Der blutige Oskar)」との異名をとった	ドイツ	1852	1917	1909年最も面白かった記事
	214	Oskar Blumenthal、ブルウメンタアル					「シャンテクレ」独訳の噂
	299	Oskar Blumenthal					芸術界知名士女の避暑地
	397	Oskar Blumenthal					演劇会と文士会との興行契約
	438	Blumenthal					ハウプトマン「鼠」あらすじなど
	507	Blumenthal					新興行ドラマ一覧
	642	Oskar Blumenthal					劇場年報 *Die Rampe* 刊行
	691	Oskar Blumenthal、Der blutige Oskar					六十歳祝賀
	833	Blumenthal					喜劇作者についての弁
	848	OSCAR BLUMENTHAL					著名劇作家の近況アンケート
Blumer, Theodor	595	Th. Blumer	作曲家、指揮者	ドイツ	1881	1969	新興行オペラ一覧
Boccaccio, Giovanni	288	Boccaccio	詩人、文筆家。ペトラルカとともにイタリア・ルネサンスの先駆け。「デカメロン」	イタリア	1313	1375	新興行ドラマ一覧
	431	Boccaccio					新興行ドラマ一覧
	578	Boccaccio					「デカメロン」挿絵のため没収
	585	Boccaccio					検閲者に対するトーマス・マンの総評
	590	Boccaccio					「デカメロン」発売禁止解除

B

人名	頁数	本文表記	人物紹介（肩書・略歴など）	出生地	生年	没年	トピック
	743	Boccaccio					ボッカチオ生誕六百年記念祭
	824	Boccaccio					ボッカチオ生誕祭（本文中の百年は誤り）
	834	Giovanni Boccaccio					記念祭でボッカチオの遺骨公開
Boccaccio, Giovanni (姉妹)	288	Die Schwestern des Boccaccio	(G. ボッカチオの姉妹)				新興行ドラマ一覧
	431	Die Schwestern des Boccaccio					新興行ドラマ一覧
Boccioni, Umberto	781	Boccioni	画家、彫刻家、理論家。未来派の主要メンバー	イタリア	1812	1916	未来派画家主要メンバー、未来派大会で騒乱
Bock, Alfred	415	A. Bock	作家、実業家	ドイツ	1859	1932	新興行ドラマ一覧
Bock, Arthur	697	Arthur Bock	彫刻家	ドイツ	1875	1957	J. V. v. シェッフェル記念像
Bock, Gustav	183	Gustav Bock	実業家、ハバナ葉巻工場創業者	ドイツ		1910	訃報
Bock, Robert	322	Robert Bock	(ベルリンの小学校校長)				免職
	475	Bock					禁錮三カ月
Bode, Wilhelm von	464	Wilhelm Bode	美術史家。カイザー・フリードリヒ美術館（現ボーデ博物館）の初代学芸員。19世紀末から20世紀初頭のドイツ文化界の中心人物の一人	ドイツ	1845	1929	ルーヴル所蔵「モナ・リザ」オリジナルの証拠
	598	Wilhelm Bode					ドイツ芸術社会協会「ドイツ芸術の記念碑」
	612	Wilhem Bode					レンブラント「聖フランチェスコ」鑑定に疑惑
Bodenstedt, Friederich von	125	Bodenstedt、Mirza Schaffy	作家、翻訳家、詩人、劇場支配人。仮名Mirza Schaffy	ドイツ	1819	1892	Mystification（新しい著述を故人の作として出すこと）の例
Bodlaender	483	Bodlaender	(弁護士)				裸体画絵葉書販売で処罰
Bodman, Emanuel von	760	Emanuel von Bodman	詩人、作家、劇作家	ドイツ	1874	1946	宗教的悲壮劇上場
Bodman, Heinrich von und zu	312	von und zu Bodman	弁護士、政治家	ドイツ	1851	1929	内相が社会主義につき演説
Body	105	Body	(ロンドンの催眠術師)				学生と警官との間で大格闘
Boecklin, Angela	379	Angela	(A. Boecklin の妻)				妻が A. ベックリンの日記出版
Boecklin, Arnold	32	Böcklin	画家。同時代に隆盛していた印象派と異なる、幻想的で象徴的な画風を確立。神秘的な雰囲気の風景と神話的なモチーフを融合し、緻密に描いた。第一次大戦後のドイツで非常な人気を博した。「死の島」など	スイス	1827	1901	ベックリンの贋作者に罰金
	92	Boecklin					絵画盗難事件控訴棄却
	100	Boecklin					ベックリン贋作容疑再審無罪
	305	Boecklin					カフェ・グレコ百五十年祭
	379	Boecklin、夫					妻が A. ベックリンの日記出版
	527	Boecklin					ベルリン・ナショナル・ギャラリー改修中
	710	Boecklin					絵画の売価（1913・ミュンヘン）
Boehlau, Helene	103	Helene Boehlau	女流作家。Al Raschid Beyと結婚し、イス	ドイツ	1856	1940	シラー生誕百五十年祭

人名	頁数	本文表記	人物紹介（肩書・略歴など）	出生地	生年	没年	トピック
	106	Al Raschid Bey 夫人、Helene Boehlau	ラム教に改宗した				五十歳祝賀
	123	Helene Boehlau、Helene					女流作家 H. Boehlau の夫
	447	Helene Boehlau					訃報（Omar Al Raschid Bey）
Boehm-Bawerk, Eugen von	534	Boehm von Bawerk	経済学者、オーストリア学派（ウィーン学派）に寄与	チェコ	1851	1914	学術アカデミー（ウィーン）人事
Boehme	484	Boehme	彫刻家				彫刻のモデルにオペラ女優
Boehme（姉妹）	814	Boehme 氏の姉妹	（ペテルブルク在住のドイツ人姉妹）				ゲーテゆかりの品をめぐり訴訟
Boehme, Margarete	158	Margarete Boehme	女流作家	ドイツ	1867	1939	作者の自伝との評に罰金
Boehmer, Paul	352	Paul Boehmer	（プロイセン王国官僚）				プロイセン拓殖務省人事
Boelsche, Wilhelm	116	Wilhelm Boelsche	作家、著述家。ドイツにおける市民大学（国民学校）設立の先導者	ドイツ	1861	1939	ドルドーニュでの発掘
	638	Boelsche					未来の学校に関する意見交換
Boerner, C. G	495	C. G. Boerner	美術商。1826年ライプツィヒで創業				名家自筆コレクション競売
Boernstein, Richard Leopold	664	Boernstein	物理学者、気象学者	ロシア	1852	1913	ベルリン学士院の補助
Boerue	498	Boerue					ハンブルクの名書店が売渡し
Boese	494	Boese	（彫刻家）				F. Haase が遺言で遺品寄贈
Boettcher, Carl	207	Böttcher、Karl Boettcher	教育者、著作家	ロシア	1838	1900	新興行ドラマ一覧
	208	Boettcher					新興行ドラマ一覧
Boettcher, Maximilian	347	Boettcher	劇作家	ドイツ	1872	1950	新興行ドラマ一覧
	678	Maximilian Boettcher					興行情報
Bogadzijew, Dimitri	581	Dimitri Bogadzijew	（ブルガリアの詩人外務省書記官）				訃報・拳銃自殺
Bogdan	728	Bogdan					ブカレスト大学で学長が辞任
Boggio, Emile	747	Emile Boggio	画家	フランス	1857	1920	サロン（パリ）情報
Bogrov, Dmitry	600	Bagrow、バグロフ	無政府主義者。ストルイピン首相暗殺犯	ウクライナ	1887	1911	社会革命党員が歌劇場でロシア首相を銃撃
Bohn	794	Lizentiat Bohn	（学士）				L. トーマ「モラル」は獄中で執筆
Bois, Curt	369	Curt Bois	俳優。サイレント映画草創期の子役	ドイツ	1901	1991	タリア座（ベルリン）が八歳の俳優を招聘
Bois, Henri Antoine Jules	831	Jules Bois	劇作家、詩人、作家	フランス	1868	1943	新作発表
Boissier, Agénor	818	Agenor Boissir	実業家、篤志家、慈善家		1841	1913	訃報・美術保護
Boissier, Gaston	203	Boissier	歴史家、文献学者、古代史家、アカデミー事	フランス	1823	1908	アカデミー・フランセーズ補充

人名	頁数	本文表記	人物紹介（肩書・略歴など）	出生地	生年	没年	トピック
	821	Gaston Boissier	務長				ドレフュス事件時に左右に分かれた名士一覧
	841	BOISSIER 氏					アカデミー・フランセーズ選挙
Boissy d'Anglas, François Antoine	484	Boissy d'Anglas	政治家。ナウンドルフ問題について報告書を作成、1911年に出版	フランス	1846	1921	ナウンドルフ＝ブルボン問題
Boito, Arrigo	698	Arrigo Boito	作曲家、オペラ台本家、音楽評論家、詩人、作家。「メフィストフェレス」など	イタリア	1842	1918	オペラ「ネロ」
Bojer, Johan	839	Johan Bojer	作家、劇作家	ノルウェー	1872	1959	近日上演の二脚本
Boklund, Mina	629	老婢 Mina、ミナ	（A. ストリンドベリの召使）				病床のストリンドベリ近況
	773	Mina Boklund					ストリンドベリの遺財内訳
Boldini, Giovanni	209	Boldini	画家、肖像画家	イタリア	1842	1931	1910年の国民サロン（パリ）
	496	Boldini					1911年春のサロン出品者など
Boll	642	Boll und Pickardt	（ベルリンの書肆）				劇場年報 *Die Rampe* 刊行
Bollenbach, H.	240	Bollenbach	化学者				化学的に陶土を生成との報告
Bolte, Johannes	281	Bolte	文芸学者、民俗学者、物語研究家	ドイツ	1858	1937	ベルリン学士院ライプニッツ賞
Boltenhagen, Kurt	6	Kurt Boltenhagen	（テナー歌手）				発声試験で少年テナー発見
Bombarda, Miguel	361	Bombarda	政治家、精神科医。リスボンの街頭で虐殺されたポルトガル共和党議員	ブラジル	1853	1910	ポルトガル革命の導火
	364	Bombarda					M. Bombarda と C. Reis の葬送
Bonaiuti, Ernesto	246	Bonaiuti	司祭、神学者、歴史家	イタリア	1881	1946	ピウス10世更迭論
Bonaparte（家）	577	ボナパルト派	ナポレオン１世以降、フランス帝位請求者となったボナパルト一族。ボナパルト派はボナパルト家を帝位に戻そうと運動した政治・思想グループ				ボナパルト派の機関新聞社
	777	Bonaparte 賞					ヴェルハーレンにボナパルト賞
Bonaparte, Charles Louis-Napoléon	53	拿破崙三世	第二共和政大統領（1848-1852）、フランス第二帝政皇帝（1852-1870）	フランス	1808	1873	八十三歳誕生日（Eugénie）
	173	拿破崙三世					訃報（Comte d'Orx）
	220	ナポレオン					P. Metternich-Sandor 講演
	232	ナポレオン三世、ナポレオン、王					エドワード７世の病状とナポレオン３世の死病
	283	ナポレオン三世、帝					「1870年戦（普仏戦争）その原因及び責任」一部紹介
	293	ナポレオン三世					訃報（H. Salentin）
Bonaparte, Jeanne	317	Princess Jeanne Bonaparte	女流彫刻家、芸術家。ナポレオン１世の大姪	フランス	1861	1910	訃報
Bonaparte, Joseph	379	Josephe Bonaparte、Comte de Survilliers	ナポレオン・ボナパルトの兄。ナポリ王としては Giuseppe Bonaparte、スペイン王としては José I。廃位後、Comte de Survilliers を名乗った		1768	1848	位を失った君主の挙動
Bonaparte, Napoleon	11	拿破崙一世	政治家、軍人、フランス第一帝政皇帝（1804	フランス	1769	1821	訃報（A. J. Rubay）・ナポレオン

人名	頁数	本文表記	人物紹介（肩書・略歴など）	出生地	生年	没年	トピック
			-1814、15年)。P679のナポレオン劇 *L'Aiglon*（子鷲）はナポレオン２世（1811-1832）のあだ名				逸話
	22	Napoléon					英雄と文豪の奇妙な癖
	199	拿破崙一世					セント・ヘレナ幽閉の逸話
	205	拿破崙一世					エルバ島でのナポレオン住居が売り家
	268	ナポレオン					古文書競売（アムステルダム）
	290	Napoléon					ナポレオン法典の一部改正
	452	Napoleon					新興行ドラマ一覧
	580	ナポレオン					ブレスラウ大学創立百年祭
	592	ナポレオン					「ジョコンダ」盗賊の刑を予測
	603	ナポレオン一世					O. ミルボーの脚本創作案
	679	ナポレオン劇					興行情報
	730	Napoléon Bonaparte					ルソー生誕二百年祭・哲学文学の発展
	749	ナポレオン					ナポレオンゆかりの荘園売却
	788	ナポレオン					ナポレオン敗軍を描いた脚本
	822	ナポレオン、Napoléon					ナポレオン旧蔵のロシア案内
Bonaparte, Napoleon Joseph Charles Paul	557	Prince Napoleon	イタリア第二帝政の政治家。ナポレオン１世の末弟ジェロームの息子	イタリア	1822	1891	訃報（Maria Clotilde）
Bonaparte, Napoléon Victor	161	Victor Napoléon	フランス帝位請求者、通称ナポレオン５世	フランス	1862	1926	レオポルド２世遺産争い
	364	Victor Napoléon					ボナパルト家家長とベルギー王女の婚礼予定
	393	Victor Napoléon					婚礼執行
Bonaparte, Roland	444	Prince Roland Bonaparte	フランス地理学協会会長、ナポレオン１世の孫	フランス	1858	1924	女ばかりのアカデミー賛成者
Bondi, Georg	528	Georg Bondi	書肆	ドイツ	1865	1935	F. グンドルフ「シェイクスピアとドイツ精神」
Boner, Edoardo Giacomo	260	Edoardo Boner	詩人、作家、ジャーナリスト。メッシーナ震災で死亡	イタリア	1866	1908	夢見で遺骸が発見
Bong, Richard	410	Bong	書肆。1872年ベルリンで創業	ドイツ	1853	?	小説「マリ・クレール」独訳出版
Boni, Giacomo	145	Boni	考古学者	イタリア	1859	1925	ローマ遺跡を壊す幹道計画に反対し考古学会長が辞職
	315	Giacomo Boni					発掘に匿名の寄付金
Bonifacius	120	Bonifacius	宣教師、殉教者	イギリス	672	754	ヘッセン大公作の戯曲興行
Bonmartini, Francesco	123	Comte Bonmartini	(「禍の指環」実在モデル、殺害された伯爵)				Linda Mulli 事件・「禍の指環」モデル問題
	145 146	伯					イタリア奇獄事件顛末・ボンマルティーニ夫人が再婚

人名	頁数	本文表記	人物紹介（肩書・略歴など）	出生地	生年	没年	トピック
Bonmartini, Linda Murri	122	Comtessa Linda	1902年にイタリアで起こったスキャンダラスな殺人事件（イタリア奇獄・Linda Mulli事件）の当事者。V. Morello「禍の指環」およびのちの映画「悲しみの伯爵夫人」実在モデル				Linda Mulli 事件・「禍の指環」モデル問題
	145 146	Linda Murri、Bonmartini、伯爵ボンマルチニ夫人、夫人					イタリア奇獄事件顛末・ボンマルティーニ夫人が再婚
	193	Linda Murri					Linda Murri を主人公とした匿名作者の脚本刊行予定
	262	Linda Murri					C. Secchi 獄中病死
Bonmartini, Linda Murri（子二人）	146	二人の子供	（L. M. ボンマルティーニ夫人の子供たち）				イタリア奇獄事件顛末・ボンマルティーニ夫人が再婚
Bonn, Ferdinand	388	Ferdinand Bonn	劇作家、舞台監督、俳優	ドイツ	1861	1933	F. Bonn が俳優として技量発揮
	462	Ferdinand Bonn					F. Bonn 全集刊行
	499	Bonn					役者が落馬して大怪我
	412	F. Bonn					新興行ドラマ一覧
Bonnanus	179	Bonnanus	聖堂建築家				ピサの斜塔調査
Bonnefont, Henry de	495	Henry de Bonnefont	（著述家）				ナウンドルフ問題に関する演説
Bonnemains, Marguerite de	96	情婦	政治家 G. ブーランジェの愛人	フランス	1855	1891	訃報（Boulanger 未亡人）
Bonnet, Joseph	314	Abbé Joseph Bonnet					「ダビデの詩篇」仏訳はラシーヌの可能性
	822	J. Bonnet					ナポレオン旧蔵のロシア案内
Bonnier, Albert	606	Bonnier 書店	スウェーデンの出版業・メディア産業グループ創業者	デンマーク	1820	1900	ストリンドベリの著述版権を一挙買収・義捐金継続
	719	Bonnier 書店					ストリンドベリ「回想録」出版
	773	書肆 Albert Bonnier					ストリンドベリ遺産内訳
Bonnot, Jules	710	Bonnot	無政府主義者、犯罪グループ「ボノ・ギャング」を組織し、強盗の際に自動車を利用した	フランス	1876	1912	J. Bonnot 立て籠もりの家を爆破
	727	Bonnot					ルソー生誕二百年祭費用につきフランス議会で議論
Bontoux, Paul Eugène	313	Bontoux	実業家。ユニバーサル銀行を創業	フランス	1820	1904	ロシェット事件はゾラの小説「金」を想起
Bonvalot, Gabriel	276	Bonvalot	探検家	フランス	1853	1933	西蔵（チベット）探検の進展
Booth, William	743	Booth	メソジスト会説教師、救世軍創始者	イギリス	1829	1912	訃報・「バーバラ少佐」世評
Borchardt	428	Borchardt	（医師）				F. Haase が膀胱の手術
Bordel, Wiliam	131	Wiliam Bordel					特殊ガラス開発
Borée, Albert	138	Albert Borée	（俳優）				訃報
Borgert, Adolf	270	Adolf Borgert	植物採集家、微生物学者		1868	1954	ベルリン学士院奨励金一覧
Borghese（家）	421	Borghese	ローマの名門貴族家系。教皇パオロ5世などを輩出				国際博覧会後は常設美術館

人名	頁数	本文表記	人物紹介（肩書・略歴など）	出生地	生年	没年	トピック
Borghi, Pietro	194	Pietro Borghi	（イタリアの彫刻家）				寄贈銅像めぐりゾラ夫人が訴訟
Borgia（家）	178	Borgia	スペインのバレンシアを発祥とするイタリア貴族の家系				純性欲戯曲の作者
	571	Borgia					宗教上の理由から興行禁止
Borgia, Cesare	176	Borgia	イタリア・ルネサンス期の軍人、政治家。ヴァレンティーノ公	イタリア	1475	1507	チェーザレ・ボルジアを主人公とした戯曲
	185	Cesare Borgia					新興行ドラマ一覧
	413	Cesare Borgia					新興行ドラマ一覧
	783	Cesare Borgia					興行情報
Borgia, Lucrezia	193	Frau Lukrezia	教皇アレクサンデル6世の娘 Lukrezia Bolgia。兄はチェーザレ・ボルジア		1480	1519	ブルク劇場でハイゼ誕生公演
	638	Lucrezia Borgia					パリの劇場（雑誌 *Comoedia*）
Borgo, Agnes	526	Agnes Borgo	ソプラノ歌手	フランス	1879	1958	多言語話者（トリリンガル）
	533	Borgo、ボルゴ					「トスカ」稽古の金銭トラブル
Boris	805	Boris	ロシア・ツァーリ国ツァーリ（1598-1605）、モスクワ大侯。Boris Godunov	ロシア	1551	1605	滑稽戯曲 *Kaiserliche Hoheit*
Bormann, Edwin	713	Edwin Bormann	作家。筆名 Bliemchen。シェークスピアの正体は F. ベーコンだと主張した一人	ドイツ	1851	1912	訃報・シェークスピア＝ベーコン説
Borngraeber, Otto	348	O. Borngraeber	文筆家、劇作家	ドイツ	1874	1916	新興行ドラマ一覧
	381	Otto Borngraeber					新興行ドラマ一覧
	637	Otto Borngraeber					公開状で興行禁止に抗議
	728	Bonrngraeber					*Die ersten Menschen* 興行禁止解禁
	733	Otto Borngraeber					興行禁止の戯曲 *Die ersten Menschen* を五回だけ解禁
	759	Otto Borngraeber					興行情報
Borngraeber, Wilhelm	578	Wilhelm Borngraeber	（ベルリンの書肆。Neues Leben 社を経営）				「デカメロン」挿絵のため没収
	590	Borngraeber 板					「デカメロン」発売禁止解除
	670	Wilhelm Borngraeber					書估 W. Lehmann 異動祝宴
	704	Wilhelm Borngraeber					キリスト劇出版
	759	Wilhelm Borngraeber					M. ラインハルト興行脚本を逐次刊行予定
Borrenberghe, Elisabeth	310	Elisabeth Borrenberghe	（懸賞基金当選者）				品行の良い人に懸賞金
Borromeo, Carlo	266	聖 Borromeo、Carlo Borromeo	カトリックの聖人、大司教、枢機卿	イタリア	1538	1584	法王が新教攻撃の回文
Bos, Frederik	820	Bos	政治家、農地経営者	オランダ	1866	1931	オランダの政変
Bos, Henri	64	Bos	政治家				議会での乱闘から決闘
Bose, Emil Hermann	532	Emil Bose	物理学者。ラプラタ大学で教鞭をとった	ドイツ	1874	1911	訃報
Bosse, Harriet Sofie	629	Harriet Bosse、先妻	女優。ストリンドベリと結婚し、Anne-Marie	スウェーデン	1878	1961	病床のストリンドベリ近況

B

人名	頁数	本文表記	人物紹介（肩書・略歴など）	出生地	生年	没年	トピック
	717	Harriet Bosse	を出産、後に離婚				訃報・略歴（ストリンドベリ）
Bosselt, Rudolf	390	Rudolf Bosselt	彫刻家、作家	ドイツ	1871	1938	美術工芸学校長就任
Bossert, Otto Richard	296	Bossert	肖像画家、版画教師	ドイツ	1874	1919	ライプツィヒ版画展覧会
Botha, Louis	259	Botha	政治家、南アフリカ連邦初代首相（1910-1919）	南アフリカ	1862	1919	南アフリカ連邦成立
	350	Botha					南アフリカ連邦で選挙
Botkin, Sergey	339	Botkin	医師。ロシアの近代医学の創始者。アレクサンドル2世、3世の侍医を務めた	ロシア	1832	1889	アルコール漬けの脳の行方
Bouchardat, Gustave	721	Bouchardat	化学者、医師。本文中にある「五十年代」は八十年代の誤り	フランス	1842	1918	硬ゴムの産地・改良
Boucher, François	157	François Boucher	画家。フランス・ロココ絵画の典型とされる。「水浴のディアナ」「ポンパドール夫人の肖像」など	フランス	1703	1770	フランス美術展覧会（ベルリン）
	613	Boucher					「ジョコンダ」事件でルーヴルの番人に処罰・絵画盗難発見
	735	Boucher					ブーシェの肖像画に赤ペンキ
Boué de Lapeyrère, Augustin	388	Boué de Lapeyrère	軍人　（海相）	フランス	1852	1924	ブリアン再造内閣
Boulanger, Georges-Ernest	95 96	Boulanger、夫	軍人、政治家。第3共和制下における反議会主義的政治運動ブーランジェ事件の首謀者	フランス	1837	1891	訃報（Boulanger 未亡人）
	359	Boulanger					王政党と共和党両陣から献金を受けていたことが露見
Boulanger, Georges-Ernest（妻）	95	Boulanger の未亡人	（G. Boulanger の妻）				訃報（Boulanger 未亡人）
Boule, Marcellin	422	Boule	古生物学者	フランス	1861	1942	考古学研究所（パリ）
Boulenger, Jacques-Romain	470	Jacques Boulenger	作家、批評家、文芸史家	フランス	1870	1944	*Après moi* 撤回事件・脚本興行の自由に関する抗議署名
Boulenger, Marcel	470	Marcel Boulenger	作家、フェンシングの名手としても知られた。「美女と野獣」など	フランス	1873	1932	*Après moi* 撤回事件・脚本興行の自由に関する抗議署名
Boulle, André-Charles	125	Boulle	家具職人	フランス	1642	1732	ロココ文化の再評価
Bouquet de La Grye, Jean Jacques Anatole	123	Bouquet de Lagoye	水路測量士	フランス	1827	1909	訃報・フランス科学アカデミー会員
Bour, Armand	443	Armand Bour	俳優、演出家	フランス	1868	1945	物語を排除した印象劇場（Théâtre impressif）創立
	457	Armand Bour、ブウル					パリ演劇の新運動
Bourbon-Conti, Stephanie Louise de	541	Stefanie de Bourbon-Conti	ブルボン＝コンティ家の一員。「史的回想録」の著者		1756	1825	ゲーテ協会大会（ヴァイマル）
Bourchier, Arthur	781	Arthur Bourchier	俳優、劇場監督	イギリス	1863	1927	シェークスピア記念祭
	801	Bourchier					男優と興行師が劇場争奪
Bourdelle, Antoine	209	Bourdelle	彫刻家。師ロダンとともにフランスの近代彫刻を代表するひとり	フランス	1861	1929	1910年の国民サロン（パリ）

人名	頁数	本文表記	人物紹介（肩書・略歴など）	出生地	生年	没年	トピック
Bourdet, Édouard	465	Edouard Bourdet	劇作家	フランス	1887	1945	ベルリンで禁止の戯曲をウィーンで興行
Bourely, Élisée	785	Bourely	政治家 （大蔵次官）	フランス	1867	1919	フランス新内閣
Bourgeois, Léon	630	Léon Bourgeois	政治家、首相（1895-1896）（労働相）	フランス	1851	1925	ノーベル平和賞予想（1911）
	664	Léon Bourgeois					フランス新内閣
Bourgeois, Margaret	287	Margarethe Bourgeois	修道女、聖人。モントリオール・ノートルダム聖堂の修道女会の設立者	フランス	1620	1700	ヴァチカンで聖人三名が選出
Bourget, Paul	135	Bourget	作家、劇作家、評論家。実証主義・自然主義に批判的な立場から小説を執筆、評論活動も行った。後年は戯曲にも取り組み、「バリケード」では工場主と労働者との対立、ストライキを扱った	フランス	1852	1935	ホテルの給仕にチップをはずむ人はずまない人
	137	Paul Bourget					脚本 *La Barricade* の意義
	147	Paul Bourget、作者					戯曲「バリケード」あらすじ
	154	Bourget					「バリケード」批評に弁明
	309	Bourget					電灯王パトー「シンジケートとストライキ」演説
	435	Paul Bourget					俳優 L. ギトリが所属劇場移籍
	463	Paul Bourget					アカデミー・フランセーズ会員
	478	Paul Bourget					新脚本 *Le Tribun*
	712	Paul Bourget					滑稽劇 *La Crise*
	821	Paul Bourget					ドレフュス事件時に左右に分かれた名士一覧
	847	PAUL BOURGET					レクラム文庫第49951巻
Bourreau	310	Bourreau	(殺害を自供したフランスの無宿者)				殺人事件で冤罪の可能性
	315	Bourreau					殺害自供は虚偽と判明
Boursin, Marie	55	Marie Boursin	(A. Chauchard の女友達、看護婦)				A. Chauchard の相続人
Bourtette, Marie	128	Marie Bourtette	(怨恨から毒薬を贈った人物)				人違い殺人事件
Boussenard, Louis Henri	351	Louis Boussenard	作家、冒険小説家	フランス	1847	1911	訃報・自身の葬儀広告
Boutet, Frédéric	715	Frédéric Boutet	作家	フランス	1874	1941	アフォリズム「女は女仲間のために流行の衣装を着る」
Boutroux, Émile	428	Bouty	科学哲学者、宗教哲学者、哲学史家。P428では女性の加入に賛成したアカデミー会員の中に Roux と Bouty の名が列せられているが、これは Boutroux（Émile）の誤りと考えられる	フランス	1845	1921	アカデミー女人禁制案が通過
	753	Emile Boutroux					アカデミー・フランセーズ補充
Bouty	428	Bouty	→ Boutroux, Émile				アカデミー女人禁制案が通過
Bouvard, Roger	243	Roger Bouvard	建築家		1875	1961	シャンゼリゼ劇場落成予定
Bouwmeester, Louis Frederik Johannes	494	Louis Bouwmeester	俳優。シェークスピア劇の名優	オランダ	1842	1925	ベルリン王立劇場にシャイロック役で登場

B

人名	頁数	本文表記	人物紹介（肩書・略歴など）	出生地	生年	没年	トピック
	501	Bouwmeester					現代的な感情表現に難との評
Boveri, Theodor Heinrich	798	Theodor Boveri	生物学者	ドイツ	1862	1915	カイザー・ヴィルヘルム協会生物学部長を辞退
Bovet, Marie Anne de	175	Anne de Bovet	女流作家、フェミニスト、愛国主義者	フランス	1855	?	Parat 事件に対する女性の意見
Boy-Ed, Ida	706	Ida Boy-Ed	女流作家	ドイツ	1852	1928	六十歳祝賀
Boyer, Otto	765	Otto Boyer	画家、小説家	ドイツ	1874	1912	訃報
Boyes, R.	431	R. Boyes	（劇作家）				新興行ドラマ一覧
Bozdiech, Emanuel	374	Emanuel Bozdiech	（プラハから失踪した劇作家）				消息発見・バルカン半島の寺院で出家
Bracco, Roberto	206	Roberto Bracco	ジャーナリスト、作家、劇作家	イタリア	1861	1943	新興行ドラマ一覧
	325	Roberto Bracco					法王追放に関するアンケート
	431	R. Bracco					新興行ドラマ一覧
	791	Robert Bracco					ダヌンツォを主人公にした戯曲
Bracht, Eugen	724	Eugen Bracht	画家	ドイツ	1842	1921	七十歳祝賀
Brachvogel, Albert Emil	596	Albert Emil Brachvogel	作家	ポーランド	1824	1878	シュトイベン像除幕に際し話題再燃
Brachvogel, Udo	775	Udo Brachvogel	文筆家、詩人、ジャーナリスト。ドイツ系アメリカ人	ポーランド	1835	1913	訃報
Braeter, Edmund	360	Braeter	建築家、都市建設課役人		1855	1925	ドレスデン新議事堂建設
Braf, Albin	42	農務大臣	国民経済学者、政治家　（農相）	チェコ	1851	1912	害虫被害を直訴し補助金
Braga, Joaquim Manuel Fernandes	363	父	軍人、数学者、哲学者。T. ブラガの父	ポルトガル	1804	1870	T. ブラガ略歴
Braga, Teófilo	351	Brega	作家、政治家、臨時政府大統領（1910-1911）、大統領（1915）。革命直後、臨時政府大統領となったブラガを友人 A. フランスが訪問	ポルトガル	1843	1924	ポルトガル共和国建国の通知
	361	Theophilo Braga					革命後ポルトガル仮政府
	362	Braga、ブラガ					1910年10月５日革命
	363	ブラガ、Braga					1910年10月５日革命、T. ブラガ略歴、A. フランスが友人ブラガを訪問
	375	Theophile Braga					T. ブラガの座右の銘
Braga, Teófilo（継母）	363	継母	T. ブラガの継母 Ricarda Pereira	ポルトガル	1808	1886	T. ブラガ略歴
Braganza, Adelheid de	230	Adelheid de Braganza	ポルトガル王ミゲル１世（廃位）の娘。Maria Antonia Adelheid de Braganca	ドイツ	1862	1959	高貴なる僧尼
Brahm, Otto	7	Brahm	劇場監督、舞台監督、演劇・文芸評論家。自由劇場、ドイツ劇場、レッシング劇場の演出家、監督としてイプセン、ハウプトマン、ズーダーマン、オイレンベルク、ハルトらを世に出し、自然主義演劇をリードした。M. ラインハルトなど後進の発掘・育成にも功績が	ドイツ	1856	1912	ベルリン劇界に俗受の風潮
	63	Otto Brahm					O. ブラームに聖 Olaf 勲章
	314	Otto Brahm					O. ブラームの近況・予定
	342	Brahm					ハウプトマン「鼠」脱稿
	354	Otto Brahm 時代					訃報（J. カインツ）・詳細

人名	頁数	本文表記	人物紹介（肩書・略歴など）	出生地	生年	没年	トピック
	395	Otto Brahms	あった				O. ブラームの「カインツ」出版
	455	Brahm					O. ブラームが「鼠」検閲削除に抗議し警視総監を起訴
	458	Brahm					舞台監督協会人事
	480	Brahm					遊興税に対する抗議会
	484	Brahms					女性脱帽に関するベルリン警視庁要請を劇場主会議拒否
	518	Brahm、ブラアム					ベルリン劇界の二大名士
	522	Brahm					H. Bahr 近作 *Das Taenzchen*
	539	Brahm					レッシング劇場新作興行予定
	540	座長					警視庁の「鼠」削除命令を不服とした劇場側が勝訴
	545	Otto Brahm、ブラアム					O. ブラームの進退に関する噂
	609	Otto Brahm					劇場人事（レッシング劇場）
	627	Otto Brahm					クライスト伝及び作品集
	677	Brahm					O. ブラーム組の俳優たちが新団体を結成予定
	759	Otto Brahm					訃報
Brahms, Johannes	53	Brahms 記念祭	作曲家、ピアニスト、指揮者。ドイツ三大Bの一人に数えられる	ドイツ	1833	1897	第一回ブラームス記念祭
Braig, Carl	454	Braig	神学者、哲学者	ドイツ	1852	1923	反モデルニスムス誓文に服従した教授一覧
Bramson, Karen	265	Bramson	女流作家、劇作家	デンマーク	1875	1936	新興行ドラマ一覧
	448	Karen Bramson					女流作家が興行許可を直訴
	513	Karen Bramson					実は女性作家の作との評判
Branberger, Johann	557	Branberger	（学者、著述家）				プラハ音楽院百年祭
Branco, João	385	Joao Franco	政治家、ブラガンサ朝ポルトガル王国首相（1906-1908）	ポルトガル	1855	1929	捕縛
Brancovan	827	Princesse Brancovan	→ Noailles, Anna de				G. ブランデス「現代のフランス文学」分類図
Brandenburg, Martin	554	Martin Brandenburg	画家、製図家、版画家	ポーランド	1870	1919	ベルリン無鑑査展覧会役員
Brandes, Georg	221 222	Brandes、Gerorg Brandes	文学史家、批評家。19世紀末から20世紀前半を代表する文学史家。ニーチェ、ストリンドベリ、イプセンの存在を世に広める功績もあった。「十九世紀文学主潮史」など	デンマーク	1842	1927	訃報（ビョルンソン）・詳細
	588	Gerorg Brandes					女優 C. Wiehe 自伝出版
	589	Gerorg Brandes					レジオン・ド・ヌール受勲
	676	Georg Brandes、ブランテス					G. ブランデスの寓言体の自伝
	682	Georg Brandes					見出された女流作家

B

人名	頁数	本文表記	人物紹介（肩書・略歴など）	出生地	生年	没年	トピック
	825	Georg Brandes					G. ブランデス「現代のフランス文学」分類図
Brandes, Georg（祖父）	676	祖父					G. ブランデスの寓言体の自伝
Brandes, Georg（父）	676	父					G. ブランデスの寓言体の自伝
Brandes, Wilhelm	400	Wilhelm Brandes	作家。W. Raabe との親交も知られる	ドイツ	1854	1928	葬式（W. ラーベ）
Brandis, August von	573	August von Brandis	画家	ドイツ	1859	1947	ベルリン大美術展覧会受賞者
Brandl, Alois	533	Alois Brandl	言語学者、英文学者	オーストリア	1855	1940	ドイツ語で書くアメリカ詩人
	806	Brandl、Brendl					シェークスピア協会（独）沿革
Brandt, Joseph von	92	Brandt	画家、戦争画家。1928没の可能性	ポーランド	1841	1915	シャック・ギャラリー開館式
	458	Joseph von Brandt					七十歳祝賀
Branly, Édouard Eugène Désiré	440	Branly	物理学者、発明家	フランス	1844	1940	アカデミー・フランセーズ候補
Brann, Paul	151	Paul Brann 一座	人形師、作家、俳優	ドイツ	1873	1955	人形芝居「猛者」興行
Brant-Sero, Otjijatekha	236	Otjijatekha Brant-Sero	モホーク族インディアンの著述家	カナダ	1867	1914	ドレスデン地学協会で演説
	279	Ojijatheka（Brant-Sera）					人種差別小説に異議
Brantzky, Frantz	445	Brantzky	建築家	ドイツ	1871	1941	ビスマルク記念像競技会
Braque, Georges	491	Bracque	画家。ピカソとともにキュビズムを創始	フランス	1882	1963	ベルリン分離派展覧会にフランス表現派の絵画陳列
Braun	564	Braun	（漫画週刊誌 *Fliegende Blaetter* 社主）				六十歳祝賀
Braun, Carl	509	Karl Braun	オペラ歌手、バス	ドイツ	1886	1960	急病の代役も無許可で罰金
Braun, Carl Ferdinand	108	Braun	物理学者。ノーベル物理学賞（1909）	ドイツ	1850	1918	ノーベル賞受賞者（1909）
Braun, Louis	106	Louis Braun	画家、戦争画家	ドイツ	1836	1916	白内障の手術で結果良好
Braune, Heinz	769	Braune	美術史家		1880	1957	ピナコテーク館長人事
Bray, Ethel	247	Ethel Bray	（アメリカ人女性）				E. Bray の未曾有の結婚離婚歴
Bray, Ethel（子二人）	247	Ethel Bray	（E. Bray と W. Brummitt との子供二人）				E. Bray の未曾有の結婚離婚歴
Bray, Yvonne de	234	Yvonne de Bray	舞台女優、映画女優、歌手	フランス	1887	1954	女性歌手への脅迫・加害事件
Brazza	508	Conte Brazza	（オペラ台本家）				新興行オペラ一覧
Brecher, Gustav	503	Brecher	指揮者、作曲家、音楽監督、評論家	チェコ	1879	1940	音楽監督人事
Bredius, Abraham	597	Abraham Bredius	美術史家、レンブラント研究者、美術蒐集家、美術館長、パトロン	オランダ	1855	1946	古文書からレンブラントの真作でないと判定
Bré, Ruth	644	Ruth Brée	女流詩人。本名 Elisabeth Bouness（Mutterschutzbewegung の首唱者）				訃報・埋葬費なし
Brega	351	Brega	→ Braga, Teófilo				ポルトガル共和国建国の通知
Breitenbach, Paul von	565	von Breitenbach 大臣	政治家、鉄道業者	ポーランド	1850	1930	建築において新様式不採用を言明
Breitsamter, Ritzert	246	Ritzert Breitsamter	（受難劇演者）				オーバーアマガウの受難劇
Bremer, Hans	575	Hans Bremer	画家	ドイツ	1885	1959	芸術高等学校（ベルリン）表彰

人名	頁数	本文表記	人物紹介（肩書・略歴など）	出生地	生年	没年	トピック
Brenck-Kalischer, Bess	782	Bess Brenk-Kalischer	女流詩人、仲間とともに表現主義協会ドレスデンを創立	ドイツ	1878	1933	文壇排斥の作家作品の朗読
Brendel, Martin	752	Brendel	天文学者	ドイツ	1862	1939	国際惑星観測所設立
Brenner, Ernst	476	Brenner	政治家 （法相）	スイス	1856	1911	訃報
Brennerberg, Franz von	354	von Brennerberg	医師、外科医				訃報（J. カインツ）・詳細
Brennert, Hans	239	Hans Brennert	作家、舞台・映画脚本家	ドイツ	1870	1942	新興行オペラ一覧
	415	Brennert					新興行オペラ一覧
	634	H. Brennert					新興行ドラマ一覧
Brentano, Clemens	536	Brentano	文学者・小説家・詩人。最盛期のドイツ・ロマン主義を代表する一人	ドイツ	1778	1842	滑稽戯曲の懸賞にまつわる話
Brentano, Fritz	170	Fritz Brentano	作詞家、喜劇作者、方言詩人	ドイツ	1840	1914	七十歳祝賀
Breschko-Breschkowskaja, Jekatarina	188	Breschko Breschkowskaja、婆あさん	革命家。ロシア社会革命党結党時のメンバーで「革命の祖母」と呼ばれる	ロシア	1844	1934	「革命の祖母」秘密審問
Breslau, Luise Katharina	209	Luise Breslau	女流画家、リトグラフ作家	ドイツ	1856	1927	1910年の国民サロン（パリ）
Bressan	243 244	Bressan、書記	（法皇付きの書記）				法王ピウス10世の日課
Breuer	393	Breuer 殺人事件					刑屍の射撃試験利用につき弁明書
Breuer, Peter	568	Peter Breuer	彫刻家。ベルリン彫刻界おけるモダニズムの先駆者の一人	ドイツ	1856	1930	八十歳祝賀（R. Begas）
	659	Peter Breuer					K. Schaefer 記念像除幕
	771	Breuer					O. Lilienthal 像制作
	773	Breuer					再度 R. Begas 胸像制作
Brêval, Lucienne	282	Lucienne Breval	ソプラノ歌手	フランス	1869	1935	「マクベス」翻案の二脚本興行
Breymann, Hermann	343	Hermann Breymann	言語学者	ドイツ	1843	1910	訃報
Breysig, Kurt	569	Breysig	歴史家	ポーランド	1866	1940	ベルリン大学講義一覧
Briand, Aristide	68	Briand	政治家、首相（1909-11、1913、1915-1917、1921-1922、1925-1926、1929)。ノーベル平和賞（1926)。第一次大戦を挟み、10期にわたりフランスの首相を務めた。平和外交に功績があったことで知られる。フランス社会党の創設者の一人であったが、後年は社会党色を払拭した	フランス	1862	1932	フランスで首相交代・議会での代理投票禁止があだ
	69	首相、Briand、Aristide、ブリアン					フランス新内閣、A. ブリアンの経歴紹介
	192	Briand					官金費消事件で首相奮闘
	302	Briand					ブリアンが警視総監を弁護
	368	Briand					フランス新内閣
	385	Briand					首相ブリアンがフランス議会で極左相手に奮戦、信任決議
	387	首相、Briand					首相の発議で内閣総辞職、ブリアンが再度内閣組織を受託、A. ブリアンの経歴

人名	頁数	本文表記	人物紹介（肩書・略歴など）	出生地	生年	没年	トピック
	388	Briand					ブリアン再造内閣
	402	Briand					J. Ferry 像除幕式に暴漢
	406	Briand					フランス政治家の早口舌番付
	409	Briand					死刑反対の示威運動
	441	Briand、首相					ブリアン首相暗殺未遂事件
	468	Briand					ブリアンが大統領に辞表提出
	664	Briand					フランス新内閣
	771	Briand					フランス新内閣
	785	Briand					選挙法問題でブリアン内閣倒閣
Bridges, Robert	816	Robert Bridges	詩人。桂冠詩人（Alfred Austin の次）				桂冠詩人の後任決定
Brière	309	Brière	（処刑されたフランスの農夫）				殺人事件で冤罪の可能性
Briesemeister, Otto	269	Otto Briesemeister	テノール歌手	ドイツ	1866	1910	訃報
Briesen, F. v.	594	F. v. Briesen	（劇作家）				新興行ドラマ一覧
Brieux, Eugène	246	Eugène Brieux	作家、劇作家、ジャーナリスト、旅行家。戯曲 *Les Avariés*（破損した生活、本文では「破船者」）は梅毒を詳細に描き、興行禁止となった。「信仰」の音楽は C. サン＝サーンス	フランス	1858	1932	E. Brieux のアカデミー・フランセーズ登壇式
	347	E. Brieux					新興行ドラマ一覧
	407	Brieux					テアトル・フランセが検閲で「信仰」の興行拒絶
	463	Eugène Brieux					アカデミー・フランセーズ会員
	543	de Briaux					新薬606号と整形外科により意義を失う舞台脚本
	588	Brieux					「自由なる女」興行
	810	Eugéne Brieux					ベルリンで *Les avariés*（破船者）上場
	827	Brieux					G. ブランデス「現代のフランス文学」分類図
Brinckmann, Justus	803	Justus Brinckmann	博物館館長。ハンブルクの博物館設立や日本美術紹介などに功績があった	ドイツ	1843	1915	訃報
Brinski, Leo	151	Leo Berenski	劇作家、脚本家	ロシア	1884	1951	ロシア革命劇「モロク」に喝采
	168	Leo Birinski					革命劇「モロク」の作者
Brion, Friederike Elisabeth	654	Friederike Brion	アルザスの牧師の娘。若きゲーテの恋人でグレートヒェンのモデルとされる	フランス	1752	1813	フリーデリケがゲーテに堕落させられたか否かで陰険な争論
Brisson, Henri	705	Henri Brisson	政治家、首相（1885-1886、1898）	フランス	1835	1912	訃報
Brix, Rudolf	700	Rudolf Brix	元劇場監察官の劇作家	オーストリア	1880	1954	興行中に信徒が暴行
Brociner, Marco	141	Marco Brociner	劇作家、詩人、弁護士、ジャーナリスト	ルーマニア	1852	1942	興行情報・ビョルンソン新作
	153	Marco Brociner					興行情報
	593	M. Brociner					新興業ドラマ一覧
Brock, Thomas	524	Thomas Broek	彫刻家。バッキンガム宮殿前のヴィクトリア	イギリス	1847	1922	ヴィクトリア女王記念像除幕式

人名	頁数	本文表記	人物紹介（肩書・略歴など）	出生地	生年	没年	トピック
	532	Thomas Brock	女王記念像などで知られる				F. クック記念像
Brockhaus, Albrecht	613	Albrecht Brockhaus	書肆、政治家		1855	1921	議会議長に勅任
Brockhaus, Max	226	Max Brockhaus	クラシック音楽専門の出版社 Max Brockhaus 創業者	ドイツ	1867	1957	オペラ座ボイコット
Brockhausen, Eugen von	10	von Brockhausen	政治家	ドイツ	1857	1923	興行脚本取締りの演説
Brockhusen, Theo von	174	Theo. von Brockhusen	画家、ベルリン分離派	ドイツ	1882	1919	ベルリン分離派展覧会・画風の新旧と価値は別
	293	Theo. von Brockhusen					ベルリン分離派展でベルリン市の賞金受賞
	672	Brockhusen					Villa Romana 賞受賞
Brod, Max	287	Max Brod	作家、作曲家、文芸・音楽評論家。カフカの友人で遺稿管理者。カフカの名と作品を国際的に広めた	チェコ	1884	1968	新パトス文学会で詩の朗読
	645	Max Brod					新作小説がベルリンで朗読
	812	Max Brod					ロシアで発禁
Brodersen	226	Brodersen	（オペラ歌手）				「愛の園のバラ」再演トラブル
Brody, Alexander	206	Brody	文筆家、劇作家		1863	1924	新興行ドラマ一覧
	435	Alexander Brody					第 1 回 Zum grossen Wurstl
Bronsart von Schellendorff, Hans	806	von Bronsart	作曲家、音楽家、F. リストの弟子。I. v. Bronsart von Schellendorff は妻	ドイツ	1830	1913	シェークスピア協会（独）沿革
Bronsart von Schellendorff, Ingeborg von	657	I. v. Bronsart	女流作曲家、音楽家。F. リストの弟子。Hans Bronsart von Schellendorff は夫	ドイツ	1830	1913	新興行オペラ一覧
	812	Ingeborg von Bronsart-Schellendorf					訃報
Brose	92	Brose	（絵画盗難の被害者）				絵画盗難事件控訴棄却
Brown-Sêquard, Charles Edward	418	Brown-Sequard	生理学者、神経科医	モーリシャス	1817	1894	突然白髪になった逸話
Browning, John Moses	311	Browning 式拳銃	銃器製造業者	アメリカ	1855	1926	スペイン前首相狙撃事件
Browning, Robert	189	Robert Broning、ブラウニング	詩人、作家、劇作家	イギリス	1812	1889	メーテルリンク「マグダラのマリア」興行と P. ハイゼの原作脚本
Brratt	206	Barrat	（牧師）				A. Larssen が突然の引退
Bruce, Robert	808	Robert Bruce	スコットランド王 Robert I（1306-1329）	スコットランド	1274	1329	A. カーネギーの逸話・略歴
Bruce, William Speirs	30	Dr. Bruce	博物学者、科学者。SNAE（スコットランド国立南極探検隊）を組織	スコットランド	1867	1921	スコットランドで南極探検計画
	304	Bruce					南極探検
Bruch, Margarete	231	Margarete	（Max Bruch の娘、花祭の王）				ケルン花祭
Bruch, Max	231	Max Bruch、マックス・ブルツホ	作曲家、指揮者。ロマン派の作風で、著名なヴァイオリン協奏曲がある	ドイツ	1838	1920	ケルン花祭
	264	Max Bruch					新興行ドラマ一覧

B

人名	頁数	本文表記	人物紹介（肩書・略歴など）	出生地	生年	没年	トピック
	273	Max Bruch					七十二歳で退隠
	803	Max Bruch					ベルリン王立芸術院名誉会員
Bruckmann, Friedrich	504	F. Bruckmann	書肆創業者		1814	1898	R. ワーグナー自伝出版
Brueggemann	468	Brueggemann	（マイセン製陶所所長）				訃報
Brueggemann, Alfred	239	Alfred Brueggemann	（作曲家）				新興行オペラ一覧
Bruehl, Heinrich von	518	Bruehlsche Terrasse	政治家。ドレスデンのブリュールのテラスに名を残す	ドイツ	1700	1763	ドレスデン水彩画展覧会
Bruehl, Julius	456	Julius Bruehl	化学者	ドイツ	1850	1911	訃報
Bruehl, Ludwig	570	Ludwig Bruehl	（探検家）				パレスチナ研究会死海探険
Brueming, E.	656	E. Brueming	（劇作家）				新興行ドラマ一覧
Bruett, Adolf	250	Adolf Bruett	彫刻家、ヴァイマル彫刻学校創立者	ドイツ	1855	1939	ベルリン美術大展覧会（1911）
	280	Adolf Bruett					ヴァイマル美術学校人事
Brummitt, William	247	William Brummitt、Brummitt	（E. Bray の一、三、五番目の結婚相手）				E. Bray の未曾有の結婚離婚歴
Brun, Jean	69	Brun	（陸相）	フランス	1849	1911	フランス陸相に決定
	388	Brun					ブリアン再造内閣
	467	Brun					訃報
Brunetière, Ferdinand	821	Brunetière	作家、評論家	フランス	1849	1906	ドレフュス事件時に左右に分かれた名士一覧
Brunhuber, Robert	41	Brunhuber	新聞記者		1878	1909	チベット入国を試み殺害
Brunner, Heinrich	269	Heinrich Brunner	歴史家、法学者	オーストリア	1840	1915	七十歳祝賀
	371	Brunner					ベルリン大学百年祭
	377	Heinrich Brunner					ベルリン大学役員一覧
Brunner, Karl	115	Brunner	（*Ssanin* 翻訳裁判鑑定人の一人）				M. アルツバーシェフ「サーニン」翻訳裁判
Bruno, Giordano	175	Giordano Bruno	修道士、哲学者、数学者、天文学者。宇宙は無限と提唱し、地動説を支持。異端審問により火刑に処された	イタリア	1548	1600	G. ブルーノ命日に各地で催し
	296	Giordano Bruno					F. ロイターの投獄・監禁を批判
	348	Giordano Bruno					新興行ドラマ一覧
	381	Giordano Bruno					新興行ドラマ一覧
Brurein, Wilhelm	501	Brurein	建築家	ドイツ	1873	1932	ベルリン美術大展覧会（1912）
	651	Brurein					ハノーファー大展覧会（1912）
Brutus, Lucius Iunius	742	Brutus	政治家、執政官。コラティヌスとともにタルクィヌス・スペルブス王を倒し、ローマに共和制をもたらした			前509頃	A. Lindner の脚本と作者紹介
Bryan, William Randolph	313	William Randolph Bryan	政治家、銀本位論者	アメリカ	1845	1935	ネブラスカ州など民主党の情勢
Bryce, James	444	Bryce	法学者、歴史家、政治家、駐米大使	イギリス	1838	1922	ペテルブルク学士院会員

人名	頁数	本文表記	人物紹介（肩書・略歴など）	出生地	生年	没年	トピック
Bubi	607	Bubi	→ Toselli, Carlo Emmanuele				前ザクセン皇太子妃と音楽家の親権問題
Buchbinder, Bernhard	562	B. Buchbinder	俳優、ジャーナリスト、作家	オーストリア	1849	1922	新興行ドラマ一覧
Buchner, Eberhard	185	Eberhard Buchner	（劇作家）。P211に戯曲 *Wem gehoert Helene?* の作者 Eduard Buchner とあるが、これは Eberhard の作				新興行ドラマ一覧
	211	Eduard Buchner					興行禁止
	634	Buchner					新興行ドラマ一覧
Buchner, Eduard	373	Eduard Buchner	化学者、ノーベル化学賞（1907）	ドイツ	1860	1917	ベルリン大学百年祭名誉学位
Buchner, Georg	535	Georg Buchner	→ Buechner, Karl Georg				滑稽戯曲の懸賞にまつわる話
Buckingham	423	Buckingham 宮殿	初代バッキンガム公 John Sheffield。政治家、枢密院議長、詩人	イギリス	1647	1721	エドワード2世騎馬像設置のための事前調査
	524	Buckinghampalace					ヴィクトリア女王記念像除幕式
Budde, Gerhard	651	Gerhard Budde	教育学者、教員		1865	1944	大学入学に古典語廃止論
Budde, Hermann von	224	von Budde	軍人　（鉄道大臣）	ドイツ	1851	1906	H. v. Budde 記念像
Buechner, Karl Georg	535	Georg Buchner	劇作家、作家、自然科学者、革命家	ドイツ	1813	1837	滑稽戯曲の懸賞にまつわる話
Buechsel, Wilhelm	476	Buechsel	軍人、海軍中将	ドイツ	1848	1920	ドイツ帝国海軍歴代司令官
Buelow（家）	437	Buelow 氏	ワーグナーと再婚する前のコジマの夫ハンス・フォン・ビューローの姓				コジマに口述の R. ワーグナー自伝公開
Buelow, Bernhard von	12	首相	外交官、政治家、帝国宰相（1900-1909）	ドイツ	1849	1929	八十歳祝賀（F. シュピールハーゲン）・首相列席
	65	前首相、Fuerst Buelowplatz					広小路に前首相の名前
	127	首相					1909年最も面白かった記事
	183	Buelow					歴代ドイツ首相につき短評
	191	Buelow（前首相）夫婦					P. ハイゼ八十歳賀帖署名者
	673	Buelow					訃報（H. Bang）
	690	Buelow					ビスマルクはデュッセルドルフのハイネ記念像設立拒否せず
	765	Buelow 伯					訃報（v. K. Waechter）
Buelow, Daniela von	191	Daniela von Buelow	H. v. ビューローとコジマ・ワーグナーの娘、H. Thode の妻	ドイツ	1860	1940	H. Thode がハイデルベルク大学を退隠
Buelow, Frits	285	Buelow	政治家　（法相）	デンマーク	1872	1955	デンマーク新内閣
Buelow, Hans von	554	H. von Buelow	ベルリン・フィル初代常任指揮者、ピアニスト。コジマ・ワーグナーは元夫人	ドイツ	1830	1894	ベルリン無鑑査展覧会役員
Buelow, Marie Anna Zoë Rosalie von	546	Fuerstin Buelow（前首相夫人）	B. v. ビューロー首相夫人。元の名は Maria Beccadelli di Bologna	イタリア	1848	1929	訃報・略歴（A. Wilbrandt）
Buerger, Gottfried August	838	Buerger	詩人	ドイツ	1747	1797	F. L. W. Meyer 紹介

B

人名	頁数	本文表記	人物紹介（肩書・略歴など）	出生地	生年	没年	トピック
Buff, Charlotte	756	Charlotte Buff (Frau Rat Kestner)	→ Kestner, Charlotte				「ウェルテル」のロッテ実在モデルの姪が存命
Buff, Wilhelmine	756	Wilhelmine Buff	「若きウェルテルの悩み」登場人物ロッテのモデルとなったシャルロット・ケストナー（旧姓 Buff）の姪				「ウェルテル」のロッテ実在モデルの姪が存命
Buisson, Ferdinand	440	Buisson	政治家、官僚、新教牧師、ノーベル平和賞（1927）	フランス	1841	1932	人事の透明性に関する提議・反ユダヤ的示威運動
Bule	447	Bule	（人類発展史研究所所長）				人類発展史研究所
Bulgaria 王	277	Bulgaria 王	→ Ferdinand I				ブルガリア王夫妻の歓迎興行
Bulle, Oskar	71	Oskar Bulle	文筆家		1857	1917	シラー財団事務局長後任人事
	539	Bulle					H. Hoffmann 記念像（ヴァイマル）除幕
Bulwer-Lytton, Edward George	525	Lytton-Bulwer	詩人、劇作家、作家、政治家。初代リットン男爵	イギリス	1803	1873	ロンドンでドイツ帝歓迎の演劇
	636	Bulwer					新興行オペラ一覧
Bumm von Schwarzenstein	428	Freiherr Bumm von Schwarzenstein	→ Mumm von Schwarzenstein, Philipp Alfons	ドイツ			在日ドイツ大使交代の予定
Bunsen, Marie von	721	Marie von Bunsen	作家、水彩画家	ドイツ	1860	1941	東京国際博覧会の建築様式
Buono, Del	749	Del Buono	（荘園の所有者）				ナポレオンゆかりの荘園売却
Burbank, Luther	170	Luther Burbank	植物学者	アメリカ	1849	1926	サボテン料理普及のため遊説
Burchard, Johann Heinrich	372	Johann Heinrich Burchhard	弁護士、政治家	ドイツ	1852	1912	ベルリン大学百年祭名誉学位
Burckhard, Max	693	Max Burckhardt、ブルクハルト	劇作家、演劇評論家、ブルク劇場監督、弁護士、法律家	オーストリア	1854	1912	訃報
	710	Max Burckhardt					M. ブルクハルトの蔵書が競売
	714	Max Burckhardt、故人					ブルクハルト蔵書競売・寄付
Burckhardt, Carl Christoph	294	Burckhardt	政治家	スイス	1862	1915	憲法改正問題
Burckhardt, Max	437	Max Burckhardt	→ Burkhardt, Max				グリルパルツァー賞・詳細
	667	M. Burckhardt					新興行ドラマ一覧
Burdach, Konrad	235	Konrad Burdach	ゲルマニスト、文献学者、文学研究者	ロシア	1859	1936	T. フォンターネ記念像除幕
	271	Burdach					ベルリン学士院奨励金一覧
Burdin, Charles	498	Burdin	（千里眼の実験をした人物の一人）				千里眼試験の歴史と結果
Burg, Jacques	600	Jacques Burg	（劇作家）				合作脚本「吟遊詩人」出版
Burger, Fritz	251	Fritz Burger	画家	ドイツ	1867	1927	ベルリン美術大展覧会（1911）
Burgess, John William	373	John William Burgess	政治学者	アメリカ	1844	1931	ベルリン大学百年祭名誉学位
Burggraf, Wilhelm	575	Wilhelm Burggraf	（画家）				芸術高等学校（ベルリン）表彰
Burghaller, Rudolf	580	R. Burghaller	（劇作家）				新興行ドラマ一覧

人名	頁数	本文表記	人物紹介（肩書・略歴など）	出生地	生年	没年	トピック
Burgkmair, Hans	586	Burgkmair	画家	ドイツ	1473	1531	大暑で画に亀裂剝離
Buri, Max	624	Max Burri	画家	スイス	1868	1915	ローマ国際美術展覧会受賞者
Burian, Karel	489	Karl Burrian	テナー歌手	チェコ	1870	1924	訴訟・一時廃業の見込
	520	Karl Burrian、俳優					ザクセン王がオペラ歌手に違約金を要求
Burkart, Karl	89	Karl Burkart	（新聞記者）				訃報
Burkhardt, Max	437	Max Burckhardt	音楽批評家、作曲家、文筆家。*Das Mosel-gretchen*（1912）はオペラ	ドイツ	1871	1934	グリルパルツァー賞・詳細
	667	M. Burckhardt					新興行ドラマ一覧
Burman, Conny	719	Conny Burman	画家、美術教師	スウェーデン	1831	1912	ストリンドベリ「回想録」出版
Burns, Robert	175	Burns	詩人。スコットランドの国民的詩人。民謡の収集と普及にも功績があった	イギリス	1759	1796	Poetry Recital Society で文豪の後裔たちのための午餐会
	772	Robert Burns					R. Burns 記念祭（ロンドン）
Burnside, Helen Marian	130	Helen Marian Burnside	女流詩人、作家	イギリス	1844	1923	クリスマスカード四行詩の作者
Burrel, Mary Banks	437	Mrs. Burrel	5代 Gywdyr 男爵 Willoughby Burrell の妻			1898	コジマに口述の R. ワーグナー自伝公開
Burte, Hermann	756	Hermann Burte	詩人、作家、画家	ドイツ	1879	1960	第1回クライスト賞
Burzew	63	Burzew	（ロシア社会革命党員、スパイ）				Heckelmann-Landessen-Harting 事件
	82	Burzeff					ロシア探偵事情・私文書検閲
	137	Burzew					日露戦争の要因となったロシア帝の秘密電報が公開
Busch, Johannes	574	Johannes Busch	（画家）				芸術高等学校（ベルリン）表彰
Busch, Lori	766	Lori Busch	（ベルリン生まれの女優）				腕の動脈を切って自殺未遂
Busch, Paul Vincenz	499	Busch 曲馬場	サーカス興行師		1850	1927	役者が落馬して大怪我
	508	Zircus Busch					アイスキュロス「オレスティア」興行がバッティング
	521	Busch 曲馬場					ウィーン興行情報
	751	Zirkus Busch					エウリピデス「ヒッポリュトス」興行
Busch, Wilhelm	13	Wilhelm Busch	風刺画家、詩人。漫画家の先駆	ドイツ	1832	1908	七十歳祝賀（O. Bassermann）
	642	Wilhelm Busch					W. Busch 記念像設立予定
	657	Wilhelm Busch					W. Busch 記念像の塑造
	834	Wilhelm Busch					W. Busch 記念像
Busoni, Ferruccio	209	Ferruccio Busoni	作曲家、指揮者、ピアニスト、文筆家。新古典主義音楽を標榜。著名な作曲家・楽曲の校訂・編曲にも功績がある	イタリア	1866	1924	新興行オペラ一覧
	645	Ferruccio Busoni					グスタフ・マーラー財団
	752	Busoni					ドイツ音楽界の現状批評
Busse-Palma, Georg	231	Georg Busse-Palma	詩人、作家。兄は Carl Hermann Busse	ドイツ	1876	1915	ケルン花祭

C

人名	頁数	本文表記	人物紹介（肩書・略歴など）	出生地	生年	没年	トピック
Bussi	573	Canonicus Bussi	（司教座聖堂参事会員）				イタリアの僧侶らが古美術品を外国に密売
Butler, Eleonor	273	Eleonor Butler	T. ルーズベルト Jr. の妻、Eleanor Butler Alexander-Roosevelt	アメリカ	1888	1960	T. ルーズベルト Jr. の婚礼
Butros Ghali（Pascha）	173	Butros Pascha	首相（1908-1910）	エジプト	1846	1910	エジプト首相が暗殺
Buttel-Reepen, Hugo Berthold von	679	Buttel Reepen	生物学者、養蜂研究家	ドイツ	1860	1933	フンボルト財団の資金で東インドに出立
Butti, Enrico	803	Butti	彫刻家	イタリア	1847	1932	ヴェルディ記念像（ミラノ）
	837	Butti					ヴェルディ記念像除幕（ミラノ）
Butti, Enrico Annibale	658	Butti	劇作家	イタリア	1868	1912	E. Duse がトリポリに向う予定
	758	E. A. Butti					訃報
Butz	90	Butz	（指揮者）				オーバーアマガウの受難劇
Buxton, Sidney Charles	170	Sidney Buxton	政治家　（商相）	イギリス	1853	1934	英国内閣で一部更迭・交代
Byron, George Gordon	114	Byron 記念祭、Byron	詩人、作家。イギリス・ロマン主義を代表する詩人。ギリシャ独立戦争に義勇兵を募って参加中、熱病で死亡。「チャイルド・ハロルドの遍歴」「マンフレッド」「ドン・ジュアン」（未完）など	イギリス	1788	1824	G. G. バイロン記念祭
	135	Byron					詩人が治財に拙いことの例
	175	Byron					Poetry Recital Society で文豪の後裔たちのための午餐会
	244	Byron					文士の手紙競売・内容と価格
Cabanes, Louis François	174	Cabanès	画家、歴史画家、風俗画家	フランス	1867	1933	Parat 監禁事件（貞操帯）
Cadogan	57	Lady Cabogan	Arthur Cadogon の妻				珍獣を飼っている夫人たち
Caecilie	208	Caecilie	キリスト教殉教者、聖女。教会音楽および盲人の守護聖人	イタリア	200頃	230頃	新興行ドラマ一覧
	133	heiligen Caecilie					新興行ドラマ一覧
	366	heiligen Caecilie					新興行ドラマ一覧
Caesar, Gaius Julius	112	Caesar	共和政ローマの政治家、軍人、文筆家。「ガリア戦記」など	イタリア	前100	前44	芝居での蓄音機の使用
Caillaux, Joseph	64	Caillaux、大臣	政治家、首相（1911-1912）（蔵相）	フランス	1863	1944	議会での乱闘から決闘
	406	Caillaux					フランス政治家の早口舌番付
	469	Caillaux					フランス新内閣
	556	Caillaux					フランス内閣退陣
	558 559	Caillaux					フランス新内閣（Caillaux）
	663	Caillaux					フランス内閣（Caillaux）総辞職
Caillavet, Gaston Arman de	207	Caillavet	劇作家、台本作家	フランス	1869	1915	新興行ドラマ一覧
	213	Caillavet					1908・9～ドイツでの興行回数
	470	Gaston de Caillavet					*Après moi* 撤回事件・脚本興行の自由に関する抗議署名
	472	Caillavet					新興行ドラマ一覧

人名	頁数	本文表記	人物紹介（肩書・略歴など）	出生地	生年	没年	トピック
	621	Caillavet-Flers					宴会余興論「社交哲学の基礎」
	680	Caillavet					コメディー・フランセーズ楽屋で劇作家と批評家が喧嘩
	827	Gaston de Caillavet					G. ブランデス「現代のフランス文学」分類図
Caillavet, Léontine	175	Mme. Arman de Caillavet	Gaston Arman de Caillavet の妻。文芸サロン主催者、A. フランスのミューズ		1855	1910	訃報
Caïn, Henri	570	Cain	劇作家、オペラ台本家。父 Auguste は彫刻家	フランス	1859	1937	オペラハウス（ロンドン）こけら落しは「クオ・ヴァディス？」
Cajot, Joseph	59	Joseph Cajot	（1909年当時世界最小の男）	ベルギー			世界最小の男
Calbetón y Blanchón, Fermin	169	Calbeton	政治家、弁護士　（建築大臣）	スペイン	1853	1919	スペイン新内閣
Calderon, de la Barca	202	Calderon	劇作家、詩人。スペイン・バロックを代表する一人。ドイツ・ロマン派にも影響	スペイン	1600	1681	ベルリンでカルデロン興行
	657	Calderon					新興行オペラ一覧
Calé, Walter	407	Walter Calé	（詩人）				夭折詩人遺稿朗読会
Caledoni, Rizzotti	5	Rizzotti Caledoni	（シチリアの新聞記者）				マフィアによる新聞記者一家殺害事件
Calinka	410	Calinka	古典文献学者 Ernst Kalinka		1865	1946	大学改築要望のストライキ
Calissano, Teobaldo	484	Calissano	政治家　（逓相）	イタリア	1857	1913	イタリア新内閣
	596	Calissano					A. ボルタ墓石除幕式
Calixtus I	459	Callist	16代ローマ教皇（217-222）。Callixtus I と記されることが多い			222	A. ハルナックがヴァチカン政治史につき演説
Calixtus III	516	法皇 Calixtus 三世	209代ローマ教皇（1455-1458）	スペイン	1378	1458	六十歳祝賀（A. ハルナック）
Callist I	459	Callist	→ Calixtus I			222	A. ハルナックがヴァチカン政治史につき演説
Calmette, Gaston	55	Gaston Calmette	新聞記者	フランス	1858	1914	遺言により A. Chauchard の美術コレクションを政府に寄贈
Calthrop, D. C.	831	D. C. Calthrop	（劇作家、脚本家）				興行情報
Calvé, Emma	451	Emma Calvé	ソプラノ歌手。ベル・エポックを代表する歌手の一人	フランス	1858	1942	日本の神戸で重体との報
Calvin, Jean	61	Calvin	神学者。ルターなどとともにキリスト教宗教改革の代表的指導者のひとり。「キリスト教綱要」	フランス	1509	1564	カルヴァン生誕四百年祭予定
	65	Calvin 四百年誕辰					カルヴァン生誕四百年祭
	495	Calvin					名家自筆コレクション競売
Cambon	581	Cambon	（興行師）				アヴィニヨン教皇庁で芝居
Cambon, Jules-Martin	149	Cambon	外交官	フランス	1845	1935	フランス美術展覧会（ベルリン）
	166	Cambon					目録など印刷物から「共和国」の文字を排除
Cameron, Andrew	310	Cameron 賞	医師。エディンバラ大学の勤勉な医学部生を				エディンバラ大学 Cameron 賞

C

人名	頁数	本文表記	人物紹介（肩書・略歴など）	出生地	生年	没年	トピック
Robertson			表彰するキャメロン賞がある				
Camilla	322	Camilla	ローマ神話に登場するヴォルスキ人の女王				古墓発掘・女王カミラと推測
Camis	264	Camis	（劇作家）				新興行ドラマ一覧
Camões, Luís de	480	Luis de Camoens	詩人。ポルトガルの国民的詩人	ポルトガル	1524	1580	L. de Camoens 記念像（パリ）
Campanini	9	Campanini	テナー歌手 Italo Campanini（1845-1896）、あるいは弟の指揮者 Cleofonte（1860-1919）	イタリア			俳優社会のわがまま・ゲン担ぎ
Campbell, Patrick（夫人）	850	パトリツク・キヤメル夫人（MRS. PATRICK CAMPBELL）、キヤメル夫人	女優	イギリス	1865	1940	「エレクトラ」主演の二女優
Campe, Elise	839	Elise Campe	女流文筆家、書肆 August Campe の妻。父は書肆 B. G. Hoffmann	ドイツ	1786	1873	F. L. W. Meyer 紹介
Campe, Julius Heinrich Wilhelm	49	Julius Campe	出版社 Hoffmann und Campe 経営者。Joachim Heinrich（1746-1818）により創業された出版社を甥 August（1773-1836）が引き継ぎ、社名を Hoffmann und Campe と改称。Julius Heinrich Wilhelm は August の甥	ドイツ	1846	1909	ハンブルクの書肆がハイネ像（Korfu）買取
	105	Campe					訃報
	498	書店 Hoffmann und Campe					ハンブルクの名書店が売渡し
	719	書店 Campe					訃報（L. Hasserlriis）・ハイネ記念像（Korfu →ハンブルク）
Camphausen, Wilhelm	494	Camphausen	画家	ドイツ	1818	1885	F. Haase が遺言で遺品寄贈
Campobello, Francesco	153	Francesco Campobello	（枢機卿 Mariano Rampolla の甥）				枢機卿の甥が詐欺逃亡
Camussi, Ezio	825	Camussi	作曲家	イタリア	1877	1956	ズーダーマン「ヨハネの火」オペラ化
Canalejas, José	169	Canaleja	政治家、首相（1910-1912）、弁護士。首相在任中に無政府主義者 M. P. Sarate により暗殺された	スペイン	1854	1912	スペイン新内閣
	201	Canaleja					23名の死刑を赦免
	294	Canalejas					議会騒乱を首相が沈静化
	484	Canaleja					スペイン内閣総辞職
	485	Canaleja					Canalejas に再組閣の命
	487	Canaleja					スペイン進歩主義内閣
	756	首相 Canaleja					スペイン首相暗殺・犯人自決
Candaules	502	Candaules	リディア王国ヘラクレス朝最後の王（前733-716、前728-前711など諸説あり）。Gyges により王位を奪われた			前680	F. ヘッベル作品と同一題材の A. ジッド作品が興行
Candida	247	Candida	（オルメッソン結核病院院主の尼僧、レジオン・ドヌール受勲者、巨額横領事件容疑者。本名：Jeanne Faurestié）				預かった宝石を質入のため告訴・カンヂダ尼事件
	249	Candida					カンヂダ尼の巨額借財・書記が自殺
	250	カンヂダ尼					カンヂタ尼逮捕

人名	頁数	本文表記	人物紹介（肩書・略歴など）	出生地	生年	没年	トピック
	252	カンヂダ尼、カンヂダ					カンヂタ尼の有力支援者たちと事業に対する疑惑
	258	カンヂダ尼、Faurestié 氏					裁判中のカンヂダ尼の本姓
	282	Candida 尼					カンヂタ尼が保釈
Candolle, Alphonse Pyrame de	496	Alphonse de Candolle、作者	植物学者	フランス	1806	1893	A. de Candolle の著作を復刊
Cannizzaro, Stanislao	243	Stanislao Cannizzaro	化学者、政治家。カニッツァーロ反応の発見者	イタリア	1826	1910	訃報
Canova, Antonio	495	Canova	彫刻家。新古典主義の代表的彫刻家	イタリア	1757	1822	名家自筆コレクション競売
Cantalamessa, Giulio	307	Cantalamessa	画家	イタリア	1846	1924	イタリア美術品国外流出問題
Capablanca, José Raúl	298	Capablanca	チェス棋士、外交官	キューバ	1888	1942	チェス大会（ハンブルク）
Capezzutti	248	Capezzutti	（イタリア軍警察カラビニエリ将官）				ナポリの犯罪組織大規模検挙
Cappello, Bianca	165	Bianco Cappello	トスカーナ大公フランチェスコ１世・デ・メディチの２度目の妃	イタリア	1548	1587	オペラの午前興行は前代未聞
Cappiello, Leonetto	209	Cappiello	ポスター・デザイナー。「近代広告の父」と呼ばれる	イタリア	1875	1942	1910年の国民サロン（パリ）
	500	Cappiello					展覧会情報（パリ）
Caprivi, Leo von	183	Caprivi	軍人、政治家、首相（1890-1894）	ドイツ	1831	1899	歴代ドイツ首相につき短評
Capus, Alfred	398	Alfred Capus	劇作家、作家、ジャーナリスト。アンリ・ポアンカレの後任としてアカデミー・フランセーズ会員となった	フランス	1858	1922	アカデミー・フランセーズ候補
	413 414	A. Capus					新興行ドラマ一覧
	428	Capus					新聞 *Il Piccolo* の文芸雑報
	638	Alfred Capus					パリの劇場（雑誌 *Comoedia*）
	737	Alfred Capus					アカデミー後任の噂（フランス）
	783	Alfred Capus					*Hélène Ardouin* 上演に喝采
	827	Capus					G. ブランデス「現代のフランス文学」分類図
Caracalla	145	Caracalla 温泉	ローマ帝国皇帝（211-217）	フランス	186	217	ローマ遺跡を壊す幹道計画に反対し考古学会長が辞職
Caragiale, Ion Luca	730	Jon Luca Caragiali	劇作家、短編作家、詩人、政治評論家、ジャーナリスト	ルーマニア	1852	1912	訃報
Caravaggio, Michelangelo Merisi da	538	Caravaggio	画家。それまでの絵画様式を一変させたバロック絵画の先駆	イタリア	1573	1610	十七世紀以降の肖像画展覧会
Carbonell, Ventura Bagaria	475	Ventura Bagaria Carbonell	（無政府主義者）				スペイン王の暗殺を企てた無政府主義者が自殺
Carcano, Giuseppe	804	Teatro Carcano	建築家				ミラノのカルカノ劇場が閉鎖
Cardano, Geronimo	204	Cardano	数学者、医学者、占星術師	イタリア	1501	1576	ダ・ヴィンチの諸業績
Carducci, Giosuè	176	Carducci、カルヅツチ	詩人、古典文学者、元老院議員、ノーベル文	イタリア	1835	1907	A. ヴィヴァンティがG. カルドゥ

C

人名	頁数	本文表記	人物紹介（肩書・略歴など）	出生地	生年	没年	トピック
			学賞（1906）。カトリック教会がイタリア統一を妨げているとして批判的な立場を取りつづけた				ッティとの逸事を小説化
	355	Carducci					G. Carducci 記念像
	421	Carducci					G. Carducci に関する書
	474	Carducci					訃報（A. Fogazzaro）
	576	Carducci					G. Carducci 遺稿出版
	621	Carducci					歴代ノーベル文学賞受賞者
	623	Carducci					歴代ノーベル文学賞受賞者によるアナグラム
	704	Carducci					ダヌンツォがG. パスコリの後任ポスト（ボローニャ大学）を辞退
	852	カルヅツチ (CARDUCCI)					G. パスコリ独訳詩集が好評
Carlheim-Gyllenskoeld, Vilhelm	717	Carlheim-Gyllenskoeld	物理学者、著述家。スウェーデン王立科学アカデミー会員。ストリンドベリに関する業績がある	スウェーデン	1859	1934	A. ストリンドベリの評伝・作品とモデル
	759	Carlheim-Gyllenskoeld					ストリンドベリの手紙編集
	800	Carlheim-Gyllensköld					ストリンドベリ墓標除幕式
Carlos I	7	Carlos 王、夫	ポルトガル国王（1889-1908）。王太子ブラガンサ公ルイス・フィリペとともに共和主義者により暗殺された	ポルトガル	1863	1908	政権ある王侯ばかりの展覧会
	11	Carlos					帝王の眠
	78	Carlos					ポルトガル王室の借財問題
Carlsen, Traute	576	Traute Carlsen	女優、Karlheinz Martin の妻	ドイツ	1887	1968	妻の財産上の訴訟により辞職
Carlyle, Jane Welsh	843	CARLYLE 夫妻	T. カーライルの妻。手紙が公刊されている	イギリス	1801	1866	カーライル夫妻の艶書出版の噂
Carlyle, Thomas	218	Carlyle	歴史家、評論家。ヴィクトリア朝を代表する言論人。「衣装哲学」など	イギリス	1795	1881	訃報（マーク・トウェイン）
	843	CARLYLE 夫妻					カーライル夫妻の艶書出版の噂
Carmi, Maria	657	Maria Carmi、作者の妻	女優。劇作家 K. Vollmoeller の妻	イタリア	1880	1957	「奇蹟」に作者フォルメーラーの妻が出演
Carnegie, Andrew	162	Carnegie 賞金	実業家、慈善家。アメリカへのスコットランドの移民。カーネギー鉄鋼会社を創業、成功して「鋼鉄王」と称された。その後、会社を売却。教育や文化の分野へ慈善的活動を行った	イギリス	1835	1919	カーネギー賞金委員会長
	192	Carnegie					ロックフェラーとカーネギー・憎まれる理由と愛される理由
	426	Carnegie					ハーグに国際大学設立予定
	808	Andrew Carnegie、Carnegie、カアネギイ					A. カーネギーの逸話・略歴
	809	Carnegie、カアネギイ					A. カーネギーとドイツ帝の会談
Carnegie, Margaret Morrison	808	母	A. カーネギーの母				A. カーネギーの逸話・略歴
Carnegie, William	808	父	A. カーネギーの父				A. カーネギーの逸話・略歴
Carnegie Miller,	808	娘	A. カーネギーの一子。カーネギー財団の終		1897	1990	A. カーネギーの逸話・略歴

人名	頁数	本文表記	人物紹介（肩書・略歴など）	出生地	生年	没年	トピック
Margaret			生管財人。Roswell Miller と離婚				
Carnot（家）	201	Carnot	（代々学者を輩出するフランスの家系）				学者の家系
Caroline	662	Caroline	ドイツ・ロマン派のミューズ。A. シュレーゲルとの離婚後に F. シェリングと結婚。E. シュミット編纂による書簡集がある	ドイツ	1763	1809	E. シュミットの近業出版予定
Carolus-Durand	445	Carolus Duran	画家。Charles Auguste Émile Durand	フランス	1837	1917	女ばかりのアカデミー賛成者
Carr, Jack	201	Jack Carr	イギリスのビリヤード・プレーヤー			1910	訃報
Carrà, Carlo	781	Carra	画家。未来派主要メンバーの一人	イタリア	1881	1966	未来派画家主要メンバー
Carre, Alexis	748	Alexis Carre	外科医、生物学者、優生学者。ノーベル医学・生理学賞（1912）	アメリカ	1873	1944	ノーベル医学・生理学賞（1912）
Carré, Albert	257	Albert Carré	劇場監督、舞台監督、脚本家、俳優	フランス	1825	1938	オペラ・コミック（パリ）人事
	263	Carré					H. バタイユのため差押にあったサラ・ベルナールに慰問状
	387	Albert Carré					J. Claretie の祝宴
	587	Albert Carré					オペラ・コミック劇場座長留任
	640	Albert Carré					パリ音楽界の近況
	837	Albert Carré					コメディー・フランセーズ人事
Carré, Marguerite	234	Marguerite Carré	ソプラノ歌手、女優	フランス	1880	1947	女性歌手への脅迫・加害事件
Carrick	833	Carrick 伯	7代カリック伯 Charles Ernest Alfred French Somerset Butler	イギリス	1873	1931	舞台出演
Carrière, Eugène	194 195	Carrière、カリエエル	画家。フランス象徴主義、独自の画風は「霧の芸術」と呼ばれる				「ヴェルレーヌの肖像」買上
Cartaz	17	Cartaz	（研究家）				シェークスピア脚本中の毒に関する研究
Carter, John	213	John Carter	政治家	アメリカ	1792	1850	足や口を用いて書いた人
Carton de Wiart, Henry	548	Henri Carton de Wiart	政治家、首相（1920-1921）、歴史小説家、自伝作家（鉄道相）	ベルギー	1869	1951	ベルギー新内閣
Cartwright	79	Cartwright	（ウィーン駐在イギリス公使）				バルカン情勢・クレタ島
Caruso, Enrico	70	Caruso	テノール歌手。20世紀初頭、キャリアと声の全盛期がレコードの普及と重なり、オペラ史上もっとも有名な歌手としての評価を築いた。メトロポリタン・オペラを中心に各国で興行を行った。1909年に喉の手術を受けてからは高音域の発声に輝きを失ったと言われる	イタリア	1873	1921	E. カルーソーの年収60万円
	95	Enrico Caruso					E. カルーソー紹介・最高年俸
	98	Caruso					ベルリン興行
	118	Caruso					結婚して廃業するとの噂
	183	Caruso					引退取りやめ国際巡業
	248	Caruso					E. カルーソー殺害予告犯懲役
	251	Caruso					パリでイタリア・オペラ興行
	260	Caruso					カルーソーの報酬一晩6,000円
	309	Caruso					カルーソー内縁の妻と裁判
	360	Caruso					E. カルーソー巡業予定

C

C

人名	頁数	本文表記	人物紹介（肩書・略歴など）	出生地	生年	没年	トピック
	426	Enrico Caruso					ドイツ巡業の予定
	441	Caruso					アメリカでは一晩2,000ドル
	454	Enrico Caruso					ハノーファーに行く予定
	465	Caruso					ウィーンでは一晩15,000クローネン
	501	Caruso					喉の不調で静養を希望
	514	Caruso					カルーソーが喉治療の願掛け
	522	Caruso					喉は軽症でベルリン巡業予定
	563	Caruso					カルーソー婚約不履行で訴訟
	565	Caruso、カルソ					カルーソーが喉の執刀医に損害賠償請求
	613	Caruso					ベルリンで出演も喉が不調
	616	Caruso					カルーソーの病状・帰国
	641	Caruso、カルソオ					訃報（E. Missiano）
	693	Caruso					婚約不履行訴訟は女が敗訴
Casanova, Giacomo Girolamo	184	Casanova	作家。その女性遍歴や「カサノヴァ回想録」で知られる	イタリア	1725	1798	新興行ドラマ一覧
	323	Casanova					悪版跋扈し善版発禁に物議
	475	Casanova					ライプツィヒでG. ミューラー版「カサノヴァ」発禁
	675	Casanova					ホフマンスタールがダヌンツォを罵倒
Caserta	196	de Caserta	カゼルタ伯 Alfonso の第十子 Philippo	フランス	1885	1949	フランス王党派の画策
Caserta 伯	379	Caserta 伯	カゼルタ伯 Alfonso。子孫がナポリ王位請求者となりうるよう規約を改正した	イタリア	1841	1934	位を失った君主の挙動
Caspari, Walter	817	Walter Caspari	挿絵画家、漫画家	ドイツ	1869	1913	訃報
Cassel, Ernest	355	Ernest Cassel	銀行家、資本家	ドイツ	1852	1921	トルコの借入に関する問題
Cassirer, Bruno	200	Bruno Cassirer、カツシイレル	出版業者、美術商。雑誌「劇場」を刊行。Paul Cassirer は同業の従弟	ドイツ	1872	1941	ヴェデキントが書肆 B. カッシーラーとのトラブルにつき公開状
	696	Bruno Cassirer					善本のカント全集出版
Cassirer, Paul	281	Paul Cassirer	美術商、出版業者、編集者。雑誌「パン」を刊行。ベルリン分離派やセザンヌやゴッホらフランス後期印象派のプロモーションに重要な役割を果たした。ブルーノ・カッシーラーは従弟。哲学者エルンスト・カッシーラーも一族の一人	ドイツ	1871	1926	結婚報道
	383	Cassirer					カッシーラ画廊でゴッホ展示
	468	Paul Cassirer					訃報（F. v. Uhde）・記念展覧会
	469	Paul Cassirer、カツシイレル					ベルリン警視総監の下心
	486	Paul Cassirer					文学誌「パン」が四度目の発禁
	502	Paul Cassirer					バルビゾン派名作揃いのマッソン・コレクション展覧会
	568 569	書肆 Cassirer、書肆					「フロベールの日記」事件裁判

人名	頁数	本文表記	人物紹介（肩書・略歴など）	出生地	生年	没年	トピック
	573	Paul Cassirer					新作脚本出版
	625	Paul Cassirer					「パン」社から A. Kerr が退社
	669	Salon Cassirer					フリードリヒ大王記念展覧会
	756	Paul Cassirer、カツシイレル					P. カッシーラーのベルリン分離派首座就任につき議論
	757	カツシイレル					P. カッシーラーの分離派会長就任に反対し M. Kruse が脱会
	761	Paul Cassirer					ベルリン分離派会長に当選
	782	Paul Cassirer					ベルリン分離派が一年三回の展覧会開催予定
Cassive	56	Cassive	（パリの女優）				女優宅で情夫が自殺・五人目
Cassone, Giuseppe	324	Giuseppe Cassone	翻訳家	イタリア	1842	1910	訃報
Cassoni	645	Cassoni	（「神曲」写本を盗んだ小使）				盗難の「神曲」写本が発見
Castan	484	Castan	（ドイツの彫刻家）				ロベスピエールのデスマスク
Castellez（妻）	339	Castellez といふ人の妻	（毒入りチョコレートを贈った人物）				毒入りチョコレート玉事件
Castenskiold, Anton	235	Castenskiold	デンマーク王室侍従		1860	1940	ビョルンソンの葬儀
Castiglione, Balthasar	641	Balthasar Castiglione	外交官、文人。ラファエロ筆の肖像画で知られる。「廷臣論」	イタリア	1478	1529	ルーヴル美術館「モナ・リザ」盗難のため配置換え
Castle, Eduard	785	Eduard Castle	ドイツ語学者、文学史家	オーストリア	1875	1959	G. ハウプトマンについて講義
Castle, Mary Crittenden	265	Mary Crittenden Castle	女優	アメリカ		1910	コモ湖女優殺害事件
	266	女優					コモ湖女優殺害事件・続
	271	アメリカ夫人					コモ湖殺害女性の正体
	274	妻					P. Charlton が殺害を自供
	303	女					イタリア政府がアメリカへの殺害容疑者引き渡しを拒否
Caston	511	Caston	（イギリスの劇作家）				英国劇「裸なる真理」上演
Castro, Joaquim Pimenta de	597	Pimento de Castro	軍人、政治家、首相（1915）（陸相）	ポルトガル	1846	1918	ポルトガル新内閣
Cattolica, Pasquale Leonardi	484	Cattolica	政治家　（海相）	イタリア	1854	1924	イタリア新内閣
	786	Cattolica					将官が大臣を殴り禁錮刑
Cauda, Baldassare	4	Baldassare Cauda、夫	（Turin の商人）				劇を見て人を殺した話
Cauda, Caterina	4	Caterina、妻	（商人 Baldassare Cauda の妻）				劇を見て人を殺した話
Cauer	442	Cauer	（彫刻家）				ドイツ帝より受勲の芸術家
Cauer, Ludwig	504	Ludwig Cauer	彫刻家	ドイツ	1866	1947	ヴィラ・ロマーナ賞
Cauer, Stanislaus	390	Stanislaus Cauer	彫刻家	ドイツ	1867	1943	シラー記念像除幕
Cavacchioli, Enrico	759	Gavacchioli	劇作家、オペラ台本家、評論家	イタリア	1885	1954	レオンカヴァッロ新作オペラ
	825	Enrico Cavachioli					ズーダーマン「ヨハネの火」オペラ化

C

人名	頁数	本文表記	人物紹介（肩書・略歴など）	出生地	生年	没年	トピック
Cavagna, Giovanni Paolo	538	Cavagna	画家	イタリア	1550	1627	十七世紀以降の肖像画展覧会
Cavalieri, Lina	134	Lina Cavalieri	ソプラノ歌手。映画女優。美貌で知られ、「私の美の秘密」という著作もある。生涯に四度の結婚をした	イタリア	1874	1944	ホテルの給仕にチップをはずむ人はずまない人
	272	Lina Cavaliere					オペラ女優と富豪が結婚
	451	Lina Cavalieri					美と苦労で男女に違い
	702	Lina Cavalieri					L. Cavalieri の離婚と再々婚
Cavenaghi, Luigi	146	Cavenaghi	画家、修復家	イタリア	1844	1918	システィーナ礼拝堂壁画修復
Cavour, Camillo Benso	333	Cavour	政治家、サルデーニャ王国首相・イタリア王国初代首相（1861）。ガリバルディ、マッツィーニとともにイタリア統一の三傑の一人とされる	イタリア	1810	1861	カヴール生誕百年祝賀予定
	394	Cavour					対社会主義の食卓演説
	557	Cavour					訃報（Maria Clotilde）
	785	Cavour 伯					カヴールの文書公表の準備
Cawdor	456	Earl Frederick Cawdor	3代カウダー伯 Frederick Campbell。政治家　（海相）	イギリス	1847	1911	訃報
Ceccopieri	112	Ceccopieri	（ヴァチカンの警務長官）				法王と枢機卿への脅迫状
Cecilie zu Mecklenburg	329	独逸皇儲妃	ドイツ帝国皇太子ヴィルヘルムの妃 Celcilie Auguste Marie von Mecklenburg - Schwerin。メクレンブルク大公フリードリヒ・フランツ3世の次女	ドイツ	1886	1954	妃は東アジアには同行せず
	331	妃					セイロンまで妃が同行
	368	妃					皇太子夫妻が出立、経過情報
	407	独逸皇太子妃					ドイツ皇太子妃の帰国予定
Cedarde, Henry	304	Henry Cedarde	（イギリス国王付きの料理人）				英国王の料理人が交代
Celsus	752	Celsus	2世紀頃のギリシャの哲学者。キリスト教の批判者として知られる				キリスト教三大批判者につき A. ハルナック演説
Cepheus	427	Cepheus	ギリシャ神話に登場するエチオピア王。妃はカシオペア、王女はアンドロメダ				新星発見
Ceresa, Carlo	538	Ceresa	画家	イタリア	1609	1679	十七世紀以降の肖像画展覧会
Cervantes, Miguel de	554	Cervantes	作家、劇作家。軍人としてレパントの海戦にも参加	スペイン	1547	1616	セルヴァンテスの肖像発見
	725	Cervantes					「ドン・キホーテ」初版が高値
Cevoli, Florinda	287	Florinda Cevoli	修道女、聖人	イタリア	1685	1767	ヴァチカンで聖人三名が選出
Cézanne, Paul	174	Cézanne	画家。当初、印象派の中核の一人と見なされていたが、距離をおいて独自の画風を確立、後期印象派の画家とされる。印象に基づいた堅固な画面構成を特色とし、のちのキュビズムや抽象絵画の登場に大きな影響を与えた。「近代絵画の父」と呼ばれる	フランス	1839	1906	ベルリン分離派展覧会・画風の新旧と価値は別
	245	Cézanne					ベルリン落選展の模様
	475	Cézanne					ゴーギャン展覧会（グルリット・ギャラリー）
	513 514	Cézanne、セザンヌ					絵画の値段
Chagas, João Pinheiro	597	João Chagas	ジャーナリスト、政治家、ポルトガル共和国初代首相（1911）	ポルトガル	1863	1925	ポルトガル新内閣
Chaigneau, Jean	247	Chaigneau	画家。バルビゾン派。音楽家 Suzanne は娘	フランス	1830	1906	ドイツ軍少佐がフランスの音楽家

人名	頁数	本文表記	人物紹介（肩書・略歴など）	出生地	生年	没年	トピック
Ferdinand							と結婚し辞職・芸術一家
Chaigneau, Suzanne	247	Suzanne	女性ヴァイオリン奏者。名演奏家 J. ヨアヒムの息子 Hermann と結婚。娘 Irène はソプラノ歌手となった	フランス	1875	1946	ドイツ軍少佐がフランスの音楽家と結婚し辞職・芸術一家
Chaliapin, Fyodor	466	Chaljapin	オペラ歌手、バス	ロシア	1873	1938	F. シャリアピンの報酬額
Chamberlain, Austen	302	Austen Chamberlain	政治家。首相を務めたネヴィルは異母弟。ノーベル平和賞（1925）	イギリス	1863	1937	英国下院で女権問題
Chamberlain, Joseph	89	Chamberlain	政治家。息子のオースティン（蔵相・外相）とネヴィル（首相）も政治家	イギリス	1836	1914	預言暦 *Olde Moore* の不吉な預言（1910）
Chamberlain, Stewart Houston	462	Chamberlain	政治哲学者、自然科学者、R. ワーグナーの義理の息子	イギリス	1855	1927	コジマ・ワーグナーの見舞い
	560	Houston Stuart Chamberlain					R. ワーグナー近親者らの消息
Chambon, Felix	297	Chambon	著作家	フランス			公開の書状につき損害賠償
Chamisso, Adelbert von	281	Chamisso	詩人、作家、植物学者、博物学者。ドイツ・ロマン派を代表する文学者の一人。「影をなくした男（ペーター・シュレミールの不思議な物語）」「女の愛と生涯」のほか、植物学の著作がある	フランス	1781	1838	書肆 J. L. Schrag 百年祭
	375	Chamisso					ベルリンで大学生だった人物
	384	Adelbert von Chamisso、故人					A. シャミッソー旧宅地に新通り・栗の大木は保存
	555	Adalbert von Chamisso					シャミッソー夫婦の墓所修繕・栗の大木再述
	721	Chamisso					「影をなくした男」オペラ化など
Chamisso, Adelbert von（妻）	555	妻	A. シャミッソーの妻 Antonie Piaste		1800	1837	シャミッソー夫婦の墓所修繕・栗の大木再述
Chanler, Robert Winthrop	272	Rober Chanler	画家、富豪。オペラ歌手 L. Cavalieri と結婚し、離婚した	アメリカ	1872	1930	オペラ女優と富豪が結婚
	702	Chanler					L. Cavalieri の離婚と再々婚
Chantemesse, André	455	Chantemesse	微生物学者	フランス	1851	1919	山獺（やまうそ）に関する論文
Charcot, Jean-Baptiste	169	Charcot	科学者、医師、極地研究者、極地探検家	フランス	1867	1936	行方不明の南極探検家発見
	170	Jean Charcot					Charcot からパリの妻に電信
Chardin, Jean-Baptiste-Siméon	157	Jean Baptiste Siméon Chardin	画家	フランス	1699	1779	フランス美術展覧会（ベルリン）
	214	Chardin					贋作絵画販売者逮捕
Charles I	93	Charles 一世	イングランド王・スコットランド王・アイルランド王（1625-1649）	イギリス	1600	1649	チャールズ 1 世ゆかりの小楊枝が高額で売買
Charles II	89	Charles II	イングランド王・アイルランド王（1660-1685）・スコットランド王（1649-1651、（1660-1685）	イギリス	1630	1685	営業禁止の日曜日に販売をする煙草屋
Charles-Louis de Bourbon	130	Prince Charles-Louis de Bourbon					自動車御者の鑑札取得
Charles Louis de Bourbon	475	Charles Louis de Bourbon	→ Naundorff, Karl Wilhelm				貴族院がルイ17世生き残り説を支持

人名	頁数	本文表記	人物紹介（肩書・略歴など）	出生地	生年	没年	トピック
Charlotte	518	Charlott.	プロイセン王フリードリヒ1世妃Sophie Charlotte von Hannover。学芸に造詣が深くライプニッツらとも交流があった	ドイツ	1668	1705	ベルリン諸劇場概況（1911夏）
Charlotte（Belgium）	232	Charlotte、シャルロツト	ベルギー国王レオポルド2世の妹、メキシコ皇帝マキシミリアン妃	ベルギー	1840	1927	レオポルド2世遺産争い
	242	Charlotte					メキシコ皇帝マキシミリアン妃シャルロットの発狂
Charlton, Porter	265	Charlton Porter	プエルトリコの連邦判事の息子。妻であった女優Mary C. Castleをニューヨークで殺害、遺体をイタリアのコモ湖に遺棄。身柄引き渡しが国際問題となった				コモ湖女優殺害事件
	266	夫と云つてゐた男					コモ湖女優殺害事件・続
	274	Porter Charlton					P. Charltonが殺害を自供
	303	Porter Charlton					イタリア政府がアメリカへの殺害容疑者引き渡しを拒否
Charlton, Porter（妻）	274	妻	→ Castle, Mary Crittenden				P. Charltonが殺害を自供
Charmes, Francis	463	Francis Charmes	ジャーナリスト、外交官	フランス	1848	1916	アカデミー・フランセーズ会員
Charon	714	Charonfreunde	ギリシャ神話に登場する地獄の渡し守				新進作家結社「カロンの友」
Charpentier, Alexandre	12	Charpentier	彫刻家	フランス	1656	1909	訃報
Charpentier, Marguerite	513	Madamé Charpentier	編集者・美術品収集家George Charpentierの妻		1848	1904	絵画の値段
Chassaing	773	Abbé Chassaing	（殺害された牧師）				抒情女詩人が牧師を殺害
Chateaubriand, François-René de	291	Chateaubriand、主人	作家、政治家	フランス	1768	1848	文学者の名物使用人たち
Chatterton, Thomas	589	Chatterton	詩人、中世詩を偽作。ヒ素中毒で死亡	イギリス	1752	1770	著名犯罪詩人の例
Chaucer, Geoffrey	175	Chaucer	詩人、作家。中世最大の詩人の一人で、「イギリス詩の父」と呼ばれる。「カンタベリー物語」など	イギリス	1343	1400	Poetry Recital Societyで文豪の後裔たちのための午餐会
	748	Chaucer 全集					訃報（W. W. Skeat）
Chauchard, Alfred	54	Chauchard	実業家、美術品蒐集家。ルーヴル百貨店の創業者で、遺言によりショシャール・コレクションと呼ばれる美術コレクションをルーヴル美術館などに寄贈した	フランス	1821	1909	訃報・髭剃りは御免と葬儀をストライキ
	55	Chauchard					A. Chauchardの画の買い方、A. Chauchardの相続人、A. Chauchard評、遺言によりA. Chauchardの美術コレクションを政府に寄贈
	56	Chauchard					葬儀
	421	Collection Chauchard					ミレー「晩鐘」補筆により改悪
Chaumet, Jean	469	Chaumet	政治家　（逓信次官）		1866	1932	フランス新内閣
	558	Chaumet					フランス新内閣
Chavannes, Pierre Puvis de	181	Puvis de Chavannes	画家、装飾画家。19世紀末のフランスにおいてフレスコ画を思わせる独自の画風を築き、	フランス	1824	1898	P. シャバンヌの座右の銘

人名	頁数	本文表記	人物紹介（肩書・略歴など）	出生地	生年	没年	トピック
	227	Puvis de Chavannes	後代に影響を与えた				ベルリン美術展覧会
Chávez, Jorge（Géo）	357	Chavez	飛行士。航空パイオニアの一人で、アルプス越えを行ったが着陸時に墜落、その後死亡。Géo Chávez の愛称で知られた	フランス	1887	1910	ブレリオ式飛行機で記録・怪我
	359	Géo Chavez					訃報
	360	Chavez					Farman 式飛行機で高度記録
Chekhov, Anton	843	TCHEKHOF 氏	劇作家、作家。「桜の園」「三人姉妹」	ロシア	1860	1904	ロシア作家の作品翻訳
Cheramy, Paul-Arthur	767	Chéramy	美術品蒐集家		1840	1912	美術コレクターの遺品分配
Cherbuliez, Victor	821	Victor Cherubuliez	作家、著述家	フランス	1829	1899	ドレフュス事件時に左右に分かれた名士一覧
Chéret, Jules	275	Chéret	画家、ポスター・デザイナー	フランス	1836	1932	流行の婦人服アンケート
Chéron, Henry	785	Henri Chéron	政治家　（逓相）	フランス	1867	1936	フランス新内閣
Cherubini, Luigi	114	Cherubini	作曲家、音楽教師。フランスで活動	イタリア	1760	1842	ハイドン没後百年祭
Chevillard, Camille	640	Camille Chevillard	作曲家、指揮者	フランス	1859	1923	パリ音楽界の近況
Chile 大統領	330	Chile 大統領	チリ大統領 Pedro Montt（1906-1910）	チリ	1849	1910	訃報・ブレーメンで客死
Chippendale, Thomas	125	Chippendale	家具師。チッペンデール様式で有名	イギリス	1718	1779	ロココ文化の再評価
Chirjakow	396	Chirjakow					トルストイの見舞い
Chiu	436	Chiu	（アモイ出身のベルリン大学学生）				アモイ出身の学生がベルリン大学を卒業
Choderlos	792	Choderlos	→ Laclos, Pierre-Choderlos de				ラクロ「危険な関係」リメイク
Choirilos	490	Choirilos	紀元前 5 世紀頃の叙事詩人	ギリシャ			サモス島発掘事業は有望
Choiseul	215	Marquis de Choiseul	（ショワズール侯爵）				贋作絵画購入事件続報
Choiseul, Étienne-François de	268	Choiseul	軍人、外交官、政治家。ショワズール公爵	フランス	1719	1785	J. Cugnot 記念像
Cholmondeley, George Hugo	473	Lord George Hugo Cholmondeley	陸軍中佐。Miss Taylor の再婚相手		1887	1958	コーラス・ガールの離婚と再婚
Chondens	486	Chondens	（オペラ台本家）				新興行オペラ一覧
Chopin, Fřédéric François	102	Chopin	作曲家、演奏家。ポーランドの旋律を用い独創的作品を残したピアノの詩人	ポーランド	1810	1849	著名作曲家の筆跡の巧拙
	566	Chopin 協会					ショパン協会設立（パリ）
Christi	416	Christi	→ Jesus Christus				新興行オペラ一覧
Christen, Adolf	122	Adolf Christen	俳優、劇場監督。妻は女優 K. Ziegler	ドイツ	1811	1883	女優クララ・ツィーグラー略歴
Christensen, Halfdan	390	Halfdan Christensen	俳優、監督、作家	ノルウェー	1873	1950	劇場人事
Christensen, Jens Christian	70	Christensen	政治家、首相（1905-1908）。本文と異なり、1909年、Neergaard の次に就任した首相は Ludvig Holstein-Ledreborg	デンマーク	1856	1930	デンマーク内閣交代
Christentum	483	Christentum	→ Jesus Christus				教義違反者とされた牧師の敬服すべき意見書
Christian VII	232	Palais Christian VII	デンマーク王及びノルウェー王（1766-1808）	デンマーク	1749	1808	ルーズベルトがデンマーク到着
Christian X	232	皇太子 Christian	デンマーク王（1912-1947）、アイスランド王（1918-1944）	デンマーク	1870	1949	ルーズベルトがデンマーク到着

C

人名	頁数	本文表記	人物紹介（肩書・略歴など）	出生地	生年	没年	トピック
	717	Christian 十世					訃報（デンマーク王 Frederik）
Christic-Obrenovic, Georg	85	Georg Christic-Obrenovic	国王ミラン1世の庶子。王族オブレノヴィッチ家の一員	ハンガリー	1889	1925	保険会社勧誘員になったセルビア王子
Christie, James	262	Christie	美術商。1766年、ロンドンにオークションハウス・クリスティーズを創立		1730	1803	クリスティーズで高額落札
	288	Christie					クリスティーズで歴史的大商い
	520	Christie					エリザベス恩賜の指環が競売
Christina von Daenemark	46	Christine von Mailand	デンマーク王女。ミラノ公に嫁いだ。H. ホルバインの肖像画でも知られる	デンマーク	1521	1590	ホルバイン作肖像画売買
Christkind	414	Christkind	→ Jesus Christus				新興行ドラマ一覧
Christmas, W.	432	W. Christmas	（劇作家）				新興行ドラマ一覧
Christo	400	Christo	→ Jesus Christus				ハウプトマン小説出版
	483	Christo					教義違反者とされた牧師の敬服すべき意見書
Christomanos, Theodor	727	Theodor Christomanos 記念像	政治家、登山家、チロル地方の観光開発者	オーストリア	1855	1911	チロル山中に T. Christomanos 記念像
Christus	445	Christus	→ Jesus Christus				「キリストとバルナバ」に切り傷
	483	Christus					教義違反者とされた牧師の敬服すべき意見書
	677	Christus					神秘劇「キリスト」が出版後10年にしてようやく試演
	696	Christusdrama					牧師執筆のキリスト教劇
	703	Christusdrama					F. Kayssler がキリスト教劇朗読
	799	Christus					創傷伝染病で脚切断の劇場長
Christy	520	Christie	→ Christie, James				エリザベス恩賜の指環が競売
Chulalongkorn	367	Chulalongkorn	チャクリー王朝5代国王 Rama V（1868-1910）	タイ	1853	1910	訃報
	382	Chulalongkorn					訃報・死因
Chun, Karl	699	Karl Chun	動物学者	ドイツ	1852	1914	オットー＝ファールブルフ財団研究助成
Churchill, Jannie	57	Lady Churchill	イギリスの政治家ランドルフ・チャーチルの妻でウィンストン・チャーチルの母 Jennie Jerome。夫の没後 George Cornwallis-West と再婚。	イギリス	1854	1921	珍獣を飼っている夫人たち
	112	Lady Churchill					レディー・チャーチルが失踪
	781	Cornwallis West（海相 Winston Churchill の母）					W. チャーチル母の脚本 *The Bill*
Churchill, Winston	170	Winston Churchill	政治家、首相（1940-1945、1951-1955）。著書「第二次大戦回想録」でノーベル文学賞（1956）。母 Jennie Jerome は脚本 *The Bill*（法案）なども執筆	イギリス	1874	1965	英国内閣で一部更迭・交代
	307	Winston Churchill					W. チャーチルが監獄改正法案で女性参政権論者など優遇
	420	Winston Churchill					女性参政権論者から誘拐予告
	781	Winston Churchill					W. チャーチル母の脚本 *The Bill*

人名	頁数	本文表記	人物紹介（肩書・略歴など）	出生地	生年	没年	トピック
Churchill, Winston (子)	420	赤ん坊	W. チャーチルの長女 Diana Spencer-Churchill	イギリス	1909	1963	女性参政権論者から誘拐予告
Chwolson, Daniel Awraamowitsch	491	Chwolson	東洋学者	リトアニア	1819	1911	訃報
Ciani	56	Ciani	（妻を銃殺したフィレンツェの商人）				無罪判決に傍聴人が大喝采
Ciani（妻）	56	妻	（商人 Ciani の妻）				無罪判決に傍聴人が大喝采
Cifariello, Filippo	514	Cifariello	彫刻家	イタリア	1864	1936	カルーソーが喉治療の願掛け
Circe	357	Circe	ギリシャ神話に登場する魔女				R. シュトラウスのオペラ次回作
Civinini, Guelfo	184	Guelfo Civinini	作家、劇作家、ジャーナリスト	イタリア	1873	1954	新興行ドラマ一覧
Claar, Emil	411	Claar	俳優、劇場監督、作家	ウクライナ	1842	1930	ヴィースバーデンの宮廷舞台
Clamond, Charles	490	Charles Clamond	（パリの理学者）				訃報
Claretie, Georges	473	Georges Claretie	Jules Claretie の息子　（文士）		1875	1936	L. Daudet と G. Claretie が決闘
Claretie, Jules	202	Jules Claretie	作家、劇作家、批評家、劇場支配人。長年にわたりコメディー・フランセーズの支配人を務めた。アカデミー・フランセーズの会員でもあった	フランス	1840	1913	Le Bargy が J. Claretie と対立
	216	Jules Claretie					アカデミー・フランセーズに改革の兆し
	360	Jules Claretie					コメディー・フランセーズ在職二十五年に際し批評家に転職
	383	Jules Claretie					在職二十五年祝賀予定
	387	Claretie					J. Claretie の祝宴
	427 428	Claretie					新聞 *Il Piccolo* の文芸雑報
	444	Claretie					女ばかりのアカデミー賛成者
	463	Jules Claretie					アカデミー・フランセーズ会員
	465	Jules Claretie					「アプレ・モア」で女性用ズボン着用禁止
	470	Claretie					ベルンスタン作 *Après moi* 上演撤回事件
	480	Claretie					L. de Camoens 記念像（パリ）
	837	Jules Claretie					コメディー・フランセーズ人事
	838	Claretie					首相が J. Claretie を慰留
Claudel, Paul-Louis-Charles	472	P. Claudel	劇作家、著述家、詩人、外交官。彫刻家カミーユ・クローデルは姉	フランス	1868	1955	新興行ドラマ一覧
	788	Paul Claudel					「マリアへのお告げ」上演
	839	Paul Claudel					「マリアへのお告げ」試演
Claudian	830	Claudian	詩人 Claudius Claudianus。帝政ローマ末期に活躍		370頃	405頃	ローマ帝国末期に取材の新作
Claus, Emile	301	Emil Claus	画家	ベルギー	1849	1924	ブリュッセル博覧会
	425	Clauss					ベルリン王立芸術院賞受賞
Clausen, Hans Victor	341	Clausen	歴史家。ドイツとデンマークの国境線クラウ		1861	1947	ドイツとデンマークの国境付近か

人名	頁数	本文表記	人物紹介（肩書・略歴など）	出生地	生年	没年	トピック
			ゼンラインを提唱（1891）				らの立ち退き要求に議論
Clavijo y Fajardo, José	800	Clavigo	文筆家、ジャーナリスト、司書。ゲーテの戯曲「クラヴィーゴ」のモデル	スペイン	1730	1806	ゲーテ協会人事など
Clemen, Paul	597	Paul Clemen	美術史家	ドイツ	1866	1947	ミュンヘン大学に異動の噂
Clemenceau, Georges	31	Clemenceau、首相	政治家、首相（1906-1909、1917-1920）、ジャーナリスト、医師。たびたび内閣を退陣に追いやったことから「虎」の異名をとった。日刊紙*Justice*を発刊。また日刊紙*Aurore*では主幹として活躍し、ドレフュス事件に際してドレフュス弁護の論陣を張った。対独強硬論者で、軍備拡張政策を推し進めたことでも知られる	フランス	1841	1929	電灯王パトーのストライキ成功
	68	Clemenceau、クレマンソオ					フランスで首相交代・議会での代理投票禁止があだ
	79	Clemenceau					バルカン情勢・クレタ島
	81	Clemenceau					前首相が旧作小説を脚本化し自ら舞台を指揮との噂に賛成
	130	Clemenceau					クレマンソーの脱党届が話題
	132	Clemenceau					クレマンソーが南米巡遊で社会主義演説の予定
	198	Clemenceau					クレマンソーの近況・予定
	279 280	Clemenceau、 クレマンソオ					アルゼンチン講演出発、アルゼンチン講演の内容
	293	Clemenceau					クレマンソーのロシェット事件への関与は証拠なし
	308	Clemenceau					ロシェット事件の調査進行・処置は違法でないと判明
	315	Clemenceau					フランスの刑事手続きに関する法改正の是非
	321	Clemenceau					著作権を認めるよう勧告
	322	Clemenceau					ヨーロッパの兵備につき演説
	383	Clemenceau					クレマンソーが帰国の途
	388	クレマンソオ					A. ブリアンの経歴
	397	Clemenceau					「幸福のベール」興行
	404	クレマンソオ					クレマンソーとレピーヌが対立
	544	Clemenceau					前海相が私劇場で一幕物上演
	741	Clémenceau					アカデミー・フランセーズ人事の噂
	785	Clemenceau					選挙法問題でブリアン内閣倒閣
	801	Georges Clemenceau					ゲーテ協会会長にふさわしい人物
Clémentel, Étienne	785	Clementel	政治家　（農相）	フランス	1864	1936	フランス新内閣
Clementine	121	Clementine	ベルギー国王レオポルト2世三女。ボナパルト家の家長ヴィクトル・ナポレオンの妻	ベルギー	1872	1955	レオポルド2世遺産争い
	160	Clementine、末の娘					レオポルド2世遺産争い
	232	Clementine					レオポルド2世遺産争い
	364	Klementine					ボナパルト家家長とベルギー王女の婚礼予定

人名	頁数	本文表記	人物紹介（肩書・略歴など）	出生地	生年	没年	トピック
	393	Clementine					婚礼執行
	577	Clementine					ボナパルト派の機関新聞社
Clements, James	128	James Clements	（ニューヨーク在住の人物）				クリスマス・ツリーの話題
Cleopatra VII	803	Cleopatra	プトレマイオス朝最後の女王（前51〜前30）	エジプト	前69頃	前30	検書官の裁定のため文芸顧問に辞職者の可能性
Clotilde	369	Clotilde	→ Maria Clotilde				皇太后マリア・ピアの行き先
	557	Princesse Clothilde					訃報
Cobden, Richard	313	Cobden Club	政治家	イギリス	1804	1865	自由貿易国際会議
Cobian, Eduardo	169	Cobian	政治家　（蔵相）	スペイン	1857	1918	スペイン新内閣
Cochery, Georges	69	Cochery	政治家　（財務大臣）	フランス	1855	1914	フランス新内閣
	820	Georges Cochéry					フランス民法による結婚調停
Cochery, Jean	820	Jean	（元大蔵大臣 G. Cochery の息子）				フランス民法による結婚調停
Cochin, Denys	398	Denys Cochin	政治家、著述家、美術蒐集家	フランス	1851	1922	アカデミー・フランセーズ候補
	461	Denis Cochin					アカデミー•フランセーズ新会員
	463	Cochin、Denys Cochin					アカデミー・フランセーズ会員
Coffin	82	Coffin	（G. Snell の結婚相手の一人）				何度も再婚して有名な女性
Cohen, Friedrich	699	Friedrich Cohen	（ボンの書估）			1912	訃報
Cohen, Hermann	786	Hermann Cohen	哲学者。マールブルク学派、新カント派	ドイツ	1842	1918	哲学と心理学の分割の是非
Cohn, A. F.	238	A. F. Cohn	（劇作家）				新興行ドラマ一覧
Cohn, Friedrich Theodor	297	Dr. Cohn	書肆、女流作家 Clara Viebig の夫			1936	五十歳祝賀（C. Viebig）
Cohn, Theodor	142 143 144 145	Theodor Cohn、学生、コオンさん、コオン君	（ウィーンの医科大学学生）				ウィーンののんきな裁判
Cohn, William	728	Cohen	東洋美術史家	ドイツ	1880	1961	*Ostasiatische Zeitschrift*（東アジア・ジャーナル）創刊
Colantuoni, Arturo	263	Colantti	ジャーナリスト、オペラ台本家	クロアチア	1851	1914	新興行オペラ一覧
	508	Colantuoni					新興行オペラ一覧
Coleridge, Samuel Taylor	175	Coleridge	詩人、批評家、哲学者。イギリス・ロマン派	イギリス	1772	1834	Poetry Recital Society で文豪の後裔たちのための午餐会
Colette	411	Colette Willy	女流作家。本名 Sidonie-Gabrielle Colette。Willy は最初の夫の姓で、初期の「クロディーヌ」物で用いられた	フランス	1873	1954	ゴンクール賞当落
Coli	475	Coli	（パリの出版業者）				「フランスのカテドラル」出版
Collantes, Agustín Esteban	534	Esteban Collantes	政治家	スペイン	1815	1876	演説中にズボンがずり落ちるも最後まで続け喝采

C

C

人名	頁数	本文表記	人物紹介（肩書・略歴など）	出生地	生年	没年	トピック
Collatinus, Lucius Tarquinius	742	Collatinus	政治家、執政官。妻ルクレツェイアが王の息子に凌辱されたことを機に王制を破り、ローマに共和制をもたらした				A. Lindner の脚本と作者紹介
Colleoni, Bartolomeo	203	Colleoni	軍人。ヴェネチア共和国の傭兵隊長	イタリア	1400	1476	ダ・ヴィンチの諸業績
Collijn, Gustaf	185	Gustav Collin	劇作家	スウェーデン	1880	1968	新興行ドラマ一覧
	703	Gustaf Collijn					G. Collijn「沈黙の塔」など興行情報
Collins, Lottie	244	Lottie Collins	歌手、ダンサー	イギリス	1865	1910	訃報
Colmar	497	Colmar	(パリの警視)				辣腕警官の正体は盗賊と判明
Colnaghi, Paul	46	Colnaghi	美術商、オークション・ハウス経営者、出版業者	イタリア	1751	1833	ホルバイン作肖像画売買
Colombier, Marie	341	Marie Colombier	女流作家		1844	1910	訃報・S. ベルナール中傷小説
Colonne, Edouard Juda	206	Edouard Colonne	指揮者、バイオリニスト	フランス	1838	1910	訃報
Columbus, Christopher	368	コロンブス	探検家、航海者、商人。新大陸発見者	イタリア	1451	1506	F. ナンセン演説・アメリカ発見
Combes de Lestrade, Claire	637	Claire Combes de Lestrade	(女性翻訳家)				M. Kretzer の小説仏訳
Comert, Marguerite	827	Marguerite Comert	女流作家。グアドロープ出身	フランス	1873	1964	G. ブランデス「現代のフランス文学」分類図
Commichau, Theodor	589	Theodor Commichau	(脚本家)				クライスト百年忌記念興行
Comte, Auguste	825	Comte	哲学者、社会学者、数学者。社会学の創始者の一人で、マルクスにも影響	フランス	1798	1857	G. ブランデス「現代のフランス文学」分類図
Comte, Caroline	375	Madame Comte	Auguste Comte の妻				T. ブラガの座右の銘
Comte d'Haussonville	821	Comte d'Haussonville	政治家、弁護士、文筆家、文学史家。Paul-Gabriel d'Haussonville	フランス	1843	1924	ドレフュス事件時に左右に分かれた名士一覧
Comte d'Orx	173	Comte d'Orx	ナポレオン3世の庶子 Eugène Bure	フランス	1843	1910	訃報
Comtesse	681	Comtesse	(ベルン文芸事務局長)				ベルン文芸事務局人事
Conailhac	522	Conailhac					芝居の内幕・サクラの費用
Concordia	630	Concordia	ローマ神話に登場する女神。協調や調和を司る				*Peter Fehrs Modelle* 出版
	644	Concordia					一時禁止の *Fiat Justitia* 出版
	646	Concordia					現社会の女の運命を深く思わせる小説
Connaught（公爵）	368	Connaught 公爵	コノート公爵。Prince Arthur, Duke of Connaught and Strathhearn。ビクトリア女王3男	イギリス	1850	1942	南アフリカでユニオン議会開催予定
	389	Connaught 公夫婦					南アフリカ連邦第一議会開催
Connaught（妻）	389	Connaught 公夫婦	コノート公爵の妻。Louise Margaret von Preussen	ドイツ	1860	1917	南アフリカ連邦第一議会開催
Conneau, Henri	232	Conneau	外科医。ナポレオン3世の友人	フランス	1803	1877	エドワード7世の病状とナポレオン3世の死病

人名	頁数	本文表記	人物紹介（肩書・略歴など）	出生地	生年	没年	トピック
Conrad, Johannes	669	Johannes Conrad	経済学者	ドイツ	1839	1915	経済誌編集者を引退
Conrad, Michael Georg	74	Michael Georg Conrad	作家、文芸評論家、ジャーナリスト。ミュンヘン周辺の自然主義文学運動で中心的役割を果たした	ドイツ	1846	1927	D. v. リリエンクロン追悼記事紹介
	488	Michael Georg Conrad					文芸雑誌 *Deutsches Literaturblatt* 創刊
	489	Georg Conrad					葬儀（M. Greif）
	544	Michael Georg Conrad					ヴェデキント興行禁止反対署名者一覧
	686	Michael Georg Conrad					F. Philippi のミュンヘン追憶記
	689	M. G. Conrad					M. G. コンラッド記念牌
Conradi, Hermann	181	Hermann Conradi	作家。夭折した自然主義の文学者。「人間アダム」など	ドイツ	1862	1890	D. v. リリエンクロンの借金生活
	219	Hermann Conradi					H. Conradi 全集に新資料編入
	679	Harmann Conradi					F. Held 全集刊行
	730	Hermann Conradi					H. Conradi 記念牌
	734	Hermann Conradi					H. Conradi 生誕五十年
Conried, Heinrich	40	Heinrich Conried	歌劇場支配人	ポーランド	1855	1909	訃報
Considérant, Victor	826	Considérant	社会学者、経済学者、空想社会主義者	フランス	1808	1893	G. ブランデス「現代のフランス文学」分類図
Constant, Émile	469	Émile Constant	政治家　(内務次官)	フランス	1861	1950	フランス新内閣
Constant, Paul-Henri d'Estournelles de	111	d'Estournelles Constant	外交官、政治家	フランス	1852	1924	ノーベル平和賞（1909）
Constantini	340	Constantini	(Mereghelli とともに殺害された人物)				物騒なローマ修道社会
Constantinus	145	Constantinus 穹窿	ローマ帝国皇帝（306-337）。帝国を再統一し、コンスタンティノープル（現イスタンブール）に遷都。帝政を強固なものにした。また、キリスト教を公認し、みずから改宗した	フランス	272	337	ローマ遺跡を壊す幹道計画に反対し考古学会長が辞職
	459	Konstantin					A. ハルナックがヴァチカン政治史につき演説
	663	コンスタンチヌス帝					コンスタンティヌス帝記念祭
Constanzi, Domenico	76	Costanzi 座	企業家。コンスタツンツィ劇場（現在のローマ歌劇場）を設立。1810年生まれとの説もある	イタリア	1819	1898	P. マスカーニがコンスタツンツィ劇場監督に就任
	142	Constanzi 座					オペラ *Maja* は平凡との批評
	781	Constanzi 座					未来派大会で騒乱
Conwentz, Hugo	451	Direktor Conventz	植物学者	ポーランド	1855	1922	国立自然保護局が創立
Conze, Alexander	642	Alexander Conze	考古学者。ペルガモン遺跡の発掘者	ドイツ	1831	1914	八十歳祝賀
Cook, Frederik Albert	85	Cook	探検家、医師。ピアリーと繰り広げた北極点到達論争で知られる。1909年にピアリーが帰還後、クックは前年に自身が北極点に到達し	アメリカ	1865	1940	北極探検に関する報道
	87 88	Frederik Albert Cook、Cook					北極点到達に関する報告、F. A. クックが新聞記者会見、クックの

人名	頁数	本文表記	人物紹介（肩書・略歴など）	出生地	生年	没年	トピック
			ていたと主張。調査委員会が設けられ、クックの主張は退けられた。今日ではピアリーもまた極点には達していなかったことが判明している				名の由来、クックとピアリーとの極点到達競争
	94	Cook					北極点未到達の証拠未公開
	98	Cook					クックとピアリーとの北極点到達競争につき調査
	106	Cook					北極探検書類脱稿・送付準備
	107	Cook					重い神経衰弱に罹患、F. クックの神経衰弱の原因
	108	Cook					北極探検関連書類を発送
	121	Cook					北極点に到達した証拠なし
	136	Cook					クックの北極点到達に弁護、ピアリーとクックが撮影した北極の写真に相違
	146	Frederick A. Cook					クックが病院に潜伏との風説
	532	Cook					F. クック記念像
	591	Cook					クックをモデルとしたオペレット
Coolus, Romain	186	Romain Coolus	作家、劇作家、脚本家	フランス	1868	1952	新興行ドラマ
Cooper, Astley Paston	343	Couper	外科医、解剖学医	イギリス	1768	1841	アメリカで医師の報酬が高騰
Coppée, François	284	François Coppée	詩人、作家	フランス	1842	1908	喫煙姿のF. Coppée像に禁煙協会が抗議
	286	François Coppée					訃報（Duchastelet）
	490	François Coppée、コツペエ					F. CoppéeのLandais韻脚字書
	821	Francois Coppée					ドレフュス事件時に左右に分かれた名士一覧
	841	FRANCOIS COPPÉE氏					アカデミー・フランセーズ選挙
Coquelin（兄弟）	15	両Coquelin	フランスの喜劇俳優コクラン兄弟（兄のConstantと弟のErnest。二人はそれぞれ兄と弟を意味するaînéとcadetで区別して呼ばれた。またConstantの息子Jeanも俳優。本文中ではこれらの一部で取り違えが生じている）				コクラン兄弟についての記事いろいろ
	265	Coquelin兄弟					コクラン兄弟記念像
Coquelin, Benoît -Constant	3	Coquelin sen.	俳優。フランスを代表する喜劇俳優のひとりで、E. ロスタンの「シラノ・ド・ベルジュラック」はこの人物のために書かれたとされる。引退した俳優たちのための養護施設「俳優の家」を創設したことでも知られる。弟のErnestも俳優として名高い。兄Constantが	フランス	1841	1909	訃報
	8	Constant Coquelin					訃報
	10	父					訃報・Ernestの死をJeanの死と誤って翻訳
	15 16	Coquelin aîné (Constant Benoît					コクラン兄弟についての記事いろいろ

人名	頁数	本文表記	人物紹介（肩書・略歴など）	出生地	生年	没年	トピック
		Coquelin）、Coquelin、老 Coquelin、兄	1909年1月27日に急逝、その12日後の2月8日、長く入院療養していた弟のErnestが後を追うように没した				
	152	Coquelin					C. コクラン命日のため「シャンテクレ」興行延期
	261	故人 Coquelin					ロスタンが「シャンテクレ」を朗読して波紋
	493	Coquelin					C.コクラン像除幕
Coquelin, Ernest Alexandre	10	Coquelin jun.	俳優。同じく名優である兄Copuelinと区別するためcadet（弟の意）の愛称で呼ばれた。兄Constantが急逝した直後に相次いで没した。本文では甥のJeanと取り違えられjun. と記述されている	フランス	1848	1909	訃報・Ernestの死をJeanの死と誤って翻訳
	16	Ernest Alexandre Coquelin、Coquelin cadet、弟					コクラン兄弟についての記事いろいろ
Coquelin, Jean	166	Coquelin	俳優。C. Coquelinの息子。父と同じ舞台に立つこともあった。父の代名詞であったシラノ役を引き継ぎ演じた		1865	1944	「シャンテクレ」総浚い
	167	Jean Coquelin					「シャンテクレ」が大当り・近世の当り狂言一覧
	261	コクラン					ロスタンが「シャンテクレ」を朗読して波紋
	797	少 Coquelin					「シラノ・ド・ベルジュラック」興行千回記念
Corinth, Lovis	174	Corinth	画家、版画家。ベルリン分離派に参加。ドイツにおける印象主義を代表する画家の一人	ロシア	1858	1925	ベルリン分離派展覧会・画風の新旧と価値は別
	390	Lovis Corinth					W. Leietikow伝記出版
	440	Lovis Corinth					ベルリン分離派委員改選
	446	Lovis Corinth					ベルリン分離派総会・新役員
	495	Corinth					ベルリン分離派展覧会（1911）
	544	Lovis Corinth					ヴェデキント興行禁止反対署名者一覧
	681	Lovis Corinth					病気療養で転地
	756	Lovis Corinth					分離派会長の辞職届け
	802	Lovis Korinth					会長辞任に際し画帖を授受
Coriolanus, Gnaeus Marcius	217	Coriolan	軍人		前527	前488	新訳興行で二重舞台採用
Cornaro, Catarina	455	Catarina Cornaro	キプロス王国女王（1474-1489）	イタリア	1454	1510	宮殿の再利用について議論
Corneille（家）	274	コルネイユ家	P. コルネイユの家系				訃報・コルネイユ家の断絶
Corneille, Eugène	274	Eugène Corneille	（新聞記者。P. コルネイユ最後の末裔）				訃報・コルネイユ家の断絶
Corneille, Pierre	140	Corneille	劇作家。ラシーヌ、モリエールとともにフランスの古典主義を代表する劇作家のひとり	フランス	1606	1684	忘れられていたコルネイユ像
	274	Pierre Corneille、コルネイユ					訃報（E. Corneille）・コルネイユ家の断絶

C

人名	頁数	本文表記	人物紹介（肩書・略歴など）	出生地	生年	没年	トピック
	286	Corneille					A. フランスのドラマ論
Cornelia	483	Cornelia	Alfred Vanderbilt Meseroleの娘Alfreda Cornelia Mesorole。投身自殺と伝えられたが、後日、事故とされた			1911	訃報・ナポリの投身自殺
Cornelius, Peter von	495	Cornelius	画家。ナザレ派。「ファウスト」の挿絵でも有名	ドイツ	1783	1867	名家自筆コレクション競売
Cornell, Ezra	430	Cornell	実業家、教育家。A. D. Whiteとともにコーネル大学を創立	アメリカ	1807	1874	アメリカ有名大学エール一覧
Cornwallis-West	781	Cornwallis West	→ Churchill, Jannie				W. チャーチル母の脚本 *The Bill*
Coronaro, Gellio Benvenuto	209	Gellio Coronaro	作曲家	イタリア	1863	1916	新興行オペラ一覧
Corot, Jean-Baptiste Camille	174	Corot	画家。バルビゾン派の一人に数えられ、抒情的な風景画を特色とした。印象派への橋渡しの役割を果たしたとされる	フランス	1796	1875	ベルリン分離派展覧会・画風の新旧と価値は別
	196	Corot、コロオ					統計上の矛盾（贋物の蔓延）
	210	Corot					コロー画が過去最高額で販売
	214	Corot					贋作絵画販売者逮捕
	262	Corot					クリスティーズで高額落札
Corradini, Enrico	783	Enrico Corradini	作家、エッセイスト、ジャーナリスト	イタリア	1865	1931	興行情報
Correggio, Antonio Allegri da	214	Correggio	画家。ルネッサンス期を代表する画家の一人で、バロック絵画の先駆者	イタリア	1494	1534	贋作絵画販売者逮捕
	494	Correggio					「イオ」の絵葉書発売禁止
Correns, Carl Erich	792	Correns	植物学者、遺伝学者	ドイツ	1864	1933	Soemmering賞金（解剖学）
Cortolezis, Fritz	449	Fritz Cortolezis	指揮者、オペラ監督	ドイツ	1878	1934	カペルマイスター後任人事
Corvey, Widukind von	317	Widukind von Corvey	歴史記述者、「ザクセン史」	ドイツ	925	973	ベルリン図書館が手紙購入
Cossato, Fecia di	293	Fecia di Cossato	（老将官、Siemens夫人の結婚相手）				Siemens夫人の結婚
Costa, A.	567	A. Costa					ヨーロッパの仏教・インド研究
Costa, Afonso	361	Alfonso Costa	政治家、首相（1913-1914、1915-1916、1917）（法相、首相）	ポルトガル	1871	1937	革命後ポルトガル仮政府
	362	Costa、革命党の首領					1910年10月5日革命
	368	Costa					僧尼を国外退去にする法律
	768	Affonso Costa					ポルトガル新内閣
Costa, Andrea	124	Andrea Costa	社会活動家	イタリア	1851	1910	卒中の報道
Costa, Dias	122	Dias Costa	（内相）				ポルトガル新内閣
Costa, K.	595	K. Costa	（作曲家）				新興行オペラ一覧
Costanzi	76	Costanzi座	→ Constanzi, Domenico	イタリア	1819	1898	P. マスカーニがコンスタツンツィ劇場監督に就任
Cotta	102	書肆Cotta	書肆創業一族。1659年Johann Georg Cottaによって創業された。1889年にAdolf von Kroenerの手に渡ってからは1956年まで				書肆Cotta創業250年祝賀
	190	書肆Cotta					P. ハイゼ八十歳賀帖署名者
	394	書肆Cotta					*Der Stier von Olivera* 出版

人名	頁数	本文表記	人物紹介（肩書・略歴など）	出生地	生年	没年	トピック
	448	書肆 Cotta	Kroener 一族が経営した				訃報（A. v. Kroener）
	530	Cotta					短篇集「インドの百合」出版
	535	書店 Cotta					滑稽戯曲の懸賞にまつわる話
	545	書店 Cotta					訃報・略歴（A. Wilbrandt）
	551	Cotta 書店					C. R. Kennedy「家僕」出版
	566	書肆 Cotta					「ウル・マイスター」特製本と通常本出版
	576	Cotta					「ウル・マイスター」いよいよ出版
	603	Cotta					「ウル・マイスター」出版
	612	Cotta					F. パウルゼン遺稿「教育学」
	666	Cotta					ブルク劇場興行のフルダ作品
	670	Cotta					書估 W. Lehmann 異動祝宴
	789	Cotta					文芸雑誌 *Der Greif* 創刊
Cottenham 夫人	57	Lady Cottenham	4代コッテンハム伯夫人。Lady Rose Nevill		1866	1913	珍獣を飼っている夫人たち
Cotugno	408	Cotugno	（政治家）				イタリア議会でトルストイに関する演説
Couper	343	Couper	→ Cooper, Astley Paston				アメリカで医師の報酬が高騰
Courbet, Gustave	174	Courbet	画家。フランスの写実主義を代表する画家であるとともに印象主義の先駆	フランス	1819	1877	ベルリン分離派展覧会・画風の新旧と価値は別
Courouble, Léopold	626	Léopold Courouble	作家	ベルギー	1861	1937	法学士が多いベルギー詩人
Courteline, Georges	827	Courteline	劇作家、作家	フランス	1858	1929	G. ブランデス「現代のフランス文学」分類図
Courtney, Albert	41	Albert Courtney	（イギリス出身の金採掘者）				浦島太郎のような実話
Cousin, Victor	825	Victor Cousin	哲学者。スコットランド啓蒙、ドイツ観念論、フランス哲学の融合を唱えた	フランス	1792	1867	G. ブランデス「現代のフランス文学」分類図
Couston, Nicolas	156	Nicolas Couston	彫刻家	フランス	1658	1733	フランス美術展覧会（ベルリン）
Coutelle	721	Coutelle、クウテル	（化学者）				硬ゴムの産地・改良
Coutinho, Victor Hugo d'Azevedo	122	d'Azevedo Coutinho	海軍将校、政治家 （海相）	中国	1871	1955	ポルトガル新内閣
Couture, Thomas	767	Couture	画家、歴史画家	フランス	1815	1879	美術コレクターの遺品分配
Couyba, Maurice	558 559	Couyba	政治家、文芸評論家、詩人、オペラ台本家、俳優 （商相）	フランス	1866	1931	フランス新内閣
Cowell, Philip Herbert	142	Cowell	天文学者	イギリス	1870	1949	ハレー彗星進路予測
Coysevox, Antoine	156	Antoine Coyzevox	彫刻家	フランス	1640	1720	フランス美術展覧会（ベルリン）
Cranach, Lucas	390	Cranach	画家、木版画家。ドイツのルネサンス期を代表する一人。同名の息子も画家	ドイツ	1472	1553	クラナッハの展覧会
Crane, Newton	267	Newton Crane					世界の離婚数（日本が突出）

人名	頁数	本文表記	人物紹介（肩書・略歴など）	出生地	生年	没年	トピック
Cranley	306	Mrs. Cranley	（イギリスの長寿者）				イギリス長寿者調べ
Cranz, Ewald	703	Ewald Cranz	（劇作家）				G. Collijn「沈黙の塔」など興行情報
Crassus, Marcus Licinius	605	Grassus	古代ローマの政治家、軍人。カエサル、ポンペイウスと第一回三頭政治を行った。スパルタクスの乱を平定		前115頃	前53	新興行ドラマ一覧
Credaro, Luigi	284	Credaro	政治家　（文相）	イタリア	1860	1939	宗教色排除の小学校案
	408	Credaro					イタリア議会でトルストイに関する演説
	484	Credaro					イタリア新内閣
Crespy, Alice	772	Alice Crespy	（女流抒情詩人）				抒情女詩人が牧師を殺害
Creuzier	131	Creuzier	（カジノで大儲けしたカナダ人）				モンテ・カルロで大儲け
Crippen, Hawley Harvey	309	Crippen	ホメオパシー医師。女優であった妻Cora Henrietta（芸名Belle Elmore）をロンドンで殺害。Mr. Robinson親子などの偽名・偽装を用いて愛人Ethel Neave（Le Neve）とともに逃亡した。その後、アントワープ発の大西洋横断船中にいることが判明。カナダに上陸するところで逮捕された。国際無線通信を使って逮捕された最初の人物で、特異な人間関係の点からも世界的な関心を集めた。日本では谷崎潤一郎「日本に於けるクリップン事件」（1927）で知られる	アメリカ	1862	1910	ドクター・クリッペン殺人事件
	315	Crippen					クリッペン事件捜査
	316	Crippen					クリッペンの逃亡先
	319	Crippen					クリッペンと情婦が偽名で逃亡
	320	Crippen					船上のクリッペンの居所が無線通信で通報
	322	Crippen					ケベック着岸に際しクリッペンと愛人が逮捕
	333	Crippen					クリッペンが送還される予定
	339	Crippen					クリッペンと情婦ロンドン到着
	367	Crippen					クリッペンに死刑宣告
	381	Crippen					クリッペンに死刑宣告
	383	Crippen					愛人Le Neveは無罪放免
	389	Crippen					大審院が死刑を是認
	404	Crippen					死刑の執行の前日に自白
	458	Crippen					Le Neveがカナダ人と結婚
Crisati	5	Crisati	（シチリアのマフィアのボス）				マフィアによる新聞記者一家殺害事件
Crispi, Francesco	134	Crispi	政治家、首相（1887-1891）	イタリア	1819	1901	ホテルの給仕にチップをはずむ人はずまない人
Croce, Benedetto	262	Benedetto Croce	哲学者、歴史家、政治家	イタリア	1866	1952	ハイネ記念像（Lucca）委員会
Croisset, Francis de	237	Francis de Croisset	劇作家、作家。本名Francis Wiener	ベルギー	1877	1937	F. de Croissetの婚礼
	682	Francis de Croisset					脚本化した小説の上演好評
Crola, Hugo	269	Hugo Crola	画家	ドイツ	1841	1910	訃報
Crommelin, Andrew Claude de la Cherois	142	Crommelin	天文学者	イギリス	1865	1939	ハレー彗星進路予測

人名	頁数	本文表記	人物紹介（肩書・略歴など）	出生地	生年	没年	トピック
Crommelynck, Fernand	443	Fernand Crommelynck	劇作家、俳優、劇場監督。抒情的な作風と独創的な手法で知られる	ベルギー	1886	1970	物語を排除した印象劇場（Théâtre impressif）創立
	457	Crommelynck					パリ演劇の新運動
Cromwell, Oliver	496	Oliver Cromwell	政治家、軍人。清教徒革命の指導者	イギリス	1599	1658	クロムウェルの髑髏ふたつ
Crosber, A. L.	571	A. L. Crosber	（言語学者）				グラモフォン（蓄音機）利用の言語調査
Crozier	79	Crozier	（ウィーン駐在フランス公使）				バルカン情勢・クレタ島
Cruchet, Jean-René	575	René Cruchet	医学者	フランス	1875	1959	飛行家の病に関する研究
Cruewell, Gottlieb August	350	G. A. Cruewell	歴史学者、劇作家、司書	スリランカ	1866	1931	新興行ドラマ一覧
	634	G. Cruewell					新興行ドラマ一覧
	723	G. A. Cruewell					興行情報
	766	Cruewell					ブルク劇場の新作者
Cruppi, Jean	469	Cruppi	政治家　（外相、法相）	フランス	1855	1933	フランス新内閣
	558	Cruppi					フランス新内閣
Crusius, Otto	408	Otto Crusius	古典学者	ドイツ	1857	1918	マキシミリアンオルデン授与者
Cscheschka, Otto	171	Otto Cscheschka	→ Czeschka, Carl Otto				裸体画の展覧禁止でプラハ警視庁が物笑い
Cugnot, Nicholas Joseph	268	Joseph Cugnot	発明家。蒸気を利用して自走する最初の自動車を作った	フランス	1725	1804	J. Cugnot 記念像
Cumberland	379	Cumberland 公	ハノーファー王 Georg V, Koenig von Hannover und Herzog von Cumberland und Teviotdale	ドイツ	1819	1878	位を失った君主の挙動
Cumont, Franz-Valéry-Marie	530	Franz Cumont	考古学者、宗教史家	ベルギー	1868	1947	プロイセン科学アカデミー通信会員
Cuneo, Cyrus Cincinatto	807	Cyrus Cuneo	画家	ドイツ	1879	1916	奇抜な場所で書かれた絵画
Cuno, Willi	421	Cuno	政治家。ハーゲン市長を務めた	ドイツ	1860	1951	お上さんの意見で市長が脚本を削除して興行
Cuno, Willi（妻）	421	お上さん	（ハーゲン市長 W. Cuno の妻）				お上さんの意見で市長が脚本を削除して興行
Cuocolo, Gennaro	248	Cuocolo	（犯罪組織 Camorra 会計主任。妻 Maria とともに1906年に殺害された）			1906	ナポリの犯罪組織大規模検挙
Cuocolo, Maria	248	妻	（G. Cuocolo の妻）			1906	ナポリの犯罪組織大規模検挙
Curcin, Milan	743	Milan Curcin	詩人、翻訳家	セルビア	1880	1960	「ツァラストラはかく語りき」翻訳
Curie, Maria Sklodowska	170	Curie 夫人	物理学者、化学者。放射性物質および放射能現象に関する研究が評価され、ベクレル線の発見者 H. ベクレル、夫のピエールとともにノーベル物理学賞（1903）を受賞。1906年に	ポーランド	1867	1934	キュリー夫人がポロニウム精製
	287	Curie 夫人					キュリー夫人がデイビー勲章に加えアルバート勲章も受賞
	306	Curie 夫人					キュリー夫人にアルバート勲章

C

人名	頁数	本文表記	人物紹介（肩書・略歴など）	出生地	生年	没年	トピック
	333	Institut Curie	ピエールが不慮の死を遂げた後も研究を進め、ポロニウム、ラジウムの発見・精製などによりノーベル化学賞（1911）を単独で受賞。ピエールの弟子P. ランジュバンとのスキャンダルが騒がれる中でのことであった。1910年にスウェーデン王立科学アカデミー会員に選出されたが、会員が男性に限られていたフランスのアカデミーの加入については強力な反対キャンペーンが生じ、実現しなかった。ノーベル賞、パリ大学教員のポストを得た初めての女性となっただけでなく、ノーベル賞を二度受賞した最初の人物として知られる				フランス政府がキュリー研究所設立を決定
	340	Madame Curie					キュリー夫人らラジウム精製
	361	Curie 夫人					ラジウム研究所所長就任予定
	395	Curie 夫人					科学アカデミー会員後任候補
	408	Curie					アカデミー（ストックホルム）女性会員
	428	Madame Curie、キュリイ夫人					アカデミー女人禁制案が通過
	440	Curie 夫人					アカデミー・フランセーズ候補
	444	Curie 夫人					女ばかりのアカデミー賛成者
	575	Madame Curie					キュリー夫人がラジウム試験を実演
	589	Curie 夫人					ラジウム研究所（キュリー夫人）
	618	Madame Curie、夫人					ノーベル賞受賞候補（1911）、キュリー夫人がランジュバンと失踪との噂は取消
	637	Curie 夫人					ノーベル賞受賞式の予定
	643	Curie 夫人					キュリー夫人とランジュバンの消息に関する噂
	661	Madame Curie					盲腸炎で入院
	697	Madame Curie					術後の経過良好
	710	Curie 夫人					ラジウムの国際基準標本
Curtius	353	von Curtius 教授	（スイスの神学者）				法王がモデルニスムスを取締
Curtius, Friedrich	566	Friedrich Curtius	新教神学者		1851	1933	六十歳祝賀
Curtius, Karl	403	Karl Curtius	（ベルリンの書肆）				T. シュトルム書簡集続刊
	645	Karl Curtius					T. シュトルム伝の執筆
Cyrano de Bergerac, Savinien de	16	Cyrano de Bergerac	作家、哲学者、理学者、剣豪。エドモン・ロスタンの戯曲「シラノ・ド・ベルジュラック」でも知られる。SF の先駆的作品とされる「月世界旅行記」「太陽世界旅行記」、「衒学者先生」など	フランス	1619	1655	コクラン兄弟についての記事いろいろ
	543	Cyrano					新薬606号と整形外科により意義を失う舞台脚本
	797	Cyrano de Bergerac					「シラノ・ド・ベルジュラック」興行千回記念
	849	シラノ・ド・ベルヂユラツク、CYRANO DE BERGERAC					「シラノ・ド・ベルジュラックの月界旅行」写本発見
Czermak, Franz	570	Franz Czermak	（高等工業学校助教）				ウィーン学士院に寄付金
Czeschka, Carl Otto	171	Otto Cscheschka	画家、版画家	オーストリア	1878	1960	裸体画の展覧禁止でプラハ警視庁が物笑い

人名	頁数	本文表記	人物紹介（肩書・略歴など）	出生地	生年	没年	トピック
d'Ache, Caran	55	Caran d'Ache	風刺作家、政治漫画家。Caran d'Acheは筆名、本名Emmanuel Poiré	フランス	1858	1909	A. Chauchard 評
da Vinci, Leonardo	119	Lionardo da Vinci	芸術家、技術者、発明家。万能の天才として知られるルネッサンスの巨人。絵画、彫刻、建築だけでなく諸科学に大きな足跡を残した。フィレンツェ、ミラノ、ローマで比類のない才能を発揮。晩年、仏王フランソワ１世の宮廷に招かれ、アンボワーズ城の近くの館で没した。今日までルーヴル美術館に所蔵されている「モナ・リザ」「洗礼者ヨハネ」「聖アンナと聖母子」の三点の絵画には最後まで手が入れられたとされる	イタリア	1452	1519	ダ・ヴィンチ作とされる「フローラ胸像」につき議論百出
	203 204	Leonardo da Vinci、レオナルドオ					ダ・ヴィンチの諸業績
	464	Lionardo					ルーヴル所蔵「モナ・リザ」オリジナルの証拠
	569	Lionardo da Vinci					ベルリン大学講義一覧
	590	Lionardo da Vinci					「ジョコンダ（モナ・リザ）」盗難事件
	641	Lionardo、リオナルドオ					ルーヴル美術館「モナ・リザ」盗難のため配置換え
	745	Leonardo da Vinci					「最後の晩餐」修復
Daedalus	815	Daedalus	ギリシャ神話に登場する工匠。イカロスの父。ミノタウロスの迷宮の造形者				「イカロスとダイダロス」初興行
Daehnhardt, Oskar	720	Oskar Daehnhardt	ゲルマニスト、古典文献学者。ニコライシューレの校長を務めた		1870	1915	トーマスシューレ創立七百年祭
Daemon	579	Der Daemon	古代ギリシアにおける精霊、鬼神。キリスト教の発展に伴い悪霊の意となった				新興行ドラマ一覧
Daeubler, Theodor	774	Theodor Daeubler	詩人、作家、劇作家	イタリア	1876	1934	悲壮劇執筆中
Dagobert I	133	Roi Dagobert	メロヴィング朝フランク王国４代国王（623-639）		608頃	639	新興行ドラマ一覧
Dahlke, Paul	567	Dahlke	著述家、医師。「仏教と科学」	ポーランド	1865	1928	ヨーロッパの仏教・インド研究
Dahn, Felix	10	Felix Dahn	歴史家、作家、弁護士	ドイツ	1834	1912	七十五歳祝賀
	81	Felix Dahn					劣悪な少年誌への名前貸し
	102	Felix Dahn					シラー生誕百五十年祭・シラーハウス創立委員
	103	Felix Dahn					シラー生誕百五十年祭
	126	Felix Dahn					七十五歳祝賀・今後の予定
	169	Felix Dahn					大学教授を引退
	581	Felix Dahn					ブレスラウ大学創立百年祭
	661	Felix Dahn					訃報
Dahn, Franz	627	Franz Dahn					Adoré-Villany 舞踏禁止に抗議
Daisenberger, Joseph Alois	246	Daisenberger	司祭、受難劇作詞家。本文では1884年没とされている	ドイツ	1799	1883	オーバーアマガウの受難劇
Dalai Lama XIII	175	Dalai Lama	13代ダライ・ラマ（1878-1933）。法名Thubten Gyatso。清（のち中華民国）、大英帝国、ロ	チベット	1876	1933	ダライ・ラマが清兵の暴行から逃れインド（英領）に亡命

D

人名	頁数	本文表記	人物紹介（肩書・略歴など）	出生地	生年	没年	トピック
	177	Dalai Lama	シア帝国との国際的緊張の中に生涯を送った。1913年にラサに帰還し、チベットの近代化を進めた				ダライ・ラマがロシアの保護を得られず英国に逃避との報道
	180	ダライ・ラマ					ロシアからの借入金償還後に清軍がチベット侵攻
	198	ダライ・ラマ					ダライ・ラマがインドで歓迎
	256	Dalai Lama					ダライ・ラマが帰国予定
	326	ダライ・ラマ					チベットの摂政に死刑宣告・ダライ・ラマは帰国見合わせ
D'Alba, Antonio	692	Antonio Dalba	(イタリア王を狙撃した無政府主義者)				エマヌエーレ3世に無政府主義者が発砲
D'Albert, Eugen	211	Eugen d'Albert	ピアニスト、作曲家。後にドイツ、スイスに帰化。オペラ *Tiefland* は大きな成功を収めた。六回結婚し、離婚したことも話題を集めた	スコットランド	1864	1932	1908・9～ドイツでの興行回数
	428	Eugène d'Albert					新聞 *Il Piccolo* の文芸雑報
	429	Eugène d'Albert					E. ダルベールの離婚と再婚
	472	E. d'Albert					新興行オペラ一覧
	486	E. d'Albert					新興行オペラ一覧
	683	Eugen d'Albert					オペラ *Tiefland* が興行400回
	724	Eugen d'Albert					楽劇 *Die toten Augen* の作詞
	752	Eugen d'Albert					ドイツ音楽界の現状批評
Dalcroze, Jacpues	180	Jacpues Dalcroze	→ Jaques-Dalcroze, Emile				あらゆる教育の根本としてのリズム教育
	734	Jacques Dalcroze					リズム体操教育の学校設立
Dalén, Nils Gustaf	757	Dalen	エンジニア、実業家。ノーベル物理学賞(1912)	スウェーデン	1869	1937	ノーベル賞受賞者（1912）
Dallemagne, Jeanne-Marie	147	Madame Dallemagne、ダルマアニユ夫人	(フランス前蔵相 Merlou の愛人)				前蔵相愛人が発砲傷害事件
Dall'Oca Bianca, Angelo	357 358	Dall'Oca Bianca	画家	イタリア	1858	1942	ヴェローナ（ヴェネツィアは誤り）で公共物損壊反対運動
	461	Angelo Dall'Oca Bianca					Piazza d'Erbe が国定記念物に指定
	812	Angelo dall'Ocabianca					Piazza d'Erbe の保存運動
Dall'Osso, Innocenzo	322	Dallosso	考古学者、学芸員				古墓発掘・女王カミラと推測
Dallwitz, Johann von	272	von Dallwitz	政治家 （内相）	ドイツ	1855	1919	ドイツ閣僚交代
Dalmorés, Charles	254	Dalmores	テノール歌手	フランス	1871	1939	契約でシカゴに移籍
d'Alton, Aimée	154	無名女、Aime d'Alton	Alfred de Musset の恋人・文通相手	ドイツ	1811	1881	A. ミュッセの書状公開
Damianor	91	Damianor	(海相)				ギリシャ新内閣
Danae	150	Danae	ギリシア神話に登場するアルゴス王女、英雄ペルセウスの母				劇評のストライキの嚆矢
Dandliker, Karl	352	Karl Dandliker	歴史家		1849	1910	訃報

人名	頁数	本文表記	人物紹介（肩書・略歴など）	出生地	生年	没年	トピック
Dandolo, Augusto	726	Augusto Dandolo	（イタリアの劇作家）				戯曲「ローマにおけるゲーテ」
Daneo, Edoardo	111	Daneo	政治家、弁護士 （学相、文相）	イタリア	1851	1922	イタリア新内閣
	394	Daneo					対社会主義の食卓演説
Danewald, Artur	575	Arthur Danewald	画家。Danewald でなく Daenewald		1878	1917	芸術高等学校（ベルリン）表彰
D'Angers, David	767	David d'Angers	彫刻家	フランス	1788	1856	美術コレクターの遺品分配
Daniel	50	Daniel	旧約聖書の「ダニエル書」に登場するユダヤ人。預言者の一人				聖人像に帝王や大統領の顔
Danilo Aleksandar (Montenegro)	320	Danilo	モンテネグロ王ニコラ1世長男。ダニロ3世(1921）として7日間王位に就いた	モンテネグロ	1871	1939	皇太子位委譲の噂
Dannhaeuser, Jean Edward	408	Dannhaeuser	彫刻家		1869	?	ヴィルマースドルフ芸術ホール
D'Annunzio, Francesco	109	Francesco d'Annunzio	G. ダヌンツォの父 Francesco Paolo Rapagnetta -d'Annunzio				ダヌンツォが交通速度違反
D'Annunzio, Gabriele	13	D'Annunzio	詩人、作家、劇作家、ジャーナリスト。女優エレオノーラ・ドゥーセとの愛人関係は注目を浴びスキャンダルとなった。多額の借財を負ったため1910年にフランスに逃亡、その後、帰国。第二次大戦にはパイロットとして従軍。戦後は国家主義的立場を強め、1919年には武装集団を率いてフィウーメ（現クロアチア領リエカ）を占拠。イタリアへの併合を主張したが、叶わぬと見るや独立を宣言。一転、イタリアと開戦した。1920年末に投降後は政治の表舞台から引退し著述活動を続けた。ムッソリーニにも多大な影響を与えたことからファシスト運動の先駆と見なされることもある。「死の勝利」「聖セバスチャンの殉教」など	イタリア	1863	1938	マリネッティーの未来派宣言・未来派紹介
	109	Gabriele d'Annunzio、ダンヌンチオ					ダヌンツォが交通速度違反
	134	Gabriele d'Annunzio					ホテルの給仕にチップをはずむ人はずまない人
	148	D'Annunzio					ダヌンツォ飛行機小説あらすじ
	154	D'Annunzio					突然の所得税増額につき抗議、飛行機小説の題目
	162	D'Annunzio					ダヌンツォにまつわる虚聞
	166	ダヌンチオ					ダヌンツォの飛行機小説「諾ならんか否ならんか」独訳
	217	D'Annunzio					ダヌンツォ近況・執筆中脚本
	218	D'Annunzio、ダヌンチオ					ダヌンツォが差押住宅の家具競売に異議申立
	221	D'Annunzio、詩人					米人篤志家がダヌンツォの借財に援助
	228	D'Annunzio					飛行機競争勝者をダヌンツォ賛辞
	236	D'Annunzio					ダヌンツォがノートルダムのオルガン演奏をリクエスト
	255	D'Annunzio					小説 *Amarantha* あらすじ
	318	D'Annunzio					「アンティゴネの影」上演・外光劇場設立との記事
	321	D'Annunzio					脚本「舟」独訳出版
	388	D'Annunzio 物					ダヌンツォを耽読していた未決監のタルノウスカ夫人が服役

D

人名	頁数	本文表記	人物紹介（肩書・略歴など）	出生地	生年	没年	トピック
	426	D'Annunzio					ダヌンツォがバレエの制作
	442	D'Annunzio					仏文の五幕物 *La Hache*（斧）
	474	D'Annunzio					訃報（A. Fogazzaro）
	476	D'Annunzio					仏文「聖セバスチャンの殉教」完成・朗読
	487	Gabriele D'Annunzio、詩人					ダヌンツォの美術品差押
	491	D'Annunzio、詩人					差し押さえ封印解除
	523	Gabriele D'Annunzio					「聖セバスチャンの殉教」執筆・興行予定
	524	D'Annunzio					法王がダヌンツォの著作すべてを禁書目録に追加
	526	ダヌンチオ					R. シュトラウスとダヌンツォがオペラ合作との風評は誤り
	528	Gabriele D'Annunzio					ダヌンツォの別荘の家財全て競売
	529	D'Annunzio					パリ大司教が「聖セバスチャン」の観劇禁止を勧告、「聖セバスチャンの殉教」総浚中止
	530	D'Annunzio					「聖セバスチャン」を新聞各紙が酷評・ドビュッシー（音）と Bakst（美）については高評価
	549	Gabriele d'Annunzio、ダヌンチオ					ダヌンツォの家財競売
	552	D'Annunzio					家財競売の総売上高
	558	ダヌンチオ					I. ルビンシュタインが獅子狩をしに中央アフリカ旅行
	564	ダヌンチオ					「アルプス交響曲」など R. シュトラウスの作曲状況
	608	Gabriele d'Annunzio					ダヌンツォが戦争詩発表
	609	D'Annunzio					戦争詩 *La canzone d'oltre mare*（海外の歌）
	638	Gabriele d'Annunzio					通信員としてトリポリに行く予定
	661	Gabriele d'Annunzio					ドイツ・オーストリアを攻撃する詩に発表の場なし
	671	Gabriele d'Annunzio					ダヌンツォの戦争詩集が官没
	675	D'Annunzio、ダヌンチオ					ホフマンスタールがダヌンツォを罵倒
	704	D'Annunzio					ダヌンツォが G. パスコリの後任ポスト（ボローニャ大学）を辞退

人名	頁数	本文表記	人物紹介（肩書・略歴など）	出生地	生年	没年	トピック
	708	D'Annunzio					マスカーニとダヌンツォがオペラ制作
	734	Gabriele d'Annunzio					借金のかたが付き帰国
	779	Gabriele d'Annunzio					マスカーニとダヌンツォの共作
	785	Gabriele d'Annunzio、詩人					贈与と醵金によりダヌンツォがふたたび家を所有
	790	Gabriele d'Annunzio					新作滑稽戯曲「ピサネラ」
	791	Gabriele d'Annunzio					ダヌンツォを主人公にした戯曲
	805	Gabriele d'Annunzio					「ピサネラ」上場
	806	d'Annunzio					「ピサネラ」の主演女優
	811	Gabriele d'Annunzio					ダヌンツォの執筆中作品
	816	Gabriele d'Annunzio					人形芝居の脚本執筆中
	825	Gabriele d'Annunzio					新脚本完成も題名未発表
	830	Gabriele d'Annunzio、D'Annunzio					O. ワイルドに倣いダヌンツォがフランス語で新脚本、もうひとつの近作脚本「鉄」
	839	Gabriele d'Annunzio					自作新作滑稽脚本を朗読
	843	GABRIELE D'ANNUNZIO 氏、D'ANNUNZIO 氏					告訴したパロディー作家にダヌンツォが敗訴
D'Annunzio, Gabriele (四子)	109	四子	G. ダヌンツォと Maria Hardouin di Gallese との間に生まれた四人の子供				ダヌンツォが交通速度違反
D'Annunzio, Luigia	109	Benneditti 氏 Luigia	G. ダヌンツォの母。旧姓 Benneditti				ダヌンツォが交通速度違反
Dante	389	Dante	Dante Alighieri。詩人、哲学者、政治家。フィレンツェ市政の要職にあったが、政変により追放。各地を流浪するなかトスカーナ方言により叙事詩「神曲」を執筆。永遠の淑女ベアトリーチェを謳いあげた詩集「新生」とともに後代に多大な影響を残し、イタリア・ルネッサンスの先駆とされる。「俗語論」「饗宴」「帝政論」といった論文もある	イタリア	1265	1321	大理石のダンテ廟案否決
	464	Dante 研究家					七十歳祝賀（P. Pochhammer）
	542	ダンテ					ゲーテと痛風・鉱山鉱泉研究
	668	Dante					新興行オペラ一覧
	675	ダンテ					ホフマンスタールがダヌンツォを罵倒
	725	Dante 協会					ダンテ協会名誉金牌
	738	Casa di Dante、Museo Dantesco					ダンテ美術館新設
	742	Dante					訃報（J. Vrchlicky）
Danton, Georges	836	Danton	革命家、弁護士。ロベスピエール派と対立し処刑された	フランス	1759	1794	R. ロラン革命劇ドイツ公演
Danziger van Embden, Rachel	208	R. Danziger	オペラ作曲家	オランダ	1870	?	新興行オペラ一覧
d'Aosta（公爵夫人）	315	d'Aosta	アオスタ公爵夫人 Hélène Louise Françoise Henriette Bourbon	イギリス	1871	1951	獲物を持ってアフリカから帰国

D

人名	頁数	本文表記	人物紹介（肩書・略歴など）	出生地	生年	没年	トピック
D'Arc, Jeanne	20	Jeanne d'Arc	フランスの愛国者。ドンレミ村の農家の娘であったが、百年戦争中、救国の神託を受けことを王太子（のちのシャルル７世）に上申。イギリス軍を破ってオルレアンの包囲を解き、ランスでシャルル７世を戴冠させた。のちに捕えられ、異端として火刑に処されたが、復権裁判が行われ、1910年には法皇ピウス10世により列福、1920年には列聖された	フランス	1412	1432	ジャンヌ・ダルクの破門を解く式典が開かれる予定
	35	Jeanne d'Arc					ジャンヌ・ダルクが列福
	40	Jeanne d'Arc					オルレアンで女性二千人がジャンヌ・ダルク祭開催の請願
	107	Jeanne d'Arc					64歳のベルナールが19歳のジャンヌ・ダルク役
	147	Jeanne d'Arc					道路拡張のためジャンヌ・ダルクの家が取り壊し・一部移設
	227	Jungfrau von Orleans					舞台装置せまり上げの失敗談
	257	Jeanne d'Arc、ジャンヌダルク					ドンレミ国民劇場こけら落としでジャンヌ・ダルク劇
	555	Jeanne d'Arc					「ジャンヌ・ダルク」出版
	614	Jungfrau von Orleans					「オルレアンの少女」初演のライプツィヒ古劇場が取り壊し
Darloux	281	Darloux					ベルリン学士院ライプニッツ賞
Darwin, Charles Robert	74	Darwin	自然科学者、地質学者、生物学者。A. R. ウォレスとともに種の形成理論を提出。「種の起源」などにより進化論を主導した	イギリス	1809	1882	南米南端の火国
	370	Darwin					ベルリン大学百年祭
	642	Charles Darwin					Eugenics Education Society 設立・優生学研究
	761	Charles Darwin					訃報（G. H. Darwin）
Darwin, George Howard	761	George Howard Darwin	天文学者、数学者。C. ダーウィンの次男	イギリス	1845	1912	訃報
Darwin, Leonard	642	Leonard	軍人、政治家、優生学者、エコノミスト。C. ダーウィンの四男	イギリス	1850	1943	Eugenics Education Society 設立・優生学研究
Dauchez, André	210	André Dauchez	画家	フランス	1870	1948	国民サロン
	215	André Dauchez					国民サロン出品作政府買上
Daude	371	Daude	（ベルリン大学教員）				ベルリン大学百年祭
	377	Daude					ベルリン大学役員一覧
Daudet, Alphonse	716	Daudet	作家。自然主義の文学者とされるが、「風車小屋だより」など印象主義的な作風で知られる	フランス	1840	1897	不朽の名声と忘却
	841	ALPHONSE DAUDET					アカデミー・フランセーズ選挙
	844	ALPHONSE DAUDET					作家 W. Schussen 紹介
Daudet, Ernest	841	ERNEST DAUDET	ジャーナリスト。A. ドーデの兄。本文では弟とされているが誤り	フランス	1837	1921	アカデミー・フランセーズ選挙
Daudet, Léon	468	Daudet	ジャーナリスト、作家。A. ドーデの長男。本文中に七十一歳の父とあるが、1987年にAlphonseは没しており、生年（1840）から	フランス	1867	1942	ベルンスタンへの決闘取下げ
	473	Léon Daudet、ドオデエ					L. Daudet と G. Claretie が決闘

人名	頁数	本文表記	人物紹介（肩書・略歴など）	出生地	生年	没年	トピック
	821	Léon Daudet	71年目ということ				ドレフュス事件時に左右に分かれた名士一覧
Daulby	214	Comte Aulby、Prince Borghetto、Prince de Lusignan	（詐欺師。偽名に Prince Borghetto、Prince de Lusignan）				贋作絵画販売者逮捕
	215	d'Aulby 伯、Daulby、ドオルビイ					贋作絵画購入事件続報
Daumier, Honoré	495	Daumier	画家、風刺画家、版画家、彫刻家	フランス	1808	1879	ベルリン分離派展覧会（1911）
Daun, Berthold	650	Berthold Daun	（美術史家）				講演「支那の絵画及日本の版画」
D'Aurevilly, Jules-Amédée Barbey	850	ヂユウル・バルベ・ドウブルヰイ（JULES BARBEY D'AUBREVILLY）、ドウブルヰイ	作家、詩人、文芸評論家、ジャーナリスト	フランス	1808	1889	J. B. D'Aubrevilly 生誕百年祭
Dauthendey, Max	525	Dauthendey	詩人、劇作家、印象主義の画家。二度の世界旅行を行った。日本での滞在経験をもとにした創作「近江八景」などがある。第一次大戦中にジャワで抑留され、病死	ドイツ	1867	1918	戯曲「女帝の戯」
	537	M. Dauthendey					新興行ドラマ一覧
	594	M. Dauthendey					新興行ドラマ一覧
	605	M. Dauthendey					新興行ドラマ一覧
	619	Max Dauthendey、ダウテンヂイ					M. Dauthendey 紹介・戯曲あらすじ
	625	Dauthendey					*Der Drache Grauli* 出版
	632	M. Dauthendey					新興行ドラマ一覧
	634	M. Dauthendey					新興行ドラマ一覧
	674	Max Dauthendey					興行作品紹介
	730	Max Dauthendey					ストリンドベリが中心人物の滑稽劇 *Maja*
	787	Max Dauthendey					叙事詩「タイタニック沈没の時」
David	10	David	（音楽家）				鉄道技師が楽劇作者に転身
David	314	David-Psalm	イスラエル王国の2代目の王。もとは羊飼いの少年であったが、巨人ゴリアテを倒すなど英雄的な逸話で知られる	パレスチナ自治区	前10C頃	前961頃	「ダビデの詩篇」仏訳はラシーヌの可能性
David, Fernand	664	Fernand David	政治家　（商相、農相）	フランス	1869	1935	フランス新内閣
	771	Fernand David					フランス新内閣
David, Jakob Julius	819	J. J. David	ジャーナリスト、文筆家	チェコ	1859	1906	政府に文士救済策を申入れ
David, Jaques-Louis	532	David	画家。新古典主義を代表するひとり。ナポレオンの首席画家として知られる	フランス	1748	1825	ローマで他国人博覧会（Mostra deglistranieri）
Davidsohn	483	Davidsohn	（弁護士）				裸体画絵葉書販売で処罰
Davidson, John	35	John Davidson	詩人、劇作家	イギリス	1857	1909	失踪中の詩人は自殺と判明

D

人名	頁数	本文表記	人物紹介（肩書・略歴など）	出生地	生年	没年	トピック
Davidson, Robert	190	Robert Davidson					P. ハイゼ八十歳賀帖署名者
Davignon, Julien	312	Davignon	政治家 （外相）	ベルギー	1854	1916	ベルギー国内で上流を占める社会主義者・国王の理解
Davis	323	Davis	（劇作家）				一旦許可の脚本興行禁止例
Davis, Gustav	238	Gustav Davis	ジャーナリスト、新聞編集者、劇作家	スロヴァキア	1856	1951	新興行ドラマ一覧
Davy, Humphry	287	Davy-Medaille	化学者、発明家。カルシウムなど六つの元素を発見した	イギリス	1778	1829	キュリー夫人がデイビー勲章に加えアルバート勲章も受賞
Dawison, E.	432	E. Dawison	（作曲家）				新興行オペラ一覧
Dayot, Armand	178	Armand Dayot	美術評論家、美術史家。美術雑誌「芸術と芸術家」を創刊	フランス	1851	1934	ドイツ帝のヴァトーに複製説
	849	デイヨ氏（DAYOT）					ゴンクール賞（詳細）
de Benavente	145	Conde-Duque de Benavente、公爵	（贋金を製造していたスペインの公爵）				贋金づくりの貴族はヴェラスケスの肖像画の後裔
de Boigne 伯爵夫人	477	Marquis d'Osmond の女伯爵夫人 de Boigne	4代オズモンド侯爵 René Eustache の娘 Adèle d'Osmond。Benoît de Boigne 伯と離婚。回想録で知られる	フランス	1781	1866	A. d'Osmond の回想録の版権
de Bourbon, Jaime	303	Don Jaime de Bourbon	→ Jaime de Borbón				A. モルガンの結婚の噂は嘘
de Broqueville, Charles	548	De Broqueville	政治家、首相（1911-1918）	ベルギー	1860	1940	ベルギー新内閣
de Camondo, Isaac	493	Isaac de Camondo	フランスの銀行家、美術品蒐集家	トルコ	1851	1911	遺言で美術品を美術館に寄贈
de Chevigné, Marie-Thérèse	237	Reine du Félibrige、Madame Bischofsheim 本姓 de Chevigné	Bischofsheim 未亡人。プロヴァンスの文学結社フェリブリージュの女王と呼ばれた。劇作家 F. de Croisset と再婚	フランス	1880	1963	F. de Croisset の婚礼
de Felice Giuffrida, Giuseppe	33	de Felice	政治家、社会党員	イタリア	1859	1920	イタリア議会で乱闘・議会中止
de Féraudy, Maurice	158	de Féraudy	作曲家、作詞家、俳優	フランス	1859	1932	フランス大使館が展覧会のレセプションにドイツ帝を招待
de Flers, Robert	207	De Flers	劇作家、ジャーナリスト。Gaston Arman de Caillavet との共作多数	フランス	1872	1927	新興行ドラマ一覧
	213	Flers					1908・9～ドイツでの興行回数
	461	Robert de Flers					パリで二人の文士が決闘
	470	Robert de Flers					*Après moi* 撤回事件・脚本興行の自由に関する抗議署名
	472	Flers					新興行ドラマ一覧
	621	Caillavet-Flers					宴会余興論「社交哲学の基礎」
	828	Robert Flers					G. ブランデス「現代のフランス文学」分類図
de Forest, Lee	286	System de Forest	発明家、電気技術者	アメリカ	1873	1961	無線電信の種類
de Groot, Jan Jakob Maria	665	Maria de Groot	中国語・中国文学研究者	オランダ	1854	1921	ライデン大学前総長がベルリン大学に転任

人名	頁数	本文表記	人物紹介（肩書・略歴など）	出生地	生年	没年	トピック
	679	Johann Maria de Groot					ベルリン学士院加入
de Houx, Henry	447	Henry de Houx	→ des Houx, Henry				訃報
de la Chaise, François	786	Père Lachaise	イエズス会士。ルイ14世の聴罪司を務めた。領地はペール・ラシェーズ墓地となった	フランス	1624	1709	性器露出のO. ワイルド墓碑像（ペール・ラシェーズ）に不許可
de la Croix	121	de la Croix	(Stephanie 王女の弁護士)				レオポルド２世遺産争い
de la Meurthe, Henri Deutsch	596	de la Meurthe	実業家。ヨーロッパの石油王と呼ばれた	フランス	1846	1919	飛行機の始祖イカロス記念像
De la Roche-Vernet	590	De la Roche-Vernet	(フランスの議員)				「ジョコンダ（モナ・リザ）」盗難事件
de la Salle de Rochemaure, Marc	252	de la Salle de Rochemaure	de la Salle de Rochemaure 公爵 Jean-Baptiste François Constant Marc	フランス	1883	1945	婚姻に関する裁判
de La Vaulx, Henry	378	H. de la Vaulx	飛行士（気球）、冒険家	フランス	1870	1930	遠距離飛行の歴史
de la Vedova	565	de la Vedova	(ミラノの咽頭科医)				カルーソーが喉の執刀医に損害賠償請求
de Lator, Louise	163	Louise de Latour	(「アパッシュの女王」の異名を取るパリのならず者)				パリで無頼漢（アパッシュ）騒ぎ
de Lorenzo, Giuseppe	567	de Lorenzo	地質学者、翻訳家。仏典を伊語訳		1871	1957	ヨーロッパの仏教・インド研究
de Lys	213	de Lys	(イタリアのソプラノ歌手)				興行情報
de Méréde, Cléo	119	Célo de Méréde	女性ダンサー。父 Karl はベルギーの名門 de Méréde 家出身の風景画家	フランス	1875	1966	ベルギー故王の愛人
de Mun, Adrien Albert Marie	464	Comte de Mun	ムン伯爵。政治家	フランス	1841	1914	アカデミー・フランセーズ会員
de Péthion, Cleopatra Mytha	631	Cleopatra Mytha de Péthion、夫人	(パリ在住のロシアの伯爵夫人)				戯画につき裁判
de Pigage, Marie Diehl	235	Marie Diehl de Pigage					「円盤投げ」像のレプリカ制作
de Pressensé, Francis	406	de Pressensé	政治家、ジャーナリスト	フランス	1853	1914	フランス政治家の早口舌番付
de Saint Point, Valentine	161	V. de St. Point	女流作家、詩人、画家、美術評論家、振付家。未来派運動に参加	フランス	1875	1953	フランス女性作家会ラ・フランセーズと脚本家会ラ・ハルテ
de Ségur, Pierre	464	Marquis de Ségur	セギュール侯爵。作家、歴史家	フランス	1853	1916	アカデミー・フランセーズ会員
de Selves, Justin	558 559	de Selves	政治家 （外相）。政治家 C. de Freycinet の甥	フランス	1848	1934	フランス新内閣
de Thoranc（伯）	695	Comte de Thoranc	de Thoranc 伯 Francois De Theas、軍人。７年戦争でフランクフルト駐在中、ゲーテ家に滞在。若きゲーテに影響を与えた	フランス	1719	1794	ゲーテ美術館の拡張
de Vasconcelos, Augusto	597	Augusto de Vasconcellos	政治家、外交官、外科医、首相（1911-1912）（外相）	ポルトガル	1867	1951	ポルトガル新内閣
de Vogüé, Charles	464	Marquis de Vogüé	ヴォーグ侯爵。考古学者。外交官でロシア文	フランス	1829	1916	アカデミー・フランセーズ会員

人名	頁数	本文表記	人物紹介（肩書・略歴など）	出生地	生年	没年	トピック
Jean Melchior			学者の Eugène は甥				
de Vogüé, Eugène Melchior	47	de Voguë	ヴォーグ子爵。外交官、著述家、文芸評論家。フランスへのロシア文学の紹介者としても知られる	フランス	1848	1910	ゴーゴリ記念像除幕式
	196	Vicomte Eugène Melchior de Vogüé					訃報
	821	Melchior de Vogüe					ドレフュス事件時に左右に分かれた名士一覧
de Vriendt, Juliaan	738	Juliaan de Vriendt	画家、政治家。ベルギー王立芸術院院長を務めた	ベルギー	1842	1935	七十歳祝賀
de Vries, Hugo	373	Hugo de Vries	植物学者、遺伝学者。突然変異説を提唱	オランダ	1848	1935	ベルリン大学百年祭名誉学位
de Wever, Auguste	443	Auguste de Wever	彫刻家、メダル制作者		1856	1910	海神の像設置をめぐり自殺
Debat-Ponsan, Jacques	738	Jacques Edouard Harold Debat-Ponsan	建築家	フランス	1882	1942	ローマ賞（1912）
Debierne, André-Louis	340	Debierne	化学者	フランス	1874	1949	キュリー夫人らラジウム精製
Debussy, Claude	189	Claude Debussy	作曲家。M. ラヴェルとともにフランス印象主義を代表する音楽家。メーテルリンク原作「ペリアスとメリザンド」をはじめ、ダヌンツォ原作オペラ「聖セバスチャンの殉教」など文学作品のオペラ化にも精力的に取り組んだ。未完であるがE. A. ポー原作「鐘楼の悪魔」「アッシャー家の崩壊」のオペラ化も試みている	フランス	1862	1918	ドビュッシーがE. A. ポー原作のオペラを制作中
	449	Debussy					ドイツ帝に落選されたロダンの弁
	529	Debussy					「聖セバスチャンの殉教」内浚
	530	Debussy					「聖セバスチャン」を新聞各紙が酷評・ドビュッシー（音）とBakst（美）については高評価
	738	Claude Debussy					五十歳祝賀
	752	Debussy					ドイツ音楽界の現状批評
Dechert, Hugo	201	Halir-Exner-Mueller-Dechert	音楽家、チェリスト		1860	1923	HEMDカルテットのメンバー交代
Defontaine	579	Defontaine	（劇作家）				新興行ドラマ一覧
Defregger, Franz von	92	Defregger	画家、歴史画家、風俗画家	オーストリア	1835	1921	シャック・ギャラリー開館式
	131	Franz von Defregger					ルイポルト大金牌
	191	Franz von Defregger					P. ハイゼ八十歳賀帖署名者
Degas, Edgar	514	Degas	画家。印象派を代表する一人	フランス	1834	1917	絵画の値段
Degraeve, Eugen	746	Eugen Degraeve	（ブリュッセルの文士）				盗難未遂で文士が逮捕
Dehmel, Paula	753	Paula Dehmel	女流作家。社会経済学者のF. オッペンハイマーの姉。R. デーメルとは離婚した	ドイツ	1862	1918	五十歳誕生日
Dehmel, Richard	69	Richard Dehmel	詩人、作家、劇作家。表現主義の先駆的な存在で、雑誌「パン」の創刊者の一人。詩集「女と世界」は宗教的・道徳的観点から発禁となり、スキャンダラスな関心を呼んだ。R. シュトラウス、シェーンベルク、ツェムリンスキー、クルト・ワイルら多くの音楽家がデーメルの詩に作譜している。第一次大戦に従	ドイツ	1863	1920	葬儀（D. v. リリエンクロン）
	100	Richard Dehmel					F. Ferrer Guàrdia 死刑反対者
	124	Richard Dehmel					五十歳祝賀（S. Fischer）
	132	Richard Dehmel					ハウプトマンとデーメルの近作
	277	Richard Dehmel					遊興税反対署名者一覧
	310	Dehmel					D. v. リリエンクロン墓像除幕式

人名	頁数	本文表記	人物紹介（肩書・略歴など）	出生地	生年	没年	トピック
	335	Dehmel	軍の際に負った傷がもとで死亡した				P. アルテンベルク義捐金
	377	Richard Dehmel					R. Dehmel 自作朗読会
	381	Richard Dehmel					「詩人とは思想のるつぼ」
	424	Richard Dehmel					国民劇興行のための五千人劇場設立運動
	539	Richard Dehmel、デメテル					ハレ大学自由学生団と大学当局の衝突
	568	Richard Dehmel					「フロベールの日記」事件裁判
	590	Richard Dehmel					興行情報
	611	Dehmel					S. Fischer 創業二十五周年祭
	622	Richard Dehmel					*Michel Michael* 初興行
	633	R. Dehmel					新興行ドラマ一覧
	652	Dehmel					クリスマスの予定アンケート
	664	Richard Dehmel					R. デーメル自作朗読・唱歌会
	675	Richard Dehmel					*Michel Michael* 興行
	752	Richard Dehmel					クライスト協会が青年文藝家への補助金支出に新手法
	753	Richard Dehmel					五十歳誕生日（P. Dehmel）
	756	Dehmel					第 1 回クライスト賞
	805	Richard Dehmel					新詩集 *Schoene Wilde Welt*
	810	Dehmel					現代ヨーロッパの二大詩人
	847	RICHARD DEHMEL					R. デーメル全集出版
Deirdre	850	DEIRDRE	アイルランド神話に登場する女性。「悲しみのデイルドゥレ」として知られる				「エレクトラ」主演の二女優
Deissmann, Gustav Adolf	323	Deissmann	新教神学者	ドイツ	1866	1937	ベルリン大学役員一覧
	377	Adolf Deissmann					ベルリン大学役員一覧
	516	Deissmann					六十歳祝賀（A. ハルナック）
Dejeante, Victor	283	Dejeante	政治家		1850	1927	フランスで死刑廃止案と風俗警察法廃止案
del Drago, Giovanni	50	Giovanni del Drago	リオフレッド侯爵 Giovanni Battista dei Principi del Drago	イタリア	1860	1946	ローマの侯爵がニューヨークの醸造屋未亡人と結婚
Delacroix, Eugène	495	Delacroix	画家。ロマン主義の代表的存在	フランス	1798	1863	名家自筆コレクション競売
Delagrange, Léon	136	Léon Delagrange	飛行士、彫刻家	フランス	1873	1910	訃報・飛行機事故
Delaire, Frédéric	499	Frédéric Delaire、フリデリツク、主人	料理人。トゥール・ダルジャンの給仕長			1911	訃報・トゥール・ダルジャン紹介
Delarue-Mardus, Lucie	827	Lucie Delarue-Mardons	詩人、小説家、彫刻家、ジャーナリスト、歴史家、デッサン画家	フランス	1874	1945	G. ブランデス「現代のフランス文学」分類図
Delaville	318	Delaville	（フランス Ury 在住の老人）				失踪の Johann Orth に人違い

D

D

人名	頁数	本文表記	人物紹介（肩書・略歴など）	出生地	生年	没年	トピック
Delbeke, Augustus	324	Delbeke	政治家　（工相）	ベルギー	1853	1921	辞職
Delbrueck, Clemens von	66	Clemens von Delbrueck	政治家	ドイツ	1856	1921	ドイツ新内閣の顔ぶれ・皇帝による更迭
	372	Delbrueck					ベルリン大学百年祭名誉学位
Delbrueck, Hans	410	Delbrueck	歴史学者、政治家。労働者階級の保護を訴えた	ドイツ	1848	1929	帝国労働局設立につき議論
	449	Hans Delbrueck					演説「党派及党派政治」
Delcassé, Théophile	469	Delcassé	政治家。外相、植民地相などを歴任　（海相）	フランス	1852	1923	フランス新内閣
	558 559	Delcassé					フランス新内閣
	664	Delcassé					フランス新内閣
Deldrago	179	Deldrago、侯爵	（侯爵）				サーベル決闘
Deledda, Grazia	800	Grazia Deledda	詩人、作家	イタリア	1871	1936	代議士立候補
Delermes	153	Delermes	（電気療法師）				パリで療養中のビョルンソン
Delgado, Anita	227	Delgado	マハラジャ Jagatjit Singh の 5 人目の妃となったフラメンコダンサー、のち離婚	スペイン	1890	1962	カプールタラのマハラジャがスペイン人の踊子と結婚
Delila	264	Delila	旧約聖書に登場する女性				新興行ドラマ一覧
	288	Delila					美術館（Städel）が絵画購入
	327	Delila					「サムソンとデリラ」出展
	441	Delila					ヴァン・ダイク「サムソンとデリラ」焼失
Delisle, Léopold	314	Léopold Delisle	歴史家、フランス国立図書館館長	フランス	1826	1910	訃報
Delitzsch, Friedrich	465	Delitzsch	オリエント研究者、聖書研究者。ドイツ東洋学研究所を創立。「バベル-聖書（Babel und Bibel）」論争を引き起した	ドイツ	1850	1922	キリスト教の多くの伝説がバビロニアに起源
	672	Friedrich Delitzsch					「バベル-聖書」論争が勃発
Delius, Frederick	752	Delius	作曲家	イギリス	1862	1934	ドイツ音楽界の現状批評
Delius, Nikolaus	806	Delius	シェークスピア研究者、古典語学者	ドイツ	1813	1888	シェークスピア協会（独）沿革
Dell-Era, Antoinette	637	Antoinette Dell-Era					ダンカンら天才的舞踏・裸体舞踏への批判
Dellinger, Rudolf	113	Dellenger	作曲家、楽長、指揮者	ドイツ	1857	1910	発狂したとの報
	209	Rudolf Dellinger					新興行オペラ一覧
	358	Rudolf Dellinger					訃報
Delmar, Axel	163	Axel Delmar	俳優、舞台監督、脚本家	ドイツ	1867	1929	ベルリンに野外劇場設立計画
	500	Axel Delmar					ポツダム野外劇場開演
	632	A. Delmar					新興行ドラマ一覧
Delvaille, Henry Caro	496	Caro Delvaille	画家	フランス	1876	1928	1911年春のサロン出品者など
Demeter	816	Demeter	ギリシア神話に登場する女神。豊穣神				桂冠詩人の後任決定
Demetrius	186	Demetrius	イヴァン雷帝の息子を自称し、ツァーリ（1605-1606）に即位した			1606	新興行ドラマ一覧

人名	頁数	本文表記	人物紹介（肩書・略歴など）	出生地	生年	没年	トピック
Demiani	468	Demiani	（芸術史家）				訃報
Demolder, Eugene	626	Eugène Demolder	作家、美術評論家	ベルギー	1862	1919	法学士が多いベルギー詩人
Denis, Maurice	209	Maurice Denis	画家、作家	フランス	1870	1943	1910年の国民サロン（パリ）
D'Ennery, Adolphe	167	D'Ennery	作家、劇作家	フランス	1811	1899	「シャンテクレ」が大当り・近世の当り狂言一覧
Deperdussin, Armand	822	Armand Deperdussin	航空パイオニアの一人。航空機会社SPADを設立。横領罪に問われた	ベルギー	1870	1924	航空機製造者が多額借財のため逮捕
Der ewige Wanderer	832	Der ewige Wanderer	→ Ahasver				作品上演
Der Schmied von Kochel	562	Der Schmied von Kochel	トルコ戦争で活躍した伝説上の英雄コッヘルの鍛冶屋				新興行ドラマ一覧
	606	Der Schmied von Kochel					舞台稽古中に劇作家が事故
der Werra	557	von der Werra	→ Mueller von der Werra, Friedrich Konrad				八十歳祝賀（J. Rodenberg）
Deray	236	Deray	（殺害された刑事）				パリの侠客 Liaboeuf 事件
D'Erlanger, Frédéric	453	F. v. Erlanger	作曲家。イギリスに帰化	フランス	1868	1943	新興行オペラ一覧
Dernburg, Bernhard	268	Dernburg	政治家、銀行家。父はジャーナリスト出身の政治家 Friedrich Dernburg	ドイツ	1865	1937	閑散三大政治家
	303	Bernhard Dernburg					シベリア鉄道で東洋訪問予定
	330	Dernburg、デルンブルヒ					東アジアに出発・ウラジオストク経由で東京に向かう予定
	357	Dernburg					代議士に立候補
	374	Bernhard Dernburg					東京帝国ホテルでの演説
	426	Bernhard Dernburg					死刑不可廃論者一覧
	610	Bernhard Dernburg					「日本、朝鮮、支那」講演予定
	642	Dernburg					B. Dernburg の日本・朝鮮に関する演説
	643	Dernburg					B. Dernburg の支那事情講演
Dernburg, Friedrich	296	Friedrich Dernburg	ジャーナリスト、政治家、劇作家、作家	ドイツ	1833	1911	小学校教育と社会主義、F. ロイターの投獄・監禁を批判
	511	Friedrich Dernburg					ゲーテのフランクフルトなまり
	638	Friedrich Dernburg					訃報
Dernburg, Hermann	496	Hermann Dernburg	建築家	ドイツ	1868	1935	ホーエンツォレルン美術工芸館
Déroulède, Paul	161	Deroulède	詩人、作家、劇作家、政治家。報復主義を説く熱狂的な国粋主義者として知られる	フランス	1846	1914	排独家の崇拝を受けていた仏国彫刻家に失望の声
	841	DÈROULÉDE 氏					アカデミー・フランセーズ選挙
des Houx, Henry	447	Henry de Houx	ジャーナリスト	フランス	1848	1911	訃報
Descartes, René	375	Descartes	哲学者、数学者、科学者。17世紀を代表する知識人で、解析幾何学を創始。方法的懐疑、神の存在証明などでも知られる。ストックホ	フランス	1596	1650	T. ブラガの座右の銘
	745	Descartes					デカルトの髑髏が紛失

人名	頁数	本文表記	人物紹介（肩書・略歴など）	出生地	生年	没年	トピック
	746	Descartes	ルムで客死				デカルトの髑髏が見つかり再陳列
Deschanel, Paul	406	Deschanel	政治家、大統領（1920）	フランス	1855	1922	フランス政治家の早口舌番付
	463	Paul Deschanel					アカデミー・フランセーズ会員
Desilo	219	Desilo 氏	（ダヌンツォの借金相手）				ダヌンツォが差押住宅の家具競売に異議申立
Deslys, Gaby	362	Gaby Deslys	女優、歌手、ダンサー。20世紀初頭のもっとも有名な女優の一人。ポルトガル王マヌエル２世との交際で知られる	フランス	1881	1920	1910年10月５日革命
	787	Gaby Deslys、Gaby					ポルトガル前王と舞妓をモデルにしたオペレット興行
Desmond, Olga	5	Olga Desmond、Olga	ダンサー、女優。ギリシャ彫刻のようなポーズを取った「生きている写真」で話題となった	ドイツ	1891	1964	ヌード興行に対する侮辱
	19	Olga Desmond、Olga					ヌード興行が大評判のO. デズモンドが警察を出し抜き
Després, Suzanne	15	Suzanne Després	女優	フランス	1875	1951	コクラン兄弟についての記事いろいろ
	850	シユウザンヌ・デスプレ夫人（MME. SUZANNE DESPRÉS）					「エレクトラ」主演の二女優
Dessoir, Max	569	Dessoir	心理学者、美術史家、超心理学主唱者	ドイツ	1867	1947	ベルリン大学講義一覧
Dessoir, Susanne	692	Susanna Dessoir（歌女）	オペラ女優、歌手。Max Dessoir と結婚。旧姓 Triepel	ドイツ	1869	1953	舞台から引退
Destinn, Emmy	251	Emmy Destinn	ソプラノ歌手。チェコの代表的な女性歌手。詩作、小説の執筆、劇作、翻訳なども行った	チェコ	1878	1930	パリでイタリア・オペラ興行
	583	Emmy Destinn					オペラ女優がリブレット脱稿・翻訳・作詩
	696	Emmy Destinn					ドイツ語に加え英語でも詩作
Destrée, Jules	55	Destree	弁護士、文化批評家、政治家	ベルギー	1863	1936	国王の絵画売り払いに質疑
Detaille, Édouard	221	Detaille	画家、戦争画家	フランス	1848	1912	T. ルーズベルトが美術鑑賞
	763	Edouard Detaille					訃報
Dettmann, Ludwig	79	Dettmann-Koenigsberg	画家、風景画家、戦争画家	ドイツ	1865	1944	ベルリン美術展覧会大金牌
	269	Dettmann					墓地芸術展覧会
	683	Dettmann					ベルリン王立芸術院加入
Deubel, Léon	813	Léon Deubel	詩人。貧困に窮して自殺した	フランス	1879	1913	稼ぐのは嫌と詩人が窮死
	818	Léon Deubel					政府に文士救済策を申入れ
Deussen, Paul Jakob	567	Deussen	東洋学者、サンスクリット語学者	ドイツ	1845	1919	ヨーロッパの仏教・インド研究
	620	Paul Deussen					ショーペンハウアー協会の事業
	724	Paul Deussen					ショーペンハウアー協会総会
Deusser, August	335	August Deusser	画家。デュッセルドルフの芸術同盟ゾンダーブントを主導	ドイツ	1870	1942	デュッセルドルフのゾンダーブント展覧会

人名	頁数	本文表記	人物紹介（肩書・略歴など）	出生地	生年	没年	トピック
Devambez, André	500	Devambez	画家	フランス	1867	1944	展覧会情報（パリ）
Devrient, Eduaed	554	Eduaed Devrient	バリトン歌手、オペラ台本家、劇作家、俳優、演出家。Ludwig の甥	ドイツ	1801	1877	ドイツの演劇学校の沿革
Devrient, Emil	479	Emil Devrient	俳優	ドイツ	1803	1872	第一の名優の証 Iffland の指環
Devrient, Ludwig	479	Ludwig Devrient	俳優。著名な演劇一族 Devrient 家のうちでも最重要の一人	ドイツ	1784	1832	第一の名優の証 Iffland の指環
Devrient, Otto	478	Otto Devrient	俳優、劇作家。Ludwig の息子	ドイツ	1838	1894	「ファウスト」興行沿革
Dew, Walter	315	Dew	警部。切り裂きジャック事件、ドクター・クリッペン事件の捜査を担当した	イギリス	1863	1947	クリッペン事件捜査
d'Haussonville, Paul -Gabriel	464	Comte d'Haussonville	作家、政治家	フランス	1843	1924	アカデミー・フランセーズ会員
Dhingra, Madan Lal	60	印度革命派の学生	インド独立運動活動家、殺害犯	インド	1883	1909	インド革命派学生が発砲事件
	68	Dhingra					殺害犯の留学生に死刑宣告
D'Houville, Gérard	457	Gérard d'Houville、妻	女流詩人、文筆家。詩人 José-Maria de Herediaの次女 Marie de Heredia	フランス	1875	1963	アカデミー・フランセーズ補充
Dhur, Jacques	282	Jacques Dhur	（著述家）				Liaboeuf 死刑中止哀願状・死刑執行
Di Castro	243	Di Castro	（法皇の部屋付係）				法王ピウス10世の日課
Diaz, Felix	833	Felix Diaz	政治家、軍人。メキシコ革命で亡命した元大統領ポルフォリオ・ディアスの甥	メキシコ	1869	1945	日本が F. Diaz の訪日を拒否したのは対米関係から至当
Díaz, Porfirio	526	Porfirio Diaz	政治家、大統領（1876-1911）	メキシコ	1830	1915	P. ディアスが大統領を辞任・F. マデロが就任の見込
Dickens, Charles	293	Dickens	作家、ジャーナリスト。ヴィクトリア朝を代表するイギリスの小説家。ときにユーモアを交えながら下層社会の現実を描き出した。社会の矛盾点を指摘するとともに弱者に暖かな眼差しを向ける作風で知られる	イギリス	1812	1870	エリーザベト暗殺者の読書録
	418	Dickens					ディケンス生誕百年祭予定
	570	Dickens					ベルリン大学講義一覧
	676	Charles Dickens、ヂツケンス					C. ディケンズ生誕百年・履歴
	679	Dickens					ディケンズの孫が醵金を授受
	844	DICKENS					作家 W. Schussen 紹介
Dicodemi, Dario	695	Dario Dicodemi	（劇作家）				*L'Aigrette* ドイツ興行
Diderot, Denis	293	Diderot	啓蒙思想家、作家、著述家。ダランベールとともに「百科全書」の編集にあたり、完成させた	フランス	1713	1784	エリーザベト暗殺者の読書録
	324	Diderot					J. v. Eckardt のビスマルク懐旧談
Didring, Ernst	264	Ernst Didring	作家、劇作家	スウェーデン	1868	1931	新興行ドラマ一覧
	289	Ernst Didring					新興行ドラマ一覧
	366	E. Didring					新興行ドラマ一覧
Diederichs, Eugen	41	Dieterichs	出版業者。ドイツロマン主義、古典主義、ニーチェの著作などを手掛けてきた出版社の創	ドイツ	1867	1930	拳銃突きつけによる脅迫事件
	617	Eugen Diederichs					問題書籍出版で大学を免官

D

人名	頁数	本文表記	人物紹介（肩書・略歴など）	出生地	生年	没年	トピック
	658	ヂイデリヒス	業者				ドイツのベルクソン哲学受容
	678	書肆 Eugen Diederichs					ニーチェ書簡版権につき和解
Diele, H.	372	H. Diele					ベルリン大学百年祭名誉学位
Dielmann	88	Dielmann、主人	（画家）				飼犬飼猫とともに自殺未遂
Diemer, Michael Zeno	32	Zeno Diemer	画家	ドイツ	1867	1939	有柁風船（飛行船）到着の図
Dierx, Léon	727	Léon Dierx	詩人、画家。高踏派。マラルメの死に際して「詩の王子」に選出された	フランス	1838	1912	訃報
Dietler, Hermann	662	Dietler	政治家、ゴットハルト鉄道社長	スイス	1839	1924	鉄道事務長が名誉学位授与
Diez, Robert	93	Robert Diez	彫刻家	ドイツ	1844	1922	グーテンベルク大理石胸像
Diez, Wilhelm von	192	Diez	画家、イラストレーター	ドイツ	1839	1907	アメリカ画展覧会（ベルリン）
Dilke, Charles Wentworth	445	Sir Charles Wentworth Dilke	政治家、官僚	イギリス	1843	1911	訃報
Dillmann, Alexander	341	Dillmann、ヂルマン	音楽評論家、ピアニスト、枢密顧問官、弁護士		1875	1951	オペラ歌手と批評家で揉め事
Dilthey, Wilhelm	607	Wilhelm Dilthey	哲学者、解釈学者、歴史家、心理学者、社会学者。「生の哲学」を主唱	ドイツ	1833	1911	訃報
D'Indy, Vincent	460	Vincent d'Indy	作曲家、音楽教師	ドイツ	1851	1931	六十歳で大病
Dingelstedt, Franz von	478	Dingelstedt	詩人、劇作家、劇場監督。ブルク劇場の監督も務めた	ドイツ	1814	1881	「ファウスト」興行沿革
	546	ヂンゲルステツト					訃報・略歴（A. Wilbrandt）
	806	Dingelstedt					シェークスピア協会（独）沿革
	809	Dingelstedt					O. Ludwig 遺族がシェークスピア研究の寄贈の申し出
Dinter, Artur	472	A. Dinter	文筆家、政治家。反ユダヤ主義者	フランス	1876	1948	新興行ドラマ一覧
Diocletianus	459	Diokletian	ローマ帝国皇帝（284-305）。ドミナートゥス（専制君主制）を創始。キリスト教徒への抑圧でも知られる	クロアチア	244	311	A. ハルナックがヴァチカン政治史につき演説
Dionysius	801	Dionysius、ヂオニシウス	キリスト教の殉教者、守護聖人	フランス		250頃	モンマルトルの故蹟
Dirkens, Annie	499	Annie Dirkens	オペラ歌手	ドイツ	1869	1942	女優が情夫を使って意趣返し
	501	Annie Dirckens					A. Dirkens に出番なし
	618	Annie Dirkens					ベロナール自殺未遂誤飲説
Disraeli, Benjamin	383	Disraeli	政治家、首相。グラッドストーンと並びエリザベス朝を代表する政治家。初代ビーコンズフィールド伯	イギリス	1804	1881	「ディズレーリ伝」第一巻刊行
Ditleff, Niels Christian	227	Ditleff	外交官、作家　（在ウィーン副領事）	ノルウェー	1881	1956	ビョルンソンの葬送
Dittmar, Franz	549	Franz Dittmar	劇作家		1857	1915	Schausenbuck 戸外劇場設立
Dittrich, Rudolf Bernhard August	451	Dietrich	政治家	ドイツ	1855	1929	ライプツィヒ美術展覧会（1911）
	520	Dietrich					ライプツィヒ美術展覧会開会

人名	頁数	本文表記	人物紹介（肩書・略歴など）	出生地	生年	没年	トピック
Dobson, Henry Austin	841	AUSTIN DOBSON 氏	詩人、エッセイスト	イギリス	1840	1921	近頃英国で出版の詩集二冊
Dochnahl, P.	41	P. Dochnahl	（ケルン花祭受賞文学者）				ケルン花祭
Doeblin, Alfred	643	Alfred Doeblin	作家。ドイツ表現主義の小説家	ドイツ	1878	1957	小説・戯曲が評判の少壮作家
Doell, Friedrich Wilhelm Eugen	706	Doell	彫刻家	ドイツ	1750	1816	ゲーテ協会例会予定
Doenniges, Wilhelm von	607	Franz von Doenniges	歴史家、外交官。本文 Franz は誤りで正しくは Wilhelm。H. v. Schewitsch の父	ポーランド	1814	1872	服毒自殺した H. v. Schewitsch の数奇な一生
Doering, Theodor	479	Theodor Doering	俳優	ポーランド	1803	1878	第一の名優の証 Iffland の指環
Doermann, Felix	508	Doermann	作家、台本家、映画プロデューサー	オーストリア	1870	1928	新興行オペラ一覧
	734	Felix Doerrmann					ワーグナー一家を風刺した喜劇の共著者同士が諍い
Doerpfeld, Wilhelm	318	Doerpfeld	発掘建築研究者、考古学者。シュリーマンとともに世界的な発掘調査に従事	ドイツ	1853	1940	発掘によりレフカダ島はイタカ島と証明
	553	Doerpfeld					考古学校長辞職し発掘に専務
Doerrmann, F.	606	F. Doerrmann	（劇作家）				新興行ドラマ一覧
	635	F. Doerrmann					新興行ドラマ一覧
Doflein, Franz Theodor	700	Franz Doflein	動物学者、フライブルク大学動物学研究所所長。相模湾の海洋生物も調査	フランス	1873	1924	フライブルク大学動物学人事
Dohna-Schlobitten, Richard zu	367	Burggraf und Graf zu Dohna-Schlobitten 大将	政治家。ドイツ皇帝ヴィルヘルム 2 世の側近	イタリア	1843	1916	ドイツ皇太子随行員交代
Dohnányi, Ernst von	442	von Dohnányi	作曲家、指揮者、ピアニスト。ハンガリー名 Dohnányi Ernő	スロヴァキア	1877	1960	ドイツ帝より受勲の芸術家
Doirglas	17	Doirglas 伯	（ヴィルヘルム 2 世が借財した伯爵）				各国王族の質入・借金
Dolent, Jean	195	Jean Dolent、ドラン	美術評論家、文筆家	フランス	1835	1909	「ヴェルレーヌの肖像」買上
Dolmatow, Alexander von	811	Alexander von Dolmatow	（ロシア外務省職員、強盗殺人犯の一人）				事実は小説より奇なり・貴公子二人が強盗殺人
Dolmorès	232	Dolmorès	（テノール歌手）				ベルリン滞在中のテナー歌手
Domino, Signor	364	Signor Domino	（著述家。Signor Domino は筆名）				「検閲官」「惚薬」ベルリン興行
Domstorff, Franz von	511	Franz von Domstorff	（家系図を編纂した人物）				名家家系図が高額で売買
Don Carlos	179	Don Carlos	スペイン王族マドリッド公	スロヴェニア	1848	1909	サーベル決闘
Don Carlos de Austria	577	Don Carlos	アストゥリアス公。スペイン王フェリペ 2 世の長男。フェリペ 3 世の異母兄。シラーやヴェルディ作品のモデルとなった	スペイン	1545	1568	シラー「ドン・カルロス」「歓喜の歌」執筆の家の内装再現
Don Júan	129	Don Juans letztes Abenteuer	17世紀スペインの伝説上の遊蕩子 Don Juan Tenorio。プレイボーイの代名詞（西ドン・ファン、仏ドン・ジュアン、伊ドン・ジョヴァンニ）				オペレッタ「王孫」ドイツ初興行など興行情報
	202	Don Juan					H. Drachmann 遺稿
	254	Don Juan					モーツァルト自筆譜「ドン・ジュアン」をパリ・オペラ座に献納

D

人名	頁数	本文表記	人物紹介（肩書・略歴など）	出生地	生年	没年	トピック
	348	Don Juan					新興行ドラマ一覧
	349	Don Juan					新興行ドラマ一覧
	366	Don Juan					新興行ドラマ一覧
	413	Don Juan					新興行ドラマ一覧
	421	Don Juan					ベルリン演劇学校視察とロシア興行事情
	452	Don Juan					新興行ドラマ一覧
	630	Don Juan					C. Sternheim「カセット」
	633	Don Juan					新興行ドラマ一覧
	635	Don Juan					新興行ドラマ一覧
	726	Don Juan					E. ロスタンの「ドン・ジュアン」
	831	Don Juan					「ドン・ジュアン」脱稿宣言
Don Vincente	726	Don Vincente	修道士、蔵書家。蔵書癖から殺人	スペイン			歴代著名蔵書家
Donalda, Pauline	9	Donalda	オペラ女優、劇場主、劇場監督	カナダ	1882	1970	俳優社会のわがまま・ゲン担ぎ
Donizetti, Gaetano	436	Donizetti	オペラ作曲家。ロッシーニとともに19世紀前半のイタリアを代表する作曲家	イタリア	1797	1848	「ガブリエッラ・ディ・ヴェルジ」が発見もリブレットなし
Donnay, Maurice	216	Maurice Donnay	劇作家	フランス	1859	1945	アカデミー・フランセーズに改革の兆し
	464	Maurice Donnay					アカデミー・フランセーズ会員
	690	Maurice Donnay					*Le Ménage de Molière* 総浚い
	760	Maurice Donnay					女性運動題材の戯曲興行
	772	Maurice Donnay					女性運動題材の新作滑稽劇
	827	Maurice Donnay					G. ブランデス「現代のフランス文学」分類図
Donndorf, Adolf von	171	Adolf von Donndorf-Stuttgart	彫刻家	ドイツ	1835	1916	七十五歳祝賀
	272	Donndorf					ゲーテ協会二十五年祭
	285	Adolf von Donndorf					H. Wagner 像設置
Doré, Adelé	229	Adelé Doré	女優		1869	1918	移籍女優 A. Doré の芸風
Doren, Alfred	672	Alfred Doren	イタリア経済史・文化史研究者。画家・美術評論家 Ludwig Pietsch の孫婿	ドイツ	1869	1934	L. Pietsch 遺作を孫婿が整理
d'Orléans 公爵	196	d'Orléans 公爵	オルレアン派フランス王位請求者。「椋鳥」時代のオルレアン公は Philippe d'Orléans（1869-1926）				フランス王党派の画策
d'Orleans, Henry Philippe Marie	276	Prince Henry d'Orleans	探検家、著述家、写真家	イギリス	1867	1901	西蔵（チベット）探検の進展
d'Orléans, Marie Amélie Françoise Hélène	7	Waldemar 姫	デンマーク王子ヴァルデマーの妃。オルレアン派フランス王位請求者パリ伯フィリップの姪	イギリス	1865	1909	政権ある王侯ばかりの展覧会
	248	Marie, Prinzessin von Daenemark、故女王					デンマーク王女の自伝

人名	頁数	本文表記	人物紹介（肩書・略歴など）	出生地	生年	没年	トピック
d'Orliac, Jehanne	161	d'Orliac	女流作家、劇作家。本名 Anne Marie Jeanne Laporte	フランス	1883	1974	フランス女性作家会ラ・フランセーズと脚本家会ラ・ハルテ
Dornhoefer, Friedrich	639	Dornhoefer	美術史家				ピナコテーク館長人事
Dorshijew, Awgan	177	Awgan Dorshijew	（ダライ・ラマ13世が重用した人物、ロシアとの交渉窓口）				ダライ・ラマがロシアの保護を得られず英国に逃避との報道
	256	Awgan Dorshijew					ダライ・ラマが帰国予定
d'Osmond, Rainulphe	477	Marquis d'Osmond	4代オズモンド侯爵	フランス	1788	1862	A. d'Osmond の回想録の版権
Dost, W.	416	W. Dost	（作曲家）				新興行オペラ一覧
Dostoevsky, Fjodor Michajlovitsj	196	ドストエウスキイ	作家、思想家。トルストイとともに19世紀ロシアを代表する世界的な文豪。空想社会主義的な思想への接近から逮捕、未死刑の判決を受けるが、銃殺直前の特赦によりシベリアの監獄に収監された。これを機に作風を一変、「罪と罰」「カラマゾフの兄弟」などを残した	ロシア	1821	1881	訃報（E. M. de Vogüé）
	421	Dostojewski					ベルリン演劇学校視察とロシア興行事情
	567	Dostojewski					ヨーロッパの仏教・インド研究
	615	Dostojewski					獄中から贈られた手錠に対するゴーリキーの謝状
	791	Dostojewski					「ラスコーリニコフ」が興行失敗
Doucet, Jacques	461	Doucet	ファッション・デザイナー	フランス	1853	1929	パリの新流行・女性用ズボン
Douglas, Alfred	134	Lord Douglas	詩人、翻訳家、文筆家。オスカー・ワイルドとの親密な関係で知られる	イギリス	1870	1945	ホテルの給仕にチップをはずむ人はずまない人
	791	Alfred Douglas、Douglas					O. ワイルドとの関係につき A. ダグラスが A. ランサムに反論
	794	Lord Alfred Douglas					A. ランサムへの A. ダグラス卿の苦情は申し分立たず
Doumic, René	203	Doumic	批評家、文人	フランス	1860	1937	アカデミー・フランセーズ補充
	216	René Doumic					アカデミー・フランセーズに改革の兆し
	464	René Doumic					アカデミー・フランセーズ会員
	841	RENÉ DOUMIK 氏					アカデミー・フランセーズ選挙
Dove（家）	201	Dove	代々学者を輩出したドイツの家系				学者の家系
Doyle, Arthur Conan	4	Sir Conan Doyle	作家、医師。名探偵シャーロック・ホームズの生みの親で、E. A. ポーとともに推理小説、SF 小説の先駆者の一人とされる。2件の刑事事件の冤罪を主張、控訴院の設立にも尽力があった	イギリス	1859	1930	コナン・ドイルが大手術
	127	Conan Doyle					「シャーロック・ホームズ」人気でベルリン警察の改正問題
	739	Conan Doyle					C. ドイルが殺人事件の冤罪主張
Drachmann, Emmy	379	Emmy Drachmann	女流作家、翻訳家。夫は Holger Drachmann		1854	1928	Emmy が夫 Holger の争い描いた小説
Drachmann, Holger	202	Holger Drachmann	詩人、作家、画家。19世紀末のスカンジナビアにおける自然主義文学運動で中心的な役割	デンマーク	1846	1908	H. Drachmann 遺稿
	322	Holger Drachmann					H. Drachmann 旧宅保存協議

人名	頁数	本文表記	人物紹介（肩書・略歴など）	出生地	生年	没年	トピック
	379	Holger Drachmann、夫	を果たした後、ロマン的な作風に変化。妻はEmmy Drachmann				Emmyが夫Holgerの争い描いた小説
	602	Holger Drachman					ストックホルムの新劇場
Draeseke, Felix	677	Felix Draeseke	作曲家。新ドイツ楽派	ドイツ	1835	1913	神秘劇「キリスト」が出版後10年にしてようやく試演
Dragendorff, Hans	500	Hans Dragendorff	考古学者	エストニア	1870	1941	ドイツ考古学会会長人事
Drahomira	742	Drahomira	ボヘミア公ヴラディスラフ1世の妻Drahomíra von Stodor		890頃	934頃	訃報（J. Vrchlicky）
Dranem	178	Dranem（本名Menard）	歌手、エンターティナー。本名Armand Ménard	フランス	1869	1935	エンターティナーが議員に立候補
Draschroff	408	Draschroff	（アカデミー女性会員）				アカデミー（ストックホルム）女性会員
Dreesen	414	Dreesen	（劇作家）				新興行ドラマ一覧
Dregely, Gabriel	711	Gabriel Dregely	劇作家				ハンガリーの新進作者
Dreher, Konrad	274	Konrad Dreher	俳優、テノール歌手、コメディアン	ドイツ	1859	1944	K. Dreher主宰の劇場設立
Dreher, Richard	174	Dreher	画家	ドイツ	1875	1932	ベルリン分離派展覧会・画風の新旧と価値は別
Drewitz, Gussie	303	Gussie Drewitz	（シンシナティ在住の篤志家）				離婚女性のための支援資金
Drews, Arthur	164	Drews	哲学者、文筆家。E. v. ハルトマンの弟子。「キリスト神話」は物議を呼んだ	ドイツ	1865	1935	耶蘇教はイエスと関わりなくギルガメシュの教えという説
Drexel, Anthony Joseph	216	Mr. Drexel	銀行家、資産家。同名の祖父はJ. P. モルガンのパートナーであった著名な銀行家。父（2代目）もまた同名の同業者	アメリカ		1948	結婚式の豪華な引出
Drexel, August	265	August Drexel	（建築家）				アカデミー（ベルリン）賞金受賞
Drexel, Margaretta	273	Margaretta Drexel	銀行家Anthony Joseph Drexel（2代目）の娘	アメリカ	1885	1952	婚礼に八千人の見物
Dreyer, Max	299	Max Dreyer	作家、劇作家	ドイツ	1862	1946	芸術界知名士女の避暑地
	309	Max Dreyer					長篇小説脱稿
	397	Max Dreyer					演劇会と文士会との興行契約
	648	Dreyer					ドイツ文士会人事
	655	M. Dreyer					新興行ドラマ一覧
	672	Dreyer					ドイツ郷土劇コンクール
	711	Max Dreyer					1912年中に五十歳となる文士
Dreyfus, Alfred	65	Dreyfus事件	軍人。冤罪事件として名高いドレフュス事件の被疑者。普仏戦争後の不況におけるユダヤ資本への憎悪と愛国主義的な気運との高まりを背景に、スパイ疑惑で終身刑とされた。調査の過程で真犯人は別人と判明していたが、	フランス	1859	1935	ドレフュス弁護のB. Nazare像が破壊
	194	Dreyfus事件					寄贈銅像めぐりゾラ夫人が訴訟
	460	Dreyfus事件					連載中のワルデック＝ルソー回想録でドレフュス事件が話題

人名	頁数	本文表記	人物紹介（肩書・略歴など）	出生地	生年	没年	トピック
	748	Dreyfus	軍上層部がもみ消しを図った。これをE. ゾラが糾弾したことからフランスの国論を二分する大事件に発展。保守政権が崩壊、左翼政権が成立し、ドレフュスに特赦、無罪判決が与えられた				エミール・ゾラ忌
	768	Dreyfus					ドレフュス事件渦中の人物現役復帰に議論沸騰
	807	Dreyfus 騒動					奇抜な場所で書かれた絵画
	820	Dreyfus 事件					ドレフュス事件時に左右に分かれた名士一覧
Dreyschook, Elisabeth	565	Elisabeth Dreyschock	女流歌手、ヴァイオリニスト	ドイツ	1832	1911	訃報
Drian	747	Drian	画家、デザイナー。全名 Adrien Étienne Drian		1885	1961	女性流行雑誌のはしり
Driesen, Otto	132	Otto Driesen-Charlottenburg	（文化史家、研究者、著述家）				活動写真の科学教育への応用研究
Droese	69	Droese	（速記記録挑戦者）				速記会で新記録
Drosser	275	Drosser	（窃盗容疑者）				J. G. シャドー作銅像窃盗容疑
Drothea（Preussen）	101	Dorothea 女王	ギリシア王妃 Sophie Dorothea Ulrike Alice。ドイツ皇帝フリードリヒ3世三女	ドイツ	1870	1932	マインツの慈善バザール
Drumont, Edouard	282	Drumont	ジャーナリスト、作家	フランス	1844	1917	Liaboeuf 死刑中止哀願状・死刑執行
Drury, William	525	Drury-Lane 座	軍人、政治家。名を冠した劇場がある	イギリス	1527	1579	ロンドンでドイツ帝歓迎の演劇
Dryander	371	Dryander、Hegel の孫	（ヘーゲルの孫）				ベルリン大学百年祭
Dschatalja 夫人	587	Dschatalja 夫人	（女流の著述家、看護教育家）				インドで有名な女性著述家
Dschingischan	179	Dschingischan	モンゴル帝国の創始者チンギス＝ハン		1162頃	1227	発禁避けて国外出版の新著
Du Barry, Marie-Jeanne Bécu	157	Dubarry	ルイ15世の公妾	フランス	1743	1793	フランス美術展覧会（ベルリン）
Du Camp, Maxime	132	Maxime du Camp	作家、写真家	フランス	1822	1894	パリ国民文庫で貴重資料公開
Du Parc	435	Mme. Du Parc	（女優）				沓韈ひもの由来
Du Paty de Clam, Almand	768	Du Paty de Clam	軍人。ドレフュス事件で筆跡鑑定をし、反ドレフュスの重要な役割を果たした	フランス	1853	1916	ドレフュス事件渦中の人物現役復帰に議論沸騰
	769	Du Paty					Du Paty 事件で陸相が引退
Du Quesne-van Gogh, Elisabeth Huberta	477	Elisabeth Huberta du Quesne van Gogh	V. v. ゴッホの妹。本文では V. v. ゴッホの姉とされているが妹の誤り	オランダ	1859	1936	妹によるゴッホ回想録出版
Du-Mont, August Neven	60	August Neven Du-Mont	画家	ドイツ	1866	1909	訃報
Dubois	222	医師、Dr. Dubois	（ビョルンソンを看取った医師）				訃報（ビョルンソン）・詳細
Dubois	571	Dubois	（羅針盤制作者）	フランス			羅針盤の改良製作
Dubois, Francois-Clément Théodore	689	Dubois	作曲家、オルガニスト	フランス	1837	1927	オペラ *Edenie*

人名	頁数	本文表記	人物紹介（肩書・略歴など）	出生地	生年	没年	トピック
Dubrowsky, Dimitry Konstantinowitsch	514	Dimitry Konstantinowitsch Dubrowsky	（ロシア出身の学生）				危険人物として入学拒否されたロシア学生が自殺
Duchastelet, Louis	286	Duchastelet	医師		1858	1910	訃報
Duchemin, Georges	86	Georges Duchemin	（殺害犯）			1909	パリで久しぶりに死刑執行
Duchesne, Louis	464	Episcopos Duchesne	司祭、歴史家、言語学者	フランス	1843	1922	アカデミー・フランセーズ会員
Duclaux, Émile	821	Emile Duclaux	物理学者、生物学者	フランス	1840	1904	ドレフュス事件時に左右に分かれた名士一覧
Ducornet, Louis Joseph César	213	Ducornet	画家。生まれつき腕がなく、足で画筆を操った	フランス	1806	1856	足や口を用いて書いた人
Duden, Konrad	581	Konrad Duden	言語学者、辞書編集者	ドイツ	1829	1911	訃報
Duecker, Eugène	442	Duecker	画家	エストニア	1841	1916	ドイツ帝より受勲の芸術家
Duehring, Eugen	769	Eugen Duering	哲学者、国民経済学者	ドイツ	1833	1921	八十歳祝賀
Duelberg, Franz	543	Franz Duelberg	文筆家、劇作家、美術史家。新ロマン主義の文学者。ナチス政権下においてヒトラーに「もっとも忠実なる従士の誓約書」を提出した一人	ドイツ	1873	1934	興行禁止のため改刪
	619	Franz Duelberg					興行禁止
	662	Franz Duelberg					改刪しても興行許可出ず
	679	Franz Duelberg					興行情報
	705	Franz Duelberg					俗受けの戯曲 *Cardenio*
	770	Franz Duelberg					*Korallenkettlerin* 原形で上演
Duerer, Albrecht	146	Albrecht Duerer	画家、版画家、理論家、数学者。北方ルネサンスを代表する画家の一人。ドイツ文字（Fraktur）を考案した一人とされる	ドイツ	1471	1528	デューラーの線描画発見
	504	Albrecht Duerer					デューラーの埋葬地保存協議
	567	Duerer					デューラーの木版画売買
	586	Duerer					大暑で画に亀裂剝離
	608	Albrecht Duerers					ミュンヘンに双璧なす美術史家
	729	Albrecht Duerer					「ドイツ字（Fraktur）はゴシック建築同様ドイツ精神の発露」
	783	Duerer					訃報（K. Giehlow）
Duerrbeck, Michael	72	Michael Duerrbeck	彫刻家				訃報・自殺
Dueyffke, Paul	138	Paul Duyffke	画家	ドイツ	1849	1910	訃報
Duez	192	Duez	（フランスの政治家）				官金費消事件で首相奮闘
Duff-Gordon, Lucy	204	Mme. Lucile（本名 Lady Duff-Gordon）	ファッション・デザイナー。マダム・ルーシーという愛称で知られた	イギリス	1863	1935	ニューヨーク5番街にブティックを開店
Dufour	292	Mme. Dufour	（サント・ブーブの女中）				文学者の名物使用人たち
Dufresnois	491	Dufresnois	（フランス表現派の画家）				ベルリン分離派展覧会にフランス表現派の絵画陳列
Duhn, Friedrich von	511	von Duhn	考古学者	ドイツ	1851	1930	新入生向け演説で決闘廃止
Dujalet	789	Dujalet	（ルーヴル美術館館長）				ルーヴル美術館長官人事

人名	頁数	本文表記	人物紹介（肩書・略歴など）	出生地	生年	没年	トピック
Dujardin-Beaumetz, Henri	70	Jardin-Beaumetz	画家、政治家。1905年から1912年にわたり複数の内閣で美術次官を務めた。芸術家の地位向上に寄与	フランス	1852	1913	ブレリオをモデルに絵画
	149	Dujardin-Beaumetz					フランス美術展覧会（ベルリン）
	388	Dujardin-Beaumetz					ブリアン再造内閣
	469	Dujardin-Beaumetz					フランス新内閣
	474	Dujardin-Beaumetz 翁					新労働大臣は美術に精通
	558	Dujardin-Beaumetz					フランス新内閣
	590	Dujardin-Beaumetz					「ジョコンダ（モナ・リザ）」盗難事件
	730	Dujardin-Beaumetz					ルソー記念祭
	731	Dujardin-Beaumetz					ルソー生誕二百年記念祭
	838	Dujardin-Beaumetz					訃報・人物評
Dukas, Paul	752	Dukas	作曲家	フランス	1865	1935	ドイツ音楽界の現状批評
Dukes, Ashley	812	Ashley Dukes	劇作家、劇場支配人、評論家	イギリス	1885	1959	ハウプトマンに関する英文評論
Dumas fils, Alexandre	167	Dumas fils	作家、劇作家。アレクサンドル・デュマの息子 Dumas fils（小デュマ）。「椿姫」など。P167 の *Balsamo* は大デュマの作品「ジョゼフ・バルサモ」	フランス	1824	1895	「シャンテクレ」が大当り・近世の当り狂言一覧
	286	Dumas fils					A. フランスのドラマ論
	826	Dumas fils.					G. ブランデス「現代のフランス文学」分類図
Dumas père, Alexandre	135	Dumas	作家。Dumas père（大デュマ）	フランス	1802	1870	詩人が治財に拙いことの例
Dumesnil, Arthur	587	Arthur Dumesnil	（著述家）				サハラの乱獲防ぐ動物保護法
Dumont, Charles	469	Dumont	政治家　（公業相、蔵相）	フランス	1867	1939	フランス新内閣
	785	Dumont					フランス新内閣
Dunant, Jean Henri	368	Dunant	事業家、社会活動家。国際赤十字を創立。第一回ノーベル平和賞（1901）	スイス	1828	1910	訃報
	385	Henri Dunant					訃報
	387	Dunant					遺産を慈善事業にと遺言
Duncan, Elisabeth	644	Elisabeth Duncan	女流舞踏家。イサドラ・ダンカンの姉	アメリカ	1871	1948	E. ダンカンの舞踏学校開校
Duncan, Isadora	637	Duncan	女流舞踏家。モダンダンスの祖。古典的なバレエのスタイルを革新した	アメリカ	1878	1927	ダンカンら天才的舞踏・裸体舞踏への批判
	721	Duncan					アテネに大劇場設立
	815	Isidora Duncan					戦乱の被災民救護所を設立
Duncker, Dora	383	Dora Duncker	女流作家、劇作家、編集者	ドイツ	1855	1916	D. Duncker 短編集出版
	392	Dora Duncker					劇場からの帰りに追剝の被害
	516	Dora Duncker					モーパッサン風の対話劇
	658	Dora Duncker					D. Duncker の近況
Duphorn, Hugo	39	Duphorn	風景画家	ドイツ	1876	1909	画家が子供と一緒に大怪我
Duphorn, Hugo（子）	39	子供	風景画家 H. Duphorn の長男				画家が子供と一緒に大怪我

D

人名	頁数	本文表記	人物紹介（肩書・略歴など）	出生地	生年	没年	トピック
Dupin, Paul	10	Paul Dupin	作曲家。元鉄道員	フランス	1865	1949	鉄道技師が楽劇作者に転身
Dupuis, Sylvain	510	Sylvain Dupuis	音楽家、指揮者、作曲家	ベルギー	1856	1931	モネ劇場音楽監督人事
Dupuy, Jean	69	Dupuy	政治家、新聞社社主 （商相、工業相）	フランス	1844	1919	フランス新内閣
	388	Jean Dupuy					ブリアン再造内閣
	664	Jean Dupuy					フランス新内閣
	771	Jean Dupuy					フランス新内閣
Duran, Carolus	209	Carolus Duran	画家	フランス	1837	1917	1910年の国民サロン（パリ）
Durand	409	Durand	(死刑判決の港湾労働者組合書記)	フランス			死刑反対の示威運動
Durand, Yves	308	Yves Durand	(ロシェット事件捜査関係者)				ロシェット事件の調査進行・処置は違法でないと判明
Durand-Ruel, Paul	616	Paul Durand-Ruel	美術商。印象派の画家たちに資金・環境を支援し深い関係を築いた	フランス	1831	1922	八十歳祝賀・印象派の仕掛人
Duras, Oldřich	298	Duras	チェス棋士	チェコ	1882	1957	チェス大会（ハンブルク）
Duret, Théodore	206	Théodore Duret	芸術批評家、伝記作家、ジャーナリスト	フランス	1838	1929	ゾラ「制作」の主人公モデルにまつわる誤解
Durieux, Emmanuel	334	Emmanuel Durieux、Durieux	(フランス陸軍下士官)				ベルギー故王愛人に結婚の噂、婚前の関係
Durieux, Tilla	281	Tilla Durieux	女優。本名 Ottilie Godefroy。美術商 Paul Cassirer と再婚、その後、離婚手続き中に Paul は自殺した	ドイツ	1880	1971	結婚報道
	287	Tilla Durieux					新パトス文学会で詩の朗読
	468 469	Tilla Durieux、チルラ、妻					ベルリン警視総監の下心
	494	Tilla Durieux					契約につき女優と座長が衝突
	660	女優					ベルリン警視総監と女優の事件を材料とした戯曲興行
Durnowo, Pjotr	79	Durnowo	政治家	ロシア	1843	1915	人違い殺人の女性虚無党員
	364	Durnowo					人違い殺害の T. Leontief 近況
Durrieux, Antoine	121	Vaughan 男爵、Durrien、此男	ベルギー王レオポルト２世の愛人C. Lacroix の愛人。1910年に結婚	フランス	1865	1917	レオポルド２世遺産争い
Durrieux, Lucien Philippe Marie Antoine	120	Lucien Philippe	ベルギー王レオポルト２世の庶子。母は Caroline Lacroix	ベルギー	1906	1984	レオポルド２世遺産争い
Dursthoff	732	Dursthoff	(出版業者)				肖像写真・画の作製販売禁止
Duse, Eleonora	134	Eleonora Duse	女優。サラ・ベルナールなどとともに19世紀を代表する女優の一人。イプセンやダヌンツォの劇で主役を演じ、評判を取った。また、ダヌンツォをはじめ数々の著名人と浮名を流し、同性間の恋愛でも知られる	イタリア	1858	1924	ホテルの給仕にチップをはずむ人はずまない人
	162	Eleonora Duse					ダヌンツォにまつわる虚聞
	561	Eleonora Duse					引退するとの虚伝
	576	Eleonora Duse					引退否定宣言
	650	Eleonora Duse					精神病で入院との虚伝

人名	頁数	本文表記	人物紹介（肩書・略歴など）	出生地	生年	没年	トピック
	658	Eleonora Duse					E. Duse がトリポリに向う予定
	721	Eleonora Duse					アテネに大劇場設立
	737	Eleonora Duse					E. Duse が Moissi と旅興行の噂
Duveen, Joseph	529	Duveen	美術商	イギリス	1869	1939	エリザベス恩賜の指環が落札
Duveneck, Frank	192	Frank Duveneck	画家	アメリカ	1848	1919	アメリカ画展覧会（ベルリン）
Dyk, Victor	178	Viktor Dyk	詩人、作家、劇作家、政治活動家	チェコ	1877	1931	興行禁止
Dyke Acland, Arthur Herbert	235	Sir Arthur Herbert	政治家、著述家	イギリス	1847	1926	ビョルンソンの葬儀
Dymow, Ossip	348	Ossip Dymow	劇作家、脚本家、小説家、ジャーナリスト。ユーモア作家としても知られる。1926年にアメリカ国籍を取得した。鷗外訳に「襟」がある	ポーランド	1878	1959	新興行ドラマ一覧
	376	Ossip Dymow					ノイエ・レジデンツ劇場開場
	414	O. Dymow					新興行ドラマ一覧
	453	Ossip Dymow					新興行ドラマ一覧
	512	Dymow					興行情報
	536	O. Dymow					新興行ドラマ一覧
	579	O. Dymow					新興行ドラマ一覧
	635	Ossip Dymow					新興行ドラマ一覧
	675	Ossip Dymow					死の六週間前の予告
	832	Ossip Dymow					作品上演
Earle, Elisabeth	316	Elisabeth Earle、エリサベス	（女優。殺害された俳優 T. W. Anderson のかつての交際相手）				俳優の銃殺事件・疑獄
Eberlein, Gustav	627	Eberlein	彫刻家、画家、文筆家	ドイツ	1847	1926	Juan de Gray 像（ブエノスアイレス）
Eberty, Paula	435	Paula Eberty	女優。文筆家 Alfred Klaar と結婚した				ハウプトマン「鼠」配役
Ebner-Eschenbach, Marie von	103	Marie von Ebner-Eschenbach	女流作家。心理小説を得意とし、19世紀後半に活躍した	チェコ	1830	1916	シラー生誕百五十年祭
	272	Marie von Ebner-Eschenbach					ゲーテ協会二十五年祭
	352	Marie von Ebner-Eschenbach、Ebner 基金					八十歳祝賀・Ebner 基金創設
	600	Marie Ebner von Eschenbach-Fonds					マリー・フォン・エーブナー＝エッシェンバッハ基金
	743	Marie Ebner-Eschenbach					八十二歳誕生日
	833	Ebner-Eschenbach 賞金					Ebner-Eschenbach 賞
Eccius, Max Ernst	426	Max Eccius	カッセル上級ラント裁判所所長		1835	1918	死刑不可廃論者一覧
Echegaray, Jose de	620	Echegaray	工学技術者、数学者、物理学者、政治家、作	スペイン	1830	1914	歴代ノーベル文学賞受賞者

E

E

人名	頁数	本文表記	人物紹介（肩書・略歴など）	出生地	生年	没年	トピック
	623	Echegaray	家、劇作家。異なる分野で才能を発揮。ノーベル文学賞（1904）				歴代ノーベル文学賞受賞者によるアナグラム
Echivard, Albert	50	Echivard	画家、ステンドグラス制作者	フランス	1866	1939	聖人像に帝王や大統領の顔
Echtermeier, Carl Friedrich	321	Karl Echtermeyer	彫刻家	ドイツ	1845	1910	訃報
Eck, Ernst	628	Ernst	（ベルリン大学教授、Eck 夫妻の末子）				クライストの心中相手の親族
Eck, Paul	628	Paul	（内務省高等官、Eck 夫妻の長男）				クライストの心中相手の親族
Eck, Pauline	628	Pauline、パウリイネ、母	（クライスト心中相手 H. A. Vogel の娘）				クライストの心中相手の親族
Eck, Wilhelm	628	Wilhelm Eck、エツク	（Pauline Eck の夫、医師）				クライストの心中相手の親族
Eckardt, Julius von	324	Julius von Eckardt、エツツカルト	ジャーナリスト、歴史家、外交官、上院議員秘書	ラトヴィア	1836	1908	J. v. Eckardt のビスマルク懐旧談
Eckblad	408	Eckblad	（アカデミー女性会員）				アカデミー（ストックホルム）女性会員
Eckermann, Johann Peter	97	Eckermann	著述家、詩人。晩年のゲーテの編集助手で重要な役割を果たした。上演不可能とされていた「ファウスト」第二部を三幕物に脚色。「ゲーテとの対話」など	ドイツ	1792	1854	ゲーテの伝説化・幽霊の噂
	477	Eckermann					「ファウスト」興行沿革
	515	Eckermann					ゲーテのなまりに関する証言
	845	ECKERMANN					「ゲーテとの対話」原本発見
Eckhof, Konrad	494	Eckhoff	俳優。18世紀を代表する俳優の一人	ドイツ	1720	1778	F. Haase が遺言で遺品寄贈
Eckstaedt	325	Dr. Graf von Eckstaedt	→ Vitzthum von Eckstaedt, Georg				ライプツィヒ大学芸術史講座担当
Eckstein, A. B.	265	Miss A. B. Eckstein					ストックホルムで世界平和会議
Eddy, Mary Baker	410	Mary Baker Eddy	キリスト教科学教会創立者	アメリカ	1821	1910	訃報
Edgeworth	224	僧、Abbé Edgeworth	司祭、ルイ16世の聴罪師。L'Abbé Edgeworth de Firmont	アイルランド	1745	1807	ルイ16世の死を描いた「国王の死」出版
Edison, Thomas	59	Edison	発明家、起業家。1300にも及ぶ特許を取得。蓄音機、電球、蓄電池、映画、電話などの発明・改良などに関わり、「発明王」の異名を取った	アメリカ	1847	1931	エジソンが新式蓄電器開発
	460	Edison					活動写真撲滅論紹介
	503	Thomas Edison					器械としての人体は150年は保存可能とエジソン談
	603	Thomas Alva Edison					エジソンがベルリン訪問
	608	Edison					ドイツ見学したエジソンの見解
	613	Edison					ノーベル賞候補一覧（1911）
	641	Edison					夜の飲食店の繁昌について
Edmonson, Thomas	59	Edmonson	鉄道出札係、世界各国で導入されたエドモンソン式乗車券考案者	イギリス	1792	1851	鉄道乗車券の考案者
Edward II	423	Edward II	プランタジネット朝6代国王（1307-1327）。P531は Edward VII のこと	イギリス	1284	1327	エドワード2世騎馬像設置のための事前調査
	801	Edward II					C. マーロウ「エドワード2世」新約

人名	頁数	本文表記	人物紹介（肩書・略歴など）	出生地	生年	没年	トピック
Edward VII	17	英王 Edward、Prince of Wales	ハノーヴァー朝7代国王（1901-1910）ならびにインド皇帝（1901-1908）。英仏協商、英露協商を立て続けに成立させた。本文 P531 には「前王 Edward II」とあるが、これは7世の誤り	イギリス	1861	1910	各国王族の質入・借金
	41	Eduard 七世					浦島太郎のような実話
	60	Eduard 王					11歳の家来の高額年俸
	79	英王 Eduard、王					バルカン情勢・クレタ島
	83	英王 Eduard、王					英王みずから新聞原稿の校正
	89	国王 Eduard					預言歴 *Olde Moore* の不吉な預言 (1910)
	102	Eduard 王					英王六十八歳誕生日にシャックルトンとヘディンが授爵
	141	Eduard VII					英王が寝巻を発明との記事
	232	Edward 七世					エドワード7世の病状とナポレオン3世の死病
	235	英吉利王					ビョルンソンの葬儀
	237	英王 Edward 七世					訃報・英王後継
	242	故英国王					エドワード7世のデスマスク
	304	故王					英国王の料理人が交代
	318	Edward VII					イタリア王の軍備縮小案に有力国君が不同意
	531	前王 Edward II、英王					テーブル・マナーいろいろ
	798	イギリス王					テーブル・マナーいろいろ（続）
	724	Edward 七世					エドワード7世銅像（ロンドン）
Eeden, Frederik van	382	von Eeden	作家、劇作家、詩人、精神科医	オランダ	1860	1932	新興行ドラマ一覧
	656	F. v. Eeden					新興行ドラマ一覧
Egede, Hans	87	Hans Egede 号	宣教師	ノルウェー	1686	1758	北極点到達に関する報告
Egenolf, Grete	391	Grete Egenolf	（女優）				ハンブルクにオペレッテン劇場
Eger, Paul	663	Paul Eger	舞台監督、演出家		1881	1947	宮廷劇場人事
Egeria	190	Egeria	予言する泉の精。詩歌の女神の一人				P. ハイゼ八十歳祝賀行事
	730	Egeria					訃報（E. Gaggiotti）
Egge, Peter	264	Peter Egge	劇作家	ノルウェー	1869	1959	新興行ドラマ一覧
	656	P. Egge					新興行ドラマ一覧
Egger, August	677	August Egger	（民法学者、チューリヒ大学総長）				チューリヒ大学総長就任
Egger-Lienz, Albin	643	Egger-Lienz	画家	オーストリア	1868	1926	美術学校校長人事
Eggers, Friedrich	548	Friedrich Eggers	美術史家	ドイツ	1819	1872	鑰匙小説（モデル小説）
Egidi	146	Egidi	（L. M. ボンマルティーニ夫人と再婚した家庭教師）				イタリア奇獄事件顛末・ボンマルティーニ夫人が再婚
Ehlers	467	Ehlers	（F.シュピールハーゲンの主治医）				F. シュピールハーゲンの病状

人名	頁数	本文表記	人物紹介（肩書・略歴など）	出生地	生年	没年	トピック
Ehrenfried	382	Graf Ehrenfried					新興行ドラマ一覧
Ehrenstein, Albert	782	Albert Ehrenstein	抒情詩人、物語作家	オーストリア	1866	1950	文壇排斥の作家作品の朗読
Ehrensvaerd d.y., Albert	608	Graf Ehrensvaerd	外交官、政治家　(外相)	スウェーデン	1867	1940	スウェーデン自由主義内閣
Ehrhardt, Heinrich	818	Ehrhardt	発明家、実業家	ドイツ	1840	1928	クルップ社が軍事機密を探索
Ehrlich, Felix	554	Felix Ehrlich	農化学者。アミノ酸イソロイシンを発見	ドイツ	1887	1942	ラーデンブルク賞金
Ehrlich, Martin	499	Martin Ehrlich	(作家)				小説家が富豪脅迫で禁固刑
Ehrlich, Paul	294	Ehrlich、Ehrich-Hata 606	細菌学者、化学者、ノーベル生理・医学賞受賞（1908)。弟子の秦佐八郎とともに梅毒の特効薬サルヴァルサン（Ehrich-Hata606）を開発した。枢密医務参事官としてエクセルレンツの称号を得た	ポーランド	1854	1915	梅毒特効薬606号開発
	359	Ehrlich					自然科学者会議の大立者二人
	360	Ehrlich					エクセルレンツの授与の噂
	407	Ehrich-Hata 606					606号をサルヴァルサンと命名
	443	Ehrlich					カイザー・ヴィルヘルム協会第一回会合
	548	Ehrlich					エクセルレンツの称号授与
Eichendorff, Hartwig von	558	Hartwig Freiherr von Eichendorff	(詩人アイヒェンドルフの曾孫の陸軍中尉)				アイヒェンドルフ記念像設立
Eichendorff, Joseph von	117	Eichendorff	作家、詩人、文学史家、官吏。ドイツ後期ロマン主義の文学者。ナポレオン戦争中に長篇「予感と現在」を執筆。他に「のらくら者の生活から」など	ポーランド	1788	1857	アイヒェンドルフ像設立予定
	153	Eichendorff					アイヒェンドルフ記念像制作
	281	Eichendorff					書肆 J. L. Schrag 百年祭
	558	Eichendorff					アイヒェンドルフ記念像設立
Eichenwald, Anton	403	Anton Eichenwald	(興行師)				歌曲興行権の禁止・許可
Eichhorst, Franz	404	Franz Eichhorst	画家、イラストレーター、版画家	ドイツ	1885	1948	ベルリンのアカデミーから受賞
Eickmann, Heinrich	448	Heinrich Eickmann	画家	ドイツ	1870	1911	訃報
Eierweiss	46	Eierweiss	(B. ウィレとドイツ帝に対しあいついで脅迫行為を加えた人物。P40～41に「一人の男」として言及されている)				拳銃脅迫事件の犯人
	261	Eierweiss					B. ウィレを脅迫した人物が今度はドイツ皇太子に脅迫行為
Eiffel, Alexandre Gustave	40	Eiffel 塔	技師、構造家、建設業者。エッフェル塔建設の受託業者として知られる	フランス	1832	1923	エッフェル塔からカナダへの無線通信実験成功
	228	Alexandre Gustave Eiffel					七十七歳誕生日
Eilers, Gustav	447	Gustav Eilers	銅版画家		1834	1911	訃報
Einem, Karl von	81	von Einem	軍人	ドイツ	1853	1934	軍務大臣就任の心得
Einschlag, Eduard	684	Einschlag	版画家、画家		1879	1942	ライプツィヒ美術展覧会（1912)
Eisenbarth, Johann Andreas	185	Doktor Eisenbart	医者。ドクトル・アイゼンバルトとして知られる名医	ドイツ	1663	1727	新興行ドラマ一覧
Ekstroem, Per	717	Der Ekstroem	画家。本文の Der は Per の誤り	スウェーデン	1844	1935	A. ストリンドベリの評伝・作品とモデル

人名	頁数	本文表記	人物紹介（肩書・略歴など）	出生地	生年	没年	トピック
Elbogen	35	Elbogen	（オーストリアの弁護士、劇作家）				訃報
Elder, Florence	404	Florence Elder	（被害を受けた女性）				女性の容貌毀損時の賠償額
Eldy	555	Eldy	（彫刻家）				ストックホルムのストリンドベリ展示室
Elektra	12	Elektra	ギリシャ神話に登場する女性。ミケナイ王アガメムノンの娘				「エレクトラ」興行大反響
	33	Elektra					「エレクトラ」に一部剽窃と訴え
	46	Elektra					A. v. Mildenburgが2種類の「エレクトラ」で主演
	201	Elektra					「エレクトラ」主役と監督に醜聞
	212	Elektra					1908・9～ドイツでの興行回数
	351	Elektra					「サロメ」「エレクトラ」についてのホフマンスタール寸評
	842	ELEKTRA					ホフマンスタール「エレクトラ」をR. シュトラウスがオペラ化
	850	エレクトラ					「エレクトラ」主演の二女優
Elena del Montenegro	7	伊太利の妃	イタリア王ビットーリオ・エマヌエーレ3世妃。モンテネグロ王ニコラ1世の五女	モンテネグロ	1873	1952	政権ある王侯ばかりの展覧会
	257	妃殿下、エレナ					イタリア王が社会党員と面会
	368	Regina Elena					ポルトガル王族の行き先
	369	レジナ・エレナ号					ポルトガル王・皇后の行き先
	374	レジナ・エレナ号					ピア夫人とポルト公はイタリアに亡命
	377	レジナ・エレナ号					ポルトガル王族がイギリスとイタリアに出立
	505	王妃					トリノ国際博覧会開催
Eleonore zu Solms-Hohensolms-Lich	101	Hessen大公爵夫婦	ヘッセン＝ダルムシュタット大公妃	ドイツ	1871	1937	マインツの慈善バザール
Elias, Julius	564	Julius Elias	作家、翻訳家、文学・芸術史家、評論家、美術蒐集家	ドイツ	1861	1921	イプセン全集と同じ訳者と出版社でビョルンソン全集刊行
	846	DR JULIUS ELIAS					H. イプセンの草稿発見
Elisabeth I	420	Elisabeth	テューダー朝6代女王Elizabeth I（1558-1603）。B. StokerはNevilleという名の男子であったとする説を唱えた	イギリス	1533	1603	エリザベス女王取替え子説
	520	エリザベス女王					エリザベス恩賜の指環が競売
	529	Elisabeth女王					エリザベス恩賜の指環が落札
	572	エリザベス朝式					収容力5倍の大型劇場考案
Elisabeth Amalie Eugenie von Wittelsbach	293	墺匈国皇后	オーストリア＝ハンガリー帝国皇帝フランツ・ヨーゼフ1世の妃。美貌で知られシシィの愛称で呼ばれた	ドイツ	1837	1898	エリーザベト暗殺者の読書録
	367	Elisabeth					オーストリア皇妃の暗殺者が獄中で自殺
	380	妃Elisabeth					終身禁錮のLuccheniが縊死
	719	Elisabeth					訃報（L. Hasserlriis）・ハイネ記念像（Korfu→ハンブルク）

人名	頁数	本文表記	人物紹介（肩書・略歴など）	出生地	生年	没年	トピック
Elisabeth Charlotte von der Pfalz Heidelberg	580	Elisabeth Charlottens Briefe	ルイ14世の弟 Philippe de France の妃。書簡集で知られる	ドイツ	1652	1722	ドイツで新著が迫害の風潮・再版の古書は猛烈な内容
Élisabeth Gabriele Valérie Marie	293	王妃	ベルギー王アルベール１世妃	ドイツ	1876	1965	ベルギー国王がブリュッセル博覧会に国内文士を招待
	294	皇后陛下 Elisabeth					おとぎ話のような実話・失明した画家を皇后が救った話
	715	妃					メーテルリンクのノーベル賞祝賀会に国王と妃が臨席
Elisabeth Stuart	522	Elisabeth Stuart, Electress Palatine, queen of Bohemia	プファルツ選帝侯妃。イングランド王ジェームズ１世の長女。三十年戦争の際に亡命。「ボヘミアの一冬の王妃」と呼ばれた	イギリス	1596	1662	生きた小説「冬の王妃」
Elkan, Benno	269	Benno Elkan	彫刻家	ドイツ	1877	1960	ミューラー賞受賞者
Elkins, Katherine Hallie	304	Katherine Elkins	アメリカ上院議員 Davis Elkins の娘。アブルッツィ公との結婚は実らず、William Hitt と結婚・離婚	アメリカ	1886	1936	K. Elkins 結婚報道
	400	Miss Elkins					結婚の予定
Ellis, Charles	33	Charles Ellis	（自殺したフィラデルフィアの資産家）				老人が自殺した理由それぞれ
Elmore, Belle	309	Belle Elmore	女優、Dr. Crippen の妻で殺害被害者。本名 Corrine Henrietta Turner	イギリス	1873	1910	ドクター・クリッペン殺人事件
Eloesser, Arthur	359	Eloesser	文学者、ジャーナリスト。新聞の文芸欄などジャーナリズムで活躍、レッシング劇場の文芸部員も務めた。文芸史に造詣が深く、ドイツ・バロックから当代までの二巻本の文芸史も執筆した	ドイツ	1870	1931	J. カインツ遺稿の３戯曲出版
	545	Eloesser					O. ブラームの進退に関する噂
	627	Artur Eloesser					ベルリン大でクライスト百年祭
	727	Arthur Eloesser					「若きカインツ、両親への手紙」刊行
	803	Arthur Eloesser					A. Eloesser がレッシング劇場に加入
	810	Arthur Eloesser					ハウプトマン回護のため諸団体が会議・演説会開催
Elskamp, Max	626	Max Elskamp	詩人。象徴派	ベルギー	1862	1931	法学士が多いベルギー詩人
Elssler, Fanny	548	Fanny Elssler	バレリーナ	オーストリア	1810	1884	鑰匙小説（モデル小説）
Elster	371	Elster	（ベルリン大学教員）				ベルリン大学百年祭
Elster, Ernst	722	Elster	文筆家、文献学者、ゲルマニスト。ドイツ・ゲルマニスト同盟会長を務めた	ドイツ	1860	1940	フランクフルト・アカデミーがドイツ語純化の同盟を発足
Elster, Gottlied	164	Gottlieb Elster	彫刻家	ドイツ	1867	1917	H. v. クライスト記念像
	188	Gottlieb Elster					H. v. クライスト記念像除幕
	275	Gottlieb Elster					H. v. クライスト記念像の作者
	706	Gottlieb Elster					ゲーテ協会例会予定
	720	Elster					エウプロシュネ記念柱除幕
Eltschaninow	783	Eltschaninow					ロシア帝の日課

人名	頁数	本文表記	人物紹介（肩書・略歴など）	出生地	生年	没年	トピック
Elvira de Bourbon	179	Elvira	マドリッド公Don Carlosの娘	フランス	1871	1929	サーベル決闘
Emanuelli	789	Emanuelli	（キリストの没年などを算出した人物）				キリストの没年と年齢を算出
Emery	534	Emery	（W. Gilbertらと水泳していた女性）				W. Gilbert溺死・人命救助
Emin（Pascha）	703	Emin Pascha	医師、アフリカ研究者、エクアトリア州知事。本名Eduard Schnitzer	ポーランド	1840	1892	遺稿十六巻が印刷
Emma	275	Emma	（劇作家A. Novelliの妻Juliaの姉妹）				劇作家が妻を自殺に追い込んだ義理の姉妹を告訴
Ende, Hermann	803	Ende	建築家	ポーランド	1829	1907	ベルリン王立芸術院名誉会員
Endemann, Karl	64	Endemann教授	言語学者	ポーランド	1836	1919	文学的解釈に関わる諮問委員会
Engdahl	146	Engdahl	（ストックホルムの劇場主）				外国移住防止に関する劇場主の献策を王が嘉納
Engel	329	Engel	（劇作家）				新興行ドラマ一覧
Engel	347	Engel	（劇作家）				新興行ドラマ一覧
Engel, A.	326	A. Engel					法王追放に関するアンケート
Engel, Alexander	213	Engel	（劇作家）				1908・9～ドイツでの興行回数
	239	Alexander Engel					新興行ドラマ一覧
	471	Engel					新興行ドラマ一覧
Engel, Eduard	74	Eduard Engel	文学史家、言語学者、文芸評論家、編集者。ゾラ、ポー、フォンターネなど外国文学をドイツに紹介。「ドイツ文体芸術」などを著し、ドイツ語の純化（浄化）を主張したことでも知られる	ポーランド	1851	1938	D. v. リリエンクロン追悼記事紹介
	82	Eduard Engel					「官吏としてのゲーテ」紹介
	504	Eduard Engel					新聞の文章に関する寸評
	524	Eduard Engel					講演「新ドイツ詩の淵源」
	715	Engel					H. Hyanの小説に対する訴訟
Engel, Georg	184	George Engel	作家、劇作家	ドイツ	1866	1931	新興行ドラマ一覧
	509	Georg Engel					イタリアで翻訳興行
	646	Georg Engel					現社会の女の運命を深く思わせる小説
	653	Georg Engel					クリスマスの予定アンケート
Engel, Karl Dietrich Leonhard	776	Karl Engel	ファウスト研究家		1824	1913	訃報
Engel, Otto Heinrich	187	H. Engel	画家。ベルリン分離派の創立メンバーの一人	ドイツ	1866	1949	ベルリン大展覧会（1910）
	503	Engel					ベルリン美術大展覧会（1912）
	529	Otto H. Engel					ベルリン美術大展覧会役員
Engelbrecht, Louis	206	Louis Engelbrecht	弁護士、劇作家、詩人。W. ラーベの友人	ドイツ	1857	1934	新興行ドラマ一覧
Engelmann, Friedrich Wilhelm	648	書肆Wilhelm Engelmann	書肆。1811年ライプツィヒにて創業。息子Wilhelmが引き継ぎ、店名をWilhelm Engelmannと改称した	ポーランド	1745	1823	書肆W. Engelmann創業百年
Engelmann, Richard	94	Richard Engelmann	考古学者、教師、ジャーナリスト	ドイツ	1844	1909	訃報

人名	頁数	本文表記	人物紹介（肩書・略歴など）	出生地	生年	没年	トピック
Engelmann, Richard	804	Richard Engelmann	彫刻家	ドイツ	1868	1966	ヴィルデンブルッフ記念像
	836	Richard Engelmann					ヴィルデンブルッフ記念像
Engels, Friedrich	515	Engels	思想家、ジャーナリスト、実業家。マルクスとともに科学的社会主義の創始者	ドイツ	1820	1895	ベルリン王立図書館禁帯目録
Engler, Adolf	270	Engler	植物学者、植物分類学者、地理学者	ドイツ	1844	1930	ベルリン学士院奨励金一覧
	552	Engler					ベルリン学士院補助金一覧
Engstroem, Albert	557	Albert Engstroem	画家、漫画家、作家	スウェーデン	1869	1940	絵葉書発売禁止につき風刺
Enking, Ottomar	431	O. Enking	作家、劇作家、ジャーナリスト	ドイツ	1867	1945	新興行ドラマ一覧
	462 463	Ottomar Enking、エンキング					バウエルンフェルト賞
	539	Ottomar Enking					ハレ大学自由学生団と大学当局の衝突
	633	O. Enking					新興行ドラマ一覧
	653	Ottomar Enking					クリスマスの予定アンケート
	697	Ottomar Enking					自作朗読会好評
	755	Ottomar Enking					興行情報
	758	Ottomar Enking					興行好評
Entres, Guido Maria	54	Guido Maria Entres	（彫刻家）				訃報
Eoetvoes, Karl	799	Karl Eötvös	政治家、弁護士、文筆家、ジャーナリスト	ハンガリー	1842	1916	興行情報及び禁治産処分
Ephraim, Armand	349	Ephraim	（劇作家）				新興行ドラマ一覧
Epigonoi	638	Epigonoi 芸術	ギリシア神話に登場する「テーバイ攻めの七将」の子供たち。エピゴーネンは「模倣者」の意で用いられる				パリの劇場（雑誌 *Comoedia*）
Epiktet	296	Epiktet	哲学者。ストア派を代表する一人	ギリシャ	50	138	小学校教育と社会主義
Epstein, Jakob	786	Jakob Epstein	彫刻家	アメリカ	1880	1959	性器露出のO. ワイルド墓碑像（ペール・ラシェーズ）に不許可
Epstein, Max	485	M. Epstein	弁護士、文筆家。私設劇場を所有した	ポーランド	1874	1948	新興行ドラマ一覧
	604	Max Ebstein					ベルリン劇場の経営を叙述
	668	M. Epstein					新興行ドラマ一覧
Erasmus	495	Erasmus	人文学者。16世紀を代表する知識人	オランダ	1467	1536	名家自筆コレクション競売
Erdmann, Benno	610	Benno Erdmann	哲学者、美学者	ドイツ	1851	1921	ベルリン王立芸術院加入
Erdmann-Jesnitzer, Selma	152	Selma Erdmann-Jesnitzer	女流作家、劇作家				興行情報
	328	Selma Erdmann-Jesnitzer					新興行ドラマ一覧
Erdmannsdoerffer, Otto Heinrich	270	O. H. Erdmannsdoerffer	鉱物学者	ドイツ	1876	1955	ベルリン学士院奨励金一覧
Erdtelt, Alois	441	Adolf Erdtelt	肖像画家。本文の Adolf は誤り	ドイツ	1851	1911	訃報

人名	頁数	本文表記	人物紹介（肩書・略歴など）	出生地	生年	没年	トピック
Erich XIV	355	Erich XIII	スウェーデン・ヴァーサ朝２代王（1560-1568）。治世中に精神不安が顕著となり監禁。弟ヨハンの即位後に毒殺された。P355にはErich XIII とあるが、ストリンドベリの戯曲は Erich XIV	スウェーデン	1533	1577	訃報（J. カインツ）・詳細
	573	Erich 十四世					ストリンドベリ「エリク十四世」興行大当り
	650	Erich XIV					ストリンドベリ近況
Erickson, Christian	799	Christian Erickson	彫刻家	スウェーデン	1858	1935	ストリンドベリの遺言により貧民墓地に埋葬
Erk, Fritz	85	Erk	気象学者	ドイツ	1857	1909	訃報
Erlanger, Camille	239	Camillo Erlanger	オペラ作曲家、作曲家	フランス	1863	1919	新興行オペラ一覧
	679	Camille Erlanger					興行情報
Erler, Fritz	455	Erler	画家、版画家、舞台装置家	ドイツ	1868	1940	アカデミー（ブリュッセル）加入のドイツ芸術家
	628	Fritz Erler					デュッセルドルフ大展覧会金牌
Erler, Otto	210	Otto Erler	作家、劇作家。反ユダヤ主義団体代表者	ドイツ	1872	1943	興行禁止
	238	Otto Erler					新興行ドラマ一覧
	467	Otto Erler					ベルリンで興行禁止の作品をドレスデン文学会で上演
Erler, Th.	657	Th. Erler	作曲家				新興行オペラ一覧
Ermatinger, Emil	772	Emil Ermatinger	ゲルマニスト	スイス	1873	1953	G. ケラーの伝記
Ernst, Otto	37	Otto Ernst	作家、劇作家、詩人。L. Berg 、C. Brunner らとともに文芸批評誌 *Der Zuschauer* を創刊	ドイツ	1862	1926	ドイツ貸本ランキング（1908）
	238	Otto Ernst					新興行ドラマ一覧
	595	O. Ernst					新興行ドラマ一覧
	605	O. Ernst					新興行ドラマ一覧
	635	O. Ernst					新興行ドラマ一覧
	659	Otto Ernst					O. エルンストのニーチェ哲学論
	711	Otto Ernst					1912年中に五十歳となる文士
	718	Otto Ernst					早くも五十歳を祝う賀状
	740	Otto Ernst					アメリカに朗読旅行
	840	Otto Ernst					O. エルンスト小品集出版
	842	OTTO ERNST 氏					O. エルンストの劇が英訳出版
Ernst, Paul	186	Paul Ernst	作家、劇作家、評論家、ジャーナリスト。1920年以降は初期の自然主義的傾向から新古典主義へと転じた	ドイツ	1866	1933	新興行ドラマ一覧
	188	Paul Ernst					自然主義から古典主義に転じた作品興行に反響なし
	328	Paul Ernst					新興行ドラマ一覧
	452	Paul Ernst					新興行ドラマ一覧
	506	Paul Ernst					新興行ドラマ一覧
	653	Paul Ernst					クリスマスの予定アンケート
Ernst, Walter	378	Walter Ernst	（ベルリン大学教員）				ベルリン大学役員一覧

E

人名	頁数	本文表記	人物紹介（肩書・略歴など）	出生地	生年	没年	トピック
Ernst II von Sachsen -Koburg und Gotha	231	Ernst II von Sachsen -Koburg	2代ザクセン＝コーブルク＝ゴータ公（1844 -1893）	ドイツ	1818	1893	Gleichen 伯爵家の由来
Ernst Guenther von Schleswig-Holstein	160	Ernst Guenther von Schlesweg-Holstein 公爵	シュレスヴィヒ＝ホルシュタイン公。ドイツ皇帝ヴィルヘルム2世の義理の弟。妻はベルギー王レオポルト2世の孫ドロテア	ポーランド	1863	1921	レオポルド2世遺産争い
	164	Ernst Guenter 公爵					レオポルド2世遺産争い
	640	Ernst Guenther 公爵					ドイツ帝のため劇場が出張
Ernst Guenther von Schleswig-Holstein（夫人）	784	公爵夫人 Ernst Guenther von Schleswig-Holstein	ザクセン＝コーブルク＝ゴータ公子 Ferdinand Philipp の長女 Dorothea。母はベルギー王レオポルト2世長女 Luise		1881	1967	女官から女優に転身
Ernst Ludwig von Hessen-Darmstadt	96	Hessen, Baden 両大公爵	ヘッセン＝ダルムシュタット大公（1892-1918）。諸芸術に造詣と理解が深く詩文をよくした。P120の E. Mann は大公の筆名	ドイツ	1868	1937	七十歳祝賀（H. Thoma）
	101	Hessen 大公爵夫婦					マインツの慈善バザール
	120	Hessen 大公爵、E. Mann					ヘッセン大公作の戯曲興行
	454	Hessen 大公爵					ヘッセン大公は「信仰と故郷」を傾向劇として排斥せず
	690	Grossherzog Ernst von Hessen					ヘッセン大公が滑稽劇を合作
	741	Grossherzog Ernst Ludwig von Hessen					「インド神話集」出版
Ernst von Sachsen-Meiningen	621	Prinz Ernst von Sachsen-Meiningen	ザクセン＝マイニンゲン公ゲオルク2世の三男。詩人・文筆家の W. Jensen の娘 Katharina と貴賤結婚した	ドイツ	1859	1941	左手の結婚（身分違いの結婚）
Ernstroem	624	Ernstroem	（L. Euler 著作目録の作成者）				L. オイラー全集刊行開始
Eros	328	Eros	ギリシア神話に登場する愛の神。美神アフロディーテの子				新興行ドラマ一覧
	465	Eros					興行禁止
	561	Eros					新興行ドラマ一覧
	604	Eros					「水浴のヘレナ」興行禁止
	605	Eros					新興行ドラマ一覧
Erricone	248	Erricone	（犯罪組織 Camorra の総首領）				ナポリの犯罪組織大規模検挙
Erxleben, Dorothea Christiane	545	Dorothea Christiane Erxleben	女医。ドイツで最初の女性医学博士	ドイツ	1715	1762	昔ドイツにいた女医学博士
Erynnien	576	Erynnien	ギリシャ神話に登場する復讐の三女神アレクトー、ティシポネー、メガイラ				イタリア政府「オレステスとエリニュエス」買上
Eschelbach, Hans	186	Hans Eschelbach	作家、劇作家	ドイツ	1868	1948	新興行ドラマ一覧
Esher	524	Esher 子爵、委員長	（ヴィクトリア女王記念像設立委員長）				ヴィクトリア女王記念像除幕式
Eslonde	823	Eslonde	（アイルランド国民党議員）				英国議会で花柳病につき質疑
Esmann	208	Esmann	（作曲家）				新興行オペラ一覧

人名	頁数	本文表記	人物紹介（肩書・略歴など）	出生地	生年	没年	トピック
Espin, Thomas Henry Espinell Compton	427	Espin	天文学者。新星 Nova Lacertae1910を発見		1858	1934	新星発見
Essen, Siri von	708	Siri von Essen (Wrangel)	女優。ストリンドベリの最初の妻で貴族出身。シリは再婚だったが後に離婚。前夫は軍司令官であった政治家 Carl Gustaf Wrangel	フィンランド	1850	1912	訃報
	717	Siri von Essen (前夫 Wrangel)					訃報・略歴（ストリンドベリ）
Essex 伯	520	Essex 伯	２代エセックス伯 Robert Devereux。エリザベス１世の寵臣だったが反逆罪で処刑された	イギリス	1566	1601	エリザベス恩賜の指環が競売
	529	Essex 伯					エリザベス恩賜の指環が落札
Essig, Hermann	452	H. Essig	劇作家、物語作者、詩人	ドイツ	1878	1918	新興行ドラマ一覧
	454	Hermann Essig					発展の望ある作者
	573	Hermann Essig					新作脚本出版
Este（家）	664	Villa d'Este	中世イタリアの貴族家系。ルネサンス期に学芸を保護した。エステ荘（ティボリ）は F. リストの作品の題材になった				エステ荘が美術館
Etchegoyen	743	Etchegoyen	(フランスの技術者)				サハラ砂漠海洋化案
Étienne, Eugène	771	Etienne	政治家　(陸相・兵相)	アルジェリア	1844	1921	フランス新内閣
	785	Etienne					フランス新内閣
	803	Etienne					フランスで兵役反対運動
Ettlinger, Joseph	487	Joseph Ettlinger	文学史家、翻訳家、評論家、編集者。劇場監督。「ボヴァリー夫人」の最初の独訳をおこなった	ドイツ	1869	1912	劇場人事
	675	Joseph Ettlinger					訃報・「ボヴァリー夫人」独訳者
Ettlinger, Karl	485	K. Ettlinger	作家、劇作家、ジャーナリスト。筆名に Karlchen, Helios, Bim などがある	ドイツ	1882	1939	新興行ドラマ一覧
	507	K. Ettlinger					新興行ドラマ一覧
	632	K. Ettlinger					新興行ドラマ一覧
	655	K. Ettlinger					新興行ドラマ一覧
Eucken, Rudolf	539	Rudolf Eucken	哲学者、文学者、ノーベル文学賞（1908）。唯物論的、自然主義的な思潮と近代文明を批判し、精神生活の重要性を説く新理想主義を展開。「大思想家たちの人生観」「人生の意味と価値」など	ドイツ	1846	1926	R. オイケンが英国講演
	544	Rudolf Eucken					演説「宗教及び人生」
	621	Eucken					歴代ノーベル文学賞受賞者
	623	Eucken					歴代ノーベル文学賞受賞者によるアナグラム
	680	Rudolf Eucken					ハーヴァード大学に行く予定
	742	Rudolf Eucken					ハーヴァード大学行き・新著
	772	Eucken					アメリカからの帰国の予定
	801	Rudolf Eucken					ゲーテ協会会長にふさわしい人物
	803	Eucken					女子参権制度を支持
	817	Rudolf Eucken					リンチェイ・アカデミー（最古の科学アカデミー）会員に推挙

E

E

人名	頁数	本文表記	人物紹介（肩書・略歴など）	出生地	生年	没年	トピック
Eugen（Sweden）	718	Eugen 公子	ネルケ公爵エウシェン。スウェーデン国王オスカル2世の四男	スウェーデン	1865	1947	葬儀（A. ストリンドベリ）
Eugen IV	98	蘇格蘭王 Eugen 第四世、王	ダルリアーダ王国（スコットランド）の王（608-629）。没年に諸説ある			629頃	貸馬車（Fiacre）の語源
Eugénie de Montijo	53	Eugenie	フランス皇帝ナポレオン3世の妃。皇帝が不在時には摂政として重要な役割を果たした	スペイン	1826	1920	八十三歳誕生日・懐旧の逸話
	169	Eugenie					ウジェニーの自伝は偽物
	283	Eugénie 妃					「1870年戦（普仏戦争）その原因及び責任」一部紹介
	379	Eugénie					位を失った君主の挙動
Eulalia de Borbón	640	Eulalia 女王	女流文筆家。ガリエラ公アントニオの妻、スペイン女王イサベル2世の末娘	スペイン	1864	1958	皇族の著作物につきスペイン宮廷で揉め事
	655	Eulalia 女王					公表予定だったのは自由思想に傾いた感想録
Eulenberg	547	Eulenberg	→ Eulenburg, Albert				ドイツ花柳病予防会議年会「性欲抑制と其の健康に及ぼす影響」
Eulenberg, Herbert	117	Herbert Eulenberg	作家、劇作家、詩人、評論家。世紀転換期に新ロマン主義的な作風の「アンナ・ワレウスカ」「青ひげ」などで文壇に登場、有望の新人作家として一躍人気作家となった。「椋鳥通信」記事では、父親が青年学生に性欲について述べた書簡体小説 *Brief eines Vaters unserer Zeit* 掲載により文芸雑誌「パン」が発禁処分となったこと、ゲーテブント主宰のシラー賞の受賞などが伝えられている。鷗外訳に「女の決闘」がある。なお、P682でオイレンベルクが「パン」に「フロベールの日記（紀行文）」を載せたことで罪を問われていたかのような記述があるが、それぞれ別件の発禁事件。鷗外訳に「女の決闘」がある	ドイツ	1876	1949	新作「実の父」興行
	125	Herbert Eulenberg					新作喜劇「実の父」興行
	133	Herbert Eulenberg					新興行ドラマ一覧
	150	Herbert Eulenberg					有望の青年作者の新作「実の父」は不評
	185	Herbert Eulenberg					新興行ドラマ一覧
	206	Herbert Eulenberg					新興行ドラマ一覧
	208	Herbert Eulenberg					新興行ドラマ一覧
	273	Herbert Eulenberg					ヴェデキント「演劇、用語集」
	328	Herbert Eulenberg					新興行ドラマ一覧
	348	Herbert Eulenberg					新興行ドラマ一覧
	452	H. Eulenberg					新興行ドラマ一覧
	460	Herbert Eulenberg					活動写真撲滅論紹介
	466	Herbert Eulenberg					「すべて恋ゆえ」再演は好評
	471	H. Eulenberg					新興行ドラマ一覧
	485	H. Eulenberg					新興行ドラマ一覧
	487	Herbert Eulenberg					文学誌「パン」が四度目の発禁
	488	Eulenberg					役人が「パン」からH. オイレンベルク掲載ページを引き裂き
	498	Herbert Eulenberg					発禁につきドイツ文筆家保護連盟がベルリン警察を起訴
	537	H. Eulenberg					新興行ドラマ一覧
	539	Herbert Eulenberg					ハレ大学自由学生団と大学当局の衝突

人名	頁数	本文表記	人物紹介（肩書・略歴など）	出生地	生年	没年	トピック
	557	Herbert Eulenberg					新作戯曲「お金に関するすべて」で賞金獲得
	562	H. Eulenberg					新興行ドラマ一覧
	573	Herbert Eulenberg					H. オイレンベルクのシェークスピア論
	580	H. Eulenberg					新興行ドラマ一覧
	601	Herbert Eulenberg					「お金に関するすべて」出版
	606	H. Eulenberg					新興行ドラマ一覧
	607	Herbert Eulenberg					「アンナ・ワレウスカ」興行禁止
	631	Eulenberg					「サムソン」同時興行・作品評
	635	H. Eulenberg					新興行ドラマ一覧
	653	Herbert Eulenberg					クリスマスの予定アンケート
	664	Herbert Eulenberg					「お金に関するすべて」に喝采
	682	Herbert Eulenberg					「フロベールの日記」掲載につき大審院無罪判決・婚外性交
	716	Herbert Eulenberg					H. オイレンベルクと W. シュミットボンが賞金を二分して受賞
	720	Herbert Eulenberg					脱稿の新脚本「ベリンダ」
	736	Herbert Eulenberg					二作者の新脚本
	746	Herbert Eulenberg					シラー賞（ゲーテ・ブント）
	751	Herbert Eulenberg					「ベリンダ」が各地で興行
	754	Herbert Eulenberg					シラー賞（ゲーテ・ブント）結果
	759	Eulenberg					訃報（O. Brahm）
	776	Herbert Eulenberg					ハレ大学生が上演
	797	Herbert Eulenberg					興行情報（ドレスデン）
	815	Herbert Eulenberg					「イカロスとダイダロス」初興行
	819	Herbert Eulenberg					散文一幕物 *Krieg dem Krieg* 脱稿
	823	Eulenberg					クライネステアターが興行特権
	832	Herbert Eulenberg					雑誌創刊号に *Krieg dem Krieg* 掲載
	836	Herbert Eulenberg					レッシング座興行「時代」
	838	Herbert Eulenberg					「ベリンダ」あらすじ
	848	HERBERT EULENBURG					著名劇作家の近況アンケート
Eulenburg, Albert	547	Eulenberg	医師、性科学者	ドイツ	1840	1917	ドイツ花柳病予防会議年会「性欲抑制と其の健康に及ぼす影響」
Eulenburg, Augst zu	487	Eulenburg 伯	軍人、プロイセン王国宮内大臣（1907-1918）	ロシア	1838	1921	プロイセン王室劇場は遊興税を不納と言明

E

人名	頁数	本文表記	人物紹介（肩書・略歴など）	出生地	生年	没年	トピック
Eulenburg, Augusta Alexandrine zu	87	二女 Augusta	Eulenburg 侯爵の次女。結婚相手となった「父の書記官」は Edmund Jaroljmek（1882-?）でのちに離婚	ドイツ	1882	1974	Eulenburg 侯の子供達の結婚
Eulenburg, Botho Sigwart zu	87	二男 Sigwart	作曲家、Eulenburg 侯爵の次男	ドイツ	1884	1915	Eulenburg 侯の子供達の結婚
Eulenburg, Karl Kuno Eberhard Wend zu	87	末の息子	Eulenburg 侯爵の末の息子。歌手 Tilly Marx と結婚	ドイツ	1885	1975	Eulenburg 侯の子供達の結婚
Eulenburg, Viktoria Ada Astrid Agnes zu	87	末の娘	Eulenburg 侯爵の末の娘。デザイナー Otto Ludwig Haas-Heye と結婚し離婚	ドイツ	1879	1967	Eulenburg 侯の子供達の結婚
Eulenburg und Hertefeld, Philipp Friedrich Alexander zu	87	Eulenburg 伯、父	外交官。ドイツ皇帝ヴィルヘルム 2 世の寵臣。本文では「Eulenburg 伯」とあるが1900年に侯爵に昇格している	ロシア	1847	1921	Eulenburg 侯の子供達の結婚
Euler, Leonhard Paul	156	Leonhard Euler	数学者、物理学者、天文学者。オイラー関数などで知られる18世紀最大の数学者。P624 *Leonhardi Euleri opera ominia* は「オイラー全集」の意	スイス	1707	1783	数学者 L. オイラー全集出版
	624	Leonhard Euler、Leonhardi Euleri opera ominia					L. オイラー全集刊行開始
Euphorsyne	706	Euphorsyne 記念像、Euphorsyne	ギリシア神話に登場する女神。美と優雅の三女神カリスのなかの一人				ゲーテ協会例会予定
	720	Euphorsyne					エウプロシュネ記念柱除幕
Euripides	751	Euripides	悲劇詩人。アイスキュロス、ソフォクレスと並ぶギリシャ三大悲劇詩人の一人	ギリシャ	前 480	前 406	エウリピデス「ヒッポリュトス」興行
Europa	334	Europa（女神）	ギリシア神話に登場する王女。「ヨーロッパ」の語源				レンブラント二点が競売
	562	Europa					新興行ドラマ一覧
	635	Europa					新興行ドラマ一覧
	648	Europa					戯曲 *Europa Lacht* あらすじ
	656	Europa					新興行ドラマ一覧
Eva	462	Eva	→ Wagner, Eva				コジマ・ワーグナー見舞い
Eva	116	Eva	旧約聖書に登場する人類最初の女性				「アダムとイヴ」初興行
	119	Eva					「アダムとイヴ」批評
	201	Eva					SF 小説「新エヴァ」・彗星の毒
	606	Eva					新興行オペラ一覧
	772	Eve					V. Lerberghe のベルリン日記
	816	Eva					ドレスデンにロダン「エヴァ」
Evans, Arthur John	373	Arthur Evans	考古学者。クレタ島のクノッソス遺跡などを発掘	イギリス	1851	1941	ベルリン大学百年祭名誉学位
Eve	772	Eve	→ Eva				V. Lerberghe のベルリン日記
Everding, Hans	269	Everding	彫刻家	ドイツ	1876	1914	ミューラー賞受賞者
Evrard	335	Evrard	劇場監督、舞台演出家 Eduard Ichon。本文中のスペルは誤り	ドイツ	1879	1943	ブレーメン劇場創立

人名	頁数	本文表記	人物紹介（肩書・略歴など）	出生地	生年	没年	トピック
Ewers	297	Ewers	（P. メリメの女友達）				公開の書状につき損害賠償
Ewers, Hanns Heinz	165	Hanns Heinz Ewers	詩人、思想家、作家、俳優。自身をモデルとしたホラー小説「フランク・ブラウン」三部作などで知られる	ドイツ	1871	1943	悪魔主義につき講演
	460	Hanns Heinz Ewers					活動写真撲滅論紹介
	653	Hanns Heinz Ewers					クリスマスの予定アンケート
	670	H. H. Ewers					書估 W. Lehmann 異動祝宴
	685	Hanns Heinz Ewers					文士 H. H. Ewers の初舞台
	724	Hanns Heinz Ewers					楽劇 *Die toten Augen* の作詞
	736 737	Hanns Heinz Ewers、Ewers					二作者の新脚本
	750	Hanns Heinz Ewers					興行情報
	753	Hanns Heinz Ewers					H. H. Ewers が外科手術
Exner, Gustav	201	Halir-Exner-Mueller-Dechert	音楽家、バイオリニスト				HEMD カルテットのメンバー交代
Exner, Johan Julius	395	Johann Exner	画家	デンマーク	1825	1910	訃報
Expert, Henri Boger	738	Henri Boger Expert	（Redon の弟子）				ローマ賞（1912）
Ezechiel	386	Ezechiel	紀元前 6 世紀頃の預言者				小説のモデル問題起訴
	397	Ezechiel					小説のモデル問題で再訴訟
Ezechiel, Rami b.	96	Rammi b. Ezechiel	バビロニアのアモラ。父は預言者エゼキエル、兄は Judah b. Ezekiel				聖書研究
Faberi	340	Faberi	（カトリック僧徒）				物騒なローマ修道社会
Fabian, Max	554	Max Fabian	画家	ドイツ	1873	1926	ベルリン無鑑査展覧会役員
Fabijanski, Stanislaw Poraj	278	Fabianski	画家。ポーランドで活動	パリ	1865	1947	ロシア帝を侮辱したものとして展覧会出品絵画を排除
	282	Fabijanski					ユダヤ人虐殺を描いた絵画が展示取り下げ
Fabius Maximus	456	Quintus Fabius Maximus	政治家、将軍。共和制ローマの執政官、独裁官。第 2 次ポエニ戦争中、持久戦術で敵将ハンニバルを悩ませた	イタリア	前 260 頃	前 203	レンブラント「ファビウス・マクシムスの騎馬像」売買
Fabre, Émile	367	E. Fabre	劇作家、劇場監督		1869	1955	新興行ドラマ一覧
Fabre, Jean-Henri	499	J. H. Fabre	生物学者、昆虫学者、詩人。「昆虫記」で知られる。本文中にはノーベル賞を得たとあるが、文学賞（1912）候補となったものの受賞はしていない。この年度の受賞者は G. ハウプトマン	フランス	1823	1915	J. H. ファーブルが仙人生活
Fabricius, Ernst	479	Fabrizius	考古学者、古代史家	ドイツ	1857	1942	ベルリン考古学研究所人事
Faeta	484	Faeta	（商相）				イタリア新内閣
Faguet, Émile	216	Emil Faguet、エミイル・フアゲエ	文芸評論家、著述家。アカデミー・フランセーズの議長を務めた	フランス	1847	1916	アカデミー・フランセーズに改革の兆し

人名	頁数	本文表記	人物紹介（肩書・略歴など）	出生地	生年	没年	トピック
	457	Faguet					アカデミー•フランセーズ補充
	464	Emile Faguet					アカデミー・フランセーズ会員
	821	Emile Faguet					ドレフュス事件時に左右に分かれた名士一覧
Fahlberg, Constantin	335	Fahlberg	サッカリン発見者。特許を取得	ロシア	1850	1910	訃報
Fairbanks, Charles Warren	202	Fairbank	政治家、副大統領（1905-1909）	アメリカ	1852	1918	T. ルーズベルトが法王への条件付き拝謁を辞退
Faivre, Abel	275	Abel Faivre	画家、イラストレーター	フランス	1867	1945	流行の婦人服アンケート
	500	Abel, Faivre					展覧会情報（パリ）
Falck, August	417	Falck	舞台演出家、劇場監督	スウェーデン	1882	1938	劇場の財政難で作者も困窮
Falckenberg, Otto	185	Otto Falkenberg	劇作家、劇場監督	ドイツ	1873	1947	新興行ドラマ一覧
	656	O. Falckenberg					新興行ドラマ一覧
Falckenberg, Richard	648	Richard Falckenberg	思想史家、歴史家。「近代哲学史」など	ドイツ	1851	1920	六十歳祝賀
Falconieri, Orazio	425	Villa Falconieri	フィレンツェの都市貴族。ファルコニエーリ邸を改築。弟 Lelio は枢機卿	イタリア	1578	1664	A. メンデルスゾーンがドイツ帝に献上のファルコニエーリ邸
	504	Villa Falconieri					ベルリン大学壁画図案をドイツ帝に呈出
Falguière, Alexandre	297	Falguière	画家、彫刻家	フランス	1831	1900	バルザック博物館開館式
Falke, Gustav	81	Gustav Falke、Falke	詩人、作家。印象派の抒情詩人として登場し、小説や児童文学へと幅を広げ、人気があった。国家主義的な傾向でも知られる	ドイツ	1853	1916	劣悪な少年誌への名前貸し
	94	Falke					D. v. リリエンクロン回想録
	539	Gustav Falke					ハレ大学自由学生団と大学当局の衝突
	765	Gustav Falke					ドイツ諸家の新年の仕事
	766	Gustav Falke					六十歳祝賀
	769	Gustav Falke					六十歳祝賀
Falkenhayn, Erich von	813	von Frankenhain 少将	軍人　（兵相）	ポーランド	1861	1922	軍務大臣交替などの人事
Fall, Leo	213	Leo Fall	作曲家、楽長	チェコ	1873	1925	1908・9～ドイツでの興行回数
	416	Leo Fall					新興行オペラ一覧
Fallersleben, Hoffmann von	557	von Fallersleben	詩人。現在のドイツ国歌 *Deutschlandlied* の作詩者	ドイツ	1798	1874	八十歳祝賀（J. Rodenberg）
Fallières, Clement Armand	50	Fallières	政治家、大統領（1906-1913）。死刑制度に懐疑的で、在任中、多くの死刑犯に特赦を与えたことでも知られる。「椋鳥通信」の記事においても死刑中止に関する問題が取り上げられている	フランス	1841	1931	聖人像に帝王や大統領の顔
	106	Fallières					フランス大統領ファリエールがシャックルトンを引見
	271	Fallières					Liaboeuf の助命嘆願運動
	277	大統領					ブルガリア王夫妻の歓迎興行
	281	Fallières					死刑中止哀願に七千名署名
	282	大統領					Liaboeuf 死刑中止哀願状・死刑執行

人名	頁数	本文表記	人物紹介（肩書・略歴など）	出生地	生年	没年	トピック
	293	Fallières					変わり癖の心配性
	322	フランス大統領					スイス射撃祭の結果
	468	Fallières					ブリアンが大統領に辞表提出
	500	Fallière					フランス大統領付料理人がロンドンに逃げるワケ
	731	大統領					ルソー生誕二百年記念祭
Faraco	107	Faraco、軍曹	（毒殺未遂事件を起こした軍曹）				A. Hofrichter の毒丸薬事件を模倣した毒殺未遂事件発生
Faren, Elizabeth	3	Miss Faren	女優		1759	1829	仮装舞踏会での変装に変化
Farman, Henri	268	Farmann式、フアアマン式	飛行機設計家、飛行士。航空パイオニアの一人。弟のモーリスとともにファルマン航空機製造会社を設立	フランス	1874	1958	いくら金を使えば飛べるか
	360	Farman					Farman 式飛行機で高度記録
	368	Farman					A. フランスが双葉飛行機試乗
	433	Farmann					1910年末の飛行記録一覧
Farnese（家）	284	Palazzo Farnese	イタリアを代表する名家の一つ				ローマにフランス大使館新築
	579	Farnesina					ファルネーゼ宮から絵画盗難
Farrar, Geraldine	532	Geraldine Farrar	ソプラノ歌手、映画女優	アメリカ	1882	1967	米国流の食卓
Farrère, Claude	470	Claude Farrèrre	作家。ゲランの香水に名を残す日本人女性ミツコを題材とした小説 *La Bataille* でも知られる	フランス	1876	1957	*Après moi* 撤回事件・脚本興行の自由に関する抗議署名
	849	クロオド・フアルエル、(CLAUDE FARRÈRE)					ゴンクール賞（詳細）
Farwell, Arthur	83	Farwell	作曲家	アメリカ	1872	1952	葉書に223行13,170語を書込
Fassbender, Zdenka	85	Fassbender	ソプラノ歌手。F. Mottl の再婚相手	チェコ	1879	1954	F. Mottl が離婚訴訟・再婚の噂
	543	Centa Fassbender					F. Mattl が噂の女優と再婚
	564	新妻					訃報、葬送（F. Mottl）
Fastenrath, Johannes	41	Fastenrath	法律家、文筆家、翻訳家。ケルン花祭り（詩のコンテスト）を主催、詩を募集して競い合わせた	ドイツ	1839	1908	ケルン花祭
	231	Johannes Fastenrath					ケルン花祭
	798	Johannes-Fastenrath-Stiftung、Fastenrath-Stiftung					Johannes-Fastenrath-Stiftung 賞、ヴェデキントが賞金を文士会などに寄付
Faubourg	562	Faubourg	（劇作家）				新興行ドラマ一覧
Faucel, Richard	519	Richard Faucel	（断食で有名な人物）				断食記録一覧
Fauchois, René	16	René Fauchois	劇作家、作家、俳優	フランス	1882	1962	ベートーヴェンが主人公の戯曲初興行
	388	René Fauchois					オデオン座で反対派の暴動
	748	René Fauchois					エミール・ゾラ忌
Faun	831	Faun	神話に登場する豊穣を司る精霊。ギリシャ神				興行情報

人名	頁数	本文表記	人物紹介（肩書・略歴など）	出生地	生年	没年	トピック
			話のパンに相当するとも類似した存在ともされる				
Faure, Félix François	252	Félix Faures	政治家、大統領（1895-1899）	フランス	1841	1899	カンヂタ尼の有力支援者たちと事業に対する疑惑
	500	Felix Faure					フランス大統領付料理人がロンドンに逃げるワケ
Faure, Maurice-Louis	249	文相	政治家　（文相）	フランス	1850	1919	ラテン語の読み方を変更
	388	Maurice Faure、Faure					ブリアン再造内閣、フランス内閣新顔
Fausboell, Michael Viggo	568	Fausboell	東洋研究者、サンスクリット研究者	デンマーク	1821	1908	ヨーロッパの仏教・インド研究
Faust, Bernhard Albert	560	Albert Bernhard Faust					ベルリン学士院ライプニッツ賞
Faust, Johann Georg	19	Faust 第一部、Faust	占星術師、錬金術師。ゲーテの「ファウスト」などのモデルとなった人物	ドイツ	1480頃	1540頃	「ファウスト」出演女優が大火傷
	105	Faust 第一部					翻訳家 Llorente の戴冠式で事故
	215	Faust					パリ・オペラ座総支出（1909）
	226	Faust					「ファウスト」脚本訴訟
	253	フアウスト					サラ・ベルナール「ファウスト」興行
	261	フアウスト					「ファウスト」脚本事件で H. バタイユがサラ・ベルナールに損害賠償請求
	274	Faust					「ファウストの劫罰」興行
	304	Faust					大学生が C. マーロウ「フォースタス博士」を興行
	324	Faust zweiter Teil					J. v. Eckardt のビスマルク懐旧談
	341	フアウスト					「ファウスト」で新舞台開き
	360	フアウスト					サラ・ベルナールがロスタンに「ファウスト」を翻訳させメフィストを演じる計画
	375	Faust					「ファウスト」新仏訳
	476	Faust II					M. ラインハルト「ファウストII」興行
	477	フアウスト第二部、フアウスト興行沿革、フアウスト第一部					「ファウスト」興行沿革
	490	フアウスト第二部					「ファウスト」第二部興行・作譜
	500	Fausts Leben					「ファウストの生涯」が再刊
	524	「フアウスト」第一部					ハノーファー新劇場舞台開き

F

人名	頁数	本文表記	人物紹介（肩書・略歴など）	出生地	生年	没年	トピック
	546	フアウスト、Faust					訃報・略歴（A. Wilbrandt）
	550	Faust 第一部、フアウスト論					仏訳者が「ファウスト論」
	583	Faust					オペラ女優がリブレット脱稿・翻訳・作詩
	616	Faust					ヴェデキントが新作の女性版ファウストを一部朗読
	692	Faust（I-II）					「ファウストＩ・II」限定版出版
	698	Faust					アウエルバハの酒場の改装
	700	Ur-Faust					ゲーテ協会総会で「ウル・ファウスト」興行予定
	706	Ur-Faust					ゲーテ協会例会予定
	708	Faust					世界観を持つ主人公の系譜
	720	Ur-faust					「ウル・ファウスト」初興行
	742	Faust					スカラ座「ファウスト」興行、訃報（J. Vrchlicky）
	744	フアウスト第二部					ストリンドベリによるゲーテ評
	760	女性 Faust					検閲官に対する怒りのためにヴェデキントが失神
	761	Faust、フアウスト第一部					「ファウスト」第一部興行配役
	763	Faust 興行、フアウスト第一部第二部、フアウスト					パリで本格的「ファウスト」興行
	776	Faust 研究家					訃報（K. Engel）
	777	Faust					ベルリオーズ「ファウスト」再演、今度はマクベス夫人役
	786	Faust					シャンゼリゼ劇場開場
	795	フアウスト原本					訃報（E. Schmidt）
	817	Faust					ベルリン大学講義一覧
Favre, Emile	831	Emile Favre	（劇作家）				新作脚本「俗人」
Favre, Jules	484	Jules Favre	政治家	フランス	1809	1880	ナウンドルフ＝ブルボン問題
Fazy, Henri	731	Fazy	政治家、歴史家	スイス	1842	1920	ルソー生誕二百年記念祭
Fedorow	594	Fedorow	（劇作家）				新興行ドラマ一覧
Fehrs, Johann Hinrich	789	Johann Heinrich Fehrs	物語作家、方言詩人	ドイツ	1838	1916	七十五歳誕生日
Feil, Laura	211	Laura Feil（本名 Laura Feibelsohn）、姉妹、Laura	女流作家、翻訳家	オーストリア	1861	1909	訃報

人名	頁数	本文表記	人物紹介（肩書・略歴など）	出生地	生年	没年	トピック
Feil, Laura（姉）	211	姉妹、姉	（女流作家 F. Laura の姉）				訃報（F. Laura）
Feinhals, Fritz	226	Feinhals	バリトン歌手	ドイツ	1869	1940	「愛の園のバラ」再演トラブル
Feld, Leo	356	Leo Feld	翻訳家、作家、劇作家。オーストリアで活躍	ドイツ	1869	1924	J. カインツの葬儀
	536	L. Feld					新興行ドラマ一覧
Feld, Otto	481	Otto Feld	画家	ドイツ	1860	1911	訃報
Felderhoff, Reinhold	283	Felderhoff	彫刻家。ベルリン分離派	ポーランド	1865	1919	ベルリン大展覧会（1910）受賞
	572	Reinhold Felderhoff					ベルリン大美術展覧会受賞者
	781	Reinhold Felderhoff					ベルリン王立芸術院加入
Feldmann, Louis	628	Louis Feldmann	画家。1928年没との説あり		1856	1938	デュッセルドルフ大展覧会金牌
Feldmann, W.	140	W. Feldmann	（著述家）				論文めいた文章「持物」見出し
Félicien, Louis	464	Louis Félicien	（フランス移住民の発掘家）				発掘の石像を半額で買上
Fellinger, R.	562	R. Fellinger	（劇作家）				新興行ドラマ一覧
Fenyes, Adolf	165	Adolf Fenyes	画家	ハンガリー	1867	1945	主要ハンガリー画家一覧
Feodor Joannowitsch	509	Zar Feodor Joannowitsch	フョードル1世（1584-1598）。イワン雷帝の三男	ロシア	1557	1598	「皇帝フョードル・イヴァノヴィチ」独訳出版
Ferdinand	228	Ferdinand	（R. シューマンの孫、薬剤師）				シューマン百年祭（ミュンヘン）
Ferdinand, Paul Charles	236 237	Paul Charles Ferdinand、Vincentini	（殺人犯、偽名 Vinsentini）				パリの首なし殺人事件
Ferdinand I	69	Ferdinand 一世	ブルガリア侯（1887-1908）のちブルガリア王（1908-1918）	オーストリア	1861	1948	ブルガリア王の戴冠式延期
	267	Ferdinand					知名人の音楽の嗜好
	277	Bulgaria 王					ブルガリア王夫妻の歓迎興行
	318	Ferdinand					聾になったとの報道
Ferdinand II（HRR）	508	Ferdinand 二世	神聖ローマ皇帝（1619-1637）、ボヘミア王（1617-1637）、ハンガリー王およびクロアチア王（1618-1637）	オーストリア	1578	1637	「信仰と故郷」剽窃疑惑弁明
Ferenczy, Károly	165	Karel de Ferenczy	画家	オーストリア	1862	1917	主要ハンガリー画家一覧
Fermin	439	Fermin	（殺人後に自殺したアメリカ人）				無理心中事件
Ferniers	786	Ferniers					シャンゼリゼ劇場開場
Ferrari, Ettore	326	Ettore Ferrari	彫刻家	イタリア	1845	1929	法王追放に関するアンケート
Ferrenden, Reginald	39	Reginald Ferrenden	→ Fessenden, Reginald				無線電話の試験
Ferrer	294	Ferrer	→ Guardia, Francisco Ferrer				議会騒乱を首相が沈静化
Ferrer Guàrdia, Francisco	99	Ferrer	教育家、自由主義・無政府主義の政治活動家。スペイン政府により銃殺刑に処された。充分な取り調べのないことに世界中から批判と抗議がなされた	スペイン	1859	1909	F. Ferrer Guàrdia が銃殺刑、F. Ferrer Guàrdia 死刑反対者
	287	Ferrer 処刑問題					Ferrer 処刑問題批判演説
	307	Ferrer 事件					前首相が弁解演説で沈黙
	485	Ferrer 事件覆審					Canalejas に再組閣の命
	504	Ferrer					Ferrer 庇護の大尉が消息不明

人名	頁数	本文表記	人物紹介（肩書・略歴など）	出生地	生年	没年	トピック
Ferrero, Augusto	190	Augusto Ferrero					P. ハイゼ八十歳賀帖署名者
Ferrero, Guglielmo	252	Guglielmo Ferrero	歴史家、ジャーナリスト、著述家。「権力論」「ローマ盛衰史」など	イタリア	1871	1942	ローマに歴史哲学講座新設
	326	Guglielmo Ferrero					法王追放に関するアンケート
Ferrers（伯爵）	665	夫	4代フェラーズ伯 Laurence Shirley		1720	1760	Ferrers 伯爵夫人の肖像画
Ferrers 伯爵夫人	665	Ferrers 伯爵夫人、夫人	フェラーズ伯爵夫人 Mary		1732	1807	Ferrers 伯爵夫人の肖像画
Ferri, Enrico	132	Enrico Ferri	犯罪学者、社会学者。実証犯罪学の創始者 C. ロンブローゾの弟子	イタリア	1856	1929	クレマンソーが南米巡遊で社会主義演説の予定
	134	Enrico Ferri					ホテルの給仕にチップをはずむ人はずまない人
	253	Enrico Ferri、フェルリ					アルゼンチン独立百年祭（ローマ）で社会主義の演説に喝采
Ferri, Giustio	799	Giustino Ferri	作家、ジャーナリスト	イタリア	1856	1913	訃報
Ferriani, Lino	326	Lino Ferriani	社会学者、犯罪学者	イタリア	1856	1921	法王追放に関するアンケート
Ferrier, Paul	387	Paul Ferrier	劇作家	フランス	1843	1928	J. Claretie の祝宴
	470	Paul Ferrier					*Après moi* 撤回事件・脚本興行の自由に関する抗議署名
Ferry, Jules	402	Ferry	首相（1880-1881、1883-1885）	フランス	1832	1893	J. Ferry 像除幕式に暴漢
Fessenden, Reginald	39	Reginald Ferrenden	発明家。初期ラジオの開発実験を行った	カナダ	1866	1932	無線電話の試験
Feuchtwanger, Lion	629	Lion Feuchtwanger	作家、劇作家。ヴァイマル時代において影響力があった	ドイツ	1884	1958	「信仰と故郷」に類似の脚本
Feuerbach, Anselm	92	Anselm Feurbach	画家。19世紀後半における重要な画家の一人。古典的な調和のある画面構成を特色とした。J. ブラームスとの交友でも知られる	ドイツ	1829	1880	シャック・ギャラリー開館式
	305	Feuerbach					カフェ・グレコ百五十年祭
	335	Anselm Feuerbach					A. Feuerbach 記念牌
	352	Feuerbach					ナショナル・ギャラリーが「ミリアム」を買入
	383	Anselm Feuerbach					A. Feuerbach 記念牌設置
	527	Feuerbach					ベルリン・ナショナル・ギャラリー改修中
Feuillet, Octave	682	Feuillet	作家、劇作家	フランス	1821	1890	脚本化した小説の上演好評
Février, Henry	779	Henry Février	作曲家、オペラ作曲家	フランス	1875	1957	「モンナ・ワンナ」オペラ化
	818	Henry Février					オペラ「モンナ・ワンナ」には第四幕が追加
Fewersham	713	Fewersham	政治家、初代フェヴァーシャム伯 William Duncombe。正しくは Feversham		1829	1915	レンブラント「オランダ商人」売買
Feydeau, Georges	349	Feydeau	劇作家、喜劇作家	フランス	1862	1921	新興行ドラマ一覧
	456	Feydeau					興行禁止
Fiacrius	98	聖 Fiacrius	聖人、アイルランドの隠者。貸馬車屋、庭師、鍛冶屋などの守護聖人		610頃	670頃	貸馬車（Fiacre）の語源

人名	頁数	本文表記	人物紹介（肩書・略歴など）	出生地	生年	没年	トピック
Fibonacci, Leonardo	419	Leonardo Fibonacci	数学者。フィボナッチ数列で知られる	イタリア	1170	1250	数の名称・零の起源
Fichte, Johann Gottlieb	719	Fichte	哲学者。ヘーゲルらとともにドイツ観念論を代表する。「ドイツ国民に告ぐ」	ドイツ	1762	1814	フィヒテ生誕百五十年記念像
	745	Fichtes					F. Mauthner 監修の哲学叢書
Ficker, Johannes	677	Johannes Ficker	神学者	ドイツ	1861	1944	ストラスブール大学総長就任
Fiedler, Friedrich	534	Friedrich Fiedler	翻訳家、教育家、文化品蒐集家	ロシア	1859	1917	訃報（K. Fofanow）
Fiedler, Hermann Georg	272	Fiedler	言語学者、文学史家	ドイツ	1862	1947	ゲーテ協会二十五年祭
	629	H. G. Fiedler					オックスフォード大学のドイツ文学史の教科書
Fiedler, Josef	547	Josef Fiedler	（ウィーンの音楽家）				自殺・妻も後追い
Fiedler, Josef（妻）	547	妻	（音楽家 J. Fiedler の妻）				自殺（J. Fiedler）・妻も後追い
Fielding, Henry	677	Henry Fielding	劇作家、作家	イギリス	1707	1754	C. ディケンズ生誕百年・履歴
Filchner, Wilhelm	224	Wilhelm Filchner	探検家、地球物理学者、文筆家。南極探検の先駆者の一人で、巨大な大陸棚を発見した	ドイツ	1877	1957	南極探検事業
	304	Filchner					南極探検
	767	Filchner					南極の新地にルイポルトランドと命名
Filgner	771	Filgner	（彫刻家）				E. ハンスリック胸像
Finck, Franz Nikolaus	237	Franz Nikolaus Finck	言語学者。Steinthal 派	ドイツ	1867	1910	訃報
Finck, Hermine	429	Hermine（Fink 氏）	ソプラノ歌手	ドイツ	1872	1932	E. ダルベールの離婚と再婚
Fink, Johann	58	Johann Fink	（ミュンヘン在住の画家）				訃報・貧窮のため自殺
Fink von Finkenstein	350	Graf Fink von Finkenstein	（軍人、中尉）				ドイツ皇太子随行
Fino, Giocondo	186	Giocondo Fino	作曲家	イタリア	1867	1950	新興行オペラ一覧
	208	Giocondo Fino					新興行オペラ一覧
Finsen, Ingeborg	153	Finsen 夫人	ノーベル生理学・医学賞（1903）受賞者 Niels R. Finsen（1860-1904）の妻		1868	1963	パリで療養中のビョルンソン
Fircks	577	Fircks					男女出生比率に関する諸説
Fischel, Hermann von	476	von Fischel	軍人、海軍大将	ドイツ	1887	1950	ドイツ帝国海軍歴代司令官
Fischer	45	Fischer	（劇場関係者）				シェークスピア劇（ミュンヘン）
Fischer, Alex	248	Max et Alex Fischer	兄弟作家 Max et Alex Fischer（弟）、ユーモア小説を特色とした	フランス	1881	1935	画家サラが国民サロンでフィッシャー兄弟肖像画を破り捨て
	251	Alex Fischer					サラとの決闘を控えたフィッシャー兄弟の弁
	254	アレツクス					画家サラがモデルを務めた兄弟作家と拳銃決闘・怪我人なし
Fischer, Antonius Hubert	684	Kardinal Fischer	ケルン大司教、枢機卿	ドイツ	1840	1912	寺院の建築様式につき制限
Fischer, Gustav	123	G. Fischer	出版社創業者、社会学者	ドイツ	1854	1910	改良エスペラント（イド）有望論
	314	Gustav Fischer、Dr. Fischer					訃報

人名	頁数	本文表記	人物紹介（肩書・略歴など）	出生地	生年	没年	トピック
Fischer, Emil	371	Fischer	化学者。ペプチドの合成、エステル合成法の発見など有機化学の領域で活躍、ノーベル化学賞（1902）	ドイツ	1852	1919	ベルリン大学百年祭
	455	Emil Fischer					ヘルムホルツ勲章（ベルリン・アカデミー）
	555	Emil Fischer					ベルギー・アカデミー通信会員
	735	Emil Fischer					E. Fischer 六十歳祝賀記念胸像
	748	Emil Fischer					六十歳祝賀
Fischer, Karl	698	Karl Fischer	（劇作家）				興行情報
Fischer, Max	248	Max et Alex Fischer	兄弟作家 Max et Alex Fischer（兄）、ユーモア小説を特色とした	フランス	1880	1957	画家サラが国民サロンでフィッシャー兄弟肖像画を破り捨て
	251	Max Fischer					サラとの決闘を控えたフィッシャー兄弟の弁
	254	マツクス					画家サラがモデルを務めた兄弟作家と拳銃決闘・怪我人なし
	439	Max Fischer					ユーモア作家と批評家の決闘
Fischer, Samuel	124	S. Fischer	ドイツの大手出版社 S. Fischer の創業者。ハウプトマン、シュニッツラー、ヴァッサーマン、トーマス・マン、ホーフマンスタール、ヘッセらドイツ語圏の作家だけでなく、イプセン、ビョルンソン、トルストイ、ドストエフスキーら同時代の外国文学の出版を旺盛に行い、文学の地位を高めた	スロヴァキア	1859	1934	五十歳祝賀
	170	S. Fischer					ホフマンスタール「クリスティーナの帰郷」出版
	228	S. Fischer 書店					イプセン全集に揃えてビョルンソン全集を出版
	335	S. Fischer					P. アルテンベルク義捐金
	358	S. Fischer					ビョルンソン全集
	359	S. Fischer					J. カインツ遺稿の 3 戯曲出版
	400	S. Fischer					ハウプトマン小説出版
	405	S. Fischer 出版					P. Barchan の戯曲がロシアで発禁
	439	S. Fischer					ハウプトマン「鼠」出版
	492	S. Fischer					B. v. Armin 子孫が短編小説集を出版
	500	S. Fischer					人類の始祖を北欧 Dreng 族と仮説した新作小説
	564	S. Fischer					イプセン全集と同じ訳者と出版社でビョルンソン全集刊行
	602	書肆 S. Fischer					S. Fischer 創立二十五周年大目録
	611	S. Fischer					S. Fischer 創業二十五周年祭
	627	S. Fischer					独文ビョルンソン全集出版
	632	S. Fischer					ホフマンスタール「イェーダーマン」出版
	671	S. Fischer					S. Fischer から諸脚本出版
	713	S. Fischer					シュニッツラー五十歳記念全集

F

人名	頁数	本文表記	人物紹介（肩書・略歴など）	出生地	生年	没年	トピック
	727	S. Fischer					「若きカインツ、両親への手紙」刊行
	751	S. Fischer					J. ヴァッサーマン戯曲集出版
	811	S. Fischer					ハウプトマンをめぐり批判と擁護が錯綜
	847	S. FISCHER					R. デーメル全集出版
Fischer, Theobald	353	Theobald Fischer	地理学者	ドイツ	1846	1910	訃報
Fischer, Theodor	794	Theodor Fischer	建築家	ドイツ	1862	1938	ビスマルク記念像（ニュルンベルク）
Fischer-Essen, Alfred	446	Alfred Fischer	建築家	ドイツ	1881	1950	ビスマルク記念像競技会
Fitsch, Clyde	85	Clyde Fitsch	劇作家	アメリカ	1865	1909	人形偏愛症の人々
Fitzgerald	243	Mrs. Fitzgerald					法王ピウス10世の日課
Fitzpatrick, Percy	350	Fitzpatrik	著述家、政治家、果物産業の先駆け	南アフリカ	1862	1931	南アフリカ連邦で選挙
Flachon, Victor	628	Victor Flachon	(*Lanterne* の主筆)				婦女暴行により逮捕
Fladt, Wilhelm	672	Wilhelm Fladt	(劇作家)				ドイツ郷土劇コンクール
Flameng, François	275	Flameng	画家	フランス	1856	1923	流行の婦人服アンケート
Flaubert, Gustave	23	Flaubert	作家。精緻な考証に基づく描写、彫琢された文章を特色とし、写実主義文学の確立者とされる。近代文学においてもっとも重要な存在の一人。「サランボー」は古代カルタゴを舞台とした歴史小説。同時代の風俗を素材とした「ボヴァリー夫人」「感情教育」といった代表作のほかに「書簡集」や「エジプト紀行」などがある	フランス	1821	1880	英雄と文豪の奇妙な癖
	292	Flaubert、主人、フロオベル					文学者の名物使用人たち
	416	Flaubert					パリで貞操帯が再流行
	440	Flaubert					「フロベールの日記」掲載の「パン」発禁
	456	Flaubert					「パン」7号は墨塗りで発売
	486	Flaubert					文学誌「パン」が四度目の発禁
	568 569	Flaubert、フロオベル、作者					「フロベールの日記」事件・猥褻書籍裁判沙汰事例、「フロベールの日記」事件裁判
	682	Flaubert					「フロベールの日記」掲載につき大審院無罪判決・婚外性交
	776	Flaubert					C. ルモニエへの文豪の手紙
	788	Flaubert					活動写真「サランボー」をカルタゴで撮影
	808	Flaubert					訃報・略歴（C.ルモニエ）
	826	Flaubert					G. ブランデス「現代のフランス文学」分類図
	843	FLAUBERT					D. メレシュコフスキー評論英訳
Flaver, Harriet	586	Harriet Flaver、Radscha 夫人	(女流作家 Radscha 夫人)				インドで有名な女性著述家

人名	頁数	本文表記	人物紹介（肩書・略歴など）	出生地	生年	没年	トピック
Flebbe	281	Flebbe					ベルリン学士院ライプニッツ賞
Fleck, Georg	86	Georg Fleck	（作家）				小説「二重の道徳」の悪辣な宣伝・販売法
Fleg, Edmond	282	Fleg	劇作家、思想家、小説家、エッセイスト	スイス	1874	1963	「マクベス」翻案の二脚本興行
Fleischel, Egon	188	Egon Fleischel & Co.	（ベルリンの書肆）				短篇集「神聖なる無垢」出版
	395	Egon Fleischel & Co.					O. ブラームの「カインツ」出版
	627	Egon Fleischel und Co.					クライスト伝及び作品集
Fleischer, Oskar	569	Fleischer	音楽史家	ドイツ	1856	1933	ベルリン大学講義一覧
Fleischmann, Leo	298	Fleischmann	チェス棋士	ハンガリー	1881	1930	チェス大会（ハンブルク）
Flers	213	Flers	→ de Flers, Robert				1908・9～ドイツでの興行回数
	472	Flers					新興行ドラマ一覧
	621	Caillavet-Flers					宴会余興論「社交哲学の基礎」
Flers, P. L.	461	Flers（Robert de Flers ではない）	諷刺家				パリで二人の文士が決闘
Flers, Robert	828	Robert Flers	→ de Flers, Robert				G. ブランデス「現代のフランス文学」分類図
Flesch, Dietrich	646	Dietrich Flesch	（劇作家）				興行禁止
Fleurot, Paul	421	Fleurot	政治家、ジャーナリスト	フランス	1874	1946	パリで社会党温和派が結合
Flinzer, Fedor	551	Fedor Flinzer	画家	ドイツ	1832	1911	訃報
Flora	119	Flora 胸像	ローマ神話に登場する女神。花と春と豊穣を司る				ダ・ヴィンチ作とされる「フローラ胸像」につき議論百出
	127	Flora 胸像問題					1909年中最も面白かった記事
	262	Flora 胸像					「フローラ胸像」の真作者は R. C. Lucas に落着
Flossmann, Joseph	794	Joseph Flossmann	彫刻家	ドイツ	1862	1914	ビスマルク記念像（ニュルンベルク）
Fock	555	Fock	（音楽指揮者）				選帝侯歌劇場（ベルリン）役員
Fock, A. V.	334	Fock 将軍	軍人				Fock 将軍による旅順戦の記録
Foerster, Friedrich Wilhelm	820	F. W. Foerster	哲学者、平和論者	ドイツ	1869	1966	学校を民政的自治体にするアメリカの組織を著作で評価
Foerster-Nietzsche, Elisabeth	109	Frau Foerster-Nietzsche	フリードリヒ・ニーチェの妹。1892年にヴァイマルにニーチェ文庫（アルヒーフ）を設立	ドイツ	1846	1935	M. クリンガーがニーチェの肖像とデスマスクに関して証言
	308	Frau Foerster-Nietzsche					第1回ニーチェ文庫奨学金
	678	Elisabeth Foerster Neitzsche					ニーチェ書簡版権につき和解
	845	ELISABETH					ニーチェ文庫に多額の寄付金

人名	頁数	本文表記	人物紹介（肩書・略歴など）	出生地	生年	没年	トピック
		FOERSTER＝NIETZSCHE 夫人					
Fofanow, Konstantin	534	Konstantin Fofanow	抒情詩人	ロシア	1862	1911	訃報
Fogazzaro, Antonio	190	Fogazzaro	作家、詩人。宗教的かつ愛国主義的な立場から人間の内面と社会との関わりについて探究した。「聖者」などの小説において教会内部の腐敗や改革案を示したため、教皇庁から発禁処分を受けた	イタリア	1842	1911	P. ハイゼ八十歳賀帖署名者
	214	Fogazzaro					法王拝謁辞退のルーズベルト
	263	Fogazzaro					ハイネ記念像（Lucca）委員会
	308	Fogazzaro					怪しい旅人スパイ容疑で捕縛
	334	Fogazzaro					「聖者」の後篇となる小説執筆
	388	Antonio Fogazzaro					新作 *Leila* は法王に屈従の作
	469	Fogazzaro					重い肝臓病で入院
	474 475	Antonio Fogazzaro、 Fogazzaro、作者					術後の容体絶望的、訃報
Fokina	171	Fokina	（自分の皮膚を供した看護婦）				半身火傷の子供に植皮手術
Folchi, Filippo	179	Filippo Folchi	画家		1861	？	サーベル決闘
Folchi, Filippo（子）	179	子	画家 F. Folchi と Elvira de Bourbon との三人の子 Georges、Leon、Filiberto				サーベル決闘
Fonghi	99	Fonghi	（自殺した女優）				風変わりな方法での自殺
Fonseca, Wollheim da	478	Wollheim da Fonseca	劇作家、ジャーナリスト	ドイツ	1810	1884	「ファウスト」興行沿革
Fontaine	70	Fontaine					L. ブレリオをモデルに絵画
Fontane, F.	639	F. Fontane und Co.	（ベルリンの書肆）				アフリカ紀行「ドラリカの詩人」
Fontane, Theodor	224	Theodor Fontane	作家、詩人、薬剤師。ドイツにおける詩的リアリズムの代表的な作家	ドイツ	1819	1898	T. フォンターネ像除幕予定
	235	Theodor Fontane					T. フォンターネ記念像除幕
	645	フオンタアネ					良い娘を持った文豪
	794	Theodor Fontane					七十五歳祝賀（E. Weber-Fontane）
Fontenay	305	Baronesse de Fontenay、ナツカアルの娘、男爵夫人	（バルザックの散歩杖の所有者である男爵夫人）				バルザックの散歩杖
Foote, Thomas	181	Miss Thomas Foote	（女性船長）				船長試験に合格した初めての女性
Forbes-Mosse, Irene	492	Irene Forbes-Mosse	女流詩人、作家	ドイツ	1864	1946	B. v. Armin 子孫が短編小説を出版
Forbrig	75	Forbrig	（ザクセンの税吏）	ドイツ			少し込み入った親族関係
Forbrig（息子）	75	其男の息子	（義理の母の娘と結婚）	ドイツ			少し込み入った親族関係
Forel, Auguste-Henri	359	Auguste Forel	昆虫学者（蟻）、神経解剖学者、脳科学者、精神科医、社会改良論者	スイス	1848	1931	巡回講義
	741	Forel					実証主義協会創立
Forell, G. von	110	G. v. Forell	（劇作家）				興行情報
Fornari 公爵夫人	40	Fornari 公爵夫人	（公爵夫人）				フィレンツェ交際社会の出来事
Forquason	21	Forquason	（弁護士、著述家）				殺人事件

人名	頁数	本文表記	人物紹介（肩書・略歴など）	出生地	生年	没年	トピック
Forster, Eduard	94	Eduard Forster	（画家、商業学校教員）				画家が商業高校教員に就職
Fort, Paul	732	Paul Fort	詩人、劇作家	フランス	1872	1960	「ジル・ブラス」の選んだ詩人王
Foscari（親子）	667	Die Foscari	ヴェネツィアの元首 Francesco Foscari（1373-1457）とその息子 Jacopo Foscari。バイロンの詩やヴェルディのオペラの題材にもなった親子				新興行ドラマ一覧
Fotti, Olga	304	Olga Fotti	（女優）				三角関係・傷害事件
Fotti, Olga（夫）	304	Olga Fotti	（女優 O. Fotti の夫）				三角関係・傷害事件
Foucault, Léon	571	Foucault 氏	物理学者。フーコーの振り子発明者	フランス	1819	1868	羅針盤の改良製作
Fouchot	88	Fouchot	（絵画切り裂き犯）				ルーヴルで絵画切り裂き事件
Fouéré, Adolphe Julien	241	abbé Fouré	聖職者。膨大な彫刻岩を残した	フランス	1839	1910	Rothéneuf の彫刻岩
Fouillée, Alfred	418	Fouillé	哲学者	フランス	1838	1912	パリのならず者の出現の理由
Fouller, Loie	637	Fouller	舞踏家、モダンダンスや照明技術の先駆者	アメリカ	1862	1928	ダンカンら天才的舞踏・裸体舞踏への批判
Fouqué, Friedrich de la Motte	281	Fouqué	作家、詩人。初期ドイツ・ロマン派の一人。「ウンディーネ」など	ドイツ	1777	1843	書肆 J. L. Schrag 百年祭
Fouré	241	abbé Fouré	→ Fouéré, Adolphe Julien				Rothéneuf の彫刻岩
Foureau, Fernand	199	Foureau 旅行談	アフリカ探検家、マダガスカル島およびマルチニーク島総督	フランス	1850	1914	サハラ砂漠旅行談
Fourier, Charles	826	Fourier	社会思想家。空想社会主義を代表する一人	フランス	1772	1837	G. ブランデス「現代のフランス文学」分類図
Fra Angelico	627	Fra Giovanni Angelico da Fiesole	画家、修道士。ルネサンス期のフィレンツェを代表する画家の一人	イタリア	1387	1455	フラ・アンジェリコ作品盗難もすぐに発覚
Fraenkel	640	Fraenkel	（Société Philharmonique 創設者）				パリ音楽界の近況
Fraenkel, Bernard	268	B. Fraenkel	医師、喉頭病学者	ドイツ	1836	1911	大学時代のゲーテの病気
	313	B. Fraenkel					ゲーテの罹った病気に諸説
Fragonard, Jean-Honore	158	Jean Honoré Fragonard	画家。フランスのロココ様式を代表する一人	フランス	1732	1806	フランス美術展覧会（ベルリン）
	214	Fragonard					贋作絵画販売者逮捕
Franc-Nohain	529	Franc Nohain	弁護士、政治家、作家、オペラ台本家。本名 Maurice Étienne Legrand	フランス	1872	1934	パリで国民芸術の示威興行
France, Anatole	132	Anatole France	作家、批評家、詩人、ジャーナリスト。20世紀前半のフランスを代表する文人の一人。ノーベル文学賞（1921）。本名 Jacques Anatole François Thibault。小説「シルヴェストル・ボナールの罪」「神々は渇く」、評論「文学評論」など	フランス	1844	1924	クレマンソーが南米巡遊で社会主義演説の予定
	173	Anatole France					A. フランスがビョルンソンを見舞い
	175	Anatole France、アナトオル・フランス、詩人					訃報（A. Caillavet）

F

F

人名	頁数	本文表記	人物紹介（肩書・略歴など）	出生地	生年	没年	トピック
	216	Anatole France					アカデミー・フランセーズに改革の兆し
	235	Anatole France					A. フランスからの弔文
	282	Anatole France					Liaboeuf 死刑中止哀願状・死刑執行
	286	Anatole France					A. フランスのドラマ論
	362	Anatole France					1910年10月5日革命
	363	Anatole France、フランス					A. フランスが友人ブラガを訪問
	368	Anatole France					A. フランスが双葉飛行機試乗
	451	Anatole France					欠席していたアカデミーの会議
	464	Anatole France					アカデミー・フランセーズ会員
	476	Anatole France					トルストイ記念祭（ソルボンヌ）
	479	Anatole France、著者					A. フランス「仏国史」版権切れ
	480	Anatole France					L. de Camoens 記念像（パリ）
	555	アナトオル・フランス					「ジャンヌ・ダルク」出版
	639	Anatole France					「仏国史」出版問題で書肆が敗訴
	695	Anatole France、フランス					A. フランスが六十八歳で初脚本・インドと日本に旅行希望
	704	Anatole France					アルジェリア総督が A.フランスを同行して巡視
	771	Anatole France					B. ショーと A. フランス脚本興行
	818	Anatole France					A. フランスが自動車旅行
	821	Anatole France					ドレフュス事件時に左右に分かれた名士一覧
	822 823	Anatole France					自動車旅行の帰りに思わぬトラブル
	824	Anatole France					自動車旅行近況
	827	Anatole France					G. ブランデス「現代のフランス文学」分類図
	842	ANATOLE FRANCE 氏					「ペンギンの島」出版
Francesca da Rimini	45	Francesca	ラヴェンナ領主グイド・ダ・ポレンタの娘。悲恋で知られ、ダンテ「神曲」地獄篇など多くの芸術のモチーフとなった	イタリア	1255	1285	七十歳の M. Greif 代表作紹介
	141	Francesca					興行情報・ビョルンソン新作
	349	Franzesca					新興行ドラマ一覧
	633	Francesca					新興行ドラマ一覧
Francesco d'Assisi	334	Franziskanerkirche	カトリック聖人、修道士。フランシスコ会の	イタリア	1182	1226	グーテンベルクの埋葬地捜索

人名	頁数	本文表記	人物紹介（肩書・略歴など）	出生地	生年	没年	トピック
	340	元フランチスカアネル僧徒	創立者。アッシジのフランチェスコとして知られる。P340はフランチェスコ本人ではなく、フランシスコ会の修道士のこと				物騒なローマ修道社会
	612	聖 Franciscus					レンブラント「聖フランチェスコ」鑑定に疑惑
	679	St. François d'Assise					興行情報
	715	Fransiscus					オラトリオ合奏会が上演禁止
Franck, Adolf Theodor	442	Franck	画家	ドイツ	1841	1929	ドイツ帝より受勲の芸術家
Franck, Hans	349	H. Frank	作家　劇作家	ドイツ	1879	1964	新興行ドラマ一覧
	594	H. Franck					新興行ドラマ一覧
	633	H. Franck					新興行ドラマ一覧
	754	Hans Franck					シラー賞（ゲーテ・ブント）結果
Franconi（家）	193	Franconi の一族	（イタリア出自のパリの曲馬師一族）				曲馬師の一族が断絶
Franconi, Charles	193	Charles	（曲馬師 Franconi 一族の最後の一人）				曲馬師の一族が断絶
Frangulis	785	副官 Frangulis	（Georgios I のお伴をしていた副官）				ゲオルギオス1世暗殺事件
Frank	716	Frank	（ドイツの国会議員）				興行禁止に対する抗議集会
Frankenberg und Ludwigsdorf, Egbert von	441	Egbert von Frankenberg und Ludwigsdorf					ブラウンシュヴァイク宮廷劇場人事
Frankenhain	813	von Frankenhain 少将	→ Falkenhayn, Erich von				軍務大臣交替などの人事
Frankenstein, Clemens von	263	Frankenstein	作曲家、歌劇場芸術総監督	ドイツ	1875	1942	新興行オペラ一覧
	486	C. von Frankenstein					新興行オペラ一覧
Frankland, Percy Faraday	566	Frankland	化学者	イギリス	1858	1946	英独仏の化学者会合
Frantz-Jourdans	159	Frantz-Jourdans	→ Jourdain, Frantz				1910年秋のサロンの委員
Franz, Agnes	814	Agnes Franz	女流作家	ポーランド	1794	1843	道路拡張のため墓が紛失
Franz, Victor	270	Viktor Franz					ベルリン学士院奨励金一覧
Franz II	98	Franz 二世	神聖ローマ帝国皇帝（1792-1806）。オーストリア帝としては Franz I（1804-1835）	イタリア	1768	1835	ツェッペリン伯の出自
Franz Josef I	131	Franz Josef、Franz Josef 帝	オーストリア皇帝およびハンガリー王（1848-1916）。オーストリア＝ハンガリー二重帝国を編成。在位は68年に及び、「国父」と称された。オーストリア帝国の実質的な意味における最後の皇帝。妃は美貌で知られるエリーザベト	オーストリア	1830	1916	F. ヨーゼフ帝記念ワルハラ建設、F. ヨーゼフ帝記念像
	256	帝					毒書状事件死刑判決で減刑上申
	274	帝					毒書状事件減刑に帝が署名
	357	墺帝					女流作家が墺帝から金牌
	380	墺帝					終身禁錮の Luccheni が縊死
	441	Kaiser Franz Joseph-Festspielhaus					新劇場の監督に就任の噂
	484	墺帝					彫刻のモデルにオペラ女優

人名	頁数	本文表記	人物紹介（肩書・略歴など）	出生地	生年	没年	トピック
	494	フランツ・ヨゼツフ帝					F. ヨーゼフ帝為政六十年記念展覧会
	610	フランツ・ヨゼツフ第一世					M. Harden の著作が発禁
	671	Franz Joseph					ダヌンツォの戦争詩集が官没
	675	墺帝					ホフマンスタールがダヌンツォを罵倒
	718	墺帝					オーストリア帝が老優を引見
	818	オオストリア帝					ボヘミア憲法破棄し国会解散
Franziskaner	334	Franziskanerkirche	→ Francesco d'Assisi				グーテンベルクの埋葬地捜索
Frapan, Ilse	5 6	Ilse Frapan-Akunian、をばさん	女流作家。現代女性問題を扱った小説を書いた。元の名は Elise Therese Ilse Levien で、Ilse Frapan は筆名。文筆家 Akunian と結婚し、Ilse Akunian とも名乗った	ドイツ	1849	1908	訃報・経歴紹介
	850	レキン・アクニイアン (FRAU LEVIN-AKUNIAN) 女史、イルゼ・フラパン (ILSE FRAPAN)					訃報・略歴
Frapié, Léon Eugène	211	Leon Frappier	作家	フランス	1863	1949	訃報（L. Feil）
	849	レオン・フラピエ (LÉON FRAPIÉ)					ゴンクール賞（詳細）
Frappa, Jean José	597	Jean José Frappa	文筆家、編集者、劇作家、映画評論家	フランス	1882	1939	戯曲興行の総浚
	616	Frappa					重訳の「生ける屍」興行は失敗
Fratta, Albino	58	Albino Fratta	（イタリアの監獄に38年間いた山賊）				囚人が出獄し渡米の予定
Frauendorfer, Heinrich von	312	von Frauendorfer	政治家、法律家	ドイツ	1855	1921	バイエルン交通大臣の演説
Frazer, James George	530	James George Frazer	社会人類学者、宗教学者、古典哲学研究者。「金枝篇」など	イギリス	1854	1941	プロイセン科学アカデミー通信会員
Fred, Walter	627	W. Fred	文筆家、編集者。本名 Alfred Wechsler		1879	1922	「パン」雑誌社人事
	658	W. Fred					「愛の歴史」のため材料蒐集
	670	W. Fred					W. Fred が「パン」雑誌社退社
Frédéric, Mistral	620	Mistral	詩人。ノーベル文学賞（1904）	フランス	1830	1914	歴代ノーベル文学賞受賞者
Frederik VIII	30	璉馬王	デンマーク・グリュクスボー朝2代王（1906-1912）。次男カールはホーコン7世としてノルウェー王となった	デンマーク	1843	1912	帝室同士の交際費
	87	国王					北極点到達に関する報告
	235	璉馬王					ビョルンソンの葬儀
	449	王					女流作家が興行許可を直訴
	581 582	デネマルク王Friedrich、王					デンマーク王が国際動物保護協会名誉議長就任を辞退
	717	Frederik					訃報（デンマーク王 Frederik）

人名	頁数	本文表記	人物紹介（肩書・略歴など）	出生地	生年	没年	トピック
Freese, Ernst	816	Ernst Freese	彫刻家		1865	1949	ベルリン王室図書館に雄弁と学問のアレゴリー像設置
Freiligrath, Ferdinand	255	Freiligrath	詩人、作家、翻訳家	ドイツ	1810	1876	F. フライリヒラート記念展示室・生誕百年
	271	Freiligrath					F. フライリヒラート記念井と像
	320	Freiligrath					F. フライリヒラート記念井除幕式
	322	Freiligrath、フライリヒラアト					F. フライリヒラート記念井除幕式での社会党員の行動
Freiligrath, Ferdinand (孫二人)	321	孫が二人	（詩人 Ferdinand Freiligrath の孫たち）				F. フライリヒラート記念井除幕式
Freksa, Friedrich	201	Friedrich Freksa	作家、劇作家、脚本家、編集者	ドイツ	1882	1955	舞台で日本式の花道を使う噂
	220	Friedrich Freksa					パントマイムの舞台に M. ラインハルトが日本式の花道を導入
	239	Friedrich Freksa					新興行オペラ一覧
	328	Friedrich Freksa					新興行ドラマ一覧
	348	Fr. Freksa					新興行ドラマ一覧
	435	Friedrich Freksa					第 1 回 Zum grossen Wurstl
	465	Friedrich Freksa					興行禁止
	530	Friedrich Freksa					再びパントマイム劇を執筆
	537	F. Frecksa					新興行ドラマ一覧
	593	F. Freksa					新興行ドラマ一覧
	657	Friedrich Freksa					新作 *Die Mutter*（母）
	722	Friedrich Freksa					ベルリン小劇場夏興行
Fremiet, Emanuel	346	Emanuel Fremiet	彫刻家。「ジャンヌ・ダルク」「女を奪うゴリラ」など	フランス	1824	1910	訃報
Frenssen, Gustav	191	Gustav Frenssen	作家、牧師。ベストセラー作家となった後に牧師を辞めた。1914年以前にはノーベル文学賞候補の常連であったが、次第に国家社会主義的および人種差別的な傾向とを作品に色濃く表すようになった	ドイツ	1863	1945	P. ハイゼ八十歳賀帖署名者
	299	Gustav Frenssen					芸術界知名士女の避暑地
	384	Gustav Frenssen					ノーベル文学賞候補（1910）
	393	Gustav Frenssen					P. ハイゼにノーベル文学賞
	530	Frenssen					文学者に及ぼす本業と副業の影響
	603	Gustav Frenssen					ヴィルデンブルッフ全集など新刊情報
	685	Gustav Frenssen					過去の作品中の登場人物を主人公とした戯曲を執筆
	753	Gustav Frenssen					ノーベル賞候補に G. Frenssen
	760	Gustav Frenssen					興行情報
	769	Gustav Frenssen					六十歳祝賀（G. Falke）
Frenzel, Karl	640	Karl Frenzel	文筆家、ジャーナリスト	ドイツ	1827	1914	八十四歳祝賀

人名	頁数	本文表記	人物紹介（肩書・略歴など）	出生地	生年	没年	トピック
Fresenius, August	686	August Fresenius	文筆家、翻訳家、劇作家		1834	1911	F. Philippi のミュンヘン追憶記
Fresnaye, Roger	608	Roger Fresnaye	画家	フランス	1885	1925	パリでキュビズム流行
Freud, Sigmund	741	Freud	精神科医、精神分析学者。精神分析の創始者として知られる	オーストリア	1856	1939	実証主義協会創立
Freund, Fedor	239	Fedor Freund	（オペラ台本家）				新興行オペラ一覧
Freund, Wilhelm Alexander	313	Freund	婦人科医	ポーランド	1833	1917	ゲーテの罹った病気に諸説
Frey, Heinrich	501	Heinrich Frey	（舞台監督）				Pichelswerder 戸外劇場興行
	636	Frey					ホーエンツォレルン劇上演予定
Frey, Penelope	801 802	Penelope Frey、Maria Benedetta	修道女 Maria Benedetta。Penelope Frey は本名。聖者に列せられた	イタリア	1836	1913	訃報
Freycinet, Charles de	464	de Freycinet	政治家、物理学者。首相（1879-1880、1882、1886、1890-1892）	フランス	1828	1923	アカデミー・フランセーズ会員
	559	Freycinet					フランス新内閣
Freytag, Anna	617	Anna Freytag	A. Strakosch の元妻で G. Freytag の未亡人		1852	1911	訃報
Freytag, Gustav	306	Gustav Freytag	劇作家、作家、評論家、ジャーナリスト、政治家。戯曲「ジャーナリスト」、小説「アントン物語」、戯曲論「戯曲の技巧」など	ドイツ	1816	1895	学校の成績が良かった名士・悪かった名士
	535	Freytag					滑稽戯曲の懸賞にまつわる話
	617	Gustav Freytag					訃報（A. Freytag）
	749	Gustav Freytag					八十歳祝賀（E. v. Tempelty）
Frick, Henry Clay	713	Frick	実業家、芸術家のパトロン、美術品蒐集家	アメリカ	1849	1919	レンブラント「オランダ商人」売買
Fridericia, Julius Albert	752	Albert Fridericia	歴史家	デンマーク	1849	1912	訃報
Frieberger, Kurt	264	Kurt Frieberger	作家、劇作家	オーストリア	1883	1970	新興行ドラマ一覧
	463	Kurt Frieberger					ライムント賞中止の見込
Fried, Alfred Hermann	291	Alfred H. Fried	法学者、ジャーナリスト、平和活動家。ノーベル平和賞（1911）	オーストリア	1864	1921	パンアメリカ運動
	643	Alfred Fried					ノーベル平和賞（1911）
	824	Fried					ハーグ平和宮落成を記念しライデン大学が博士号贈与
Fried, Oskar	429	Oskar Fried	指揮者、作曲家。20世紀前半を代表する指揮者の一人	ドイツ	1871	1941	「金さえあれば何でもできる」
	544	Oskar Fried					ヴェデキント興行禁止反対署名者一覧
	579	Oskar Fried					ワーグナー興行権期限切れ・「パルジファル」問題
Friedemann, Martha	637	Martha Friedemann	（女流詩人）				訃報・詩集出版
Friedenthal, Hans	433	Friedenthal	生理学者、人類学者	ドイツ	1870	1942	人と猿が同族の理由は禿頭
Friedjung, Heinrich	123	Heinrich Friedjung	歴史家、作家、ジャーナリスト	オーストリア	1851	1921	歴史家が秘密党を奸発し投獄
Friedlaender, Ilse	508	Ilse Friedlaender	（オペラ台本家）				新興行オペラ一覧
Friedlaender, Ludwig	123	Ludwig Friedlaender	古典文献学者、考古学者、歴史家	ロシア	1824	1909	訃報

人名	頁数	本文表記	人物紹介（肩書・略歴など）	出生地	生年	没年	トピック
Friedlaender, Max	237	Max Friedlaender	音楽学者、歌手	ドイツ	1852	1934	T. ルーズベルトのベルリン大学演説「世界の平和」
	569	M. Friedlaender					ベルリン大学講義一覧
Friedmann	347	Friedmann	（劇作家）				新興行ドラマ一覧
Friedmann, Armin	208	Armin Friedmann	劇作家	スロヴァキア	1886	1944	新興行ドラマ一覧
Friedmann, Ernst	496	Friedmann	実業家、ギャラリー経営者	オーストリア	1890	1942	ホーエンツォレルン美術工芸館
Friedmann, O.	185	O. Friedmann	（劇作家）				新興行ドラマ一覧
Friedmann, Siegwart	608	Siegwart Friedmann	俳優。H. v. Schewitsch の二番目の夫	ハンガリー	1842	1916	服毒自殺した H. v. Schewitsch の数奇な一生
Friedmann Frederich, Frilz	594	F. Friedmann-Frederich	（劇作家）				新興行ドラマ一覧
Friedrich	49	Friedrich	（殺害されたライプツィヒの植字者）				警察批判の記者が連累で検挙
Friedrich（妻）	49	其妻	（植字者 Friedrich の妻）				警察批判の記者が連累で検挙
Friedrich	92	Friedrich	（画家）				シャック・ギャラリー開館式
Friedrich（Denmark）	581	デネマルク王 Friedrich	→ Frederik VIII				デンマーク王が国際動物保護協会名誉議長就任を辞退
Friedrich, Paul	675	Paul Friedrich	（劇作家）				ニーチェ悲壮劇「第三帝国」
	707	Paul Friedrich					「第三帝国」（ニーチェ劇）興行
	709	Paul Friedrich					世界観を持つ主人公の系譜
	790	Paul Friedrich					戯曲「ドイツのイカロス」
Friedrich, Paul Leopold	665	Friedrich	外科医	ドイツ	1864	1916	ケーニヒスベルク大学役員
Friedrich, Wilhelm	219	Wilhelm Friedrich	（書肆。ドイツ新興文学の先鞭を着けた雑誌 *Gesellschaft* を発行）				H. Conradi 全集に新資料編入
	525	発行元 W. Friedrich					ライプツィヒ文化・世界史研究所に文士の書状 3 万通収蔵
Friedrich, Woldemar	353	Woldemar Friedrich	画家	ドイツ	1846	1910	訃報
Friedrich II Der Grosse (Preussen)	22	Friedrich der Grosse	プロイセン王国 3 代王フリードリヒ 2 世（1740-1786）。一小国に過ぎなかったプロイセンをヨーロッパの強国にするなど、傑出した功績からフリードリヒ大王と呼ばれる。学問・芸術に造詣が深く、ことに音楽を愛好した。戦場にもフルートを携えたと伝えられており、「フルートのための通奏低音付きソナタ」「フルート協奏曲」などの作曲も残している。ヴォルテールやオイラー、ジュリアン・オフレ・ド・ラ・メトリーなど当代きっての知識人・文化人と親密な交友を持ち、「サンスーシの哲学者」と呼ばれた。マキャベリの「君主論」を批判し、啓蒙主義的な君主像を提示した「反マキャベリ論」や「七年戦争史」な	ドイツ	1712	1786	英雄と文豪の奇妙な癖
	123	フリイドリヒ大帝、大帝					ド・ラ・メトリー生誕二百年
	150	フリイドリヒ大帝					J. G. シャドー作フリードリヒ大王銅像盗難事件
	257	フリイドリヒ大帝					盗難の銅像は無事に回収
	271	フリイドリヒ大帝					ベルリン学士院奨励金一覧
	327	フリイドリヒ大帝					ベルリン大学が女学生にはじめて賞金授与
	334	フリイドリヒ大帝					フリードリヒ大帝登場の戯曲興行につきドイツ帝の許可
	616 617	Friedrich 大帝、大帝					フリードリヒ大王生誕二百年記念興行

人名	頁数	本文表記	人物紹介（肩書・略歴など）	出生地	生年	没年	トピック
	662	フリイドリヒ大帝、帝	ど著作多数。オーストリア継承戦争、これに続く七年戦争を通じ、マリア・テレジアとは生涯の宿敵となった				フリードリヒ大王作曲のオペラ *Il repastore* を上演
	669 670	Friedrich 大帝記念展覧会、大帝、フリイドリヒ大帝、Der grosse Koenig、大帝伝記、大帝記念日					フリードリヒ大王記念展覧会、フリードリヒ大王二百年記念祭、フリードリヒ大王記念演説
	671	Friedrich der Grosse					フリードリヒ大王全集出版
	677	フリイドリヒ大帝伝、大帝記念祭					六十歳祝賀（R. Koser）
	749	Friedrich 大帝全集					フリードリヒ大王全集刊行開始
	776	Kaiser、帝、フリイドリヒ二世					興行情報
	810	フリイドリヒ大帝					ハウプトマン戯曲の興行禁止は皇太子の意向
	838	フリイドリヒ大帝、帝					F. L. W. Meyer 紹介
Friedrich II von Baden	61	バアデン大公	バーデン大公国7代大公 Friedrich Wilhelm Ludwig Leopold August（1907-1918）	ドイツ	1857	1928	ハイデルベルク学士会院開院
	71	Baden 大公爵					ライプツィヒ大学五百年記念名誉学位
	96	Hessen, Baden 両大公爵					七十歳祝賀（H. Thoma）
	796	バアデン大公、大公					バーデン大公暗殺未遂事件
Friedrich II von Hessen-Homburg	327	Prinz von Homburg	ヘッセン・ホンブルク方伯（1680-1708）。クライストの戯曲では、夢遊病を患った悲劇の君主として描かれた	ドイツ	1633	1708	ドイツ帝の文芸談話
	631	プリンツ・フオン・ホムブルヒ					小学生は見物禁止
Friedrich III	70	Kaiser Friedrich-Museum	プロイセン王国8代王・2代ドイツ皇帝（1888）。在位わずか3ヶ月（99日）で死去したため「百日皇帝」ともあだ名される	ドイツ	1831	1888	カイザー・フリードリヒ美術館での盗難事件はすぐに解決
	119	Kaiser Friedrich-Museum					ダ・ヴィンチ作とされる「フローラ胸像」につき議論百出
	332	Friedrich 帝					ドイツ皇太子がケーニヒスベルク大学の名誉講師
	336	Kaiser Friedrich-Museum					「洗礼者ヨハネ」の実の作者
	339	独逸帝					ドイツ帝（フリードリヒ3世とヴィルヘルム2世）の騎馬像
	439	Kaiser Friedrich					フリードリヒ3世像除幕予定
	612	Friedrich 帝記念像					フリードリヒ帝記念像除幕
	814	Friedrich 帝記念像					フリードリヒ帝記念像
Friedrich August III	49	索遜王	ザクセン王国7代王（1904-1918）。皇太子時	ドイツ	1865	1932	五十歳祝賀（P. Ulrich）・ザクセ

人名	頁数	本文表記	人物紹介（肩書・略歴など）	出生地	生年	没年	トピック
			代の1903年に Louise von Oesterreich-Toskana（後の Luise Toselli）と離婚				ン王より称号
	104	Sachsen 国儲、国王					音楽家トセリと駆落ちした元皇太子妃の近況
	255	Friedrich August - Bruecke、今の王					ドレスデンのアウグスト橋架け替えに際する名称変更に議論
	342	Friedrich Augustbruecke					フリードリヒ・アウグスト橋と改称・渡りぞめ
	520	ザツクセン王 Friedrich Augest					ザクセン王がオペラ歌手に違約金を要求
	528	ザツクゼン王					ザクセン王侮辱で書籍没収
	578	ザツクゼン王					解雇された女優が王を告訴
	720	ザツクゼン王					ザクセン王誕生日に F. ホドラーが学芸アカデミーに加入
	772	ザツクゼン王					ザクセン王がライプツィヒ大学講義を聴講、軍服を着て観劇
Friedrich Wilhelm II	582	フリイドリヒ・ヰルヘルム二世	→ Friedrich Wilhelm III				フリードリヒ・ヴィルヘルム 3 世記念祭
Friedrich Wilhelm III	110	Friedrich Wilhelm-staedtisches Schauspielhaus	プロイセン王国 5 代王（1797-1840）。P582の「フリードリヒ・ヰルヘルム二世」は三世の誤り	ドイツ	1770	1840	興行情報
	132	Friedrich Wilhelm-staedtisches Schauspielhaus					劇場主と衝突した監督が交代
	145	伯林ヰルヘルムスタツト座					*Halali* 初興行
	177	Friedrich Wilhelms Gymnasium					ベルリンの高校で性欲教育
	206	Wilhelm-staedtisches Schauspielhaus Berlin					新興行ドラマ一覧
	207	Friedrich-Wilhelmstadt Berlin					新興行ドラマ一覧
	208	Friedrich-Wilhelmstadt Berlin					新興行ドラマ一覧
	238	Friedrich Wilhelmstadt					新興行ドラマ一覧
	341	Friedrich Wilhelm-staedtisches Theater					「ファウスト」で新舞台開き
	342	Friedrich Wilhelm III					ベルリン大学百年記念貨幣
	347	Friedr. -Wilhelmst. Th.					新興行ドラマ一覧

人名	頁数	本文表記	人物紹介（肩書・略歴など）	出生地	生年	没年	トピック
	348	Fr. Wilh. -Schausp.					新興行ドラマ一覧
	350	Friedrich-Wilhelmst. Th.					新興行ドラマ一覧
	381	Friedr. -Wilh. -St.					新興行ドラマ一覧
	414	Friedr. -Wilh.、Fr. -Wilhelmst.					新興行ドラマ一覧
	441	フリイドリヒ・ヰルヘルムスタツト座					A. Wassermann 所属劇場異動
	471	Friedr. -Wilh.					新興行ドラマ一覧
	486	Fr. -Wilh. Sch.					新興行ドラマ一覧
	517	Friedr. -Wilhelmst. Schausp.					ベルリン諸劇場概況（1911夏）
	558	フリイドリヒ・ヰルヘルムステツチツシエス・シヤウスピイルハウス					劇場人事
	577	Friedrich Wilhelm 王					ベルリン大学創立者フリードリヒ・ヴィルヘルム3世記念祭
	580	プロイセン王					ブレスラウ大学創立百年祭
	582	フリイドリヒ・ヰルヘルム二世					フリードリヒ・ヴィルヘルム3世記念祭
	594	Fr. -Wilh. Sch.					新興行ドラマ一覧
	596	Friedrich-Wilhelm-staedtisches Schauspielhaus					A. ヴィルブラント最後の戯曲「ケルスキのジークフリート」興行
	604	フリイドリヒ・ヰルヘルムステツチツシエス・テアアテル					興行禁止
	605	Fr. W. St. Th.					新興行ドラマ一覧
	608	フリイドリヒ・ヰルヘルムステツチツシエス・テアアテル					フランス大使館からの抗議で *Die Légionnaire* 興行中止
	633	Fr. Wilh. staedt. Th.					新興行ドラマ一覧
	675	Friedrich Wilhelm-staedtisches Schauspielhaus					ニーチェ悲壮劇「第三帝国」
	689	Friedrich Wilhelmstadt					興行情報
	703	Friedrich					G. Collijn「沈黙の塔」など興行

人名	頁数	本文表記	人物紹介（肩書・略歴など）	出生地	生年	没年	トピック
		Wilhelmstadt					情報
	707	フリイドリヒキルヘルムスタツト					「第三帝国」（ニーチェ劇）興行
Friedrich Wilhelm IV	479	フリイドリヒ・キルヘルム第四世	プロイセン王国６代王（1840-1861）	ドイツ	1795	1861	訃報（F. Haase）
Friedrichs, Hermann	181	Hermann Friedrichs	（Liliencron からの書簡集がある人物）				D. v. リリエンクロンの借金生活
Friese, Richard	250	Richard Friese	画家、動物画家	ロシア	1854	1918	ベルリン美術大展覧会（1911）
	468	Richard Friese					ドイツ帝が鹿の絵を注文
Friesen, Richard von	806	von Friesen	政治家。ザクセン首相（1871-1876）	ドイツ	1808	1884	シェークスピア協会（独）沿革
Friesen-Holstein（家）	75	Friesen-Holstein	フリースラントのホルシュタイン家。９世紀にまでさかのぼる古い家系				D. v. リリエンクロン追悼記事紹介
Friesz, Othon	651	Othon Friesz	芸術家	フランス	1879	1949	アカデミー・モデルヌ（パリ）
Frisch	138	Frisch	（クラクフの荒物屋の婆さん）				カトリック新聞を反古に使って逮捕
Frisch, Albert	651	Frisch	版画家、書肆		1875	1925	A. メンツェル「子供のアルバム」
Frithjof	289	Frithjof 像	→ Nansen, Frithjof				ドイツ帝がノルウェーに F. ナンセン像を寄贈
	289	Frithjofstatue					ドイツ帝がノルウェー王に F. ナンセン像を寄贈
	819	Frithjof 記念像					F. ナンセン記念像除幕
Frithjof	734	Frithjof	北欧神話サガに登場する男性。インゲボルグと結婚する				戯曲「フリチョフとインゲボルグ」完成
Fritsche	132	Fritsche 夫人	（劇場主）				劇場主と衝突した監督が交代
Frobenius, Viktor Leo	451	Leo Frobenius	民族学者、考古学者	ドイツ	1873	1938	西アフリカ探検・アトランティスの遺跡発見と主張
	773	Frobenius					飛行船でのサハラ砂漠探索案
Froebel, Friedrich	570	Friedrich Froebel	教育者、幼児教育の先駆け	ドイツ	1782	1852	F. フレーベル簡集出版計画
Froeding, Gustaf	456	Gustav Froeding	詩人、抒情詩人	スウェーデン	1860	1911	訃報
Froehlich	802	書肆 Froehlich	（ベルリンの書肆）				F. シュレーゲルの前借依頼手紙に「ルツィンデ」第二部構想
Froehlich（姉妹）	689	Froehlich 姉妹、Froehlich-Stiftung	グリルパルツァーの遺産を元に芸術家・科学者などを支援する財団を設立したフレーリヒ家の四姉妹。Anna、Josephine、Katharina（Kathi）、Barbara				学芸支援のフレーリヒ姉妹財団創立
Froehlich, Finn	176	Finn Froehlich	→ Frolich, Finn Haakon				ヴァイキング帆船でシアトル-日本-クリスチャニアの計画
Froehlich, Katharina	651	Kathi Froehlich	フレーリヒ家の三女。劇作家グリルパルツァーの生涯の恋人	オーストリア	1800	1879	ウィーンのヴェーリンガー墓地が取払いの予定
Frohmannn	213	Frohmannn	（アメリカ人の興行師）				航海中の演劇

F

人名	頁数	本文表記	人物紹介（肩書・略歴など）	出生地	生年	没年	トピック
Frola, Secondo	505	Frola	政治家。トリノ市長を務めた	イタリア	1850	1929	トリノ国際博覧会開催
Frolich, Finn Haakon	176	Finn Froehlich	彫刻家	ノルウェー	1868	1947	ヴァイキング帆船でシアトル-日本-クリスチャニアの計画
Fromer, Jakob	498	Jakob Fromer	文筆家、翻訳家	ポーランド	1865	1938	スピノザ「エチカ」を未来の宗教とした講演
Frondaie, Pierre	414	Pierre Frondaie	劇作家	フランス	1884	1948	新興行ドラマ一覧
Froriep, August von	610	Froriep	解剖学者。ヴァイマルの墓地から発掘した頭蓋骨をシラーのものと主張したが、今日まで証明されていない。本文では一部Frorieg と誤植がある	ドイツ	1849	1917	シラーの墓発掘調査
	712	von Froriep					F. シラーの頭蓋骨発見
	725	Froriep					シラー遺骨は元の墓を改修して戻すことに決定
	731	Frorieg					新発見のシラー頭蓋骨の真贋
	767	Froriep					シラーの墓の修理見込
Frostneese	244	Frostneese（本名 Kaumann）	（カバレット会員、本名 Kaumann）				訃報（G. D. Schulz）
Frydag, Bernhard	425	Frydag	彫刻家	ドイツ	1879	1916	ベルリン王立芸術院賞受賞
Fuchs, Eduard	460	Eduard Fuchs	風俗史研究家、著述家、蒐集家、マルクス主義文化理論家	ドイツ	1870	1940	「カリカチュアにおけるエロティックな要素」が解禁
Fuchs, Ernst	419	Ernst Fuchs	弁護士		1859	1929	ドイツでの裁判法革新運動
Fuchs, Georg	636	G. Fuchs	美術・文芸評論家、劇場監督、劇作家	ドイツ	1868	1949	新興行オペラ一覧
	749	Georg Fuchs					バイエルン宮廷から称号受容
Fuchs, Hans	734	Hans Fuchs	（喜劇 *Die heilige Sache* 共著者）				ワーグナー一家を風刺した喜劇の共著者同士が諍い
Fuchs, Oskar	436	Oskar Fuchs	俳優、作家	ドイツ	1866	1927	ハウプトマン「鼠」配役
	675	Oskar Fuchs					下等俳優の生活を書いた小説
Fuentes, Antonio	245	Antonio Fuentes	（闘牛士）				闘牛の興行
Fuerstenwerth	585	Fuerstenwerth	（「デカメロン」を発禁にした人物）				検閲者に対するトーマス・マンの総評
Fuerstner, Adolph	497	Adolph Fuerstner	音楽出版創業者		1833	1908	L. ウーラントの詩「海辺の城」にR. シュトラウス作譜
	597	Adolph Fuerstner					R. シュトラウスの旧作が出版
	618	Adolph Fuerstner					ワーグナーの楽譜1曲3マルク
Fuerth, Henriette	547	Henriette Fuerth	社会学者、フェミニスト	ドイツ	1861	1938	ドイツ花柳病予防会議年会「性欲抑制と其の健康に及ぼす影響」
Fuhrmann, P. L.	413	P. L. Fuhrmann	（劇作家）				新興行ドラマ一覧
Fuhry, Richard	574	Richard Fuhry	画家	ドイツ	1882	?	芸術高等学校（ベルリン）表彰
Fulda, Ludwig	81	Ludwig Fulda	劇作家、翻訳家。戯曲や詩の創作に加え、外国作品の翻訳をおこなった。厳しい検閲をくぐっての作品の出版・上演にたけていたとされる。ベルリンの自由劇場、ゲーテブントの	ドイツ	1862	1939	劣悪な少年誌への名前貸し
	108	Fulda					「日の出前」記念興行
	177	Fulda					ミラノとパリの文士会とが外国脚本上演につき筆戦

人名	頁数	本文表記	人物紹介（肩書・略歴など）	出生地	生年	没年	トピック
	190	Ludwig Fulda	創立にも関わったほか、ペンクラブの会長も務め、学芸に造詣の深い人物に与えられるゲーテ・メダルを受賞				P. ハイゼ八十歳賀帖署名者
	230	Fulda					演劇会と文士会との興行契約修正
	277	Ludwig Fulda					遊興税反対署名者一覧
	289	Fulda					新興行オペラ一覧
	299	Ludwig Fulda					芸術界知名士女の避暑地
	320	Ludwig Fulda					報道内容の取り消し
	341	Fulda					新劇場こけら落とし
	366	L. Fulda					新興行ドラマ一覧
	385	Ludwig Fulda					*Herr und Diener* 初興行好評
	391	Ludwig Fulda					カインツ祭（新劇場）予定
	397	Ludwig Fulda					演劇会と文士会との興行契約
	409	Fulda					R. ワーグナー劇場設立計画（ベルリン）
	416	Fulda					新興行オペラ一覧
	426	Ludwig Fulda					死刑不可廃論者一覧
	427	Fulda					新聞 *Il Piccolo* の文芸雑報
	429	Ludwig Fulda					E. ダルベールの離婚と再婚
	450	Fulda					A. v. Kroener 葬儀参列の文士
	533	Ludwig Fulda					ドイツ語で書くアメリカ詩人
	575	Ludwig Fulda					L. フルダ訳のロスタン作品興行
	615	Ludwig Fulda					L. フルダの両親が金婚式
	631	Ludwig Fulda					興行情報
	632	L. Fulda					新興行ドラマ一覧
	638	Ludwig Fulda					未来の学校に関する意見交換
	648	Fulda					ドイツ文士会人事
	653	Ludwig Fulda					クリスマスの予定アンケート
	666	Ludwig Fulda					ブルク劇場興行のフルダ作品
	670	Fulda					書估 W. Lehmann 異動祝宴
	683	Ludwig Fulda					*Der Seeraeuber* 興行情報
	685	Ludwig Fulda					興行情報
	687	Ludwig Fulda					F. Philippi のミュンヘン追憶記
	693	Fulda					訃報（M.ブルクハルト）
	694	Ludwig Fulda、Fulda					*Der Seeraeuber* 興行先送り、ヴェデキントが興行禁止批判「トルケマダ：検閲の心理学」
	711	Ludwig Fulda					1912年中に五十歳となる文士
	788	Ludwig Fulda					*Der Dummkopf*（馬鹿）再演

F

G

人名	頁数	本文表記	人物紹介（肩書・略歴など）	出生地	生年	没年	トピック
	848	LUDWIG FULDA					著名劇作家の近況アンケート
Fulda, Ludwig（元妻）	429	Ludwig Fulda と離婚してゐる女	→ Theumann, Ida				E. ダルベールの離婚と再婚
Fulda, Ludwig（両親）	615	Ludwig Fulda	（L. フルダの両親）				L. フルダの両親が金婚式
Fuller, George	192	George Fuller	画家	アメリカ	1822	1884	アメリカ画展覧会（ベルリン）
Fuller, Melville Weston	285	Melville Weston Fuller	裁判官（最高裁判所長官）	アメリカ	1833	1910	訃報
Fulton, Robert	94	Hudson-Fulton 記念祭	技術者、発明家。ハドソン川での蒸気船の開発、潜水艦の発明でも知られる	アメリカ	1765	1815	ハドソン・フルトン記念祭
Furnemont	312	Furnemont	（多額納税者）				ベルギー国内で上流を占める社会主義者・国王の理解
Furnivall, Fredrik James	283	Fredrik James Furnivall	文献学者、言語学者。「オックスフォード英語大辞典」の共同編集者の一人	イギリス	1825	1910	訃報
Gabelentz-Linsingen, Hans von der	503	Hans von der Gabelentz-Linsingen	美術史家	ドイツ	1872	1946	ヴァイマル博物館長任命
Gabet, Joseph	276	Gabet	宣教師	フランス	1808	1853	西蔵（チベット）探検の進展
Gabriel, Max	595	M. Gabriel	指揮者、作曲家	ポーランド	1861	1942	新興行オペラ一覧
Gabrilowitsch, Clara	218	娘、Gabrilowitsch の妻になっている娘	女性歌手、マーク・トウェインの娘。旧姓 Clemens	アメリカ	1874	1962	訃報（マーク・トウェイン）、追悼式・遺産（マーク・トウェイン）
Gabrilowitsch, Ossip	218	Ossip Gabrilowitsch、Gabrilowitsch	ピアニスト。マーク・トウェインの女婿	ロシア	1878	1936	訃報（マーク・トウェイン）、追悼式・遺産
Gad, Emma	188	Emma Gad	作家、劇作家	デンマーク	1852	1921	紳士とはどのようなものかアンケート
Gaedertz, Karl Theodor	259	Gaedertz 教授	作家、文学史家、詩人	ドイツ	1855	1912	F. ロイター生誕百年記念祭
	303	Karl Theodor Gaedertz					F. ロイター博覧会（ベルリン）
	381	Gaedertz					F. ロイター百年祭（ベルリン）
	386	Gaedertz					F. ロイター百年祭（アイゼナハ）
	734	Theodor Gaedertz					訃報
Gaedke	230	Gaedke					ドイツ陸軍における貴族と平民の比率
Gaertner, Eugen	249	Firma Eugen Gaertner	バイオリン製作者、楽器製作業創業者	ドイツ	1864	1944	パガニーニ愛用のチェロ売買
Gaffky, Georg Theodor August	412	Gaffky 主管	医者、細菌学者	ドイツ	1850	1918	R. コッホ慰霊碑を安置
	471	Gaffky					R. コッホ全集刊行
Gaffron, Wilhelm von	520	Wilhelm von Gaffron、ガフロン	（予備陸軍少尉）				高利の貸借に起因した決闘
Gagelmann, Otto	477	Gagelmann	建築家				シンケル賞受賞建築家（1911）

人名	頁数	本文表記	人物紹介（肩書・略歴など）	出生地	生年	没年	トピック
Gaggiotti-Richards, Emma	730	Gaglotti、Emma	女流画家 Emma Gaggiotti-Richards。A. フンボルトの創造の源となった女性。本文中の Gaglotti は Gaggiotti の誤り		1825	1912	訃報
Gainsborough, Thomas	3	Gainsborough	画家。ターナーと並ぶイギリス絵画の先駆者	イギリス	1727	1788	仮装舞踏会での変装に変化
	665	Gainsborough					Ferrers 伯爵夫人の肖像画
Galcerán	504	Galcerán	（所在不明の大尉）				Ferrer 庇護の大尉が消息不明
Galdős, Benito Pérez	186	Perez Galdo	作家、劇作家、コラムニスト	スペイン	1843	1920	新興行ドラマ一覧
	734	Perez Galdos					マドリッドの劇場座長に就任
Galiani, Abbe	556	Abbé Galiani	経済学者、外交官、文筆家。Abbe は通称、本名 Ferdinando Galiani	イタリア	1728	1787	猫文学いろいろ
Galilei, Galileo	296	Galilei	物理学者、天文学者、哲学者。天文学の父と称される	イタリア	1564	1642	F. ロイターの投獄・監禁を批判
Galippe	503	Galippe	（パリ在住の医者、遺伝研究者）				王侯の血統における退化徴候に関する研究
Gall, Meduel	204	Galle	（自転車チェーンを発明したフランス人）				ダ・ヴィンチの諸業績
Gallagher, Jules	333	Jules Gallagher	（暴漢）				ニューヨーク市長が暴漢に襲われ重傷
Galle, Johann Gottfried	301	Johann Gottfried Galle	天文学者。海王星の発見者	ドイツ	1812	1910	訃報
Gallese（公爵）	109	Gallese 公爵	ロチェッテ侯爵およびガレーゼ公爵 Giulio Hardouin。G. ダヌンツィオの義父	フランス	1823	1905	ダヌンツォが交通速度違反
Gallese, Maria Hardouin di	109	Gallese 公爵の娘	G. ダヌンツォの妻。のち離婚	イタリア	1864	1954	ダヌンツォが交通速度違反
Gallet, Louis	329	Gallet	劇作家、オペラ台本家	フランス	1835	1898	新興行オペラ一覧
	657	Louis Gallet					新興行オペラ一覧
	661	Louis Gallet					サン＝サーンス作曲のオペラ「デジャニール」興行
Galliffet, Gaston de	74	Galliffet	軍人、政治家　（兵相）	フランス	1830	1909	訃報
	474	Galliffet					H.ベルンスタン脱営事件
Galsworthy, John	519	John Galsworthy	劇作家、作家。国際ペンクラブ初代会長、ノーベル文学賞（1932）	イギリス	1867	1933	英国の脚本家の分類
	790	John Galsworthy					英国以外でも次第に認知
	835	John Galsworthy					*The Fugitives* の興行盛況
	837	John Galsworthy					J. Galsworthy 新作 *Mob* に Irving 夫婦が出演
Galton, Francis	642	Francis Galton	人類学者、統計学者、探検家、優生学者。本文中の「Francis Galton の従弟」は事実関係の誤りで、C. ダーウィンの従兄 Francis Galton が正しい	イギリス	1822	1911	Eugenics Education Society 設立・優生学研究
Galvani, Luigi	84	Galvani	解剖学者、生理学者。動物電気の発見者	イタリア	1737	1798	先駆的発見者に対するいじめ

G

人名	頁数	本文表記	人物紹介（肩書・略歴など）	出生地	生年	没年	トピック
Gándara, Antonio de la	275	de la Gandara	画家	フランス	1861	1917	流行の婦人服アンケート
Gandhi, Mohandas Karamchand	311	Gandhi	政治指導者、宗教家、弁護士。インド独立の父	インド	1869	1948	ガンディー *Indian Home Rule* は面白い書
Gandillot, Leon	745	Léon Gandillot	作家。「月のための小話集」など	フランス	1862	1912	訃報
Gandolfi, Augusta Marcella Severina	418	Augusta Marcella Severina Gandolfi、Augusto Marcello	（戸籍では Augusto Marcello 云々という名の男になっている少女）				戸籍では男の少女・性別不明
Ganella, Elisabetta	563	Elisabetta Ganella	（カルーソーを婚約不履行で訴えた女）				カルーソー婚約不履行で訴訟
Ganghofer, Ludwig Albert	77	Ludwig Ganghofer	作家、劇作家。機械工場に勤めていたが、文学に対する関心から創作をはじめ、最初の戯曲「アンマガウの木彫師」で成功、劇作家、文筆家として活動するようになった。第一次世界大戦では従軍記者として戦地レポートを書き、皇帝ヴィルヘルム2世とも親しい関係にあった。郷土小説（Heimatroman）や歴史小説を特色とした	ドイツ	1855	1920	青年時代の追憶記を執筆
	92	Ganghofer					シャック・ギャラリー開館式
	115	Lidwig Ganghofer					M. アルツバーシェフ「サーニン」翻訳裁判
	145	Ludwig Ganghofer					八十歳祝賀（P. ハイゼ）
	298	Ludwig Ganghofer					芸術界知名士女の避暑地
	422	Ganghofer					ベルリンに新しい町名
	544	Ludwig Ganghofer					ヴェデキント興行禁止反対署名者一覧
	560	Ludwig Ganghofer、ガングホオフエル					滑稽こそ大詩人が備えた性質
	594	L. Ganghofer					新興行ドラマ一覧
	602	Ludwig Ganghofer					L. Ganghofer のウィーン回想録
	605	L. Ganghofer					新興行ドラマ一覧
	633	L. Ganghofer					新興行ドラマ一覧
	687	Ludwig Ganghofer					F. Philippi のミュンヘン追憶記
	690	Ganghofer					新作農民滑稽劇上場
	713	Ludwig Ganghofer					作者を猟に招いて劇興行
	736	Ludwig Ganghofer					興行情報
Ganter, Peter	21	Ganter	（書肆。Geolg Fleck 執筆の小説「二重の道徳」を自身の名で出版。脅迫まがいの悪質な宣伝方法を用いて販売しようとした）				小説「二重の道徳」が競売
	62	Peter Ganter					小説「二重の道徳」事件公判
	69	Peter Ganter					小説「二重の道徳」事件結審
	86	Ganter					小説「二重の道徳」の悪辣な宣伝・販売法
	514	Peter Ganter					またも不正行為で取り調べ
Ganzenmueller, Louis	802	Louis Ganzenmueller	（翻訳者）				フランスの道徳教育教科書
Garain, Olivier	503	Olivier Garain	（劇作家）				電灯王パトーと O. Garain 合作の戯曲「朝」興行
Garavaglia, Ferruccio	288	Garavaglia	俳優	イタリア	1868	1912	伊訳「シャンテクレ」上演
Garay, Juan de	627	Juan de Gray	探検家、植民者。本文の Gray は誤り	スペイン	1528	1583	Juan de Garay 像（ブエノスアイレス）

人名	頁数	本文表記	人物紹介（肩書・略歴など）	出生地	生年	没年	トピック
Garcia, Manuel	249	Garcia	オペラ歌手、作曲家。高名な女性歌手の姉妹María Malibran と Pauline の父	スペイン	1775	1832	訃報（P. Viardot-Garcia）・人物紹介
García-Prieto, Manuel	756	Garcia Prieto	政治家、法学者、首相（1912、1917、1918、1922-1923）	スペイン	1859	1938	スペイン首相暗殺・犯人自決
Gardini, Carlo	248	Carlo Gardini	（興行師）				訃報
Garfinkel	296	Garfinkel	（無政府党員）				ブダペストの無政府主義者達
Garibaldi, Giuseppe	258	Garibaldi	軍事家。千人隊（赤シャツ隊）を率い、イタリア統一運動を推進。カヴール、マッシーニとともに三傑の一人	フランス	1807	1882	千人隊五十年記念祭
	477	Garibaldi					ガリバルディ孫が戦死と誤報
	509	Garibaldi					I. Nievo 追懐
Garibaldi, Giuseppe (Peppino)	477	Giuseppe	義勇兵。G. Garibaldi と同名の孫で祖父と区別するため Peppino と呼ばれる	オーストラリア	1879	1950	ガリバルディ孫が戦死と誤報
Garnier, Octave	718	Garnier	アナーキスト、悪名高い犯罪集団「ボノ・ギャング」の主要メンバー	フランス	1889	1912	立てこもりの自動車賊を爆殺
	727	Garnier					ルソー生誕二百年祭費用につきフランス議会で議論
Garofalo	275	Garofalo	（フィレンツェの議員）				議員の娘が万引きで逮捕
Garofalo（娘）	275	令嬢	（フィレンツェの議員の娘）				議員の娘が万引きで逮捕
Garrick, David	801	Garrick 座	俳優、劇作家、劇場監督。18世紀イギリスを代表する演劇人の一人	イギリス	1717	1779	男優と興行師が劇場争奪
Garschagen	530	Garschagen	（アムステルダムの画家）				温泉場でレンブラント作品発見と主張
Garvens, Oskar	380	Garvens	彫刻家、イラストレーター	ドイツ	1874	1951	ベルリン芸術家協会新委員
Gasset	487	Gasset	政治家、弁護士。Rafael Gasset Chinchilla（公共事業相）	スペイン	1866	1927	スペイン進歩主義内閣
Gatathea	733	Gatathea	ギリシャ神話に登場するニンフ。本文中の Gatathea は Galathea の誤り				ヘラクレス像（ヴァチカン）修復
Gathorme-Hardy, Gathorme	252	Earl of Cranbrook (Gathorne-Hardy)	政治家。初代クランブルック伯	イギリス	1814	1906	日記からメモワールが編纂
Gatti, E. von	185	E. von Gatti	（劇作家）				新興行ドラマ一覧
	347	E. v. Gatti					新興行ドラマ一覧
Gatti-Casazza, Giulio	251	Gatti Casazza	歌劇場支配人、指揮者	イタリア	1869	1940	パリでイタリア・オペラ興行
Gaucher	440	Gaucher	（ユダヤ人に拳銃を向けた事件を起こした人物）				人事の透明性に関する提議・反ユダヤ的示威運動
Gaudara	496	Gaudara	（画家）				1911年春のサロン出品者など
Gaudy	591	Gaudy	（俳優）				老人が多いコメディー・フランセーズ
Gauguin, Paul	475	Gauguin	画家。後期印象派を代表する一人	フランス	1848	1903	ゴーギャン展覧会（グルリット・ギャラリー）
Gaul, August	628	August Gaul	彫刻家	ドイツ	1869	1922	デュッセルドルフ大展覧会金牌

G

G

人名	頁数	本文表記	人物紹介（肩書・略歴など）	出生地	生年	没年	トピック
Gaulke, J.	472	J. Gaulke	（劇作家）				新興行ドラマ一覧
Gautier, Judith	161	Judith Gautier (Théophile の娘)	女流文筆家、オリエント研究者、音楽評論家、フェミニスト。作家 T. ゴーチエの娘で C. マンデスと結婚、離婚した。Judith は通称で本名は Louise Charlotte Ernestine Gautier	フランス	1845	1917	フランス女性作家会ラ・フランセーズと脚本家会ラ・ハルテ
	175	Mme. Catulle Mendès					Parat 事件に対する女性の意見
	384	Judith Gautier、Théophile の娘					アカデミー・ゴンクールに T. ゴーチエの娘 Judith が加入
Gautier, Théophile	135	Théophile Gautier	作家、劇作家、詩人、画家、美術評論家。フランスのロマン主義を代表する一人で、芸術のための芸術を説き、高踏派の先駆となった。幻想的な作風で知られる	フランス	1811	1872	無駄話（Klatsch）談義
	161	Théophile					フランス女性作家会ラ・フランセーズと脚本家会ラ・ハルテ
	292	Théophile Gautier、ゴオチエエ、主人					文学者の名物使用人たち
	384	Théophile					アカデミー・ゴンクールに T. ゴーチエの娘 Judith が加入
	826	Gautier					G. ブランデス「現代のフランス文学」分類図
Gautsch, Paul	557	Freiherr von Gautsch	政治家、首相（1897-1897、1898-1905、1906-1911）	オーストリア	1851	1918	オーストリア内閣交代
Gavacchioli	759	Gavacchioli	→ Cavacchioli, Enrico				レオンカヴァッロ新作オペラ
Gavarni, Paul	747	Gavarni	風刺画家、イラストレーター	フランス	1804	1866	女性流行雑誌のはしり
Gavault, Paul	133	Paul Gavault	劇作家、劇場総監督	フランス	1867	1951	新興行ドラマ一覧
Gawan	155	Gawan	アーサー王伝説に登場する円卓の騎士の一人。忠義の騎士として知られる				「ガウェイン」興行
	207	Gawan					新興行ドラマ一覧
Gaynor, William Jay	333	William J. Gaynor、Gaynor	政治家　（ニューヨーク市長）	アメリカ	1849	1913	ニューヨーク市長が暴漢に襲われ重傷
Gebhart, Émile	841	GEBHART 氏	美術史家、文学史家、文芸評論家	フランス	1904	1908	アカデミー・フランセーズ選挙
Gedroitsch	171	Gedroitsch 侯爵夫人	（日露戦にも従軍した女性外科医長）				半身火傷の子供に植皮手術
Geibel, Carl	495	Karl Geibel	書肆	ドイツ	1806	1884	名家自筆コレクション競売
Geibel, Emanuel von	35	Emanuel Geibel	詩人、劇作家	ドイツ	1815	1884	フランクフルト歌合戦の唱歌
	704	Emanuel Geibel、ガイベル					訃報（H. v. Holstein）
	785	Emanuel Geibel					E. Geibel 生家が人手に渡り、乾酪（チーズ）店になる見込
Geier	701	Hirschfeld & Geier	（ライプツィヒの化粧品取扱業者）				ライプツィヒで化粧用パフ禁止
Geiger, Abraham	253	Abraham Geiger	ユダヤ神学者。改革派の指導者	ドイツ	1810	1874	A. Geiger 生誕百年祭
Geiger, Albert	795	Albert Geiger	詩人、物語作家、劇作家	ドイツ	1866	1915	興行情報
Geiger, Ludwig	570	Geiger	文学史家、美術史家、著述家。ドイツにおけるユダヤ人の歴史についても研究がある	ポーランド	1848	1919	ベルリン大学講義一覧
	714	Ludwig Geiger					ドイツ演劇史会創立10年大会

人名	頁数	本文表記	人物紹介（肩書・略歴など）	出生地	生年	没年	トピック
	817	Geiger					ベルリン大学講義一覧
Geiger, Wilhelm Ludwig	285	Geiger	オリエント学者（インド、イラン）	ドイツ	1856	1943	エアランゲン大学百年祭
Geijerstam, Gustaf af	12	Gustaf af Geijerstam	劇作家、著述家、批評家	スウェーデン	1858	1909	訃報
Geisberg, Max	564	Geisberg	美術史家	ドイツ	1875	1943	ヴェストファーレン博物館人事
Geismar, Wladimir von	811	Wladimir von Geismar	(国立銀行に勤めるロシアの男爵)				事実は小説より奇なり・貴公子二人が強盗殺人
Geissbuehler, Ulrich	779	Ulrich Geissbuehler					シェークスピア別人説の類
Geissler, Max	41	Max Geissler	詩人、作家、劇作家	ドイツ	1868	1945	ケルン花祭
	366	M. Geissler					新興行ドラマ一覧
Gelasius I	459	Gelasius	49代ローマ教皇（492-496）			496	A. ハルナックがヴァチカン政治史につき演説
Gellert, Christian Fuerchtegott	513	Gellert	詩人、劇作家、倫理学者。啓蒙期においてもっとも知られた文筆家の一人	ドイツ	1715	1749	ツヴィンガー宮で *Sylvia* 戸外興行
Gémier, Firmin	225	Théâtre Gemier	俳優、演出家、劇場監督、演劇プロモーター。アンドレ・アントワーヌ劇場監督として手腕を発揮、のちに国立民衆劇場を創設	フランス	1869	1933	パリでドイツ俳優の興行
	403	Gémier					天幕芝居による地方巡業
	424	Gémier					F. Gémier が劇場取調に憤慨
	566	Gémier					フランス国内を車で移動興行
	567	Gémier					巡回興行劇場 Théâtre Ambulant National
Genée, Ottilie	625	Ottilie Genée	女優、歌手。作家 Rudolf Genée の妹	ドイツ	1834	1911	訃報
Genée, Rudolf Heinrich	625	Rudolf Genée	作家、演劇史家、朗読家	ドイツ	1824	1914	訃報（O. Genée）
Gennaro	514	聖 Gennaro	カトリックおよびギリシャ正教会の聖人。聖ヤヌアリウスまたは聖ジェナーロ	イタリア	275	305	カルーソーが喉治療の願掛け
Gentz, Ismael	727	Gentz	画家		1862	1914	五十歳のベルリンの画家二人
Genzmer, Felix	177	Felix Genzmer	建築家	ポーランド	1856	1929	現在の劇場建築の三様式
Genzmer, Stephan	374	Stephan Genzmer	プロイセン上級行政裁判所所長		1849	1917	ベルリン大学百年祭名誉学位
Georg	152	St. Georgen	キリスト教の聖人。ドラゴン退治の伝説で知られる	トルコ	270頃	303頃	「聖ゲオルゲンの聖職者」好評
	589	イタリア駆逐艦 Sanct Georg					美人にそそのかされ軍艦沈没
	802	St. Georg					展示中のバイロスの画が押収
Georg Karadordevic (Serbia)	23	Georg 皇太子	セルビア王ペーテル1世の長男。1903～1909年まで皇太子位にあった	セルビア	1887	1972	皇太子嫡子権利放棄
	71 72	前皇太子 Georg					セルビア前皇太子による殺害事件を社会主義新聞が糾弾
Georg von Bayern	450	Printz Georg	バイエルン王ルートヴィヒ1世の曾孫。教皇庁の高位聖職者プロトノタリウス	ドイツ	1880	1943	画家レンバッハの娘がお附武官伯爵と結婚
	600	Georg von Bayern 王					M. レンバッハがバイエルン王お附武官と結婚
George, Stefan	528	Stefan George	詩人。ドイツの象徴主義を代表する存在。芸	ドイツ	1868	1933	F. グンドルフ「シェイクスピアと

人名	頁数	本文表記	人物紹介（肩書・略歴など）	出生地	生年	没年	トピック
	529		術至上主義を標榜したゲオルゲ派の中心人物。「芸術草紙」を創刊				ドイツ精神」
George V	61	Prince of Wales	イギリス国王及びインド皇帝（1910-1936）。ウィンザー朝初代君主。1917年、第一次世界大戦の敵国ドイツ風のサクス＝コバーグ＝ゴータ家の名を嫌い、ウィンザー家に改称した	イギリス	1865	1936	E. シャックルトンがロンドン地理協会で演説
	237	George 五世					訃報（Edward VII）・英王後継
	290	英王					英・独・仏の均衡による平和
	304	今の王					英国王の料理人が交代
	307	英王					英王即位式予定
	308	英王					英王の誓詞に宗教上の改正論
	318	英王					英王宣誓の詞を改正
	367	英王 George					英王がポルトガル王族を迎えるべく客船を派遣
	449	George 五世					英王が不正結婚との誣説を流した記者に懲役刑
	524	王					ヴィクトリア女王記念像除幕式
	763	英艦 King George V					英艦 King George V の代価
	779	Georg 王					サンスクリットとプラークリット語で書かれたインド新脚本
Georges, Barbizon	449	Georges	編集者。S. Bernfeld とともに「アンファング 青年のための雑誌」を創刊		1892	1943	ベルリンの青年が発行の雑誌
Georgi, Friedrich von	433	Georgi	軍人　（兵相）	チェコ	1852	1926	オーストリア新内閣
Georgios I	10	Georg 王	ギリシャ王（1863-1913）。デンマーク王クリスチャン 9 世の次男。第一次バルカン戦争中に暗殺された	デンマーク	1845	1913	帝王の眠
	785	ギリシア王 Georg					ゲオルギオス 1 世暗殺事件
	797	ギリシア王 Georg					ギリシャ王暗殺者が自殺
Gerard, Pauline	489	Medium Pauline Gerard	（霊媒師）				催眠術で殺人を自白・禁錮刑の新例
Gérard, François	532	Gérard	画家。師 J. ダヴィッドとともにフランス新古典主義の画家の一人	イタリア	1770	1837	ローマで他国人博覧会（Mostra deglistranieri）
Gerber	313	Gerber					ゲーテの罹った病気に諸説
Gerbig, Alexander	672	Gerbig	画家		1878	1948	Villa Romana 賞受賞
Gerhard, H.	414	H. Gerhard	（劇作家）				新興行ドラマ一覧
Gerhardt, Paul	481	Paul Gerhardt	神学者、牧師、讃美歌の作詞者	ドイツ	1607	1676	P. Gerhardt 記念像除幕
Gerhardt, Paul	745	Paul Gerhardt	（デュッセルドルフの修復家）				「最後の晩餐」修復
Gerhardt-Amyntor, Dagobert von	176	Dagobert von Gerhardt-Amyntor	軍人、作家。本名 Dagobert von Gerhardt、筆名 Gerhard von Amyntor	ポーランド	1831	1910	訃報
Geritz, Albert	568	Albert Geritz	（彫刻家）				八十歳祝賀（R. Begas）
Gerlach, Artur von	166	von Gerlach	劇場監督、映画監督	ドイツ	1876	1925	劇場人事
Gerlach, Otto	386	Otto Gerlach	（朗読家）				新文芸および絶版の朗読公演

人名	頁数	本文表記	人物紹介（肩書・略歴など）	出生地	生年	没年	トピック
Gernez, Desire	395	Gernez	化学者、物理学者	フランス	1834	1910	科学アカデミー会員後任候補
Gernod, Klara	436	Klara Gernod	（女優）				ハウプトマン「鼠」配役
Gernsheim, Friedrich	444	Friedrich Gernsheim	作曲家、指揮者、ピアニスト	ドイツ	1836	1916	レジオン・ドヌール受勲
Gersaint, Edme-François	179	Gersaint	美術商。A.ヴァトーの名画「ジェルサンの看板」で知られる		1694	1750	ヴィルヘルム2世所蔵「ジェルサンの看板」の真贋
Gervais	318	Senator Gervais	（イタリア上院議員）				イタリア王の軍備縮小案に有力国君が不同意
Gervex, Henri	220	Gervex	画家	フランス	1852	1929	訃報（H. Barboux）
Gervinus, Georg Gottfried	648	Gervinus	歴史家、政治家	ドイツ	1805	1871	書肆 W. Engelmann 創業百年
Gesenius, Hermann	737	Hermann Gesenius	（ハレの古書業者）				訃報
Geshella, Annie	518	Annie Geshella	（病院に勤める下女）				断食記録一覧
Gettke, Ernst	155	Ernst Gettke	劇場監督、舞台演出家、俳優、文筆家、劇作家、ドイツ演劇辞書の共同編集者	ドイツ	1841	1912	劇場監督人事
	317	Ernst Gettke					ヘッベル劇場を近代劇場と改称
	440	Gettke					ベルリン近代劇場人事
	452	E. Gettke					新興行ドラマ一覧
Geucke, Kurt	472	K. Geucke	作家、劇作家、詩人	ドイツ	1864	1941	新興行ドラマ一覧
	700	Kurt Geucke					文士会のマチネで公演
Gevaert, François-Auguste	450	François Auguste Gevaërt	作曲家	ベルギー	1828	1909	ベルリン王立芸術院会員補充
Geyer, Emil	289	Geyer	演出家、劇場監督		1872	1942	新興行ドラマ一覧
Geyer, Florian	9	Florian Geyer	騎士。ドイツ農民戦争の際、農民側を指揮した一人	ドイツ	1490	1525	ハウプトマン戯曲で注目の F. Geyer 略歴
	749	Florian Geyer					ハウプトマン五十歳記念興行
	754	Florian Geyer					ライプツィヒ大学でハウプトマン五十歳記念興行
Geyer, Florian（継父）	9	継父	（騎士 F. ガイアーの継父）				ハウプトマン戯曲で注目の F. Geyer 略歴
Geyer, Florian（同胞）	9	同胞	（騎士 F. ガイアーの兄二人）				ハウプトマン戯曲で注目の F. Geyer 略歴
Geyer, Stefi	8	Stefi Geyer	女性ヴァイオリニスト。バルトークや O. シェックはヴァイオリン協奏曲を献じた	ハンガリー	1888	1956	美貌の演奏家がドイツ公演中
Geyger, Ernst Moritz	620	Ernst Moritz Geyger	彫刻家、画家	イタリア	1861	1941	五十歳祝賀
Geymueller, Heinrich von	124	Heinrich von Geymueller	建築家、美術史家	オーストリア	1839	1909	訃報
Ghelli	257 258	Ghelli、教授	（殺害された教授）				学生が教授を殺害・マフィア
Ghika, Georges	233	Prince Ghika、ハイカ	（ルーマニアの公子で、パリの著名な高級娼				女の帽子の裁判

G

人名	頁数	本文表記	人物紹介（肩書・略歴など）	出生地	生年	没年	トピック
	234	ラ貴公子、公子、ギカさん	婦 Liane de Pougy の二人目の夫となった人物）				
	286	Prince Ghika					女の帽子裁判の判決
Ghislandi, Vittore	538	Fra Vittore Ghislandi	画家。ベルガモ派。通称 Fra' Galgario	イタリア	1655	1743	十七世紀以降の肖像画展覧会
Giachetti, Ada	309	Ada Giachetti	ソプラノ歌手	イタリア	1874	1946	カルーソー内縁の妻と裁判
Giampietro, Joseph	167	Giampietro	俳優、オペラ俳優、コメディアン	オーストリア	1866	1913	長期にわたり俳優に侮辱的な匿名書状を送った夫人逮捕
	592	Giampietro					高額年俸歌手・俳優一覧
Gibardi	75	Gibardi	（イタリア Pistoja の僧。本文には米国とあるが誤り）				僧侶の墓の土で霊感商法
Gibbons, Nellie	282	妻 Nellie	（P. J. Gibbons の妻）				アメリカ版水滸伝・前警察署長が姦通した妻と聖職者を銃殺
Gibbons, P. J.	282	P. J. Gibbons	（アメリカ・セントポールの前警察署長）				アメリカ版水滸伝・前警察署長が姦通した妻と聖職者を銃殺
Gibbs, Phill	608	Phill Gibbs	（画家）				パリでキュビズム流行
Gide, André	502	André Gide	作家、批評家。「狭き門」「贋金つくり」など。ノーベル文学賞（1947）。	フランス	1869	1951	F. ヘッベル作品と同一題材の A. ジッド作品が興行
Giehlow, Karl	783	Karl Giehlow	美術史家	ドイツ	1863	1913	訃報
Gierke, Otto von	372	Otto Gierke	法学者、法制史家、政治家	ポーランド	1841	1927	ベルリン大学百年祭名誉学位
Giers, Gertrud	318	Gertrud Giers	女優	ドイツ	1855	1910	訃報
Gilbert, Jean	606	Gilbert	オペレッタ作曲家、指揮者	ドイツ	1879	1942	新興行オペラ一覧
	732	Gilbert					歌手が観客席に降りて観客とともに歌う試みは差し止め
Gilbert, Schwenck William	533	Sir William Gilbert	劇作家、オペラ台本家、詩人、イラストレーター。「ミカド」など	イギリス	1836	1911	*Mikado* の著者溺死
	534	Gilbert、ジルバアト					W. Gilbert 溺死・人命救助
Gilchrist, Marion	739	Gilchrist	強盗殺害されたグラスゴー在住の老女。当時83歳			1908	C. ドイルが殺人事件の冤罪主張
Gilgamesch	164	Gilgamesch	シュメールのウルク第1王朝の伝説的な王（紀元前2700年頃）				耶蘇教はイエスと関わりなくギルガメシュの教えという説
Gilkin, Iwan	626	Iwan Gilkin	詩人。ベルギー象徴派	ベルギー	1858	1924	法学士が多いベルギー詩人
Gillot, Joseph	288	Gillot	実業家、芸術のパトロン	イギリス	1799	1873	クリスティーズで歴史的大商い
Gilman, Max	341	Gillmann、ギルマン	歌手、バス				オペラ歌手と批評家で揉め事
Gimeno	487	Gimeno	（文相）				スペイン進歩主義内閣
Ginisty, Paul	140	Paul Ginisty	文筆家、劇作家、劇場支配人		1855	1932	興行情報
Giocondo, Lisa del	464	Mona Lisa	フィレンツェの織物商人フランチェスコ・デル・ジョコンドの妻。ダ・ヴィンチ「ジョコンダ（モナ・リザ）」のモデルとされる女性	イタリア	1479	1542	ルーヴル所蔵「モナ・リザ」オリジナルの証拠
	590	Gioconda（Mona Lisa）					「ジョコンダ（モナ・リザ）」盗難事件

G

人名	頁数	本文表記	人物紹介（肩書・略歴など）	出生地	生年	没年	トピック
	592	Gioconda					「ジョコンダ」発見者に賞金、「ジョコンダ」盗賊の刑を予測
	593	ジヨコンダ、Gioconda					ルーヴル再開、「ジョコンダ」発見者に賞金・歌女に夫が加害
	595	Gioconda					「ジョコンダ」盗難のため懲罰
	596	ジヨコンダ					「ジョコンダ」盗難事件たれこみ
	597	ジヨコンダ					容疑者が冤罪を主張、「ジョコンダ」事件たれこみ続報
	598	ジヨコンダ、ジョコンダ事件					「ジョコンダ」盗難関連事件
	599	ジヨコンダ					アポリネールの書記が「ジョコンダ」盗難容疑
	613	Gioconda 紛失事件					「ジョコンダ」事件でルーヴルの番人に処罰・絵画盗難発見
	690	Gioconda					「ジョコンダ」盗難時の館長がフランス学校長（アテネ）赴任
	641	モンナ・リイザ					ルーヴル美術館「モナ・リザ」盗難のため配置換え
	812	Gioconda					ダヌンツォの執筆中作品
Giolitti, Giovanni	107	Giolitti	政治家。首相（1892-1893、1903-1905、1906-1909、1911-1914、1920-1921）。中道的で自由主義的なジョリッティ体制と呼ばれる政権基盤を築いたが、ファシズムの台頭を許したとされる	イタリア	1842	1928	イタリア内閣交代
	394	Giolitti					対社会主義の食卓演説
	479	Giolitti					選挙法改正案で内閣退陣
	484	Giolitti					イタリア新内閣
	488	Giovanni Giolitti					イタリア Giolitti 内閣の人材
	811	Giolitti					生体解剖制限などの新法律
Giorgi, Paolina	439	Paolina Giorgi	（殺された女性歌手）				無理心中事件
Giorgione	820	Giorgione	画家。ヴェネツィア派を代表する一人で、ティツィアーノに影響を与えた	イタリア	1478頃	1510	ドレスデン警察がジョルジョーネとルーベンスの絵葉書禁止
Giovanni	825	San Giovanni	→ Johannes der Taeufer				ズーダーマン「ヨハネの火」オペラ化
Giovannino	336	浸礼者 Giovannino	→ Johannes der Taeufer				「洗礼者ヨハネ」の実の作者
Girard, Théodore	388	Théodore Girard、Girard	政治家　（法相）	フランス	1851	1918	ブリアン再造内閣、フランス内閣新顔
Girardi, Alexander	210	Girardi	俳優、喜劇俳優。世紀転換期にウィーン・オペレッタの黄金期を担った一人	オーストリア	1850	1918	近年の面白い話
	300	Girardi					芸術界知名士女の避暑地
	335	Girardi					P. アルテンベルク義捐金
	410	Girardi					六十歳祝賀
	503	Alexander Girardi					イフラントの指環

G

人名	頁数	本文表記	人物紹介（肩書・略歴など）	出生地	生年	没年	トピック
Girardin, Delphine de	305	Mme. de Girardin	女流作家。筆名 Vicomte Delaunay	フランス	1804	1855	バルザックの散歩杖
Girgensohn, Karl	372	Carl Girgenssohn	宗教心理学者、神学者。ルター派	エストニア	1875	1925	ベルリン大学百年祭名誉学位
Giriet	599	Giriet	→ Pierret, Gery				アポリネールの書記の名
Giulio III	421	Giulio	教皇ユリウス３世（1550-1555）	イタリア	1487	1555	国際博覧会後は常設美術館
Giuseppina	275	Giuseppina	（劇作家 A. Novelli の妻 Julia の姉妹）				劇作家が妻を自殺に追い込んだ義理の姉妹を告訴
Gizolme	441	Gizolme	（ブリアン首相暗殺未遂犯）				ブリアン首相暗殺未遂事件
Gjellerup, Karl Adolph	348	K. Gjellerup	詩人、作家。筆名 Epigonos。モダン・ブレークスルーの一員。ヘンリク・ポントピダンとともにノーベル文学賞（1917）	デンマーク	1857	1919	新興行ドラマ一覧
	851	カルル・ギエルレルツプ（KARL GJELLERUP）					国家シラー賞と民衆シラー賞
Gladenbeck, Hermann	807	Gladenbeck 方	鋳造業者	ドイツ	1827	1918	ハイネ記念像（ハンブルク）鋳造
Gladstone, Dorothy Mary	389	Gladstone 夫人	H. Gladstone の妻	イギリス	1876	1953	南アフリカ連邦第一議会開催
Gladstone, Herbert John	170	Herbert Gladstone	政治家。南アフリカ連邦総督 （内相）	イギリス	1854	1930	英国内閣で一部更迭・交代
	259	Herbert Gladstone					南アフリカ連邦成立
Gladstone, William Ewart	778	Gladstone	政治家。首相（1868-1874、1880-1885、1886-1886、1892-1894）	イギリス	1809	1898	グラッドストーンがゲーテを好むようになったきっかけ
Glasenapp, Ernst Reinhold Gerhard von	592	von Glasenapp	警察官僚 （ベルリン警視庁興業禁止事務最上官）		1861	1928	興行禁止事務の最上官と「月曜新聞」との間で訴訟
Glaser, Adolf	116	Adolf Glaser	作家、編集者。筆名 Reinald Reimar	ドイツ	1829	1915	八十歳祝賀
Glassbrenner, Adolf	515	Glassbrenner	風刺作家、ユーモア作家	ドイツ	1810	1876	ベルリン王立図書館禁帯目録
Glassner, A.	24	A. Glassner	（テノール歌手）				俳優の卒中・歌手の拳銃自殺
Glasunow, Alexander Konstantinowitsch	696	Glasunow	作曲家、指揮者、音楽教師	ロシア	1865	1936	カプリ在の M. ゴーリキー近況
Gleichen（伯爵家）	230	Graf von Gleichen	２代ザクセン＝コーブルク＝ゴータ公により1861年に新設された伯爵家				Gleichen 伯爵家の由来
Gleichen, Albert Edward Wilfred	231	Edward	軍人、少将	イギリス	1863	1937	Gleichen 伯爵家の由来
Gleichen-Russwurm, Alexander von	101	Alexander von Gleichen-Russwurm	作家、翻訳家、編集者、哲学者。F. シラーのひ孫。「ねずみ男爵」とあだ名された	ドイツ	1865	1947	喫煙アンケート
	102	von Gleichen-Russwurm					シラー生誕百五十年祭・シラーハウス創立委員
	103	Freiherr von Gleichen-Russwurm					シラー生誕百五十年祭
	135	Alexander von Gleichen-Russwurm					無駄話（Klatsch）談義

人名	頁数	本文表記	人物紹介（肩書・略歴など）	出生地	生年	没年	トピック
	272	Alexander von Gleichen-Russwurm					ゲーテ協会二十五年祭
Gleichen-Russwurm, Sophia von	103	同夫人	A. v. Gleichen-Russwurm の妻	ドイツ	1867	1952	シラー生誕百五十年祭
Gleizes, Albert	608	Albert Gleizes	画家。キュビズムの主要メンバー	フランス	1881	1953	パリでキュビズム流行
Glesmer	118	Glesmer	（日本の軍備に関し報告したロシア人）				日本の兵備盛んとロシア誌
Glidden, Charles Jasper	99	Charles J. Glidden	電話会社創業者、銀行家。電話機、自動車の普及に功績があった	アメリカ	1857	1927	ヘレン・ケラーが軽気球に搭乗
Gloeckner, Pepi	517	Pepi Gloeckner	俳優	ドイツ	1874	1954	ベルリン諸劇場概況（1911夏）
Glogau	354	Glogau	（J. Kainz の遺言を作った人物）				訃報（J. カインツ）・詳細
Glombinski	433	Glombinski	（鉄道相）				オーストリア新内閣
Glossy, Karl	521	Glossy	文学史家、雑誌編集者	オーストリア	1848	1937	病中の G. マーラーがパリからウィーンに帰着
Glowacki, Alexander	719	Boleslaw Prus、Alexander Glowacki、故人 Glowacki	作家、ジャーナリスト。19世紀後半のポーランドを代表する文学者。筆名 Boleslaw Prus	ポーランド	1847	1912	訃報、代表作紹介
Gluck, Christoph Willibald	523	Gluck	オペラ作曲家。伝統的なオペラの様式を簡素にした改革者として知られる。オペラ「オルフエウス」は鷗外により翻訳された	オーストリア	1714	1787	C. W. グルック「アウリスのイフィゲネイア」興行
	823	Gluckgemeinde					ドレスデンでグルック愛好会が創立し全集刊行
Gluecksmann	556	Gluecksmann	（ベルリンの市会議員）				宿泊者少女限定のホテル
Gluecksmann, Heinrich	356	Gluecksmann	文筆家、ジャーナリスト、美術評論家	チェコ	1864	1947	J. カインツの葬儀
Gneisenau, August Neidhardt von	330	Gneisenau 号	軍人。シュタイン、シャルンホルストらとともにプロイセンの軍制改革を進めた	ドイツ	1760	1831	乗船予定の船
Gnoli, Domenico	190	Gnoli	文芸評論家、作家、詩人	イタリア	1838	1915	P. ハイゼ八十歳賀帖署名者
Gobineau, Arthur de	429	伯	外交官、文筆家。人種差別主義の理論家	フランス	1816	1882	訃報（Gobineau 伯夫人）
	762	Gobineau					「ルネサンス」上場
Gobineau 伯夫人	429	Gobineau 伯夫人	（アルテュール・ド・ゴビノーの妻）				訃報
Godard, Jean	128 129	Jean Godard、テノルうたひ	（殺害されたパリのテノール歌手）				人違い殺人事件
Godeck, Hans	203	Hans Godeck	俳優		1872	1940	俳優を演説術講師に任命
Godiva	695	Godiva	マーシア伯の妻。レディー・ゴディヴァの伝説で知られる				抒情的に価値ある *Godiva* 興行
Goebel	662	Goebel	（紅半月団体の長）紅半月とはイスラム圏における赤十字のこと				ドイツからトリポリに赤十字を派遣
Goehler, Georg	714	Goehler	作曲家、指揮者、音楽教育者、評論家	ドイツ	1874	1954	ワーグナー百年生誕祭（ライプツィヒ）・全楽劇上演など
Goepfert, Franz Adam	454	Goepfert	神学者、イエズス会高位聖職者	ドイツ	1849	1913	反モデルニスムス誓文に服従した教授一覧

人名	頁数	本文表記	人物紹介（肩書・略歴など）	出生地	生年	没年	トピック
Goergy, Arthur	764	Arthur Goergy	軍人。ハンガリー1848年革命時の将軍。革命失敗後は一市民となった。本文（1912年時点）の「95歳で亡くなった」は「95歳を祝った」の誤り	スロヴァキア	1818	1916	訃報
Goeringer, Irma	247	Irma Goeringer	女流詩人。ミュンヘン在				自殺した女流作家の著書が男色を描いたため発売禁止
Goerres, Joseph	581	Goerres、ギョルレス	教師、ジャーナリスト。カトリックに基づく民主主義を目指し、影響力があった	ドイツ	1776	1848	「パルジファル」の字義・Parsifal の表記由来
Goes, Hugo van der	274	van der Goes	画家。初期ネーデルラント絵画を代表する一人	ベルギー	1440	1482	ベルリン博物館購入の絵画をスペイン政府が抑留
Goeschen, Georg Joachim	622	書肆 Goeschen	書肆	ドイツ	1752	1828	シラーの家（Gohlis）公開
Goethals, George Washington	290	Goethals 大佐	軍人、技術者。パナマ運河建設の総指揮者として知られる	アメリカ	1858	1928	パナマ運河開通に関する風説
Goethe, August von	16	息 August	ゲーテの息子。ヴァイマル宮廷侍従	ドイツ	1789	1830	ギロチンのおもちゃ
Goethe, Catharina Elisabeth	16 17	母	J. W. v. ゲーテの母。旧姓 Textor	ドイツ	1731	1808	ギロチンのおもちゃ
	559	父母、母					ゲーテの父母の墓を修繕
Goethe, Friedrich Georg	559	ギヨオテの祖父	仕立て屋の親方（元 Weidenhof の客店の主人）	ドイツ	1657	1730	ゲーテの父母の墓を修繕
Goethe, Johann Caspar	559	父母、父	法律家	ドイツ	1710	1782	ゲーテの父母の墓を修繕
Goethe, Johann Wolfgang von	16 17	Göthe	詩人、劇作家、作家、科学者、哲学者、政治家。ドイツの詩人・小説家・劇作家。小説「若きウェルテルの悩み」などにより、シュトゥルム・ウント・ドランク（疾風怒濤）運動の代表的存在となった。シラーとの交友の中でドイツ古典主義を確立。自然科学の研究でも業績をあげた。同時代、後代への影響は計り知れないものがある。小説「若きウェルテルの悩み」、戯曲「ファウスト」、叙事詩「ヘルマンとドロテーア」、詩集「西東詩集」、自伝「詩と真実」など。本文中で「ウル・マイスター」あるいは「ヴィルヘルム・マイスター」6巻初稿と呼ばれているのは、「ヴィルヘルム・マイスターの演劇的使命」のこと。これは「ヴィルヘルム・マイスターの修行時代・遍歴時代」の原型となった作品で、この時期に発見された。また、「フアウスト原本（*Urfaust*）」とは、文芸史家 E. Schmidt により発見・出版された「ファウスト断片」のことである	ドイツ	1749	1832	ギロチンのおもちゃ
	22	Göthe					英雄と文豪の奇妙な癖
	43	Göthe					残像の研究
	45	Göthe-National-museum					ゲーテ国立博物館館長就任
	82 83	Goethe					「官吏としてのゲーテ」紹介、外交官の日記中に A. ケストナーのゲーテに関する証言
	93	Goethe					虫の知らせ、良い下女の不足がヨーロッパ全土で問題化
	97	Goethe、御祖父いさん					ゲーテの伝説化・幽霊の噂
	105	Goethe					翻訳家 Llorente の戴冠式で事故
	173	Goethe					「ヴィルヘルム・マイスター」6巻初稿がチューリヒで発見
	198	ギヨオテ					新発見の「ウル・マイスター」出版予定
	220	Goethe、ギョオテ					グラッベ全集未収録草稿はゲーテ

人名	頁数	本文表記	人物紹介（肩書・略歴など）	出生地	生年	没年	トピック
							への忌憚なき批評
	233	Goethe、ギヨオテ					グラッベの論文・シラー贔屓のゲーテ嫌い
	243	Goethe、ギヨオテ					F. Meyer のゲーテ文庫が競売
	246	Goethehaus					ゲーテハウスの収蔵品整理中
	252	Goethe					ヘルダーの往復書簡発見
	259	Meyer's Goethe-Bibliothek、ギヨオテ					F. マイヤー所蔵ゲーテ文庫競売品に卒業論文
	260	Goethe					ゲーテの髪の毛を販売と広告
	263	ギヨオテ会					ゲーテ協会創立二十五周年
	268	Goethe、ギヨオテ					大学時代のゲーテの病気、古文書競売（アムステルダム）
	269	ギヨオテ					ゲーテ協会設立由来
	271	Goethe、ギヨオテ					ゲーテ協会二十五年祭「ゲーテとティシュバイン」出版
	272	ギヨオテ					ゲーテ協会二十五年祭
	292	Goethe					「ヴィルヘルム・マイスター」初稿（ウル・マイスター）出版
	295	Goethe und Schiller-archiv					O. Ludwig 遺品がゲーテ・シラー図書館に収蔵
	309	Goethe、Goethehaus					ゲーテ旧宅案内書作成
	313	Goethe					ゲーテの罹った病気に諸説
	340	Goethe					ゲーテ記念像（シカゴ）競技会
	351	Goethe					ゲーテ記念牌（Hassenstein）
	353	Goethe					シカゴ設立のゲーテ像が決定
	381	Goethe					「詩人とは思想のるつぼ」
	382	Goethe					ブルク劇場カインツ記念興行
	416	Goethe					新興行オペラ一覧
	426	Goethe-Schiller-Archiv					ゲーテ・シラー文庫館長引退
	477	Goethe					「ファウスト」興行沿革
	495	Goethe					名家自筆コレクション競売
	497	Goethebuende					悪劣文学撲滅と良書廉価販売
	511	Goethe-Gesellschaft、ギヨオテ、Goethe					ゲーテ協会講演「ゲーテとビスマルク」、ゲーテのフランクフルトなまり
	515 516	Goethe、ギヨオテ					ゲーテのなまりに関する証言
	518	Goethe					ドイツ字とラテン字の好み

G

人名	頁数	本文表記	人物紹介（肩書・略歴など）	出生地	生年	没年	トピック
	532	Goethetheater、Goethe-Ausstellung、ギヨオテ					ゲーテ劇場設立計画、ローマで他国人博覧会（Mostra deglistranieri）
	536	Goethe					滑稽戯曲の懸賞にまつわる話
	541	Goethe Gesellschaft、ギヨオテ、Goethe-Bibliographie、Goethe					ゲーテ協会大会（ヴァイマル）
	542	ギヨオテ					ゲーテと痛風・鉱山鉱泉研究
	552	ギヨオテ					シラーがゲーテに贈った書籍競売
	559	ギヨオテ					ゲーテの父母の墓を修繕
	570	Goethe、Goethe 死後					ベルリン大学講義一覧
	576	Goethe					「ウル・マイスター」いよいよ出版
	578	Goethe					七十歳祝賀（F. Schaper）
	583	Goethe					訃報（F. v. Rauch）
	590	Geothe、ギヨオテ					1806年時点ではゲーテの名声はさほどでなかったと判明
	598	Goethe					ケストナー美術館にゲーテとシャルロッテゆかりの品が収蔵
	603	Goethe					「ウル・マイスター」出版
	637	Goethebund					未来の学校に関する意見交換
	647	Goethegesellschaft、Goethes					ゲーテ協会がクリスマス恒例の面白い印刷物を会員に配布
	650	Goethe					「鉄の手のゲッツ・フォン・ベルリヒンゲン」翻訳上演
	654	Goethe					フリーデリケがゲーテに堕落させられたか否かで陰険な争論
	666	Goethe					「ゲーテ＝シラー往復書簡集」
	695	Goethehaus、Goethe-museum					ゲーテ美術館の拡張
	697	Goethebund、ギヨオテ					興行禁止になりにくいゲーテ作品
	700	Goethegesellschaft					ゲーテ協会総会で「ウル・ファウスト」興行予定
	704	Goethe					ゲーテゆかりの家が取り壊し
	706	Goethe 会、Goethe、ギヨオテ					ゲーテ協会例会予定
	708	Goethe					世界観を持つ主人公の系譜
	713	Goethebund					活動写真につきゲーテ協会が会議

G

人名	頁数	本文表記	人物紹介（肩書・略歴など）	出生地	生年	没年	トピック
	715	Goethebund					カッセルのゲーテ・ブントが宝くじでドイツ国民舞台を企画
	720	Goethe、ギヨオテ					訃報（J. Riemschneider）
	726	ギョオテ					戯曲「ローマにおけるゲーテ」
	729	Goethe					「ドイツ字（Fraktur）はゴシック建築同様ドイツ精神の発露」
	730	Goethe					ルソー生誕二百年祭・哲学文学の発展
	741 742	Goethe、ギヨオテ、 Goethezirbel、 Goethe、ギヨオテ					チロルにあるゲーテゆかりの記念物、訃報（J. Vrchlicky）、チロルのゲーテ記念物追記、ゲーテ記念物（Ilmenau）
	744	Goethe、ギヨオテ					ストリンドベリによるゲーテ評
	748	Goethe 研究家					訃報（J. Minor）
	755	Goethe					ドイツ諸劇場（1912）の興行数
	756	ギヨオテ					「ウェルテル」のロッテ実在モデルの姪が存命
	759	Goethe 伝					ビルショウスキー「ゲーテ伝」第25版
	763	Goethegesellschaft					クリスマスにゲーテ協会が印刷物を配布
	767	ギヨオテ					「ローマにおけるゲーテ」上演
	768	Goethebunde					ゲーテ協会書記長が発禁に対し法律上の保護を宣言
	770	Goethe、 Goetheverein、ギヨオテ					ヴィーラントの死んだ日続報、C. シラー手澤本「オシアン集」・メフィストフェレスのモデル
	772	Goethe、Geothehaus、ギヨオテ、Goethe 作					ゲーテハウス改造案・ゲーテ自筆「ゲッツ」競売など
	774	Goethe					シラーの墓改装・ゲーテ旧宅増築の予算通過
	778	Goethe、ギヨオテ					グラッドストーンがゲーテを好むようになったきっかけ
	780	Goethe					Dudweiler 炭坑が炎上中
	795	ギヨオテ・アルヒイフ					訃報（E. Schmidt）
	800	ギヨオテ会、ギヨオテ、ギヨオテ会長					ゲーテ協会例会、「兄弟姉妹」上演、ゲーテ協会人事など
	801	ギヨオテ会長、ギヨオテ会					ゲーテ協会会長にふさわしい人物、ゲーテ協会でヴィーラント祭

G

人名	頁数	本文表記	人物紹介（肩書・略歴など）	出生地	生年	没年	トピック
	802	Goethe					ベルヌス一族のゲーテ・コレクション公開
	804	Goethetheater					ソフォクレス「捜索犬」興行
	810	Goethebund					ハウプトマン回護のため諸団体が会議・演説会開催
	811	Goethebund					ハウプトマンをめぐり批判と擁護が錯綜
	812	Goethe、ギヨオテ					ゲーテゆかりの鉱泉百年祭
	814	Goethe					ゲーテゆかりの品をめぐり訴訟
	816	Goethe					ベルリン大学講義一覧
	823	Goethe					訃報（A. v. Ziegesar）
	824	Goethe					ゲーテの思い人ロッテの曾孫の戯曲が上場
	836	Wolfgang Goethe 像					シカゴに立つゲーテ像が鋳造
	845	GOETHE					「ゲーテとの対話」原本発見
	851	独逸ゲエテ同盟					国家シラー賞と民衆シラー賞
Goethe, Johann Wolfgang von（孫）	720	ギヨオテの孫	ゲーテの孫 Walther Wolfgang（1818-1885）、Wolfgang Maximilian（1820-1883）、Alma（1827-1844）				訃報（J. Riemschneider）
Goethe, Ottilie von	763	Ottilie von Goethe	ゲーテの義理の娘。ゲーテの息子アウグストと結婚した	ドイツ	1796	1872	クリスマスにゲーテ協会が印刷物を配布
Goethe, Walther Wolfgang von	269	Walther	チェンバロ奏者、作曲家。ゲーテの孫で最後の子孫	ドイツ	1818	1885	ゲーテ協会設立由来
Goett, Emil	348	Emil Goett	作家、劇作家	ドイツ	1864	1908	新興行ドラマ一覧
	366	E. Goett					新興行ドラマ一覧
	633	E. Goett					新興行ドラマ一覧
Goetz	650	Goetz	→ Berlichingen, Goetz von				「鉄の手のゲッツ・フォン・ベルリヒンゲン」翻訳上演
	772	Goetz					ゲーテハウス改造案・ゲーテ自筆「ゲッツ」競売など
Goetz, Johannes	403	Johannes Goetz	彫刻家	ドイツ	1865	1934	アキレウス像
Goetz, Wilhelm	483	Wilhelm Goetz	地学者		1844	1911	訃報
Goetze, Martin	224	Martin Goetze	彫刻家	ドイツ	1865	1928	H. v. Budde 記念像
Gogol, Nikolai	42	Gogol	作家、劇作家。ロシア写実主義文学を代表する一人。小説「外套」「鼻」「死せる魂」、戯曲「検察官」など	ロシア	1809	1852	ゴーゴリ記念祭
	47	Nikolai Gogol					ゴーゴリ記念像除幕式
	276	Gogol					ツルゲーネフと声楽家 P. ヴィアルドの親交・遺品中に「芸術のための生活」原稿発見

人名	頁数	本文表記	人物紹介（肩書・略歴など）	出生地	生年	没年	トピック
	421	Gogol					ベルリン演劇学校視察とロシア興行事情
	777	Nikolaus Gogol					ゴーゴリ「Agafia の婚約」興行
	783	Gogol					ロシア帝の日課
Goiran, François Louis Auguste	532	Goiran	軍人、政治家　（陸相）	フランス	1847	1927	フランス新陸相
	556	Goiran					フランス内閣退陣
Goldberg, Gustav Adolf	518	Gustav Goldberg	画家、肖像画家	ドイツ	1848	1911	訃報
Goldenweiser, Alexander Borisovich	396	Goldenweiser	ピアニスト	ロシア	1875	1961	トルストイの見舞い
	401	ゴルデンワイゼル					訃報（L. トルストイ）・詳細
Goldmann, Frieda	56	Frieda Goldmann	数学者。ブレスラウ大学で博士号取得	ポーランド	1881	?	女性初の数学博士
Goldmark, Karl	249	Karl Goldmarck	作曲家。Karoly Goldmark とも呼ばれる	ハンガリー	1830	1915	八十歳祝賀
Goldon, Heinz	186	Heinz Goldon	（劇作家）				新興行ドラマ一覧
Goldscheid, Rudolf	665	Rudolf Goldscheid、ゴルドシヤイト	社会学者、哲学者、作家	オーストリア	1870	1931	F. Kraus の演説に剽窃疑惑
Goldschmidt	449	Goldschmidt					図書館の容積を減じる策・ラテルナ・マジカ（幻灯機）の導入
Goldschmidt, Adolph	620	Adolf Goldschmidt、ゴルドシユミツト	美術評論家。H. ヴェルフリンの後任としてベルリン大学で美術史を担当	ドイツ	1863	1944	H. ヴェルフリン後任人事の噂
	702	Goldschmidt					A. ゴルドシュミットのためベルリン大学旧図書館内に大講堂
Goldschmidt, Henriette	460	Hentiette Goldschmidt	フェミニスト、社会活動家、教育者	ポーランド	1825	1920	女権問題・女性参政権の来歴
	616	Henriette Goldschmidt					ライプツィヒに良妻賢母主義のドイツ女子高等学校が創立
Goldschmidt-Rothschild, Maximilian von	782	Baron von Goldschmidt-Rothschild	銀行家、ロスチャイルド一族（フランクフルト）	ドイツ	1843	1940	プロイセン大資産家調べ
Golenischtschew-Kutusow, Arsen Arkadjewitsch	458	Graf Golenischtschew-Kutusow	詩人		1848	1913	トルストイ遺稿出版につき裁定
Golgi, Camillo	680	Camillo Golgi	医師、病理学者、科学者	イタリア	1843	1926	ベルリン学士院通信会員加入
Golinischtschew-Kutusow	80	Golinischtschew-Kutusow	（ロシア外務省勤務の侯爵）				不正持込み発覚し税関で課金
Goltz, Wilhelm Leopold Colmar von der	443	Colmar von der Goltz 元帥	軍人、軍事史家、著述家。普墺戦争・普仏戦争にて頭角をあらわし、オスマン=トルコ陸軍の再組織も行った。軍事史に関わる有名な著述がある	ポーランド	1843	1916	Pour le mérite 受勲者一覧
	521	Colmar von der Goltz					勤務五十年記念の祝
	757	General von der Goltz					トルコにおける国軍と徴兵令

G

人名	頁数	本文表記	人物紹介（肩書・略歴など）	出生地	生年	没年	トピック
	813	Feldmarschall Freiherr von der Goltz					軍務大臣交替などの人事
Gomes, Amaro Justiniano de Azevedo	361	Amaro Azevedo Gomes	政治家　(海相)	ポルトガル	1852	1928	革命後ポルトガル仮政府
Gomes, Antonio Luis	361	Antonio Luis Gomes	政治家、弁護士、外交官　(工相)	ポルトガル	1863	1961	革命後ポルトガル仮政府
Gomoll, Wilhelm Conrad	681	Wilhelm Conrad Gomoll	作家、詩人		1877	1951	小説 *Hogesuem* の作者
Gomperz, Theodor	740	Theodor Gomperz	哲学者、古典学者	チェコ	1832	1912	訃報
Goncourt（兄弟）	384	Académie Goncourt	歴史家、作家として共作した兄弟。小説においては下層階級を描写、病理学的関心により自然主義への道を開いた。弟ジュールの死後、兄エドモンは歌麿や北斎など18世紀日本美術を紹介。その遺言によりゴンクール賞が創設（1902）。「大革命時代のフランス社会史」「ジェルミニー＝ラセルトゥ」など				アカデミー・ゴンクールに T. ゴーチエの娘 Judith が加入
	395	Académie des Goncourt					ゴンクール賞候補
	411	Prix Goncourt					ゴンクール賞当落
	568	Goncourt					「フロベールの日記」事件・猥褻書籍裁判沙汰事例
	760	Goncourt 賞金					ゴンクール賞受賞
	826	Goncourt					G. ブランデス「現代のフランス文学」分類図
	849	ゴンクウル賞金、エドモン・ド・ゴンクウル、アカデミイ・ゴンクウル、アカデミ・ゴンクウル					ゴンクール賞（詳細）
Goncourt, Edmond de	291	Edmond de Goncourt、ゴンクウル	作家、美術評論家。ゴンクール兄弟の兄。弟はジュール	フランス	1822	1896	文学者の名物使用人たち
	849	エドモン・ド・ゴンクウル					ゴンクール賞（詳細）
Gontard, Carl von	235	Gontard	建築家	ドイツ	1731	1791	アレクサンデル広場（ベルリン）の柱廊を移築
Goodchild	308	Goodchild	（ロンドンの職工、扇動者）				ロンドンのストライキ活動人員
Gorbunow	783	Gorbunow	（作家・著述家）				ロシア帝の日課
Gordon	8	Gordon	（イギリスの外交官）				訃報（Miss Gordon）
Gordon（夫人）	8	Miss Gordon	（女流作家、外交官 Gordon の未亡人）				訃報
Gorjao	362	Gorjao 将軍	（革命の際に自決した将軍）				1910年10月 5 日革命
Gorki, Maxim	12	Maxim Gorki	作家、劇作家、社会活動家。さまざまな職業を転々とする極貧生活のなか革命運動に参加。社会主義的リアリズムの嚆矢としてプロレタリア運動に大きな影響を与えた。本名	ロシア	1868	1936	M. ゴーリキーに逮捕状
	107	Maxim Gorki、Gorki					ロシア社会党がゴーリキーを除名、ロシア議会社会民生部がゴーリキの除名なしと声明

人名	頁数	本文表記	人物紹介（肩書・略歴など）	出生地	生年	没年	トピック
	112	Gorki	Aleksey Maksimovich Peshkov。抒情詩「海燕の歌」、戯曲「どん底」など				芝居での蓄音機の使用
	135	Gorki					ホテルの給仕にチップをはずむ人はずまない人
	155	Gorki					ベルリンで露文の小説出版
	211	Gorki					訃報（L. Feil）
	245	Gorki					ゴーリキーの近況
	273	Maxim Gorki					ゴーリキーがカプリで脚本完成
	316	Gorki					ゴーリキーの新脚本
	326	Maxim Gorki					法王追放に関するアンケート
	342	Gorki					本国より前にドイツで戯曲上演
	343	Gorki					ペテルブルクで新脚本が興行
	348	Gorki					新興行ドラマ一覧
	399	Maxim Gorki					トルストイ死去との誤報に接したゴーリキーがショックで卒倒
	414	M. Gorki					新興行ドラマ一覧
	421	Gorki 物					ベルリン演劇学校視察とロシア興行事情
	427	Gorki					新聞 *Il Piccolo* の文芸雑報
	467	Maxim Gorki					ゴーリキー最新作初興行は不評
	558	Maxim Gorki					ゴーリキーが短篇集と長篇を出版
	580	M. Gorki					新興行オペラ一覧
	612	Maxim Gorki					ゴーリキーが大病との虚報
	614	Gorki、ゴルキイ					肺患のゴーリキーが脚本執筆
	615	Gorki、ゴルキイ					獄中から贈られた手錠に対するゴーリキーの謝状
	617	ゴルキイ					W. Kirchbach 遺稿脚本が出版
	620	Gorki、ゴルキイ					ゴーリキーがエジプト移住の噂
	644	Maxim Gorki					短編集紹介
	696	Maxim Gorki					カプリ在の M. ゴーリキー近況
	718	Maxim Gorki					ロシア政府がゴーリキーに逮捕状との噂
	721	Gorki					二短篇を一冊にして刊行
	746	Maxim Gorki					ゴーリキーが無教育者400名の作品を閲した結果を発表
	773	Maxim Gorki					小説と自伝など新著作三冊
	784	Maxim Gorki、ゴルキイ					ロシア帝がゴーリキーに帰国許可との噂
	786	Maxim Gorki					K. Romanow 記念祭でゴーリキーに帰国許可

G

G

人名	頁数	本文表記	人物紹介（肩書・略歴など）	出生地	生年	没年	トピック
	787	Maxim Gorki					帰国につき沈黙のゴーリキー
	813	Maxim Gorki					M. ゴーリキーのカプリの別荘
	822	Maxim Gorki					カプリを舞台にした小説執筆
	828	Gorki					Lugano に秋冬用の別荘を賃借
	843	GORKY 氏					ロシア作家の作品翻訳
Gorki, Maxim（家族）	399	家族	（M. ゴーリキーの家族）				トルストイ死去との誤報に接したゴーリキーがショックで卒倒
Gorki, Maxim（息子）	245	南フランスの息	M. ゴーリキーの息子 Maxim Alexejewitsch Peschkow			1934	ゴーリキーの近況
Gorre, G. de la	398	G. de la Gorre	（アカデミー会員候補者）				アカデミー・フランセーズ候補
Gorsse, Henry de	485	H. de Gorsse	（劇作家）				新興行ドラマ一覧
Gorst, Eldon	573	Sir E. Gorst	官僚、エジプト総領事	イギリス	1861	1911	訃報・エジプト総領事人事
Gortchakov, Serge Dimitriévitch	254	Kaluga 総督、Gortschakow	政治家、カルーガ総督		1861	1927	カルーガ総督夫人の小説が風俗壊乱の理由で発禁
Gortchakov, Serge Dimitriévitch（夫人）	254	Kaluga 総督夫人（Gortschakow 夫人）	（カルーガ総督夫人、女流小説家）				カルーガ総督夫人の小説が風俗壊乱の理由で発禁
Gosen, Theodor von	198	von Gosen	彫刻家、メダル製作者	ドイツ	1873	1943	壮兵団と T. ケルナーの記念像
Gosse, Edmund William	841	EDMUND GOSSE 氏	詩人、文筆家、批評家	イギリス	1849	1928	近頃英国で出版の詩集二冊
Gote, Harold	185	Harald Gote（Frau Steenhof）	女流作家、劇作家。本名 Frida Steenhof	スウェーデン	1865	1945	新興行ドラマ一覧
Goth, Irene	462	Irene Goth	（女優）				女優と弁護士が同時に自殺
Gotthard von Hildesheim	746	Gotthard 線	司教。ゴットハルト連峰・鉄道の名の由来となった聖人	ドイツ	960	1038	J. リサール記念像（Wassen）
Gotthelf, Felix	186	Felix Gotthelf	作曲家。リートなども作詞した	ドイツ	1857	1930	新興行ドラマ一覧
	416	F. Gotthelf					新興行オペラ一覧
Gotthelf, Jeremias	779	Jeremias Gotthelf（本名 Albert Bitzius）	作家、牧師。本名 Albert Bitzius	スイス	1797	1854	シェークスピア別人説の類
Gottschall, Rudolf von	19	Rudolph von Gottschall	劇作家、作家、詩人、文学史家	ポーランド	1823	1909	訃報
	809	Gottschall					O. Ludwig 遺族がシェークスピア研究の寄贈の申し出
Gottsched, Johann Christoph	162	Gottsched	作家、劇作家、文芸理論家。ドイツ啓蒙主義時代を代表する文学者の一人	ドイツ	1700	1766	J. C. ゴットシェト記念像
Gottscheid, Franz	320	Franz Gottscheid	劇場監督	ポーランド	1856	?	ポーゼン新市立劇場設立
Gouges, Olympe de	460	Olympe de Gonge	女流作家、フェミニズム運動の先駆者	フランス	1748	1793	女権問題・女性参政権の来歴
Gouin	134	Gouin	（殺害された老女）				殺人事件解決のパリ警察
Gould, Marjorie	216	Miss Majoric Gould	資産家 G. J. Gould I の長女。Anthony Joseph Drexel（3代目）と結婚	アメリカ	1891	1955	結婚式の豪華な増引出

人名	頁数	本文表記	人物紹介（肩書・略歴など）	出生地	生年	没年	トピック
Gounod, Charles	763	Gounod	作曲家。オペラ「ファウスト」など	フランス	1818	1893	パリで本格的「ファウスト」興行
Goya, Francisco	692	Francisco de Goya y Lucientes	画家、版画家。ベラスケスとともにスペインを代表する宮廷画家	スペイン	1746	1828	F. ゴヤ記念像
Gozo	786	Gozo	（イタリアの海軍将官）				将官が大臣を殴り禁錮刑
Gozzi, Carlo	615	Gozzi	作家、劇作家。仮面即興劇コンメディア・デラルテ、寓話劇の作家。「三つのオレンジへの恋」「トゥーランドット」	イタリア	1720	1806	K. フォルメーラー「トゥーランドット」独訳と脚本「奇蹟」
	771	Gozzi					「トゥーランドット」改作上演
Grabbe, Christian Dietrich	220	Grabbe	劇作家。近代リアリズムの先駆者の一人。P. Friedrichの戯曲「ドイツのイカロス」の主人公にもなった。「ドン・ジュアンとファウスト」「ハンニバル」など	ドイツ	1801	1836	グラッベ全集未収録草稿はゲーテへの忌憚なき批評
	221	Grabbe					グラッベ全集未収録草稿・続報
	233	Grabbe、グラツベ					グラッベの論文・シラー贔屓のゲーテ嫌い
	696	Grabbe					現代作家を取り上げる最初の大学講義（ミュンヘン大学）
	790	Grabbe					戯曲「ドイツのイカロス」
Grade, Hans	307	Grade式	機械製造業者、航空パイオニアの一人	ポーランド	1879	1946	日本政府が飛行機購入
Graef, Hans Gerhard	542	Hans Gerhard Graef	ゲーテ研究者	ドイツ	1864	1942	ゲーテと痛風・鉱山鉱泉研究
	666	Graef					「ゲーテ＝シラー往復書簡集」
Graetz, Paul	41	Graetz大尉	軍人。本文では「アメリカ横貫」とあるが正しくは「アフリカ横貫」	ドイツ	1875	1968	自動車でアフリカ横断
Graf, Arturo	804	Arturo Graf	詩人、文芸評論家	イタリア	1848	1913	訃報
Graff, Anton	119	Anton Graff	肖像画家。フリードリヒ大王、シラー、クライストなどの肖像画で知られる	スイス	1736	1813	A. Graff記念展覧会
	132	Anton Graff					A. Graff記念展覧会開催
	494	Graff					F. Haaseが遺言で遺品寄贈
Graham, Winifred	95	Winifred Graham	女流作家。Theodore Cory夫人		1874	1950	女性の結婚適齢期アンケート
Graig	442	Graig	（グラスゴー大学教授）				女性教授を推薦するも却下
Gramatica, Emma	640	Grammatica	女優	イタリア	1874	1965	イタリアでのドイツ詩人への示威運動をおそれて興行中止
Gramont	283	Gramont公爵	10代グラモン公爵Antoine Alfred Agénor。外交官、政治家（外相）	フランス	1819	1880	「1870年戦（普仏戦争）その原因及び責任」一部紹介
Gramont	716	Gramont公爵	初代グラモン公爵Antoine II de Gramont-Touloujon		1572	1644	つけぼくろの起源
Gramont夫人	716	Gramont夫人	（初代グラモン公爵夫人）				つけぼくろの起源
Gramont, Philibert de	580	Chevalier von Gramont	軍人、宮廷貴族。ルイ14世時代の宮廷の恋愛模様を記した回想録がある		1621	1707	ドイツで新著が迫害の風潮
Gran, Gerhard	222	Gerhard Gran	文学史家、文筆家、雑誌編集者	ノルウェー	1856	1925	訃報（ビョルンソン）・詳細
Grand-Carteret, John	665	John Grand-Carteret	作家、ジャーナリスト	フランス	1850	1927	ドイツ帝諷刺の作家が朗読会
Granichstaedten, B.	508	B. Granichstaedten	（作曲家）				新興行オペラ一覧

G

人名	頁数	本文表記	人物紹介（肩書・略歴など）	出生地	生年	没年	トピック
Granville-Barker, Harley	760	Granville Barker	俳優、監督、劇作家、評論家、シェークスピア研究家、プロデューサー	イギリス	1877	1946	グランビル・バーカーのシェークスピア興行に評価
	801	Granville Barker					シェークスピア劇興行者の趣向
	831	Granville Barker					興行情報
Granzow, Wilhelm	574	Wilhelm Granzow	肖像画、風景画家	ドイツ	1885	1945	芸術高等学校（ベルリン）表彰
Grassus	605	Grassus	→ Crassus				新興行ドラマ一覧
Gratwohl, Marie	24	Marie Gratwohl	Karl von Hohenlohe-Langenburg の結婚相手		1837	1901	皇太子嫡子権利放棄
Gravier, Marie-Thérèse	828	Gravier	政治家 É. Ollivier の後妻				訃報（É. Ollivier）
Gray, Juan de	627	Juan de Gray	→ Garay, Juan de				Juan de Garay 像（ブエノスアイレス）
Graziadei	274	Graziadei	（イタリアの社会党員）				社会党系新聞社主催の自転車競争にイタリア王が大金牌
Green, Charles	378	Green	飛行家（気球）	イギリス	1785	1870	遠距離飛行の歴史
Grégoire, Louis	738	Louis Grégoire					ローマ賞（1912）
Gregor, Hans	343	Hans Gregor	劇場支配人、芸術監督、俳優。ベルリンのコーミッシェオーパー監督、ウィーン宮廷歌劇場（現ウィーン国立歌劇場）監督を歴任。それまでの舞台作りは歌手に比重が置かれていたが、舞台監督に比重を置く改革を行った	ドイツ	1866	1945	連邦劇場法の取調委員候補
	352	Gregor					ドイツ劇場クラブ創立
	383	Hans Gregor					ウィーン宮廷歌劇場監督就任
	454	Gregor					劇場人事
	457	Gregor					コーミッシェ・オーパー引継ぎ
	458	Gregor					舞台監督協会人事
	491	Gregor					俳優の我儘をたしなめ大衝突
	494	Gregor					劇場主と女優の衝突継続中
	521	Gregor					舞台監督会議を組織
	532	Hans Gregor					「ペレアスとメリザンド」で指揮
	534	Gregor					ウィーン歌劇場建物監督辞職
Gregor 七世	541	Gregor 七世	→ Gregorius VII				「史実」万能主義は困りもの
Gregori, Ferdinand	180	Ferdinand Gregori	俳優、劇場監督、文筆家、批評家	ドイツ	1870	1928	マンハイム宮廷劇場座主就任
	402	Gregori					カインツ祭（ボン）
	462	Gregori					バウエルンフェルト賞
Gregorius I	819	San Gregorio 寺	64代ローマ教皇（590-604）。中世初期を代表する教皇の一人	イタリア	540	604	廃屋豚小屋でフレスコ画発見
Gregorius VII	541	Gregor 七世	157代ローマ教皇（1073-1085）	イタリア	1020	1085	「史実」万能主義は困りもの
Gregory, John	553	John Gregory	靴屋、詩人、労働組合及び平和運動の先駆者	イギリス	1831	1922	八十歳祝賀
Greguss, Emerich Imre	262	Emmerich Gregus	画家	ハンガリー	1856	1910	訃報
Greif, Martin	45	Martin Greif	詩人、劇作家。バイエルンの軍隊に入隊後、	ドイツ	1839	1911	七十歳の M. Greif 代表作紹介

G

人名	頁数	本文表記	人物紹介（肩書・略歴など）	出生地	生年	没年	トピック
	50	Martin Greif	文学への情熱に目ざめて除隊。ミュンヘン、ウィーンなどで文筆家、劇作家として活動した。本名 Friedrich Hermann Frey				M. グライフが怪我の療治
	57	Martin Greif、Martin Greif-strasse					七十歳記念に地名変更およびミュンヘン大学名誉学位授与
	102	Martin Greif					シラー生誕百五十年祭・シラーハウス創立委員
	424	Martin Greif					死後に回顧録を公表予定
	482	Martin Greif					重病の報
	484	Martin Greif					訃報、埋葬の予定
	489	Martin Greif					葬儀
	522	Martin Greif					M. Greif の遺言で遺稿を整理
	601	Martin Greif					M. Greif 記念像設立予定
	611	Martin Greif-Zimmer、グライフ					M. Greif 記念室が新設
	686	Martin Greif					F. Philippi のミュンヘン追憶記
	729	Martin Greif					M. Greif 記念像設立予定
Grein, Jacob Thomas	247	J. T. Grein	演劇評論家、興行主	オランダ	1862	1935	英国俳優団体が各国興行
Greiner, Leo	399	Leo Greiner	作家、詩人、批評家、翻訳家（中国語）、N. レーナウ研究家。後期ロマン派の抒情詩人として知られる	チェコ	1876	1928	自作短篇朗読
	844	LEO GREINER、GREINER					詩集紹介・批評
Greinz, Rudolf	656	R. Greinz	作家	オーストリア	1866	1942	新興行ドラマ一覧
Gress, Kurf	78 79	Kurf Gress、発明家	（ドイツの音楽家、発明家）				音楽家が新発明の蓄電器
Grethlein, Konrad	77	Konrad Grethlein	（ライプツィヒの書肆）				遺稿「キリスト教勃興より現今に至るまでの絵画史」出版
Greuze, Jean Baptiste	157	Jean Baptiste Greuze	画家。市民生活を描く風俗画を得意とした	フランス	1725	1805	フランス美術展覧会（ベルリン）
Greve-Lindau, Georg	705	Georg Greve	画家	ドイツ	1876	1963	ヴィラ・ロマーナ賞受賞
Grevenberg	269	Grevenberg	俳優、劇場監督		1853	1927	劇場人事
Grey, Edward	302	Grey	政治家、初代ファラドン子爵　（外相）	イギリス	1862	1933	英国下院で女権問題
	726	Grey					英人がロシアから退去処分
Grey, Valerie	451	Valerie Grey	女優、劇作家、演劇学校校長		1845	1934	離婚不許可の劇が興行禁止
Greyg	266	Greyg	（殺害されたアメリカの弁護士）				コモ湖女優殺害事件・続
Gribojedow, Alexander	263	Gribojedow	外交官、劇作家。戯曲 *Gore ot uma*	ロシア	1795	1829	新興行オペラ一覧
Grieben, Leo	442	書肆 Wiegandt und Grieben、Leo Grieben	（書肆経営者。書肆 Wiegandt und Grieben は1850年ベルリンで創業）				訃報
Grieg, Edvard	44	Grieg、グリイク	作曲家。スカンジナヴィアの民俗音楽への深い関心に基づき、独創的な作曲を行った。国民楽派を代表する一人	ノルウェー	1843	1907	国民劇場の思い出
	235	Grieg					ビョルンソンの葬儀
	851	エヅワルト・グリイク（EDWARD GRIEG）					イプセンの音楽への関心
Grieg, James	203	Grieg	美術批評家				「鏡のヴィーナス」署名見誤り

G

人名	頁数	本文表記	人物紹介（肩書・略歴など）	出生地	生年	没年	トピック
Grieve, James	306	James Grieve	（イギリスの長寿者）				イギリス長寿者調べ
Grignard, Victor	757	Grinard	化学者。ノーベル化学賞（1912）	フランス	1871	1935	ノーベル賞受賞者（1912）
Grigorowitsch	613	Grigorowitsch	（ロシア海相）				海軍文庫からトルストイの著述を排除
Grillparzer, Franz	209	Grillparzer	劇作家、詩人。オーストリアを代表する劇作家で、ロマン主義の時代に古典主義への回帰を理想として掲げた。ベートーヴェンと交友があり、回想録を残している。また、グリルパルツァーの遺産を元に芸術家・科学者などの支援財団を創立したフレーリヒ家の四姉妹と深い親交を結んだ。生涯の恋人だったと伝えられる三女カタリーナは、1872年にグリルパルツァー賞を創設。才能豊かだがまだ世に知られていない劇作家の顕彰に努めた。同賞は1971年まで3年ごとに受賞者を選出	オーストリア	1791	1872	新興行オペラ一覧
	429	Grillparzerpreis					グリルパルツァー賞受賞候補
	436	Grillparzerpreis					グリルパルツァー賞・詳細
	448	Grillparzer					グリルパルツァー全集増訂版
	453	Grillparzer					新興行オペラ一覧
	459	Grillparzer					興行失敗の具体例とその弁護
	460	Grillparzer					自由学生同盟がグリルパルツァー作品を上演
	527	Grillparzer					同一題材の戯曲紹介
	610	Grillparzer					グリルパルツァーの日記
	638	Grillparzer 賞金					ハウプトマンがプロイセン以外の各地から栄誉
	651	Grillparzer、グリルパルチエル					ウィーンのヴェーリンガー墓地が取払いの予定
	689	Grillparzer					学芸支援のフレーリヒ姉妹財団創立
	724	グリルパルチエル賞金					グリルパルツァー賞をヴェデキントが逃しシュニッツラー受賞
	804	Grillparzer					ヨーゼフ・カインツ劇場開場
	820	Grillparzer					グリルパルツァーのノート出版
Grimani, Filippo	835	Filippo Grimani	ヴェネチア市長				ヴェネチア第十一回国際展覧会
Grimm（兄弟）	691	Grimm	言語学者、文献学者、民話収集家、文学者として著名な兄弟。兄ヤコブ、弟ヴィルヘルム（1786-1859）。末弟のルートヴィヒは含まないことが多い	ドイツ			子供たちに読み聞かせの催し
	817	Grimm 兄弟					グリム兄弟校閲「哀れなハインリヒ」
Grimm, Arthur	488	Artur Grimm	画家	ドイツ	1883	1948	ギャラリーの展示に意見
Grimm, Hermann	269	Hermann Grimm	文化史・美術史家、グリム（弟）の息子	ドイツ	1828	1901	ゲーテ協会設立由来
	505	Hermann Grimm					H. グリム創立の美術史研究所
Grimm, Jacob	822	Jakob Grimm	言語学者、文学者、文献学者、法学者。グリム兄弟の兄	ドイツ	1785	1863	ドイツ語の大文字に使用制限を求める会が発足
Grisebach, August	749	August Grisebach	美術史家	ドイツ	1881	1950	建築家 A. Messel に関する研究
Grolier, Jean	725	Grolier	d'Aguisy 子爵、蔵書家	フランス	1479	1565	歴代著名蔵書家
Gronau, Georg	164	Georg Gronau	美術史家		1868	1938	カッセル・ギャラリー長官就任
Gros, Antoine-Jean	532	Gros	画家。新古典主義。ナポレオン1世の従軍画家としても知られる	フランス	1771	1835	ローマで他国人博覧会（Mostra deglistranieri）

人名	頁数	本文表記	人物紹介（肩書・略歴など）	出生地	生年	没年	トピック
	741	Gros					ヴェルサイユの戦争画に切傷
Grosch, Georg	42	Grosch	テノール歌手	ドイツ	1875	1909	訃報
Grosse	275	Grosse	(容疑を受けたが釈放された人物)				J. G. シャドー作銅像窃盗容疑
Grosser	79	Grosser	(法廷で殺人を犯した商人)				法廷での殺害事件
Grossheim, Karl von	253	von Grossheim	建築家、プロイセン芸術アカデミー院長	ドイツ	1841	1911	ベルリン王立芸術院院長人事
	360	von Grossheim					ベルリン王立芸術院新院長
	454	Karl von Grossheim					訃報
	458	Grossheim					ベルリン王立芸術院院長人事
	495	Karl von Grossheim					ベルリン王立芸術院欠員補充
Grossmann, Stefan	491	Grossmann	ジャーナリスト	オーストリア	1875	1935	ウィーン自由国民劇場機関紙
Grotesch, G.	603	Grotescher Verlag	出版業者。1849年ベルリンで創業				ヴィルデンブルッフ全集など新刊情報
	848	G. GROTESCH 書肆					著名劇作家の近況アンケート
Groux, Henry de	608	Henry de Groux	画家。ベルギー象徴派	ベルギー	1866	1930	だいぶ大きな人物画
Gruber, Johann Gottfried	770	J. G. Gruber	評論家	ドイツ	1774	1851	ヴィーラントの死んだ日続報
Gruber, Max von	813	Max von Gruber	医師、生物学者、優性学者。近代衛生学の父として知られる	オーストリア	1853	1927	六十歳祝賀
Grude, Max	466	Max Grube	俳優、舞台演出家、著述家	ドイツ	1854	1934	ドイツで舞台監督が大団結
	766	Max Grube					ドイツ劇場（ハンブルク）人事
	838	Max Grube					F. L. W. Meyer 紹介
Gruenberg, Susanne	627	Susanne Gruenberg	(パリの女弁護士)				弁護士が出産して話題
Gruenhagen, Colmar	578	Colmar Gruenhagen	歴史家	ドイツ	1828	1911	訃報
Gruenwald, Josef	564	Joseph Gruenwald	幾何学者、地形測量士	チェコ	1876	1911	訃報
Grulev, Mikhail Vladimirovich	313	Grulew	文筆家、ジャーナリスト。本文では Grulew だが、正しくは Grulev		1858	1940頃	英露情勢・トルキスタン鉄道
Grumbach, Wilhelm von	9	Wilhelm von Grumbach	騎士	ドイツ	1503	1567	ハウプトマン戯曲で注目の F. Geyer 略歴
Grund, O.	507	O. Grund	(劇作家)				新興行ドラマ一覧
Grunewald, Marie	666	Marie Grunewald	(美術史家 H. ヴェルフリンの女弟子)				H. ヴェルフリンの女弟子に学位
Grunow, Friedrich Wilhelm	509	Grunow-Leipzig 板	出版業者				I. Nievo 追懐
Grunwald, Willy	673	Willy Grunwald	俳優、演出家、舞台監督、映画監督		1870	?	ハウプトマンが民間劇に参加
	677	Willy Grunwald					O. ブラーム組の俳優たちが新団体を結成予定
Gruschetzkaja, Agafia	777	Agafia	ロシア皇帝フョードル３世妃		1665	1681	ゴーゴリ「Agafia の婚約」興行
Guardia, Francisco Ferrer	294	Ferrer	教育学者、政治活動家。1909年に処刑された	スペイン	1859	1909	議会騒乱を首相が沈静化

G

人名	頁数	本文表記	人物紹介（肩書・略歴など）	出生地	生年	没年	トピック
Gubernatis, Angelo de	779	Angelo de Gubernatis	文人、劇作家、詩人、東洋学者、出版人	イタリア	1840	1913	訃報
Gudrun	591	Gudrun	北欧神話やニーベルンゲン伝説に登場する女主人公の一人。グズルーン、クリームヒルトなど名称が変わる				「グートルーン」興行予定
	624	Gudrun					「グートルーン」初興行
	630	Gudrun					旧作脚本「グートルーン」出版
Guecchi	33	Guecchi					「エレクトラ」に一部剽窃と訴え
Guegel	92	von Guegel	（画家）				シャック・ギャラリー開館式
Gueneschan, Armand	597	garçon（Armand Gueneschan）、ガルソン	（モナ・リザ盗難容疑者について虚偽の情報提供などを行った給仕）				「ジョコンダ」盗難事件たれこみ、「ジョコンダ」事件たれこみ続報
Guensburg, Arthur	451	Arthur Guensburg	舞台演出家、プロデューサー	オーストリア	1872	？	脚本興行組合 Die Klatschbasen 創立
Guenther	416	Guenther	（オペラ台本家、脚本家）				新興行オペラ一覧
Guenther, Arthur	93	Arthur Guenther	（俳優）				詐偽取材のため逮捕
Guenther, Paul	525	Paul Guenther	（錠前職人）				罵詈の言葉いろいろ
Guenzburg	401	Guenzburg	（彫刻家）				訃報（L. トルストイ）・詳細
Guerét, Louis	249	Louis Guerét	（Montrond 男爵の旧僕で殺害容疑者）				Montrond 男爵殺人犯は旧僕
Guérin, Charles	651	Charles Guérin	詩人	フランス	1873	1907	アカデミー・モデルヌ（パリ）
Guerrini, Olindo	190	Stecchetti（Guerrini）	詩人、作家、翻訳家、文学研究者。筆名 Lorenzo Stechetti	イタリア	1845	1916	P. ハイゼ八十歳賀帖署名者
	288	Guerrini（Pseudonym：Lorenzo Stechetti）					伊訳「シャンテクレ」上演
Guesde, Jules	69	Jules Guesde	政治家、社会主義のジャーナリスト	フランス	1845	1922	A. ブリアンの経歴紹介
Gueusi, P. B.	257	P. B. Gueusi	（オペラ・コミック第2座長）				オペラ・コミック（パリ）人事
Guggenheim	818	Guggenheim	（富豪グッゲンハイム家の一員）				富豪グッゲンハイムの娘が社会主義の小冊子を販売
Guggenheim（娘）	818	Guggenheim の娘	（富豪グッゲンハイムの娘、社会主義の女流詩人）				富豪グッゲンハイムの娘が社会主義の小冊子を販売
Guicciardini, Francesco	111	Guicciardini	政治家　（外相）	イタリア	1851	1915	イタリア新内閣
Guidi, Ignazio	373	Ignazio Guidi	東洋学者、翻訳家	イタリア	1844	1935	ベルリン大学百年祭名誉学位
Guilbeaux, Henri	810	Henri Guilbeaux	政治家、社会主義者	フランス	1885	1938	現代ヨーロッパの二大詩人
Guilbert, Yvette	174	Yvette Guilbert	キャバレー歌手、女優、著述家。レジオン・ドヌール受勲	フランス	1867	1944	猥褻な歌に関する歌手の意見
	183	Yvette Guilbert					大病との報
Guillaume, Albert	496	Albert Guillaume	画家、風刺画家	フランス	1873	1942	1911年春のサロン出品者など
	500	Guillaume					展覧会情報（パリ）
Guillotin, Joseph-Ignace	16	Guillotine	医師、政治家。断頭台ギロチンの名の由来となった	フランス	1738	1814	ギロチンのおもちゃ
	224	Guillotine					ルイ16世の死を描いた「国王の死」出版
	281	Guillotine					Liaboeuf 死刑中止哀願状・死刑執行

人名	頁数	本文表記	人物紹介（肩書・略歴など）	出生地	生年	没年	トピック
Guimard	311 312	Guimard	（ベルギーの社会主義者）				ベルギー国内で上流を占める社会主義者・国王の理解
Guiness, Belle	147	Guinness 夫人、女主人、夫人	→ Guness, Belle				連続殺人犯の焼死事件判明
	250	Mrs. Belle Guiness					連続強盗殺人事件
Guinon, Albert	634	A. Guinon	劇作家	フランス	1863	1923	新興行ドラマ一覧
Guise（公爵）	91	Guise 公爵	２代ギーズ公 François。軍人、政治家	フランス	1519	1563	Malbrouck の童謡
Guist'hau, Gabriel	388	Guist'hau	政治家、弁護士　（海軍次官、文相、商業相）	フランス	1863	1931	ブリアン再造内閣
	389	Guist'hau					フランス内閣新顔
	664	Guisthau					フランス新内閣
	771	Guist'hau					フランス新内閣
Guitry, Lucien	164	Guitry	俳優。ペテルブルクの劇場に招かれ、活躍後、帰国。内省的で個性的な演技が高く評価された。E. ロスタンの「シャンテクレ」でも主演。俳優で劇作家の Sacha は息子	フランス	1860	1925	ロスタンがパントマイムなど制作に意欲
	166	Guitry					「シャンテクレ」総浚い
	168	Guitry					「シャンテクレ」談話・風評
	261	Guitry					ロスタンが「シャンテクレ」を朗読して波紋
	295	Lucien Guitry、ギトリイ					「シャンテクレ」が大当たり
	435	Guitry					俳優 L. ギトリが所属劇場移籍
Guitry, Sacha	747	Sacha Guitry	俳優、劇作家、脚本家、劇場監督、映画監督。俳優 Lucien Guitry の息子	ロシア	1885	1957	S. Guitry の作品あらすじ
Gulbrasson, Hans Kaspar	241	Hans Kaspar Gulbrasson	新聞編集者	ノルウェー	1871	?	神学者を侮辱したとして記者に処分判決
Gullstrand, Allvar	613	Allvar Gullstrand	眼科医。ノーベル生理学・医学賞（1911）	スウェーデン	1862	1930	ノーベル生理学・医学賞有力
	637	Gullstrand					ノーベル賞受賞式の予定
Gumplowicz, Franziska	90	妻	Ludwig Gumplowicz の妻			1909	舌癌に罹り妻とともに自殺
Gumplowicz, Ludwig	90	Ludwig Gumplowicz	社会学者。征服国家説を提唱	オーストリア	1838	1909	舌癌に罹り妻とともに自殺
Gumppenberg, Hanns von	348	von Gumppenberg	詩人、翻訳家、カバレッティスト、演劇評論家	ドイツ	1866	1928	新興行ドラマ一覧
Gundelach, Karl	642	Gundelach	彫刻家	ドイツ	1856	1920	W. Busch 記念像設立予定
	657	Gundelach					W. Busch 記念像の塑造
	834	Gundelach					W. Busch 記念像
Gundlach, Louis	461	Louis Gundlach	作曲家		1879	1911	訃報
Gundolf, Friedrich	528	Friedrich Gundolf	詩人、文学史家。ゲオルゲ・クライスで際立った才能を放ったが師と決別した	ドイツ	1880	1931	F. グンドルフ「シェイクスピアとドイツ精神」
Guness, Belle	147	Guinness 夫人、女主人、夫人	連続殺人犯 Belle Guness。雇い人で共犯者であった男 Ray Lamphere に殺害された	ノルウェー	1859	1908	連続殺人犯の焼死事件判明

G

人名	頁数	本文表記	人物紹介（肩書・略歴など）	出生地	生年	没年	トピック
	250	Mrs. Belle Guiness					連続強盗殺人事件
Gunsbourg, Raoul	382	Gunsbourg	オペラ監督、作曲家、作家	ルーマニア	1860	1955	新興行オペラ一覧
Gura, Hermann	241	Gura、グラ	オペラ歌手（バリトン）、劇場監督、舞台演出家	ドイツ	1870	1945	怪我をしながらの名演技
	269	Gura					ワーグナー連日興行
	289	Guraoper					新興行オペラ一覧
	454	Gura					劇場人事
	457	Gura					コーミッシェ・オーパー引継ぎ
	509	Gura					コーミッシェ・オーパー貸借延長
	533 534	Gura、グラ					「トスカ」稽古の金銭トラブル
Gura-Hummel, Annie	241	Gura-Hummel	ソプラノ歌手。H. Gura の三番目の妻	フランス	1884	1964	怪我をしながらの名演技
Gurlitt, Cornelius Gustav	131	Kornelius Gurlitt	美術史家、建築家	ドイツ	1850	1938	六十歳祝賀
Gurlitt, Fritz	121	Fritz Gurlitt	美術商、美術品蒐集家。Fritz Gurlitt Gallery（ベルリン）の創業者	オーストリア			J. Sperl 七十歳記念展覧会
	475	Gurlitt					ゴーギャン展覧会（グルリット・ギャラリー）
	488	Gurlitt					ギャラリーの展示に意見
	522	Gurlitt					H. トーマ新作絵画の展覧
Gurlitt, Ludwig	425	Gurlitt	教育改革者、進歩主義教育家	オーストリア	1855	1931	新旧教脱籍の組合発足
Gussew, Nikolai	86 87	Nikolai Gussew、書記	L. トルストイの書記。本文中の表記よりも Nikolai Nikolaevich Gusev の表記が一般的。「トルストイ伯との対話」を執筆	ロシア	1882	1967	警官の自宅踏み込み・書記拘引にトルストイが抗議
	576	Gussew					トルストイの追想録を執筆
	729	Gussew、グツセフ、トルストイの書記					ロシアで発禁の「レフ・トルストイと二年間」がベルリンで出版
Gussew, Nikolai（母）	576	母	（Nikolai Gussew の母）				トルストイの追想録を執筆
Gustav-Adolf, Herzog zu Mecklenburg	286	Gustav-Adolf 王	メクレンブルク公爵	ドイツ	1633	1695	宿泊の民家が小博物館
Gustav I Wasa	851	グスタアフ・ワザ（GUSTAV WASA）	スウェーデン・ヴァーサ朝の開祖（1523-1560）	スウェーデン	1496	1560	歴史物三部作など A. ストリンドベリの近業
Gustav II Adolf	447	Gustav Adolph	ヴァーサ朝 6 代王（1611—1632）。スウェーデン最盛期の王。三十年戦争に介入。異名「北方の獅子」	スウェーデン	1594	1632	グスタフ・アドルフ参戦のワケ
	724	Gustav Adolph					「グスタフ・アドルフ」模範的興行
Gustav V	118	瑞典王	スウェーデン・ベルナドッテ朝 5 代王（1907-1950）	スウェーデン	1858	1950	スウェーデン王がノーベル賞受賞者 S. ラーゲルレーヴに叙勲
	146	王					外国移住防止に関する劇場主の献策を王が嘉納
	166	Gustav					盲腸炎との報
	279	Gustav					スウェーデン王の宿泊の報酬

人名	頁数	本文表記	人物紹介（肩書・略歴など）	出生地	生年	没年	トピック
	512 513	Gustav、瑞典王					イタリア王とスウェーデン王とのテーブルスピーチを改削
	514	瑞典王					スウェーデン王夫妻とドイツ帝夫妻が観覧予定の演目
	846	瑞典王					オペラ「サロメ」ストックホルム興行は一事件
Gustav Adolf IV	379	Gustav Adolf IV、Gustaffon 大佐	スウェーデン・ホルシュタイン=ゴットルプ朝3代王（1792-1809）。ナポレオン戦争でフィンランドを失地。クーデターで国を追われスイスで没した	スウェーデン	1778	1837	位を失った君主の挙動
Gutenberg, Johannes	93	Gutenberg	技術者、活版印刷発明者	ドイツ	1400	1468	グーテンベルク大理石胸像
	302	Gutenberg					グーテンベルク聖書の翻刻
	334	Gutenberg					グーテンベルクの埋葬地捜索
	503	Gutenberg 板					グーテンベルク版聖書の売買
	516	グウテンベルヒ活板					六十歳祝賀（A. ハルナック）
Gutschkow, A. J.	195	A. J. Gutschkow	（ロシア議院議長）				日露戦時に奉天に残った赤十字社理事長がロシア議会議長に就任
	402	Gutschkow					ロシア議会でトルストイに弔意
Gutzkow, Karl	76	Gutzkow	作家、劇作家、ジャーナリスト	ドイツ	1811	1878	版権消失でレクラム文庫化
	306	Gutzkow					学校の成績が良かった名士・悪かった名士
	475	Karl Gutzkow					K. Gutzkow 記念牌は撤収
	477	Karl Gutzkow					「ファウスト」興行沿革
	555	Karl Gutzkow					ドイツの演劇学校の沿革
Guyot, Yves	335	Yves Guyot	政治家、ジャーナリスト、エコノミスト	フランス	1843	1928	フランス文学者第4回年会
Guyot-Dessaigne, Edmond	388	Guyot-Dessaigne	政治家、医師、弁護士	フランス	1833	1907	A. ブリアンの経歴
Guzzo, Giovanni del	487	Guzzo	（ダヌンツォの債権者である南米人）				ダヌンツォの美術品差押
	491	Guzzo					差し押さえ封印解除
Gwynne, Katharine	463	Katharine Gwynne	（朗読家）				P. シェーアバルト詩の朗読会
Gyges	502	Gyges	リディア王国メルムナデス朝の開祖（前680—前644頃）				F. ヘッベル作品と同一題材の A. ジッド作品が興行
Gyldendal, Søren	248	Gyldendal	書肆創業者。1770年にコペンハーゲンで創業		1742	1802	デンマーク王女の自伝
	321	Gyldendal、ギュルデンダル					サラ・ベルナール自伝出版権
	417	Gyldendal					性欲問題を大胆に描いた短篇集「彼女は正当に行いしか」
	627	Gyldendal 板					独文ビョルンソン全集出版

人名	頁数	本文表記	人物紹介（肩書・略歴など）	出生地	生年	没年	トピック
	669	Gyldendal 書店					P. Nansen 旧作小説の脚本化
Gysae, Otto	471	O. Gysaes	文筆家、劇作家、ジャーナリスト	ドイツ	1877	1947	新興行ドラマ一覧
	605	O. Gysae					新興行ドラマ一覧
Gyulai, Paul	102	Paul Gyulai	詩人、評論家。ハンガリーで活躍した	ルーマニア	1826	1909	訃報
Ha'nish, Otoman Zar-Aduscht	587	Otoman Zar-Aduscht Ha'nish	新興宗教マスダスナン創始者		1856頃	1932	呼吸法に基づく新興宗教
Haakon VII	63	諾威王	ノルウェー国王（1905-1957）。デンマーク王 Frederik VIII の次男	ノルウェー	1872	1957	O. ブラームに聖 Olaf 勲章
	131	諾威王					パリで療養中のビョルンソン
	222	国王、王					訃報（ビョルンソン）・詳細
	231	国王、王					ビョルンソンの葬送
	235	王					ビョルンソンの葬儀
	296	諾威王					ドイツ帝がノルウェー王に F. ナンセン像を寄贈
Haan, W. de	668	W. de Haan	（オペラ作曲家）				新興行オペラ一覧
Haarlaender, Auguste	41	Auguste Haarländer	（ケルン花祭受賞文学者）				ケルン花祭
Haas, Hermann	787	Hermann Haas	陶芸家、画家、建築家	ドイツ	1878	1935	F. Stavenhagen 記念像
Haas-Heye, Otto Ludwig	87	Haas-Heye	ファッション・デザイナー	ドイツ	1879	1959	Eulenburg 侯の子供達の結婚
Haase, Friedrich	127	Friedrich Haase	俳優、劇場監督、舞台演出家。名優の証イフラントの指環を所持した。この指環にまつわる神秘的な伝承についてはハーゼの創作によるところが大きいと考えられている。Elise Haase-Schoenhoff は二番目の妻で元女優	ドイツ	1827	1911	1909年中最も面白かった記事
	384	Friedrich Haase					八十五歳祝賀
	386	Friedrich Haase					自宅で祝い
	428	Friedrich Haase					F. Haase が膀胱の手術
	479	Friedrich Haase、ハアゼ					訃報、第一の名優の証 Iffland の指環
	494	Friedrich Haase					F. Haase が遺言で遺品寄贈
	496	Friedrich Haase、夫					訃報（E. Haase-Schoenhoff）
	503	Friedrich Haase					訃報（F. Adamy）
	504	ハアゼ					孫も没したため F.ハーゼの遺産は舞台組合の所有
	530	Friedrich Haase 夫婦					F. Haase 夫妻記念像
	615	Haase					F. Haase 記念像除幕予定
Haase, Friedrich（孫）	504	ハアゼの孫	→ Adamy, Fritz				孫も没したため F. ハーゼの遺産は舞台組合の所有
Haase, Lene	699	Lene Haase	（女流作家）				L. Haase がカメルーンで結婚
Haase, Wilhelm	574	Wilhelm Haase	画家	ドイツ	1871	?	芸術高等学校（ベルリン）表彰
Haase-Schoenhoff, Elise	479	妻	女優、俳優 Friedrich Haase の妻		1838	1911	訃報（F. Haase）
	496	Elise Haase-Schoenhoff					訃報

人名	頁数	本文表記	人物紹介（肩書・略歴など）	出生地	生年	没年	トピック
	530	Friedrich Haase 夫婦					F. Haase 夫妻記念像
Haber, Fritz	405	Haber	物理化学者、電気化学者。ノーベル化学賞(1918)	ポーランド	1868	1934	ドイツ帝新設の研究所
Haberler	297	von Haberler	(弁護士)				Johann Orth 最後の手紙公開
Habermann, Hugo von	58	von Habermann	画家、肖像画家	ドイツ	1849	1929	六十歳祝賀
	92	Freiherr von Habermann					シャック・ギャラリー開館式
Habich, Ludwig	188	Ludwig Habig	彫刻家。本文の Habig は Habich が通例	ドイツ	1872	1949	D. F. Strauss 記念像
Habsburg（家）	503	Habsburg 家	10世紀中葉のライン川上流域に出自をもつヨーロッパ随一の貴族家系				王侯の血統における退化徴候に関する研究
Haby	68	Haby	(ヴィースバーデンの理髪師)				御用理髪師肩書乱用に制裁
Hadji Murat	405	Hadji Murat	民族指導者。北コーカサスの山岳民族出身。トルストイの未発表作品「ハジ・ムラート」のモデル	ロシア	1790代	1852	トルストイ作品関連記事
	564	Hadschi Murat					トルストイ遺稿刊行順序・「生ける屍」興行予定
	666	Hadaschi Murat					トルストイ遺稿小説検閲削除
Haeckel, Ernst	191	Ernst Haeckel	生物学者、博物学者、哲学者、芸術家。ドイツでダーウィニズムを広め、系統樹を用いて生物発生原則を提唱した。美しい標本絵画でも知られる。自然科学の認識と一元論的世界観の普及を目的としたドイツ一元論同盟を1906年に結成。キリスト教会の教義と根本から対立する性質のものであったため、激しい批判を受けた	ドイツ	1834	1919	P. ハイゼ八十歳賀帖署名者
	285	Haeckel					「世界の謎」に反響一万通
	357	Haeckel					雪冤の活動家を精神病院に入れることにつき弁護
	402	Ernst Haeckel					新教から脱会
	406	Ernst Haeckel、ヘッケル、Haeckels					E. ヘッケルの宗派脱退の理由は教会からの迫害
	426	Ernst Haeckel					死刑不可廃論者一覧
	499	Ernst Haeckel					執筆中の自伝完成は数年後
	524	Haeckel					骨折
	526	Haeckel					怪我の詳細
	571	Haeckel					訃報（R. Baerwinckel）・E. ヘッケル批判
	587	Ernst Haeckel					怪我の治癒は緩慢
	728	Ernst Haeckel					ヴァイマル市に植物標本寄贈
	743	Haeckel					E. ヘッケルの唯物論と W. オストヴァルトのエネルギー論
Haendcke	408	Haendcke	(芸術史家)				「春のめざめ」興行禁止の波紋
Haendel, Georg Friedrich	102	Haendel	作曲家。イギリスに帰化したがバッハと並びドイツ・バロックを代表する音楽家	ドイツ	1685	1759	著名作曲家の筆跡の巧拙
	640	Handel 協会					パリ音楽界の近況
Haenel, Gustav Friedrich	531	Gustav Haenel	法学者、法制史家	ドイツ	1792	1878	寄贈の「ローマ法大全」に盗品の疑惑
Hafid, Muley（Mulay）	94	Muley Hafid	モロッコのスルタン Abd al-Hafid（1908-1912）		1873	1937	フランス政府質入の品が競売

人名	頁数	本文表記	人物紹介（肩書・略歴など）	出生地	生年	没年	トピック
	297	Mulei Hafid					L. Batul 夫人帰郷要求許可
Hagel, Richard	475	Hagel	指揮者、カペルマイスター、合唱指揮者、ヴァイオリニスト、音楽教育家	ドイツ	1872	1941	カペルマイスター後任人事
Hagemann, Christian Carl	159	Karl Hagemann	劇場監督、演劇学者	ドイツ	1871	1945	ドイツ劇場（ハンブルク）座長
	438	Hagemann					ハウプトマン「鼠」あらすじなど
	544	Carl Hagemann					ヴェデキント興行禁止反対署名者一覧
	592	Karl Hagemann					ハンブルクに俳優学校創設
	766	Hagemann					ドイツ劇場（ハンブルク）人事
Hagemeister, Karl	488	Karl Hagemeister	画家。独自の画風で知られる	ドイツ	1848	1933	ギャラリーの展示に意見
	583	Hagemeister					バイエルン政府絵画買上
Hagenbeck, Carl	90	Hagenbeck	野生動物商人、動物公園所有者	ドイツ	1844	1913	駝鳥の畜産を実業化
Hagerup	229	Hagerup	（ノルウェーからの正式な使者）				ビョルンソンの葬送
Hagin, Heinrich	498	Hagin	劇場監督		1875	1925	劇場の借り受け予定
	552	Heinrich Hagin					ワーグナーの廉価興行
Hahn, Hermann	112	Hermann Hahn	彫刻家。A. v. Hildebrand の影響を受けて新古典主義の傾向を示した	ドイツ	1868	1942	H. K. B. v. モルトケ胸像制作
	169	Hermann Hahn					H. K. B. v.モルトケ胸像完成
	353	Hermann Hahn					シカゴ設立のゲーテ像が決定
	445	Hermann Hahn					ビスマルク記念像競技会
	836	Hahn					シカゴに立つゲーテ像が鋳造
Hahn, Otto	648	Otto Hahn	化学者、物理学者	ドイツ	1879	1968	カイザー・ヴィルヘルム協会がラジウム研究を助成
Hahn, Reynaldo	187	Reynaldo Hahn	作曲家、指揮者、音楽評論家	フランス	1875	1947	新興行オペラ一覧
Hahn, Victor	176	Victor Hahn	（劇作家）				チェーザレ・ボルジアを主人公とした戯曲
	185	Victor Hahn					新興行ドラマ一覧
	413	Viktor Hahn					新興行ドラマ一覧
Hahn-Hahn, Ida	482	Ida Graefin Hahn-Hahn	女流作家、詩人	ドイツ	1805	1880	F. Lewald 生誕百年
Haider, Karl	753	Karl Haider	画家	ドイツ	1846	1912	訃報
Haiger, Ernst	639	Ernst Haiger	建築家。ユーゲント・シュティールから新古典主義へと様式を変化させた	ドイツ	1874	1952	ベートーヴェン作品上演のシンフォニー・ホール設立予定
Halbe, Max	126	Max Halbe	劇作家、作家。戯曲「青春」（1893）によりドイツの自然主義を代表する一人となったが、のちに新ロマン主義的な傾向を深めるとともに小説なども執筆。三十年戦争やナポレオンが敗戦した1812年戦争を題材とした「ペテン師の指輪」「自由：1812年のドラマ」と	ポーランド	1865	1944	Akademische Buehne 再出発
	145	Max Halbe					八十歳祝賀（P. ハイゼ）
	159	Max Halbe					自作公演のためベルリン来訪
	163	Max Halbe、作者					「アメリカ・ドライバー」不評
	277	Max Halbe					遊興税反対署名者一覧

人名	頁数	本文表記	人物紹介（肩書・略歴など）	出生地	生年	没年	トピック
	299	Max Halbe	いった歴史劇もある。F. ヴェデキント、L. トーマと親交が深かった				芸術界知名士女の避暑地
	353	Max Halbe					劇場に失意のM. Halbeが小説を出版
	357	Max Halbe、ハルベ					E. Hardtのアンケート結果が誤ってM. Halbeの名で公表
	498	Max Halbe					M. Halbeの息子（俳優）がインスブルック市劇場に招聘
	544	Max Halbe					ヴェデキント興行禁止反対署名者一覧
	598	Max Halbe					三十年戦争に材を得た新脚本
	618	Max Halbe					新脚本の興行予定
	627	Max Halbe					Adoré-Villany舞踏禁止に抗議
	635	M. Halbe					新興行ドラマ一覧
	637	Max Halbe					検閲顧問官の嘱託を辞退
	648	Max Halbe					ドイツ文士会人事
	663	Max Halbe					「ペテン師の指輪」初興行
	788	Max Halbe					ナポレオン敗軍を描いた脚本
	823	Max Halbe					1812年戦取材脚本は「自由」
	837	Max Halbe					「自由：1812年のドラマ」初演
	848	MAX HALBE					著名劇作家の近況アンケート
Halbe, Robert	498	Robert Halbe	（俳優、Max Halbeの息子）				M. Halbeの息子（俳優）がインスブルック市劇場に招聘
Halbert, A.	507	A. Halbert	（劇作家）				新興行ドラマ一覧
Haldane, Richard	302	Haldane	初代ホールデン子爵。政治家、弁護士、哲学者　（陸相）	イギリス	1856	1928	英国下院で女権問題
Hale, George Ellery	132	Hale	天文学者。太陽観測のための単光太陽望遠鏡を発明	アメリカ	1868	1938	火星に関する虚説を打破
	303	Hale					太陽に関する共同研究会
Halévy, Ludovic	246	Halèvy	劇作家	フランス	1834	1908	E. Brieuxのアカデミー・フランセーズ登壇式
Halir, Carl	201	Halir-Exner-Mueller-Dechert	ヴァイオリニスト、カペルマイスター、音楽教育家	チェコ	1859	1909	HEMDカルテットのメンバー交代
Haller, Albin	566	Haller	化学者	フランス	1849	1925	英独仏の化学者会合
Haller, Herman	517	Haller	劇場監督、舞台批評家	ドイツ	1871	1943	ベルリン諸劇場概況（1911夏）
Hallet, Max	312	Hallet	政治家、弁護士				ベルギー国内で上流を占める社会主義者・国王の理解
Halley, Edmond	142	Halley 彗星	天文学者、地球物理学者、数学者、気象学者、物理学者	イギリス	1656	1742	ハレー彗星進路予測
	147	Halley 彗星					ローマからハレー彗星を確認
	182	Halley 彗星					1910年に見える彗星

H

人名	頁数	本文表記	人物紹介（肩書・略歴など）	出生地	生年	没年	トピック
	332	Halley 彗星					「絶対空間」に関する訛伝・ハレー彗星偽物説
Halm, Alfred	543	Halm	俳優、劇場監督、舞台演出家、映画演出家、劇作家、脚本家	オーストリア	1861	1951	興行禁止のため改刪
	633	A. Halm					新興行ドラマ一覧
	655	A. Halm					新興行ドラマ一覧
Halper, Friedrich	373	Friedrich Halper					ベルリン大学百年祭名誉学位
Hals, Frans	194	Franz Hals	画家。17世紀フランドル絵画の黄金期を代表する画家の一人	ベルギー	1580	1666	競売せり上がり高値で落札
	799	Franz-Hals-Museum					フランツ・ハルス美術館開館
Halsey, Robert	216	Halsey	（マーク・トゥエインをみとった医師。Dr. Quintart という医師も臨席）				危篤（マーク・トウェイン）
	218	医師					訃報（マーク・トウェイン）
Halvdankoht	846	DR HALVDANKOHT	→ Koht, Halvdan				H. イプセンの草稿発見
Hamacher, Alfred	380	Hamacher	画家。Willy Hamacher の兄	ポーランド	1862	1935	ベルリン芸術家協会新委員
Hamacher, Willy	64	Willi Hamacher	風景画家、海洋画家	ポーランド	1865	1909	訃報
	150	Willy Hamacher					遺作展覧会
Hambursin	526	Hambursin	（ベルギーの議員）				ベルギー議会で妨害の長演説
Hamelin	34	Hamelin	（パリ在住の判事）				新聞 *Matin* 掲載の笑い話
Hamerling, Robert	602	Hamerling	詩人、著述家	オーストリア	1830	1889	R. Hamerling の髪が盗難
Hamilkar	416	Hamilkar 王	カルタゴの将軍 Hamilkar Barkas。名将ハンニバルの父		前270	前229	パリで貞操帯が再流行
Hamilton	213	Hamilton	（イギリスの醜男子）				女に好かれた醜男子
Hammershoi, Vilhelm	624	Hammershoi	画家	デンマーク	1864	1916	ローマ国際美術展覧会受賞者
Hammerstein, Oscar	9	Hammerstein	実業家、煙草製造者、オペラ興行主	ドイツ	1847	1919	俳優社会のわがまま・ゲン担ぎ
	570	Hammerstein					オペラハウス（ロンドン）こけら落しは「クオ・ヴァディス？」
	665	Hammerstein					オペラハウス維持不能
	737	Oskar Hammerstein					ロンドンのオペラハウスを畳みアメリカに戻って巡業予定
	823	Hammerstein					他劇場への出演禁止契約・野外で歌唱
Hammurabi	252	Hammurabi	バビロン第1王朝6代王（前1728～前1686頃）。ハンムラビ法典を制定				バビロニアでの医者の報酬
Hampstead, Harris	83	Harris Hampstead、商人	（美男コンテスト優勝の商人）				美男コンテスト（イギリス）
Hampstead, Harris（妻子）	83	妻子	（商人 H. Hampstead の妻子）				美男コンテスト（イギリス）
Hamsun, Knut	222	Knut Hamsum	作家、劇作家。本名Knut Pederson。小説「飢え」により一躍新ロマン主義の旗手となった。「土の恵み」によりノーベル文学賞受賞	ノルウェー	1859	1952	訃報（ビョルンソン）・詳細
	325	Knut Hamsun					五十歳誕生日・書肆 Arbert Langen 創立逸話

人名	頁数	本文表記	人物紹介（肩書・略歴など）	出生地	生年	没年	トピック
	326	Knut Hamsun	(1920)				新脚本執筆
	332	Knut Hamsun					行先不明の北方旅行
	413	K. Hamsun					新興行ドラマ一覧
	448	Knut Hamsun					発表から16年目に初興行
	620	Kunt Hamsun					田園生活讃美の「最後の喜び」
Hancke, Erich	802	Erich Hancke	画家。伝記「マックス・リーバーマン：その人生と作品」執筆	ドイツ	1871	1954	M. リーバーマン六十五歳記念出版物制作予定
Handberger, Adolf	75	Adolf Handberger					音楽学正教授（ミュンヘン大学）着任
Handel-Mazzetti, Enrica von	359	Enrica Handel-Mazetti	女流作家。宗教改革期におけるカトリックとプロテスタント間の対立を題材にした歴史小説を多く書いた	オーストリア	1871	1955	ローマ教会制度に服従するとの公開状を強制
	494 495	Enrica Baronin von Handel-Mazetti、女作者					「信仰と故郷」を剽窃と中傷
	503	Handel-Mazetti					Handel-Mazetti がシェーンヘルは剽窃をしていないと声明
	508	Baronin von Handel-Mazetti					「信仰と故郷」剽窃疑惑弁明
Hanfstaengl, Franz	641	Hanfstaengl	画家、石版画家、写真家、美術印刷所創業者	ドイツ	1804	1877	F. シュトゥックの絵画が没収
Hankin, John Emile Clavering	519	John Hankin	文筆家、劇作家	イギリス	1869	1909	英国の脚本家の分類
Hann, Julius Ferdinand von	737	Julius Hann	気象学者、気候学者。フェーン現象の研究など近代的な気象学を創始	オーストリア	1839	1921	Pour le mértie 勲章受勲
	822	J. von Hann					大気中と地面の温度差
Hanotaux, Gabriel	464	Gabriel Hanotaux	政治家、歴史家	フランス	1853	1944	アカデミー・フランセーズ会員
	555	Gabriel Hannotaux					「ジャンヌ・ダルク」出版
	801	Hanotaux					ゲーテ協会会長にふさわしい人物
Hanriot, Maurice	566	Hanriot	化学者	フランス	1854	1933	英独仏の化学者会合
Hansen, Gerhard Armauer	679	Armauer Hansen	細菌研究者。ハンセン病の解明者	ノルウェー	1841	1912	訃報
Hansen（Haase), Magnus	691	Magnus Hansen (Haase)	（劇作家）				戯曲 *Evatoechter*
	722	Magnus Hansen					戯曲 *Evatoechter* あらすじ
Hansen, Peter Christian Valdemar	537	P. C. v. Hansen	劇作家	デンマーク	1869	1927	新興行ドラマ一覧
	593	P. Hansen					新興行ドラマ一覧
	635	Hansen					新興行ドラマ一覧
Hańska, Ewelina	305	Mme. Hanska	H. バルザックの妻	ウクライナ	1801	1882	バルザックの散歩杖
Hanslick, Eduard	771	Eduard Hanslick 胸像	音楽評論家。R. ワーグナーを批判し、J. ブラームスを擁護したことで知られる	オーストリア	1825	1904	E. ハンスリック胸像

H

人名	頁数	本文表記	人物紹介（肩書・略歴など）	出生地	生年	没年	トピック
Hansmann, Victor	116	Victor Hansmann	作曲家		1871	1909	訃報
Hanson	801	Hanson	（ロンドンの興行師）				男優と興行師が劇場争奪
Hansson, Ola	718	Ola Hansson	詩人、作家、評論家、ジャーナリスト	スウェーデン	1860	1925	A. ストリンドベリの評伝・作品とモデル
Hansson-Marholm, Laura	667	Laura Hansson-Marholm	女流作家、文筆家。本名 Laura Mohr。Ola Hansson と結婚	ラトヴィア	1854	1880	P. Schlenther のストリンドベリ回想
Haraucourt, Edmond	297	Edmond Harauzourt	詩人、作詞家、作家、劇作家、ジャーナリスト。P297の Harauzourt は誤り	フランス	1856	1941	バルザック博物館開館式
	681	Edmond Haraucourt、文士					F. ロップスの絵画が猥褻だとされ競売中止
Harden, Maximilian	579	Maximilian Harden	作家、評論家、俳優、ジャーナリスト、編集者。皇帝の側近たちを同性愛者として告発した「ハルデン＝オイレンブルク事件」で世論を賑わせた	ドイツ	1861	1927	ワーグナー興行権期限切れ・「パルジファル」問題
	610	Maximilian Harden					M. Harden の著作が発禁
	839	Maximilian Harden					「裁判事件」出版
Hardevust	771	Hardevust（＝harte Faust）	（ドイツ語で「堅い拳」という意味の姓を持つ人物）				ポワンカレの名の由来
Hardinge, Charles	265	Sir Charles Hardinges	外交官、インド総督。初代ハーディング・オブ・ペンズハースト男爵	イギリス	1858	1944	インド副王など人事
	763	Hardinge 夫婦、副王					象で移動中に爆裂弾
Hardinge, Charles（妻）	763	Hardinge 夫婦	Charles Hardinges の妻 Selina		1868	1914	象で移動中に爆裂弾
Hardt, Ernst	357	Ernst Hardt	劇作家、作家、舞台演出家、翻訳家	ポーランド	1876	1947	E. Hardt のアンケート結果が誤って M. Halbe の名で公表
	391	Ernst Hardt					カインツ祭（新劇場）予定
	480	Ernst Hardt					遊興税に対する抗議会
	539	Ernst Hardt					レッシング劇場新作興行予定
	558	Ernst Hardt					出版情報
	562	E. Hardt					新興行ドラマ一覧
	591	Ernst Hardt					「グートルーン」興行予定
	624	Ernst Hardt					「グートルーン」初興行
	630	ハルト					旧作脚本「グートルーン」出版
	648	Ernst Hardt					旧作を改題して興行
	759	Hardt					訃報（O. Brahm）
	761	Ernst Hardt					新作「シーリンとゲルトラウデ」
	774	Ernst Hardt					E. ハルトの旧作が上場
	810	Ernst Hardt					ハウプトマン戯曲の興行禁止は皇太子の意向
	851 852	エルンスト・ハルト（ERNST HARDT）					国家シラー賞と民衆シラー賞
Hardt, Ludwig	678	Ludwig Hardt	朗読家、俳優	ドイツ	1886	1947	L. ハルトの声帯模写公演
Hardung, Viktor	695	Viktor Hardung	劇作家		1861	1919	抒情的に価値ある *Godiva* 興行

人名	頁数	本文表記	人物紹介（肩書・略歴など）	出生地	生年	没年	トピック
Hardy, Arthur Twining	372	Arthur Hardley	経済学者、イェール大学総長	アメリカ	1856	1930	ベルリン大学百年祭名誉学位
Harlan, Walter	413	W. Harlan	劇作家、脚本家	ドイツ	1867	1931	新興行ドラマ一覧
Harmon	313	Harmon	(政治家)				ネブラスカ州など民主党の情勢
Harms	372	Harms					ベルリン大学百年祭名誉学位
Harms, Paul	334	Paul Harms	劇作家				フリードリヒ大帝登場の戯曲興行につきドイツ帝の許可
	570	Paul Harms					リーグニッツ会戦の劇興行
	670	Paul Harms					フリードリヒ大王二百年記念祭
Harnack, Adolf von	301	Harnack	神学者、教会史家。プロテスタントの代表的な教会史家。ルター研究で知られる神学者Theodosius Harnackの息子で、弟は文学研究者のOtto。自由主義神学の立場から広範な研究を行なうとともに、キリスト教と近代的な思潮との統合を試みて行政にも参画した。カイザー・ヴィルヘルム協会の会長を務めるなど、ヴィルヘルム2世のブレーンとしての役割を果たした	エストニア	1851	1930	教育学者A. Matthias退任
	317	Adolf Harnack					自由キリスト教及び宗教進歩大会
	371	Harnack、ハルナツク					ベルリン大学百年祭
	443	Harnack					カイザー・ヴィルヘルム協会第一回会合
	459	Adolf Harnack					A. ハルナックがヴァチカン政治史につき演説
	475	Harnack					カイザー・ヴィルヘルム協会会長の印たる首飾り
	512	Adolf Harnack					六十歳祝賀
	516	Adolf Harnack、Harnack					六十歳祝賀の計画、六十歳祝賀
	752	Adolf Harnack					キリスト教三大批判者につきA. ハルナック演説
	836	Adolf Harnack					ベルリン大学勤続二十五年
Harnack, Otto	425	Harnack	ゲーテ研究者、劇作家、詩人。Adolfは兄	ドイツ	1857	1914	国民劇興行のための五千人劇場設立運動
	801	Harnack					ゲーテ協会会長にふさわしい人物
Harper	252	Harper	(米国医師会雑誌*JAMA*寄稿者)				バビロニアでの医者の報酬
Harrach, Ferdinand von	443	von Harrach	画家	ポーランド	1832	1915	ドイツ帝より受勲の芸術家
	684	Harrach伯					八十歳記念展覧会開催
Harries, Carl	721	Harries、ハリイス	化学者。オゾン発生器の発明者	ドイツ	1866	1923	硬ゴムの産地・改良
Harrimann, Edward Henry	89	Harrimann	実業家、鉄道経営者。「鉄道王」と呼ばれた。日露戦時に巨額の戦時公債を購入、ポーツマス条約後には東清鉄道の日米共同経営を規定した桂・ハリマン協定（のちに日本側の理由により破棄）を結んだことでも知られる。没後は親族が事業を展開	アメリカ	1849	1909	訃報
	90	Harrimann					葬儀
	102	Harriman					鉄道王の称号
	127	Harrimann					1909年中最も面白かった記事
	136	Harrimann					鉄道王の遺産を元に公園設立
	346	Harriman					太平洋における航海線の契約
	532	Harriman					ハリマン未亡人が大学創設

人名	頁数	本文表記	人物紹介（肩書・略歴など）	出生地	生年	没年	トピック
Harrimann, Mary Williamson Averell	532	Harrimanの未亡人	慈善家、E.ハリマンの妻	アメリカ	1851	1932	ハリマン未亡人が大学創設
Harrison, Frederic	789	Frederick Harrison	法学者、歴史家、文芸評論家	イギリス	1831	1923	「大風（タイフン）」ロンドン公演大入り・日本人主人公タケラモ
Harsley	570	Harsley	（大学教員）				ベルリン大学講義一覧
Hart, Robert	289	Sir Robert Hart	外交官、中国監察官	イギリス	1835	1911	清国に大学設立の調査
	601	Sir Robert Hart					訃報
Harte, Francis Bret	218	Bret Harte	詩人、著述家	アメリカ	1836	1902	訃報（マーク・トウェイン）
Harten, Adolph	574	Adolph Harten	画家	ドイツ	1876	?	芸術高等学校（ベルリン）表彰
Hartenau, Gert	471	G. Hartenau	文筆家、劇作家。筆名Gert Hartenau-Thiel		1865	1936	新興行ドラマ一覧
Harteveld, Wilhelm	403	Wilhelm Harteverd	作曲家		1859	1927	歌曲興行権の禁止・許可
Harting, Arcadius	63	Heckelmann-Landessen-Harting事件	（ロシアのスパイの首領、本名Abraham Haeckelmann、別名Landessen）				Heckelmann-Landessen-Harting事件
	64	Harting					ロシアのスパイ首領がブリュッセルからロンドンに行く様子
	66	Abraham Haeckelmann、Arcadius Harting、Harting					評判のロシア・スパイの経歴、ロシア・スパイの行く末
Harting, Arcadius（妻）	66	白耳義うまれの今の妻、妻					評判のロシア・スパイの経歴
Hartleben, Conrad Adolf	162	Hartlebens Verlag	書肆創業者。1804年ペストで創業	ドイツ	1778	1863	訃報（O. J. Bierbaum）
Hartleben, Otto Erich	164	Hartleben、Ottoerich	詩人、劇作家、物語作家、翻訳家	ドイツ	1864	1905	訃報（O. J. Bierbaum）
	202	Otto Erich Hartleben、夫					ハルトレーベン未亡人が回想録出版
	258	Otto Erich Hartleben					ヴィルデンブルッフ *Die Quitzows* のパロディーは発禁
	437	Hartleben					グリルパルツァー賞・詳細
	557	Otto Erich Hartleben					ヘッベルの日記から剽窃疑惑
	610	Otto Erich Hartleben					ハルトレーベン未亡人が朗読会
Hartleben, Selma	202	妻Selma	O. E.ハルトレーベンの妻。旧姓Hesse		1868	1930	ハルトレーベン未亡人が回想録出版
	610	故人Otto Erich Hartleben夫人					ハルトレーベン未亡人が朗読会
Hartley, Randolph	239	R. Hartley	オペラ台本家	アメリカ	1870	1931	新興行オペラ一覧
Hartmann	628	Hartmann	（エッセン市立劇場監督）				劇場人事
Hartmann, Anton	751	Anton Hartmann	（ライプツィヒの演劇家）				訃報

人名	頁数	本文表記	人物紹介（肩書・略歴など）	出生地	生年	没年	トピック
Hartmann, Arnold	251	Arnold Hartmann	建築家		1861	?	ベルリン美術大展覧会（1911）
Hartmann, Eduard von	567	Eduard von Hartmann	哲学者。鷗外訳に「審美学」「審美学綱領」がある	ドイツ	1842	1906	ヨーロッパの仏教・インド研究
Hartmann, Emil	555	Emil Hartmann					選帝侯歌劇場（ベルリン）役員
Hartmann, Ernst	126	Hartmann	俳優、劇場監督	ドイツ	1844	1911	ブルク劇場監督が辞任
	609	Ernst Hartmann					訃報
Hartmann, Fritz	655	F. Hartmann	文筆家		1866	1937	新興行ドラマ一覧
Hartmann, Geog	552	Geoge Hartmann	歌手、演出家、歌劇場支配人		1862	1936	歌劇場人事
Hartmann, Gert	238	Gert Hartmann	（劇作家）				新興行ドラマ一覧
Hartmann, Helene	356	Helene Hartmann	女優。Ernst Hartmann と結婚	ドイツ	1843	1898	J.カインツの葬儀
Hartmann, Johannes	684	Johannes Hartmann	彫刻家	ドイツ	1869	1952	ライプツィヒ美術展覧会（1912）
	708	Johannes Hartmann					シラー記念像競技会勝者
	724	Hartmann					シラー記念像設置予定
Hartmann von der Aue, Heinrich	817	Der arme Heinrich von Hartmann von der Aue	叙事詩人、騎士。12世紀末から13世紀初頭にかけて活躍したと伝えられる	ドイツ			グリム兄弟校閲「哀れなハインリヒ」
Hartung, Gustav	329	Hartung	文筆家、劇場監督、演出家	ポーランド	1887	1946	新興行ドラマ一覧
Harvey, William	84	Harvey	医師、解剖学者	イギリス	1578	1657	先駆的発見者に対するいじめ
Haselhoff-Lich, Irma	386	某貴婦人、貴婦人	（F. Wittels の小説 *Ezechiel der Zugereiste* のモデルとして中傷された女性）				小説のモデル問題起訴、モデル事件裁判は作者に無罪
	397	Irma Haselhoff-Lich					小説のモデル問題で再訴訟
Hasemanns, Wilhelm	236	Wilhelm Hasemann	劇場監督。本文では七十歳没とある		1843	1910	訃報
Hasenclever, Otto	740	Otto Hasenclever	作曲家				新作オラトリオのテキスト
Hassan Fehmi Bey	32	Hassan Fehmi Bey	ジャーナリスト。オスマン帝国のリベラル政党機関紙 *Serbesti* 主筆		1874	1909	訃報・射殺事件
Hasse	733	Hasse	（美術修復家）				ヘラクレス像（ヴァチカン）修復
Hasselmans, Alphonse	640	Hasselmans	ハープ奏者、作曲家、音楽教育家	ベルギー	1845	1912	パリ音楽界の近況
Hasselriis, Louis	719	Hasselriis	彫刻家	デンマーク	1844	1912	訃報・ハイネ記念像（Korfu・ハンブルク）
Hassenkamp	209	Hassenkamp	作曲家				新興行オペラ一覧
Hastings, Macdonald	738	Macdonald Hastings	文筆家、ジャーナリスト、劇作家。同名の息子と区別するため Basil Macdonald Hastings と表記されることが多い	イギリス	1881	1928	ロンドンの人気劇作家
Hata	407	Ehrlich-Hata 606	→秦 佐八郎				606号をサルヴァルサンと命名
Hatvany, Franz	165	Franz de Hatvany	画家、美術品蒐集家。Ferenc Hatvany		1881	1958	主要ハンガリー画家一覧
Hatvany, Ludwig von	799	L. von Hatvany	文筆家、芸術家のパトロン。Lajos Hatvany	ハンガリー	1880	1961	興行情報及び禁治産処分
Hau, Josef	106	Josef Hau	（ニーベルンゲン塔の造形家）				ニーベルンゲン塔建立予定
Haude, Ambrosius	566	書店 Haude und	書肆。1614年にブランデンブルク選帝侯がベ		1692	1748	ベルリン最古の書店（1614）

H

人名	頁数	本文表記	人物紹介（肩書・略歴など）	出生地	生年	没年	トピック
		Spenersche Buchhandlung	ルリンのKalle兄弟に与えた本屋開業特権を引き継いだ				
Haudebourt-Lescot, Hortense	739	Madame Haudibourt -Lescoit	女流画家	フランス	1784	1845	ルーヴル所蔵の肖像画に穴
Hauer, Karl	397	Karl Hauer	ジャーナリスト、文筆家	オーストリア	1875	1919	小説のモデル問題で再訴訟
Hauff, Wilhelm	208	Hauff	詩人、作家。シュヴァーベン派	ドイツ	1802	1827	新興行オペラ一覧
Hauke, Franz	554	Franz Hauke	法学者	オーストリア	1852	1915	グラーツ大学総長就任
Haupt, Karl	244	Karl Haupt	（カバレット会員）				訃報（G. D. Schulz）
Hauptmann, Carl	298	Karl Hauptmann	作家、劇作家。ゲルハルト・ハウプトマンの兄。筆名Ferdinand Klar	ポーランド	1858	1921	芸術界知名士女の避暑地
	349	C. Hauptmann					新興行ドラマ一覧
	452	K. Hauptmann					新興行ドラマ一覧
	653	Carl Hauptmann					クリスマスの予定アンケート
	723	Karl Hauptmann					興行情報
	746	Karl Hauptmann					新作の五幕物を朗読
	761	Carl Hauptmann					興行情報
	797	Carl Hauptmann					興行情報（ドレスデン）
Hauptmann, Gerhart	8	Hauptmann	劇作家、作家、詩人。ノーベル文学賞（1912）。O. ブラーム主宰の自由劇場で「日の出前」が初演、一躍脚光を浴び、自然主義を代表する作家の一人としてドイツの近代演劇の確立に寄与した。その後、象徴主義的、ロマン主義的な傾向を示す作品も発表。戯曲「寂しき人々」「織工（おりこ）」「沈鐘」、小説「ゾアーナの異教徒」、叙事詩「ティル・オイゲンシュピール」など。政治権力の介入を排除しようとしたドイツ芸術家社会劇場の監督を務めた。皇帝ヴィルヘルム2世と皇太子は、社会主義的な傾向を示していたハウプトマンに明確な嫌悪を示し、1896年のシラー賞授与に反対、また解放戦争百年記念祭におけるハウプトマン劇の興行を中止させた。だが、第一次世界大戦突入に賛意を示したハウプトマンがプロパガンダ的役割を果たしたことから1915年に赤鷲勲章を授与した	ポーランド	1862	1946	ハウプトマン戯曲で注目のF. Geyer略歴
	12	Gerahart Hauptmann					*Griserda* 興行は不評
	13	Gerahart Hauptmann、Hauptmann					ウィーン宮廷劇場がハウプトマンを招待
	30	Gerhart Hauptmann					脚本「織工」で名高くなった村々でストライキ
	59	Gerhart Hauptmann					自作脚本朗読巡回の噂
	71	Gerhart Hauptmann					ライプツィヒ大学五百年記念名誉学位
	100	Gerhart Hauptmann					F. Ferrer Guàrdia 死刑反対者
	108	Gerhart Hauptmann					「日の出前」記念興行
	124	Gerhart Hauptmann					五十歳祝賀（S. Fischer）
	128	Gerhart Hauptmann					ブルク劇場監督候補一覧
	131	Gerhart Hauptmann					ハウプトマンとデーメルの近作
	155	Hauptmann					新作「鼠（*Die Ratten*）」
	177	Hauptmann					ミラノとパリの文士会とが外国脚本上演につき筆戦
	195	Gerhart Hauptmann					S. ラーゲルレーヴ原作短編をハウプトマンが脚本化の意欲
	221	Hauptmann					P. Pauli 舞台五十年祝賀公演
	239	Gerhart Hauptmann					新興行オペラ一覧

人名	頁数	本文表記	人物紹介（肩書・略歴など）	出生地	生年	没年	トピック
	244	Gerhart Hauptmann					文士の手紙競売・内容と価格
	288	G. Hauptmann					新興行ドラマ一覧
	298	Gerhart Hauptmann					芸術界知名士女の避暑地
	320	Gerhart Hauptmann、詩人					外国移住の予定
	342	Hauptmann					ハウプトマン「鼠」脱稿
	352	Hauptmann					ハウプトマンが「寂しき人々」レッシング座公演を観劇予定
	384	Gerhart Hauptmann、詩人					ハウプトマンが「鼠」を筆削中
	386	Hauptmann					新文芸および絶版の朗読公演
	394	Hauptmann					興行禁止権適用につき議論
	400	Gerhart Hauptmann					ハウプトマン小説出版
	401	Gerhart Hauptmann					ハウプトマンのトルストイ評
	402	ハウプトマン夫妻、Hauptmann					カインツ祭（新劇場）、ハウプトマンのトルストイ評（続）
	409	Gerhart Hauptmann					入院手術
	416	Hauptmann					新興行オペラ一覧
	421	Hauptmann					ベルリン演劇学校視察とロシア興行事情
	426	Hauptmann					ベルリンの裏側を描いた「鼠」初興行
	435	Gerhart Hauptmann					ハウプトマン「鼠」配役
	437	Gerhart Hauptmann					グリルパルツァー賞・詳細
	438	Hauptmann、ハウプトマン					ハウプトマン「鼠」あらすじなど
	439	Hauptmann					ハウプトマン「鼠」出版
	440	Hauptmann					脚本「鼠」に元警視総監の実名
	455	Hauptmann					O. ブラームが「鼠」検閲削除に抗議し警視総監を起訴
	459	ハウプトマン					興行失敗の具体例とその弁護
	468	ハウプトマン					ハウプトマンからの弔電
	528	Gerhart Hauptmann					新作現代小説公刊の予定
	540	Gerhart Hauptmann					警視庁の「鼠」削除命令を不服とした劇場側が勝訴
	586	Gerhart Hauptmann					断片劇「牧人の歌」興行予定
	611	Hauptmann					S. Fischer 創業二十五周年祭
	615	Gerhart Hauptmann					興行情報

人名	頁数	本文表記	人物紹介（肩書・略歴など）	出生地	生年	没年	トピック
	618	Hauptmann					ノーベル賞受賞候補（1911）
	629	Gerhart Hauptmann					オックスフォード大学のドイツ文学史の教科書
	631	Gerhart Hauptmann					ハウプトマンが「パルジファル」を扱おうとの意欲
	636	Gerhart Hauptmann					執筆中の「パルジファル」の出版予定
	638	Hauptmann					ハウプトマンがプロイセン以外の各地から栄誉
	639	Hauptmann					小説「アトランティス」出版予定
	646	Hauptmann					未発表脚本「ガブリエル・シリングの逃走」全篇が雑誌掲載
	648	Hauptmann					ドイツ文士会人事
	659	Gerhart Hauptmann					「ガブリエル・シリングの逃走」あらすじ
	665	Hauptmann					「アトランティス」新聞掲載開始
	668	Gerhart Hauptmann					ハウプトマンのストリンドベリ評・六十三歳祝賀（A. ストリンドベリ）
	673	Gerhart Hauptmann					ハウプトマンが民間劇に参加
	693	Hauptmann、Gerhart Hauptmann					訃報（M. ブルクハルト）、「ガブリエル・シリングの逃走」興行
	694	Hauptmann					ヴェデキントが興行禁止批判「トルケマダ：検閲の心理学」
	700	Gerhart Hauptmann					雑誌「パン」に断章を発表
	701	Hauptmann					「ガブリエル・シリングの逃走」舞台美術にM. リーバーマン
	709	Gerhart Hauptmann					ブレスラウで諸国民戦争百年記念祭
	711	Gerhart Hauptmann					1912年中に五十歳となる文士
	727	Gerhart Hauptmann					「ガブリエル・シリングの逃走」好評
	728	Hauptmann					ハウプトマンの近況
	731	Gerhart Hauptmann					建設中のウィーン劇場で「ガブリエル・シリングの逃走」上演予定
	732	Gerhart Hauptmann					上演のためドレスデン滞在
	733	Gerhart Hauptmann、Hauptmann					ノーベル文学賞候補にベルグソンかハウプトマンかで議論、ハウプトマン五十歳祝賀興行

H

人名	頁数	本文表記	人物紹介（肩書・略歴など）	出生地	生年	没年	トピック
	738	Gerhart Hauptmann					ハウプトマンがノーベル賞有力
	741	Gerhart Hauptmann					ハウプトマン生誕地で五十歳祝賀を見合わせ
	743	Gerhart Hauptmann					リュウマチのため旅行を取止め
	747	Gerhart Hauptmann					ドレスデンでの上演を観覧
	749	Gerhart Hauptmann					ハウプトマン五十歳記念興行
	750	Hauptmann					ベルリンの諸劇場でハウプトマン誕生日記念興行
	754	Hauptmann、詩人					ライプツィヒ大学でハウプトマン五十歳記念興行
	755	Hauptmann					ドイツ諸劇場（1912）の興行数
	756	Hauptmann					活動写真になったハウプトマン作品は「アトランティス」だけ、ホフマンスタールがハウプトマンに祝辞
	757	Hauptmann					ハウプトマン未発表脚本朗読、五十歳祝賀
	758	Hauptmann					ハウプトマンの講演抜粋
	759	Hauptmann					訃報（O. Brahm）
	760	Gerhart Hauptmann					ハウプトマンの肖像画
	761	Gerhart Hauptmann、ハウプトマン					ストックホルムのハウプトマン
	762	ゲルハルト・ハウプトマン					コペンハーゲンでも歓迎会
	773	Gerhart Hauptmann					「牧人の歌」上場
	785	Gerhart Hauptmann					G. ハウプトマンについて講義
	787	Gerhart Hauptmann					ウィスコンシンで大学生がハウプトマン作品を上演
	789	Gerhart Hauptmann					M. リーバーマン作ハウプトマン肖像画の展示
	801	Gerhart Hauptmann					ゲーテ協会会長にふさわしい人物
	804	Gerhart Hauptmann					ハウプトマンの伝記、ブレスラウ世紀博覧会でハウプトマン作品上演、ハウプトマン親戚の作品上場
	805	Gerhart Hauptmann					*Festspiel in deutschen Reimen* を在郷軍人が批判
	806	Gerhart Hauptmann					ハウプトマンが女子運動は必然の結果とコメント
	809	Gerhart Hauptmann、					G. ハウプトマンがドイツ芸術劇場

人名	頁数	本文表記	人物紹介（肩書・略歴など）	出生地	生年	没年	トピック
		ハウプトマン					舞台監督、ハウプトマン特集中断の背景
	810	ハウプトマン、ハウプトマン回護問題					ハウプトマン戯曲の興行禁止にドイツ皇太子の意向、ブレスラウ大学教授多数がハウプトマン弁護、ハウプトマン回護のため諸団体が会議・演説会開催
	811	Gerhart Hauptmann、Hauptmann					ハウプトマンをめぐり批判と擁護が錯綜
	812	Gerhart Hauptmann					ハウプトマンに関する英文評論
	818	Gerhart Hauptmann					NY で聾唖者のための興行
	820	Hauptmann					モスクワで「沈鐘」野外興行
	824	Gerhart Hauptmann					ドイツ芸術家社会劇場が「ヴィルヘルム・テル」で開場
	835	Gerhart Hauptmann					ハウプトマンが引越
	836	Hauptmann					ハウプトマンが「ヴィルヘルム・テル」を大幅に省略
Hauptmann, Margarete	402	ハウプトマン夫妻	女優。G. ハウプトマンの二番目の妻、作曲家 Max Marschalk の妹	ドイツ	1875	1957	カインツ祭（新劇場）
	761	ハウプトマン夫人					ストックホルムのハウプトマン
Hauptmann, Robert	811	Hauptmann の父	宿泊業者。カールとゲルハルトの父		1824	1898	ハウプトマンをめぐり批判と擁護が錯綜
Hauser, Otto	115	O. Hauser	先史学者	スイス	1874	1932	ドルドーニュでの発掘
Haussmann, Karl	270	Karl Haussmann	測地学者	ドイツ	1860	1940	ベルリン学士院奨励金一覧
Havemeyer, William Frederick	513	Havemeyer	実業家、政治家	アメリカ	1804	1874	絵画の値段
Haverkamp, Wilhelm	251	Wilhelm Haverkamp	彫刻家	ドイツ	1864	1929	ベルリン美術大展覧会（1911）
	501	Haverkamp					ベルリン美術大展覧会（1912）
Hawel, Rudolf	726	Rudolf Hawel	作家、劇作家	オーストリア	1860	1923	ドイツ・シラー財団賞
Hawley, Edwin	102	Edwin Hawley	鉄道経営者、金融業者	アメリカ	1859	1912	鉄道王の称号
Haxthausen, Eimershaus von	455	von Haxthausen	外交官		1858	1914	在北京ドイツ大使が決定
Hay, John Milton	438	Hay	政治家	アメリカ	1838	1905	パナマ海峡に関する条約
Hay, Mary	522	Mary Hay	女流作家、フェミニスト	イギリス	1760	1843	生きた小説「冬の王妃」
Haydn, Franz Joseph	114	Haydn	作曲家	オーストリア	1732	1809	ハイドン没後百年祭
Hayward-Butt	525	Hayward Butt					ロンドン訪問中のドイツ帝と妃
Headlam, Stewart D.	489	Stewart D. Headlam	英国国教会の聖職者	イギリス	1847	1924	バーナード・ショーが現行の学校教育につき批判的演説
Hebbel, Christian	659	Christian Konrad	（船乗り。F.ヘッベルの甥）				ヘッベル唯一の遺族に醵金

H

人名	頁数	本文表記	人物紹介（肩書・略歴など）	出生地	生年	没年	トピック
Konrad		Hebbel					
Hebbel, Christine	169	Friedrich Hebbel の妻 Christine	女優。F. ヘッベルの妻。旧姓 Enghaus。1815年生まれとの説もある。本文 P195に九十歳の誕生日を迎えたとあるが、これは誤り	ドイツ	1817	1910	九十三歳のヘッベル未亡人
	195	Hebbel の未亡人 Christine					ヘッベル未亡人が大病
	279	Hebbel の未亡人 Christine、Enghaus 氏					訃報
	281	Christine Hebbel、夫人					葬儀
	327	Hebbel の未亡人					ドイツ帝の文芸談話
	777	妻 Christine					ヘッベル生誕百年記念事業（ウィーン）
Hebbel, Friedrich	116	Hebbeltheater	劇作家、作家、詩人。ドイツ写実主義演劇の先駆で、ドイツ近代演劇史においてもっとも重要な存在の一人。第一作「ユーディット」から「ゲノフェーファ」「マリア・マグダレーネ」といった作品を積み重ね、ウィーンを代表する劇作家の一人となった。その後も「ギューゲスとその指輪」「ニーベルンゲンの歌」など話題作を発表。激しい情熱と純粋な理念とに衝き動かされる劇的人間を造形した。自己の激動の生涯を記した日記にも高い文学的価値が認められている。妻は名女優であった Christine Enghaus	ドイツ	1813	1863	「アダムとイヴ」初興行
	129	Hebbel-Theater					ヘッベル劇場が破産との報
	130	Hebbeltheater					弥縫策によりヘッベル劇場が一時現状維持
	132	Hebbel-Theater					ヘッベル劇場座長が辞職
	151	ヘツベル座					合作喜劇「騎士」興行
	155	Hebbel 座					劇場監督人事
	168	Hebbel、Hebbel-museum					故郷にヘッベル博物館建設中
	169	Friedrich Hebbel					九十三歳のヘッベル未亡人
	185	Hebbeltheater					新興行ドラマ一覧
	195	Hebbel					ヘッベル未亡人が大病
	200	Hebbel					A. Schoppe の書簡発見
	207	Hebbeltheater					新興行ドラマ一覧
	229	Hebbel					移籍女優 A. Dore の芸風
	238	Hebbelth.					新興行ドラマ一覧
	244	Hebbel					文士の手紙競売・内容と価格
	264	Hebbelth.					新興行ドラマ一覧
	279	Hebbel、ヘツベル					訃報（C. Hebbel）
	281	故 Hebbel 先生					葬儀（C. Hebbel）
	289	Hebbelth.					新興行ドラマ一覧
	317	Hebbeltheater					ヘッベル劇場を近代劇場と改称
	327	Hebbel					ドイツ帝の文芸談話
	329	Hebbelth.					新興行ドラマ一覧
	411	Hebbel					勅意で「ニーベルンゲン」興行

H

人名	頁数	本文表記	人物紹介（肩書・略歴など）	出生地	生年	没年	トピック
	498	Hebbel					ハンブルクの名書店が売渡し
	502	ヘツベル					F. ヘッベル作品と同一題材の A. ジッド作品が興行
	516	元 Hebbeltheater					元ヘッベル劇場がまたも改称
	521	Hebbel					ウィーン興行情報
	535	Hebbel					滑稽戯曲の懸賞にまつわる話
	557	Hebbel					ヘッベルの日記から剽窃疑惑
	659	Friedrich Hebbel					ヘッベル唯一の遺族に醵金
	741	Hebbel					ヘッベル記念牌（ハイデルベルク）
	751	Neue Hebbel-dokumente、Hebbel					生誕百年記念「ヘッベル新資料」刊行
	770	Hebbel					ヘッベル記念像（ハンブルク）
	777	Hebbel					ヘッベル生誕百年記念事業（ウィーン）
	784	Friedrich Hebbel、ヘツベル					E. Lensing 記念標
	846	HEBBEL					「ニーベルンゲン三部作」を一日がかりで上演・大反響
Hecht, Etienne（未亡人）	709	Etienne Hecht の未亡人					猛烈なヘーゲル批判をおこなったハイネの詩の全篇が発見
Heckel, Erich	639	E. Heckel	画家、版画家	ドイツ	1883	1970	新分離派からブリュッケが分派
Heckelmann, Abraham	66	Abraham Heckelmann	→ Harting, Arcadius				評判のロシア・スパイの経歴、ロシア・スパイの行く末
Heckscher, S.	413	S. Heckscher	（劇作家）				新興行ドラマ一覧
	507	S. Heckscher					新興行ドラマ一覧
Hedberg, Tor	172	Tor Hedberg	作家、劇作家。父は Frans Hedberg	スウェーデン	1862	1931	脚本 *Johan Ulfstjerna* あらすじ
	185	Tor Hedberg					新興行ドラマ一覧
Hedin, Sven Anders	6	Sven Hedin	地理学者、探検家。中央アジアを数回にわたり探索し、楼蘭の遺跡やトランス・ヒマラヤ山脈などを発見。「さまよえる湖」ロプノールの周期移動説によっても知られる	スウェーデン	1865	1952	ストックホルムで王室の歓迎
	17	Sven Hedin					ヘディンがベルリン地学会でチベット（西蔵）旅行談
	32	Sven Hedin					高額報酬要求のため S. ヘディンの講演中止
	38	Sven Hedin					S. ヘディンの高すぎる講演料
	102	Sven Hedin					英王六十八歳誕生日にシャックルトンとヘディンが授爵
	252	Hedin					トランス・ヒマラヤ山系にヘディン山脈と命名
	302	Sven Hedin					小児読本を作成

H

人名	頁数	本文表記	人物紹介（肩書・略歴など）	出生地	生年	没年	トピック
	318 319	Sven Hedin、ヘヂン					S. ヘディンとストリンドベリの大論戦
	375	Sven Hedin					インド紀行出版予定
Hedroni, Joseph	574	Joseph Hedroni	（彫塑家）				芸術高等学校（ベルリン）表彰
Heer, Jakob Christoph	37	Heer	作家、詩人	スイス	1859	1925	ドイツ貸本ランキング（1908）
Heeringen, August von	476	von Heeringen	軍人	ドイツ	1855	1927	ドイツ帝国海軍歴代司令官
Heeringen, Josias von	81	von Heeringen、大臣	軍人　（兵相）	ドイツ	1850	1926	軍務大臣就任の心得
	418	von Heeringen					軍隊教育に関する意見
	708	von Heeringen					決闘を辞することにつき意見
	813	von Heeringen					軍務大臣交替などの人事
Hegar, Friedrich	609	Friedrich Hegar	指揮者、音楽家	スイス	1841	1927	七十歳祝賀
Hegel, Friedrich	370 371	Hegel	哲学者。ドイツ観念論を代表する思想家。存在論、論理学、認識論を融合した独自の哲学により、思想史上もっとも重要な一人として数えられる。「精神現象学」「歴史哲学」など	ドイツ	1770	1831	ベルリン大学百年祭
	459	Hegel					A. ハルナックがヴァチカン政治史につき演説
	709	Hegel					猛烈なヘーゲル批判をおこなったハイネの詩の全篇が発見
Hegeler, Wilhelm	601	Wilhelm Hegeler	作家	ドイツ	1870	1943	W. Hegeler の政治風刺小説
	658	Wilhelm Hegeler					長篇から短編小説に宗旨変え
Heggtveit	732	Heggtveit	（スウェーデンの画家）				肖像写真・画の作製販売禁止
Hehl, Christoph	556	Hehl	建築家	ドイツ	1847	1911	訃報（R. Radecke、C. Hehl、F. Schepere）
Heiberg, Emil	380	Emil	（Hermann Heiberg の兄弟、市長）				文人ゆかりの土地や家が売却
Heiberg, Gunnar	257	Gunnar Heiberg	劇作家	ノルウェー	1857	1929	沈黙中の G. Heiberg の近況
Heiberg, H.	373	H. Heiberg					ベルリン大学百年祭名誉学位
Heiberg, Hermann	74	Hermann Heiberg	作家	ドイツ	1840	1910	D. v. リリエンクロン追悼記事紹介
	380	Hermann Heiberg					文人ゆかりの土地や家が売却
Heibron（兄弟）	772	Heibron 兄弟					ゲーテハウス改造案・ゲーテ自筆「ゲッツ」競売など
Heidenstam, Verner von	393	Werner von Heidenstam	作家、詩人。ノーベル文学賞（1915）	スウェーデン	1859	1940	P. ハイゼにノーベル文学賞
	613	Heidenstam					ノーベル賞候補一覧（1911）
	746	Werner von Heidenstam					スウェーデン・アカデミー加入
	763	Werner von Heidenstam					スウェーデン・アカデミー加入

人名	頁数	本文表記	人物紹介（肩書・略歴など）	出生地	生年	没年	トピック
Heigel, Karl August von	686	Karl von Heigel	伝記作家、劇作家、物語作家、司書	ドイツ	1835	1905	F. Philippiのミュンヘン追憶記
Heigel, Karl Theodor von	13	Von Heigel	歴史家	ドイツ	1842	1915	バイエルン科学アカデミー150周年祝賀
	738	Theodor von Heigel					七十歳祝賀
Heijiermans, Hermann	171	Hermann Heijermans	劇作家、作家。筆名としてSamuel FalklandやKoos Habbemaを用いた。社会主義への関心から、社会の実相を赤裸々に描いた作風を特色とした。「ユダヤ人街（ゲットー）」など	オランダ	1864	1924	訃報（H. Heijiermans Sr.）
	329	Hermann Heijermans					新興行ドラマ一覧
	365	H. Heijermans					新興行ドラマ一覧
	397	Hermann Heijermans					新聞記事「精神病院に於ける二十四時間」が議会で取りざた
	413	Heijermans					新興行ドラマ一覧
	543	Heijermans					新薬606号と整形外科により意義を失う舞台脚本
	658	Hermann Heijermans					H. Heijermaasの近況と作品紹介
	735	Hermann Heijermans					アムステルダムの劇場監督に就任
Heijiermans Sr., Hermann	171	Hermann Heijermansの父	（新聞記者、H. Heijermansの父）				訃報
Heilbronn	81	Heilbronn					劣悪な少年誌への名前貸し
Heilbut, Felix	207	Felix Heilbut	（劇作家）				新興行ドラマ一覧
Heilmann, Jakob	91	Heilemann	建築業者。M. Littmannとともに大手建築会社Heilmann & Littmannを創業	ドイツ	1846	1927	シャック・ギャラリー開館式
Heim, Albert	549	Heim	地質学者	スイス	1849	1937	飛行機など高所からの落下
Heim-Gyldenskjoeld, Karl	717	Karl Heim-Gyldenskjoeld	→ Carlheim-Gyllenskoeld, Vilhelm				A. ストリンドベリの評伝・作品とモデル
Heimann, Max	304	Max Heimann、ハイマン	（ミュンスターの美術商）				贋造美術品販売逮捕、着色木像摸作販売事件
Heimann, Moritz	238	Moritz Heimann	劇作家、作家、批評家、編集者	ドイツ	1868	1925	新興行ドラマ一覧
	366	M. Heimann					新興行ドラマ一覧
	412	M. Heimann					新興行ドラマ一覧
	688	Moritz Heimann					興行情報
Heimburg, Wilhelmine	742	Bertha Behrens、Wilhelmine Heimburg	女流作家。本名Bertha Behrens	ドイツ	1848	1912	訃報
Heine, Heinrich	49	Heine記念像	詩人、作家、ジャーナリスト。ドイツの反動的政策、教会や貴族らを糾弾。フランスの七月革命を機にパリに亡命した。愛と革命の詩人とよばれる。詩集「歌の本」「旅の絵」、評論「ロマン派」「ドイツの宗教と哲学の歴史」など。反ユダヤ的な国民主義的風潮の強かったドイツ社会において、マルクスへの傾倒か	ドイツ	1797	1856	ハンブルクの書肆がハイネ像（Korfu）買取
	76	Heine					訃報（G. Karpeles）・ハイネおよびユダヤ文芸史の研究
	81	Heinrich Heine					ハイネ記念像（Lucca）
	93	Heine					ハイネ像移設に曲折

人名	頁数	本文表記	人物紹介（肩書・略歴など）	出生地	生年	没年	トピック
	96	Heine	ら社会主義的な思想を鮮明にしていたユダヤ系のハイネは好意的に受け入れられていなかった。1887年の生誕百年に際し、生地デュッセルドルフに記念像を設置することについて議論が紛糾。結局、E. Hertter が制作したハイネ像は、ハイネ協会会員でもあったオーストリア皇妃エリーザベトの離宮（ギリシアのコルフ）に引き取られた。しかし、エリーザベト没後にドイツ皇帝ヴィルヘルム２世がコルフ宮を所有したことで問題が再燃。国内中での論議の末、像はハイネ全集を刊行していたハンブルクの書肆カンペ親子の手に渡った。カンペはハンブルク市に譲渡しようとしたが市が拒否。像はカンペ社の一部があったカフェ・バルクホフの敷地に置かれた。第一次世界大戦後、反ユダヤ主義的風潮が高まりとともに像へのいたずらが増えたため、1926年アルトナ市が引き取った。ナチスの政権掌握後は、像に覆いが掛けられたが、1939年フランスのツーロンに設置された。なお本文P807の H. Lederer 制作による記念像は、1933年ナチスにより破壊された				ハイネ像到着（ハンブルク）
	105	Heine					翻訳家 Llorente の戴冠式で事故
	107	Heine					ハイネ像の設置場所なし
	135	Heine					詩人が治財に拙いことの例
	244	Heine					文士の手紙競売・内容と価格
	262	Heine					ハイネ記念像（Lucca）委員会
	307	Heinrich Heine					グラーツ大学生がドイツにハイネ記念像を立てさせないと決議
	324	Heine					訃報（G. Cassone）
	375	Heine					ベルリンで大学生だった人物、ハイネ像はカフェ・バルクホフに設置（ハンブルク）
	495	Heine					名家自筆コレクション競売
	498	Heine					ハンブルクの名書店が売渡し
	499	Heinrich Heine					ハイネ記念像（フランクフルト a. M.）委員会
	538	Heine					新興行オペラ一覧
	570	Heine					ベルリン大学講義一覧
	591	Heinrich Heine、Heine-Zimmer、ハイネ					ハイネの生家と記念室
	687	Heine					F. Philippi のミュンヘン追憶記
	690	Heine					ビスマルクはデュッセルドルフのハイネ記念像設立拒否せず
	705	Heine					ハイネ「歌の本」写真版出版
	709	Heine					猛烈なヘーゲル批判をおこなったハイネの詩の全篇が発見
	719	Heine					訃報（L. Hasserlriis）・ハイネ記念像（Korfu →ハンブルク）
	734	Heine 記念像					ハイネ記念像設立許可の見込
	737	Heine					ハイネ記念像（ハレ）
	801	Heine					モンマルトルの故蹟
	807	Heinrich Heine 記念像					ハイネ記念像（ハンブルク）鋳造
	817	Heine					ベルリン大学講義一覧
	833	Heinrich Heine					ハイネの肖像画（1851）が発見
	848	HEINE					L. ベルク「ハイネ-ニーチェ-イプセン」
Heine, Karl	466	Karl Heine	（舞台監督、雑誌編集者）				ドイツで舞台監督が大団結

H

人名	頁数	本文表記	人物紹介（肩書・略歴など）	出生地	生年	没年	トピック
	564	Karl Heine					月刊演劇雑誌 *Die Szene* 創刊
Heine, Mathilde	833	Mathilde	H. ハイネの妻		1815	1883	ハイネの肖像画（1851）が発見
Heinemann, Fritz	501	Heinemann	彫刻家	ドイツ	1864	1932	ベルリン美術大展覧会（1912）
	552	Fritz Heinemann					ドイツ帝がサンスーシに飾る彫刻を買上
	651	Heinemann					ハノーファー大展覧会（1912）
Heinemann, H.	656	H. Heinemann	（劇作家）				新興行ドラマ一覧
Heinemann, Sophie	598	Sophie Heinemann、Sebastian Harm	（翻訳家。筆名 Sebastian Harm）				訃報・R. キプリングの独訳者
Heinitz, Ernst	374	Ernst Heinitz					ベルリン大学百年祭名誉学位
Heinlein	62	Heinlein	（軍人）				勤務時間を寝過して自殺した軍人の母親が後追い自殺
Heinlein（母）	62	Heinlein	（自殺した息子 Heinlein を追って自殺した母親）				勤務時間を寝過して自殺した軍人の母親が後追い自殺
Heinrich, Otto	575	Otto Heinrich	→ Otto, Heinrich				芸術高等学校（ベルリン）表彰
Heinrich, Wilhelm	740	Wilhelm Heinrich、ヰルヘルム	→ Ompteda, Wilhelm Heinrich				訃報
Heinrich IV	541	Heinrich 四世	ドイツ王（1056-1105）、神聖ローマ皇帝（1084-1105）。カノッサの屈辱などグレゴリウス7世との対立で知られる	ドイツ	1050	1106	「史実」万能主義は困りもの
Heinrich Brugh (Pascha)	92	Heinrich Brugh Pascha、著者	（エジプト学者）				虫の知らせ
Heinrich der Loewe	45	Heinrich der Löwe	ハインリヒ獅子公として知られ、ザクセンとバイエルンを統治した	ドイツ	1129頃	1195	七十歳の M. Greif 代表作紹介
Heinrich von Preussen	81	Heinrich 親王	プロイセン王国王族、軍人。全名は Albert Wilhelm Heinrich。フリードリヒ3世の次男でヴィルヘルム2世の弟	ドイツ	1862	1929	独米連合博覧会（ベルリン）
	101	Heinrich 王夫婦					マインツの慈善バザール
	400	Prinz Heinrich					飛行機運転手免状取得
Heinrich von Preussen（妃）	101	Heinrich 王夫婦	ハインリヒ・フォン・プロイセンの妃 Prinzessin Irene von Hessen-Darmstadt	ドイツ	1866	1953	マインツの慈善バザール
Heinrichs	27	Heinrichs	（ドイツで最高齢の給仕）	ドイツ			最高齢給仕が隠居・訪日逸話
Heinrici, Carl Friedrich Georg	576	Heinrici	神学者	ロシア	1844	1915	ライプツィヒ大学総長選出
	617	Heinrici					ライプツィヒ大総長更迭・後任
Heinse, Johann Jakob Wilhelm	258	Heinse	著述家、翻訳家	ドイツ	1749	1803	挿絵のため発売禁止・解除
Heinz, Carl	238	Carl Heinz	（劇作家、W. フンボルトの孫）				新興行ドラマ一覧
Heinz, Constanze von	702	Constanze von Heinz geborene von Buelow、Wilhelm von Humboldt の孫娘	W. フンボルトの孫娘。旧姓 von Buelow		1832	1920	八十歳祝賀

人名	頁数	本文表記	人物紹介（肩書・略歴など）	出生地	生年	没年	トピック
Heinze, Max	845	MAX HEINZE	哲学者	ドイツ	1835	1909	ニーチェ文庫に多額の寄付金
Heitz, I. H. Fr	301	I. H. Fr. Heitz	（ストラスブールの書肆）				女学生のための唱歌集発行
Helbing	753	Helbing	（外科医）				H. H. Ewers が外科手術
Helbing, Hugo	494	Hugo Helbing	美術商				F. v. Uhde 遺品の美術品競売
	532	Helbing					F. v. Uhde 遺作品の競売
Held, Franz	679	Franz Held（Herzfeld）	詩人、劇作家、作家。Herzfeld は本姓	ドイツ	1862	1908	F. Held 全集刊行
Helena	185	Helene	ギリシャ神話に登場するスパルタ王妃。トロイヤ戦争の原因となった絶世の美女				新興行ドラマ一覧
	211	Helene					興行禁止
	354	Helena					訃報（J. カインツ）・詳細
	355	Helena					訃報（J. カインツ）・詳細
	356	Helena					J. カインツの葬儀
	417	Helena					フランス未発表の「スパルタのヘレナ」ドイツ興行
	604	Helena					「水浴のヘレナ」興行禁止
	714	Helena					「スパルタのヘレナ」パリ興行
	763	ヘレナ					パリで本格的「ファウスト」興行
Helge, H.	594	H. Helge	（劇作家）				新興行ドラマ一覧
Hellebaut	548	Hellebaut	（陸相）	ベルギー			ベルギー新内閣
Heller, Hugo	714	Hugo Heller&Co.	書肆。1905年ウィーンで創業		1870	1923	ブルクハルト蔵書競売・寄付
Heller, Ludwig	289	Heller	（劇作家）				新興行ドラマ一覧
	537	L. Heller					新興行ドラマ一覧
Hellmann, Gustav	666	Gustav Hellmann	気象学者、教育者	ドイツ	1854	1939	ベルリン学士院加入
Hellmers, Gerhard	497	Hellmers	ゲルマニスト、教師、演劇評論家	ドイツ	1860	1944	悪劣文学撲滅と良書廉価販売
	607	G. Hellmers					民衆シラー賞応募要領
Hellpach, Willy	791	Willy Hellpach	政治家、医師、心理学者	ポーランド	1877	1955	科学としての Geopsycologie
Hellwig, Konrad	581	Konrad Hellwig	法律学者	ドイツ	1856	1913	ベルリン大学人事
Helm	343	Helm	（マインツの工兵中尉）				ポーツマスの見取り図製作で逮捕
Helmer, Fritz	508	Fritz Helmer、ヘルメル	（演劇の興行者）				アイスキュロス「オレスティア」興行がバッティング
Helmholtz, Hermann von	455	Helmholtzmedaille	生理学者、物理学者、数学者。エネルギー保存則を確立	ドイツ	1821	1894	ヘルムホルツ勲章（ベルリン・アカデミー）
Héloïse d'Argenteuil	196	Nouvelle Héloïse	修道女。アベラールとの往復書簡で知られる。「ジュリ（新エロイーズ）」は J. J. ルソーによる小説	フランス	1101	1164	統計上の矛盾（贋物の蔓延）
	800	Heloise					「アベラールとエロイーズの書簡」擬作の疑い
Hémon 夫人	297	Hémon 夫人	（メリメの女友達 Ewers の権利相続者）				公開の書状につき損害賠償
Hempel, Walter	698	Walter Hempel	化学者	ドイツ	1851	1916	ライプツィヒ大学名誉博士号
Henckell, Karl	101	Karl Henckell	作家、詩人	ドイツ	1864	1929	喫煙アンケート

人名	頁数	本文表記	人物紹介（肩書・略歴など）	出生地	生年	没年	トピック
	544	Karl Henckell					ヴェデキント興行禁止反対署名者一覧
Henckel von Donnersmarck, Guido	782	Fuerst Henckel von Donnersmarck	実業家、資産家。産業界の大物だった	ポーランド	1830	1916	プロイセン大資産家調べ
Hendelmann, Schaja	559	Schaja Hendelmann	（彫刻家）				ベルリン王立芸術院 Michael Beer 記念賞
	574	Schaja Hendelmann					芸術高等学校（ベルリン）表彰
Hengstenberg, Georg	271	Hengstenberg	彫刻家。ベルリンで活躍した	オーストリア	1879	?	F. フライリヒラート記念井と像
Hennequin, Maurice	328	Hennequin	劇作家	ベルギー	1863	1925	新興行ドラマ一覧
Henri II de Montmorency	88	Henri de Mont-Morency	モンモランシー公、軍人、政治家	フランス	1595	1632	ルーヴルで絵画切り裂き事件
Henri IV de France	418	Henri IV	ブルボン朝初代王（1589-1610）、ナバラ王（1572-1610）。良王アンリ	フランス	1553	1610	突然白髪になった逸話
Henriette	327	Henriette	→ Standhardtner, Henriette				F. Mottl が離婚
Henry, Holiday	109	Henry	画家、ステンドグラス製作者、イラストレーター、彫刻家。ラファエル前派	イギリス	1839	1927	フィレンツェで投身の娘を七十歳の英人画家が救助
Henry, Marc	194	Marc Henry	詩人、作詞家、劇作家				「シャンテクレ」独訳の朗読
	724	Marc Henry					楽劇 *Die toten Augen* の作詞
Henry VI	181	Kings College	ランカスター朝3代王（1422-1461、1470-1471）。Kings College はヘンリー6世により1441年創立された	イギリス	1421	1471	経歴詐称で助教授が免職
Henselmann, Xaver	616	Xaver Henselmann	芸術家、建築家		1881	1918	ベルリン王立芸術院賞
Hepp, Carl	488	Karl Hepp	詩人、文筆家、文芸史家	ドイツ	1841	1912	七十歳祝賀
Heppenheimer	421	Heppenheimer	（政治活動家）				パリで社会党温和派が結合
Hera	490	Heraion	ギリシャ神話のオリンポス十二神の一柱。主神ゼウスの正妻。母性、結婚などを司る女神				サモス島発掘事業は有望
Herakles	209	Herkles	ギリシャ神話に登場する半神半人の英雄				1910年の国民サロン（パリ）
	733	Herakles					ヘラクレス像（ヴァチカン）修復
Herberich	445	ヘルベルヒ	（ニュルンベルクの女子高等学校校長。妻に銃殺された）				Herberich 夫人事件・夫を銃殺
Herberich 夫人	445	Herberich 夫人、夫人（陸軍少佐の女）	（Herberich の妻、陸軍少佐の娘。夫を銃殺した）				Herberich 夫人事件・夫を銃殺
Herbert	153	Herbert	（ビョルンソンの主治医）				パリで療養中のビョルンソン
Herbert, Victor	472	V. Herbert	作曲家、指揮者、チェロ奏者。米国に帰化	アイルランド	1859	1924	新興行オペラ一覧
Herder, Johann Gottfried von	252	Herder	哲学者、文学者、詩人、聖職者。自然、感情、自国文化の尊重を説き、若きゲーテとシュトゥルム・ウント・ドランク運動に多大な影響を与えた。「言語の起源についての論考」など	ドイツ	1744	1803	ヘルダーの往復書簡発見
	261 262	Herder、ヘルデル					豕についてヘルダーとヴィーラントが口論
	457	Herder 集					訃報（B. Suphan）・ゲーテ・シラー文庫館長後任人事

人名	頁数	本文表記	人物紹介（肩書・略歴など）	出生地	生年	没年	トピック
	541	Herder					ゲーテ協会大会（ヴァイマル）
	838	Herder					F. L. W. Meyer 紹介
Heredia, José-Maria de	457	José Maria de Hérédias	詩人。フランスで活躍。女流詩人 Gérard d'Houville の父	キューバ	1842	1905	アカデミー・フランセーズ補充
	821	José Maria de Hérédia					ドレフュス事件時に左右に分かれた名士一覧
Herford, Charles Harold	804	C. H. Herford	英文学者	イギリス	1853	1931	ハウプトマンの伝記
Hering, Ewald	443	Ewald Hering	生理学者、実験心理学者。空間知覚の生得説を唱えた	ドイツ	1834	1918	Pour le mérite 受勲者一覧
Herkomer, Hubert von	683	Hubert von Herkomer	画家、彫刻家、作曲家、映画監督、作家、脚本家。映画製作の先駆者の一人。自動車スポーツの普及にも尽力	ドイツ	1849	1914	危篤
	794	Hubert Herkomer					ケンブリッジ大学に肖像画寄贈
Herkles	209	Herkles	→ Herakles				1910年の国民サロン（パリ）
Herlet, W.	470	書店 W. Herlet	（書肆）				「プロイセン富限鑑」に物議
Herman, R. L.	472	R. L. Herman	（作曲家、オペラ台本家）				新興行オペラ一覧
Hermann, Georg	37	Georg Herrmann	劇作家、作家。ドイツの作家協会 SDS 初代代表。アウシュヴィッツの強制収容所で没した	ドイツ	1871	1943	ドイツ貸本ランキング（1908）
	124	Georg Hermann					ドイツ文筆家保護連盟創立
	343	Georg Hermann					「ベルリン絵入新聞」挿画懸賞
	407	Georg Hermann					自由文学協会（ベルリン）設立
	498	Georg Hermann					発禁につきドイツ文筆家保護連盟がベルリン警察を起訴
	562	G. Hermann					新興行ドラマ一覧
	635	G. Hermann					新興行ドラマ一覧
	653	Georg Hermann					クリスマスの予定アンケート
Hermann, Hans	382	Hans Hermann	画家		1858	1942	ベルリン美術院役員に選出
Hermann Karl von Ostheim	835 836	兄 Hermann、Graf von Ostheim	元ザクセン＝ヴァイマル＝アイゼナハ大公国の公子。Graf von Ostheim と改名。Sophie 公女の兄	ドイツ	1886	1964	自殺した公女とその兄
Hermant, Abel	207	Abel Hermant	作家、劇作家、エッセイスト。戯曲 *La semaine folle* では、ヴェネツィアで起こった奇獄タルノウスカ夫人事件を題材として扱った	フランス	1861	1950	新興行ドラマ一覧
	328	Abel Hermant					新興行ドラマ一覧
	460	Abel Hermant、エルマン					「若い de Coutras 君」興行
	470	Abel Hermant					*Après moi* 撤回事件・脚本興行の自由に関する抗議署名
	529	Abel Hermant					パリで国民芸術の示威興行
	775	Abel Hermant					興行情報・劇評に決闘申込み
	785	Abel Hermant					*La semaine folle* 劇評
	789	Abel Hermant					タルノウスカ夫人事件に取材の脚本など興行情報

人名	頁数	本文表記	人物紹介（肩書・略歴など）	出生地	生年	没年	トピック
Hermes	518	Herme 形	ギリシャ神話のオリンポス十二神の一柱。富と幸運の神を司る				O. Ludwig 記念像除幕式
	578	Herme 像					E. Abbe の胸像除幕
	728	Hermes					ソフォクレス「捜索犬」概要
	758	Hermes					ソフォクレスの滑稽脚本「捜索犬」翻訳・あらすじ
Herodes	521	Herodes	キリストの誕生当時、ユダヤ地区に君臨。エルサレム大神殿の改築、ベツレヘムでの幼児虐殺などで知られる		前73	前4	ウィーン興行情報
Héroux, Bruno	296	Héroux	画家、版画家、イラストレーター		1868	1944	ライプツィヒ版画展覧会
Herrmann	665	Hermannsschlacht	紀元9年にローマ軍を破ったゲルマンの首長アルミニウスのドイツ語名				Oberaden の発掘調査
Herrmann, A.	472	A. Herrmann	（劇作家）				新興行ドラマ一覧
Herrmann, Curt	164	Curt Herrmann	画家。ベルリン分離派	ドイツ	1854	1929	ベルリン新分離派
Herrmann, Georg	37	Georg Herrmann	→ Hermann, Georg				ドイツ貸本ランキング（1908）
Herrmann, Max	115	Herrmann	文学史家、演劇学者	ドイツ	1865	1942	M. アルツバーシェフ「サーニン」翻訳裁判
	817	Hermann					ベルリン大学講義一覧
Herrmann, Paul	251	Paul Herrmann	画家。別名 Henri Héran	ドイツ	1864	1940	ベルリン美術大展覧会（1911）
	501	Herrmann					ベルリン美術大展覧会（1912）
	503	Herrmann					ベルリン美術大展覧会（1912）
	529	Paul Herrmann					ベルリン美術大展覧会役員
Herschel（家）	201	Herschel	代々学者を輩出したドイツの家系				学者の家系
Hertel, Albert	682	Albert Hertel	画家	ドイツ	1843	1912	訃報
Herterich, Hilde	436	Hilde Herterich	女優		1886	1935	ハウプトマン「鼠」配役
Hertwig, Richard von	408	Richard von Hertwig	動物学者	ドイツ	1850	1937	マキシミリアンオルデン授与者
Hertz, Henriette	819	Henriette Hertz、Bibliotheka Hertziana	美術蒐集家、パトロン。最初の美術史研究機関 Hertziana 図書館をローマに設立。多大な遺産はカイザー・ヴィルヘルム協会の運営資金となった	ドイツ	1846	1913	遺産を哲学及び芸術関連設備に寄贈
Hertz, M.	167	Hertz	劇場監督				「シャンテクレ」が大当り・近世の当り狂言一覧
Hervé, Gustave	175	Hervé	政治活動家、ジャーナリスト。反戦主義から社会主義、国家社会主義に転じた	フランス	1871	1944	警官殺し Liaboeuf 事件・警察の暗黒面露見
	283	Guerre Sociale の記者					処刑前後の Liaboeuf
	388	Hervé					ブリアンの経歴
Hervé, Henri	378	Hervé	飛行家（気球）			1927	遠距離飛行の歴史
Hervieu, Paul	216	Paul Hervieu	作家、劇作家	フランス	1857	1915	アカデミー・フランセーズに改革の兆し

人名	頁数	本文表記	人物紹介（肩書・略歴など）	出生地	生年	没年	トピック
	217	Hervieu					アカデミー・フランセーズ恒例の新加入演説
	286	Paul Hervieu					A. フランスのドラマ論
	444	Hervieu					女ばかりのアカデミー賛成者
	464	Paul Hervieu					アカデミー・フランセーズ会員
	470	Paul Hervieu					*Après moi* 撤回事件・脚本興行の自由に関する抗議署名
	827	Paul Hervieu					G. ブランデス「現代のフランス文学」分類図
Herway-Bibo	374	Herway-Bibo	（ベルリンの貴婦人）				貴婦人が寄席に出演
Herz von Hertenried, Carl	495	Karl Herz von Hertenried					名家自筆コレクション競売
Herzl, Theodor	682	Theodor Herzl	作家。シオニズム運動を起こした一人	オーストリア	1860	1904	見出された女流作家
Herzner, Johann	105	Johann Herzner	（ミュンヘンの鋳金師）				八十歳祝賀
Herzog, Albert	66	Herzog	（新聞記者。舞女 Olga Molitor が母親を殺害したと推測した記事により入獄）				名誉毀損の新聞記者が出獄
Herzog, Rudolf	37	Rudolf Herzog	作家、ジャーナリスト、詩人	ドイツ	1869	1943	ドイツ貸本ランキング（1908）
	652	Rudolf Herzog					アメリカから帰国
	672	Herzog					ドイツ郷土劇コンクール
Herzog, Wilhelm	450	Herzog	歴史家、文化史家、劇作家、百科事典編集者	ドイツ	1884	1960	A. v. Kroener 葬儀参列の文士
	486	Wilhelm Herzog					文学誌「パン」が四度目の発禁
	568 569	Herzog、記者					「フロベールの日記」事件裁判
	618	Wilhelm Herzog					H. v. クライストの肖像を復元
	627	Wilhelm Herzog					クライスト伝及び作品集
Hess, Adolf	631	Adolf Hess	翻訳家。ロシア作家の小説を独訳				「生ける屍」ベルリン興行
Hess, Anton Heinrich	35	Anton Hess	彫刻家	ドイツ	1838	1909	訃報（A. Hess、H. Hoffritz）
Hess, Willy	201	Willy Hess	ヴァイオリン奏者、音楽教師	ドイツ	1859	1939	HEMD カルテットのメンバー交代
Hesse, André	556	André Hesse	政治家	フランス	1874	1940	フランス内閣退陣
Hesse, Hermann	335	Hesse	作家、詩人。新ロマン派の作家として登場。第一次大戦中より平和主義を唱えた。のちにスイスに帰化。ノーベル文学賞（1946）	ドイツ	1877	1962	P. アルテンベルク義捐金
	852	ヘルマン・ヘツセ（HERMANN HESSE）、ヘツセ					H. ヘッセ紹介・短編集「隣人」出版
Hessen 大公爵	96	Hessen, Baden 両大公爵	→ Ernst Ludwig von Hessen-Darmstadt				七十歳祝賀（H. Thoma）
	120	Hessen 大公爵					ヘッセン大公作の戯曲興行
	454	Hessen 大公爵					ヘッセン大公は「信仰と故郷」を傾向劇として排斥せず

人名	頁数	本文表記	人物紹介（肩書・略歴など）	出生地	生年	没年	トピック
Hessen 大公爵夫婦	101	Hessen 大公爵夫婦	→ Ernst Ludwig von Hessen-Darmstadt、Eleonore zu Solms-Hohensolms-Lich				マインツの慈善バザール
Hessen, R.	349	R. Hessen	（劇作家）				新興行ドラマ一覧
Hessenberg, Gerhard	281	Hessenberg	数学者		1874	1925	ベルリン学士院ライプニッツ賞
Hessing, Friedrich	548	Hessing	整形外科医	ドイツ	1838	1918	鍵匙小説（モデル小説）
Hessloehl, Emma	490	Emma Hessloehl	（オペラ女優）				癇癪持ち女優が国王を起訴
	502 503	Hessloehl、ヘスリヨオル					女優が国王を相手どり訴訟
Heuer, Otto	700	Heuer	ゲーテ博物館館長（フランクフルト a. M.）	ドイツ	1854	1931	ゲーテ協会総会で「ウル・ファウスト」興行予定
	706	Otto Heuer					ゲーテ協会例会予定
Heuvelmann, Lucienne	578	Heuvelmann	女流彫刻家。ローマ賞（1911）	フランス	1881	1944	女性初のローマ賞受賞者
Hevesi, Ludwig	179	Ludwig Hevesi	作家、紀行作家、舞台・美術評論家、ジャーナリスト	ハンガリー	1843	1910	訃報・理由不明の拳銃自殺
	687	Ludwig Hewesi					F. Philippi のミュンヘン追憶記
	724	Ludwig Hevesi					グリルパルツァー賞をヴェデキントが逃しシュニッツラー受賞
Hey, Julius	39	Julius Hey	歌手、声楽・音楽教師	ドイツ	1832	1909	訃報
Heydeck, Johannes	327	Heydeck	歴史画家	ロシア	1835	1910	訃報
Heyden, Hubert von	441	Hubert von Heyden	画家。動物画、風景画を得意とした。ミュンヘン分離派	ドイツ	1860	1911	訃報
Heyking, Elisabeth von	596	Elisabeth von Heyking	女流作家、画家	ドイツ	1861	1925	E. v. Heyking が小説脱稿
Heym, Georg	287	Georg Heym	作家、詩人	ドイツ	1887	1912	新パトス文学会で詩の朗読
	702	Georg Heym					少壮詩人 G. Heyn 遺稿出版
Heymann-Engel, Sophie	552	Sophie Heymann-Engel	女流作曲家、歌手				オッフェンバックの忘れられたオペレッタを横取り
Heymans, Adrien-Joseph	301	A. J. Heymanns	画家	ベルギー	1839	1921	ブリュッセル博覧会
Heymel, Alfred Walter	801	Alfred Walter Heymel	作家、翻訳家	ドイツ	1878	1914	C. マーロウ「エドワード 2 世」新約
Heyse, Margarete	192	Heyse 夫人	P. ハイゼの妻。F. Kugler の娘				P. ハイゼ八十歳記念興行好評
Heyse, Paul	58	Paul Heyse	作家、劇作家、詩人。言語学者の父を持つ。短編小説の名手であり、物語には転換点となる山場が必要と説いた「鷹の理論」で知られる。ノーベル文学賞（1910）	ドイツ	1830	1914	P. ハイゼがミュンヘンに帰着
	92	Paul Heyse					シャック・ギャラリー開館式
	131	Paul Heyse					P. ハイゼのノーベル賞濃厚
	145	Paul Heyse					八十歳祝賀
	189	Paul Heyse、von Heyse、原作者					P. ハイゼと H. v. Tschudi が受勲、メーテルリンク「マグダラのマリア」興行とP. ハイゼの原作

人名	頁数	本文表記	人物紹介（肩書・略歴など）	出生地	生年	没年	トピック
							脚本
	190	Paul Heyse、von Heyse、ハイゼ					P. ハイゼ八十歳祝賀行事、P. ハイゼ八十歳賀帖署名者
	191 192	Paul Heyse、夫、Paul Heyse					P. ハイゼ八十歳記念興行好評、P. ハイゼ所縁の住居跡地
	193	Paul Heyse					ブルク劇場でハイゼ誕生公演
	299	Paul Heyse					芸術界知名士女の避暑地
	306	Paul Heyse					学校の成績が良かった名士・悪かった名士
	384	Paul Heyse					ノーベル文学賞候補（1910）
	393	Paul Heyse、ハイゼ					P. ハイゼにノーベル文学賞
	396	Paul Heyse					短篇集 *Das Ewigmenschliche* を最後の作にするつもりと言明
	399	Paul Heyse					トルストイは狂言を演じたとハイゼ論評
	412	Paul Heyse					ノーベル賞受賞者（1910）
	421	Paul Heyse					G. Carducci に関する書
	426	Paul Heyse					死刑不可廃論者一覧
	427	Heyse					新聞 *Il Piccolo* の文芸雑報
	509	Paul Heyse					I. Nievo 追懐
	546	Paul Heyse					訃報・略歴（A. Wilbrandt）
	621	Paul Heyse					歴代ノーベル文学賞受賞者
	623	Paul Heyse					歴代ノーベル文学賞受賞者によるアナグラム
	653	Paul Heyse					クリスマスの予定アンケート
	685	Paul Heyse					F. Philippi のミュンヘン追憶記
	758	Paul Heyse					喘息に悩み
	817	Paul Heyse					重病との報
	833	Paul Heyse					老いて益壮なりの新作発表
Hiecke, Richard	672	Richard Hiecke	（Deutsche Heimatspiele 一等受賞者）				ドイツ郷土劇コンクール
Hierl-Deronco, Otto	808	Hierl-Deronco	画家。ミュンヘン分離派創立者の一人	ドイツ	1859	1935	枢機卿の肖像画制作中
Hilbert, David	483	Hilbert	数学者	ドイツ	1862	1943	アカデミー・フランセーズ通信会員
Hildebrand	480	軍艦 Ersatz Hildebrand	北欧神話に登場する英雄				「信仰と故郷」をドイツ帝が観覧・軍艦ヒルデブラント進水式
Hildebrand, Adolf von	92	Hildebrand	彫刻家。新古典主義の代表的な彫刻家の一人。クララ・シューマンやJ. ヨアヒムなどブラームスの周辺人物の記念像でも知られる	ドイツ	1847	1921	シャック・ギャラリー開館式
	454	Adolf Hildebrandt					E. Abbe の胸像
	509	A. von Hildebrand					J. ヨアヒム記念像安置

人名	頁数	本文表記	人物紹介（肩書・略歴など）	出生地	生年	没年	トピック
	627	von Hildebrandt					Adoré-Villany 舞踏禁止に抗議
Hildebrandt	679	Hildebrandt					高層空気研究所
Hildebrandt, August	393	August Hildebrandt	外科医		1868	1954	刑屍の射撃試験利用につき弁明書
Hildebrandt, E.	569	E. Hildebrandt	（大学教員）				ベルリン大学講義一覧
Hildebrandt, Eduard	379	Eduard Hildebrandt	画家	ドイツ	1818	1868	世界周遊時の水彩画をベルリン国立絵画館が購入
Hildebrandt, Otto	581	Otto Hildebrandt	外科医	ドイツ	1858	1927	ベルリン大学人事
Hilgenberg, E.	633	E. Hilgenberg	（劇作家）				新興行ドラマ一覧
Hilgers, Josef	408	Hilgers	イエズス会士、著述家	ドイツ	1858	1918	ヴィルマースドルフ芸術ホール
Hill, James Jerome	346	Jerome Hill	鉄道グループ総帥。「エンパイアー・ビルダー」との異名をとった	アメリカ	1838	1916	太平洋における航海線の契約
Hillebrandt, Alfred	324	Hillebrandt	サンスクリット学者		1853	1927	ブレスラウ大学総長就任
	581	Hillebrandt					ブレスラウ大学人事・総長更迭
Hiller, Kurt	287	Kurt Hiller	エッセイスト、ジャーナリスト	ドイツ	1885	1972	新パトス文学会で詩の朗読
Hillern, Wilhelmine von	469	Wilhelmine von Hillern	女流作家、女優。母は女優で作家の Charlotte Birch-Pfeiffer	ドイツ	1836	1916	七十五歳祝賀
Hilty	296	Hilty	文筆家、法学者	スイス	1833	1909	小学校教育と社会主義
Hindhede, Mikkel	424	System Hindhede	医師、栄養士	デンマーク	1862	1945	栄養満点の減肉増菜食
Hinks, Arthur Robert	495	Arthur Hinks	天文学者、地理学者	イギリス	1873	1945	太陽と地球の距離を新計測
Hinnerk, Otto	382	O. Hinnerk	劇作家		1870	1941	新興行ドラマ一覧
	689	Otto Hinnerk					拙い滑稽劇との劇評
	790	Otto Hinnerk					*Einsam und Genossen* の趣向
Hipe	57	Lady Hipe					珍獣を飼っている夫人たち
Hipp, Theodor	736	Theodor Hipp					ベルリン大学役員一覧
Hippolyt	751	Hippolyt	ギリシャ神話に登場するアテナイ王テセウスの子				エウリピデス「ヒッポリュトス」興行
Hiroux, Jean	96	Jean Hiroux	（殺人犯・死刑囚）				ウィットに富んだ死刑囚の話
Hirsch, Jenny	460	Jenny Hirsch	女流翻訳家、文筆家、編集者、フェミニスト	ドイツ	1829	1902	女権問題・女性参政権の来歴
Hirschberg, Hebert	462	Hebert Hirschberg					座長 Zickel を偽証罪で告発
Hirschberg, Leopold	447	Leopold Hirschberg	美術史家、音楽評論家、文芸評論家	ドイツ	1867	1929	L. Hirschberg 基金によるドイツ脚本家協会賞の創設
	543	Leopold Hirschberg 基金					ドイツ脚本家協会賞（1911）
Hirschfeld	701	Hirschfeld & Geier	（ライプツィヒの化粧品取扱業者）				ライプツィヒで化粧用パフ禁止
Hirschfeld, Georg	108	Georg Hirschfeld	作家、劇作家。人気作家であったが国家社会主義体制下では禁書とされた。鷗外訳に「防火栓」がある	ドイツ	1873	1942	新作喜劇「ふたつめの生」興行
	133	Georg Hirschfeld					新興行ドラマ一覧
	155	Georg Hirschfeld					興行情報

人名	頁数	本文表記	人物紹介（肩書・略歴など）	出生地	生年	没年	トピック
	172	Hirschfeld					戯曲「ふたつめの生」あらすじ
	289	Hirschfeld					新興行ドラマ一覧
	298	Georg Hirschfeld					芸術界知名士女の避暑地
	314	Hirschfeld					O. ブラームの近況・予定
	592	Georg Hirschfeld					新脚本 *Ueberwinder* 脱稿
	653	Georg Hirschfeld					クリスマスの予定アンケート
Hirschfeld, Magnus	643	Magnus Hirschfeld	内科医、性科学者。同性愛を擁護した活動などで知られる	ドイツ	1868	1935	同棲を認めるよう主張した演説
	821	Hirschfeld					ミュンヘンに女性劇作家会
Hirschfeld, Otto	374	Otto Hirschfeld	歴史家、碑文研究者	ロシア	1843	1922	ベルリン大学百年祭名誉学位
Hirschfeld, Robert	824	Robert Hirschfeld	音楽評論家、音楽教師	チェコ	1857	1914	モーツァルテウム音楽院人事
Hirschfeld, Viktor	289	Hirschfeld	オペラ台本家、脚本家	スロヴァキア	1858	1940	新興行ドラマ一覧
Hirth, Georg	544	Georg Hirth	作家、ジャーナリスト。雑誌 *Jugend* を編集	ドイツ	1841	1916	ヴェデキント興行禁止反対署名者一覧
	568	Georg Hirth					七十歳祝賀
	627	Georg Hirth					Adoré-Villany 舞踏禁止に抗議
Hitt, William	304	William Hitt	軍人	フランス	1879	?	K. Elkins 結婚報道
Hitzig, Hermann Ferdinand	578	Hermann Ferdinand Hitzig	法制史家	スイス	1868	1911	訃報
Hobbing, Reimar	671	Reimar Hobbing	（ベルリンの書肆）				フリードリヒ大王全集出版
Hoch, Franz Xaver	668	Hoch	風景画家、版画家	ドイツ	1869	1916	バイエルン芸術家同盟選挙
Hoch, Gustav	768	Hoch	政治家	ポーランド	1862	1942	連隊中のチフス発生につきドイツ議会での答弁
Hochberg, Bolko von	27	Hochberg 伯	外交官、作曲家、音楽監督	ドイツ	1843	1926	ヴィルデンブルッフのヴィルヘルム帝とビスマルクとの逸話
Hocheder, Carl	92	Hocheder	建築家	ドイツ	1854	1917	シャック・ギャラリー開館式
Hochenburger, Victor von	433	Hochenburger	政治家　（法相）1937年生まれとする説もある		1857	1918	オーストリア新内閣
Hochfeld, Hans	415	Hochfeld	（オペラ台本家）				新興行オペラ一覧
Hochstetter, Gustav	123	Gustav Hochstetter	作家、劇作家、詩人、作詞家	ドイツ	1873	1944	ハノーファーの劇場で戯曲採用
	349	G. Hochstetter					新興行ドラマ一覧
	634	G. Hochstetter					新興行ドラマ一覧
Hoddis, Jakob van	287	J. van Hoddis	詩人	ドイツ	1887	1942	新パトス文学会で詩の朗読
Hodler, Ferdinand	123	Ferdinand Hodler	画家。初期はコローやクールベの影響から写実的な景色を描いたが、次第に輪郭線を強調した平面的構図によって観念的で象徴的な世界を描くようになった。O. クリムトらとともに世紀末美術を代表する一人で、表現主義の先駆者とされる。寓意画「夜」「昼」、「木を	スイス	1853	1918	ジオラマのような風景画出品
	156	Ferdinand Hodler					ロシアのフィンランド併合反対署名者
	173	Ferdinand Hodler					F. ホドラー *die heilige Stunde* 展覧会・批評
	232	Hodler					分離派展覧会に遅れて出品

人名	頁数	本文表記	人物紹介（肩書・略歴など）	出生地	生年	没年	トピック
	426	Hodler	伐る人」など				チューリヒ国立博物館に壁画
	466	Hodler					建築様式の三つの源
	533	Hodler					ケルンでホドラーの個展開催
	601	Ferdinand Hodler					ベルリン分離派の名誉会員
	720	Ferdinand Hodler					ザクセン王誕生日にF. ホドラーが学芸アカデミーに加入
	745	Hodler					ホドラーの絵画が二度切り裂かれる事件
	838	Hodler					チューリヒ大学に壁画
Hoeck, Johannes	248	Johannes Hoeck	文筆家		1869	1922	デンマーク王女の自伝
Hoecker, Paul Oskar	385	Oskar Hoecker	編集者、作家	ドイツ	1865	1944	剽窃疑惑起訴・棄却
Hoeffding, Harald	782	Harald Hoeffding	哲学者	デンマーク	1843	1931	七十歳祝賀
Hoeflich, Lucie	300	Lucie Hoeflich	女優。芸術史家G. A. Mayerと結婚してからはRechtsanwalt Meyer、Linda Reyemとも名乗った。本文中にあるようにReyemはMayerを逆さに書いた名	ドイツ	1883	1956	芸術界知名士女の避暑地
	682	Lucie Hoeflich、Frau Rechtsanwalt Meyer、Linda Reyem					ドイツ劇場でグレートヒェン役
	761	Lucie Hoeflich					「ファウスト」第一部興行配役
Hoegg, Emil	435	Hoegg	建築家、美術工芸家	ドイツ	1867	1954	ブレーメンのローラン像移さず
Hoehe, Friedrich van der	484	Friedrich van der Hoehe	（ハレの劇作家）				訃報
Hoehn, Alfred	346	Alfred Hoehn	ピアニスト	ドイツ	1887	1945	ルビンシュタイン賞（ピアノ）
Hoelderlin, Friedrich	733	Friedrich Hoelderlin	詩人。古代ギリシャ的な調和と美を重んじ、高雅な叙事詩を作った	ドイツ	1770	1843	F. ヘルダーリン記念柱
Hoelter, Eduard	496	Eduard Hoelter	法学者、法制史家		1847	1911	訃報
Hoenow, Max	8	Max Hoenow	画家、風景画家	ドイツ	1851	1909	訃報
Hoermann, Angelika von	794	Angelika von Hoermann	女流詩人	オーストリア	1843	1921	七十歳祝賀
Hoernes, Moritz	162	Hoernes、M. Hoernes	先史学者	オーストリア	1852	1917	文化尺度として土器の分析を利用した「原人史」
Hoernes, Rudolf	738	Rudolf Hoernes	地質学者、古生物学者	オーストリア	1850	1912	訃報
Hoescher	503	Hoescher	（Hoescherコレクション蒐集家）				グーテンベルク版聖書の売買
Hoesslin, Konstantin von	374	Hoesslin	政治家、裁判官。独立後のギリシャ国会で初代議長を務めた	ギリシャ	1844	1920	ギリシャ国会議長に当選
Hoetzendorf, Franz Conrad von	441	Conrad von Hoetzendorf	軍人。第一次世界大戦時に参謀総長を務めた	オーストリア	1852	1925	引退の報
Hoeyer, Edgar	414	Edgar Hoeyer	劇作家	デンマーク	1859	1942	新興行ドラマ一覧
Hofacker, Johann Daniel	577	Hofacker	産科医	ドイツ	1788	1828	男女出生比率に関する諸説

人名	頁数	本文表記	人物紹介（肩書・略歴など）	出生地	生年	没年	トピック
Hofer, Andreas	76	Andreas Hofer	宿屋の主人、チロルにおける反ナポレオン派リーダー	イタリア	1767	1810	インスブルック解放記念日
Hoffmann, Arthur	538	Hoffmann	劇作家				新興行ドラマ一覧
Hoffmann, Benjamin Gottlob	498	書店 Hoffmann und Campe	書肆。女流文筆家 Elise Campe の父	ドイツ	1748	1818	ハンブルクの名書店が売渡し
Hoffmann, Ernst Theodor Amadeus	209	E. T. A. Hoffmann	作家、作曲家、音楽評論家、画家、法律家。ドイツ・ロマン派を代表する一人。司法官兼作家、音楽家の生活を送り、怪奇幻想的な作品を執筆。モーツァルトへの傾倒からアマデウスを名乗り、歌劇や室内楽の作曲、水彩画など美術にも優れた才能を示した。小説「黄金の壺」「牡猫ムルの人生観」など	ドイツ	1776	1822	新興行オペラ一覧
	244	E. Th. A. Hoffmann					文士の手紙競売・内容と価格
	400	E. T. A. Hoffmann					競売の F. Kugler 遺品中に E. T. A. ホフマンの諷刺画
	495	E. T. A. Hoffmann					名家自筆コレクション競売
	556	E. T. A. Hoffmann					猫文学いろいろ
	708	Hoffmann、E. T. A. Hoffmann					ナポリで懸賞獲得のオペラの主人公は E. T. A. ホフマン
Hoffmann, Fritz	721	Fritz Hofmann、ホフマン	化学者。合成ゴムを発明。Elberfeld で活躍。本文中では Elberfeld が人名のように扱われているが地名の誤り	ドイツ	1866	1956	硬ゴムの産地・改良
Hoffmann, Hans	65	Hans Hoffmann	作家、文筆家。シラー財団事務局長を務めた	ポーランド	1848	1909	訃報
	71	Hans Hoffmann					シラー財団事務局長後任人事
	113	Hans Hoffmann					辛口の批評家と肝胆相照らす逸話
	411	Hans Hoffmann					H. Hoffmann 記念像（Wernigerode）
	539	Hans Hoffmann					H. Hoffmann 記念像（ヴァイマル）除幕
Hoffmann, Hellmut	575	Hellmut Hoffmann	（画家）				芸術高等学校（ベルリン）表彰
Hoffmann, Hermann	587	Hermann Hoffmann	（ベルリンの法科大学生）				法科大学生が女色に惑って窮乏し殺人未遂の末に自殺
Hoffmann, Hildegard	74	Hildegard Hoffmann 芸名 Wousselli	（殺害された女芸人。芸名 Wouselli）	ドイツ			日本人と中国人との三角関係になったドイツ人女優が殺害
Hoffmann, Ludwig	79	Ludwig Hoffmann	建築家	ドイツ	1852	1932	ベルリン美術展覧会大金牌
Hoffmann, Silas	317	Silas Hoffmann					訃報・破産後31年間無言の人物
Hoffritz, Heinrich	35	Heinrich Hoffritz	（ミュンヘンの彫刻家）				訃報（A. Hess、H. Hoffritz）
Hofmann, Heinrich Albert	645	A. Hofmann und Co.	書肆。David Kalisch とともに風刺雑誌 *Kladderadatsch* を創刊	ドイツ	1819	1880	風刺雑誌 *Kladderadatsch* の中央党批判記事を編集して刊行
Hofmann, K.	580 581	K. Hofmann、ホフマン	（ゲルマニスト）				「パルジファル」の字義・Parsifal の表記由来
Hofmannsthal, Hugo von	46	Hofmannsthal	詩人、作家、劇作家。ウィーン世紀末文化を代表する青年ウィーン派の一員で、新ロマン主義を代表する作家の一人。早熟の天才として文壇に登場し、繊細で典雅な文体で知られ	オーストリア	1874	1929	A. v. Mildenburg が2種類の「エレクトラ」で主演
	124	Hugo von Hofmannsthal					五十歳祝賀（S. Fischer）

H

人名	頁数	本文表記	人物紹介（肩書・略歴など）	出生地	生年	没年	トピック
	128	Hugo von Hofmannsthal	た。書簡体の散文作品「チャンドス卿の手紙」で言葉に対する深い懐疑を披瀝してからは、活動を戯曲へと移し、古典劇に近代的解釈を加えた翻案・改作を行うようになった。ソフォクレス原作の「エレクトラ」「オイディプス王」や、イギリスの古い神秘劇を元にした「イェーダーマン（人おのおの）」などがある。ザルツブルク音楽祭の推進者であったため、「イェーダーマン」は音楽祭で毎年上演されてきている。「エレクトラ」「ばらの騎士」(1911)「ナクソス島のアリアドネ」などR.シュトラウスとの合作で五つのオペラを残した。他に韻文劇「痴人と死」寓意小説「影のない女」未完の小説「アンドレアス」など				初の散文喜劇興行予定
	149	Hugo von Hofmannsthal					喜劇「クリスティーナの旅行」興行採用
	159	Hugo von Hofmannsthal					次回作タイトルは「ばらの騎士」となる見込み
	169	Hofmannsthal					「クリスティーナの帰郷」劇評
	184	Hugo von Hofmannsthal					新興行ドラマ一覧
	189	Hofmannsthal					A. Sorma のベルリン旅興行
	211	Hugo von Hofmannsthal					A. Sorma 主演劇のためホフマンスタールがベルリンに出立
	335	Hofmannsthal					P. アルテンベルク義捐金
	351	Hofmannsthal					「サロメ」「エレクトラ」についてのホフマンスタール寸評
	380	Hugo von Hofmannsthal					ベルリン・ドイツ座のカインツ祭
	382	Hugo von Hofmannsthal					ブルク劇場カインツ記念興行
	424	Hugo von Hofmannsthal					国民劇興行のための五千人劇場設立運動
	427	Hofmannsthal					新聞 *Il Piccolo* の文芸雑報
	564	ホフマンスタアル					「アルプス交響曲」など R. シュトラウスの作曲状況
	587	Hugo von Hofmannsthal					ホフマンスタールがウィーゼンタール姉妹のために書下ろし
	604	Hugo von Hofmannsthal					インゼルから廉価版のホフマンスタール集出版予定
	631	Hugo von Hofmannsthal					ホフマンスタール「イェーダーマン」出版
	636	H. v. Hofmannsthal					新興行オペラ一覧
	675	Hugo von Hofmannsthal					ホフマンスタールがダヌンツォを罵倒
	737	Hugo von Hofmannsthal					「ナクソス島のアリアドネ」初演予定
	756	Hugo von Hofmannsthal					ホフマンスタールがハウプトマンに祝辞
	842	FUGO VON HOFMANSTHAL 氏、HOFMANSTHAL 氏					ホフマンスタール「エレクトラ」をR. シュトラウスがオペラ化、ホフマンスタールを酷評

人名	頁数	本文表記	人物紹介（肩書・略歴など）	出生地	生年	没年	トピック
	850	ホフマンスタアル					「エレクトラ」主演の二女優
	852	フウゴオ・フオン・ホフマンスタアル (HUGO VON HOFMANSTHAL)					国家シラー賞と民衆シラー賞
Hofner, Johann Baptist	710	Hofner	画家	ドイツ	1832	1913	訃報（J. B. Hofner、O. Stichling）
Hofrichter, Adolf	107	Adolf Hofrichter	軍人。1909年の軍法裁判で殺人罪の実刑とされたが、冤罪の可能性が議論され、1919年に恩赦。M. ヴィンターにより小説化された	チェコ	1880	1945	毒丸薬発送事件容疑者拘引
	159	Der Fall Hofrichter、士官					疑獄事件を扱った小説が販売禁止
	227	Hofrichter					毒入手紙事件自白
	241	Hofrichter					二度の脱獄の企てが発覚
	256	Hofrichter					毒書状事件死刑判決で減刑上申
	267	Hofrichter					毒書状事件禁錮二十年に減刑
	274	Hofrichter					毒書状事件減刑に帝が署名
Hohenlohe-Langenburg, Hermann zu	24	弟 Hermann	6代ホーエンローエ＝ランゲンブルク侯。Karl の弟	ドイツ	1832	1913	皇太子嫡子権利放棄
Hohenlohe-Langenburg, Karl zu	24	Karl von Hohenlohe-Langenburg	5代ホーエンローエ＝ランゲンブルク侯。Hermann の兄	ドイツ	1829	1907	皇太子嫡子権利放棄
Hohenlohe-Schillingsfuerst, Chlodwig Carl Viktor zu	97	Hohenlohe 侯	政治家、ドイツ帝国宰相（1894-1900）	ドイツ	1819	1901	八十歳祝賀（R. Lindau）
	183	Hohenlohe					歴代ドイツ首相につき短評
Hohenzollern（家）	26	Hohenzollern 家	ブランデンブルク選帝侯、のちプロイセン王、ドイツ皇帝位を世襲したヨーロッパを代表する貴族家系の一つ。南ドイツ・シュヴァーベン地方の発祥	ドイツ			ヴィルデンブルッフのヴィルヘルム帝とビスマルクとの逸話
	496	Hohenzollern-Kunstgewerbehaus					ホーエンツォレルン美術工芸館
	583	Hohenzollern 家					ホーエンツォレルン家を題材とした作品の興行全面禁止
	636	Hohenzollern 劇					ホーエンツォレルン劇上演予定
	701	Hohenzollern					ホーエンツォレルン入国五百年記念興行募集脚本
	810	ホオエンツオルレルン家					ハウプトマン戯曲の興行禁止は皇太子の意向
Hohenzollern-Sigmaringen, Ferdinand von	24	弟 Ferdinand	ルーマニア王（1914-1927）。ホーエンツォレルン＝ジグマリンゲン侯レオポルトの次男、Wilhelm の弟	ドイツ	1865	1927	皇太子嫡子権利放棄
Hohenzollern-Sigmaringen, Leopold von	283	Leopold von Hohenzollern	ホーエンツォレルン＝ジグマリンゲン侯（1885-1905）	ドイツ	1835	1905	「1870年戦（普仏戦争）その原因及び責任」一部紹介

人名	頁数	本文表記	人物紹介（肩書・略歴など）	出生地	生年	没年	トピック
Hohenzollern-Sigmaringen, Wilhelm von	24	Wilhelm von Hohenzollern	ホーエンツォレルン侯（1905-1918）。ホーエンツォレルン=ジグマリンゲン侯レオポルトの長男、Ferdinandの兄	ドイツ	1864	1927	皇太子嫡子権利放棄
Holbach	685	Holbach					F. Philippiのミュンヘン追憶記
Holbein	601	Holbeinverlag	（シュトゥットガルトの出版業者）				W. Hegelerの政治風刺小説
Holbein Juengere, Hans der	46	Holbein	画家。デューラーと並びドイツ・ルネサンス期を代表する画家	ドイツ	1497	1543	ホルバイン作肖像画売買
Holberg, Ludwig	43 44	Ludwig Holberg、ホルベルク	作家、劇作家、哲学者、歴史家。「デンマーク・ノルウェー文学の父」と呼ばれる	ノルウェー	1684	1754	国民劇場の思い出
Holgers, Maria	285	Maria Holgers	（E. Haeckelの女弟子）				「世界の謎」に反響一万通
Holl, Karl	812	Karl Holl	文芸史家	ドイツ	1886	1971	ハウプトマンに関する英文評論
Hollaender, Felix	127	Felix Hollaender	作家、劇作家、演劇評論家、劇場監督。二人の兄GustavとVictorはともに音楽家	ポーランド	1867	1931	1909年中最も面白かった記事
	251	Felix Hollaender					F. Hollaenderが自力で興行
	532	Felix Hollaender					「ドイツ劇場誌」創刊
	541	Felix Hollaender					「史実」万能主義は困りもの
	548	Ferix Hollaender					「ドイツ劇場誌」主筆
	653	Felix Hollaender					クリスマスの予定アンケート
	782	Felix Hollaender					ベルリン・ドイツ劇場からハンブルク劇場に異動
	783	Hollaender					ハンブルクからの招聘を辞退
	835	Felix Hollaender					劇場と関係を断ち著述に専念
Hollaender, Victor	201	Victor Hollaender	ピアニスト、作曲家、指揮者。兄Gustavも音楽家、弟Felixは演劇家	ドイツ	1866	1940	舞台で日本式の花道を使う噂
	239	Viktor Hollaender					新興行オペラ一覧
Holle, Ludwig	116	Holle	政治家 （前文相）	ドイツ	1855	1909	訃報
Holm, F.	150	F. Holm	（劇作家、Lenningen伯爵夫人の筆名）「サンスーシの哲学者」とはフリードリヒ大王のこと				「サンスーシの哲学者」興行
	162	F. Holm、Lenningen					F. Holmの正体は伯爵夫人
	506	F. Holm					新興行ドラマ一覧
Holm, Korfiz	594	K. Holm	作家、劇作家、翻訳家、編集者	ラトヴィア	1872	1942	新興行ドラマ一覧
	605	K. Holm					新興行ドラマ一覧
	632	K. Holm					新興行ドラマ一覧
	653	Korfiz Holm					クリスマスの予定アンケート
Holmes Jr., Oliver Wendell	373	Oliver Wendell Holmes	法律家、裁判官	アメリカ	1841	1935	ベルリン大学百年祭名誉学位
Holnstein aus Bayern, Henriette von	704	Henriette von Holnstein、ヘンリエッテ	伯爵夫人。元の名はHenriette von der Malsburg。E. Geibelの初恋の相手	ドイツ	1827	1912	訃報
Holroyd, Charles	525	Charles Holroyd	画家、学芸員。テート・ギャラリーの初代館長を務めた		1861	1917	ロンドン訪問中のドイツ帝と妃

人名	頁数	本文表記	人物紹介（肩書・略歴など）	出生地	生年	没年	トピック
Holst, Fritz	54	Fritz Holst	軍人、喜劇作家、翻訳家	デンマーク	1834	1909	訃報
Holstein-Ledreborg, Ludvig	77	Holstein - Ledreborg 伯	政治家、首相（1909）	ドイツ	1839	1912	デンマーク新内閣
Holtei, Karl Eduard von	556	Holtei	劇作家、作家、劇場監督、舞台演出家、俳優。戯曲「靴をはいた猫」	ポーランド	1798	1880	猫文学いろいろ
	824	Holtai					新作脚本情報
Holten, Sophie	555	Holten	女流画家	デンマーク	1858	1930	ストックホルムのストリンドベリ展示室
Holthoff von Fassmann, Wilhelm	661	von Holtholf	劇場監督				コーブルク宮廷劇場監督就任
Holz, Arno	125	Arno Holz、Bjarne P. Holmsen	劇作家、詩人。ドイツにおける自然主義運動を推進した一人。のちに印象主義の傾向も示した。Bjarne P. Holmsen はホルツが J. Schlof とともに用いたペンネーム。連作「ベルリン、ドラマにおける時代の変わり目（終わり）」は当初12曲が構想されていたが、発表されたのは「社会貴族 *Socialaristokraten*」「日食 *Sonnenfinsternis*」、「我々は知らないであろう *Ignorabimus*」の三曲	ポーランド	1863	1929	Mystification（新しい著述を故人の作として出すこと）の例
	524	Holz-Schalf					講演「新ドイツ詩の淵源」
	632	A. Holz					新興行ドラマ一覧
	653	Arno Holz					クリスマスの予定アンケート
	740	Arno Holz					連作「ベルリン」第三曲興行
	787	Arno Holz					連作「ベルリン」第三曲
	792	Arno Holz					五十歳祝賀・スピリチャリスムの集団を描いた奇妙な劇
	793	Arno Holz、ホルツ					A. ホルツに有志が醵金・ホルツのこれまでの収入一覧
	798	Arno Holz					Johannes - Fastenrath - Stiftung 賞
	803	Arno Holz、ホルツ					シラー財団賞金を A. ホルツ拒絶
	816	Arno Holz					「ベルリン」第二作「日食」興行
Holz, Ewald	792	Ewald Holtz	彫刻家		1872	1944	F. ロイター噴水像（ロストック）
	828	Ewald Holz					F. ロイター噴水像（ロストック）
Holzamer, Wilhelm	843	WILHELM HOLZAMER、HOLZAMER	作家、文芸評論家	ドイツ	1870	1907	遺作出版・紹介
Homer, Louise	251	Louise Homer	オペラ歌手（コントラアルト）	アメリカ	1871	1947	パリでイタリア・オペラ興行
Homeros	317	Homeros 時代	詩人。前８世紀頃に活躍。古代ギリシャの二大叙事詩「イリアス」「オデュッセイア」の作者とされる				発掘によりレフカダ島はイタカ島と証明
	570	Homeros					ベルリン大学講義一覧
Homolle, Théophile	595	Homolle	ギリシャ学者、考古学者。「ジョコンダ」盗難時にルーヴル美術館館長を務めていた	フランス	1848	1925	「ジョコンダ」盗難のため懲罰
	690	Homolle					「ジョコンダ」盗難時の館長がフランス学校長（アテネ）赴任
Hooker, Brian	538	Hooker	詩人、作詞家、オペラ台本家	アメリカ	1880	1946	新興行オペラ一覧
Hooker, Joseph Dalton	645	Joseph Dalton Hooker	植物学者	イギリス	1817	1911	訃報

H

人名	頁数	本文表記	人物紹介（肩書・略歴など）	出生地	生年	没年	トピック
Hopkins, Johns	430	Johns Hopkins	実業家、企業家、銀行家、慈善家。遺産を元にジョン・ホプキンス大学が創立	アメリカ	1795	1873	アメリカ有名大学エール一覧
Hoprekstad, Olav	734	Olav Hoprekstad	劇作家、編集者、演劇評論家、文芸評論家	ノルウェー	1875	1965	戯曲「フリチョフとインゲボルグ」完成
Hornstein, Ferdinand von	553	Von Hornstein 氏	文筆家。「作曲家 R. v. Hornstein にあてた R. ワーグナーの二通の手紙」		1865	1951	R. ワーグナー回想録の反響
Hornstein, Robert von	553	父、亡ホルンスタイン、ホルスタイン	作曲家	ドイツ	1833	1890	R. ワーグナー回想録の反響
Horst, Julius	213	Horst	劇作家	オーストリア	1864	1943	1908・9～ドイツでの興行回数
	239	Julius Horst					新興行ドラマ一覧
	471	Horst					新興行ドラマ一覧
Horst-Schulze, Paul	684	Horst-Schulze	画家、美術教師	ドイツ	1876	1937	ライプツィヒ美術展覧会（1912）
Horta, Victor	312	Horta	建築家、デザイナー	ベルギー	1861	1947	ベルギー国内で上流を占める社会主義者・国王の理解
Hosaeus, Hermann Kurt	251	Hermann Hosaeus	彫刻家、メダル制作者	ドイツ	1875	1958	ベルリン美術大展覧会（1911）
	651	Hosaeus					ハノーファー大展覧会（1912）
	673	Hermann Hosaeus					ベルリン王立芸術院加入
Hosel	17	Hosel	（ミュンヘンの音楽家）				パガニーニゆかりのストラディヴァリウス売価
Hoss, Rudolf	265	Rudolf Hoss	（建築家）				アカデミー（ベルリン）賞金受賞
Hostrowiski	598	Hostrowiski	（盗難嫌疑により逮捕されたロシア人）				「ジョコンダ」盗難関連事件
Houben, Heinrich Hubert	845	DR HOUBEN	文学史家、ジャーナリスト。検閲史研究、ゲーテ研究、雑誌研究で知られる	ドイツ	1875	1935	「ゲーテとの対話」原本発見
Houdon, Jean-Antoine	157	Houdon	彫刻家	フランス	1741	1828	フランス美術展覧会（ベルリン）
Hougen, Knut Johannes	91	Hougen	政治家　（文相）		1854	1954	訃報（K. Seip）・ノルウェー文相交代
Houghton, Stanley	776	Stanley Houghton	劇作家	イギリス	1881	1913	新作「民に信を置け」は不評
Houssaye, Arsène	292	Arsène Houssaye	文人、作家、詩人	フランス	1815	1896	文学者の名物使用人たち
Houssaye, Henry	464	Henri Houssaye	歴史家、美術評論家、文芸評論家	フランス	1848	1911	アカデミー・フランセーズ会員
	753	Comte Henry Houssaye					アカデミー・フランセーズ補充
	821	Henry Houssaye					ドレフュス事件時に左右に分かれた名士一覧
Howard, Morton A.	67	Morton A. Howard	（クリーヴランドの富豪 G. King の婿）				富豪が娘の挙式に巨費を投入
Hoxsey, Archibald	433	Hoxsey	飛行家。初期の航空パイオニア	アメリカ	1884	1910	1910年末の飛行記録一覧
Hoyer, Charlotte	93	Charlotte Hoyer	（ゲーテに仕えた女給）				良い下女の不足がヨーロッパ全土で問題化
Hrdlicka, Ales	800	Hrdlicka	人類学者、古生物学者	チェコ	1869	1943	インディアンの故郷としてシベリア研究

人名	頁数	本文表記	人物紹介（肩書・略歴など）	出生地	生年	没年	トピック
Hubert	823	Hubert 兄弟	→ van Eyck, Hubert				ファン・アイク兄弟記念像設立
Hubert, Armand	548	Hubert	政治家　(商相)		1857	1940	ベルギー新内閣
Hublier	498	Hublier	(千里眼の実験をした人物の一人)				千里眼試験の歴史と結果
Huc, Évariste	276	Pater Huc	宣教師、中央アジア研究者	フランス	1813	1860	西蔵（チベット）探検の進展
Huch, Friedrich	799	Friedrich、Friedrich Huch	作家、詩人。Friedrich と Ricarda の従兄弟	ドイツ	1873	1913	姓が Huch の文士三人・訃報
Huch, Ricarda	738	Ricarde Huch	女流詩人、哲学者、歴史家。Rudolf の妹	ドイツ	1864	1947	三巻本「三十年戦争」刊行
	799	Ricarda					姓が Huch の文士三人・訃報（F. Huch）
Huch, Rudolf	799	Rudolf	弁護士、著述家、作家、評論家。Ricarda の兄で Friedrich の従兄弟	ブラジル	1862	1943	姓が Huch の文士三人・訃報（F. Huch）
	843	RUDOLF HUCH					父子の衝突描いた「双つの兜」
Huchard, Henri	417	Huchard	内科医、神経科医、心臓病医	フランス	1844	1910	訃報
Huck, Karl	628	Karl Huck	画家		1876	1925	デュッセルドルフ大展覧会金牌
Hudson, Henry	94	Hudson-Fulton 記念祭	航海士、探検家。ハドソン川発見から300年と R. Fulton の商業汽船乗客運搬成功100年にあたる1909年に、Hudon-Fulton 祭が開催された	イギリス	1565頃	1611	ハドソン・フルトン記念祭
	99	Hudson 祭					アメリカでは広告のために飛行機活用開始
Huebner, Oskar	165	Oskar Huebner	(詩人)				都市を題材とした抒情詩集「石の海で」出版
Huebner, Ulrich	731	Huebner	画家	ドイツ	1872	1932	ベルリン市長の新画家排斥に物議
Huebsch	726	Freiherr von Huebsch	(偽名の蔵書家。蔵書はダルムシュタット図書館蔵)				歴代著名蔵書家
Huelsen-Haeseler, Georg von	103	Graf von Huelsen-Haeseler	プロイセン宮廷官吏、ドイツ国内の王立劇場総支配人、ヴィルヘルム２世の側近	ドイツ	1858	1922	シラー生誕百五十年祭
	196	Huelsen 伯					ドイツの劇場組合同士の確執
	483	Graf von Huelsen-Haeseler、伯					王立歌場総支配人辞表をドイツ帝が却下
	490	von Huelsen-Haeseler 伯					屋根葺き青年を音楽学校に抜擢
	503	von Huelsen					ヴィースバーデン宮廷劇場総支配人が辞職
Huerta, Victoriano	777	Victoriano Huerta	軍人、大統領（1913-1914）。前大統領モデロらを監禁し殺害	メキシコ	1850	1916	メキシコ大統領が監禁・交代
	778	Huerta 大統領					マデロ前大統領の救出失敗
Hufeland, Christoph Wilhelm	163	Hufeland 会	医師。マクロビオティックの提唱者とされる。著書「医学全書」は、幕末の日本でも緒方洪庵により抄訳され、大きな影響を与えた	ドイツ	1762	1836	C. W. Hufeland 会創立百年祭
	737	Christoph Wilhelm von Hufeland					生誕百年記念日
Huggins, William	246	Sir William Huggins	天文学者。スペクトル線を観察・分析	イギリス	1824	1910	訃報

人名	頁数	本文表記	人物紹介（肩書・略歴など）	出生地	生年	没年	トピック
Hughes, Charles Evans	290	Hughes	政治家、法律家。ニューヨーク州知事、国務長官、連邦最高裁判所長官など歴任	アメリカ	1862	1948	ニューヨーク汚職排斥
Hugo, Victor-Marie	13	Victor Hugo 調	詩人、劇作家、作家、政治家。フランスにおけるロマン主義文学を主導し、その全盛期を築いた。共和派の議員として政治活動に参加、ナポレオン3世の大統領就任にも尽力した。その後、帝政樹立のためにクーデターを起こしたナポレオンに反対し、19年に及ぶ亡命生活を送った。詩集「東方詩集」「懲罰詩集」「静観詩集」、小説「ノートルダム・ド・パリ」「レ・ミゼラブル」、戯曲「エルナニ」「リュクレス・ボルジア」「リュイ＝ブラス」「トルケマダ」など	フランス	1802	1885	マリネッティーの未来派宣言・未来派紹介
	59	Victor Hugo					世界最小の男
	135	Victor Hugo					詩人が治財に拙いことの例
	167	Victor Hugo					「シャンテクレ」が大当り・近世の当り狂言一覧
	190	Victor Hugo					パリでバスの屋上席が廃止
	286	Hugo					A. フランスのドラマ論
	292	Victor Hugo					文学者の名物使用人たち
	495	Hugo					名家自筆コレクション競売
	638	Hugo					パリの劇場（雑誌 *Comoedia*）
	776	Hugo					C. ルモニエへの文豪の手紙
	825	Victor Hugo					G. ブランデス「現代のフランス文学」分類図
Hulbe, Georg	441	Hulbe	商人	ドイツ	1851	1917	窓に画を陳列したことで罰金
Hultzsch, Eugen	568	Hultzsch	言語学者	ドイツ	1857	1927	ヨーロッパの仏教・インド研究
Humboldt（兄弟）	181	Humboldt-Akademie	兄は言語学者で政治家の Wilhelm、弟は博物学者 Alexander。二人の業績を記念して「フンボルト」の名を冠した用語が多数存在する				経歴詐称で助教授が免職
	649	Humboldt-Akademie					J. バーブが二題講演
Humboldt, Alexander	47	Alexander von Humboldt	博物学者、探検家、地理学者。近代地理学の基礎を築いた「コスモス」がある。死後、アレクサンダー・フォン・フンボルト財団が創立された。女流画家 E. Gaggiotti-Richards はアレクサンダーの創造の源となったとされる女性	ドイツ	1769	1859	五十年忌
	350	Humboldt					A. フンボルト記念像（メキシコ）
	679	Humboldtstiftung					フンボルト財団の資金で東インドに出立
	730	Alexander von Humboldt					訃報（E. Gaggiotti）
Humboldt, Wilhelm	237	Wilhelm von Humboldt-Steinthal 派	言語学者、政治家、教育改革者。フリードリヒ・ヴィルヘルム大学（現フンボルト・ベルリン大学）創設者。バスク語の研究・普及においても著名。アレクサンダーは弟	ドイツ	1767	1835	訃報（F. N. Finck）
	369	Humboldt					ベルリン大学百年祭
	682	Wilhelm von Humboldt					W. フンボルト未完「バスクの旅行」を全集に編入
	702	Wilhelm von Humboldt					八十歳祝賀（C. v. Heinz）
Humperdinck, Engelbert	45	Engelbert Humperdinck	作曲家、音楽評論家。イタリア滞在中に知り合ったR. ワーグナーとの親交で知られ、バ	ドイツ	1854	1921	ベルリンにR. ワーグナー歌劇場設立計画・会員募集

人名	頁数	本文表記	人物紹介（肩書・略歴など）	出生地	生年	没年	トピック
	212	Humperdinck	イロイト音楽祭「パルジファル」初演以降、助力を惜しまなかった。劇音楽「メーテルリンクの青い鳥に寄せて」など、シェークスピアやメーテルリンクの戯曲に付帯音楽を制作。オペラ「ヘンゼルとグレーテル」は大当たりをとった				1908・9～ドイツでの興行回数
	358	Humperdinck					「青い鳥」に作譜
	367	E. Humperdinck					新興行オペラ一覧
	373	Engelbert Humperdinck					ベルリン大学百年祭名誉学位
	416	Humperdinck					新興行オペラ一覧
	534	Engelbert Humperdinck					シャルロッテンブルク音楽高等学校長就任
	615	Humperdinck					K. フォルメーラー「トゥーランドット」独訳と脚本「奇蹟」
	663	Humperdinck					左半身麻痺との報
	681	Humperdinck					病気が快癒して散歩
Hundrieser, Emil	448	Emil Hundrieser	彫刻家。ヴィルヘルム時代を代表する芸術家の一人	ロシア	1846	1911	訃報
Hunt, Arthur Surridge	623	Hunt	古文書学者。エジプトのオクシリンクスで膨大なパピルス文書を発掘。この中からエウリピデス、ソフォクレスらの重要な文書が発見された	イギリス	1871	1934	ソフォクレス脚本「捜索犬（*Ichneutai*）」発見
	758	Arthur Hunt					ソフォクレスの滑稽脚本「捜索犬」翻訳・あらすじ
Hunt, William Holman	331	Holman Hunt	画家。ラファエル前派（P. R. B.）創立期の一員	イギリス	1827	1910	訃報
	343	Holman Hunt					訃報・ラファエル前派最後の一人
Hunt, William Morris	192	William Morris Hunt	画家	アメリカ	1824	1879	アメリカ画展覧会（ベルリン）
Hunter, William Wilson	568	William Hunter	官吏、文筆家。王立アジア協会副会長、インド統計局書記長などを務めた	イギリス	1840	1900	ヨーロッパの仏教・インド研究
Huntingto, Henry E.	503	Henry Huntington	鉄道界の大物、美術・希少本蒐集家	アメリカ	1850	1927	グーテンベルク版聖書の売買
Huret, Jules	454	Jules Huret	ジャーナリスト	フランス	1863	1915	著書「ドイツ」のうち「バイエルンとザクセン」の巻が発禁
	528	Jules Huret					ザクセン王侮辱で書籍没収
Hus, Johannes	822	Johannes Huss	（牧師。史実と異なるが神学者 Jan Hus を話題としていると考えられる）				史料から J. フスの事跡が判明
Huth, Alfred Henry	552	Huth	著述家、愛書家	イギリス	1850	1910	シラーがゲーテに贈った書籍競売
	725	Huth 氏					「ドン・キホーテ」初版が高値
Hutten, Ulrich von	495	Ulrich von Hutten	騎士、人文主義者。ドイツ騎士戦争の指導者の一人	ドイツ	1488	1523	名家自筆コレクション競売
Hutzler, Sarah	354	Sarah Hutzler、サラア	J. カインツの最初の妻、女流文筆家	アメリカ	1853	1893	訃報（J. カインツ）・詳細
Huysem, Jan van	341	Jan van Huysem	画家、静物画家、風景画家	オランダ	1682	1740	静物画中の蝿を本物と見間違えた見物人がひっかき傷
Huysmans, Camille	312	Dr. Camille Huysmans	政治家	ベルギー	1871	1968	ベルギー国内で上流を占める社会主義者・国王の理解

人名	頁数	本文表記	人物紹介（肩書・略歴など）	出生地	生年	没年	トピック
Hyan, Hans	578	Hans Hyan	作家、劇作家、脚本家、カバレッティスト、ジャーナリスト。行刑問題について独自に研究し、犯罪小説を執筆。小説「誘惑される人々（*Die Verfuerten*）」もその一つ	ドイツ	1868	1944	H. Hyan の小説が没収
	625	Hans Hyan					猥褻の疑いの小説が無罪審査
	642	Hans Hyan					小説没収につき不服申し立て
	688	Hans Hyan					罪人へのビスマルク的見解
	692	Hans Hyan					戯曲 *Schlossermaxe* 興行
	715	Hans Hyan					H. Hyan の小説に対する訴訟
Hyatt（兄弟）	58	Hyatt 兄弟	発明家 John Wesley Hyatt（1837-1920）と弟 Isaiah Hyatt	アメリカ			人工樹脂（セルロイド）の製造・開発
Hyperion	692	Hyperion-Verlag	ギリシャ神話に登場するティターン十二神の一柱。光を司る				「ファウスト I・II」限定版出版
Ibsen, Bergliot Bjoernson	153	Sigurd Ibsen（国務大臣夫人）	ビョルンソンの娘で、H. イプセンの息子 Sigurd と結婚した。本文中では「イプセン夫人」として表記されることがある	ノルウェー	1869	1953	パリで療養中のビョルンソン
	222 223	婿 Sigurd Ibsen 夫婦、娘、Sigurd Ibsen 夫婦					訃報（ビョルンソン）・詳細
	226	イプセン夫人					ビョルンソンの柩
	227	Ibsen 夫人					ビョルンソンの葬送
	229	イプセン夫人					ビョルンソンの葬送
	645	Bergliot					良い娘を持った文豪
	765	Bergliot					イプセンとビョルンソンの交友
Ibsen, Henrik Johan	15	Ibsen 劇	劇作家。家庭生活や道徳について根本から問い直す思想劇・社会劇によって、近代演劇の祖とされる。スザンナ・トーレセンと結婚。故国ノルウェーを離れ、ドイツ、イタリアに長く住んだ。「人形の家」では新しい女ノラの目ざめを描き、婦人解放運動にも多大な影響を与えた。「ブラン」「ペール・ギュント」「民衆の敵」「ヘッダー・ガブラー」など。ビョルンソンとは大学入学を目指していた頃からの長い交友で、イプセンのただ一人の息子ジーグルとビョルンソンの長女ベルグリオットは結婚している。鷗外訳に「幽霊」「ジョン・ガブリエル・ボルクマン」	ノルウェー	1828	1906	コクラン兄弟についての記事いろいろ
	43 44	Henrik Ibsen、イプセン					国民劇場の思い出
	50	イプセン					ぼや騒ぎのなか観客を沈めて最後まで上演した一座に喝采
	63	イプセン物					O. ブラームに聖 Olaf 勲章
	221	Ibsen					訃報（ビョルンソン）・詳細
	228	Ibsen					イプセン全集に揃えてビョルンソン全集を出版
	307	Ibsen					ベルリン大学講義でビョルンソン・イプセン・ストリンドベリ論
	358	Ibsen					ビョルンソン全集
	421	Ibsen					ベルリン演劇学校視察とロシア興行事情
	516	イプセン					アイスランドに夏興行の劇場
	564	Ibsen 全集					イプセン全集と同じ訳者と出版社でビョルンソン全集刊行

人名	頁数	本文表記	人物紹介（肩書・略歴など）	出生地	生年	没年	トピック
	565	イプセン					「人形の家」のパロディー *Norachen*
	670	Ibsenhaus					イプセンハウス（インスブルック）
							設立
	672	Henrik Ibsen					H. イプセン最後の署名の筆
	676	Henrik Ibsen、イプセン					G. ブランデスの寓言体の自伝
	687	Henrik Ibsen					F. Philippi のミュンヘン追憶記
	708	Ibsen					世界観を持つ主人公の系譜
	716	Ibsen					不朽の名声と忘却
	738	Ibsen					イプセンとビョルンソンの記念像取除運動
	744	Ibsen					サハラ砂漠海洋化案の先例
	750	Ibsen					父はイプセン仏訳者・娘はロスタン「ロマネスク」で主人公
	755	Ibsen					ドイツ諸劇場（1912）の興行数
	756	Ibsen 風					女流劇作家の領袖 M. Lenéru
	759	Ibsen					訃報（O. Brahm）
	765	Ibsen、イプセン					イプセンとビョルンソンの交友
	774	イプセン					E. ハルトの旧作が上場
	788	Henrik Ibsen					活動写真と原作小説・脚本
	843	IBSEN 論					D. メレシュコフスキー評論英訳
	845 846 847	HENRIK IBSEN、IBSEN 博物館（IBSEN＝MUSEUM）、IBSEN、HENRIK IBSEN 遺稿					イプセン博物館の設立計画、H. イプセンの草稿発見
	848	IBSEN					L. ベルク「ハイネ-ニーチェ-イプセン」
	851	イプセン					イプセンの音楽への関心
Ibsen, Sigurd	222 223	婿 Sigurd Ibsen 夫婦、Sigurd Ibsen 夫婦	作家、政治家。H. イプセンの息子	ノルウェー	1859	1930	訃報（ビョルンソン）・詳細
	226	Sigurd Ibsen					ビョルンソンの柩
	765	Sigurd					イプセンとビョルンソンの交友
	788	Sigurd Ibsen					活動写真と原作小説・脚本
Ibsen, Sigurd（妻）	153	Sigurd Ibsen（国務大臣夫人）	→ Ibsen, Bergliot Bjoernson				パリで療養中のビョルンソン
	222	婿 Sigurd Ibsen 夫婦、					訃報（ビョルンソン）・詳細

I

人名	頁数	本文表記	人物紹介（肩書・略歴など）	出生地	生年	没年	トピック
	223	Sigurd Ibsen 夫婦					
	226	イプセン夫人					ビョルンソンの柩
	227	Ibsen 夫人					ビョルンソンの葬送
	229	イプセン夫人					ビョルンソンの葬送
Ibsen, Susanna	672	Susanna Ibsen	H. イプセンの妻。旧姓 Thoresen		1832	1914	H. イプセン最後の署名の筆
	846	IBSEN 未亡人					イプセン博物館の設立計画
Icarus	496	Icarus	→ Ikarus				1911年春のサロン出品者など
Idris II	75	Mulai Idris	Idris I（イドリース朝創始者）の息子	モロッコ	791	828	モロッコに伝わる伝説
Iffland, August Wilhelm	479	Iffland、イフラント	俳優、監督、脚本家。「イフラントの指環」は、ドイツ語圏で最優の俳優とされたものに代々受け継がれている	ドイツ	1759	1814	第一の名優の証 Iffland の指環
	503	Iffland					イフラントの指環
	838	Iffland					F. L. W. Meyer 紹介
Iglesias, Pablo	287	Iglesias	政治家。正式名 Paulino Iglesias Posse	スペイン	1850	1925	Ferrer 処刑問題批判演説
	294	Pablo Iglesias					議会騒乱を首相が沈静化
Ihreis, Wilhelm	520	Wilhelm Ihreis	（建築家）				ハレ地方博物館建設
Ikarus	496	Icarus	ギリシャ神話に登場する青年。ダイダロスの息子。蠟の翼を得て飛翔したが太陽に近づきすぎたため落下した				1911年春のサロン出品者など
	596	Ikarus					飛行機の始祖イカロス記念像
	790	Ikarus					戯曲「ドイツのイカロス」
	815	Ikarus					「イカロスとダイダロス」初興行
Ilgenstein, Heinrich	485	H. Ilgenstein	劇作家、編集者	リトアニア	1875	1946	新興行ドラマ一覧
	562	H. Ilgenstein					新興行ドラマ一覧
	620	Heinrich Ilgenstein					週刊誌 *Gegenwart* 編集
	635	H. Ilgenstein					新興行ドラマ一覧
	648	Heinrich Ilgenstein					戯曲 *Europa Lacht* あらすじ
	656	H. Ilgenstein					新興行ドラマ一覧
Illberg, Johannes	281	Illberg	古典文献学者	ドイツ	1860	1930	ベルリン学士院ライプニッツ賞
Illés, Eugen	693	Eugen Illés	撮影監督、映画監督、脚本家、編集者	ハンガリー	1879	1951	活動写真雑誌 *Lichtspielzeitung* 創刊
Illica, Luigi	416	Luigi Illica	オペラ台本作家。「ボエーム」「トスカ」「蝶々夫人」など G. プッチーニと共作	イタリア	1857	1919	新興行オペラ一覧
Illing, Meta	110	Meta Illing 一座	女優、興行主		1872	1909	Meta Iling 一座ベルリン興行
	128	Meta Illing					訃報・英国劇巡回興行創意者
	129	Meta Illing					生地の誤りを訂正
	247	Meta Illing					英国俳優団体が各国興行
Ilse-Gross, Rose	231	Rose Ilse-Gross					ケルン花祭
Immermann, Carl Leberecht	498	Immermann	劇作家、作家、詩人	ドイツ	1796	1840	ハンブルクの名書店が売渡し
	705	Immermann					俗受けの戯曲 *Cardenio*
Ingeborg	734	Ingeborg	北欧神話サガに登場する女性。フリチョフと				戯曲「フリチョフとインゲボル

I

人名	頁数	本文表記	人物紹介（肩書・略歴など）	出生地	生年	没年	トピック
			結婚する				グ」完成
Innes, Georg	192	Georg Innes	画家、風景画家	アメリカ	1825	1894	アメリカ画展覧会（ベルリン）
Iphigenie	523	Iphigenie	ギリシア神話に登場する女性。英雄アガメムノン王とクリタイムネストラの娘				C. W. グルック「アウリスのイフィゲネイア」興行
	720	Iphigenie					「イフィゲネイア」上演
Irgard	444	Irgard					ペテルブルク学士院会員
Irving, Laurence Sydney Brodribb	789	Laurence Irving	劇作家、作家。M. Lengyel 原作の戯曲「タイフーン（台風）」を英訳・上演。自ら日本人士官を演じた。客船の難破で妻とともに死亡	イギリス	1871	1914	「大風（タイフン）」ロンドン公演大入り・日本人主人公タケラモ
	837	Laurence Irving 夫婦					J. Galsworthy 新作 *Mob* に Irving 夫婦が出演
Irving, Laurence Sydney Brodribb（妻）	837	Laurence Irving 夫婦	女優 Mabel Lucy Hackney		1880	1914	J. Galsworthy 新作 *Mob* に Irving 夫婦が出演
Isabeau de Bavière	183	Isobel	ヴァロワ朝4代国王シャルル6世の妃、シャルル7世の母	ドイツ	1371	1435	マスカーニの新作 *Isabeau*
	416	Isabeau					新興行オペラ一覧
	563	Isabeau					新興行オペラ一覧
	668	Isabeau					新興行オペラ一覧
	671	Isabeau					オペラ *Isabeau* をめぐり議論
Isabel II de España	17	亡妃 Isabella	スペイン・ボルボン朝女王イザベル2世（1833-1868）	スペイン	1830	1904	各国王族の質入・借金
Isenberg, Konstantin Vasilievich	596	Konstantin Isenberg	彫刻家			1911	訃報
Isiodor	636	Isiodor	（Zaryzin の僧）				僧院でトルストイ像を汚辱
Islavine	196	Islavine	（L. トルストイの従弟）				タルノウスカ夫人の家系をトルストイの従弟が調査
Isobel	183	Isobel	→ Isabeau				マスカーニの新作 *Isabeau*
Isola（兄弟）	640	Isola 兄弟	魔術師、劇場監督であった兄弟。兄 Émile（1860-1945）と弟 Vincent（1862-1947）	アルジェリア			パリ音楽界の近況
Isolde	104	Isolde	アーサー王物語などの伝説に登場する女性。アイルランド王女「金髪のイゾルデ」とブルターニュ公女「白い手のイゾルデ」はともに円卓の騎士トリスタンとの恋に苦しむ				マリインスキー劇場傷害事故
	212	Isolde					1908・9～ドイツでの興行回数
	833	Tristan-Isolde、Isolde の塔、Chapel Isolde					古跡イゾルデの塔（ダブリン）
Ispolatow	265	Ispolatow	（女優殺害事件のロシア人容疑者・事件と無関係であったことが判明）				コモ湖女優殺害事件
	274	Ispolatow					P. Charlton が殺害を自供
Israels, Isaac	438	Israels 教授	画家。Josef の息子	オランダ	1865	1934	レンブラント「夜警」修復見込・絵画の被害防止策
Israeuls, Josef	447	Josef Israels	画家。19世紀後半のオランダを代表する画家の一人	オランダ	1824	1911	八十七歳祝賀
	587	Josepf Israels					訃報・日常生活のロマンチック
Istablowinsky	54	Istablowinsky	（ブタペストの画家）				画家が女を銃殺後に自殺

人名	頁数	本文表記	人物紹介（肩書・略歴など）	出生地	生年	没年	トピック
Istar	322	Istar	古代メソポタミアにおいて広く尊崇された性愛、戦、金星の女神				髯のある女神像
	465	聖母（Istar）					キリスト教の多くの伝説がバビロニアに起源
Iswolski, Alexandr Petrovich	118	Iswolski	外交官、政治家　（外相）	ロシア	1856	1919	日本の兵備盛んとロシア誌
	361	Iswolski					ロシア外相交代
Iswostschik	408	Iswostschik	L. トルストイの御者				トルストイの御者が墓前で自殺
Itzinger	279	Itzinger	（C. Hebbel の主治医）				訃報（C. Hebbel）
Ivan IV	773	帝イワン	モスクワ大公（1533-1547）、モスクワ・ロシア初代ツァーリ（1547-1574、1576-1584）。別称イヴァン雷帝。後継者と見做していた次男 Ivan Ivanovich（1554-1581）を撲殺	ロシア	1530	1584	「其子の骸の前なる帝イワン忍人」傷つけ事件
lwald, Leopold	557	Leopold lwald	（俳優）				転落死など劇場での事故
Iwann, Friedrich	574	Friedrich Iwann	（銅版画家）				芸術高等学校（ベルリン）表彰
Iyasu	52	太子 Johann、婿君	エチオピア皇太子。イヤス５世（1913-1916）として認められることもある。メネリク２世の孫。1909年に Romaniework Mengesha と結婚。本文中の13歳との記述は誤り	エチオピア	1887	1935	エチオピア太子が７才の王女と結婚
	200	Jeassu					訃報（エチオピア帝 Menelik）
	217	Lidj Jassus					メネリク帝（エチオピア）後継者
	523	Lidj Jassu					イヤス5世即位
Jablonskaja	593	Jablonskaja	（ペテルブルクの女性歌手）				「ジョコンダ」発見者に賞金・歌女に夫が加害
Jablonskaja（夫）	593	夫	（歌手 Jablonskaja の夫）				「ジョコンダ」発見者に賞金・歌女に夫が加害
Jack the Ripper	321	Jack	1888年にイギリスで発生した連続猟奇殺人事件の犯人の通称				「ルル」でヴェデキントが切り裂きジャック役
Jacobi, Friedrich Heinrich	745	Jacobis Spinozabuechlein	哲学者、法学者、商人、文筆家。「ヤコビのスピノザ小本」	ドイツ	1743	1819	F. Mauthner 監修の哲学叢書
Jacobi, Hermann	473	Hermann Jacobi	インド学者、サンスクリット研究者	ドイツ	1850	1937	ベルリン学士院哲学歴史部に加入
Jacobsen, Benno	716	Benno Jacobsen	劇作家、ジャーナリスト	ドイツ	1859	1912	訃報
Jacobsen, Emil	461	Emil Jacobsen	化学者、文筆家	ポーランド	1836	1911	訃報・豌豆スープ発明者
Jacobsen, Jens Peter	359	J. P. Jacobsen、故人	作家、詩人。無神論的自然主義の代表的存在。「ここに薔薇ありせば」など	デンマーク	1847	1885	J. P. ヤコブセンの筆蹟や原稿
Jacobsen, Jens Peter（同胞）	359	同胞	（J. P. ヤコブセンの同胞）				J. P. ヤコブセンの筆蹟や原稿
Jacobsohn, Leo	215	Leo Jacobsohn					クロムゼラチンの光線利用
Jacobsohn, Siegfried	796	Siegfried Jacobsohn	演劇評論家、ジャーナリスト。著名な演劇雑誌 *Die Schaubuehne* を創刊・編集	ドイツ	1881	1926	未発表作品の暴露につきズーダーマンが告訴
Jacobson, Paul Heinrich	566	Jacobson	化学者	ドイツ	1859	1923	英独仏の化学者会合
Jacoby, C. M.	347	C. M. Jacoby	（劇作家）				新興行ドラマ一覧

人名	頁数	本文表記	人物紹介（肩書・略歴など）	出生地	生年	没年	トピック
Jaeckle, Charles	573	Charles Jaeckle	（彫刻家）				ベルリン大美術展覧会受賞者
Jaeger	654	Jaeger	（彫刻家）				太古の人物像制作
Jaeger, Oskar	179	Oskar Jaeger	歴史学者、教育者	ドイツ	1830	1910	訃報
Jaeger-Schmidt, Andre	575	Jager-Schmidt	ジャーナリスト、旅行家	フランス			40日間で世界一周の計画
	834	Jaeger-Schmidt					世界一周の新記録が更新
Jaenicke（息子）	65	Jaenicke といふ憲兵の息子	（シュレージェンの憲兵の息子）				片腕の泳ぎ上手が子供四人を救出
Jaenicke, Hildegard	278	妻	宮廷女優。女優と無理心中した A. Obrist の妻	ドイツ	1856	1937	音楽家の無理心中事件
	279	Hildegard Jaenicke					A. Obrist の妻も宮廷女優
	281	ヒルデガルト					無理心中の A. Obrist の妻
Jaernefelt, Arvid	486	A. Jaernefelt	作家、劇作家、裁判官。フィンランドで活躍	ロシア	1861	1932	新興行ドラマ一覧
Jagatjit Singh Bahadur	227	Kapurthala 王、Jagatdschif Singh	カプールタラのマハラジャ	インド	1872	1949	カプールタラのマハラジャがスペイン人の踊子と結婚
Jager-Schmidt	575	Jager-Schmidt	→ Jaeger-Schmidt, Andre				40日間で世界一周の計画
Jagow, Gottlieb von	766	Jagow	外交官、政治家	ドイツ	1863	1935	ドイツ外務次官人事
Jagow, Traugott von	345	ベルリン警視総監	官吏、政治家。ベルリン警視総監を務めた	ドイツ	1865	1941	自由劇場に干渉した警視総監への抗議集会
	455	警視総監					O. ブラームが「鼠」検閲削除に抗議し警視総監を起訴
	468 469	von Jagow、総監、警視総監					ベルリン警視総監の下心
	525	Jagow、ヤゴフ					罵詈の言葉いろいろ
	592	von Jagow					劇場内での女子の着帽禁止
	609	von Jagow					「オレスティア」興行禁止騒動
	660	ベルリン警視総監					ベルリン警視総監と女優の事件を材料とした戯曲興行
Jaime de Borbón	303	Don Jaime de Bourbon	マドリッド及びアンジュー公爵。スペイン王位及びフランス王位請求者	スイス	1870	1931	A. モルガンの結婚の噂は嘘
Jakob（Apostel）	121	Castel St. James	十二使徒の一人。ゼベダイの子ヤコブ。アルファイの子ヤコブ（小ヤコブ）と区別して大ヤコブと呼ばれる				レオポルド 2 世遺産争い
	551	Saint James Theater					劇場特等席で激しく咳込む男
	712	Jakobskirchhof					F. シラーの頭蓋骨発見
	799	Saint-James-Palais					列国平和会議開催予定
	814	Saint James Theater					新作「アンドロクルスとライオン」興行
	830	St. James 座					新脚本「ピグマリオン」「アンドロクルスとライオン」興行
Jakoby, K. M.	486	K. M. Jakoby	（劇作家）				新興行ドラマ一覧
Jaloux, Edmond	470	Edmond Jaloux	作家、文芸評論家	フランス	1878	1949	*Après moi* 撤回事件・脚本興行の自由に関する抗議署名

人名	頁数	本文表記	人物紹介（肩書・略歴など）	出生地	生年	没年	トピック
James（Apostel）	121	Castel St. James	→ Jakob（Apostel）				レオポルド2世遺産争い
	551	Saint James Theater					劇場特等席で激しく咳込む男
	799	Saint-James-Palais					列国平和会議開催予定
	814	Saint James Theater					新作「アンドロクルスとライオン」興行
	830	St. James座					新脚本「ピグマリオン」「アンドロクルスとライオン」興行
Jamestone	259	Dr. Jamestone	（進歩党の政治家）				南アフリカ連邦成立
Jandalo	767	Jandalo	（劇作家）				「ローマにおけるゲーテ」上演
Jander, Albrecht	583	Jander	（劇作家）				ホーエンツォレルン家を題材とした作品の興行全面禁止
Janensch, Werner	560	Werner Janensch	古生物学者、地質学者	ドイツ	1878	1969	ベルリン学士院ライプニッツ賞
Janke, Otto	484	Otto Janke	書肆創業者	ドイツ	1818	1887	W. ラーベ遺稿「養老院」
	531	Otto Janke					小説「養老院」刊行
	748	Otto Janke					W. ラーベ抒情詩集出版
Jankowski	397	Dr. Ritter von Jankowski	（F. Wittelsの小説*Ezechiel der Zugereiste*のモデルとされた人物）				小説のモデル問題で再訴訟
Janowski, Dawid	298	Janowski	チェス棋士。フランスで活躍	ベラルーシ	1868	1927	チェス大会（ハンブルク）
Janson	121	Janson	（Louise王女の弁護士）				レオポルド2世遺産争い
Janson, Gustaf	834	Gustav Janson	画家、作家、ジャーナリスト	スウェーデン	1866	1913	訃報
Janson, Hans	775	Hans	眼鏡職人。Zacharias Jansonの父				顕微鏡発明史の研究
Janson, Kristofer	417	Kristofer Janson	作家、詩人、ユニテリアンの聖職者	ノルウェー	1841	1917	性欲問題を大胆に描いた短篇集「彼女は正当に行いしか」
Janson, Zacharias	775	Zacharias Janson	眼鏡職人。父Hansとともに複式顕微鏡の原型を発明したとされる	オランダ	1580	1632	顕微鏡発明史の研究
Janssen	443	Janssen	（デュッセルドルフの教授）				ドイツ帝より受勲の芸術家
Janssens	214	Pater Janssens	（神父）				法王拝謁辞退のルーズベルト
Jantzen, Stephan	550	Jantzen	船乗り、水先案内人、海難救助人	ドイツ	1827	1913	鍵匙小説（モデル小説）追加
Jaques-Dalcroze, Emile	180	Jacpues Dalcroze	作曲家、音楽教育家。リズム教授法ユーリーズミックス（リトミック）の開発・提唱者	スイス	1865	1950	あらゆる教育の根本としてのリズム教育
	274	E. Jaques Dalcroze					ドレスデンにリズム教育組合
	734	Jacques Dalcroze					リズム体操教育の学校設立
Jara, Albino	586	Albino Jara、大統領	政治家、共和国大統領（1911）	パラグアイ	1877	1912	二十世紀に珍しい奇談・パラグアイの政争
Jaray, Sander	377	Jarey	彫刻家。P377JareyはJarayの誤り		1870	1916	カインツ胸像・デスマスク
	587	Sander Jaray					カインツ記念像完成
	618	Sandor Jaray					ハムレットに扮したカインツ像除幕予定

J

人名	頁数	本文表記	人物紹介（肩書・略歴など）	出生地	生年	没年	トピック
Jardin-Beaumetz	70	Jardin-Beaumetz	→ Dujardin-Beaumetz, Henri				ブレリオをモデルに絵画
Jarno, Josef	143	座主	俳優、劇場監督。女優 Hansi Niese は妻	ハンガリー	1866	1932	ウィーンののんきな裁判
	544	Joseph Jarno					あら探しのパロディーの功罪
	795	Jarno					ウィーンの新劇場の監督就任
Jarquin	497	Jarquin	(パリの盗賊、G. Warzé の仲間)				辣腕警官の正体は盗賊と判明
Jarvis, John	130	John Jarvis	(ロンドンのねずみ捕り名人)				鼠捕り名人にロンドン市が年俸
Jaschke, Franz	409	Franz Jaschke	画家。点描画を特色とした	オーストリア	1862	1910	訃報
Jasper	121	Jasper	(Louise 王女の弁護士)	ベルギー			レオポルド2世遺産争い
Jassu, Lidj	523	Lidj Jassu	→ Iyasu				イヤス5世即位
Jassus, Lidi	217	Lidj Jassus	→ Iyasu				メネリク帝（エチオピア）後継者
Jastrow, Joseph	322	Jastrow	実験心理学者。錯視について研究	アメリカ	1863	1944	髯のある女神像
Jatho, Karl	483	Jatho	牧師。教会ヒエラルキーから脱却しない限り真のキリスト教徒の自由は得られないと汎神論的な立場から主張を行い、教会と対立。宗教裁判の結果、牧師職を解任された	ドイツ	1851	1913	教義違反者とされた牧師の敬服すべき意見書
	539	Jatho					裁判の予定
	556	Jatho					裁判開始、牧師 Jatho が免職
	557	Jatho					傾聴に値した牧師 Jatho の弁護
	782	Karl Jatho					訃報
Jauner-Krall, Emilie	480	Emilie Jauner-Krall	ソプラノ歌手	オーストリア	1831	1914	八十歳祝賀
Jaurès, Jean	69	Jaurès	政治家。第一次大戦開戦時に非戦論を主張、暗殺された。フランス左翼思想を象徴する存在の一人	フランス	1859	1914	A. ブリアンの経歴紹介
	282	Jean Jaurès					Liaboeuf 死刑中止哀願状・死刑執行
	406	Jaurès					フランス政治家の早口舌番付
	438	Jaurès					ドイツへの復讐心廃絶を訴えた議会演説
	441	Jaurès					リオ・デジャネイロで演説予定
Jaurigui, Juan de	554	Juan de Jaurigui	詩人、学者、画家	スペイン	1583	1641	セルヴァンテスの肖像発見
Jeassu	200	Jeassu	→ Iyasu				訃報（エチオピア帝 Menelik）
Jeffries, James Jackson	183	James J. Jeffries	ボクサー、世界ヘビー級チャンピオン。白人の元世界チャンプ J. J. ジェフリーズと黒人の現役世界チャンプ J. ジョンソンとの「世紀の戦い」は注目を呼んだ	アメリカ	1875	1953	世界巡遊の条件に高額報酬要求
	285	白人 Jeffries					白人と黒人のボクシング対決が評判
	290	白人					ジョンソン勝利のため北米で黒人が多数殺戮
Jeffries, John	378	Jeffries	外科医、科学者、飛行家（気球）。気球によるドーヴァー海峡横断に成功	アメリカ	1744	1819	遠距離飛行の歴史
Jekals	288	Jekals	(劇作家)				新興行ドラマ一覧
Jellinek, Camilla	42	Jellineck 夫人	婦人運動活動家。Georg Jellinek の妻	オーストリア	1860	1940	女子会議（ミュンヘン）でバイエルンの女給仕廃止案が否決
Jellinek, Georg	437	Georg Jellinek	法学者。国家法人説を通じ人権の確立に尽力	オーストリア	1851	1911	訃報

人名	頁数	本文表記	人物紹介（肩書・略歴など）	出生地	生年	没年	トピック
Jensen, Johannes Vilhelm	500	Johannes V. Jensen	詩人、作家。ノーベル文学賞（1944）。初期のフェミニストとしても知られる	デンマーク	1873	1950	人類の始祖を北欧 Dreng 族と仮説した新作小説
	680	Joh. V. Jensen					北欧神話に取材した小説「舟 *Das Schiff*」刊行
Jensen, Katharina	621	Freifrau von Saalfeld、Wilhelm Jensen の娘、Katharina Jensen	作家 W. Jensen の娘。ザクセン＝マイニンゲン公子との貴賤結婚によりザールフェルト男爵夫人を名乗った		1874	1945	左手の結婚（身分違いの結婚）
Jensen, Wilhelm	92	Wilhelm Jensen	作家、詩人。G. フロイトが分析対象とした「グラディーバ あるポンペイの幻想小説」など	ドイツ	1837	1911	シャック・ギャラリー開館式
	190	Wilhelm Jensen					P. ハイゼ八十歳祝賀行事
	604	Wilhelm Jensen					病臥
	621	Wilhelm Jensen					左手の結婚（身分違いの結婚）
	629	Jensen					訃報
Jerome, Jerome Klapka	413	J. K. Jerome	作家、劇作家	イギリス	1859	1927	新興行ドラマ一覧
Jerschke, Oscar	632	O. Jerschke	劇作家	ポーランド	1861	1928	新興行ドラマ一覧
Jerusalem, Karl Wilhelm	82	Jerusalem	法学者。ゲーテ「ウェルテル」のモデルとして知られる	ドイツ	1747	1772	外交官の日記中に A. ケストナーのゲーテに関する証言
Jessner, Leopold	544	Leopold Jessner	劇場監督、映画監督	ドイツ	1878	1945	ヴェデキント興行禁止反対署名者一覧
Jesurum, Michelangelo	61	Michelangelo Jesurum	実業家	イタリア	1843	1909	訃報・ヴェネチアンレース（手芸）の再興者
Jesus Christus	35 36	基督	宗教家。ナザレのイエス。紀元1世紀頃にパレスチナ周辺で活動したキリスト教の始祖。イエズイトはイエズス会士のこと	パレスチナ自治区	前 4	28	笑い話ボヘミアンの鼻祖
	63	基督前					サハラ砂漠で古代都市発見
	76	基督教					遺稿「キリスト教勃興より現今に至るまでの絵画史」出版
	90	基督					オーバーアマガウの受難劇
	92	基督教					キエフのキリスト教徒がユダヤ教徒迫害
	164	耶蘇教、Jesus					耶蘇教はイエスと関わりなくギルガメシュの教えという説
	190	耶蘇					メーテルリンク「マグダラのマリ
							ア」興行と P. ハイゼの原作脚本
	207	Jesus					新興行ドラマ一覧
	236	基督教					キリスト教からイスラム教に改宗の兆候
	246	基督、イエズイト					オーバーアマガウの受難劇、ピウス10世更迭論
	252	耶蘇紀元前					バビロニアでの医者の報酬

人名	頁数	本文表記	人物紹介（肩書・略歴など）	出生地	生年	没年	トピック
	253	基督教徒					貴族院で火葬説に関する議事
	282	Jesus					破門宣告書はすでに到着
	296	基督教教育					小学校教育と社会主義
	311	基督前					メソポタミア発掘の文章解読
	317	自由基督教					自由キリスト教及び宗教進歩大会
	367	エスイツト教徒					イタリアとスペインがポルトガルのイエズス会員の移住拒否
	383	基督教参考品					キリスト教参考品の博物館
	400	Christo					ハウプトマン小説出版
	414	Christkind					新興行ドラマ一覧
	416	Christi					新興行オペラ一覧
	432	基督					神聖な数字
	434	Jésus-Christ					A. Becker の苛刑につき物議
	445	Christus					「キリストとバルナバ」に切り傷
	449	耶蘇劇					キリスト劇アイゼナハ興行予定
	459	キリスト、キリスト教					A. ハルナックがヴァチカン政治史につき演説
	465	基督教					キリスト教の多くの伝説がバビロニアに起源
	468	Jesustetralogie					アイゼナハ市がキリスト受難劇を興行禁止
	483	基督教、Christentum、Christo、耶蘇、Christus					教義違反者とされた牧師の敬服すべき意見書
	495	イエズイツト学校					「さまよえるユダヤ人」ベイルート興行で逮捕者
	516	Jesustetralogie					キリスト劇アイゼナハ興行禁止
	560	クリスト					G. Moore が聖書研究のうえ奇妙な脚本案出
	617	Jesus					問題書籍出版で大学を免官
	643	クリスト					盗難品オルカーニャ「キリストと聖母」発見
	677	Christus					神秘劇「キリスト」が出版後10年にしてようやく試演
	696	Christusdrama					牧師執筆のキリスト教劇
	703	Christusdrama					F. Kayssler がキリスト教劇朗読
	704	基督劇					キリスト劇出版
	719	基督前					セイロン島の貯水池の歴史
	772	クリスト教					ザクセン王がライプツィヒ大学講義を聴講

J

人名	頁数	本文表記	人物紹介（肩書・略歴など）	出生地	生年	没年	トピック
	783	耶蘇後					史上初のアルコール製造説
	789	クリスト					キリストの没年と年齢を算出
	792	クリスツス・ドラマ					ベルリンで「アハシェロス」朗読
	799	Christus					創傷伝染病で脚切断の劇場長
	803	クリスト教社会主義者					キリスト教社会主義者の首領の兄弟が殺人事件公判
	817	クリスツス劇					K. Weiser の悲惨な末路
	832	クリスト教徒					B. ショー「アンドロクルスとライオン」あらすじ
	839	「ユデア王」（クリスト）					「ユダア王」宮廷上演
Jettel, Emil von	133	Emil von Jettel	ウィーン宮廷劇場総監督				ウィーン宮廷劇場総監督人事
Jhering, Rudolf von	510	Rudolf von Jhering	法学者。「権利のための闘争」など	ドイツ	1818	1892	飲食店における悪弊改善論
Jhonson, Lionel	850	エル・ジョンソン（L. JHONSON）氏	詩人、エッセイスト、評論家	イギリス	1867	1902	「詩歌とアイルランド」出版
Jo	494	Jo	ギリシャ神話に登場する女神官。ゼウスに見初められヘラの怒りを買った				「イオ」の絵葉書発売禁止
Joachim, Hermann	247	Hermann Joachim	（元ベルリン参謀本部附少佐、音楽家 J. Joachim の息子）				ドイツ軍少佐がフランスの音楽家と結婚し辞職・芸術一家
Joachim, Joseph	71	Joseph Joachim	ヴァイオリニスト、指揮者、作曲家。19世紀末を代表するヴァイオリニストの一人	オーストリア	1831	1907	ベルリン音楽学校長人事
	247	Joseph Joachim					ドイツ軍少佐がフランスの音楽家と結婚し辞職・芸術一家
	509	Joseph Joachim					J. ヨアヒム記念像
Joachim Albrecht von Preussen	531	Prinz Joachim Albrecht	軍人、作曲家		1876	1939	プロイセンの王族が作曲「ラスコーリニコフの幻想」
	267	Prinz Joachim Albrecht von Preussen					知名人の音楽の嗜好
Joecher, Christian Gottlieb	739	Joechers Gelehrtenlexon	歴史学者、司書、辞典編纂者。辞典 *Allgemeine Gelehrtenlexikon* で有名	ドイツ	1694	1785	書入本から博渉家と判明
Joel, Karl	757	Karl Joel	哲学者	ドイツ	1864	1934	ニーチェの後任 K. Joel がバーゼル大学総長に就任
Johann	52	太子 Johann	→ Iyasu				エチオピア太子が7才の王女と結婚
Johann Georg von Sachsen	71	Prinz Johann Georg	ザクセン王ゲオルクの次男。美術蒐集家、旅行家	ドイツ	1869	1938	ライプツィヒ大学五百年記念名誉学位
Johann Salvator von Oesterreich-Toskana	295	Erzherzog Johann Salvator	→ Orth, Johann				Johann Orth 失踪事件
Johanna	797	Johanna	→ Kinkel, Johanna	ドイツ	1810	1858	ボンの文士クラブ Maikaefer
Johanna von Neapel	723	Johanna von Neapel	ナポリ女王ヨハンナ1世（1343-1382）。別名		1326	1382	興行情報

J

人名	頁数	本文表記	人物紹介（肩書・略歴など）	出生地	生年	没年	トピック
	733	Johanna von Neapel	Johanna I von Anjou				*Johanna von Neapel* あらすじ
Johannes（Apostel）	591	ヨハネ伝	十二使徒の一人。「ヨハネによる福音書」を記したとされる				ベルリン大学懸賞論文
Johannes der Taeufer	336	浸礼者 Giovannino	「新約聖書」に登場する古代ユダヤの宗教家・預言者。イエスらに洗礼を授けたとされる。O. Wilde の戯曲「サロメ」にも登場				「洗礼者ヨハネ」の実の作者
	410	ヨハナン					「サロメ」興行で演出変更
	504	St. Johannis 埋葬地					デューラーの埋葬地保存協議
	641	Johannes					ルーヴル美術館「モナ・リザ」盗難のため配置換え
	814	ヨハナアン					伝承に残るサロメ
	825	Johannisfeuer					ズーダーマン「ヨハネの火」オペラ化
John, Walter	298	John	チェス棋士	ポーランド	1879	1940	チェス大会（ハンブルク）
John-Marlitt, Walter	376	Walter John-Marlitt	文筆家。女流作家 E. Marlitt の甥		1861	?	E. マリットの甥が海水浴場事件で逮捕
	512	John-Marlitt					禁錮5カ月3日の処罰
Johns, William	92	William Johns					訃報・ジャガーに殺される
Johnsen, Arrien	270	Arrien Johnsen	鉱物学者	ドイツ	1877	1934	ベルリン学士院奨励金一覧
Johnson, Arthur John	285	黒人 Johnson	ボクサー。アフリカ系のボクサーとして世界ヘビー級では初めてのチャンピオンとなった	アメリカ	1878	1946	白人と黒人のボクシング対決が評判、ジョンソン勝利のためアメリカで黒人虐待が横行
	290	黒人の boxer					ジョンソン勝利のため北米で黒人が多数殺戮
Johnson, Manuel John	310	Johnson	天文学者	イギリス	1805	1859	モンブラン山頂の測候所
Johnston, F. E.	112	F. E. Johnston	(死刑執行人、車馬貸渡業者)				絞殺刑執行人の談話
Johnstone, Ralph	386	Johnstone	飛行士。初期航空パイオニアの一人	アメリカ	1886	1910	高上がり新記録（飛行機）
Johnstone, William	199	William Johnstone	(シドニーに住む百六歳の老人)				セント・ヘレナ幽閉の逸話
Jojakim	414	Jojaking	ユダ王国最後の王（前609-前598）		前634	前598	新興行ドラマ一覧
	452	Jojakim					新興行ドラマ一覧
Jokai, Moritz	649	Moritz Jokai	劇作家、作家。ハンガリー名 Jōkai Mōr		1825	1904	ブダペスト Café Pillwax 取毀し
Joliet, M.	591	Joliet	俳優				老人が多いコメディー・フランセーズ
Jonas, Emil	304	Emil Jonas	翻訳家、著述家		1824	1912	八十七歳祝賀
	569	Emil Jonas					満八十七歳誕生日
	663	Emil Jonas					訃報
Jones, Charles	247	Charles Jones	(Ethel Bray の二番目の結婚相手)				E. Bray の未曾有の結婚離婚歴
Jones, Henry Arthur	836	Henry Arthur Jones	劇作家	イギリス	1851	1924	戯曲 *Mary goes first* に喝采
Jones, Sydney	100	Sydney Jones	作曲家、指揮者。「芸者」は代表作	イギリス	1861	1946	オペレッタ「芸者」に喝采
Jonnart, Charles	771	Jonnart	政治家　(外相)	フランス	1857	1927	フランス新内閣

人名	頁数	本文表記	人物紹介（肩書・略歴など）	出生地	生年	没年	トピック
Jordan, Gustav	557	Gustav Jordan					ヘッベルの日記から剽窃疑惑
Jourdain, Frantz	159	Frantz-Jourdans	彫刻家、美術評論家、文筆家。フランスに帰化	ベルギー	1847	1935	1910年秋のサロンの委員
Josef I	289	Josefstadt.	神聖ローマ帝国皇帝（1705-1711）	オーストリア	1678	1711	新興行ドラマ一覧
	349	Josefstaedt. Th.					新興行ドラマ一覧
	655	Josephstaedt. Th.					新興行ドラマ一覧
Joseph	221	Joseph	大工。ナザレのイエスの父				ベルリン美術大展覧会出品及第の撤回につき議論
Joseph	824	ジヨセフ	旧約聖書創世記に登場する男性。ユダヤ人の祖ヤコブの子。兄弟たちとの劇的な物語で知られる				聖書に取材の劇上演
Joseph（同胞）	824	同胞	ヨセフの異母兄達と同母弟ベニヤミン				聖書に取材の劇上演
Joseph Ferdinand von Oesterreich-Toskana	295	Erzherzog Josef Ferdinand	オーストリア・トスカナ大公、軍人。Johann Orth の甥にあたる	オーストリア	1872	1942	Johann Orth 失踪事件
Josephi, Joseph	592	Joseph Josephi	歌手、俳優	ポーランド	1852	1920	高額年俸歌手・俳優一覧
Josephi, Walter	180	Walter Josephi	美術史家、美術館館長				シュヴェーリン美術館長官就任
Josephine	315	Josephine	（魔睡術をかけられた下女）				魔睡術成功で昏睡状態
Josephson, Ernst	191	Josephson	画家、詩人	スウェーデン	1851	1906	スウェーデン分裂派展覧会（ベルリン）
	717	Ernst Josephson					A. ストリンドベリの評伝・作品とモデル
Josepopich	75	Josepopich	政治家 Gejza Josipović（対クロアチア相）	ハンガリー	1857	1934	現総理の宴席での見事な早業
Josky, F.	349	F. Josky	（劇作家）				新興行ドラマ一覧
	365	F. Josky					新興行ドラマ一覧
	506	F. Josky					新興行ドラマ一覧
Joy, Albert Bruce	242	Albert Bruce Joy	彫刻家	イギリス	1842	1924	エドワード7世のデスマスク
Judas	498	Judas					A. Richared「ユダ」不採用
Judas	604	Judas					興行禁止
Judic, Anna	496	Anne Judic	女性歌手、オペレッタ歌手	フランス	1849	1911	訃報
Judith	229	Judith	旧約聖書外典ユーディット書に登場する女性				移籍女優 A. Doré の芸風
	279	Judith					訃報（C. Hebbel）
Juedin	477	Juedin	ユダヤ王アグリッパ1世の娘キリキアのベレニケ（Berenice）のこと。ローマ皇帝ティトゥスの愛人となったことで知られる。Juedin はユダヤ人女性の意		28	?	H. Kyser の二作目の戯曲完成
	489	Juedin					ベルリン自由文芸会で朗読
	506	Juedin					新興行ドラマ一覧
	706	Juedin					「ティトゥスとユダヤ女性」喝采
Juelich	425	Juelich	（画家）				ベルリン王立芸術院賞受賞
Juergensen, Eduard	189	Eduard Juergensen	文筆家	ドイツ	1847	1910	訃報
Juergenson	372	Juergenson					ベルリン大学百年祭名誉学位

J

人名	頁数	本文表記	人物紹介（肩書・略歴など）	出生地	生年	没年	トピック
Juliana Louise Emma Marie Wilhelmina van Oranje-Nassau	40	Juliana	オランダ女王 Wilhelmina 長女、のちオランダ女王（1948-1980）	オランダ	1909	2004	オランダ女王が長女出産で国中大騒ぎ
Julianus	752	Julianus	ローマ皇帝（361-363）。皇帝就任後キリスト教を捨て「背教者」と呼ばれる	トルコ	331	363	キリスト教三大批判者につき A. ハルナック演説
Julien	291	Julien、ジュリアン	（シャトーブリアンの使用人）				文学者の名物使用人たち
Julius, Otto	306	Ott Julius					学校の成績が良かった名士・悪かった名士
Juncker, Axel	604	Axel Juncker	書肆。1897年ベルリンで創業		1870	1952	ベルリン劇場の経営を叙述
	626	書肆 Axel Juncker					猥褻の廉で書肆が告訴・期間超過のため作者は告訴されず
	648	Axel Juncker					新進作者の詩集「世界の友」
Jung, Anton	796	Anton Jung、男	（無政府主義者）				バーデン大公暗殺未遂事件
Jung, Franz	782	Franz Jung	作家、エコノミスト、政治家	ドイツ	1888	1963	文壇排斥の作家作品の朗読
Jung, Julius	273	Julius Jung	考古学者、歴史家	オーストリア	1851	1910	訃報
Jungfrau von Orleans	227	Jungfrau von Orleans	→ D'Arc, Jeanne				舞台装置せまり上げの失敗談
	614	Jungfrau von Orleans					「オルレアンの少女」初演のライプツィヒ古劇場が取り壊し
Jungmann, Franz Emil	746	Jungmann	文献学者。トーマスシューレ校長を務めた	ドイツ	1846	1927	トーマスシューレ創立七百年祭
Jungmann, Leo	254	Leo Jungmann	（劇作家）				*Die letzten sechs Wochen* 興行禁止
	323	Leo Jungmann					一旦許可の脚本興行禁止例
Junker	545	Junker	（ハレ大学医学教授）				昔ドイツにいた女医学博士
Junker, Hermann	279	H. Junker	エジプト学者	ドイツ	1877	1962	アスワン・ダム工事で埋没する古寺院の壁画模写
Jupiter	321	Jupiter	ローマ神話に登場する主神。木星を表す				太陽中心を破る地球中心観
	326	Jupiter					法王追放に関するアンケート
	494	Jupiter					「イオ」の絵葉書発売禁止
Juray, Sandor	221	Sandor Juray	（彫刻家）				ベルリン美術大展覧会出品及第の撤回につき議論
Juschkowaja, P. J.	419	P. J. Juschkowaja	（レフ・トルストイのおば）				トルストイ履歴中の要点
Jussupowa, Zenaide Nikolajewna	93	Zenaide Nikolajewna Jussupow	名門貴族ユスポフ家の相続人。ラスプーチン暗殺事件の黒幕となったフェリックス・ユスポフ侯の母	ロシア	1861	1939	ペテルブルクで最高額の家賃
Justi, Karl	735	Karl Justi	哲学者、美術史家	ドイツ	1832	1912	八十歳誕生日
	761	Karl Justi					訃報
Justi, Ludwig	102	Justi	美術史家。美術史家 Karl Justi の甥	ドイツ	1876	1957	ベルリン国立美術館長任命
K., Wilhelm	47	Wilhelm K.	（ミュンヘンの画家）	ドイツ			油画に痰を吐き傘でつついて禁錮・罰金

人名	頁数	本文表記	人物紹介（肩書・略歴など）	出生地	生年	没年	トピック
Kabitz, Willy	612	Willy Kabitz	哲学者、教育学者	ドイツ	1876	1942	F. パウルゼン遺稿「教育学」
Kadelburg, Gustav	108	Kadelburg	作家、劇作家、俳優。俳優 Heinrich の兄	ハンガリー	1851	1925	「日の出前」記念興行
	127	Gustav Kadelburg					1909年中最も面白かった記事
	168	Gustav von Kadelburg					王室劇場採用の旧作は上手な凡作
	185	Kadelburg					新興行ドラマ一覧
	299	Gustav Kadelburg					芸術界知名士女の避暑地
	303	Gustav Kadelburg					訃報（弟 Heinrich）・兄 Gustav は健在
	352	Kadelburg					ドイツ劇場クラブ創立
	507	Kadelburg					新興行ドラマ一覧
	577	Kadelburg					六十歳誕生日に客を避け移動
	582	Gustav Kadelburg					新聞紙上で六十歳祝詞の礼
	667	G. Kadelburg					新興行ドラマ一覧
	690	Gustav Kadelburg					ヘッセン大公が滑稽劇を合作
	848	GUSTAV KADELBURG					著名劇作家の近況アンケート
Kadelburg, Heinrich	303	Heinrich Kadelburg	俳優。Gustav の弟	ハンガリー	1856	1910	訃報・兄 Gustav は健在
Kaempchen, Heinrich	691	Heinrich Kaempchen	詩人、鉱山労働者	ドイツ	1847	1912	訃報
Kaempner-Hochstaedt, Max	692	Max Kaempner-Hochstaedt	（劇作家）				新脚本 *Der schwarze Philippo*
Kahan Chand	541	Kahan Chand	（殺害されたバラモン僧）				パンジャブ名家殺人事件裁判
Kahane, Arthur	532	Arthur Kahane	作家、ドイツ劇場座付作家、エッセイスト、編集者	ドイツ	1872	1932	「ドイツ劇場誌」創刊
	548	Arthur Kahane					「ドイツ劇場誌」主筆
Kahl, Wilhelm	101	Kahl	法制史家、政治家	ドイツ	1849	1932	あだ名博士太子が勉強中
	284	Kahl					エアランゲン大学名誉学位
	373	Wilhelm Kahl					ベルリン大学百年祭名誉学位
Kahle, Bernhard	412	Bernhard Kahle	ゲルマニスト、スカンジナビア学研究者	ドイツ	1861	1910	訃報
Kahlenberg, Hans von	452	Kahlenberg	女流文筆家、劇作家。本名 Helene Kessler、旧姓 von Monbart	ドイツ	1870	1957	新興行ドラマ一覧
	471	Kahlenberg					新興行ドラマ一覧
Kahn, Gustave	826	Gustave Kahn	詩人、美術評論家。フランス象徴派	フランス	1859	1936	G. ブランデス「現代のフランス文学」分類図
Kahn, H.	507	H. Kahn	（劇作家）				新興行ドラマ一覧
Kahn, Otto Hermann	194	Otto Kahn	投資家、美術品蒐集家	ドイツ	1867	1934	競売せり上がり高値で落札
Kain	413	Kain	旧約聖書に登場する人物。弟にアベルとセトがいる				新興行ドラマ一覧
	609	Kain					処女作にして遺稿の「カインとアベル」

人名	頁数	本文表記	人物紹介（肩書・略歴など）	出生地	生年	没年	トピック
	798	Kain 発行所					ヴェデキントが賞金を文士会などに寄付
Kainz, Joseph	7	Joseph Kainz	俳優。ドイツ演劇界における最大の俳優。自然主義演劇隆盛以前のドイツ劇団に一時代を築いた。ミュンヘン宮廷劇場時代にはバイエルン国王ルートヴィヒ２世と親交を結び、ベルリンのドイツ劇場、ウィーンのブルク劇場で全盛期を迎えた。シェークスピア、シラー、グリルパルツァーの戯曲をはじめ、幅広い役柄を自在に演じたと伝えられる	ハンガリー	1858	1910	ベルリン劇界に俗受の風潮
	48	Kainz					J. カインツがコーブルク＝ゴータ公爵から称号と勲章授受
	96	Joseph Kainz					ウィーンからベルリンに引越
	119	Kainz					史劇 *Poniatowski* 興行、野外劇に出演希望
	128	Josef Kainz					ブルク劇場監督候補一覧
	151	Kainz					ロシア革命劇「モロク」に喝采
	161	Kainz					ブルク劇場と５年間の新契約
	244	Kainz					ブルク劇場と1927年迄の契約
	249	Kainz					A. シュニッツラーの弟が J. カインツの手術を担当
	254	Kainz					腸にポリープ
	261	Kainz					カインツの病状
	271	Kainz					病状快方
	272	Kainz					ブルク劇場登場予定
	281	Kainz					カインツが大元気で退院
	300	Josef Kainz					芸術界知名士女の避暑地
	316	Kainz					ブルク劇場との契約成立
	317	カインツ					契約交渉が長引いた理由
	331	Kainz					腸癌で治癒の見込なしと判明
	345	Kainz					P. Lindau が J. カインツの見舞い
	350	Kainz					カインツが危篤、訃報
	354 355	Joseph Kainz、 カインツ					訃報、カインツのデスマスク
	356	カインツ					カインツ葬儀に脚本作家協会からはズーダーマンが参列、葬儀
	358	カインツ					J. カインツの遺産
	359	Joseph Kainz					J. カインツ遺稿の３戯曲出版
	377	カインツ					カインツ胸像・デスマスク
	380	カインツ祭					ベルリン・ドイツ座のカインツ祭
	382	Kainz 記念興行、故人					ブルク劇場カインツ記念興行
	390	Kainz					カインツの遺品競売
	391	Kainz 祭					カインツ祭（新劇場）予定
	395	Kainz					O. ブラームの「カインツ」出版

K

人名	頁数	本文表記	人物紹介（肩書・略歴など）	出生地	生年	没年	トピック
	402	カインツ祭、カインツ					カインツ祭（新劇場）、カインツの遺品の展示競売
	441	カインツ					カインツの蔵書競売総額
	458	Kainz					医師の秘匿義務に関する法律でドイツ・オーストリアで違い
	541	Kainz					ゲーテ協会大会（ヴァイマル）
	587	Josef Kainz					カインツ記念像完成
	618	Kainz 像					ハムレットに扮したカインツ像除幕予定
	622	Kainz					J. カインツ記念像除幕
	693	Kainz					訃報（M. ブルクハルト）
	727	Kainz					「若きカインツ、両親への手紙」刊行
	804	Josef-Kainz-Theater					ヨーゼフ・カインツ劇場開場
	807	Joseph Kainz					ブルク劇場にカインツ肖像
Kainz, Joseph（夫人）	402	カインツ夫人	→ Nansen, Margarethe				カインツ祭（新劇場）
Kaiser, Henri Alfred	208	Alfred Kaiser	作曲家	ベルギー	1872	1917	新興行オペラ一覧
	416	A. Kaiser					新興行オペラ一覧
	636	A. Kaiser					新興行オペラ一覧
Kaiserin Friedrich	78	Kaiserin Friedrich-Haus	→ Victoria Adelaide Mary Louise				A. Lehmann の迷信史（河童・海坊主・人魚）
Kaissler, Friedrich	380	Friedrich Kaissler	→ Kayssler, Friedrich				ベルリン・ドイツ座のカインツ祭
Kaizl, Christine	279	Kaizl 夫人	女優。ヘッベル夫妻の娘		1847	1922	訃報（C. Hebbel）
	281	Kaizl 夫人					葬儀（C. Hebbel）
Kaizl, Christine（子）	279	其子供	(C. Kaizl の子)				訃報（C. Hebbel）
Kalbeck, Max	462	Kalbeck	文筆家。音楽評論家	ポーランド	1850	1921	バウエルンフェルト賞
Kalckreuth, Leopold von	262	Kalckreuth	画家、版画家	ドイツ	1855	1928	ヴァイマル美術学校が格上げ
	296	von Kalckreuth					ライプツィヒ版画展覧会
	455	Kalckreuth					アカデミー（ブリュッセル）加入のドイツ芸術家
	512	von Kalckreuth					外国芸術尊重の風潮につきドイツで賛否両論
	520	Kalckreuth 伯					ライプツィヒ美術展覧会開会
Kalidasa	302	Kalidasa	劇作家、詩人。4～5世紀にかけ活躍したサンスクリット文学の代表者				インドの古脚本が発見
Kalischer, Otto	270	Otto Kalischer	解剖学者、神経科医	ドイツ	1869	1942	ベルリン学士院奨励金一覧
Kalkowska, Eleonore	693	少女 Eleonore Kalkowska	作家、女優。筆名 Ira ad Sol	ポーランド	1883	1937	自作詩の朗読

人名	頁数	本文表記	人物紹介（肩書・略歴など）	出生地	生年	没年	トピック
Kaller	404	Mrs. Kaller	（被害を受けた女性）				女性の容貌毀損時の賠償額
Kallmorgen, Friedrich	187	Friedrich Kallmorgen	画家。印象派の様式の風景画で知られる	ドイツ	1856	1924	ベルリン大展覧会（1910）
	221	Friedrich Kallmorgen					ベルリン美術大展覧会で陳列掛（Haengekommission）廃止
	229	Kallmorgen					ベルリン美術大展覧会開会式
	503	Kallmorgen					ベルリン美術大展覧会（1912）
Kalman, Emmerich	787	Kalman	オペレッタ作曲家	オーストリア	1837	1913	ポルトガル前王と舞妓をモデルにしたオペレット興行
Kambo, Saverio	184	Saverio Kambo	作家、オペラ台本家		1878	1933	新興行ドラマ一覧
Kameke, Egon von	574	Egon von Kameke	画家	ドイツ	1881	1955	芸術高等学校（ベルリン）表彰
Kampf, Arthur	149	Arthur Kampf	歴史画家、戦争画家	ドイツ	1864	1950	フランス美術展覧会（ベルリン）
	179	Kampf					ヴィルヘルム2世所蔵「ジェルサンの看板」の真贋
	195	Artur Kampf					ベルリン王立芸術院院長任期満了
	253	Kampf					ベルリン王立芸術院院長人事
	343	Kampf					「ベルリン絵入新聞」挿画懸賞
	360	Kampf					ベルリン王立芸術院新院長
	424	Artur Kampf					国民劇興行のための五千人劇場設立運動
	458	Artur Kampf					ベルリン王立芸術院院長人事
	504	Artur Kampf					ベルリン大学壁画図案をドイツ帝に呈出
	526	Artur Kampf					ベルリン王立芸術院院長再選
	566	Artur Kampf					ベルリン王立芸術院院長任期
	598	Artur Kampf					ヴュルテンベルク王より A. Kampf が一代華族を授受
	651	Kampf					ハノーファー大展覧会（1912）
	669	Kampf					フリードリヒ大王記念展覧会
	716	Artur Kampf					ベルリン王立芸術院院長人事
	764	Arthur Kampf					芸術家の大作は50～60歳
Kampf, Leopold	764	Leopold Kampf、Kampf	劇作家		1881	1912	訃報、脚本「前晩に」など紹介
Kamsen, Arnin	4	Arnin Kamsen、主筆	（雑誌 *Deutsche Rundschau* 主筆）				小劇場批判に関する裁判
Kanitz, Hans von	487	Kanitz 伯	政治家	ロシア	1841	1913	プロイセン王室劇場は遊興税を不納と言明
Kant, Immanuel	170	新カント派	思想家、哲学者。東プロイセンの首都ケーニヒスベルク（現カリーニングラード）に生まれた。近代以降、もっとも重要な哲学者の一	ロシア	1724	1804	七十歳祝賀（O. Liebmann）・新カント派の領袖
	244	Kant					文士の手紙競売・内容と価格

K

人名	頁数	本文表記	人物紹介（肩書・略歴など）	出生地	生年	没年	トピック
	304	Kantgesellschaft、Kant	人。独自の批判哲学は、フィヒテ、シェリングらロマン主義時代の哲学者や、O. リープマンら19世紀後半の新カント派に受け継がれ、ドイツ観念論哲学の祖とされる。「純粋理性批判」、「実践理性批判」、「判断力批判」など。カント協会は、カント没後百年にあたる1904年にH. Vaihingerによって創設。20世紀初頭、世界でもっとも影響力を持つ学術団体の一つに発展した				カント協会第五回懸賞問題
	480	Kant					カトリック教の反現代思想問題・カントが危険思想の元祖
	589	Kant 堂					平和思想記念カント堂建設案
	612	Kantstudien					イエナ大学人事
	617	Kantgesellschaft					カント協会が哲学叢書を刊行予定
	662	Kant					「カント及びカント派」連続講演
	745	Immanuel Kant					F. Mauthner 監修の哲学叢書
	665	新カント派、Kant					訃報（O. Liebmann）
	696	Kant 全集					善本のカント全集出版
	730	Kant					ルソー生誕二百年祭・哲学文学の発展
Kantorowicz	483	Kantorowicz	（弁護士）				裸体画絵葉書販売で処罰
Kanzler	776	Kanzler	フリードリヒ大王治下の宰相（Kanzler）はS. v. Cocceji、P. v. Pandin de Jarriges、K. v. Fuerst und Kupferberg、J. v. Carme				興行情報
Kapp, Julius	551	D. J. Kapp	文筆家、劇作家。R. ワーグナーの文章の編集者としても知られる。「若き日のワーグナー」	ドイツ	1883	1962	R. ワーグナー「革命」転載の無政府主義雑誌が没収
	848	KAPP					「フランク・ヴェデキントその性格と作品」出版
Kapp, Paul	672	Paul Kapp	（劇作家）				ドイツ郷土劇コンクール
Kardorff, Konral von	293	Konrad von Kardorff	画家	ポーランド	1877	1945	ベルリン分離派展でベルリン市の賞金受賞
	446	Konral von Kardorff					ベルリン分離派総会・新役員
Karl August	772	Karl August	ザクセン＝ヴァイマル＝アイゼナハ公（1758-1815）のち大公（1815-1828）。ゲーテを宰相として登用	ドイツ	1757	1828	ゲーテハウス改造案・ゲーテ自筆「ゲッツ」競売など
	812	公爵					ゲーテゆかりの鉱泉百年祭
Karl der Grosse	176	Karl 大帝	フランク王国カロリング朝２代王（768—814）。西欧をほぼ統一。カール大帝（シャルルマーニュ）として知られる		747	814	カール大帝の子への哀悼詩
Karl der Grosse（子）	176	Karl 大帝の子	（カール大帝の子供）				カール大帝の子への哀悼詩
Karl Theodor in Bayern	69	Karl Theodor	眼科医。バイエルン公マキシミリアンの三男。エリーザベト皇后の弟	ドイツ	1839	1909	医学士公爵が七十歳退隠
	107	Karl Theodor					訃報
Karl von Bayern	24	弟 Karl	軍人。バイエルン王マクシミリアン1世の次男	ドイツ	1795	1875	皇太子嫡子権利放棄
Karlweis, Carl	238	C. Karlweis	物語作家、劇作家、会社員	オーストリア	1850	1901	新興行ドラマ一覧
Karousef, Marika	252	Marika Karousef	ド・ラ・サール・ド・ロックモール公爵と		1887	?	婚姻に関する裁判

K

人名	頁数	本文表記	人物紹介（肩書・略歴など）	出生地	生年	没年	トピック
			1905年に結婚したギリシャ人女性				
Karpeles, Gustav	76	Gustav Karpeles	文芸史家	ドイツ	1848	1909	訃報・ハイネおよびユダヤ文芸史の研究
Karpow	122	Karpow 大佐	（ペテルブルクの警視総監）				警視総監殺害事件
Karstens, Nelley	111	Nelley Karstens					モテかたを教える学校
Kasatin-Rostowski	21	Kasatin-Rostowski、大尉	（ロシア騎兵大尉侯爵）				ロシア騎兵大尉が情婦に殺害
Kaselowsky, Wilhelm	265	Wilhelm Kaselowsky	（劇作家）				新興行ドラマ一覧
Kaskel, Karl von	187	Kaskel	作曲家	ドイツ	1866	1943	新興行オペラ一覧
	415	K. v. Kaskel					新興行オペラ一覧
	657	K. v. Kaskal					新興行オペラ一覧
Kassandra	33	Kassandra	ギリシャ神話に登場するトロイヤの王女。悲劇の預言者として知られる				「エレクトラ」に一部剽窃と訴え
	186	Kassandra					新興行ドラマ一覧
Kassner, Theo	65	Theo Kassner	冒険家、旅行家、文筆家				アフリカ徒歩旅行
Kasso, Lev	364	Kasso	政治家　（文相）		1865	1914	ロシア文相交代
	551	Kasso					ロシア大学で退学命令
Katharina I	525	カタリナ十一世	ロマノフ朝５代皇帝（1725-1727）。ロシア最初の女帝エカチェリーナ１世。本文の十一世は誤り	ラトヴィア	1683	1727	戯曲「女帝の戯」
Katharina II	642	Kaiserin、Katharina II von Russland	ロマノフ朝11代皇帝（1762-1796）。エカチェリーナ２世	ポーランド	1729	1796	エカチェリーナ２世を描いた小説がロシアで発禁
Katharina von Wuerttemberg	111	Katharinenhospital	ロシア皇帝パーヴェル１世四女、ヴュルテンベルク王ヴィルヘルム１世妃	ロシア	1788	1819	ツェッペリン伯が手術後療養中
Katherina Iwanowna	699	Katherina Iwanowna	ロシア皇帝イワン５世皇女、メクレンブルク公カール・レオポルト妃	ロシア	1691	1733	*Katherina Iwanowna* 興行予定
Katona, József	239	Josef Katona	劇作家、詩人。史劇 *Bânk bân* はハンガリー文学を代表する作品との位置づけがなされている	ハンガリー	1791	1830	新興行ドラマ一覧
	475	Katona					史劇 *Bânk bân* 興行
	527	Josef Katona					同一題材の戯曲紹介
Katsch, Hermann	562	H. Katsch	劇作家				新興行ドラマ一覧
	565	Hermann Katsch					「人形の家」のパロディー *Norachen*
Kauffmann, Angelica	532	Angelica Kauffmann	女流画家。新古典主義	スイス	1741	1807	ローマで他国人博覧会（Mostra deglistranieri）
Kauffungen, Richard	131	Kauffungen	彫刻家	オーストリア	1854	1942	F. ヨーゼフ帝記念像
Kaufmann	373	Kaufmann					ベルリン大学百年祭名誉学位
Kaufmann	810	Kaufmann					ハウプトマン回護のため諸団体が会議・演説会開催
Kaufmann, Oskar	496	Oskar Kaufmann	建築家	ルーマニア	1873	1956	円形型劇場の利害
	606	Oskar Kaufmann					Bremerhaven 市劇場こけら落し

K

人名	頁数	本文表記	人物紹介（肩書・略歴など）	出生地	生年	没年	トピック
Kaulbach, Friedrich	361	Friedrich Kaulbach、夫	画家。画家の W. v. Kaulbach の従兄弟。F. A. v. Kaulbach は息子	ドイツ	1822	1903	F. Kaulbach の妻が夫の伝記
	495	Kaulbach					名家自筆コレクション競売
Kaulbach, Friedrich（妻）	361	Friedrich Kaulbach	（F. Kaulbach の妻）				F. Kaulbach の妻が夫の伝記
Kaulbach, Friedrich August von	92	von Kaulbach	肖像画家、歴史画家	ドイツ	1850	1920	シャック・ギャラリー開館式
	191	F. A. Kaulbach					P. ハイゼ八十歳賀帖署名者
	482	Kaulbach					Allgemeine Deutsche Kunstgesellschaft 名誉会員
	514	Von Kaulbach					絵画の値段
Kaulbach, Hermann von	108	Hermann von Kaulbach、von Kaulbach	画家。父は Wilhelm	ドイツ	1846	1909	神経性頭痛が悪化、訃報
Kaulbach, S. A. von	627	S. A. von Kaulbach					Adoré-Villany 舞踏禁止に抗議
Kaulbach, Tilly von	57	Tilly von Kaulbach	ダンサー、女優	ドイツ	1874	1966	女流画家がダンスの興行
Kaulbach, Wilhelm von	108	Wilhelm von Kaulbach	画家。Hermann von Kaubach の父	ドイツ	1805	1874	訃報（H. v. Kaubach）
Kaun, Hugo	683	Kaun	作曲家、指揮者	ドイツ	1863	1932	ベルリン王立芸術院加入
Kausen, Armin	39	Armin Kausen	ジャーナリスト、著述家		1855	1913	芸術に名を借りた「内密劇場」
Kautzsch, Rudolf	277	Rudolf Kautzsch	美術史家	ドイツ	1868	1945	ブレスラウ大学芸術史人事
Kavada, Spiridon	589	Spiridon Kavada	（ギリシャの詩人、兌換券偽造逮捕）				著名犯罪詩人の例
Kawelin, Konstantin	534	Kawelin	歴史家、法律家、社会学者、建築家	ロシア	1818	1885	訃報（W. O. Kljutschewski）
Kawerau, Gustav	491	Kawerau	新教神学者、歴史家	ポーランド	1847	1918	マルティン・ルター全集出版
Kayser-Eichberg, Karl	251	Karl Kayser-Eichberg	画家	ポーランド	1873	1964	ベルリン美術大展覧会（1911）
	380	Kayser-Eichberg					ベルリン芸術家協会新委員
	572	Karl Kayser-Eichberg					ベルリン大美術展覧会受賞者
Kayssler, Friedrich	380	Friedrich Kaissler	俳優、作家、作曲家	ポーランド	1874	1945	ベルリン・ドイツ座のカインツ祭
	575	Friedrich Kayssler					無名作家のための実験劇場
	659	Friedrich Kayssler					伝説劇 *Symplicius* 初興行
	667	Fr. Kayssler					新興行ドラマ一覧
	676	Friedrich Kayssler					*Simplicius* 興行
	678	Kayssler					L. ハルトの声帯模写公演
	703	Friedrich Kayssler					F. Kayssler がキリスト教劇朗読
Kean, Edmund	388	Kean	俳優。18～19世紀における最大の俳優とされる	イギリス	1787	1833	F. Bonn が俳優として技量発揮
	415	Kean					新興行オペラ一覧
Keats, John	534	Keats	詩人。バイロン、シェリーらとともにイギリス・ロマン派を代表する詩人の一人	イギリス	1795	1821	ドイツでキーツとスウィンバーンの崇拝者増大

K

人名	頁数	本文表記	人物紹介（肩書・略歴など）	出生地	生年	没年	トピック
Keber, Karl	628	Karl	（クライスト心中相手 H. A. Vogel の父）				クライストの心中相手の親族
Keelson	566	Keelson					無筆者のため証書に拇印
Keenan, Michael	306	Michael Keenan	（イギリスの長寿者）				イギリス長寿者調べ
Kehr, Hans	274	Hans Kehr（偽名 Baron von Kehr）	（銅像の窃盗容疑者。偽名 Baron von Kehr）				J. G. シャドー作銅像盗難事件
Keil, Ernst	266	Ernst Keil、カイル、祖父	書肆	ドイツ	1816	1878	八十歳祝賀（A. Traeger）
Keil, Ernst（孫）	266	カイルの孫	（E. Keil の孫）				八十歳祝賀（A. Traeger）
Keilhack, L.	270	L. Keilhack					ベルリン学士院奨励金一覧
Kekulé von Stradonitz, Reinhard	481	Kekulé von Stradonitz	古典考古学者、図像学者。ベルリン大学学長などを歴任。ベルリンにおける考古学の重鎮としてペルガモン博物館の創設に寄与	ドイツ	1839	1911	訃報
	625	Reinhard Kekule von Stradonitz					L. テュアイヨン製作中の彫像
	805	Kekule von Stradonitz					R. ケクレの墓石彫刻完成
Keller	187	Keller & Reiner	（ベルリンのギャラリー経営者）				イタリア点描派（セガンティーニ派）展覧会
Keller, Albert von	92	von Keller	画家。ミュンヘン分離派	スイス	1844	1920	シャック・ギャラリー開館式
Keller, Gottfried	590	Gottfried Keller、詩人	作家、風景画家、政治家。19世紀ドイツ語圏でもっとも成功した作家のひとり	スイス	1819	1890	G. ケラー記念牌
	772	Gottfried Keller 伝					G. ケラーの伝記
	818	Gottfried Keller					政府に文士救済策を申入れ
Keller, Helen	99	Helen Keller、聾唖の女文士	教育家、福祉事業家。重い障害を持ちながら障害者の教育・福祉に尽力	アメリカ	1880	1968	ヘレン・ケラーが軽気球に搭乗
Kellermann, Bernhard	831	Kellermann	作家、詩人	ドイツ	1879	1951	作品に関する誤伝
	834	Kellermann					H. L. ローゼッガー「湾流」
Kellner, Hermann	92	Hermann Kellner	ステンドグラス作家		1849	1926	六十歳祝賀
Kempinski, Berthold	190	Kempinski	商人、実業家。兄 Moritz とともにワイン商、飲食店を経営。今日のケンピンスキー・ホテルグループの礎を築いた	ポーランド	1843	1910	訃報・ベルリンの軽便料理の創意者
Kempinski, Moritz	614	M. Kempinski	商人。1862年ブレスラウでワイン商店を創業。弟 Berthold と事業を拡大				ドイツ帝・皇后・内親王が料理店見物
Kempner, Lydia	679	Lydia Kempner（元ロシア人 Rabinowitsch 氏、ベルリン・グロオス・リヒテルフエルド医師の妻、Koch の門人）	微生物学者。パスツール研究所などで研究を続け、1912年ベルリン大学で初の女性教授に就任。旧姓 Rabinowitsch	リトアニア	1871	1935	博士号取得の女性
Kempter-Jarno	780	Kempter-Jarno 夫人	（オペラ女優）				ウィーン宮廷歌劇場で失敗のため自殺未遂
Kendziorkowska	248	Kendziorkowska	（104歳で没した老女）				訃報

人名	頁数	本文表記	人物紹介（肩書・略歴など）	出生地	生年	没年	トピック
Kennedy, Charles Rann	511	Charles Rann Kennedy	劇作家、俳優。アメリカに帰化。祖父は同名の著名な弁護士	イギリス	1871	1950	ベルリン王立劇場で文学的夜間興行
	520	Charles Rann Kennedy					英国の脚本家の分類
	537	Ch. R. Kennedy					新興行ドラマ一覧
	551	Charles Rann Kennedy					C. R. Kennedy「家僕」出版
Keppler, Paul Wilhelm	241	Keppler	神学者	ドイツ	1852	1926	神学者を侮辱したとして記者に処分判決
Kernahan, Coulson	95	Coulson Kernahan	小説家	イギリス	1858	1943	女性の結婚適齢期アンケート
Kerr, Alfred	335	Kerr	演劇評論家、随筆家。P. カッシーラーとともに雑誌「パン」（第二次）の編集を担当。「文化界の教皇」との異名をとった	ポーランド	1867	1948	P. アルテンベルク義捐金
	394	Alfred Kerr					興行禁止権適用につき議論
	438	Alfred Kerr					死刑廃止論者中の文士
	469	Alfred Kerr					ベルリン警視総監の下心
	544	Alfred Kerr					ヴェデキント興行禁止反対署名者一覧
	568	Alfred Kerr					「フロベールの日記」事件裁判
	625 626	Alfred Kerr、ケル					「パン」社から A. Kerr が退社、A. Kerr が機関雑誌発刊の予定
	627	ケル					「パン」雑誌社人事
	697	Alfred Kerr					A. Kerr が雑誌「パン」に復帰
Kerschensteiner, Georg	301	Kerschensteiner	教育学者。労作学校の創立者	ドイツ	1854	1932	教育学者 A. Matthias 退任
Kes	812	Kes	（ドイツ自動車大隊中尉）				現役将校が学士取得
Kessler, George A.	130	George Kessler	ワイン商人。「シャンパン王」の異名	アメリカ	1863	1920	北極午餐会のばかげた趣向
Kessler, Harry	513	Harry Graf Kessler	外交官、作家、現代美術のパトロン	フランス	1868	1937	絵画の値段
Kestner, August	82	Kestner	外交官、美術蒐集家。「若きウェルテルの悩み」登場人物ロッテのモデル Charlotte と青年時代のゲーテの友人 Johann Kestner との息子	ドイツ	1777	1853	外交官の日記中に A. ケストナーのゲーテに関する証言
	598	Kestner-Museum					ケストナー美術館にゲーテとシャルロッテゆかりの品が収蔵
Kestner, Charlotte	82 83	Lotte、母	ゲーテ「若きウェルテルの悩み」に登場するロッテのモデルとなった人物。元の名は Charlotte Sophie Henriette Buff	ドイツ	1753	1828	外交官の日記中に A. ケストナーのゲーテに関する証言
	598	Charlotte Kestner (Werther の Lotte)					ケストナー美術館にゲーテとシャルロッテゆかりの品が収蔵
	756	Charlotte Buff (Frau Rat Kestner)					「ウェルテル」のロッテ実在モデルの姪が存命
	824	Lotte					ゲーテの思い人ロッテの曾孫の戯曲が上場
Ketzler, Oskar	811	Oskar Ketzler	（宮廷劇場監督）				ベルリン宮廷歌劇場監督引退

人名	頁数	本文表記	人物紹介（肩書・略歴など）	出生地	生年	没年	トピック
Key, Ellen	265	Ellen Key	社会思想家、教育学者、女性運動家、フェミニスト。母性や家庭教育を重視する立場から社会問題を論じた。初期の女性運動を代表する一人	スウェーデン	1849	1926	ストックホルムで世界平和会議
	561	Ellen Key					働く女性のための夏季保養所
	613	Ellen Key					ノーベル賞候補一覧（1911）
	778	Ellen key					「九人のアカデミー」創立
Keyserlingk-Cammerau, Robert von	697	Regierungs-praesident	国法学者、政治家。ケーニヒスベルク知事を務めた	ドイツ	1866	1959	興行禁止になりにくいゲーテ作品
Khan Chiwa Seid Mohammed Rachim Bahadur	341	Khan Chiwa Seid Mohammed Rachim Bahadur	ヒヴァ・ハン国イナク朝君主 Madrimkhan 2世（1864-1910）			1910	トルキスタン政情
Khan-ed-Din	586	Khan-ed-Din	（女性著述家）				インドで有名な女性著述家
Khedive（官位）	92 93	Khedive	エジプトおよびスーダン総督（Khedive）Isma'il Pasha（1863—1879）	エジプト	1830	1895	虫の知らせ
Khedive（官位）	167	Khedive	エジプトおよびスーダン総督（Khedive）Abbas Hilmi Pasha（1892-1914）	エジプト	1874	1944	エジプト総督の情婦がハレム入り
Khuen-Hédervâry, Kâroly	194	Khuen-Hedervary	政治家、首相（1903、1910-1912）	ハンガリー	1849	1918	人種間対立に根ざす選挙権問題でハンガリー議会に騒乱
Kiamil（Pascha）	753	Kiamil Pascha	オスマン帝国宰相	キプロス	1833	1913	オスマントルコ新内閣
Kiderlen-Waechter, Alfred von	277	von Kinderlen-Waechter	外交官	ドイツ	1852	1912	ドイツ外務次官交代
	764	von Kiderlen-Waechter					訃報
	766	Kiderlen-Waechter					ドイツ外務次官人事
Kiebitz, Franz	641	Kiebitz	自然科学者				無線電信（地中）の開発実験
Kiehl, Reinhold	573	Reinhold Kiehl	建築家	ドイツ	1874	1913	ベルリン大美術展覧会受賞者
Kielmansegg, Erich von	305	Kielmannsegg 伯、伯	政治家、オーストリア=ハンガリー帝国首相（1895）	ドイツ	1847	1923	一等馬車に料金表示機取りつけの試みはストライキで不首尾
Kienzl, Hermann	506	H. Kienzl	文筆家、劇作家	オーストリア	1865	1928	新興行ドラマ一覧
	721	Kienzl					「影をなくした男」オペラ化など
Kienzl, Wilhelm	212	Kienzl	作曲家、指揮者、ピアニスト。R. ワーグナー協会を創設	オーストリア	1857	1941	1908・9～ドイツでの興行回数
	415	W. Kienzl					新興行オペラ一覧
	563	W. Kienzl					新興行オペラ一覧
	636	W. Kienzl					新興行オペラ一覧
Kierkegaard, Soren	804	Sören Kierkegaard	哲学者、神学者。実存哲学の先駆者	デンマーク	1813	1855	キルケゴール生誕百年
Kiesel, Conrad	187	Konrad Kiesel	建築家、画家、彫刻家	ドイツ	1846	1921	ベルリン大展覧会（1910）
	382	Konrad Kiesel					ベルリン美術院役員に選出
Kiessling-Krieger, Amalie	103	Amalie Kiesling-Krieger	F. シラーのひ孫			1941	シラー生誕百五十年祭
Kietz, Julius Ernst Benedikt	833	Ernst Benedikt Kietz	画家	ドイツ	1815	1892	ハイネの肖像画（1851）が発見

K

人名	頁数	本文表記	人物紹介（肩書・略歴など）	出生地	生年	没年	トピック
Kilian, Eugen	45	Kilian	舞台監督、演出家	ドイツ	1872	1920	シェークスピア劇（ミュンヘン）
	356	Kilian					J. カインツの葬儀
	466	Eugen Kilian					ドイツで舞台監督が大団結
	489	Kilian					葬儀（M. Greif）
Kiltz, Otto	339	Otto Kiltz	→ Piltz, Otto				訃報
Kinderlen-Waechter	277	von Kinderlen-Waechter	→ Kiderlen-Waechter, Alfred von				ドイツ外務次官交代
King	181	Kings College	→ Henry VI				経歴詐称で助教授が免職
King, Edna	67	娘 Edna	(クリーヴランドの富豪 G. King の娘)				富豪が娘の挙式に巨費を投入
King, G.	67	G. King	(クリーヴランドの富豪)				富豪が娘の挙式に巨費を投入
Kinkel, Gottfried	797	Gottfried Kinkel	神学者、詩人、政治家	ドイツ	1815	1882	ボンの文士クラブ Maikaefer
Kinkel, Johanna	797	Johanna	Gottfried Kinkel の妻。女流作曲家、音楽家、詩人、作家、歴史家、革命家	ドイツ	1810	1858	ボンの文士クラブ Maikaefer
Kinkelin, Emil	108	Emil Kinkelin	風景画家				ミュンヘン画廊人事
Kinsky, Ilka	639	Palmay（Graefin Ilka Kinsky）	歌手、女優 Ilka Pálmay	ハンガリー	1859	1945	女優 I. Kinsky 自伝発売禁止
Kipling, Rudyard	598	Kipling	詩人、作家、児童文学者。ノーベル文学賞(1904)。英領インドに誕生	インド	1865	1936	訃報（S. Heinemann）・R. キプリングの独訳者
	621	Kipling			1865	1936	歴代ノーベル文学賞受賞者
	623	Kipling					歴代ノーベル文学賞受賞者によるアナグラム
Kirbach, Pauline	385	Pauline Prinzessin von Wuerttemberg、Fraeulein von Kirbach	ヴュルテンベルク王国王族 Pauline Mathilde Ida。Von Kirbach と改名し、医師 Melchior Willim と結婚	ドイツ	1854	1914	訃報（M. Willim）・元王族の妻は社会党員
Kirchbach, Frank	696	Frank Kirchbach	画家	イギリス	1859	1912	訃報
Kirchbach, Wolfgang	617	Wolfgang Kirchbach	作家、イラストレーター、ジャーナリスト	ドイツ	1857	1906	W. Kirchbach 遺稿脚本が出版
	686	Wolfgang Kirchbach					F. Philippi のミュンヘン追憶記
Kirchner, Ernest Ludwig	639	E. C. Kirchner	画家。ドイツ表現主義を代表する一人。ブリュッケを結成。本文の C. は誤り	ドイツ	1880	1938	新分離派からブリュッケが分派
Kirdorf, Emil	622	Kirdorf	実業家	ドイツ	1847	1938	ビスマルク記念像設立事務
Kirsch	346	Kirsch					劇場法委員推薦
Kirschmann	736	Kirschmann					読みやすいのはラテン語よりドイツ語
Kirschner, Marie	662	Marie Kirschner	女流画家、工芸家	チェコ	1852	1931	六十歳祝賀
Kirschner, Martin	278	Kirschner	政治家。ベルリン市長、ドイツ赤十字代表を務めた	ポーランド	1842	1912	R. ウィルヒョー記念像除幕式
	374	Martin Kirschner					ベルリン大学百年祭名誉学位
	602	Kirchner					プロイセンの組織改革

人名	頁数	本文表記	人物紹介（肩書・略歴など）	出生地	生年	没年	トピック
	715	Kirschner					ベルリン市長交代
	753	Kirschner					ドイツ赤十字代表 Sofia に到着
Kirstein	313	Kirstein					ゲーテの罹った病気に諸説
Kirwan, Amelia	404	Amelia Kirwan	（被害を受けた女性）				女性の容貌毀損時の賠償額
Kissling, Richard	746	Kissling	彫刻家	スイス	1848	1919	J. リサール記念像（Wassen）
Kistemaeker, Henry	605	H. Kistenmaeker	劇作家				新興行ドラマ一覧
	775	Henry Kistemaeker、キステマアケル					興行情報・劇評に決闘申込み
	789	Kistemaeker					タルノウスカ夫人事件に取材の脚本など興行情報
Kitchener, Herbert	168	Kitchener	軍人、外交官、政治家	アイルランド	1850	1916	インド副王交代予定
	265	Kitchener					インド副王など人事
	268	Kitchener					閑散三大政治家
	318	Kitchener					支那政府が軍政改革との噂
	573	Kitschener					訃報（E. Gorst）・エジプト総領事人事
Klaatsch, Hermann	116	Klaatsch	医師、解剖学者、人類学者、進化論者	ドイツ	1863	1916	ドルドーニュでの発掘
Klara von Bayern	230	Klara von Bayern	バイエルン国王マクシミリアン2世の姪	ドイツ	1874	1941	高貴なる僧尼
Klauer, L.	732	L. Klauer	（シラーのデスマスク作成者）				新発見のシラー頭蓋骨の真贋
Klebs, Edwin	554	Klebs	地質学者	ドイツ	1850	1911	訃報
Klēen, Emil	717	Emil Klēen	ジャーナリスト、作家、詩人	スウェーデン	1868	1898	A. ストリンドベリの評伝・作品とモデル
Kleffel, Arno	369	Arno Kleffel	作曲家	ドイツ	1840	1913	音楽高等学校（ベルリン）にオペラ学校が設立
Klein, Marcel	771	Marcel Klein					ドイツで初めての潜水艇専門の工学博士
Klein, Max	235	故人 Max Klein	彫刻家	ハンガリー	1847	1908	T. フォンターネ記念像除幕
Klein, Tim	45	Klein	ジャーナリスト、作家、劇作家。アルザス出身	フランス	1870	1944	シェークスピア劇（ミュンヘン）
	635	Tim Klein					新興行ドラマ一覧
	710	Tim Klein					「ファイト・シュトース」興行
	790	Tim Klein					「ファイト・シュトース」出版
Klein-Chevalier, Friedrich	408	Klein-Chevalier	画家（生没年につき諸説あり）	ドイツ	1861	1938	ヴィルマースドルフ芸術ホール
	512	Klein-Chevalier					ウィーン記念展覧会
	727	Kleinchevalier					五十歳のベルリンの画家二人
Klein-Hattingen, Oskar	608	Oskar Klein-Hattingen	著作家。「ビスマルク伝」		1861	1911	訃報
Klein-Rhoden, Rudolf	497	Rudolf Klein-Rhoden	俳優	オーストリア	1871	1936	猥褻事件および傷害事件

K

人名	頁数	本文表記	人物紹介（肩書・略歴など）	出生地	生年	没年	トピック
Kleist, Heinrich von	164	Heinrich von Kleist	作家、劇作家、詩人、ジャーナリスト。写実主義や実存主義の先駆者の一人。成功を得られず苦しい境遇にあった1811年、癌を患った人妻H. フォーゲルと共に心中した。鷗外訳に「地震」「悪因縁」がある	ドイツ	1777	1811	H. v. クライスト記念像
	188	Heinrich von Kleist					H. v. クライスト記念像除幕
	210	Kleist					近年の面白い話
	272	Heinrich von Kleist					H. v. クライスト記念像除幕式
	275	Kleist					H. v. クライスト記念像の作者
	276	クライスト記念像					クライスト記念像除幕式出席のE. シュミットが卒倒
	301	Kleist					興行不可能とされていた「ペンテレジア」を原形で興行
	314	Kleist					O. ブラームの近況・予定
	327	Kleist					ドイツ帝の文芸談話
	396	Kleist					クライストの書簡で論争・仲裁
	459	Kleist					興行失敗の具体例とその弁護
	531	Heinrich von Kleist、クライスト					クライスト詩の発見・作品散逸
	556	Heinrich von Kleist					新発見のクライスト詩はシラー詩に依拠と判明
	589	Heinrich von Kleist					クライスト百年忌記念興行
	618	Heinrich von Kleist、クライスト					H. v. クライストの肖像を復元
	627	Kleist、クライスト					ベルリン大でクライスト百年祭、クライスト伝及び作品集
	628	Kleist、クライスト、クライスト記念祭					クライストの心中相手の親族、クライスト記念祭でヴェデキントが講演
	631	クライスト					小学生は見物禁止
	641	Heinrich von Kleistpark					植物園をクライスト公園と改称
	649	Heinrich von Kleist、クライスト					聖書の裏にJ. C. Rostの詩
	670	Kleiststiftung					シラー財団に対するH. Kyserの批判は正論
	752	Kleiststiftung					クライスト協会が青年文藝家への補助金支出に新手法
	756	Kleiststiftung					第1回クライスト賞
	760	Heinrich Kleist					興行情報
	770	Kleisthaus、Kleist					クライスト大理石記念板
	815	Kleiststiftung					クライスト協会会長選出

K

人名	頁数	本文表記	人物紹介（肩書・略歴など）	出生地	生年	没年	トピック
Kleist, Heinrich von（親戚の女二人）	649	Heinrich von Kleist の親戚の女	（H. クライストの姪の娘姉妹）				聖書の裏に J. C. Rost の詩
Klementine	364	Klementine	→ Clementine（Belgium）				ボナパルト家家長とベルギー王女の婚礼予定
Klemperer, Victor	553	Victor Klemperer	実業家、ジャーナリスト		1881	1960	A. ヴィルブラント記念祭
Klermon	752	Klermon	（オーストリアの赤十字社員主導者）				外国で活動の衛生官・赤十字社員
Klett, Gertrud Ingeborg	209	Gertrud Klett	女流劇作家		1871	1917	新興行オペラ一覧
Klien, Felix Christian	741	Klein	数学者	ドイツ	1849	1925	実証主義協会創立
Klimsch, Fritz	260	Fritz Klimsch	彫刻家。ベルリン分離派創立メンバーの一人	ドイツ	1870	1960	R. ウィルヒョー記念像
	440	Klimsch					ベルリン分離派委員改選
	673	Fritz Klimsch					ベルリン王立芸術院加入
	707	Klimsch					W. Leistikow 記念牌
	735	Klimsch					E. Fischer 六十歳祝賀記念胸像
Klimt, Gustav	454	Klimt	画家。ウィーン世紀末文化代表する存在の一人。ウィーン分離派を創立したが、後に脱会	オーストリア	1862	1918	G. クリムトの後継者候補
	624	Klimt					ローマ国際美術展覧会受賞者
	700	Gustav Klimt					ポスト分離派の芸術家連盟（Kunstbund）創設に意欲
	735	Klimt					オーストリア芸術家連盟会長
Klinckowstroem, Agnes von	105	Agnes von Klinckowstroem	女流作家、伯爵夫人	ドイツ	1850	1909	訃報
Klindworth, Karl	606	Klindworth-Scharwenka-Saal	作曲家、指揮者。Scharwenka 兄弟とともに音楽ホールを創設	ドイツ	1830	1916	ベルリンで講演予定
	611	Klindworth-Scharwenka-Saal					哲学的な講演「考えること」
Klingemann, Ernst August Friedrich	477	Klingemann	作家、劇場監督。「ファウスト」第一部を初演	ドイツ	1777	1831	「ファウスト」興行沿革
Klingenberg, Ernst	249	Klingenberg	建築家		1830	1918	八十歳祝賀
Klingenberg, Ernst（倅）	249	倅	（E. Klingenberg の息子）				八十歳祝賀（E. Klingenberg）
Klinger, Friedrich Maximilian von	500	Friedrich Maximilian Klinger	劇作家、作家。ゲーテらとともにシュトルム・ウント・ドランク運動を展開。戯曲「疾風怒濤」が新文学運動の名称の由来となった	ドイツ	1752	1831	「ファウストの生涯」が再刊
	536	Friedrich Maximilian Klinger					滑稽戯曲の懸賞にまつわる話
Klinger, Max	71	Max Klinger	画家、彫刻家、版画家。象徴的な独自の様式で知られる。ドイツ象徴主義を代表する一人	ドイツ	1857	1920	ライプツィヒ大学五百年祭に枢密顧問官に就任
	109 110	Max Klinger、クリンゲル					M. クリンガーがニーチェの肖像とデスマスクに関して証言
	156	Max Klinger					ロシアのフィンランド併合反対署名者
	164	Klinger					E. Abbe 記念堂

K

人名	頁数	本文表記	人物紹介（肩書・略歴など）	出生地	生年	没年	トピック
	226	Max Klinger					初期エッチング展覧会
	262	Klinger					ヴァイマル美術学校が格上げ
	296	Klinger					ライプツィヒ版画展覧会
	364	Klinger					ヘッセンに招聘
	408	Max Klinger					マキシミリアンオルデン授与者
	424	Max Klinger					国民劇興行のための五千人劇場設立運動
	443	Max Klinger					自宅暖炉の装飾人形を塑像
	449	Max Klinger					ケムニッツ議事堂に大壁画
	451	Klinger					ライプツィヒ美術展覧会（1911）
	512	Klinger					外国芸術尊重の風潮につきドイツで賛否両論
	514	Klinger					絵画の値段
	520	Max Klinger					ライプツィヒ美術展覧会開会
	578	Max Klinger					E. Abbeの胸像除幕
	623	Max Klinger					シラー記念像競技会
	684	Max Klinger					ライプツィヒ美術展覧会（1912）
	702	Max Klinger、Klinger					ライプツィヒ美術展覧会（1912）
	709	Klinger					ワーグナー生誕百年記念像（ライプツィヒ）
	712	Max Klinger					R. ワーグナー記念像（ライプツィヒ）
	714	Klinger					ワーグナー百年生誕祭（ライプツィヒ）・全楽劇上演など
	736	Max Klinger					八十歳祝賀（W. ヴント）
	766	Klinger					汽車内に飾る画を選定
	796	Max Klinger					ドレスデン衛生博覧会賞牌
Klinkhardt, Friedrich Julius	665	Klinkhardt	書肆。1834年創業	ドイツ	1810	1881	F. Krausの演説に剽窃疑惑
Klitscher, Gustav Albert	156	Gustav Klitscher	作家		1868	1910	訃報
Kljutschewski, Wassili Ossipowitsch	534	Wassili Ossipowitsch Kljutschewski	歴史家	ロシア	1841	1911	訃報
Klocke, Walter	393	von Klocke	画家、デザイナー	ドイツ	1887	1965	新団体ベルリン学芸協会
Kloetzl, Rosi	445	Rosi Kloetzl、妻	（歌妓）				カトリック僧の夫との面談を希望し歌妓が戦略的訴訟の構え
Kloss, Erich	386	Erich Kloss	音楽評論家、ワーグナー研究者		1863	1910	訃報
Klotz	697	Klotz	（ヘンネッシェン人形劇場のスタッフ）				ケルンのヘンネッシェン人形劇

K

人名	頁数	本文表記	人物紹介（肩書・略歴など）	出生地	生年	没年	トピック
Klotz, Louis-Lucien	364	Klotz	政治家、ジャーナリスト（農相、蔵相、内相）	フランス	1868	1930	フランス農相交代
	388	Klotz					ブリアン再造内閣
	558	Klotz					フランス新内閣
	664	Klotz					フランス新内閣
	771	Klotz					フランス新内閣
	785	Klotz					フランス新内閣
Kluge, Friedrich	426	Friedrich Kluge	言語学者、辞書編集者、ゲルマニスト	ドイツ	1856	1926	フライブルク大学勤続二十五年
Knackfuss, Hermann	199	Knackfuss	画家、イラストレーター。黄禍論を助長した寓意画で知られる	ドイツ	1848	1915	黄禍論が諸方で盛んに吹聴
Knaus, Ludwig	191	Ludwig Knaus	画家、風俗画家、肖像画家	ドイツ	1829	1910	P. ハイゼ八十歳賀帖署名者
	410	Ludwig Knaus					訃報
	590	Knaus					R. Begas と L. Knaus 二人展
	625	Ludwig Knaus					ブリュッセル美術院会員補充
	803	Knaus					ベルリン王立芸術院名誉会員
Knaus, Ludwig（妻）	497	Ludwig Knaus の未亡人	（L. Knaus の妻）				未亡人がベルリン芸術家協会に寄付
Kneib, Philipp	454	Kneib	神学者	ドイツ	1870	1915	反モデルニスムス誓文に服従した教授一覧
Knesebeck, Botho von dem	373	Botho von dem Knesebeck	（文化サロンの常連、ゲーテ協会の発起人の一人）				ベルリン大学百年祭名誉学位
Kneser, Adolf	581	Kneser	数学者	ドイツ	1862	1930	ブレスラウ大学人事・総長更迭
Kniebe, Walther	446	W. Kniebe	画家、彫刻家	ドイツ	1884	1970	ビスマルク記念像競技会
Kniep, Karl Johannes	270	Hans Kniep	植物学者	ドイツ	1881	1930	ベルリン学士院奨励金一覧
Knilling, Eugen von	727	von Knilling	政治家。バイエルン王国首相（1922-1924）（文相）	ドイツ	1856	1927	文相が A. v. Vestenhof の油絵を展覧会から排除
Knobloch	691 692	Knobloch、Benjamin Corda	（市長、筆名 Benjamin Corda）				戯曲 *Tiefen* あらすじ
Knodt, Karl Ernst	848	KARL ERNST KNODT	詩人	ドイツ	1856	1917	新詩集「我が生の凡ての瞬間より」出版
Knollys, Francis	83	Lord Knollys	初代ノリーズ子爵。エドワード 7 世とジョージ 5 世の秘書官を務めた		1837	1924	英王みずから新聞原稿の校正
Knorr, Thomas	644	Thomas Knorr	編集者、ジャーナリスト	ドイツ	1851	1911	訃報
Knox, Philander C.	216	Knox 学士	政治家、国務長官（1909-1913）	アメリカ	1853	1921	蚕の芸の興行差し止め
	290	Knox					支那公使が日露協商に不平
	303	Knox					イタリア政府がアメリカへの殺害容疑者引き渡しを拒否
	322	Knox					北米のリベリアに対する処置
Knuepfer	532	Knuepfer	（画家）				ローマで他国人博覧会（Mostra deglistranieri）

K

人名	頁数	本文表記	人物紹介（肩書・略歴など）	出生地	生年	没年	トピック
Kny, Leopold	464	Kny	植物学者	ドイツ	1841	1916	ベルリン大学植物学後任人事
	561	Leopold Kny					七十歳祝賀
Koberstein, Hans	501	Koberstein	画家、障壁画家	ドイツ	1864	1945	ベルリン美術大展覧会（1912）
Kobold	293	Kobold	ドイツの民間伝承に登場する小鬼				上演中の場内取締調査
Koburg-Gotha（公爵）	48	Koburg-Gotha 公爵、公爵	4代ザクセン＝コーブルク＝ゴータ公 Carl Eduard（1905-1918）	イギリス	1884	1954	J. カインツがコーブルク＝ゴータ公爵から称号と勲章授受
Koch	19 20	Koch、工学士、旦那	（ベルリンの工学士）				三角関係から殺人事件
Koch	175	商人 Koch	（商人。E. Koch-Heim の夫）				訃報（E. Koch-Heim）・小説「エッケハルト」
Koch	408	Koch					ヴィルマースドルフ芸術ホール
Koch, Alfred Joseph	232	Koch	司祭	ドイツ	1879	1951	モデルニスムス宗教論争
Koch, Franz	720	Koch	彫刻家	オーストリア	1832	1922	エウプロシュネ記念柱除幕
Koch, Georg Karl	251	Georg Koch	画家。印象派		1857	1930	ベルリン美術大展覧会（1911）
Koch, Magdalena	87	母	冒険家 F. A. Cook の母				クックの名の由来
Koch, Max	811	Max Koch	（詩人、評論家）				ハウプトマンをめぐり批判と擁護が錯綜
Koch, Robert	256	Robert Koch	医師、細菌学者。細菌培養法の確立、結核菌やコレラ菌の発見、ツベルクリンの開発など細菌学・伝染病・免疫学に多大な功績を残した。パスツールと並び細菌学の祖とされる。ノーベル生理学・医学賞（1905）	ドイツ	1843	1910	訃報
	412	Robert Koch					R. コッホ慰霊碑を安置
	471	Robert Koch					R. コッホ全集刊行
	551	Robert Koch					R. コッホ記念像・生誕七十年
	615	Robert Koch					R. コッホ記念像設立委員会
	661	Koch					R. コッホ記念像設置場所
	679	Koch					博士号取得の女性
	707	Robert Koch					勅令により感染症研究所に R. コッホの名
	794	Robert Koch					R. コッホ記念像
Koch, Theodore A.	87	医師 Koch	（冒険家 F. A. Cook の父、医師）				クックの名の由来
Koch-Gotha, Fritz	343	Fritz Koch-Gotha	画家、漫画家、イラストレーター、作家	ドイツ	1877	1956	「ベルリン絵入新聞」挿画懸賞
Koch-Heim, Emma Mackenrodt	175	Emma Koch-Heim	J. V. v. Scheffel の想い人。Scheffel との往復書簡集がある		1835	1910	訃報・小説「エッケハルト」
Kocher, Emil Theodor	108	Kocher	医師、医療研究者。ノーベル生理学・医学賞（1909）	スイス	1841	1917	ノーベル賞受賞者（1909）
Koehler	346	Koehler					劇場法委員推薦
Koehnlein, Friedrich	298	Koehnlein	チェス棋士	ドイツ	1879	1916	チェス大会（ハンブルク）
Koelsch, Adolf	158	Adolf Koelsch	生物学者、作家	ドイツ	1879	1948	陳腐な形容に立腹した大論文
Koenig, Eberhard	412	E. Koenig	作家、劇作家	ドイツ	1871	1949	新興行ドラマ一覧
	453	E. Koenig					新興行ドラマ一覧

K

人名	頁数	本文表記	人物紹介（肩書・略歴など）	出生地	生年	没年	トピック
	501	Eberhard Koenig					Pichelswerder 戸外劇場興行
	533	Eberhard Koenig					Pichelswerder 戸外劇場予定
	539	Eberhard Koenig					レッシング劇場新作興行予定
	543	Eberhard Koenig					ドイツ脚本家協会賞（1911）
	680	Eberhard Koenig					俳優救助費のため夜興行
	685	Eberhard Koenig					興行情報
Koenig, Leo von	164	Leo Freiherr von Koenig	画家。ベルリン分離派を代表する一人	ドイツ	1871	1944	ベルリン新分離派
Koenigs, Elise	733	Elise Koenigs	（献金によるライプニッツ賞受賞者）				ライプニッツ賞受賞者
Koenigsberger, Leo	61	Königsberger	数学者	ポーランド	1837	1921	ハイデルベルク学士会院開院
Koenigsbrun-Schaup, Franz Joseph	633	F. von Koenigsbrun-Schaup	（劇作家、翻訳家、詩人）		1857	1916	新興行ドラマ一覧
	777	Koenigsbrun-Schaup					ゴーゴリ「Agafia の婚約」興行
Koenigsmarck, Philipp Christoph von	191	Graf Koenigsmarck	軍人。Kurt Christoph Graf von Koenigsmarck の息子	ドイツ	1665	1694	P. ハイゼ八十歳記念興行好評
Koenigswinter, Wolfgang Mueller von	557	von Koenigswinter	作家、詩人、政治家、医師、詩人	ドイツ	1816	1873	八十歳祝賀（J. Rodenberg）
Koepping, Karl	250	Karl Koepping	画家、版画家、ガラス工芸家	ドイツ	1848	1914	ベルリン美術大展覧会（1911）
	425	Koepping					壁画競技会一等賞
Koerner, Christian Gottfried	704	Koerner	作家、弁護士。物心両面からシラーを支援した友人であり、最初のシラー全集を編集したことでも知られる	ドイツ	1756	1831	F. シラーと C. G. ケルナー記念泉
	719	Koerner					ケルナーとシラー記念像除幕
Koerner, Lothar	761	Lothar Koerner	俳優		1883	1961	「ファウスト」第一部興行配役
Koerner, Theodor	198	Theodor Koerner	詩人、劇作家、兵士。鷗外訳に「傳奇トオニイ」がある。P831の没後百年は生誕百年の誤り	ドイツ	1791	1813	壮兵団と T. ケルナーの記念像
	375	Koerner					ベルリンで大学生だった人物
	718	Koerner					Nicolaihaus の記念牌・記念像
	723	Koerner 記念像					T. ケルナー記念像
	731	Koernermuseum					訃報（E. Peschel）
	831	Theodor Koerner-Stiftung、Theodor Koerner					没後百年記念ケルナー協会設立案
Koerte, Gustav	677	Gustav Koerte	考古学者	ドイツ	1852	1917	六十歳祝賀
Koester, Albert	17	Albert Köster	ゲルマニスト、演劇研究家。「ゲーテの母の手紙」など	ドイツ	1862	1924	ギロチンのおもちゃ
	714	Koester					ワーグナー百年生誕祭（ライプツィヒ）・全楽劇上演など
	754	Albert Koester					ライプツィヒ大学でハウプトマン五十歳記念興行
	801	Koester、Albert Koester					ゲーテ協会会長にふさわしい人物、ゲーテ協会でヴィーラント祭

K

人名	頁数	本文表記	人物紹介（肩書・略歴など）	出生地	生年	没年	トピック
	805	Koester					E. シュミットの後任を A. Koester が辞退
	816	Albert Koester					ライプツィヒ大学学長当選
Kohler, Joseph	541	Joseph Kohler	法学者	ドイツ	1849	1919	「史実」万能主義は困りもの
Koht, Halvdan	846	DR HALVDANKOHT	歴史家、伝記作家、政治家	ノルウェー	1873	1965	H. イプセンの草稿発見
Kokoschka, Oskar	454	Kokoschka	画家、劇作家。表現主義を代表する一人	オーストリア	1886	1980	G. クリムトの後継者候補
Kokowzew, Vladimir	480	Kokowzew、ココフチエフ	政治家、帝政ロシア4代首相（1911-1914）V. Kokovtsov。暗殺されたストルイピンの後任。伊藤博文がハルピンで暗殺された際の会談相手でもあった	ロシア	1853	1943	ストルイピンに辞職の噂
	481	Kokowzew					ココフチェフが皇居に召喚・組閣の噂
	600	Kokowzew					訃報（P. Stolypin）・首相後任
	603	Kokowzew、Wladimir Nikolajewitsch Kokowzew					ココフチェフ蔵相が首相を兼任・V. ココフチェフ紹介
	763	Kokowzow					バルカン諸国に同情的演説
Kolbe, Georg	164	Georg Kolbe	彫刻家。ベルリン分離派	ドイツ	1877	1947	ベルリン新分離派
	541	Georg Kolbe					バイロイトで大騎士像除幕式
	731	Kolbe					ベルリン市長の新画家排斥に物議
Kolbenheyer, Erwin Guido	463	Erwin Guido Kolbenheyer	劇作家、作家、作詞家	ハンガリー	1878	1962	バウエルンフェルト賞
Koldewey, Robert	281	Koldewey	建築家、考古学者	ドイツ	1855	1925	ベルリン学士院ライプニッツ賞
Kollmann, Julius	577	Kollmann	動物学者、人類学者、解剖学者	ドイツ	1834	1918	男女出生比率に関する諸説
Kollwitz Kaete	554	Kaete Kollwitz	女流画家、版画家、彫刻家	ロシア	1867	1945	ベルリン無鑑査展覧会役員
Koloman, Mikszath	256	Koloman Mikszath	作家、ジャーナリスト、政治家。ハンガリー名 Kálmán Mikszáth	スロヴァキア	1847	1910	訃報
Komarowski, Pavel	178	Komarowski 殺害事件、伯、コマロウスキイ伯	（殺害された伯爵）				コマロウスキー伯殺害事件、タルノウスカ夫人事件
	189	Komarowski 伯					殺した愛人を日露戦時には奉天まで追ったタルノウスカ夫人
Komarowski, Pavel（庶子）	178	男子、庶子	（コマロウスキー伯とタルノウスカ夫人との間に生まれた男子）				コマロウスキー伯殺害事件
Komarowski, Pavel（嫡子）	178	嫡子	（コマロウスキー伯の嫡子）				コマロウスキー伯殺害事件
Komissarschewskaja, Wera Fjodorowna	178	Vera Kommissarshewskaja	女優	ロシア	1864	1910	葬儀
Komorzynski, Johann von	595	Komorzymki	経済学者	オーストリア	1843	1911	訃報

K

人名	頁数	本文表記	人物紹介（肩書・略歴など）	出生地	生年	没年	トピック
Konow, Wollert	222	Konow	政治家、首相（1910-1912）	ノルウェー	1845	1924	訃報（ビョルンソン）・詳細
Konstantin	459	Konstantin	→ Constantinus				A. ハルナックがヴァチカン政治史につき演説
Konstantin	785	Konstantin	→ Konstantinos I				ゲオルギオス1世暗殺事件
Konstantin Konstantinowitsch	403	Konstantin Konstantinowitsch 大侯	詩人、劇作家。ロマノフ家の一員	チェコ	1858	1915	トルストイの遺骸乗せた列車のモスクワ通過許されず
Konstantin Pawlowitsch	24	Konstantin Paulowitsch	ロシア皇帝パーヴェル１世の次男。兄帝アレクサンドル１世が死去したことにより帝位を継ぐはずであったが、貴賤結婚のため継承権を放棄した	ロシア	1779	1831	皇太子嫡子権利放棄
Konstantinos I	785	Konstantin	ギリシャ王（1913-1917、1920-1922）	ギリシャ	1868	1923	ゲオルギオス１世暗殺事件
Koppel, Leopold	461	Koppelstiftung	銀行家、起業家	ドイツ	1854	1933	理化学研究所設立
Koppel, Waldemar	188	Waldemar Koppel					紳士とはどのようなものかアンケート
Koppelow, Traugott von	425	Traugott von Koppelow	（組合発意者）				新旧教脱籍の組合発足
Kopsch, Julius	483	Kopsch	政治家	ドイツ	1855	1935	王立歌場総支配人辞表をドイツ帝が却下
	791	Kopsch					国会で王宮劇場の出物を批判
Korbel, Mario Joseph	242	Joseph Korbel	彫刻家。アメリカに帰化	チェコ	1882	1954	美人コンテスト優勝者の大理石像作成
Korn	379	Korn	（遠距離飛行家）				遠距離飛行の歴史
Korn, Arthur	114	Korn	物理学者、数学者、発明家	ポーランド	1870	1945	写真電送（Telephotographie）の研究・開発
Korn, Erich	562	E. Korn	（劇作家）				新興行ドラマ一覧
	655	E. Korn					新興行ドラマ一覧
	682	Erich Korn					*Die golden Quarry* あらすじ
Korngold, Erich Wolfgang	752	Korngold	作曲家	チェコ	1897	1957	ドイツ音楽界の現状批評
Korolenko, Vladimir	615	Korolenko	作家、ジャーナリスト、人権活動家	ウクライナ	1853	1921	獄中から贈られた手錠に対するゴーリキーの謝状
	671	Wladimir Korolenko					新聞での政治議論のため禁錮刑
	762	Wladimir Korolenco					*Fedor Kusmitsch* 出版無罪
Kosch, Wilhelm	522	Wilhelm Kosch	文芸史家、辞書編纂者	オーストリア	1879	1960	M. Greif の遺言で遺稿を整理
	595	Kosch					剽窃疑惑の指摘は酷
Koschat, Thomas	410	Thomas Koschat	作曲家、指揮者	オーストリア	1894	1914	ウィーン宮廷歌劇場でストライキ・解雇

K

人名	頁数	本文表記	人物紹介（肩書・略歴など）	出生地	生年	没年	トピック
Koschinski, Hans	445	Hans Koschinski	（カトリック僧侶）				カトリック僧の夫との面談を希望し歌妓が戦略的訴訟の構え
Koser, Reinhold	271	R. Koser	歴史学者、国立文書館館長	ドイツ	1852	1914	ベルリン学士院奨励金一覧
	374	Rheinhold Koser					ベルリン大学百年祭名誉学位
	670	大帝伝記の著者					フリードリヒ大王二百年記念祭
Kosor, Josip	580	J. Kosor	劇作家、作家	クロアチア	1879	1961	新興行ドラマ一覧
	605	J. Kosor					新興行ドラマ一覧
	645	Josip Kosor					未熟ながら将来性のある作家
	655	Josip Kosor					新興行ドラマ一覧
Kossel, Albrecht	367	Albert Kossel	医学博士。ノーベル生理学・医学賞（1910）。細胞生物学の研究	ドイツ	1853	1927	ノーベル賞受賞（1910）
	381	Albrecht Kossel					ノーベル賞受賞（1910）
	412	Albrecht Kossel					ノーベル賞受賞者（1910）
Kossinna, Gustaf	457	Gustav Kosinna	言語学者、考古学者	ロシア	1858	1931	コペンハーゲン考古学会
Kosztolányi-Kann, Gyula	165	Kosztolányi	画家	ハンガリー	1868	1945	主要ハンガリー画家一覧
Kotow	783	Kotow	（ニコライ2世の従者）				ロシア帝の日課
Kotzebue, August von	7	Kotzebue	劇作家	ドイツ	1761	1819	ベルリン劇界に俗受の風潮
Kraatz, Kurt	538	Kraaz	劇作家、オペラ台本家				新興行ドラマ一覧
	558	Kurt Kraatz					フランスのアカデミー通信会員
Kraemer, Lotten von	778	Lotten von Kraemer	女流詩人、著述家、慈善家	スウェーデン	1828	1912	「九人のアカデミー」創立
Krag, Thomas Peter	783	Thomas Peter Krag	詩人、作家	ノルウェー	1868	1913	訃報
Krag, Vilhelm	387	Wilhelm Krag	作家、詩人、劇場監督	ノルウェー	1871	1933	V. Kragが書肆顧問に転職
Kramer, Arnold	273	Arnold Kramer	彫刻家	ドイツ	1863	1918	O. Ludwig記念像制作
	518	Arnold Kramer					O. Ludwig記念像除幕式
Kramann, Alexander	558	Alexander Kramann	→ Kraumann, Alexander				アイヒェンドルフ記念像設立
Kranzler, Alfred	469	Alfred Kranzler	カフェ経営者		1841	1911	訃報
Kraska, Arthur	574	Arthur Kraska	（画家）				芸術高等学校（ベルリン）表彰
	636	Arthur Kraska					E. Reichenheim財団賞
Krasselt, Rudolf	437	Krasselt	音楽家、指揮者	ドイツ	1879	1954	カペルマイスター後任人事
Krassnow, Nikolai	132	Krassnow	建築家		1864	1939	離宮リヴァディア宮殿を建設
Kraumann, Alexander	153	Alexander Kraumann	彫刻家	ハンガリー	1870	1956	アイヒェンドルフ記念像制作
	558	Alexander Kramann					アイヒェンドルフ記念像設立
	723	Alexander Kraumann					T. ケルナー記念像
Kraus, August	446	August Kraus	彫刻家	ドイツ	1868	1934	ベルリン分離派総会・新役員
Kraus, Ernst	226	Ernst Kraus、Kraus	テノール歌手	ドイツ	1863	1941	「愛の園のバラ」再演トラブル

K

人名	頁数	本文表記	人物紹介（肩書・略歴など）	出生地	生年	没年	トピック
Kraus, Friedrich	577	Friedrich Kraus	内科医、病理学者	チェコ	1858	1936	ベルリン大学創立者フリードリヒ・ヴィルヘルム3世記念祭
	582	Friedrich Kraus					フリードリヒ・ヴィルヘルム3世記念祭
	665	Friedrich Kraus					F. Krausの演説に剽窃疑惑
Kraus, Karl	386	Karl Kraus	作家、ジャーナリスト、風刺作家、エッセイスト、劇作家、詩人	オーストリア	1874	1936	小説のモデル問題起訴
	397	Karl Kraus					小説のモデル問題で再訴訟
Kraus, Ludwig	96	Ludwig Kraus	画家		1829	1910	八十歳祝賀
Kraus, Samuel	96	Samuel Kraus	神学者。ユダヤ百科事典成立に貢献	ハンガリー	1866	1948	聖書研究
Krause, Bruno	554	Bruno Krause	→ Kruse, Bruno				ワルキューレ記念像
Krause, Gottlob Adolf	622	Gottlob Adolf Krause	探検家、アフリカ研究者	ドイツ	1850	1938	トリポリ戦乱中にイタリア兵が貴重な記載原簿を破毀
Krauss, Ingo	239	Ingo Krauss	（劇作家）				新興行ドラマ一覧
Kreis, Wilhelm	638	Wilhelm Kreis	建築家、建築学者。20世紀前半のドイツを代表する建築家の一人	ドイツ	1873	1955	ビスマルク記念像制作者決定
	641	Wilhelm Kreis					建築家の工芸学校での養成案
Kreitenmeyer	356	Kreitenmeyer	（ハレの歯科医）				悪徳歯科医に禁錮6ヶ月
Kreophylos	490	Kreophylos	サモス島の詩人。ホメロスの同時代人				サモス島発掘事業は有望
Kreowski, Ernst	679	Ernst Kreowski	（編集者）				F. Held全集刊行
Kretzer, Max	637	Max Kretzer	作家	ポーランド	1854	1941	M. Kretzerの小説仏訳
Kretzschmar, August Ferdinand Hermann	71	Hermann Kretzschmar	音楽家	ドイツ	1848	1924	ベルリン音楽学校長人事
Krischen, Fritz	477	Krischen	建築家	ドイツ	1881	1949	シンケル賞受賞建築家（1911）
Kriwoschein, Semyon	480	Kriwoschein	軍人、指揮官	ロシア	1899	1978	ストルイピンに辞職の噂
Kroeger	191	Kroeger	（スウェーデンの分離派の画家）				スウェーデン分裂派展覧会（ベルリン）
Kroener, Adolf von	102	Kroener	出版業者。1889年に書肆Cottaの権利を購入。Alfredは息子	ドイツ	1836	1911	書肆Cotta創業250年祝賀
	448	Adolf von Kroener					訃報
	450	Von Kroener					A. v. Kroener葬儀参列の文士
Kroener, Alfred	159	書肆Alfred Kroener	出版業者	ドイツ	1861	1922	ニーチェ遺稿3巻本で出版予定
	173	Alfred Kroener					芸術滅亡論「千年の芸術」
Kroener, Christian	612	Christian Kroener	画家、版画家。狩猟風景画に特色	ドイツ	1838	1911	訃報
Kroesus	794	Kroesus	リディア王国最後の王（前560頃～前546頃）。巨万の富を誇ったと伝えられる。生没に諸説あり。		前595	前546	新作戯曲「クロイソス」
	801	Kroesus					男優と興行師が劇場争奪
	803	Kroesus					「クロイソス」は凡作
Krogh, Christian	555	Krogh	画家、イラストレーター、著述家、ジャーナリスト	ノルウェー	1852	1925	ストックホルムのストリンドベリ展示室
Krohne, Karl	642	Karl Krohne	官吏、著述家。「監獄学教科書」		1836	1913	七十五歳祝賀・ドイツ監獄改良

人名	頁数	本文表記	人物紹介（肩書・略歴など）	出生地	生年	没年	トピック
Kroll, Fr.	457	Fr. Kroll					コペンハーゲン考古学会
Kroll, Joseph	219	Kroll	実業家。娯楽場 Kroll 冬庭園をベルリンに建設		1797	1848	ベルリン王室オペラ改修工事
	269	Kroll					ワーグナー連日興行
	417	Krolls					ベルリン王室オペラ建設予定
	498	Kroll					劇場の借り受け予定
	502	Kroll					日本のベルリン大使館
	552	Kroll					ワーグナーの廉価興行
Kronprinz Wilhelm von Preussen	221	皇太子	プロイセン王国最後の皇太子、軍人。ヴィルヘルム 2 世の長男。P330「Hapag 船」とはハンブルク-アメリカ定期船株式会社（Hamburg-Amerikanische Packetfahrt-Actiengesellschaft、通称 HAPAG）のこと	ドイツ	1882	1951	P. Pauli 舞台五十年祝賀公演
	261	独逸皇太子					B. ウィレを脅迫した人物が今度はドイツ皇太子に脅迫行為
	290	独逸皇太子、儲君					ドイツ皇太子が世界周遊で日本にも来訪、東京では Mumm 大使が皇太子を待受
	329	独逸皇儲					東アジア遊歴予定
	330	皇儲、独逸皇儲					妃は東アジアには同行せず、東アジア遊歴乗船予定、訪問国予定、帰国予定、旅次日程発表予定、乗船予定の船
	331	独逸皇儲					セイロンまで妃が同行
	332	独逸皇儲					ドイツ皇太子がケーニヒスベルク大学の名誉講師
	350	独逸皇儲					ドイツ皇太子随行
	367	独逸皇儲					ドイツ皇太子随行員交代
	368	独逸皇儲					皇太子夫妻が出立、ドイツ皇太子随行、経過情報
	428	皇太子					在日ドイツ大使交代の予定
	436	独逸皇太子					皇太子が作譜し皇帝がリブレット執筆というオペラは訛伝
	489	独逸儲君					ベルリンで G. Wegener が講演
	723	ドイツ皇太子					著書「私の狩猟日記」発行
	786	皇太子					ドイツ皇太子が再度執筆（『武器の中のドイツ』禁軍の部）
	809	プロイセン世子					ハウプトマン特集中断の背景
	810	世子					ハウプトマン戯曲の興行禁止は皇太子の意向
Kropotkin, Pyotr	434	Kropotkin	政治思想家、地理学者、革命家。無政府主義の理論的支柱として影響力をもった。亡命中のロンドンではアナキズム的共産主義運動を	ロシア	1842	1921	ロンドンのロシア無政府主義者
	461	Peter					行方不明の無政府主義者クロポトキンからの手紙

K

人名	頁数	本文表記	人物紹介（肩書・略歴など）	出生地	生年	没年	トピック
	727	Kropotkin	主張				ルソー生誕二百年祭費用につきフランス議会で議論
Kroyer, Peder Severin	109	Kroyer	画家。デンマークのスケーエンで活動	ノルウェー	1851	1909	訃報
	140	Kroyer					住居跡を記念博物館
	322	P. S. Kroyer					H. Drachmann 旧宅保存協議
	399	Peter Severin Kroyer					P. S. Kroyer 遺作競売
Kruegel, Richard	321	樵 Richard Kruegel	（K. May が強盗だったと証言した樵）				強盗の首領だったと公言されたK. May が不服として起訴
Krueger, Friedrich	613	Friedrich Krueger	天文学者	ドイツ	1864	1916	レーマー記念オーフス天文台
Krueger, Gustav	516	Krueger	神学者、教会史家		1862	1940	六十歳祝賀（A. ハルナック）
Krueger, Herman Anders	238	Herman Anders Krueger	文学研究者、作家、司書、政治家	エストニア	1871	1945	新興行ドラマ一覧
Krueger, Paul	475	Paul Krueger	法制史家	ドイツ	1840	1926	学士になってからの黄金祝祭
Krumbacher, Karl	111	Karl Krumbacher	歴史家、ビザンチン文化研究者	ドイツ	1856	1909	訃報
Krumbiegel	94	Krumbiegel	（寡婦孤児救済団体出納係）	ドイツ			奉仕団体不明金につき取調中
Krummacher, Friedrich Adolf	52	Friedrich Adolf Krummacher	神学者。シューベルト作曲の讃美歌の作詞家としても知られる	ドイツ	1767	1845	訃報（J. v. Kuegelgen）
Krupp（家・社）	25	Krupp	石炭・鉄鋼・兵器コングロマリットとなるクルップの創業者一族・社名				クルップ家で夫婦喧嘩
	603	Krupp					O. ミルボーの脚本創作案
	818	Krupp					クルップ社が軍事機密を探索
Krupp, Bertha	25	夫婦、先代の姉娘	クルップ家3代当主 Friedrich Alfred の娘で相続者。4代当主となった Gustav の妻	ドイツ	1886	1957	クルップ家で夫婦喧嘩
	782	Bertha Krupp von Bohlen & Halbach					プロイセン大資産家調べ
Krupp, Friedrich	736	Krupp	石炭・鉄鋼・兵器のコングロマリットとなるクルップの創業者	ドイツ	1787	1826	クルップ創業百年祝賀
Krupp, Friedrich Alfred	267	Krupp	クルップ家3代当主。Bertha の父	ドイツ	1854	1902	知名人の音楽の嗜好
Krupp, Gustav	25	夫婦、婿	クルップ家4代当主。石炭・鉄鋼・兵器コングロマリットのクルップ会長	ドイツ	1870	1950	クルップ家で夫婦喧嘩
	134	Krupp					ホテルの給仕にチップをはずむ人はずまない人
Kruse, Bruno	554	Bruno Krause	彫刻家。Krause は Kruse の誤り		1855	?	ワルキューレ記念像
Kruse, Max	170	Kruse	画家、彫刻家、ベルリン分離派。彫刻複写機を発明し、特許を取得した	ドイツ	1854	1942	彫塑品コピー・マシーン
	296	Max Kruse					F. ロイターの投獄・監禁を批判
	343	Kruse					「ベルリン絵入新聞」挿画懸賞
	440	Kruse					ベルリン分離派委員改選
	757	Max Kruse					P. カッシーラーの分離派会長就任に反対し M. Kruse が脱会
	781	Max Kruse					ベルリン王立芸術院加入

K

人名	頁数	本文表記	人物紹介（肩書・略歴など）	出生地	生年	没年	トピック
Krzyzanowski, Rudolf	556	Rudolf Krzyzanowski	音楽家、作曲家		1862	1911	訃報
Kubelik, Jan	46	Jan Kubelik	ヴァイオリニスト、作曲家	チェコ	1880	1940	ヴァイオリニストの過激な広告
Kubin, Alfred	702	Kubin	グラフィックデザイナー、著述家	オーストリア	1877	1959	ライプツィヒ美術展覧会（1912）
Kuckuck, P	270	P. Kuckuck					ベルリン学士院奨励金一覧
Kuechler, Kurt	238	Kurt Kuechler	劇作家、編集者	ドイツ	1883	1925	新興行ドラマ一覧
	329	Kurt Kuechler					新興行ドラマ一覧
	366	K. Kuechler					新興行ドラマ一覧
	414	K. Kuechler					新興行ドラマ一覧
	452	K. Kuechler					新興行ドラマ一覧
	506	K. Kuechler					新興行ドラマ一覧
	537	K. Kuechler					新興行ドラマ一覧
	594	K. Kuechler					新興行ドラマ一覧
	605	K. Kuechler					新興行ドラマ一覧
Kuegelgen, Julie von	52	Julie von Kügelgen	女流文筆家。神学者F. A. Krummacherの娘。「一老人の回憶中より」	ドイツ	1804	1909	訃報
Kuegelgen, Wilhelm von	52	Wilhelm von Kügelgen	肖像画家、歴史画家、著述家。妻はJulie von Kuegelgen	ロシア	1802	1867	訃報（J. v. Kuegelgen）
Kuehl, Gotthardt	492	Gotthardt Kuehl	画家	ドイツ	1850	1915	ドレスデン大展覧会（1912）
Kuehn	210	Kuehn	（俳優）				近年の面白い話
Kuehne, Adolf Schemel von	566	Adolf Schemel von Kuehne	（興行師）				家族運営の芝居興行（バート・ガスタイン）
Kuehnemann, Eugen	810	Eugen Kuehnemann	哲学者、文学者。ドイツ文化宣伝のため1905年からアメリカに講演旅行。帰途、日本に立ち寄っている	ドイツ	1868	1946	ハウプトマン回護のため諸団体が会議・演説会開催
	811	Eugen Kuehnemann					ハウプトマンをめぐり批判と擁護が錯綜
Kuemmel	679	Kuemmel					高層空気研究所
Kuemmel, Otto	728	Kuemmel	東洋美術史家		1874	1952	*Ostasiatische Zeitschrift*（東アジア・ジャーナル）創刊
Kuennecke, Eduard	208	Eduard Kuennecke	作曲家、オペラ・オペレッタ作曲家	ドイツ	1885	1953	新興行オペラ一覧
	490	Eduard Kuenecke					「ファウスト」第二部興行・作譜
Kuentzel, George	447	Georg Kuentzel	歴史家	ポーランド	1870	1945	グスタフ・アドルフ参戦のワケ
Kuestner, Karl Friedrich	156	Kuestner	天文学者。天文緯度変化の発見者	ドイツ	1856	1936	王立天文学会（ロンドン）金牌
	564	Karl Friedrich Kuestner					ボン大学総長選出
Kugler, Franz Theodor	399	Franz Kugler	歴史家、美術史家、文筆家	ポーランド	1808	1858	競売のF. Kugler遺品中にE. T. A. ホフマンの諷刺画
	546	Franz Kugler					訃報・略歴（A. Wilbrandt）

人名	頁数	本文表記	人物紹介（肩書・略歴など）	出生地	生年	没年	トピック
Kuindzhi, Arkhip	317	Archip Kuindshi	風景画家	ロシア	1841	1910	訃報
Kumposcht	819	Kumposcht	（ウィーンのカフェ経営者）				登山の流行で多数の犠牲者
Kunschak, Leopold	803	Leopold Kunschak	政治家、キリスト教社会労働協会、キリスト教社会主義帝国党の会長を歴任	オーストリア	1871	1953	キリスト教社会主義者の首領の兄弟が殺人事件公判
Kunschak, Paul	803	Paul	L. Kunschak の兄弟。社会主義労働運動の政治家 Franz Schuhmeier を殺害				キリスト教社会主義者の首領の兄弟が殺人事件公判
Kunwald, Ernst	696	Ernst Kunwald	指揮者	オーストリア	1868	1939	F. Mottl の後任人事予測
Kunze, Albert	674	Albert Kunze	オペラ歌手、著述家	ドイツ	1882	1958	ライプツィヒの劇場が改築
	702	Albert Kunze					ドイツ劇場座長に就任
Kunze, Max Friedrich	735	Friedrich Kuntze	森林学者、自然学者	ドイツ	1838	1921	自然学の終局の目的は不可知
Kuropatkin, Alexei	189	Kuropatkin	軍人。日露戦時、ロシア満州軍総司令官を務めた	ロシア	1848	1925	殺した愛人を日露戦時には奉天まで追ったタルノウスカ夫人
	500	Kuropatkin					S. ウィッテがクロポトキン批判の書を執筆中
Kurz, Isolde	509	Kurz	女流作家、翻訳家	ドイツ	1853	1944	I. Nievo 追懐
	600	Isolde Kurz					マリー・フォン・エーブナー＝エッシェンバッハ基金
Kurz, Otto	446	Otto Kurz	（彫刻家）				ビスマルク記念像競技会
Kurz, Selma	491	Selma Kurz	ソプラノ歌手	ポーランド	1874	1933	俳優の我儘をたしなめ大衝突
	494	Selma Kurz					劇場主と女優の衝突継続中
Kurz, Selma（同胞）	491	同胞	（S. Kurz の兄弟姉妹のいずれか）				俳優の我儘をたしなめ大衝突
Kusminski	392	親戚 Kusminski	（ペテルブルク在のトルストイの親戚）				家出をしたトルストイ（詳細）
Kutscher, Arthur	696	Arthur Kutscher	文学史家、演劇研究家	ドイツ	1878	1960	現代作家を取り上げる最初の大学講義（ミュンヘン大学）
Kyrill（Episkopos）	396	Episkopos Kyrill	（キリル主教）				トルストイの見舞い
	398	Episkopos Kyrill					トルストイの容態、トルストイの容体悪化
Kyser, Hans	184	Hans Kyser	作家、劇作家、ラジオ・映画脚本家。ドイツ文芸家保護協会（SDS）の設立に寄与。映画「ファウストードイツの民話」の脚本を執筆	ポーランド	1882	1940	新興行ドラマ一覧
	233	Hans Kyser					自作小説朗読会開催
	264	Hans Kyser					新興行ドラマ一覧
	407	Hans Kyser					自由文学協会（ベルリン）設立
	471	H. Kyser					新興行ドラマ一覧
	477	Hans Kyser					H. Kyser の二作目の戯曲完成
	489	Hans Kyser					ベルリン自由文芸会で朗読
	497	Hans Kyser					新進作者のための朗読夜会
	506	Hans Kyser					新興行ドラマ一覧
	646	Hans Kyser					猥褻文書告発裁判で作品朗読
	653	Hanz Kyser					クリスマスの予定アンケート

K

人名	頁数	本文表記	人物紹介（肩書・略歴など）	出生地	生年	没年	トピック
	659	Hans Kyser					シラー財団の賞金の与え方に H. Kyser が論難
	670	Hans Kyser					シラー財団に対する H. Kyser の批判は正論
	705	Hans Kyser					「ティトゥスとユダヤ女性」喝采
	794	Hans Kyser					新作滑稽劇「愛の教育」
	810	Hans Kyser					ハウプトマン回護のため諸団体が会議・演説会開催
	819	Hans Kyser					「愛の教育」上場
La Mésangère, Pierre de	747	Abbé La Mésangère	文章および哲学教師、司祭、編集者。1797年、初の女性流行雑誌を刊行		1761	1831	女性流行雑誌のはしり
La Roche-Ringwald, Luis	408	La Roche-Ringwald	美術蒐集家				絵画コレクション競売
La Rochefoucauld, Francois de	495	La Rochefoucauld	ラ・ロシュフコー公爵フランソワ6世。フロンドの乱を主導も敗残。「箴言集」	フランス	1613	1680	名家自筆コレクション競売
La Tour, Georges de	157	De la Tour	画家。ルイ13世の「国王付画家」。17世紀前半フランスを代表する一人	フランス	1593	1652	フランス美術展覧会（ベルリン）
La Tour du Pin Chambly de la Charce, Marguerite de	426	Madame de la Tour du Pin Chambly de la Charce			1850	1934	ナウンドルフ非王説に反対
Laband, Paul	426	Laband	憲法学者	ポーランド	1838	1918	死刑不可廃論者一覧
Labia, Maria	300	Maria Labia	ソプラノ歌手	イタリア	1880	1953	芸術界知名士女の避暑地
	484	Labia					彫刻のモデルにオペラ女優
	767	Maria Labia					オペラ「サロメ」興行
Labiche, Eugène	286	Labiche	劇作家	フランス	1815	1888	A. フランスのドラマ論
Labori	59	Labori、女	（ベルリンの女性新聞記者）				記者同士の恋愛のもつれから筆戦・発砲事件に発展
Lachaise	786	Père Lachaise	→ de la Chaise, Francois				性器露出のO.ワイルド墓碑像（ペール・ラシェーズ）に不許可
Lachmann, Karl	457	Karl Lachmann	歴史家、古典研究者、文献学者	ドイツ	1793	1851	訃報（B. Suphan）・ゲーテ・シラー文庫館長後任人事
Laclos, Pierre-Choderlos de	566	Choderlos de Laclos	軍人、作家。「危険な関係」など	フランス	1741	1803	猥褻書籍翻訳裁判・A.ネルシア紹介
	792	Choderlos					ラクロ「危険な関係」リメイク
Lacour	402	Lacour	（A. ブリアンを杖で撃った暴漢）				J. Ferry 像除幕式に暴漢
Lacour	468	指物職 Lacour	（指物職人）				ベルンスタンへの決闘取下げ
Lacroix, Caroline	119	Caroline Lacroix	ベルギー王レオポルト2世の愛人 Blanche Zélia Joséphine de Lacroix。通称ヴォーギャン男爵夫人。Lucien Philippe Marie Antoine	ルーマニア	1883	1948	ベルギー故王の愛人
	120 121	Vaughan 男爵夫人（実名 Blanche Caroline					レオポルド2世遺産争い

人名	頁数	本文表記	人物紹介（肩書・略歴など）	出生地	生年	没年	トピック
		Lacroix)、男爵夫人、夫人	と Philippe Henri Marie François の二子をもうけた。王の死んだ翌年1910年に Antoine Durrieux と結婚				
	228	Vaughan 男爵夫人					故王の愛人狙撃未遂事件
	334	Blanche Josefine (Zēlia) de Lacroix 通名 Baronesse Vaughan、Blanche					ベルギー故王愛人に結婚の噂、婚前の関係
	411	Vaughan 夫人					レオポルト２世遺産争い
Ladenberg, Adalbert von	555	von Ladenberg	政治家　（プロイセン文相）	ドイツ	1798	1855	ドイツの演劇学校の沿革
Ladenburg, Albert	554	Ladenburg 賞金	化学者。1900年にブレスラウ化学協会を創設	ドイツ	1842	1911	ラーデンブルク賞金
Ladislaus Jagiello	315	Ladislaus Jagiello	リトアニア大公、ポーランド・ヤギェウォ朝創始者 Wladyslaw II（1386-1434）	リトアニア	1351	1434	ポーランドのラースロー像に対抗しビスマルク記念像設立
Ladyschnikow, J.	255	Ladyschnikow	（ベルリンの書肆）				「Paul 帝の死」興行禁止
	482	Ladyschnikow					トルストイ書簡集刊行
	509	書肆 Ladyschnikow					「皇帝フョードル・イヴァノヴィチ」独訳出版
	545	Ladyschnikow					トルストイの遺稿出版特権
	558	Ladyschnikow					ゴーリキーが短篇集と長篇を出版
	563	Ladyschnikow					トルストイ遺稿刊行順序・「生ける屍」興行予定
	616	J. Ladyschnikow					重訳の「生ける屍」興行は失敗
Laermans, Eugène	294	Eugen Loermans、画家	画家	ベルギー	1864	1940	おとぎ話のような実話・失明した画家を皇后が救った話
	624	Laermans					ローマ国際美術展覧会受賞者
Laermans, Eugène（母）	294	老母	（画家 E. Loermans の母）				おとぎ話のような実話・失明した画家を皇后が救った話
Lafayette	520	Lafayette、ラファエット	奇術師。芸名 The Great Lafayette、本名 Sigmund Neuberger		1871	1911	芝居中の出火で俳優がライオンとともに焼死
Laferrière	461	Laferrière	（パリのファッション・デザイナー）				パリの新流行・女性用ズボン
Lafferre, Louis	388	Lafferre	政治家　（労相）	フランス	1861	1929	ブリアン再造内閣
Laffon de Ladēbat, Étienne	278	Laffon de Ladēbat	軍人	フランス	1849	1925	フランス参謀総長就任
Lagare	496	Lagare					1911年春のサロン出品者など
Lagerloef, Erik Gustaf	149	両親、父 Erik	軍人。S. ラーゲルレーヴの父				ラーゲルレーヴが両親の荘園購入
Lagerloef, Erik Gustaf（六人の子）	149	六人の子	（E. G. ラーゲルレーヴの六人の子供たち。うち一人が Selma）				ラーゲルレーヴが両親の荘園購入
Lagerloef, Louise	149	両親	S. ラーゲルレーヴの母				ラーゲルレーヴが両親の荘園購入

L

人名	頁数	本文表記	人物紹介（肩書・略歴など）	出生地	生年	没年	トピック
	787	八十五歳になる老母					S. ラーゲルレーヴの二つの家
Lagerloef, Selma	108	Selma Lagerloef	女流作家。女性で初めてノーベル文学賞受賞（1909）。「ニルスのふしぎな旅」など	スウェーデン	1858	1940	ノーベル賞受賞者（1909）
	118	Selma Lagerloef					スウェーデン王がノーベル賞受賞者S. ラーゲルレーヴに叙勲
	149	Selma Lagerloef、女詩人、Selma					ラーゲルレーヴが両親の荘園購入
	171	Selma Lagerloef					S. ラーゲルレーヴ講演会
	195	Selma Lagerloef					S. ラーゲルレーヴ原作短編をハウプトマンが脚本化の意欲
	621	Selma Lagerloef					歴代ノーベル文学賞受賞者
	623	Selma Lagerloef					歴代ノーベル文学賞受賞者によるアナグラム
	778	Selma Lagerloef					「九人のアカデミー」創立
	786 787	Selma Lagerloef、セルマ					S. ラーゲルレーヴの二つの家
Lagerloef, Selma（祖父）	149	女詩人の両親、父 Erik	（S. ラーゲルレーヴの祖父）				ラーゲルレーヴが両親の荘園購入
Lagoutte	292	Lagoutte	（V. ユーゴーの門番）				文学者の名物使用人たち
Lahmann, Heinrich	31	Lahmannsches Sanatorium	医師。1888年に自然療法と生活改善を提唱したサナトリウムを開業	ドイツ	1860	1905	祝儀をはずむのはロシア人
Lahrs, Friedrich	650	Lahr	建築家、美術史家	ロシア	1880	1964	ケーニヒスベルクに美術展示場設立
Lahusen, Christoph Friedrich	372	Lahusen	牧師、ベルリン管区総監督		1851	1927	ベルリン大学百年祭名誉学位
Lakshmi Narasu	567	Lakshmi Narasu	仏教僧、著述家				ヨーロッパの仏教・インド研究
Lala, René	681	René Lara (Pseudonym : René d'Aral)	文筆家。筆名 René d'Ara				探偵パオリの一代記
Lalarne	800	Lalarne	（文献学者）				「アベラールとエロイーズの書簡」擬作の疑い
Laloux, Victor	738	Laloux	建築家	フランス	1859	1937	ローマ賞（1912）
Lamartine, Alphonse de	767	Lamartine 像	作家、詩人、政治家	フランス	1790	1869	美術コレクターの遺品分配
	825	Lamartine					G. ブランデス「現代のフランス文学」分類図
Lambeaux, Jef	467	Jef Lambeaux	彫刻家	ベルギー	1852	1908	政府買上の作品が非公開
Lamborg	467	Lamborg	（滑稽ピアニスト）				訃報
Lamonossoff	692	Lamonossoff	→ Lomonossoff, Michail				理化鉱物学研究所設立
Lamoriniere, François	429	Lamoiniere	画家、銅版画家	ベルギー	1828	1911	訃報
Lamphere, Ray	147	男	連続殺人犯 B. Guiness の雇い人で殺害容疑者				連続殺人犯の焼死事件判明

人名	頁数	本文表記	人物紹介（肩書・略歴など）	出生地	生年	没年	トピック
Lamprecht, Karl Gotthard	255	Karl Lamprecht	歴史家。政治史中心であった歴史学を経済・社会・文化から包括的に捉えた	ドイツ	1856	1915	ライプツィヒ大学在職25年祝賀
	278	Karl Lamprecht					遊興税反対署名者一覧
	315	Lamprecht					ライプツィヒ大学総長選出
	525	Lamprecht					ライプツィヒ文化・世界史研究所に文士の書状3万通収蔵
	617	Lampercht、ランプレヒト					ライプツィヒ大総長更迭・後任
	718	Lamprecht					ライプツィヒ精神科学研究所
	741	Lamprecht					実証主義協会創立
	801	Lamprecht					ゲーテ協会会長にふさわしい人物
Lamy, Étienne	464	Etienne Lamy	弁護士、政治家、文筆家	フランス	1845	1919	アカデミー・フランセーズ会員
Lancelot-Croce, Marcelle Renée	705	Lancelot Croce	彫刻家	フランス	1854	1938	ピラネージ記念像
Lancret, Nicolas	157	Lancret	画家	フランス	1690	1743	フランス美術展覧会（ベルリン）
Land, Hans	576	Hans Land	文筆家。本名Hugo Landsberger。Hans Landは筆名。鷗外訳に「冬の王」がある	ドイツ	1861	1935	無名作家の脚本興行
Landais, Napoléon	490	Landais	辞典編纂者、文法学者	フランス	1804	1852	F. CoppéeのLandais韻脚字書
Lande, Max	498	Max Lande	書肆。書肆Hoffmann und Campe、Eduard Trewendtを買収				ハンブルクの名書店が売渡し
	576	Max Lande					ブレスラウの書肆を買収
Landsberger, Artur	536	A. Landsberger	小説家、文芸批評家、映画評論家	ドイツ	1876	1933	新興行ドラマ一覧
	579	A. Landsberger					新興行ドラマ一覧
Lang	534	Lang	（学術アカデミー副会長）				学術アカデミー（ウィーン）人事
Lang	692	少佐 Lang	（軍人。銃撃を受けたイタリア軍少佐）				エマヌエーレ3世に無政府主義者が発砲
Lang, Andrew	735	Andrew Lang	文人、作家、詩人、文芸評論家、民間伝承・神話などの収集家	イギリス	1844	1912	訃報
Lang, Anton	90	Anton Lang	（受難劇演者）				オーバーアマガウの受難劇
	246	Anton Lang					オーバーアマガウの受難劇
Lang, Erwin	454	Lang	画家、版画家	オーストリア	1886	1962	G. クリムトの後継者候補
Lang, Ludwig	90	Ludwig Lang	（受難劇興行元、木彫家）				オーバーアマガウの受難劇
	246	Ludwig Lang					オーバーアマガウの受難劇
Lang, Sebastian	246	Sebastian Lang	（受難劇演者）				オーバーアマガウの受難劇
Lange, Helene	460	Helene Lange	教育家。ドイツ・フェミニズム運動の象徴	ドイツ	1848	1930	女権問題・女性参政権の来歴
Lange, Oskar	343	Oskar Lange					連邦劇場法の取調委員候補
Lange, Rudolf	301	Rudolf Lange	言語学者、日本研究家。明治政府お雇い外国人、東京医学校にも勤務。「日本の家紋」	ドイツ	1850	1933	六十歳祝賀・「古今集」独訳
	571	Lange					ベルリン大学講義「日本の地学」
Lange, Sven	249	Sven Lange	（劇作家）				黙劇場（コペンハーゲン）

人名	頁数	本文表記	人物紹介（肩書・略歴など）	出生地	生年	没年	トピック
	264	Sven Lange					新興行ドラマ一覧
Lange-Eichbaum, Wilhelm	142	Wilhelm Lange	精神医学者、著述家		1875	1949	作品に精神異常の痕跡を残したモーパッサン
Langen, Albert	40	Albert Langen	書肆創業者。1895年ライプツィヒ、翌年ミュンヘンにて開業。風刺雑誌「ジンプリチスムス *Simplicissimus*」を創刊。妻はビョルンソンの三女 Dagny	ベルギー	1869	1909	訃報
	44	書估 Albert Langen					四十歳での死因は中耳炎
	159	Langen					疑獄事件を扱った小説が販売禁止
	243	Albert Langen 書店					悪徳新聞の手口公開
	325	Arbert Langen					五十歳誕生日（K. Hamsun）・書肆 Arbert Langen 創立逸話
	353	Langen					劇場に失意の M. Halbe が小説を出版
	428	Albert Langen					売春婦を主人公とした作品のため逮捕
	625	Albert Langen					*Der Drache Grauli* 出版
	652	Albert Langen					諷刺を諷刺した「オアハ」不評
	770	A. Langen					末松謙澄の英訳「源氏物語」が独訳
Langen, Dagny	153	二女 Albert Langen 夫人	書肆 A. Langen の妻、ビョルンソン三女 Dagny。同名の二女 Dagny Bjoernson は夭折している	ノルウェー	1876	1974	パリで療養中のビョルンソン
	223	Albert Langen 夫人					訃報（ビョルンソン）・詳細
	227	Langen 夫人					ビョルンソンの葬送
Langen, M.	349	M. Langen	（劇作家）				新興行ドラマ一覧
	413	M. Langen					新興行ドラマ一覧
	452	M. Langen					新興行ドラマ一覧
	633	M. Langen					新興行ドラマ一覧
Langenfeld, Lilly	24	Lilly Langenfeld	Bentheim und Steinfurt 侯子 Eberwyn と結婚した女性。Lilly はあだ名で本名は Pauline	ドイツ	1884	1970	皇太子嫡子権利放棄
Langer, Richard	616	Richard Langer	彫刻家	ドイツ	1879	1928	ベルリン王立芸術院賞
Langevin, Paul	618	Langevin	物理学者。ランジュバン関数など物質の磁性に関する研究やキュリー夫人との恋愛などで知られる	フランス	1872	1946	キュリー夫人がランジュバンと失踪との噂は取消
	643	Langevin					キュリー夫人とランジュバンの消息に関する噂
Langevin, Paul（妻）	643	妻	（P. ランジュバンの妻）				キュリー夫人とランジュバンの消息に関する噂
Langhammer	726	Langhammer	（劇場座長）				ウィーン12区に劇場建設
Langhammer, Karl	251	Karl Langhammer	画家	ドイツ	1868	1943	ベルリン美術大展覧会（1911）
	501	Langhammer					ベルリン美術大展覧会（1912）
	506	Karl Langhammer					ベルリン美術大展覧会演説

L

人名	頁数	本文表記	人物紹介（肩書・略歴など）	出生地	生年	没年	トピック
	651	Langhammer					ハノーファー大展覧会（1912）
Langlois, Hippolyte	457	Langlois 将軍	軍人、軍事学者	フランス	1839	1912	アカデミー•アカデミー・フランセーズ補充
	464	Général Langlois					アカデミー・フランセーズ会員
	753	将官 Langlois					アカデミー・フランセーズ補充
Lanken-Wakenitz	682	von der Lanken-Wakenitz	（蔵書家）				W. フンボルト未完「バスクの旅行」を全集に編入
Lannelongue, Odilon Marc	287	Lannelongue	政治家、医師	フランス	1840	1911	フランス少子化対策
	652	Odilon Marc Lannelongue					訃報
Lanthenay	174	Mlle. Lanthenay	（女性歌手）				猥褻な歌に関する歌手の意見
Lantier, Claude	206	Claude Lantier	画家	フランス	1842	1870	ゾラ「制作」の主人公モデルにまつわる誤解
Lanvâl	264	Lanvâl	アーサー王伝説に登場する騎士の一人。妖精に愛されたとされる				新興行ドラマ一覧
	324	Lanvâl					ブルク劇場「ランヴァル」興行
	355	Lanval					訃報（J. カインツ）・詳細
Lanz（家）	61	富豪 Lanz 家	農業機械・蒸気機関製造会社 Lanz & Co. の創業一族。創業者は Heinrich				ハイデルベルク学士会院開院
Lanz, Heinrich	58	Heinrich Lanz	実業家、技術者、定常蒸気エンジン開発者。Karl の父	ドイツ	1838	1905	ハイデルベルク学士会院建設
Lanz, Karl	58	Karl Lanz	実業家。Heinrich の息子	ドイツ	1873	1921	ハイデルベルク学士会院建設
Lanzelot	349	Lanzelot	アーサー王伝説に登場する円卓騎士団の長。王妃ギネヴィアとの不義の恋は騎士団が決裂する原因となった				新興行ドラマ一覧
	415	Lancelot					新興行ドラマ一覧
	426	Lanzelot					「ランスロット」興行
Lanzelot-Croce, Marcella	784	Marcella Lanzelot-Croce	女性彫刻家		1854	1938	貨幣彫金の競技会当選者・女性拒否が問題化
Lanzlott, Rosa	53	Rosa Lanzlott	女優	ドイツ	1834	1923	宮廷劇場を六十歳で引退
Lapathiotis	91	Lapathiotis	（陸相）				ギリシャ新内閣
Lapina, Esther	52	Esther Lapina	（女性歯科医）				ロシアの女性歯科医が暗殺実行不能を理由に自殺
Laplaca	64	Laplaca	（ローマ郊外の富家）				ローマ郊外で誘拐・殺害事件
Laplaca（娘）	64	お娘御、娘	（誘拐された娘）				ローマ郊外で誘拐・殺害事件
Laplaca（娘の兄弟）	64	同胞の男	（娘の兄弟）				ローマ郊外で誘拐・殺害事件
Laprade, Pierre	651	Pierre Laprade	画家				アカデミー・モデルヌ（パリ）
L'Arronge, Adolph	354	L'Arronge	劇作家、舞台演出家、演劇評論家、指揮者	ドイツ	1838	1908	訃報（J. カインツ）・詳細
	478	L'Arronge					「ファウスト」興行沿革
	721	L'Arronge					「影をなくした男」オペラ化など
	847	ADOLF L'ARRONGE					近頃死んだ著名人

L

人名	頁数	本文表記	人物紹介（肩書・略歴など）	出生地	生年	没年	トピック
L'Arronge, Hans	208	Hans L'Arronge	（劇作家）				新興行ドラマ一覧
	264	L'Arronge					新興行ドラマ一覧
	382	Hans L'Arronge					新興行ドラマ一覧
	633	H. L'Arronge					新興行ドラマ一覧
Larsen	780	Larsen					支那政府がチベット蒙古問題のためスウェーデン人を招聘
Larsen, Karl	534	Karl Larsen	作家、劇作家、紀行文家、随筆家	ドイツ	1860	1931	日露戦争中の日本人の心理を説明した *Japan im Kampfe*
Larsen, Thomas	285	Thomas Larsen	政治家　（工相）	デンマーク	1854	1944	デンマーク新内閣
Larssen, Anna	206	Anna Larssen	女優	デンマーク	1875	1955	A. Larssen が突然の引退
	468	Anna Larsen					回想録出版の噂に辟易
Larssen, Otto	249	Otto Larssen	作家	デンマーク	1864	1910	黙劇場（コペンハーゲン）
Larsson, Brynjulf	691	Larsson	画家		1881	1920	猥褻画として検挙されるも解除
Larsson, J.	608	J. Larsson	（海相）				スウェーデン自由主義内閣
Lascelles, Sydney	258	Sydney Lascelles	（一夫多妻で有名であった人物）				一夫多妻で有名な男のミイラ
Laska, Julius	155	Laska	俳優、劇場監督		1850	1933	二つの劇場の座長兼任
Lassalle	472	Lassalles					新興行ドラマ一覧
Lassalle, Ferdinand	409	Ferdinand Lassalle	政治学者、社会主義者、労働者運動指導者。H. v. Doenniges（のち Schewitsch）をめぐり J. v. Racowicza と決闘し死亡した	ポーランド	1825	1864	学説が原因で学者同士が決闘
	548	Lassalle					鍮匙小説（モデル小説）
	607 608	Ferdinand Lassalle、ラツサル					服毒自殺した H. v. Schewitsch の数奇な一生
Lassar, Oskar	571	Oskar Lassar-Stiftung	医学者、衛生学者	ドイツ	1849	1907	男女医学士のための研究支援基金がベルリン大学に創設
Lasson, Adolf	552	Adolf Lasson	哲学者、著述家	ドイツ	1832	1917	学士五十年記念祝賀
	691	Adolf Lasson					八十歳祝賀
Lasswitz, Kurd	378	Kurd Lasswitz	作家。ドイツ語圏における SF の創始者とされる。筆名 Velatus	ポーランド	1848	1910	訃報
Lászlő, Philip de	525	Laszlo	画家、肖像画家。1912年に皇帝フランツ・ヨーゼフより授爵。英国に帰化	ハンガリー	1869	1937	ロンドン訪問中のドイツ帝と妃
	684	Phillipp Laszlo、von Lombosy					画家 P. Laszlo が授爵
Latham, Hubert	66	Latham	飛行士。航空パイオニアの一人	フランス	1833	1912	ベートマン・ホルヴェーク親族関係
Latzko, Andreas Adolf	485	A. A. Latzkow	劇作家、作家	ハンガリー	1876	1943	新興行ドラマ一覧
	506	Andreas Latzko					新興行ドラマ一覧
Laube, Heinrich	535	Heinrich Laube	作家、劇作家、劇場監督。青年ドイツ派の指導者の一人	ポーランド	1806	1884	滑稽戯曲の懸賞にまつわる話
	546	Laube					訃報・略歴（A. Wilbrandt）
Lauer, Heinrich	383	Heinrich Lauer	（画家）				制作中の宗教画に牧師が苦情

L

人名	頁数	本文表記	人物紹介（肩書・略歴など）	出生地	生年	没年	トピック
Lauff, Joseph von	603	Joseph Lauff	軍人、作家、劇作家	ドイツ	1855	1933	ヴィルデンブルッフ全集など新刊情報
	670	Joseph Lauff					フリードリヒ大王二百年記念祭
	809	御用詩人 Joseph Lauff					ハウプトマン特集中断の背景
	848	JOSEF LAUFF					著名劇作家の近況アンケート
Laufs, Carl	579	C. Lauf	劇作家	ドイツ	1858	1901	新興行ドラマ一覧
Launis, Armas	193	Armas Launis	作曲家、オペラ作曲家、作家、ジャーナリスト	フィンランド	1884	1959	ラップランドおよびエスキモーの音楽研究が評判
Laura	237	Laura	ペトラルカのソネットに歌われた女性 Laura de Noves	イタリア	1310	1348	F. de Croisset の婚礼
Laurence, Max	687	Max Laurence	俳優	ドイツ	1852	1926	舞台共同組合会長
Laurence, Sterne	677	Laurence Sterne	作家、牧師	イギリス	1713	1768	C. ディケンズ生誕百年・履歴
Lautensack, Heinrich	630	Heinrich Lautensack	作家、劇作家。検閲を逃れる目的で秘密劇場（Das heimliche Theater）を企画。エッセイ「秘密劇場 検閲を克服するための道」がある	ドイツ	1881	1919	新作者紹介のための朗読会
	667	Heinrich Lautensack					検閲回避のため秘密劇場で自作自演計画
	677	Heinlich Lautensack					秘密劇場で講演と興行予定
Lauteren, Christian	817	C. Lauteren & Sohn	ワイン取扱業者				ワーグナー直筆の酒の注文書
Lavaletta, Franchi Verney	524	Franchi Verney Lavaletta 伯	音楽評論家、文筆家	イタリア	1848	1911	訃報
Lavedan, Henri	286	Henri Lavedan	ジャーナリスト、劇作家	フランス	1859	1940	A. フランスのドラマ論
	464	Henri Lavedan					アカデミー・フランセーズ会員
	506	Lavedan					新興行ドラマ一覧
	774	Henri Lavedan					ドイツに宣戦する内容の戯曲
	827	Lavedan					G. ブランデス「現代のフランス文学」分類図
Lavery, John	60	John Lavery	画家、肖像画家	イギリス	1856	1941	訃報（A. N. Du-Mont）
Lavisse, Ernest	464	Ernest Lavisse	歴史学者。実証主義を提起	フランス	1842	1922	アカデミー・フランセーズ会員
Lawrence, Thomas	3	Lawrence	画家	イギリス	1764	1830	仮装舞踏会での変装に変化
Laymann	82	Laymann	（G. Snell の結婚相手の一人）				何度も再婚して有名な女性
Lazare	202	Sainte Lazare	→ Lazarus				妊娠詐欺の歌手が逮捕
Lazare, Bernard	65	Bernard Nazare	文芸批評家、政治ジャーナリスト、アナキスト。本文 Nazare は誤り	フランス	1865	1903	ドレフュス弁護の B. Nazare 像が破壊
	821	Bernard Lazare					ドレフュス事件時に左右に分かれた名士一覧
Lazarus	190	Lazarus	福音書に登場する人物。病死したがイエスにより蘇らされた。パリのサン・ラザールには有名な監獄があった				メーテルリンク「マグダラのマリア」興行と P. ハイゼの原作脚本
	202	Sainte Lazare					妊娠詐欺の歌手が逮捕

L

人名	頁数	本文表記	人物紹介（肩書・略歴など）	出生地	生年	没年	トピック
Le Bargy, Charles	202	Le Bargy	俳優、映画監督。19世紀末から20世紀前半のフランスを代表する俳優の一人	フランス	1858	1936	Le Bargy が J. Claretie と対立
	253	Le Bargy					サラ・ベルナール「ファウスト」興行
	726	Le Bargy					E. ロスタンの「ドン・ジュアン」
Le Borne, Fernand	668	F. Leborne	オペラ・オペレッタ作曲家	ベルギー	1862	1929	新興行オペラ一覧
Le Clerk	121	Le Clerk	(Clementine 王女の弁護士)	ベルギー			レオポルド2世遺産争い
Le Cocque	281	Le Cocque	→ Lecoq de Boisbaudran, Paul Émile				ベルリン学士院ライプニッツ賞
Le Jeune, Jules	463	Lejeune	政治家　(ベルギー前法相)	ルクセンブルク	1828	1911	訃報
Le Neave, Ethel	309	Le Neve 氏	殺害犯 Dr. Crippen と逃亡した愛人 Ethel “Le Neve” Neave	イギリス	1883	1967	ドクター・クリッペン殺人事件
	319	情婦					クリッペンと情婦が偽名で逃亡
	322	Le Neve					ケベック着岸に際しクリッペンと愛人が逮捕
	339	情婦					クリッペンと情婦ロンドン到着
	383	Le Neve					愛人 Le Neve は無罪放免
	458	Le Néve					Le Neve がカナダ人と結婚
Le Nôtre, André	743	André Le Nôtre	造園家。ヴェルサイユ宮の庭を造園	フランス	1613	1700	A. ル・ノートル没後三百年記念園芸博覧会
Lea, Henry Charles	655	Lea	歴史学者、政治活動家	アメリカ	1825	1909	「スパニア焚殺事件史」縮約
Leão, Eusébio	362	Euzebio Leao	医師、政治家　(リスボン市長)	ポルトガル	1878	1926	1910年10月5日革命
	378	Euzebio Leao					リスボン市長は梅毒専門医
Lebaudy, Jacques	132	Lebaudy 帝	フランスの実業家 Jules Lebaudy の息子。架空のサハラ帝国の皇帝を自称		1868	1919	Lebaudy 僭帝の新脚本「サハラの心」興行
Lebius, Rudolf	240	伯林の記者	ジャーナリスト、労働組合員、政治家	ロシア	1868	1946	捏造紀行の作者が裁判で敗訴
	321	Rudolf Lebius					強盗の首領だったと公言された K. May が不服として起訴
Leblanc-Maeterlinck, Georgette	433	Georgette Leblanc-Maeterlinck	女優、オペラ歌手。作家モーリス・ルブランの実妹で、M. メーテルリンクの実質的な配偶者	フランス	1869	1941	ジョルジェット・ルブラン＝メーテルリンクが「青い鳥」舞台監督
	469	Leblanc Maeterlinck					ジョルジェット・ルブラン＝メーテルリンク監督「青い鳥」興行
	736	Maurice Maeterlinck 夫婦					メーテルリンク夫妻が興行旅行
Lebon, Philippe	84	Leborn	化学者、技術者、ガス灯の発明者	フランス	1767	1804	先駆的発見者に対するいじめ
Leborne, F.	668	F. Leborne	→ Le Borne, Fernand				新興行オペラ一覧
Lebrun, Albert	558	Lebrun	政治家、大統領（1932-1940）（拓相、陸相代行）	フランス	1871	1950	フランス新内閣
	664	Lebrun					フランス新内閣
	769	Lebrun					Du Paty 事件で陸相が引退
Lechat, François	148	François Lechat	(投機商)				「事業は事業」興行好評

L

人名	頁数	本文表記	人物紹介（肩書・略歴など）	出生地	生年	没年	トピック
Lechner, Anton	246	Anton Lechner	（受難劇演者）				オーバーアマガウの受難劇
Lechter, Melchior	117	Melchior Lechter	画家、ステンドグラス作家	ドイツ	1865	1937	博物館にステンドグラスを寄贈
Lecocq, Charles	461	Charles Lecocq	作曲家、オペレッタ作曲家	フランス	1832	1918	訃報は誤り
Lecomte, Georges	470	Georges Lecomte	作家、劇作家、随筆家、文芸・美術史家	フランス	1867	1958	*Après moi* 撤回事件・脚本興行の自由に関する抗議署名
Lecoq de Boisbaudran, Paul Émile	281	Le Cocque	化学者、分光学者	フランス	1838	1912	ベルリン学士院ライプニッツ賞
Leda	802	Leda	ギリシア神話に登場する女性。ヘレネの母				展示中のバイロスの画が押収
	812	Leda					ダヌンツォの執筆中作品
Leden, Christian	193	Christian Léden	民俗音楽学者、作曲家。北極圏北部を撮影した最初の人物	ノルウェー	1882	1957	ラップランドおよびエスキモーの音楽研究が評判
	531	Christian Leden					北部銅色人研究旅行の計画
Lederer, Hugo	612	Lederer	彫刻家	ドイツ	1871	1940	フリードリヒ帝記念像除幕
	638	Hugo Lederer					ビスマルク記念像制作者決定
	734	Lederer					ハイネ記念像設立許可の見込
	807	Lederer					ハイネ記念像（ハンブルク）鋳造
Lee, Heinrich	579	H. Lee	劇作家	ドイツ	1862	?	新興行ドラマ一覧
	721	Heinrich Lee					興行情報
Lefebvre, François Joseph	76	Lefebvre	軍人	フランス	1755	1820	インスブルック解放記念日
Lefebvre, Jules Joseph	551	Jules Lefevre	画家	フランス	1836	1911	訃報（M. J. Lefebvre）
	683	Jules Lefèvre					訃報（J. Lefebvre、L. Skell）
Lefebvre, Maurice Jules	551	Maurice Jules Lefevre	（彫刻家、画家 Jules の息子）				訃報
Lefèvre, Alain	416	A. Lefèvre					新興行オペラ一覧
Lefèvre, André	388	André Lèfevre	政治家　（大蔵次官）	フランス	1869	1929	ブリアン再造内閣
	389	Lefèvre					フランス内閣新顔
Lefevre, Jules	551	Jules Lefevre	→ Lefebvre, Jules Joseph				訃報（M. J. Lefebvre）
	683	Jules Lefèvre					訃報（J. Lefebvre、L. Skell）
Lefevre, Maurice Jules	551	Maurice Jules Lefevre	→ Lefebvre, Maurice Jules				訃報
Lefmann, Salomon	651	Salomon Lefmann	言語学者、サンスクリット学者	ドイツ	1831	1912	八十歳祝賀
	665	Salomon Lefmann					訃報
Lefou	270	Lefou	（パリの衣装デザイナー）				パリのファッションの仕掛人
Legagneux, Georges	420	Paul Legagneux	飛行士。本文の Paul は誤り		1882	1914	単葉飛行機の高度記録
Legband, Paul	539	Paul Legband	舞台・映画監督、劇場支配人、舞台美術の専門家	ドイツ	1876	1947	ラインハルト俳優学校校長が異動
	540	Legband					ラインハルト俳優学校大改革

L

人名	頁数	本文表記	人物紹介（肩書・略歴など）	出生地	生年	没年	トピック
Legendre, René	578	Legendre	科学者、睡眠実験の先駆的研究者				公開睡眠実験
Légitimus	276	Légitimus	（パリの黒人議員）				パリ議会に黒人議員が初出席
Legras, Henri	47	Legras	法学者、法制史家、文筆家。Henri Legras は筆名。本名 Heinrich Herm	フランス	1882	1948	ゴーゴリ記念像除幕式
Lehár, Franz	129	Lehár	作曲家、オペレッタ作曲家。「メリーウィドー」「微笑みの国」など	ハンガリー	1870	1948	オペレッタ「王孫」ドイツ初興行など興行情報
	133	Lehar					新興行ドラマ一覧
	213	Lêhar					1908・9～ドイツでの興行回数
	537	Lehâr					新興行ドラマ一覧
Leher, Heinrich	83	Heinrich Leher	編集者、劇評家。雑誌 *Das Bayerland* を創刊				訃報
	94	Lehec					雑誌「バイエルラント」主筆後継
Lehmann, Alfred	77	Alfred Lehmann	心理学者、迷信研究家	デンマーク	1858	1921	A. Lehmann の迷信史（河童・海坊主・人魚）
Lehmann, Else	300	Else Lehmann	女優	ドイツ	1866	1940	芸術界知名士女の避暑地
	436	Else Lehmann					ハウプトマン「鼠」配役
Lehmann, Felix	781	Felix Lehmann	（ベルリンの書肆）				トルストイ「生ける屍」絵本刊行
Lehmann, Ida	41	Ida Lehmann	（心中を図った13歳の娘）				男17歳女13歳が心中
Lehmann, John	239	Jon Lehmann	詩人、文人、劇作家、文芸編集者	イギリス	1987	1907	新興行オペラ一覧
	634	J. Lehmann					新興行ドラマ一覧
Lehmann, Max	372	Max Lehmann	歴史家	ドイツ	1845	1929	ベルリン大学百年祭名誉学位
Lehmann, Wilhelm	670	Wilhelm Lehmann	書肆（Cotta から Neues Leben）				書估 W. Lehmann 異動祝宴
Lehmann-Haupt, Carl Ferdinand Friedrich	213	Lehmann-Haupt	歴史家、東洋史研究者	ドイツ	1861	1938	セミラミスは実在とする説
	475	C. F. Lehmann-Haupt					五十歳祝賀
Lehmann-Haupt, Th.	414	Th. Lehmann-Haupt	（劇作家）				新興行ドラマ一覧
Lehmann-Hohenberg, Johannes	357	Lehmann Hohenberg	地質学者、鉱物学者、社会活動家。社会改良を訴え、「法の砦」を創刊	ロシア	1851	1924	雪冤の活動家を精神病院に入れることにつき弁護
	360	Lehmann-Hohenberg					J. Lehmann-Hohenberg の入院を拒否
Leibl, Wilhelm	488	Wilhelm Leibl	画家。ドイツ・リアリズム絵画を代表する一人。周辺に集った画家たちのグループ、ライブル・クライスの中心人物	ドイツ	1844	1900	ギャラリーの展示に意見
	514	Leibl					絵画の値段
	527	Leibl					ベルリン・ナショナル・ギャラリー改修中
	746	Wilhelm Leibl					W.ライブルの家の保存検討
Leibniz, Gottfried	281	Leibnitz 記念	哲学者、数学者、科学者、政治家、外交官。17世紀の諸学を統一し、体系化しようとした。法典改革、モナド論、微積分法、微積分記号の考案、論理計算、ベルリン科学アカデミーの創設など	ドイツ	1646	1716	ベルリン学士院ライプニッツ賞
	557	Leibniz 祭					ベルリン学士院ライプニッツ祭
	560	ライプニッツ祭					ベルリン学士院ライプニッツ賞
	591	Leibniz					ベルリン大学懸賞論文

L

人名	頁数	本文表記	人物紹介（肩書・略歴など）	出生地	生年	没年	トピック
	720	Leibniz					トーマスシューレ創立七百年祭
	733	Leibniz 金牌					ライプニッツ賞受賞者
Leif Eriksson	369	Leif Eriksson	ヴァイキング。ヨーロッパ人ではじめて北米大陸に到達したと伝えられる人物	アイスランド	970	1020	F. ナンセン演説・アメリカ発見
Leisewitz, Johann Anton	536	Leisewitz	劇作家、法律家	ドイツ	1752	1806	滑稽戯曲の懸賞にまつわる話
Leistikow, Walter	163	Leistikow	画家、版画家。ベルリン分離派創設メンバー	ポーランド	1865	1908	ベルリン分離派で紛議
	390	Walter Leistikow					W. Leietikow 伝記出版
	478	Walter Leistikow					名誉の墓に入ることを許された外国人画家
	527	Leistikow					ベルリン・ナショナル・ギャラリー改修中
	707	Walter Leistikow					W. Leistikow 記念牌
	710	Leistikow					絵画の売価（1913・ミュンヘン）
	847	WALTER LEISTIKOW					近頃死んだ著名人
Leistner, Albrecht	296	Leistner	画家、彫刻家	ドイツ	1887	1950	ライプツィヒ版画展覧会
Leite, Duarte	597	Duarte Leite	歴史家、政治家　（蔵相）	ポルトガル	1864	1950	ポルトガル新内閣
Leitzmann, Albert	666	Leitzmann	ゲルマニスト	ドイツ	1867	1950	「ゲーテ＝シラー往復書簡集」
Lejeune	463	Lejeune	→ Le Jeune, Jules				訃報
Leloir, Louis	263	Leloir	（作家、劇作家、オペラ台本家）				新興行オペラ一覧
	264	Louis Leloir					新興行ドラマ一覧
Lemair, Armand	571	Lemair	企業家。Jean-Baptiste Baille とともに自動車会社 Baille-Lemaire を創業。羅針盤開発も行った		1821	1885	地学羅針盤開発の噂
Lemaître, Jules	4	Jules Lemaître	批評家、劇作家	フランス	1853	1914	肺炎と丹毒で危篤
	464	Jules Lemaître					アカデミー・フランセーズ会員
	821	Jules Lemaître					ドレフュス事件時に左右に分かれた名士一覧
Lembach, A.	431	A. Lembach	（劇作家）				新興行ドラマ一覧
Lemerre, Alphonse	479	Lemerre、書肆	編集者、出版業者	フランス	1838	1912	A. フランス「仏国史」版権切れ
	639	Lemerre、書肆					「仏国史」出版問題で書肆が敗訴
Lemire, Jules-Auguste	282	Abbé Lemire	政治家、聖職者	フランス	1853	1928	Liaboeuf 死刑中止哀願状・死刑執行
Lemoine	49	Lemoine	（詐欺師）				人工ダイアモンド詐欺裁判
	63	Lemoine					人工ダイアモンド詐欺事件判決
Lemonnier, Camille	140	Camille Lemonnier、ルモンニエエ	作家、詩人、美術批評家、ジャーナリスト。文芸誌「若きベルギー」を創刊。鷗外訳に	ベルギー	1844	1913	C. ルモニエの伝記・逸話紹介

L

人名	頁数	本文表記	人物紹介（肩書・略歴など）	出生地	生年	没年	トピック
	245	Lemonnier	「聖ニコラウスの夜」がある				ブリュッセル博覧会来賓
	293	Camille Lemonnier					ベルギー国王がブリュッセル博覧会に国内文士を招待
	482	Camille Lemonnier					七十歳祝賀
	646	Camille Lemonnier					自伝執筆
	690	Camille Lemonnier					オペラ *Edenie*
	776	Camille Lemonnier					C. ルモニエへの文豪の手紙
	808	Camille Lemonnier					訃報・略歴
	809	Camille Lemonnier					芸術と政治とは敵同士
	814	Camille Lemonnier					C. ルモニエ記念像醵金
Lenbach, Franz von	92	Lenbach	肖像画家、美術蒐集家。ヴィルヘルム2世、オーストリアのフランツ・ヨーゼフ帝、教皇レオ13世、ビスマルクなど当代ヨーロッパの著名人の肖像を手掛けたことで名を挙げた。ミュンヘンにある旧宅は現在レンバッハ美術館として公開されている	ドイツ	1836	1904	シャック・ギャラリー開館式
	305	Lenbach					カフェ・グレコ百五十年祭
	450	von Lenbach					画家レンバッハの娘がお附武官伯爵と結婚
	546	Lenbach					訃報・略歴（A. Wilbrandt）
	600	Lenbach					M. レンバッハがバイエルン王お附武官と結婚
	613	Lenbach					絵画コレクション競売
	710	Lenbach					絵画の売価（1913・ミュンヘン）
Lenbach, Marion	450	画家 Lenbach の娘 Marion	画家 F. v. レンバッハの長女。O. B. de la Rosée-Isareck と結婚	ドイツ	1892	1947	画家レンバッハの娘がお附武官伯爵と結婚
	600	Lenbach の娘 Marion					M. レンバッハがバイエルン王お附武官と結婚
Lenéru, Marie	756	Marie Lenéru	劇作家	フランス	1875	1918	女流劇作家の領袖 M. Lenéru
Lengyel, Melchior	133	Lengyel	劇作家、脚本家、ジャーナリスト。戯曲 *Taifun* など	ハンガリー	1880	1974	新興行ドラマ一覧
	172	Melchior Lengyel					日本人を描いた戯曲「タイフーン」と黄禍論
	360	Melchior Lengyel					名優 R. Schildkraut が除籍
	472	M. Lengyel					新興行ドラマ一覧
	593	M. Lengyel					新興行ドラマ一覧
	597	Melchior Lengyel					脚本 *Der grosse Fuerst* 脱稿
	700	Melchior Lengyel					ハンガリーの脚本家
	719	Melchior Lengyel					三幕物「預言者パーシヴァル」
	748	Lengyel					ロシア政府 *Die Zarin* 興行禁止
	755	Lengyel					ドイツ諸劇場（1912）の興行数
	789	Melchior Lengyel					「大風（タイフン）」ロンドン公演大入り・日本人主人公タケラモ
	824	Melchoir Lengyel					新作脚本情報

人名	頁数	本文表記	人物紹介（肩書・略歴など）	出生地	生年	没年	トピック
Lensing, Elise	784	Elise Lensing、エリイゼ	F. ヘッベルを長年にわたり支えた愛人	ドイツ	1804	1854	E. Lensing 記念標
Lentze, August	278	Lentze	政治家　(プロイセン蔵相)	ドイツ	1860	1945	閣僚人事（プロイセン）
Lenz, Jakob Michael Reinhold	696	Lenz	詩人、劇作家、翻訳家。シュトルム・ウント・ドランク運動を代表する一人	ラトヴィア	1751	1792	現代作家を取り上げる最初の大学講義（ミュンヘン大学）
Lenz, Leo	329	Lenz	劇作家	オーストリア	1878	1962	新興行ドラマ一覧
	507	Leo Lenz					新興行ドラマ一覧
	537	L. Lenz					新興行ドラマ一覧
	605	L. Lenz					新興行ドラマ一覧
Lenz, Max	371	Max Lenz	歴史家	ドイツ	1850	1932	ベルリン大学百年祭
	581	Max Lenz					ベルリン大学人事
	612	Lenz					ベルリン大学学長交代
Leon	63	Leon	(殺人容疑の中国人 Leon Ling)				未解決殺人事件容疑者の行方
Léon	591	Léon	(コメディー・フランセーズ楽団長)				老人が多いコメディー・フランセーズ
Léon, V.	329	Léon	(劇作家)				新興行ドラマ一覧
	536	V. Léon					新興行ドラマ一覧
Leoncavallo, Ruggiero	142	Leoncavallo	オペラ作曲家、台本作家	イタリア	1857	1919	オペラ *Maja* は平凡との批評
	149	Leoncavallo					オペレッタ「マルブルック」興行
	170	Ruggiero Leoncavallo					大病との報
	212	Leoncavallo					1908・9～ドイツでの興行回数
	263	Leoncavallo					新興行オペラ一覧
	350	Leoncavallo					新興行オペラ一覧
	416	Leoncavallo					新興行オペラ一覧
	486	R. Leoncavallo					新興行オペラ一覧
	582	Ruggero Leoncavallo					レオンカヴァッロが自作「道化師」を指揮
	745	Leoncavallo					「道化師」と対になる新作「ジプシーたち」
	759	Leoncavallo					レオンカヴァッロ新作オペラ
Leone XIII	26	Leo 十三世	256代ローマ教皇（1878-1903）	イタリア	1810	1903	ヴィルデンブルッフのヴィルヘルム帝とビスマルクとの逸話
Leonhardt, Paul Saladin	298	Leonhard	チェス棋士	ポーランド	1877	1934	チェス大会（ハンブルク）
Leonmartini	134	Leonmartini 伯					「禍の指環」の裏を描いた戯曲
Leontief, Tatjana	79	Tatjana Leontiew	(人違い殺人を犯した女性虚無党員)				人違い殺人の女性虚無党員
	364	Tatjana Leontief					人違い殺害の T. Leontief 近況
Leopold, Alfred	262	Alfred Leopold	(新聞記者)				L. Barnay が新聞記者に勝訴

L

人名	頁数	本文表記	人物紹介（肩書・略歴など）	出生地	生年	没年	トピック
Leopold II	11	Leopold II	ベルギー王国2代王（1865-1909）。本文P11では「Bulgariaの王」と記されているが「Belgienの王」の誤り	ベルギー	1835	1909	帝王の眠
	50	白耳義王 Leopold、王					ベルギー王が画廊の画を処分する理由
	55	国王、王					国王の絵画売り払いに質疑
	111	白耳義王 Leopold					レオポルド2世が危篤
	118	Leopold 第二世					訃報
	119	白耳義王、Clespold					ベルギー故王の愛人
	120 121	故白耳義王、王、 Leopold 王、故王					レオポルド2世遺産争い
	160	故王					レオポルド2世遺産争い
	180	故王、王					ベルギー故王にコンゴ株疑惑
	228	前白耳義王					故王の愛人狙撃未遂事件
	232	前白耳義王、前王、亡くなつた王					レオポルド2世遺産争い
	234	亡くなつた王					Mons監獄前通りの命名競争
	242	白耳義王 Leopold II					メキシコ皇帝マキシミリアン妃シャルロットの発狂
	294	先代の王					ベルギー国王がブリュッセル博覧会に国内文士を招待
	312	Leopoldorden					ベルギー国内で上流を占める社会主義者・国王の理解
	334	白耳義故王					ベルギー故王愛人に結婚の噂
	411	故王					レオポルト2世遺産争い
	516	故白耳義王					故ベルギー王の遺言に問題
	566	故王 Leopold 二世					ベルギー故王の暴露本
Leopold III	119	Leopold 王	ベルギー王国4代王（1934-1951）	ベルギー	1901	1983	訃報（レオポルド2世）
Leopold von Oesterreich	531	Leopold von Oesterreich	オーストリア大公、軍人	イタリア	1823	1898	クライスト詩の発見・作品散逸
Lepage	160	Lepage	（レオポルト2世の担当医）				レオポルド2世遺産争い
Lépine, Louis Jean-Baptiste	282	Lépine	弁護士、政治家、警視総監。リアビュフ死刑問題、ロシェット事件、「ジョコンダ（モナ・リザ）」盗難事件など重要事件に警視総監として関わった	フランス	1846	1933	Liaboeuf死刑中止哀願状・死刑執行
	302	Lépine					ブリアンが警視総監を弁護
	308	Lépine					ロシェット事件の調査進行・処置は違法でないと判明
	315	レピイヌ					フランスの刑事手続きに関する法改正の是非
	317	警視総監レピイヌ					警視総監レピーヌの主張
	404	レピイヌ					クレマンソーとレピーヌが対立

L

人名	頁数	本文表記	人物紹介（肩書・略歴など）	出生地	生年	没年	トピック
	590	Lepine					「ジョコンダ（モナ・リザ）」盗難事件
	705	警視総監 Lépine					警視総監の裸体彫刻展示引き下げ命令にロダンが憤慨
Lepke, Rudolf	352	Rudolf Lepke	（ベルリンの美術競売商）				セガンティーニの遺品競売
	390	Lepke					カインツの遺品競売
	402	Lepke					カインツの遺品の展示競売
	738	Rudolf Lepke					無鑑査展覧会開催予定
Leppmann, Franz	759	Franz Leppmann	文芸評論家、ジャーナリスト		1879	?	ビルショウスキー「ゲーテ伝」第25版
Lepsius, Karl Richard	424	Richard Lepsius	エジプト学者、言語学者	ドイツ	1810	1884	R. Lepsius 生誕百年祭
Lerberghe, Charles van	772	Van Lerberghe	詩人。象徴主義	ベルギー	1861	1907	V. Lerberghe のベルリン日記
Lermontow, Michail	845	LERMONTOW	詩人、作家、劇作家	ロシア	1814	1841	レールモントフ詩の独訳は低調
LeRoy, Mary	341	Mary LeRoy、ルロア	（偽名 Harry Lloyd）				男に化けていた女
Leroy-Beaulieu, Anatole	730	Anatole Leroy-Beaulieu	歴史家、エッセイスト	フランス	1842	1912	訃報
Lesseps, Jacques de	253	Jacques de Lesseps、ジヤツク	飛行士。スエズ海峡を建設した Ferdinand Marie de Lesseps の息子	フランス	1885	1927	英仏海峡飛行横断記録更新
Lessing, Carl Robert	447	Carl Robert Lessing	新聞社主、裁判官、美術蒐集家、蔵書家。G. E. レッシングの大甥	ポーランド	1827	1911	訃報
Lessing, Gotthold Ephraim	7	Lessing-Theater	詩人、劇作家、思想家、美術評論家。ドイツ啓蒙思想を代表する一人。演劇、批評、神学論にわたる幅広い活動により、ゲーテやシラーらドイツ古典主義への架け橋となった。芸術批評「ラオコーン」、演劇論「ハンブルク演劇論」、劇詩「賢者ナータン」など	ドイツ	1729	1781	ベルリン劇界に俗受の風潮
	12	Lessing-Theater					*Griserda* 興行は不評
	50	Lessingtheater 一座					ぼや騒ぎのなか観客を沈めて最後まで上演した一座に喝采
	63	Lessingtheater					O. ブラームに聖 Olaf 勲章
	108	Lessing 座					「日の出前」記念興行
	117	Lessingtheater					「コンサート」興行
	128	Lessing					訃報（E. Mendelssohn-Bartholdy）
	155	Lessingtheater					興行情報
	208	Lessingtheater					新興行ドラマ一覧
	221	Lessing 座					P. Pauli 舞台五十年祝賀公演
	314	Lessing 座					O. ブラームの近況・予定
	328	Lessingth.					新興行ドラマ一覧
	352	レツシング座					ハウプトマンが「寂しき人々」レッシング座公演を観劇予定
	364	Lessingmuseum					レッシング博物館が引越し
	365	Lessingth.					新興行ドラマ一覧
	384	レツシング座					ハウプトマンが「鼠」を筆削中

L

人名	頁数	本文表記	人物紹介（肩書・略歴など）	出生地	生年	没年	トピック
	406	Lessingtheater					「アナトール」興行予定
	412	Lessingth.					新興行ドラマ一覧
	426	Lessingtheater					ベルリンの裏側を描いた「鼠」初興行
	435	レツシング座					ハウプトマン「鼠」配役
	438	レツシング座					ハウプトマン「鼠」あらすじなど
	441	レツシング座					A. Wassermann 所属劇場異動
	447	Gotthold Ephraim Lessing					訃報（C. R. Lessing）
	453	Lessingth.					新興行ドラマ一覧
	495	Lessing					名家自筆コレクション競売
	506	Lessingth.					新興行ドラマ一覧
	517	Lessingth.					ベルリン諸劇場概況（1911夏）
	537	Lessingth.					新興行ドラマ一覧
	539	Lessingtheater					レッシング劇場新作興行予定
	540	レツシング座					警視庁の「鼠」削除命令を不服とした劇場側が勝訴
	545	レツシング・テアアテル					O. ブラームの進退に関する噂
	553	レツシングムゼエウム					A. ヴィルブラント記念祭
	562	Lessingth.					新興行ドラマ一覧
	588	レツシング座					主要三劇場で「広き国」初興行
	591	レツシング座					「グートルーン」興行予定
	601	レツシングテアアテル					「お金に関するすべて」出版
	609	レツシングテアアテル					劇場人事（レッシング劇場）
	624	レツシングテアアテル					「グートルーン」初興行
	631	レツシング					小学生は見物禁止
	632	Lessingth.					新興行ドラマ一覧
	633	Lessingth.					新興行ドラマ一覧
	644	Lessingtheater					ベルリン芸術劇場ストリンドベリ作品公演
	649	レツシング・テアアテル					「ペリカン」興行・あらすじ
	655	Lessingth.					新興行ドラマ一覧
	656	Lessingth.					新興行ドラマ一覧
	660	レツシング・テアアテル					ベルリン警視総監と女優の事件を材料とした戯曲興行
	668	Lessing 像					G. E. レッシング記念像制作

L

人名	頁数	本文表記	人物紹介（肩書・略歴など）	出生地	生年	没年	トピック
	673	Lessingtheater					レッシング劇場興行情報、ハウプトマンが民間劇に参加
	675	Lessingtheater					下等俳優の生活を書いた小説
	677	Lessingtheater					O. ブラーム組の俳優たちが新団体を結成予定
	680	Lessingtheater					俳優救助費のため夜興行
	685	Lessingtheater					興行情報
	718	Lessing					Nicolaihaus の記念牌・記念像
	739	Lessing、レツシング					書入本から博渉家と判明
	757	Lessing 像、Lessing					訃報（O. Lessing）
	759	Lessingtheater					訃報（O. Brahm）
	761	Lessingtheater					興行情報
	774	レツシング座					「大いなる愛」興行
	795	レツシング伝					訃報（E. Schmidt）
	803	Lessingtheater					A. Eloesser がレッシング劇場に加入
	817	Lessing					ベルリン大学講義一覧
	823	レツシング座					「ペール・ギュント」興行
	836	レツシング座					レッシング座興行「時代」
Lessing, Magde	300	Magde Lessing	女優、歌手		1866	1932	芸術界知名士女の避暑地
Lessing, Otto	443	Otto Lessing	彫刻家。大伯父が G. E. レッシング、父は歴史画家 Carl Friedrich Lessing	ドイツ	1846	1912	Pour le mérite 受勲者一覧
	757	Otto Lessing					訃報
Lessing, Theodor	796	Theodor Lessing	ジャーナリスト	ドイツ	1872	1933	未発表作品の暴露につきズーダーマンが告訴
Lesueur, Daniel	175	Daniel Lesueur	女流作家、詩人。本名 Jeanne Lapauze、旧姓 Loiseau	フランス	1860	1920	Parat 事件に対する女性の意見
Lethaby, William Richard	828	W. R. Lethaby	建築家、建築史家	イギリス	1857	1931	パルテノン神殿レリーフに着色の痕跡
Levi, Max	724	Max Levi	彫刻家		1865	1912	訃報
Levie, Michel	548	Levie	政治家　（蔵相）	ベルギー	1851	1939	ベルギー新内閣
Levien（家）	6	Levien	（Ilse Frapan- Akunian の生家）				訃報（I. Frapan-Akunian）
Levitzow, K. V.	347	K. V. Levitzow	（劇作家）				新興行ドラマ一覧
Levy, Calmann (Kalmus)	842	CANMANN-LÉVY 社	書肆。弟 Michel（1821-1875）とともに1836年パリで創業		1819	1891	「ペンギンの島」出版
	849	巴理カルマン・レギイ書店					ゴンクール賞（詳細）
Levy, Oscar	376	Oscar Levy	医師、哲学者。ニーチェを体系的に英訳した最初の人物として知られる	ポーランド	1867	1946	ニーチェ全集英訳出版

L

人名	頁数	本文表記	人物紹介（肩書・略歴など）	出生地	生年	没年	トピック
Lewald, Fanny	481 482	Fanny Lewald、妻	女流作家。作家 A. Stahr と結婚・離婚した	ロシア	1811	1889	F. Lewald 生誕百年
Lewes	444	Lewes	（ペテルブルク学士院通信会員）				ペテルブルク学士院会員
Lewetzow, Ulrike von	583	Ulrike von Lewetzow	ゲーテ最後の思い人	ドイツ	1804	1899	訃報（F. v. Rauch）
Lewezow, Karl von	356	Karl von Lewezow	（詩人）				R. シュトラウスのオペラ次回作
Lewicki, Kasimir	530	Kasimir Lewicki	（殺害容疑の学生）				女優殺害事件裁判
Lewinski-Brecheisen, Olga	98	Olga Lewinski-Brecheisen	（ウィーンの女優）				女優が大学の雄弁学講師に着任
Lewinsky, Oskar von	799	Oskar von Lewinsky	（プロイセン公使館附武官少佐）				無政府主義者が武官を射殺
Lewy	555	Lewy	（彫刻家）				ストックホルムのストリンドベリ展示室
Leyden, Ernst Viktor von	361	Ernst von Leyden	内科医	ポーランド	1832	1910	訃報
	376	Ernst von Leyden					E. v. Leyden 自伝出版
	805	Ernst von Leyden					E. v. Leyden 記念像
Leyden, Lucas van	277	Lucas van Leyden	画家、銅版画家	オランダ	1489	1533	L. v. Leyden 展覧会
Leygues, Georges	55	Leygues	政治家、首相（1920-1921）	フランス	1857	1933	遺言により A. Chauchard の美術コレクションを政府に寄贈
	261	Leygues 大臣					テアトル・フランセ朗読会再開
Leyst, Charles	590	Charles Leyst	（劇作家）				興行情報
Liaboeuf, Jean-Jacques	175	Liaboeuf	靴職人。不当な有罪判決を受け売春夫とのレッテルを張られたことを恨み、警察官を殺害。*Guerre Sociale* の記者だった Gustave Hervé が死刑反対のキャンペーンを行って社会問題化したが、ギロチン刑に処された。Liabeuf の表記が一般的	フランス	1886	1910	警官殺し Liaboeuf 事件・警察の暗黒面露見
	236	Liaboeuf					パリの侠客 Liaboeuf 事件
	267	Liaboeuf					Liaboeuf は命乞いを拒否
	271	Liaboeuf					Liaboeuf の助命嘆願運動
	281 282	Liaboeuf					死刑中止哀願に七千名署名、Liaboeuf 死刑中止哀願状・死刑執行、処刑前後の Liaboeuf
	283	Liaboeuf					フランスで死刑廃止案と風俗警察法廃止案
Liaboeuf（妻）	271	妻	（J. Liaboeuf の妻）				Liaboeuf の助命嘆願運動
Liaboeuf（母）	282	母	（J. Liaboeuf の母）				処刑前後の Liaboeuf
Lian, Ole Olsen	231	議会の議長	政治家	ノルウェー	1868	1925	ビョルンソンの葬送
	235	議会の総代					ビョルンソンの葬儀
Liberis, Esteris	310	Esteris Liberis	（ハイチの女性）				人肉を食べた女
Libri Carrucci della Sommaja, Guglielmo Bruto Icilio Timoleone	725	Guglielmo Bruto Icilio Timoleone Conte Libri Carrucci della Sommaja	Libri Carrucci della Sommaja 伯。数学者、蔵書家。古文書・珍本を盗み販売した悪名高い人物。イタリアからフランスに移住後、イギリスに帰化	イタリア	1803	1869	歴代著名蔵書家

人名	頁数	本文表記	人物紹介（肩書・略歴など）	出生地	生年	没年	トピック
Libussa	583	Libussa	チェコの伝説上の女王 Libuše。8世紀頃プラハを築いたとされる				オペラ女優がリブレット脱稿・翻訳・作詩
Lichnowsky, Karl Max von	750	在ロンドンのドイツ大使	外交官	ポーランド	1860	1928	「エジプトにおける神・王・動物」出版
Lichnowsky, Mechtild	750	妻 Mechtild Lichnowsky	女流文筆家。夫は当時在英ドイツ大使だった Karl Max von Lichnowsky	ドイツ	1879	1958	「エジプトにおける神・王・動物」出版
Lichtenstein, Georg von und zu	230	Georg von und zu Lichtenstein	リヒテンシュタイン家の一員、修道僧		1880	1931	高貴なる僧尼
Lichtenstein, Henriette von und zu	230	Henriette von und zu Lichtenstein	リヒテンシュタイン家の一員、修道女		1875	1958	高貴なる僧尼
Lichtwark, Alfred	573	Alfred Lichtwark	美術史家、美術館館長	ドイツ	1852	1914	「学生と芸術」に「読書は悪習」
Lickteig, Alfred	616	Alfred Lickteig	（翻訳家）				重訳の「生ける屍」興行は失敗
Lie, Jonas	788	Jonas Lie	作家、劇作家、詩人。19世紀ノルウェー文学を代表する一人	ノルウェー	1833	1908	活動写真と原作小説・脚本
	847	JONAS LIE					近頃死んだ著名人
Liebe, P. P.	494 495	P. P. Liebe、僧侶	（カトリック僧）				「信仰と故郷」を剽窃と中傷
Liebermann	287	Pater Liebermann	（聖職者）				ヴァチカンで聖人三名が選出
Liebermann, Ernst	645	Ernst Liebermann	画家、版画家、イラストレーター	ドイツ	1869	1960	ミュンヘン絵画芸術家同盟
	668	Ernst Liebermann					バイエルン芸術家同盟選挙
Liebermann, Max	100	Max Liebermann	画家、版画家。ドイツ印象派を代表する一人。ベルリン分離派を創設。のちにはベルリン王立芸術院（プロイセン芸術アカデミー）院長も務めた	ドイツ	1847	1935	F. Ferrer Guàrdia 死刑反対者
	163	Liebermann					ベルリン大オペラ座建築競技、ベルリン分離派で紛議
	174	Liebermann					ベルリン分離派展覧会・画風の新旧と価値は別
	211	Max Liebermann					ベルリン分離派展覧会の呼物
	214	Liebermann					ベルリン分離派祝宴での講演
	229	Liebermann					ベルリン美術大展覧会開会式
	262	Liebermann					ヴァイマル美術学校が格上げ
	281	Max Liebermann					「マキシミリアン帝の処刑」の遠近法分析
	288	Max Liebermann					美術館（Städel）が絵画購入
	300	Max Liebermann					芸術界知名士女の避暑地
	301	Max Liebermann					M. リーバーマン自画像購入
	320	Max Liebermann					Wannsee に別荘
	327	Max Liebermann					「サムソンとデリラ」出展
	343	Liebermann					「ベルリン絵入新聞」挿画懸賞
	394	Liebermann					興行禁止権適用につき議論
	417	Liebermann					M. リーバーマン罵倒の E. ノルデ

L

L

人名	頁数	本文表記	人物紹介（肩書・略歴など）	出生地	生年	没年	トピック
	424	Max Liebermann					国民劇興行のための五千人劇場設立運動
	440	Liebermann					ベルリン分離派委員改選
	446 447	Liebermann、Max Liebermann					ベルリン分離派総会・新役員
	454	Max Liebermann					G. クリムトの後継者候補
	466	Liebermann					建築様式の三つの源
	495	Liebermann					ベルリン分離派展覧会（1911）
	512	Liebermann					外国芸術尊重の風潮につきドイツで賛否両論
	514	Liebermann					絵画の値段
	544	Max Liebermann					ヴェデキント興行禁止反対署名者一覧
	677	Max Liebermann					フランス学士院通信会員
	696	Max Liebermann					ベルリン大学名誉博士
	698	Max Liebermann					ベルリン王立芸術院役員就任
	701	Max Liebermann					「ガブリエル・シリングの逃走」舞台美術にM. リーバーマン
	702	Liebermann					ライプツィヒ美術展覧会（1912）
	710	Liebermann					絵画の売価（1913・ミュンヘン）
	760	Max Liebermann					ハウプトマンの肖像画
	782	Max Liebermann					ベルリン分離派が一年三回の展覧会開催予定
	789	Liebermann					M. リーバーマン作ハウプトマン肖像画の展示
	802	Max Liebermann					M. リーバーマン六十五歳記念出版物制作予定
Liebig, Georg von	304	Georg Freiherr von Liebig	医師、鉱泉学者、気候学者	ドイツ	1827	1903	浴医 G. v. Liebig 記念像
Liebig, Justus von	112	故人 Justus Liebig	化学者。有機化合物の構造研究とその体系化で知られる。近代的な化学実験教室を創設した。G. Liebig は息子	ドイツ	1803	1873	J. v. Liebig 記念堂設立委員会
	191	Liebigmuseum					リービッヒ博物館設立の檄
	304	Justus von Liebig					浴医 G. v. Liebig 記念像
Lieblein, Jens Daniel Carolus	589	J. D. E. Lieblein	エジプト学者	ノルウェー	1827	1911	訃報
Liebling	486	Liebling	（作曲家、あるいは「お気に入り」の意）				新興行オペラ一覧
Liebmann, Otto	170	Otto Liebmann	哲学者。新カント主義を提唱。「カントとエピゴーネン」	ポーランド	1840	1912	七十歳祝賀・新カント派の領袖
	548	Otto Liebmann					イエナ大学引退の予定
	612	Otto Liebmann					イエナ大学人事

人名	頁数	本文表記	人物紹介（肩書・略歴など）	出生地	生年	没年	トピック
	664	Otto Liebmann					訃報
Liechtenstein	760	Liechtenstein 伯	リヒテンシュタイン侯（1858―1929）ヨハン2世。本文の伯は侯の誤り	チェコ	1840	1929	ハウプトマンの肖像画
Liefert, Max	614	Max Liefert	（ベルリンの画家）				挿画懸賞メンツェル賞
Lifschitz	561	Lifschitz	→ Liwschitz-Garik, Michael				人の声の再現に写真術を応用
Liliencron, Detlev von	54	Detlev von Liliencron	詩人、文筆家。ドイツ自然主義の先駆けとされる存在。軍人、行政官など職を転じ、貧窮のなかに暮らした。鷗外に訳に「老曹長」	ドイツ	1844	1909	六十五歳誕生日に名誉学位
	68	Detlev von Liliencron					訃報・略歴紹介
	69	Detlev von Liliencron					葬儀
	74 75	Detlev von Liliencron、Detlev					D. v. リリエンクロン追悼記事紹介
	94	Detlev von Liliencron					D. v. リリエンクロン回想録、D. v. リリエンクロンの貧窮にまつわる逸話
	100	Detlev von Liliencron					D. v. リリエンクロン遺族のための醵金
	119	Liliencron、夫					D. v. リリエンクロン未亡人に帝室から引き続き賜金
	132	Liliencron					ハウプトマンとデーメルの近作
	156	von Liliencron					遺族義捐金締め切り・総額
	181	Liliencron					D. v. リリエンクロンの借金生活
	284	Liliencron					D. v. リリエンクロン墓像
	295	Detlev von Liliencron					ドレスデンの娯楽税に物議
	309	Liliencron					D. v. リリエンクロン墓像除幕
	310	Liliencron					D. v. リリエンクロン墓像除幕式
	524	Liliencron					講演「新ドイツ詩の淵源」
	833	故人、Detlev von Liliencron					「D. v. リリエンクロンその生涯と作品」出版
	839	Detlev von Liliencron					訃報（A. Nimphius）・D. v. リリエンクロンの命の恩人
	845	DETLEV VON LILIENCRON					リリエンクロン自伝的小説執筆
Liliencron, Detlev von（初の妻）	132	初の妻	D. v. Liliencron の最初の結婚相手 Helene von Bodenhausen				ハウプトマンとデーメルの近作
Liliencron, Detlev von（未亡人）	104	Detlev von Liliencron 未亡人	D. v. Liliencron の再婚相手 Anna Micheel				シラー生誕百五十年祭
	119	Liliencron の未亡人					D. v.リリエンクロン未亡人に帝室から引き続き賜金
Liliencron, Rochus von	75	Propst Rochus	ゲルマニスト、音楽史家。全56巻26,500項目	ドイツ	1820	1912	D. v. リリエンクロン追悼記事紹

L

人名	頁数	本文表記	人物紹介（肩書・略歴など）	出生地	生年	没年	トピック
		Freiherr von Liliencron	から成るドイツ人の伝記辞典 *Allgemeine Deutsche Biographie* の編纂で知られる。D. v. Liliencron は甥				介
	410	Rochus Freiherr von Liliencron					九十歳祝賀
	689	Freiherr Rochus von Liliencron					訃報
Lilienfein, Heinrich	288	Heinrich Lilienfein	劇作家、作家	ドイツ	1879	1954	新興行ドラマ一覧
	366	H. Lilienfein					新興行ドラマ一覧
	381	Lilienfein					新興行ドラマ一覧
	395	Heinrich Lilienfein					*Der Stier von Olivera* 出版
	502	Heinrich Lilienfein					対照的な評価の興行二つ
	835	Heinrich Lilienfein					*Der Tyrann* 上場
Lilienthal, Karl von	677	Lilienthal	刑法学者	ドイツ	1853	1927	ハイデルベルク大学副学長
Lilienthal, Otto	771	Otto Lilienthal	航空パイオニア。初期航空工学（応用空気力学）発展に貢献	ドイツ	1848	1896	O. Lilienthal 像制作
Liljefors, Bruno	191	Liljefors	画家。写実的な風景画、動物画で知られる	スウェーデン	1860	1939	スウェーデン分裂派展覧会（ベルリン）
Liman, Paul	115	Paul Limann	文筆家、ジャーナリスト。権力側の圧力から文筆家を保護する活動を展開				M. アルツバーシェフ「サーニン」翻訳裁判
Linche Kenshen	326	Linche Kenshen	（チベットの摂政）				チベットの摂政に死刑宣告・ダライ・ラマは帰国見合わせ
Lincker, Ernst	63	Ernst Lincker	画家	ドイツ	1883	1935	シャック伯美術奨励金・三連祭壇画「恋愛」
Lincoln, Abraham	674	Lincoln 記念家屋	16代アメリカ合衆国大統領。共和党初の大統領（1861-1865）	アメリカ	1809	1865	リンカーン記念館設立
Linda Murri	122	Comtessa Linda	→ Bonmartini, Linda Murri				Linda Mulli 事件・「禍の指環」モデル問題
	193	Linda Murri					Linda Murri を主人公とした匿名作者の脚本刊行予定
	262	Linda Murri					C. Secchi 獄中病死
Lindau, Paul	97	Paul Lindau	劇作家、作家、ジャーナリスト、劇場監督。週刊誌「現代」、月刊誌「北と南（*Nord und Süd*）」といった影響力のある雑誌を次々と創刊、編集。ベルリンの批評界で重きをなした。兄 Rudolf は著名な外交官で著述家	ドイツ	1839	1919	八十歳祝賀（R. Lindau）
	108	Paul Lindau					「日の出前」記念興行
	119	Paul Lindau					マイニンゲンでの舞台開き
	168	Paul Lindau					*Nord und Sued* 創刊400号
	210	Paul Lindau					近年の面白い話
	345	Paul Lindau					P. Lindau が J. カインツの見舞い
	354	Paul Lindau					訃報（J. カインツ）・詳細
	446	Paul Lindau					ドイツ帝より二等宝冠賞

L

人名	頁数	本文表記	人物紹介（肩書・略歴など）	出生地	生年	没年	トピック
	483	Paul Lindau					王立歌場総支配人辞表をドイツ帝が却下
	511	Paul Lindau					ベルリン王立劇場で文学的夜間興行
	515	Paul Lindau					ゲーテのなまりに関する証言
	546	Paul Lindau					訃報・略歴（A. Wilbrandt）
	547	パウル・リンダウ					葬儀（A. Wilbrandt）
	589	Paul Lindau					クライスト百年忌記念興行
	633	P. Lindau					新興行ドラマ一覧
	636	Paul Lindau					雑誌 *Nord und Sued*（劇場・美術欄）
	667	P. Lindau					新興行ドラマ一覧
	678	Paul Lindau					P. Lindau の30年前の作品上演
	686	Paul Lindau					F. Philippi のミュンヘン追憶記
	688	Paul Lindau					罪人へのビスマルク的見解
	715	Lindau					H. Hyan の小説に対する訴訟
Lindau, Rudolf	97	Rudolf Lindau	作家、詩人、外交官。外交官としてはスイス、日本、中国、アメリカ、インドなど各国に赴任。小説家としても成功した。日本では最初の英字新聞「ジャパン・タイムズ」や「ジャパン・パンチ」の創刊に関わった。Paulは弟	ドイツ	1829	1910	八十歳祝賀
	108	Rudolf Lindau					「日の出前」記念興行
	162	Rudolf Lindau					ドイツ帝より一等宝冠章
	367	Rudolf Lindau					訃報
	375	Rudolf Lindau					訃報・略歴
	416	Rudolf Lindau					訪日時に *Japan Times* と *Japan Punch* を創刊
Lindberg, August	484	August Lindberg	俳優、舞台・劇場監督	スウェーデン	1846	1916	ストリンドベリ救助金募集
Lindemann	514	Lindemann	（政治家）				シュトゥットガルト市長候補
Linden, Karl Heinrich von	532	Lindenmuseum、Linden 伯	リンデン美術館創立者		1838	1910	リンデン美術館開設
Linden, Maria von	679	Graefin zur Linden	自然科学者。ドイツで女性初の博士号取得者で教授昇任者（ボン大学）	ドイツ	1869	1936	博士号取得の女性
Linden, Pieter Cort van der	820	Cort van der Linden	政治家、首相（1913-1918）	オランダ	1846	1935	議院外内閣を組閣
Lindenau	476	Lindenau	（ベルリンの活動写真検閲官）				活動写真検閲官の演説
Lindenschmit, Wilhelm von	200	Wilhelm von Lindenschmit	画家。同名の父は著名な考古学者・歴史画家	ドイツ	1829	1895	W. v. Lindenschmit 回顧展
Lindenstead, Arthur	181	Arthur Lindenstead、Willinski	（フンボルト・アカデミー助教授、本名 Willinski）				経歴詐称で助教授が免職
Lindequist, Friedrich von	714	von Lindequist	官吏。ドイツ帝国のアフリカ植民地で高官を務めた	ドイツ	1862	1945	熱帯における白人の生活に関する論文

人名	頁数	本文表記	人物紹介（肩書・略歴など）	出生地	生年	没年	トピック
Lindner, Albert	203	Albert Lindner	劇作家、作家	ドイツ	1831	1888	訃報（A. Lindner 未亡人）
	742	Albert Lindner					A. Lindner の脚本と作者紹介
Lindner, Albert（未亡人）	203	Albert Lindner の未亡人	（A. Lindner 未亡人）				訃報
Lindner, Albert（娘二人）	203	娘	（A. Lindner の娘二人）				訃報（A. Lindner 未亡人）
Lindsay, Coutts	798	Sir Coutts Lindsay	画家、水彩画家	イギリス	1824	1913	訃報
Lingen, Thea	599	Thekla Lingen の娘 Thea	（T. Lingen の娘、画家）				訃報
Lingen, Thekla	599	Thekla Lingen	女流詩人	ロシア	1866	1931	訃報（Thea Lingen）
Linné, Carl von	43	Linné	博物学者、生物学者、植物学者。分類学の父と言われる	スウェーデン	1707	1778	残像の研究
Linné, Elisabeth Christina von	43	Linné の娘	C. v. リンネの娘。残像現象を発見した		1743	1782	残像の研究
Linsemann	517	Linsemann					ベルリン諸劇場概況（1911夏）
Lionardo	464	Lionardo	→ da Vinci, Leonardo				ルーヴル所蔵「モナ・リザ」オリジナルの証拠
Lippert, Rudolf	553	Lippert 書店	書肆				訃報（M. Niemeyer）
Lippman, Edmund Oskar von	170	Lippman 報告	化学者、自然科学史家	オーストリア	1857	1940	キュリー夫人がポロニウム精製
Lipps, Gottlob Friedrich	601	G. F. Lipps、リツプス	哲学者、心理学者。「神話形成と認識」。哲学者・心理学者テオドール・リップスとは異母兄弟	ドイツ	1865	1931	G. F. リップス「神話形成と認識」出版・チューリヒ大学就任予定
Lipschitz, Arthur	159	Arthur Lipschitz	（劇作家）				興行予定
	323	Lipschitz					一旦許可の脚本興行禁止例
Lipsius, Justus Hermann	71	Lipsius	古典学者、言語学者。兄に神学者 Richard Adelbert、建築家 Constantin、妹に音楽家 Ida Marie がいる	ドイツ	1834	1920	ライプツィヒ大学五百年記念名誉学位
Lisiani	248	Lisiani	（ニューヨーク・マフィア黒手組の一員）				E. カルーソー殺害予告犯懲役
Lisle, Leconte de	826	Leconte de Lisle	詩人。高踏派。フランスの海外地域圏レユニオン島出身	フランス	1818	1894	G. ブランデス「現代のフランス文学」分類図
Lissauer, Ernst	780	Ernst Lissauer	詩人、劇作家	ドイツ	1882	1937	愛国主義の詩「1813」が評判
Lister, Joseph	678	Joseph Lister	外科医。フェノールによる消毒法を確立	イギリス	1827	1912	訃報
	752	Joseph Lister					J. Lister 記念像
Liszt, Blandine	828	Blandine Liszt	F. リストと愛人マリー・ダグー伯爵夫人との間に生まれた最初の娘	スイス	1835	1862	訃報（É. Ollivier）
Liszt, Franz	220	Liszt	作曲家、ピアニスト、指揮者。新ドイツ派。ピアノの演奏技巧と表現力を飛躍的に高めた。また管弦楽においても「交響詩」と呼ば	ハンガリー	1811	1886	P. Metternich-Sandor 講演
	564	Franz Liszt 祭					F. リスト祭にサン＝サーンスが出席予定

L

人名	頁数	本文表記	人物紹介（肩書・略歴など）	出生地	生年	没年	トピック
	566	Liszt 百年祭	れる標題音楽のジャンルを確立した				ブダペストでリスト生誕百年祭
	583	Franz Liszt					ローマで楽譜発見・演奏
	613	Liszt					ヨーロッパ各地でF. リスト生誕百年祭
	812	Liszt					訃報（I. v. Bronsart-Schellendorf）
Liszt, Franz von	323	von Liszt	刑法学者。音楽家F. リストの従弟	オーストリア	1851	1919	ベルリン大学役員一覧
	377	Franz von Liszt					ベルリン大学役員一覧
	409	von Liszt					R. ワーグナー劇場設立計画（ベルリン）
	469	Franz von Liszt					六十歳祝賀
	741	von Liszt					実証主義協会創立
Littmann, Max	91	Littmann	建築家。J. Heilmannとともに大手建築会社Heilmann & Littmannを創業	ドイツ	1862	1931	シャック・ギャラリー開館式
Littré, Émile	375	Littré	哲学者、辞書編纂者	フランス	1801	1881	T. ブラガの座右の銘
	825	Littré					G. ブランデス「現代のフランス文学」分類図
Litzmann, Berthold	603	Berthold Litzmann	ゲルマニスト、文学史家。「クララ・シューマン 芸術家の生涯」		1857	1926	ヴィルデンブルッフ全集など新刊情報
Livingstone, David	39	Livingstone 瀑布	宣教師、医師、探検家。白人としてはじめてアフリカ大陸を横断	イギリス	1813	1873	小型汽船が滝に落下した事故
Liwschitz-Garik, Michael	561	Lifschitz	電気技師、無線電信研究者		1883	1959	人の声の再現に写真術を応用
Llorente, Teodoro	105	Llorente	詩人、翻訳家	スペイン	1836	1911	翻訳家Llorenteの戴冠式で事故
Lloyd, Edward	330	Lloid 会社	コーヒー店経営者、保険会社創業者			1713	ブリュッセル博覧会の火災損害
Lobe, Theodor	677	Lobetheater	俳優、演出家、劇場監督	ポーランド	1833	1905	「王達」あらすじ
Loefen, Karl Bennewitz von	251	Karl Bennewitz von Loefen	画家	ドイツ	1856	1931	ベルリン美術大展覧会（1911）
Loeffler	349	Loeffler	（劇作家）				新興行ドラマ一覧
	656	Loeffler					新興行ドラマ一覧
Loeffler, Ludwig	751	Schuster&Loeffler	書肆				生誕百年記念「ヘッベル新資料」刊行
	833	Schuster und Loeffer					「D. v. リリエンクロンその生涯と作品」出版
Loeffler-Burkhardt	503	Loeffler-Burkhardt	（女優）				女優が国王を相手どり訴訟
Loefftz, Ludwig von	92	von Loefftz	画家	ドイツ	1845	1910	シャック・ギャラリー開館式
	409	Ludwig von Loeffz					訃報
Loën, August von	806	von Loën	文筆家	ドイツ	1827	1887	シェークスピア協会（独）沿革
Loening	253	Loening	（ドイツ貴族院議員）				貴族院で火葬説に関する議事

L

人名	頁数	本文表記	人物紹介（肩書・略歴など）	出生地	生年	没年	トピック
Loening, Arthur	637	Arthur Loening	（雑誌 *Nordland* 発行人）				ドイツとスカンジナビアの疎通を図る雑誌 *Nordland* 創刊
Loening, Karl Friedrich	173	Ruetten und Loening	書肆。J. Ruetten とともにフランクフルトに書肆 Ruetten und Loening を創業。マルクス、エンゲルス「聖家族」初版の出版で成功した	ドイツ	1810	1884	戯曲「タイフーン」刊行の書店
	534	Ruetten und Loening					日露戦争中の日本人の心理を説明した *Japan im Kampfe*
Loeper, Gustav von	269	Gustav von Loeper	弁護士、ゲーテ研究者	ドイツ	1822	1891	ゲーテ協会設立由来
Loermans, Eugen	294	Eugen Loermans、画家	→ Laermans, Eugène				おとぎ話のような実話・失明した画家を皇后が救った話
Loesche, Georg	508	Georg Loeschl	教会史家	ドイツ	1855	1932	「信仰と故郷」剽窃疑惑弁明
Loew, Anton	249	Sanatorium Loew	医師	スロヴァキア	1847	?	A. シュニッツラーの弟が J. カインツの手術を担当
	281	Sanatorium Loew					カインツが大元気で退院
	521	Sanatorium Loew					病中の G. マーラーがパリからウィーンに帰着
Loewe, Charles	101	Charles Loewe	（*Times* の記者、作家）				ドイツ帝の青年時代を描いた小説
Loewenfeld, Leopold	498	Loewenfeld	精神科医	ドイツ	1847	1924	千里眼試験の歴史と結果
Loewenfeld, Hans	441	Hans Loewenfeld	（劇場監督）				劇場人事
	684	Hans Loewenfeld					劇場人事
Loewenfeld, Raphael	425	Raphael Loewenfeld	スラブ文化研究者。ベルリンにシラー劇場を創設	ポーランド	1854	1910	訃報
	458	Loewenfeld					舞台監督協会人事
Loewenthal, Max	666	Max Loewenthal	（ベルリンの新聞記者）				九十歳祝賀
Loewysohn（家）	811	Loewysohn	（G. ハウプトマンの本姓とされるユダヤ系の姓）				ハウプトマンをめぐり批判と擁護が錯綜
Lohde-Boetticher, Clarissa	376	Clarissa Lohde-Boetticher	内科医 Ernst von Leyden の妹	ポーランド	1836	1915	E. v. Leyden 自伝出版
Lohengrin	212	Lohengrin	アーサー王伝説に登場する白鳥の騎士。円卓の騎士であるパーシヴァルの息子。ワーグナーの楽劇で知られる				1908・9～ドイツでの興行回数
	807	Lohengrin					R. ワーグナーの楽劇興行記録
Lohse, Otto	503	Lohse	指揮者、作曲家、音楽監督	ドイツ	1859	1925	音楽監督人事
	510	Otto Lohse					モネ劇場音楽監督人事
Lohsen 及 Langensiepen の持主（一家）	58	大問屋 Lohsen 及 Langensiepen の持主	（大問屋 Lohsen und Langensiepen の所有者一家）				コレラで一家絶滅の大問屋遺産争い
Lolios	590	Lolios	（誘拐犯グループの一人）				ツァイス社員が身代金と引換え
Lombroso, Cesare	100	Cesare Lombroso	精神科医。骨相学、観相学、人類学、遺伝学、統計学、社会学を応用した犯罪心理学の創始者。「天才と狂気」	イタリア	1835	1909	訃報
	498	Lombroso					千里眼試験の歴史と結果
	592	Cesare Lombroso					C. ロンブローゾ記念像
	688	ロンブロオゾ					罪人へのビスマルク的見解

L

人名	頁数	本文表記	人物紹介（肩書・略歴など）	出生地	生年	没年	トピック
	803	Cesare Lombroso 賞金					刑事人類学者を表彰のC. ロンブローゾ賞金創設
Lomonossoff, Michail	692	Lamonossoff	化学者		1711	1765	理化鉱物学研究所設立
Lonbet, Emile	162	Emile Lonbet	→ Loubet, Émile				カーネギー賞金委員会長
Longhi, Pietro	539	Longhi	画家、風俗画家	イタリア	1581	1644	十七世紀以降の肖像画展覧会
Lonsdale	112	Lord Lonsdale	5代ロンズデール伯Hugh Lowther。本文ではJennie Churchillの同胞と書かれているが、関係は不明	イギリス	1857	1944	レディー・チャーチルが失踪
Loos, Adolf	180	Adolf Loos	建築家。機能主義を主張しウィーン分離派の装飾性を批判。「装飾と犯罪」	オーストリア	1870	1933	装飾芸術廃滅論
Looschen, Hans	45	Hans Looschen	画家	ドイツ	1859	1923	ベルリン大展覧会（1909）開催
	283	Hans Looschen					ベルリン大展覧会（1910）受賞
	494	Hans Looschen					F. ヨーゼフ帝為政六十年記念展覧会
	781	Hans Looschen					ベルリン王立芸術院加入
Loraine, Violet	182	Violet Loraine、Violet	ミュージカル女優、歌手	イギリス	1886	1956	しつこくつきまとうファンにミュージカル女優が鉄拳
Lord Chamberlain	589	Lord Chamberlain	イギリス王室侍従長の役職名で劇場検閲の役割も担った。この時代は6代スペンサー伯Charles（1852-1922）	イギリス	1869	1940	英国全土で興行禁止
Lorentz, Astrid	625	Anton Nystroemの女、Asta Lorentz	医師で作家のA. Nystroemの娘。詩人・作家のS. Michaelisと再婚				S. Michaelisが再婚
Lorentz, Hendrik	444	Lorentz	物理学者。ノーベル物理学賞（1902）	オランダ	1853	1928	ペテルブルク学士院会員
Lorenz, Rudolf	522	Lorenz	（劇場監督）				Lousberg野外劇場設立予定
	561	Rudolf Lorenz					ドイツの野外劇場一覧
Lortzing, Albert	267	Lortzing	作曲家、歌手、劇作家	ドイツ	1801	1851	知名人の音楽の嗜好
Lothar, Rudolf	151	Rudolf Lothar	作家、批評家、エッセイスト、劇作家、オペラ台本家。本名Rudolf Lothar Spitzer	ハンガリー	1865	1933	合作喜劇「騎士」興行
	365	R. Lothar					新興行ドラマ一覧
	415	R. Lothar					新興行オペラ一覧
	486	Lothar					新興行オペラ一覧
	657	R. Lothar					新興行オペラ一覧
Loti, Pierre	93	Pierre Loti	作家、軍人。海軍士官として各国を歴訪。異国趣味に富んだ小説などを発表した。本名Louis Marie-Julien Viaud。二度にわたり来日。「氷島の漁夫」「お菊さん」など	フランス	1850	1923	水雷駆逐艦艦長就任
	252	Pierre Loti					ピエール・ロティがアレクサンドラ妃の影響で英国嫌いを返上
	464	Pierre Loti					アカデミー・フランセーズ会員
	771	Pierre Loti					マケドニア回教徒の虐待を難じたP. ロティをパリ各紙は黙殺
	827	Pierre Loti					G. ブランデス「現代のフランス文

L

人名	頁数	本文表記	人物紹介（肩書・略歴など）	出生地	生年	没年	トピック
							学」分類図
Lotte	82	Lotte	→ Kestner, Charlotte				外交官の日記中にA. ケストナーのゲーテに関する証言
	824	Lotte					ゲーテの思い人ロッテの曾孫の戯曲が上場
Lotte	584	Lotte	→ Schiller, Charlotte				シラーのロッテの家が火災
Lotte	597	Lotte	政治家　(法相)				ポルトガル新内閣
Lottero, Wanda Paola	835	Wanda Lotterow	女優。Hermann Karl von Ostheimの最初の妻	スイス	1884	1963	自殺した公女とその兄
Lotze, Richard	35	Richard Lotze	(ミュンヘンの画家)				両眼失明の恐れに画家が自殺
Loubat, Joseph Florimond	281	Duc Louban	慈善家。レオ13世より授爵しDuc de Loubatを名乗った	アメリカ	1831	1927	ベルリン学士院ライプニッツ賞
Loubet, Émile	146	Emile Loubet	政治家、首相（1892）、大統領（1899-1906）	フランス	1838	1929	フランス前大統領の転倒報道に本人困惑
	162	Emile Lonbet					カーネギー賞金委員会長
	252	Loubet					カンヂタ尼の有力支援者たちと事業に対する疑惑
	500	Loubet					フランス大統領付料理人がロンドンに逃げるワケ
Louis	78	Louis	→ Luís I				ポルトガル王室の借財問題
Louis	276	夫Louis	→ Viardot, Louis				ツルゲーネフと声楽家P. ヴィアルドの親交・遺品中に「芸術のための生活」原稿発見
Louis XIII	35	Louis XIII	ブルボン朝2代王（1610-1643）。絶対王政を築いた一人	フランス	1601	1643	配達の遅れた手紙
	716	Louis 十三世					つけぼくろの起源
Louis XIV	156	Louis 王	ブルボン朝3代王（1643-1715）。ブルボン朝最盛期を築いた太陽王	フランス	1638	1715	フランス美術展覧会（ベルリン）
	657	ルイ十四世時代					D. Dunckerの近況
Louis XV	9	Louis XV 時代	ブルボン朝4代王（1715-1774）。ポンパドール夫人らを周囲に置いたことで知られる	フランス	1710	1774	パリの仕立屋会議で次の流行について議決
	55	Luis 十五世式					訃報（A. Chauchard）・髭剃りは御免と葬儀をストライキ
	124 125	Louis 十五世					ロココ文化の再評価
Louis XVI	224 225	路易十六世、王	ブルボン朝5代王（1774-1792）。妃はマリー・アントワネット。革命により処刑された	フランス	1754	1793	ルイ16世の死を描いた「国王の死」出版
	495	Louis 十六世、彼王					ナウンドルフ問題に関する演説
Louis XVII	423	路易十七世	王太子。ルイ16世とマリー・アントワネットの次男Louis-Charles de France。P495「彼王」は、それぞれLouis XVII（ℓ13～14）、	フランス	1785	1795	ナウンドルフ問題・非王説優勢
	475	Louis XVII					貴族院がルイ17世生き残り説を支持

L

人名	頁数	本文表記	人物紹介（肩書・略歴など）	出生地	生年	没年	トピック
	495	彼王	Louis XVI（ℓ15）を指す				ナウンドルフ問題に関する演説
Louis XIX	268	ルイ十九世	アングレーム公 Louis-Antoine de Bourbon。ルイ19世と呼ばれることがある	フランス	1775	1844	古文書競売（アムステルダム）
Louise Marie（Belgium）	50	Luise 女王	ベルギー国王レオポルド2世長女。ザクセン・コーブルク・ゴータ公子フィリップと結婚したが、オーストリア士官と出奔し離婚。一大スキャンダルとなった	ベルギー	1858	1924	ベルギー王が画廊の画を処分する理由
	120 121	Louise 女王、Louise					レオポルド2世遺産争い
	160 161	Louise 女王、女王、Luise					レオポルド2世遺産争い
	164	Louise 女王					レオポルド2世遺産争い
	232	Louise、ルイイゼ					レオポルド2世遺産争い
	309	Louise 女王					Johann Orth の心情推測
	411	Louis 女王					レオポルト2世遺産争い
Louise Marie（母）	232	母	→ Marie-Henriette de Habsbourg-Lorraine				レオポルド2世遺産争い
Louise von Toskana	596	Luise von Toscana	→ Toselli, Louise				元ザクセン皇太子妃自伝出版
Loumieux	128	Loumieux	（殺害されそうになった人物）				人違い殺人事件
Loumieux（妻）	129	其男の妻					人違い殺人事件
Louvet de Cuvray, Jean-Baptiste	324	Louvet de Cuvray	作家、劇作家、政治家、外交官	フランス	1760	1797	悪版跋扈し善版発禁に物議
Love	82	Love 氏	（G. Snell の結婚相手の一人）				何度も再婚して有名な女性
Lovenjach, Spoelborch	409	Spoelborch Lovenjach 伯					ベルギー文学博物館設立案
Lovera, Romeo	421	Lovera	（著述家）				G. Carducci に関する書
Lowell, Albert	372	Albert Lowell					ベルリン大学百年祭名誉学位
Lowell, Lawrence	814	Lawrence Lowell	教育家、法学者。ハーバード大学総長を務めた	アメリカ	1856	1943	ベルリンで「世論」と題し演説
Lowell, Percival Lawrence	133	Percival Lowell	実業家、著述家、数学者、天文学者、日本研究家。冥王星の存在を予測	アメリカ	1855	1916	火星に二本の溝（運河）を発見
Lowry-Corry, Montagu William	240	Rowton-house	初代ロウトン男爵。官僚。ディズレイリの私設秘書を務めた	イギリス	1838	1903	貧窮人のためのホテル設営
Lowther, Anthony	60	Anthony Lowther	（エドワード7世の家来）				11歳の家来の高額年俸
Loyson, Paul Hyacinthe	207	Paul Hyacinthe Loyson	劇作家	フランス	1873	1921	新興行ドラマ一覧
	476	Paul Hyacinthe Loyson					トルストイ記念祭（ソルボンヌ）
	537	P. H. Loyson					新興行ドラマ一覧
	748	Loyson					エミール・ゾラ忌
Lozzi, Antonio	165	Maestro Lozzi	音楽家、作曲家		1871	1943	オペラの午前興行は前代未聞

L

人名	頁数	本文表記	人物紹介（肩書・略歴など）	出生地	生年	没年	トピック
Lubbock, John	804	John Lubbock (Lord Avebury)	初代エイヴバリー男爵。銀行家、考古学者、生物学者、政治家	イギリス	1834	1913	訃報
Lubliner, Hugo	606	H. Lubliner	劇作家	ポーランド	1846	1911	新興行ドラマ一覧
	633	H. Lubliner					新興行ドラマ一覧
	647	Hugo Lubliner					訃報
	684	Hugo Lubliner					興行情報
Lublinski, Samuel	422	Samuel Lublinski	文学史家、批評家、宗教哲学者、劇作家	ポーランド	1868	1910	訃報
	776	Samuel Lublinski					興行情報
Lubomirski, Jōzef Maksymilian	500	Josephe Lubomirski	文筆家、ポーランド貴族の一員	ポーランド	1839	1911	訃報
Luca de Tena	101	Luca de Tona	ルカ・デ・テナ侯爵 Torcuato。世紀転換期のスペインを代表するジャーナリスト、政治家、著述家。ABC 新聞社を創業。本文の Tona は Tena の誤り	スペイン	1861	1929	新聞記者と他社社主との決闘
Lucas, Georg	455	Georg Lucas	（工業高等専門学校校長）				ドレスデン工業高等専門学校
Lucas, Richard Cockle	262	Richard Cockle Lucas	彫刻家。20世紀初頭、作品の一つがダ・ヴィンチのものとされ論争になった		1800	1883	「フローラ胸像」の真作者は R. C. Lucas に落着
Luccheni, Luigi	293	Luccheni	無政府主義者。フランツ・ヨーゼフ 1 世の皇后エリーザベトを暗殺した	イタリア	1873	1910	エリーザベト暗殺者の読書録
	367	Luccheni					オーストリア皇妃の暗殺者が獄中で自殺
	380	Luccheni					終身禁錮の Luccheni が縊死
Lucien Philippe	120	Lucien Philippe	→ Durrieux, Lucien Philippe Marie Antoine				レオポルド 2 世遺産争い
Lucifer	239	Lucifer	キリスト教の伝統において堕天使、悪魔と捉えられてきた存在				新興行ドラマ一覧
	848	LUCIFER					R. デーメル全集出版
Ludo	39	Ludo	（イタリアの商人）				寝ぼけて列車から落ちた商人が命拾い
Ludwig	94	Ludwig 伯	（オペラ女優伯爵夫人 Voskos の夫）				Ludwig 伯拳銃自殺
Ludwig	368	Prinz Ludwig 号	（1906年建造の郵便船 Prinz Ludwig 号の名の由来となった人物）				皇太子夫妻が出立
Ludwig	512	Herzog Ludwig 金牌					ウィーン記念展覧会
Ludwig, Albert	306	Albert Ludwig					学校の成績が良かった名士・悪かった名士
Ludwig, Cordelia	295	Cordelia Ludwig、娘	劇作家 O. Ludwig の娘、末子		1858	1909	O. Ludwig 遺品がゲーテ・シラー図書館に収蔵
	728	娘 Cordelia					O. Ludwig 生誕百年・遺稿
Ludwig, Emil	431	E. Ludwig	伝記作家、劇作家、ジャーナリスト	ドイツ	1881	1948	新興行ドラマ一覧
	661	Emil Ludwig					E. Ludwig「ビスマルク伝」

人名	頁数	本文表記	人物紹介（肩書・略歴など）	出生地	生年	没年	トピック
	669	Emil Ludwig					フリードリヒ大王記念展覧会
	784	Emil Ludwig、ルウドキヒ					R. ワーグナー関連書籍で係争
Ludwig, Emilie	361	Otto Ludwig の妻	O. Ludwig の妻 Emilie Ludwig。旧姓 Winkler				訃報（E. Ludwig の姉妹）
Ludwig, Otto	273	Otto Ludwig	劇作家、作家、批評家。劇的な運命を写実的に描く詩的リアリスムを唱道。小説「天と地の間」、悲劇「世襲山林監督官」、演劇論「シェークスピア試論」など	ドイツ	1813	1965	O. Ludwig 記念像制作
	295	Otto Ludwig、詩人					O. Ludwig 遺品がゲーテ・シラー図書館に収蔵
	361	Otto Ludwig					訃報（E. Ludwig の姉妹）
	518	Otto Ludwig					O. Ludwig 記念像除幕式
	671	Otto Ludwig					滑稽劇 *Hans Frei* 興行
	728	Otto Ludwig					O. Ludwig 生誕百年・遺稿
	730	Otto Ludwig					遺稿追加の O. ルートウィヒ全集
	809	Otto Ludwig					O. Ludwig 遺族がシェークスピア研究の寄贈の申し出
Ludwig, Otto（遺族）	809	遺族	（O. Ludwig の遺族）				O. Ludwig 遺族がシェークスピア研究の寄贈の申し出
Ludwig, Spannuth-Bodenstedt	678	Ludwig Spannuth-Bodenstedt	劇作家、劇場監督	ドイツ	1880	1930	「この素晴らしく美しき五月に」上演
Ludwig II（Bayern）	82	Ludwig 二世	バイエルン王国4代王（1864-1886）。ゲルマン神話や中世騎士物語を熱愛。R. ワーグナーを宮廷に招き、ノイシュヴァンシュタイン城などを建造した。普墺戦争に敗戦後、精神異常がささやかれ廃位。その後、シュタインベルク湖畔で水死体となって発見された	ドイツ	1845	1886	ルートヴィヒ2世記念像
	85	Bayern 王 Ludwig					人形偏愛症の人々
	354	Ludwig 二世					訃報（J. カインツ）・詳細
	462	Ludwig II					F. Bonn 全集刊行
	686	王 Ludwig 第二世					F. Philippi のミュンヘン追憶記
	777	バイエルン王 Ludwig					バイエルン王ルートヴィヒの落胤を称する伯爵夫人の自伝
Ludwig III（Bayern）	52	Ludwig 王	バイエルン王国6代王（1913-1918）	ドイツ	1845	1921	第10回国際美術展覧会
	55	Prinz Ludwig-Halle					日本及東アジア美術展覧会（ミュンヘン）
	188	Prinz Ludwig-Halle					ミュンヘン博覧会跡を奏楽所
Ludwig IV der Bayer（HRR）	45	Ludwig der Bayer	神聖ローマ皇帝（1314-1347）。ヴィッテルスバッハ家出身	ドイツ	1282	1347	七十歳の M. Greif 代表作紹介
	418	Ludwig der Bayer					突然白髪になった逸話
	489	Ludwig der Bayer					葬儀（M. Greif）
Ludwig X（Bayern）	40	Ludwig	バイエルン公爵（1514-1545）。家督争いした兄ヴィルヘルム4世と共同統治	ドイツ	1495	1545	ビール有害無益宣告（1542）
Ludwig Wilhelm in Bayern	24	Ludwig von Bayern	バイエルン公子。オーストリア后妃エリーザベトの長兄。女優H. Mendel（のちWallersee	ドイツ	1831	1920	皇太子嫡子権利放棄

人名	頁数	本文表記	人物紹介（肩書・略歴など）	出生地	生年	没年	トピック
			男爵夫人）と貴賤結婚				
Luederer, Josef	127	Josef Luederer					1909年中最も面白かった記事
Lueders, Heinrich	44	Lüder	オリエント研究者、インド研究者	ドイツ	1869	1943	ロストック大学人事（インド・ゲルマン語）
	302	Heinrich Lueders					インドの古脚本が発見
	304	Lueders					「マハーバーラタ」刊行
Lueer, Otto	642	Lueer	建築家	ドイツ	1865	1947	W. Busch 記念像設立予定
Lueger, Karl	131	Lueger	政治家。ウィーン市長を務めた	オーストリア	1844	1910	F. ヨーゼフ帝記念ワルハラ建設
	542	Karl Lueger、リユウゲル					政治家情婦の暴露的追懐録
Luenstroth, Franz Martin	404	Franz Martin Luenstroth	画家、歴史画家	ドイツ	1880	1968	ベルリンのアカデミーから受賞
Luetzow, Heinrich von	109	Luetzow	外交官	オーストリア	1852	1935	ダヌンツォが交通速度違反
Luetzow, Ludwig Adolf Wilhelm von	407	Luetzow 号	軍人。ナポレオン戦争の際、義勇軍を組織し指揮した	ドイツ	1782	1834	ドイツ皇太子妃の帰国予定
Luigi Amedio di Savoia-Aosta	304	イタリア王の甥 Luigi	アブルッツィ公、軍人。探検家、登山家として知られる	スペイン	1873	1933	K. Elkins 結婚報道
Luini, Bernardino	119	Bernardino Luini	画家。ルネサンス盛期にミラノで活躍	イタリア	1481	1532	B. Luini 記念像設立予定
Luís I	78	Louis	ポルトガル国王（1861-1889）。妃はマリア・ピア・デ・サボイア	ポルトガル	1838	1889	ポルトガル王室の借財問題
Luise	258	番人娘、娘	（落選展覧会で不調になった監視員の娘）				不調の原因はベルリン落選展の絵と女性監視員が訴え
	267	少女 Luise					落選展で不調になった娘に慰謝料
Luise 女王（Belgium）	50	Luise 女王	→ Louise Marie（Belgium）				ベルギー王が画廊の画を処分する理由
Luise 女王（Oesterreich-Toskana）	104	Luise 女王、女王	→ Toselli, Luise				音楽家トセリと駆落ちした元皇太子妃の近況
Luise 妃（Preussen）	327	Luise 妃	→ Victoria Adelaide Mary Louise				訃報（J. Heydeck）
	330	故 Luise 妃					ケーニヒスベルクでドイツ帝が男は軍事で女は家事と演説
Luise von Mecklenburg-Strelitz	184	Luisentheater	プロイセン王フリードリヒ・ヴィルヘルム3世妃。フランスとの戦争に敗れたプロイセンの崩壊を防ぐため、ナポレオンとの交渉にあたった。芸術を愛好したことでも知られる。没後、プロイセン復興からドイツ帝国成立までのシンボルとなった	ドイツ	1776	1810	新興行ドラマ一覧
	198	ルイイゼ勲章二等					ルイーゼ勲章二等
	207	Luisentheater					新興行ドラマ一覧
	262	Luise 妃					ルイーゼ妃没後百年祭
	305	Luise 妃					ドイツ各所でルイーゼ妃百年忌
	416	Luisenth.					新興行オペラ一覧
	432	Luisenth.					新興行ドラマ一覧
	485	Luisenth.					新興行ドラマ一覧

人名	頁数	本文表記	人物紹介（肩書・略歴など）	出生地	生年	没年	トピック
	517	Luisenth.					ベルリン諸劇場概況（1911夏）
	605	Luisenth.					新興行ドラマ一覧
	668	Luisenth.					新興行ドラマ一覧
	673	Luisentheater					劇場人事
	692	Luisentheater					*Schlossermaxe* 興行
Luitpold von Bayern	13	摂政	バイエルン王国摂政（1886-1912)。ルートヴィヒ１世の三男。「摂政王」と呼ばれ、政治、文化、学術の発展に重要な役割を果たした。P54「維也納の劇場太子摂政座」とあるが、「維也納」はミュンヘンの誤り	ドイツ	1821	1912	バイエルン科学アカデミー150周年祝賀
	32	Bavaria の摂政					有柁風船（飛行船）到着の図
	42	摂政					ミュンヘン芸術院百年祭
	48	摂政の宮					ミュンヘン芸術院百年祭
	49	摂政王					芸術高等学校創立百年で摂政王に頌辞
	51	摂政王					第10回国際美術展覧会
	54	太子摂政座					ワーグナー記念像設立予定（ミュンヘン）
	58	太子摂政					六十歳祝賀（v. Habermann）
	75	Prinzregenten-theater					E. v. Possart 記念額・ワーグナー連日興行
	131	バイエルン摂政、Luitpold 大金牌					ルイポルト大金牌
	189	バイエルン摂政					P. ハイゼと H. v. Tschudi が受勲
	190	Luitpold					P. ハイゼ八十歳賀帖署名者
	224	バワリアの摂政					南極探検事業
	248	摂政					ミュンヘン回教美術展覧会
	471	バイエルン摂政					困窮芸術家に救助基金
	481	Luitpold 摂政					ベルリン王立芸術院名誉会員
	534	摂政					九十歳祝賀の美術展覧会
	587	Prinzregenten-theater					F. Mottl 浮彫半身像設置
	651	バイエルンの摂政					裸体舞踏を褒めた摂政を新聞が論難
	767	Luitpold-land					南極の新地にルイポルトランドと命名
	797	Prinzregenten-theater					R. ワーグナー像（ミュンヘン）
Lukacs, Ladislaus von	133	Ladislaus von Lukacs	政治家、ハンガリー首相（1912-1913）	ルーマニア	1850	1932	オーストリア＝ハンガリー内閣組閣
Lukrezia	193	Frau Lukrezia	→ Bolgia, Lucrezia				ブルク劇場でハイゼ誕生公演

人名	頁数	本文表記	人物紹介（肩書・略歴など）	出生地	生年	没年	トピック
Luksch, Richard	284	Luksh	彫刻家	オーストリア	1872	1936	D. v. リリエンクロン墓像
	309	Richard Luksch					D. v. リリエンクロン墓像除幕
Lundbeck	477	Lundbeck	（建築家）				シンケル賞受賞建築家（1911）
Luque y Coca, Agustín de	487	Luque	軍人、政治家　（陸相）	スペイン	1850	1935	スペイン進歩主義内閣
Lutaud, Charles	704	Lutaud	総督（1911-1918）	アルジェリア	1855	1921	アルジェリア総督がA. フランスを同行して巡視
Luther, Martin	244	Luther	神学者、牧師、宗教改革者。免罪符発行を批判した「95箇条の意見書」により教皇より破門された。ザクセン選帝侯の庇護のもと、ドイツ語訳聖書を出版。ルーテル教会を創始	ドイツ	1483	1546	文士の手紙競売・内容と価格
	268	ルウテル					古文書競売（アムステルダム）
	402	Luther					ハウプトマンのトルストイ評、ハウプトマンのトルストイ評（続）
	491	Martin Luther					マルティン・ルター全集出版
	495	Martin Luther					名家自筆コレクション競売
	512	Luther					P. モルガンがルター書状落札
	803	Lutherbibel					ルター聖書が原形で出版
Lutyens, Edwin	724	Lutyens	建築家	イギリス	1869	1944	エドワード7世銅像（ロンドン）
Luxembourg	117	Luxembourg 博物館	→ Montmorency, François-Henri de				リュクサンブール美術館の壁画
	195	リユクサンブウル					「ヴェルレーヌの肖像」買上
	221	Luxembourg					T. ルーズベルトが美術鑑賞
	542	Luxembourg 公園					ヴェルレーヌ記念像除幕式でのエピソード
	769	Luxembourg 公園					ヴェルレーヌ記念祭で大喧嘩
Luxemburg, Rosa	355	Rosa Luxemburg	マルクス主義政治理論家、経済学者、革命家。ドイツ共産党を結成するも一月蜂起に際し政府軍に虐殺された	ポーランド	1871	1919	政治集会でR. ルクセンブルクが議場混乱の大演説
Luxenburg（伯）	537	Graf von Luxenburg	（ルクセンブルク伯）				新興行ドラマ一覧
Luzzatti, Luigi	111	Luzatti	経済学者、法律家、政治家、首相（1910-1911）（農相）	イタリア	1841	1927	イタリア新内閣
	198	Luigi Luzzatti					内閣組織・略歴紹介
	284	Luzzatti					宗教色排除の小学校案
	385	Luzzatti					イタリアの政局
	479	Luzzatti					選挙法改正案で内閣退陣
	488	Luzzatti					イタリアGiolitti内閣の人材
Lyautey, Hubert	753	将官 Lyautey	軍人	フランス	1854	1934	アカデミー・フランセーズ補充
Lyon, Genevieve	242	Genevieve Lyon	（美人コンテスト優勝者）				美人コンテスト優勝者の大理石像作成
Lyons, Joseph	58	Joseph Lyons	飲食業者。ロンドンで巨大レストランを経営	イギリス	1847	1917	英国名物・世界第一の料理店
Lytton-Bulwer	525	Lytton-Bulwer	→ Bulwer-Lytton, Edward George				ロンドンでドイツ帝歓迎の演劇
M. Lakschmana Suri	779	M. Lakschmana Suri	（劇作家）				サンスクリットとプラークリット

人名	頁数	本文表記	人物紹介（肩書・略歴など）	出生地	生年	没年	トピック
							語で書かれたインド新脚本
Macbeth（Scotland）	282	マクベス	スコットランド王（1040-1057）。シェークスピア四代悲劇の一つでも知られる		1005	1057	「マクベス」翻案の二脚本興行
Macchi, Gustavo	350	Macchi	（オペラ台本家）				新興行オペラ一覧
Mach, Ernst	776	Ernst Mach	哲学者、物理学者、科学史家。ニュートン的な絶対空間・絶対時間を否定したマッハの原理を提唱。「認識の分析」	チェコ	1838	1916	七十五歳祝賀・物そのものとしての我は存在せず
	741	E. Mach					実証主義協会創立
Machado, Bernardino	361	Bernardino Machado	政治家、大統領（1919-1923）（外相）	ポルトガル	1851	1944	革命後ポルトガル仮政府
Macht, Maximilian	218	Maximilian Macht					ベルリン落選展が開会予定
	461	Galerie Maxmilian Macht					ベルリン新分裂派展覧会
Mackay 夫人	82	Mackay 夫人	（アメリカの貴婦人）				米国婦人の驚くべき衣裳代
Mackennal, Bertram	724	Bertram Mackennal	彫刻家。ジョージ5世治下の英国の硬貨や切手をデザイン	オーストラリア	1863	1931	エドワード7世銅像（ロンドン）
Mackensen, Fritz	262	Fritz Mackensen	画家、銅版画家、彫刻家	ドイツ	1866	1953	ヴァイマル美術学校校長人事
	684	Mackensen					ライプツィヒ美術展覧会（1912）
	816	Fritz Mackensen					ドレスデンにロダン「エヴァ」
Mackenzie, San	17	Sir San Mackenzie	（英国の貴族）				各国王族の質入・借金
MacMahon, John（夫人）	67	米国夫人 John MacMahon					米国夫人の蛇革の帽子
Macpherson, James	589	Macpherson	詩人、文筆家、蔵書家、政治家。伝説上の詩人オシアンによる詩集を偽造したとされる	イギリス	1736	1796	著名犯罪詩人の例
Madai, Guido von	440	Polizeipraesident von Madai	官吏。ベルリン警視総監を務めた。ハウプトマンの戯曲「鼠」に実名が用いられたことで裁判沙汰となった	ドイツ	1810	1892	脚本「鼠」に元警視総監の実名
	455	前警視総監、Madai					O. ブラームが「鼠」検閲削除に抗議し警視総監を起訴
	540	von Madai					警視庁の「鼠」削除命令を不服とした劇場側が勝訴
Madame de Thebes	130	Madame de Thebes	女千里眼、占師。本名 Anne Victorine Savigny。ボーア戦争、日露戦争、第一次大戦の勃発、C. マンデスの不慮の死を予見したとされる	フランス	1845	1916	マダム・ド・テベス1910年の予言
Maddison, Adela	289	Addela Maddison	女流作曲家。旧姓 Tindal		1866	1929	新興行オペラ一覧
	416	Adela Maddison					新興行オペラ一覧
Mader, Raoul	201	Raoul Mader	作曲家、指揮者	スロヴァキア	1856	1940	ブダペスト宮廷オペラ座監督
Madero, Francisco	404	Madero	革命家、大統領（1911-1913）。P. ディアスの独裁政治に抗し、国民に武装蜂起を呼びかけメキシコ革命を遂行。大統領に就任したが右派の揺り戻しに遭い監禁、護送中に暗殺された	メキシコ	1873	1913	メキシコ革命勃発
	405	Francisco Madero					F. マデロが仮政府大統領を自称
	526	Madero					P. ディアスが大統領を辞任・F. マデロが就任の見込

人名	頁数	本文表記	人物紹介（肩書・略歴など）	出生地	生年	没年	トピック
	777	Madero					メキシコ大統領が監禁・交代
	778	Francisco Madero					マデロ前大統領の救出失敗
Madonna	563	Madonna	→ Maria				新興行オペラ一覧
	657	Madonna					新興行オペラ一覧
Maes	311	Maes	（ベルギーの社会党員）				ベルギー国内で上流を占める社会主義者・国王の理解
Maes, Constantin	317	Constantin Maes	（考古学者）				訃報
Maeterlinck, Mathilde	550	Maurice Maeterlinck の母	M. メーテルリンクの母。旧姓 Van den Bossche	ベルギー	1835	1911	訃報
Maeterlinck, Maurice	40	Maeterlinck、マアテルリンク	詩人、劇作家、作家。運命に翻弄される人々の姿を描き、象徴主義演劇に新局面を拓いた。のちに写実的な傾向を示すとともに愛や希望によって運命を克服する人物像を描くようになった。戯曲「ペレアスとメリザンド」、「青い鳥」など	ベルギー	1862	1949	「モンナ・ワンナ」オペラ化・出版により起訴
	150	Maurice Maeterlinck					ベルリンで上演禁止の「マグダラのマリア」ライプツィヒで興行
	155	Maeterlinck					教務大臣への「マグダラのマリア」興行交渉不調
	173	Maeterlinck					「マグダラのマリア」ハンブルクで興行
	189 190	Maeterlinck、マアテルリンク					メーテルリンク「マグダラのマリア」興行と P. ハイゼの原作脚本
	294	Maurice Maeterlinck					ベルギー国王がブリュッセル博覧会に国内文士を招待
	305	Maeterlinck、詩人					「ベアトリース尼」に音楽なし
	352	マアテルリンク					S. ベルナールがペレアス役
	359	Maeterlinck					「青い鳥」に作譜
	361	Maeterlinck					フランス帰化に迷い
	374	Maeterlinck					「青い鳥」が各国で興行
	384	Maurice Maeterlinck					ノーベル文学賞候補（1910）
	405	マアテルリンク					おじのジュネーヴ博物館長
	427	Maeterlinck					新聞 *Il Piccolo* の文芸雑報
	433	Maeterlinck					ジョルジェット・ルブラン＝メーテルリンクが「青い鳥」舞台監督
	469	Maeterlinck、作者					ジョルジェット・ルブラン＝メーテルリンク監督「青い鳥」興行
	511	Maeterlinck					興行禁止の「モンナ・ワンナ」を女子飛空協会が会員制上演
	550	Maurice Maeterlinck					訃報（Mathilde Maeterlinck）
	611	Maurice Maeterlinck					ノーベル賞受章有力との噂
	613	Maeterlinck					ノーベル賞候補一覧（1911）

M

人名	頁数	本文表記	人物紹介（肩書・略歴など）	出生地	生年	没年	トピック
	618	Maeterlinck					ノーベル賞受賞候補（1911）
	620	Maeterlinck					歴代ノーベル文学賞受賞者
	623	Maeterlinck					歴代ノーベル文学賞受賞者によるアナグラム
	626	Maurice Maeterlinck					法学士が多いベルギー詩人
	637	Maurice Maeterlinck					ノーベル賞受賞式の予定
	657	Maurice Maeterlinck					「青い鳥」の稽古回数90回
	715	Maeterlinck					メーテルリンクのノーベル賞祝賀会に国王と妃が臨席
	732	Maeterlinck					「ジル・ブラス」の選んだ詩人王
	736	Maurice Maeterlinck 夫婦					メーテルリンク夫妻が興行旅行
	779	Maurice Maeterlinck					「モンナ・ワンナ」オペラ化
	804	Maurice Maeterlinck					「マグダラのマリア」パリ興行
	846	MAETERLINCK					「マグダラのマリア」脱稿間近
Maeterlinck, Maurice (おじ)	405	マアテルリンクのおじ	(メーテルリンクのおじ)				おじのジュネーヴ博物館長
Maeterlinck, Maurice (妻)	736	Maurice Maeterlinck 夫婦	→ Leblanc-Maeterlinck, Georgette				メーテルリンク夫妻が興行旅行
Magliabechi, Antonio	725	Antonio Magliabechi	司書、愛書家。蔵書は国立中央図書館（フィレンツェ）の基礎となった	イタリア	1633	1714	歴代著名蔵書家
Magnard, Albéric	657	A. Magnard	作曲家、オペラ作家。フランスのブルックナーとも言われる	フランス	1865	1914	新興行オペラ一覧
	658 659	Albéric Magnard、マニアアル					A. Magnard「ベレニス」パリ興行
Magnere	663	Magnere	(パリのテノール歌手)				舞台で声が出ずテノール廃業
Magnier, Piérre	261	Piérre Magnier	舞台俳優	フランス	1869	1959	ロスタンが「シャンテクレ」を朗読して波紋
Magnussen, Julius	149	Julius Magnussen	作家、劇作家、伝記作家	デンマーク	1882	1940	合作 *Der grosse Tote* 興行
	699	Julius Magnussen					興行情報
Mahadeva	186	Mahadeva	紀元前3世紀頃に活躍したとされる仏教の僧侶				新興行ドラマ一覧
	416	Mahadeva					新興行オペラ一覧
Mahler, Alma	529	Alma, geb. Schindler	G. マーラーの妻。旧姓 Schindler。多彩な恋愛遍歴とともに世紀末芸術のミューズとして知られる	オーストリア	1879	1964	未亡人にG. マーラーの全遺産
	645	Alma Maria Mahler					グスタフ・マーラー財団
Mahler, Gustav	215	Gustav Mahler	作曲家、指揮者。後期ロマン派の最後を飾る音楽家で、ウィーン世紀末を代表する一人。シェーンベルクら新ウィーン楽派の登場を促した。壮大な編成による管弦楽により、独自の色彩感を帯びた標題音楽を作り上げた。ウィーン宮廷歌劇場、ウィーン・フィルの総監	チェコ	1860	1911	G. マーラーが「大地の歌」演奏
	340	Mahler					ウィーン宮廷オペラ人事の噂
	346	Gustav Mahler					「交響曲8番」初演（ミュンヘン）
	521	Gustav Mahler					病中のG. マーラーがパリからウィーンに帰着

人名	頁数	本文表記	人物紹介（肩書・略歴など）	出生地	生年	没年	トピック
	526	Gustav Mahler	督をつとめたが、反ユダヤ主義の風潮を受けアメリカに渡り、メトロポリタン歌劇場、ニューヨーク・フィルを率いた。「千人の交響曲」と呼ばれる8番など9曲の交響曲がある（10番は未完）				訃報・略歴
	527	Gustav Mahler					死因・遺言で葬儀演説を拒否
	529	グスタアフ・マアレル					未亡人にG. マーラーの全遺産、遺稿「交響曲9番」など出版
	645	Gustav Mahler-Stiftung					グスタフ・マーラー財団
	802	Gustav Mahler 賞					シェーンベルクにマーラー賞
Mahling, Friedrich	736	Friedrich Mahling	神学者		1865	1933	ベルリン大学役員一覧
Mahmud Schewket (Pascha)	806	Mahmud Schewket Pascha	オスマン帝国宰相（1911-1913）、軍人	イラク	1856	1913	トルコ首相暗殺
Maidstone	273	Lord Maidstone	メイドストーン子爵、のち14代ウィンチルシー伯及び9代ノッティンガム伯Guy Montagu George Finch-Hatton	イギリス	1885	1939	婚礼に八千人の見物
Maillard, Auguste	265	Maillard	画家、彫刻家	フランス	1864	1944	コクラン兄弟記念像
Maimon, Bernard	491	Maimon	（出所不明の商人）				フランス外務省機密書類漏洩
Main sym ka pisar karim	328	Main sym ka pisar karim	（インドの恋の言葉の収集家）				恋の言葉の収集家
Majou, Ferdinand	267	Ferdinand Majou	（殺人容疑の大学教授）				商人の妻が大学教授と共謀で夫を殺害
Makarow, Alexander Alexandrowitsch	765	Makarow	政治家　（内相）		1857	1919	ロシア内相が交代
Makart, Hans	504	Hans Makart	画家、歴史画家。G. クリムトらユーゲントシュティールの画家に影響を与えた。A. ヴィルブラントと親交があった	オーストリア	1840	1884	油絵「ロミオとジュリエット」展覧
	546	Makart					訃報・略歴（A. Wilbrandt）
	548	Makart					鍮匙小説（モデル小説）
Maklakow, Nikolai Alexejewitsch	765	Maklakow	政治家　（内相）		1871	1918	ロシア内相が交代
Makowezki, Dushan	129	かかり附の医師	医師。トルストイの家出に同行した主治医				トルストイが流行性感冒
	390	Makowezki					トルストイの家出に医師同行
	401	Makowezki					訃報（L. トルストイ）・詳細
Makowski	600	Makowski	（ロシアの医療関係者）				社会革命党員が歌劇場でロシア首相を銃撃
Makri, Therese	114	Therese Makri	アテネのイギリス副領事の娘。バイロンの詩のモデルとなった		1798	1875	G. G. バイロン記念祭
Malatesta, Parisina	708	Rimini 公爵の女 Parisina Malatesta	フェラーラ領主ニッコロ3世の妻。夫と愛人の間の息子と不倫し斬首された	イタリア	1404	1425	マスカーニとダヌンツォがオペラ制作
Malborough 公爵夫人	57	Malborough 公爵夫人	9代マルボロ公爵夫人 Consuelo Spencer-Churchill。旧姓 Vanderbilt	アメリカ	1877	1964	珍獣を飼っている夫人たち

M

人名	頁数	本文表記	人物紹介（肩書・略歴など）	出生地	生年	没年	トピック
Malbrouck（公爵）	91	Malbrouck 公爵	初代マルボロ公爵 John Churchill	イギリス	1650	1722	Malbrouck の童謡
Malbruck	263	Malbruck					新興行オペラ一覧
	416	Malbruck					新興行オペラ一覧
Malecka, Ketty	726	Ketty Malecka	（イギリス人の女性社会主義者）				英人がロシアから退去処分
Malibran, Maria	249	Malibran	メゾソプラノ歌手。19世紀の代表的なオペラ歌手の一人。M. ガルシアの娘でポーリーヌ・ヴィアルドの姉	フランス	1808	1836	訃報（P. Viardot-Garcia）・人物紹介
Maligny	760	Théâtre Maligny	→ Marigny				女性運動題材の戯曲興行
Malinow, Aleksandar	352	Malinow	政治家。ブルガリア王国首相（1908-1911、1918-1918、1931-1931）	モルドバ	1867	1938	ブルガリア内閣辞職
Malkowsky, Emil Ferdinand	264	E. F. Malkowsky	（劇作家）				新興行ドラマ一覧
	288	Emil F. Malkowsky					新興行ドラマ一覧
	431	E. F. Malkowsky					新興行ドラマ一覧
Mallarmé, Stéphane	727	Stephane Mallarmé	詩人。A. ランボーとともにボードレール以降のフランス象徴詩派を代表する存在。「半獣神の午後」「骰子一擲」など	フランス	1842	1898	訃報（L. Dierx）
	826	Mallarmé					G. ブランデス「現代のフランス文学」分類図
Mallet 夫人	66	Mallet 夫人	Anna de Rougemont de La Schadau。ベートマン・ホルヴェークの伯母	スイス	1827	1896	ベートマン・ホルヴェーク親族関係
Malsburg, Karl von der	704	Karl v. der Malsburg	H. von Holnstein の父				訃報（H. v. Holstein）
Malthus, Thomas Robert	320	Malthus	政治経済学者、人口統計学者。過少消費説・有効需要説を唱えた	イギリス	1766	1834	子を儲けない男子が会員の新マルサス派大会
Maltzahn, Axel Albrecht von	235	Maltzan 男爵	著述家		1849	1928	ビョルンソンの葬儀
	700	Axel Albrecht von Maltzahn					先祖ピラミッドなる用語
Malvy, Louis	469	Malvy	政治家　（司法次官）	フランス	1875	1949	フランス新内閣
	558	Malvy					フランス新内閣
Mancini, Antonio	624	Mancini	画家	イタリア	1852	1936	ローマ国際美術展覧会受賞者
Mandac, Simeon	340	Simeon Mandac	政治家、革命家				フィリピンの反乱鎮定
Manén, Joan	382	Joan Manén	作曲家、ヴァイオリニスト	スペイン	1883	1971	新興行オペラ一覧
Manet, Édouard	188	Manet	画家。19世紀後半のフランスを代表する画家の一人。色彩に価値を置いた平面的な画面構成により印象派の登場を用意した。「オランピア」などで物議をかもしがちであったマネを、E. ゾラらが擁護したことでも知られる	フランス	1832	1883	「マキシミリアン帝の処刑」買入
	206	Manet、マネエ					ゾラ「制作」の主人公モデルにまつわる誤解
	211	Manet					ベルリン分離派展覧会の呼物
	281	Manet、マネエ					「マキシミリアン帝の処刑」の遠近法分析
	675	Manet					マネ「アトリエでの朝食」がピナコテークに匿名で寄贈
Mangin, Charles	387	Mangin 大佐	軍人	フランス	1866	1925	フランス陸軍が黒人隊を編成

M

人名	頁数	本文表記	人物紹介（肩書・略歴など）	出生地	生年	没年	トピック
Manguin, Henri Charles	495	Manguin	画家	フランス	1874	1949	ベルリン分離派展覧会（1911）
Manigk, Alfred	665	Manigk	法学者。東京大学から招聘されたが辞退した	ポーランド	1873	1942	ケーニヒスベルク大学役員
	822	Alfred Manigk					東京大学に異動の予定
Mann, Heinrich	186	Heinrich Mann	作家、批評家。小説「ウンラート教授」などで権力に寄り添いやすいドイツ社会を戯画化し批判した。第二次大戦中はフランス、アメリカに亡命。反ファシズム運動の中心になって活躍、客死した。歴史小説「アンリ4世」などがある。弟はトーマス・マン	ドイツ	1871	1950	新興行ドラマ一覧
	375	Heinrich Mann					演劇会パン創立
	383	Heinrich Mann					演劇会パンの上演作品
	434	Heinrich Mann					政権に寄りそう文士を批判
	435	Heinrich Mann					第1回 Zum grossen Wurstl
	502	Heinrich Mann					対照的な評価の興行二つ
	544	Heinrich Mann					ヴェデキント興行禁止反対署名者一覧
	596	Heinrich Mann					脚本「女優」脱稿
	619	Heinrich Mann					新作脚本「女優」あらすじ
	761	Heinrich Mann					興行情報
	774	Heinrich Mann					「大いなる愛」興行
Mann, Mathilde	393	Mathilde Mann	女流翻訳家。トーマス・マン兄弟と同族のデンマーク領事フリードリヒ・マンの妻。スカンジナヴィア文学を独訳	ドイツ	1859	1925	文壇二十五周年祝賀
Mann, Thomas	108	Thomas Mann	作家、批評家。ノーベル文学賞（1929）。ハンザ同盟都市リューベックの豪商の家に生まれた。兄に同じく作家のハインリヒがいる。書肆S. フィッシャーの勧めにより自身の一族をモデルにした長篇「ブッデンブローク家の人々」を執筆、文壇に地位を築いた。同作は約三十年後に受賞したノーベル文学賞の選考対象作品となった。第二次大戦中はスイス、アメリカに亡命。批評や講演を通じドイツ文化についての自省を続けた。代表作にG. マーラー「交響曲8番」初演を聴いたことから着想を育てとされる「ヴェニスに死す」「魔の山」「ワイマルのロッテ」などがある。また「詐欺師フェーリクス・クルルの告白」はP82のG. Manolescuをモデルにしている。長男クラウスも著名な作家となった	ドイツ	1875	1955	解散予定の学芸座が「フィオレンツァ」を興行
	124	Thomas Mann					五十歳祝賀（S. Fischer）
	127	Thomas Mann					1909年中最も面白かった記事
	273	Thomas Mann					ヴェデキント「演劇、用語集」
	278	Thomas Mann					遊興税反対署名者一覧
	306	Thomas Mann					学校の成績が良かった名士・悪かった名士
	375	Thomas Mann					演劇会パン創立
	424	Thomas Mann					国民劇興行のための五千人劇場設立運動
	544	Thomas Mann					ヴェデキント興行禁止反対署名者一覧
	585	Thomas Mann					検閲者に対するトーマス・マンの総評
	653	Thomas Mann					クリスマスの予定アンケート
	749	Thomas Mann					長篇「詐欺師フェーリクス・クルルの告白」執筆中
	832	Thomas Mann					トーマス・マン自作談話
Manning, Philipp	356	Manning	俳優、劇場監督	イギリス	1869	1951	J. カインツの葬儀

M

人名	頁数	本文表記	人物紹介（肩書・略歴など）	出生地	生年	没年	トピック
Manolescu, Georges	82	Manolescu	旅館泥棒、結婚詐欺師、詐欺師	セルビア	1871	1906	怪盗紳士の自伝
Mansfeld, Ernestine	76	Ernestine Mansfeld 侯爵夫人	Colloredo-Mannsfeld 公爵夫人 Ernestina	チェコ	1873	1961	開業医と侯爵夫人の婚約
Mansson	195	Mansson 氏	（ストックホルム市会議員）				ストツクホルム市に女性議員
Mantegazza, Paolo	331	Mantegazza	神経学者、生理学者、人類学者、作家	イタリア	1831	1910	訃報
	342	Paolo Mantegazza					訃報
Mantegna, Andrea	613	Mantegna	画家。パドヴァ派を代表する存在	イタリア	1431	1506	マンテーニャ「聖セバスチャン」
Manthe, Albert	380	Manthe	彫刻家	イタリア	1847	1929	ベルリン芸術家協会新委員
Manuel II	233	西班牙王	ポルトガル王国最後の王（1908-1910）。父カルルシュ１世と兄ブラガンサ公ルイス・フェリペが1908年に暗殺されたために即位。その後、1910年10月５日に起こった革命（これによりポルトガル共和国が成立）により退位した。亡命先のイギリスでホーエンツォレルン＝ジグマリンゲン侯ヴィルヘルムの娘アウグステ・ヴィクトリアと結婚。故国に戻ることなく客死した。母アメリー・ド・オルレアンは英国 Woodnorton に居住していたオルレアン公 Philippe の姉であり、また、祖母マリア・ピア（ルイス１世妃）はイタリアのヴィットーリオ・エマヌエーレ２世の娘であったことから、王族の亡命先となった。P233「西班牙王」、P335「スパニア王」は誤り	ポルトガル	1889	1932	スペイン（ポルトガルの誤り）王室の財政困難の一兆候
	335	スパニア王					仕立屋が皇后を告訴
	361	Manuel					マヌエル王ブラジル軍艦に乗船
	362 363	王、ポルトガル王、マヌエル王					1910年10月５日革命
	367	Manuel 王、ポルトガル王、マヌエル王					英王がポルトガル王族を迎えるべく客船を派遣、ポルトガル王族の受入
	368	マヌエル王					ポルトガル王族の行き先
	369	王					ポルトガル王・皇后の行き先
	375	マヌエル王					英艦がマヌエル王夫妻を奉迎
	377	マヌエル王					ポルトガル王族がイギリスとイタリアに出立
	379	マヌエル王、マヌエル王一行					英国に亡命の途上、英国に上陸、位を失った君主の挙動
	380	マヌエル王					マヌエル王とピア夫人の歳入
	391	マヌエル王					マヌエル王のための荘園探し
	434	前葡萄牙王					マヌエル王が転居
	787	前王 Manuel					ポルトガル前王と舞妓をモデルにしたオペレット興行
Manzel, Karl Ludwig	250	Ludwig Manzel	彫刻家、画家、版画家	ドイツ	1858	1936	ベルリン美術大展覧会（1911）
	516	Ludwig Manzel					ヴィルヘルム１世騎馬像除幕
	674	Ludwig Manzel					全ドイツ芸術共同組合
	716	Ludwig Manzel					ベルリン王立芸術院院長人事
	748	Ludwig Manzel					ベルリン王立芸術院院長就任
	814	Ludwig Manzel					フリードリヒ帝記念像
Manzoni, Alessandro	184	Manzoni	詩人、作家、政治家。イタリアにおけるロマン主義を代表する一人	イタリア	1785	1873	新興行ドラマ一覧
	413	T. Alessandro Manzoni					新興行ドラマ一覧

M

人名	頁数	本文表記	人物紹介（肩書・略歴など）	出生地	生年	没年	トピック
	431	Manzoni					新興行ドラマ一覧
	509	Manzoni					I. Nievo 追懐
Mar, Helen	13	Miss Helen Mar	（イギリスの女性コメディアン）				英国で落語が流行
Marat, Jean-Paul	213	Marat	医師、革命指導者	スイス	1743	1793	女に好かれた醜男子
Marc Anton	355	Marc Anton	→ Marcus Antonius				訃報（J. カインツ）・詳細
Marcel, Henri	789	Henri Marcel	図書館長、美術館長	フランス	1854	1926	ルーヴル美術館長官人事
Marcel, Lucille	201	Lucie Marcell	メゾソプラノ歌手。本文では Lucie Marcell とあるが正しくは Lucille Marcel	アメリカ	1887	1921	「エレクトラ」主役と監督に醜聞
Marcell	233 234	Marcell、マルセル	（被告人となったあらくれ男）				女の帽子の裁判
	286	公民 Martet					女の帽子裁判の判決
March, Otto	503	March	建築家	ドイツ	1845	1913	ベルリン美術大展覧会（1912）
	529	Otto March					ベルリン美術大展覧会役員
Marchand	628	Marchand 氏、未亡人	（F. L. Vogel の再婚相手）				クライストの心中相手の親族
Marchand, Jean-Baptiste	332	Marchand 大佐	軍人、アフリカ探検家	フランス	1863	1934	「絶対空間」に関する訛伝・ハレー彗星偽物説
Marcks, Erich	511	Erich Marcks	歴史家。とりわけビスマルクの研究者として知られる	ドイツ	1861	1938	ゲーテ協会講演「ゲーテとビスマルク」
	541	Erich Marcks					ゲーテ協会大会（ヴァイマル）
	624	Erich Marcks					五十歳祝賀
Marco（Apostel）	58	サン・マルコ塔	十二使徒の一人。「マルコによる福音書」を記したとされる				サン・マルコ塔の鐘を録音
	488	San Marco					七十歳祝賀（C. Hepp）
	627	San Marco					フラ・アンジェリコ作品盗難もすぐに発覚
Marconi, Guglielmo	108	Marconi	電気技術者、実業家。無線通信装置を開発、太平洋横断の通信を成功させた。ノーベル物理学賞（1909）	イタリア	1874	1937	ノーベル賞受賞者（1909）
	135	Marconi					ホテルの給仕にチップをはずむ人はずまない人
	286	Marconi					無線電信の種類
Marcus Antonius	355	Marc Anton	共和政ローマの政治家、軍人。第二回三頭政治の一頭。シェークスピア劇「アントニーとクレオパトラ」でも知られる		前83	前30	訃報（J. カインツ）・詳細
	803	Antonius					検書官の裁定のため文芸顧問に辞職者の可能性
Marcus Aurelius Antoninus	731	Marcus Aurelius	16代ローマ帝国皇帝。五賢帝の最後の一人で「自省録」を遺したことでも知られる	イタリア	121	180	マルクス・アウレリウス騎馬銅像の修繕
	843	MARCUS AURELIUS					D. メレシュコフスキー評論英訳
Marcuse, Julian	526	Marcuse	（料理研究家）				ベジタリアンのための料理本
Mardschanow, K. L.	705	Mardschanow	（舞台監督）				モスクワにパントマイム劇場
Marées, Hans von	92	Hans von Marées	画家、版画家。理想主義を標榜	ドイツ	1837	1887	シャック・ギャラリー開館式

人名	頁数	本文表記	人物紹介（肩書・略歴など）	出生地	生年	没年	トピック
Marek, Karl	433	Marek	政治家　（工相）				オーストリア新内閣
Margarethe	386	Margarethenschule					F. シュピールハーゲンが娘の死に落胆
Marget	442	Marget	（舞台女優）				すこぶる振るった文士の論争
Margherita Maria Teresa Giovanna di Savoia	374	Margherita 夫人	イタリア国王ウンベルト１世妃	イタリア	1851	1926	ピア夫人とポルト公はイタリアに亡命
Margot	292	Margot	（ゴーチエ、ユイスマンス、ネルヴァルが共同生活を送っていた時の女中）	フランス			文学者の名物使用人たち
Marguerite, Victor	470	Victor Margheritte	作家。同じく小説家の弟 Paul とともにフランスで活躍	アルジェリア	1866	1942	*Après moi* 撤回事件・脚本興行の自由に関する抗議署名
	554	Victor Marguerite					ジュルナル紙中傷の悪質新聞
	827	Victor Margueritte					G. ブランデス「現代のフランス文学」分類図
Maria	25	聖母	イエスの母。聖母と称えられる。サンタ・マリア・デッレ・グラツィエは「最後の晩餐」のある修道院の名				寺院で絵画紛失
	50	マリア昇天日					M. グライフが怪我の療治
	246	マリア					オーバーアマガウの受難劇
	438	マドンナ					レンブラント「夜警」に小刀
	563	Madonna					新興行オペラ一覧
	643	聖母					聖母登場の「ガウェイン」興行禁止、盗難品オルカーニャ「キリストと聖母」発見
	657	Madonna					新興行オペラ一覧
	745	Santa Maria della Grazie					「最後の晩餐」修復
	777	Santa Maria (Trastevere)					サンタ・マリア・トラステヴェレ教会に傷
	810	Marienschule					女学校拳銃乱射事件
Maria	263	Maria	→ Marie von Hessen-Darmstadt				新興行オペラ一覧
Maria II	78	Maria II	ブラガンサ朝ポルトガル女王（1826-1828、1834-1853）	ブラジル	1819	1853	ポルトガル王室の借財問題
Maria Annunziata von Oesterreich	230	Maria Annunziata von Oesterreich	オーストリア＝ハンガリー皇帝フランツ・ヨーゼフ１世の姪	オーストリア	1876	1961	高貴なる僧尼
Maria Clotilde	369	Clotilde	イタリア国王ヴィットーリオ・エマヌエーレ２世の娘、マリア・ピアの姉	イタリア	1843	1911	皇太后マリア・ピアの行き先
	557	Princesse Clothilde					訃報
Maria del Pilar	24	Prinzessin Maria del Pilar	バイエルン公子・スペイン王子ルードヴィヒ・フェルディナンドの長女。女流画家として活躍	スペイン	1891	1987	ケルン花祭
	41	女王					ケルン花祭
Maria Magdalena	150	Maria Magdalena	新訳聖書福音書に登場する女性。イエスの死と復活とを見届けたとされる。聖人の一人。				ベルリンで上演禁止の「マグダラのマリア」ライプツィヒで興行

人名	頁数	本文表記	人物紹介（肩書・略歴など）	出生地	生年	没年	トピック
	155	Maria Magdalena	「椋鳥通信」においてはM. メーテルリンク、C. ヘッベルの戯曲の題材として表れている。しかし、ヘッベル「マグダラのマリア」はタイトルだけで作中には登場しない。また、P683、743のL. トーマの戯曲Magdalenaはマグダラのマリアとは直接関係しない作中人物を主人公としたもの				教務大臣への「マグダラのマリア」興行交渉不調
	173	Maria Magdalena					「マグダラのマリア」ハンブルクで興行
	189 190	Maria Magdalena、マリア					メーテルリンク「マグダラのマリア」興行とP. ハイゼの原作脚本
	279	Maria Magdalena					訃報（C. Hebbel）
	804	Marie Madeleine					「マグダラのマリア」パリ興行
	846	MARIA MAGDALENA					「マグダラのマリア」脱稿間近
Maria Pia de Sabóia	233	Maria Pia	ポルトガル王ルイス1世王妃。イタリア国王ヴィットーリオ・エマヌエーレ2世の娘。P233、335では「西班牙王の祖母」「スパニア王の祖母」と記されているがこれは誤りで、ポルトガル最後の国王マヌエル2世の祖母にあたる。慈善活動に熱心で国民から慕われたが、1908年に長男カルルシュ1世と孫の王太子ルイス・フェリペを暗殺事件で失い、続く1910年の革命によって故国イタリアへの亡命を余儀なくされた	イタリア	1847	1911	スペイン（ポルトガルの誤り）王室の財政困難の一兆候
	335	Maria Pia					仕立屋が皇后を告訴
	362 363	Pia、Maria Pia（王の祖母）、マリア・ピア、マリア・ピア夫人					1910年10月5日革命
	368	Pia 夫人、ピア夫人					ポルトガル王族の行き先
	369	ピア夫人					皇太后マリア・ピアの行き先
	374	ピア夫人					ピア夫人とポルト公はイタリアに亡命
	377	マリア・ピア					ポルトガル王族がイギリスとイタリアに出立
	380	マリア・ピア夫人					マヌエル王とピア夫人の歳入
	381	マリア・ピア					イタリアのピア夫人消息
	565	ポルトガル前王未亡人 Maria Pia					訃報
Marianne	521	Marianne	ヘロデ王の妻。王に深く愛されたが、猜疑心に満ちた王により処刑された		前54	前29	ウィーン興行情報
Marianne von Oranien-Nassau	521	Mariannekirche	オランダ王ヴィルヘルム1世の娘	ドイツ	1810	1883	教会に住み着いた鷹を討ち取り
Marie	248	Marie, Prinzessin von Daenemark、故女王	→ d'Orléans, Marie Amélie Françoise Hélène				デンマーク王女の自伝
Marie	260	王妃 Marie	→ Sophie Dorothee von Wuerttemberg				ゲーテの髪の毛を販売と広告
Marie Antoinette	85	Marie-Antoinette	ブルボン朝5代国王ルイ16世妃、オーストリア女帝マリア・テレジアの末娘。フランス革命において民衆の不満と憎悪の対象となり、裁判により刑死した	オーストリア	1755	1793	人形偏愛症の人々
	196	Marie Antoinette、マリイ・アントアネット					統計上の矛盾（贋物の蔓延）
	418	Marie Antoinette					突然白髪になった逸話
	495	Marie Antoinette					ナウンドルフ問題に関する演説

人名	頁数	本文表記	人物紹介（肩書・略歴など）	出生地	生年	没年	トピック
	566	Marie-Antoinette					猥褻書籍翻訳裁判・A. ネルシア紹介
Marie Madeleine	804	Marie Madeleine	→ Maria Magdalena				「マグダラのマリア」パリ興行
Marie Thérèse Charlotte	423	Angouléme 公爵夫人 Marie Therèse Charlotte	アングレーズ公爵夫人。ルイ16世とマリー・アントワネットの長子	フランス	1778	1851	ナウンドルフ問題・非王説優勢
Marie von Hessen-Darmstadt	104	Marine 劇場	ロシア皇帝アレクサンドル2世妃 Maria Alexandrovna。その名に因みマリインスキー劇場の名が付けられた	ドイツ	1824	1880	マリインスキー劇場傷害事故
	263	Maria					新興行オペラ一覧
	475	マリア座					女ズボンの着用者入場禁止
Marie-Henriette de Habsbourg-Lorraine	232	母	ベルギー国王レオポルト2世妃。オーストリア大公ヨーゼフ・アントン・ヨハンの末娘	ハンガリー	1836	1902	レオポルド2世遺産争い
Marigny	93	Marigny 座	ポンパドール夫人の弟マリグニー侯爵 Abel-François Poisson de Vandières	フランス	1727	1781	女優オテロが大火傷
	760	Théâtre Maligny					女性運動題材の戯曲興行
	772	Marigny					女性運動題材の新作滑稽劇
Marine	104	Marine 劇場	→ Marie von Hessen-Darmstadt				マリインスキー劇場傷害事故
Marinero	57	Marinero	(死亡した闘牛士)				闘牛による負傷・事故死
Marinetti, Filippo Tommaso	13	F. T. Marinetti	詩人、作家、批評家。1909年2月29日フランスのフィガロ紙に「未来派宣言」を掲載し、イタリア未来派を創立した。「椋鳥通信」では同年3月12日付でこの宣言を翻訳・紹介している	エジプト	1876	1944	マリネッティーの未来派宣言・未来派紹介
	776	F. T. Marinetti					未来主義の新展開・女子運動
	781	Marinetti					未来派画家主要メンバー、未来派大会で騒乱
Mariotte, Antoine	239	Moriotte	作曲家、指揮者	フランス	1875	1944	新興行オペラ一覧
Marius, Simon	181	Simon Marius	天文学者	ドイツ	1573	1624	天体望遠鏡発明から三百年
Markbreiter, Irene	432	Irene Markbreiter	眼科医	ハンガリー	1847	1919	女性眼科医が助教授就任
Markgraefin von Bayreuth	580	Markgraefin von Bayreuth	→ Wilhelmine von Preussen				ドイツで新著が迫害の風潮・再版の古書は猛烈な内容
Markuse	457	Markuse					ベルリンに飛行研究所
Marlitt, Eugenie	332	Marlitt	女流作家。本名 Friederieke Henriette Christiane Eugenie John	ドイツ	1825	1887	「自然派のマリット」と評されたことにズーダーマンが反発
	376	Marlitt 夫人					E. マリットの甥が海水浴場事件で逮捕
	495	Marlitt					「信仰と故郷」を剽窃と中傷
	710	Marlitt					E. Marlitt 記念像
	742	Marlitt					訃報（W. Heimburg）
	794	Marlitt					E. Marlitt 記念像
Marlitz, Ferdinand von	576	Ferdinand von Marlitz	→ Martitz, Ferdinand von				学士黄金祝祭
Marlowe, Christopher	304	Marlowe	劇作家、詩人、翻訳家。無韻詩を確立し、シェークスピアに影響を与えたとされる。「フ	イギリス	1564	1593	大学生がC. マーロウ「フォースタス博士」を興行

人名	頁数	本文表記	人物紹介（肩書・略歴など）	出生地	生年	没年	トピック
	801	Christopher Marlowe	ォースタス博士」はファウスト伝説に取材した戯曲				C. マーロウ「エドワード2世」新約
Marmande, René de	748	Marmande	文筆家、ジャーナリスト。本名 Marie Constant Emmanuel Gilbert	フランス	1875	1949	エミール・ゾラ忌
Marmont, Thea von	664	Thea von Marmont	（女流音楽家）				R. デーメル自作朗読・唱歌会
Marnière, Jeanne	180	Jeanne Marnière	女流作家、フェミニスト。本名 Jeanne Marni		1854	1910	訃報
Marqueste, Laurent-Honoré	287	Marqueste	彫刻家。新バロック様式	フランス	1848	1920	ワルデック＝ルソー記念像除幕
Marquet, Albert	491	Marquet	画家。マチスらとフォービズムを結成、初期の有力なメンバーの一人	フランス	1875	1947	ベルリン分離派展覧会にフランス表現派の絵画陳列
	495	Marquet					ベルリン分離派展覧会（1911）
Marr, Hans	436	Hans Marr	俳優	ドイツ	1878	1949	ハウプトマン「鼠」配役
Mars	127	Mars 星	ローマ神話に登場する戦いの神。火星を表す				1909年最も面白かった記事
	132	Mars 星					火星に溝渠なしとの証明写真
	133	Mars 星					火星に二本の溝（運河）を発見
	284	Mars 星					訃報（G. Schiaparelli）
	340	Mars 星					火星の大気に水蒸気と酸素
Mars	699	Mars	(*Journal Amusant* 紙の挿絵画家)				訃報
Marschner, Heinrich	438	Marschner	作曲家、オペラ作曲家指揮者。ドイツ・ロマン派	ドイツ	1795	1861	八十歳祝賀（A. Niemann）
Marshall, Frank James	298	Marshall	チェス棋士	アメリカ	1877	1944	チェス大会（ハンブルク）
Marteau, Pierre	569	Pierre Marteau	（出版業者）				偽名で猥褻書籍出版
Martersteig, Max	128	Max Martersteig	作家、劇作家、劇場監督。妻であった女優 G. Eysoldt とは離婚した。P342の Konrad は Max の誤り	ドイツ	1853	1926	ブルク劇場監督候補一覧
	342	Konrad Martersteig、夫					元女優が窃盗のため入牢
	355	Max Martersteig					犯罪人が自分の妻ではなかった事を広告
	390	Martersteig					ライプツィヒ市立劇場監督人事
	478	Martersteig					「ファウスト」興行沿革
	484	Martersteig					ケルン市立劇場監督人事
	526	Max Martersteig					外国オペラ・演劇のテキスト統一につき議論
	714	Martersteig					ワーグナー百年生誕祭（ライプツィヒ）・全楽劇上演など
	749	Martersteig					ハウプトマン五十歳記念興行
	775	Max Martersteig					六十歳祝賀
Martersteig, Max（妻）	342	Konrad Martersteig の妻	女優、舞台演出家 Gertrud Eysoldt。M. Martersteig とは離婚。P 342 の Konrad は	ドイツ	1870	1955	元女優が窃盗のため入牢

M

人名	頁数	本文表記	人物紹介（肩書・略歴など）	出生地	生年	没年	トピック
	355	妻	Max の誤り				犯罪人が自分の妻ではなかった事を広告
Martet	286	公民 Martet	→ Marcell				女の帽子裁判の判決
Martienssen, Oscar	571	Martienssen	物理学者。ジャイロ・コンパスを発明	ドイツ	1874	1954	羅針盤の改良製作
Martin	166	Porte St. Martin 座	カトリックの聖人	ハンガリー	316	397	「シャンテクレ」総浚い
	174	Porte Saint-Martin					「シャンテクレ」国外巡業興行
	184	Porte St. Martin					新興行ドラマ一覧
	295	Porte Saint-Martin 座					「シャンテクレ」が大当たり
	397	Porte St. Martin 座					「幸福のベール」興行
	435	Porte Saint Martin					俳優 L. ギトリが所属劇場移籍
	500	Porte-Saint-Martin					訃報（J. Lubomirski）
	712	Théâtre de la Porte Saint Martin					滑稽劇 *La Crise*
	726	Porte Saint Martin					E. ロスタンの「ドン・ジュアン」
	758	Porte St. Martin					*Les Flambeaux* 初興行
	797	Porte Saint Martin					「シラノ・ド・ベルジュラック」興行千回記念
Martin, Carow	166	Carow Martin	（ロンドンの批評家）				批評家が王立協会の金を着服
Martin, Ernst	541	Ernst Martin	ドイツ語・文学研究者、ロマンス語・文学研究者	ドイツ	1841	1910	ゲーテ協会大会（ヴァイマル）
Martin, Hans	209	Hans Martin	（オペラ台本家）				新興業オペラ一覧
Martin, Homer Dodge	192	Homer Martin	画家、風景画家	アメリカ	1836	1897	アメリカ画展覧会（ベルリン）
Martin, Karlheinz	576	Karlheinz Martin	映画監督、舞台監督。ドイツ表現主義	ドイツ	1886	1948	妻の財産上の訴訟により辞職
Martin, Paul	504	Martin	（マンハイム市長）				マンハイムに世俗大学創立
Martin, Rudolf	470	Rudolf Martin	著述家、編集者				「プロイセン富限鑑」に物議
Martin-Harvey, John	801	Martin Harvey	俳優。俳優としてナイトの称号を得た	イギリス	1863	1944	シェークスピア劇興行者の趣向
Martinelli, Ludwig	807	Ludwig Martinelli	俳優	オーストリア	1832	1913	訃報
Martitz, Ferdinand von	570	von Martitz	国法学者、国際法学者	ロシア	1839	1921	ベルリン大学講義一覧
	576	Ferdinand von Marlitz					学士黄金祝祭
Martius, Hedwig	725	Fraeulein Hedwig Martius	哲学者、現象学者。嫁して Hedwig Conrad -Martius と改姓	ドイツ	1888	1966	ゲッティンゲン大学公募論文受賞の女性
Marx, Karl	515	Marx	経済学者、哲学者、革命家	ドイツ	1818	1883	ベルリン王立図書館禁帯目録
Marx, Tilly	87	Tilly Marx	（女性歌手）				Eulenburg 侯の子供達の結婚
Mary	82	Mary	（ホワイトハウスで働く女性料理人）				白屋（ホワイトハウス）古参の黒人女料理人
Mas Emile	680	Emile Mas	（批評家）				コメディー・フランセーズ楽屋で劇作家と批評家が喧嘩

M

人名	頁数	本文表記	人物紹介（肩書・略歴など）	出生地	生年	没年	トピック
Mascagni, Pietro	76	Pietro Mascagni	オペラ作曲家、指揮者。反ロマン主義的な性格を示すヴェリズモ・オペラの代表作「カヴァレリア・ルスティカーナ」がある	イタリア	1863	1945	P. マスカーニがコンスタツンツィ劇場監督に就任
	183	Mascagni					P. マスカーニの新作 *Isabeau*
	212	Mascagni					1908・9～ドイツでの興行回数
	416	Mascagni					新興行オペラ一覧
	428	Mascagni					新聞 *Il Piccolo* の文芸雑報
	563	Pietro Mascagni					新興行オペラ一覧
	668	Mascagni					新興行オペラ一覧
	671	Mascagni					オペラ *Isabeau* をめぐり議論
	708	Pietro Mascagni					マスカーニとダヌンツォがオペラ制作
	779	Mascagni					マスカーニとダヌンツォの共作
Maschin, Draga	88	Draga Maschin	（セルビア王 Peter I の愛娼）				訃報・自殺（R. Bencoe）
Masclaux, Pierre	375	Pierre Masclaux	翻訳家、文芸評論家。「ゲーテのファウスト」				「ファウスト」新仏訳
	550	Pierre Masclaux					仏訳者が「ファウスト論」
Massard, Émile	377	Massard	（フランスの新聞 *Patrie* の主筆）				パリで爆裂弾の流行
Massary, Fritzy	592	Fritzy Massary	ソプラノ歌手、女優	オーストリア	1882	1969	高額年俸歌手・俳優一覧
Massé, Alfred	469	Massé	政治家 （商相、遞相）	フランス	1870	1952	フランス新内閣
	785	Massé					フランス新内閣
Massenet, Jules	84	Massenet	作曲家、オペラ作曲家。オペラ「マノン」「ウェルテル」などで知られる	フランス	1842	1912	迷信家の脚本家・音楽家たち
	167	Massenet					「シャンテクレ」が大当り・近世の当り狂言一覧
	186	Massenet					新興行オペラ一覧
	428	Massenet					新聞 *Il Piccolo* の文芸雑報
	432	Massenet					新興行オペラ一覧
	716	Julien Emile Frédéric Massenet					七十歳祝賀
	737	Jules Massenet					訃報
	812	Massenet					マスネの幽霊の噂は眉唾
Masson	502	Collection Masson	（絵画コレクター）				バルビゾン派名作揃いのマッソン・コレクション展覧会
Masson, Frédéric	464	Frédéric Masson	歴史家	フランス	1847	1923	アカデミー・フランセーズ会員
Mathers, Helen	95	Helen Mathers	女流作家。Mrs. Reeves の名でも知られる	イギリス	1853	1920	女性の結婚適齢期アンケート
Mathesius	282	Mathesius	（シャルロッテンブルク工芸学校教員）	ドイツ			工芸学校で歓送迎会
Mathieu, François-Désiré	53	Cardinal Matthieu、Matthieu	聖職者・歴史家	フランス	1839	1908	アカデミー・フランセーズ補選
Matho, Louise	202	Louise Matho	（女性歌手、詐欺師）				妊娠詐欺の歌手が逮捕

人名	頁数	本文表記	人物紹介（肩書・略歴など）	出生地	生年	没年	トピック
Matisse, Henri	174	Matisse	画家、版画家、彫刻家。フォービズムを代表する一人。やがて秩序ある明快な作風に転じ、独自の切張絵を制作した	フランス	1869	1954	ベルリン分離派展覧会・画風の新旧と価値は別
	232	Matisse					分離派展覧会に遅れて出品
Matkowsky, Adalbert	18	Adalbert Matkowsky	俳優。J. カインツとともに19世紀後半から20世紀初頭を代表する俳優の一人。大柄で英雄的な役柄を得意としたモトコウスキーは、優雅な身のこなしと繊細さを特色としたカインツとは好対照であると評価されていた。美術コレクターとしても知られていた	ロシア	1857	1909	訃報
	27	Matkowsky					ヴィルデンブルッフのヴィルヘルム帝とビスマルクとの逸話
	127	Adalbert Matkowsky					1909年最も面白かった記事
	150	Adalbert Matkowsky					逸品ぞろいの遺品競売
	354	Adalbert Matkowsky					訃報（J. カインツ）・詳細
	479	Matkowsky、マトコウスキイ					第一の名優の証 Iffland の指環
Mattachich, Géza	50	Mattachich	軍人。オーストリア軍クロアチア連隊中尉で、ベルギー国王レオポルド2世長女 Louise Marie の愛人		1868	1923	ベルギー王が画廊の画を処分する理由
	120	Mattachich					レオポルド2世遺産争い
Matthias, Adolf	301	Adolf Matthias	教育学者	ドイツ	1847	1917	教育学者 A. Matthias 退任
	801	Adolf Matthias					ゲーテ協会会長にふさわしい人物
Matthieu	53	Cardinal Matthieu、Matthieu	→ Mathieu, François-Désiré				アカデミー・フランセーズ補選
Matthieu, Georg David	548	Georg David Matthieu	画家、肖像画家	ドイツ	1737	1778	ドイツ・ロココ時代の大家として再評価
Matting	409	Matting					R. ワーグナー劇場設立計画（ベルリン）
Mattino	813	Mattino 記者	（記者）				M. ゴーリキーのカプリの別荘
Mattison	315	Mattison	（イギリスの衛生試験所の研究員）				蝿の買取を中止
Matton, Arsène	644	Matton	彫刻家		1873	1953	美術学校で登校拒否
Mau, August	726	Mau	美術史家、考古学者	ドイツ	1840	1909	ポンペイに A. Mau 記念像
Maubel, Henry	626	Henry Maubel	作家、評論家	ベルギー	1862	1917	法学士が多いベルギー詩人
Mauermann, Siegfried	423	Mauermann	編集者、演劇評論家	ドイツ	1884	?	ベルリンの方言辞典が改版
Mauke, Wilhelm	239	Wilhelm Mauke	作曲家	ドイツ	1867	1930	新興行オペラ一覧
Maunsey, G. H.	843	G. H. MAUNSEY 氏、MAUNSEY 氏	→ Mounsey, George Augustus				D. メレシュコフスキー評論英訳
Maupassant, Guy de	130	Maupassant	作家、詩人、劇作家。ゴンクール兄弟や E. ゾラらとともにフランス自然主義文学を代表する一人。「脂肪の塊」「女の一生」「ベラミ」など	フランス	1850	1893	絶筆の小説中の一文が公開
	141 142	Guy de Maupassant、Maupassant					作品に精神異常の痕跡を残したモーパッサン
	461	Maupassant					アカデミー・フランセーズ新会員

M

人名	頁数	本文表記	人物紹介（肩書・略歴など）	出生地	生年	没年	トピック
	516	モオパツサン					モーパッサン風の対話劇
	682	Guy de Maupassant					モーパッサン「ベラミ」戯曲化
	808	Maupassant					訃報・略歴（C. ルモニエ）
Maura, Antonio	307	前首相 Maura	政治家、首相（1903-1904、1907-1909、1918、1919、1921-1922）	スペイン	1853	1925	前首相が弁解演説で沈黙
	311	Maura					スペイン前首相狙撃事件
	314	Maura					スペイン前首相狙撃事件様子
	315	Maura					狙撃事件後の前首相と犯人
Maurach, Johannes	628	Johannes Maurach、マウラハ	俳優、劇場監督	ポーランド	1883	1951	劇場人事
Maurey, Max	796	Max Maurey	劇作家、劇場監督	フランス	1866	1947	ベルリンに一幕物劇場
Mauthner（家）	356	Mauthner 一家	（J. Mauthner の一家）				J. カインツの葬儀
Mauthner, Eduard	535	Eduard Mauthner	→ Mautner, Eduard				滑稽戯曲の懸賞にまつわる話
Mauthner, Eugen	444	Mauthner	俳優、演出家、劇場監督		1855	1917	ハレの新劇場が閉場
Mauthner, Fritz	278	Fritz Mauthner	哲学者、作家	チェコ	1849	1923	遊興税反対署名者一覧
	385	Fritz Mauthner					自伝を発表の予定
	532	Fritz Mauthner					哲学叢書出版予定
	598	Fritz Mauthner					哲学叢書出版
	601	Fritz Mauthner					「月刊南ドイツ」に自伝連載
	745	Fritz Mauthner					F. Mauthner 監修の哲学叢書
	750	Fritz Mauthner					女流作家 Harriet Straub の正体
Mauthner, J.	354	J. Mauthner					訃報（J. カインツ）・詳細
Mautner, Eduard	535	Eduard Mauthner	文筆家、劇作家、詩人、ジャーナリスト	ハンガリー	1824	1889	滑稽戯曲の懸賞にまつわる話
Mawromichali, Kyriahor	91	Kyriahor Mawromichali	政治家 Kyriakoulis Mavromichalis、首相（1909-1910）（外相）	ギリシャ	1850	1916	ギリシャ新内閣
Max, Gabriel von	92	von Max	画家、歴史画家。神秘主義やスピリチャリスムに傾倒。頭骸骨の収集でも知られる	チェコ	1840	1915	シャック・ギャラリー開館式
	339	Gabriel von Max					七十歳祝賀
	710	Max					絵画の売価（1913・ミュンヘン）
Max-Froehlich	184	Max-Froehlich	（劇作家）				新興行ドラマ一覧
Maxim, Hiram Stevens	31	Sir Hiram	発明家。機関銃を開発。イギリスに帰化	アメリカ	1840	1916	英国でドイツの飛行船迎撃につき議論
Maximilian	687	Café Maximilian					F. Philippi のミュンヘン追憶記
Maximilian I	188	Maximilian 帝	メキシコ皇帝、フランツ＝ヨーゼフ１世の弟	オーストリア	1832	1867	「マキシミリアン帝の処刑」買入
	211	Maximilian 帝					ベルリン分離派展覧会の呼物
	242	Maximilian					メキシコ皇帝マキシミリアン妃シャルロットの発狂
	281	Maximilian 帝、帝					「マキシミリアン帝の処刑」の遠近法分析

人名	頁数	本文表記	人物紹介（肩書・略歴など）	出生地	生年	没年	トピック
Maximilian II	407	Maximilianorden	バイエルン3代国王（1848-1864）。弟にギリシャ国王オソン1世、摂政ルイトポルトら。マキシミリアンオルデンはバイエルンのノーベル賞とも言われる	ドイツ	1811	1864	マキシミリアンオルデン授与者
	638	Maximilianorden					ハウプトマンがプロイセン以外の各地から栄誉
Maximilian von Sachsen	56	Prinz Max von Sachsen	ザクセン王ゲオルクの三男。司祭、神学者	ドイツ	1870	1951	フライブルク大学教授からローマに異動
	230	Max von Sachsen、Dr. theol. et jur.					高貴なる僧尼
	425	Prinz Max von Sachsen					ギリシャ・ローマ両寺院合併論につき法王に謝罪
Maxwell	511	Maxwell	（イギリスの劇作家）				英国劇「裸なる真理」上演
May, Heinrich	558	Heinrich May	（ドレスデンの彫刻家）				訃報・自殺
May, Karl	240	Karl May	作家、紀行作家。窃盗により服役中に文学に目覚め、小説を執筆。アメリカ西部のインディアンを主人公とした冒険小説で知られる	ドイツ	1842	1912	捏造紀行の作者が裁判で敗訴
	279	Karl May					人種差別小説に異議
	321	Karl May、マイ					強盗の首領だったと公言されたK. Mayが不服として起訴
	482	Karl May					「悪小説」の模範
	699	Karl May					訃報
Mayer, Alois	48	Alois Mayer	彫刻家	ドイツ	1855	1936	M. v. ペッテンコーファー記念像
Mayer, Joseph	77	Joseph Mayer	（美術学校生）				ミュンヘン線画蒐集所など
Mayer, Max Mathias	201	Max Mathias Mayer	作家				SF小説「新エヴァ」・彗星の毒
Mayer, Robert	769	Robert Mayer	物理学者、医師。熱力学創始者	ドイツ	1814	1878	八十歳祝賀（E. Duering）
Mayne, Harry	604	Harry Mayne	文芸学者。「ウル・マイスター」を発見				「ウル・マイスター」出版
Mayr, Georg von	458	Georg von Mayr	統計学者。社会統計学派を確立	ドイツ	1841	1925	七十歳祝賀
Mayr, Heinrich	445	Heinrich Mayr	山林学者、植物学者。1888～1891年に東京に滞在。日本の花々についての著述もある	ドイツ	1854	1911	訃報・東京滞在経験
Mazarin, Jules	725	Mazarin	政治家、枢機卿。フランス王国で活躍。のちにフランス最古の公共図書館となる個人図書館を築いた	イタリア	1602	1661	歴代著名蔵書家
Mazo, Juan Bautista Martínez del	203	J. B. D. M.、Juan Batista del Mazo	画家。ヴェラスケスの義理の息子	スペイン	1605	1667	「鏡のヴィーナス」署名見誤り
Mazzarella, Elvira	122	Elvira Mazzarella	（詩人、劇作家の伯爵夫人）				三角関係から自殺
Mazzolini	244	Mazzolini	（蔵相）				法王ピウス10世の日課
McCarren, Patrick Henry	290	McCarren	政治家	イギリス	1850頃	1909	ニューヨーク汚職排斥
McDonald, Georg	247	Georg McDonald	（Ethel Brayの四番目の結婚相手）				E. Brayの未曾有の結婚離婚歴
McKay, David Oman	310	McKay 僧正	モルモン教会9代管長	アメリカ	1873	1970	ヨーロッパにおけるモルモン教
Meat, Edwin D.	589	Edwin D. Meat	（カント堂建設を発議したアメリカ人）				平和思想記念カント堂建設案

人名	頁数	本文表記	人物紹介（肩書・略歴など）	出生地	生年	没年	トピック
Mebus, G.	656	G. Mebus	（劇作家）				新興行ドラマ一覧
Mechold, Kurt	41	Kurt Mechold	（心中を図った17歳の青年）				男17歳女13歳が心中
Medea	804	Medea	ギリシャ神話に登場するコルキスの王女				ヨーゼフ・カインツ劇場開場
Medem	546	Medem					日露戦時中の脱線破壊事故
Medici（家）	766	Medici 家	ルネサンス期にフィレンツェで台頭した名家。教皇やフランス王妃を輩出				メディチ家の旧宅が売却
Medusa	184	Medusa	ギリシャ神話に登場する怪物。ゴルゴーン三姉妹の一人				新興行ドラマ一覧
	264	Medusa					新興行ドラマ一覧
	471	Medusa					新興行ドラマ一覧
	477	Medusa					H. Kyser の二作目の戯曲完成
	497	Medusa					新進作者のための朗読夜会
Megenberg, Konrad von	78	Konrad von Megenberg	神学者、著述家	ドイツ	1309	1374	A. Lehmann の迷信史（河童・海坊主・人魚）
Mehler, J.	605	J. Mehler	（劇作家）				新興業ドラマ一覧
Mehls, Hanna	651	H. Mehls（女）	女流画家	ドイツ	1867	1928	ハノーファー大展覧会（1912）
Mehring, Sigmar	115	Siegmar Mehring	作家、翻訳家	ポーランド	1856	1915	M. アルツバーシェフ「サーニン」翻訳裁判
	138	Sigmar Mehring					社会堕落救済策は子供の寝室
Meier, Franz	560	Franz Meier	→ Meyer, Wilhelm Franz				ベルリン学士院ライプニッツ賞
Meier-Graefe, Julius	100	Julius Meier-Graefe	美術評論家、美術史家、作家。雑誌「パン」創刊に関わった。フランス印象派をいちはやく評価したことでも知られる。「近代芸術発展史」など	ルーマニア	1867	1935	F. Ferrer Guàrdia 死刑反対者
	116	Julius Meier-Graefe					「アダムとイヴ」初興行
	119	作者					「アダムとイヴ」批評
	375	Meier-Graefe					演劇会パン創立
	767	Meier-Graefe					芸術上美にして大なるもの
Meierheim, Paul	251	Paul Meierheim	画家、版画家	ドイツ	1842	1915	ベルリン美術大展覧会（1911）
Meillet, Paul-Jules-Antoine	372	Antoine Meillet	言語学者。20世紀初頭を代表する言語学者の一人	フランス	1866	1936	ベルリン大学百年祭名誉学位
Meinhard, Karl	239	Karl Meinhard	オペラ台本家、脚本家、俳優	チェコ	1875	1949	新興行オペラ一覧
	516	Karl Meinhard					元ヘッベル劇場がまたも改称
Meisel-Hess, Grete	681	Grete Meisel-Hess	女流作家	チェコ	1879	1922	見出された女流作家
Meissner, Alfred	686	Alfred Meissner	作家	チェコ	1822	1885	F. Philippi のミュンヘン追憶記
Meitner, Lise	648	Liese Meitner（女学者）	物理学者	オーストリア	1878	1968	カイザー・ヴィルヘルム協会がラジウム研究を助成
Melanchthon, Philipp	244	Melanchthon	神学者、人文主義者	ドイツ	1497	1560	文士の手紙競売・内容と価格
Melchers, Julius Garibaldi	192	Gari Melchers	画家。アメリカ自然主義を代表する一人。通称 Gari Melchers	アメリカ	1860	1932	アメリカ画展覧会（ベルリン）
Meleager	198	Meleager	ギリシャ神話に登場する英雄。メレアグロスの名で知られる				ルーベンス作品の復元に議論

M

人名	頁数	本文表記	人物紹介（肩書・略歴など）	出生地	生年	没年	トピック
Melissos	490	Melissos	哲学者、軍人。サモスのメリッソスと呼ばれる。エレア派	ギリシャ	前480頃	前400頃	サモス島発掘事業は有望
Melnikow	596	Melnikow	（ロシアの建築家）				訃報・強盗殺人事件
Melschin, L.	615	Melschin	詩人、作家、編集者、革命家。本名 Pjotr Philippowitsch Jakubowitsch		1860	1911	獄中から贈られた手錠に対するゴーリキーの謝状
Memminger, Thomas	488	Thomas Memminger 書店	書肆。兄 Anton（1846-1923）と創業				文芸雑誌 *Deutsches Literaturblatt* 創刊
Ménager	304	Ménager	（イギリス国王付きの料理人）				英国王の料理人が交代
Menari, Paula	436	Paula Menari	女優、歌手		1887	1959	ハウプトマン「鼠」配役
Mendelssohn（家）	201	Mendelssohn	啓蒙思想家 M. メンデルスゾーンを祖とする一族				学者の家系
Mendelssohn, Moses	128	Moses Mendelssohn	哲学家、啓蒙思想家。キリスト教徒からのユダヤ教徒への蔑視撤廃を説いた。レッシングとの交友や、同世代のカントの批判者としても知られる	ドイツ	1729	1786	訃報（E. Mendelssohn-Bartholdy）
	658	Moses Mendelssohn					L. Philippson 生誕百年記念祭
Mendelssohn-Bartholdy, Abraham	425	銀行家 Mendelssohn	銀行家	ドイツ	1776	1835	A. メンデルスゾーンがドイツ帝に献上のファルコニエーリ邸
Mendelssohn-Bartholdy, Ernst von	128	Ernst von Mendelssohn-Bartholdy、甥	銀行家。作曲家メンデルスゾーンの甥にあたる	ドイツ	1846	1909	訃報
Mendelssohn-Bartholdy, Ernst von（娘）	128	輿入してゐる娘	（Ernst の娘）				訃報（E. Mendelssohn-Bartholdy）
Mendelssohn-Bartholdy, Felix	8	Felix Mendelssohn-Bartholdy	作曲家、指揮者。ドイツ・ロマン派を代表する一人であるが、古典的調性も備えた。哲学者モーゼスは祖父にあたる。キリスト教の洗礼を受けたことを示すため、ユダヤ系の姓メンデルスゾーンにバルトルディーを添えて名乗った	ドイツ	1809	1847	F. メンデルスゾーン生誕百年
	128	Felix Mendelssohn-Bartholdy					訃報（E. Mendelssohn-Bartholdy）
	542	Felix Mendelssohn					ゲーテと痛風・鉱山鉱泉研究
	565	Mendelssohn					訃報（E. Dreyschook）
Mendès, Catulle	10	Catulle Mendès	詩人、作家、評論家。ワグネリアンとしても知られた	フランス	1841	1909	訃報・轢死
Mendès, Catulle（妻）	175	Mme. Catulle Mendès	→ Gautier, Judith				Parat 事件に対する女性の意見
Mendoza, Tomas	586	Tomas Mendoza	（大統領 A. Jara を追放した人物の一人）				二十世紀に珍しい奇談・パラグアイの政争
Menelik II	117	Menelik	エチオピア皇帝（1889-1913）。第一次エチオピア戦争でイタリア王国に勝利、アフリカの諸王国のなかで唯一独立を保った。後継は孫のイヤス5世	エチオピア	1844	1913	重病の報
	138	Menelik					麻痺病が悪化
	196	Menelik 帝					アベシニアの騒動
	200	Menelik					訃報
	201	Menelik					未死との報

M

人名	頁数	本文表記	人物紹介（肩書・略歴など）	出生地	生年	没年	トピック
	217	Menelik 帝					メネリク帝（エチオピア）後継者
	331	Menelik 王					またも卒中との報
Menezes, Joâo de	597	Joâo de Menezes	(海相、記者)				ポルトガル新内閣
Mengs, Anton Raphael	305	Mengs	画家。新古典主義の先駆者の一人で、スペイン宮廷画家として活躍	ドイツ	1728	1779	カフェ・グレコ百五十年祭
	495	Mengs					名家自筆コレクション競売
Menschikow, Alexander Danilowitsch	525	Menschikow	軍人、政治家。ピョートル大帝、エカチェリーナ１世の側近で元帥を務めた	ロシア	1672	1729	戯曲「女帝の戯」
Menzel, Adolph von	265	Menzel	画家、版画家。19世紀ドイツ・リアリズム絵画を代表する一人。フリードリヒ大王の生涯をモチーフにした歴史絵画でも知られる。イラストレーターとしても世評高く、死後、「ベルリン絵入新聞（*Berliner Illustrierte Zeitung*）」主宰の挿絵懸賞メンツェル賞に名を残した	ポーランド	1815	1905	Buchenalles 野外劇で「群盗」
	343	Menzelpreis					「ベルリン絵入新聞」挿画懸賞
	356	Menzel					A. メンツェル・H. トーマ二人展
	368	Menzel					F. Skarbina・J. M. Olbrich 記念展覧会評
	527	Menzel					ベルリン・ナショナル・ギャラリー改修中
	614	Menzelpreis					挿画懸賞メンツェル賞
	651	Menzel					A. メンツェル「子供のアルバム」
	671	Menzel					フリードリヒ大王全集出版
	764	Menzel					芸術家の大作は50～60歳
	803	Menzel					ベルリン王立芸術院名誉会員
Mephistopheles	226	メフイスト	ドイツの民間に伝えられる悪魔。ゲーテの「ファウスト」などで知られる				「ファウスト」脚本訴訟
	360	メフイスト					サラ・ベルナールがロスタンに「ファウスト」を翻訳させメフィストを演じる計画
	616	Mephistopheles					ヴェデキントが新作の女性版ファウストを一部朗読
	663	メフイストフエレス、Mephistos Tod					「死と悪魔」禁止に作者コメント
	720	メフイスト					「ウル・ファウスト」初興行
	761	Mephistopheles					「ファウスト」第一部興行配役
	763	メフイスト					パリで本格的「ファウスト」興行
	770	メフイストフエレス					C. シラー手澤本「オシアン集」・メフィストフェレスのモデル
Mercié, Antonin	161	Mercié	彫刻家、画家	フランス	1845	1916	排独家の崇拝を受けていた仏国彫刻家に失望の声
	493	Antonin Mercie					C. コクラン像除幕
Mercier, Désiré-Joseph	121	Cardinal Mercier	枢機卿	ベルギー	1851	1926	レオポルド２世遺産争い
	818	Mercier					美術有害との声明に物議
Merck, Johann Heinrich	770	Merck	作家、文芸評論家	ドイツ	1741	1791	C. シラー手澤本「オシアン集」・メフィストフェレスのモデル

M

人名	頁数	本文表記	人物紹介（肩書・略歴など）	出生地	生年	没年	トピック
Mercur	195	Mercur	ローマ神話に登場する商業の神。ローマ神話のヘルメスにあたる				ノルウェー警察がメルクリウス像に取り付けた無花果の葉
	849	メルキュル、MERCURE					ゴンクール賞（詳細）
Meredith, George	48	George Meredith	作家、詩人	イギリス	1828	1909	訃報
Mereghelli	340	Mereghelli	(Constantini とともに殺害された若衆)				物騒なローマ修道社会
Merenberg, Natalia von	621	Graefin von Merenberg、Puschkin の娘	A. プーシキンの娘。ナッサウ公子 Nikolaus と結婚した		1836	1913	左手の結婚（身分違いの結婚）
Mereschkowski, Dmitri Sergejewitsch	255	D. S. Mereschkowski	作家、詩人、思想家、文芸評論家。ロシア象徴主義の先駆。複数回にわたりノーベル文学賞の受賞が有力視されていたが、ヒトラーの支持者であったことから見送られた	ロシア	1865	1941	「Paul 帝の死」興行禁止
	453	Mereschkowski					メレシュコフスキーのトルストイへの論難は筋違い
	705	Mereschkowski					メレシュコフスキー携行の原稿などが押収
	815	Dimitri Mereschkowski、作者					「アレクサンドル１世」二重翻訳
	843	MEREJKOWSKY 氏					D. メレシュコフスキー評論英訳
Mérimée, Prosper	297	Prosper Mérimée、故人	作家、歴史家、考古学者、言語学者、官吏。ナポレオン３世の側近でもあった。「カルメン」など	フランス	1803	1870	公開の書状につき損害賠償
	589	Mérimée					著名犯罪詩人の例
Merino Villarino, Fernando	169	Merino	政治家　(内相)	スペイン	1869	1929	スペイン新内閣
Merke, Sebastian	812	Sebastian Merke	→ Merkle, Sebastian				「寺院史」が禁止リストに登録
Merkle, Sebastian	812	Sebastian Merke	教会史家、神学者	ドイツ	1862	1945	「寺院史」が禁止リストに登録
Merkulow, D.	833	Merkulow	彫刻家				二つのトルストイ記念像
Merlin	654	Merlins Geburt	ヨーロッパ中世の伝説上の魔術師、予言者。アーサー王伝説にも登場する				クリスマスの予定アンケート
	681	Merlin					脚本「マーリン」
	753	Merlins Geburt					「マーリンの誕生日」興行
	775	Merlin					「マーリン」一部朗読・日本での評価は誤り
Merlou, Poerre	147	Merlou、メルウ	政治家	フランス	1849	1909	前蔵相愛人が発砲傷害事件
Merry del Val, Rafael	112	Merry del Val	枢機卿。ピウス10世の側近。ローマ法王庁における最大の実力者として知られた	イギリス	1865	1930	法王と枢機卿への脅迫状
	243	Cardinal Merry del Val					法王ピウス10世の日課
	246	Merry del Val					ピウス10世更迭論
	321	Merry del Val					スペイン政府と法王交渉断絶
	808	Mercy del Val					枢機卿の肖像画制作中
Mesdag, Hendrik Willem	624	Mesdag	画家、海洋画家	ドイツ	1831	1915	ローマ国際美術展覧会受賞者

M

人名	頁数	本文表記	人物紹介（肩書・略歴など）	出生地	生年	没年	トピック
Mesny	466	Mesny	（ロシアの医師）				肺ペストで入院時の態度
Messager, André	215	André Messager	作曲家、指揮者、ピアニスト、オルガニスト	フランス	1853	1929	パリ・オペラ座総支出（1909）
	640	André Messager、Massager					パリ音楽界の近況
Messel, Alfred	749	Alfred Messel	建築家	ドイツ	1853	1909	建築家 A. Messel に関する研究
	810	Alfred Messel					A. Messel 記念像
Messerschmidt, Leopold	477	Leopold Messerschmidt	考古学者、古代東洋学者	ドイツ	1870	1911	訃報
Messimy, Adolphe	469	Messimy	政治家、軍人　（拓相、陸相）	フランス	1869	1935	フランス新内閣
	558	Messimy					フランス新内閣
Mestrovich, Ivan	624	Mestrovich	彫刻家		1883	1962	ローマ国際美術展覧会受賞者
Méténier, Oscar	774	Oscar Méténier	劇作家、作家。自然主義演劇の拠点となったグラン・ギニョール劇場を創設	フランス	1859	1913	訃報
Metschnikow, Ilja	418	Metschnikow	動物学者、解剖学者、細菌学者。白血球の食菌作用を発見、免疫学説を発展させた。フランスに帰化。ノーベル生理学・医学賞（1908）。次兄レフは東京外語学校外国人教師	ロシア	1845	1916	突然白髪になった逸話
	524	Metschnikow					ペスト研究に出立
	726	Metschnikow					動脈硬化の予防法
	775	Metschnikow					帝室実験医学研究所長（ペテルブルク）に招聘の噂
Metternich-Sándor, Pauline	220	Pauline Metternich-Sandor	宰相メッテルニヒの孫。叔父メッテルニヒ侯と結婚。パリやウィーンでサロンを主催した	オーストリア	1836	1921	P. Metternich-Sandor 講演
Mettlerkump	845	METTLERKUMP	（翻訳家）				レールモントフ詩の独訳は低調
Mettrie, Julien Offray de la	123	de la Mettrie	医学者、哲学者。啓蒙時代のフランスの唯物論者の一人。「人間機械論」	フランス	1709	1751	ド・ラ・メトリー生誕二百年
Metzner, Franz	668	Franz Metzner	彫刻家	ドイツ	1870	1919	G. E. レッシング記念像制作
Metzsch-Schilbach, Wolf von	158	von Metzsch-Schilbach	（文芸評論家）				作者の自伝との評に罰金
Meunier, Constantin	626	Constantin Meunier	画家、彫刻家	ベルギー	1831	1905	詩人ヴェルハーレンの肖像
	836	Constantin Meunier					グラン・パレから E. ゾラ像紛失
Meunier, Paul	283	Paul Meunier	（政治家）				フランスで死刑廃止案と風俗警察法廃止案
Meyer, Alfred Richard	630	書肆 A. R. Meyer	文筆家、詩人、書肆	ドイツ	1882	1956	新作者紹介のための朗読会
Meyer, Betsy	709	Betsy	C. F. Meyer の妹	スイス	1831	1912	訃報
Meyer, Carl Joseph	627	Meyers Klassikerausgabe	書肆。マイヤーズクラッシックは、各国の文学者の作品を収めた150巻の古典全集。大百科事典の出版や、1826年にゴータに文献目録所を創立したことでも知られる	ドイツ	1796	1856	クライスト伝及び作品集
Meyer, Conrad Ferdinand	709	Conrad Ferdinand Meyer、マイエル	詩人、作家	スイス	1825	1898	訃報（B. Meyer）

M

人名	頁数	本文表記	人物紹介（肩書・略歴など）	出生地	生年	没年	トピック
Meyer, Eduard	281	Eduard Meyer	歴史家	ドイツ	1855	1930	正教授二十五年祝賀
	323	Eduard Meyer					ベルリン大学役員一覧
	377	Eduard Meyer					ベルリン大学役員一覧
Meyer, Franz	560	Franz Meier	数学者	ドイツ	1856	1934	ベルリン学士院ライプニッツ賞
Meyer, Friedrich Ludwig Wilhelm	243	Friedrich Meyer	ジャーナリスト、法学者、司書、劇作家。ゲーテに関する文献のほぼ完全なコレクションを所蔵していた。本文P838の F. L. M. は F. L. W. の誤り	ドイツ	1758	1840	F. Meyer のゲーテ文庫が競売
	259	Meyer's Goethe-Bibliothek					F. マイヤー所蔵ゲーテ文庫競売品に卒業論文
	838 839	F. L. M. Meyer、マイエル、マイエル伝					F. L. W. Meyer 紹介
Meyer, Friedrich Ludwig Wilhelm（父）	838	父	F. L. W. マイヤーの父。郵便局長を務めた				F. L. W. Meyer 紹介
Meyer, Hans	187	Hans Meyer	画家、版画家	ドイツ	1846	1919	ベルリン大展覧会（1910）
	747	Hans Meyer、マイエル					裸体画・著作権侵害訴訟
Meyer, Hans	371	Hans Meyer	出版業者、地理学者、探検旅行家、植民地政策者。C. J. Meyer の孫	ドイツ	1858	1929	ベルリン大学百年祭
	423	Hans Meyer					ベルリンの方言辞典が改版
Meyer, Helene	637	Helene Meyer	（ロマネスク語専攻の女性）				ベルリン大学女性学士
Meyer, Johann Heinrich	706	Heinrich Meyer (Kunst-Meyer)	画家、美術評論家。Kunst-Meyer は美術批評に長けたマイヤーの綽名	スイス	1760	1832	ゲーテ協会例会予定
Meyer, Kuno	548	Kuno Meyer	ケルト学者	ドイツ	1858	1919	ベルリン大学人事（ケルト語）
Meyer, Max Wilhelm	417	W. M. Meyer	天文学者、自然科学者、文筆家。本文の W. M. Meyer は M. W. Meyer の誤り	ドイツ	1853	1910	訃報
Meyer, Richard Moritz	570	R. M. Meyer	文芸学者	ドイツ	1860	1914	ベルリン大学講義一覧
	791	Richard M. Meyer					R. M. Meyer のニーチェ論
	817	R. M. Meyer					ベルリン大学講義一覧
Meyer, Robert	433	Robert Meyer	政治家　（蔵相）		1855	1914	オーストリア新内閣
Meyer-Foerster, Wilhelm	213	Meyer-Foerster	作家、劇作家。初期は筆名として Samar Gregorow を用いた。「アルト・ハイデルベルク」など	ドイツ	1862	1934	1908・9～ドイツでの興行回数
	421	Meyer-Foerster					ベルリン演劇学校視察とロシア興行事情
	467	Meyer-Foerster					プラハでボヘミア語訳「アルト・ハイデルベルク」上演禁止
	506	W. Meyer-Foerster					新興行ドラマ一覧
	579	W. Meyer-Foerster					新興行ドラマ一覧
	727	Wilhelm Meyer-Foerster					五十歳祝賀
	784	Meyer-Foerster					東京に次ぎリスボンで「アルト・ハイデルベルク」初興行
Meyer-Helmund, Erik	538	E. Meyer-Hellmund	作曲家、歌手	ロシア	1861	1932	新興行オペラ一覧

人名	頁数	本文表記	人物紹介（肩書・略歴など）	出生地	生年	没年	トピック
Meyer-Luebke, Wilhelm	522	マイエル	言語学者。会話辞典を編集	スイス	1861	1936	マイヤーの会話辞典・文化的齟齬
Meyer-Waldeck, Alfred	451	Meyer-Waldeck	軍人。膠州湾租借地5代総督	ドイツ	1864	1928	膠州総督人事
Meyerbeer, Giacomo	167	Meyerbeer	オペラ作曲家、指揮者。バレエや合唱を用いた豪華な舞台を特色とするグランドオペラを確立。「アフリカの女」など	ドイツ	1791	1864	「シャンテクレ」が大当り・近世の当り狂言一覧
	176	Meyerbeer					「預言者」における台詞を改作
	267	Meyerbeer					知名人の音楽の嗜好
	578	Jakob Meyerbeer					マイヤベーア像設立委員会
	645	Meyerbeer					マイヤベーア像設立委員会
Meyerheim, Paul	625	Paul Meyerheim	画家、版画家	ドイツ	1842	1915	ブリュッセル美術院会員補充
Meyern-Hohenberg, Hans von	215	Baron von Meyern-Hohenberg	（ゴータ宮廷劇場座長）	ドイツ	1860	1912	劇場人事
Meynier, Maurice	398	Meynier	（大尉、Olivier 夫人殺害容疑者）				オリヴィエ夫人殺害事件
	399	Meynier 大尉、大尉					オリヴィエ夫人殺害動機
	409	Maurice Meynier					嫉妬から男爵夫人を殺害
Meyrink, Gustav	654	Gustav Meyrink	作家、劇作家、翻訳家、銀行家	オーストリア	1868	1932	クリスマスの予定アンケート
Meyrowitz, Selmar	455	Selmar Meyrowitz	指揮者	ドイツ	1875	1941	ベルリン新オペラ座監督人事
Mézières, Alfred	464	Alfred Mezières	政治家、ジャーナリスト、文芸史家	フランス	1826	1915	アカデミー・フランセーズ会員
Michael	489	Michael					葬儀（M. Greif）
Michaelis, Adolf	273	Adolf Michaelis	考古学者、美術史家	ドイツ	1835	1910	七十五歳祝賀
Michaelis, Karin	383	Karin Michaelis	女流作家、ジャーナリスト。劇作家 Sophus Michaelis と離婚後、外交官 C. E. Stangeland と再婚するも文筆活動をめぐり離婚した。それまでタブー視されていた40代女性の性を扱った「危険な年齢」（1910）はセンセーションを巻き起こし、各国で翻訳された	デンマーク	1872	1950	「危険な年齢」に物議
	433	Karin Michaelis					K. ミハエリス講演
	456	Karin Michaelis					フランクフルトでの講演が禁止
	458	Karin Michaelis					「危険な年齢」仏訳
	462	カリン・ミハエリス					「危険な年齢」を読んで自殺者
	478	Karin Michaelis					K. ミハエリス新作小説
	505	Karin Michaelis					「危険な年齢」の穏健な続編
	532	Karin Michaelis					ミハエリス夫妻が離婚
	611	Karin Michaelis					離婚保険会社を設立
	669	Karin Michaelis					ベルリンで朗読会
	674	Karin Michaelis					「危険な年齢」で名を知られた不幸
	688	Karin Michaelis					K. ミハエリスが再婚
Michaelis, Sophus	349	S. Michaelis	詩人、作家、劇作家。Karin と離婚後、医師で作家の A. Nystroem の娘で未亡人となっていた Astrid Lorentz と再婚した	デンマーク	1865	1932	新興行ドラマ一覧
	507	S. Michaelis					新興行ドラマ一覧
	532	夫 Sophus					ミハエリス夫妻が離婚
	537	S. Michaelis					新興行ドラマ一覧
	625	Sophus Michaelis					S. Michaelis が再婚

M

人名	頁数	本文表記	人物紹介（肩書・略歴など）	出生地	生年	没年	トピック
Michaelson, Knut	602	Knut Michaelson	劇作家、劇場監督	スウェーデン	1841	1915	ストックホルムの新劇場
Michaza, Mariko	49	Mariko Michaza	（日本芸妓）				訃報、ミュンヘン・ドイツ劇場に出演中の日本芸妓の埋葬
Michel, Gustave	402	Michel	彫刻家	フランス	1851	1924	J. Ferry 像除幕式に暴漢
Michel-Lévy, Léon	187	Léon Michel-Lévy	（美術品蒐集家）				A. ヴァトーは二点とも真作
Michelangelo, Buonarroti	336	Michelangelo	彫刻家、画家、建築家、詩人。イタリア・ルネサンスを代表する巨匠。さまざまな領域で卓越した才能を発揮。レオナルド・ダ・ヴィンチ、ラファエロとともにルネサンスの三大巨匠とされる	イタリア	1475	1564	「洗礼者ヨハネ」の実の作者
	383	Michelangelo					官版のミケランジェロ全集刊行
	458	Michelangelo					盗まれたミケランジェロの指輪
	705	ミケランジエロ					ロダン嫌いの人々をひとかつぎ
	764	Michel Angelo					芸術家の大作は50～60歳
	791	Michelangelo					カピトリーノ三宮殿
Michelet, Paul	278	Michelet	毛皮商人、政治家	ドイツ	1835	1926	R. ウィルヒョー記念像除幕式
Michelles, F. E.	416	F. E. Michelles					新興行オペラ一覧
Michels, Victor	610	Michels	言語学者	ドイツ	1866	1929	方言辞書編纂
Mierzwinsky, Ladislaus	67	Mierzwinsky	テノール歌手				訃報
Miethe, Adolf	193	A. Miethe	光化学者、物理学者	ドイツ	1862	1927	人工宝石と偽造宝石との違い
Miguel de Bragança, Duque de Viseu	68	Don Miguel de Braganza	ヴィゼウ公。ブラガンサ朝の皇太子であったが、アメリカ人女性 A. Stewart と結婚するために継承権を放棄した	ポルトガル	1878	1923	ポルトガル王位継承権放棄
Mikorey, Franz	209	Franz Mikorey	作曲家、指揮者	モナコ	1873	1947	新興行オペラ一覧
Milan, Emil	386	Emil Milan	朗読家。ベルリン大学で朗読技術の講師をつとめた	ドイツ	1859	1917	新文芸および絶版の朗読公演
Milan I	17	Milan	セルビア王	セルビア	1854	1901	各国王族の質入・借金
Mildenburg, Anna von	46	von Mildenburg	ソプラノ歌手。結婚してからは Anna Bahr-Mildenburg と改名	オーストリア	1872	1947	A. v. Mildenburg が 2 種類の「エレクトラ」で主演
Miller	96	von Miller	（商務大臣）				ロシア商務大臣就任
Miller, Ferdinand von	42	Ferdinand v. Müller、von Müller	鋳物工、ブロンズ像鋳造家。ミュンヘン芸術院院長を務めた。同名の父も鋳物工	ドイツ	1842	1929	ミュンヘン芸術院百年祭
	408	Ferdinand von Miller					O. v. ヴィッテルスバッハ記念像
	725	Ferdinand von Miller					七十歳祝賀
Miller, Joaquin	800	Joaquin Miller	詩人、寓話作家、随筆家。本名 Cincinnatus Hiner Miller	アメリカ	1839	1913	訃報
Miller, Oskar von	92	von Miller	電気工学技師。ドイツ博物館（ミュンヘン）を創立	ドイツ	1855	1934	シャック・ギャラリー開館式
Millerand, Alexandre	69	Millerand、逓相	政治家、11代大統領（1920-1924）（工務及逓信大臣、陸相）	フランス	1859	1943	フランス新内閣、A. ブリアンの経歴紹介
	192	Millerand					官金費消事件で首相奮闘
	388	Millerand					ブリアン再造内閣

M

人名	頁数	本文表記	人物紹介（肩書・略歴など）	出生地	生年	没年	トピック
	406	Millerand					フランス政治家の早口舌番付
	664	Millerand					フランス新内閣
	711	Millerand					外観の美に走った軍政改革
	769	Millerand					Du Paty 事件で陸相が引退
Millessevich	147	Millessevich 氏	（天文学者）				ローマからハレー彗星を確認
Millet, Francis Davis	707	Francis Millet	画家、彫刻家、作家、ジャーナリスト	アメリカ	1846	1912	タイタニック号沈没死亡者数
Millet, Jean-François	204	Francois Millet	画家。バルビゾン派を代表する一人。*Angelus* は「晩鐘」の名で知られている	フランス	1814	1875	白昼にミレーの画が盗難
	421	Millet					ミレー「晩鐘」補筆により改悪
Millowitsch	697 698	Millowitsch	（ヘンネッシェン人形劇場のスタッフ）				ケルンのヘンネッシェン人形劇
Milon	243	Milon	（土木工事業者）				シャンゼリゼ劇場落成予定
Milton, John	141	Milton 小伝	詩人、思想家。「失楽園」など	イギリス	1608	1674	「ミルトン小伝」で逮捕・発禁
Mina	629	老婢 Mina、ミナ	→ Boklund, Mina				病床のストリンドベリ近況
Minde-Pouet, Georg	396	Minde-Pouet	文芸史家、伝記作家、司書、編集者	ドイツ	1871	1950	クライストの書簡で論争・仲裁
Minor, Jakob	272	J. Minor	文学研究者、大学教員。ノヴァーリス全集、ゲーテ全集（ゾフィー版）の編集出版に関わった	オーストリア	1855	1912	ゲーテ協会二十五年祭
	437	Minor					グリルパルツァー賞・詳細
	462	Minor					バウエルンフェルト賞
	541	Jakob Minor					ゲーテ協会大会（ヴァイマル）
	649	J. Minor					聖書の裏に J. C. Rost の詩
	748	Jakob Minor					訃報
	749	Minor					文芸至上の傑作に賞金を遺贈
	770	Jakob Minor					C. シラー手澤本「オシアン集」・メフィストフェレスのモデル
Minto	168	Minto	4代ミント伯 Gilbert Elliot-Murray-Kynynmound。カナダ総督、インド副王を歴任	イギリス	1845	1914	インド副王交代予定
Miomandre, Francis de	849	フランシス・ド・ミオマンドル氏（FRANCIS DE MIOMANDRE）、ミオマンドル	作家、翻訳家	フランス	1880	1959	ゴンクール賞（詳細）
Miranda, Diego Arias de	169	Arias Miranda	政治家　（海相）	スペイン	1845	1929	スペイン新内閣
Mirande, Yves	460	Mirande	俳優、脚本家、監督、プロデューサー	フランス	1875	1957	「若い de Coutras 君」興行
Mirbeau, Octave	3	Mirbeau	作家、劇作家、ジャーナリスト。M. メーテルリンクの象徴主義演劇、女流作家 M. オードゥーを見出すなど、批評家としても活躍	フランス	1848	1917	*Le Foyer* 興行
	110	Octave Mirbeau					興行情報
	148	Octave Mirbeau					「事業は事業」興行好評
	395	Octave Mirbeau					ゴンクール賞候補
	603	Octave Mirbeau					O. ミルボーの脚本創作案

人名	頁数	本文表記	人物紹介（肩書・略歴など）	出生地	生年	没年	トピック
	821	Octave Mirbeau					ドレフュス事件時に左右に分かれた名士一覧
Mirjam	352	Mirjam	旧約聖書に登場する女予言者。モーセとアロンの姉				ナショナル・ギャラリーが「ミリアム」を買入
Mirko Dimitri (Montenegro)	320	Mirko	モンテネグロ王ニコラ1世の次男、ダニロの弟。グラホヴォ＝ゼタ大公	モンテネグロ	1879	1918	皇太子位委譲の噂
Mirman, Leon	441	Mirman	政治家		1865	1949	ブリアン首相暗殺未遂事件
Misch, Robert	350	R. Misch	劇作家、オペラ台本家		1860	1929	新興行ドラマ一覧
	412	Misch					新興行ドラマ一覧
	452 453	R. Misch、Misch					新興行ドラマ一覧
	507	R. Misch					新興行ドラマ一覧
	601	Robert Misch					「小さい王子」興業禁止
Missiano, Eduard	641	Eduard Missiano	（オペラ歌手。E. カルーソーを見出した）				訃報
Mistinguett	796	Mistinguett	女優、歌手。本名Jeanne Bourgeois	フランス	1875	1956	失踪した娘
Mistral, Frédéric	180	Frédéric Mistral	詩人、言語学者、ノーベル文学賞（1904)。中世以来のプロヴァンス地方の言語と文学の再興を期し、詩作、百科事典の編纂などを行った。詩集「ミレイユ」、自伝「青春の思い出」、「プロヴァンスの百科事典」「フェリブリージュ宝典」など	フランス	1830	1914	ミストラル新詩集
	237	Mistral					F. de Croisset の婚礼
	480	Mistral					L. de Camoens 記念像（パリ）
	620	Mistral					歴代ノーベル文学賞受賞者
	623	Mistral					歴代ノーベル文学賞受賞者によるアナグラム
	734	Frédéric Mistral					重病との報
Mitscherlich, Gustav Alfred	564	Alfred Mitscherlich	外科医	ドイツ	1832	1911	訃報
Mitterwurzer, Friedrich	693	Mitterwurzer	俳優	オーストリア	1844	1897	訃報（M. ブルクハルト）
Mittler, Ernst Siegfried	285	書肆Mittler und Sohn	書肆創業者。1815年にベルリンで創業	ドイツ	1785	1870	書肆主人の卒業五十年祝賀
Mjassojedow, Grigori Grigorjewitsch	661	Gregori Mjassojedow	画家、彫刻家	ロシア	1834	1911	訃報
Mjoeberg, Eric	274	Eric Mjoeberg	動物学者、民族誌学者	スウェーデン	1882	1938	オーストラリア西部探検出発
Moch, Gaston	280	Gaston Moch	世界エスペラント協会秘書	フランス	1859	1935	欧州列強の中学制度研究
Modot	477	Mademoiselle Modot	（Adèle d'Osmond の回想録の版権所有者）				A. d'Osmond の回想録の版権
Modrow	128	Modrow	（ロシアの画家・美術品盗難容疑者）				美術品盗難のロシア画家逮捕
Moebius, Paul Julius	313	Moebius	神経科医、精神科医、ジャーナリスト	ドイツ	1853	1907	ゲーテの罹った病気に諸説
Moegelin, Johannes	165	Johannes Moegelin	（詩人）				都市を題材とした抒情詩集「石の海で」出版
Moeller, Heinrich	372	Heinrich Moeller					ベルリン大学百年祭名誉学位
Moerner, Birger	717	Graf Birger Moerner	外交官、著述家。筆名Aráfi	スウェーデン	1867	1930	A. ストリンドベリの評伝・作品とモデル

M

人名	頁数	本文表記	人物紹介（肩書・略歴など）	出生地	生年	没年	トピック
Moffat, David	481	David Moffatt	投資家、実業家。鉄道、鉱山、銀行を経営	アメリカ	1839	1911	訃報
Mohammed Ali Shah	65	Mohammed Ali	ガージャール朝6代シャー（1907-1909）		1872	1924	トルコで王が幽閉・ペルシャでは退位
Mohrbutter, Alfred	408	Mohrbutter	画家、工芸家	ドイツ	1867	1916	ヴィルマースドルフ芸術ホール
Moissi, Alexander	737	Moissi	俳優	イタリア	1879	1935	E. Duse が Moissi と旅興行の噂
Molière	16	Molière	劇作家。コルネイユ、ラシーヌとともに古典主義の三大作家の一人。本名 Jean-Baptiste Poquelin。滑稽劇を得意とした。死後、コメディー・フランセーズ（「モリエールの家」と呼ばれることがある）が創設された。妻は女優 Armande Béjart。喜劇「町人貴族」中の劇中劇はのちに H. ホフマンスタールと R. シュトラウスによるオペラ「ナクソス島のアリアドネ」として改作された。他に「タルチュフ」「人間嫌い」「スカパンの悪だくみ」など	フランス	1622	1673	コクラン兄弟についての記事いろいろ
	286	Molière					A. フランスのドラマ論
	316	Molière					訃報（J. v. Werther）
	345	Molière					モリエール劇ベルリン興行
	421	Molière					ベルリン演劇学校視察とロシア興行事情
	503	Théâtre Molière					電灯王パトーと O. Garain 合作の戯曲「朝」興行
	591	モリエエル					老人が多いコメディー・フランセーズ
	690	Molière、モリエエル、夫					*Le Ménage de Molière* 総浚い
	737	Molière					「ナクソス島のアリアドネ」初演予定
	763	Molière					モリエール原作滑稽オペラ
	773	Molière					戯曲「社会的成功」紹介
Molière	286	Mademoiselle Molière	→ Béjart, Armande				新興行ドラマ一覧
Molitor, Olga	66	Olga Molitor	（舞台女優）				名誉毀損の新聞記者が出獄
Molnar, Franz	184	Franz Molnar	劇作家、作家　本名 Neumann Ferenc。ハンガリー名 Molnár Ferenc でも知られる。鷗外訳に「破落戸の昇天」「辻馬車」「最終の午後」がある。戯曲「リリオム」「悪魔」など。代表作の一つ「リリオム」は短編「破落戸の昇天」を戯曲化したもの	ハンガリー	1878	1952	新興行ドラマ一覧
	329	Franz Molnár					新興行ドラマ一覧
	348	Molnár					新興行ドラマ一覧
	414 415	Fr. Molnár					新興行ドラマ一覧
	434	Franz Molnár					重病の報
	435	Franz Molnár					決闘双方に怪我なし
	453	Franz Molnár					新興行ドラマ一覧
	471	Fr. Molnár					新興行ドラマ一覧
	521	Franz Molnár、Molnár					F. モルナールが薬物自殺未遂、自殺でなく薬の誤飲と判明
	531	Franz Molnár					交通事故で再入院
	669	Franz Molnár					決闘のため二週間の禁錮刑

人名	頁数	本文表記	人物紹介（肩書・略歴など）	出生地	生年	没年	トピック
	691	Franz Molnár					ブルク劇場でF. モルナール上演
	701	Franz Molnár					自作短編小説を脚本化
	732	Franz Molnár					短篇集「パンの横笛」出版
	756	Franz Molnár					新作滑稽劇「狼」に喝采
	766	Franz Molnár					ブルク劇場の新作者
	781	Franz Molnár					ブダペストの下層社会を描いた戯曲「リリオム」
	796	Franz Molnár					戯曲「リリオム」上演
	824	Franz Molnár					新作脚本情報
Moloch	151	Moloch	セム族に祭られた神。人身御供が行われたことから戦争など多大な犠牲を要することを表す				ロシア革命劇「モロク」に喝采
	168	Moloch					革命劇「モロク」の作者
Moltke, Friedrich von	3	von Moltke、大臣	政治家　(内相)	ドイツ	1852	1927	評判のヌードショー取締り
	272	von Moltke					ドイツ閣僚交代
Moltke, Helmuth Karl Bernhard von	112	Moltke	軍人、軍事学者。参謀総長として普仏戦争などに勝利。甥H. J. L. v. Moltkeと区別し大モルトケと呼ばれる	ドイツ	1800	1891	H. K. B. v. モルトケ胸像制作
	169	Moltke 像					H. K. B. v. モルトケ胸像完成
Mommsen	500	Mommsen 病院	(医療関係者)				W. Seebachが昏迷状態
	528	Mommsen-Sanatorium					訃報（W. Seebach）
Mommsen, Theodor	620	Mommsen	歴史家、考古学者、法学者、政治家。ノーベル文学賞（1902）。近代歴史学の基礎を築いた。「ローマ史」	ドイツ	1817	1903	歴代ノーベル文学賞受賞者
	623	Mommsen					歴代ノーベル文学賞受賞者によるアナグラム
Mona Lisa	464	Mona Lisa	→ Giocondo, Lisa del				ルーヴル所蔵「モナ・リザ」オリジナルの証拠
Monaco 侯爵	129	Monaco 侯爵	→ Albert I（Monaco）				賭博場からの納入増額を意図
	443	Monaco 侯爵					海事学研究所（パリ）
	771	Monaco 侯					モナコ侯「パルジファル」興行禁止決議受入
Monet, Claude	288	Claude Monet	画家。フランス印象主義を代表する存在。初期作品「印象、日の出」が印象派の名の由来となった。晩年はパリ郊外のジヴェルニーで制作を続けた	フランス	1840	1926	美術館（Städel）が絵画購入
	393	Claude Monet					七十歳祝賀・ジヴェルニー荘園
	513 514	Monet、モネエ					絵画の値段
Monis, Ernest	469	Monis	政治家、首相（1911）（首相兼内相）	フランス	1846	1929	フランス新内閣
	470	Monis					*Après moi* 撤回事件・脚本興行の自由に関する抗議署名
	473	Monis					電気職工復職要求の示威運動
	529	Monis					飛行機墜落で陸相死去・首相負傷

人名	頁数	本文表記	人物紹介（肩書・略歴など）	出生地	生年	没年	トピック
	556	Monis 内閣					フランス内閣退陣
Monnard, Heinz	436	Heinz Monnard	（俳優）				ハウプトマン「鼠」配役
Monod, Gabriel	703	Gabriele Monod	歴史家	フランス	1844	1912	訃報
	821	Gabriel Monod					ドレフュス事件時に左右に分かれた名士一覧
Monod, Henri	252	Henri Monod	（フランス内務省事務官）				カンヂタ尼の有力支援者たちと事業に対する疑惑
Monroe, James	790	Monroe 主義	政治家、大統領（1817-1825）。欧米間の相互不干渉を提唱したモンロー主義で知られる	アメリカ	1758	1831	モンロー主義議決にアルゼンチン紙が批判
	822	Monroe Doctrin					日本におけるモンロー主義
Montemezzi, Italo	790	Montemezzi	作曲家、オペラ作曲家	イタリア	1875	1952	オペラ「三王の恋」に喝采
Montenegro, Artur Pinto de Miranda	122	Montenegro	法学者　（法相）	ポルトガル	1871	1941	ポルトガル新内閣
Montesquieu, Charles-Louis de	293	Montesquieu	啓蒙思想家、法学者。「法の精神」などで三権分立論を説いた	フランス	1689	1755	エリーザベト暗殺者の読書録
Montez, Lola	140	Lola Montez	ダンサー、女優、高級娼婦。本名 Elizabeth Rossanna Gilbert	アイルランド	1818頃	1861	興行情報
Monti, Max	545	Max Monti	（劇場監督）				ベルリン新劇場の監督交代
Montmorency, François-Henri de	117	Luxembourg 博物館	ピネー＝リュクサンブール公爵、軍人	フランス	1628	1695	リュクサンブール美術館の壁画
	195	リユクサンブウル					「ヴェルレーヌの肖像」買上
	221	Luxembourg					T. ルーズベルトが美術鑑賞
	542	Luxembourg 公園					ヴェルレーヌ記念像除幕式でのエピソード
	769	Luxembourg 公園					ヴェルレーヌ記念祭で大喧嘩
Montrond	248	de Montrond	（殺害されたフランスの男爵）				Montrond 男爵殺人事件
	249	Montrond 男爵					Montrond 男爵殺人犯は旧僕
Monypenny, William Flavelle	383	F. Monypenny	ジャーナリスト。「ベンジャミン・ディズレーリの生涯」を編集	イギリス	1866	1912	「ディズレーリ伝」第一巻刊行
Moore, George Augustus	560	Georg Moore	作家、劇作家、詩人、美術評論家	アイルランド	1852	1933	G. Moore が聖書研究のうえ奇妙な脚本案出
Moore, Thomas	495	Moore	詩人、作曲家。「アイルランド歌謡集」	アイルランド	1779	1852	名家自筆コレクション競売
Moravek	339	Moravek	（毒入りチョコレートを受け取った老嬢）				毒入りチョコレート玉事件
Morawe	706	Morawe & Scheffert	（ベルリンの書肆）				L. ティーク「ファンタスス」オリジナル版（1812）出版
Moré, G.	554	G. Moré	（ベルリン無鑑査展覧会会計）				ベルリン無鑑査展覧会役員
More, Thomas	418	Thomas Morus	法律家、思想家。ルネサンス期のイギリスを代表する人文主義者。Morus は More のドイツ名。「ユートピア」など	イギリス	1478	1535	突然白髪になった逸話

人名	頁数	本文表記	人物紹介（肩書・略歴など）	出生地	生年	没年	トピック
Moréas, Jean	201	Jean Moreas、Pappadiamantopulos	詩人、劇作家、美術評論家。「象徴主義宣言」などフランス象徴主義を首唱。元の名はPappadiamantopulos	ギリシャ	1856	1910	訃報
	720	Moreas					「イフィゲネイア」上演
Moreira, Manuel António	122	Moreira	政治家　（工相）	ポルトガル	1866	1953	ポルトガル新内閣
Morel, Jean	388	Jean Morel	政治家　（拓相）	フランス	1854	1927	ブリアン再造内閣
	389	Morel					フランス内閣新顔
	771	Jean Morel					フランス新内閣
	785	Jean Morel					フランス新内閣
Morel, Paul	421	Morel	政治家	フランス	1869	1933	パリで社会党温和派が結合
	785	Paul Morel					フランス新内閣
Morello, Vincenzo	120	Vincenzo Morello（仮名 Rastignac）	ジャーナリスト、政治家。ペンネーム Rastignac	イタリア	1860	1933	「禍の指環（*Anello Maleficio*）」初興行
Morf, Heinrich	447	Heinrich Morf	ロマンス語学者、スペイン研究者	ドイツ	1854	1921	ベルリン学士院加入
Morgan, Anna	303	Miss Anna Morgan	博愛主義者、大富豪 J. モルガンの三女	アメリカ	1873	1952	A. モルガンの結婚の噂は嘘
Morgan, John Pierpont	134	Morgan	金融業者、投資家、社会奉仕家、芸術品・書籍蒐集家。モルガン財閥の創始者。世界で最も影響力のある人物の一人として金融業界、実業界に君臨した。美術と書籍、宝石などの貴重なコレクションは、モルガン図書館に収蔵されているほか、メトロポリタン美術館などに遺贈・寄託された	アメリカ	1837	1913	ホテルの給仕にチップをはずむ人はずまない人
	136	Morgan					鉄道王の遺産を元に公園設立
	512	Pierpont Morgan					P. モルガンがルター書状落札
	514	Pierpont Morgan					ルーブル美術館に象嵌寄附
	675	Pierpont Morgan					P. モルガンが美術品をアメリカに持ち帰り
	787	John Pierpont Morgan					訃報
	822	Piermont Morgan					P. モルガンの蔵書からゾラ自筆の「ナナ」発見
Morgan, Louise	82	Louise Morgan	大富豪 J. モルガンの長女		1866	1946	米国婦人の驚くべき衣裳代
Morice, Charles	475	Morice	作家、詩人	フランス	1861	1919	「フランスのカテドラル」出版
Morin, Georges	251	Georges Morin	彫刻家	ドイツ	1874	1950	ベルリン美術大展覧会（1911）
Moriotte	239	Moriotte	→ Mariotte, Antoine				新興行オペラ一覧
Moriton von Mellenthien, Bath	413	B. Moriton v. Mellenthien	文筆家	フランス	1874	1914	新興行ドラマ一覧
Morizot, Edma	748	Morizot	女流画家。ベルト・モリゾの姉		1839	1921	エミール・ゾラ忌
Morley, John	801	John Morley	政治家、作家、新聞編集者。ブラックバーン・モーリー子爵	イギリス	1838	1923	ゲーテ協会会長にふさわしい人物
Morosini, Giovanni	56	父 Giovanni	銀行家	イタリア	1832	1908	大富豪の娘と騎馬巡査が婚約
Morosini, Giulia	56	Giulia Morosini、娘、ジュリヤ	銀行家 Giovanni Morosini の娘				大富豪の娘と騎馬巡査が婚約
Morris, Max	272	Max Morris	文芸学者。「若き日のゲーテ」など				ゲーテ協会二十五年祭

M

人名	頁数	本文表記	人物紹介（肩書・略歴など）	出生地	生年	没年	トピック
Morris, Maximilian	208	Maximilian Morris	(劇場監督、劇作家)				新興行オペラ一覧
	434	Morris					新オペレッタ劇場設立
	504	Maximilian Morris					選帝侯歌劇場が登記
	555	Maximilian Morris					選帝侯歌劇場（ベルリン）役員
Mortier, Alfred	775	Alfred Mortier	(劇作家)				興行情報・劇評に決闘申込み
Morus, Thomas	418	Thomas Morus	→ More, Thomas				突然白髪になった逸話
Morwitz	96	Morwitz	(オペラ座座長)				訃報
Moschino, Ettore	186	Ettore Moschino	詩人、劇作家	イタリア	1887	1941	新興行ドラマ一覧
	783	Ettore Moschino					興行情報
Moselly, Emile	849	モゼエリ (MOSELLY)	作家	フランス	1870	1918	ゴンクール賞（詳細）
Moses	176	Moses	モーセ。旧約聖書にも登場するイスラエルの民族指導者				チェーザレ・ボルジアを主人公とした戯曲
Mosse, Rudolf	596	Rudolf Mosse	書肆、実業家	ポーランド	1843	1920	E. v. Heyking が小説脱稿
Mosso, Angelo	406	Angelo Mosso	生理学者	イタリア	1864	1910	訃報
Mosson, Georg	446	Georg Mosson	画家	ドイツ	1851	1933	ベルリン分離派総会・新役員
	731	Mosson					ベルリン市長の新画家排斥に物議
Mostafi al Mamalek, Hassan	333	Mostafi-el-Mamalek	首相（1910-1911、1914-1915、1915、1917、1923、1926-1927 ）	イラン	1871	1932	テヘランの内紛が鎮圧
Moszkowski, Alexander	127	Alexander Moszkowski	作家、ジャーナリスト。作曲家 M. モシュコフスキーの兄。アインシュタインの相対性理論を世に広めた	ポーランド	1851	1934	1909年中最も面白かった記事
	172	Alexander Moszkowski					芸術滅亡論「千年の芸術」
	439	Alexander Moszkowski					六十歳祝賀
	601	Alexander Moszkowski					在職二十五年祝賀
Mottl, Felix Josef von	85	Felix Mottl	指揮者、作曲家	オーストリア	1856	1911	F. Mottl が離婚訴訟・再婚の噂
	226 227	Mottl、モツトル					「愛の園のバラ」再演トラブル
	299	Felix Mottl					芸術界知名士女の避暑地
	302	Mottl					ウィーン招聘の噂を本人取消し
	327	Felix Mottl					F. Mottl が離婚
	345	Felix Mottl					枢密顧問官（Geheimer Hofrat）に就任
	543	Felix Mottl					F. Mattl が噂の女優と再婚
	564	Felix Mottl、Mottl、モツトル					訃報、葬送

M

人名	頁数	本文表記	人物紹介（肩書・略歴など）	出生地	生年	没年	トピック
	587	Mottl					F. Mottl 浮彫半身像設置
	601	Mottl					F. Mattl 後任を B. ワルター辞退
	619	Mottl					F. Mottl 後任に B. ワルター決定
	696	Felix Mottl					F. Mottl の後任人事予測
Mottl, Zdenka	564	新妻	→ Fassbender, Zdenka				訃報、葬送（F. Mottl）
Motz	412	Motz	（劇作家）				新興行ドラマ一覧
	453	Motz					新興行ドラマ一覧
Mouillaud	483	Mouillaud	（画家）				裸体画絵葉書販売で処罰
Moulinier, René	575	Moulinier	（医学者）				飛行家の病に関する研究
Moulton, James	372	James Hope Moulton	牧師、言語学者、ゾロアスター教研究者	イギリス	1863	1917	ベルリン大学百年祭名誉学位
Mounet-Sully, Jean	591	Mounet-Sully	俳優	フランス	1841	1916	老人が多いコメディー・フランセーズ
	645	Monnet Sully					ロスタンがソネット 2 篇を献呈
	721	Mounet Sully					アテネに大劇場設立
Mounsey, George Augustus	843	G. H. MAUNSEY 氏、MAUNSEY 氏	イギリスの官吏、外交官、翻訳家	ギリシャ	1879	?	D. メレシュコフスキー評論英訳
Moy, Ernst von	447	von Moy 伯	政治家	ドイツ	1860	1922	ミュンヘン芸術家協会人事
Mozart, Wolfgang Amadeus	24	Wolfgang Amadeus Mozart、Mozart	作曲家。ハイドンとともにウィーン古典派を代表する音楽家。36歳で早世したにもかかわらず、交響曲、協奏曲、室内楽、器楽曲、オペラの傑作を数多く残した	オーストリア	1756	1791	モーツァルト滞在記念牌
	102	Mozart					著名作曲家の筆跡の巧拙
	254	Mozart					モーツァルト自筆譜「ドン・ジュアン」をパリ・オペラ座に献納
	328	Mozarthaus					モーツァルトハウス起工式
	471	Mozart					新興行ドラマ一覧
	702	Mozarthaus					モーツァルトハウス建築開始
	824	Mozarteum					モーツァルテウム音楽院人事
Mraezek, J. G.	453	J. G. Mraezek	（作曲家）				新興行オペラ一覧
Mrstik, Wilhelm	688	Wilhelm Mrstik	文筆家、劇作家、翻訳家、文芸批評家	チェコ	1863	1912	訃報・自殺
Muck, Karl	284	Karl Muck	指揮者。1901～1930までバイロイト音楽祭で「パルシファル」を演奏した	ドイツ	1859	1940	ウィーン宮廷オペラ人事の噂
	299	Muck					芸術界知名士女の避暑地
	551	Muck					バイロイト音楽祭上演予定
	680	Karl Muck					ベルリン宮廷歌劇場人事
Muegel, Oskar	374	Oskar Muegel	民法学者。没年に諸説あり	ドイツ	1858	1935	ベルリン大学百年祭名誉学位
Muehlig, Bernhard	346	Bernhard Muehlig	画家	ドイツ	1829	1910	訃報
Muehsam, Ehrich	244	Ehrich Muehsam	劇作家、詩人、無政府主義者	ドイツ	1878	1934	訃報（G. D. Schulz）
	102	Erich Muehsam					無政府主義者として逮捕
	764	Erich Muehsam					世界議院協会を創設

M

人名	頁数	本文表記	人物紹介（肩書・略歴など）	出生地	生年	没年	トピック
Muellendorff, Prosper	655	Prosper Muellendorff	ジャーナリスト、歴史家				「スパニア焚殺事件史」縮約
Mueller	79	Mueller	（人違いで殺害されたパリの資産家）				人違い殺人の女性虚無党員
	364	Mueller					人違い殺害の T. Leontief 近況
Mueller	269	Muellerpreis					ミューラー賞受賞者
Mueller	518	Mueller	（ドレスデン在住の人物）				犬は車を曳くのに不向きなこと
Mueller, Arthur	622	Arthur Mueller	文筆家、劇作家		1823頃	1873	「信仰と故郷」剽窃論は無用の詮索・朗読下手なシェーンヘル
	629	故人 Mueller、ミュルレル					「信仰と故郷」に類似の脚本
Mueller, E.	539	E. Mueller	（彫刻家）				H. Hoffmann 記念像（ヴァイマル）除幕
Mueller, Ferdinand von	42	Ferdinand v. Müller、von Müller	→ Miller, Ferdinand von				ミュンヘン芸術院百年祭
Mueller, Friedrich Max	720	F. E. Mueller	言語学者、宗教学者。サンスクリット語研究の第一人者。本文の F. E. は誤り	ドイツ	1823	1900	トーマスシューレ創立七百年祭
Mueller, Georg	94	Georg Mueller	書肆。1903年にミュンヘンで創業。次々とベストセラーを世に送り出し、S. フィッシャー、O. ディートリックス、A. ランゲンなどの出版社とともに文芸作品の普及に大きな役割を果たした。所属の文筆家として O. ビーアバウム、F. ブライ、F. ヴェデキント、A. ストリンドベリらが名を連ねた	ドイツ	1877	1917	雑誌「バイエルラント」主筆後継
	219	Georg Mueller					H. Conradi 全集に新資料編入
	323	ゲオルク・ミュルレル					悪版跋扈し善版発禁に物議
	475	Georg Mueller 板					ライプツィヒで G. ミューラー版「カサノヴァ」発禁
	502	Georg Mueller					ストリンドベリ「愛の本」刊行
	532	Georg Müller					哲学叢書出版予定
	598	Georg Mueller					哲学叢書出版
	644	Georg Mueller					O. J. ビーアバウム全集
	730	Georg Mueller					遺稿追加の O. ルートウィヒ全集
	745	Georg Mueller					F. Mauthner 監修の哲学叢書
	746	Georg Mueller					L. Birinski 作 *Narrentanz* 出版
	790	Georg Mueller					「ファイト・シュトース」出版
	807	Georg Mueller					トルストイの日記（1895-1910）復元出版
Mueller, Gustav	499	Gustav Mueller、ミュルレル	（俳優）				女優が情夫を使って意趣返し
Mueller, Hans	114	Hans Mueller	作家、劇作家、舞台監督	チェコ	1882	1950	ウィーンの劇場でパリ流騒動
	329	Hans Mueller					新興行ドラマ一覧
	366	H. Mueller					新興行ドラマ一覧
	463	Hans Mueller					バウエルンフェルト賞
Mueller, Heinrich	282	Mueller	建築技師	ポーランド	1851	1925	工芸学校で歓送迎会
Mueller, Herbert	290	Herbert Mueller	中国研究者、美術商、ジャーナリスト	ドイツ	1885	1966	支那公使が日露協商に不平

人名	頁数	本文表記	人物紹介（肩書・略歴など）	出生地	生年	没年	トピック
Mueller, Morten	458	Morten-Mueller	風景画家	ノルウェー	1828	1911	訃報
Mueller, N.	201	Halir-Exner-Mueller -Dechert	音楽家、ビオラ奏者				HEMD カルテットのメンバー交代
Mueller, Otto	639	Otto Mueller	画家、版画家。表現主義	ポーランド	1874	1930	新分離派からブリュッケが分派
Mueller, Peter Wilhelm	716	Peter Mueller-Stiftung	(1882年創立の P. Mueller 財団は芸術・科学の貢献者を表彰)			1881	H. オイレンベルクと W. シュミットボンが賞金を二分して受賞
Mueller von der Werra, Friedrich Konrad	557	von der Werra	作家、ジャーナリスト、医師	ドイツ	1823	1881	八十歳祝賀（J. Rodenberg）
Mueller-Foerster, Alfred	414 415	A. Mueller-Foerster	劇作家				新興行ドラマ一覧
	507	A. Mueller-Foerster					新興行ドラマ一覧
Mueller-Gr. Alpenburg, Albert	574	Albert Mueller-Gr. Alpenburg	（画家）				芸術高等学校（ベルリン）表彰
Mueller-Guttenbrunn, Adam	463	Adam Mueller-Guttenbrunn	作家	オーストリア	1852	1923	バウエルンフェルト賞
Mueller-Jabusch, Maximilian	770	Mueller-Jabusch	新聞記者、翻訳家	ドイツ	1889	1961	末松謙澄の英訳「源氏物語」が独訳
Mueller-Miningen	11	Müller-Miningen	（政治家）				ドイツ連邦劇場法案
Mueller-Schloesser, Hans	815	Hans Mueller-Schloesser	詩人、劇作家	ドイツ	1884	1956	*Schneider Wibbel* 興行
Muellner, Josef	277	Muellner	彫刻家	オーストリア	1879	1968	ウィーンで裸体像排斥の動き
Muench, Wilhelm	617	Wilhelm Muench	教育学者	ドイツ	1843	1912	ベルリン大学引退で後任議論
	698	Wilhelm Muench					訃報
Muensterberg, Hugo	224	Muensterberg	心理学者。アメリカに帰化	ポーランド	1863	1916	ドイツ美術館協会（ボストン）
	389	Hugo Muensterberg					アメリカ人の特性に関する演説
Muenz, Sigmund	690	Sigmund Muenz	文筆家、ジャーナリスト	チェコ	1859	1934	ビスマルクはデュッセルドルフのハイネ記念像設立拒否せず
Muenzer, Kurt	289	Kurt Muenzer	劇作家、作家。「ザイオンへの道」など	ドイツ	1879	1944	新興行ドラマ一覧
	626	Kurt Muenzer					猥褻の廉で書肆が告訴・期間超過のため作者は告訴されず
	646	Kurt Muenzer					猥褻文書告発裁判で作品朗読
Mukerjie, S. C.	567	S. C. Mukerjie	インドの宗教家				ヨーロッパの仏教・インド研究
Mukhil Bei	749	Mukhil Bei	（トルコの代理公使）				トルコ代理公使が宣戦布告なしにブルガリアから退去
Muller	317	Muller & Comp.	（アムステルダムの書肆・競売所）				古文書競売「和蘭人の始て日本及印度に航海せし報告」
Muller, Frederik	268	Frederik Muller&Co.	書肆		1817	1881	古文書競売（アムステルダム）
Multatuli	130	Eduard Douwes Dekker（Multatuli）	作家、役人。本名 Eduard Douwes Dekker。東インド会社で役人を務めた経験をもとに植	オランダ	1820	1887	ムルタトゥリ記念像

M

人名	頁数	本文表記	人物紹介（肩書・略歴など）	出生地	生年	没年	トピック
	159	Multatuli	民地での強制栽培制度に反対する小説「マックス・ハーフェラール」（1860）を執筆				「マックス・ハーフェラール」五十周年記念祭
	219	Multatuli					ムルタトゥリ美術館設立予定
	777	Dekker、Multatuli					ムルタトゥリ終焉の家保存運動
Mumby, Joseph	283	Joseph Mumby、詩人	（弁護士、詩人）				訃報・婚姻関係の家婢に遺産
Mumm von Schwarzenstein, Philipp Alfons	290	Mumm 大使	外交官。1909～1911年まで在日ドイツ大使を務めた。P428の Bumm は誤り	ドイツ	1859	1924	東京では Mumm 大使が皇太子を待受
	428	Freiherr Bumm von Schwarzenstein					在日ドイツ大使交代の予定
Munch, Edvard	717	Edvard Munch	画家、版画家。表現主義の先駆。「思春期」「叫び」など	ノルウェー	1863	1944	A. ストリンドベリの評伝・作品とモデル
Muncker, Franz	115	Muncker	文芸史家	ドイツ	1855	1926	M. アルツバーシェフ「サーニン」翻訳裁判
Munkácsy, Mihály	162	Munkacsy	画家	ウクライナ	1844	1900	ハンガリー美術展覧会
	165	Munkacsy					主要ハンガリー画家一覧
	227	Munkacsy					ベルリン美術展覧会
Murat, Jean	204	Jean Murat	（女優 Mme. Simone の付人）				「シャンテクレ」主演女優が盗難被害
Muratore, Lucien	702	Muratore	テノール歌手	フランス	1876	1954	L. Cavalieri の離婚と再々婚
Muratow	255	Muratow	（モスクワの密偵事務長官）				射殺されたのは同名の別人
Muratow	255	同名の刑事巡査	（射殺されたモスクワの刑事巡査）				射殺されたのは同名の別人
Muret	842	MURET 氏	（批評家）				ホフマンスタールを酷評
Murger, Henri	801	Murger	詩人、作家	フランス	1822	1861	モンマルトルの故蹟
Murray, John	383	書肆 Murray	書肆創業者。代々当主は名を継いだ	イギリス	1745	1793	「ディズレーリ伝」第一巻刊行
Murri, Romolo	52	Romolo Murri	神学者、ジャーナリスト、政治家。国家と社会、教会との関係に変革をもたらそうとモデルニスムスを組織。1909年に教皇ピウス10世に破門され、政治家、ジャーナリストへと転身した	イタリア	1870	1944	サヴォナローラまがいの宗教家
	307	Abbé Romolo Murri					代議士になって僧籍から除籍
	326	Romolo Murri					法王追放に関するアンケート
	408	Romolo Murri					イタリア議会でトルストイに関する演説
	498	Abbé Murri					モデルニスムス開祖が還俗して結婚
Mus, O. B.	285	O. B. Mus	→ Muus, Oscar Bruun				デンマーク新内閣
Musaeus-Higgins, Marie	719	Marie Musaeus-Higgins	仏教者、女性著述家。スリランカに仏教徒の女子学校を創立	ドイツ	1855	1926	セイロン島の貯水池の歴史
Musil, Alois	335	Musil 教授	神学者、探検家、東洋学者、作家	チェコ	1868	1944	シナイ山の位置を確定と公言
	364	Alois Musil					シナイ山の位置を確定と公言
	595	Alois Musil					アラビア研究の端緒を公表
	722	Musil					シナイ山につき新説を発表

人名	頁数	本文表記	人物紹介（肩書・略歴など）	出生地	生年	没年	トピック
Mussaffer Eddin Mirza (shah)	531	Schah Mussaffer Eddin Mirza	ガージャール朝５代シャー（1896-1907）。P798インドはペルシャの誤り		1853	1907	テーブル・マナーいろいろ
	798	インド貴族某					テーブル・マナーいろいろ（続）
Musset, Alfred de	132	Alfred de Musset	劇作家、詩人、作家。ジョルジュ・サンドとの関係を描いた自伝的小説「世紀児の告白」、戯曲「戯れに恋はすまじ」「ヴェネチアの夜」など	フランス	1810	1857	パリ国民文庫で貴重資料公開
	136	Alfred de Musset					詩人が治財に拙いことの例
	154	Alfred de Musset					A. ミュッセの書状公開
	263	A. de Musset					新興行オペラ一覧
	419	Alfred de Musset					A. ミュッセ生誕百年祭
	825	Alfred de Musset					G. ブランデス「現代のフランス文学」分類図
Musset, Paul de	133	Paul de Musset	文筆家。A. ミュッセの兄	フランス	1804	1880	パリ国民文庫で貴重資料公開
Mustafà, Domenico	695	Maestro Mustafa	カストラート歌手、作曲家	イタリア	1829	1912	訃報・カストラート歌手
Mustofi el Memalek	302	Mustofi el Memalek	政治家 Mostowfi ol-Mamalek、首相（1910-1911、1914-1915、1915、1917、1923、1926-1927）	イラン	1875	1932	ペルシア新内閣
Muther, Richard	59	Richard Muther	美術史家、美術批評家	ドイツ	1860	1909	訃報
	76	Richard Muther					遺稿「キリスト教勃興より現今に至るまでの絵画史」出版
	277	Richard Muther					ブレスラウ大学芸術史人事
Mutz, Hermann	805	Hermann Mutz	陶芸家。息子 Richard も陶芸家		1845	1913	訃報
Mutzenbecher, Kurt von	503	Intendant Kurt von Mutzenbecher	劇場監督	ドイツ	1866	1938	ヴィースバーデン宮廷劇場総支配人が辞職
Muus, Oscar Bruun	285	O. B. Mus	政治家　（商相）	デンマーク	1847	1918	デンマーク新内閣
Muza, Irene	12	Irene Muza	女優			1909	パリの女優が事故で大火傷
Mylius, Edward	449	Edward Mylius	ジャーナリスト	ベルギー	1878	?	英王が不正結婚との誣説を流した記者に懲役刑
Myron	235	Myron	彫刻家	ギリシャ	前480	前440	「円盤投げ」像のレプリカ制作
Mysz-Gmeiner, Lula	675	Lula Mysz Gmeiner	アルト歌手、声楽教師	ルーマニア	1876	1948	美術及学問の金牌
Nacquart	305	Dr. Nacquart、ナツカアル	（医師）				バルザックの散歩杖
Nadar	194	Nadar、Felix Tournachon	写真家、風刺画家、ジャーナリスト、作家、飛行家（気球）。本名 Gaspard-Felix Tournachon	フランス	1820	1910	訃報
	378	Nadar					遠距離飛行の歴史
Nadson, Semen	768	Nadson	詩人	ロシア	1862	1887	読書会中の男女学生が逮捕・放免
Nager, Franz	383	Franz Nager	（美術工芸品商）				旧シャック・ギャラリーの購入
Namysłowski, Bolesław	819	Boleslaw Namyslowski	植物学者	ポーランド	1882	1929	バクテリア・鞭毛虫の研究

N

人名	頁数	本文表記	人物紹介（肩書・略歴など）	出生地	生年	没年	トピック
Nancey, R.	185	R. Nancey	（劇作家）				新興行ドラマ一覧
Nani, Enrico	825	Enrico Nani	バリトン歌手	イタリア	1872	1944	ズーダーマン「ヨハネの火」オペラ化
Nansen, Fridtjof Wedel-Jarlsberg	223	von Wedel-Jarlsberg	探検家、博物学者（動物学・海洋学・神経学・流体力学）、外交官。スウェーデンからのノルウェー独立に尽力。戦争難民および飢餓難民の救済活動にも多大な功績がある。ノーベル平和賞（1922）。ニューロンの理論でも先駆的な業績を残した	ノルウェー	1861	1930	訃報（ビョルンソン）・詳細
	235	Fridjof Nansen					ビョルンソンの葬儀
	289	Frithjof 像					ドイツ帝がノルウェーに F. ナンセン像を寄贈
	296	Frithjofstatue					ドイツ帝がノルウェー王に F. ナンセン像を寄贈
	368	Fridthjof Nansen					F. ナンセン演説・アメリカ発見
	607	Fridtjof Nansen					五十歳誕生日
	819	Frithjof 記念像					F. ナンセン記念像除幕
Nansen, Margarethe	354	未亡人、Margarethe Nansen	女優、J. カインツの再婚相手				訃報（J. カインツ）・詳細
	402	カインツ夫人					カインツ祭（新劇場）
Nansen, Peter	322	Peter Nansen	劇作家、作家、ジャーナリスト	デンマーク	1861	1918	H. Drachmann 旧宅保存協議
	579	P. Nansen					新興行ドラマ一覧
	634	P. Nansen					新興行ドラマ一覧
	660	Peter Nansen					滑稽劇「幸せな結婚」採用
	669	Peter Nansen					P. Nansen 旧作小説の脚本化
	671	Nansen					S. Fischer から諸脚本出版
	685	Peter Nansen					文士 H. H. Ewers の初舞台
	788	Peter Nansen					活動写真の原作への影響なし
Napoleon	22	Napoléon	→ Bonaparte, Napoléon				英雄と文豪の奇妙な癖
	290	Napoléon					ナポレオン法典の一部改正
	452	Napoleon					新興行ドラマ一覧
Napoleon	557	Prince Napoleon	→ Bonaparte, Napoleon Joseph Charles Paul				訃報（Maria Clotilde）
Narcisse	292	Narcisse、僕	（フロベールの使用人）				文学者の名物使用人たち
Nash, Eveleigh	600	Eveleigh Nash	（ロンドンの書肆。のち社名を Eveleigh Nash and Grayson と改称）				元妃の自伝まず英文で出版
Nasi	134	Nasi	（弁護士、劇作家）				「禍の指環」の裏を描いた戯曲
Nasir el Muelk	351	Nasir el Muelk	（ガージャール朝の有力者）				ペルシャ総督に就任
Natanson, Tadée	110	Tadée Natanson	雑誌編集者、劇作家		1868	1951	興行情報
	769	Nathanson					ヴェルレーヌ記念祭で大喧嘩
Nathan, Ernesto	118	Nathan	政治家。ローマ市長を務めた	イギリス	1865	1941	カンピドリオ神殿連結工事に美術家団体が激昂
	355	Ernesto Nathan					法王への非難に寺院派が激怒

N

人名	頁数	本文表記	人物紹介（肩書・略歴など）	出生地	生年	没年	トピック
	357	Nathan					法王がローマ市長を非難
Nathanael	246	ナタナエル	十二使徒の一人。バルトロマイとも呼ばれる				オーバーアマガウの受難劇
Nathansen, Henri	150	Henri Nathansen	作家、劇作家、舞台監督	デンマーク	1868	1944	劇評のストライキの嚆矢
	748	Henri Nathansen					戯曲 *Hinter Mauern* 出版
Nathanson	769	Nathanson	→ Natanson, Tadée				ヴェルレーヌ記念祭で大喧嘩
Natorp, Paul Gerhard	661	Paul Natorp	哲学者。新カント派。プラトンの権威	ドイツ	1854	1924	P. Natorp 著作出版予定
Nattier, Jean-Marc	157	Jean Marc Nattier	画家	フランス	1685	1766	フランス美術展覧会（ベルリン）
Nau, John Antoine	849	ジヨン・アントアンヌ・ノオ（JHON ANTOINE NAU）	詩人、作家。本名Eugène Léon Édouard Torquet	フランス	1860	1918	ゴンクール賞（詳細）
Naumann, Ernst	417	Ernst Naumann	作曲家	ドイツ	1832	1910	訃報
Naumann, Otto	372	Otto Naumann					ベルリン大学百年祭名誉学位
Naumow, Nicholas	178	Naumow、情夫	（殺害犯、タルノウスカ夫人の情夫）				コマロウスキー伯殺害事件
	250	Naumow					タルノウスカ夫人事件判決
	252	Naumow、ナウモフ					獄中のタルノウスカ夫人と情人
	361	Naumow					タルノウスカ夫人らの消息
	387	Naumow					獄中婚約の噂
Naundorff, Karl Wilhelm	423	Naundorff 問題、Naundorff、ナウンドルフ非王説	時計職人。ルイ16世の子であると名乗り出た。デルフトで没した際、オランダ政府がノルマンディー公Charles-Louis de Bourbon（ルイ17世）と認めたことからフランス側の主張と対立。子孫らがフランス政府にブルボン姓と国籍を求め続けたことで「ナウンドルフ問題」と呼ばれる事態が生じた。近年、その正当性は極めて疑いがあると判明	ドイツ	1785	1845	ナウンドルフ問題・非王説優勢
	426	ナウンドルフ非王説					ナウンドルフ非王説に反対
	475	Naundorf、Charles Louis de Bourbon					貴族院がルイ17世生き残り説を支持
	484	Naundorff-Bourbon 問題					ナウンドルフ＝ブルボン問題
	495	Naundorff					ナウンドルフ問題に関する演説
Naville, Ernest	53	Ernest Naville	哲学者、文筆家。筆名E. Villane、H. Villemar	スイス	1816	1909	訃報
Nazare, Bernard	65	Bernard Nazare	→ Lazare, Bernard				ドレフュス弁護の B. Nazare 像が破壊
Neal, Max	239	Max Neal	詩人、ジャーナリスト、劇作家、オペラ台本家。筆名 Maximilian Dalhoff	ドイツ	1875	1941	新興行オペラ一覧
Nebogatow, Nikolai Iwanowitsch	49	Nebogatow	軍人。日本海海戦で第三太平洋艦隊を率いたが敗戦、降伏。軍事裁判で懲役となった後に特赦を受けた	ロシア	1849	1922	ロシア帝誕生日にステッセルとネボガトフに特赦
Nedbal, Oskar	239	Oskar Nedbar	作曲家、指揮者、ヴィオラ奏者	チェコ	1874	1930	新興行オペラ一覧
Neergaard, Niels	70	Neergaard 内閣	歴史家、政治家。首相（1908-1909）	デンマーク	1854	1936	デンマーク内閣交代
Negelein	635	Negelein	（劇作家）				新興行ドラマ一覧
Negri, Ada	190	Ada Negri	女流詩人、作家	イタリア	1870	1945	P. ハイゼ八十歳賀帖署名者

N

人名	頁数	本文表記	人物紹介（肩書・略歴など）	出生地	生年	没年	トピック
Nehabbek	327	Nehabbek	（アラビアの恋の言葉の収集家）				恋の言葉の収集家
Neidert, Oskar	3	Oskar Neidert					「日本及日本芸術」演説
Neisser, Albert	559	Neisser、本人	病理学者、医師。淋菌を発見	ドイツ	1855	1916	梅毒を子供に植え物議
Neitzel, Otto	657	O. Neitzel	作曲家、ピアニスト、著述家	ポーランド	1852	1920	新興行オペラ一覧
Nemes, Marzell von	553	Marzell von Nemes	美術商	ハンガリー	1866	1930	アルテ・ピナコテークでコレクションを展示
	612	Nemes					レンブラント「聖フランチェスコ」鑑定に疑惑
Nemeth, Gabriel	575	Gabriel Nemeth	（彫刻家）				芸術高等学校（ベルリン）表彰
Nénot, Henri-Paul	589	Nénot	建築家	フランス	1853	1934	ラジウム研究所（キュリー夫人）
Nepp	454	Nepp	（画家）				G. クリムトの後継者候補
Neptun	301	Neptun	ローマ神話に登場する海神				訃報（J. G. Galle）
Nerciat, Andrea de	566	Andrea de Nerciat、原作者、ネルシアア	作家、軍人、建築家、司書。「フェリシア」など	フランス	1739	1800	猥褻書籍翻訳裁判・A. ネルシアア紹介
Nernst, Walther	457	Nernst	物理学者、化学者　ノーベル化学賞（1920）	ポーランド	1864	1941	ハレ・アカデミー新会員
	581	Walter Nernst					ベルリン大学人事
	613	Nernst					ノーベル賞候補一覧（1911）
Nero	45	Nero	ローマ帝国第5代皇帝（54-68）。暴君として知られる。全名 Nero Claudius Caesar Augustus Germanicus	イタリア	37	68	七十歳の M. Greif 代表作紹介
	380	Nero 塔					ローマにある斜塔
	698	Nero（オペラ）					オペラ「ネロ」
	738	アメリカ船 Nero					海底最深部の測定
Nerval, Gérard de	292	Gérard de Nerval	作家。ゲーテ「ファウスト」を仏訳。ドイツ文学の紹介を行った。「火の娘」など	フランス	1808	1855	文学者の名物使用人たち
Neslobin	467	Neslobin 座					ゴーリキー最新作初興行は不評
Nessi, Angelo	263	Angelo Nesso	作家、詩人、オペラ台本家。P262の Nesso は Nessi の誤り	スイス	1873	1932	新興行オペラ一覧
	350	Nessi					新興行オペラ一覧
Nestroy, Johann	712	Johann Nestroy	オペラ歌手、俳優、劇作家	オーストリア	1801	1862	J. Nestroy 記念作品上演
Neu	490	Neu	（美声の屋根葺きの青年）				屋根葺き青年を音楽学校に抜擢
Neuhaus	307	Professor Neuhaus	（ベルリン大学教員）				ベルリン大学講義でビョルンソン・イプセン・ストリンドベリ論
	732	Neuhaus					新発見のシラー頭蓋骨の真贋
	817	Neuhaus					ベルリン大学講義一覧
Neumann, Angelo	136	Angelo Neumann	バリトン歌手、劇場支配人。プラハ・ドイツ劇場（現プラハ国立歌劇場）の初代芸術監督を務めた。ワーグナー作品の旺盛な上演によって知られる。後任は作曲家の A. ツェムリンスキー	オーストリア	1838	1910	ワーグナー興行（ベルリン）
	153	Angelo Neumann					新設の大オペラ劇場座長就任
	352	Angelo Neumann					腸の手術
	422	Angelo Neumann					訃報
	490	Angelo Neumann					プラハ・ドイツ劇場人事予想

人名	頁数	本文表記	人物紹介（肩書・略歴など）	出生地	生年	没年	トピック
Neumann, Carl	645	Neumann	美術史家	ドイツ	1860	1934	キール大学美術史後任人事
Neumann, František	187	F. Neumann	作曲家、指揮者	チェコ	1874	1929	新興行オペラ一覧
Neumann, Friedrich Julius	335	Friedrich Julius Neumann	経済学者	ドイツ	1835	1910	訃報
Neumann, Karl Eugen	567	Neumann	翻訳家。パーリ語から仏典を独訳	オーストリア	1865	1915	ヨーロッパの仏教・インド研究
Neumann, Robert	496	Robert Neumann	（窃盗犯）				旅宿窃盗犯が女性歌手と逮捕
Neumann-Becker, Christiane	706	Christiane Neumann -Becker	→ Becker-Neumann, Christiane Luise Amalie				ゲーテ協会例会予定
Neumann-Hartmann	477	Neumann-Hartmann	（建築家）				シンケル賞受賞建築家（1911）
Neumann-Hofer, Otto	636	Otto Neumann-Hofer	文筆家、ジャーナリスト、劇場監督		1857	1941	雑誌 *Nord und Sued*（劇場・美術欄）
Neumayer, Georg von	52	Georg von Neumayer	極地探検家、海洋学者	ドイツ	1826	1909	訃報
Neurode, Kurt	206	Kurt Neurode (Rothkirch, Panthen)	劇作家。筆名 Freiherr von Rothkirch und Panthen				新興行ドラマ一覧
Neusser, Edmund von	417	von Neusser	内科医	ポーランド	1852	1912	オーストリア新内閣文相打診
Neville	421	Neville	（B. Stoker が主張したエリザベス女王の男性名）				エリザベス女王取替え子説
Nevin, Arthur	209	Arthur Nevin	指揮者、作曲家。オペラ *Poia* など	アメリカ	1871	1943	新興行オペラ一覧
	219	Arthur Nevin					*Poia* ベルリン興行・新作構想
	239	Arthur Nevin					新興行オペラ一覧
Nevin, Arthur（妻子）	219	妻子	（A. Nevin の妻子）				*Poia* ベルリン興行・新作構想
Newcomb, Simon	74	Simon Newcomb	天文学者、数学者。初期の SF 作家の一人。黒岩涙香訳「暗黒星」がある	アメリカ	1835	1909	訃報
Newnes, Georges	265	Georges Newnes	出版業者、編集者	イギリス	1851	1910	訃報
Nicklas	488	Nicklas 店	（ベルリンのギャラリー経営者）				ギャラリーの展示に意見
Nicola I（Montenegro）	155	Prince Nicola de Montenegro	モンテネグロ王ニコラ1世（1910-1918）。モンテネグロ王国唯一の王で詩文を良くした。露土戦争の結果、オスマン帝国より独立、王国を樹立したが第一次大戦中に近隣諸国により占領され、亡命を余儀なくされた。本文中ではNicolaのほか、Nicolaus、Nikitaの名でも記述されている	モンテネグロ	1841	1921	新作戯曲 *Prince Arvanit* 興行
	302	Nikita					首都ツェティニェに常設芝居設立・国王作の戯曲上演
	325	Nicolaus					政界屈指の詩人
	330	Nikita					モンテネグロ王のためにロシア帝が王冠注文
	796	Nikita					列強の圧力でシュコドラ放棄
Nicolai, Christoph Friedrich	718	Nicolaihaus、Nicolai	作家、批評家、地域史家、書肆。ベルリン啓蒙主義を代表する一人	ドイツ	1733	1811	Nicolaihaus の記念牌・記念像
Nicolai, Otto	129	Otto Nicolai	作曲家、指揮者。三幕オペラ「ウインザーの陽気な女房たち」で知られる	ロシア	1810	1849	劇界の百歳翁頌徳文
	551	Otto Nicolai					O. Nicolai 記念牌
	641	Nicolai					「陽気な女房たち」演出は不評

N

人名	頁数	本文表記	人物紹介（肩書・略歴など）	出生地	生年	没年	トピック
Nicolas	641	Nicolas 教授、教授	（パリ大学の教員）				ソルボンヌ大学講義中に動乱
Nicolaus	325	Nicolaus	→ Nicola I（Montenegro）				政界屈指の詩人
Nicolay, Ludwig Heinrich von	527	Ludwig Heinrich von Nicolay	啓蒙詩人、司書。サンクトペテルブルク科学アカデミー院長を務めた	ロシア	1737	1820	同一題材の戯曲紹介
Nicoullaud, Charles	477	Charles Nicoullaud	占星術師、文筆家、出版業者	フランス	1854	1923	A. d'Osmond の回想録の版権
Niebergall, Friedrich	372	Niebergall	牧師、神学者	ドイツ	1866	1932	ベルリン大学百年祭名誉学位
Nielsen, Anders	285	Anders Nielsen	農業家、編集者、政治家　（農相）	デンマーク	1862	1914	デンマーク新内閣
Niemann, Albert	438	Albert Niemann	オペラ歌手	ドイツ	1831	1917	八十歳祝賀
Niemeyer, Max	553	Max Niemeyer	書肆。本文では Lippert 書店創業とあるが、1869年に Lippert の権利を買い、翌年に出版社 Max Niemeyer を創業した	ドイツ	1841	1911	訃報
Niese, Hansi Johanna	142 143 144 145	Hansi Niese、Hansi、座主のお上さん、ハンジイ、貴婦人、女優、ニイゼ夫人	女優。劇場監督で俳優の Josef Jarno は夫	ドイツ	1875	1934	ウィーンののんきな裁判
Nietzsche, Friedrich Wilhelm	13	Nietzsche	哲学者、古典文献学者、思想家。生の哲学や実存主義の先駆とされる。ギリシャ古典学、東洋思想に深い関心を寄せ、キリスト教や近代文明に対する根源的な批判と超克を試みた。その思想は、「ディオニソス的」、「永劫回帰」「超人」といった術語によって特色づけられる。バーゼル大学の員外教授として地位を得ていたが、病状悪化のため離職。各地を転々としながら著述を続けた。精神錯乱の中にヴァイマルで没した。同地には妹 E. Foerster-Nietzsche の手により設立されたニーチェ・アルヒーフ（ニーチェ文庫）がある。R. ワーグナーとの交友と訣別も広く知られるエピソードの一つ。「悲劇の誕生」「善悪の彼岸」「ツァラトゥストラはかく語りき」など	ドイツ	1844	1900	マリネッティーの未来派宣言・未来派紹介
	109	Nietzsche、ニイチェ					M. クリンガーがニーチェの肖像とデスマスクに関して証言
	159	Nietzsche					ニーチェ遺稿 3 巻本で出版予定
	308	Nietzschearchiv					第 1 回ニーチェ文庫奨学金
	376	Nietzsche					ニーチェ全集英訳出版
	437	ニイチエ					コジマに口述の R. ワーグナー自伝公開
	514	Nietzsche、ニイチエ					ニーチェ書輸集・愛国主戦論
	548	Nietzsche					鑰匙小説（モデル小説）
	659	ニイチエ					O. エルンストのニーチェ哲学論
	675	Nietzche					ニーチェ悲壮劇「第三帝国」
	678	Friedrich Nietzsche					ニーチェ書簡版権につき和解
	707	Nietzsche-Schauspiel					「第三帝国」（ニーチェ劇）興行
	743	Nietzsche					「ツァラストラはかく語りき」翻訳
	757	Nietzsche					ニーチェの後任 K. Joel がバーゼル大学総長に就任
	791	Nietzsche 論評					R. M. Meyer のニーチェ論
	845	NIETZSCHE 文庫（NIETZSCHE-ARCHIV）、NIETZSCHE					ニーチェ文庫に多額の寄付金

人名	頁数	本文表記	人物紹介（肩書・略歴など）	出生地	生年	没年	トピック
	848	NIETZSCHE					L. ベルク「ハイネ-ニーチェ-イプセン」
Nievo, Ippolito	509	Ippolito Nievo	作家	イタリア	1831	1861	I. Nievo 追懐
Niggermeier	551	Niggermeier	（歌手）				名歌手輩出の地ヴッパタール
Nightingale, Florence	330	Miss Florence Nightingale、ナイチンゲル	イギリスの女性看護師、統計学者、看護教育学者。クリミア戦争での看護救護活動で知られる	イタリア	1820	1910	訃報、遺言
	335	Florence Nightingale					訃報
Nigond, Gabriel	263	Nigond	劇作家、オペラ台本家	フランス	1877	1937	新興行オペラ一覧
	264	Gabriel Nigond					新興行ドラマ一覧
Nikisch, Amelie	486	Amelie Nikisch	女流作曲家、歌手、女優。指揮者 A. ニキシュと結婚。旧姓 Heussner	ベルギー	1862	1938	新興行オペラ一覧
	508	Amelie Nikisch					新興行オペラ一覧
Nikisch, Arthur	268	Arthur Nikisch	指揮者。H. v. ビューローからベルリン・フィルを引き継いだ。20世紀初頭を代表する指揮者の一人	ハンガリー	1855	1922	パリで大人気
	714	Nikisch					ワーグナー百年生誕祭（ライプツィヒ）・全楽劇上演など
Nikita	302	Nikita	→ Nicola I（Montenegro）				首都ツェティニェに常設芝居設立・国王作の戯曲上演
	330	Nikita					モンテネグロ王のためにロシア帝が王冠注文
	796	Nikita					列強の圧力でシュコドラ放棄
Nikitin, D. V.	396	Nikitin	（トルストイの臨終に居合わせた医師）				トルストイの見舞い
	401	Nikitin					訃報（L. トルストイ）・詳細
Nikolai	545	Nikolai	（ウィーンの新聞記者）				訃報・略歴（A. Wilbrandt）
Nikolai（妻）	545	其妻	（新聞記者 Nikolai の妻）				訃報・略歴（A. Wilbrandt）
Nikolai I	24	弟 Nikolaus 一世	ロマノフ朝15代皇帝（1825-1855）。ポーランド王を兼ねた	ロシア	1796	1855	皇太子嫡子権利放棄
	358	Nikolaus 一世					トルストイがノーベル賞辞退
	666	Nikolaus 一世					トルストイ遺稿小説検閲削除
Nikolai II	49	露帝、帝	ロマノフ朝18代皇帝（1894-1917）。皇后アレクサンドラ、怪僧ラスプーチンの影響もあり、第一革命（1905）後に反動政治を強めた。第一次世界大戦中の第二革命（1917）により退位。幽閉中に家族とともに銃殺され、ロマノフ朝最後の皇帝となった	ロシア	1868	1918	ロシア帝誕生日にステッセルとネボガトフに特赦
	66	帝					評判のロシア・スパイの経歴
	82	帝					ロシア探偵事情・私文書検閲
	103	露帝					暗殺危惧し冬宮近くに飛行禁止令
	107	露帝					兵卒や下士官に変装して散歩
	132	露帝					離宮リヴァディア宮殿を建設
	137	露帝					日露戦争の要因となったロシア帝の秘密電報が公開
	183	ロシア帝					ロシア帝が護衛兵なしで散歩
	278	ロシア帝、帝					ロシア帝を侮辱したものとして展覧会出品絵画を排除

N

人名	頁数	本文表記	人物紹介（肩書・略歴など）	出生地	生年	没年	トピック
	290	露帝					ロシア帝が *Scouting for boys* を軍隊の必読書に選定
	330	ロシア帝					モンテネグロ王のためにロシア帝が王冠注文
	368	ロシア帝					フィンランド国会がロシア帝勅語に起立せず
	567	ロシア帝					ヨーロッパの仏教・インド研究
	600	帝					社会革命党員が歌劇場でロシア首相を銃撃
	783	ロシア帝、帝					ロシア帝二女がチフス感染、ロシア帝の日課
	784	ロシア帝					ロシア帝がゴーリキーに帰国許可との噂
Nikolai Michailowitsch	373	Grossfuerst Nicolai Michaelowitsch	軍人、歴史家、事業家。ロマノフ家の一員	ロシア	1859	1919	ベルリン大学百年祭名誉学位
Nikolai Nikolajewitsch	136	Nikolai Nikolajewitsch	軍人。ロマノフ家の一員	ロシア	1856	1929	士官の手を切り落としたとの風説は誤伝
Nikolaus	720	Nikolaischule	キリスト教の聖人、司教、神学者。ミラのニコラウス。生没年に諸説あり。ライプツィヒにあるニコライシューレは12世紀末まで遡ることができるとされる名門校。本文ではライバル校トーマスシューレとの混同が見られる	トルコ	270頃	345頃	トーマスシューレ創立七百年祭
Nikolaus, Lenau	832	Nikolaus Lenau	詩人。「葦の歌」「ポーランドの歌」など	ルーマニア	1802	1850	作品に関する誤伝
Nikolaus von Nassau	621	Prinz Nikolaus von Nassau	ナッサウ公ヴィルヘルム１世の五男。プーシキンの娘ナターリアと貴賤結婚	ドイツ	1832	1905	左手の結婚（身分違いの結婚）
Nikolic, Kosta	33	Kosta Nikolic	（115歳で自殺したセルビアの老人）				老人が自殺した理由それぞれ
Nilly	183	Nilly	（女優）				醜さを売りにする人気女優
Nilson, Christine	181	Nilson	ソプラノ歌手	スウェーデン	1843	1921	歌手 A. Patti の給料が増額
Nimphius, Anton	839	Anton Nimphius	（軍人のち商人）				訃報・D. v. リリエンクロンの命の恩人
Nimzowitsch, Aaron	298	Niemzowitsch	チェス棋士	ラトヴィア	1886	1935	チェス大会（ハンブルク）
Niobe	170	Niobe 像	ギリシャ神話に登場するテーバイ王妃。殺された子を嘆いて石となった				ニオベ像観覧料（ミラノ）をパリの洪水被災地に寄付
	164	Niobe					ローマ出土のニオベ像をミラノに返還要請
Nippold, Friedrich	275	Friedrich Nippold	神学者	ドイツ	1838	1918	学士五十年祝賀
Nisard, Désiré	826	Nisard	作家、文芸評論家、政治家	フランス	1806	1888	G. ブランデス「現代のフランス文学」分類図
Nissen, Hermann	132	Hermann Nissen	（劇場座長・劇場組合会長）				ヘッベル劇場座長が辞職

人名	頁数	本文表記	人物紹介（肩書・略歴など）	出生地	生年	没年	トピック
	196	Nissen					ドイツの劇場組合同士の確執
	346	Nissen					劇場法委員推薦
	492	Hermann Nissen					舞台関係者同士で諍い
	526	Nissen					外国オペラ・演劇のテキスト統一につき議論
	641	Nissen					劇場座長の会と俳優の会
Nithack-Stahn, Walter	468	Nithak-Stahn	牧師、作家、劇作家、平和活動家	ドイツ	1866	1942	訃報（F. シュピールハーゲン）
	696	Walter Nithack-Stahn					牧師執筆のキリスト教劇
	703	Walter Nithack-Stahn					F. Kayssler がキリスト教劇朗読
	704	Nithack-Stahn					キリスト劇出版
	782	Walter Nithack-Stahn					大幅改作の「世界の主」上演
	792	Nithack-Stahn					ベルリンで「アハシェロス」朗読
Nitti, Francesco Saverio	484	Nitti	経済学者、首相（1919-1920）（農相）	イタリア	1868	1953	イタリア新内閣
	488	Nitti					イタリア Giolitti 内閣の人材
	505	Nitti					トリノ国際博覧会開催
Nitze, Philipp	559	Philipp Nitze	建築家		1873	1946	ベルリン建築会賞受賞
Nixe	532	Nixe	民間信仰の水の精				ローマで他国人博覧会（Mostra deglistranieri）
Nizinski, Wazlaw	461	von Nizinsky	舞踏家、振付師。20世紀前半の伝説的舞踏家の一人。S. ディアゲレフ主宰のロシア・バレエ団バレエ・リュスに参加	ポーランド	1890	1950	裸体同然の衣裳で登場した舞踏家が帝劇から除名
	463	Wazlaw Nizinski、ニシンスキイ					ペテルブルク帝劇除名の舞踏家
Noailles, Anna de	827	Comtesse de Noailles、Princesse Brancovan	女流詩人、小説家 Anna Elisabeth de Brancovan Noailles。通称ノアイユ夫人。ワラキア侯の孫娘。本文 P827では Comtesse de Noailles、Princesse Brancovan は別人として扱われているが、同一人物	フランス	1876	1933	G. ブランデス「現代のフランス文学」分類図
Nobel, Alfred Bernhard	108	Novel 賞金	化学者、実業家。ニトログリセリンの爆薬への応用について研究し、実用化に成功。ダイナマイトの発明者となった。世界各地に製造工場を設立し、一代で巨万の富を築いた。遺言により遺産はスウェーデンアカデミーに寄贈され、物理、化学、生理・医学、文学、平和の5部門で顕著な功績のあった人物に賞金を贈るノーベル財団が創設された。表彰は1901年以降毎年行われ、世界的な賞となっ	スウェーデン	1833	1896	ノーベル賞受賞者（1909）
	111	Nobel 委員					ノーベル平和賞（1909）
	118	Nobel 賞金					スウェーデン王がノーベル賞受賞者 S. ラーゲルレーヴに叙勲
	131	Nobel 賞金					P. ハイゼのノーベル賞濃厚
	149	ノベル賞金					ラーゲルレーヴが両親の荘園購入
	236	Nobel プライス					T. ルーズベルトのノーベル賞受賞演説「世界平和の手段」

N

人名	頁数	本文表記	人物紹介（肩書・略歴など）	出生地	生年	没年	トピック
	285	Nobel	た。1969年にスウェーデン銀行が新設した経済学賞を加えた計6部門をノーベル賞と呼んでいる。「椋鳥通信」では1909～1912年の間の、候補、選考、結果、反響に至る模様を逐一伝えている				T. ルーズベルトがドイツ帝をノーベル賞に推薦とは虚説
	358	ノベル賞金					トルストイがノーベル賞辞退
	367	ノオベル賞金					ノーベル賞受賞（1910）
	376	ノベル賞与					金銭憎悪ゆえノーベル賞辞退
	381	ノベル賞金					ノーベル賞受賞（1910）
	384	Nobel 賞金委員					ノーベル文学賞候補（1910）
	391	ノベル賞金					ノーベル化学賞（1910）、トルストイの遺書
	392	ノベル賞金					家出をしたトルストイ（詳細）
	393	ノベル賞金					P. ハイゼにノーベル文学賞
	412	Nobel 賞金					ノーベル賞受賞者（1910）
	424	ノベル賞金					ストリンドベリのノーベル賞未受賞につき議論・国民募金
	456	ノベル賞金					ノーベル賞受賞者の平均年齢
	499	Nobel 賞金					J. H. ファーブルが仙人生活
	611	ノベル賞金					ノーベル賞受章有力との噂
	613	ノベル賞金					ノーベル生理学・医学賞有力、ノーベル賞候補一覧（1911）
	618	ノベル賞金					ノーベル賞受賞候補（1911）
	620	ノベル賞金					歴代ノーベル文学賞受賞者
	623	ノベル賞金					歴代ノーベル文学賞受賞者によるアナグラム
	630	ノベル					ノーベル平和賞予想（1911）
	636	Nobel					国際社会党事務局にノーベル平和賞（1911）との噂
	637	ノベル賞金					ノーベル賞受賞式の予定
	643	ノベル、ノベル賞金					ノーベル平和賞（1911）、キュリー夫人とランジュバンの消息に関する噂
	672	ノベル賞金					初代ノーベル平和賞受賞者が肺炎
	675	ノベル賞金					ノーベル賞賞金を基に国際法アカデミーをハーグに設立
	715	Nobel 賞金					メーテルリンクのノーベル賞祝賀会に国王と妃が臨席
	718	Nobel 賞金					九十歳祝賀（F. パシー）
	733	Nobel 賞金					ノーベル文学賞候補にベルグソンかハウプトマンかで議論

N

人名	頁数	本文表記	人物紹介（肩書・略歴など）	出生地	生年	没年	トピック
	738	Nobel 賞金					ハウプトマンがノーベル賞有力
	748	Nobel 賞金					六十歳祝賀（E. Fischer）、ノーベル医学・生理学賞（1912）
	753	Nobel 賞					ノーベル賞候補に G. Frenssen
	757	Nobel 賞金					ノーベル賞受賞者（1912）
	761	Nobel 賞					ストックホルムのハウプトマン
	786	ノベル賞金					S. ラーゲルレーヴの二つの家
	805	ノベル賞					I. パブロフがアカデミー脱退
Noergaard, P.	531	P. Noergaard	（劇場関係者）				コペンハーゲンに劇場トラスト
Nolde, Emil	417	Emil Nolde	画家。表現主義絵画を代表する一人	デンマーク	1867	1956	M. リーバーマン罵倒の E. ノルデ
Nordau, Max	326	Max Nordau	シオニズム指導者、医師、作家、社会評論家	ハンガリー	1849	1923	法王追放に関するアンケート
	687	Max Nordau、ノルダウ					F. Philippi のミュンヘン追憶記
	706	Max Nordau					アテネ大学名誉学位
Nordau, Willy	558	Willy Nordau	（劇場監督）				劇場人事
Norden, Eduard	735	Norden	古典学者、宗教史家	ドイツ	1868	1941	プロイセン科学アカデミー加入
Nordenskjoeld, Adolf Erik	732	Nordenskioeld	極地探検家、鉱物学者、地図研究家。北ヨーロッパと東アジアを結ぶ最短の航路である北東航路を開拓し、1879年に来日。高名な学者の家系ノルデンショルド家の一員で、息子に Gustav、Erland、甥に Otto がいる	フィンランド	1832	1901	ヨーロッパ-アジア間交通の進展（北東航路・シベリア鉄道）
Nordenskjoeld, Erland	297	Erland von Nordenskjoeld	考古学者、民俗学者、人類学者	スウェーデン	1877	1932	ベルリンで南米旅行講演
Nordenskjoeld, Otto	284	Otto Nordenskjoeld	地質学者、地理学者、極地探検家	スウェーデン	1869	1928	コロンビアの金鉱につき報告
Nordhausen, Richard	115	Richard Nordhausen	詩人、作家、編集者	ドイツ	1848	1941	M. アルツバーシェフ「サーニン」翻訳裁判
	386	Richard Nordhausen					モデル事件裁判は作者に無罪
Nordheimer, Victor	514	Nordheimer	ユダヤ学者				訃報
Nordica, Lillian	9	Lillian Nordica	ソプラノ歌手	アメリカ	1857	1914	俳優社会のわがまま・ゲン担ぎ
	678	Lillian Nordica					神経炎との報
Nordman	456	J. Nordman					ノーベル賞受賞者の平均年齢
Norfolk（公爵）	46	Norfolk 公爵	15代ノーフォーク公爵 Henry Fitzalan-Howard。政治家、博愛主義者		1847	1917	ホルバイン作肖像画売買
Nossig, Alfred	605	A. Nossig	作家、劇作家、ジャーナリスト、芸術家	ウクライナ	1864	1943	新興行ドラマ一覧
	608	Alfred Nossig					フランス大使館からの抗議で *Die Légionnaire* 興行中止
Noster, Ludwig	258	Ludwig Noster	画家。ヴィルヘルム２世の肖像画で知られる	ドイツ	1859	1910	訃報
Notari, Umberto	320	Notari	ジャーナリスト、文筆家、編集者	イタリア	1878	1950	法王が記者を侮辱罪で告訴

N

人名	頁数	本文表記	人物紹介（肩書・略歴など）	出生地	生年	没年	トピック
Nougès, Jean	415	Jean Nougès	作曲家。オペラ「クオ・ヴァディス？」	フランス	1875	1932	新興行オペラ一覧
	570	Nouge					オペラハウス（ロンドン）こけら落しは「クオ・ヴァディス？」
	679	Jean Nouguès					興行情報
Noulens, Joseph	388	Noulens	政治家　（陸軍次官）	フランス	1864	1944	ブリアン再造内閣
Nourit	283	Plon-Nourit	（書肆）				「1870年戦（普仏戦争）その原因及び責任」一部紹介
Noussanne, Henry de	359	Henry de Noussanne	ジャーナリスト、文筆家	フランス	1865	1936	脚本 *Les Polichinelles* は共作
Novelli, Augusto	275	Augusto Novelli、夫、ノエルリイ	劇作家、ジャーナリスト	イタリア	1867	1927	劇作家が妻を自殺に追い込んだ義理の姉妹を告訴
Novelli, Julia	275	Julia、ユリア、妻	（劇作家 A. Novelli の妻）				劇作家が妻を自殺に追い込んだ義理の姉妹を告訴
Nozière, Fernand	153	Fernand Nozière	脚本家。本名 Fernand Weyl		1874	1931	「クロイツェル・ソナタ」オペラ化
	682	Nozières					モーパッサン「ベラミ」戯曲化
Nunes, José Mathias	122	Mathias Nunes	軍人　（陸相）				ポルトガル新内閣
Nussbaum	267	Nussbaum、夫	（殺害されたスイスの商人）				商人の妻が大学教授と共謀で夫を殺害
Nussbaum（妻）	267	Nussbaum の妻	（商人 Nussbaum を殺害した妻）				商人の妻が大学教授と共謀で夫を殺害
Nyanatildka	175	Bhikku Nyanatildka	宗教家。英国を除くヨーロッパ最初の仏教僧。本名 Anton Gueth	ドイツ	1878	1957	スイスに仏教僧院の建設計画
	256	Bhikku Nyanatiloka					ドイツ人仏教僧の元祖
Nymphe	277	Nymphe	ギリシア神話に登場する美少女の姿をした水、木、森などの精				ウィーンで裸体像排斥の動き
Nystroem, Anton	625	Anton Nystroem	医師、作家	スウェーデン	1842	1931	S. Michaelis が再婚
Oberlaender, Adolf	92	Oberlaender	漫画家、挿絵画家	ドイツ	1845	1923	シャック・ギャラリー開館式
Oberlaender, Heinrich	448	Heinrich Oberlaender	俳優	ドイツ	1834	1911	訃報
Oberleithner, Max von	382	von Oberleitner	法学者、作曲家、指揮者。ゾラ原作オペラ「ムーレ神父」など	モラヴィア	1868	1935	新興行オペラ一覧
	415	M. v. Oberleithner					新興行オペラ一覧
Obolenski 侯爵夫人	405	Obolenski 侯爵夫人	→ Tolstaya, Maria Lvovna				トルストイ作品関連記事
O'Brien, Nelly	3	Nelly O'Brien	高級娼婦			1768	仮装舞踏会での変装に変化
Obrist, Alois	278 279	Alois Obrist、オオブリスト、Obrist	音楽学者、指揮者、宮廷楽長	イタリア	1867	1910	音楽家の無理心中事件、A. Obrist の妻も宮廷女優
	281	オオブリスト					無理心中の A. Obrist の妻
Obrist, Alois（妻）	278	妻	→ Jaenicke Hildegard				音楽家の無理心中事件
Ochs, Siegfried	300	Siegfried Ochs	合唱団指揮者、作曲家	ドイツ	1858	1929	芸術界知名士女の避暑地
	481	Siegfried Ochs					遊興税に対する抗議会
Ode, Hans	262	Hans Ode	→ Olde, Hans				ヴァイマル美術学校校長人事
Odenberg, Odo	328	Odo Odenberg	（劇作家）				新興行ドラマ一覧

人名	頁数	本文表記	人物紹介（肩書・略歴など）	出生地	生年	没年	トピック
Odilon, Helene	410	Helene Odilon	女優	ドイツ	1865	1939	脚本の合作
	442	Hélène Odilon					合作脚本は H. Odilon の自伝
Odysseus	594	Odysseus	ギリシア神話に登場する智将。トロイヤ戦争では木馬の策を立案した				新興行ドラマ一覧
	757	Odysseus					ハウプトマン未発表脚本朗読
	795	Odysseus					興行情報
Oechelhaeuser, Adolf	11	Von Oechelhaeuser、Dr. Adolf	美術史家。Wilhelm は父	ドイツ	1852	1923	誤植のために意外な侮辱
Oechelhaeuser, Wilhelm	806	Wilhelm Oechelhaeuser、Oechelhaeuser	実業家、政治家。ドイツ・シェークスピア協会を創立	ドイツ	1820	1902	シェークスピア協会（独）沿革
Oedipus	377	Oedipus	ギリシア神話に登場する人物。テーバイ王を父と知らずに殺し、母である王妃を娶って自ら王となった				M. ラインハルト「オイディプス王」興行
	490	Oedipus 劇					M. ラインハルト演出「オイディプス王」批評
	521	Oedipus					ウィーン興行情報
	544	Oedipus					あら探しのパロディーの功罪
	684	Oedipus					アテネ大学創立七十五周年・東洋博言学会「エディプス王」
	852	ÖDIPUS					国家シラー賞と民衆シラー賞
Oehler, Max	845	DR OEHLER	軍人。F. ニーチェの従兄弟でニーチェ文庫の館長を務めた	ドイツ	1875	1946	ニーチェ文庫に多額の寄付金
Oehlischlaeger	384	Oehlischlaeger	（ベルギーの航空パイオニア）				飛行速度レコード
Oertel, Otto	412	O. Oertel	（劇作家）				新興行ドラマ一覧
Oertzen, von	83	von Oertzen	（陸軍大将）				掏摸に返却願いの広告
Oesteren, Friedrich Werner van	486	F. W. van Oestéren	劇作家、文筆家		1874	1953	新興行ドラマ一覧
	653	Friedrich Werner van Oesteren					クリスマスの予定アンケート
	716	Friedrich Werner von Oestéren					スケッチ禁止の理由
Oesterheld, Erich	705	Oesterheld&Co.	（ベルリンの書肆）				ハイネ「歌の本」写真版出版
	491	Oesterheld und Co.					ウィーン自由国民劇場機関紙
	566	Oesterheld und Co.					廉価の演劇便覧を出版
	600	Oesterheld und Co.					合作脚本「吟遊詩人」出版
	617	Erich Oesterheld、Oesterheld und Co.					フリードリヒ大王生誕二百年記念興行
	748	Oesterheld & Co.					戯曲 *Hinter Mauern* 出版
	784	Oesterheld & Co.					盲目の文学者の作品出版
Oettingen, Wolfgang von	45	Von Öttingen	美術史家、文芸史家、ゲルマニスト。ゲーテ国立博物館館長、ゲーテ・シラー文庫の館長	エストニア	1859	1943	ゲーテ国立博物館館長就任
	96	von Oettingen					シラー協会会長就任

人名	頁数	本文表記	人物紹介（肩書・略歴など）	出生地	生年	没年	トピック
	271	Wolfgang	などを歴任				ゲーテ協会二十五年祭「ゲーテとティシュバイン」出版
	272	von Oettingen					ゲーテ協会二十五年祭
	457	Wolfgang von Oettingen					訃報（B. Suphan）・ゲーテ・シラー文庫館長後任人事
	541	Wolfgang von Oettingen、フオン・ヨツチンゲン					ゲーテ協会大会（ヴァイマル）
	772	Oettingen					ゲーテハウス改造案・ゲーテ自筆「ゲッツ」競売など
Offenbach, Jacques	267	Offenbach	作曲家、オペレッタ作曲家、指揮者、チェロ奏者。オペレッタの創始者として知られる。フランスで活躍し、帰化した。「天国と地獄」「ホフマン物語」など	ドイツ	1819	1880	知名人の音楽の嗜好
	552	Offenbach					オッフェンバックの忘れられたオペレッタを横取り
	801	Jacques Offenbach					モンマルトルの故蹟
Ogi, Camille	497	Camille Ogi	（パリの売春婦）				辣腕警官の正体は盗賊と判明
Oginska	530	Oginska	（殺害された女優、記者 Szenderowicz の妻）				女優殺害事件裁判
Ohle, Ernst	823	Ernst Ohle	（デュッセルドルフの書肆）				W. B. イェーツの初独訳出版
Ohorn, Anton Joseph	206	Anton Ohorn	詩人、作家	チェコ	1846	1924	新興行ドラマ一覧
	238	Anton Ohorn					新興行ドラマ一覧
	605	A. Ohorn					新興行ドラマ一覧
Ojetti, Ugo	184	Ugo Ojetti	作家、美術評論家、ジャーナリスト	イタリア	1871	1946	新興行ドラマ一覧
Okonkowski, Georg	595	G. Okonkowski	文筆家、オペラ台本作家	ポーランド	1865	1926	新興行オペラ一覧
Olaf	63	聖 Olaf 勲章	ノルウェー王オラーフ２世（1015-1028）。ノルウェーにキリスト教をもたらした		995頃	1030	O. ブラームに聖 Olaf 勲章
Olbrich, Joseph Maria	333	Joseph M. Olbrich	建築家、工芸家	オーストリア	1867	1908	F. Skarbina・J. M. Olbrich 記念展覧会
	368	Olbrich、J. M. Olbrich					F. Skarbina・J. M. Olbrich 記念展覧会評
Olde, Hans	262	Hans Ode	画家	ドイツ	1855	1917	ヴァイマル美術学校校長人事
	643	Hans Olde					美術学校校長人事
Olden, H.	452	Olden	（劇作家）				新興行ドラマ一覧
	471	Olden					新興行ドラマ一覧
	485	H. Olden					新興行ドラマ一覧
Oldenberg, Hermann	568	Oldenberg	インド学者、仏教研究者	ドイツ	1854	1920	ヨーロッパの仏教・インド研究
Oldenberg, Karl	689	Karl Oldenburg	社会経済学者。正しくは Oldenberg				グライフスヴァルト大学新学長
Oldenburg-Januschau, Elard von	162	von Oldenburg	政治家	ポーランド	1855	1937	ドイツ議会で大騒擾
Oldfield, Barney	242	Barney Oldfield	自動車レーサー。初期パイオニアの代表的存在。本名 Berna Eli Oldfield	アメリカ	1878	1946	自動車速度のレコード

人名	頁数	本文表記	人物紹介（肩書・略歴など）	出生地	生年	没年	トピック
Oleffe, Auguste	301	Auguste Oleffe	画家	ベルギー	1867	1931	ブリュッセル博覧会
Olga Nikolajewna	546	Olga Nikolajewna	（大佐夫人）				日露戦時中の脱線破壊事故
Oliveira	314	Oliveira	（スペイン前首相 A. Maura の友人）				スペイン前首相狙撃事件様子
Oliven, Fritz	563	Rideamus	弁護士、作家。筆名 Rideamus。ブラジルに移住	ポーランド	1874	1956	新興行ドラマ一覧
	684	Fritz Oliven-Rideamus					興行情報
Olivier	398	男爵 Olivier	（フランスの男爵）				オリヴィエ夫人殺害事件
Olivier 夫人	398	Olivier Delvigne d'Ambicourt、Madol、夫人	（元 Olivier 男爵夫人 Delvigne d'Ambicourt、筆名 Madol）				オリヴィエ夫人殺害事件
	399	Olivier 夫人、オリヰエエ夫人、夫人					オリヴィエ夫人殺害動機
	409	男爵夫人					嫉妬から男爵夫人を殺害
Ollendorf, Mielke	208	Mielke Ollendorf	（劇作家）				新興行ドラマ一覧
Ollivier, Émile	464	Emile Ollivier、オリヰエエ	政治家、首相（1869-1870）。最初の妻は F. リストの娘 Blandine	フランス	1825	1913	アカデミー・フランセーズ会員
	828	Emile Ollivier					訃報
Olrick, Axel	530	Axel Olrick	民俗学者	デンマーク	1864	1917	プロイセン科学アカデミー通信会員
Olshausen（家）	201	Olshausen	ドイツ・キール地方出身の家系				学者の家系
Omar al Raschid Bey	106	Al Raschid Bey	哲学者、建築家。イスラム教に改宗する前の名は Friedrich Arndt。女流作家 Helene Boehlau の夫	ドイツ		1911	五十歳祝賀（H. Boehlau）
	123	Al Raschid Bei、Arndt					女流作家 H. Boehlau の夫
	447	Omar al Raschid Bey (Friedrich Arndt)					訃報
Omar al Raschid Bey（前妻）	123	某女、前妻	（Omar al Raschid Bey の前妻）				女流作家 H. Boehlau の夫
Ompteda, Georg von	38	Ompteda	作家、詩人。「モーパッサン全集」を独訳	ドイツ	1863	1931	ドイツ貸本ランキング（1908）
	740	Ompteda					訃報（W. Heinrich）
	786	Georg von Ompteda					五十歳誕生日
Ompteda, Wilhelm Heinrich	740	Wilhelm Heinrich、ヰルヘルム	（外交官、政治家。作家 G. v. Ompteda の父）				訃報
Oncken, August	570	August Oncken	経済学者	ドイツ	1844	1911	訃報
Onnes, Heike Kamerlingh	575	Kamerlingh Onnes	物理学者。ノーベル物理学賞（1913）。超伝導など低温物理学の先駆	オランダ	1853	1926	キュリー夫人がラジウム試験を実演
Opitz, Martin	422	Opitz	詩人、批評家。ドイツ語の純化を主導し、ドイツ詩の基礎を築いた	ポーランド	1597	1639	ベルリンに新しい町名
Opler	455	Opler	（芸術家）				アカデミー（ブリュッセル）加入のドイツ芸術家

人名	頁数	本文表記	人物紹介（肩書・略歴など）	出生地	生年	没年	トピック
Oporto（公爵）	362 363	Affonso Oporto 公爵、オポルト公爵	ポルト公アフォンソ・ヘンリクス。ポルトガル王ルイス1世の二男で、マヌエル2世の叔父。10月5日革命により、母マリア・ピアとともにイタリアへ亡命	ポルトガル	1865	1920	1910年10月5日革命
	368	Affonso 公、アツフオンソオ公爵					ポルトガル王族の行き先
	374	オポルトオ公爵					ピア夫人とポルト公はイタリアに亡命
	377	アツフオンソオ					ポルトガル王族がイギリスとイタリアに出立
Oppenheim, Heinrich Bernhard	511	H. B. Oppenheim、オツペンハイム	法学者、経済学者、代議士	ドイツ	1819	1880	ゲーテのフランクフルトなまり
	515	オツペンハイムさん					ゲーテのなまりに関する証言
Oppenheimer, Franz	753	Franz Oppenheimer	社会学者、政治経済学者	ドイツ	1864	1943	五十歳誕生日（P. Dehmel）
Orcagna, Andrea	640	Andrea Orcagna	画家、彫刻家、建築家。14世紀イタリアを代表する美術家。「死の勝利」（ピサ）はF. リストの管弦楽曲「死の舞踏」のインスピレーションの源となった	イタリア	1308	1368	オルカーニャの壁画「死の勝利」がフィレンツェで新発見
	643	Orcagna					盗難品オルカーニャ「キリストと聖母」発見
Orchardson, William Quiller	210	Sir William Quiller Orchardson	画家。本文の75歳で没したというのは78歳の誤り。75歳でナイトを授爵	スコットランド	1832	1910	訃報
Orelli, Hans Konrad von	800	Orelli	神学者	スイス	1846	1912	「アベラールとエロイーズの書簡」擬作の疑い
Orestie	505	Orestie	ギリシア神話に登場する英雄アガメムノンとクリタイムネストラの子、エレクトラの弟。復讐譚「オレステイア」の主人公				アイスキュロス「オレステイア」興行
	508	Orestie					アイスキュロス「オレスティア」興行がバッティング
	576	Orestes					イタリア政府「オレステスとエリニュエス」買上
	609	Orestie					「オレスティア」興行禁止騒動
Orezy, E.	579	E. Orezy	（劇作家）				新興行ドラマ一覧
Orion	661	Orion	ギリシャ神話に登場する狩りの名手				世界最大の戦艦オリオン
Orlando, Vittorio Emanuele	257	Victor Emanuel-Gymnasium	政治家、首相（1917-1919）。パリ講和会議でイタリア首席全権を務めた	イタリア	1860	1952	学生が教授を殺害・マフィア
Orléan 公爵	391	Orléan 公爵	→ Philippe d'Orleans				マヌエル王のための荘園探し
Orlik, Emil	335	Emil Orlik	画家、版画家、工芸家、写真家。1900～1901年にかけて来日	チェコ	1870	1932	P. アルテンベルク義捐金
	664	Emil Orlik					エジプト・セイロン・日本歴遊
Orth, Albert	268	Albert Orths	農学者、土壌研究者	ドイツ	1835	1915	七十五歳祝賀
Orth, Johann	295	Erzherzog Johann Salvator	元オーストリア＝トスカーナ大公。ハプスブルク家の一員であったが、自ら平民となることを希望し Johann Orth と改名。1911年、南アフリカへの航行途中で嵐に遭遇、行方不	イタリア	1852	?	Johann Orth 失踪事件
	297	Johann Orth					Johann Orth 最後の手紙公開
	309	Johann Orth					Johann Orth の心情推測

O

人名	頁数	本文表記	人物紹介（肩書・略歴など）	出生地	生年	没年	トピック
	317	Johann Orth、Don Ramon	明となった。皇太子位を継いだ従弟ルドルフとは仲が良かったと伝えられる				Johann Orth がアルゼンチンで目撃・偽名 Don Ramon
	318	Johann Orth					失踪の Johann Orth に人違い
Orth, Johannes	283	Orth	医師、解剖学者、病理学者。Rudolf Virchow の弟子の一人	ドイツ	1847	1923	ベルリン大学学長後任の噂
	736	Johannes Orth					ベルリン大学役員一覧
Ortrer	628	von Ortrer	（ミュンヘンの政治家）				劇中の仮面に警察命令
O'Rurk	361	O'Rurk	（Tarnowska 夫人の父）				タルノウスカ夫人らの消息
O'Rurk（家）	178	伯爵 Orurk 氏	（タルノウスカ夫人の本姓であるアイルランドの貴族家系）				タルノウスカ夫人事件
	196	O'Rurk 氏					タルノウスカ夫人の家系をトルストイの従弟が調査
Orzeszkowa, Eliza	249	Elise Orzeszko	女流作家	ポーランド	1842	1910	訃報
Osborn, Max	163	Osborn	ジャーナリスト、美術批評家	ドイツ	1870	1946	ベルリン大オペラ座建築競技
	168	Max Osborn					*Nord und Sued* 創刊400号
	272	Max Osborn					ゲーテ協会二十五年祭
	636	Max Osborn					雑誌 *Nord und Sued*（劇場・美術欄）
Ossian	770	Ossian	3世紀頃アイルランドで活躍したとされる伝説的詩人。J. Macpherson による英訳詩は真偽をめぐり物議を醸した				C. シラー手澤本「オシアン集」・メフィストフェレスのモデル
Ost, Hans	560	Hans Ost					ベルリン学士院ライプニッツ賞
Ostade, Adriaen van	489	Adrian van Ostade	画家	オランダ	1610	1685	線描画展覧会
Osten-Hildebrandt, Rosa von der	570	Rosa von der Osten-Hildebrandt	女優		1850	1911	訃報
Osterzee, Cornelie van	209	Cornelie van Osterzee	女流作曲家、ピアニスト	オランダ	1863	1943	新興行オペラ一覧
	239	Cornelie van Osterzee					新興行オペラ一覧
Ostini, Fritz von	190	Fritz von Ostini	編集者、文芸評論家、著述家、劇作家	ドイツ	1861	1927	P. ハイゼ八十歳祝賀行事
Ostringen	485	Ostringen	（劇作家。Ostringen は筆名）				新興行ドラマ一覧
Ostwald, Hans	745	Hans Ostwald	ジャーナリスト、文化史家	ドイツ	1873	1940	「新雑誌」出版
Ostwald, Wilhelm	108	Ostwald	化学者、哲学者、色彩学者。ノーベル化学賞（1909）。J. H. ファント・ホッフ、S. A. アレニウスとともに物理化学の創立者の一人。ドイツ国内にはなかった物理化学の講座をライプツィヒ大学に創設。自然科学の古典を体系的に独訳・刊行した「オストヴァルト古典叢書」など、啓蒙的な活動において多大な功績がある。E. ヘッケルの唱えた一元論に賛同。まだ仮説に過ぎなかった原子・分子説を排除し、全自然現象をエネルギー概念から一元論的に把握しようとした。一元論同盟の会長と	ラトヴィア	1853	1932	ノーベル賞受賞者（1909）
	123	Wilhelm Ostwald					改良エスペラント（イド）有望論
	127	Wilhelm Ostwald					1909年最も面白かった記事
	248	Wilhelm Ostwald					論文集刊行予定
	265	Ostwald					ストックホルムで世界平和会議
	357	Ostwald					雪冤の活動家を精神病院に入れることにつき弁護
	433	Ostwald					一元論同盟会長に就任
	496	Wilhelm Ostwald					A. de Candolle の著作を復刊
	566	Ostwald					英独仏の化学者会合

O

人名	頁数	本文表記	人物紹介（肩書・略歴など）	出生地	生年	没年	トピック
	618	Wilhelm Ostwald	して社会進化論や優生学、安楽死といった考え方の普及に努めた。晩年は色彩への関心からオストヴァルト・システムと呼ばれる独自の評価方式を提唱。P. クレーやモンドリアンにも影響を与えた。また、エスペラント語を改良したイド語にも深い関心を寄せ、平和活動にも尽力したことで知られる				フレスコ画の改良画法
	638	Ostwald					未来の学校に関する意見交換
	642	Ostwald					Eugenics Education Society 設立・優生学研究
	721	Ostwald					軍医の決闘辞退を帝が容認
	728	Wilhelm Ostwald					新著 *Vom energetischen Imperativ*
	743	Ostwald					E. ヘッケルの唯物論と W. オストヴァルトのエネルギー論
	745	Ostwald					一元論のための僧院を建設
	830	Wilhelm Ostwald					自宅「エネルギーの家」で六十歳祝賀
Otelet	449	Otelet	→ Otlet, Paul				図書館の容積を減じる策・ラテルナ・マジカ（幻灯機）の導入
Otero, Carolina	93	Othéro	ダンサー、女優、公妾。ベル・エポック時代を代表する公妾の一人で、ラ・ベル・オテロの愛称で知られる。	スペイン	1868	1965	女優オテロが大火傷
	197	Otero、別品オテロ、カロリイヌ					別嬪オテロの法廷取調べ模様
Othegraven, August von	35	von Orthegraven	作曲家、音楽教育者	ドイツ	1864	1946	フランクフルト歌合戦の唱歌
	50	August von Othegraven					フランクフルトの歌合戦
Othegraven, Louis von	50	Louis von Othegraven	（ケルン唱歌会会長）				フランクフルトの歌合戦
Othegraven, Pfaehler von	393	Pfaehler von Othegraven	画家		1875	?	新団体ベルリン学芸協会
Otlet, Paul	449	Otelet	司書、情報科学者、文筆家、企業家、弁護士、国際法学者。図書の10進法分類法を発明	ベルギー	1868	1944	図書館の容積を減じる策・ラテルナ・マジカ（幻灯機）の導入
Otto, Arnold	360	Arnold Otto	（ルツェルン在の詩人）				訃報
Otto, Heinrich	575	Otto Heinrich	画家、石版・木版・銅板画家。本文と異なりHeinrich Otto が正しい	ドイツ	1858	1923	芸術高等学校（ベルリン）表彰
Otto-Peters, Luise	460	Luise Otto	女流作家、詩人、ジャーナリスト。ドイツにおける女権運動の創始者の一人	ドイツ	1819	1895	女権問題・女性参政権の来歴
Otzen, Johannes	251	Johannes Otzen	建築家	ドイツ	1839	1911	ベルリン美術大展覧会（1911）
	543	Johannes Otzen					訃報
Overbeck, Fritz	56	Fritz Overbeck	画家。芸術家村ヴォルプスヴェーデで活動	ドイツ	1869	1909	訃報
Overweg, R.	537	R. Overweg	（劇作家）				新興行ドラマ一覧
Ozi, Alice	399	Alice Ozi	（Meynier 容疑者のおば、女優）				オリヴィエ夫人殺害動機
Paal, Lazlo	165	Paal	画家。ハンガリー名 Paál László	ルーマニア	1846	1879	主要ハンガリー画家一覧
	227	Páal					ベルリン美術展覧会
Paczka	501	Paczka	画家				ベルリン美術大展覧会（1912）

人名	頁数	本文表記	人物紹介（肩書・略歴など）	出生地	生年	没年	トピック
Paderewski, Ignacy Jan	493	Paderewski	ピアニスト、作曲家、政治家。ポーランド共和国首相（1919）。ショパンの演奏家として知られる	ウクライナ	1860	1941	パデレフスキー肖像にナイフ
Paes, Sidonio	597	Sidonio Paes	→ Pais, Sidónio				ポルトガル新内閣
Paetel, Elwin	383	Gebrueder Paetel (Berlin)	書肆。弟 Hermann とともに創業				D. Duncker 短編集出版
Paganini, Niccolò	17	Paganini	ヴァイオリニスト、作曲家。悪魔的とまで言われた超絶技巧の演奏で知られる	イタリア	1782	1840	パガニーニゆかりのストラディヴァリウス売価
	249	Paganini					パガニーニ愛用のチェロ売買
Pagel, Fritz	574	Fritz Pagel	（画家）				芸術高等学校（ベルリン）表彰
Pagel, Julius Leopold	433	Pagel	医師、薬学史家	ポーランド	1851	1912	運動衛生学沿革
	532	J. Pagel					六十歳祝賀
Pahl	281	Pahl	（画家）				葬儀（C. Hebbel）
Pailin, M.	106	Paillin	資産家				ラジウム実験の家で老人頓死
Paine 夫人	214	Paine 夫人	（贋作絵画を購入し訴訟を起こしたアメリカ人女性）				贋作絵画販売者逮捕
	215	Paine 夫人					贋作絵画購入事件続報
Painlevé, Paul	731	Painlevé	数学者、政治家、首相（1917、1915）	フランス	1863	1933	ルソー生誕二百年記念祭
	748	Painlevé					エミール・ゾラ忌
Pais, Sidónio	597	Sidonio Paes	政治家、外交官。首相（1917-1918）、大統領（1918）（公業相）	ポルトガル	1872	1918	ポルトガル新内閣
Päivärinta, Pietari	823	Piotori-Peiwarinta	作家、政治家	フィンランド	1827	1913	訃報
Palfi, Victor	497	Palfi、座長、座主	オペラ劇場監督				オペレッタ改削興行で争い
Palinbatra Sukhumbhand	267	Prinz Palinbatra	チャクリー朝ラマ5世（チュラロンコーン大王）の第33子	タイ	1881	1944	知名人の音楽の嗜好
Palmer, Frank	812	Frank Palmer	（ロンドンの書肆）				ハウプトマンに関する英文評論
Palmgren	195	Palmgren 氏	（ストックホルム市会議員）				ストツクホルム市に女性議員
Palmgren, Selim	721	Palmgren	作曲家、ピアニスト、指揮者	フィンランド	1878	1951	「影をなくした男」オペラ化など
Palmier, Charles J.	573	Charles Palmier	画家	ドイツ	1862	1911	訃報
Pamella	87	Pamella	（ポルトガル王室女官長、彫刻家）				訃報
Pams, Jules	469	Pams	政治家　（農相）	フランス	1852	1930	フランス新内閣
	558	Pams					フランス新内閣
	664	Pams					フランス新内閣
	748	Pams					国立農科学校に「割烹学」設置
Pan	325	Pan	ギリシア神話に登場する牧羊神。好色で乱痴気騒ぎや葦笛を吹くのを好む				五十歳誕生日（K. Hamsun）・書肆 Arbert Langen 創立逸話
	375	Pan					演劇会パン創立
	383	演劇組合 Pan					演劇会パンの上演作品

P

人名	頁数	本文表記	人物紹介（肩書・略歴など）	出生地	生年	没年	トピック
	434	Pan					政権に寄りそう文士を批判
	440	雑誌 Pan					「フロベールの日記」掲載の「パン」発禁
	452	Pan					新興行ドラマ一覧
	456	Pan 第七号					「パン」7号は墨塗りで発売
	486	文芸雑誌 Pan					文学誌「パン」が四度目の発禁
	488	雑誌 Pan					役人が「パン」から H. オイレンベルク掲載ページを引き裂き
	498	雑誌 Pan					発禁につきドイツ文筆家保護連盟がベルリン警察を起訴
	521	Pan 協会					「パンドラの箱」興行
	578	Pan-Verlag					H. Hyan の小説が没収
	597	雑誌 Pan					ベルリンに続きミュンヘンでも雑誌「パン」が押収
	625	雑誌 Pan					「パン」社から A. Kerr が退社
	626	パン雑誌社					A. Kerr が機関雑誌発刊の予定
	627	パン雑誌社					「パン」雑誌社人事
	667	Pan					新興行ドラマ一覧
	670	Pan 雑誌社					W. Fred が「パン」雑誌社退社
	682	Pan					「フロベールの日記」掲載につき大審院無罪判決・婚外性交
	696	雑誌 Pan					A. Kerr が雑誌「パン」に復帰
	700	Pan 雑誌					雑誌「パン」に断章を発表
	715	書肆 Pan-Verlag					H. Hyan の小説に対する訴訟
	732	Panfloete					短篇集「パンの横笛」出版
Pandra	296	Pandra	ギリシャ神話に登場する人類最初の女性				「パンドラの箱」を「ルル」と題して興行
	444	Pandora					ルル役女優が中傷に告訴
	509	Panodra、パンドラ					「パンドラの箱」上演後に騒乱、文学の夜と題した上演会
	522	パンドラ					「パンドラの箱」興行
	543	Pandora					ヴェデキント興行禁止反対署名者一覧
	602	Pandora					「パンドラの箱」興行禁止
Pandukabhaya	719	Pandukabhaya 王	スリランカ王	スリランカ	前437	前367	セイロン島の貯水池の歴史
Pankhurst, Emmeline	693	Mrs. Pankhurst	女性参政権運動指導者	イギリス	1858	1928	入牢の女性参政権運動活動家
Paoli, Raoul	681	Paoli、パオリ	格闘家、運動選手。要人のボディー・ガードを務めた	フランス	1889	1960	探偵パオリの一代記

P

人名	頁数	本文表記	人物紹介（肩書・略歴など）	出生地	生年	没年	トピック
Paolo	361	Sao Paolo	→ Paulus				マヌエル王ブラジル軍艦に乗船
Pape, Friedrich Georg William	408	Pape	画家		1859	1920	ヴィルマースドルフ芸術ホール
Papin, Denis	84	Papin	物理学者、数学者。圧力鍋などを発明。蒸気機関の先駆者の一人	フランス	1647	1712	先駆的発見者に対するいじめ
Paquin, Jeanne	461	Madame Paquin	ファッション・デザイナー	フランス	1869	1936	パリの新流行・女性用ズボン
	776	Paquin					パリの裁縫屋達が模倣者撲滅
Parat, Jean	171	Jean Parat	（パリの薬剤師・監禁犯）				Parat 監禁事件発覚・起訴
	174	Parat					Parat 監禁事件（貞操帯）
	175	Parat 事件、夫					Parat 事件に対する女性の意見
	345	Parat、夫婦					退院・夫婦がともに離婚訴訟
Parat, Jean（妻）	171	妻	（J. Parat により監禁された妻）				Parat 監禁事件発覚・起訴
	174	妻					Parat 監禁事件（貞操帯）
	175	Parat 事件、妻					Parat 事件に対する女性の意見
	345	妻、夫婦					退院・夫婦がともに離婚訴訟
Pardiñas, Manuel	756	Manuel Pardinas Sarate	無政府主義者。スペイン首相 José Canalejas を暗殺。母方の姓は Serrano	スペイン	1886	1912	スペイン首相暗殺・犯人自決
Parfeni（Episkopos）	402	Episkopos Parfeni	（ロシア正教主教）				トルストイの柩・破門持続
Paris, Gaston	821	Gaston Paris	古典文献学者	フランス	1839	1903	ドレフュス事件時に左右に分かれた名士一覧
Parker	107	Parker	（コロンビア大学教授、クックの友人）				F. クックの神経衰弱の原因
Parker	195	Miss. Parker	（目を打ち抜かれたアメリカ人女性）				モスクに土足の米人が被弾
Parker, Horatio	538	Parker	作曲家、オルガニスト	アメリカ	1863	1919	新興行オペラ一覧
Parker, Louis Napoleon	824	Louis Parker	劇作家。イギリスで活躍	フランス	1852	1944	聖書に取材の劇上演
Parry	789	Parry	（パリのファッション・デザイナー）				パリの流行
Parseval, August von	284	von Parseval	飛行船設計家	ドイツ	1861	1942	エアランゲン大学名誉学位
Parsifal	42	Parsival	アーサー王伝説に登場する円卓の騎士の一人 Percival。聖杯探索の騎士として知られる。中世ドイツの宮廷文学のモチーフとなって以降、W. エッシェンバッハ、R. ワーグナーなどの作品の主人公として描かれた				「パルジファル」興行問題
	67	Parsifal					パリ・オペラ座での「パルジファル」興行の噂否定
	75	Parsival					バイロイト音楽祭1910年は休演の噂
	384	Parsival					アカデミー・ゴンクールに T. ゴーチエの娘 Judith が加入
	472	Perzival					新興行ドラマ一覧
	516	Parsival					バイロイトのワーグナー興行権消失で「パルジファル」問題
	551	Parsival					バイロイト音楽祭上演予定
	579	Parsival					ワーグナー興行権期限切れ・「パルジファル」問題

人名	頁数	本文表記	人物紹介（肩書・略歴など）	出生地	生年	没年	トピック
	580 581	Parzival、Parsifal					「パルジファル」の字義・Parsifalの表記由来
	593	Parcival					新興行ドラマ一覧
	631	Parsifal 問題					ハウプトマンが「パルジファル」を扱おうとの意欲
	636	Parsifal					執筆中の「パルジファル」の出版予定
	719	Parcival					三幕物「預言者パーシヴァル」
	735	Parsifal					「パルジファル」をバイロイトに限定しようとする組合が設立
	740	Parsifal 公開問題					「パルジファル」問題（バイロイトでの独占上演）にコメント
	767	Parsifal					「パルジファル」サンレモ興行阻止
	771	Parsival、Parsifal					モナコ侯「パルジファル」興行禁止決議受入、「パルジファル」モンテ・カルロで上場との報
	777	Parsifal					1914・1・1午前1時にブリュッセルで「パルジファル」興行予定
	791	Parsifal 興行					「パルジファル」バイロイト限定運動が国会で頓挫
	834	Parsival					バルセロナでは1913・12・31午前11時に「パルジファル」予定
Paschke, Max	566	Max Paschke	書肆		1868	1932	ベルリン最古の書店（1614）
Pascin, Jules	702	Pascin	画家。エコール・ド・パリの一人	ブルガリア	1885	1930	ライプツィヒ美術展覧会（1912）
Pascoli, Giovanni	190	Pascoli	詩人。G. ダヌンツォとともにイタリア現代詩の先駆けとされる。田園風景を抒情的に描いた。ボローニャ大学で教鞭も取った	イタリア	1855	1912	P. ハイゼ八十歳賀帖署名者
	702	Giovanni Pascoli、ジヨワンニ					訃報
	704	Giovanni Pascoli					ダヌンツォがG. パスコリの後任ポスト（ボローニャ大学）を辞退
	852	パスコリ・ジオワンニ（PASCOLI GIOVANNI）、ジオワンニ					G. パスコリ独訳詩集が好評
Pascoli, Ruggero	702	父	政治家。ジョバンニの父	イタリア	1815	1867	訃報（G. Pascoli）
Passanante, Giovanni	171	Passanante	無政府主義者。イタリア王ウンベルト1世を暗殺未遂	イタリア	1849	1910	訃報
Passy, Frédéric	476	Frédéric Passy	経済学者、政治家。国際調停委員会設立提唱者、ノーベル平和賞（1901）。赤十字創立者J. デュナンとともに第一回ノーベル平和賞を受賞	フランス	1822	1912	トルストイ記念祭（ソルボンヌ）
	672	Frédéric Passy					初代ノーベル平和賞受賞者が肺炎
	718	Frédéric Passy					九十歳祝賀

P

人名	頁数	本文表記	人物紹介（肩書・略歴など）	出生地	生年	没年	トピック
Pastau	290	Pastau	（海軍大尉）				日本商人の信用につき弁護説
Pasternack, Leonid	403	Pasternack	画家。後期印象派	ロシア	1862	1945	自領に埋葬されるトルストイ
Pasteur, Louis	357	Pasteur	生化学者、細菌学者。ワクチンによる予防接種を開発	フランス	1822	1895	訃報（L. パスツール未亡人）
Pasteur, Marie Anne	357	未亡人	L. パスツールの未亡人。旧姓 Laurent		1826	1910	訃報
Pastor, Willy	784	Willy Pastor	美術史家、美術・文化評論家、文筆家	ドイツ	1867	1933	R. ワーグナー関連書籍で係争
Pataud, Émile	31	Le roi Pataud、Pataud、電気王	電気技師、労働組合運動活動家、著述家。1907年にパリ中の電灯を消す大規模ストライキを扇動し、「王様パトー」「電灯王」と呼ばれた	フランス	1869	1935	電灯王パトーのストライキ成功
	217	Pataud					電灯王パトー作「朝」興行
	309	Pataud					電灯王パトー「シンジケートとストライキ」演説
	360	Pataud					電灯王がワイン行売人に転身
	473	Pataud、パトオ					電気職工復職要求の示威運動
	503	Pataud					電灯王パトーと O. Garain 合作の戯曲「朝」興行
Pategg, Max	352	Pategg	俳優、劇場監督	ドイツ	1855	1936	ドイツ劇場クラブ創立
	451	Max Pategg					二つのシラー劇場監督に選出
Pater, Jean-Baptiste	157	Pater	画家。ロココ様式	フランス	1695	1736	フランス美術展覧会（ベルリン）
Paterno	473	Paterno	（殺害容疑者のイタリア軍士官）				トリゴナ伯爵夫人殺害事件
	474	悪士官					トリゴナ伯爵夫人殺害事件・続
Patin, Guy	84	Guy-Patin	医師、文人	フランス	1601	1672	先駆的発見者に対するいじめ
Pattai, Robert	405	Pattai	弁護士、政治家。帝国議会議長を務めた	オーストリア	1846	1920	トルストイの死に反応さまざま
Patti, Adelina	181	Patti	ソプラノ歌手	スペイン	1843	1919	歌手 A. Patti の給料が増額
	557	Patti					転落死など劇場での事故
Paul, Adolf	154	Albert Paul	劇作家。ドイツで活躍。A. ストリンドベリと交友があり、伝記を執筆したことでも知られる。P154Albert、P594Pauly は誤り	スウェーデン	1863	1943	興行情報
	207	Adolf Paul					新興行ドラマ一覧
	349	Adolf Paul					新興行ドラマ一覧
	431	A. Paul					新興行ドラマ一覧
	485 486	A. Paul					新興行ドラマ一覧
	537	A. Paul					新興行ドラマ一覧
	544	Adolf Paul					ヴェデキント興行禁止反対署名者一覧
	594	A. Pauly、A. Paul					新興行ドラマ一覧
	638	Adolf Paul					ミュンヘンで興行禁止
	654	Adolf Paul					クリスマスの予定アンケート
	655	Adolf Paul					新興行ドラマ一覧

人名	頁数	本文表記	人物紹介（肩書・略歴など）	出生地	生年	没年	トピック
	712	Adolf Paul					滑稽劇「ポンパドール夫人の勝利」
	716	Adolf Paul					プラハで戯曲興行
Paul, James W.	39	James W. Paul	銀行家。Drexel & Co. 商会の一員		1851	1908	豪奢を極めた宴会
Paul, Mary Astor	39	娘	J. W. Paul の娘		1889	1950	豪奢を極めた宴会
Paul I	255	Paul 帝	ロマノフ朝12代皇帝パーヴェル1世（1796-1801）	ロシア	1754	1801	「Paul 帝の死」興行禁止
Paul-Boncour, Joseph	469	Paul Boncour	政治家、首相（1932-1933）（工相・労相）	フランス	1873	1972	フランス新内閣
	474	Paul Boncour					新労働大臣は美術に精通
Paulhan, Louis	224	Paulhan	飛行士。初期航空パイオニアの一人。水上機での離水を初めて成功させた	フランス	1883	1963	ロンドン-マンチェスター間飛行競争
	228	Paulhan					飛行機競争勝者をダヌンツォ賛辞
	234	Paulhan					G. White が英仏間飛行計画
Pauli, Paul	221	Paul Pauli	俳優				P. Pauli 舞台五十年祝賀公演
	436	Paul Pauli					ハウプトマン「鼠」配役
Paulin, Paul	738	Paulin	彫刻家	フランス	1852	1937	ローマ賞（1912）
Paulsen, Friedrich	602	Friedrich Paulsen 像	哲学者、倫理学者、教育学者	ドイツ	1846	1908	F. パウルゼン記念像
	612	Friedrich Paulsen					F. パウルゼン遺稿「教育学」
	847	FRIEDLICH PAULSEN					近頃死んだ著名人
Paulus	361	Sao Paolo	十二使徒の一人。初期キリスト教の理論家。手紙の一部が新約聖書に収録されている			65	マヌエル王ブラジル軍艦に乗船
	516	使徒 Paulus 伝導地図					六十歳祝賀（A. ハルナック）
	560	Paulus					G. Moore が聖書研究のうえ奇妙な脚本案出
	753	PaulsKirche					L. ウーラント五十回忌
Pauncefote, Julian	438	Pauncefote	イギリスの外交官	ドイツ	1828	1902	パナマ海峡に関する条約
Paur, Emile	680	Emile Paur	指揮者	オーストリア	1855	1932	ベルリン宮廷歌劇場人事
Pawlow, Iwan	805	Pawlow	生理学者。条件反射の実験「パブロフの犬」で知られる。ノーベル生理学・医学賞（1904）	ロシア	1849	1936	女学生の論文を退けたアカデミーから I. パブロフが脱退
Payer, Julius von	136	Julius von Payer	極地探検家、製図家	チェコ	1841	1915	クックの北極点到達に弁護
Payot, Jules	802	Jules Payot	教育学者	フランス	1859	1939	フランスの道徳教育教科書
Pearson, Weetman	278	Weetmann Pearson	土木技術者、石油実業家、政治家	イギリス	1856	1927	スタンダード・オイルが競争者を警戒
Peary, Josephine Diebitsch	87	妻	R. ピアリーの妻。夫 Robert の北極圏探索に同行した際の体験を文章で発表	アメリカ	1863	1955	クックとピアリーとの極点到達競争
	232	妻					ベルリンでピアリーが演説
Peary, Robert	87	Peary	軍人、探検家。グリーンランドが島であることを確認。1909年4月、西洋人としての北極	アメリカ	1856	1920	クックとピアリーとの極点到達競争

P

人名	頁数	本文表記	人物紹介（肩書・略歴など）	出生地	生年	没年	トピック
	94	Peary	点初到達をめぐり、F. A. クックと激しい競争を繰り広げたことで知られる。どちらが早く到達したか、調査委員会が設けられ、アメリカ地学会はピアリーの主張を認めた。クックは偽証のため収監された。今日ではピアリーが北極点に到着したかどうかについて疑いがある				北極点未到達の証拠未公開
	98	Peary					クックとピアリーとの北極点到達競争につき調査
	103	Peary					国民地学会が北極点到達承認
	136	Peary					ピアリーとクックが撮影した北極の写真に相違
	178	Peary					イタリア地理学会表彰
	232	Peary					ベルリンでピアリーが演説
	437	Peary					北極点未到達との説
Peary-Stafford, Marie	232	娘 Mary	R. ピアリーの娘。Stafford 氏に嫁した	グリーンランド	1893	1978	ベルリンでピアリーが演説
Peary Jr., Robert	232	息 Robert	土木技師、探検家。R. ピアリーの息子	アメリカ	1903	1994	ベルリンでピアリーが演説
Pease, Rozer S.	199	Rozer S. Pease					ピッツバーグにガラス建築
Pechstein, Max	254	Pechstein	画家、版画家。表現主義。ブリュッケ、ベルリン分離派の主要メンバーの一人	ドイツ	1888	1955	ベルリン落選展でつば吐き
	260	Pechstein					落選展で今度は釘打ち
	639	Max Pechstein					新分離派からブリュッケが分派
	702	Pechstein					ライプツィヒ美術展覧会（1912）
Pedro V	78	Pedro V	ポルトガル国王（1853-1891）	ポルトガル	1837	1861	ポルトガル王室の借財問題
Peez, Alexander von	372	A. von Peez	政治家、実業家	ドイツ	1829	1912	ベルリン大学百年祭名誉学位
Péladan, Joséphin	384	Sar Péladan	作家、劇作家、評論家。筆名として Sâr Péladan、Sâr Merodack を用いた	フランス	1858	1918	ノーベル文学賞候補（1910）
Pelagia	291	Pelagia	（E. ゴンクールの女中）				文学者の名物使用人たち
Pelissier	54	Pelissier	（フランス第十二軍団長）				床虫（シラミ）征伐訓示に冷笑
Pelissier, Harry Gabriel	838	H. G. Pelissier	俳優、劇作家	イギリス	1874	1913	訃報
Pellar, Hanns	741	Hanns Pellar	画家、挿絵画家	オーストリア	1886	1971	「インド神話集」出版
Pellerin, Auguste	513	Pellerin	起業家、美術品蒐集家	フランス	1852	1929	絵画の値段
Pelletan, Camille	282	Camille Pelletan	政治家、ジャーナリスト	フランス	1846	1915	Liaboeuf 死刑中止哀願状・死刑執行
Penck, Albrecht	146	Penck	地理学者、地質学者、地形学者	ドイツ	1858	1945	飛行船による北極探検の計画
Penthesilea	301	Penthesilea	ギリシャ神話に登場するアマゾンの女王。アキレウスとの対決に敗れた				興行不可能とされていた「ペンテレジア」を原形で興行
	589	Penthesilea					クライスト百年忌記念興行
	628	Penthesilea					クライスト記念祭でヴェデキントが講演
Penzias, Alfred	608	Alfred Penzias	画家		1884	1920	パリでキュビズム流行
Penzig, Rudolph	623	Penzig	教育者、人文主義者、文筆家	ポーランド	1855	1931	自由思想の著述を顕彰する August Specht 財団

人名	頁数	本文表記	人物紹介（肩書・略歴など）	出生地	生年	没年	トピック
Penzkow, Kurt	274	Kurt Penzkow（渾名 Zigeuneralfons）	（窃盗容疑を受けたが釈放された人物、渾名 Zigeuneralfons）				J. G. シャドー作銅像盗難事件
	275	Penzkow					J. G. シャドー作銅像窃盗容疑
Perczel, Sari	748	Sari Perczel	（ブダペストの女流声楽家、教師）				女学校教師がオペラ出演のため休職
Perfall, Karl von	487	Karl Freiherr von Perfall	ジャーナリスト、美術史家、文筆家	ドイツ	1851	1924	ケルン花祭
Pergaud, Louis	411	Louis Pergaud	作家、詩人、軍人、教員	フランス	1882	1915	ゴンクール賞当落
Perlmutter, Isaak	165	Isaak Perlmutter	画家。ハンガリー名 Izsák Perlmutter	チェコ	1866	1932	主要ハンガリー画家一覧
Pernat, Franz Sales	465	Franz Pernat	画家		1853	1911	訃報
Pernerstorfer, Engelbert	491	Pernerstorfer	政治家、ジャーナリスト	オーストリア	1850	1918	ウィーン自由国民劇場機関紙
Perosi, Lorenzo	597	Lorenzo Perosi	作曲家、司祭	イタリア	1872	1956	新作オラトリオ
Perosi, Marziano	636	M. Perosi	作曲家、聖歌隊指揮者、オルガン奏者。枢機卿 Carlo、作曲家 Lorenzo の弟	イタリア	1875	1959	新興行オペラ一覧
Perra	668	Perra	（翻訳者）				「ワルキューレ」バルセロナ方言訳興行
Perrier, Antoine	469	Antoine Perrier	政治家 （法相）	フランス	1836	1914	フランス新内閣
	475	法相					貴族院がルイ17世生き残り説を支持
	556	Perrier					フランス内閣退陣
Perroneau, Jean-Baptiste	157	Perroneau	画家、肖像画家	フランス	1715	1783	フランス美術展覧会（ベルリン）
Persky, Serge M.	843	S. PERSKY 氏、PERSKY 氏	翻訳家		1870	1938	ロシア作家の作品翻訳
Perthes, Friedrich Christoph	838	Perthes	書肆	ドイツ	1772	1843	F. L. W. Meyer 紹介
Perugino	540	Perugino	画家。ラファエロの師としても知られる。本名 Pietro Vannucci	イタリア	1446	1523	ニューヨーク市博物館「復活」購入好評
Perzival	472	Perzival	→ Parsifal				新興行ドラマ一覧
Peschel, Emil	731	Emil Peschel	歴史家、言語学者。ケルナー記念館を創立	ドイツ	1835	1912	訃報
Peschlow, Fischer	666	Fischer Peschlow	（Neues Komoedienhaus 座長）				引負のため夜逃げ
Pesne, Antoine	157	Antoine Pesnes	画家。プロイセンで活躍	フランス	1683	1757	フランス美術展覧会（ベルリン）
Pestini	243 244	Pestini、書記	（法皇付きの書記）				法王ピウス10世の日課
Pétel（夫人）	147	Madame Pétel	（Madame Bergé に同行の女性）				前蔵相愛人が発砲傷害事件
Peter	222 223	Peter、ペエテル	（ビョルンソン家の馭者）				訃報（ビョルンソン）・詳細
Peter	461	Peter	→ Kropotkin, Peter				行方不明の無政府主義者クロポトキンからの手紙

P

人名	頁数	本文表記	人物紹介（肩書・略歴など）	出生地	生年	没年	トピック
Peter I	69	Peter	セルビア王（1903-1918）。セルビア公 Alexander Karageorgevic の息子	セルビア	1844	1921	病状重体
	72	国王 Peter、国王					セルビア前皇太子による殺害事件を社会主義新聞が糾弾
	88	Serbia 王					訃報・自殺（R. Bencoe）
Peter von Russland	422	Peter von Russland	→ Pyotr I Alekseevich（Russia）				訃報（S. Lublinski）
Peters, Fritz	225	Fritz Peters	（劇作家。Fritz Peters は筆名）				戯曲［競争者」あらすじ
	238	Fritz Peters					新興行ドラマ一覧
Petersen, Armin (Arnim)	264	Armin Petersen	（劇作家）				新興行ドラマ一覧
	328	Arnim Petersen					新興行ドラマ一覧
	347	A. Petersen					新興行ドラマ一覧
Petersen, Fritz	390	Fritz Petersen	カジノ支配人		1877	1911	猥褻行為で問題
Petersen, Hans von	92	von Petersen	画家、海洋画家	ドイツ	1850	1914	シャック・ギャラリー開館式
	172	Hans von Petersen					六十歳祝賀
Petersson, Alfred	608	A. Petersson	政治家　（農相）	スウェーデン	1860	1920	スウェーデン自由主義内閣
Petit, Louis	250	Dr. Louis Petit	（Candida 尼の書記）				カンヂダ尼の巨額借財・書記が自殺
Petoefi, Sândor	501	Petoefi	詩人。民族意識を高揚させたハンガリーの国民的詩人。独立戦争の導火線となった1848年のブダペスト市民蜂起に参加。本名 Alexander Petrovics	ハンガリー	1823	1849	S. ペテーフィ記念牌除幕式
	649	Alexander Petoesi、ペチヨオジイ					ブダペスト Café Pillwax 取毀し
Petrarca, Francesco	237	Petrarca	詩人、人文主義者。イタリア・ルネサンス期を代表する抒情詩人	イタリア	1304	1374	F. de Croisset の婚礼
Petrasz, Sari von	568	Sari von Petrasz、女優	（女優）				王妃が女優に帽子屋を問合せ
Petrella, E. D.	800	Petrella	（文学研究者）				「アベラールとエロイーズの書簡」擬作の疑い
Petri, Oskar von	285	Petri	技師、企業家	ドイツ	1860	1944	エアランゲン大学名誉学位
Petrus (Apostel)	35 36	聖彼得寺、Petrus、ペトルス	十二使徒の筆頭。キリスト教会の最初の指導者とされる			60頃	ジャンヌ・ダルクが列福、笑い話 ボヘミアンの鼻祖
	243	Obolo di S. Pietro					法王ピウス10世の日課
	340	Petrus 寺					物騒なローマ修道社会
	459	ペトルス、ペトルス伝燈説					A. ハルナックがヴァチカン政治史につき演説
	785	Petrus 寺					サン・ピエトロ大聖堂やヴァチカンで電灯に切り替え
Pettenkofer, Max Josef von	48	Pettenkofer	衛生学者、化学者。近代衛生学の父とされる。ミュンヘン留学時の森林太郎の師で、孫の真樟の名の由来となった	ドイツ	1818	1901	M. v. ペッテンコーファー記念像

人名	頁数	本文表記	人物紹介（肩書・略歴など）	出生地	生年	没年	トピック
Peucer, Karl	801	Peucer	ドレスデン枢密法律顧問官	ドイツ	1843	1937	ゲーテ協会でヴィーラント祭
Peukert, Leonhard	497	Leo Peukert	俳優、映画監督	ドイツ	1885	1944	猥褻事件および傷害事件
Pfaff, Hermann von	285	von Pfaff	政治家、官僚	ドイツ	1846	1933	エアランゲン大学名誉学位
Pfannschmidt, Friedrich	481	Pfannschmidt	彫刻家	ドイツ	1864	1914	P. Gerhardt 記念像除幕
Pfeiffer	98	Pfeiffer	（軍医）				軍医の受けたおかしな訓令
Pfeiffer, Julius	9	Pfeiffer	政治家	ドイツ	1824	1910	俳優の低所得を問題視
	11	Pfeiffer					ドイツ連邦劇場法案
Pfeil	465	Graf Pfeil	（軍人）				名誉裁判所で自殺を図った軍人をドイツ帝が黙殺
Pfeil und Klein-Ellguth, Hans von	188	Hans von Pfeil und Klein-Ellguth	（プロイセンの伯爵、士官）				プロイセン貧乏伯爵の非道なふるまい
Pfeil und Klein-Ellguth, Hans von（妻子）	188	妻、子、子供、前の妻	（H. v. Pfeil und Klein-Ellguth と離婚した妻とその子）				プロイセン貧乏伯爵の非道なふるまい
Pfirter	322	Pfirter	（射撃祭でフランス大統領杯を獲得）				スイス射撃祭の結果
Pfitzner, Hans	218	Pfitzner、プフイツツネル	作曲家、指揮者。後期ロマン主義の音楽家。おもにドイツで活躍した。オペラ「哀れなハインリヒ」「愛の園のバラ」「パレストリーナ」など	ロシア	1869	1949	宮廷オペラが作曲家と大もめ
	226 227	Hans Pfitzner、Pfitzner、作曲家、プフイツツネル					オペラ座ボイコット、「愛の園のバラ」再演トラブル
	416	H. Pfitzner					新興行オペラ一覧
	441	Hans Pfitzner					ストラスブール大学名誉学位
	514	Pfitzner					スウェーデン王夫妻とドイツ帝夫妻が観覧予定の演目
	533	Hans Pfitzner					「哀れなハインリヒ」好評
	544	Hans Pfitzner					ヴェデキント興行禁止反対署名者一覧
Pflueger, Eduard Friedrich Wilhelm	236	Pflueger	生理学者。栄養学に関する業績は、森林太郎の栄養学論文に影響を与えた	ドイツ	1829	1910	ボン大学後任人事
Pfordten, Otto von der	683	Otto von der Pfordten	哲学者、劇作家		1861	1918	「1812」上演
Phèdre	435	Phèdre	ギリシャ神話に登場する女性パイドラのこと。ラシーヌにより戯曲化された				沓韈ひもの由来
Philip, Henry von	759	Henry von Philip	→ Philp, Henry von				ストリンドベリの手紙編集
Philipp	201	Philipp	（劇場関係者）				オペレット座設立予定
	412	Philipp					オペレット興行
Philipp von Koburg	160	Philipp von Koburg、Philipp	ザクセン＝コーブルク＝ゴータ公国公子。ベルギー王女ルイーズの最初の夫	フランス	1844	1921	レオポルド 2 世遺産争い

P

人名	頁数	本文表記	人物紹介（肩書・略歴など）	出生地	生年	没年	トピック
Philippe, Charles-Louis	450	Charles-Louis Philippe	詩人、作家	フランス	1874	1909	ドイツでは無名の現代フランス文学の大家
Philippe Auguste	240	Philippe Auguste 王	カペー朝７代王（1180-1223）。尊厳王	フランス	1165	1223	町に敷石をした歴史
Philippe d'Orleans	362	Philippe d'Orléans	オルレアン公 Louis Philippe Robert。パリ伯フィリップの長男で、ポルトガル王妃アメリーは姉	イギリス	1869	1926	1910年10月５日革命
	367	Woodnorton 公爵					ポルトガル王族の受入
	391	Orléan 公爵					マヌエル王のための荘園探し
Philippi, Felix	577	Felix Philippi	ジャーナリスト、作家、劇作家	ドイツ	1851	1921	六十歳誕生日
	583	Felix Philippi					六十歳祝賀
	685 687	Felix Philippi、己（フイリツピイ）					F. Philippi のミュンヘン追憶記
Philippo II	694	Philippo 第二世	スペイン国王フェリペ２世（1556-1598）。王国の最盛期を築いた	スペイン	1527	1598	ヴェデキントが興行禁止批判「トルケマダ：検閲の心理学」
Philippos	814	Philippos	サロメの最初の夫とされる人物				伝承に残るサロメ
Philippson, Alfred	456	Philippson	地理学者	ドイツ	1864	1953	ハレ大学地理学人事
Philippson, Ludwig	658	Philippson	ユダヤ教聖職者、著述家	ドイツ	1811	1889	L. Philippson 生誕百年記念祭
Phillips, John George	707	Phillips	無線通信士。Jack Phillips の愛称で呼ばれることが多い	イギリス	1887	1912	タイタニック号無線通信士記念像計画
Philp, Greta von	629	娘 Greta	A. ストリンドベリと Siri von Essen の次女 Greta von Philp。本文 P739の「August Strindberg の長女」とは Karin のことでなく1912年に事故死した次女 Greta のこと	フィンランド	1881	1912	病床のストリンドベリ近況
	671	娘 Greta Philp					誕生日翌日は上機嫌
	708	Greta					訃報（S. v. Essen）
	739	August Strindberg の長女					ストリンドベリの娘の事故死により博物館建設中止
	773	娘 Greta Philp					ストリンドベリの遺財内訳
Philp, Henry von	629	Von Philp	医師。A. ストリンドベリの次女 Greta の夫	デンマーク	1877	1920	病床のストリンドベリ近況
	666	婿 von Philp					六十三になるストリンドベリ
	707	婿 von Philp					ストリンドベリの胃癌
	713	婿 von Philp					ストリンドベリの死期間近
	759	Henry von Philp					ストリンドベリの手紙編集
Píč, Josef Ladislav	649	Joseph Ladiuslaus Pic	考古学者	チェコ	1847	1911	訃報・古詩の真贋めぐり自殺
Picard	120	Picard	（C. Lacroix の弁護士）				レオポルド２世遺産争い
Picard, André	289	André Picard	劇作家				新興行ドラマ一覧
	342	André Picard					戯曲「蜂」ベルリン興行
	431	A. Picard					新興行ドラマ一覧
Picard, Edward	293	Edward Picard	（弁護士、文学者）				ベルギー国王がブリュッセル博覧会に国内文士を招待
	311	Senator Picard、ピカアル					ベルギー国内で上流を占める社会主義者・国王の理解

P

人名	頁数	本文表記	人物紹介（肩書・略歴など）	出生地	生年	没年	トピック
Picard, Émile	428	Picard	数学者	フランス	1856	1941	アカデミー女人禁制案が通過
Picard, Georges Louis	227	Georges Picard	画家	フランス	1857	1946	ベルリン美術展覧会
Pichon, Stéphen	69	Pichon	政治家　（外相）	フランス	1857	1933	フランス新内閣
	355	Pichon					トルコの借入に関する問題
	388	Pichon					ブリアン再造内閣
	785	Stephan Pichon					フランス新内閣
Pickardt	642	Boll und Pickardt	（ベルリンの書肆）				劇場年報 *Die Rampe* 刊行
Picot, Georges	86	Georges Picot	法律家、歴史家、文筆家	フランス	1838	1909	訃報
Picquet	590	Picquet	（ルーヴル美術館出入りの左官）				「ジョコンダ（モナ・リザ）」盗難事件
Pidal y Rebollo, José	487	Pidal	軍人、政治家　（海相）	スペイン	1849	1920	スペイン進歩主義内閣
Piderit, Theodor	669	Theodor Piderit	作家、人相学研究者	ドイツ	1826	1912	訃報・人相学（Physiognomik）
Pierantoni, Augusto	476	Pierantoni	弁護士、政治家	イタリア	1840	1911	訃報
Pieratti, Domenico	336	Domenico Pieratti	彫刻家	イタリア	1600	1656	「洗礼者ヨハネ」の実の作者
Pierné, Gabriel	263	Gabriel Pierné	作曲家、指揮者	フランス	1863	1937	新興行オペラ一覧
	640	Gabriel Pierné					パリ音楽界の近況
	679	Gabriel Pierné					興行情報
Piéron, Henri	578	Piéron	心理学者、睡眠物質研究者	フランス	1881	1964	公開睡眠実験
Pierret, Gery	598	Gery Pierret	（G. アポリエールの書記。「ジョコンダ」盗難容疑者。本名 Giret。偽名 Viven、Ignace d'Ormesan）				アポリネールは冤罪の疑い
	599	Pierret、Vivien、ピエレエ、Giriet、Ignace d'Ormesan					アポリネールの書記に「ジョコンダ」盗難容疑、アポリネールの書記の名
Pietro, Manuel Garcia	169	Garcia Pietro	政治家、首相（1912、1917-1918、1922-1923）（外相）	スペイン	1859	1938	スペイン新内閣
Pietro, Obolo di S.	243	Obolo di S. Pietro	→ Petrus				法王ピウス10世の日課
Pietsch, Ludwig	631	Ludwig Pietsch	画家、美術評論家、コラムニスト	ポーランド	1824	1911	訃報
	672	Ludwig Pietsch					L. Pietsch 遺作を孫婿が整理
Pietsch, Robert	553	Robert Pietsch	（彫刻家）				P. Walllot 七十歳記念像
Pietzsch, Martin	704	Martin Pietzsch	建築家	ドイツ	1866	1961	F. シラーと C. G. ケルナー記念泉
Piksanow, Nikolaj K.	703	N. Piksanow	文学史家	ウクライナ	1878	1969	ツルゲーネフ研究会設立
Piloty, Karl von	92	Karl Piloty	画家。Hermann von Kaubach の師	ドイツ	1826	1886	シャック・ギャラリー開館式
	108	Karl Piloty					訃報（H. v. Kaubach）
Piltz, Otto	339	Otto Kiltz	画家。本文中の Kiltz は Piltz の誤り	ドイツ	1846	1910	訃報
Pinelli, Enrico	625	Enrico Pinelli	（パレルモの俳優）				百十一歳祝賀
Pinero, Arthur Wing	662	A. Pinero	俳優、劇作家、演出家	イギリス	1885	1934	新脚本 *The Mind the Paint Girl*
Pinski, David	186	David Pinski	作家、劇作家。本名 David L'vovic Pinsker。イディシュ語で創作	ポーランド	1872	1959	新興行ドラマ一覧
	453	D. Pinski					新興行ドラマ一覧

P

人名	頁数	本文表記	人物紹介（肩書・略歴など）	出生地	生年	没年	トピック
	459	David Pinski					興行失敗の具体例とその弁護
Pinter, Raphael	311	Pater Raphael Pinter	(還俗したカプチン会修道士)				厳しい取締に修道士が還俗
Pinthus, Kurt	648	Kurt Pinthus	ジャーナリスト、文筆家	ドイツ	1886	1975	Karl Augst 編纂「妻ラーヘルの回想録」増訂版原稿発見
Pion	406	Pion	(フランスの政治家)				フランス政治家の早口舌番付
Piotori-Peiwarinta	823	Piotori-Peiwarinta	→ Päivärinta, Pietari				訃報
Piper, Reinhard	247	Pieper und Co.	書肆創業者、美術史家	ドイツ	1879	1953	自殺した女流作家の著書が男色を描いたため発売禁止
	387	R. Piper und Co.					A. v. プラーテン伝刊行
	477	R. Piper & Co.					妹によるゴッホ回想録出版
	815	R. Piper & Co.					「アレクサンドル１世」二重翻訳
Piranesi, Giovanni Battista	705	Piranesi	版画家、建築家。イタリア・ロマン派を代表する版画家	イタリア	1720	1778	ピラネージ記念像
Pirquet, Clemens von	559	Clemens Freiherr von Pirquet	小児科医、細菌・免疫研究者	オーストリア	1874	1929	F. v. Rinecker 賞（医学）
Pisanello	217	Pisanello	画家、メダル彫刻家。本名 Antonio di Puccio Pisano	イタリア	1395	1455	ダヌンツォ近況・執筆中脚本
Pitrenko	52	Pitrenko	(機関師。鉄道盗賊)				ロシア鉄道盗賊事件
Pittler, Julius Wilhelm von	358	W. von Pittler	発明家、実業家。ドイツで活動	ロシア	1854	1910	訃報
Pius X	24	法皇	257代ローマ教皇（1903-1914）。近代的な学問・思想を取り入れようとしたキリスト教改革運動モデルニスムスなどを弾圧するなど、保守的な立場で知られる。イエズス会に日本での布教と教育活動を要請。上智大学創立の契機となった	イタリア	1835	1914	ローマ社会党および法王近況
	34	Pius 十世					ヴァチカン見学・保存の改革
	38	Pius X					法王が男女不同権の演説
	42	羅馬法皇					米国人が法王に自動車寄贈
	54	Pius 十世					七十四歳祝賀
	58	法皇					サン・マルコ塔の鐘を録音
	64	羅馬法皇、法皇					遺産をめぐり遺族が法王を起訴
	96	法皇					関節痛のため面会謝絶
	112	羅馬法皇 Pius					法王と枢機卿への脅迫状
	202	法皇					T. ルーズベルトが法王への条件付き拝謁を辞退
	214	教皇					法王拝謁辞退のルーズベルト
	232	法皇					モデルニスムス宗教論争
	243	ロオマ法皇 Pius、法皇					法王ピウス10世の日課
	246	法皇 Pius 十世					ピウス10世更迭論
	266	法皇					法王が新教攻撃の回文
	268	法皇					訃報（H. V. Sauerland）・法王風刺の歴史家

P

人名	頁数	本文表記	人物紹介（肩書・略歴など）	出生地	生年	没年	トピック
	290	法皇					法王-スペイン間に外交危機
	296	法皇					電話交換ミスに法王激怒
	307	法皇					イタリア美術品国外流出問題
	313	法皇					ヴェネチアの大鐘楼の再建
	318	法皇					法王がカタコンベ研究者を引見
	320	法皇					法王が記者を侮辱罪で告訴
	321	法皇					スペイン政府と法王交渉断絶
	325 326	法皇					法王追放に関するアンケート
	334	法皇					「聖者」の後篇となる小説執筆
	342	法皇					法王がシヨン会を取締
	350	法皇					モデルニスムスに対し新宣言
	353	法皇					法王がモデルニスムスを取締
	355	法皇					法王への非難に寺院派が激怒
	357	法皇					法王がローマ市長を非難
	388	法皇					新作 *Leila* は法王に屈従の作
	426	法皇					ギリシャ・ローマ両寺院合併論につき法王に謝罪
	439	法皇					ドイツ大学教員組織が反モデルニスムスの動向をけん制
	447	法皇					ドイツ大学教員組織が法王の反モデルニスムス宣文を拒否
	454	法皇					反モデルニスムス誓文に服従した教授一覧
	523	法皇					法王がダヌンツォの著作すべてを禁書目録に追加
	524	法皇					法王が痛風の悩み
	531	法皇					法王が卒倒したとの噂
	576	法皇					スピリチャリスム排斥の告文
	583	ロオマ法皇					法王の痛風は精神上の煩悶
	585	法皇					法王の病状は重体
	587	法王					容体悪化でカフェイン注射
	596	法皇					死刑廃止文書作成の噂
	769	法皇					寺院での活動写真を禁止
	802	法皇 Pius					訃報（P. Frey）
Pius X（姉妹）	244	姉妹	（ローマ教皇ピウス10世の姉妹）				法王ピウス10世の日課
	296	女兄弟					電話交換ミスに法王激怒

P

人名	頁数	本文表記	人物紹介（肩書・略歴など）	出生地	生年	没年	トピック
Planche, Gustave	826	Planche	文芸批評家	フランス	1808	1857	G. ブランデス「現代のフランス文学」分類図
Planck, Gottlieb	251	Gottlieb Planck	裁判官、政治家	ドイツ	1824	1910	訃報
Planck, Max	359	Planck	物理学者。量子論の創始者の一人。ノーベル物理学賞（1918）	ドイツ	1858	1947	自然科学者会議の大立者二人
	618	Max Planck					ノーベル物理学賞候補（1911）
	820	Max Planck					ベルリン大学新総長
Planitz, Hans	706	Johannes Planitz	本文ではJohannesとあるが正しくはHans Planitz。法学者、歴史家	ドイツ	1882	1954	ライプツィヒに著作権法の講座
Platen, Christoph von	94	Platen	政治家、プロイセンの大地主	ドイツ	1838	1909	奉仕団体不明金につき取調中
Platen-Hallermuende, August von	324	Platen	詩人、劇作家	ドイツ	1796	1835	訃報（G. Cassone）
	387	August Graf von Platen					A. v. プラーテン伝刊行
Plato	208	Platos	哲学者。ソクラテスの弟子、アリストテレスの師。「ソクラテスの弁明」「国家」	ギリシャ	前427	前347	新興行ドラマ一覧
	264	Platos					新興行ドラマ一覧
	382	Platos					新興行ドラマ一覧
	661	Plato					P. Natorp 著作出版予定
	674	Platen					フィンランドのアカデミー
Platt, Thomas Collier	290	Platt	政治家	アメリカ	1833	1910	ニューヨーク汚職排斥
Plehwe, Wjatscheslaw	66	Plehwe	政治家　（警務大臣）	ロシア	1846	1904	評判のロシア・スパイの経歴
Pleissner, Alfred	49	Alfred Pleissner	（雑誌「ドイツの闘争」主筆）				警察批判の記者が連累で検挙
Plessen, Willy von	555	Willy von Plessen	画家		1868	1937	選帝侯歌劇場（ベルリン）役員
Plinius	65	Plinius 時代	博物学者、政治家、軍人。文人で政治家の甥（小プリニウス）と区別するため大プリニウスと呼ばれる。「博物誌」	イタリア	22頃	79	西洋における山繭の利用
Plon, Henri	283	Plon-Nourit	書肆創業者。二人の兄弟と1852年パリで創業		1806	1872	「1870年戦（普仏戦争）その原因及び責任」一部紹介
Plontke, Paul	404	Paul Plontke	画家、版画家、ポスター制作者	ポーランド	1886	1966	ベルリンのアカデミーから受賞
Plothow	600	Raabe und Plothow	（ベルリンの書肆）				ドイツ音楽カレンダー新版
Plothow, Anna	150	Anna Plotow	文筆家、女性解放運動家。学童保育所などさまざまな社会施設を創設した	ドイツ	1853	1924	公設養老所の設立を要望
Pocci, Franz von	471	Graf Pocci	画家、版画家、作家、音楽家	ドイツ	1807	1876	新興行ドラマ一覧
Pochhammer, Paul	464	Paul Pochhammer	ダンテ研究家、ジャーナリスト	ポーランド	1841	1916	七十歳祝賀
Poe, Edgar Allan	189	Poe	作家、詩人、ジャーナリスト。フランス象徴主義に多大な影響を与えた。ドビュッシーが作曲にとりかかったオペラは初の推理小説とされる「アッシャー家の崩壊」と「鐘楼の悪魔」（ともに未完）	アメリカ	1809	1849	ドビュッシーがE. A. ポー原作のオペラを制作中
	306	Edgar Allan Poe					ベルリン大学でE. A. ポーを講義
	381	Edgar Allan Poe					ニューヨーク大学名誉庁に登録
Poel, William	801	William Poel	俳優、劇場支配人。シェークスピア劇の演出で知られる	イギリス	1852	1934	シェークスピア劇興行者の趣向

人名	頁数	本文表記	人物紹介（肩書・略歴など）	出生地	生年	没年	トピック
Poemerl, Joseph	50	Joseph Pömerl	（ミュンヘン在の画家）				訃報
Poetzl, Eduard	380	Eduard Poetzl	ジャーナリスト、コラムニスト	オーストリア	1851	1914	あざけり言葉を文士が鑑定
	478	Eduard Poetzl					六十歳誕生日
Pohl, Eduard	66	Eduard Pohl	（実業家）				南独最大の新聞印刷所売買
Pohl, Max	720	Max Pohl	俳優。ドイツ舞台共同組合長を務めた			1935	「ウル・ファウスト」初興行
Poincaré, Jules-Henri	176	H. Poincaré	数学者、天文学者、物理学者。政治家のR.ポアンカレは従弟。数学上の難題の一つであったポアンカレ予想を提起したことや次元に関する研究、科学思想普及のための著述活動など幅広い業績で知られる。「科学と仮説」「科学の価値」「科学と方法」など	フランス	1854	1912	ベルリン大学百年祭に出張
	332	Henri Poincaré					「絶対空間」に関する訛伝・ハレー彗星偽物説
	373	Henri Poincaré					ベルリン大学百年祭名誉学位
	428	Poincaré					アカデミー女人禁制案が通過
	464	Henri Poincaré					アカデミー・フランセーズ会員
	722	Henri Poincaré					実学の基礎としての人道主義
	735	Henri Poincaré					訃報、自然学の終局の目的は不可知
	737	Poincaré					アカデミー後任の噂（フランス）
	741	Henri Poincaré					アカデミー・フランセーズ人事の噂
	770	Henri Poincaré					R. ポアンカレが大統領選出
	841	POINCARE 氏					アカデミー・フランセーズ選挙
Poincaré, Raymond	406	Poincaré	政治家、首相（1912-1913、1922-1924、1926-1929）、大統領（1913-1920）、弁護士	フランス	1860	1934	フランス政治家の早口舌番付
	464	Raymond Poincaré					アカデミー・フランセーズ会員
	664	Poincaré					フランス新内閣
	730	首相					ルソー記念祭
	735	Raymond Poincaré					訃報（H. Poincaré）
	770	Raymond Poincaré					R. ポアンカレが大統領選出
	771	Poincaré					ポアンカレの名の由来
	783	大統領					*Hélène Ardouin* 上演に喝采
	815	Poincaré					パリに極端な新式建築街
Poinsinet, Antoine-Alexandre-Henri	125	Antoine Poinsinet	劇作家、台本家	フランス	1735	1769	Mystification（新しい著述を故人の作として出すこと）の例
Poiret, Paul	461	Poiret	ファッション・デザイナー	フランス	1879	1944	パリの新流行・女性用ズボン
	469	Poiret					キュロットの生みの親はPoiretでなくBéchoff David et Co.
	776	Poiret					パリの裁縫屋達が模倣者撲滅
	789	Poiret、ポアレエ					パリの流行
Polaire	824	Polaire	女優、歌手。本名Émilie Marie Bouchaud。フランスで活躍	アルジェリア	1874	1939	パリの女優が鼻輪のピアス

人名	頁数	本文表記	人物紹介（肩書・略歴など）	出生地	生年	没年	トピック
Polaire, Claudine	183	Claudine Polaire	喜劇女優、歌手				醜さを売りにする人気女優
Polgar, Alfred	208	Alfred Polgar	劇作家、評論家	オーストリア	1873	1955	新興行ドラマ一覧
	348	A. Polgar					新興行ドラマ一覧
Polignac, Edmond de	432	A. de Polignac	作曲家。本文のA.はE.の誤り。妻はWinnaretta Singer	フランス	1834	1901	新興行オペラ一覧
Polignac, Edmond de (夫人)	566	Madame A. de Polignac	E. de Polignacの妻Winnaretta Singer。芸術のパトロン	アメリカ	1865	1943	ショパン協会設立（パリ）
Polo, Marco	418	Marco Polo	商人、旅行家。アジアでの経験を百万単位の数で語ったことなどから「イル・ミリオーネ」のあだ名がついたとされる	イタリア	1254	1324	数の名称・零の起源
	567	Marco Polo					ヨーロッパの仏教・インド研究
Polykrates	490	Polykrates	サモス島僭主	ギリシャ	前538	前522	サモス島発掘事業は有望
Polyphem	733	Polyphem	ギリシャ神話に登場するひとつ目の巨人。ガラテアに恋したポセイドンの息子				ヘラクレス像（ヴァチカン）修復
Pombal（侯爵）	368	Pombal 公爵	ポンバル侯爵 Sebastião José de Carvalho e Mello。政治家、首相（1756-1777）。本文中の公爵は誤り	ポルトガル	1699	1782	僧尼を国外退去にする法律
Pompadour	531	Pompadour	ルイ15世の公妾。本名Jeanne-Antoinette Poissonだが、ポンパドール侯爵夫人を名乗った	フランス	1721	1764	テーブル・マナーいろいろ
	712	Pompadour					滑稽劇「ポンパドール夫人の勝利」
Pompilj, Guido	247	Guido Pompili	官僚。女流詩人 Vittoria Aganoor の夫	イタリア	1854	1910	G. Pompilj が妻の後追い自殺
Poniatowski, Stanisław August	119	Poniatowski	ポーランド国王スタニスワフ２世アウグスト（1764-1795）。エカチェリーナ２世の愛人であったことで知られる	ポーランド	1732	1798	史劇 *Poniatowski* 興行
Pons, Charles	397	Charles Pons	作曲家	フランス	1870	1957	「幸福のベール」興行
Ponti, Delli	508	Delli Ponti	（作曲家）				新興行オペラ一覧
Pontoppiddan, Henrik	613	Pontoppiddan	作家。ノーベル文学賞（1917）	デンマーク	1857	1943	ノーベル賞候補一覧（1911）
Popiel, Antoni	288	Popiel	彫刻家	ポーランド	1865	1910	訃報
Popowa	20	Popowa	（ロシアの大量殺害容疑者）	ロシア			四百人毒殺事件の女が告発
Popp, James	89	James Popp	（イギリスの煙草屋）				営業禁止の日曜日に販売をする煙草屋
Poppenberg, Felix	558	Felix Poppenberg	文筆家		1869	1915	模造排斥論「生きている衣装」
Popper, Otto Reinhard	25	Otto Reinhard Popper	真鍮磨き職人、劇作家。筆名 Reinhard-Popper		1871	？	真鍮磨き職人の新戯曲好評
	545	Otto Popper、Reinhard-Popper					真鍮磨きから戯曲家に転職
Pordenone	819	Pordenone	画家。本名Giovanni Antonio Licinio	イタリア	1483	1539	廃屋豚小屋でフレスコ画発見
Pordes-Milo	208	Pordes-Milo	作家、オペレッタ台本家。本名 Alexander Siegmund Pordes	ウクライナ	1878	1931	新興行オペラ一覧
	551	Pordes Milo、原作者					パントマイム横取り疑惑

P

人名	頁数	本文表記	人物紹介（肩書・略歴など）	出生地	生年	没年	トピック
Porel, Paul	263	Porel	喜劇俳優、劇場支配人、劇場監督	フランス	1843	1917	H. バタイユのため差押にあったサラ・ベルナールに慰問状
Porphyry	752	Porphyrius	哲学者。新プラトン主義	レバノン	234	305	キリスト教三大批判者につき A. ハルナック演説
Porret, Louise	820	Louise Porret	（モンルージュの娼婦）				客に殺害された娼婦
Porter, Charlton	265	Charlton Porter	→ Charlton, Porter				コモ湖女優殺害事件
Porto-Riche, Georges de	442	Porto-Riche、ポルト・リツシユ	劇作家、作家	フランス	1849	1930	すこぶる振るった文士の論争
	452	Porto Riche					新興行ドラマ一覧
Poschinger, Heinrich von	586	Heinrich von Poschinger	文筆家、歴史家	ドイツ	1845	1911	訃報・ビスマルク伝資料蒐集
Posener	465	Posener	（弁護士）				全ドイツアカデミー会員大団結
Possart, Ernst von	75	Possart	俳優、劇場監督。19世紀末ドイツにおける演劇界の重鎮	ドイツ	1841	1921	E. v. Possart 記念額・ワーグナー連日興行
	267	Ernst von Possarts					ビョルンソン記念興行
	478	Possart					「ファウスト」興行沿革
	502	Ernst Possart					ドイツ・シェークスピア協会講演
	521	Ernst von Possart					ミュンヘン大学名誉学位
	612	Ernst von Possart					舞台生活五十年記念祝賀
Posse, Hans	131	Hans Posse	美術史家	ドイツ	1879	1942	ドレスデン画廊長官に任命
Potemkin, Grigory	213	Potemkin	軍人、政治家	ロシア	1739	1791	女に好かれた醜男子
Pougy, Liane de	233 234	Madame Liane de Pougy、マダム、マダム・リアアヌ	ダンサー、高級娼婦。パリで最も美しく悪名高い娼婦と言われた。グルジアの公子とされる Georges Ghika と結婚し、プリンセスを名乗った	フランス	1869	1950	女の帽子裁判
	286	Liane de Pough					女の帽子裁判の判決
Poullet, Prosper	548	Poullet	神学者、政治家　（文相）	ベルギー	1868	1937	ベルギー新内閣
Poulsen, Emil	547	Emil Poulsen	俳優、舞台監督	デンマーク	1842	1911	訃報
Poupardin	590	Poupardin	ルーヴル美術館の警備員				「ジョコンダ（モナ・リザ）」盗難事件
Powell, Alma Webster Hall Powell	199	Miss Alma Webster Powell	女性運動活動家、著述家		1874	1930	女権論者の戦略・美少女隊の接吻
Praga, Marco	177	Marco Praga	劇作家。父は作家 Emilio Praga	イタリア	1862	1929	ミラノとパリの文士会とが外国脚本上演につき筆戦
Prager	393	Prager					新団体ベルリン学芸協会
Prager	555	Prager	（音楽指揮者）				選帝侯歌劇場（ベルリン）役員
Prasch, Alois	414	A. Prasch	作家、劇作家、劇場監督、俳優	チェコ	1854	1907	新興行ドラマ一覧
Preczang, Ernst	348	E. Preczang	文筆家、劇作家	ドイツ	1870	1949	新興行ドラマ一覧
Presber, Rudolf	115	Presber	作家、劇作家、シナリオライター	ドイツ	1868	1935	M. アルツバーシェフ「サーニン」翻訳裁判

人名	頁数	本文表記	人物紹介（肩書・略歴など）	出生地	生年	没年	トピック
	207	Presber					新興行ドラマ一覧
	414	R. Presber					新興行ドラマ一覧
Preuse-Matzenauer, Margarete	474	Margarete Preuse-Matzenauer	メゾソプラノ歌手	ルーマニア	1881	1963	離婚問題に関連し廃業
Prévost, Marcel	53	Marcel Prévost	作家、戯作家。鷗外訳に「田舎」	フランス	1862	1941	アカデミー・フランセーズ補選
	137	Marcel Prévost					小説脚本化・興行情報
	217	Marcel Prévost					アカデミー・フランセーズ恒例の新加入演説
	287	Marcel Prévost					フランス少子化対策
	358	Marcel Prévost 夫婦					M. プレヴォー夫妻ベルリン滞在
	458	Marcel Prévost					「危険な年齢」仏訳
	464	Marcel Prévost					アカデミー・フランセーズ会員
	498	Marcel Prévost					小学校は大人が自分でできないことを要求するところ
Prévost, Marcel（夫人）	358	Marcel Prévost 夫婦	（Marcel Prévost の妻）				M. プレヴォー夫妻ベルリン滞在
Price	534	Price、プライス	（W. Gilbert に救助された女性）				W. Gilbert 溺死・人命救助
Price, Anne Elizabeth	56	夫婦	政治家 T. Price の妻				訃報（T. Price）・石工から南オーストラリア州知事に立身
Price, Thomas	56	Thomas Price、夫婦	政治家	イギリス	1852	1909	訃報・石工から南オーストラリア州知事に立身
Priessnitz, Vincenz	277	Priessnitz 記念像	水治療法者、自然療法のパイオニア	チェコ	1799	1851	ウィーンで裸体像排斥の動き
Prieto, Manuel García	487	Garcia Prieto	政治家　（外相）	スペイン	1859	1938	スペイン進歩主義内閣
Prikker, Johan Thorn	358	Thornprikker	画家、版画家、家具・装飾デザイナー、イラストレーター	オランダ	1868	1932	ラインラント-ヴェストファーレン大都市計画
Prilukow	250	Prilukow	（タルノウスカ夫人事件共犯容疑者の元弁護士）				タルノウスカ夫人事件判決
	361	Prilukow					タルノウスカ夫人らの消息
Prince Napoleon	557	Prince Napoleon	→ Bonaparte, Napoleon Joseph Charles Paul				訃報（Maria Clotilde）
Prince of Wales	61	Prince of Wales	→ George V				E. シャックルトンがロンドン地理協会で演説
Printemp	483	Printemp	画家				裸体画絵葉書販売で処罰
Prinz von Homburg	327	Prinz von Homburg	→ Friedrich II von Hessen-Homburg	ドイツ	1633	1708	ドイツ帝の文芸談話
	631	プリンツ・フオン・ホムブルヒ					小学生は見物禁止
Prinzregent	75	Prinzregenten-theater	→ Luitpold von Bayern				E. v. Possart 記念額・ワーグナー連日興行
	587	Prinzregenten-theater					F. Mottl 浮彫半身像設置
	797	Prinzregenten-theater					R. ワーグナー像（ミュンヘン）

P

人名	頁数	本文表記	人物紹介（肩書・略歴など）	出生地	生年	没年	トピック
Pritchard, Walter	807	Walter Pritchard	画家。通称 Zarh Pritchard	アメリカ	1866	1956	奇抜な場所で書かれた絵画
Proebst	90	Proebst	（ミュンヘン市統計局長）				八十歳祝賀・名誉学位
Proell, Karl	352	Karl Proell	文筆家、ジャーナリスト	オーストリア	1840	1910	訃報
Proelss, Johannes	601	Johannes Proelss	作家、翻訳家、ジャーナリスト、文芸史家	ドイツ	1853	1911	訃報
Prohaska	60	Prohaska	（女性歌手）				別れ話で発砲事件
Prohaska, Karl	557	Prochaska	作曲家、音楽教育者、指揮者	オーストリア	1869	1927	プラハ音楽院百年祭
Prometheus	21	Prometheus	ギリシア神話に登場する巨人族の一人。人類に火を伝えたとされる				「プロメテウス」と動物の年齢
	263	Prometheus					新興行オペラ一覧
Prosl, R.	636	R. Prosl	（オペラ台本家）				新興行オペラ一覧
Protzen, Otto	434	Protzen	画家、銅板画家、イラストレーター	ドイツ	1868	1925	ベルリン芸術協会役員
Provost	462	Provost	（女優）				*Après moi* 大洪水で女ずぼんに騒然
Prozor, Greta	750	Prozor 伯の娘 Greta	女優、M. Prozor 伯の娘。マティスによる肖像画で知られる	フランス	1885	1978	父はイプセン仏訳者・娘はロスタン「ロマネスク」で主人公
Prozor, Maurice	750	Prozor 伯	G. Prozor の父		1849	1928	父はイプセン仏訳者・娘はロスタン「ロマネスク」で主人公
Prudhomme, Sully	620	Sully Prudhomme	詩人、エッセイスト。第1回ノーベル文学賞（1901）受賞者	フランス	1839	1907	歴代ノーベル文学賞受賞者
	623	Sully Prudhomme					歴代ノーベル文学賞受賞者によるアナグラム
Prud'hon, Pierre-Paul	157	Prudhon	画家	フランス	1758	1823	フランス美術展覧会（ベルリン）
Prund'hon	591	Prund'hon	（コメディー・フランセーズ監督）				老人が多いコメディー・フランセーズ
Przybyszewski, Stanisław	642	Stanislaus Przybyszewski	作家、劇作家、詩人。20世紀初頭頃のポーランドを代表する作家の一人。新ロマン主義的な傾向を示し、退廃的な作風を特色とした。破天荒な生活で知られ、デーメルやストリンドベリに影響を与えた	ポーランド	1868	1927	ベルリン新自由劇場公演
	663	Stanislaw Przybszewski					「愛の死の舞踏四部作」興行
	683 684	Stanislaw Przybyszewski、作者					「愛の死の舞踏」第二部興行
	701	Przybyszewski					「愛の死の舞踏」第三部興行
	707	Stanislaw Przybyszewski					「愛の死の舞踏」第三部興行
	715	Przybyszewski					新自由劇場興行情報
	718	Przybyszewski					A. ストリンドベリの評伝・作品とモデル
Psyche	696	Psyches Erwachen	ギリシア神話に登場する女性。エロスの妻となり、神々に加えられた				興行情報
Ptah-Hotep	816	Ptah-Hotep	エジプト古王国第5王朝（前2494頃-前2345頃）末期の名宰相				プタハヘテプの教訓中に「婦女に近づくことなかれ」
Ptolaemeus	62	Ptolaemeus 朝	プトレマイオス1世（前367頃-282頃）が前305年頃エジプトに開いた王朝				サハラ砂漠で古代都市発見

人名	頁数	本文表記	人物紹介（肩書・略歴など）	出生地	生年	没年	トピック
Puccini, Elvira	97	Puccini の妻	G. プッチーニの妻。旧姓 Bonturi	イタリア	1860	1930	嫉妬で小間使いを自殺させたプッチーニの妻は無罪放免
Puccini, Giacomo	97	Puccini	作曲家。G. ヴェルディと並びイタリアを代表するオペラ作曲家。「トスカ」「蝶々夫人」「ボエーム」など	イタリア	1858	1924	嫉妬で小間使いを自殺させたプッチーニの妻は無罪放免
	212	Puccini					1908・9～ドイツでの興行回数
	424	Puccini					プッチーニ「西部の娘」俗受で大当り
	533	Puccini					「西部の娘」コヴェント・ガーデンで好評
Puchstein, Otto	476	Otto Puchstein	考古学者、歴史建造物研究者。ベルリン考古学研究所所長、ドイツ考古学会会長を歴任。ペルガモン宮を復元	ポーランド	1856	1911	訃報
	479	Puchstein					ベルリン考古学研究所人事
	500	Puchstein					ドイツ考古学会会長人事
Puech, Louis	388	Puech	政治家　(工相)	フランス	1852	1947	ブリアン再造内閣
Pueringer, August	835	Pueringer	ジャーナリスト。「ワーグナーとビスマルク」				R. ワーグナー全集最新版に3,000の誤植
Pujo, Maurice	473	Maurice Pujo	ジャーナリスト、極右政治家	フランス	1872	1955	示威運動・治安妨害で処罰
Pulitzer, Joseph	616	Joseph Pulitzer	新聞出版者、ジャーナリスト。死後、ピューリツァー賞が創設された	ハンガリー	1847	1911	訃報
	618	Joseph Pulitzer					失明後も記者活動
Puppe, Siegfried	483	Puppe	弁護士		1880	1945	裸体画絵葉書販売で処罰
Pushkin, Alexander	276	Puschkin	作家、詩人。19世紀ロシアを代表する文学者の一人。ロシアにおける近代文章語を確立したとされる。「エフゲーニ・オネーギン」「スペードの女王」	ロシア	1799	1837	ツルゲーネフと声楽家 P. ヴィアルドの親交・遺品中に「芸術のための生活」原稿発見
	621	Puschkin					左手の結婚（身分違いの結婚）
Pusskorin	84	Pusskorin	(ペテルブルクの植木屋)				黒薔薇の開発・値段
Putlitz, Joachim zu	343	Baron zu Putlitz	劇場監督		1860	1922	連邦劇場法の取調委員候補
	526	von Putlitz					外国オペラ・演劇のテキスト統一につき議論
	751	演劇総監督 Baron Joachim zu Putlitz					宮廷劇と新芸術の融合成功に称賛
Puttkamer	610	von Puttkammer					ハノーファー宮廷劇場監督
Puttkamer, Alberta von	41	Alberta von Puttkammer	女流詩人、劇作家、文筆家	ポーランド	1849	1923	ケルン花祭
	47	Alberta von Puttkammer					五十歳祝賀
	681	Alberta von Puttkammer					脚本「マーリン」
Putz, Leo	455	Putz	画家。新ダッハウ派の中心人物。印象主義、表現主義の先駆け	イタリア	1869	1940	アカデミー（ブリュッセル）加入のドイツ芸術家

P

人名	頁数	本文表記	人物紹介（肩書・略歴など）	出生地	生年	没年	トピック
Puy, Jean	491	Puy	画家。フォービズム	フランス	1876	1960	ベルリン分離派展覧会にフランス表現派の絵画陳列
Pygmalion	802	Pygmalion	ギリシャ神話に登場するキプロス王。自ら彫刻した女性像への恋で知られる				「ピグマリオン」好評
	829	Pygmalion					音声学題材の「ピグマリオン」
	830	Pygmalion					新脚本「ピグマリオン」「アンドロクルスとライオン」興行
Pyotr I Alekseevich (Russia)	422	Peter von Russland	ロマノフ朝4代皇帝（1682-1725）。近代化を推進し、領土を拡大。ロシアをヨーロッパ列強の一角に押し上げた	ロシア	1671	1725	訃報（S. Lublinski）
	747	ピヨオトル第一世					トルストイ未亡人が未完の小説「ピョートル1世」発見
	819	ペエテル大帝					ソーセージの包みになっていたピョートル大帝の手紙
Pythagoras	490	Pythagoras	哲学者、数学者、宗教家	ギリシャ	前582	前496	サモス島発掘事業は有望
Quadt, E.	594	E. Quadt	（劇作家）				新興行ドラマ一覧
Quaritsch, Bernard	552	Quaritsch	古書店・美術商創業者	ドイツ	1819	1899	シラーがゲーテに贈った書籍競売
Querol, Augustin	117	Augustin Querol	彫刻家 Agustí Querol i Subirats	スペイン	1863	1909	訃報
Quidam	347	Quidam	ジャーナリスト、文筆家 Julius Stinde の筆名	ドイツ	1841	1905	新興行ドラマ一覧
	414	Quidam					新興行ドラマ一覧
Quirico	75	San Quirico 寺	キリスト教の聖人、殉教者			304	霊感商法の僧侶に差止め
Quiro, Giovanni	116	Giovanni Quiro	（シチリアの聖職者）				女学生多数に淫行し懲戒十年
Quitzows（家）	26	Quitzows	ブランデンブルク辺境伯領内の古い貴族家系				ヴィルデンブルッフのヴィルヘルム帝とビスマルクとの逸話
	258	Quitzows					ヴィルデンブルッフ *Die Quitzows* のパロディーは発禁
Raabe	600	Raabe und Plothow	（ベルリンの書肆）				ドイツ音楽カレンダー新版
Raabe, Berta Emilie Wilhelmine	395	夫人	W. ラーベの妻			1914	訃報（W. ラーベ）
Raabe, Wilhelm	103	Wilhelm Raabe	作家、詩人、画家。ユーモアと皮肉を交えた独特のリアリズム小説で知られる。初期は筆名に Jakob Corvinus を用いた。「雀横丁の年代記」、シュトゥットガルト三部作「飢えの牧師」「アブ・テルファン」「死体運搬車」「フォーゲルザングの記録文書」	ドイツ	1831	1910	シラー生誕百五十年祭
	191	Wilhelm Raabe					P. ハイゼ八十歳賀帖署名者
	332	Wilhelm Raabe					生まれ故郷にレリーフ像
	373	Wilhelm Raabe					ベルリン大学百年祭名誉学位
	395	Wilhelm Raabe					訃報
	396	Raabe					ラーベの小説で名高い雀横丁
	400	Raabe、ラアベ					葬儀
	409	Raabe					W. ラーベ記念像設立計画
	484	Wilhelm Raabe					W. ラーベ遺稿「養老院」
	501	Wilhelm Raabe-bund、ラアベ					W. ラーベ協会設立

人名	頁数	本文表記	人物紹介（肩書・略歴など）	出生地	生年	没年	トピック
	531	Wilhelm Raabe					小説「養老院」刊行
	588	Wilhelm Raabe					「雀横丁の年代記」記念標
	595	Wilhelm Raabe					剽窃疑惑の指摘は酷
	748	Wilhelm Raabe					W. ラーベ抒情詩集出版
	809	Wilhelm Raabe					H. Spiero による W. ラーベ評伝
Raabe, Wilhelm（娘三人）	395	娘三人	W. ラーベの長女で画家の Margarethe（1863-1947）、次女 Elisabeth（1868生）、三女 Klara（1872生）、四女 Gertrud（1876生）の内いずれか三人				訃報（W. ラーベ）
Rabelais, François	137	Rabelais	フランス・ルネサンス期を代表する文学者、医師。「ガルガンチュアとパンタグリュエル物語」	フランス	1494頃	1553	近刊珍書目録抜書き
	376	Rabelais					訃報・略歴（R. Lindau）
Rabl 夫人	278	女 Rabl 夫人	（病理学者 R. ウィルヒョーの娘）				R. ウィルヒョー記念像除幕式
Rachel, Elisabeth Félix	180	Rachel	女優	フランス	1820	1858	「名優ラシェルの情生涯」紹介
	524	Rachel					イタリア女優 A. Ristori 記念祭
Rachilde	732	Rachilde	女流作家、詩人。本名 Marguerite Vallette-Eymery	フランス	1860	1953	「ジル・ブラス」の選んだ詩人王
Racine, Jean	286	Racine	劇作家。コルネイユ、モリエールとともに17世紀フランス古典主義を代表する劇作家。三一致の法則（時、場、筋）に従った厳密な構成と華麗な韻文により、巧みな心理描写を行った。「アンドロマック」「ベレニス」「フェードル」	フランス	1639	1699	A. フランスのドラマ論
	314	Racine					「ダビデの詩篇」仏訳はラシーヌの可能性
	361	Racine					子供時代のラシーヌ記念像
	434	Jean Racine					沓韈ひもの由来
	659	ラシイヌ					A. Magnard「ベレニス」パリ興行
Racowitza, Janco von	607 608	Janco von Racowitza、ラコヰツツア、夫	（H. v. Schewitsch の最初の夫）				服毒自殺した H. v. Schewitsch の数奇な一生
Racz, Paul	111	Paul Racz	（ロマ族の王）				ジプシー王の跡目はヴァイオリン競争で決定
Racz, Paul（息子）	111	其息子	（ロマ族の王 P. Racz の息子）				ジプシー王の跡目はヴァイオリン競争で決定
Radecke, Robert	555	Robert Radecke	指揮者、音楽家。兄は作曲家 Rudolf Radecke		1830	1911	訃報（R. Radecke、C. Hehl、F. Schepere）
	803	Radecke					ベルリン王立芸術院名誉会員
Rademacher, Hanna	723	Hanna Rademacher	女流作家、劇作家	ドイツ	1881	1979	興行情報
	733	Hanna Rademacher					*Johanna von Neapel* あらすじ
Radenius, Ado	542	Ado Radenius	（劇場関係者）				戸外劇場設立
Radley, James	433	Radley	飛行士。初期航空パイオニアの一人	イギリス	1884	1959	1910年末の飛行記録一覧
Raeburn, Henry	528	Raeburn	肖像画家	イギリス	1756	1823	競売で高値

人名	頁数	本文表記	人物紹介（肩書・略歴など）	出生地	生年	没年	トピック
Raffaello	495	Raffaello	画家、建築家。Raffaello Sanzio。レオナルド・ダ・ヴィンチ、ミケランジェロとともにイタリア・ルネサンスの三大巨匠として知られる	イタリア	1483	1520	名家自筆コレクション競売
	519	ラファエロ前派					英国の脚本家の分類
	641	Raffaello、ラファエロ					ルーヴル美術館「モナ・リザ」盗難のため配置換え
	784	Raffaello					ラファエロの絵画3点を発見
Ragel, Cesare	429	Cesare Ragel	（無政府主義者）				スペイン王暗殺計画者逮捕
Rahmer, Sigismund	396	Siegfried Rahmer	医師、生理学者、文筆家、編集者、文芸史家。本文の Siegfried は誤り	ポーランド	1863	1912	クライストの書簡で論争・仲裁
Rahn, Erich	281	Erich Rahn	柔術家。ドイツにおける柔術のパイオニアとして普及に当たった		1885	1973	プロイセン警察官に柔道教授
	539	Rahn					ベルリン刑事巡査練習所で日本式柔道を教授
Raimund, Ferdinand	97	Raimund-Theater	俳優、劇作家。オーストリア民衆劇の最盛期を築いた。ウィーン・ライムント劇場に名を残した	オーストリア	1790	1836	ドイツ語学校への迫害を防ぐP. ローゼッガー財団
	463	Raimundpreis、ライムンド座					ライムント賞中止の見込
	595	Raimundth.					新興行オペラ一覧
	533	Raimund 賞金					ライムント賞三年連続受賞なし
	802	Raimund 賞金、ライムンド座					近年ライムント賞受賞者が出ない理由
Rainach, Erwin	119	Erwin Rainach	（ドレスデン在住の劇作家）				史劇 *Poniatowski* 興行
Ramon y Cajal, Santiago	455	Santiago Ramon y Cajal	神経解剖学者。ノーベル生理・医学賞（1906）	スペイン	1852	1934	ヘルムホルツ勲章（ベルリン・アカデミー）
Rampolla, Mariano	153	カルヂナル Rampolla、おぢ	ローマカトリック教会枢機卿。本名 Mariano Rampolla del Tindaro	イタリア	1843	1913	枢機卿の甥が詐欺逃亡
	246	Rampolla					ピウス10世更迭論
Ramsay, William	566	Ramsay	化学者。希ガスを発見。ノーベル化学賞（1904）	イギリス	1852	1916	英独仏の化学者会合
	589	Sir William Ramsay					ドイツ帝から Pour le mérite 賞
	677	Sir William Ramsay					ロンドン大学から引退
Rangabé, Cleon Rizos	203	Cleon Rizos Rangabé	詩人、公使		1842	1917	在独ギリシャ公使が帰国
Ranke, Johannes	576	Johannes Ranke	生理学者、人類学者	ドイツ	1836	1916	ミュンヘン大学在職二十五年
	607	Ranke					服毒自殺した H. v. Schewitsch の数奇な一生
	777	Johannes Ranke					100回目のセミスター開講予定
Ransom, Arthur	791	Arthur Ransom	作家、ジャーナリスト。児童文学「ツバメ号とアマゾン号」シリーズで知られる。E. A. ポー、オスカー・ワイルドの評伝もある	イギリス	1844	1967	O. ワイルドとの関係につき A. ダグラスが A. ランサムに反論
	794	Arthur Ransom					A. ランサムへの A. ダグラス卿の苦情は申し分立たず
Rantzau, Kuno zu	436	von Rantzau	外交官、軍人。ビスマルクの女婿	ドイツ	1843	1917	Riedel 事件のため劇場長交代

人名	頁数	本文表記	人物紹介（肩書・略歴など）	出生地	生年	没年	トピック
Rapisardi, Mario	190	Rapisardi	詩人	イタリア	1844	1912	P. ハイゼ八十歳賀帖署名者
	662	Marco Rapisardi					訃報
Rasi, Luigi	207	Luigi Rasi	劇作家、俳優	イタリア	1852	1918	新興行ドラマ一覧
Rassam, Hormuzd	352	Hormzd Rassam	考古学者、旅行家、イギリスの外交官。粘土板のギルガメシュ叙事詩など数々の重要な発見でも知られる	イラク	1826	1910	訃報
Rassau, Oskar	704	Oscar Rassau	彫刻家	ドイツ	1843	1912	F. シラーとC. G. ケルナー記念泉
Rathenau, Erich	641	Erich Rathenau	技術者、無線電信研究者。父Emilと兄Waltherは著名な実業家	ドイツ	1871	1903	無線電信（地中）の開発実験
Rathenau, Ernst	372	Ernst Rathenau	(出版業者、書肆)				ベルリン大学百年祭名誉学位
Ratier, Antony	785	Ratier	政治家　(法相)	フランス	1851	1934	フランス新内閣
Ratkowski	483	Ratkowski	(弁護士)				裸体画絵葉書販売で処罰
Ratschkowski, Pjotr Iwanowitsch	387	Ratschkowski	ロシア秘密警察パリ支局長		1853	1910	訃報
Rauch, Christian Daniel	571	Rauch	彫刻家。19世紀ドイツを代表する彫刻家の一人	ドイツ	1777	1857	八十歳祝賀（R. Begas）・ベルリン彫塑界の大物たち
	670	Rauch					フリードリヒ大王二百年記念祭
Rauch, Franz	583	Franz von Rauch	軍人。ゲーテ最後の思い人ウルリーケの甥	ドイツ	1878	1960	訃報
Rauch, Hermann	341	Hermann Rauch	(劇場監督)				新劇場こけら落とし
Rauchenegger, Benno	318	Benno Rauchenegger	詩人、台本作家、文筆家	ドイツ	1843	1910	大病との報
	323	Benno Rauchenegger					訃報
Rausch, Alfred	753	Alfred Rausch	教育学者			1939	ハレ大学に教育学の講座新設
Rauw, Emil	223	Emil Rauw	(ドレスデンの新聞記者)				スキャンダル記事につき開廷
Ravené, Pierre Louis	673	Ravené-Galerie	実業家。鉄鋼王、芸術家のパトロンとして知られる	ドイツ	1793	1861	ラヴェネ・ギャラリーの全絵画が売り払い
Rayleigh	794	Lord Rayleigh	物理学者。3代レイリー男爵John William Strutt。ノーベル物理学賞（1904）	イギリス	1842	1919	ケンブリッジ大学に肖像画寄贈
Raynaud, Maurice	388	Raynaud	政治家　(農相)	フランス	1860	1927	ブリアン再造内閣
Reber, Franz	30	von Reber	美術史家。「古代美術史」など	ドイツ	1834	1919	ピナコテーク館長人事
	102	Franz von Reber					七十五歳祝賀
Reboux, Paul	470	Paul Reboux	作家、画家、評論家。母は著名な女性デザイナーCaroline Reboux	フランス	1877	1963	*Après moi* 撤回事件・脚本興行の自由に関する抗議署名
Reclam, Anton Philipp	76	Reklam	出版業者。レクラム社は日本の岩波文庫のモデルとなったレクラム文庫の出版元	ドイツ	1807	1896	版権消失でレクラム文庫化
	534	レクラム板					訃報（K. Fofanow）
	697	Reklam					自動販売機でレクラム文庫
	847	RECLAM					レクラム文庫第49951巻
Redard, Emile	795	Emile Redard	(シェークスピア研究家)				訃報
Redfern, John	461	Redfern	ファッション・デザイナー	イギリス	1853	1929	パリの新流行・女性用ズボン

人名	頁数	本文表記	人物紹介（肩書・略歴など）	出生地	生年	没年	トピック
	776	Redfern					パリの裁縫屋達が模倣者撲滅
Redl, Alfred	804	Redl	軍人。オーストリア軍の将校だったが、反オーストリアのスパイ活動を行った	ウクライナ	1864	1913	軍事機密をロシアに漏洩するも参謀本部の取り計いで自決
Redlich, Oswald	561	Oswald Redlich	歴史学者	オーストリア	1858	1944	ウィーン大学総長に就任
Redon, Odilon	738	Redon	画家、版画家。パステルを効果的に用いた幻想的な作風で知られる	フランス	1840	1916	ローマ賞（1912）
Reed, Jonathan	85	Jonathan Reed	（ニューヨーク在住の人物）				人形偏愛症の人々
Reed, Jonathan（妻）	85	妻	（J. Reed の亡妻）				人形偏愛症の人々
Reese	820	Reese	（アメリカの透視家）				透視について諸家の議論
Reger, Max	373	Max Reger	作曲家、ピアニスト、指揮者	ドイツ	1873	1916	ベルリン大学百年祭名誉学位
	478	Max Reger					マイニンゲン宮廷楽長就任
Regierungspraesident (Koenigsberg)	697	Regierungs-praesident	→ Keyserlingk-Cammerau, Robert von				興行禁止になりにくいゲーテ作品
Regler, Eduard	670	Eduard Regler	（画家）				訃報・酒に溺れた天才画家
Regnault, Jules	733	Regnault	医師、海軍軍医	フランス	1873	1962	軍医が自分で足関節の手術
Regnier, Henri de	457	Henri de Régnier、ド・ルニエエ、婿	詩人、作家。象徴派。妻は女流詩人の Gérard d'Houville。義父は作家 José Maria de Hérédias。詩集「水の都」小説「生きている過去」など	フランス	1864	1936	アカデミー・フランセーズ補充
	464	Henri de Régnier					アカデミー・フランセーズ会員
	826 827	Henri de Régnier					G. ブランデス「現代のフランス文学」分類図
Regstad, Anna	479	Anna Regstad	（デンマークの女性政治家）				女性代議士が議院初出席
Rehse, Bernhart	537	B. Rehse	文筆家、劇作家。筆名 Bonhart Rehm	ドイツ	1875	1942	新興行ドラマ一覧
	605	B. Rehse					新興行ドラマ一覧
Reich, Emil	417	Emil Reich	歴史家	オーストリア	1854	1910	訃報（E. Reich、C. Schirren）
Reich, Wilhelm	187	W. Reich	作曲家				新興行オペラ一覧
Reichenbach, Hermann	207	Hermann Reichenbach	劇作家。P579 M. Reichenbach は H. Reichenbach の誤り				新興行ドラマ一覧
	471	H. Reichenbach					新興行ドラマ一覧
	540	Hermann Reichenbach					タリア座（ハンブルク）興行評
	562	H. Reichenbach					新興行ドラマ一覧
	579	M. Reichenbach					新興行ドラマ一覧
	697	Hermann Reichenbach					*Unter der Schwert* 興行
Reichenheim, Ernst	636	Ernst Reichenheim-Stiftung	（E. Reichenheim 財団賞は毎年有望な若手画家二人を奨励するもの）				E. Reichenheim 財団賞
Reicher, Emanuel	300	Emanuel Reicher	俳優、演出家	ドイツ	1849	1924	芸術界知名士女の避暑地
	421	Emanuel Reicher					ベルリン演劇学校視察とロシア興行事情

人名	頁数	本文表記	人物紹介（肩書・略歴など）	出生地	生年	没年	トピック
	435	Emanuel Reicher					ハウプトマン「鼠」配役
Reicher, Friedrich	33	Friedrich Reicher、Onkel Reicher	(高等高利貸し。通称 Onkel Reicher)				ウィーン社交界で有名な高等高利貸しが逃亡
Reicke, Georg	648	Georg Reicke	文筆家、政治家。ベルリン市長代理を務めた	ロシア	1863	1923	ベルリン市長が自作朗読
	731	Reicke					ベルリン市長の新画家排斥に物議
Reid, Vestella	223	Miss Vestella Reid	(アメリカ人女性)				アメリカ人女性裸体死骸発見
Reidelbach, Hans	501	Hans Reidelbach	宮廷顧問官、教育者、著述家	ドイツ	1847	1911	訃報
Reimer, F.	366	F. Reimer	(劇作家)				新興行ドラマ一覧
Reimers, Georg	463	Reimers	俳優	ドイツ	1860	1934	A. シュニッツラーが俳優の怪我の手当て
Rein, Fritz	504	Fritz Rein	→ Rhein, Fritz				ヴィラ・ロマーナ賞
Reinach, Joseph	316	Joseph Reinach	政治家、ジャーナリスト。ドレフュスを擁護した。レナック三兄弟の長男で弟に考古学者Salomon、Theodor がいる	フランス	1856	1921	「普仏戦の外交的端緒」出版
	821	Joseph Reinach					ドレフュス事件時に左右に分かれた名士一覧
Reinach, Salomon	422	Reinach	考古学者	フランス	1858	1932	考古学研究所（パリ）
	629	Salomon Reinach					サッフォーの品行に関する証明
Reinach, Theodor	814	Theodor Reinach	考古学者、言語学者、数学者、古銭学者、歴史家、弁護士、政治家	フランス	1860	1928	伝承に残るサロメ
Reinecke, Carl	450	Karl Reinecke	作曲家、ピアニスト、指揮者	ドイツ	1824	1910	ベルリン王立芸術院会員補充
Reiner	187	Keller & Reiner	(ベルリンのギャラリー経営者)				イタリア点描派（セガンティーニ派）展覧会
Reinhardt, Max	93	Reinhardt	劇場監督、俳優、プロデューサー。大胆な演出により、古典から現代劇まで演劇興行の可能性を広げた。当代きっての第一人者として名声を獲得、劇界の皇帝と呼ばれた。亡命先のアメリカでは映画の撮影、監督、プロデュースにも手腕を振るった。本名 Maximilian Goldmann	オーストリア	1873	1943	劇界の大物を騙った詐欺
	128	Max Reinhardt					ブルク劇場監督候補一覧
	201	Max Reinhardt					舞台で日本式の花道を使う噂
	220	Max Reinhardt					パントマイムの舞台に M. ラインハルトが日本式の花道を導入
	251	Max Reinhardt					F. Hollaender が自力で興行
	335	Max Reinhardt					P. アルテンベルク義捐金
	377	Max Reinhardt					M. ラインハルト「オイディプス王」興行
	407	Max Reinhardt					自由文学協会（ベルリン）設立
	421	Reinhardt					ベルリン演劇学校視察とロシア興行事情
	424	Max Reinhardt					国民劇興行のための五千人劇場設立運動
	476	Max Reinhardt					M. ラインハルト「ファウストII」興行
	477 478	ラインハルト、Max Reinhardt					「ファウスト」興行沿革

人名	頁数	本文表記	人物紹介（肩書・略歴など）	出生地	生年	没年	トピック
	490	Max Reinhardt					M. ラインハルト演出「オイディプス王」批評
	496	マックス・ラインハルト					円形型劇場の利害
	505	Max Reinhardt					アイスキュロス「オレステイア」興行
	508	Max Reinhardt、ラインハルト					アイスキュロス「オレスティア」興行がバッティング
	510	ラインハルト					俳優の契約期間につき裁判
	518	Reinhardt					ベルリン劇界の二大名士
	520	ラインハルト					ウィーン興行で大学生アルバイト
	521	マツクス・ラインハルト					ウィーン興行情報
	532	Max Reinhardt					ベルリンにドイツ祝祭劇場設立
	539	Reinhardtsche Theaterschule					ラインハルト俳優学校校長が異動
	540	ラインハルト					ラインハルト俳優学校大改革
	544	Max Reinhardt、ラインハルト					ヴェデキント興行禁止反対署名者一覧、あら探しのパロディーの功罪
	555	Reinhardt					ドイツの演劇学校の沿革
	563	Reinhardt					トルストイ遺稿刊行順序・「生ける屍」興行予定
	609	Max Reinhardt、ラインハルト					「オレスティア」興行禁止騒動
	613	Max Reinhardt					W. Waldschmidt が M. ラインハルトを称賛
	615	ラインハルト					K. フォルメーラー「トゥーランドット」独訳と脚本「奇蹟」
	652	Max Reinhardt					ロンドン二万人劇場で「奇蹟」
	663	Max Reinhardt					ロンドンで M. ラインハルト歓迎
	701	Max Reinhardt、ラインハルト					「八十日間世界一周」脚本化興行の噂は取消
	709	Reinhardt					ブレスラウで諸国民戦争百年記念祭
	751	Reinhardt					ヴュルテンベルク大金牌受賞
	754	Max Reinhardt					「ヴェネツィアの夜」興行禁止
	759	Reinhardt					興行情報、M. ラインハルト興行脚本を逐次刊行予定

人名	頁数	本文表記	人物紹介（肩書・略歴など）	出生地	生年	没年	トピック
	764	Reinhardt					M. ラインハルトがW. シュミットボンの新作「放蕩息子」興行
	804	Max Reinhardt					ブレスラウ世紀博覧会でハウプトマン作品上演
	809	ラインハルト					ハウプトマン特集中断の背景
	832	Reinhardt					トーマス・マン自作談話
Reinhold, Koser	677	Reinhold Koser	歴史家。プロイセン国立文書館長	ドイツ	1852	1914	六十歳祝賀
Reinsch, Paul Samuel	664	Reinsch	政治家、外交官	アメリカ	1869	1923	支那時事に関する公開演説
Reinwald, Angelika	814	Angelika Reinwald	（質屋）				ゲーテゆかりの品をめぐり訴訟
Reis, Carlos Cândido dos	362	Carlos Reis	軍人。ポルトガル海軍中将として革命軍を指揮した一人だったが、革命が失敗したと思いこみ自殺した	イギリス	1852	1910	1910年10月5日革命
	364	Reis					M. Bombarda と C. Reis の葬送
	376	Reis					自殺でなく王党派による殺害
Reisinger, Hugo	138	Reissinger	美術蒐集家。輸出業者としてアメリカで活動	ドイツ	1856	1914	アメリカ絵画展覧会
	162	Hugo Reisinger					ベルリン展覧会事情
Reiss, Erich	224	Erich Reiss	書肆。ベルリンで創業。著名な演劇雑誌 *Die Schaubuehne*（のち *Die Weltbuehne* へと発展）、「ドイツ劇場誌」などを刊行	ドイツ	1887	1951	演劇協会の劇評に関する調査
	440	Erich Reis					E. Stucken「アストリッド」出版
	532	Erich Reiss 書店					「ドイツ劇場誌」創刊
	534	Erich Reiss					ドイツでキーツとスウィンバーンの崇拝者増大
	646	Erich Reiss					F. v. ウンルー「士官」出版
Reiss, Walter	440	Walter Reiss	（劇場関係者）				ベルリン近代劇場人事
Reissinger	138	Reissinger	→ Reisinger, Hugo				アメリカ絵画展覧会
Reitzig, Karl	574	Karl Reitzig	画家		1884	1920	芸術高等学校（ベルリン）表彰
Réjane, Gabrielle	15	Réjane	女優。サラ・ベルナールとともに世紀転換期のフランスを代表する女優。レジャネ劇場を主宰。本名 Gabrielle-Charlotte Reju	フランス	1856	1920	コクラン兄弟についての記事いろいろ
	342	Réjane					俳優のキャバレー出演に騒然
	358	Rejane					レジャネが交通人身事故
	433	Téâtre Réjane					ジョルジェット・ルブラン＝メーテルリンクが「青い鳥」舞台監督
	469	Téâtre Réjane					ジョルジェット・ルブラン＝メーテルリンク監督「青い鳥」興行
	524	Réjane					女優レジャネが舞台を病欠
	695	Téâtre Réjane					*L'Aigrette* ドイツ興行
	769	Réjane					レジャネ劇場でドイツを嘲った脚本「アルザス」上場
Rembrandt	285	Rembrandt	画家、版画家 Rembrandt van Rijn。西洋絵画史において傑出した位置を占める画家の一	オランダ	1606	1669	レンブラントの書状が大量発見
	334	Rembrandt					レンブラント二点が競売

人名	頁数	本文表記	人物紹介（肩書・略歴など）	出生地	生年	没年	トピック
	438	Rembrandt、レンブラント	人。17世紀のオランダにおける市民階級の勃興を背景に、肖像画などで名声を博した。ドラマティックな構図や明暗対比を巧みに用い、人間の精神性を奥深く描き出した作風で知られる。光の効果的な表現法は、肖像写真の撮影にも利用され、レンブラント-ライティングと名付けられている。アムステルダムの自警団を描いた「夜警」や数多くの自画像が有名				レンブラント「夜警」に小刀、レンブラント「夜警」修復見込・絵画の被害防止策
	456	Rembrandt					レンブラント「ファビウス・マクシムスの騎馬像」売買
	458	Rembrandt					「夜警」損壊犯に禁錮一年
	530	Rembrandt					温泉場でレンブラント作品発見と主張
	578	Rembrandt					レンブラント「粉挽車」の実作者
	588	Rembrandtmuseum					レンブラントハイス美術館開館
	597	Rembrandt					古文書からレンブラントの真作でないと判定
	612	Rembrandt					レンブラント「聖フランチェスコ」鑑定に疑惑
	713	Rembrandt					レンブラント「オランダ商人」売買
	764	Rembrandt					芸術家の大作は50～60歳
Rembrandt（同胞）	334	同胞	（画家レンブラントの兄弟）				レンブラント二点が競売
Rémond, Fritz	484	Rémond	テノール歌手、劇場監督		1864	1936	ケルン市立劇場監督人事
Remsen, Ira	98	Ira Remsen	化学者。C. Fahlbergとともに人工甘味料サッカリンを開発。北極点到達調査時は国立科学アカデミー会長だった	アメリカ	1846	1927	クックとピアリーとの北極点到達競争につき調査
Renan, Ernest	801	Renan	宗教史家、思想家	フランス	1823	1892	モンマルトルの故蹟
	826	Renan					G. ブランデス「現代のフランス文学」分類図
Renard, Jules	253	Jules Renard	作家、詩人、劇作家。「自然の歴史」	フランス	1864	1910	訃報
Renault	69	Renault	（財務書記官）				フランス新内閣
Renault, Louis	824	Renault	法学者、教育家。ノーベル平和賞（1907）	フランス	1843	1918	ハーグ平和宮落成を記念しライデン大学が博士号贈与
Reni, Guido	579	Guido Reni	画家。ボローニャ派	イタリア	1575	1642	ファルネーゼ宮から絵画盗難
Renk, Friedrich	724	Renk	化学者、衛生学者、ドレスデン衛生局長官。公衆衛生学の先駆け	ドイツ	1850	1928	ドレスデン衛生博物館設立
Renkin, Jules	548	Renkin	政治家、首相（1931-1932）（拓相）	ベルギー	1862	1934	ベルギー新内閣
Rennefeld, Otto	784	Otto Rennefeld	詩人、文筆家、人智学者。盲目の文筆家として知られた	ドイツ	1887	1957	盲目の文学者の作品出版
Renner, Christian Friedrich	744	Christian Friedrich Renner	政治家。妻はJohanne Justine Renner		1755	1821	シラーゆかりの菩提樹
Renner, Gustav	141	Gustav Renner	劇作家、司書、劇作家、詩人、物語作家、画家		1866	1945	興行情報・ビョルンソン新作
	349	G. Renner					新興行ドラマ一覧

人名	頁数	本文表記	人物紹介（肩書・略歴など）	出生地	生年	没年	トピック
	633	G. Renner					新興行ドラマ一覧
Renner, Johanne Justine	744	Gustel von Blasewitz、Johanne Justine Segedin、妻	C. F. Renner の妻。旧姓 Segedin。シラーがドレスデン時代に通った居酒屋の娘で、「ヴァレンシュタイン」の Gustel von Blasewitz のモデル	ドイツ	1763	1856	シラーゆかりの菩提樹
Renoir, Pierre-Auguste	159	Renoir	画家。フランス印象派を代表する画家の一人。長男ピエールは俳優、次男ジャンは映画監督として知られる	フランス	1841	1919	1910年秋のサロンの委員
	468	Auguste Renoir					七十歳祝賀
	513 514	Renoir、ルノアアル					絵画の値段
	767	Renoir					美術コレクターの遺品分配
Renoult, René	558	René Renoult	政治家、弁護士 （労相）	フランス	1867	1946	フランス新内閣
Rentsch, Eugen	706	Eugen Rentsch	書肆	スイス	1877	1948	R. v. Varnhagen 語録出版
Renvers, Ernst von	625	Ernst von Renvers	（医師）				L. テュアイヨン製作中の彫像
	742	Renvers					L. テュアイヨンが制作中の作品
Respighi	340	Respighi	（カトリック僧徒）				物騒なローマ修道社会
Respighi, Pietro	357	Respighi	枢機卿	イタリア	1843	1913	法王がローマ市長を非難
Rességnier-Miremont	88	Rességnier-Miremont	（オーストリア生まれの伯爵）				伯爵の名を売る人物にミュンヘン市が立ち退き命令
Retzius, Magnus Gustaf	444	Gustaf Retzius	医者、解剖学者	スウェーデン	1842	1919	Pour le mérite 受勲者一覧
Reusch, Hubert	136	Reusch	劇場監督、演出家				ブレーメン市立劇場監督を辞職
Reuter, Fritz	259	Fritz Reuter	作家、詩人。自由主義を標榜したドイツの学生結社連合ブルシェンシャフトの運動に身を投じ、過激化する中で各地で逮捕。一時は死刑判決まで受けたが、恩赦などにより禁錮刑に減じられた。出所後は文筆家として活動を開始、流行作家にまでなった。低地ドイツ語を復活させ、文学表現にまで高めた先駆者としての評価がある。ユーモアあふれる文体の中に、貴族社会や政治当局に対する風刺を忍ばせた作風を特色とした。P285の「百年忌」は生誕百年の年の命日に当たる	ドイツ	1810	1874	F. ロイター生誕百年記念祭
	277	Fritz Reuter					F. ロイター記念井（ベルリン）
	285	Fritz Reuter					F. ロイター没後百年展覧会
	296	Fritz Reuter					F. ロイターの投獄・監禁を批判
	302 303	Fritz Reuter、フリッツ・ロイテル					F. ロイター博覧会（ベルリン）
	381	Fritz Reuter					F. ロイター百年祭（ベルリン）
	386	Fritz Reuter					F. ロイター百年祭（アイゼナハ）
	554	(Fritz) Reuterstrasse					ゴータに文学者の名前に因んだ新通り
	559	Fritz Reuter					F. ロイター記念像（スタベンハーゲン）
	570	Fritz Reuter					F. ロイター記念像（スタベンハーゲン）除幕
	722	Fritz Reuter					七十五歳祝賀（W. Voss）
	734	Reuter 研究家					訃報（T. Gaedertz）
	792	Fritz Reuter-Brunnen					F. ロイター噴水像（ロストック）

R

人名	頁数	本文表記	人物紹介（肩書・略歴など）	出生地	生年	没年	トピック
	828	Fritz Reuter 記念像					F. ロイター噴水像（ロストック）
Reuter, Fritz（姪）	303	Frau Sanitaetsrat Reuter	（F. ロイターの姪、衛生顧問官の妻）				F. ロイター博覧会（ベルリン）
Reuter, Gabriele	335	Gabriele Reuter	女流作家。父を失い没落した家族の生計を助けるためにドイツで作家となり、早くから成功を収めた	エジプト	1859	1941	P. アルテンベルク義捐金
	407	Gabriele Reuter					自由文学協会（ベルリン）設立
	654	Gabriele Reuter					クリスマスの予定アンケート
Revers, H.	416	H. Revers	（オペラ台本家）				新興行オペラ一覧
Reverte	51	Reverte	（闘牛士）				闘牛士が死亡
Rēvy, Aurelie	498	Aurelie Rēvy	ソプラノ歌手	ハンガリー	1879	1957	ベルリン民衆オペラを借受け
Rewohlt, Ernst	753	Ernst Rewohlt	→ Rowohlt, Ernst				イラスト集「パリジャン」官没
Rex, Arthur von	438	Arthur Graf von Rex	外交官。1911年より1914まで在東京の特命全権大使を務めた	ドイツ	1856	1926	在東京ドイツ大使の交代
Reynolds, Joshua	3	Reynolds	画家	イギリス	1723	1792	仮装舞踏会での変装に変化
Reznicek, Ferdinand von	42	Ferdinand von Reznicek	風刺画家、イラストレーター	オーストリア	1868	1909	訃報
	441	Franz von Reznicek					窓に画を陳列したことで罰金
Rhamm, Karl	373	Karl Rhamm	法制史家、裁判官	ドイツ	1846	1924	ベルリン大学百年祭名誉学位
Rhea	209	Rhea	ギリシャ神話に登場する大地の女神				新興行オペラ一覧
Rhein, Fritz	504	Fritz Rein	画家。本文の Rein は誤り	ポーランド	1873	1948	ヴィラ・ロマーナ賞
Rheinbaben, Georg von	48	von Rheinbaben	政治家（プロイセン蔵相）。1913年にゲーテ協会会長に選出されたが、文芸に縁のないことが不似合いとの議論も生じた	ドイツ	1855	1921	デュッセルドルフ芸術展覧会
	278	von Rheinbaben					閣僚人事（プロイセン）
	373	Freiherr von Rheinbaben					ベルリン大学百年祭名誉学位
	800	Freiherr von Rheinbaben					ゲーテ協会人事など
	801	von Rheinbaben、ラインバアベン					ゲーテ協会会長にふさわしい人物
Rheins, Viktor	356	Viktor Rheins	（ベルリンの画商）				A. メンツェル・H. トーマ二人展
Rhenanus, J.	472	J. Rhenanus	（劇作家）				新興行ドラマ一覧
Rhodes, Cecil	306	Cecil-Rhodes 大学	実業家、政治家。ケープ植民地首相（1890-1896）	イギリス	1853	1902	南アにセシル・ローズ大学創立
Ribera, José de	538	Ribera	画家、版画家。イタリアで活躍	スペイン	1591	1656	十七世紀以降の肖像画展覧会
Ribot, Alexandre	445	Ribot	政治家、首相（1892-1893、1895、1914、1917）	フランス	1842	1923	女ばかりのアカデミー賛成者
	464	Alexandre Ribot					アカデミー・フランセーズ会員
Ricci, Corrado	577	Corrado Ricci	考古学者、美術史家、政治家	イタリア	1858	1934	トロイ発掘計画
	642	Corrado Ricci					考古学調査所の設置
Richard III（England）	355	Richard III	ヨーク朝３代王（1483-1485）。戦死により薔	イギリス	1452	1485	訃報（J. カインツ）・詳細

人名	頁数	本文表記	人物紹介（肩書・略歴など）	出生地	生年	没年	トピック
	499	Richard 三世	薔薇戦争が終結。シェークスピア劇のタイトルロールとしても知られる				役者が落馬して大怪我
Richard, Achille	498	Achille Richard	（劇作家）				A. Richared「ユダ」不採用
Richards	730	夫、Richards 氏	（女流画家 E. Gaggiotti の夫）				訃報（E. Gaggiotti）
Richards, Theodore William	373	Theodore William Richards	物理化学者。ノーベル化学賞（1914）	アメリカ	1868	1928	ベルリン大学百年祭名誉学位
Richardson, Samuel	677	Richardson	作家。近代小説の父と呼ばれる。「パミラ」「クラリッサ」など	イギリス	1689	1761	C. ディケンズ生誕百年・履歴
Richartz, Johann Heinrich	301	Wallraf-Richartz-Museum	商人。Wallraf-Richartz 美術館設立に出資		1795	1861	M. リーバーマン自画像購入
Richelieu	725	Richelieu	リシュリュー卿 Armand Jean du Plessis。聖職者、政治家。ルイ13世の宰相（1624-1642）	フランス	1585	1642	歴代著名蔵書家
Richepin, Jean	237	Richepin	詩人、作家、劇作家。軍医であった父の赴任地アルジェリア・メディアで生まれ、フランスで活躍した	アルジェリア	1849	1926	F. de Croisset の婚礼
	282	Jean Richepin					「マクベス」翻案の二脚本興行
	335	Richepin					フランス文学者第 4 回年会
	419	Jean Richepin					A. ミュッセ生誕百年祭
	464	Jean Richepin					アカデミー・フランセーズ会員
	470	Jean Richepin					*Après moi* 撤回事件・脚本興行の自由に関する抗議署名
	480	Richepin					L. de Camoens 記念像（パリ）
	834	Jean Richepin					タンゴの由来につき講演
Richepin, Marcel	470	Marcel Richepin					*Après moi* 撤回事件・脚本興行の自由に関する抗議署名
Richmond, William Blake	151	Sir William Richmond	画家、装飾家	イギリス	1842	1921	「鏡のヴィーナス」から150年後の顔料検出で贋作説
Richter	477	Richter	（建築家）				シンケル賞受賞建築家（1911）
Richter, Eduard	590	Eduard Richter	（ツァイス社の技師）				ツァイス社員が身代金と引換え
Richter, Eduard Eugen	688	Eduard Eugen Richter	（劇作家）				作品興行
Richter, Eugen	588	Eugen Richter	政治家。ビスマルクの論敵だった	ドイツ	1838	1906	記念像競技会
	785	Eugen Richter					E. リヒター記念像競技会
Richter, Hans	551	Richter	指揮者。第 1 回バイロイト音楽祭で「ニーベルングの指環」全曲を初演	ハンガリー	1843	1916	バイロイト音楽祭上演予定
	560	Hans Richter					R. ワーグナー近親者らの消息
Richter, Karl	207	Karl Richter	（劇作家）				新興行ドラマ一覧
Richter, Werner	231	Werner-Richter	ジャーナリスト、作家、伝記作家	ドイツ	1888	1969	ケルン花祭
Richthofen, Ferdinand von	644	Freiherr von Richthofen	地理学者、探検旅行家。オイレンブルク使節団の一員として1860～1862年に中国、日本など各地の地質・鉱物を調査。「シルク・ロード」の概念用語を提出したことでも知られる	ポーランド	1833	1905	B. Dernburg の支那事情講演

人名	頁数	本文表記	人物紹介（肩書・略歴など）	出生地	生年	没年	トピック
Richthofen, Oswald von	520	Oswald von Richthofen、リヒトホオフエン	（男爵）				高利の貸借に起因した決闘
Richthofen, Oswald von（兄弟二人）	520	兄弟二人	（O. v. Richthofen の法律家の兄弟二人）				高利の貸借に起因した決闘
Rickelt, Gustav	346	Rickelt	俳優、演出家	ドイツ	1862	1946	劇場法委員推薦
	436	Gustav Rickelt					ハウプトマン「鼠」配役
Ricklinger	549	Ricklinger	（舞台監督）				Schausenbuck 戸外劇場設立
Rickmers, Rickmer Clasen	63	Helene Rickmers	海運業者。1834年ブレーメンでリッケマルス海運社を創業。Helene は船名	ドイツ	1807	1886	未解決殺人事件容疑者の行方
Ricordi, Giulio	209	Burgmein（Giulio Ricordi）	音楽出版業者、作曲家。通称 Jules Burgmein	イタリア	1840	1912	新興行オペラ一覧
	725	Giulio Ricordi					訃報
Rideamus	563	Rideamus	→ Oliven, Fritz				新興行ドラマ一覧
Ridel, Cornelius Johann Rudolf	770	Ridel	官僚。ヴァイマル宮廷官房長官を務めた		1759	1821	ヴィーラントの死んだ日続報
Riedel, Hermann	429	Riedel、リイデル	宮廷楽長、作曲家	ドイツ	1847	1913	宮廷楽長と女性歌手との醜聞
	436	Riedel 事件					Riedel 事件のため劇場長交代
	437	Riedel					カペルマイスター後任人事
	449	Riedel					カペルマイスター後任人事
	475	Riedel					カペルマイスター後任人事
Riehl, Alois Adolf	569	Riehl	哲学者。新カント派。オーストリア、ドイツで活動。1913年にプリンストン大学より名誉博士号授受のため渡米	イタリア	1844	1924	ベルリン大学講義一覧
	648	Alois Riehl					書肆 W. Engelmann 創業百年
	836	A. Riehl					渡米の予定
Riehl, Berthold	490	Berthold Riehl	美術史家		1858	1911	訃報
Riemerschmidt, Richard	446	Richard Riemerschmidt	画家、工芸家。ユーゲント・シュティールを主導した一人	ドイツ	1868	1957	ビスマルク記念像競技会
Riemschneider, Julie	720	Julie Riemschneider, geborene Salzmann	ゲーテを目撃した最後の生存者といわれる女性。旧姓 Salzmann	ドイツ	1824	1912	訃報
Rienzi	212	Rienzi	政治家、護民官 Cola di Rienzo	イタリア	1313	1354	1908・9～ドイツでの興行回数
	807	Rienzi					R. ワーグナーの楽劇興行記録
Rietschel, Ernst	677	彫刻家 Rietschel	彫刻家。ドイツ後期古典主義を代表するひとり。ヴァイマル国民劇場前のゲーテとシラーの銅像などで知られる	ドイツ	1804	1861	ライプツィヒ大学神学教授ポスト
	698	Ernst Rietschel					G. リーチェルが枢密顧問に就任
Rietschel, Georg	677	神学者 Rietschel	神学者。彫刻家 E. Rietschel の息子。弟に暖房機器開発者 Hermann がいる	ドイツ	1842	1914	ライプツィヒ大学神学教授ポスト
	698	Georg Rietschel					G. リーチェルが枢密顧問に就任
Rigaud, Hyacinthe	156	Hyacinthe Rigaud	画家。ルイ14世の肖像画で知られる	フランス	1659	1743	フランス美術展覧会（ベルリン）
Riket, Léon	301	Léon Riket	画家	ベルギー	1876	1938	ブリュッセル博覧会

人名	頁数	本文表記	人物紹介（肩書・略歴など）	出生地	生年	没年	トピック
Rilke, Rainer Maria	45	Rainer Maria Rilke	詩人、作家、評論家。ドイツ語詩を代表する詩人の一人。「マルテの手記」。鷗外訳に「家常茶飯」	チェコ	1875	1926	リルケにバウエルンフェルト賞
Rimini（領主）	708	Rimini 公爵	リミニ領主 Carlo Malatesta。パリシーナの伯父。パリシーナの父はチェゼーナ領主 Andrea Malatesta。本文では伯父と父が取り違えられている	イタリア	1368	1429	マスカーニとダヌンツォがオペラ制作
Rinecker, Franz von	559	Franz von Rineckerpreis	医師、薬理学者	ドイツ	1811	1883	F. v. Rinecker 賞（医学）
Rinnhofer, Joseph	320	Joseph Rinnhofer	（P. ローゼッガーの下宿先主人）				訃報
Riotte	169	Riotte、リオツト	（魔法医者）				魔法医者リオットの逸話
Rip, M.	442	Rip、リツプ	諷刺家				すこぶる振るった文士の論争
	461	Rip					パリで二人の文士が決闘
Ripoche, Josephine	95	Josephine Ripoche	（ライオン使いの情婦）				ライオン使いの情婦が自殺
Rippl-Ronai, József	165	Rippl-Ronai	画家。後期印象派、象徴主義	ハンガリー	1861	1927	主要ハンガリー画家一覧
Ristori, Adelaide	524	Adelaide Ristori	女優	イタリア	1822	1906	イタリア女優 A. Ristori 記念祭
	712	Adelaide Ristori					A. Ristori 記念像の国際競技会
Ritschl, Otto	276	Otto Ritschl	神学者。神学者 Albrecht Ritschl の息子	ドイツ	1860	1944	五十歳祝賀
Ritter	673	Ritter	（Luisentheater 劇場座長）				劇場人事
Ritter, E. E.	347	E. E. Ritter	（劇作家）				新興行ドラマ一覧
	606	E. E. Ritter					新興行ドラマ一覧
Ritter, Fritz	561	Fritz Ritter	（戸外劇場監督）				ドイツの野外劇場一覧
Ritterfeldt, Ernst	184	Ernst Ritterfeldt	俳優、劇場監督、文筆家	ドイツ	1869	1930	新興行ドラマ一覧
	517	Ritterfeld 借受					ベルリン諸劇場概況（1911夏）
Rittner, Rudolf	300	Rittner	俳優	チェコ	1869	1943	芸術界知名士女の避暑地
	677	Rudolf Rittener					O. ブラーム組の俳優たちが新団体を結成予定
Rittner, Thaddaeus	348	Th. Rittner	作家、劇作家、文芸評論家、劇場支配人。法律家としてオーストリアの文部省で文芸調査に関わった。筆名 Thomasz Czaszka	ウクライナ	1873	1921	新興行ドラマ一覧
	366	Th. Rittner					新興行ドラマ一覧
	415	Th. Rittner					新興行ドラマ一覧
	819	Thadeus Rittner					政府に文士救済策を申入れ
Rivet	553	Rivet					オペラの費用
Rivoire, André	133	André Rivoire	詩人、劇作家	フランス	1872	1930	新興行ドラマ一覧
	831	André Rivoire					興行情報
Rizal, Jose	746	José Rizal	政治活動家、医師、著述家、画家。フィリピン独立運動の闘士として知られる	フィリピン	1861	1896	J. リサール記念像（Wassen）
Rjepin, Ilia Efimovich	773	Rjepin、画家	画家。トルストイの肖像画などで知られる	ウクライナ	1844	1930	「其子の骸の前なる帝イワン忍人」傷つけ事件

人名	頁数	本文表記	人物紹介（肩書・略歴など）	出生地	生年	没年	トピック
Rjetsch	773	Rjetsch					「其子の骸の前なる帝イワン忍人」傷つけ事件
Robert	135	Sir Robert	(Lady Affleck の夫)				洋服店マダム・ジュリアが評判
Robert, Carl	758	Carl Robert	古典文献学者、考古学者	ドイツ	1850	1922	ソフォクレスの滑稽脚本「捜索犬」翻訳・あらすじ
Robert, Eugen	129	Eugen Robert	弁護士、ジャーナリスト、劇場支配人。ヘッベル劇場の創立者	ハンガリー	1877	1944	ヘッベル劇場が破産との報
	132	Robert					ヘッベル劇場座長が辞職
	422	Eugen Robert					グラン・ギニョール風の劇団 Zum grossen Wurstl 興行
	465	Eugen Robert					*Abrechnung* 興行好評
	487	Eugen Robert					ミュンヘン喜劇小屋を借受け
	517	Robert					Zum grossen Wurstl 興行不入
Roberts, Frederick	48	Roberts	イギリスの軍人、指揮官。ビクトリア朝でもっとも功績を遂げた陸軍元帥として知られる	インド	1832	1914	禁錮十年のA. ステッセルが大病・F. ロバーツは金婚祝い
	267	Lord Roberts					知名人の音楽の嗜好
	290	Sir Roberts					ロバーツ元帥が軍事拡張論
Robespierre, Maximilien	484	Roberspierre	政治家、革命家。フランスの大革命期にジャコバン派首領となり恐怖政治を断行、クーデターにより処刑された	フランス	1758	1794	ロベスピエールのデスマスク
	730	Robespierre					ルソー生誕二百年祭・哲学文学の発展
Robin, Jean	411	Jean Robin	(ブリュッセルの画家)				訃報
Robinson, Theodore	192	Theodore Robinson	画家。アメリカ印象派	アメリカ	1852	1896	アメリカ画展覧会（ベルリン）
Roca, Manuel Posa	311	Manuel Posa Roca	(スペイン前首相 Maura 狙撃犯)				スペイン前首相狙撃事件
	314	Roca、ロカ					スペイン前首相狙撃事件様子
	315	少年					狙撃事件後の前首相と犯人
Rochefort, Henri	282	Rochefort	ジャーナリスト、政治家	フランス	1831	1913	Liaboeuf 死刑中止哀願状・死刑執行
	812	Henri Rochefort					訃報・高名な毒筆家
Rochette, Henri	286	Rochette、被告	銀行家。不正な金融操作により、フランス政財界を巻き込むロシェット事件と呼ばれる混乱を引き起こした				弁護士がロシェットの冤罪主張
	290	Rochette					ロシェットに二年の懲役
	293	Rochette 事件					クレマンソーのロシェット事件への関与は証拠なし
	302	Rochette 事件					ブリアンが警視総監を弁護
	303	Rochette 事件調査委員					ロシェット事件調査委員33名選出
	308	ロシエツト事件、ロシエツト					ロシェット事件の調査進行・処置は違法でないと判明
	313	ロシエツト事件					ロシェット事件はゾラの小説「金」を想起
	315	ロシエツト事件					フランスの刑事手続きに関する法改正の是非

人名	頁数	本文表記	人物紹介（肩書・略歴など）	出生地	生年	没年	トピック
	317	ロシエツト事件					警視総監レピーヌの主張
	318	Rochette					ロシェットは株式会社法違反で禁錮三年罰金三千フラン
Rockefeller, John Davison	134	Rockefeller	スタンダード・オイル創設者、実業家。強力なトラスト方式により、石油業界を独占。巨大な財閥を作り上げ、石油王と呼ばれた。1911年に政府からの告訴による最高裁判決に敗訴、事業を息子ジョン・ロックフェラー2世に譲渡。ロックフェラー財団を設立し、慈善事業を行った	アメリカ	1839	1937	ホテルの給仕にチップをはずむ人はずまない人
	136	Rockefeller					鉄道王の遺産を元に公園設立
	192	Rockefeller					ロックフェラーとカーネギー・憎まれる理由と愛される理由
	278	Rockefeller					スタンダード・オイルが競争者を警戒
	311	John D. Rockefeller					女子売買トラストは存在せず
	448	Rockefeller					トルストイ遺族間でのもめごと
	644	John Rockfeller					世界第一の富豪石油王が退隠
	743	Rockefeller					マフィア黒手組からの脅迫状
	811	John Rockfeller					研究所勤務の学者に巨額出資
Rockefeller Dodge, Geraldine	514	Rockefeller	J. D. ロックフェラーの姪。Marcellus Hartley Dodge, Sr. と結婚。F. v. Kaulbach による肖像画がある	アメリカ	1882	1973	絵画の値段
Rod, Edouard	163	Edouard Rod	作家。E. ゾラの弟子として出発し、フランスとスイスで活躍	スイス	1857	1910	訃報
	826	Edouard Rod					G. ブランデス「現代のフランス文学」分類図
Roda Roda, Alexander	145	Roda Roda	劇作家。本名 Sândor Friedrich Ladislaus	チェコ	1872	1945	*Der Feldherrnhuegel* 突然の興行禁止
	386	Roda Roda					モデル事件裁判は作者に無罪
	397	Roda Roda					小説のモデル問題で再訴訟
	417	Roda Roda					演劇年報 *Die Rampe* 収録の諸文士の短文
	508	Roda Roda					新興行オペラ一覧
	538	Roda Roda					新興行オペラ一覧
	646	Roda Roda					*Der Feldherrnhuegel* 興行禁止
	654	Roda Roda					クリスマスの予定アンケート
	664	Roda Roda					講演旅行で痛めた声帯の手術
Rodemann, Karl Julius	142	Karl Julius Rodemann	文筆家、劇作家	ドイツ	1866	?	新興行ドラマ一覧
Rodenbach, Georges	626	Georges Rodenbach	作家、詩人。世紀末ベルギー象徴派を代表する一人。「死都ブリュージュ」	ベルギー	1855	1898	法学士が多いベルギー詩人
Rodenberg, Julius	375	Rodenberg	作家、ジャーナリスト。本名 Julius Levy。著名な文芸誌 *Deutshe Rundschau* を創刊。	ドイツ	1831	1914	ベルリンで大学生だった人物
	556	Julius Rodenberg					八十歳祝賀、J. Rodenberg と P.

R

人名	頁数	本文表記	人物紹介（肩書・略歴など）	出生地	生年	没年	トピック
	557	フオン・ロオデンベルヒ、ロオデンベルヒ	ゲーテ協会、シラー財団の創立などに関わった				Wallotの誕生日
	740	Julius Rodenberg					秋季機動演習時の受勲文学者
Rodin, Auguste	117	Rodin	彫刻家。近代彫刻における最大級の存在の一人。既存のアカデミズムに抗し、象徴的なテーマ、生彩と量感のある写実的な造形、醜さや苦悩の内に美を見出す手法を通じ、独自の作品世界を作り上げた。部屋着姿と裸体姿のバルザック記念像は物議を醸した。晩年は踊子の表情や動きを追及した連作があり、当時ヨーロッパ各地で巡業していた日本人女優花子（本名太田ひさ）もモデルの一人となった。鷗外の小説「花子」はこの時の制作風景を題材としたもの。「考える人」「地獄の門」「カレーの市民」など	フランス	1840	1917	リュクサンブール美術館の壁画
	159	Rodin					1910年秋のサロンの委員
	209	Rodin					1910年の国民サロン（パリ）
	221	Rodin					T. ルーズベルトが美術鑑賞
	297	Rodin					バルザック博物館開館式
	325	Rodin、ロダン					シャルトル大聖堂を称賛
	449	Rodin、ロダン					ドイツ帝に落選されたロダンの弁
	475	Rodin					「フランスのカテドラル」出版
	496	Rodin					1911年春のサロン出品者など
	500	Rodin、ロダン					ローマ博覧会におけるロダン
	705	Rodin、ロダン					警視総監の裸体彫刻展示引き下げ命令にロダンが憤慨、ロダン嫌いの人々をひとかつぎ
	816	Rodin					ドレスデンにロダン「エヴァ」
Rodriganez, Amós Salvador	487	Rodriganez	政治家　（蔵相）	スペイン	1845	1922	スペイン進歩主義内閣
Rodriguez, Antonio	390	Antonio Rodriguez	（テキサスでリンチにされたメキシコ人）				リンチに怒りメキシコ人が暴動
Rodzyanko, Mikhail	488	Rodsianko	政治家。十月党創立メンバーの一人		1859	1924	ロシア議会議長選出
Roebbeling, Hermann	570	Roebbeling 監督	劇場監督	ドイツ	1875	1949	リーグニッツ会戦の劇興行
	663	H. Roebbeling					フランクフルト（Oder）劇場監督
Roeder, Carlotta	429	Carlotta　Roeder、カルロツタ	（オペラ女優）				宮廷楽長と女性歌手との醜聞
Roehling, Diederich	701	Diederich Roehling	（劇作家）				ホーエンツォレルン入国五百年記念興行募集脚本
Roehr, Hugo	227	Roehr、リヨオル	作曲家、指揮者	ドイツ	1866	1937	「愛の園のバラ」再演トラブル
Roemer, Ole	613	Ole Roemer	天文学者。木星の衛星観測により光速を算出	デンマーク	1644	1710	レーマー記念オーフス天文台
Roentgen, Wilhelm	443	Roentgen	物理学者。X線（レントゲン）を発見。第一回ノーベル物理学賞（1901）	ドイツ	1845	1923	Pour le mérite 受勲者一覧
Roentz, Wilhelm	564	Wilhelm Roentz	（雑誌編集者）				月刊演劇雑誌 *Die Szene* 創刊
Roeper, August	242	August Roeper					月より遠い海底電線の総延長
Roeren, Hermamnn	3	Rören	政治家	ドイツ	1844	1920	評判のヌードショー取締り
	5	Rören、代議士					ヌード興行に対する侮辱
Roesler, Waldemar	446	Waldemar Roesler	画家、風景画家	ドイツ	1882	1916	ベルリン分離派総会・新役員
Roessler, Karl	145	Karl Roessler	俳優、文筆家、劇作家。A. Roda Rodaとの共作 *Der Feldherrnhuegel* で名を成した。1949年	オーストリア	1864	1948	*Der Feldherrnhuegel* 突然の興行禁止

人名	頁数	本文表記	人物紹介（肩書・略歴など）	出生地	生年	没年	トピック
	656	K. Roessler	没との説もある				新興行ドラマ一覧
	671	Karl Roessler					S. Fischer から諸脚本出版
	691	Karl Roessler					南ドイツの政情を描いた脚本
Roessner, Johann Wolfgang	520	Roessner	彫刻家		1841	1911	訃報
Roethe, Gustav	245	Roethe	中世ドイツ研究者、文学研究者。ドイツ・ロマン主義やゲーテ研究も行った	ポーランド	1859	1926	T. ルーズベルトに名誉学位
	378	Gustav Roethe					ベルリン大学役員一覧
	425	Roethe					国民劇興行のための五千人劇場設立運動
	665	Roethe					低地ドイツ語研究協会会長
	794 795	Roethe、リヨオテ					ベルリン大学講義（E. シュミット）代行
	800	Gustav Roethe					ゲーテ協会人事など
	816	Roethe					ベルリン大学講義一覧
	817	Roethe					女学生が受講につき嘆願書
Roethlisberger, Ernst	374	Ernst Roethlisberger					ベルリン大学百年祭名誉学位
Rogers, Ebenezer	341	E. Rogers	軍人、著述家				男に化けていた女
Rohe, M. K.	572	M. K. Rohe	(新劇場の舞台考案者)				収容力5倍の大型劇場考案
Rohlfs, Gerhard	814	Rohlfs	アフリカ探検家、著述家	ドイツ	1831	1896	G. Rohlfs 記念像競技会
Rohmann, Ludwig	208	Ludwig Rohmann	詩人、翻訳家、劇作家、演劇評論家		1865	1950	新興行ドラマ一覧
Rohwohlt	702	Rohwohlt	→ Rowohlt, Ernst				少壮詩人 G. Heyn 遺稿出版
Rolan	524	Rolan	建築家、画家、写真家、劇場監督、俳優。本名 Franz Bubenzer	ドイツ	1872	1934	ハノーファー新劇場舞台開き
	700	Rolan					評議会が劇場監督を交代
Roland	10	Roland	→ Rolland, Romain				鉄道技師が楽劇作者に転身
Roland	435	Roland	中世フランスの叙事詩「ローランの歌」などに残る伝説の騎士。週刊誌 *Roland von Berlin* は1903年創刊				ブレーメンのローラン像移さず
	478	Roland von Berlin 板					K. ミハエリス新作小説
Roll, Alfred Philippe	209	Roll	画家	フランス	1846	1919	1910年の国民サロン（パリ）
	496	Roll					1911年春のサロン出品者など
Rolland, Romain	10	Roland	作家、劇作家、批評家。理想主義的人道主義を標榜し、反ファシズムの平和活動に尽力。ノーベル文学賞（1915）。大作「ジャン・クリストフ」ではベートーヴェンを主人公のモデルとした。鉄道技師 P. Dupin に作曲の才のあることを見出したことが P10で話題とされている	フランス	1866	1944	鉄道技師が楽劇作者に転身
	450	Romain Rolland					ドイツでは無名の現代フランス文学の大家
	763	Romain Rolland					「ジャン・クリストフ」10巻完結
	827	Romain Rolland					G. ブランデス「現代のフランス文学」分類図
	836	Romain Rolland					R. ロラン革命劇ドイツ公演
Roller	505	Roller	（画家、舞台芸術家）				アイスキュロス「オレステイア」興行

人名	頁数	本文表記	人物紹介（肩書・略歴など）	出生地	生年	没年	トピック
Rolls, Charles	259	Rolls	実業家、飛行家。航空および自動車界のパイオニア。ロールス・ロイス社創業者の一人	イギリス	1877	1910	英仏海峡往復飛行に成功
Roloff, Otto	559	Otto Roloff	画家。画家 Alfred Roloff の弟	ドイツ	1882	?	ベルリン王立芸術院 Michael Beer 記念賞
Romagnoli, Giuseppe	670	Romagnoli	彫刻家	イタリア	1873	1966	世界電信記念標の制作依頼
Romaniework	52	Romanie 女王、よめ	エチオピア皇太子 Iyasu の最初の妻 Romanework Mengesha。ヨハネス 4 世の孫娘		1902	?	エチオピア太子が 7 才の王女と結婚
	200	Romanie Work					訃報（エチオピア帝 Menelik）
Romanones	169	Romanones	初代ロマノネス伯 Álvaro de Figueroa。政治家、首相（1912-1913、1915-1917、1918-1919）（文相）	スペイン	1863	1950	スペイン新内閣
	757	Romanones 伯					スペインでロマノネス伯が組閣
Romanow, Konstantin	785	Romanow 記念祭	詩人、劇作家。K. R. は筆名。ロマノフ＝ホルシュタイン＝ゴットルプ家の一員。P. チャイコフスキーなど芸術家のパトロン	チェコ	1858	1915	K. Romanow 記念祭でゴーリキーに帰国許可
	839	Konstantin Romanow（K. R.）					「ユダア王」宮廷上演
Romas, Alexander	91	Alexander Romas	政治家 （法相）		1863	1914	ギリシャ新内閣
Romati, Cesare	309	Cesare Romati	（自動車技師）				カルーソー内縁の妻と裁判
Ronner-Knip, Henriette	12	Henriette Ronner	女流画家、動物画家。旧姓 Knip。本文のベルギー生は誤り	オランダ	1821	1909	訃報
Ronsin	441	Ronsin	（Steinheil 家の親戚）				Steinheil の娘に関する誤報
Roosevelt, Theodore	41	Roosevelt	政治家、26代大統領（1901-1909）。反トラスト法により独占資本を規制。海軍を強化し、カリブ海に進出したことは棍棒外交と呼ばれた。1905年にポーツマス条約締結を実現、ノーベル平和賞（1906）を受賞した。32代大統領フランクリン・ルーズベルトは従弟。熊のぬいぐるみテディー・ベアーはルーズベルトの愛称テディーから取られた	アメリカ	1858	1919	浦島太郎のような実話
	71	Roosevelt					ライプツィヒ大学五百年記念名誉学位
	81	Roosevelt					独米連合博覧会（ベルリン）
	82	Roosevelt					白屋（ホワイトハウス）古参の黒人女料理人
	120	Theodor Roosevelt					アカデミー・フランセーズ通信会員に推薦
	192	Roosevelt 像					アメリカ画展覧会（ベルリン）
	196	Roosevelt					ドイツ帝が T. ルーズベルトを歓迎の用意
	199	Roosevelt					多胎児の出産偽装が露見
	202	Roosevelt					T. ルーズベルトが法王への条件付き拝謁を辞退
	214	Roosevelt、ロオゼヱルト					法王拝謁辞退のルーズベルト
	218	Roosevelt					ミロのヴィーナスに足を止めた T. ルーズベルト

人名	頁数	本文表記	人物紹介（肩書・略歴など）	出生地	生年	没年	トピック
	219	Roosevelt					ソルボンヌで演説、ブリュッセルでの演説「時は金なり」予定
	221	Roosevelt					T. ルーズベルトが美術鑑賞
	225	Roosevelt					パリからブリュッセルに到着
	226	Roosevelt					ブリュッセルでの演題変更
	230	Roosevelt					ソルボンヌ演説にドイツ紙の評
	232	ルウズエルト					ルーズベルトがデンマーク到着
	236	Roosevelt					T. ルーズベルトのノーベル賞受賞演説「世界平和の手段」
	237	Roosevelt					T. ルーズベルトのベルリン大学演説「世界の平和」
	245	ルウズエルト					ドイツ帝が T. ルーズベルトに軍隊分列式を披露、ベルリン大学講演「現世界の文化の運動」、T. ルーズベルトに名誉学位
	248	ルウズエルト					帰国予定日
	262	ルウズエルト					オックスフォードで演説
	266	ルウズエルト					シェルブール港から出船
	268	ルウズエルト					閑散三大政治家
	272	ルウズエルト					冗談めかして蟄居すると談話
	285	ルウズエルト					T. ルーズベルトがドイツ帝をノーベル賞に推薦とは虚説
	320	ルウズエルト					アフリカ旅行記を独文で出版
	350	ルウズエルト					新共和党（革新党）を組織
	352	ルウズエルト					T. ルーズベルトの洋行は大統領選のためとの噂
	355	ルウズエルト					ルーズベルトとタフトに深い溝
	389	ルウズエルト					アメリカ人の特性に関する演説
	424	Roosevelt、Teddy					ベルリンでテディーベア大流行
	797	Theodore Roosevelt					T. ルーズベルトの一大事業パナマ海峡の竣工
	833	Theodore Roosevelt					自伝「我が五十年の人生」出版
Roosevelt Jr., Theodore	273	若い Theodor Roosevelt	政治家、軍人。T. ルーズベルトの息子	アメリカ	1887	1944	T. ルーズベルト Jr. の婚礼
Root, Elihu	824	Root	政治家、弁護士。ノーベル平和賞（1912）	アメリカ	1845	1937	ハーグ平和宮落成を記念しライデン大学が博士号贈与
Rooyards, Wilhelm	665	Wilhelm Rooyards	俳優	オランダ			俳優二十五年記念祝賀
Ropartz, Joseph-Guy	679	J. Guy Ropartz	作曲家	フランス	1864	1955	興行情報

人名	頁数	本文表記	人物紹介（肩書・略歴など）	出生地	生年	没年	トピック
Rops, Félicien	644	Félicien Rops	画家。ベルギー象徴主義。ボードレールから影響を受けた退廃的なモチーフを特色とした	ベルギー	1833	1898	銅版画（エッチング）技法
	681	Félicien Rops					F. ロップスの絵画が猥褻だとされ競売中止
Roscher, Wilhelm Georg Friedrich	732	Wilhelm Roscher	経済学者	ドイツ	1817	1894	W. Roscher 胸像
Rose, Bernhard	25	Bernhard Rose 座	女優、劇場監督	ドイツ	1865	1927	真鍮磨き職人の新戯曲好評
Rose, Ike	217	Ike Rose	（ロンドンの興行師）				結合双生児の妊娠・見世物
Rose, Karl Julius	101	Julius Rose	画家、風景画家		1828	1911	画家に年金支給
Rosebery	448	Lord Rosebery	政治家、首相（1894-1895）、文筆家。5代ローズベリー伯 Archibald Philip Primrose	イギリス	1847	1929	ローズベリー卿が女優 C. Sorel にプロポーズとの噂
	735	Lord Rosebury					「医学は人類の永遠なる争い」
	801	Rosebery					ゲーテ協会会長にふさわしい人物
Rosée-Isareck, Otto Basselet de la	450	Otto Basselet de la Rosée-Isareck	軍人	ドイツ	1878	1914	画家レンバッハの娘がお附武官伯爵と結婚
	600	Graf Otto Basselet de la Rosée					M. レンバッハがバイエルン王お附武官と結婚
Rosegger, Hans Ludwig	536	H. L. Rosegger	作家、劇作家。作家 P. ローゼッガーの再婚相手 Anna Knaur との間に生まれた息子	オーストリア	1880	1929	新興行ドラマ一覧
	834	Hans Ludwig Rosegger					H. L. ローゼッガー「湾流」
Rosegger, Peter	33	Peter Rosegger	作家、詩人、劇作家。貧しい山岳農民の子として生まれ、独学の末、小説家となった。方言を用い、民間伝承と写実的な描写を融合。古くからの信仰や習俗を破壊する近代化の問題を描いた	オーストリア	1843	1918	貴族院への文士の推薦枠
	97	Peter Rosegger、Rosegger-Stiftung					ドイツ語学校への迫害を防ぐ P. ローゼッガー財団
	103	Peter Rosegger					シラー生誕百五十年祭
	127	Rosegger					R. H. Bartsch の文士成名記
	131	Peter Rosegger					貴族院議員推薦辞退
	185	Peter Rosegger					新興行ドラマ一覧
	244	Peter Rosegger					オペラ「無免許医師」興行
	253	Peter Rosegger					重い気管支炎との報
	268	Peter Rosegger					散歩をするまでに快復
	298	Peter Rosegger					芸術界知名士女の避暑地
	320	Rosegger					訃報（J. Rinnhofer）
	554	(Peter) Roseggerstrasse、ロオゼツゲル					ゴータに文学者の名前に因んだ新通り
	602	Roseggerstuebel					R. Hamerling の髪が盗難
	780	Peter Rosegger					七十歳誕生日に政府から表彰
	807	Peter Rosegger					ウィーン大学名誉哲学博士
	813 814	Peter Rosegger、詩人					七十歳祝賀・本人は欠席

人名	頁数	本文表記	人物紹介（肩書・略歴など）	出生地	生年	没年	トピック
	819	Peter Rosegger					名誉博士・グラーツ名誉市民
	820	Rosegger					七十歳誕生日に客を避け外出
	834	Peter Rosegger					H. L. ローゼッガー「湾流」
Rosegger, Sepp	244	Sepp Rosegger	作曲家、医師。P. ローゼッガーの長男 Josef Peter Rozegger。Sepp は通称	オーストリア	1874	1948	オペラ「無免許医師」興行
	367	Sepp Rosegger					新興行オペラ一覧
Rosemonde	168	Rosemonde	→ Rostand, Rosemonde				「シャンテクレ」談話・風評
Rosen, Lia	685	Lia Rosen	女優		1893	1972	E. ヴェルハーレンの朗読旅行
Rosenbaum	393	Rosenbaum					新団体ベルリン学芸協会
Rosenberger, Arthur	185	Arthur Rosenberger	（劇作家）				新興行ドラマ一覧
Rosenfeld	177	Rosenfeld	（医学者）				ベルリンの高校で性欲教育
Rosenkranz	98	Rosenkranz	（冤罪をかけられたボーフムの商人）				冤罪事件・判決の誤謬
Rosenow, Emil	507	E. Rosenow	作家、編集者、政治家	ドイツ	1871	1904	新興行ドラマ一覧
	672	Emil Rosenow					遺作「日蔭の人生」を上演予定
	713	Emil Rosenow					警視庁命令で遺作上演禁止
Rosenthal, Ernst	636	Ernst Rosenthal	（画家）				E. Reichenheim 財団賞
Rosenthal, Moriz	170	Moritz Rosenthal	ピアニスト。F. リストの弟子	ウクライナ	1862	1946	賭博場での音楽会に抗議
Roslin, Alexander	157	Roslin	画家。肖像画家。パリを中心に活躍	スウェーデン	1718	1798	フランス美術展覧会（ベルリン）
Rosmer, Ernst	471	Ernst Rosmer	女流作家、劇作家。音楽家の Heinrich Porges の娘、Max Bernstein の妻。Ernst Rosmer は筆名。本名 Elsa Bernstein でも作品を発表	オーストリア	1866	1925	新作戯曲「アキレウス」の作者
	472	E. Rosmer					新興行ドラマ一覧
Rosny aîné, J.-H.	826	Rosny	作家 Joseph Henri Honoré Boex。当初は弟 Séraphin と共作し J.-H. Rosny を筆名とした。初期 SF 創始者の一人	ベルギー	1856	1940	G. ブランデス「現代のフランス文学」分類図
Rospigliosi, Carolina	224	Rospigliosi	Rospigliosi-Pallavincini 侯爵夫人		1834	1910	アメリカ人女性裸体死骸発見
Ross, Betsy	418	Betsy Ross	女性裁縫師。星条旗を作ったとされる	アメリカ	1752	1836	星条旗由来に反証なし
Ross, Ronald	831	R. Ross	イギリスの医学者。マラリアの原因を解明。ノーベル医学生理学賞（1902）	インド	1857	1932	熱帯衛生研究所（豪州）
Rossini, Gioachino	4	Teatro Rossini	作曲家。イタリア・オペラを代表する作曲家の一人。「セビリアの理髪師」	イタリア	1792	1868	劇を見て人を殺した話
Rost, Johann Christoph	649	J. Christoph Rost、ロスト	詩人	ドイツ	1717	1765	聖書の裏に J. C. Rost の詩
Rostand, Edmond	16	Rostand	劇作家、詩人。自然主義の席巻、象徴主義の興隆にあって、時代がかったロマン主義的な作風で一世を博した。名女優サラ・ベルナールの目にとまり、紹介された名優コンスタン・コクランの演じた「シラノ・ド・ベルジュラック」で不朽の名声を得た。政治家 E. M. ジェラールの孫娘である詩人ロズモンド・ジェラールと結婚。ジャンとモーリスの	フランス	1868	1918	コクラン兄弟についての記事いろいろ
	72	Rostand					パリの少女雑誌 *Corona*
	133 134	Edmond Rostand、 Rostand					「シャンテクレ」漏洩問題につきノー・コメント
	137	Edmond Rostand					滑稽なる「シャンテクレ」事件
	149	Edmond Rostand					「シャンテクレ」大浚の予定

人名	頁数	本文表記	人物紹介（肩書・略歴など）	出生地	生年	没年	トピック
	151	Edmond Rostand	二児を得たが後に離婚。初期の戯曲「ロマネスク」、ナポレオンの長男の悲劇を描いた「鷲の子」、鳥を登場人物とした寓意的な詩劇「シャンテクレ」などがあるが、「シラノ」ほどの成功を得ることはなかった				作者談「シャンテクレ」の象徴
	164	Edmond Rostand					ロスタンがパントマイムなど制作に意欲
	166	作者					ロスタンがパントマイムなど制作に意欲
	168	Rostand、夫					「シャンテクレ」談話・風評
	184	Edmond Rostand					新興行ドラマ一覧
	215	Edmond Rostand					フランス動物保護会名誉賞状
	240	Rostand					「シャンテクレ」興行成績
	261	Rostand					ロスタンが「シャンテクレ」を朗読して波紋
	285	Rostand					学生が「ロマネスク」戸外興行
	288	ロスタン					伊訳「シャンテクレ」上演
	295	Edmond Rostand					「シャンテクレ」が大当たり
	360	Edmond Rostand					サラ・ベルナールがロスタンに「ファウスト」を翻訳させメフィストを演じる計画
	464	Edmond Rostand、ロスタン					アカデミー・フランセーズ会員
	470	Edmond Rostand					*Après moi* 撤回事件・脚本興行の自由に関する抗議署名
	543	Rostand					新薬606号と整形外科により意義を失う舞台脚本
	575	Edmond Rostand					L. フルダ訳のロスタン作品興行
	593	Edmond Rostand					E. ロスタンの妻と息子の新脚本
	645	Edmond Rostand					ロスタンがソネツト2篇を献呈
	652	Edmond Rostand					ロスタン妻と息子の合作脚本
	726	Edmond Rostand					E. ロスタンの「ドン・ジュアン」
	750	Rostand					父はイプセン仏訳者・娘はロスタン「ロマネスク」で主人公
	797	Edmond Rostand					「シラノ・ド・ベルジュラック」興行千回記念
	831	Edmond Rostand					「ドン・ジュアン」脱稿宣言
Rostand, Maurice	593	倅	作家。作家E. ロスタンと女流詩人ロズモンド・ジェラールとの間の長男	フランス	1891	1968	E. ロスタンの妻と息子の新脚本
	652	Maurice Rostand					ロスタン妻と息子の合作脚本
Rostand, Rosemonde	168	Rosemonde	女流詩人 Rosemond Gérard。政治家E. M. ジェラールの孫。E. ロスタンと結婚したが後に離婚。ロスタンとの息子に作家 Maurice と生物学者 Jean がいる	フランス	1871	1953	「シャンテクレ」談話・風評
	593	妻					E. ロスタンの妻と息子の新脚本
	652	Rosemonde Rostand					ロスタン妻と息子の合作脚本

人名	頁数	本文表記	人物紹介（肩書・略歴など）	出生地	生年	没年	トピック
Roth, Karl	360	Roth	建築家	ドイツ	1875	1932	ドレスデン新議事堂建設
Roth, Ludwig Max	393	Roth	画家	ドイツ	1858	1952	新団体ベルリン学芸協会
Rothchild	17	Rothchild	→ Rothschild（家）				各国王族の質入・借金
Rothe, Elli	19	Elli Rothe	（大火傷を負った女優）				「ファウスト」出演女優が大火傷
Rothhardt	714	Rothhardt	（新進作家結社「カロンの友」社長）				新進作家結社「カロンの友」
Rothschild（家）	17	Rothchild	金融業を中心とする世界的財閥。フランクフルトの金融家Mayer Amschel Rothschildの五人の息子たちによりヨーロッパ各地に商会が作られた。フランクフルト（長男Amschel Mayer）、ウィーン（次男Salomon Mayer）、ロンドン（三男Nathan Mayer）、パリ（四男Jakob Mayer）、ナポリ（五男Carl Mayer）				各国王族の質入・借金
	71	Rothschild家、S. M. v. Rothschild商会、N. M. Rothschild & Sons商会、Rothschild Frères商会、Rothschild					ロスチャイルド一族の系譜・総資産など
	134	Rothschild一家					ホテルの給仕にチップをはずむ人はずまない人
Rothschild, Albert	67	Rothschild	ロスチャイルド家（ウィーン）一員。Anselmの息子。Oscarは末子	オーストリア	1844	1911	訃報（Oscar Rothschild）・自殺
	458	Baron Albert Rothschild					訃報
Rothschild, Alfons James de	473	Alfons von Rothschild、アルフォンス	ロスチャイルド家（パリ）一員		1827	1905	電気職工復職要求の示威運動
Rothschild, Alfons James de Eduard	473	Eduard	ロスチャイルド家（パリ）一員	フランス	1868	1949	電気職工復職要求の示威運動
Rothschild, Anselm	211	Rothschildhospital	ロスチャイルド家（ウィーン）一員。ウィーンに神経系疾患のためのロスチャイルド・ホスピタルを創設	ドイツ	1803	1874	訃報（L. Feil）
	458	Anselm					訃報（Albert Rothschild）
Rothschild, Henri de	195	Henri Baron du Rothschild	医者、劇作家、慈善活動家。ロスチャイルド家（パリ）の一員。筆名André Pascal、Charles des Fontaines、P.-L. Naveau、André Pascalesl。戯曲「ランプ」「クロイソス」など	フランス	1872	1947	H. ロスチャイルド脚本上演
	198	Rothschild男爵					ロスチャイルド男爵の脚本
	494	Henri Rothschild					多少の価値のある凡作との評
	794	Henri de Rothschild					新作戯曲「クロイソス」
	801	Henry Rothschild					男優と興行師が劇場争奪
	803	Henry Rothschild					「クロイソス」は凡作
Rothschild, Oscar	67	Oscar	ロスチャイルド家（ウィーン）一員。Albertの末子		1888	1909	訃報・自殺
Rothschild, Wilhelm Carl	71	Wilhelm Karl	ロスチャイルド家（フランクフルト）の最後の家長	ドイツ	1828	1901	ロスチャイルド一族の系譜・総資産など
Rotky	43	Rotky	（プラハの男爵夫人）				万引男爵夫人が捕縛
Rottmann	532	Rottmann	（画家）				ローマで他国人博覧会（Mostra deglistranieri）

R

人名	頁数	本文表記	人物紹介（肩書・略歴など）	出生地	生年	没年	トピック
Rouché, Jacques	457	Jacques Rouché、ルシエエ	劇場支配人。パリ国立オペラ座、オペラ・コミック座の総支配人などを務めた	フランス	1862	1957	パリ演劇の新運動
Roudaire, François Élie	744	Roudaire	地理学者。サハラ海洋化案を提出	フランス	1836	1885	サハラ砂漠海洋化案の先例
Rouet, M.	491	Rouet	（フランス外務省副領事）				フランス外務省機密書類漏洩
Rougemont（家）	66	Rougemont 氏、瑞西 Rougemont 氏	（スイスの富家で、T. v. ベートマン・ホルヴェークの母方の家系）				ベートマン・ホルヴェーク親族関係、ドイツ新内閣の顔ぶれ・皇帝による更迭
Rougués, A.	849	ア・ルウゲ（A. ROUGUÉS）	（作家）				ゴンクール賞（詳細）
Roujon, Henry	461	Henry Roujon	政府高官、随筆家、作家。政治家ジュール・フェリーの秘書を務めた	フランス	1853	1914	アカデミー・フランセーズ新会員
	463 464	Roujon、Henry Roujon					アカデミー・フランセーズ会員
Roulard, Henri	725	Henri Roulard	（パリの蔵書家。発狂後、蔵書は競売）				歴代著名蔵書家
Rousseau, Charles	624	Rousseau	画家	オランダ	1862	1916	ローマ国際美術展覧会受賞者
Rousseau, Henri	342	Henri Rousseau	画家。素朴派を代表する画家。税官吏の日曜画家だったことでも知られる	フランス	1844	1910	訃報・白人の原始的画家
	500	故人 Rousseau					展覧会情報（パリ）
Rousseau, Jean-Jacques	115	Rousseau	哲学者、政治思想家、教育思想家、作家、作曲家。18世紀フランスを代表する啓蒙思想家の一人。「学問芸術論」「人間不平等起源論」「ジュリまたは新エロイーズ」「社会契約論」「エミール」「告白」などの著述で語られたラディカルな思想は、フランス革命をはじめその後の社会変革に多大な影響を残した	フランス	1712	1778	「ジュリ（新エロイーズ）」刊行時の反響
	196	Rousseau					統計上の矛盾（贋物の蔓延）
	209	Rousseau					1910年の国民サロン（パリ）
	293	Rousseau					エリーザベト暗殺者の読書録
	495	Rousseau					名家自筆コレクション競売
	727	Rousseau、ルソオ					ルソー生誕二百年祭費用につきフランス議会で議論
	728	ルソオ祭					ルソー生誕祭記念像
	730	ルソオ、Rousseau					ルソー記念祭、ルソー生誕二百年祭・哲学文学の発展
	731	ルソオ記念祭、ルソオ胸像					ルソー生誕二百年記念祭
	852	ルツソオ					国家シラー賞と民衆シラー賞
Rouveyre, André	753	André Rouveyre	作家　風刺画家　版画家	フランス	1879	1962	イラスト集「パリジャン」官没
Rouvier, Maurice	406	Rouvier	政治家、首相（1887、1905-1906）、弁護士、銀行家、ジャーナリスト	フランス	1842	1911	フランス政治家の早口舌番付
	543	Maurice Rouvier					訃報
Roux	428	Roux	→ Boutroux, Émile				アカデミー女人禁制案が通過
Roux, César	700	César Roux、Roux 基金	医師。胃切除法を考案	スイス	1857	1934	勤続二十五年を祝い基金創設
Rovetta, Gerolamo	242	Gerolamo Rovetta	作家、劇作家	イタリア	1851	1910	訃報
Rowohlt, Ernst	601	Rowohlt	書肆	ドイツ	1887	1960	「お金に関するすべて」出版

人名	頁数	本文表記	人物紹介（肩書・略歴など）	出生地	生年	没年	トピック
	702	Rohwohlt					少壮詩人 G. Heyn 遺稿出版
	753	Ernst Rewohlt					イラスト集「パリジャン」官没
Rowton	240	Rowton-house	→ Lowry-Corry, Montagu William				貧窮人のためのホテル設営
Ruau, Joseph	364	Ruau	政治家　（農相）	フランス	1865	1923	フランス農相交代
Rubay, Anne Josephine	11	Anne Josephine Rubay	（ナポレオンと関わりのあったことで知られたブリュッセル在住の老女）				訃報・ナポレオン逸話
Rubbrecht, Oswald	503	Oswald Rubbrecht	歯科学者	ベルギー	1872	1941	王侯の血統における退化徴候に関する研究
Rubens, Heinrich	552	H. Rubens	物理学者。電子磁気放射線、赤外線を研究	ドイツ	1865	1922	ベルリン学士院補助金一覧
	664	Rubens					ベルリン学士院の補助
Rubens, Peter Paul	198	Rubens	画家、外交官	ベルギー	1577	1640	ルーベンス作品の復元に議論
	495	Rubens					名家自筆コレクション競売
	538	Rubens					十七世紀以降の肖像画展覧会
	579	Rubens					ファルネーゼ宮から絵画盗難
	820	Rubens					ドレスデン警察がジョルジョーネとルーベンスの絵葉書禁止
Rubini, Giulio	111	Rubini	政治家　（工相）	イタリア	1844	1917	イタリア新内閣
Rubinstein, Anton	178	Rubinstein	作曲家、指揮者、ピアニスト	モルドバ	1829	1894	葬儀（V. Kommissarshewskaja）
	346	Rubinstein 賞金					ルビンシュタイン賞（ピアノ）
Rubinstein, Ida Lvovna	529	Ida Rubinstein	バレリーナ、歌手、女優。O. ワイルド「サロメ」、G. ダヌンツォ「聖セバスチャンの殉教」、M. ラヴェル「ボレロ」などで主演。ベル・エポック時代の美の象徴として同時代の芸術家に影響を与えた	フランス	1885	1960	「聖セバスチャンの殉教」内浚
	558	Ida Rubinstein					I. ルビンシュタインが獅子狩をしに中央アフリカ旅行
	714	Ida Rubinstein					「スパルタのヘレナ」パリ興行
	806	Ida Rubinstein					「ピサネラ」の主演女優
Rubner, Max	322	Max Rubner	生理学者、衛生学者。ベルリン大学学長を務めた。栄養学を発展させた功績があり、森林太郎「日本兵食論」にも影響が見られる	ドイツ	1854	1932	ベルリン大学役員一覧
	376	Max Rubner					ベルリン大学学長交代
	377	Max Rubner					ベルリン大学役員一覧
	514	ルブネル					危険人物として入学拒否されたロシア学生が自殺
	612	Rubner					ベルリン大学学長交代
	718	Rubner					私立衛生生理研究所創立の噂
Rudolf	309	皇儲 Rudolf	オーストリア帝フランツ・ヨーゼフの長男。マイヤーリンクで謎の死を遂げた	オーストリア	1858	1889	Johann Orth の心情推測
Ruedel, Hugo	551	Ruedel	指揮者、合唱指揮者	ドイツ	1868	1934	バイロイト音楽祭上演予定
Ruedel, O.	667	O. Ruedel	（劇作家）				新興行ドラマ一覧
Ruederer, Joseph	38	Joseph Rüderer	作家、劇作家。カバレット「11人の死刑執行人」立上げに参加。諷刺雑誌「ジンプリチシムス」でも活躍	ドイツ	1861	1915	防火上の理由から興行停止
	279	Joseph Ruederer、詩人					スウェーデン王の宿泊の報酬

人名	頁数	本文表記	人物紹介（肩書・略歴など）	出生地	生年	没年	トピック
	299	Joseph Ruederer					芸術界知名士女の避暑地
	562	J. Ruederer					新興行ドラマ一覧
	606	Joseph Ruederer					舞台稽古中に劇作家が事故
	781	Joseph Ruederer					戯曲「曙光」上演
Ruedisuehli, Eduard	100	Eduard Ruedisuehli	画家	スイス	1875	1938	ベックリン贋作容疑再審無罪
Ruegg	570	Ruegg	（無政府党会議議長を務めた人物）				ベルリンで公開無政府党会議
Ruemann, Wilhelm von	48	Wilhelm von Ruemann	彫刻家	ドイツ	1850	1906	M. v. ペッテンコーファー記念像
Ruetten, Joseph	173	Ruetten und Loening	商人、書肆創業者。C. F. Loening とともに書肆 Ruetten und Loening を創業				戯曲「タイフーン」刊行の書店
Ruff, Otto	271	Otto Ruff	化学者	ドイツ	1871	1939	ベルリン学士院奨励金一覧
Ruge, Arnold	308	Arnold Ruge	哲学者、作家	ドイツ	1802	1880	第1回ニーチェ文庫奨学金
Ruggerius, Petrus Jacobus	249	Petrus Jacobus Ruggerius	楽器職人 Pietro Giacomo Rogeri。名匠 N. アマティの弟子	イタリア	1675	1735	パガニーニ愛用のチェロ売買
Ruhmer, Ernst Walter	114	Ernst Ruhmer	物理学者、搬送波周波数技者	ドイツ	1878	1913	写真電送（Telephotographie）の研究・開発
Rumpel	555	Rumpel	（音楽指揮者）				選帝侯歌劇場（ベルリン）役員
Rundt, Arthur	491	Rundt	編集者				ウィーン自由国民劇場機関紙
Runge, Woldemar	132	Woldemar Runge	（劇場監督）				劇場主と衝突した監督が交代
	341	Woldemar Runge					「ファウスト」で新舞台開き
Ruoff	50	Ruoff					レーゲンスブルクの古橋
Rupp, Heinrich	509	Rupp	オペラ歌手、音楽監督		1838	1917	急病の代役も無許可で罰金
Rupprecht von Bayern	55	Rupprecht 王	軍人。バイエルン王ルートヴィヒ3世の長男、王国最後の王太子	ドイツ	1869	1955	日本及東アジア美術展覧会（ミュンヘン）
	76	Rupprecht 王					国際美術史会議（ミュンヘン）
	373	Prinz Ruprecht von Bayern					ベルリン大学百年祭名誉学位
Ruspoli, Enrico	141	Ruspoli、男、夫	（イタリアの外交官）				遺産をめぐる国際殺人事件
Ruspoli, Enrico（兄弟）	141	兄弟	（外交官 Ruspoli の兄弟二人と妹）				遺産をめぐる国際殺人事件
Ruspoli, Eugenia	140 141	Donna Eugenia Ruspoli、女	アメリカの富豪 Barton の元妻 Eugenia Enfleld Berry。イタリア外交官 Ruspoli と再婚。夫の死後に殺害された	カナダ			遺産をめぐる国際殺人事件
Ruspoli, Eugenia（先夫）	140	富豪某、夫	（アメリカの富豪 Barton）				遺産をめぐる国際殺人事件
Russolo, Luigi	781	Russolo	画家、作曲家、楽器発明家。イタリア未来派を代表する音楽家。「騒音芸術」	イタリア	1885	1947	未来派画家主要メンバー
Ruvolino（一家）	343	Ruvolino の一家族	（イタリアの農夫の一家族8人）				マフィア黒手組が一家惨殺
Rybak, Stanislaus	333	Agent Provocateur Stanislaus Rybak	（政治扇動家）				クラクフで扇動家撲殺事件

人名	頁数	本文表記	人物紹介（肩書・略歴など）	出生地	生年	没年	トピック
Ryder, Albert Pinkham	192	Albert P. Ryder	画家。幻想的な作風で、アメリカにおける表現主義の先駆とされる	アメリカ	1847	1917	アメリカ画展覧会（ベルリン）
Ryschkow	441	Ryschkow	（ペテルブルクの富豪）				ヴァン・ダイク「サムソンとデリラ」焼失
Rysselberghe, Theo van	626	Theo van Rysselberghe	画家。G. スーラの影響を受け、点描による新印象主義を推進	ベルギー	1862	1926	詩人ヴェルハーレンの肖像
S 夫人	167	Corneliusstrasse の S 夫人	（俳優 J. Giampietro へのいやがらせ行為で逮捕された夫人）				長期にわたり俳優に侮辱的な匿名書状を送った夫人逮捕
S.	596	Baron de S.	→ Schlichting				「ジョコンダ」盗難事件たれこみ
Saagé	582	Saagé	（R. ベガスのデスマスクを作成）				訃報（R. Begas）
Saalfeld, Guenter	451	Guenter Saalfeld	ゲルマニスト				訃報
Saar, Ferdinand von	33	Ferdinand von Saar	作家、劇作家、詩人、政治家	オーストリア	1833	1906	貴族院への文士の推薦枠
Saatweber, E. A.	414	E. A. Saatweber	（劇作家）				新興行ドラマ一覧
	452	E. A. Saatweber					新興行ドラマ一覧
Sabatier, Paul	757	Sabatier	化学者。ノーベル化学賞（1912）	フランス	1854	1941	ノーベル賞受賞者（1912）
Sabjelin, Iwan	534	Sabjelin	歴史家				訃報（W. O. Kljutschewski）
Sacchi, Andrea	538	Andrea Sacchi	画家。イタリアのバロックから古典主義時代を代表する画家の一人	イタリア	1599	1661	十七世紀以降の肖像画展覧会
Sacchi, Ettore	484	Sacchi	政治家　（工業相）	イタリア	1851	1924	イタリア新内閣
Sacher, Eduard	354	Hotel Sacher	飲食店・ホテル経営者	スロヴァキア	1843	1892	訃報（J. カインツ）・詳細
Sachs	38	Sachs	（ベルリンの口入れ業者）				S. ヘディンの高すぎる講演料
Sachs, Hans	45	Hanns Sachs	マイスタージンガー、靴屋、劇作家。R. ワーグナー「ニュルンベルクのマイスタージンガー」のモデルとなった	ドイツ	1494	1576	七十歳の M. Greif 代表作紹介
	527	Hans Sachs					同一題材の戯曲紹介
	731	Hans Sachs					興行情報
Sachs, Karl Ernst August	71	Sachs、Sachs-Villatte	言語学者。独仏・仏独百科事典 *Sachs-Villatte* を編纂	ドイツ	1829	1909	訃報
Sackville-West, Flora	696	Flora Sackville-West	Lionel の次女。ダンサー。Flola は通称で実名 Lydie Elenore	イギリス	1866	?	大使の娘が踊り子に転身
Sackville-West, Lionel	696	Lord Sackville	外交官。北米大使などを歴任	イギリス	1827	1908	大使の娘が踊り子に転身
Sadler, Michael Thomas	577	Sadler	政治家。工場改革法を成立させた。マルサスの人口論に反対し、出生率は所得に反比例すると主張	イギリス	1780	1835	男女出生比率に関する諸説
Saegmueller, Johannes Baptist	454	Saegmueller	神学者、聖職者	ドイツ	1860	1942	反モデルニスムス誓文に服従した教授一覧
Sagan 公爵夫人	241	Sagan 公爵夫人	サガン公爵夫人 Jeanne Marguerite Seillière	フランス	1839	1905	「シャンテクレ」の衣装が流行
Sahly	467	Sahly	（内科医）				ウィーン大学内科医後任人事
Saimis, Panaghioti	91	Panaghioti Saimis	政治家 Panagiotis Zaimis　（文相）				ギリシャ新内閣
Sainati, Cesarina	304	Cesarina Sainati	（女優）				三角関係・傷害事件

人名	頁数	本文表記	人物紹介（肩書・略歴など）	出生地	生年	没年	トピック
Saint Hilaire	376	Saint Hilaire	→ Barthélemy-Saint-Hilaire, Jules				訃報・略歴（R. Lindau）
Saint-Point, Valentine de	776	Madame de Saint-Point	女流作家、詩人、画家、劇作家、美術評論家、振付家。女性では数少ない未来派運動活動家。「女性未来派宣言」	フランス	1875	1953	未来主義の新展開・女子運動
Saint-Saens, Camille	85	Saint-Saëns	作曲家、オルガニスト、ピアニスト。フランスに国民音楽協会を創立、音楽界の進展に尽力した。「交響曲第3番オルガン付」「動物の謝肉祭」、オペラ「サムソンとデリラ」など	フランス	1835	1921	迷信家の脚本家・音楽家たち
	329	Camille Saint-Saëns					新興行ドラマ一覧
	364	Camille Saint-Saëns					七十五歳祝賀
	428	Saint-Saëns					新聞 *Il Piccolo* の文芸雑報
	564	Camille Saint-Saëns					F. リスト祭にサン＝サーンスが出席予定
	657	C. Saint-Saëns					新興行オペラ一覧
	661	Camille Saint-Saëns					サン＝サーンス作曲のオペラ「デジャニール」興行
Sainte-Beuve, Charles Augustin	291	Sainte-Beuve	批評家、文芸評論家、詩人。19世紀ロマン主義を代表する批評家で近代批評の父と呼ばれる。「月曜閑談」	フランス	1804	1869	文学者の名物使用人たち
	825	Sainte Beuve					G. ブランデス「現代のフランス文学」分類図
Sala, Ventura Alvarez	248	Sala、サラ	画家	スペイン	1871	1919	画家サラが国民サロンでフィッシャー兄弟肖像画を破り捨て
	249	Sala					サロンで自作の画に発砲
	251	サラ、画家					サラとの決闘を控えたフィッシャー兄弟の弁
	254	サラ					画家サラがモデルを務めた兄弟作家と拳銃決闘・怪我人なし
Salamone, Giuseppe	711	Giuseppe Salamone、ジユウゼツペ	→ Salomone, Giuseppe				イタリア最後の義賊が書いた自伝的戯曲
Salandra, Antonio	111	Salandra	政治家　（蔵相）	イタリア	1853	1931	イタリア新内閣
Salentin, Hubert	293	Hubert Salentin	画家（デュッセルドルフの富豪）	ドイツ	1822	1910	訃報
Saleski	433	Saleski	（無套相）				オーストリア新内閣
Salgari, Emilio	503	Emilio Salgari	作家、冒険活劇作家。SFの先駆でイタリアのジュール・ヴェルヌと呼ばれる	イタリア	1862	1911	訃報・後追い自殺
Salgari, Ida	503	妻	女優Ida Peruzzi。E. Salgariと結婚後に長く精神を患い死亡			1911	訃報・後追い自殺
Salome	12	Salome	ヘロデ王の娘。1世紀頃のパレスチナに実在したと言われる。洗礼者ヨハネの首を求めた人物として知られ、O. ワイルドによる戯曲やR. シュトラウスのオペラなど、数々の芸術作品のモチーフとなった				「エレクトラ」興行大反響
	169	サロメ					R. シュトラウス「サロメ」にロンドンでの興行許可
	213	Salomé					1908・9～ドイツでの興行回数
	232	Salomé					R. シュトラウス「サロメ」がとうとうパリ・オペラ座で興行

人名	頁数	本文表記	人物紹介（肩書・略歴など）	出生地	生年	没年	トピック
	239	Salomé					新興行オペラ一覧
	318	Salomé					ヘッセン博物館「サロメ」を購入
	351	Salome					「サロメ」「エレクトラ」についてのホフマンスタール寸評
	410	Salome					「サロメ」興行で演出変更
	737	Salomé					「ナクソス島のアリアドネ」初演予定
	767	サロメ					オペラ「サロメ」興行
	814	Salome、サロメ					伝承に残るサロメ
	830	サロメ					O. ワイルドに倣いダヌンツォがフランス語で新脚本
	846	SALOME					オペラ「サロメ」ストックホルム興行は一事件
Salomon, Charles	404	Charles Salomon	翻訳家		1862	1936	トルストイ作品関連記事
Salomon, Ludwig	628	Ludwig Salomon	歴史家、文芸史家		1844	1911	訃報・ドイツ新聞史の作者
Salomone, Giuseppe	30	Salomone、詩人	（シチリアの作家。許嫁を奪い自分を牢に入れた市長を銃殺後に自伝的戯曲を書いた）				シチリア詩人の殺害事件裁判
	711	Giuseppe Salamone、ジユウゼツペ					イタリア最後の義賊が書いた自伝的戯曲
Salomone, Giuseppe（許嫁）	30	いひなづけの妻	（G. Salomone の許嫁）				シチリア詩人の殺害事件裁判
	711	いひなづけの娘					イタリア最後の義賊が書いた自伝的戯曲
Salten, Felix	356	Felix Salten	作家、劇作家、文芸評論家、ジャーナリスト。児童書から官能小説までを執筆。本名 Siegmund Salzman。スイスに亡命。児童書「バンビ、森の生活」	ハンガリー	1869	1945	J. カインツの葬儀
	359	Salten					J. カインツ遺稿の3戯曲出版
	533	Felix Salten					ライムント賞三年連続受賞なし
	622	Felix Salten					J. カインツ記念像除幕
	681	Felix Salten					バウエルンフェルト賞受賞者
	694	Felix Salten					興行好評・上流社会を風刺
Salvatori, Fausto	208	Fausto Salvatori	オペラ台本家	イタリア	1870	1929	新興行オペラ一覧
Salwe, Hersz	298	Salwe	チェス棋士	ポーランド	1862	1920	チェス大会（ハンブルク）
Samain, Albert	827	Albert Samain	詩人、作家。フランス象徴派。鷗外訳に小説「クサンチス」がある	フランス	1858	1900	G. ブランデス「現代のフランス文学」分類図
Samara, Spiro	209	Spiro Samara	作曲家。ギリシャを代表するオペラ作曲家。本名 Spyridon-Filiskos Samaras	ギリシャ	1861	1917	新興行オペラ一覧
Samosch, Siegfried	441	Siegfried Samosch	作家、ジャーナリスト	ポーランド	1846	1911	訃報
Samson	431	Samson	→ Simson				新興行ドラマ一覧
	441	Samson					ヴァン・ダイク「サムソンとデリラ」焼失
Samuel, Bernhard	715	Samuel	フルート奏者、指揮者。1912年に空気を送り				吹奏楽器 Samuels Aerophor を

S

人名	頁数	本文表記	人物紹介（肩書・略歴など）	出生地	生年	没年	トピック
			だし吹奏楽器の演奏を補助する Samuels Aerophor を開発				R. シュトラウスが称賛
Samuel, Herbert Louis	170	Herbert Samuel	政治家 （内相）	イギリス	1870	1963	英国内閣で一部更迭・交代
Sanator, Hermann	571	Hermann Senator	内科医	ドイツ	1834	1911	訃報
Sand, George	216	George Sand	女流作家。初期の女性権利拡張論者の一人。本名 Aurore Dupin。詩人 A. ミュッセ、音楽家 F. ショパンとの恋愛でも知られる。「ルクレツィア・フロリアーニ」「愛の妖精」	フランス	1804	1876	アカデミー・フランセーズに改革の兆し
	767	George Sand 像					美術コレクターの遺品分配
	825	George Sand					G. ブランデス「現代のフランス文学」分類図
Sandek, Robert	151	Robert Sandek	劇作家	チェコ	1880	?	合作喜劇「騎士」興行
Sandford, Frank	71	Frank Sandford	宗教家。終末論的キリスト教団の創始者	アメリカ	1862	1948	世界滅亡予言・この記事を載せた『昴』の出ない可能性
Sandkuhl, Hermann	393	Sandkuhl	画家。P554Sandkute は誤り	ドイツ	1872	1936	新団体ベルリン学芸協会
	516	Sandkuhl					ベルリン無鑑査展覧会準備委員選出
	554	Hermann Sandkute					ベルリン無鑑査展覧会役員
Sandrock, Adele	611	Adele Sandrock	女優。最初期の映画に出演	オランダ	1863	1937	女優がハムレット役
Sandrock, Christian	288	Ch. E. Sandrock	画家、作家、劇作家	オランダ	1865	1924	新興行ドラマ一覧
Sandrock, Leonhard	501	Sandrock	画家	ポーランド	1867	1945	ベルリン美術大展覧会（1912）
	529	Leonhard Sandrock					ベルリン美術大展覧会役員
Sandstroem, Gustaf	608	G. Sandstroem	政治家 （法相）	スウェーデン	1865	1930	スウェーデン自由主義内閣
Sandwich	70	Sandwich 家の主人	（サンドイッチ伯爵家の当主）				サンドイッチの起源
Sandwich, Charles	70	Charles Sandwich	4代サンドイッチ伯 John Montagu。海軍大臣を務め、J. クックの太平洋探索航海を支援。サンドイッチの生みの親	イギリス	1718	1792	サンドイッチの起源
Sangnier, Marc	342	Marc Sangnier	政治家、ジャーナリスト。キリスト教民主主義を標榜するシヨン会を組織	フランス	1873	1950	法王がシヨン会を取締
Sansovino, Jacopo	690	Sansovino	建築家、彫刻家。ルネサンス期のヴェネチアを代表する建築家	イタリア	1486	1570	サンソヴィーノの開廊を修繕
Sant'Onofrio del Castillo, Ugo di	111	Santonofrio	イタリアの政治家 （郵相）	ドイツ	1844	1928	イタリア新内閣
Sappho	629	Sappho	女流詩人。古代ギリシャを代表する詩人の一人。前6世紀初頭頃に活躍	ギリシャ			サッフォーの品行に関する証明
Sarah	342	Sarah	→ Bernhardt, Sarah				俳優のキャバレー出演に騒然
Sarauw, Paul	149	P. Sarauw	劇作家	デンマーク	1883	1959	合作 *Der grosse Tote* 興行
Sardou, Jean Victorien	816	Jean Victorien Sardou	（作家 V. Sardou の息子）				V. サルドゥの息子禁治産処分
Sardou, Jean Victorien（母）	816	母	（作家 V. Sardou の妻、Jean Victorien の母）				V. サルドゥの息子禁治産処分

人名	頁数	本文表記	人物紹介（肩書・略歴など）	出生地	生年	没年	トピック
Sardou, Victorien	53	Victorien Sardou、Sardou	作家、劇作家。サラ・ベルナールが主演した「トスカ」などメロ・ドラマ風の戯曲から史劇まで幅広い作風で次々と当りをとった。「テオドラ」「別れよう」「サン・ジェーヌ夫人」	フランス	1831	1908	アカデミー・フランセーズ補選
	167	Sardou					「シャンテクレ」が大当り・近世の当り狂言一覧
	198	Sardou 流					ロスチャイルド男爵の脚本
	217	Victorien Sardou					アカデミー・フランセーズ恒例の新加入演説
	500	Victorien Sardou					訃報（J. Lubomirski）
	816	Victorien Sardou					V. サルドゥの息子禁治産処分
Sargent, John Singer	188	Sargent	画家、肖像画家。ロンドン、パリを舞台に活躍。「マダムX」	アメリカ	1856	1925	ベルリンに多数出品
	192	John Singer Sargent					アメリカ画展覧会（ベルリン）
Sarkoff, Vera	161	Vera Sarkoff	（女流劇作家）				フランス女性作家会ラ・フランセーズと脚本家会ラ・ハルテ
Sarnetzki, Dettmar Heinrich	231	Dettmar Heinrich Sarnetzki	作家、ジャーナリスト	ドイツ	1878	1961	ケルン花祭
Sarrant	69	Sarrant	（海軍書記官）				フランス新内閣
Sarrasani, Giovanni	505	Zirkus Sarrasani	サーカス興行師。本名Hans Stoch。1892年ドレスデンでZircus Sarrasaniを創立	ポーランド	1873	1934	アイスキュロス「オレステイア」興行
	508	Zircus Sarrasani					アイスキュロス「オレスティア」興行がバッティング
Sarrien, Ferdinand	387	Sarrien 内閣	政治家、首相（1906）	フランス	1840	1915	A. ブリアンの経歴
Sartorio, Giulio Aristide	329	Aristide Sartorio	画家、劇作家、彫塑家、映画監督	イタリア	1860	1932	新興行ドラマ一覧
Sartufari, Clarice	825	Clarice Sartufari	→ Tartufari, Clarice				「蛇の同類」など新戯曲二本
Sasonow, Sergei Dmitrievich	361	Sasonow	外交官　（外相）	ロシア	1860	1927	ロシア外相交代
	769	Sasanow					ペテルブルクにモンゴル公使を置くことを拒否
Sassin, Mathilde	436	Mathilde Sassin	→ Sussin, Mathilde				ハウプトマン「鼠」配役
Sattler, Fritz	661	Fritz Sattler	（歌劇場演出家）				選帝侯歌劇場演出家に就任
Sattler, Joseph	714	Joseph Sattler	画家、イラストレーター	ドイツ	1867	1931	「死の舞踏」（線描）増補再版
Satyr	554	Satyres	ギリシャ神話に登場する半獣半人の精霊				ジュルナル紙中傷の悪質新聞
	758	Satyrspiel					ソフォクレスの滑稽脚本「捜索犬」翻訳・あらすじ
Saudek, Robert	93	Robert Saudek	外交官、筆跡学者、作家、劇作家、詩人、翻訳家	チェコ	1880	1935	巣鴨監獄視察後の感想
	537	Saudeck					新興行ドラマ一覧
	633	R. Saudeck					新興行ドラマ一覧
	655	R. Saudeck					新興行ドラマ一覧
Sauer, August	448	August Sauer	文芸史家。文芸誌「オイフォーリオン」創刊	オーストリア	1855	1926	グリルパルツァー全集増訂版
Sauerland, Heinrich Volbert	268	Sauerland	歴史家		1839	1910	訃報・法王風刺の歴史家

S

人名	頁数	本文表記	人物紹介（肩書・略歴など）	出生地	生年	没年	トピック
Sauermann, Alfred	218	Alfred Sauermann	文筆家、出版業者。ベルリン・ダダに参画		1880	1934	ベルリン落選展が開会予定
Saul	355	Saul	旧約聖書サムエル記に登場する人物。最初のイスラエル王				訃報（J. カインツ）・詳細
	356	Saul					J. カインツの葬儀
	382	Saul					ブルク劇場カインツ記念興行
Sauvade, Nicolaus	98	Nicolaus Sauvade	（商人、貸馬車屋）	フランス			貸馬車（Fiacre）の語源
Savarkar, Vinayak Damodar	308	Savarkar、サワルカル	政治家、インド独立運動活動家	インド	1883	1966	強制送還中のインド人革命家が逆戻りする予定
Savignon, André	760	Savignon	ジャーナリスト、作家	フランス	1878	1947	ゴンクール賞受賞
Savigny, Friedrich Carl von	370	Savigny	法学者、枢密顧問官。近代私法を確立、歴史法学派の始祖とされる	ドイツ	1779	1861	ベルリン大学百年祭
Saville, Marshall Howard	822	Seaville	考古学者	アメリカ	1867	1935	インカ帝国前の黄金の入れ歯
Savits, Josca	128	Josca Savits	（ミュンヘンの劇場監督）				ブルク劇場監督候補一覧
Savoir, Alfred	153	Alfred Savoir	劇作家。フランスで活動	ポーランド	1883	1934	「クロイツェル・ソナタ」オペラ化
Savonarola, Girolamo	52	Savonarola	ドミニコ会修道士。禁欲主義を説き、メディチ家、教皇などと対立。火刑に処された	イタリア	1452	1498	サヴォナローラまがいの宗教家
	402	Savonarola					ハウプトマンのトルストイ評（続）
Sawnee, Carrie	519	Carrie Sawnee	（断食で有名な人物）				断食記録一覧
Scarpetta, Eduardo	843	SCARPETTA	俳優、劇作家	イタリア	1853	1925	告訴したパロディー作家にダヌンツォが敗訴
Scecsi	435	Scecsi	（銀行頭取、女優 Varsani の愛人）				決闘双方に怪我なし
Schabbel-Zoder, Anna	578	Schabbel-Zoder	ソプラノ歌手	オーストリア	1882	?	解雇された女優が王を告訴
Schachmatow, Alex	373	Alex Schachmatow	言語学者、方言学者	エストニア	1864	1920	ベルリン大学百年祭名誉学位
Schachner, Robert	301	Robert Schachner	（社会経済学者）		1875	1912	イエナ大学教授が日本の商工業を罵倒（黄禍論）・各国税金
Schack, Adolf Friedrich von	61	Schack 伯爵家	詩人、文芸史家。19世紀ドイツ絵画を中心とする優れた美術収集で知られる。死後、コレクションはヴィルヘルム2世に献呈されたが、新築後、ミュンヘン市に寄贈された。バイエルン州立シャック・ギャラリーとして現存	ドイツ	1815	1894	シャック・ギャラリーを新築
	63	Schack 伯					シャック伯美術奨励金・三連祭壇画「恋愛」の作者
	91	Schack 伯爵堂、伯					シャック・ギャラリー開館式
	383	Schackgalerie					旧シャック・ギャラリーの購入
	548	Schack					鍵匙小説（モデル小説）
	686	Graf Schack					F. Philippi のミュンヘン追憶記
Schadow, Hans Otto Julius	554	Schadow	画家。J. G. Schadow の大甥	ドイツ	1862	1924	ベルリン無鑑査展覧会役員
Schadow, Johann Gottfried	150	Schadow	版画家、彫刻家。ブランデンブルク門のカドリーガ（4頭立て2輪馬車）像の製作者として知られる	ドイツ	1764	1850	J. G. シャドー作フリードリヒ大王銅像盗難事件
	257	Schadow					盗難の銅像は無事に回収
	274	Schadow					J. G. シャドー作銅像盗難事件
	275	Schadow					J. G. シャドー作銅像窃盗容疑

S

人名	頁数	本文表記	人物紹介（肩書・略歴など）	出生地	生年	没年	トピック
	571	Schadow					八十歳祝賀（R. Begas）・ベルリン彫塑界の大物たち
Schaeck, Theodor	378	Schaeck	飛行家（気球）	フランス	1856	1911	遠距離飛行の歴史
Schaefer, Heinrich	279	H. Schaefer	エジプト学者	ドイツ	1868	1957	アスワン・ダム工事で埋没する古寺院の壁画模写
Schaefer, Karl	659	Karl Schaefer	建築家	ドイツ	1844	1908	K. Schaefer 記念像除幕
Schaefer, Rudolf	651	Schaefer	画家	ドイツ	1878	1961	ハノーファー大展覧会（1912）
Schaeffer, Albrecht	667	A. Schaeffer	作家、劇作家	ポーランド	1885	1950	新興行ドラマ一覧
	680	Albrecht Schaeffer					興行情報
Schaffhausen, Haug	646	Haug Schaffhausen	（ヴィルヘルム・テル劇興行委員）				インターラーケンのヴィルヘルム・テル劇
Schaffner, Jakob	805	Jakob Schaffner	作家、劇作家	スイス	1875	1944	脚本「聖者」執筆
Schaffstein, Hermann	753	Schaffstein & Co.	出版業者、編集者。弟 Friedrich とともに書肆 Schaffstein & Co. を創業		1858	1937	五十歳誕生日（P. Dehmel）
Schalek, Alice	640	Alice Schalek	女性ジャーナリスト、写真家。筆名 Paul Michaely	オーストリア	1874	1956	東洋旅行後に支那びいき日本嫌いを披露
Schaljapin, Fjodor Iwanowitsch	696	Schaljapin	オペラ歌手。20世紀初頭を代表するバス歌手。独特な演技力で知られた	ロシア	1873	1938	カプリ在の M. ゴーリキー近況
	813	Schaljapin					M. ゴーリキーのカプリの別荘
Schalk, K.	431	K. Schalk	（劇作家）				新興行ドラマ一覧
Schamerina	40	Schamerina	（ペテルブルクの女盗賊団首領）				ロシアで女賊の首領が検挙
Schanche	227	Schanche	（ノルウェー総領事）				ビョルンソンの葬送
Schanderl, Joseph	579	J. Schanderl	弁護士、詩人、劇作家		1874	1951	新興行ドラマ一覧
	684	Joseph Schanderl					興行情報
Schantzer-Doria, O.	208	Schanzer-Diria	（作曲家）				新興行オペラ一覧
	508	O. Schantzer-Doria					新興行オペラ一覧
Schaper, Friedrich	443	Schaper	画家	ドイツ	1869	1956	ドイツ帝より受勲の芸術家
Schaper, Fritz	541	Fritz Schaper	彫刻家。19世紀ドイツを代表する彫刻家の一人。ゲーテ像（ベルリン）	ドイツ	1841	1919	ゲーテ協会大会（ヴァイマル）
	578	Fritz Schaper					七十歳祝賀
Schapiro	82	Schapiro	（ギリシャ出身の人身売買業者）				世界的人身売買業者が逮捕
Scharfenstein, Helene	727	Helene Scharfenstein	（女優、著述家）				「ドイツ一女優の日記」刊行
	739	Helene Scharffenstein					「ドイツ一女優の日記」で波紋
Scharnhorst, Gerhard von	580	Scharnhorst	軍人。ナポオレオンとの戦争、プロイセンの軍制改革で知られる	ドイツ	1755	1813	ブレスラウ大学創立百年祭
Scharwenka（兄弟）	606	Klindworth-Scharwenka-Saal	兄 Philipp（1847-1917）作曲家、弟 Xaver（1850-1924）作曲家、ピアニスト。音楽ホールを K. Klindworth とともに創設	ポーランド			ベルリンで講演予定
	611	Klindworth-Scharwenka-Saal					哲学的な講演「考えること」

S

人名	頁数	本文表記	人物紹介（肩書・略歴など）	出生地	生年	没年	トピック
Scharwenka, Philipp	521	Philipp Scharwenka	作曲家	ポーランド	1847	1917	ベルリン王立芸術院音楽部長交代
Scharwenka, Xaver	521	Xaver Scharwenka	作曲家、ピアニスト	ポーランド	1850	1924	ベルリン王立芸術院音楽部長交代
Schaufert, Hippolyt August	535	Hippolyt Schaufert	劇作家		1834	1873	滑稽戯曲の懸賞にまつわる話
Schaufuss	142	Schaufuss	(ロシアの前逓相)				前逓相が機密漏洩で収賄
Schaumann, Ernst	574	Ernst Schaumann	画家	ロシア	1890	1955	芸術高等学校（ベルリン）表彰
Schebeck, Franz	534	Franz Schebeck	(ウィーン宮廷オペラ座建物監督)				ウィーン歌劇場建物監督辞職
Scheel, Otto	372	Otto Scheel	歴史家、神学者	デンマーク	1876	1954	ベルリン大学百年祭名誉学位
Scheerbart, Paul	353	Paul Scheerbart	画家、作家、詩人。B. タウトとの交友、ガラス建築や永久機関の構想でも知られる	ポーランド	1863	1915	ペルペトゥウム・モビレ（永久機関）を発明と吹聴
	463	Paul Scheerbart					P. シェーアバルト詩の朗読会
Scheffel	782	von Scheffel	(J. V. v. シェッフェルの息子、侍従長)				J. V. v. シェッフェル家男系断絶
Scheffel, Joseph Victor von	175	Scheffel	詩人、作家。19世紀ドイツを代表する人気作家の一人。韻文叙事詩「ゼッキンゲンの喇叭手」歴史小説「エッケハルト」	ドイツ	1826	1886	訃報（E. Koch-Heim）・小説「エッケハルト」
	324	von Scheffel					訃報（G. Cassone）
	697	Scheffel					J. V. v. シェッフェル記念像
	782	Joseph Victor von Scheffel					J. V. v. シェッフェル家男系断絶
	836	Viktor von Scheffel					J. V. v. シェッフェル記念像設立
Scheffers, Georg	543	Georg Scheffers	数学者	ドイツ	1866	1945	ベルリン工科大学校長人事
Scheffert	706	Morawe & Scheffert	(ベルリンの書肆)				L. ティーク「ファンタスス」オリジナル版（1812）出版
Schefzky, Joseph	70	Joseph Schefzky	彫刻家				訃報
Scheik Enani	287	Scheik Enani	(カイロ大学出身の留学生)				カイロ大からベルリン大に入学
Scheler, Max	235	Scheler	哲学者、倫理学者。現象学的方法を諸学に適用し体系化を試みた。最初にスキャンダルとなったのは書肆E. ディートリクスの妻との関係。後に名指揮者フルトヴェングラーの妹Märitと再婚	ドイツ	1874	1928	M. シェーラーが不品行のため倫理学助教授を免官
Scheler, Max（妻子）	235	Scheler	(哲学者M. シェーラーの最初の妻とその子)				M. シェーラーが不品行のため倫理学助教授を免官
Scheler, Max（情婦）	235	Scheler	(哲学者M. シェーラーの情婦の一人)				M. シェーラーが不品行のため倫理学助教授を免官
Schellenberger	313	Schellenberger	(ネブラスカの政治家)				ネブラスカ州など民主党の情勢
Schelling, Friedrich	838	Schelling	哲学者。ドイツ観念論を代表する一人	ドイツ	1775	1854	F. L. W. Meyer 紹介
Schenck, Dedo Heinrich Karl von	350	Schenk	軍人。プロイセン陸軍大将を務めた	ドイツ	1853	1918	ドイツ皇太子随行
	367	von Schenk 大将					ドイツ皇太子随行員交代
Schendel, G.	543	Schendler	飛行士			1911	飛行高度記録

人名	頁数	本文表記	人物紹介（肩書・略歴など）	出生地	生年	没年	トピック
	549	Schendel					飛行機など高所からの落下
Schepers	556	Schepers	（ベルリン在住の法律家）				訃報（R. Radecke、C. Hehl、F. Schepere）
Schepers, Friedrich	374	Friedrich Schepers	軍医		1873	1944	ベルリン大学百年祭名誉学位
Scheremetjew, Peter	654	Scheremetjew、シエレメチエフ伯			1876	1914	モスクワ西部の新市街改造計画は停滞中
Scherer, Georg	92	Georg Scherer	言語学者、文芸史家、詩人、翻訳家		1828	1909	訃報
Scherer, Wilhelm	269	Wilhelm Scherer	言語学者、文学史家	オーストリア	1841	1886	ゲーテ協会設立由来
Schering, Emil	644	Emil Schering	翻訳家、著述家。ストリンドベリ作品の独訳で知られる	スウェーデン	1873	1951	ベルリン芸術劇場ストリンドベリ作品公演
	761	Emil Schering、シエエリング					ストリンドベリ遺族と独訳者で係争
	781	Schering					ストリンドベリ遺族と独訳者が和解
	804	Emil Schering					ストリンドベリ遺族と独訳者間の係争が再開
Scherl, August	66	Scherl	新聞・出版創業者。「新聞王」の異名を取った	ドイツ	1849	1921	南独最大の新聞印刷所売買
Schewitsch, Helene von	607 608	Helene von Schewitsch, geb. von Doenniges、ラコキツツアの妻、Siegwart Friedmann の妻、Serge von Schewitsch の妻	歴史家・外交官 W. v. Doenniges の娘。俳優 S. Friedmann、社会主義者 S. v. Schewitsch などと結婚		1845	1911	服毒自殺した H. v. Schewitsch の数奇な一生
Schewitsch, Serge von	608	Serge von Schewitsch、夫	（社会主義者。Helene の三番目の夫）				服毒自殺した H. v. Schewitsch の数奇な一生
Schiaparelli, Giovanni Virginio	188	Giovanni Virginio Schiaparelli	天文学者、政治家。火星の観測・研究で知られる	イタリア	1835	1910	七十五歳祝賀
	278	Schiaparelli					卒中との報
	284	Giovanni Schiaparelli					訃報
Schiavazzi, Piero	122	Schiavazzi	テノール歌手	イタリア	1875	1949	三角関係から自殺（E. Mazzarella）
Schielof	125	Schielof					E. ウェスターマークの道徳論と発禁について
Schiff, Jacobus Henry	199	James H. Schiff	アメリカの銀行家。日露戦争に際し、日本の戦時国債を購入、支援した。P199の James は誤り	ドイツ	1847	1920	黄禍論が諸方で盛んに吹聴
	290	Jacobus Schiff					支那公使が日露協商に不平
Schiff, Martha	847	MARTHA SCHIFF	（翻訳家）				レクラム文庫第49951巻
Schikander, Emanuel	651	Schikander	劇作家、俳優、歌手	ドイツ	1721	1812	ウィーンのヴェーリンガー墓地が取払いの予定

人名	頁数	本文表記	人物紹介（肩書・略歴など）	出生地	生年	没年	トピック
Schildkraut, Rudolf	360	Schildkraut	俳優、映画俳優。オーストリア、ドイツ、アメリカで活躍	トルコ	1862	1930	名優 R. Schildkraut が除籍
	524	Rudolf Schildkraut					ドイツ人俳優が英語の勉強
	803	Rudolf Schildkraut					アメリカからベルリンに帰還
Schiller, Charlotte	584	Lotte	F. シラーの妻。旧姓 Lengefeld	ドイツ	1766	1826	シラーのロッテの家が火災
	770	Charlotte Schiller					C. シラー手澤本「オシアン集」・メフィストフェレスのモデル
Schiller, Ernst Friedrich Ludwig	454	孫 Friedrich	軍人。F. シラーの孫。妻は Mathilde	ドイツ	1826	1877	訃報（M. v. Schiller）
Schiller, Friedrich von	6	Schiller	詩人、劇作家、美学者、歴史家。ゲーテとともにシュトゥルム・ウント・ドランクからドイツ古典主義時代を代表する存在。戯曲「群盗」「たくらみと恋」などにより、理想主義、英雄主義を特色とする独自の美学を打ち出し、シュトゥルム・ウント・ドランクを牽引。その後、カント哲学にも親炙しつつ、ドイツ三十年戦争の研究成果として史劇「ヴァレンシュタイン」三部作を成した。この後、ゲーテとの親交を深め、ヴァイマルの地でドイツ古典主義の礎を築いた。詩「歓喜に寄す」、史劇「オルレアンの少女」「ヴィルヘルム・テル」、美学論文「カリアス書簡」「素朴と情感の文学」、歴史論文「オランダ独立史」「三十年戦争史」など。ドイツ各地でその名を冠した文学賞が多数設けられた。ゲーテブントによる民衆シラー賞（Volks Schiller Preis）もその一つ	ドイツ	1759	1809	弁護士が俳優になった話
	22	Schiller					英雄と文豪の奇妙な癖
	65	シルレル会					訃報（H. Hoffmann）
	93	Schiller					虫の知らせ
	96	Schillerbund					シラー協会会長就任
	101	Schiller					喫煙アンケート
	102	Schiller、Schillerhaus					シラー生誕百五十年祭・シラーハウス創立委員
	103	Friedrich Schiller、詩人、シルレル会					シラー生誕百五十年祭
	105	シルレル協会					シラー協会名誉寄付金辞退
	110	Schiller 座					興行情報
	148	シルレル座					「事業は事業」興行好評
	152	伯林シルレル座					「聖ゲオルゲンの聖職者」好評
	185	Schillertheater					新興行ドラマ一覧
	191	シルレル座					P. ハイゼ八十歳記念興行好評
	213	Schillers Werke					1908・9～ドイツでの興行回数
	220	Schiller					グラッベ全集未収録草稿はゲーテへの忌憚なき批評
	233	シルレル					グラッベの論文・シラー贔屓のゲーテ嫌い
	236	Schillertheater					訃報（W. Hasemann）
	238	Schillertheater					新興行ドラマ一覧
	244	Schiller					文士の手紙競売・内容と価格
	265	シルレル					Buchenalles 野外劇で「群盗」
	268	シルレル					古文書競売（アムステルダム）
	295	Goethe und Schillerarchiv					O. Ludwig 遺品がゲーテ・シラー図書館に収蔵
	306	Schiller					学校の成績が良かった名士・悪かった名士

人名	頁数	本文表記	人物紹介（肩書・略歴など）	出生地	生年	没年	トピック
	348	Schillerth.					新興行ドラマ一覧
	390	Schiller					シラー記念像除幕
	409	Schiler					シラーの孫の妻七十五歳祝賀
	421	Schiller					ベルリン演劇学校視察とロシア興行事情
	425	Schillertheater					訃報（R. Loewenfeld）
	426	Goethe-Schiller-Archiv					ゲーテ・シラー文庫館長引退
	451	両 Schillertheater					二つのシラー劇場監督に選出
	452	Schillerth.					新興行ドラマ一覧
	454	Schiller					訃報（M. v. Schiller）
	471	Schillerth.					新興行ドラマ一覧
	472	Schillerth.					新興行ドラマ一覧
	486	Schillerth.					新興行ドラマ一覧
	492	シルレルテアアテル					A. シュニッツラー作品興行
	495	Schiller					名家自筆コレクション競売
	518	Schillerth. O.					ベルリン諸劇場概況（1911夏）
	536 537	Schiller、 Schillerth. O.					滑稽戯曲の懸賞にまつわる話、新興行ドラマ一覧
	541	シルレル、シルレル・ブンド					ゲーテ協会大会（ヴァイマル）
	546	シルレル賞金					訃報・略歴（A. Wilbrandt）
	552	Schiller					シラーがゲーテに贈った書籍競売
	556	シルレル					新発見のクライスト詩はシラー詩に依拠と判明
	557	Schillertheater					転落死など劇場での事故
	570	Schiller					ベルリン大学講義一覧
	577	Schiller、Schillerhaus					シラー「ドン・カルロス」「歓喜の歌」執筆の家の内装再現
	583	Schiller					シラーのロッテの家が火災
	607	Volksschillerpreis					民衆シラー賞応募要領
	610	シルレル・テアアテル、Schiller					ズーダーマンが髭を刈り込み、シラーの墓発掘調査
	614	Schiller					「オルレアンの少女」初演のライプツィヒ古劇場が取り壊し
	615	シルレル					K. フォルメーラー「トゥーランドット」独訳と脚本「奇蹟」
	622	Schillerhaeuschen、Schiller					シラーの家（Gohlis）公開

S

人名	頁数	本文表記	人物紹介（肩書・略歴など）	出生地	生年	没年	トピック
	623	Schiller					シラー記念像競技会
	631	シルレル・テアアテル、シルレル・テアアテル・オオ					小学生は見物禁止、興行情報
	635	Schillerth.					新興行ドラマ一覧
	659	Schillerstiftung					シラー財団の賞金の与え方に H. Kyser が論難
	666	Schiller					「ゲーテ＝シラー往復書簡集」
	667	Schillerth.					新興行ドラマ一覧
	670	Schillerstiftung					シラー財団に対する H. Kyser の批判は正論
	678	Schiller、Schillertheater Charlottenburg					L. ハルトの声帯模写公演、P. Lindau の30年前の作品上演
	680	Schillertheater					低地ドイツ方言劇 *De Last* 好評
	704	Schillerhaeuschen、Schiller					F. シラーと C. G. ケルナー記念泉
	708	Schiller 記念像競技					シラー記念像競技会勝者
	712	Schiller、シルレル					F. シラーの頭蓋骨発見
	713	Schillerstiftung					ヴィルデンブルッフのイタカ荘をシラー財団に寄贈予定
	719	Schiller					ケルナーとシラー記念像除幕
	723	シルレル、シルレル家					シラーの墓と頭蓋骨の所有権
	724	シルレル記念像					シラー記念像設置予定
	725	Schiller					シラー遺骨は元の墓を改修して戻すことに決定
	726	Deutsche Schillerstiftung					ドイツ・シラー財団賞
	730	Schiller					ルソー生誕二百年祭・哲学文学の発展
	731	Schiller					新発見のシラー頭蓋骨の真贋
	742	Schiller、シルレル賞金、シルレル模倣家					訃報（J. Vrchlicky）、A. Lindner の脚本と作者紹介
	744	Schiller、シルレル					シラーゆかりの菩提樹
	746	Volks-Schillerpreis					シラー賞（ゲーテ・ブント）
	754	Volksschillerpreis、Schillerstiftung					シラー賞（ゲーテ・ブント）結果、シラー財団ブレスラウ支部賞金
	755	Schiller					ドイツ諸劇場（1912）の興行数

人名	頁数	本文表記	人物紹介（肩書・略歴など）	出生地	生年	没年	トピック
	763	Schiller 記念像、シルレル誕生日					シラー記念像（ドレスデン）
	767	Schiller					シラーの墓の修理見込
	774	Schiller					シラーの墓改装・ゲーテ旧宅増築の予算通過
	778	Schillertheater					ノイケルン区にシラー劇場設立
	785	Schiller					「群盗」野外興行
	802	Schillerstiftung					シラー財団賞金を A. ホルツ拒絶
	803	Schiller					ヴァイマルのシラーの家が取壊しの噂
	836	Friedrich Schiller					ハウプトマンが「ヴィルヘルム・テル」を大幅に省略
	838	Schiller					F. L. W. Meyer 紹介
	851	国家シルレル賞金、民衆シルレル賞金					国家シラー賞と民衆シラー賞
Schiller, Friedrich von（家）	723	シルレル家	（F. シラーの子孫）				シラーの墓と頭蓋骨の所有権
Schiller, Mathilde von	103	Mathilde Freifrau von Schiller	（F. シラーの孫 Ernst Friedrich Ludwig von Schiller の妻。旧姓 Alberti）				シラー生誕百五十年祭
	409	Mathilde Freifrau von Schiler					シラーの孫の妻七十五歳祝賀
	454	Freifrau Mathilde von Schiller					訃報
Schilling, Johannes	195	Johannes Schilling	彫刻家	ドイツ	1828	1910	訃報
Schillings, Carl Georg	601	C. G. Schillings	写真家、動物愛護活動家。弟は作曲家 Max	ドイツ	1865	1921	鳥の羽を装飾に用いないよう勧告
Schillings, Max von	450	Max Schillings	作曲家、指揮者、劇場監督。兄は写真家 Carl Georg	ドイツ	1868	1933	ベルリン王立芸術院会員補充
	462	Max Schillings					ベルリン王立芸術院加入
Schinas, Alexander	797	Schinas	アナキスト。ゲオルギオス 1 世を暗殺	ギリシャ	1870	1913	ギリシャ王暗殺者が自殺
Schinkel, Karl Friedrich	333	Schinkel	建築家。18世紀ドイツの新古典主義建築様式を代表する人物	ドイツ	1781	1841	シンケル建築処分に惜しむ声
	476	Schinkelpreis					シンケル賞受賞建築家（1911）
Schinnerer, Adolf	296	Schinnerer	画家、デザイナー	ドイツ	1876	1949	ライプツィヒ版画展覧会
Schirach, Karl Baily Norris von	752	Karl von Schirach	劇場監督	ドイツ	1873	1948	ヴァイマル劇場総監督就任
Schirmer, W.	657	W. Schirmer	（オペラ台本家）				新興行オペラ一覧
Schirren, Carl	417	Schirren	歴史家	ラトヴィア	1826	1910	訃報（E. Reich、C. Schirren）
Schjerning, Otto von	839	Otto von Schjerning	軍医。プロイセン軍参謀本部軍医、軍衛生部長官を歴任	ドイツ	1853	1921	六十歳祝賀
Schlabitz, Adolf	380	Schlabitz	肖像画家、風俗画家	ポーランド	1854	1943	ベルリン芸術家協会新委員

S

人名	頁数	本文表記	人物紹介（肩書・略歴など）	出生地	生年	没年	トピック
Schlack, E.	207 208	Schlack	（劇作家）				新興行ドラマ一覧
	347	Schlack					新興行ドラマ一覧
	414	E. Schlack					新興行ドラマ一覧
	507	Schlack					新興行ドラマ一覧
Schlaeger, Antonie	342	Toni Schlaeger	オペラ女優。愛称 Toni	オーストリア	1859	1910	訃報
Schlaf, Johannes	125	Johannes Schlaf、Bjarne P. Holmsen	小説家、詩人、劇作家、翻訳家。Bjarne P. Holmsen は A. Holz とともに用いたペンネーム。ホルツとの共作には緻密な環境描写を特色とする小説「パパ・ハムレット」、自然主義戯曲の代表作の一つ「ゼーリッケ一家」がある。ホルツと離れてからは抒情的で印象主義的な作風に転じた	ドイツ	1862	1941	Mystification（新しい著述を故人の作として出すこと）の例
	278	Johannes Schlaf					遊興税反対署名者一覧
	321	Johannes Schlaf					太陽中心を破る地球中心観
	524	Holz-Schalf					講演「新ドイツ詩の淵源」
	711	Johannes Schlaf					1912年中に五十歳となる文士
	729	Johannes Schlaf					五十歳祝賀・近業紹介
	765	Johannes Schlaf					ドイツ諸家の新年の仕事
Schlag, H.	415	H. Schlag	（劇作家）				新興行ドラマ一覧
Schlaikjer, Erich	492	Erich Schlaikjer、シユライキエル	作家、劇作家		1867	1928	舞台関係者同士で諍い
Schlechter, Carl	298	Schlechter	チェス棋士	オーストリア	1874	1918	チェス大会（ハンブルク）
Schlegel, Friedrich	802	Friedrich Schlegel	哲学者、評論家、作家、翻訳家。兄アウグストとともに初期ドイツ・ロマン主義を代表する存在。「アテネウム」主宰	ドイツ	1772	1829	F. シュレーゲルの前借依頼手紙に「ルツィンデ」第二部構想
Schleich, Eduard	92	Eduard Schleich	画家。同名の子も同じく画家	ドイツ	1812	1874	シャック・ギャラリー開館式
Schleiermacher, August	43	A. Schleiermacher	物理学者	ドイツ	1857	1953	残像の研究
Schleinitz	833	Schleinitz					古跡イゾルデの塔（ダブリン）
Schleinitz, Alexander von	447	von Schleinitz	政治家、官吏。プロイセン王室担当相、外相を歴任	ドイツ	1807	1885	キャビアの種類・値段
Schlenther, Paul	121	Schlenther	劇場監督、演劇評論家、文筆家。自然主義の先駆の一人とされる。O. ブラームとともに自由劇場を旗揚げ。ブルク劇場監督を務めた後、新聞「ベルリナー・ターゲブラット」で劇評を担当した。妻は女優 Paula Conrad	ロシア	1854	1916	ブルク劇場監督交代の噂
	126	Schlenther					ブルク劇場監督が辞任
	127	Paul Schlenther					1909年最も面白かった記事
	128	Paul Schlenther					ブルク劇場には戻らぬ決意
	155	Paul Schlenther					元ブルク劇場監督が「ベルリナー・ターゲブラット」の劇評担当
	387	Paul Schlenther					スキャンダル裁判で興行許可取消
	459	Paul Schlenther					興行失敗の具体例とその弁護
	478	Schlenther					「ファウスト」興行沿革
	666	Paul Schlenther					P. Schlenther のストリンドベリ回想
	703	Paul Schlenther					F. Kayssler がキリスト教劇朗読

人名	頁数	本文表記	人物紹介（肩書・略歴など）	出生地	生年	没年	トピック
Schlepellew	93	Schlepellew、大将	（ロシアの陸軍大将）				舞踏会・恋の遺恨で拳銃自殺
Schlesinger, Adolph Martin	200	Schlesinger	楽譜出版業創業者。1810年にベルリンで創業	ポーランド	1769	1838	楽譜商シュレジンガー創業百年
Schleussner, Ellie	729	Ellin Schleussner	女流翻訳家。本文 Ellin は Ellie の誤り				英訳ストリンドベリ全集刊行
Schleyer, Johann Martin	737	Schleyer	司祭。人工言語ヴォラピュク（Volapuek）を発明	ドイツ	1831	1912	訃報・人工言語の発明者
Schlichting	596	Baron de S.	（モナ・リザ盗難容疑をかけられたロシアの男爵）				「ジョコンダ」盗難事件たれこみ
	597	Baron de Schlichting					容疑者が冤罪を主張、「ジョコンダ」事件たれこみ続報
Schlichting, Max	501	Schlichting	画家。ベルリン分離派	ポーランド	1866	1937	ベルリン美術大展覧会（1912）
	529	Max Schlichting					ベルリン美術大展覧会役員
	572	Max Schlichting					ベルリン大美術展覧会受賞者
	679	Max Schlichting					ベルリン大美術展覧会開催
Schlieffen, Alfred von	372	Graf von Schlieffen	軍人。陸軍元帥、参謀総長。対仏侵攻作戦シュリーフェン計画の立案者	ドイツ	1833	1913	ベルリン大学百年祭名誉学位
Schloemp, Felix	612	Felix Schloemp	文筆家、編集者		1880	1916	猥褻書刊行二年後に発売禁止
Schloesser, Rudolf	387	Rudolf Schloesser	著述家		1860	1920	A. v. プラーテン伝刊行
Schlomer	393	Schlomer	（ベルリン学芸協会役員）				新団体ベルリン学芸協会
Schltz	17	Fräulein Dr. Schltz	（ハンブルクの女性弁護士）				ドイツで二人目の女弁護士
Schluck	372	Schluck					ベルリン大学百年祭名誉学位
Schlueter, Otto	456	Otto Schlueter	地理学者	ドイツ	1872	1959	ハレ大学地理学人事
Schmasow, Alfred	238	Alfred Schmasow	俳優、劇作家		1863	1924	新興行ドラマ一覧
Schmeidler, Bernhard	800	Schmeidler	歴史家、古文書学者	ドイツ	1879	1959	「アベラールとエロイーズの書簡」擬作の疑い
Schmetzer	285	Schmetzer					エアランゲン大学名誉学位
Schmid, Josephine	51	Josephine Schmid、未亡人	旧姓 Kleiner。Schmid は初婚時の姓。リオフレッド侯と再婚	アメリカ	1862	1937	ローマの侯爵がニューヨークの醸造屋未亡人と結婚
Schmidlin, Friedrich von	374	Friedrich von Schmidlin	官吏、法律家。ヴュルテンベルク王国で法相などを務めた	ドイツ	1847	1932	ベルリン大学百年祭名誉学位
Schmidt	493	Expeditus Schmidt	司祭、演劇評論家、文筆家		1868	1939	「信仰と故郷」批判の旧教僧
Schmidt, Eduard Oscar	795	Eduard Oskar Schmidt	動物学者。文芸史家 E. Schmidt の父	ドイツ	1823	1886	訃報（E. Schmidt）
Schmidt, Erich	45	Erich Schmidt、Schmidt 教授	文芸史家、文献学者。19世紀後半から20世紀初頭を代表する文芸史家の一人。F. シラー、H. v. クライストなど著名文学者の伝記を執筆。ゲーテ研究で名高く、ことに「ウル・ファウスト」の発見者として知られる。ベルリン大学創立百周年時の学長、ゲーテ・シラー文庫館長、ヴァイマルのゲーテ協会会長を歴	ドイツ	1853	1913	ベルリンの女学生に大人気の講義
	70	Erich Schmidt					ベルリン大学の輪番の学長
	100	Erich Schmidt					学長就任「文学上の人格」演説中に卒倒
	153	Erich Schmidt					ベルリン大学百年祭演説予定
	188	Erich Schmidt					H. v. クライスト記念像除幕

S

人名	頁数	本文表記	人物紹介（肩書・略歴など）	出生地	生年	没年	トピック
	218	Erich Schmidt	任した				訃報（マーク・トウェイン）
	269	Erich Schmidt					ゲーテ協会設立由来
	272	Erich Schmidt					ゲーテ協会二十五年祭、H. v. クライスト記念像除幕式
	276	Erich Schmidt					クライスト記念像除幕式出席のE. シュミットが卒倒
	323	Erich Schmidt					ベルリン大学役員一覧
	370 371	Erich Schmidt					ベルリン大学百年祭
	376	Erich Schmidt					ベルリン大学学長交代
	377	Erich Schmidt					ベルリン大学役員一覧
	396	Erich Schmidt					クライストの書簡で論争・仲裁
	409	Erich Schmidt					R. ワーグナー劇場設立計画（ベルリン）
	426	Erich Schmidt					死刑不可廃論者一覧
	437	Erich Schmidt					グリルパルツァー賞・詳細
	521	Erich Schmidt					授業料受取書の簡略化
	541	Erich Schmidt、エエリヒ・シユミツト					ゲーテ協会大会（ヴァイマル）
	570	E. Schmidt					ベルリン大学講義一覧
	627	Erich Schmidt					クライスト伝及び作品集
	662	Erich Schmidt					E. シュミットの近業出版予定
	691	Erich Schmidt					在職二十五周年祝賀
	720	Erich Schmidt					「ウル・ファウスト」初興行
	728	Erich Schmidt					O. Ludwig 生誕百年・遺稿
	794 795	Erich Schmidt、シユミツト					ベルリン大学講義（E. シュミット）代行、訃報
	801	Erich Schmidt					ゲーテ協会会長にふさわしい人物
	805	Erich Schmidt					E. シュミットの後任を A. Koester が辞退
	817	Erich Schmidt					女学生が受講につき嘆願書
Schmidt, Ernst	810	Ernst Schmidt	（女学校拳銃乱射事件犯）				女学校拳銃乱射事件
Schmidt, Heinrich	406	Heinrich Schmidt	哲学者、公文書官	ドイツ	1874	1935	E. ヘッケルの宗派脱退の理由は教会からの迫害
Schmidt, Lothar	115	Lothar Schmidt	劇作家				M. アルツバーシェフ「サーニン」翻訳裁判
	149	Lothar Schmidt					脚本不採用をめぐり裁判沙汰
	349	L. Schmidt					新興行ドラマ一覧

人名	頁数	本文表記	人物紹介（肩書・略歴など）	出生地	生年	没年	トピック
	415	L. Schmidt					新興行ドラマ一覧
	479	Lothar Schmidt					ベルリン新劇場に招聘
	498	Lothar Schmidt					法廷の風刺劇が興行禁止
	501	Lothar Schmidt					連続の興行禁止を修正で回避
	505	Lothar Schmidt					近頃不振のウィーン演劇界
Schmidt, Marie	813	Marie Schmidt	（殺害されたウィーンの娼婦）				ウィーン私娼殺害事件
Schmidt, Maximilian	683	Maximilian Schmidt (Waldschmidt)	作家、劇作家、詩人。ユーモアに富んだ作風。通称 Waldschmidt	ドイツ	1832	1919	八十歳祝賀・バイエルンの方言詩人
Schmidt, Otto	660	Otto Schmidt	（音楽家）				訃報
Schmidt, Wolf	795	長男 Wolf	（軍人、文芸史家 E. Schmidt の息子）				訃報（E. Schmidt）
Schmidt-Frankfurt	418	Schmidt-Frankfurt					突然白髪になった逸話
Schmidt-Kestner, Erich	602	Erich Schmidt-Kestner	彫刻家	ドイツ	1877	1941	F. パウルゼン記念像
Schmidt-Kestner, Hans	825	Hans Schmidt-Kestner	詩人、小説家、劇作家。Charlotte Kestner の曾孫	ドイツ	1892	1915	ゲーテの思い人ロッテの曾孫の戯曲が上場
Schmidt-Ott, Friedrich	260	Schmidt	法律家、政治家、官僚。ドイツ育英会を創設	ドイツ	1860	1956	五十歳祝賀
Schmidtbonn, Wilhelm	119	Wilhelm Schmidt-Bonn	劇作家、作家。本名 Wilhelm Schmidt でボン生まれ。郷土であるライン地方を舞台に自然の中に生きる人々の姿を情感豊かに描いた。鷗外訳に代表作「街の子」に加え「鴉」がある	ドイツ	1876	1952	脚本「アキレスの怒り」採用
	178	Schmidt-Bonn					脚本「助けてくれ、子供が一人天から降った」あらすじ
	185 186	Schmidt-Bonn					新興行ドラマ一覧
	231	Schmidt-Bonn					Gleichen 伯爵家の由来
	349	W. Schmidtbonn					新興行ドラマ一覧
	561	W. Schmidt-Bonn					新興行ドラマ一覧
	604	Wilhelm Schmidt-Bonn					「水浴のヘレナ」興行禁止
	605	W. Schmidt-Bonn					新興行ドラマ一覧
	627	Schmidt-Bonn					ベルリン大でクライスト百年祭
	654	Wilhelm Schmidt-Bonn					クリスマスの予定アンケート
	660	Wilhelm Schmidt-Bonn					「アキレスの怒り」初興行
	716	Wilhelm Schmidt-Bonn					H. オイレンベルクと W. シュミットボンが賞金を二分して受賞
	754	Wilhelm Schmidt-Bonn					シラー賞（ゲーテ・ブント）結果
	764	Wilhelm Schmidt-Bonn					M. ラインハルトが W. シュミットボンの新作「放蕩息子」興行
	797	Wilhelm Schmidtbonn					興行情報（ドレスデン）
Schmidthaessler, Walter	133	Schmidthaessler	劇作家、俳優	ドイツ	1864	1923	新興行ドラマ一覧
	366	W. Schmidthaessler					新興行ドラマ一覧
Schmieden, Alfred	453	A. Schmieden	俳優、劇作家、劇場監督		1874	1914	新興行ドラマ一覧

人名	頁数	本文表記	人物紹介（肩書・略歴など）	出生地	生年	没年	トピック
	511	Schmieden					英国劇「裸なる真理」上演
	545	Alfred Schmieden					ベルリン新劇場の監督交代
	633	A. Schmieden					新興行ドラマ一覧
Schmieding, Adolf	591	Adolf Schmieding	彫刻家				ハイネの生家と記念室
Schmitz, Karl	41	Schmitz	（新聞記者 R. Brunhuber の同行者）				チベット入国を試み殺害
Schmoller, Gustav von	371	von Schmoller	経済学者。新歴史学派の代表的存在	ドイツ	1838	1917	ベルリン大学百年祭
	426	Schmoller					死刑不可廃論者一覧
	548	Schmoller					病気との報
Schnaeble	59	Schnaeble、男	（ベルリンの新聞記者）				記者同士の恋愛のもつれから筆戦・発砲事件に発展
Schnebel, Carl	343	Schnebel	新聞記者、イラストレーター。「ベルリン絵入新聞（*Berliner Illustrirte Zeitung*）」編集長		1874頃	1939頃	「ベルリン絵入新聞」挿画懸賞
Schnee, Hermann	442	Schnee	風景画家、版画家	ドイツ	1840	1926	ドイツ帝より受勲の芸術家
Schneegans, Heinrich	115	Schneegans	言語学者、著述家	ドイツ	1863	1914	M. アルツバーシェフ「サーニン」翻訳裁判
Schneegans, Ludwig	686	Ludwig Schneegans	劇作家、翻訳家	ドイツ	1842	1922	F. Philippi のミュンヘン追憶記
Schneider	285	von Schneider					エアランゲン大学名誉学位
Schneider	521	Schneider	（ハーナウ市立劇場舞台監督）				仕事の悩みから自殺
Schneider（寡婦）	75	Schneider 氏の寡婦	（税吏 Forbig と再婚）				少し込み入った親族関係
Schneider（寡婦の娘）	75	寡婦の娘	（義理の父 Forbig の息子と結婚）				少し込み入った親族関係
Schneider, Joseph Eugène	603	Schneider	実業家、鉄器製造業者。兄 Adolf とともに製鉄会社を創業。シュナイダー社は軍需産業を経て電気メーカーに発展	フランス	1805	1875	O. ミルボーの脚本創作案
Schneider, Sascha	47	Sascha Schneider	彫刻家、画家、イラストレーター。ドイツで活動、K. マイ作品の挿絵で知られた	ロシア	1870	1927	油画に痰を吐き傘でつついて禁錮・罰金
Schneider, Wilhelm	171	Wilhelm Schneider	司教	ドイツ	1847	1909	ヨーロッパ版絶句帳
Schnell, Paul	477	Schnell	建築家				シンケル賞受賞建築家（1911）
Schnitzer, Joseph	232	Schnitzer	神学者。「サヴォナローラ」など	ドイツ	1859	1939	モデルニスムス宗教論争
	282	Schnitzer 教授、教授					破門宣告書はすでに到着
Schnitzler, Arthur	37	Adolf Schnitzler	作家、劇作家、医師。新ロマン主義を代表する文学者の一人。H. バール、F. ホフマンシュタールとともに、19世紀末から20世紀初頭のウィーンで活躍。モデルネ（現代性）を標榜した若きウィーン派の一員とされる。咽喉科の医師でありながら精神医学や催眠術などへの関心から、創作活動をはじめた。類型的な人物たちを描きながらも、鋭い心理分析と印象主義的な作風を特色とした。鷗外訳に「みれん」「恋愛三昧」「猛者」「アンドレア	オーストリア	1862	1931	ドイツ貸本ランキング（1908）
	151	Schnitzler					人形芝居「猛者」興行
	152	Arthur Schnitzler					パントマイム作品に喝采
	163	Arthur Schnitzler					パントマイム劇「女ピエロのヴェール」出版
	177	Schnitzler					ミラノとパリの文士会とが外国脚本上演につき筆戦
	185	Arthur Schnitzler					新興行ドラマ一覧
	249	Arthur Schnitzler					A. シュニッツラーの弟が J. カイン

人名	頁数	本文表記	人物紹介（肩書・略歴など）	出生地	生年	没年	トピック
			ス・タアマイエルが遺書」などがあり、今日まで多くの翻訳がなされている。戯曲「アナトール」「輪舞」、小説「盲目のジェローニモと兄」「令嬢エルゼ」「夢小説」など。P37 Adolfは誤り				ツの手術を担当
	314	Schnitzler					O. ブラームの近況・予定
	321	Schnitzler					「恋愛三昧」朗読禁止に冷罵
	328	Arthur Schnitzler					新興行ドラマ一覧
	355	シユニツツレル					訃報（J. カインツ）・詳細
	356	Arthur Schnitzler					J. カインツの葬儀
	406	Schnitzler					「アナトール」興行予定
	414	A. Schnitzler					新興行ドラマ一覧
	427	Schnitzler					「広き国」興行情報
	430	Schnitzler					グリルパルツァー賞受賞候補
	437	Schnitzler					グリルパルツァー賞・詳細
	463	Arthur Schnitzler					A. シュニッツラーが俳優の怪我の手当て
	492	Schnitzler					A. シュニッツラー作品興行
	504	Schnitzler					近頃不振のウィーン演劇界
	539	Arthur Schnitzler					レッシング劇場新作興行予定
	544	Arthur Schnitzler					ヴェデキント興行禁止反対署名者一覧
	588	Arthur Schnitzler					主要三劇場で「広き国」初興行
	609	Arthur Schnitzler					泣かせる戯曲 *Vermaechtniss*
	611	Schnitzler					「広き国」興行は中当たり以上
	632	A. Schnitzler					新興行ドラマ一覧
	673	Arthur Schnitzler					レッシング劇場興行情報
	693	Schnitzler					訃報（M. ブルクハルト）
	709	Schnitzler					五十歳誕生記念興行
	711	Arthur Schnitzler					1912年中に五十歳となる文士
	713	Arthur Schnitzler					シュニッツラー五十歳記念全集
	724	シユニツツレル					グリルパルツァー賞をヴェデキントが逃しシュニッツラー受賞
	751	Arthur Schnitzler					「ベルンハルディ教授」興行禁止
	768	Arthur Schnitzler					「恋愛三昧」映画化のため加筆
	774	シユニツツレル					E. ハルトの旧作が上場
	790	Arthur Schnitzler					「ベルンハルディ教授」興行禁止のウィーンからブダペストに特別列車
Schnitzler, Julius	249	Professor Schnitzler	医師。A. シュニッツラーの弟	オーストリア	1865	1939	A. シュニッツラーの弟が J. カインツの手術を担当

S

人名	頁数	本文表記	人物紹介（肩書・略歴など）	出生地	生年	没年	トピック
Schnorr von Carolsfeld, Hans	58	Hans	古典文献学者		1862	1933	王立図書館長（ミュンヘン）
Schnorr von Carolsfeld, Julius	58	Julius Schnorr von Carolsfeld	宗教画家、歴史画家。ドイツ・ロマン派の一翼、ナザレ派を代表する画家	ドイツ	1794	1872	王立図書館長（ミュンヘン）
	551	Schnorr von Carolsfeld					訃報（F. Flinzer）
Schnuetgen, Alexander	383	Schnuetgen-Museum	神学者、司祭、美術品収集者	ドイツ	1843	1918	キリスト教参考品の博物館
Schoen, Wilhelm von	277	von Schoen	外交官	ドイツ	1851	1933	ドイツ外務次官交代
Schoenaich, Franz Xaver von	106	軍務大臣	軍人、政治家	オーストリア	1844	1916	毒丸薬事件に懸賞金
Schoenaich-Carolath, Heinrich zu	495	Prinz zu Schoenaich-Carolath	政治家	ドイツ	1852	1920	ナウンドルフ問題に関する演説
Schoenbach, Anton Emanuel	593	Anton Schoenbach	ゲルマニスト。聖杯伝説の研究で知られる	チェコ	1848	1911	訃報
Schoenberg, Arnold	305	Arnold Schoenberg	作曲家、音楽理論家。弟子の A. ベルクや A. ヴェーベルンとともに新ウィーン楽派を代表する音楽家。無調における統一性を追求し十二音技法を確立。現代音楽の扉を開いた。ウィーン、ベルリンを追われ亡命先のアメリカで死去	オーストリア	1874	1951	音楽界の極左翼を採用したウィーン音楽院注目の人事
	752	Arnold Schoenberg					ドイツ音楽界の現状批評
	782	Arnold Schoenberg					「グレの歌」演奏会情報
	802	Arnold Schoenberg					シェーンベルクにマーラー賞
Schoene, Richard	481	Richard Schoene	古典考古学者。ベルリン王立美術館館長を務めた	ドイツ	1840	1922	ベルリン王立芸術院名誉会員
Schoenebeck-Weber 夫人	293	von Schoenebeck-Weber 夫人	（文筆家 A. O. Weber の妻）				疑獄事件で有名な夫人が自殺未遂で入院
	326	von Schoenebeck 夫人					猥褻図書として告発
Schoenfeld, Karl Emil	186	Karl Schoenfeld	俳優、演出家、文筆家	ハンガリー	1854	1934	新興行ドラマ一覧
	263	Carl Schoenfeld					新興行ドラマ一覧
	328	Karl Schoenfeld					新興行ドラマ一覧
Schoenfelder	454	Schoenfelder	（神学者）				反モデルニスムス誓文に服従した教授一覧
Schoenheit, Wilhelm	92	Wilhelm Schoenheit	（絵画盗難容疑者）				絵画盗難事件控訴棄却
Schoenherr, Karl	103	Schoenherr	医師、劇作家、郷土作家。故郷チロル地方の歴史や民俗に題材を得ながら社会的な問題を扱う戯曲を残した。問題作にグリルパルツァー賞受賞作（1911）となった「信仰と故郷」「大地」など。鷗外訳に「労働」がある	オーストリア	1867	1943	シラー生誕百五十年祭
	105	Karl Schoenherr					シラー協会名誉寄付金辞退
	349	K. Schoenherr					新興行ドラマ一覧
	365	K. Schoenherr					新興行ドラマ
	381	K. Schoenherr					新興行ドラマ
	430	Schoenherr					グリルパルツァー賞受賞候補
	437	Karl Schoenherr					グリルパルツァー賞・詳細

人名	頁数	本文表記	人物紹介（肩書・略歴など）	出生地	生年	没年	トピック
	440	Schoenherr					新作農民劇を脱稿
	454	Schoenherr					ヘッセン大公は「信仰と故郷」を傾向劇として排斥せず
	480	Schoenherr、詩人					「信仰と故郷」をドイツ帝が観覧・軍艦ヒルデブラント進水式
	481	Schoenherr					ドイツ帝が「信仰と故郷」激賞
	493	Karl Schoenherr					「信仰と故郷」批判の旧教僧
	494 495	Karl Schoenherr、シヨオンヘル					「信仰と故郷」を剽窃と中傷
	504	Schoenherr					Handel-Mazetti がシェーンヘルは剽窃をしていないと声明
	508	Karl Schoenherr、シヨオンヘル					「信仰と故郷」剽窃疑惑弁明
	514	Schoenherr					スウェーデン王夫妻とドイツ帝夫妻が観覧予定の演目
	530	Karl Schoenherr					文学者に及ぼす本業と副業の影響
	568	Schoenherr					リンツで「信仰と故郷」興行禁止
	595	Karl Schoenherr					ベルリンから朗読旅行を開始
	600	Karl Schoenherr					新作タイトルは「母の悲劇」
	612	Karl Schoenherr					新作脚本「母の悲劇」朗読
	617	Schoenherr					朗読予定の作品
	618	Schoenherr、シヨオンヘル					ノーベル賞受賞候補（1911）
	621	Schoenherr					「信仰と故郷」剽窃論は無用の詮索・朗読下手なシェーンヘル
	629	Schoenherr					「信仰と故郷」に類似の脚本
	630	Schoenherr					チロルを題材にした脚本執筆
	648	Karl Schoenherr					ドイツ文士会人事
	673	Karl Schoenherr					レッシング劇場興行情報
	685	Karl Schoenherr					上海で「信仰と故郷」上演
	747	Karl Schoenherr					ウィーン民衆劇場賞受賞
	755	Schoenherr					ドイツ諸劇場（1912）の興行数
	819	Schoenherr					政府に文士救済策を申入れ
	837	Karl Schoenherr					新作滑稽劇上演予定
	851	カルル・シェエンヘル (KARL SCHÖN-HERR)					国家シラー賞と民衆シラー賞
Schoenleber, Felix	532	Felix Schoenleber、シヨオンレエベル	（バーデンの画家）				画家が突如拳銃自殺

S

人名	頁数	本文表記	人物紹介（肩書・略歴など）	出生地	生年	没年	トピック
Schoenleber, Gustav	443	Gustav Schoenleber	画家、風景画家	ドイツ	1851	1917	Pour le mérite 受勲者一覧
	636	Gustav Schoenleber					六十歳祝賀
Schollaert, François	111	Schollaert	政治家、首相（1908-1911）（拓相）	ベルギー	1851	1917	レオポルド2世が危篤
	180	拓殖大臣					ベルギー故王にコンゴ株疑惑
	544	Schollaert 内閣					学制問題で敗北し内閣辞職
Scholz, August	616	August Scholz	文筆家、翻訳家	ポーランド	1857	1923	重訳の「生ける屍」興行は失敗
	661	August Scholz					遺稿「光は闇に輝く」独訳興行
Scholz, Wilhelm von	152	Wilhelm von Scholz	詩人、劇作家、俳優、編集者、翻訳家。ドイツ劇作家・作曲家同盟の名誉総裁を務めた。プロイセン財相 Adolf von Scholz の息子	ドイツ	1874	1969	匿名で出した喜劇が好評
	365	W. v. Scholz					新興行ドラマ一覧
	439	Wilhelm von Scholz					旧作「客」興行
	610	Wilhelm von Scholz					グリルパルツァーの日記
	654	Wilhelm von Scholz					クリスマスの予定アンケート
	778	Wilhelm von Scholz					新作「危険な恋」興行情報
	792	Wilhelm von Scholz					ラクロ「危険な関係」リメイク
	817	Wilhelm von Scholz					美学及一般芸術学会
Schomann, Willi	574	Willy Schomann	画家	ドイツ	1881	1917	芸術高等学校（ベルリン）表彰
Schopenhauer, Arthur	324	Schopenhauer	哲学者。仏教・インド哲学への関心に基づいた独自の厭世哲学により知られる。世界を自我の表象として捉え、満たされぬ欲望から生じる苦から脱するための意志の必要を説いた。生の哲学、実存主義の先駆けとして評価されることもある。芸術論や自殺論は後代の思想家、文学者、芸術家に多大な影響を与えた。母 Johanna は女流作家	ポーランド	1788	1860	J. v. Eckardt のビスマルク懐旧談
	325	Schopenhauer					ベルリン大学懸賞問題（哲学）
	375	Schopenhauer					ベルリンで大学生だった人物
	567	Arthur Schopenhauer					ヨーロッパの仏教・インド研究
	620	Schopenhauer-Gesellschaft					ショーペンハウアー協会の事業
	724	シヨペンハウエル会					ショーペンハウアー協会総会
	745	Schopenhauer					F. Mauthner 監修の哲学叢書
Schoppe, Amalie	200	Amalie Schoppe	女性編集者、文筆家。若き F. ヘッベルの苦境を助け世に出した		1791	1858	A. Schoppe の書簡発見
Schorlemer-Lieser, Clemens von	272	von Schorlemer	政治家　（農相）	ドイツ	1856	1922	ドイツ閣僚交代
Schott, Richard	209	Richard Schott	（オペラ台本家）				新興行オペラ一覧
	416	R. Schott					新興行オペラ一覧
Schott, Walter	462	Walter Schott	彫刻家。ネオ・バロックを代表する芸術家の一人。父 Eduard も有名な冶金学者・鋳物工	ドイツ	1861	1938	ベルリン王立芸術院加入
	503	Schott					ベルリン美術大展覧会（1912）
	529	Walter Schott					ベルリン美術大展覧会役員
	599	Walter Schott					五十歳祝賀
Schotte, Axel	608	A. Schotte	政治家　（内相）	スウェーデン	1860	1923	スウェーデン自由主義内閣
Schottelius, J. W.	348	J. W. Schottelius	（劇作家）				新興行ドラマ一覧
Schottlaender, Salo	170	S. Schottlaender	書肆。1876年ブレスラウで創業	ポーランド	1844	1920	駆歩小説「不愉快な美人」

人名	頁数	本文表記	人物紹介（肩書・略歴など）	出生地	生年	没年	トピック
Schrader, Heinrich	580	Heinrich Schrader	作曲家	ドイツ	1844	1911	訃報
Schrader, Karl	796	Karl Schrader	政治家	ドイツ	1834	1913	訃報
Schrader, Otto	374	Otto Schrader	言語学者、文献学者	ドイツ	1855	1919	ベルリン大学百年祭名誉学位
Schrag, Johann Leonhard	281	J. L. Schrag	書肆創業者	ドイツ	1783	1858	書肆 J. L. Schrag 百年祭
Schrag, J. L.（女主）	281	J. L. Schrag の女主	（書肆 J. L. Schrag の女主人）				書肆 J. L. Schrag 百年祭
Schramm, Anna	202	Anna Schramm	ソプラノ歌手、女優。世紀転換期のドイツでもっとも人気のあった女優の一人	チェコ	1835	1916	七十五歳祝賀に雲隠れを予告
Schreder, K.	636	K. Schreder	（オペラ台本家）				新興行オペラ一覧
Schriefer, Wilhelm	416	W. Schriefer	（オペラ台本家）				新興行オペラ一覧
Schroeder, Elisabeth von	784	Elisabeth von Schroeder	（E. G. v. Schleswig-Holstein 公爵夫人の女官）				女官から女優に転身
Schroeder, Friedrich Ludwig	536	Friedrich Ludwig Schroeder	俳優、劇作家、劇場監督	ドイツ	1744	1816	滑稽戯曲の懸賞にまつわる話
	838	Friedrich Ludwig Schroeder、Schroeder					F. L. W. Meyer 紹介
Schroeder, Karl	550	Karl Schroeder	テノール歌手（元郵便配達人）	ドイツ	1884	1922	名歌手輩出の地ヴッパタール
Schroeder-Voelkshagen, Helmuth	118	Helmut Schroeder-Voelkshagen	詩人（低地ドイツ語）	ドイツ	1842	1909	訃報
Schroetter	547	von Schroetter	（ウィーン宮廷図書館・現オーストリア国立図書館館長）				ウィーン宮廷図書館に秘蔵の珍本多数
Schroetter, Hugo	567	Hugo Schroettner	化学者。本文の Schroettner は誤り	チェコ	1856	1911	訃報
Schruf, Toni	602	Toni Schruf	スキーヤー、登山家	オーストリア	1863	1932	R. Hamerling の髪が盗難
Schubert	515	Bierstube von Schubert（後 Lantch）	（フランクフルトのビール店主人。店はのち Lantch と改称）				ゲーテのなまりに関する証言
Schubert, Franz	102	Schubert	作曲家。初期ドイツ・ロマン派音楽を代表する一人。詩と音楽の内的融合を図り、歌曲、管弦楽、室内楽などに名曲を残したが早世。本人の希望でヴェーリング墓地（現シューベルト公園）のベートーヴェンの墓の近くに埋葬された	オーストリア	1797	1828	著名作曲家の筆跡の巧拙
	651	Schubert、シユウベルト					ウィーンのヴェーリンガー墓地が取払いの予定
	800	Franz Schubert					F. シューベルトの女姪が困窮
	825	Schubert					ヴェーリンガー墓地のベートーヴェンとシューベルト像は保存
Schubert, Franz（女姪）	800	女姪	（F. シューベルトの女姪）				F. シューベルトの女姪が困窮
Schubert, Johannes	146	Johannes Schubert	（劇作家）				好評の二興行
Schubert-Soldern, Victor von	733	Victor von Schubert-Soldern	画家、作家	チェコ	1834	1912	訃報
Schubin, Ossip	522	Ossip Schubin	女流作家。本名 Aloisa Kirschner。姉は画家 Marie。本文は姉妹の関係が逆	チェコ	1854	1934	生きた小説「冬の王妃」
	662	Ossip Schubin					六十歳祝賀（M. Kirschner）
Schuchhardt, Carl	457	Karl Schuchhardt	考古学者、博物館館長	ドイツ	1859	1943	コペンハーゲン考古学会

人名	頁数	本文表記	人物紹介（肩書・略歴など）	出生地	生年	没年	トピック
Schueler, K.	264	Carl Schueler	（劇作家）				新興行ドラマ一覧
	579	K. Schueler					新興行ドラマ一覧
	594	K. Schueler					新興行ドラマ一覧
	634 635	K. Schueler					新興行ドラマ一覧
Schuette, Marie	309	Marie Schuette			1878	1960	ゲーテ旧宅案内書作成
Schuetze-Schur, Ilse	689	Ilse Schuetze	女流画家。詩人・評論家 E. Schur の妻	ドイツ	1868	1923	訃報（E. Schur）
Schuh, Georg von	285	von Schuh	政治家	ドイツ	1846	1918	エアランゲン大学名誉学位
Schuhmann, Josef	126	Josef Schuhmann					ペダントリーの解釈
Schulrud, Ole Carelius	847	SCHULRUD	弁護士				H. イプセンの草稿発見
Schulrud, Ole Carelius（妹）	847	SCHULRUD の妹	（O. C. Schulrud の妹）				H. イプセンの草稿発見
Schulte, Eduard	119	Eduard Schulte	美術商。19世紀半ばベルリンで創業。没後は息子 Hermann（1850-1940）がデュッセルドルフ、ケルンにまで進出		1817	1890	A. Graff 記念展覧会
	132	Salon Schulte					A. Graff 記念展覧会開催
	408	Schulte					絵画コレクション競売
	504	Schulte					油絵「ロミオとジュリエット」展覧
Schulte im Hofe, Rudolf	283	Rudolf Schulte	画家	ドイツ	1865	1928	ベルリン大展覧会（1910）受賞
	434	Schulte					ベルリン芸術協会役員
	651	Schulte					ハノーファー大展覧会（1912）
	768	Rudolf Schulte im Hofe					ベルリン芸術協会会長再選
	781	Schulte im Hofe					ベルリン王立芸術院加入
Schultz	458	Schultz	（舞台監督協会次席）				舞台監督協会人事
Schultz, Alwin	13	Albin Schultz	美術史家、文化史家	ドイツ	1838	1909	訃報
Schultze-Naumburg, Paul	101	Paul Schultze	建築家、美術理論家、ジャーナリスト、政治家。1944年ヒトラーの「天賦の才を持つ12人の芸術家のリスト」に選出	ドイツ	1869	1949	喫煙アンケート
	46	Schultze-Naumburg					ヴィルデンブルッフ大記念標
Schultze-Rose, Wilhelm	451	Schultze-Rose	（ライプツィヒ総合美術展覧会会長）		1872	1950	ライプツィヒ美術展覧会（1911）
Schulz	546	Schulz	（ロストックの作曲家）				訃報・略歴（A. Wilbrandt）
Schulz	768	Schulz	（政府委員二等軍医正）				連隊中のチフス発生につきドイツ議会での答弁
Schulz, Emil	663	Emil Schulz	画家、肖像画家、版画家	ドイツ	1822	1912	訃報
Schulz, Ewald	443	Schulz	音楽監督、ヴァイオリン奏者	ドイツ	1856	1942	ドイツ帝より受勲の芸術家
Schulz, Georg David	244	Georg David Schulz	画家、文筆家。ドイツにおける文学的バラエティー・ショー、カバレット草創期の一人		1865	1910	訃報（G. D. Schulz）
Schulz, Gottlob Ernst	617	Gottlob Ernst Schulz	哲学者。「アイネシデモス」	ドイツ	1761	1833	カント協会が哲学叢書を刊行予定
Schulz, Hans	642	Hans Schulz	（精神科医）				ベルリン新自由劇場公演

人名	頁数	本文表記	人物紹介（肩書・略歴など）	出生地	生年	没年	トピック
Schulz, Siegfried	239	Siegfried Schulz	（作曲家）				新興行オペラ一覧
Schulze	665	Schulze	（神学者）				ケーニヒスベルク大学役員
Schulze	733	Schulze	（美術修復家）				ヘラクレス像（ヴァチカン）修復
Schulze, Ernst	710	Ernst Schulze	詩人。ドイツ・ロマン派。Caecilie Tychsen に寄せた詩で知られる	ドイツ	1789	1817	C. Tychsen のデスマスク
Schulze, Franz Eilhard	270	F. E. Schulze	動物学者、解剖学者。「動物の種族と属性の全リスト」編纂者の一人	ドイツ	1840	1921	ベルリン学士院奨励金一覧
	552	F. E. Schulze					ベルリン学士院補助金一覧
	651	Franz Eilhard Schulze					かつてない動物事典を編纂中
	821	Eilhard Schulze					動物事典編纂が官業に移行
Schulze, Hans	656	H. Schulze	（劇作家）				新興行ドラマ一覧
	777	Hans Schulze					「ドリアン・グレイの肖像」上場
Schulze, Leonhard	457	Leonhard Schulze	動物学者、人類学者	ドイツ	1872	1955	ニューギニア学術旅行
Schulze, O.	578	O. Schulze	（生物学者）				男女出生比率に関する諸説
Schulze, Otto August	815	Schulze & Co.	書肆。1839年ライプツィヒで創業	ドイツ	1803	1860	「アレクサンドル1世」二重翻訳
Schumann, Albert	377	Zircus Schumann	サーカス団団長	オーストリア	1858	1939	M. ラインハルト「オイディプス王」興行
	609	Zirkus Schumann					「オレスティア」興行禁止騒動
	713	Schumanntheater					警視庁命令で遺作上演禁止
Schumann, Clara	565	Schumann 夫婦	女流作曲家、ピアニスト。高名なピアノ教師フリードリヒ・ヴィークの娘	ドイツ	1819	1896	訃報（E. Dreyschook）
Schumann, Georg	393	Schumann	作曲家、指揮者、ピアニスト。R. シュトラウスとともにドイツ作曲家同盟を創立	ドイツ	1866	1952	新団体ベルリン学芸協会
Schumann, Robert	129	Robert Schumann	作曲家、音楽評論家。ドイツ・ロマン派を代表する存在。音楽・文学の才に優れた。音楽評論誌「新音楽時報」を創刊。ショパン、ベルリオーズ、ブラームスらの才能を逸早く見抜き、メンデルスゾーンの擁護や、シューベルトの再評価のため健筆を奮った。妻は名ピアニストとしても名を残すクララ。交響曲「ライン」、歌曲「詩人の恋」、オラトリオ風大作「ゲーテのファウストからの情景」	ドイツ	1810	1856	劇界の百歳翁頌徳文
	228	Schumann					シューマン百年祭（ミュンヘン）
	249	Robert Schumann					R. シューマン百年祭（Zwickau）
	399	Robert Schumann					R. シューマン百年祭（ベルリン）
	490	Schumann					「ファウスト」第二部興行・作譜
	565	Schumann 夫婦					訃報（E. Dreyschook）
	665	Robert Schumann					八十歳祝賀（M. Wieck）・R. シューマンの義理の妹
	742	Schumann					スカラ座「ファウスト」興行
Schumann-Heinck, Ernestine	550	Ernestine Schumann-Heinck	オペラ女優。コントラルト	チェコ	1861	1936	五十歳祝賀
Schumann-Heinck, Ernestine（父）	550	父の陸軍少佐	元オーストリア帝国陸軍将校 Hans Roessler。のち靴職人に転職				五十歳祝賀（E.Schumann-Heinck）
Schumpeter, Joseph	750	Schumpeter	経済学者、政治学者	チェコ	1883	1950	苛酷な教授に学生が反抗
Schuppe, Wilhelm	787	Wilhelm Schuppe	哲学者。内在哲学の創始者	ポーランド	1836	1913	訃報

人名	頁数	本文表記	人物紹介（肩書・略歴など）	出生地	生年	没年	トピック
Schur, Ernst Erich Walter	689	Ernst Schur	詩人、作家、美術評論家。女流画家Ilse Schuetzeの夫	ドイツ	1876	1912	訃報
Schussen, Wilhelm	843 844	WILHELM SCHUSSEN、SCHUSSEN	作家	ドイツ	1874	1956	作家 W. Schussen 紹介
Schuster	98	Schuster	（軍医）				軍医の受けたおかしな訓令
Schuster, Richard	751	Schuster & Loeffler	書肆				生誕百年記念「ヘッベル新資料」刊行
	833	Schuster und Loeffer					「D. v. リリエンクロンその生涯と作品」出版
Schuster-Woldau, Raffael	447	Raffael Schuster-Woldau	画家	ドイツ	1870	1951	連邦参議院の壁画制作
Schutz	93	Schutz	（詐欺師）				劇界の大物を騙った詐欺
Schwabe, Carl Lebrecht	712	Schwabe	宮廷顧問官。ヴァイマル市長を務めた	ドイツ	1778	1851	F. シラーの頭蓋骨発見
Schwalbe, Julius	471	Schwalbe	医師。痴ほう症の研究		1863	1930	R. コッホ全集刊行
Schwartz, Johann Christoph	711	Johann Christoph Schwartz	（ロシア出身の法学者）				変わった履歴の大学教授が退隠
Schwartzkopff, Philipp	374	Philipp Schwartzkopff	政治家			1914	ベルリン大学百年祭名誉学位
Schwarz	334	Schwarz	（軍人）				Fock 将軍による旅順戦の記録
Schwarz, Aleksand	364	Schwarz	政治家　（文相）				ロシア文相交代
Schwarz, Otto	372	Otto Schwarz	法学者		1876	1960	ベルリン大学百年祭名誉学位
Schwarzburg-Sondershausen（侯爵）	31	Schwarzburg-Sondershausen 侯爵	シュヴァルツブルク＝ゾンダーズハウゼン侯爵 Karl Guenter	ドイツ	1839	1909	サナトリウムの門番への祝儀・各国祝儀事情
Schwarzschild, Karl	735	Schwarzschild	天文学者、天体物理学者。ブラックホールの存在を示唆	ドイツ	1873	1916	プロイセン科学アカデミー加入
Schwechten, Franz	582	Franz Schwechton	建築家	ドイツ	1841	1924	七十歳祝賀
Schweichel, Elise	676	Elise Schweichel	女流文筆家、フェミニスト	ロシア	1831	1912	訃報
Schweighofer, Felix	672	Felix Schweighofer	俳優	チェコ	1842	1912	訃報
Schweinfurth, Georg August	658	Georg Schweinfurth	植物学者、民族学者、探検家	ラトヴィア	1836	1925	七十五歳祝賀
Schwendener, Simon	555	Schwendener	植物学者	スイス	1829	1919	ベルギー・アカデミー通信会員
Schweninger, Ernst	462	Schweninger	医師、医療史家	ドイツ	1850	1924	コジマ・ワーグナーの見舞い
Schwenke, Elsbeth	327	Stud. phios. Elsbeth Schwenke	1911年にベルリン大学で哲学博士号を取得した女性。博士論文「フリードリヒ大王と貴族」				ベルリン大学が女学生にはじめて賞金授与
Schwenker	516	Schwenker	（王立図書館司書）				六十歳祝賀（A. ハルナック）
Schwerdiner, Johann	277	Schwerdiner	彫刻家	オーストリア	1834	1920	ウィーンで裸体像排斥の動き
Schwerin-Loewitz, Hans von	372	Graf Hans von Schwerin	政治家、軍人	ドイツ	1847	1918	ベルリン大学百年祭名誉学位

人名	頁数	本文表記	人物紹介（肩書・略歴など）	出生地	生年	没年	トピック
Schwiebs	527	Schwiebs	（雑誌 *Balmung* 発行人）				社会民生主義排斥の右翼雑誌 *Balmung* 創刊
Schwiegerling, Fritz	364	Fritz Schwiegerling	（ヴェデキント戯曲の実在モデル）				「検閲官」「惚薬」ベルリン興行
Schwind, Moritz Ludwig von	92	Moritz von Schwind	画家。ドイツの伝説・昔話をテーマにしたロマン派の画家	オーストリア	1804	1871	シャック・ギャラリー開館式
Scialoja, Vittorio	111	Scialoja	政治家、古代ローマ法研究者　（法相）	イタリア	1856	1933	イタリア新内閣
Sckell, Ludwig	683	Ludwig Sckell	風景画家	ドイツ	1833	1912	訃報（J. Lefebvre、L. Skell）
Scoggins, Ethel	146	Ethel Scoggins	（ルイスヴィル在住の少女）				だしぬけの接吻で告訴
Scott, John Murray	813	Sir John Murray Scott	秘書。ウォレス・コレクションの名で知られる美術品を主人から相続。遺言で女流詩人 V. S. West に譲渡した		1847	1912	資産家の遺産譲与をめぐり奇獄
Scott, Robert	90	Robert Scott	軍人、南極探検家。1901年からの南極探検ではE. シャックルトンに同行。1910年からの二度目の南極探検では、アムンゼン率いるノルウェー隊に遅れたものの南極点に到達。帰途に遭難し、死亡	イギリス	1868	1912	再度南極探検の予定
	305	Scott					南極探検に出発
	690	Scott					アムンゼン隊がスコット隊に先んじ南極到達の報
Scriabin, Alexander	752	Scriabine	作曲家、ピアニスト。ニーチェと神智主義に傾倒、独自の神秘和音を追求した	ロシア	1872	1915	ドイツ音楽界の現状批評
Se sirem as hez	327	Se sirem as hez	（アルメニアの恋の言葉の収集家）				恋の言葉の収集家
Seaville	822	Seaville	→ Saville, Marshall Howard				インカ帝国前の黄金の入れ歯
Sebastian	476	聖 Sebastian	聖人。ローマの軍人であったがキリスト教に帰依、ディオクレティアヌス帝によるキリスト教迫害に抗し殉教。柱に縛られ矢を射られた姿が数多くの芸術作品で描かれた			288頃	仏文「聖セバスチャンの殉教」完成・朗読
	523	聖 Sebastiano					「聖セバスチャンの殉教」執筆・興行予定
	529	聖セバスチアン					パリ大司教が「聖セバスチャン」の観劇禁止を勧告、「聖セバスチャンの殉教」総浚中止、「聖セバスチャンの殉教」内浚
	530	聖セバスチアン					「聖セバスチャン」を新聞各紙が酷評・ドビュッシー（音）と Bakst（美）については高評価
	558	セバスチアノ					I. ルビンシュタインが獅子狩をしに中央アフリカ旅行
	613	Sebastian					マンテーニャ「聖セバスチャン」
	661	聖セバスチアノ寺					教会から16世紀絵画盗難
Secchi, Carlo	123	Secchi、Speroni	（F. ボンマルティーニ伯を殺害したとされる大学助教。Speroni の名については不明）				「禍の指環」モデル
	145 146	Secchi、助教、セツキイ					イタリア奇獄事件顛末・ボンマルティーニ夫人が再婚
	262	Secchi 学士					C. Secchi 獄中病死

人名	頁数	本文表記	人物紹介（肩書・略歴など）	出生地	生年	没年	トピック
Sechiari, Pierre	640	Pierre Sechiari	ヴァイオリニスト。1907頃にオーケストラを立ち上げて活動				パリ音楽界の近況
Seckel, Emil	679	Emil Seckel	法学者、法律史家	ドイツ	1864	1924	ベルリン学士院加入
Sedelmeyer, Charles	612	Sedelmeyer	美術商、美術品蒐集家		1837	1925	レンブラント「聖フランチェスコ」鑑定に疑惑
Seebach, Marie	528	Marie、Marie Seebach-Stift	女優、オペラ歌手。慈善団体マリー・ゼーバッハ財団、演劇学校を設立	ラトヴィア	1829	1897	訃報（W. Seebach）
	555	Seebachschule					ドイツの演劇学校の沿革
Seebach, Nikolaus von	345	Graf Seebach	ザクセン王室侍従、軍人。ゼンパーオーパー総監督を務めた	フランス	1854	1930	「ばらの騎士」興行に R. シュトラウスが過剰要求
	438	Seebach					ハウプトマン「鼠」あらすじなど
Seebach, Wilhelmine	500	Wilhelmine Seebach	女優、オペラ歌手。Marie の妹		1832	1911	W. Seebach が昏迷状態
	528	Wilhelmine Seebach					訃報
	578	Wilhelmine Seebach					遺産を慈善団体に寄付と遺言
Seeberg, Reinhold	284	Seeberg	神学者	エストニア	1859	1935	エアランゲン大学名誉学位
	581	Reinhold Seeberg					ベルリン大学人事
Seeboeck, Ferdinand	726	Seeboeck	彫刻家	オーストリア	1864	1953	ポンペイに A. Mau 記念像
Seeck, Otto	251	Otto Seeck	画家		1868	1937	ベルリン美術大展覧会（1911）
Seeling, Heinrich	259	Heinrich Seeling	建築家。数多くの劇場を手掛けた	ドイツ	1852	1932	タリア座（ハンブルク）再築
	495	Heinrich Seeling					ベルリン王立芸術院欠員補充
Seelmann, Wilhelm	665	Seelmann	ゲルマニスト、文献学者、司書	ドイツ	1849	1940	低地ドイツ語研究協会会長
Seemann, Ernst Arthur	651	E. A. Seemann	書肆創業者		1829	1904	A. メンツェル「子供のアルバム」
Seffner, Carl	451	Seftner	彫刻家。J. S. バッハ像、若きゲーテ像などで知られる。P451 Seftner は誤り	ドイツ	1861	1932	ライプツィヒ美術展覧会（1911）
	684	Seffner					ライプツィヒ美術展覧会（1912）
	732	Karl Seffner					W. Roscher 胸像
Segantini, Giovanni	187	Segantini 派	画家。アルプスの風景や象徴主義的なテーマを独自の点描を用いて描いた。代表作であるアルプス三連画「生」「自然」「死」は遺作	イタリア	1858	1899	イタリア点描派（セガンティーニ派）展覧会
	352	Segantini					セガンティーニの遺品競売
	459	故人					センガンティーニ子息が詐欺容疑で逮捕
	582	Segantini					セガンティーニ三部作「生」「自然」「死」買取
	712	Segantini					アトリエを美術館に改装
Segantini, Mario	459	Mario Segantini	画家。Giovanni の長男	イタリア	1885	1916	センガンティーニ子息が詐欺容疑で逮捕
Seghers, Hercules	578	Hercules Seghers	画家、版画家。アクアチントなど版画の新技法を革新したことでも知られる	オランダ	1589	1638	レンブラント「粉挽車」の実作者
Segonzac, André Dunoyer de	608	Segonzac	画家、版画家	フランス	1884	1974	パリでキュビズム流行

人名	頁数	本文表記	人物紹介（肩書・略歴など）	出生地	生年	没年	トピック
Ségur 伯爵夫人	652	Ségur 伯爵夫人	女流作家。セギュール伯爵夫人 Sophie Rostopchine。フランスで活躍	ロシア	1799	1874	ロスタン妻と息子の合作脚本
Seid Arfendiar Tymya	341	Seid Arfendiar Tymya	ヒバ＝ハン国のハーン				トルキスタン政情
Seidel, Heinrich Friedrich Wilhelm	403	H. W. Seidel	技師、詩人、作家、編集者	ドイツ	1842	1906	T. シュトルム書簡集続刊
Seidel, Otto	278	Otto Seidel	（病理学者 R. ウィルヒョーの甥）				R. ウィルヒョー記念像除幕式
Seidel, Paul	179	Seidel	美術史家、文筆家。「ホーエンツォレルン家年鑑」を編集		1858	1929	ヴィルヘルム 2 世所蔵「ジェルサンの看板」の真贋
Seidel, Philipp	82	Seidel	ゲーテの秘書	ドイツ	1755	1820	「官吏としてのゲーテ」紹介
Seidl, Emanuel von	837	Emanuel von Seidel	建築家、インテリアデザイナー。歴史主義を代表する一人	ドイツ	1856	1919	ミュンヘンに近代絵画館建築予定
Seidl, Gabriel von	92	Gabriel von Seidl	建築家。歴史主義を代表する一人。Emanuel は弟	ドイツ	1848	1913	シャック・ギャラリー開館式
	794	Gabriel von Seidl					訃報
Seip, Karl	91	Seip	司祭、教育者 （文相）		1850	1909	訃報・ノルウェー文相交代
Seitz	454	Seitz	（ミュンヘンの神学者）				反モデルニスムス誓文に服従した教授一覧
Seitz, Rudolf von	272	Rudolf von Seitz	画家、製図工	ドイツ	1842	1910	訃報
Seliger, Max	296	Seliger	画家、美術職人	ポーランド	1865	1920	ライプツィヒ版画展覧会
	766	Seliger					汽車内に飾る画を選定
Selten, Fr.	413	F. Selten	（劇作家）				新興行ドラマ一覧
	453	Fr. Selten					新興行ドラマ一覧
Sem	631	Sem	（戯画家）				戯画につき裁判
Semenowski	401	Semenowski	（トルストイの臨終に居合わせた医師）				訃報（L. トルストイ）・詳細
Semerau, Alfred	533	Alfred Semrau	翻訳家、著述家、詩人	ポーランド	1879	1958	猥褻な挿絵の告発と鑑定
	534	Semerau					挿絵事件の著者が逮捕
	566 567	Semerau、セメラウ					猥褻書籍翻訳裁判・A. ネルシア紹介
	568	Semerau					猥褻書籍裁判禁固八箇月
	582	Dr. Semerau					猥褻文書事件弁護士が小冊子公刊
Semiramis	193	Semiramis	アッシリアの伝説の女王。バビロンの空中庭園を造ったとされる				ブルク劇場でハイゼ誕生公演
	213	Semiramis					セミラミスは実在とする説
Semiramis（娘）	193	Die Tochter der Semiramis	（アッシリアの伝説の女王セミラミスの娘）				ブルク劇場でハイゼ誕生公演
Semmelweis, Ignz	84	Semmelweis	産科医。産褥熱の原因・予防法を解明	ハンガリー	1818	1865	先駆的発見者に対するいじめ
Semper, Gottfried	191	Gottfried Semper	建築家、美術評論家	ドイツ	1803	1879	ドレスデン・ゼンパーオーパー劇場改修
Sendina, Alma	97	Alma	ゲーテの孫娘	ドイツ	1827	1844	ゲーテの伝説化・幽霊の噂

S

人名	頁数	本文表記	人物紹介（肩書・略歴など）	出生地	生年	没年	トピック
Senger	364	Senger	（ブレスラウの人類学者）				人類学会議・火葬の起源
Sepp, Johann Nepomuk	55	Johann Nepomuk Sepp	歴史家、教会史家、政治家	ドイツ	1816	1909	訃報
Serbia 王	88	Serbia 王	→ Peter I（Serbia）				訃報・自殺（R. Bencoe）
Sereni, Ida	153	Ida Sereni	（フィレンツェの女優）				枢機卿の甥が詐欺逃亡
Sererine	271	Sererine	（女性記者）				Liaboeuf の助命嘆願運動
Sergejenko（息子）	398	Sergejenko の息子	（トルストイの友人 Sergejenko の息子）				トルストイの容態
Sergius de la Russie	230	Sergius de la Russie	（侯爵夫人）				高貴なる僧尼
Sering, Max	374	Max Sering	経済学者	ドイツ	1857	1939	ベルリン大学百年祭名誉学位
	409	Max Sering					学説が原因で学者同士が決闘
Servaes, Franz	739	Franz Servaes	ジャーナリスト、評論家	ドイツ	1862	1947	「ドイツ一女優の日記」で波紋
Sesselberg, Friedrich	631	Friedrich Sesselberg	（ベルリン技術学校教員）				建築哲学講義
Seuffert, Bernhard	800	Bernhard Seuffert	文学史家、ゲルマニスト。ヴィーラント研究者として知られる	ドイツ	1853	1938	ゲーテ協会人事など
	801	Bernhard Seuffert					ゲーテ協会でヴィーラント祭
	810	Bernhard Seuffert					グラーツ大学総長就任
Seume, Johann Gottfried	720	Seume	詩人、作家	ドイツ	1763	1810	トーマスシューレ創立七百年祭
Séverine	282	Madame Séveriné	フェミニスト、ジャーナリスト。本名 Carpline Rémy	フランス	1855	1929	Liaboeuf 死刑中止哀願状・死刑執行
	476	Séverine					トルストイ記念祭（ソルボンヌ）
Severini, Gino	781	Severini	画家。未来派主要メンバーの一人	イタリア	1883	1966	未来派画家主要メンバー
Sévigné, Marie de	216	Madame de Sévigné	女流文筆家。旧名 Marie de Rabutin-Chantal	フランス	1626	1696	アカデミー・フランセーズに改革の兆し
Seybold, John F.	78	Seybold	商人、切手収集家		1858	1909	訃報・自殺
Seydel, Karl von	835	von Seydel	軍医。バイエルン軍医総監を務めた。「軍陣外科学」	ドイツ	1853	?	六十歳祝賀
Seymour, Edward Hobart	449	海軍大将、Seymour	軍人。イギリス海軍提督を務めた	イギリス	1840	1929	英王が不正結婚との誣説を流した記者に懲役刑
Seymour, Edward Hobart（娘）	449	海軍大将の娘	（海軍大将 E. H. Seymour の娘）				英王が不正結婚との誣説を流した記者に懲役刑
Sforza（家）	575	Sforza 家	ルネサンス文化の栄えた15-16世紀におけるミラノ公国の支配家系				スフォルツァ家の古城が炎上
Sgambati, Giovanni	450	Giovanni Syambati	作曲家、ピアニスト、指揮者	イタリア	1841	1914	ベルリン王立芸術院会員補充
	481	Giovanni Sgambati					ベルリン王立芸術院名誉会員
Shackleton, Emily	137	同夫人	探検家 E. シャックルトンの妻		1868	1936	シャックルトンのベルリン講演
Shackleton, Ernest	19	Shackleton	極地探検家。1902年、R. スコットの第一回南極探検に参加。1909年の探索で南極点まであとわずかの所まで到達し、脚光を浴びた。	アイルランド	1874	1922	イギリスで称賛の的
	60	Shackleton					E. シャックルトンがロンドン地理協会で演説

人名	頁数	本文表記	人物紹介（肩書・略歴など）	出生地	生年	没年	トピック
	77	Shackleton	1911年にR. アムンゼンが南極点に到達したことから、目標を南極横断に切り替え、1914年に南極を目指したが、航海の途上で氷塊に阻まれて座礁。一年七ヶ月に渉る漂流を余儀なくされたが、全員生還の奇跡を遂げた				E. シャックルトンの借財は多額
	102	Shackleton					英王六十八歳誕生日にシャックルトンとヘディンが授爵
	106	Shackleton					フランス大統領ファリエールがシャックルトンを引見
	137	Sir Ernest Shackleton					シャックルトンのベルリン講演
	178	Shackletone					イタリア地理学会表彰
	286	Shackleton					再度南極探検の希望
	715	Ernest Shackleton					病気との報
	796	Ernest Shackleton					再度南極探検出発の予定
Shakespeare, William	11	Shakespeare	劇作家、詩人。世界各国の文学運動に深い影響を与えた史上最大の劇作家。エリザベス朝時代に俳優、座付き作者として活躍したとされる。鋭い人間観察と内面への洞察に基づくドラマ構成により高い文学的達成を示した。生地ストラトフォード・アポン・エイヴォンには1875年にシェイクスピア記念劇場（現在のロイヤル・シェークスピア・カンパニーの前身）が創設され、シェークスピア演劇の中心地の一つとなっている。四大悲劇として有名な「ハムレット」「オセロ」「リア王」「マクベス」のほか、「ロミオとジュリエット」「真夏の夜の夢」「ベニスの商人」などの戯曲、詩集「ソネット集」など著名な作品多数。本文中で時折話題にされているShakespeare-Bacon-Problemとは、シェークスピア学（18世紀以降に独立した学問として成立）の中で議論されてきたシェークスピア別人説の一つで、F. ベーコンを新作者とする説。シェークスピア別人説を唱えるグループは反ストラトフォード派と呼ばれる	イギリス	1564	1616	誤植のために意外な侮辱
	17	Shakespeare					シェークスピア脚本中の毒に関する研究
	26	Shakespeare					ヴィルデンブルッフのヴィルヘルム帝とビスマルクとの逸話
	45	シエエクスピイヤ舞台、シエエクスピイヤ劇					シェークスピア劇（ミュンヘン）
	112	Shakespeare					芝居での蓄音機の使用
	175	Shakespeare					Poetry Recital Societyで文豪の後裔たちのための午餐会
	217	シエエクスピイア					新訳興行で二重舞台採用
	221	Shakespeare					出廷時のシェークスピアの申立と署名が発見
	282	シエエクスピイア					「マクベス」翻案の二脚本興行
	283	シエエクスピイア					訃報（F. J. Furnivall）
	389	William Shakespeare					シェークスピアの死面と論定
	421	Shakespeare					ベルリン演劇学校視察とロシア興行事情
	447	シエエクスピイア					キャビアの種類・値段
	492	シエエクスピイア劇					ベルリン王立劇場連日興行
	502	シエエクスピイア会					ドイツ・シェークスピア協会講演
	526	シエエクスピイア					外国オペラ・演劇のテキスト統一につき議論
	528	Shakespeare					F. グンドルフ「シェイクスピアとドイツ精神」
	530	シエエクスピイア					「夏の夜の夢」野外興行
	555	Deutscher Shakespeare-Verein					ドイツの演劇学校の沿革

S

S

人名	頁数	本文表記	人物紹介（肩書・略歴など）	出生地	生年	没年	トピック
	573	シエエクスピイア、シエエクスピイア論					H. オイレンベルクのシェークスピア論
	606	シエエクスピア					Bremerhaven 市劇場こけら落し
	667	Shakespeare					シェークスピア記念大興行予定
	692	Shakespeare-gesellschaft					ドイツ・シェークスピア協会年会
	707	Shakespeare 会、Shakespeare					ヴァイマル・シェークスピア協会で曰く付きのデスマスク出品
	713	シエエクスピイア					訃報（E. Bormann）・シェークスピア＝ベーコン説
	733	シエエクスピイア祭					ストラトフォード・アポン・エイヴォンのシェークスピア祭
	755	Shakespeare					ドイツ諸劇場（1912）の興行数
	760	Shakespeare					グランビル・バーカーのシェークスピア興行に評価
	779	Shakespeare-Bacon-Problem					シェークスピア別人説の類
	781	Shakespeare、シエエクスピイア、シエエクスピイア博覧会					シェークスピア記念祭、W. チャーチル母の脚本 *The Bill*
	792	Shakespeare、シエエエクスピア					青年時代のシェークスピアを主人公とした脚本
	795	シエエクスピイア研究家					訃報（E. Radard）
	801	Shakespeare 興行者					シェークスピア劇興行者の趣向
	803	シエエクスピイア					検書官の裁定のため文芸顧問に辞職者の可能性
	806	Shakespeare-gesellschaft					シェークスピア協会（独）沿革
	808 809	シエエクスピイア会 Shakespeare-studien					O. Ludwig 遺族がシェークスピア研究の寄贈の申し出
Shaw	387	Shaw					訃報・人違い
Shaw, Austin	519	Austin Shaw	（断食で有名な人物）				断食記録一覧
Shaw, George Bernard	7	Bernard Shaw、Shaw	劇作家、劇評家、音楽評論家、社会主義者。フェビアン協会に参加し、ロンドン大学経済政治学院（LSE）創設者の一人となった。諷刺と機知に富んだ作風で、イギリス近代劇を確立したとされる。ノーベル文学賞（1925）。戯曲「ピグマリオン」「シーザーとクレオパトラ」「アンドロクルスとライオン」など	アイルランド	1856	1950	機知に富んだ虚偽の死亡通知
	208	Bernard Shaw					新興行ドラマ一覧
	326	Bernard Shaw					法王追放に関するアンケート
	339	Bernard Shaw					蓄音版自伝の価格
	357	Bernard Shaw					笞刑に関する弁解書
	387	Bernard Shaw					訃報・人違い

人名	頁数	本文表記	人物紹介（肩書・略歴など）	出生地	生年	没年	トピック
	474	Bernard Shaw					「新聞切抜」ウィーン興行禁止
	480	Bernard Shaw					「不釣り合いな結婚」不当たり
	489	Bernard Shaw					バーナード・ショーが現行の学校教育につき批判的演説
	519	Bernard Shaw					英国の脚本家の分類
	565	Bernard Shaw					新作滑稽劇「ファニーの初めての劇」
	703	Bernard Shaw					ベルリンに不公開劇場「成長するワークショップ」設立
	705	Bernard Shaw、シヨオ					ロダン嫌いの人々をひとかつぎ
	743	Bernard Shaw					訃報（W. Booth）・「バーバラ少佐」世評
	770	Bernard Shaw					B. ショーと A. フランス脚本興行
	776	Bernard Shaw					上演中の笑いを禁止
	802	Bernard Shaw					「ピグマリオン」好評
	814	Bernard Shaw					新作「アンドロクルスとライオン」興行
	820	Shaw					B. ショーが人形芝居を評価
	829	Bernard Shaw					音声学題材の「ピグマリオン」
	830	Bernard Shaw					新脚本「ピグマリオン」「アンドロクルスとライオン」興行
	831	Shaw					興行情報
	846	BERNARD SHAW					新作 *Getting Married* 上演
Sheedy, Pairick	130	Pairick Sheedy	（有名な博徒）				訃報
Shelford, Fredrick	147	Shelford	鉄道技師				アフリカのマガディ湖の成分
Sherard, Robert	254	Sherard	作家、ジャーナリスト。O. ワイルドの伝記で知られる	イギリス	1861	1943	旧僕から狙撃されるも不発
Shikari	587	Shikari	（インドの女性著述家・教育者）				インドで有名な女性著述家
Shoenemann, Paul	737	Paul Schoenemann	彫刻家				ハイネ記念像（ハレ）
Shubert, Lee	415	Shubert Co.	劇場経営者。ニューヨークを中心に劇場経営を展開したポーランド系一族の始祖。弟に Sam と Jacob J. がいる	ポーランド	1871	1953	新興行オペラ一覧
Sidi seveiorum	327	Sidi seveiorum	（トルコの恋の言葉の収集家）				恋の言葉の収集家
Sidis, William James	131	William James Sidis	数学者。早熟の天才として知られた	アメリカ	1898	1944	十一歳の神童にハーバードの入学許可
Siebold, Alexander von	476	Alexander von Siebold	外交官、通訳。P. F. v. シーボルトの息子。井上馨の特別秘書も務めた	オランダ	1846	1911	訃報

人名	頁数	本文表記	人物紹介（肩書・略歴など）	出生地	生年	没年	トピック
Siebold, Philipp Franz von	476	Franz von Siebold	医師、博物学者。幕末の日本でオランダ商館医を務め、帰欧後に日本学の祖として活動。「日本」「日本動物誌」「日本植物誌」	ドイツ	1796	1866	訃報（A. v. シーボルト）
Siegert, Georg	686	Georg Siegert					F. Philippi のミュンヘン追憶記
Siegert, Leo	773	Siegert	地質学者		1872	1914	飛行船でのサハラ砂漠探索案
Siegfried	212	Siegfried	ドイツ・北欧神話に登場する英雄。中世ドイツの叙事詩「ニーベルンゲンの歌」の主人公。A. ヴィルブラント「ケルスキ族のジークフリート」は、実在モデルの一人、ゲルマンのケルスキ族族長アルミニウス（前16～21）を踏まえたもの				1908・9～ドイツでの興行回数
	527	Siegfried					社会民生主義排斥の右翼雑誌 *Balmung* 創刊
	547	Siegfried					葬儀（A. Wilbrandt）
	596	Siegfried					A. ヴィルブラント最後の戯曲「ケルスキのジークフリート」興行
	807	Siegfried					R. ワーグナーの楽劇興行記録
Siemens, Eleonora de	180	Eleonora de Siemens	（ローマでサロンを主宰した貴婦人）				不品行の噂から決闘続出
	293	Siemens 夫人					Siemens 夫人の結婚
Siemering, Rudolf	98	Siemering	彫刻家	ロシア	1835	1905	H. v. Treitschke 銅像除幕
Sienkiewicz, Henryk	415	Sienkiewicz	小説家、ジャーナリスト。ノーベル文学賞(1905)。代表作に「クォ・ヴァディス」、17世紀ポーランドを舞台とした三部作「火と剣」、「大洪水」、「パン・ウォヨディヨフスキ」	ポーランド	1846	1916	新興行オペラ一覧
	508	Sienkiewicz					新興行オペラ一覧
	621	Sienkiewicz					歴代ノーベル文学賞受賞者
	623	Sienkiewicz					歴代ノーベル文学賞受賞者によるアナグラム、雉狩で銃創
	722	Henry Sienkiewicz					レンブルク大学名誉学位
Sigel, Elsie	63	Elsie Sigel	南北戦争の英雄フランツ・シーゲルの孫娘。未解決殺人事件の被害者	ドイツ	1890	1909	未解決殺人事件容疑者の行方
Sigrist	438	Sigrist	（レンブラント「夜警」に小刀を刺した料理人）				レンブラント「夜警」に小刀
	439	犯人					レンブラント「夜警」修復見込・絵画の被害防止策
	458	Sigrist					「夜警」損壊犯に禁錮一年
Sigurd I	44	Sigurd Jorsalfar	ノルウェー王（1103-1130）。ビョルンソン原作、E. グリーク作曲の劇音楽「十字軍のシーグル」でも知られる	ノルウェー	1090	1130	国民劇場の思い出
Sigurjonsson, Johann	765	Johann Sigurjonsson	劇作家、詩人。悪名高い無法者 Berg－Eyvind を描いた戯曲で知られる	アイスランド	1880	1919	戯曲「Berg-Eyvind と其妻と」
Sikla, Ferry	618	Ferry Sikla	俳優、劇場監督	ドイツ	1865	1932	ベルリン宮廷劇場人事
Silber	616	Silber	（フランス人の翻訳家）				重訳の「生ける屍」興行は失敗
Silen	758	Silen	ギリシア神話に登場する山の精。半獣半人の姿で馬の耳と脚と尾をもつ				ソフォクレスの滑稽脚本「捜索犬」翻訳・あらすじ
Silhouette, Étienne de	125	Etienne de Silhouette	政治家。ルイ15世治世下に財相を務めた。シルエット肖像の生みの親	フランス	1709	1767	ロココ文化の再評価

人名	頁数	本文表記	人物紹介（肩書・略歴など）	出生地	生年	没年	トピック
Silvain	476	Silvain	（テアトル・フランセーズの女優）				トルストイ記念祭（ソルボンヌ）
Simon, Heinrich	482	Heinrich Simon	政治家				F. Lewald 生誕百年
Simon, Ida	514	Ida-Simon-Pavillon					良家の女子のための収容所
Simon, James	372	James Simon	実業家、芸術家のパトロン。ヴィルヘルム2世の財政指南役として知られる	ドイツ	1851	1932	ベルリン大学百年祭名誉学位
Simon, Max	701	Max Simon	シオニズム指導者、医師、作家、劇作家、哲学者、社会評論家	ハンガリー	1849	1923	ホーエンツォレルン入国五百年記念興行募集脚本
Simond, Victor	522	Victor Simond	（ジャーナリスト。新聞 *L'Aurore* 主筆）				訃報
Simonetti	264	Simonetti	（劇作家）				新興行ドラマ一覧
Simoni, Renato	184	Renato Simoni	ジャーナリスト、劇作家	イタリア	1875	1952	新興行ドラマ一覧
	413	Renato Simoni					新興行ドラマ一覧
Simonne	166	Simonne	→ Benda, Simone				「シャンテクレ」総浚い
	204	Mme. Simone					「シャンテクレ」主演女優が盗難被害
	217	Simonne					ダヌンツォ近況・執筆中脚本
Simons-Mees, J. A.	805	J. A. Simons-Mees	劇作家	オランダ	1863	1948	滑稽戯曲 *Kaiserliche Hoheit*
Simpson, James Young	260	Young Simpson	産科医。クロロホルムを臨床応用	イギリス	1811	1870	聖書とガスとクロロホルム
Simrock, Hans	277	Hans Simrock	音楽出版業者。創業者 Nicolaus の子孫				訃報
Simrock, Karl	491	Simrock	詩人、翻訳家、著作家、文献学者	ドイツ	1802	1876	生誕百十年 K. Simrock 記念像
Simrock, Nicolaus	277	N. Simrock 商店	音楽出版業者、ホルン奏者。ベートーヴェンと交友があり、世界的な音楽出版社 N. Simrock を1793年ボンで創業。1911年に A. Ahn Jr. と合併し演劇出版社を創設	ドイツ	1751	1832	訃報（H. Simrock）
	531	Buehnenverlag Ahn und Simrock					A. Ahn と N. Simrock が合併した演劇出版社
Simson	264	Simson	旧約聖書に登場する士師。イスラエルをペリシテ人から守ったとされる怪力の持ち主。愛人デリラの姦計により、捕らえられて両眼を失ったが、異教徒の神殿を破壊して死んだとされる。数多くの芸術作品のモチーフとなった				新興行ドラマ一覧
	288	Simson					美術館（Städel）が絵画購入
	327	Simson					「サムソンとデリラ」出展
	431	Samson					新興行ドラマ一覧
	441	Samson					ヴァン・ダイク「サムソンとデリラ」焼失
	452	Simson					新興行ドラマ一覧
	606	Simson					新興行ドラマ一覧
	631	Simson					「サムソン」同時興行・作品評
	746	Simson					シラー賞（ゲーテ・ブント）
Sinclair, Upton Beall	205	Upton Sinclair	作家、社会評論家。「ジャングル」	アメリカ	1878	1968	断食健康法を公開
Sinding, Christian	658	Christian Sinding	作曲家	ノルウェー	1856	1941	D. Duncker の近況
Sinding, Otto	142	Otto Sinding	画家、詩人、劇作家。弟は彫刻家 Stephan と作曲家 Christian。息子 Sigmund も画家	ノルウェー	1842	1909	画家と批評家たちの諍い
Sinding, Sigmund	142	Edmund	画家。画家 O. Sinding の息子。本文 Edmund は誤り	ドイツ	1875	1936	画家と批評家たちの諍い

人名	頁数	本文表記	人物紹介（肩書・略歴など）	出生地	生年	没年	トピック
Sinding, Stephan	187	Sinding	彫刻家。画家 Otto の弟。作曲家 Christian の兄	ノルウェー	1846	1922	イタリア点描派（セガンティーニ派）展覧会
	738	Sinding					イプセンとビョルンソンの記念像取除運動
Singer, Paul	449	Paul Singer	政治家。社会民主党（SPD）の創立メンバーの一人	ドイツ	1844	1911	訃報
	525	Paul Singer					罵詈の言葉いろいろ
Sintenis, Walter	627	Walter Sintenis	彫刻家	ドイツ	1867	1911	訃報
Sioli	425	Sioli	（ティルジット市劇場監督）				「春のめざめ」面当て興行
Sirdar Dyal Singh	541	Sirdar Dyal Singh	銀行家。インド英字新聞 *The Tribune* を創刊。パンジャブ大学の創立に寄与	インド	1848	1898	パンジャブ名家殺人事件裁判
Sirene	747	Sirenen	ギリシャ神話などに登場する海の怪物				裸体画・著作権侵害訴訟
Sitt, Hans	714	Sitt	ヴァイオリニスト、ヴィオラ奏者、作曲家、音楽教師	ドイツ	1850	1922	ワーグナー百年生誕祭（ライプツィヒ）・全楽劇上演など
Siwa	60	芸名 Siwa	（鰐使いのアメリカ人女性）				興行中に鰐に噛まれて負傷
Sixtus IV	34	Sixtus 四世	ローマ教皇（1471-1484）。自らの名にちなんだシスティナ礼拝堂を建造	イタリア	1414	1484	ヴァチカン見学・保存の改革
	146	Sixtin 堂					システィーナ礼拝堂壁画修復
	438	シクスツス堂					レンブラント「夜警」に小刀
Skarbina, Franz	249	Franz Skarbina	画家、版画家、イラストレーター。ベルリン分離派創立メンバーの一人	ドイツ	1849	1910	訃報
	333	Franz Skarbina					F. Skarbina・J. M. Olbrich 記念展覧会
	357	Skarbina 展覧会					展覧会への出品は200点
	368	Skarbina、スカルビナ					F. Skarbina・J. M. Olbrich 記念展覧会評
Skeat, Walter William	748	Walter William Skeat	文献学者、編集者。「英語語源辞典」など	イギリス	1835	1912	訃報
Skinas, Aleko	785	Aleko Skinas	無政府主義者 Alexandros Schinas。ギリシャ王ゲオルギオス１世を暗殺	ギリシャ	1870	1913	ゲオルギオス１世暗殺事件
Skowronnek, Fritz	145	Skowronnek	作家、劇作家	ドイツ	1858	1939	興行情報
Skowronnek, Richard	347	R. Skowronnek	ジャーナリスト、作家、劇作家	ポーランド	1862	1932	新興行ドラマ一覧
	413	R. Skowronnek					新興行ドラマ一覧
	691	Richard Skowronnek					五十歳祝賀
	848	RICHARD SKOWRONNEK					著名劇作家の近況アンケート
Slaby, Adolf	788	Adolf Slaby	電気技師。無線電信パイオニアの一人	ドイツ	1849	1913	訃報
Slater, Oscar	739	Oskar Slater	強盗殺人容疑者とされたユダヤ系男性。コナン・ドイルらの活動で冤罪判明	ポーランド	1872	1948	C. ドイルが殺人事件の冤罪主張
Slawejkoff, Pentscho	729	Pentscho Slawejkoff	詩人。ブルガリアにドイツの文化を伝えた		1866	1912	訃報
Slett	93	Miss Slett	（イギリス人女性）				舞踏会・恋の遺恨で拳銃自殺

人名	頁数	本文表記	人物紹介（肩書・略歴など）	出生地	生年	没年	トピック
Slevogt, Max	174	Slevogt	画家、版画家、イラストレーター。M. リーバーマンとともにドイツ印象派を代表する画家で、ベルリン分離派の創立メンバーの一人	ドイツ	1868	1932	ベルリン分離派展覧会・画風の新旧と価値は別
	296	Slevogt					ライプツィヒ版画展覧会
	389	Max Slevogt					ドイツ芸術協会会長選出
	440	Slevogt					ベルリン分離派委員改選
	495	Max Slevogt					ベルリン分離派展覧会（1911）
	544	Max Slevogt					ヴェデキント興行禁止反対署名者一覧
	618	Max Slevogt					H. v. クライストの肖像を復元
	731	Slevogt					ベルリン市長の新画家排斥に物議
Sliwinski, Adolf	279	Adolf Sliwinski	織物商人、劇場経営者				ベルリンの劇場トラストが成功
Smedt, Karl de	474	Karl de Smedt	カトリック神学者 Charles De Smedt	ベルギー	1833	1911	訃報
Smirnoff, Karin	629	Karin	女流劇作家、著作家。A. ストリンドベリと Siri von Essen との長女。V. Smirnoff の妻	スウェーデン	1880	1973	病床のストリンドベリ近況
	708	Karin					訃報（S. v. Essen）
	713	Karin Smirnof					ストリンドベリの死期間近
Smirnoff, Vladimir	629	Smirnow	政治家、ボルシェビキ。A. ストリンドベリの女婿の一人。妻は Karin	ロシア	1876	1952	病床のストリンドベリ近況
	650	婿、Smirnoff					ストリンドベリ近況
Smirow	104	Smirow	（バリトン歌手）				マリインスキー劇場傷害事故
Smith, Charles Alphonso	306	C. Alphonso Smith	文学研究者、伝記作家	アメリカ	1864	1924	ベルリン大学で E. A. ポーを講義
Smith, Elena	341	Elena Smith、スミス	（商人。偽名 A. L. Martinez）				男に化けていた女
Smith, Georg Albert	124	Smith	映画技術開発者、心霊研究者。C. Urban とともに初期カラー映画を開発	イギリス	1864	1959	着色活動写真（キネマカラー）の開発
Smith, John	119	John Smith	（大詐欺師）				訃報（A. Beck）・人違いで災難
Smith, Joseph Fielding	505	Joseph F. Smith	モルモン教会 6 代管長	アメリカ	1838	1918	モルモン教の一夫多妻主義
Smith, Tom J.	111	Tom Smith	菓子屋。フランスからイギリスにボンボン菓子を持ち込んだ。販売促進のためクリスマス・クラッカーを開発				クリスマス・クラッカーの発明
Smith, William Benjamin	617	W. Benjamin Smith	数学者		1850	1934	問題書籍出版で大学を免官
Smith Jr., Joseph	505	Joseph Smith	モルモント教会創始者	アメリカ	1805	1844	モルモン教の一夫多妻主義
Smyth, Ethel	693	作曲家 Ethel Smyth	女流作曲家、指揮者、作家、著述家、女性参政権運動指導者	イギリス	1858	1944	入牢の女性参政権運動活動家
Snell, Amos J.	82	Snell	再婚回数で有名な女性 G. Snell の父			1898	何度も再婚して有名な女性
Snell-Coffin-Coffin-Walker-Coffin-Laymann-Love, Grace	82	Snell-Coffin-Coffin-Walker-Coffin-Laymann-Love 夫人	再婚を繰り返すことで有名になった女性				何度も再婚して有名な女性
Sobattka	20	Sobattka	（鳥類研究者）				白鳥の遠距離飛行が判明
Soden	497	von Soden	（劇場監督）				ハノーファー宮廷劇場人事

S

人名	頁数	本文表記	人物紹介（肩書・略歴など）	出生地	生年	没年	トピック
Södermark, Johan Olaf	767	Sodermark	軍人、彫刻家、肖像画家、版画家	スウェーデン	1790	1848	美術コレクターの遺品分配
Soederblom, Nathan	718	Soederblom	聖職者。ウプサラの大司教を務めた。ノーベル平和賞（1930）	スウェーデン	1866	1931	葬儀（A. ストリンドベリ）
Soehngen, Ernst	184	Soehngen	文筆家、劇作家		1870	1945	新興行ドラマ一覧
	329	E. Soehngen					新興行ドラマ一覧
	562	E. Soehngen					新興行ドラマ一覧
Soemmerring, Samuel Thomas von	64	Sömmering	医師、解剖学者、人類学者、古生物学者、電信機発明家	ポーランド	1755	1830	電信試験成功百年記念日
	792	Soemmering 賞金					Soemmering 賞金（解剖学）
Soendermann	132	Soendermann	（劇場監督）				劇場主と衝突した監督が交代
Soenderup, Irsen	285	Irsen Soenderup	政治家 Jens Jensen-Sønderup （内相）。本文中の表記は誤り	デンマーク	1862	1949	デンマーク新内閣
Sohnrey, Heinrich	635	H. Sohnrey	小説家、詩人、劇作家、ジャーナリスト。P741 Hermann は誤り	ドイツ	1859	1948	新興行ドラマ一覧
	672	Sohnrey					ドイツ郷土劇コンクール
	741	Hermann Sohnrey					秋季機動演習時の受勲文学者
Sokolow	52	Sokolow	（機関師、鉄道盗賊）				ロシア鉄道盗賊事件
Sokrates	296	Sokrates	古代ギリシャを代表する哲学者。哲学問答による青年たちへの影響が危険視され、死刑判決を受け毒杯を仰いだ	ギリシャ	前 469	前 399	F. ロイターの投獄・監禁を批判
Solms-Wildenfels, August zu	350	Graf Solms-Wildenfels	軍人	ドイツ	1823	1918	ドイツ皇太子随行
Solmsen, Felix	549	Felix Solmsen	インドゲルマン語学者	ポーランド	1865	1911	訃報・轢死
Solowjew, Alexander	622	Alexander Solowjew	（小説家。「生ける亡者」の作者）				「生ける屍」を剽窃と主張
Solowjow, Sergei Michailowitsch	534	Solowjew	歴史家。哲学者・詩人ウラディミール・ソロヴィヨフの父	ロシア	1820	1879	訃報（W. O. Kljutschewski）
Solvay, Ernest	807	Ernest Solvay	化学者、実業家、慈善活動家	ベルギー	1838	1922	ベルリン学士院通信会員加入
Somary, Paula	435	Paula Somary	（女優）				ハウプトマン「鼠」配役
Sommer	350	Sommer	（書記官）				ドイツ皇太子随行
Sommer, Ferdinand	44	Ferdinand Sommer	言語学者。ヒッタイト語を研究	ドイツ	1875	1962	ロストック大学人事（インド・ゲルマン語）
Sommerstorff, Otto	300	Otto Sommestorff	俳優。19世紀後半から20世紀にかけてドイツ語圏で名を知られた俳優	オーストリア	1859	1934	芸術界知名士女の避暑地
	391	Sommerstorff					カインツ祭（新劇場）予定
Sonnenthal, Adolf von	24	Adolf von Sonnenthal	俳優。喜劇の名優、性格俳優として知られた	ハンガリー	1834	1909	俳優の卒中・歌手の拳銃自殺
	356	Adolf Sonnenthal					J. カインツの葬儀
	546	Sonnenthal					訃報・略歴（A. Wilbrandt）
Sonnino, Sidney	107	Sonnino	政治家、首相（1906、1909-1910）	イタリア	1847	1922	イタリア内閣交代
	111	Sonnino					イタリア新内閣
	194	Sonnino					航海法問題で辞職・人物評

人名	頁数	本文表記	人物紹介（肩書・略歴など）	出生地	生年	没年	トピック
Sontag, Henriette	796	Henriette Sontag (Comtesse Rossi)	ソプラノ歌手。政治家 Pellegrino Rossi と結婚	ドイツ	1806	1854	ソプラノ歌手 H. Sontag の伝記
Sophie Dorothee von Wuerttemberg	260	王妃 Marie	ロシア皇帝パーヴェル1世妃 Marija Fjodorowna	ポーランド	1759	1828	ゲーテの髪の毛を販売と広告
Sophie Marie Viktoria von Baden	514	瑞典王並妃	スウェーデン王グスタフ5世の妃 Sophie Marie Viktoria von Baden	ドイツ	1862	1930	スウェーデン王夫妻とドイツ帝夫妻が観覧予定の演目
	724	王妃					「グスタフ・アドルフ」模範的興行
Sophie von Oranien-Nassau	269	Sophie、夫人、Sophienausgabe	ザクセン＝ヴァイマル＝アイゼナハ大公妃。オランダ王ウィレム2世の長女。ゲーテとシラーの資料をシリーズ刊行するゾフィー版（Sophienausgabe）でも知られる	オランダ	1824	1897	ゲーテ協会設立由来
	292	Sophienausgabe					「ヴィルヘルム・マイスター」初稿（ウル・マイスター）出版
	604	Sophienausgabe					「ウル・マイスター」出版
	806	Sophie von Sachsen-Weimar					シェークスピア協会（独）沿革
Sophie von Preussen	785	Sophie	ギリシャ王コンスタンティノス1世の妃。ドイツ皇帝ヴィルヘルム2世の妹	ドイツ	1870	1932	ゲオルギオス1世暗殺事件
Sophie von Sachsen-Weimar-Eisenach	835	Sophia von Sachsen-Weimar、ザツクゼン・ワイマル女王	ザクセン＝ヴァイマル＝アイゼナハ大公カール5世の姪。貴賤結婚に反対され自殺した	ドイツ	1888	1913	ザクセン＝ヴァイマル公女が恋愛で自殺、自殺した公女とその兄
Sophokles	546	Sophokles	悲劇作家。アイスキュロス、エウリピデスとともに古代ギリシャ三大悲劇詩人の一人に数えられる。現存している悲劇は「アンティゴネー」「オイディプス王」「エレクトラ」など七篇のみ。本文中で新発見が伝えられたサテュロス劇「捜索犬（追跡者たち）」は、悲劇に付随して演じられた滑稽劇。古代アテナイでは三つの悲劇とサテュロス劇とを組み合わせて上演されたといわれる	ギリシャ	前496	前405	訃報・略歴（A. Wilbrandt）
	623	Sophokles					ソフォクレス脚本「捜索犬（*Ichneutai*）」発見
	684	Sophokles					アテネ大学創立七十五周年・東洋博言学会「エディプス王」
	728	Sophokles					ソフォクレス「捜索犬」概要
	746	Sophokles					トーマスシューレ創立七百年祭
	758	Sophokles					ソフォクレスの滑稽脚本「捜索犬」翻訳・あらすじ
	804	Sophokles					ソフォクレス「捜索犬」興行
Sorbon, Robert de	541	Sorbonne	聖職者。ルイ9世の聴罪司祭でパリ大学の前身となる神学研究機関を創立	フランス	1201	1274	ソルボンヌに口語保存（畜音）文庫創立
Sorel, Cécile	254	Cécilie Sord	女優。コメディー・フランセーズの看板女優でベル・エポック時代を代表する美人と言われた。P254の Sord は誤り	フランス	1873	1966	シャンゼリゼの家に2頭の獅子
	448	Cécile Sorel					ローズベリー卿が女優 C. Sorel にプロポーズとの噂
Sorge, Reinhard	757	Reinhard Sorge	作家、劇作家	ドイツ	1892	1916	第1回クライスト賞
Sorma, Agnes	120	Agnes Sorma	女優。J. カインツの舞台相手であり、ハウプトマン、イプセン、クライストら戯曲の主	ドイツ	1862	1927	興行情報
	127	Agnes Sorma					1909年最も面白かった記事

S

人名	頁数	本文表記	人物紹介（肩書・略歴など）	出生地	生年	没年	トピック
	189	Agnes Sorma	要な役を演じた。劇界の大物マックス・ラインハルトからも重用され、トーマス・マンの崇拝を浴びたことでも知られる。本名 Agnes Maria Caroline Zaremba。これと別に Pallatschek や Minotto とも呼ばれた				A. Sorma のベルリン旅興行
	195	Agnes Sorma					H. ロスチャイルド脚本上演
	211	Agnes Sorma					A. Sorma 主演劇のためホフマンスタールがベルリンに出立
	300	Agnes Sorma					芸術界知名士女の避暑地
	316	Agnes Sorma					興行情報
	381	Graefin Agnes Minotto（Sorma）					ドイツ妃誕生日に赤十字勲章
	630	Agnes Sorma					病状回復
Sotades	569	Sotades、ソタデエス風	紀元前3世紀のギリシャの詩人。少年愛などを含む猥褻な詩で知られる				偽名で猥褻書籍出版
Souza, António Teixeira de	368	Souza	政治家。ポルトガル立憲王国時代（ブラガンサ朝）最後の首相（1910）	ポルトガル	1857	1917	ポルトガル前首相が逮捕
Sowerby, Githa	738	Miss Sowerby	女流劇作家	イギリス	1876	1970	ロンドンの人気劇作家
Soxhlet, Franz von	769	Franz von Soxhlet	農芸化学者	チェコ	1848	1926	六十五歳祝賀
Soyka, Otto	667	O. Soyka	作家、劇作家、ジャーナリスト	オーストリア	1882	1955	新興行ドラマ一覧
Spangel, Benno	574	Benno Spangel	（画家）				芸術高等学校（ベルリン）表彰
Specht, Karl August	623	August Specht-Stiftung	著述家、自由主義思想家	ドイツ	1845	1909	自由思想の著述を顕彰する August Specht 財団
Speck, Wilhelm	722	Wilhelm Speck、スペツク	作家、詩人、牧師、教育者	ドイツ	1861	1925	W. Speck の熱烈なファン
Speidel, Albert von	218	Intendant Speidel、スパイデル	軍人。ミュンヘン宮廷オペラ総支配人を務めた		1858	1912	宮廷オペラが作曲家と大もめ
	603	Intendant von Speidel					ヴェデキント興行禁止事情
Speidel, Ludwig	340	Ludwig Speidel	作家、演劇評論家、コラムニスト	ドイツ	1830	1906	著作集出版
	687	Ludwig Speidel					F. Philippi のミュンヘン追憶記
	693	Ludwig Speidel					訃報（M. ブルクハルト）
Speier, W.	538	W. Speier	（劇作家）				新興行ドラマ一覧
Speijer, Abraham	298	Speijer	チェス棋士	オランダ	1873	1956	チェス大会（ハンブルク）
Spemann, J. W.	280	J. W. Spemann	書肆	ドイツ	1844	1910	訃報
Spencer, John	335	Earl Spencer	5代スペンサー伯	イギリス	1835	1910	訃報
Spener, Johann Carl	566	書店 Haude und Spenersche Buchhandlung	書肆。義兄 A. Haude が経営していた出版業を引き継ぎ、店名を Haude und Spenersche Buchhandlung に替えた		1749	1827	ベルリン最古の書店（1614）
Spenser, Edmund	175	Spencer	詩人。エリザベス朝を代表する文学者の一人。詩集「牧人の暦」「妖精女王」	イギリス	1552	1599	Poetry Recital Society で文豪の後裔たちのための午餐会
Sperl, Johann	121	Johann Sperl	画家	ドイツ	1840	1914	J. Sperl 七十歳記念展覧会

人名	頁数	本文表記	人物紹介（肩書・略歴など）	出生地	生年	没年	トピック
	284	Johann Sperl					七十歳記念展覧会
Speroni	123	Secchi、Speroni	→ Secchi, Carlo				Linda Mulli 事件・「禍の指環」モデル問題
Sphinx	319	Sphinx	ギリシャ神話に登場する有翼の怪物。胸から上は人間の女で下は獅子				S. ヘディンとストリンドベリの大論戦
	341	Sphinx					男に化けていた女
	847	SPHINX					スフィンクスが崩壊しはじめ
	852	SPHINX					国家シラー賞と民衆シラー賞
Spiegel	569	Spiegelverlag	（出版業者）				偽名で猥褻書籍出版
Spielhagen（家）	468	スピイルハアゲン家	（F. シュピールハーゲンの遺族）				ハウプトマンからの弔電
Spielhagen, Friedrich	12	Friedrich Spielhagen	作家、劇作家、詩人、文芸理論家。ドイツのリアリズムを代表する作家の一人。長篇「問題のある人々」など社会批判的な作風で知られる。リアリズム小説論「小説の理論と技法について」など	ドイツ	1829	1911	八十歳祝賀・首相列席
	191	Friedrich Spielhagen					P. ハイゼ八十歳賀帖署名者
	272	Spielhagen					ゲーテ協会二十五年祭
	306	Friedrich Spielhagen					学校の成績が良かった名士・悪かった名士
	386	Friedrich Spielhagen、父					F. シュピールハーゲンが娘の死に落胆
	467	Friedrich Spielhagen、Spielhagen					重体、病状、訃報
	541	Spielhagen					ゲーテ協会大会（ヴァイマル）
	547	Spielhagen					鑰匙小説（モデル小説）
	803	Friedrich Spielhagen					「問題のある人々」など活動写真化の予定
Spielhagen, Friedrich（女婿）	467	壻 Spielhagen	（内務省官吏、F. シュピールハーゲンの女婿）				訃報（F. シュピールハーゲン）
Spielhagen, Friedrich（娘）	467	娘二人、Frau Spielhagen	（F. シュピールハーゲンの娘の一人）				病状（F. シュピールハーゲン）
Spielhagen, Toni	386	Toni、トオニイ	（F. シュピールハーゲンの娘。元教師）				F. シュピールハーゲンが娘の死に落胆
	467	今一人					病状（F. シュピールハーゲン）
Spielmann, Julius	592	Julius Spielmann	テノール歌手	チェコ	1866	1920	高額年俸歌手・俳優一覧
Spielmann, Rudolf	298	Spielmann	チェス棋士。本文と異なりオーストリア=ハンガリーの代表として参加	オーストリア	1883	1942	チェス大会（ハンブルク）
Spiero, Heinrich	809	Heinrich Spiero	ゲルマニスト、文芸史家、作家	ロシア	1876	1947	H. Spiero による W. ラーベ評伝
	833	Heinrich Spriero					「D. v. リリエンクロンその生涯と作品」出版
Spinelly	781	Spinelly	女優、映画女優	フランス	1887	1966	シック（chic）について講釈

S

S

人名	頁数	本文表記	人物紹介（肩書・略歴など）	出生地	生年	没年	トピック
Spingardi, Paolo	111	Spingardi	軍人、政治家　（陸相）	イタリア	1845	1918	イタリア新内閣
	484	Spingardi					イタリア新内閣
Spinoza, Baruch de	498	Spinoza	哲学者、神学者。汎神論的立場から物体と精神の二元性を統一しようとした	オランダ	1632	1677	スピノザ「エチカ」を未来の宗教とした講演
	672	Spinoza-Bibliothek					売出中のスピノザ全コレクションは目録だけでも価値あり
	745	Jacobis Spinozabuechlein					F. Mauthner 監修の哲学叢書
Spiridinow	815	Spiridinow	（モスクワの豪商）				純金製の金婚式案内状200通
Spiro, Eugene	651	Eugen Spiro	画家。Eugen Spiro は本名	ポーランド	1874	1972	アカデミー・モデルヌ（パリ）
Spitteler, Carl	619	Spitteler	詩人。ノーベル文学賞（1917）	スイス	1845	1924	訃報（J. V. Widmann）
Spitzer, Daniel	617	Daniel Spitzer	作家、ジャーナリスト	オーストリア	1835	1893	八十歳祝賀（J. Stettenheim）
Spitzweg, Franz Carl	92	Karl Spitzweg	画家。ビーダーマイヤー様式を代表する画家の一人	ドイツ	1808	1885	シャック・ギャラリー開館式
Spohr, Louis	777	Spohr	作曲家、ヴァイオリニスト、指揮者	ドイツ	1784	1859	ベルリオーズ「ファウスト」再演
Spreckels, Rudolph	266	Rudolf Spreckels	実業家。アメリカの砂糖会社 Spreckels Sugar Company 創業者 Claus の息子		1872	1958	政治腐敗防止のための運動
Spriero, Heinrich	833	Heinrich Spriero	→ Spiero, Heinrich				「D. v. リリエンクロンその生涯と作品」出版
Spring	322	Spring	（射撃祭でドイツ帝杯を獲得）				スイス射撃祭の結果
Springer, Georg	487	Georg Springer	（劇場監督）				劇場人事
Sprouck	179	Sprouck	（展覧会開催計画者）				現代美術国際展覧会（パリ）
Ssaltykow-Schtschedrin, Michail	339	Ssaltykow-Schtschedrin	風刺作家	ロシア	1826	1889	アルコール漬けの脳の行方
Ssemjonow, S. T.	394	S. T. Ssemjonow	（詩人）				トルストイと活動写真・蓄音機
Ssogiejewitsch	34	Ssogiejewitsch	（ワルシャワ近郊の百姓）				通夜の席で大量アルコール中毒死
Ssogiejewitsch（未亡人）	34	Ssogiejewitsch	（死んだ百姓の未亡人）				通夜の席で大量アルコール中毒死
Ssymank, Paul	219	Paul Ssymank	教育史家。H. コンラッディ全集を編集	ドイツ	1874	1942	H. Conradi 全集に新資料編入
St. John, Florence	674	Florence St. John	歌手、女優。ビクトリア、エドワード朝を代表する歌手の一人。本姓 Greig	イギリス	1855	1912	訃報
Staackmann, Ludwig	839	L. Staackmann	書肆創業者		1830	1896	O. エルンスト小品集出版
Staaf, Karl	608	Karl Staaf	政治家、首相（1905-1906、1911-1914）	スウェーデン	1860	1915	スウェーデン自由主義内閣
Stachowitsch, Michail	392	Stachowitsch	政治家。ロシア支配下のフィンランド総督を務めた		1861	1923	家出をしたトルストイ（詳細）
Stackhouse, Joseph Foster	834	Foster Stackhouse	軍人、探検家	イギリス	1873	1915	南極探検隊出発予定
Stadler	462	Stadler	（バウエンフェルド賞審査委員）				バウエルンフェルト賞
Stadler, Toni	760	Toni Stadler	画家。ミュンヘン分離派。本名 Anton von Stadler	オーストリア	1850	1917	ピナコテーク館長人事

人名	頁数	本文表記	人物紹介（肩書・略歴など）	出生地	生年	没年	トピック
	769	Toni Stadler					ピナコテーク館長人事
Staegmann, Helene	87	Helene Staegmann	（女性歌手）				Eulenburg 侯の子供達の結婚
Staerck, Jean	274	Jean Staerck	（すりの隠居、パリですり学校を開催）				すり学・告発
Stahl, Ernst Leopold	813	Ernst Leopold Stahl	翻訳家、演劇研究者、劇作家	ドイツ	1882	1959	「ヴィルヘルム・テル」原典（*Ur-Tell*）を書き直し上演
	823	Ernst Leopold Stahl					W. B. イェーツの初独訳出版
Stahr, Adolf	306	Adolf Stahr	作家、文学史家。女流作家 F. Lewald と結婚・離婚	ドイツ	1805	1876	学校の成績が良かった名士・悪かった名士
	482	Adolf Stahr					F. Lewald 生誕百年
Stakowski	399	Stakowski	（アスタポの医師）				夫人来訪に不機嫌のトルストイ
Stampa, Gaspara	146	Gaspara Stampa	女流詩人。初期ルネッサンス期に活躍	イタリア	1523	1554	好評の二興行
Standhartner, Henriette	85	Henriette Standhardter、妻	オペラ女優、ソプラノ歌手。F. Mottl の妻となったが離婚	オーストリア	1866	1933	F. Mottl が離婚訴訟・再婚の噂
	327	Henriette (Standhardtner 氏)					F. Mottl が離婚
Stangeland, Charles Emil	688	Charles Emil Stangeland	外交官。女流作家 K. ミハエリスと結婚	アメリカ			K. ミハエリスが再婚
Stanislavski, Konstantin	421	Stanislawsky 座	俳優、演出家。スタニスラフスキー・システム考案者。本名 Konstantin Alexeyev	ロシア	1863	1938	ベルリン演劇学校視察とロシア興行事情
	657	Stanislawski					「青い鳥」の稽古回数90回
Stappen, Karl Van der	381	Karl van der Stappen	彫刻家	ベルギー	1843	1910	訃報
Starck, Konstantin	187	Konstantin Starck	彫刻家	ドイツ	1866	1939	ベルリン大展覧会（1910）
	816	Konstantin Starck					ベルリン王室図書館に雄弁と学問のアレゴリー像設置
Stargardt, G. A.	221	書肆 Stargard	（ベルリンの書肆）				グラッベ全集未収録草稿・続報
	714	G. A. Stargardt					「死の舞踏」（線描）増補再版
Staritzky, Michael	34	Michael Staritzky、小使	（思い込みのために死亡した鉄道員）				シベリア鉄道冷却室で事故死
Stassen, Franz	283	Franz Stassen	画家、イラストレーター	ドイツ	1869	1949	ベルリン大展覧会（1910）受賞
	380	Stassen					ベルリン芸術家協会新委員
	568	Franz Stassen					八十歳祝賀（R. Begas）
Stavenhagen, Fritz	680	Stavenhagen-Gesellschaft	劇作家、物語作家	ドイツ	1876	1906	低地ドイツ方言劇 *De Last* 好評
	787	Fritz Stavenhagen					F. Stavenhagen 記念像
Stead, William Thomas	87	William Stead	ジャーナリスト。調査報道の先駆者。タイタニック号で落命	イギリス	1849	1912	F. A. クックが新聞記者会見
Steeg, Théodore	469	Steeg	政治家、首相（1930-1931）（文相、内相、教育相）	フランス	1868	1950	フランス新内閣
	541	Steeg					ソルボンヌに口語保存（畜音）文庫創立

S

人名	頁数	本文表記	人物紹介（肩書・略歴など）	出生地	生年	没年	トピック
	558	Steeg					フランス新内閣
	664	Steeg					フランス新内閣
	763	内務大臣					パリで本格的「ファウスト」興行
	771	Steeg					フランス新内閣
Stefanides, A.	415	A. Stefanides	（作曲家）				新興行オペラ一覧
Stefanie	121	Stefanie	→ Stephanie（Belgium）				レオポルド2世遺産争い
Stefansson, Vilhjalmur	748	Stefansson	極地探検家、民族学者	カナダ	1879	1962	新発見の白人エスキモー
Steffann	538	Steffann	（劇作家）				新興行ドラマ一覧
Steffens, Henrik	580	Henrik Steffens	哲学者、自然科学者、詩人。科学的思考と形而上学とを融合	ノルウェー	1773	1845	ブレスラウ大学創立百年祭
Steheli	64	Steheli	（射撃会優勝のスイス人）				ハンブルク国際射撃競争会
Stehr, Hermann	489	Hermann Stehr	作家	ポーランド	1864	1940	ベルリン自由文芸会で朗読
	754	Hermann Stehr					シラー財団ブレスラウ支部賞金
Stein	184	Stein	（劇作家）				新興行ドラマ一覧
Stein	289	Stein	（劇作家）				新興行ドラマ一覧
Stein	416	Stein	（劇作家）				新興行オペラ一覧
Stein, Charlotte	93	Frau von Stein	シュタイン夫人として知られる教養人。ゲーテとの親密な関係で知られる。ヴァイマル文化の中心人物の一人	ドイツ	1742	1827	虫の知らせ
	272	Frau von Stein					ゲーテ協会二十五年祭
	742	von Stein 夫人					ゲーテ記念碑（Torbole）・手紙
Stein, H.	365	H. Stein	（劇作家）				新興行ドラマ一覧
	486	H. Stein					新興行ドラマ一覧
Stein, Leo Walter	158	Walter Stein	オペラ台本家、劇作家	ウクライナ	1861	1921	興行情報
	208	Leo Walter Stein					新興行ドラマ一覧
	413	L. W. Stein					新興行ドラマ一覧
	537	L. W. Stein					新興行ドラマ一覧
	635	L. W. Stein					新興行ドラマ一覧
	689	Leo Walter Stein					興行情報
Stein, Ludwig	636	Ludwig Stein	哲学者、社会学者、ジャーナリスト。雑誌「北と南（*Nord und Sued*）」編集長	ハンガリー	1859	1930	雑誌 *Nord und Sued*（劇場・美術欄）
	661	Ludwig Stein					「カント及びカント派」連続講演
Steiner, Rudolf	707	Steiner 派	哲学者、教育思想家。人智学の提唱者。子供の内部生命と自発性を重視した教育法とその実践であるヴァルドルフ学校で知られる	クロアチア	1861	1925	神智学協会が精神科学校を設立
Steiner-Osten, Wilhelm	630	Wilhelm Steiner-Osten	作家、劇作家	ポーランド		1926	旧作脚本「グートルーン」出版
Steiner-Prag, Hugo	623	Hugo Steiner	イラストレーター、装丁家	チェコ	1880	1945	シラー記念像競技会
Steinert, Adolf	504 505	Adolf Steinert	（劇場監督）				近頃不振のウィーン演劇界

人名	頁数	本文表記	人物紹介（肩書・略歴など）	出生地	生年	没年	トピック
	701	Steinert					精神病院入院
Steinheil, Adolphe	52	Steinheil、故人、画工	画家。母とともに自宅で不自然な状況で殺害されたことで世間の関心を集めた。フランス大統領フェリックス・フォールの情婦となった妻 Marguerite は夫の殺害容疑者	フランス	1850	1908	Steinheil 殺人疑獄事件の法廷に奇怪な証人続出
	209	Steinheil 裁判事件					1910年の国民サロン（パリ）
	214	Steinheil 事件					国民サロンの陳列場所に不服
	381	Steinheil					疑獄事件 Steinheil 宅で展覧会
	441	Steinheil					Steinheil の娘に関する誤報
Steinheil, Marguerite	52	未亡人	画家 A. Steinheil の妻。マスネ、ゾラらも集ったサロンを主宰。大統領 F. フォールが突然死したのは夫人との密会中であったとも噂された。また、夫とその母の殺害現場で縄で縛られた状態で発見され、事件への関与が疑われた	フランス	1869	1954	Steinheil 殺人疑獄事件の法廷に奇怪な証人続出
	105	Steinheil 夫人、Madame Dumont、お母あさん					Steinheil 夫人に無罪判決、入院中の Steinheil 夫人を娘は見舞わず
	107	Steinheil 夫人					Steinheil 夫人ロンドンに到着
Steinheil, Marthe	105	Marthe Steinheil、娘	画家 Adolphe と妻 Marguerite の娘	フランス	1891	?	入院中の Steinheil 夫人を娘は見舞わず
	441	娘 Marthe					Steinheil の娘に関する誤報
Steinlechner, Maximilian	76	Max Steinlechner	医師			1937	開業医と侯爵夫人の婚約
Steinlen, Théophile	282	Steinlen	画家、版画家。アール・ヌーボーを代表するイラストレーターの一人	スイス	1859	1923	Liaboeuf 死刑中止哀願状・死刑執行
Steinthal, Heymann	237	Wilhelm von Humboldt-Steinthal 派	言語学者、哲学者。言語を科学的に分析した理論言語学者	ドイツ	1823	1899	訃報（F. N. Finck）
Stendhal	767	Stendhal 像	作家、軍人、外交官。バルザックとともに19世紀前半のフランスを代表的する文学者。本名 Marie Henri Beyle	フランス	1783	1842	美術コレクターの遺品分配
Stengel, Hermann von	390	Stengel	政治家	ドイツ	1837	1919	大学生の選挙権につき議論
Stephan, Ernst Heinrich Wilhelm	26	Stephan	政治家。ドイツ郵政事業の総裁を務めた	ポーランド	1831	1897	ヴィルデンブルッフのヴィルヘルム帝とビスマルクとの逸話
Stephanie	121	Stefanie	ベルギー国王レオポルト 2 世の次女。オーストリア皇太子ルドルフの妃	ベルギー	1864	1945	レオポルド 2 世遺産争い
	160	Stephanie					レオポルド 2 世遺産争い
	232	Stephanie					レオポルド 2 世遺産争い
Steppen, Charles van der	515	van der Steppen	彫刻家	ベルギー	1843	1910	春季展覧会（ブリュッセル）
	626	Charles van der Steppen					詩人ヴェルハーレンの肖像
Sterl, Robert	684	Sterl	画家	ドイツ	1867	1932	ライプツィヒ美術展覧会（1912）
Stern, Julius	421	Stern'sches Konservatorium	音楽家、シュテルン音楽院創立者	ポーランド	1820	1883	ベルリン演劇学校視察とロシア興行事情
Stern, Ludwig	221	Stern	エジプト研究者、ケルト研究者。ベルリン王立図書館古文書局長を務めた	ドイツ	1846	1911	グラッベ全集未収録草稿・続報

S

人名	頁数	本文表記	人物紹介（肩書・略歴など）	出生地	生年	没年	トピック
Sternberg, Theodor	830	Theodor Sternberg	法学者。明治期日本の外交顧問として民法の発展に貢献	ドイツ	1878	1950	東京帝国大学に招へい
Sternheim, Carl	348	C. Sternheim	劇作家、作家。表現主義を代表する作家の一人。ヴィルヘルム時代の市民階級の道徳観を痛烈に諷刺した。喜劇「パンツ（*Die Hose*）」「ブルジョア・ショッペル」「スノッブ」など	ドイツ	1878	1942	新興行ドラマ一覧
	366	C. Sternheim					新興行ドラマ一覧
	453	K. Sternheim					新興行ドラマ一覧
	460	Carl Sternheim					検閲により脚本 *Die Hose* は改刪のうえ *Der Riese* と改題
	468	Sternheim					ベルリン警視総監の下心
	471	K. Sternheim					新興行ドラマ一覧
	558	Carl Sternheim					出版情報
	611	Carl Sternheim					*Die Hose* ミュンヘンで興行禁止・会員制にして興行
	630	Carl Sternheim					C. Sternheim「カセット」
	634	C. Sternheim					新興行ドラマ一覧
	635	C. Sternheim					新興行ドラマ一覧
	692	Sternheim					*Der Riese* 興行情報
	780	Carl Sternheim					有望な技能を示した作「ブルジョア・ショッペル」
Stettenheim, Julius	108	Stettenheim 翁	作家、雑誌記者、編集者。1862年滑稽雑誌 *Hamburger Wespen*（のち *Berliner Wespen*、*Deutsche Wespen* と改称）を創刊	ドイツ	1831	1916	「日の出前」記念興行
	299	Julius Stettenheim					芸術界知名士女の避暑地
	543	Julius Stettenheim					自転車にぶつかって怪我
	599	Julius Stettenheim					八十歳記念の新著出版
	617	Stettenheim					八十歳祝賀
Steuben, Friedrich Wilhelm von	313	Steuben 像	軍人。プロイセンの市民階級の出身。出世を夢見てアメリカ独立戦争に従軍し、ジョージ・ワシントンの参謀総長として勝利に導いた	ドイツ	1730	1794	F. W. v. シュトイベン像除幕式
	410	von Steuben					シュトイベン記念像除幕（ワシントン）
	583	Steuben					シュトイベン像設立（ポツダム）
	596	Steuben 記念像、ストイベン将軍、Des grossen Friedrich Adjutant					シュトイベン像除幕に際し話題再燃
Stevens, Alfred	140	Stevens	画家	ベルギー	1823	1906	C. ルモニエの伝記・逸話紹介
Stewart, Anita	68	Anita Stewart	王位継承者であったミゲル・ド・ブラガンサと貴賤結婚したアメリカ人女性	アメリカ	1885	1977	ポルトガル王位継承権放棄
Stewart-Richardson, Constance	158	Lady Constance Stewart-Richardson	女性ダンサー		1883	1932	ロンドン寄席の最大の呼物となっている多芸の女性
Sthamer, Heinrich	668	H. Sthamer	作曲家、音楽理論家	ドイツ	1885	1955	新興行オペラ一覧
Stichling, Otto	710	Stichling	彫刻家		1866	1912	訃報（J. B. Hofner、O. Stichling）

人名	頁数	本文表記	人物紹介（肩書・略歴など）	出生地	生年	没年	トピック
Stickel, Georg	796	Georg Stickel	（劇場監督）				ベルリンに一幕物劇場
Stieda, Ludwig	418	Stieda	解剖学者、人類学者	ラトヴィア	1837	1918	突然白髪になった逸話
Stieler, Eugen von	42	Von Stieler	画家。1929年没との説あり	ドイツ	1845	1922	ミュンヘン芸術院百年祭
Stieler, Kurt	436	Kurt Stieler	俳優、演出家		1877	1963	ハウプトマン「鼠」配役
Stilgebauer, Edward	37	Stilgebauer	作家、ジャーナリスト。第二次大戦中にスイスに移住	ドイツ	1868	1936	ドイツ貸本ランキング（1908）
Stirling, John Alexander	473	Mr. John Alexander Stirling	（スコットランド近衛士官、コーラス・ガール Miss Taylor の元夫）				コーラス・ガールの離婚と再婚
Stockins, A.	812	Stockins	（文芸評論家）				ハウプトマンに関する英文評論
Stoecker, Helene	456	Dr. Helene Stoecker	女性ジャーナリスト。女性の地位向上と平和活動に尽力	ドイツ	1869	1943	「最近百年間の結婚問題」演説禁止
Stoerring, Gustav Wilhelm	614	Gustav Stoerring	心理学者、哲学者	ドイツ	1860	1946	シュトラスブルク大学人事
Stoessel, Anatoly	48	Stössel	軍人。日露戦争における旅順要塞司令官。乃木希典との水師営の会見で知られる。戦後、敗戦の責任を問われ、死刑判決を受けるが特赦が下った	ロシア	1848	1915	禁錮十年の A. ステッセルが大病・F. ロバーツは金婚祝い
	49	Stössel					ロシア帝誕生日にステッセルとネボガトフに特赦
Stoessel（夫人）	55	Stössel 夫人	A. ステッセルの妻 Wella				赤十字社の資金着服の容疑
Stoeving, Curt	109	Curt Stoeving	画家、彫刻家、建築家	ドイツ	1863	1939	M. クリンガーがニーチェの肖像とデスマスクに関して証言
Stoker, Bram	420	Bram Stoker	作家。代表作「吸血鬼ドラキュラ」	アイルランド	1847	1912	エリザベス女王取替え子説
Stollberg, Grete	684	Grete Stollberg、グレテ	（女流劇作家、劇場監督 Ignaz Georg Stollberg の妻）				興行情報
Stollberg, Ignaz Georg	465	Stollberg	俳優、劇場監督、演出家。妻は女優 Grete		1853	1926	*Abrechnung* 興行好評
	684	劇場座長					興行情報
Stolypin, Pyotr Arkadyevich	331	Stolypin	政治家。帝政ロシア首相（1906-1911）。第一次ロシア革命を弾圧し収束させると同時に、国内に高まる不満をそらすために抜本的な農政改革を進めたが、キエフで観劇中に暗殺された	ドイツ	1862	1911	アムール線拓殖事業視察
	410	Stolypin					トルストイの子息二人が首相に父の遺言の無効を請願
	480	Pjotr Arkadjewitsch Stolypin					ストルイピンに辞職の噂
	481	Stolypin					ストルイピンが政権維持
	600	Stolypin、首相					社会革命党員が歌劇場でロシア首相を銃撃、訃報・首相後任
	602	ストリピン					ストルイピン暗殺犯が絞罪
Storm, Gertrud	645	Gertrud Storm	作家 T. シュトルムの末娘	ドイツ	1865	1936	T. シュトルム伝の執筆
	744	Gertrud Storm					T. シュトルム遺稿と伝記を出版
Storm, Theodor	403	Theodor Storm	作家、詩人、弁護士。生地フーズムにシュレスウィヒ・ホルシュタイン問題が生じたた	ドイツ	1817	1888	T. シュトルム書簡集続刊
	645	Theodor Storm					T. シュトルム伝の執筆

S

人名	頁数	本文表記	人物紹介（肩書・略歴など）	出生地	生年	没年	トピック
	744	Theodor Storm、父	め、デンマーク治下時代に失職したことがある。「みずうみ」など				T. シュトルム遺稿と伝記を出版
	802	Theodor Storm					T. シュトルムの旧宅が売り
Stoss, Veit	635	Veit Stoss	彫刻家、版画家。後期ゴシックから北方ルネサンス期を代表する彫刻家。クラクフにある祭壇が有名	ドイツ	1447	1533	新興行ドラマ一覧
	710	Veit Stoss					「ファイト・シュトース」興行
	790	Veit Stoss					「ファイト・シュトース」出版
Stotzingen, Konrad von	312	Freiherr von Stotzingen	政治家	ドイツ	1873	1933	内相が社会主義につき演説
Stradivari, Antonio	17	Stradivario	弦楽器製作者。N. アマティー、B. G. A. ガルネリとともに最高峰とされる。本文の没年は誤り	イタリア	1648	1737	パガニーニゆかりのストラディヴァリウス売価
Straehler, Georg	804	Georg Straehler	作家、劇作家。G. ハウプトマンの親戚				ハウプトマン親戚の作品上場
Strakosch, Alexander	617	Alexander Strakosch	俳優、朗読家		1840	1909	訃報（A. Freytag ）
Strasburger, Eduard	444	Strasburger	植物学者。19世紀後半から20世紀初頭を代表する植物学者	ポーランド	1844	1912	ペテルブルク学士院会員
	718	Eduard Strassburger					訃報
Strasser	463	Strasser	(ライムント劇場座主)				ライムント賞中止の見込
Strasser, Johann	799	Johann Strasser	(無政府主義者の錫職)				無政府主義者が武官を射殺
Strati	590	Strati	(誘拐犯グループの一人)				ツァイス社員が身代金と引換え
Stratz, Rudolf	37	R. Stratz	作家	ドイツ	1864	1936	ドイツ貸本ランキング（1908）
	450	Stratz					A. v. Kroener 葬儀参列の文士
Straub, Harriet	750	Harriet Straub（仮名）、妻	女医、作家。本名 Maria Hedwig Luitgardis Straub。F. Mauthner と結婚	ドイツ	1872	1945	女流作家 Harriet Straub の正体
Strauch, Wilhelm	559	Wilhelm Strauchpreis				1906	ベルリン建築会賞受賞
Straus, Ida	707	妻	I. Straus の妻	ドイツ	1849	1912	タイタニック号沈没死亡者数
Straus, Isidor	707	Isidor Strauss、夫	マーシーズ・デパート共同経営者、政治家。アメリカで活躍	ドイツ	1845	1912	タイタニック号沈没死亡者数
Strauss	288	Strauss	(劇作家)				新興行ドラマ一覧
Strauss	672	Strauss	(牧師)				「バベル-聖書」論争が勃発
Strauss, David Friedrich	188	David Friedrich Strauss	神学者、哲学者。合理主義的な立場から聖書における神秘性を批判。「イエスの生涯」	ドイツ	1808	1874	D. F. Strauss 記念像
	253	David Friedrich Strauss					D. F. Strauss 記念像除幕
Strauss, Johann Baptist	50	Johann-Strausstheater	作曲家、指揮者。「ワルツ王」として知られる。ヨハン・シュトラウス（子）	オーストリア	1825	1899	ぼや騒ぎのなか観客を沈めて最後まで上演した一座に喝采
Strauss, Richard	12	Richard Strauss	作曲家、指揮者。ドイツの後期ロマン派を代表する音楽家。大指揮者 H. v. ビューローに才能を見いだされ、G. マーラーや F. ヴァインガルトナーと並ぶ指揮者として活躍、作曲	ドイツ	1864	1949	「エレクトラ」興行大反響
	33	Richard Strauss					「エレクトラ」に一部剽窃と訴え
	94	Richard Strauss-fest					R. シュトラウス祭（ミュンヘン）で全作上演の予定

人名	頁数	本文表記	人物紹介（肩書・略歴など）	出生地	生年	没年	トピック
	159	Richard Strauss	活動も本格的に行うようになった。「ドン・ジュアン」「英雄の生涯」などの交響詩を発表後、オペラへと関心を向け、O. ワイルド原作「サロメ」、H. ホフマンスタール脚本「エレクトラ」「ばらの騎士」「ナクソス島のアリアドネ」など話題作を次々と世に送り出した。聖書に取材しながら背徳的な雰囲気の濃厚な「サロメ」は各地で興行禁止になった一方で、世評を呼んだ。シュトラウスは注目を集め、ドレスデンで行われた「ばらの騎士」初演時（M. ラインハルト演出）にはベルリンから特別列車が仕立てられた。他に「アルプス交響曲」「日本の皇紀二千六百年に寄せる祝典曲」「四つの最後の歌」などがある				次回作タイトルは「ばらの騎士」となる見込み
	163	Strauss					新作オペラの題名は未定
	169	Strauss、Strauss 物					R. シュトラウス「サロメ」にロンドンでの興行許可
	185	Richard Strauss					新興行ドラマ一覧
	201	Strauss					「エレクトラ」主役と監督に醜聞
	208	Richard Strauss					新興行オペラ一覧
	212	Strauss					1908・9～ドイツでの興行回数
	232	Strauss					R. シュトラウス「サロメ」がとうとうパリ・オペラ座で興行
	235	Richard Strauss					制作中のオペラ「ばらの騎士」のタイトルは未確定
	266	Richard Strauss					生誕の家に記念額
	286	Richard Strauss					ベルリン宮廷オペラを辞職しウィーンフィルと演奏旅行の噂
	299	Richard Strauss					芸術界知名士女の避暑地
	341	Richard Strauss					「ばらの騎士」初演予定
	345	Richard Strauss					「ばらの騎士」興行に R. シュトラウスが過剰要求、離職の噂
	351	Strauss					「サロメ」「エレクトラ」についてのホフマンスタール寸評
	353	Strauss					「ばらの騎士」初演決定
	356	Richard Strauss					R. シュトラウスのオペラ次回作
	412	Strauss					「ばらの騎士」初演日程
	423	Strauss					「ばらの騎士」初演日程
	437	Richard Strauss					「ばらの騎士」題名の由来
	497	Richard Strauss					L. ウーラントの詩「海辺の城」に R. シュトラウス作譜
	504	Strauss					「ばらの騎士」英米で刊行
	514	Strauss					スウェーデン王夫妻とドイツ帝夫妻が観覧予定の演目
	526	Richard Strauss					R. シュトラウスとダヌンツォがオペラ合作との風評は誤り
	544	Richard Strauss					ヴェデキント興行禁止反対署名者一覧
	564	Richard Strauss					「アルプス交響曲」など R. シュトラウスの作曲状況

S

人名	頁数	本文表記	人物紹介（肩書・略歴など）	出生地	生年	没年	トピック
	576	Richard Strauss					R. シュトラウス胸像をバイエルン政府が購入
	597	Richard Strauss					R. シュトラウスの旧作が出版
	636	Rich. Strauss					新興行オペラ一覧
	645	Richard Strauss					グスタフ・マーラー財団
	664	Richard Strauss					「ナクソス島のアリアドネ」制作
	682	Richard Strauss					「ナクソス島のアリアドネ」初演予定
	710	Richard Strauss					「火の危機」興行
	715	Richard Strauss					吹奏楽器 Samuels Aerophor を R. シュトラウスが称賛
	737	Richard Strauss、ストラウス					「ナクソス島のアリアドネ」初演予定
	740	Richard Strauss					「パルジファル」問題（バイロイトでの独占上演）にコメント
	751	Strauss					ヴュルテンベルク大金牌受賞
	753	Richard Strauss					ドイツ音楽界の現状批評
	825	Richard Strauss					ズーダーマン「ヨハネの火」オペラ化
	842	RICHARD STRAUSS 氏					ホフマンスタール「エレクトラ」を R. シュトラウスがオペラ化
	846	RICHARD STRAUSS					オペラ「サロメ」ストックホルム興行は一事件
Strauss, Rudolf	452	Rud. Strauss	（劇作家、ジャーナリスト）				新興行ドラマ一覧
	505	Rudolf Strauss					近頃不振のウィーン演劇界
	579	Rud. Strauss					新興行ドラマ一覧
Strecker, Otto	374	Otto Strecker	裁判官。ドイツ帝国裁判所長官		1862	?	ベルリン大学百年祭名誉学位
Strecker, Wally	795	妻、Wally Strecker	文芸史家 E. Schmidt の妻		1857	1936	訃報（E. Schmidt）
Streicher, Gustav	366	M. Streicher	劇作家、作家。P366 M. Streicher は G. Streicher の誤り	オーストリア	1873	1915	新興行ドラマ一覧
	587	Gustav Streicher					夜間戸外興行
Strickler, Johannes	369	Johannes Strickler	スイスの地域史研究家、文筆家		1835	1910	訃報
Strindberg, Anne-Marie	629	Anne-Marie Bosse-Strindberg、Anne-Marie、アンヌマリイ	A. ストリンドベリと女優 Harriet Bosse との間に生まれた末娘。Anne-Marie Hagelin	スウェーデン	1902	2007	病床のストリンドベリ近況
Strindberg, August	118	August Strindberg	劇作家、作家。ビョルンソン、イプセンと並ぶ近代演劇の先駆者であり、北欧の自然主義文学を代表する文学者の一人。強烈な個性の持ち主であり、波乱万丈の人生を送ったこと	スウェーデン	1849	1912	クリスマスに「クリスマス」を興行
	194	Strindberg					無名劇作家のための劇場設立
	207	August Strindberg					新興行ドラマ一覧

S

人名	頁数	本文表記	人物紹介（肩書・略歴など）	出生地	生年	没年	トピック
	226	Strindberg、ストリンドベルク	でも知られる。軍人貴族の元妻で女優志望であったシリ・フォン・エッセンと結婚。Karin、Greta、Hans の三児が生まれたが離婚。その後、女流作家フリーダ・ウールとの間にKerstin、女優ハリエット・ボッセとの間にAnne-Marie が生まれたが、いずれも離婚した。作品に自己の見聞を色濃く反映させながら抗争的で風刺に満ちた作風を特色とした。また、複数の作品に女性への激しい愛と憎悪が交錯する様を認めることができる。G. ブランデスを通じ、ニーチェの思想に強い影響を受けており、中期以降は錬金術やオカルト研究など神秘主義的傾向も見せた。生涯にわたり、社会主義、言語学、東洋学、絵画や写真など幅広い領域に関心を示したが、まとまりをもつことはなかった。1907年に小規模な客席数の「親和劇場」を設立、「ペリカン」などの短い戯曲を書きおろして発表した。経営難のために三年で閉じられたが、その後作品は、高く評価された。階級意識や社会主義への関心も高かったが、それは過激な社会変革へと突き進むものではなく、自身の窮状に寄せられた義捐金を社会的弱者へと分け与えるようなヒューマニズムに満ちたものであった。小説「赤い部屋」「結婚物語」「痴人の告白」「地獄」、戯曲「令嬢ジュリー」、史劇「グスタフ・ヴァーサ」などがある。鷗外訳に「債鬼」「一人舞台」「首陀羅」「稲妻」「ペリカン」				ビョルンソンとストリンドベリの初顔合わせ
	303	August Strindberg					「死の舞踏」興行情報
	307	Strindberg					ベルリン大学講義でビョルンソン・イプセン・ストリンドベリ論
	318 319	Strindberg、ストリンドベルク					S. ヘディンとストリンドベリの大論戦
	346	Strindberg					ストリンドベリに好戦的な兆候
	355	ストリンドベルヒ					訃報（J. カインツ）・詳細
	417	Strindberg、作者					劇場の財政難で作者も困窮
	424	Strindberg					ストリンドベリのノーベル賞未受賞につき議論・国民募金
	484	Strindberg					ストリンドベリ救助金募集
	502	Strindberg					ストリンドベリ「愛の本」刊行
	555	ストリングベルク、Strindberg					ストックホルムのストリンドベリ展示室
	573	August Strindberg					ストリンドベリ「エリク十四世」興行大当り
	606 607	August Strindberg、詩人					ストリンドベリの著述版権を一挙買収・義捐金継続
	613	Strindberg					ノーベル賞候補一覧（1911）
	629	Strindberg、ストリンドベルク					病床のストリンドベリ近況
	630	Strindberg					病状につき諸説報道
	644	August Strindberg					ベルリン芸術劇場ストリンドベリ作品公演
	647	Strindberg					六十三歳誕生日に義捐金
	649	Strindberg					「ペリカン」興行・あらすじ
	650	Strindberg、ストリンドベルク					ストリンドベリ近況
	658	August Strindberg					病状は少し快方
	659	Strindberg					平熱に回復
	660	Strindberg					病状再び悪化
	662	Strindberg					六十三歳祝賀予定
	666 667	Strindberg、ストリンドベルク					六十三になるストリンドベリ、P. Schlenther のストリンドベリ回想
	669	August Strindberg、詩人、Strindberg-					ハウプトマンのストリンドベリ評・六十三歳祝賀

S

人名	頁数	本文表記	人物紹介（肩書・略歴など）	出生地	生年	没年	トピック
		Komitee、ストリンドベルク					
	671	Strindberg					誕生日翌日は上機嫌
	676	Strindberg					夢にまで見るフィンランド語の起源
	689	August Strindberg					義捐金の一部を寄付と本人談
	690	Strindberg					ストリンドベリに義捐金贈与
	698	Strindberg					義捐金を貧民救済・平和活動に醵出
	707	August Strindberg、Strindberg					腹水兼癌腫の風説、ストリンドベリの胃癌
	708	Strindberg					訃報（S. v. Essen）
	713	August Strindberg					ストリンドベリの死期間近
	715	Strindberg					新自由劇場興行情報
	716 717 718	August Strindberg、Strindberg、ストリンドベルク					訃報・略歴（ストリンドベリ）、A. ストリンドベリの評伝・作品とモデル、葬儀
	719	Strindberg、ストリンドベルク、詩人					ストリンドベリ「回想録」出版
	724	August Strindberg					「グスタフ・アドルフ」模範的興行
	729	August Strindberg 全集					英訳ストリンドベリ全集刊行
	730	Strindberg					ストリンドベリが中心人物の滑稽劇 *Maja*
	731	August Strindberg					興行情報
	739	August Strindberg、Strindberg 博物館					ストリンドベリの娘の事故死により博物館建設中止
	744	Strindberg					ストリンドベリによるゲーテ評
	759	Strindberg					ストリンドベリの手紙編集
	761	August Strindberg、ストリンドベルク					ストリンドベリ遺族と独訳者で係争
	773	August Strindberg					ストリンドベリの遺財内訳
	781	Strindberg					ストリンドベリ遺族と独訳者が和解
	799	August Strindberg					ストリンドベリの遺言により貧民墓地に埋葬
	800	Strindberg					ストリンドベリ墓標除幕式
	804	August Strindberg					ストリンドベリ遺族と独訳者間の係争が再開

人名	頁数	本文表記	人物紹介（肩書・略歴など）	出生地	生年	没年	トピック
	817	Strindberg					ベルリン大学講義一覧
	851	アウグスト・ストリンドベルヒ（AUGUST STRINDBERG）、ストリンドベルヒ					歴史物三部作などA.ストリンドベリの近業
Strindberg, August（遺族）	761	ストリンドベルクの遺族、遺族	A.ストリンドベリには最初の妻Sirin von Essen（1850-1912、フィンランド）との間にKarin（1880生）、Greta（1881生）、Hans（1884生）、二番目の妻Maria Frida Uhl（1872-1943、オーストリア）との間にKerstin（1897生）がいる。Mariaと不倫関係にあったF.ヴェデキントとの間に産まれたFriedlich（1897-1978）を自身の子として認知。やはり離婚した三番目の妻Hariette Besse（1878-1961）との間にもAnne-Marie（1902-2007）がいる				ストリンドベリ遺族と独訳者で係争
	781	Strindbergの遺族					ストリンドベリ遺族と独訳者が和解
	804	August Strindbergの遺族					ストリンドベリ遺族と独訳者間の係争が再開
Strindberg, August（子）	719	子					ストリンドベリ「回想録」出版
Strindberg, August（先妻）	629	先妻	KarinとHansの母S. v. EssenとAnne-Marieの母H. Bosse				病床のストリンドベリ近況
Strindberg, August（長女）	739	August Strindbergの長女	→ Philp, Greta von				ストリンドベリの娘の事故死により博物館建設中止
Strindberg, August（中の妻）	717	中の妻	→ Uhl, Frida				A.ストリンドベリの評伝・作品とモデル
Strindberg, August（婿）	650	婿	長女Karinの夫Vladimir Smirnoffと次女Gretaの夫Henry von Philpの両方またはいずれか				ストリンドベリ近況
Strindberg, August（娘）	650	娘	長女Karinと次女Gretaの両方またはいずれか				ストリンドベリ近況
	669	作者の娘					六十三歳祝賀（ストリンドベリ）
Strindberg, Greta	629	娘Greta	→ Philp, Greta von				病床のストリンドベリ近況
	708	Greta					訃報（S. v. Essen）
Strindberg, Hans	629	Hans	数学者、天文学家。A.ストリンドベリの長男	フィンランド	1884	1917	病床のストリンドベリ近況
	708	Hans					訃報（S. v. Essen）
	717	Hans					訃報・略歴（ストリンドベリ）
Strom	624	Strom					ローマ国際美術展覧会受賞者
Stromer, Heinrich	698	Stromer	哲学者、医師。ライプツィヒ大学で哲学、病理学を教授。「ファウスト」で有名なアウエルバッハズ・ケラーを創業	ドイツ	1476	1542	アウエルバハの酒場の改装
Strong, Eugenia	169	Miss Eugenia Strong	女性考古学者。旧姓Sellers	フランス	1840	1943	アテネ発掘の処女像は男性像
Strong, William	489	William Strong	（ニュージャージーの大農家）				催眠術で殺人を自白・禁錮刑の新例

人名	頁数	本文表記	人物紹介（肩書・略歴など）	出生地	生年	没年	トピック
Strong, William（妻）	489	妻	（夫により殺害された妻）				催眠術で殺人を自白・禁錮刑の新例
Strozzi, Bernardo	538	Bernardo Strozzi	画家、版画家、司祭。17世紀ジェノヴァ派を代表する画家	イタリア	1581	1644	十七世紀以降の肖像画展覧会
Strozzi, Filippo	455	Palazzo Strozzi	銀行家、政治家	イタリア	1428	1491	宮殿の再利用について議論
Struempell, Adolf von	467	Struempell	内科医	ラトヴィア	1853	1925	ウィーン大学内科医後任人事
Struve, Hermann von	270	Struve	天文学者、数学者	ロシア	1854	1920	ベルリン学士院奨励金一覧
	378	Hermann Struwe					ベルリン大学役員一覧
Stschurowski	401	Stschurowski	（トルストイの臨終に居合わせた医師）				訃報（L. トルストイ）・詳細
Stuart, Mary	196	Maria Stuart	スコットランド女王（1542-1567）	イギリス	1542	1587	タルノウスカ夫人の家系をトルストイの従弟が調査
Stubel, Ludmilla Hildegard	295	Milli Stubel	バレエ・ダンサー。オーストリア大公 Johann Salvator と貴賤婚。愛称 Milli		1852	?	Johann Orth 失踪事件
Stuck, Franz von	44	Franz von Stuck	画家、彫刻家、建築家。ドイツ象徴主義、ユーゲント・シュティールを代表する存在で、ミュンヘン分離派創始者の一人	ドイツ	1863	1928	禁止のヌードショー再興願い
	92	von Stuck					シャック・ギャラリー開館式
	171	Franz von Stuck					アカデミー名誉会員（ミラノ）
	191	Franz von Stuck					P. ハイゼ八十歳賀帖署名者
	318	Franz Stuck					ヘッセン博物館「サロメ」を購入
	408	Franz von Stuck					マキシミリアンオルデン授与者
	425	Franz von Stuck					国民劇興行のための五千人劇場設立運動
	456	Franz von Stuck					ベルギー政府「芸術家の家族」購入
	462	Franz von Stuck					ベルリン王立芸術院加入
	514	Stuck					絵画の値段
	533	Stuck					猥褻な挿絵の告発と鑑定
	576	Franz von Stuck					イタリア政府「オレステスとエリニュエス」買上
	588	Franz von Stuck					ドイツ芸術家協会会長人事
	641	Stuck					F. シュトゥックの絵画が没収
	710	Stuck					絵画の売価（1913・ミュンヘン）
Stucken, Eduard	155	Eduard von Stucken	劇作家、作家。ドイツ系アメリカ人の商人の子としてモスクワに生まれ、ドイツで活躍した。「ガウェイン」「ランヴァル」「ランスロット」「マーリンの誕生」など、新ロマン派の傾向を示していた初期はアーサー王伝説に材を取った作品が多い。鷗外訳に「飛行機」がある。P775では、この作品の日本での評判に一言を付している	ロシア	1865	1936	「ガウェイン」興行
	207	Eduard Stucken					新興行ドラマ一覧
	264	Eduard Stucken					新興行ドラマ一覧
	324	Stucken					ブルク劇場「ランヴァル」興行
	348	Eduard Stucken					新興行ドラマ一覧
	349	E. Stucken					新興行ドラマ一覧
	355	スツツケン					訃報（J. カインツ）・詳細

人名	頁数	本文表記	人物紹介（肩書・略歴など）	出生地	生年	没年	トピック
	415	E. Stucken					新興行ドラマ一覧
	426	Stucken					「ランスロット」興行
	430	Stucken					グリルパルツァー賞受賞候補
	440	Eduard Stucken					E. Stucken「アストリッド」出版
	504	Stucken					近頃不振のウィーン演劇界
	643	Eduard Stucken					聖母登場の「ガウェイン」興行禁止
	654	Eduard Stucken					クリスマスの予定アンケート
	753	Eduard Stucken					「マーリンの誕生日」興行
	775	Eduard Stucken					「マーリン」一部朗読・日本での評価は誤り
Stuemcke, Heinrich	714	Stuemcke	演劇史家、著述家	ドイツ	1872	1923	ドイツ演劇史会創立10年大会
	796	Heinrich Stuemcke					ソプラノ歌手 H. Sontag の伝記
Stuergkh, Karl von	433	Stuergkh	政治家、首相（1911-1916）。社会主義者により暗殺された　（文相）	オーストリア	1859	1916	オーストリア新内閣
Stumpf, Carl	373	Karl Stumpf	哲学者、心理学者。ベルリン・フォノグラム・アルヒーフを創設	ドイツ	1848	1936	ベルリン大学百年祭名誉学位
	569	Stumpf					ベルリン大学講義一覧
Sturm	613	Sturm 氏	（ミュンヘンの美術蒐集家）				絵画コレクション競売
Sturm, Julius	712	Julius Sturm	詩人。後期ロマン派を代表する詩人	ドイツ	1816	1896	J. シュトルム記念像除幕
Sturmhoevel, Bernhard Maximilian	798	Bernhard Sturmhoevel	画家	ポーランド	1853	1913	訃報
Suárez, Pino	778	Suarez	政治家、ジャーナリスト、弁護士。メキシコ副大統領を務めたが、クーデター中、マデロ大統領とともに処刑された	メキシコ	1869	1913	マデロ前大統領の救出失敗
Succhi, Giovanni	519	Giovanni Succhi	（断食で有名な人物）				断食記録一覧
Suchomlinow, Wladimir Alexandrowitsch	501	Suchomlinow	ロシア軍人　（陸相）	リトアニア	1848	1926	ウラジオストク軍港視察
Suder	321	Suder	（社会党員の射撃選手）				スイス射撃祭の受賞予想
Suderani Bhagwan Kaur	541	Suderani Bhagwan Kaur、Raing Sahiba	パンジャブの名士 Sirdar Dyal Singh の未亡人。僧侶薬殺事件容疑者				パンジャブ名家殺人事件裁判
Sudermann, Hermann	37	Sudermann	劇作家、小説家。G. ハウプトマンと並ぶ自然主義の代表的作家。妻は女流作家であった Clara Lauckner。発表前の戯曲「良い評判（*Der gute Ruf*）」が著名な演劇雑誌 *Die Schaubuehne* にすっぱ抜かれたことは裁判沙汰にまでなったが、これより前から両者には少なからぬ衝突があった。小説「憂愁夫人」「猫橋」、戯曲「名誉」「故郷」「消えぬ過去（原題 *Es War*）」など。鷗外訳に「花束」のほか「独逸ズウデルマンの脚本に就て」がある	リトアニア	1857	1928	ドイツ貸本ランキング（1908）
	102	Sudermann					シラー生誕百五十年祭・シラーハウス創立委員
	110	Hermann Sudermann					「浜辺の子供たち」初興行
	122	Sudermann					「浜辺の子供たち」に喝采
	129	Sudermann					「浜辺の子供たち」称賛のドイツ帝には史劇奨励の底意
	177	Sudermann					ミラノとパリの文士会とが外国脚本上演につき筆戦

人名	頁数	本文表記	人物紹介（肩書・略歴など）	出生地	生年	没年	トピック
	230	Sudermann					演劇会と文士会との興行契約修正
	255	Sudermann					ドレスデン興行を観劇
	278	Hermann Sudermann					遊興税反対署名者一覧
	298	Herrmann Sudermann					芸術界知名士女の避暑地
	327	Sudermann					ドイツ帝の文芸談話
	332	Sudermann					「自然派のマリット」と評されたことにズーダーマンが反発
	356	Sudermann					カインツ葬儀に脚本作家協会からはズーダーマンが参列
	380	Hermann Sudermann					文人ゆかりの土地や家が売却
	397	Hermann Sudermann					演劇会と文士会との興行契約
	409	Sudermann					R. ワーグナー劇場設立計画（ベルリン）
	421	Sudermann					ベルリン演劇学校視察とロシア興行事情
	450	Sudermann					A. v. Kroener 葬儀参列の文士
	461	Sudermann					新作悲壮劇「シラクサの物乞」
	468	Suedermann					訃報（F. シュピールハーゲン）
	530	Hermann Sudermann					短篇集「インドの百合」出版
	560	Hermann Sudermann					新作戯曲「シラクサの物乞」
	607	Hermann Sudermann					「シラクサの物乞」初興行予定
	610	Sudermann					ズーダーマンが髭を刈り込む
	613	Sudermann					「シラクサの物乞」あらすじ
	633	H. Sudermann					新興行ドラマ一覧
	648	Sudermann					ドイツ文士会人事
	654	Hermann Sudermann					クリスマスの予定アンケート
	670	Sudermann					書估 W. Lehmann 異動祝宴
	692	Hermann Sudermann					ズーダーマンに関する誤報
	715	Sudermann					H. Hyan の小説に対する訴訟
	728	Hermann Sudermann					再び現代に取材の「良い評判」
	735	Hermann Sudermann					ズーダーマンなぜか髭をそる
	740	Hermann Sudermann					秋季機動演習時の受勲文学者
	755	Sudermann					ドイツ諸劇場（1912）の興行数
	759	Sudermann					訃報（O. Brahm）
	761	Hermann Sudermann					「良い評判」上演予定
	766	Sudermann					未発表脚本暴露の雑誌官没

人名	頁数	本文表記	人物紹介（肩書・略歴など）	出生地	生年	没年	トピック
	796	Hermann Sudermann					未発表作品の暴露につきズーダーマンが告訴
	825	Hermann Sudermann、ズウデルマン					ズーダーマン「ヨハネの火」オペラ化
	830	Sudermann					ローマ帝国末期に取材の新作
	837	Hermann Sudermann					「セイロン紀行」発表予定
	853 854	ヘルマン・ズウデルマン、ズウデルマン					「高き歌（*Das Hohe Lied*）」あらすじ
Sue, Eugène	495	Eugène Sue	作家、政治家。「パリの秘密」「さまよえるユダヤ人」	フランス	1804	1857	「さまよえるユダヤ人」ベイルート興行で逮捕者
Suedekum, Albert	540	Suedekum	政治家、ジャーナリスト、著述家	ドイツ	1871	1944	ハレ大学自由学生団と大学当局の衝突
Suedisuehli	32	Suedisuehli	（画家、贋作者）				ベックリンの贋作者に罰金
Sulla, Lucius Cornelius	775	Sulla	政治家、軍人。平民派のマリウスと対立した共和政ローマの独裁官		前138	前78	興行情報・劇評に決闘申込み
Sullivan	33	Sullivan	（ワーテルローの戦場で生まれた九十三歳の老女）				訃報
Sullivan, Arthur	796	Sullivan	作曲家、オペラ作曲家。オペラ「ミカド」「アイヴァンホー」	イギリス	1842	1900	オペラ「ミカド」改作上演
Sullivan, Montana Jack	316	Sullivan、boxer、ボクサア、黒人	ボクサー	アメリカ	1879	1951	サラ・ベルナールと隣人ボクサーとの逸話
Sumbatow	595	侯爵 Sumbatow	（「生ける屍」稿本所有の侯爵）				「生ける屍」稿本をめぐり駆引き
Suphan, Bernhard Ludwig	272	Bernhard Suphan	文芸学者。ヴァイマルのゲーテ・シラー文庫の館長を務めた。自殺	ドイツ	1845	1911	ゲーテ協会二十五年祭
	426	Bernhard Suphan					ゲーテ・シラー文庫館長引退
	457	Bernhard Suphan、B. Suphan					訃報・ゲーテ・シラー文庫館長後任人事
	541	Suphan、Bernhard Suphan					ゲーテ協会大会（ヴァイマル）
Sussin, Mathilde	436	Mathilde Sassin	女優	オーストリア	1876	1943	ハウプトマン「鼠」配役
Sustermann, Giusto	538	Giusto Sustermann	画家 Justus Sustermans。フィレンツェのメディチ家専属の肖像画家	ベルギー	1597	1681	十七世紀以降の肖像画展覧会
Sutherland, Kenneth	290	Kenneth Sutherland	（政治家）				ニューヨーク汚職排斥
Sutor	330	Sutor	（イギリスの士官）				軍隊に関する著述のため捕縛
Sutro, Alfred	328	Alfred Sutro	作家、劇作家。イギリスで活躍。M. メーテルリンクの翻訳者としても知られる	イギリス	1863	1933	新興行ドラマ一覧
Sutter, Anna	278	Anna Sutter、アンナ	オペラ女優	ドイツ	1871	1910	音楽家の無理心中事件
	279	アンナ・ズツテル					A. Obrist の妻も宮廷女優

S

人名	頁数	本文表記	人物紹介（肩書・略歴など）	出生地	生年	没年	トピック
Suttner, Bertha von	198	Bertha von Suttner	女流作家、平和主義活動家。女性で初めてノーベル平和賞（1905）を受賞。A. ノーベルの秘書兼家政婦であったことでも知られる。「武器を捨てよ」など	チェコ	1843	1914	「高き思想の人間」執筆中
	265	Bertha von Suttner					ストックホルムで世界平和会議
	811	Bertha von Suttner-Stiftung、夫人					B. v. ズットナー協会の運営
Suttner, Hans	488	Hans Suttner	画家	ドイツ	1887	1916	ギャラリーの展示に意見
Sutton, Mary	95	Mary Sutton	女性テニス選手。ウィンブルドンで最初の優勝者	イギリス	1886	1975	女性の結婚適齢期アンケート
Suwiczak, Andreas	104	Andreas Suwiczak	（109歳で没したポーゼンの職工）			1909	訃報
Svedberg, Theodor	613	Svedberg	物理化学者。ノーベル化学賞（1926）	スウェーデン	1884	1971	ノーベル賞候補一覧（1911）
Svendsen, Johan Severin	549	Johann Svendsen	指揮者、バイオリニスト、作曲家。デンマークで活躍	ノルウェー	1840	1911	訃報
Swedenborg, Emanuel	719	Emanuel Swedenborg	神秘主義思想家、科学者、政治家。18世紀ヨーロッパを代表する知識人の一人	スウェーデン	1688	1772	ストリンドベリ「回想録」出版
Swift, Jonathan	495	Swift	作家、司祭。「ガリバー旅行記」など	アイルランド	1667	1745	名家自筆コレクション競売
Swift, Stephan	729	Stephan Swift & Co.	（ロンドンの書肆）				英訳ストリンドベリ全集刊行
Swinburne, Algernon Charles	534	Swinburne	詩人、評論家。イギリス世紀末を代表する文学者の一人。官能的な作風	イギリス	1837	1909	ドイツでキーツとスウィンバーンの崇拝者増大
Swoboda	279	Swoboda	（男優）				音楽家の無理心中事件
Syambati, Giovanni	450	Giovanni Syambati	→ Sgambati, Giovanni				ベルリン王立芸術院会員補充
Sydow, Reinhold von	67	Reinhold Sydow	政治家　（商相）	ドイツ	1851	1943	ドイツ新内閣の顔ぶれ・皇帝による更迭
Sylva, Carmen	7	Rumania の妃	ルーマニア王カロル1世妃 Elisabeth Pauline Ottilie Luise zu Wied。Wied 侯爵ヴィルヘルムの長女。筆名 Carmen Sylva を用いて詩人、作家、劇作家としても活躍	ドイツ	1843	1916	政権ある王侯ばかりの展覧会
	11	Carmen Sylva					帝王の眠
	191	Carmen Sylva					P. ハイゼ八十歳賀帖署名者
	325	Carmen Sylva					政界屈指の詩人
	414	Carmen Sylva					新興行ドラマ一覧
	692	Carmen Sylva					ブカレストで新史劇興行
Sylvia	823	Sylvia	→ Ziegesar, Sylvie von				訃報（A. v. Ziegesar）
Sylvio, Lazzari	677	Sylvio Lazzari	作曲家。フランスに帰化	イタリア	1857	1944	オペラ *La Lepreuse*（らい病の女）好評
Symons, Arthur William	850	アアサア・シモンズ氏	詩人、評論家、翻訳家。フランス象徴主義を英国に紹介、世紀末デカダンスを主導した。「象徴主義の文学運動」	イギリス	1865	1945	「エレクトラ」主演の二女優
Synge, John Millington	519	Synge	劇作家、詩人、作家。ダブリンにあるアベー座創立者の一人	アイルランド	1871	1909	英国の脚本家の分類
Szczepanski, Paul von	276	von Szczepanski	文筆家、ジャーナリスト		1855	1924	シャンパンの値段と消費量
Szenderowicz	530	Szenderowicz	（記者。女優 Oginska の夫）				女優殺害事件裁判
Szinyei-Merse, Paul von	165	Paul de Szinyei	画家、政治家。ハンガリー印象派を代表する画家の一人。ハンガリー名 Pál Szinyei Merse	スロヴァキア	1845	1920	主要ハンガリー画家一覧
	227	Szinyei					ベルリン美術展覧会

人名	頁数	本文表記	人物紹介（肩書・略歴など）	出生地	生年	没年	トピック
	624	Szinyei					ローマ国際美術展覧会受賞者
Szomory, Desidor	699	Desidor Szomory	作家、劇作家。ハンガリー名 Szomory Dezső	ハンガリー	1869	1944	ハンガリーの脚本家
Szukin	514	Szukin	モスクワの美術蒐集家				絵画の値段
Tabuteau, Maurice	384	Tabuteau	飛行士。T 型複葉機を開発				飛行速度レコード
Taenzler, Hans	243	Hans Taenzler	テノール歌手	ドイツ	1879	1953	テノール歌手に未曾有の高給
Taft, William Howard	54	Taft	政治家、27代大統領（1909-1913）。共和党。T. ルーズベルトの後を継ぎ大統領に就任。国内ではトラスト規制や累進所得税制などを導入、国外には対外投資の拡大を推進する「ドル外交」を行った	アメリカ	1857	1930	ワシントンからスイッチひとつでシアトル国際博覧会開幕
	82	Taft					白屋（ホワイトハウス）古参の黒人女料理人
	156	Taft					アメリカのアカデミー（NAS）をフランス風に改正
	205	Taft 大統領					教員2,000人がホワイトハウス訪問・握手は1,700人で打切り
	291	Taft					大元帥たる大統領の制服作り
	313	Taft					F. W. v. シュトイベン像除幕式
	350	Taft					パナマ海峡守備費に公債
	355	タフト					ルーズベルトとタフトに深い溝
	421	Taft					常備軍不要・海岸防禦演説
Taft, William Howard（娘）	582	Taft 令嬢	W. H. タフトの娘 Helen Taft Manning。歴史家 F. J. Manning と結婚	アメリカ	1891	1987	タフト令嬢はワグネリアン
Taglioni, Auguste	543	Auguste Taglioni	女優				訃報
Tailhade, Laurent	106	Tailhade	風刺詩人、文筆家、翻訳家	フランス	1854	1919	パリの戯曲家と批評家が決闘
Taine, Hippolyte	826	Taine	批評家、歴史家、思想家。フランス写実主義・自然主義の理論的支柱で19世紀を代表する文学史家の一人	フランス	1828	1893	G. ブランデス「現代のフランス文学」分類図
Taitu	196	Taitu 妃	エチオピア帝国メネリク２世の妃。イヤス５世の政敵		1851頃	1918	アベシニアの騒動
Talien	86	Talien					女性服の重量
Tammany	333	Tammany Hall	ネイティブアメリカン Lenape 族の族長。タマニー・ホールはニューヨーク市政を牛耳った政治団体で、民主党結党の支持組織となった。ボス・ツィードこと W. M. Tweed 時代の腐敗政治は悪名高い		1628頃	1698頃	ニューヨーク市長が暴漢に襲われ重傷
Tanne	668	Tanne	（翻訳者）				「ワルキューレ」バルセロナ方言訳興行
Tanner	519	Tanner	（断食で有名な人物）				断食記録一覧
Tannhaeuser	212	Tannhaeuser	オーストリア公フリードリヒ２世（1211-1246）に仕えていたとされる詩人。ワーグナーの楽劇で知られる				1908・９～ドイツでの興行回数
	220	Tannhaeuser					P. Metternich-Sandor 講演
	407	Tannhaeuser					高校で「タンホイザー」禁止

T

人名	頁数	本文表記	人物紹介（肩書・略歴など）	出生地	生年	没年	トピック
	807	Tannhaeuser					R. ワーグナーの楽劇興行記録
Tantris	851	馬鹿者タントリス（TANTRIS DER NARR）	→ Tristan				国家シラー賞と民衆シラー賞
Tanzer	566	Tanzer	（フランクフルト・アカデミー院長）				フランクフルト学士院長に選出
Tapmans	121	Tapmans	（Stephanie 王女の弁護士）				レオポルド２世遺産争い
Tappert, Georg	554	Wilhelm Tappert	画家。ベルリン新分離派の創立に参加。本文の Wilhelm は誤り	ドイツ	1880	1957	ベルリン無鑑査展覧会役員
Taquet	215	Taquet 判事	（アントワープの風俗取締判事）				興行中の喜劇役者が一斉拘引
Tardieu, André	290	André Tardieu	政治家。首相（1929-1930、1930、1932）	フランス	1876	1945	英・独・仏の均衡による平和
Tarnowska, Maria	178	Tarnowska、タルノウスカ、妻	W. Tarnowski 伯爵の妻で殺人教唆容疑者。通称タルノウスカ伯爵夫人。元の名は Maria Nikolaevna O'Rourk。1907年に愛人 P. Kamarowsky 伯爵を別の愛人 N. Naumow に殺害させた容疑でスキャンダラスな関心を呼び、国際的に有名になった。1910年ヴェニスで行われた裁判では有罪となったが、独自の弁明によりわずか８年の懲役刑に逃れた。同事件は「椋鳥通信」ではイタリア大獄・タルノウスカ夫人事件・コマロウスキー殺害事件・ナウモフ事件などと呼ばれている。小説や戯曲などに取り上げられた。名匠 L. ヴィスコンティも映画化を試みたとされる	ウクライナ	1877	1949	コマロウスキー伯殺害事件、タルノウスカ夫人事件
	189	Tarnowska 伯爵夫人					殺した愛人を日露戦時には奉天まで追ったタルノウスカ夫人
	196	Tarnowska 夫人					タルノウスカ夫人の家系をトルストイの従弟が調査
	250	タルノウスカ夫人					タルノウスカ夫人事件判決
	252	タルノウスカ夫人、夫人					獄中のタルノウスカ夫人と情人
	264	La Contessa Tarnowska					新興行ドラマ一覧
	361	Tarnowska 夫人					タルノウスカ夫人らの消息
	387	Tarnowska					獄中婚約の噂
	388	Tarnowska					ダヌンツォを耽読していた未決監のタルノウスカ夫人が服役
	789	Tarnowska 夫人					タルノウスカ夫人事件に取材の脚本など興行情報
Tarnowski, Wassily	178	Wasjuk（Wassil）Tarnowski、夫	M. タルノウスカの夫			1940	タルノウスカ夫人事件
Tarrasch, Siegbert	298	Tarrasch	チェス棋士	ポーランド	1862	1934	チェス大会（ハンブルク）
Tartakower, Savielly	298	Tartakower	チェス棋士、著述家。ポーランド、フランスなど各地で活躍	ロシア	1887	1956	チェス大会（ハンブルク）
Tartufari, Clarice	725	Clarice Tartufari	女流劇作家。旧姓 Gouzy	イタリア	1868	1933	ダンテ協会名誉金牌
	825	Clarice Sartufari					「蛇の同類」など新戯曲二本
Tasso, Torquato	618	Tasso	叙事詩人。数奇な生涯を送り、ゲーテやリストの作品の題材となった	イタリア	1544	1595	H. v. クライストの肖像を復元
	708	Tasso					世界観を持つ主人公の系譜
Tassoni, Alessandro	209	Tissoni	作家、詩人。英雄喜劇詩を創始。「奪われた桶」	イタリア	1565	1635	新興行オペラ一覧

人名	頁数	本文表記	人物紹介（肩書・略歴など）	出生地	生年	没年	トピック
Tatiana Nikolaievna Romanova	783	Tatjana	ロシア皇帝ニコライ２世の次女	ロシア	1897	1918	ロシア帝二女がチフス感染
Tatischtschew, Wassili Nikitisch	819	Tatischtschew	政治家、歴史学者、地理学者、民族誌学者	ロシア	1686	1750	ソーセージの包みになっていたピョートル大帝の手紙
Taube, Arvid	325	Taube	政治家、外交官　(外相)	スウェーデン	1853	1916	ストックホルム平和会議
Taubert	443	Taubert	(学者)				ドイツ帝より受勲の芸術家
Taucher	462	Taucher	(弁護士)				女優と弁護士が同時に自殺
Tauchnitz, Christian Bernhard	675	Bernhard Tauchnitz、Tauchnitz Collection	書肆。1837年ライプツィヒで創業。英語圏の文化や学問を紹介したポケット版のシリーズ *Library of British and American Authors* を出版	ドイツ	1816	1895	書肆ベルンハルト・タウシュニッツ創業七十五年祝賀
Taylor	473	Miss Taylor	(アメリカ出身のコーラスガール)				コーラス・ガールの離婚と再婚
Taylor, Bell	59	Bell Taylor	(ノッティンガムの眼科医)				訃報・動物愛護家の遺産
Taylor, Edward P.	519	Edward P. Taylor	(断食で有名な人物)				断食記録一覧
Tchaikovsky, Pyotr	772	Tschaikowsky	作曲家。19世紀ロシアを代表する音楽家の一人。ロマン派的な作風だが、当時隆盛であった国民楽派とは距離を置いた。プーシキン原作のオペラ「エフゲーニ・オネーギン」、交響曲「悲愴」など	ロシア	1840	1893	オペラ「エフゲーニ・オネーギン」が徐々に興行拡大
Tchekhof	843	TCHEKHOF 氏	→ Chekhov, Anton				ロシア作家の作品翻訳
Tedesco, Francesco	484	Tedesco	政治家　(蔵相)	イタリア	1853	1921	イタリア新内閣
Teichmann, Richard	298	Teichmann	チェス棋士	ドイツ	1868	1925	チェス大会（ハンブルク）
Tell, Wilhelm	6	Wilhelm Tell	14世紀初頭のスイス中央部にいたと伝えられる英雄。十字弓の名手で、ハプスブルク家の支配からスイスが独立を勝ち取るための口火を切ったとされる。息子の頭上に置かれたリンゴを射抜くエピソードで世界的に知られ、F. シラーの戯曲をはじめ多くの芸術作品の題材となった				弁護士が俳優になった話
	646	Tell 劇					インターラーケンのヴィルヘルム・テル劇
	742	Tell					訃報（J. Vrchlicky）
	809	Wilhelm Tell					G. ハウプトマンがドイツ芸術劇場舞台監督
	813	Tell（Ur-Tell）					「ヴィルヘルム・テル」原典（*Ur-Tell*）を書き直し上演
	824	キルヘルム・テル					ドイツ芸術家社会劇場が「ヴィルヘルム・テル」で開場
	834	Wilhelm Tell					「ヴィルヘルム・テル」仏訳上演
	836	キルヘルム・テル					ハウプトマンが「ヴィルヘルム・テル」を大幅に省略
Telles, Brazilia	361	Brazilia Telles	高等学校教員。1910年革命後の仮政府で蔵相を務めた。正しくは Basílio Teles	ポルトガル	1856	1923	革命後ポルトガル仮政府
Tempeltey, Eduard von	748	Eduard von Tempeltey	舞台演出家、作家、政治家、新聞記者	ドイツ	1832	1919	八十歳祝賀

T

人名	頁数	本文表記	人物紹介（肩書・略歴など）	出生地	生年	没年	トピック
Tempest, Marie	836	Marie Tempest	ソプラノ歌手、女優	イギリス	1864	1942	戯曲 *Mary goes first* に喝采
Tennison	93	Tennison 大尉	（大尉、チャールズ一世の臣下）				チャールズ 1 世ゆかりの骨董品売買
Tennyson, Alfred	175	Tennyson	詩人。R. ブラウニングとともにヴィクトリア朝の代表的詩人。ワーズワースから桂冠詩人を継承。アーサー王伝説に取材の「国王牧歌」「イノック・アーデン」	イギリス	1809	1892	Poetry Recital Society で文豪の後裔たちのための午餐会
Terketz, Peter	575	Peter Terketz	彫刻家。Peter Tereszczuk	ウクライナ	1875	1963	芸術高等学校（ベルリン）表彰
Terrasse, Claude	529	Claude Terrasse	オペレッタ作曲家	フランス	1867	1923	パリで国民芸術の示威興行
Tertjakow, Pawel	773	Tertjakow 画堂	実業家。弟 Sergei とともに芸術のパトロンとして知られ、コレクションはトレチャコフ美術館の基礎となった	ロシア	1832	1898	「其子の骸の前なる帝イワン忍人」傷つけ事件
Terwin, Johanna	444	Johanna Terwin	女優。夫は名優 A. モイッシー	ドイツ	1884	1962	ルル役女優が中傷に告訴
Téry, Gustave	468	Téry	批評家、小説家、ジャーナリスト	フランス	1870	1928	ベルンスタンへの決闘取下げ
	576	Gustave Tery					*Après moi* 事件を起こした批評家にベルンスタンが決闘申込
Tesche	500	Tesche	（フランス大統領専属の料理人）				フランス大統領付料理人がロンドンに逃げるワケ
Tesla, Nikola	613	Tesla	電子技師、発明家。ラジオ、ラジコン、蛍光灯など発明多数。エジソンとのライバル関係でも知られる	アメリカ			ノーベル賞候補一覧（1911）
Tessama Nadew	523	Ras Tessama	エチオピア帝国の摂政			1911	イヤス 5 世即位
Tetrazzini, Luisa	9	Tetrazzini	ソプラノ歌手。20世紀初頭にかけ名声を博した。1911～1912年にメトロポリタン歌劇場との契約トラブルが生じた	イタリア	1871	1940	俳優社会のわがまま・ゲン担ぎ
	823	Luisa Tetrazzini					他劇場への出演禁止契約・野外で歌唱
Teubner, Benedictus Gotthelf	156	Teubner	書肆創業者。1811年にライプツィヒで創業	ポーランド	1784	1856	数学者 L. オイラー全集出版
	469	書店 B. G. Teubner、Benedictus Gotthelf Teubner					書肆 B. G. Teubner 創業百年祭
	601	Teubner					G. F. リップス「神話形成と認識」出版・チューリヒ大学就任予定
	624	B. G. Teubner					L. オイラー全集刊行開始
	820	B. G. Teubner					文芸年報 *Das Jahr* 刊行
Teweles, Heinrich	490	Heinrich Teweles	作家、劇作家、演劇批評家、劇場監督		1856	1927	プラハ・ドイツ劇場人事予想
Thackeray, William Makepeace	570	Thackeray	作家。ディケンズとともにヴィクトリア朝を代表する小説家。「虚栄の市」など	インド	1811	1863	ベルリン大学講義一覧
Thaler, Johann	11	Thaler	弁護士、政治家	ドイツ	1847	1920	文化財保護の必要性を演説
Thalia	176	Thalia 座	ギリシャ神話に登場する女神ムーサ（文芸）あるいはカリス（美・優雅）のこと。ハンブ				タリア座（ハンブルク）が予約制で「ペール・ギュント」興行

人名	頁数	本文表記	人物紹介（肩書・略歴など）	出生地	生年	没年	トピック
	184	Thaliatheater	ルク、ブレスラウ、ブレーメン、ベルリンなど各地にその名に因む劇場が作られた				新興行ドラマ一覧
	208	Thalia					新興行オペラ一覧
	236	Thaliatheater					訃報（W. Hasemann）
	239	Thaliath.					新興行ドラマ一覧
	259	Thalia 座					タリア座（ハンブルク）再築
	264	Thalia					新興行ドラマ一覧
	349	Thaliath.					新興行ドラマ一覧
	365	Thalia					新興行ドラマ一覧
	366	Thaliath.					新興行ドラマ一覧
	369	Thalia 座					タリア座（ベルリン）が八歳の俳優を招聘
	382	Thalia					新興行ドラマ一覧
	412	Thalia					新興行ドラマ一覧
	414	Thalia					新興行ドラマ一覧
	453	Thalia					新興行ドラマ一覧
	471	Thalia					新興行ドラマ一覧
	506	Thalia					新興行ドラマ一覧
	508	Thalia 座					「パンドラの箱」上演後に騒乱
	537	Thalia					新興行ドラマ一覧
	540	Thaliatheater					タリア座（ハンブルク）興行評
	562	Thaliath.					新興行ドラマ一覧
	594	Thalia					新興行ドラマ一覧
	605	Thalia					新興行ドラマ一覧
	632 634	Thalia					新興行ドラマ一覧
	656	Thalia					新興行ドラマ一覧
	685	Thaliatheater					興行情報
Tharaud（兄弟）	849	タロオ（THARAUD）	兄弟作家。兄 Jérôme（1874-1953）弟 Jean（1877-1952）。「高名な作家ディングリー」でゴンクール賞（1906）。本文では兄弟であると認識されていない	フランス			ゴンクール賞（詳細）
Themistokles	355	Themistokles	アテナイの政治家、軍人。サラミスの海戦でペルシャ艦隊を破った	ギリシャ	前520頃	前460頃	訃報（J. カインツ）・詳細
	356	Themistokles					J. カインツの葬儀
Thénard, Marie Jenny	161	Mme. Thénard	女流劇作家				フランス女性作家会ラ・フランセーズと脚本家会ラ・ハルテ
Theodora	167	Theodora	東ローマ皇帝ユスティニアヌス1世の妃。貧しい踊子から皇后になった		500頃	548	「シャンテクレ」が大当り・近世の当り狂言一覧

T

人名	頁数	本文表記	人物紹介（肩書・略歴など）	出生地	生年	没年	トピック
Theumann, Ida	429	Ludwig Fulda と離婚してゐる女	女優。L. Fulda の元妻で E. d'Albert と再婚、のち離婚		1869	?	E. ダルベールの離婚と再婚
Thevenot, François	70	Thevenot	画家		1856	1943	L. ブレリオをモデルに絵画
Thibaud, Anna	174	Anna Thibaud	女性歌手	フランス	1861	1936	猥褻な歌に関する歌手の意見
Thiel, Ernest	845	ERNEST THIEL	銀行家、詩人、翻訳家、美術蒐集家	スウェーデン	1859	1947	ニーチェ文庫に多額の寄付金
Thielscher, Guido	300	Thielscher	俳優、コメディアン、演芸家	ポーランド	1859	1941	芸術界知名士女の避暑地
	451	Guido Thielscher					脚本興行組合（ベルリン）創立
	592	Guido Thielscher					高額年俸歌手・俳優一覧
Thieme, Marianne	811	Marianne Thieme	（殺害されたロシアの未亡人）				事実は小説より奇なり・貴公子二人が強盗殺人
Thierry, Joseph	785	Thierry	政治家　（公業相）	フランス	1857	1918	フランス新内閣
Thiersch, Friedrich	301	Fr. Thiersch	古典文献学者、ギリシャ研究者	ドイツ	1784	1860	教育学者 A. Matthias 退任
Thiersch, Friedrich von	49	von Thiersch	建築家、画家	ドイツ	1852	1921	ドイツ帝より二等宝冠章
	92	Thiersch					シャック・ギャラリー開館式
Thiersch, Ludwig	42	Ludwig Thiersch	画家。古典学者 Friedrich は父	ドイツ	1825	1909	訃報
Thimig, Hugo	126	Thimig	俳優、劇場監督。M. ラインハルトの妻となった娘 Helene、息子 Hermann、Hans はいずれも俳優、劇場監督をつとめ、一家はオーストリア演劇界の名門となった	ドイツ	1854	1944	ブルク劇場監督が辞任
	356	Thimig					J. カインツの葬儀
	703	Hugo Thimig					ウィーン愛書家協会設立
	756	Hugo Thimig					ブルク劇場監督就任予想
	819	Hugo Thimig					グリルパルツァーのノート出版
Thode, Henry	191	Henry Thode	美術史家。ハンス・フォン・ビューローとコジマ・ワーグナーの娘ダニエラと離婚後、ヴァイオリン奏者 Hertha Tegner と再婚。コペンハーゲンで没した	ドイツ	1857	1920	H. Thode がハイデルベルク大学を退隠
	260	Henry Thode					退隠の予定
	408	Henry Thode					退隠の予定
Thoelde, Gustav	314	Gustav Thoelde	銀行家、ベルリン・ホームレス保護協会初代会長を務めた		1819	1910	訃報
Thoma, Hans	95	Hans Thoma	画家、版画家。初期にバルビゾン派の影響を受けたのちに多様な様式の作品を残した。作家 W. ラーベ協会の創立に寄与	ドイツ	1839	1924	七十歳祝賀
	96	Hans Thoma					七十歳祝賀
	356	Thoma					A. メンツェル・H. トーマ二人展
	373	Hans Thoma					ベルリン大学百年祭名誉学位
	501	Hans Thoma					W. ラーベ協会設立
	522	Hans Thoma					H. トーマ新作絵画の展覧
	527	Thoma					ベルリン・ナショナル・ギャラリー改修中
	702	Thoma					ライプツィヒ美術展覧会（1912）
Thoma, Ludwig	213	L. Thoma	作家、劇作家、編集者。別号 Peter Schlemihl。週刊の政治風刺雑誌 *Simplicissimus* を編集。	ドイツ	1867	1921	1908・9～ドイツでの興行回数
	243	Ludwig Thoma					悪徳新聞の手口公開

人名	頁数	本文表記	人物紹介（肩書・略歴など）	出生地	生年	没年	トピック
	299	Ludwig Thoma	生地バイエルンに生涯を送り、写実的な手法でユーモアに富んだ風刺小説を執筆。「男やもめ」「モラル」「天国のミュンヘン子」「マグダレーナ」「悪童物語」など				芸術界知名士女の避暑地
	335	Thoma					P. アルテンベルク義捐金
	347	Ludwig Thoma					新興行ドラマ一覧
	506	L. Thomas					新興行ドラマ一覧
	567	Ludwig Thoma					執筆中の滑稽劇の題名未定
	599	Ludwig Thoma					ブルク劇場興行・宮廷劇場に初採用
	600	Thoma					ブルク劇場興行・すでに興行実績ありと判明
	606	L. Thoma					新興行ドラマ一覧
	622	Ludwig Thoma、トオマ					興行情報・L. トーマ作品好評
	632 634	L. Thoma					新興行ドラマ一覧
	683	Ludwig Thoma					戯曲「マグダレーナ」脱稿
	729	Ludwig Thoma					「ゲロルシュタイン大公妃殿下」執筆未定
	743	Ludwig Thoma					「マグダレーナ」興行
	749	Ludwig Thoma					L. トーマ「マグダレーナ」興行
	784	Ludwig Thoma					「乳飲み子の家」興行
	794	Ludwig Thoma					L. トーマ「モラル」は獄中で執筆
Thomas（Apostel）	702	Thomasschule	十二使徒の一人。トーマスシューレは1212年ライプツィヒに創立された名門校。P720で創立七百年を迎えたのはライバル校ニコライシューレであるように記されているのは誤り。またP746「百年」は「七百年」			72頃	ドイツ最古の高等学校トーマスシューレ創立七百年予定
	720	Thomasschule					トーマスシューレ創立七百年祭
	746	Thomasschule					トーマスシューレ創立七百年祭
Thomasius, Christian	720	Thomasius	哲学者、法学者。ドイツ啓蒙主義を代表する一人。父 Jacob も著名な哲学者	ドイツ	1655	1728	トーマスシューレ創立七百年祭
Thomassow	644	Thomassow					ハーゲナウ市立劇場こけら落し
Thomsen, Vilhelm	444	Vilhelm Thomsen	言語学者。トルコのオルホン碑文を解読	デンマーク	1842	1927	Pour le mérite 受勲者一覧
	670	Wilhelm Thomsen					七十歳祝賀
Thomson, Gaston	544	Thomson	フランスの政治家　(前海相)	アルジェリア	1848	1932	前海相が私劇場で一幕物上演
	180	前海軍大臣					「名優ラシェルの情生涯」紹介
Thomson, Joseph J.	85	Joseph J. Thomson	物理学者	イギリス	1856	1940	太陽エネルギーの可能性につき演説
Thomson, Valentine	180	Valentine Thomson	(政治家 G. Thomson の娘、女流作家)				「名優ラシェルの情生涯」紹介
Thomson, William	571	William Thomson	数理物理学者。通称ケルヴィン卿。熱力学の研究や羅針盤開発で知られる	イギリス	1824	1907	羅針盤の改良製作

人名	頁数	本文表記	人物紹介（肩書・略歴など）	出生地	生年	没年	トピック
Thornprikker	358	Thornprikker	→ Prikker, Johan Thorn				ラインラント-ヴェストファーレン大都市計画
Thorsteinsson, Steingrimur	832	Steingrimur Thorsteinsson	詩人、翻訳家。アラビアンナイト、アンデルセン童話をアイスランド語に翻訳	アイスランド	1831	1913	訃報・アイスランド文学の大家
Thuemmel, Julius Hans von	806	Thuemmel	政治家。ザクセン王国宰相（1891-1895）	ドイツ	1824	1895	シェークスピア協会（独）沿革
Thuer	373	Thuer					ベルリン大学百年祭名誉学位
Thureau-Dangin, Paul	464	Thureau-Dangin	歴史家	フランス	1837	1913	アカデミー・フランセーズ会員
Thurn und Taxis, Albert von	50	Thurn 及 Taxis 侯	トゥルン・ウント・タクシス侯爵アルベルト1世。街の環境美化に取り組んだ	ドイツ	1867	1952	レーゲンスブルクの古橋
Thurner, George	353	George Thurner	（パリの劇作家）				訃報
	413	G. Thurner					新興行ドラマ一覧
Tiander	141	Tiander	（ロシアの大学助教）				「ミルトン小伝」で逮捕・発禁
Tieck, Ludwig	618	Tieck	詩人、作家、翻訳家、評論家、編集者。ドイツ・ロマン主義を代表する文学者の一人	ドイツ	1773	1853	H. v. クライストの肖像を復元
	706	Tieck					L. ティーク「ファンタスス」オリジナル版（1812）出版
Tielo, A. K. T.	591	A. K. T. Thielo（本名 Kurt Mickoleit）	詩人。本名 Kurt Mickoleit	ロシア	1874	1911	訃報
Tiepolo, Giovanni Battista	538	Tiepolo	画家、ヴェネチア派。18世紀イタリアを代表する画家の一人	イタリア	1696	1770	十七世紀以降の肖像画展覧会
Tierfelder, Hans	186	Hans Tierfelder	（作曲家）				新興行オペラ一覧
Tietz, Hermann	25	Tietz、Tietz 一家	実業家。甥 Oscar と雑貨問屋 Hermann Tietz（近代百貨店の先駆け、のち Hertie に改称）をゲラで創業	ポーランド	1837	1904	真鍮磨き職人の新戯曲好評
Tietz, Oscar	570	Oscar Tietz	実業家。伯父 Hermann とともに創業した雑貨問屋を百貨店グループ・カウフホフへと発展させた	ポーランド	1858	1923	パレスチナ研究会死海探険
Tilden, William Augustus	721	Tilden	化学者	イギリス	1842	1926	硬ゴムの産地・改良
Tilly	297	Tilly	→ Wedekind, Tilly				ヴェデキント夫妻出演契約
Tinel, Edgar	715	Edgar Tinel	作曲家、ピアニスト	ベルギー	1854	1912	オラトリオ合奏会が上演禁止
Tinelli, Tiberio	538	Tinelli	画家。バロック初期ヴェネチアで活動	イタリア	1586	1638	十七世紀以降の肖像画展覧会
Tingley, Katherine	799	Katharine Tingley	神智論者、社会福祉家	アメリカ	1847	1929	神智学（Theosoph）平和会議
Tinius, Johann Georg	726	Georg Tinius	神学者。書籍収集のため二度の殺人と横領を犯した	ドイツ	1764	1846	歴代著名蔵書家
Tintoretto	124	Tintoretto	画家。師ティツィアーノとともに16世紀後期のヴェネチア派を代表する画家	イタリア	1518	1594	ティントレット作品のピナコテーク移設に市民が反対
Tirapelli	340	Tirapelli	（殺人を犯したカトリック僧）				物騒なローマ修道社会
Tirode	483	Tirode	（画家）				裸体画絵葉書販売で処罰

人名	頁数	本文表記	人物紹介（肩書・略歴など）	出生地	生年	没年	トピック
Tirpitz, Alfred von	317	Tirpitz	軍人。ドイツ帝国海軍の創始者	ドイツ	1849	1930	ドイツ海軍拡張のトップが留任
Tiry	106	Tiry、作者	（パリの劇作家）				パリの戯曲家と批評家が決闘
Tischbein, Johann Heinrich Wilhelm	271	Tischbein、チツシュバイン	画家。有名な肖像画「カンパーニャのゲーテ」でも知られる	ドイツ	1751	1829	ゲーテ協会二十五年祭「ゲーテとティシュバイン」出版
	532	Tischbein					ローマで他国人博覧会（Mostra deglistranieri）
	541	Tischbein					ゲーテ協会大会（ヴァイマル）
Tissa	719	Tissa	スリランカ王 Devanampiya Tissa（前307-前267）	スリランカ		前267	セイロン島の貯水池の歴史
Tisserant, Eugène	391	Eugène Tisserant	東洋学者、枢機卿	フランス	1884	1972	聖書最古の写本（460）発見
Tissoni	209	Tissoni	→ Tassoni, Alessandro				新興行オペラ一覧
Titan	215	Titanensymphonie	ギリシア神話に登場する巨人族				G. マーラーが「大地の歌」演奏
	319	Titan					S. ヘディンとストリンドベリの大論戦
	706	Titanic 号					タイタニック号沈没（訃報一部誤り）
	707	Titanic					タイタニック号沈没死亡者数
	787	Titanic					叙事詩「タイタニック沈没の時」
Tito, Ettore	624	Ettore Tito	画家	イタリア	1859	1941	ローマ国際美術展覧会受賞者
Titus	477	Titus	ローマ帝国10代皇帝（79-81）。父ウェスパシアヌス帝の下、ユダヤ人の反乱を平定しエルサレムを占領。治世はわずか二年だったが善政とユダヤの王女ベレニケとの恋愛で知られる	イタリア	39	81	H. Kyser の二作目の戯曲完成
	486	Titus					新興行ドラマ一覧
	489	Titus					ベルリン自由文芸会で朗読
	506	Titus					新興行ドラマ一覧
	706	Titus					「ティトゥスとユダヤ女性」喝采
Tiziano, Vecellio	214	Tiziano	画家。ルネサンス期ヴェネチア派を代表する画家。ティントレットの師。「ウルビーノのヴィーナス」など	イタリア	1490	1576	贋作絵画販売者逮捕
	475	Tiziano					英国で「一青年の像」が取引
	764	Tiziano					芸術家の大作は50～60歳
Tobler, Adolf	194	Adolf Tobler	言語学者。ベルリンを中心に中世の言語・歴史を研究。近代言語学の先駆	スイス	1835	1910	訃報
	571	Adolf Tobler					遺稿「古代フランス語彙」発見
Tocqué, Louis	157	Louis Tocqué	画家、肖像画家	フランス	1696	1772	フランス美術展覧会（ベルリン）
Toeche-Mittler, Theodor	285	Dr. Theodor Toeche-Mittler	書肆、歴史家	ドイツ	1837	?	書肆主人の卒業五十年祝賀
Toepler, August Ignaz	689	August Ignaz Toepler	物理学者、科学者。光の屈折率を利用したシュリーレン撮影法で知られる	ドイツ	1836	1912	訃報
Toerring-Jettenbach, Hans Veit	285	Graf Toerring		ドイツ	1862	1926	エアランゲン大学名誉学位
Tolstaya, Alexandra	392	Alexandra、娘、アレクサンドラ	女性著述家、慈善・社会活動家。L. トルストイの四女。晩年の父の秘書的な役割を務	ロシア	1884	1979	家出をしたトルストイ（詳細）

人名	頁数	本文表記	人物紹介（肩書・略歴など）	出生地	生年	没年	トピック
	395	アレクサンドラ	め、1910年の家出にも関与、途中まで同行したとされる。父の死後、代々の領地ヤースナヤ・ポリャーナでトルストイ博物館、農民の子供達のための教育・医療施設などを運営。国内での弾圧が加わる中、1929年に日本に出国し二年後アメリカに亡命した。ニューヨーク郊外にトルストイ財団を設立し、戦争・政治難民の救済活動にあたった。「トルストイの思ひ出-父と私との生活」「お伽の国-日本」など				家出中のトルストイが病気でアスタポ駅下車
	396	アレクサンドラ					トルストイの見舞い
	407	Alexandra 嬢、アレクサンドラ嬢、嬢					トルストイ四女に遺稿版権、遺稿の収入割振り
	422	Alexandra					トルストイ「妻に与うる書」
	448	Alexandra					トルストイ遺族間でのもめごと
	455	Alexandra					娘がトルストイ遺言公開拒否・日記に未亡人破り捨ての形跡
	545	Alexandra Tolstoi					トルストイの遺稿出版特権
	746	Alexandra Tolstoi					アレクサンドラが母と和解
Tolstaya, Maria Lvovna	405	Obolenski 侯爵夫人	トルストイの次女。父の思想のもっとも良き理解者であったとされる。オボレンスキー侯爵家の子息 Nikolai Leonidovitch（1872-1934）と結婚	ロシア	1871	1906	トルストイ作品関連記事
Tolstaya, Maria Nikolajewna	99	女きやうだいの尼	L. トルストイの妹、尼僧	ロシア	1830	1912	トルストイ妹の尼が強盗被害
	392	Maria Nikolajewna、同胞					家出をしたトルストイ（詳細）
Tolstaya, Sofia Andreyvna	129	伯夫人	L. トルストイの妻、医師 A. Behr の次女。トルストイとの間に13人の子をもうけた（うち8人が成人）。領地ヤースナヤ・ポリャーナの農地経営だけでなく、秘書的な活動を通じ、「戦争と平和」など夫の創作活動を献身的に支えた。しかし、晩年になって私有財産の放棄を強く決意するようになった夫と軋轢を生じ、1910年の「トルストイの家出」事件で死別することとなった。その後、ヤースナヤ・ポリャーナで生涯を送り、自伝、回想録などを残した	ロシア	1844	1919	トルストイが流行性感冒
	165	Tolstoj 伯爵夫人					トルストイ全集発行許可願
	391	Sofia Andrejewna					トルストイの家出に夫人は自殺未遂
	394	伯夫人					トルストイと活動写真・蓄音機
	395	伯夫人					家出中のトルストイが病気でアスタポ駅下車
	396	伯夫人、夫人					トルストイの見舞い
	398	妻、伯夫人					トルストイの容態、トルストイの容体悪化
	399	伯夫人					夫人来訪に不機嫌のトルストイ
	401	伯夫人					訃報（L. トルストイ）・詳細
	402	夫人					トルストイの柩・破門持続
	403	伯夫人					トルストイの遺骸乗せた列車のモスクワ通過許されず
	404	未亡人					トルストイの埋葬
	405	伯夫人					トルストイ作品関連記事
	407	伯夫人、伯未亡人					トルストイ四女に遺稿版権、トルストイ未亡人が肺炎
	419	Sofia Andrejewna Behrs、医師の娘					トルストイ履歴中の要点

人名	頁数	本文表記	人物紹介（肩書・略歴など）	出生地	生年	没年	トピック
	422 423	妻、ソフイイ					トルストイ「妻に与うる書」
	448	母					トルストイ遺族間でのもめごと
	456	未亡人					娘がトルストイ遺言公開拒否・日記に未亡人破り捨ての形跡
	491	Tolstoi の未亡人					禁書刊行でトルストイ未亡人検挙の恐れ
	595	伯夫人					「生ける屍」稿本をめぐり駆引き
	746	母					アレクサンドラが母と和解
	747	Sophie Tolstoi					トルストイ未亡人が未完の小説「ピョートル１世」発見
	748	Sophie Behr、Leo Tolstoi 夫人					ソフィア夫人トルストイ回想録
	814	Sofie Tolstoi					トルストイの家公開時間制限
Tolstaya, Sofia Andreyvna（子、孫）	396	九人の子、二十五人の孫	L. トルストイと妻ソフィアの子と孫達。実子９男４女のうち1910年時点で存命していたのは７人				トルストイの見舞い
Tolstaya, Tatjana	308	Tolstoi の妹 Tatjana	トルストイ長女。６人の子供がいた M. S. Sukhotin と結婚、トゥーラに住んだ。父の没後は、ヤースナヤ・ポリャーナの記念館、モスクワのトルストイ博物館の管理者を務めたが、のちパリを経てイタリアに亡命。P308ではトルストイの「妹」と記されているが誤り	ロシア	1864	1950	トルストイ近親者宅の火災で原稿焼失
	399	Tatjana					夫人来訪に不機嫌のトルストイ
	400	令嬢					病床のトルストイ
	401	タチアナ					訃報（L. トルストイ）・詳細
Tolstoi, Alexei Konstantinovich	382	Al. Tolstoi	外交官、詩人、作家、劇作家。トルストイ伯爵家の一員。ロシア象徴派の祖とされる。史劇「イワン雷帝の死」など	ロシア	1817	1875	新興行オペラ一覧
	509	Graf Alexei Tolstoi					「皇帝フョードル・イヴァノヴィチ」独訳出版
Tolstoi, Andreas	392	Andreas	軍人。トルストイ六男、日露戦争に従軍	ロシア	1877	1916	家出をしたトルストイ（詳細）
	410	Andreas					トルストイの子息二人が首相に父の遺言の無効を請願
Tolstoi, Elias	409	Elias	トルストイ次男、1914年に渡米。本文では四子とあるが正しくは第三子	ロシア	1866	1933	トルストイの息子レフのチェルトコフ批判を兄イリヤが論難
Tolstoi, Leo（fils）	392	Leo	トルストイ三男。彫刻家、ロダンの弟子。P408、409に長男とあるが正しくは第四子三男。スウェーデンで没した	ロシア	1869	1945	家出をしたトルストイ（詳細）
	408	Leo					トルストイの御者が墓前で自殺
	409	Leo					トルストイの息子レフのチェルトコフ批判を兄イリヤが論難
	410	Leo					トルストイの子息二人が首相に父の遺言の無効を請願
	434	Leo Tolstoi fis					革命劇 *Marr* パリ大学学生興行

T

人名	頁数	本文表記	人物紹介（肩書・略歴など）	出生地	生年	没年	トピック
Tolstoi, Leo Nikolaevich	59	Tolstoj 伯	作家、劇作家、思想家。A. ツルゲーネフ、F. ドストエフスキーとともに19世紀ロシアを代表する文学者。人道主義、博愛主義、非暴力主義を説くその言動は国内政治だけでなく国際社会にも多大な影響を及ぼした。由緒ある伯爵家の四男（妹一人）としてトゥーラ郊外ヤースナヤ・ポリャーナに誕生。幼少期、万人が幸福になる秘密の記された「緑の杖」の話を長兄ニコライから聞いて探索に熱中したことは、第一作「幼年時代」から最晩年の「想い出」まで繰り返し描かれた。この逸話は、専制君主制と農奴制の廃止を主張したデカブリストの末流に自らを位置付けたトルストイの原点となったとされる。十九歳頃、兄妹五人で莫大な遺産を分割、ヤースナヤ・ポリャーナの広大な地所を領有した。所有農奴の生活改善に取り組んだが挫折。長兄とともに従軍したクリミア戦争やヨーロッパへの二度の旅行といった経験を経て著述活動を進めるようになった。三十四歳の時に十六歳年下のソフィアと結婚、長篇「戦争と平和」「アンナ・カレーニナ」など世界文学史屈指の名作を続々と発表した。ソフィアとの間には9男4女をもうけたが、自らの特権的生活を懐疑。弟子のチェルトコフとの交流のなかで私有財産放棄の意思を固め、家族の将来を憂う妻との軋轢を深めた。また、帝政下の政府・社会・教会の腐敗に対し批判を強めたことで、政府や教会によって作品を厳しく検閲されるようになり、国外で出版するようになる。1899年には兵役拒否のため政府に迫害されていたドゥホボル教徒の海外移住を支援するために「復活」を執筆。国際的な批判を恐れた政府に代わり、ロシア正教会によって破門に処された。教会への埋葬を禁じられたトルストイは、自領の「緑の杖」の森に葬られることを希望するようになる。1910年、ソフィア夫人に代わり秘書的な役割を務めるようになっていた四女アレクサンドラ、主治医D. マコビツキと図り家出を決行したが、鉄道で移動中に肺炎をこじらせ小駅アスタポ駅で下車、一週間後に駅長官舎で死去した。代表	ロシア	1828	1910	トルストイ記念施行食堂落成式の祈禱を聖職者が拒否
	82	Leo Tolstoj 伯					ロシア探偵事情・私文書検閲
	86 87	Leo Tolstoj、老詩人、詩人、主人					警官の自宅踏み込み・書記拘引にトルストイが抗議
	99	Leo Tolstoj					トルストイ妹の尼が強盗被害
	114	Leo Tolstoj、トルストイ伯					トルストイ周辺者に政治的圧力
	129	Leo Tolstoj、トルストイ					トルストイが流行性感冒、アンドレーエフがトルストイと同じく教会から除籍
	153	Tolstoj					「クロイツェル・ソナタ」オペラ化
	165	夫					トルストイ全集発行許可願
	179	Torstoj					発禁避けて国外出版の新著
	196	トルストイ伯、トルストイ					タルノウスカ夫人の家系をトルストイの従弟が調査、訃報（E. M. de Vogüé）
	247	Tolstoi					G. Pompilj が妻の後追い自殺
	260	Tolstoi					題目未定の三幕物喜劇
	286	Tolstoi					とうとうトルストイの胸像製作
	294	Graf Leo Tolstoi、トルストイ					汎スラブ党大会出席辞退の理由書
	308	Tolstoi、作者					トルストイ近親者宅の火災で原稿焼失
	333	Tolstoi、伯					ドイツ人企業家のチェコ人労働者疎外に関する訴え
	358	Leo Tolstoi					トルストイがノーベル賞辞退
	376	Tolstoi					金銭憎悪ゆえノーベル賞辞退
	379	Tolstoi					散歩後に人事不省の報
	382	Leo Tolstoi					肝臓に痛みとの報道
	390 391	Leo Tolstoi、Tolstoi、トルストイ					トルストイの家出に医師同行、トルストイの家出に夫人は自殺未遂、トルストイの遺書
	392 393	Tolstoi、伯、父 Tolstwz 党					家出をしたトルストイ（詳細）、トルストイの行き先予想
	394	Tolstoi、伯					トルストイと活動写真・蓄音機
	395	Tolstoi、伯					家出中のトルストイが病気でアスタポ駅下車
	396	Tolstoi、伯					トルストイの見舞い

人名	頁数	本文表記	人物紹介（肩書・略歴など）	出生地	生年	没年	トピック
	398	Tolstoi、伯	作はほかに「クロイツェル・ソナタ」「人生論」、遺作「生ける屍」「ハジ・ムラート」など。鷗外訳に「瑞西館に歌を聞く」「パアテル・セルギウス」がある				トルストイの容態、トルストイの容体悪化
	399	トルストイ伯、Tolstoi、伯					トルストイ死去との誤報に接したゴーリキーがショックで卒倒、トルストイは狂言を演じたとハイゼ論評、夫人来訪に不機嫌のトルストイ
	400	Tolstoi					病床のトルストイ
	401	Tolstoi、伯					訃報・詳細、トルストイの弁明
	402	Tolstoi、伯					ハウプトマンのトルストイ評、ハウプトマンのトルストイ評（続）、トルストイの柩・破門持続、ロシア議会でトルストイに弔意
	403	Tolstoi、伯					トルストイの遺骸乗せた列車のモスクワ通過許されず、自領に埋葬されるトルストイ
	404	Tolstoi、伯					トルストイの埋葬
	405 406	Tolstoi、伯					トルストイ作品関連記事、トルストイの死に反応さまざま
	407	Tolstoi、伯					トルストイ四女に遺稿版権、遺稿の収入割振り、トルストイ未亡人が肺炎
	408	Tolstoi、伯					トルストイの御者が墓前で自殺、イタリア議会でトルストイに関する演説
	409	Tolstoi 伯、亡父					トルストイの息子レフのチェルトコフ批判を兄イリヤが論難
	410	Tolstoi、伯					トルストイの子息二人が首相に父の遺言の無効を請願
	419	Tolstoi、Lew Nikolajewitsch Tolstoi、トルストイ、詩人					トルストイ履歴中の要点
	421	Tolstoi					ベルリン演劇学校視察とロシア興行事情
	422 423	Tolstoi、レフ・トルストイ					ベルリンに新しい町名、トルストイ「妻に与うる書」
	445	Tolstoi					モスクワ芸術家劇場で引き受けたトルストイ遺稿３本
	448	Tolstoi					トルストイ遺族間でのもめごと

人名	頁数	本文表記	人物紹介（肩書・略歴など）	出生地	生年	没年	トピック
	449	Tolstoi					トルストイなりすまし詐欺
	453	Tolstoi					メレシュコフスキーのトルストイへの論難は筋違い
	455 456	Tolstoi、故人					娘がトルストイ遺言公開拒否・日記に未亡人破り捨ての形跡
	458	Tolstoi					トルストイ遺稿出版につき裁定
	476	Tolstoi					トルストイ記念祭（ソルボンヌ）
	482	Tolstoi					トルストイ書簡集刊行
	485	Graf Tolstoi					新興行ドラマ一覧
	491	Tolstoi					禁書刊行でトルストイ未亡人検挙の恐れ
	545	故人 Tolstoi 伯					トルストイの遺稿出版特権、旧宅の国有化
	563	Tolstoi 伯					トルストイ遺稿刊行順序・「生ける屍」興行予定
	567	Tolstoi					ヨーロッパの仏教・インド研究
	576	Leo Tolstoi					トルストイの追想録を執筆
	595	Leo Tolstoi					「生ける屍」稿本をめぐり駆引き
	598	Tolstoi					ブルク劇場で独訳「生ける屍」
	609	Leo Tolstoi					「生ける屍」初興行・あらすじ
	613	Tolstoi、故人					海軍文庫からトルストイの著述を排除、トルストイ展覧会で警察が押収
	614	Tolstoi 遺稿					「生ける屍」ドイツ初演予定
	616	Tolstoi					重訳の「生ける屍」興行は失敗
	622	Tolstoi					「生ける屍」を剽窃と主張
	624	Tolstoi					良訳「生ける屍」ウィーン興行
	631	Tolstoi					「生ける屍」ベルリン興行
	636	Leo Tolstoi					僧院でトルストイ像を汚辱
	645	トルストイ					良い娘を持った文豪
	661	Leo Tolstoi					遺稿「光は闇に輝く」独訳興行
	666	Leo Tolstoi					トルストイ遺稿小説検閲削除
	673	Leo Tolstoi					「光は闇に輝く」興行
	705	トルストイ					メレシュコフスキー携行の原稿などが押収
	720	Tolstoi					プラハ警視庁が「光は闇に輝く」を興行不能なほど削除
	729	Leo Tolstoi、トルス					ロシアで発禁の「レフ・トルスト

T

T

人名	頁数	本文表記	人物紹介（肩書・略歴など）	出生地	生年	没年	トピック
		トイ					イと二年間」がベルリンで出版
	747	亡夫 Leo Tolstoi					トルストイ未亡人が未完の小説「ピョートル1世」発見
	748	Leo Tolstoi					ソフィア夫人トルストイ回想録
	758	Tolstoi					トルストイ遺言案（1895）公開
	762	トルストイ					*Fedor Kusmitsch* 出版無罪
	773	トルストイ伯					「其子の骸の前なる帝イワン忍人」傷つけ事件
	781	Tolstoi					トルストイ「生ける屍」絵本刊行
	808	Leo Tolstoi					トルストイの日記（1895-1910）復元出版
	812	Tolstoi					花で作ったトルストイの肖像
	813	トルストイ					M. ゴーリキーのカプリの別荘
	814	Leo Tolstoi					トルストイの家公開時間制限
	818	Leo Tolstoi					百姓一揆に関する小冊子類がロシアで没収
	834	Leo Tolstoi					二つのトルストイ記念像
Tolstoi, Leo Nikolaevich (家)	393	伯爵家	L. トルストイの一家				家出をしたトルストイ（詳細）
Tolstoi, Leo Nikolaevich (子息)	395	子息達					家出中のトルストイが病気でアスタポ駅下車
	396	子息二人					トルストイの見舞い
	404	子息三人					トルストイの埋葬
	448	子息の一人					トルストイ遺族間でのもめごと
Tolstoi, Leo Nikolaevich (同胞)	403	同胞	L. トルストイの長兄ニコライ（1823-1860）など。「緑の杖」の逸話は「幼年時代」「思い出」などで触れられている				自領に埋葬されるトルストイ
Tolstoi, Leo Nikolaevich (娘)	391	娘	L. トルストイの娘タチアナ（もしくは息子の嫁）				トルストイの家出に夫人は自殺未遂
Tolstoi, Leo Nikolaevich (令嬢)	400	令嬢	→ Tolstaya, Tatjana				病床のトルストイ
Tolstoi, Pyotr Andrejewitsch	419	Peter Andrejewitsch Tolstoi、Dick	政治家。プロイセン出身の貴族トルストイ家の始祖。もとの姓は Dick	ロシア	1646	1728	トルストイ履歴中の要点
Tolstoi, Sergius	392	Sergius	作曲家。L. トルストイの長男	ロシア	1863	1947	家出をしたトルストイ（詳細）
	396	子息、セルジウス					トルストイの見舞い
Tompa, Michael	649	Michael Tompa	詩人。ハンガリー名 Tompa Mihály	スロヴァキア	1819	1868	ブダペスト Café Pillwax 取毀し
Tonge, Michael	736	Michael Tonge					ベルリン大学役員一覧
Torquemada, Tomás de	694	Torquemada	ドミニコ会修道士。著名な異端審問官	スペイン	1420	1498	ヴェデキントが興行禁止批判「トルケマダ：検閲の心理学」

人名	頁数	本文表記	人物紹介（肩書・略歴など）	出生地	生年	没年	トピック
Torurus	289	Torurus	（劇作家）				新興行ドラマ一覧
Toscanini, Arturo	171	Toscanini	指揮者。フルトヴェングラーの対極に位置づけられる20世紀を代表する指揮者	イタリア	1867	1957	スカラ座の運営補助が停止
Toselli, Carlo Emmanuele	599	子	音楽家E. トセリと元ザクセン皇太子妃ルイーゼとの息子。Bubiは愛称	イタリア	1908	1969	妻の自伝出版を理由に離婚訴訟
	607	Bubi、子供					前ザクセン皇太子妃と音楽家の親権問題
	629	小児					親権問題裁定に夫人が憤慨
Toselli, Enrico	104	Enrico Toselli、夫	ピアニスト、作曲家。元ザクセン皇太子妃ルイーゼとの結婚・離婚により有名になった。自伝「ルイーゼ・フォン・トスカーナとの結婚」	イタリア	1883	1926	音楽家トセリと駆落ちした元皇太子妃の近況
	241	Toselli 夫婦					トセリ夫妻に離婚の噂
	317	Toselli					トセリの家に投石事件
	598 599	Enrico Toselli、エンリコ					妻の自伝出版を理由に離婚訴訟
	607	Toselli、トセルリ					前ザクセン皇太子妃と音楽家の親権問題
	629	Toselli 夫婦					親権問題裁定に夫人が憤慨
Toselli, Enrico（一家）	104	夫の一家	（E. トセリの一家）				音楽家トセリと駆落ちした元皇太子妃の近況
Toselli, Enrico（両親）	629	夫の両親	（E. トセリの両親。母の名はOttavia）				親権問題裁定に夫人が憤慨
Toselli, Louise	104	Luise 女王、女王	元ザクセン皇太子妃Louise von Oesterreich-Toskana。父はトスカナ大公、母はオーストリア大公女。ザクセン王国王太子であったFriedrich August IIIと結婚したが、1903年、7人目の子Anna Monika Piaを宿したまま出奔（この娘は出産後にドレスデンに送られ、ザクセン王族の一員に迎えられた）。1907年に音楽家E. トセリと再婚したが1912年に離婚。一子Carloの親権を争った。トセリと再婚後はオーストリア皇族としての身分を奪われ、モンティニョーゾ伯爵夫人などを名乗った	イタリア	1870	1947	音楽家トセリと駆落ちした元皇太子妃の近況
	241	Toselli 夫婦					トセリ夫妻に離婚の噂
	317	サツクセンの姫君					トセリの家に投石事件
	596	Luise von Toscana					元ザクセン皇太子妃自伝出版
	598 599	妻（ザツクセン前世子妃）、前世子妃					妻の自伝出版を理由に離婚訴訟
	600	Luise Toselli					元妃の自伝まず英文で出版
	607	前ザツクゼン皇太子妃、Toselli の妻					前ザクセン皇太子妃と音楽家の親権問題
	629	Toselli 夫婦、夫人					親権問題裁定に夫人が憤慨
Tossanelli	200	Tossanelli					ピサの斜塔の安全点検
Tovote, Heinz	329	Heinz Tovote	作家、劇作家	ドイツ	1864	1946	新興行ドラマ一覧
	670	Tovote					書佔 W. Lehmann 異動祝宴
Tower, Charlemagne	502	Tower	実業家、歴史学者、考古学者、外交官。在独アメリカ特命全権大使	アメリカ	1848	1923	日本のベルリン大使館
Traeger, Albert	266	Albert Traeger	政治家、ジャーナリスト、作家、詩人。ドイツ帝国議会議長を務めたほか、イラスト入り家庭雑誌 *Gartenlaub* を創刊	ドイツ	1830	1912	八十歳祝賀
	460	Albert Traeger					女権問題・女性参政権の来歴
	481	Albert Traeger					遊興税に対する抗議会

人名	頁数	本文表記	人物紹介（肩書・略歴など）	出生地	生年	没年	トピック
	646	Albert Traeger					現社会の女の運命を深く思わせる小説
	698	Albert Traeger					訃報
Trajanus	124	Trajanus 時代	13代ローマ皇帝（98-117）。五賢帝の一人で最大版図を実現した	スペイン	53	117	トラヤヌス時代の家屋発掘
Tralow, Johannes	412	J. Tralow	作家、劇作家、ジャーナリスト	ドイツ	1882	1968	新興行ドラマ一覧
	594	J. W. Tralow					新興行ドラマ一覧
	617	Johannes Tralow					*Peter Fehrs Modelle* 興行禁止
	630	Johannes Tralow					*Peter Fehrs Modelle* 出版
	668	J. Tralow					新興行オペラ一覧
Trarieux, Gabriel	185	Trarieux	劇作家、演劇評論家、詩人、作家、翻訳家	ドイツ	1870	1940	新興行ドラマ一覧
	635	G. Trarieur					新興行ドラマ一覧
	831	Gabriel Trarieux					興行情報
Traub, Gottfried	557	Traub	神学者、政治家	ドイツ	1869	1956	傾聴に値した牧師 Jatho の弁護
Traut, Carl	289	Traut	作家、劇作家	ドイツ	1872	1956	新興行ドラマ一覧
Trebitsch, Siegfried	415	S. Trebitsch	劇作家、詩人、作家	オーストリア	1869	1956	新興行ドラマ一覧
	681	Siegfried Trebitsch					バウエルンフェルト賞受賞者
	830	Siegfried Trebitsch					新脚本「ピグマリオン」「アンドロクルスとライオン」興行
Trébution, G. S.	850	トウレビユシオン（TRÉBUTION）	（出版業者）				J. B. D'Aubrevilly 生誕百年祭
Tree, Herbert Beerboom	230	Beerboom Tree	俳優、劇場監督	イギリス	1852	1917	戯曲「タイフーン」を日英博覧会中に興行
Treitel	5	Treitel	（ベルリンの弁護士）				ヌード興行に対する侮辱
Treitschke, Heinrich von	98	von Treitschke	歴史学者、政治家	ドイツ	1834	1896	H. v. Treitschke 銅像除幕
Trenckner, Karl Vilhelm	568	Trenckner	東洋学者	デンマーク	1824	1891	ヨーロッパの仏教・インド研究
Trenkler	688	Trenkler	（強盗）				罪人へのビスマルク的見解
Trentini, Emma	9	Trentini	ソプラノ歌手	イタリア	1878	1959	俳優社会のわがまま・ゲン担ぎ
Tressler, Otto	355	Tressler	俳優	ドイツ	1871	1965	カインツのデスマスク
	377	Tressler					カインツ胸像・デスマスク
Treutler, Karl Georg von	350	von Treutler	外交官。本文とは異なり在日ドイツ大使には Arthur Rex が就任		1858	1933	ドイツ皇太子随行
	428	Karl Georg von Treutler					在日ドイツ大使交代の予定
Trewendt, Eduard	576	書肆 Eduard Trewendt	書肆。1845年ブレスラウで創業	ポーランド	1817	1868	ブレスラウの書肆を買収
Triantaphylakos, Nikolaos	91	Nikolaos Triantaphylakos	政治家、首相（1922）（内相）		1855	1939	ギリシャ新内閣

T

人名	頁数	本文表記	人物紹介（肩書・略歴など）	出生地	生年	没年	トピック
Trietsch, Irene	760	Irene Trietsch	（女優）				「ヘッダ・ガブラー」賞讃
	777	Irene Trietsch					今度はマクベス夫人役
Trigona 夫人	473	Trigona 伯夫人	（殺害された伯爵夫人）				トリゴナ伯爵夫人殺害事件
	474	トリゴナ夫人、夫人					トリゴナ伯爵夫人殺害事件・続
Tristan	104	Tristan	アーサー王物語などに登場する伝説の人物。主君マルク王の妃イゾルデとの悲恋で知られる。タントリスは敵をあざむくためのトリスタンの偽名				マリインスキー劇場傷害事故
	186	Tristan					新興行ドラマ一覧
	212	Tristan					1908・9～ドイツでの興行回数
	807	Tristan					R. ワーグナーの楽劇興行記録
	833	Tristan-Isolde					古跡イゾルデの塔（ダブリン）
	851	馬鹿者タントリス（TANTRIS DER NARR）					国家シラー賞と民衆シラー賞
Troels-Lund, Troels Frederik	613	Troels	歴史家、作家	デンマーク	1840	1921	ノーベル賞候補一覧（1911）
Troelstra, Pieter Jelles	820	Troelstra	政治家、詩人。オランダ社会民主労働党の創立メンバーの一人	オランダ	1860	1930	オランダの政変
Trojan, Johannes	299	Johannes Trojan	作家、編集者。長年にわたり風刺雑誌 *Kladderadatsch* の編集を務めた傍ら、不敬罪に問われた経験を描いた「二カ月の懲役」や児童書まで幅広く執筆	ポーランド	1837	1915	芸術界知名士女の避暑地
	695	Johannes Trojan、トロヤン					風刺雑誌社員一同が表敬訪問
	737	Johannes Trojan					七十五歳祝賀
Trojanska, Anna	295	Anna Trojanska	（無政府主義女性党員）				ブダペストの無政府主義者達
Trojanska, Anna（両親）	295	両親	（A. Trojanska の両親）				ブダペストの無政府主義者達
Trotha 夫人	458	von Trotha 夫人					子役俳優のための施設設立
Trotha, Thilo von	414	Thilo von Trotha	（劇作家）				新興行ドラマ一覧
Trott zu Solz, August von	67	August von Trott zu Solz	政治家 （文相）	ドイツ	1855	1938	ドイツ新内閣の顔ぶれ・皇帝による更迭
	155	教務大臣					教務大臣への「マグダラのマリア」興行交渉不調
	171	von Trott zu Salz、文相					文相が分離派のハンガリー画展覧会をはじめて観覧
	198	文相					壮兵団と T. ケルナーの記念像
	372	Trott zu Solz					ベルリン大学百年祭名誉学位
	506	von Trott zu Solz					ベルリン美術大展覧会演説
	817	文相					女学生が受講につき嘆願書
Trouillot, Georges	69	Trouillot	政治家 （拓相）	フランス	1851	1916	フランス新内閣
Trowitzsch, Eugen	552	Trowitzsch und Sohn	書肆創業者		1854	1904	創業二百年記念祝賀
	627	Trowitzsch und Sohn					創業二百年記念祝賀
Trubetzkoi, Paolo	286	Paolo Trubetzkoi	彫刻家、芸術家	イタリア	1866	1938	とうとうトルストイの胸像製作

人名	頁数	本文表記	人物紹介（肩書・略歴など）	出生地	生年	没年	トピック
	833	Trubezkoi 侯					二つのトルストイ記念像
Trubnowski, Stanislaus	333	Stanislaus Trubnowski	（ワルシャワ労働者団体員）				クラクフで扇動家撲殺事件
Truebner, Wilhelm	450	Wilhelm Truebner	画家。ライブル・クライスの一員。ベルリン分離派にも参加した	ドイツ	1851	1917	六十歳祝賀を避けるため外出
	466	Wilhelm Truebner					カールスルーエで個展
	514	Truebner					絵画の値段
	527	Truebner					ベルリン・ナショナル・ギャラリー改修中
Truppel, Oskar von	451	Truppel	軍人。膠州湾租借地4代総督	ドイツ	1854	1931	膠州総督人事
Tschackert, Paul	567	Paul Tschackert	神学者、歴史家	ポーランド	1848	1911	訃報
Tschaikowski, Nikolay	188	Tschaikowski	革命家。革命組織チャイコフスキー団を結成。「革命の祖父」と呼ばれた	ロシア	1850	1926	「革命の祖母」秘密審問
Tschechow, Anton Pawlowitsch	790	Anton Tschechow	作家、劇作家。ロシアを代表する劇作家の一人。「三人姉妹」「桜の園」	ロシア	1860	1904	「ワーニャ伯父さん」興行失敗
Tschertkow, Wladimir	392	Tschertkow	平和的キリスト教無政府主義トルストイアニスムスの創始者。「晩年のトルストイ」	ロシア	1854	1936	家出をしたトルストイ（詳細）
	395	Tschertkow					家出中のトルストイが病気でアスタポ駅下車
	396	Tschertkow、チエルトコフ					トルストイの見舞い
	400	チエルトコフ					病床のトルストイ
	401	チエルトコフ					訃報（L. トルストイ）・詳細
	405	チエルトコフ					トルストイ作品関連記事
	408	チエルトコフ					トルストイの御者が墓前で自殺
	409	チエルトコフ					トルストイの息子レフのチェルトコフ批判を兄イリヤが論難
	434	Tscherikow					ロンドンのロシア無政府主義者
Tschitscherin, Georgi Wassiljewitsch	534	Tschitscherin	政治家、外交官、歴史家。「ロシア外務省史」編纂	ロシア	1872	1936	訃報（W. O. Kljutschewski）
Tschudi, Hugo von	30	von Tschudi	美術史家、美術館館長。のちスイスに帰化。H. ヴェルフリンとともに当代の美意識を代表する存在。W. ボーデに見出されベルリンやミュンヘンの国立美術館館長を歴任。印象派やバルビゾン派などフランス絵画の収集に努めたが、外国の芸術作品を優遇したことから、ヴィルヘルム2世、A. v. ヴェルナー、K. ビネンらと対立が生じ、ベルリンを離れた	オーストリア	1851	1911	ピナコテーク館長人事
	41	Von Tschudi					ミュンヘンに滞在中
	55	Tschudi					バイエルン国立絵画館長就任
	120	Tschudi					アルテ・ピナコテーク改装
	123	Tschudi					ティントレット作品のピナコテーク移設に市民が反対
	189	Tschudi					P. ハイゼと H. v. Tschudi が受勲
	198	Tschudi					ルーベンス作品の復元に議論
	254	von Tschudi					ニュルンベルクの美術館との確執解消

人名	頁数	本文表記	人物紹介（肩書・略歴など）	出生地	生年	没年	トピック
	450	Tschudi					ドイツ帝に落選されたロダンの弁
	455	Hugo von Tschudi					六十歳祝賀
	583	Tschudi					バイエルン政府絵画買上
	608	Tschudi					ミュンヘンに双璧なす美術史家
	629 630	Hugo von Tschudi					訃報
	639	Tschudi					ピナコテーク館長人事
	760	Hugo von Tschudi					ピナコテーク館長人事
	769	Tschudi					ピナコテーク館長人事
Tua, Teresina	524	Teresina Tua	女流ヴァイオリン奏者	イタリア	1866	1956	訃報（F. Lavaletta 伯）
Tuaillon, Louis	300	Tuaillon	彫刻家。彫刻におけるモダニズムの先駆者の一人。ベルリン分離派	ドイツ	1862	1919	芸術界知名士女の避暑地
	339	Tuaillon					ドイツ帝（フリードリヒ 3 世とヴィルヘルム 2 世）の騎馬像
	342	Tuaillon					ベルリン大学百年記念貨幣
	373	Tuaillon					ベルリン大学百年祭名誉学位
	439	Tuaillon					フリードリヒ 3 世像除幕予定
	625	Louis Tuaillon					L. テュアイヨン製作中の彫像
	670	Louis Tuaillon					フリードリヒ大王二百年記念祭
	741	Louis Tuaillon					五十歳祝賀
	742	Louis Tuaillon					L. テュアイヨンが制作中の作品
	794	Tuaillon					R. コッホ記念像
	805	Louis Tuaillon					R. ケクレの墓石彫刻完成
Tullio	146	Tullio	（L. M. Bonmartini の兄 Tullio Murri）				イタリア奇獄事件顛末・ボンマルティーニ夫人が再婚
Turati, Filippo	385	Turati	政治家、弁護士、ジャーナリスト、詩人。イタリア社会党を創立。パリに亡命し反ファシスト同盟を結成	イタリア	1857	1932	イタリアの政局
Turgeniew, Ivan Sergeyevich	249	Turgeniew	作家。19世紀ロシアを代表する小説家の一人。富裕な地主貴族の次男として生まれた。批評家ベリンスキー、オペラ歌手ポーリーヌ・ヴィアルド夫人と生涯の交友を結んだ。「ルージン」のモデルは留学先のベルリン大学で知り合ったバクーニンと言われる	ロシア	1818	1883	訃報（P. Viardot-Garcia）・人物紹介
	276	Turgenjew、ツルゲニエフ、詩人					ツルゲーネフと声楽家 P. ヴィアルドの親交・遺品中に「芸術のための生活」原稿発見
	703	Iwan Turgenjew					ツルゲーネフ研究会設立
	745	Iwan Turgenjew					未発表短編「大尉 Bubnow の奇遇」など発見
Turgeniew, Ivan Sergeyevich（母）	276	母	I. ツルゲーネフの母 Varvara Petrovna。旧姓 Lutovinova		1787	1850	ツルゲーネフと声楽家 P. ヴィアルドの親交・遺品中に「芸術のための生活」原稿発見

U

人名	頁数	本文表記	人物紹介（肩書・略歴など）	出生地	生年	没年	トピック
Turner, William	737	William Turner	解剖学者	イギリス	1832	1916	Pour le mértie 勲章受勲
Turszinsky, Walter	264	Turszinsky	作家、劇作家、舞台監督	ポーランド	1874	1915	新興行ドラマ一覧
	288	Turszinski					新興行ドラマ一覧
	382	Turszinsky					新興行ドラマ一覧
Tuto, José Vives y	321	Vives y Tuto	枢機卿、カプチン会修道士	スペイン	1854	1913	スペイン政府と法王交渉断絶
Twain, Mark	34	Mark Twain	作家。19世紀アメリカを代表する文学者。水先案内人の経験があり、筆名は安全水域を示す「水深二尋」の意。本名 Samuel Langhorne Clemens。短篇の名手として知られるが、トム・ソーヤものなど少年文学、本格的なリアリズム小説、社会批評など作風は幅広い。P320 *'Tramp abroad'* は邦訳「西洋放浪記」で知られるエッセイ。反ストラトフォード派として「シェイクスピアは死んでいるか」も執筆	アメリカ	1835	1910	冬でも軽装で演説
	115	Mark Twain					すこぶる振るった食卓演説
	217 218	Mark Twain、マアクツエン					危篤、訃報、追悼式・遺産
	219	Mark Twain					文芸史上のマーク・トウェイン
	242	Mark Twain					マーク・トウェインの空返事
	246	Mark Twain					マーク・トウェインの遺産
	320	Mark Twain					ハイデルベルクに記念像設立
	795	Mark Twain、Samuel Langhorne Clemens					一時書店経営も失敗
Twain, Mark（三人の子）	218	三人の子	マーク・トウェインの4子のうち Langdon（1870-1871）、Olivia Susan（1872-1896）、Jane Lampton（1880-1909）	アメリカ			訃報（マーク・トウェイン）
Twain, Mark（妻）	218	妻	マーク・トウェインの妻 Olivia Langdon Clemens	アメリカ	1845	1904	訃報（マーク・トウェイン）
Tychsen, Caecilie	710	Caecilie Tychsen	神学者・東洋学者 T. C. Tychsen の娘。E. Schulze の詩のモデル		1794	1812	C. Tychsen のデスマスク
Tyll Eulenspiegel	656	Tyll Eulenspiegel	14世紀ドイツ北部に実在したと伝えられる奇人。無類のいたずら者として様々な芸術作品のモチーフとなった				新興行ドラマ一覧
Tyrtaeos	675	Tyrtaeos	紀元前7世紀中頃のスパルタの詩人、軍人				ホフマンスタールがダヌンツォを罵倒
Uchtomski, Esper	567	Esper Uchtomski	ジャーナリスト。ニコライ2世の側近で、ロシア・中国銀行総裁を務め、満鉄の経営にも関与した	ロシア	1861	1921	ヨーロッパの仏教・インド研究
Uhde, Fritz von	71	Fritz von Uhde	画家、軍人。本名 Friedrich Hermann Carl Uhde。リアリズムと印象派の中間的作風で、小さく貧しいものなどを暖かな眼差しで描いた。宗教的画題も多い	ドイツ	1848	1911	ライプツィヒ大学五百年記念名誉学位
	92	von Uhde					シャック・ギャラリー開館式
	191	Fritz von Uhde					P. ハイゼ八十歳賀帖署名者
	465	Fritz von Uhde					大病との報
	468	Fritz von Uhde、ウウデ					訃報、ウルムで荼毘
	474	Fritz von Uhde					フランス芸術院が故人を会員にするミス

人名	頁数	本文表記	人物紹介（肩書・略歴など）	出生地	生年	没年	トピック
	494	Fritz von Uhde					F. v. Uhde 遺品の美術品競売
	532	Fritz von Uhde					F. v. Uhde 遺作品の競売
	583	Uhde					バイエルン政府絵画買上
	588	Fritz Uhde					ドイツ芸術家協会会長人事
	710	Uhde					絵画の売価（1913・ミュンヘン）
Uhl, Conrad	195	Konrad Uhl	（アメリカ人実業家）				ベルリン Café Bauer 売渡
Uhl, Frida	717	Frida Uhl、中の妻	女流作家、翻訳家。A. ストリンドベリ、F. ヴェデキントとの間に子供を儲けた他、多くの著名人との交流も知られる	オーストリア	1872	1943	訃報・略歴（ストリンドベリ）、A. ストリンドベリの評伝・作品とモデル
Uhl, Friedrich	693	Friedrich Uhl	作家、ジャーナリスト。Frida の父	チェコ	1825	1906	訃報（M. ブルクハルト）
Uhland, Ludwig	260	Uhlandhaus	詩人、劇作家、文学史家、政治家。ドイツ後期ロマン主義、シュヴァーベン派を代表する詩人。中世の伝説や史実を題材にした作品で知られる。叙事詩「若きジークフリート」「良き戦友」「ドイツ古民謡集」など	ドイツ	1787	1862	大学生組合ゲルマニアがウーラントハウスを購入保存
	497	Uhland					L. ウーラントの詩「海辺の城」に R. シュトラウス作譜
	662	Uhland					E. シュミットの近業出版予定
	753	Ludwig Uhland					L. ウーラント五十回忌
Uhlig, Victor	542	Victor Uhlig	地質学者、古生物学者	チェコ	1857	1910	訃報
Ujest	782	Herzog von Ujest	ウーエスト公爵 Christian Kraft zu Hohenlohe-Oehringen。政治家、鉱山経営者	ドイツ	1848	1926	プロイセン大資産家調べ
Ulfers	364	Ulfers	（ミュンヘン在住の画家）				身なりの良い画家が餓死
Ulfila（Ulfilas）	729	Ulfila	聖職者。聖書をギリシア語からゴート語に翻訳		311頃	338	「ドイツ字（Fraktur）はゴシック建築同様ドイツ精神の発露」
Ullstein, Leopold	636	Ullstein-Jugendbuecher	出版業者。1877年ベルリンで書肆 Ullstein を創業。「ベルリン絵入新聞」の経営権を買取り販売を伸ばした	ドイツ	1826	1899	執筆中の「パルジファル」の出版予定
Ulmer, Fritz	6	Fritz Ulmer	（元弁護士の俳優）				弁護士が俳優になった話
Ulrici, Hermann	806	Ulrici	哲学者。小フィヒテとともに雑誌「哲学と哲学批評」を編集	ポーランド	1806	1884	シェークスピア協会（独）沿革
Ulrich, Pauline	49	Frau Pauline Ulrich	女優	ドイツ	1835	1916	五十歳祝賀・ザクセン王より称号
Umberto I	171	Umberto	イタリア王国2代国王（1878-1900）。1878年、G. パサナンテによる暗殺を逃れたが、G. ブレーシにより射殺された	イタリア	1844	1900	訃報（G. Passanante）
	404	Umberto 王					ウンベルト王記念像除幕
Umberto II	383	Principe Umberto 号	イタリア王国4代国王（1946）。イタリア最後の王	イタリア	1904	1983	クレマンソーが帰国の途
Unger, Joseph	565	Joseph Unger	法学者、政治家。最高裁判所長官などを歴任	オーストリア	1828	1913	元大臣の箴言集「モザイク」
Unger, Max	296	Unger	彫刻家	ドイツ	1854	1918	ドイツ帝がノルウェー王に F. ナンセン像を寄贈
	667	Max Unger					ベルリン彫刻家協会会長再選

人名	頁数	本文表記	人物紹介（肩書・略歴など）	出生地	生年	没年	トピック
	819	Unger					F. ナンセン記念像除幕
Ungerer, Jacob	269	Jacob Ungerer	彫刻家	ドイツ	1840	1920	七十歳祝賀
Unifgraeerndlainalerfir-onajunguarrigujak	328	Unifgraeerndlainalerfir-onajunguarrigujak	（グリーンランドの恋の言葉の収集家）				恋の言葉の収集家
Unruh, Fritz von	634	Fritz von Unruh	作家、劇作家。軍人貴族家系の出身だが、表現主義的な戯曲「士官」「一族」など反戦的な主張で知られる	ドイツ	1885	1970	新興行ドラマ一覧
	646	Fritz von Unruh					F. v. ウンルー「士官」出版
	655	Fritz von Unruh					新興行ドラマ一覧
Unus, Walter	534	Walter Unus	著述家、翻訳家、美術品蒐集家。本名 Walther Heinrich		1872	1939	ドイツでキーツとスウィンバーンの崇拝者増大
Uphoff, Carl Emil	421	Karl Emil Uphoff	画家、著述家。芸術家村ヴォルプスヴェーデで活動	ドイツ	1885	1971	お上さんの意見で市長が脚本を削除して興行
	597	Karl Emil Uphoff					画家が脚本執筆して野外興行
Uphues, Joseph	426	Joseph Uphues	彫刻家	ドイツ	1851	1911	訃報
Urania	418	Urania	ギリシア神話に登場するミューズの一柱。天文と占星術を司る	ドイツ	1853	1910	訃報（M. W. Meyer）
Uranus	270	Uranus 星	ギリシャ神話に登場する神々の祖。ゼウスの祖父にあたり、天空を司る。天王星を表す				ベルリン学士院奨励金一覧
Urban	476	Urban	（オーストリア＝ハンガリー帝国議員）				劇場法案の研究
Urban, Charles	124	Urban	映画プロデューサー。G. A. スミスとともに初期カラー映画を開発	アメリカ	1867	1942	着色活動写真（キネマカラー）の開発
Urban, Erich	208	Erich Urban	（オペラ台本家）				新興行オペラ一覧
	239	Erich Urban					新興行オペラ一覧
Usiglio, Emilio	302	Emilie Usiglio	作曲家、指揮者	イタリア	1841	1910	訃報
Usselinx, Willem	447	Willem Usselinx	商人	オランダ	1567	1647	グスタフ・アドルフ参戦のワケ
Ussow	401	Ussow	（トルストイの臨終に居合わせた医師）				訃報（L. トルストイ）・詳細
Uthof	76	Uthof	（シベリアから逃亡の元官吏）				シベリア脱走の強姦罪の官吏
Vahlbruch, Otto	699	Otto-Vahlbruch-Stiftung	（ゲッティンゲン大学の数学・自然科学分野における奨学金）				オットー＝ファールブルフ財団研究助成
Vahlen, Johannes	357	Vahlen	古典文献学者。息子 Theodor は数学者	ドイツ	1830	1911	八十歳祝賀
	631	Johannes Vahlen					訃報
Vaida, Johann	649	Johann Vaida	（Café Pillwax の常連）				ブダペスト Café Pillwax 取毀し
Vaihinger, Hans	612	Vaihinger	哲学者。「かのやうにの哲学」で知られる。カント協会を設立し、「カント研究」を創刊	ドイツ	1852	1933	イエナ大学人事
	745	Hans Vaihinger					六十歳祝賀
	845	HANS VAIHINGER					ニーチェ文庫に多額の寄付金
Vaissière, Pierre de	224	Pierre de Vaissière	歴史家	フランス	1867	1942	ルイ16世の死を描いた「国王の死」出版
Valentin, Claire	359	Claire Valentin	（女優）				女優と伯爵の結婚
Valentine, J.	288	J. Valentine	（劇作家）				新興行ドラマ一覧

V

人名	頁数	本文表記	人物紹介（肩書・略歴など）	出生地	生年	没年	トピック
Valerino, Ruiz	487	Ruiz Valerino	（内相）				スペイン進歩主義内閣
Vallé	39	Vallé	（内密劇場 intimes Teater 主催者）				芸術に名を借りた「内密劇場」
Vallentin	129	Vallentin	（演出家）				ヘッベル劇場が破産との報
Vallet	718	Vallet	（自動車賊）				立てこもりの自動車賊を爆殺
van Daalen, Gotfried Coenraad Ernst	291	Vandaalen	オランダの軍人。同名の父も軍人	インドネシア	1863	1930	オランダ・インド軍将官就任
Van de Velde, Henry	599	Henry van de Velde	建築家、インテリアデザイナー。モダンデザインの先駆。ヴァイマルにバウハウスの前身となる工芸学校を創立	ベルギー	1863	1957	ヴァイマルのアカデミー新築
van de Vijvere (Vyvere), Aloys	548	van de Vyoere	政治家、首相（1925）（農工相）	ベルギー	1871	1961	ベルギー新内閣
van der Waals, Johannes Diderik	412	Ditrich van der Waals	物理学者。気体の状態方程式を発見。ノーベル物理学賞（1910）	オランダ	1837	1923	ノーベル賞受賞者（1910）
van der Weyden, Rogier	821	Roger van der Weyden	画家。ファン・アイク兄弟とともに初期フランドル派を代表する一人	ベルギー	1399頃	1464	ルーブル美術館が三連画を購入したことに賛否
van Dyck, Anthony	358	van Dyck	画家。17世紀フランドルを代表する画家の一人。ルーベンスの助手を経て、イギリスの首席宮廷画家になった	ベルギー	1599	1641	J. カインツの遺産
van Dyck, Anthony	441	van Dyck	画家。17世紀フランドルを代表する画家の一人。ルーベンスの助手を経て、イギリスの首席宮廷画家になった	ベルギー	1599	1641	ヴァン・ダイク「サムソンとデリラ」焼失
van Dyck, Anthony	538	van Dyck	画家。17世紀フランドルを代表する画家の一人。ルーベンスの助手を経て、イギリスの首席宮廷画家になった	ベルギー	1599	1641	十七世紀以降の肖像画展覧会
van Dyke, Henry	219	van Dyke	作家、詩人、牧師。駐オランダ大使を務めた	アメリカ	1852	1933	文芸史上のマーク・トウェイン
van Eyck, Hubert	823	Hubert 兄弟	画家。弟ヤンとともに初期フランドル絵画を代表する一人。本文の「Hubert 兄弟及 Jan van Eyck」は、兄 Hubert と弟 Jan が正しい	ベルギー	1390	1426	ファン・アイク兄弟記念像設立
van Eyck, Jan	823	Jan van Eyck	画家。兄とともに油彩技法を確立。初期フランドルを代表する画家の一人	オランダ	1395	1441	ファン・アイク兄弟記念像設立
van Gogh, Vincent	174	van Gogh	画家。後期印象派を代表する一人。強烈な色彩とタッチで独自の画風を確立。表現主義やフォービズムの先駆ともされる。P477 Elisabeth Huberta du Quesne van Gogh の弟とされているが正しくは兄	オランダ	1853	1890	ベルリン分離派展覧会・画風の新旧と価値は別
van Gogh, Vincent	245	van Gogh	〃	オランダ	1853	1890	ベルリン落選展の模様
van Gogh, Vincent	383	Vincent van Gogh	〃	オランダ	1853	1890	カッシーラ画廊でゴッホ展示
van Gogh, Vincent	475 476	van Gogh	〃	オランダ	1853	1890	ゴーギャン展覧会（グルリット・ギャラリー）
van Gogh, Vincent	477	Vincent van Gogh、弟	〃	オランダ	1853	1890	妹によるゴッホ回想録出版
van Gogh, Vincent	513 514	Van Gogh、フアン・ゴツク	〃	オランダ	1853	1890	絵画の値段
van Gogh, Vincent	747	Vincent van Gogh-Museum	〃	オランダ	1853	1890	ゴッホ美術館の設立計画

人名	頁数	本文表記	人物紹介（肩書・略歴など）	出生地	生年	没年	トピック
van Lier, Abraham	698	Grand Théâtre van Lier	俳優、劇場監督		1812	1887	劇場創立60年祭（アムステルダム）
van Loo（家）	157	Van Loo	著名な画家一族。オランダ生まれの祖父Jacob（1614-1670）、フランス生まれの兄Jean-Baptiste（1684-1745）、弟Charles-André（1705-1765）				フランス美術展覧会（ベルリン）
van Offel, Horace	792	Horace van Offel	ジャーナリスト、小説家、劇作家	ベルギー	1878	1944	青年時代のシェークスピアを主人公とした脚本
van Rappard, Anton	317	van Rappard氏	画家、製図工。V. v. ゴッホとの近しい関係でも知られる	オランダ	1858	1892	古文書競売「和蘭人の始て日本及印度に航海せし報告」
Vandal, Albert Count	341	Albert Vandal	歴史家	フランス	1853	1910	訃報
Vandamme, Elisa	236 237	首なし女、Elisa Vandamme、女	（殺害されたパリの売春婦）				パリの首なし殺人事件
Vanderbilt（家）	342	Vanderbilt	アメリカのオランダ系大富豪一族。始祖は海運・鉄道王Cornelius（1794-1877）。P706でタイタニック号での訃報を誤伝されたGeorge Washington（1862-1914）は、乗船予定を直前にキャンセルし難を逃れた。P788でシュノンソー城購入を噂されたのはWilliam Kissam（1849-1920）。実際はチョコレート業者のムニエ一族が落札	アメリカ	1862	1914	新劇場で労働者階級に入場券
	483	Vanderbilt					訃報（C. Meserole）・ナポリの投身自殺
	706	Vanderbilt					タイタニック号沈没（訃報一部誤り）
	788	Vanderbilt					匿名でシュノンソーを購入したのはヴァンダービルトとの噂
Vandérem, Fernand	548	Fernand Vandérem	作家、劇作家		1864	1939	脚本*Cher Maitre*出版
	561	F. Vanderen					新興行ドラマ一覧
Vandervelde, Emile	55	Vandervelde	政治家。第2インターナショナルの議長を務めた	ベルギー	1866	1938	国王の絵画売り払いに質疑
	180	Vandervelde					ベルギー故王にコンゴ株疑惑
	312	Vandervelde					ベルギー国内で上流を占める社会主義者・国王の理解
	326	Vandervelde					法王追放に関するアンケート
Vanini, Betti	795	Betti Vanini	（ウィーンの女優）				百歳を迎えた女優
van't Hoff, Jacobus Henricus	455	Heinrich van't Hoff	化学者。立体化学とともに物理化学の基礎を築いた。浸透圧および熱力学に関するファント・ホフの法則と式を発見。第一回ノーベル化学賞（1901）	オランダ	1852	1911	ヘルムホルツ勲章（ベルリン・アカデミー）
	469	Jacobus Henricus van't Hoff					訃報
	479	Van't Hoff-Stiftung					J. H. ファント・ホフ財団が創立
	589	van't Hoff					J. H. ファント・ホフ記念像（アムステルダム）設立計画
	692	van't Hoff記念像					J. H. ファント・ホフ記念像（ロッテルダム）設立委員会
	804	van't Hoff（化学者）記念像					J. H. ファント・ホフ記念像（ハーグ）

人名	頁数	本文表記	人物紹介（肩書・略歴など）	出生地	生年	没年	トピック
Varetta	400	Varetta	（女優。俳優 G. Worms と結婚）				訃報（G. Worms）
Varnhagen von Ense, Karl August	648	Karl August Varnhagen von Ense	外交官、歴史家、ジャーナリスト、文芸評論家。妻は女流文筆家 Rahel	ドイツ	1785	1858	Karl Augst 編纂「妻ラーヘルの回想録」増訂版原稿発見
Varnhagen von Ense, Rahel	648	Rahel	女流文筆家。旧姓 Levin。メンデルスゾーンやハイネなど当代の文化人が集うサロンを主宰。ベルリンにおけるロマン主義運動の拠点となった。ユダヤ人及び女性の解放論者としても知られる	ドイツ	1771	1833	Karl Augst 編纂「妻ラーヘルの回想録」増訂版原稿発見
	706	Rahel von Varnhagen					R. v. Varnhagen 語録出版
Varrentrapp, Conrad	508	Conrad Varrentrapp	歴史家	ドイツ	1844	1911	訃報
Varsani	435	Varsani	（女優）				決闘双方に怪我なし
	521	女					F. モルナールが薬物自殺未遂
Vasari, Giorgio	203	Vasari	画家、建築家。ルネサンス期の芸術家の評伝「芸術家列伝」でも知られる	イタリア	1511	1574	ダ・ヴィンチの諸業績
Vaskos	94	Vaskos	（オペラ女優の伯爵夫人）				Ludwig 伯拳銃自殺
Vaudevin, Berndt	699	Berndt Vaudevin	（医師）				L. Haase がカメルーンで結婚
Vaughan 男爵夫人	228	Vaughan 男爵夫人	→ Lacroix, Caroline				故王の愛人狙撃未遂事件
	411	Vaughan 夫人					レオポルト 2 世遺産争い
Vauvenargues	375	Vauvenargues	ヴォーヴナルグ侯爵 Luc de Clapiers。著述家、モラリスト。「省察と箴言」	フランス	1715	1747	T. ブラガの座右の銘
Vauxcelles, Louis	439	Vauxcelles	美術批評家。本名 Louis Mayer。フォービズム、キュビズムの名付け親	フランス	1870	1945	ユーモア作家と批評家の決闘
Veber, Jean	209	Veber	風刺画家、漫画家	フランス	1864	1928	1910年の国民サロン（パリ）
	214	Jean Veber					国民サロンの陳列場所に不服
Veber, Pierre	328	Veber	作家、劇作家	フランス	1869	1942	新興行ドラマ一覧
	485	P. Veber					新興行ドラマ一覧
Velásquez, Diego	17	Velasquez	画家。17世紀スペインを代表するバロックの巨匠。フェリペ 4 世付きの宮廷画家を務めた。後代の印象派に通じる先駆的技法によりマネにより「画家の中の画家」と称された。「鏡のヴィーナス」は当時のスペインのものとして現存数の少ない裸婦像。1914年に女性参政権論者により損傷を受けた	スペイン	1599	1660	各国王族の質入・借金
	145	Velasquez					贋金づくりの貴族はヴェラスケスの肖像画の後裔
	151	Velasquez、ヱラスケス時代					「鏡のヴィーナス」から150年後の顔料検出で贋作説
	203	Velasquez、ヱラスケス					「鏡のヴィーナス」署名見誤り
	764	Velasquez					芸術家の大作は50～60歳
Velten	114	Velten	（ペテルブルクの書肆）				トルストイ周辺者に政治的圧力
Venizélos, Elefthérios	340	Venizelos	政治家、首相（1910-1915、1915、1917-1920、1924、1928-1932、1932、1933）。20世紀初頭のギリシャにおけるカリスマ的指導者	ギリシャ	1864	1936	バルカンの導火線握る政治家
	367	Venezelos					組閣を拝命
	379	Eleutherios Venizelos					E. ヴェニゼロス略歴

人名	頁数	本文表記	人物紹介（肩書・略歴など）	出生地	生年	没年	トピック
	382	Venizelos					首相を辞職
Venizélos, Kyriakos	379	亡妻の子	E. ヴェニゼロスの長男				E. ヴェニゼロス略歴
Venizélos, Maria	379	亡妻	E. ヴェニゼロスの最初の妻。旧姓 Katelouzou	ギリシャ	1894	1964	E. ヴェニゼロス略歴
Venizélos, Sophoklis	379	亡妻の子	政治家、首相（1944、1950、1950-1951）。E. ヴェニゼロスの次男	ギリシャ	1894	1964	E. ヴェニゼロス略歴
Venturi, Adolfo	784	Venturi	歴史家。イタリアにおける美術史学の先駆	イタリア	1856	1941	ラファエロの絵画3点を発見
Venus	118	Venus	ローマ神話に登場する愛と美の女神。金星を司る。ギリシャ神話のアフロディーテに相当				ローマで白昼に金星を視認
	151	Venus					「鏡のヴィーナス」から150年後の顔料検出で贋作説
	203	Venus					「鏡のヴィーナス」署名見誤り
	207 208	Venus					新興行ドラマ一覧
	218	Venus de Milo					ミロのヴィーナスに足を止めた T. ルーズベルト
	322	Venus					髯のある女神像
	347	Venus					新興行ドラマ一覧
	414	Venus					新興行ドラマ一覧
	820	Venus					ドレスデン警察がジョルジョーネとルーベンスの絵葉書禁止
	847	VENUS					R. デーメル全集出版
Vera	76	Vera	（誘拐され盲目にされた令嬢）				ロシア版子を貸し屋・幼女誘拐のうえ盲目にして乞食に貸出
Verdi, Giuseppe	714	Verdi	作曲家。G. プッチーニとともにイタリアを代表するオペラ作曲家。オペラ王と称される。ドイツのR. ワーグナーとは同年生まれ。ベルカント・オペラからヴェリズモ・オペラへの転換を主導した。スペクタクル性に富んだ「ナブッコ」「アイーダ」、心理描写に巧みな「リゴレット」「椿姫」など	イタリア	1813	1901	ヴェルディ生誕百年祭予定（生地パルマ州ロンコレ）
	777	Verdi					ヴェルディ生誕百年記念像（パルマ）
	803	Verdi 記念像					ヴェルディ記念像（ミラノ）
	817	Verdi					ヴェルディ生誕百年祭（パルマ）
	837	Verdi 像					ヴェルディ記念像除幕（ミラノ）
Verdy du Vernois, Julius von	230	Verdy du Vernois 大将	軍人。普仏戦時に大モルトケの部下として軍功を残した。プロイセンの軍務大臣などを歴任。優れた戦略家として多数の著作を残しただけでなく、小説や戯曲も執筆	ポーランド	1832	1910	六十歳祝賀
	351	von Verdy du Vernois 将軍					訃報
	360	von Verdy du Vernois 将軍					ストックホルムで死去
Verhaeren, Emile	245	Verhaeren	詩人、劇作家。P. ヴェルレーヌ、A. ランボーとともに象徴主義を代表する詩人。社会主義の影響を受けながら世紀末的退廃の思潮を	ベルギー	1855	1916	ブリュッセル博覧会来賓
	293	Emile Verhaeren					ベルギー国王がブリュッセル博覧会に国内文士を招待

V

人名	頁数	本文表記	人物紹介（肩書・略歴など）	出生地	生年	没年	トピック
	311	Verhaeren	脱し、人類、自然、生命の賛歌を詠う詩風を確立、名声を高めた。第一次大戦中、ドイツ占領下の故国ベルギー救済を訴え各地で講演していたが、ルーアンで鉄道事故のため不慮の死を遂げた。前期に、黒の三部作と呼ばれる詩集「夜」「崩壊」「黒い炬火」、後期に、時の三部作と呼ばれる「明るい時」「午後の時」「夕べの時」がある。時の三部作のモチーフとして詠われたのは同じく芸術家であった最愛の妻マルト・マサン				ベルギー国内で上流を占める社会主義者・国王の理解
	353	Verhaeren					「僧院（*Das Kloster*）」上演
	417	Verhaeren					フランス未発表の「スパルタのヘレナ」ドイツ興行
	429	Verhaeren					ウィーンで「僧院」興行禁止
	450	Emile Verhaeren					ドイツでは無名の現代フランス文学の大家
	626	Emile Verhaeren、Verhaeren					ヴェルハーレンに爵位の噂、詩人ヴェルハーレンの肖像、法学士が多いベルギー詩人
	677	Emile Verhaeren					E. ヴェルハーレンが朗読旅行
	685	Emile Verhaeren					E. ヴェルハーレンの朗読旅行
	714	Emil Verhaeren					「スパルタのヘレナ」パリ興行
	778	Verhaeren					ヴェルハーレンにボナパルト賞
	810	Verhaeren					現代ヨーロッパの二大詩人
	827	Emile Verhaeren					G. ブランデス「現代のフランス文学」分類図
Verhoeven, Pieter	317	Pieter Verhoeven	(「和蘭人の始て日本及印度に航海せし報告」著者)				古文書競売「和蘭人の始て日本及印度に航海せし報告」
Verlaine, Georges	425	Georges Verlaine	P. ヴェルレーヌの息子（地下鉄職員）	フランス	1871	1926	ヴェルレーヌの息子が卒中後回復して職務復帰
Verlaine, Paul	195	Verlaine、ヱルレエヌ	詩人。フランス象徴主義を代表する詩人。友人の義妹 Mathilde Maut de Fleurville（1853-1914）と結婚、一子 Georges をもうけたが、若き A. ランボーに魅せられ家庭を壊した。逃亡先のベルギーでランボーに発砲し収監。信仰と頽廃との間をさまよい、デカダンス詩人として名声を得たが貧困の中に没した。「愛の詩集」など	フランス	1844	1896	「ヴェルレーヌの肖像」買上
	234	Paul Verlaine					Mons 監獄前通りの命名競争
	425	Paul Verlaine					ヴェルレーヌの息子が卒中後回復して職務復帰
	542	Verlaine、ヱルレエヌ					ヴェルレーヌ記念像除幕式でのエピソード
	769	Verlaine、故人					ヴェルレーヌ記念祭で大喧嘩
	826	Verlaine					G. ブランデス「現代のフランス文学」分類図
Verne, Jules Gabriel	167	Jules Verne	作家。SF の父と言われる。友人であった写真家で気球乗りの F. ナダールに触発され、アフリカ大陸を気球で横断する「五週間の風船旅行」で新時代の冒険小説を開拓。「月世界探検」「海底二万里」「十五少年漂流記」など	フランス	1828	1905	「シャンテクレ」が大当り・近世の当り狂言一覧
	256	Jules Verne					ジュール・ヴェルヌ記念像除幕
	701	Jules Verne					「八十日間世界一周」脚本化興行の噂は取消
	744	Verne					サハラ砂漠海洋化案の先例
Verneau, René	422	Verneau	人類学者	フランス	1852	1938	考古学研究所（パリ）

人名	頁数	本文表記	人物紹介（肩書・略歴など）	出生地	生年	没年	トピック
Vernet, Horace	741	Vernet	画家。父 Claude Joseph Vernet も画家	フランス	1789	1863	ヴェルサイユの戦争画に切傷
Verneuil, Auguste Victor Louis	181	Verneuil	化学者。商業化可能な合成宝石を開発	フランス	1856	1913	人工ルビーに続き人工サファイアを開発
Verrocchio, Andrea del	203	Andrea del Verrocchio	彫刻家、画家、金工家。ダ・ヴィンチの師。本名 Andrea di Michele Cione	イタリア	1435	1488	ダ・ヴィンチの諸業績
Versoeh	569	Versoeh	（女性出版業者）				偽名で猥褻書籍出版
Verworn, Max	236	Max Verworn	生理学者。学術誌「一般生理学時報」を創刊。興奮、疲労、麻酔、催眠など神経系の研究に功績。「一般生理学」	ドイツ	1863	1921	ボン大学後任人事
	741	Verworn					実証主義協会創立
Vestenhof, August Hoffmann von	727	A. von Vestenhof	画家、彫刻家、イラストレーター、作家。短篇集『獣の掟』	チェコ	1849	?	文相が A. v. Vestenhof の油絵を展覧会から排除
Vetter, August	630	August Vetter	（詩人）				新作者紹介のための朗読会
Viardot（家）	276	ヰアルドオ一家	（ポーリーヌ・ヴィアルドの一家）				ツルゲーネフと声楽家 P. ヴィアルドの親交・遺品中に「芸術のための生活」原稿発見
Viardot, Louis	276	Louis	作家、劇場監督。オペラ歌手ポーリーヌ・ヴィアルドの夫		1800	1883	ツルゲーネフと声楽家 P. ヴィアルドの親交・遺品中に「芸術のための生活」原稿発見
Viardot-Garcia, Pauline	249	Pauline Viardot-Garcia	メゾソプラノ歌手、作曲家。スペインの高名な歌手の一族に生まれた。父は Manuel Garcia（1775-1832）、姉はメゾソプラノ歌手 Maria Malibran（1808-1836）。ツルゲーネフやショパンなど当代きっての文化人との幅広い交流でも知られる	フランス	1821	1910	訃報・人物紹介
	254	Pauline Viardot-Garcia					モーツァルト自筆譜「ドン・ジュアン」をパリ・オペラ座に献納
	276	Pauline Viardot-Garcia、ポオリイヌ、女					ツルゲーネフと声楽家 P. ヴィアルドの親交・遺品中に「芸術のための生活」原稿発見
Victor, Max	782	Max Victor	（J. V. v. シェッフェルの孫）				J. V. v. シェッフェル家男系断絶
Victor I	459	エピスコポス Victor	14代ローマ教皇（189-199）、聖人。北アフリカの出身			199	A. ハルナックがヴァチカン政治史につき演説
Victor Emanuel	257	Victor Emanuel-Gymnasium	→ Orlando, Vittorio Emanuele				学生が教授を殺害・マフィア
Victor Emanuel	437	Victor Emanuel	→ Vittorio Emanuele III				イタリア王による「イタリア貨幣大全」が出版
	512 513	Victor Emanuel、イタリア王					イタリア王とスウェーデン王とのテーブルスピーチを改削
Victor Emanuel	541	Victor Emanuel、ヰクトル・エマヌエル王	→ Vittorio Emanuele II				ヴィットーリオ・エマヌエーレ記念像除幕式
Victor Emanuel II	557	Victor Emanuel II	→ Vittorio Emanuele II				訃報（Maria Clotilde）
Victor Emanuel III	483	Victor Emanuel III	→ Vittorio Emanuele III				宗教及び学問の自由を宣言
	692	Victor Emanuel III					エマヌエーレ 3 世に無政府主義者が発砲

V

V

人名	頁数	本文表記	人物紹介（肩書・略歴など）	出生地	生年	没年	トピック
Victor Napoléon	161	Victor Napoléon	→ Bonaparte, Napoléon Victor				レオポルド2世遺産争い
	364	Victor Napoléon					ボナパルト家家長とベルギー王女の婚礼予定
	393	Victor Napoléon					婚礼執行
Victoria Adelaide Mary Louise	78	Kaiserin Friedrich-Haus	ドイツ皇帝フリードリヒ3世妃。ヴィルヘルム2世の母。英国女王ヴィクトリアの長女。本文中ではフレデリック皇后、Luise 妃として登場	イギリス	1840	1901	A. Lehmann の迷信史（河童・海坊主・人魚）
	327	Luise 妃					訃報（J. Heydeck）
	330	故 Luise 妃					ケーニヒスベルクでドイツ帝が男は軍事で女は家事と演説
	594	Viktoriath.					新興行ドラマ一覧
Victoria of the United Kingdom	41	女皇陛下	英国女王（1837-1901）。1877年からは初代インド帝を兼任。資本主義の発展、植民地の増大を背景に、英国の黄金時代ヴィクトリア朝を築いた。「君臨すれども統治せず」の植民地経営で知られる。ドイツ皇帝フリードリヒ3世后ヴィクトリアをはじめ、子供達を各国の王室に嫁がせ、「ヨーロッパの祖母」と呼ばれた。夫はザクセン＝コーブルク＝ゴータ公子アルバート。ワイト島の離宮オズボーン・ハウスはアルバートの設計によるもの	イギリス	1819	1901	浦島太郎のような実話
	60	Victoria and Albert-Museum					ヴィクトリア＆アルバート博物館開館式
	167	故ヰクトリア陛下					オズボーンハウスの蔵書競売
	367	Victoria and Albert 号					英王がポルトガル王族を迎えるべく客船を派遣
	375	英艦 Victoria and Albert					英艦がマヌエル王夫妻を奉迎
	377	ヰクトリア・エンド・アルバアト号					ポルトガル王族がイギリスとイタリアに出立
	524	Victoria 妃					ヴィクトリア女王記念像除幕式
	675	Victoria and Albert-Museum					P. モルガンが美術品をアメリカに持ち帰り
Viddoro, Clara	404	Clara Viddoro	（被害を受けた女性）				女性の容貌毀損時の賠償額
Viebig, Clara	37	Klara Viebig	女流作家。自然主義の作家として知られる。ユダヤ系の書肆 F. T. Cohn と結婚。筆名は旧姓を用い続けた。息子 Ernst Viebig は作曲家・指揮者。「女の村」はカトリック教会から禁書に指定された。他に「アイフェルの子供たち」「バルバラ」など	ドイツ	1860	1952	ドイツ貸本ランキング（1908）
	188	Clara Viebig					短篇集「神聖なる無垢」出版
	297	Clara Viebig					五十歳祝賀
	299	Clara Viebig					芸術界知名士女の避暑地
	654	Clara Viebig					クリスマスの予定アンケート
	779	Clara Viebig					新作小説「火の中の鉄」
	815	Clara Viebig					クライスト協会会長選出
Viereck, George Sylvester	533	George Sylvester Viereck	作家、詩人。少年時代にアメリカに移住。ゲイのパルプフィクションを創始	ドイツ	1884	1962	ドイツ語で書くアメリカ詩人
Vierhaus, Felix	426	Felix Vierhaus	法律家、裁判所長官		1850	1917	死刑不可廃論者一覧
Vierne, Louis	236	Vierne	オルガン奏者、作曲家	フランス	1870	1937	ダヌンツォがノートルダムのオルガン演奏をリクエスト
Vieweg, Friedrich	490	書店 Friedrich Viehweg und Sohn	書肆創業者。1786年ベルリンで創業。息子は Hans（1797-1869）	ドイツ	1761	1835	書肆創業百年祝賀

人名	頁数	本文表記	人物紹介（肩書・略歴など）	出生地	生年	没年	トピック
Vigée-Le Brun, Élisabeth Louise	157	Vigée-Lebrun	女流画家。18世紀を代表する女性芸術家。マリー・アントワネット、デュ・バリー夫人の肖像画で知られる	フランス	1755	1842	フランス美術展覧会（ベルリン）
Vignau, Hippolyt von	806	von Vignau	劇場監督。ヴァイマル宮廷劇場・楽団総監督を務めた		1843	1926	シェークスピア協会（独）沿革
Vigny, Alfred de	825	Alfred de Vigny	作家、劇作家、詩人、軍人。フランス・ロマン派の一員	フランス	1797	1863	G. ブランデス「現代のフランス文学」分類図
Viktoria Luise von Prussen	614	ヰクトリア・ルイイゼ内親王	ブラウンシュヴァイク公エルンスト・アウグスト妃。ヴィルヘルム2世の末子	ドイツ	1892	1980	ドイツ帝・皇后・内親王が料理店見物
Villard, André	722	Villard	(劇作家)				ベルリン小劇場夏興行
Villari, Pasquale	146	Pasquale Villari	歴史家、政治家	イタリア	1827	1917	イタリア王よりアヌンチャタ勲章
Villatte, Césaire	71	Sachs-Villatte	言語学者。独仏・仏独百科事典 *Sachs-Villatte* を編纂		1816	1895	訃報（K. E. A. Sachs）
Villinger, Hermine	656	H. Villinger	女流作家、劇作家	ドイツ	1849	1917	新興行ドラマ一覧
	833	Hermine Villinger					Ebner-Eschenbach 賞
Villon, François	507	François Villon	詩人。殺人や強盗事件を犯し入獄と放浪の人生を送ったことで知られる	フランス	1431	1463	新興行ドラマ一覧
	589	François Villon					著名犯罪詩人の例
Vincke, Karl Gisbert Friedrich von	806	von Vincke	法律家、劇作家、シェークスピア研究者	ドイツ	1813	1892	シェークスピア協会（独）沿革
Vinogradoff, Paul	373	Paul Vinogradoff	歴史家、法制史学者。英国に移住しフランスで没した。「慣習と権利」など	ロシア	1854	1925	ベルリン大学百年祭名誉学位
Violette	469	Violette	(匡正次官)				フランス新内閣
Viollis, Jean	849	ヂヤン・ヰオリ (JEAN VIOLLIS)、ヰオリ氏	東洋美術史家 Henri d'Ardenne de Tizac の筆名。女流作家 Andrée Viollis の再婚相手		1877	1932	ゴンクール賞（詳細）
Virchow, Ferdinande Amalie Rosalie	278	未亡人	病理学者 R. ウィルヒョーの妻。旧姓 Mayer		1832	1913	R. ウィルヒョー記念像除幕式
Virchow, Hans	278	子 Hans Virchow	解剖学者。R. ウィルヒョーの息子	ドイツ	1852	1940	R. ウィルヒョー記念像除幕式
	426	Hans Virchow (Rudolf の子)					ベルリン人類学会会長就任
Virchow, Hans（妻子）	278	妻子	(H. ウィルヒョーの妻子)				R. ウィルヒョー記念像除幕式
Virchow, Rudolf	248	Virchow	病理学者、人類学者、政治家。細胞が生命の基本単位であることを解明。近代病理学の父と言われる。「細胞病理学」。Johannes Orth は弟子の一人	ポーランド	1821	1902	R. ウィルヒョー記念像除幕予定
	260	R. Virchow 記念像					R. ウィルヒョー記念像
	278	Virchow 記念像					R. ウィルヒョー記念像除幕式
	283	Virchow					ベルリン大学学長後任の噂
	426	Rudolf					ベルリン人類学会会長就任
	447	Rudolf Virchow-Plakette					R. ウィルヒョー人類学勲章

人名	頁数	本文表記	人物紹介（肩書・略歴など）	出生地	生年	没年	トピック
	450	Rudolf Virchow-Haus					R. ウィルヒョーハウス創設費
	681	Rudolf Virchow-Haus					R. ウィルヒョーハウス創設醵金締切
Virgilius	322	Virgilius	抒情詩人。ローマ時代を代表する詩人。叙事詩「アエネイス」など	イタリア	前70	前19	古墓発掘・女王カミラと推測
Vischer, Friedrich Theodor	6	Theodor Vischer	審美学者、著述家、政治家。ゲーテやシェークスピアに関する著作でも知られる	ドイツ	1807	1887	訃報（I. Frapan-Akunian）
	518	Theodor Vischer					犬は車を曳くのに不向きなこと
	560	Friedrich Vischer					二年間の停職処分
Vischer, Friedrich Theodor（子）	560	子、einen kleinen Vischer	（審美学者 F. T. フィッシャーの子）				二年間の停職処分
Vita	596	Vita	（ベルリンの書肆）				元ザクセン皇太子妃自伝出版
	600	Vita					元妃の自伝まず英文で出版
Vitale, Edoardo	171	Vitali	指揮者	イタリア	1872	1937	スカラ座の運営補助が停止
Vitena	101	Vitena	（Liberal 社社主）				新聞記者と他社社主との決闘
Vittorio Emanuele II	541	Victor Emanuel、ヰクトル・エマヌエル王	イタリア初代国王（1861-1878）。サルデーニャ王（1849-1861）であったが、イタリア統一運動を推進、初代国王となった	イタリア	1820	1878	ヴィットーリオ・エマヌエーレ記念像除幕式
	557	Victor Emanuel II					訃報（Maria Clotilde）
	663	ヰクトル・エマヌエル記念祭					コンスタンティヌス帝記念祭
Vittorio Emanuele III	146	伊太利王	イタリア3代国王（1900-1946）、エチオピア皇帝（1936-1941）、アルバニア王（1939-1943）	イタリア	1869	1947	イタリア王よりアヌンチャタ勲章
	214	伊太利王					法王拝謁辞退のルーズベルト
	253	国王					アルゼンチン独立百年祭（ローマ）で社会主義の演説に喝采
	256 257	国王、王					イタリア王が社会党員と面会
	274	国王					社会党系新聞社主催の自転車競争にイタリア王が大金牌
	318	イタリア王					イタリア王の軍備縮小案に有力国君が不同意
	437	Victor Emanuel					イタリア王による「イタリア貨幣大全」が出版
	483	Victor Emanuel III					宗教及び学問の自由を宣言
	512 513	Victor Emanuel、イタリア王					イタリア王とスウェーデン王とのテーブルスピーチを改削
	692	Victor Emanuel III					エマヌエーレ3世に無政府主義者が発砲
	693	王					負傷の王を社会民政党議員が慰問

人名	頁数	本文表記	人物紹介（肩書・略歴など）	出生地	生年	没年	トピック
	766	イタリア王、Victor Emanuel					選挙権所有者名簿にイタリア王の名前
Vitzthum von Eckstaedt, Georg	325	Dr. Graf von Eckstaedt	美術史家	ドイツ	1880	1945	ライプツィヒ大学芸術史講座担当
	645	Graf Vitzthum von Eckstaedt					キール大学美術史後任人事
Vivanti, Annie	176	Annie Vivante、アンニイ	女流詩人、作家、劇作家。「女人心情記」	イタリア	1866	1942	A. ヴィヴァンティがG. カルドゥッティとの逸事を小説化
	190	Annie Vivante					P. ハイゼ八十歳賀帖署名者
Viviani, René	406	Viviani	政治家、首相（1914-1915）	フランス	1863	1925	フランス政治家の早口舌番付
Vix, Geneviève	681	Madame Vix	ソプラノ歌手	フランス	1879	1939	アリ塚観察を好むオペラ女優
Vliss, P.	365	P. Vliss	（劇作家）				新興行ドラマ一覧
Voeltgen, Adolf	550	Adolf Voeltgen	（オペラ歌手）				名歌手輩出の地ヴッパタール
Vogel, Adolf	209	Adolf Vogel	作曲家	ドイツ	1873	1961	新興行オペラ一覧
Vogel, Friedrich Ludwig	628	Friedrich Ludwig Vogel、フオオゲル氏夫婦、夫	（クライストの心中相手 Henriette の夫）				クライストの心中相手の親族
Vogel, Henriette Adolfine	628	Henriette Adolfine Vogel（geb. Keber）、ヘンリエツテ、フオオゲル氏夫婦	F. L. Vogel の妻、旧姓 Keber。父は Karl、娘は Pauline。H. v. クライストの心中相手として知られる		1780	1811	クライストの心中相手の親族
Vogel, Hugo	250	Hugo Vogel	画家	ドイツ	1855	1934	ベルリン美術大展覧会（1911）
Vogelklar, Emilie	241	Emilie Vogelklar	（ウプサラ大学で神学士取得の女性）				神学士取得の女性
Voghera, E.	325	Voghere	（ローマの書肆）				政界屈指の詩人
Vogt, Carl de	492	Karl Vogt、フオグト	俳優、歌手	ドイツ	1885	1970	舞台関係者同士で諍い
Voigt, Woldemar	552	W. Voigt	物理学者。結晶物理学の基礎を確立	ドイツ	1850	1919	ベルリン学士院補助金一覧
Vojan, Eduard	796	Eduard Vojan	俳優。チェコの近代劇の創始者	チェコ	1853	1920	六十歳祝賀
Volk, Valentin	117	Volk	画家	ドイツ	1850	1909	訃報・画家が転落死
Volkelt, Johannes	156	Johannes Volkelt	哲学者。T. リップスの感情移入説を美学に導入。鷗外訳「審美新説」	ドイツ	1848	1930	ロシアのフィンランド併合反対署名者
Volkmann, Hans von	296	von Volkmann	イラストレーター、風景画家	ドイツ	1860	1927	ライプツィヒ版画展覧会
Vollmoeller, Karl Gustav	166	Karl Vollmoeller	詩人、作家、劇作家、翻訳家、言語学者、考古学者。映画・自動車・航空機設計のパイオニアとしても活動。第二次世界大戦勃発を機にアメリカに亡命。M. ディートリヒ主演の「嘆きの天使」、M. ラインハルトと共作「奇跡」	ドイツ	1878	1948	ダヌンツォの飛行機小説「諾ならんか否ならんか」独訳
	431	Vollmoeller					新興行ドラマ一覧
	438	Vollmoeller					ハウプトマン「鼠」あらすじなど
	452	K. Vollmoeller					新興行ドラマ一覧
	455	Vollmoeller					新脚本 *Wieland* 概要
	459	Karl Vollmoeller					興行失敗の具体例とその弁護

人名	頁数	本文表記	人物紹介（肩書・略歴など）	出生地	生年	没年	トピック
	508	Vollmoeller					「オレスティア」興行がバッティング
	553	Vollmoeller					詩人と飛行機乗りを兼業
	615	Karl Vollmoeller、フオルミヨルレル					K. フォルメーラー「トゥーランドット」独訳と脚本「奇蹟」
	652	Karl Vollmoeller					ロンドン二万人劇場で「奇蹟」
	657	Karl Vollmoeller					「奇蹟」に作者フォルメーラーの妻が出演
	658	Karl Vollmoeller					抒情詩集「十二の詩」
	701	Karl Vollmoeller					「八十日間世界一周」脚本化興行の噂は取消
	754	Karl Vollmoeller					「ヴェネツィアの夜」禁止理由
	771	Karl Vollmoeller					「トゥーランドット」改作上演
Volta, Alessandro	78	六十 Volt	物理学者、自然哲学者。電池の開発者として知られる	イタリア	1745	1827	音楽家が新発明の蓄電器
	596	Alessandro Volta					A. ボルタ墓石除幕式
Voltaire	23	Voltaire	哲学者、作家。本名 François Marie Arouet。フランス啓蒙主義を代表する文人。ルイ15世などと確執を生じ、フリードリヒ大王の下に身を寄せた時期もある。「哲学書簡」「カンディード」	フランス	1694	1778	英雄と文豪の奇妙な癖
	42	Voltaire 座					パリで対独戦を煽る戯曲興行
	434	Voltaire					A. Becker の苛刑につき物議
	495	Voltaire					名家自筆コレクション競売
	852	ヲルテエル					国家シラー賞と民衆シラー賞
Voltz, Ludwig Gustav	657	Ludwig Voltz	風景画家、動物画家	ドイツ	1825	1911	訃報
Volz, Berthold	671	Volz	歴史学者、地理学者	ポーランド	1839	1899	フリードリヒ大王全集出版
Volz, Hermann	114	Volz	彫刻家	ドイツ	1847	1941	B. Auerbach 銅像
Vorberg, Gaston	142	Gaston Vorberg	医師、著述家		1875	1947	作品に精神異常の痕跡を残したモーパッサン
Vorster, Julius	790	Vorster	実業家、政治家	ドイツ	1845	1932	ドイツ国会で未来派絵画批判
Voss	549	Voss	飛行士			1911	飛行機など高所からの落下
Voss, Richard	6	Richard Voss	作家、劇作家	ポーランド	1851	1918	葬儀（E. v. ヴィルデンブルッフ）
	119	Richard Voss					マイニンゲンでの舞台開き
	121	Richard Voss					ベルリナー・ターゲブラット紙に新作山岳小説
	207	Richard Voss					新興行ドラマ一覧
	209	Richard Voss					新興行オペラ一覧
	593	Richard Voss					六十歳祝賀予定
	596	Richard Voss					六十歳祝賀
Voss, Wilhelmine	303	Frau Voss, geb. Rust	（F. ロイターの小説 *Ut mine Stromtid* に登場する双子の姉妹 Lining と Mining のモデル、旧姓 Rust）				F. ロイター博覧会（ベルリン）
	722	Wilhelmine Voss, geborene Rust					七十五歳祝賀

人名	頁数	本文表記	人物紹介（肩書・略歴など）	出生地	生年	没年	トピック
Vossberg, H.	656	H. Vossberg	（劇作家）				新興行ドラマ一覧
Vrchlicky, Jaroslaw	709	Jaroslaw Vrchlicky（本名 Emil Frida）	詩人、翻訳家、劇作家。本名 Emil Bothus Frida	チェコ	1853	1912	卒中で重態との報
	742	Emil Bothus Frida 作名 Jaroslaw Vrchlicky					訃報
Vulpius	541	Vulpius	（ゲーテ晩年の妻クリスティアーネ・ヴルピウスの兄 C. A. Vulpius の子孫）				ゲーテ協会大会（ヴァイマル）
Vystroem, Albert	205	Albert Vystroem	（コペンハーゲンの男）				自分の骸骨を売った男
Wach, Adolf	426	Adolf Wach	法学者	ポーランド	1843	1926	死刑不可廃論者一覧
Wachler, E.	472	E. Wachler	（劇作家）				新興行ドラマ一覧
Wackerell, Thomas	84	Thomas Wackerell	（ドーバー海峡横断に挑戦した人物）				片足の男がドーバー横断失敗
Wackerle, Joseph	81	Joseph Wackerle	彫刻家。1944年ヒトラーの「天賦の才を持つ12人の芸術家のリスト」に選出	ドイツ	1880	1959	王室陶磁器製造所招聘の噂
	92	Wackerl					シャック・ギャラリー開館式
Wackernagel, Jacob	473	Jakob Wackernagel	言語学者。インド＝ヨーロッパ語およびサンスクリット語を研究	スイス	1853	1938	ベルリン学士院哲学歴史部に加入
Waderé, Heinrich	797	Waderes	彫刻家、メダル制作者	フランス	1865	1961	R. ワーグナー像（ミュンヘン）
Wagenhoff, Franz	696	Franz Wagenhoff (Wagh)	劇作家		1874	?	興行情報
Waghalter, Ignatz	528	Ignaz Waghalter	作曲家、指揮者	ポーランド	1881	1949	主席楽長としてペテルブルクに異動の噂
	538	I. Waghalter					新興行オペラ一覧
Wagner	462	Wagner	（劇場監督）				スキャンダルで裁判
Wagner	558	Wagner	（劇場監督）				劇場人事
Wagner（家）	67	wagner 家	R. ワーグナーの一族。19世紀から現代に至るまで文化人、知識人を多数輩出				パリ・オペラ座での「パルジファル」興行の噂否定
	734	ワグネル一家					ワーグナー一家を風刺した喜劇の共著者同士が諍い
Wagner, Christian	84	Wagner	作家、小規模農業家	ドイツ	1835	1918	牛を二階から下ろした話
	332	Christian Wagner					農業作家が七十五歳
Wagner, Cosima	18	Cosima Wagner	R. ワーグナーの二番目の妻、F. リストと M. ダグー伯爵夫人の娘。指揮者 H. v. ビューローと結婚し二女を儲けていたが、ワーグナーとの間に娘イゾルデが誕生。ワーグナーの妻ミンナの病死後にビューローと離婚して再婚した。ワーグナーとの間には前出のイゾルデ、ジークフリート、エヴァの一男二女がいる。夫の死後、バイロイト音楽祭を取り仕切り、長男ジークフリートに引き継ぐまでワーグナー作品の上演と顕彰に力を尽くした。バ	イタリア	1837	1930	コジマがイタリアで病気
	67	Cosima Wagner					パリ・オペラ座での「パルジファル」興行の噂否定
	191	Cosima Wagner					H. Thode がハイデルベルク大学を退隠
	373	Cosima Wagner					ベルリン大学百年祭名誉学位
	408	Cosima Wagner					心臓衰弱のため時々昏倒
	437	Cosima					コジマに口述の R. ワーグナー自伝公開

人名	頁数	本文表記	人物紹介（肩書・略歴など）	出生地	生年	没年	トピック
	439	Cosima Wagner	イロイト音楽祭での上演を「さまよえるオランダ人」から「パルジファル」までの10作品に限ったのはコジマだったと言われる				避寒中のコジマがバイロイトに戻る予定
	462	Cosima Wagner、Cosima					コジマが北イタリアで病気、コジマ・ワーグナーの見舞い
	560	Cosima Wagner 夫人					R. ワーグナー近親者らの消息
	664	Cosima Wagner					病気快復
	767	Cosima Wagner 夫人					「パルジファル」サンレモ興行阻止
Wagner, Eva	462	Eva	R. ワーグナーとコジマの次女。政治哲学者 H. S. Chamberlain の妻	ドイツ	1867	1942	コジマ・ワーグナーの見舞い
	560	Eva geb. Wagner					R. ワーグナー近親者らの消息
Wagner, Hermann	285	Hermann Wagner	地理学者	ドイツ	1846	1929	H. Wagner 像設置
Wagner, Hermann	801	Hermann Wagner	（劇場監督）				ベルリンに小劇場開設
Wagner, Otto	566	Otto Wagner	建築家、都市計画家。ウィーン世紀末を代表する一人。ウィーン分離派	オーストリア	1841	1918	七十歳祝賀
Wagner, Peter	7	Peter Wagner	彫刻家。ロココから初期古典主義	ドイツ	1730	1809	P. ワーグナー没後百年祭
Wagner, Richard	10	Richard Wagner	作曲家、指揮者、音楽理論家、文筆家。それまでのアリア偏重のオペラに対し、音楽・演劇・詩の融合をめざした楽劇を創始。晩年、バイロイトに祝祭歌劇場を設立し、自身の作品を上演した。最後の作品となった舞台神聖祝祭劇「パルジファル」は、ベルヌ条約(1886) によって上演がバイロイトに限られていたが、著作権が切れる1913年末に興行をめぐる問題が生じた。P54「維也納の劇場太子摂政座」とあるが、「維也納」はミュンヘンの誤り	ドイツ	1813	1883	訃報・轢死（C. Mendès）
	18	Richard Wagner					コジマがイタリアで病気
	39	Wagner					訃報（J. Hey）
	40	Wagner 劇					訃報（H. Conried）
	42	Wagner					「パルジファル」興行問題
	45	Richard Wagner 座					ベルリンに R. ワーグナー歌劇場設立計画・会員募集
	46	Wagner					ワーグナー作品連続興行
	54	Wagner					ワーグナー記念像設立予定（ミュンヘン）
	69	Wagner					ニーベルンゲン記念堂（マインツ）
	75	Richard Wagner 記念標、Wagner 物					ワーグナー記念像の敷地をミュンヘン市が寄付、E. v. Possart 記念額・ワーグナー連日興行、バイロイト音楽祭1910年は休演の噂
	78	ワグネル興行					貧乏音楽ファンの殺到するオペラフォン（実況中継）
	102	Wagner					著名作曲家の筆跡の巧拙
	134	Wagner 物					ワーグナー興行の新オペラ座
	136	Wagner 劇場、Wagner 手書					ワーグナー興行（ベルリン）、近刊珍書目録抜書き
	177	Wagnertheater					現在の劇場建築の三様式
	212	Wagner					1908・9～ドイツでの興行回数

W

人名	頁数	本文表記	人物紹介（肩書・略歴など）	出生地	生年	没年	トピック
	220	Wagner					P. Metternich-Sandor 講演
	230	Richard Wagner-Zyklus					R. ワーグナー連続演奏会（ベルリン）
	267	Wagner					知名人の音楽の嗜好
	269	ワグネル物、ワグネル					ワーグナー連日興行、訃報（W. Weissheimer）
	279	Richard Wagner					訃報（A. Ahn）
	327	Wagner					ドイツ帝の文芸談話
	383	Richard Wagner					ワーグナー記念牌（ヴェニス）
	386	Wagner 研究家					訃報（E. Kloss）
	407	Wagner					高校で「タンホイザー」禁止
	409	Richard Wagner Theater					R. ワーグナー劇場設立計画（ベルリン）
	437	Richard Wagner					コジマに口述の R. ワーグナー自伝公開
	438	Wagner					八十歳祝賀（A. Niemann）
	479	Wagner-Museum					ワーグナー博物館創設委員会（アイゼナハ）
	481	ワグネル世紀記念祭					ワーグナー世紀記念祭委員会（ミュンヘン）
	495	Wagner					名家自筆コレクション競売
	504	Wagner、Richard Wagner					R. ワーグナー自伝出版
	516	Wagner 物					バイロイトのワーグナー興行権消失で「パルジファル」問題
	551	Richard Wagner、Bayreuth ワグネル劇					R. ワーグナー「革命」転載の無政府主義雑誌が没収、バイロイト音楽祭上演予定
	552	ワグネル					ワーグナーの廉価興行
	553	ワグネル、ワグネル興行					R. ワーグナー回想録の反響、バイロイト音楽祭の稽古開始
	579	Richard Wagner					ワーグナー興行権期限切れ・「パルジファル」問題
	580 581	Wagner、ワグネル					「パルジファル」の字義・Parsifal の表記由来
	582	ワグネル					タフト令嬢はワグネリアン
	614	Wagner					W. Waldschmidt が M. ラインハルトを称賛
	618	Wagner					ワーグナーの楽譜1曲3マルク

人名	頁数	本文表記	人物紹介（肩書・略歴など）	出生地	生年	没年	トピック
	668	Richard Wagner					「ワルキューレ」バルセロナ方言訳興行
	709	Wagner					ワーグナー生誕百年記念像（ライプツィヒ）
	712	Richard Wagner 記念像					R. ワーグナー記念像（ライプツィヒ）
	714	Richard Wagner 百年誕辰、ワグネル					ワーグナー百年生誕祭（ライプツィヒ）・全楽劇上演など
	720	Richard Wagner					トーマスシューレ創立七百年祭
	767	Richard Wagner 像					美術コレクターの遺品分配
	771	Wagner					モナコ侯「パルジファル」興行禁止決議受入
	772	Wagner 像					R. ワーグナー像（ドレスデン）
	777	Wagner					ベルリオーズ「ファウスト」再演
	784	Richard Wagner					R. ワーグナー関連書籍で係争
	797	Richard Wagner 記念像					R. ワーグナー像（ミュンヘン）
	807	Richard Wagner					R. ワーグナーの楽劇興行記録
	812	Richard Wagner-Haus					ワーグナーハウス競売（グラウパ）
	817	Richard Wagner					ワーグナー直筆の酒の注文書
	835	Richard Wagner					R. ワーグナー全集最新版に3,000の誤植
Wagner, Siegfried	96	Siegfried Wagner	R. ワーグナーの一人息子。作曲家、指揮者、演出家。父の死後、母コジマとともにバイロイト音楽祭を取り仕切り、終身芸術監督を務めた。妻はヴィニフリート	スイス	1869	1930	七十歳祝賀（H. Thoma）
	127	Siegfried Wagner					1909年中最も面白かった記事
	153	Siegfried Wagner					オペラ「バナディートリヒ」初演
	158	Siegfried Wagner					新作オペラの用語にひやかし
	161	Siegfried Wagner					用語について弁護登場
	293	Siegfried Wagner					上演中の場内取締調査
	432	S. Wagner					新興行オペラ一覧
	551	Siegfried Wagner					バイロイト音楽祭上演予定
	636	S. Wagner					新興行オペラ一覧
Wahle, Hugo	646	Hugo Wahle	(俳優)				猥褻文書告発裁判で作品朗読
Wahle, Julius	272	Julius Wahle	文芸学者。ゲーテの手紙を編集	オーストリア	1861	1940	ゲーテ協会二十五年祭
Wainewright, Thomas Griffiths	589	Thomas Wainewright	詩人、芸術家。悪名高い毒殺家	イギリス	1794	1847	著名犯罪詩人の例
Wajirawudh	382	Wajirawudh	チャクリー朝6代王ラマ6世（1910-1925）。Vajiravudh の表記もある	タイ	1880	1925	オックスフォード留学経験のシャムの新王・日本の皇族との結婚を心配するおせっかい

人名	頁数	本文表記	人物紹介（肩書・略歴など）	出生地	生年	没年	トピック
Waldeck-Rousseau, Marie	457	未亡人	P. ワルデック＝ルソーの妻 Marie Durvis		1854	1936	ワルデック＝ルソー回想録連載に未亡人が支障申入
	458	Waldeck-Rousseau 未亡人					回想録連載中止の訴えをル・マタン紙受け入れず
Waldeck-Rousseau, Pierre	252	Waldeck-Rousseau	68代フランス大統領（1899-1902）。ドレフュス事件に際して強まった国粋主義、国家主義、反共和主義的カトリック勢力に対し、共和政防衛内閣を組織。ドレフュスに特赦を与えて事件を終息させた	フランス	1846	1904	カンヂタ尼の有力支援者たちと事業に対する疑惑
	287	Waldeck-Rousseau					ワルデック＝ルソー記念像除幕
	457	Waldeck-Rousseau					ワルデック＝ルソー回想録連載に未亡人が支障申入
	460	Waldeck-Rousseau					連載中のワルデック＝ルソー回想録でドレフュス事件が話題
	474	Waldeck-Rousseau					H. ベルンスタン脱営事件
Waldemar 姫	7	Waldemar 姫	→ d'Orléans, Marie Amélie Françoise Hélenè				政権ある王侯ばかりの展覧会
Walden, Harry	429	Harry Walden	俳優、劇作家、劇場監督	ドイツ	1875	1921	劇場監督交代
	527	Harry Walden（本名 Schreier）					ヒステリー性神経病から復帰
	528	Harry Walden					H. Walden が主演予定
	600	Harry Walden					合作脚本「吟遊詩人」出版
Waldeyer-Hartz, Heinrich Wilhelm Gottfried von	278	Waldeyer	解剖学者。ニューロンに関する理論を統合。染色体の命名者として知られる	ドイツ	1836	1921	R. ウィルヒョー記念像除幕式
	569	Waldeyer					学士五十年祝賀
Waldschmidt, Wolfram	613	Wolfram Waldschmidt					W. Waldschmidt が M. ラインハルトを称賛
Walker	82	Walker	（G. Snell の結婚相手の一人）				何度も再婚して有名な女性
Walkuere	187	Walkuere	北欧神話に登場する武装した乙女たち。主神オーディンに仕える。ワーグナーの楽劇「ニーベルングの指環」で知られる				イタリア点描派（セガンティーニ派）展覧会
	554	Walkuere					ワルキューレ記念像
	668	Walkuere					「ワルキューレ」バルセロナ方言訳興行
	807	Walkuere					R. ワーグナーの楽劇興行記録
Wall, Annie	327	Annie Wall	（スウェーデンの女流作家）				ドイツ帝の文芸談話
	357	Annie Wall					女流作家が墺帝から金牌
Wallace, Charles William	221	Wallace	演劇史家	アメリカ	1865	1932	出廷時のシェークスピアの申立と署名が発見
Wallace, William	808	William Wallace	戦士。スコットランドの民族的英雄	イギリス	1270頃	1305	A. カーネギーの逸話・略歴
Wallach, Otto	391	Otto Wallach	化学者、ノーベル化学賞（1910）。テルペンなど脂環式化合物につき解明	ドイツ	1847	1931	ノーベル化学賞（1910）
	412	Otto Wallach					ノーベル賞受賞者（1910）

人名	頁数	本文表記	人物紹介（肩書・略歴など）	出生地	生年	没年	トピック
	721	Wallach					硬ゴムの産地・改良
Wallenstein, Albrecht von	118	Wallenstein	傭兵隊長。ドイツ三十年戦争における皇帝軍総司令官。反逆の嫌疑で暗殺された	チェコ	1583	1634	マイニンゲン宮廷劇場こけら落し
	744	Wallenstein					シラーゆかりの菩提樹
Wallersee	24	Wallersee	男爵夫人、元女優 Henriette Mendel。Ludwig Wilhelm in Bayern と結婚し Henriette von Wallersee を名乗った	ドイツ	1833	1891	皇太子嫡子権利放棄
Walleser, Max	567	Max Walleser	仏教哲学者		1874	1954	ヨーロッパの仏教・インド研究
Wallner, Franz	236	Wallnertheater	俳優、作家、劇場監督	オーストリア	1810	1876	訃報（W. Hasemann）
Wallot, Paul	467	Wallot	建築家。ベルリンの帝国議会議事堂（現連邦議会議事堂）を設計	ドイツ	1841	1912	辞職の予定
	520	Paul Wallot					ドレスデンで展覧会開催予定
	545	Wallot					ドレスデン芸術アカデミー人事
	553	Wallot					P. Walllot 七十歳記念像
	557	ワルロット					J. Rodenberg と P. Wallot の誕生日
	564	Paul Wallot					建築展覧会開催
	737	Paul Wallot					訃報
	752	Paul Wallot					国会議事堂で記念祭
	768	Wallot					国会議事堂に P. Wallot 像
Wallraf, Ferdinand Franz	301	Wallraf-Richartz-Museum	神学者、司祭、数学者、植物学者。著名な美術品蒐集家	ドイツ	1748	1824	M. リーバーマン自画像購入
Walser, Karl	324	Karl Walser	画家、舞台美術家。ベルリン分離派	スイス	1877	1943	悪版跋扈し善版発禁に物議
Walsh, E. J.	282	E. J. Walsh	（聖職者）				アメリカ版水滸伝・前警察署長が姦通した妻と聖職者を銃殺
Walter	208	Walter	（劇作家）				新興行ドラマ一覧
Walter, Bruno	601	Walter	指揮者、ピアニスト、作曲家。トスカニーニ、フルトベングラーとともに20世紀を代表する指揮者	ドイツ	1876	1962	F. Mattl 後任を B. ワルター辞退
	619	Bruno Walter					F. Mottl 後任に B. ワルター決定
	645	Bruno Walter					グスタフ・マーラー財団
Walter, E.	349	E. Walter	（劇作家）				新興行ドラマ一覧
Walter-Holst, Alfred	472	A. Walter-Horst	（劇作家、雑誌編集者）				新興行ドラマ一覧
	564	Alfred Walter-Holst					月刊演劇雑誌 *Die Szene* 創刊
Walther, Wilhelm	798	Adolf Wilhelm Walther	美術家。ドレスデンの壁画「君主の行列」で知られる	ドイツ	1826	1913	訃報
Waly, Scheich Hamed	335	Scheich Hamed Waly	（ベルリン大学で医学士取得）				アラビア人初の医学士
Wanda, Gustav	485	G. Wanda	劇作家				新興行ドラマ一覧
Wandschneider, Wilhelm	267	Wandschneider	彫刻家	ドイツ	1866	1942	ヴィルヘルム２世突然の来訪
	501	Wandschneider					ベルリン美術大展覧会（1912）

人名	頁数	本文表記	人物紹介（肩書・略歴など）	出生地	生年	没年	トピック
	559	Wilhelm Wandschneider					F. ロイター記念像（スタベンハーゲン）
	570	Wandschneider					F. ロイター記念像（スタベンハーゲン）除幕
	835	Wilhelm Wandschneider					「裸の真実」（セントルイス）設置に物議
Wangel, Hedwig	567	Hedwig Wangel	女優。社会福祉活動にも尽力	ドイツ	1875	1961	女優からプロテスタント学校寄宿舎の家政係に転身
Wangenheim, Eduard von	436	von Wangenheim	俳優、劇場監督	オーストリア	1871	1961	Riedel 事件のため劇場長交代
	441	Wangenheim					ブラウンシュヴァイク宮廷劇場人事
Warburg, Moses Marcus	100	M. M. Warburg & Co. 銀行	銀行家。弟 Gerson（1765-1826）とともに1798年ハンブルクにて創業		1763	1830	D. v. リリエンクロン遺族のための醵金
Ward, Fannie	767	Fanny Ward	女優	アメリカ	1872	1952	世界一富裕の女優
Wardani	173	Wardani	薬理学士 Ibrahim Nassif al-Wardani。エジプト首相 Butros Ghali を暗殺				エジプト首相が暗殺
Warncke, Paul	570	Paul Warncke	彫刻家、著述家。「フリッツ・ロイター伝」	ドイツ	1866	1933	F. ロイター記念像（スタベンハーゲン）除幕
Warren, Terrey	6	Terrey Warren 商会	（ロンドンの実業家）				海上用ビリヤード台の開発
Warten	53	Warten	（オペラ俳優）				歌唱中に突如失明
Warzé, Gaston	497	Nick Carter、Gaston Warzé、ワルゼエ、ニツク・カアタア	（陸軍下仕官出身の辣腕警官だが、実はアメリカ探偵小説主人公 Nick Carter を名乗る盗賊）				辣腕警官の正体は盗賊と判明
Washburn, F. E.	537	F. E. Washburn	（劇作家）				新興行ドラマ一覧
Washington, George	418	ワシントン	アメリカ合衆国初代大統領（1789-1797）。大陸軍総司令官として独立戦争に勝利。建国の父と言われる	アメリカ	1732	1799	星条旗由来に反証なし
	583	ヲシントン					シュトイベン像設立（ポツダム）
Wasserfall	395	Dr. Wasserfall	（W. Raabe の娘婿）				訃報（W. ラーベ）
Wasserfall（同胞）	395	同胞	（W. Raabe の娘婿 Wasserfall の兄弟）				訃報（W. ラーベ）
Wassermann, Jacob	124	Jacob Wassermann	作家、劇作家、演劇評論家。諷刺雑誌「ジンプリチシムス」の編集、演劇評論を手掛け、作家となった。「メリュジーヌ」自伝的評論「ドイツ人でありユダヤ人である私の生涯」がある。俳優 Armin Wassermann は異母弟	ドイツ	1873	1934	五十歳祝賀（S. Fischer）
	287	Jakob Wassermann					新パトス文学会で詩の朗読
	441	Jakob Wassermann					A. Wassermann 所属劇場異動
	611	Wassermann					S. Fischer 創業二十五周年祭
	622	Jakob Wassermann					興行情報・L. トーマ作品好評
	634	J. Wassermann					新興行ドラマ一覧
	681	Jacob Wassermann					バウエルンフェルト賞受賞者
	751	Jakob Wassermann					J. ヴァッサーマン戯曲集出版
Wassmann, Hans	678	Wassmann	俳優	ドイツ	1873	1932	L. ハルトの声帯模写公演

W

人名	頁数	本文表記	人物紹介（肩書・略歴など）	出生地	生年	没年	トピック
Watteau, Antoine	157	Antoine Watteau、ワツトオ	画家。ロココ時代を代表する画家。ロココ様式の典型となる雅宴画を創始。「シテール島への巡礼」はルーヴル美術館とシャルロッテンブルク宮（ベルリン）所蔵の2点がある。他に「ジェルサンの看板」「ピエロ（ジル）」など	フランス	1684	1721	フランス美術展覧会（ベルリン）
	178	Watteau					ドイツ帝のヴァトーに複製説
	179	Watteau					ヴィルヘルム2世所蔵「ジェルサンの看板」の真贋
	187	Watteau					A. ヴァトーは二点とも真作
	213	Watteau					足や口を用いて書いた人
Wauer, William	422	William Wauer	舞台監督、映画監督、画家、彫刻家、美術・演劇評論家	ドイツ	1866	1962	ベルリンに新劇場
	497	William Wauer					一幕物興行予定
	517	Wauer					ベルリン諸劇場概況（1911夏）
	551	William Wauer、Wauer、ワウエル					パントマイム横取り疑惑
	552	Wauer、ワウエル					オッフェンバックの忘れられたオペレッタを横取り
Weber	496	Weber	（ギャラリー Friedmann und Weber 共同経営者）				ホーエンツォレルン美術工芸館
Weber, Alexander Otto	326	A. O. Weber	文筆家、諷刺家				猥褻図書として告発
	333	A. O. Weber					発禁解除
Weber, Carl Maria von	200	Weber	作曲家、指揮者、ピアニスト。初期ドイツロマン派を代表する音楽家の一人。ドイツ国民オペラを確立。オペラ「魔弾の射手」	ドイツ	1786	1826	楽譜商シュレジンガー創業百年
	213	Weber					1908・9～ドイツでの興行回数
	267	Weber					知名人の音楽の嗜好
Weber, Eduard Friedrich	666	Eduard Weber	商人、芸術愛好家。ハンブルク領事	ドイツ	1830	1907	美術コレクション競売
Weber, Hans von	692	Hans von Weber	出版業者。芸術家のパトロン	ドイツ	1872	1924	「ファウストⅠ・Ⅱ」限定版出版
Weber, Heinrich Martin	624	Heinrich Weber	数学者。代数曲線に関するウェーバーの定理を発見	ドイツ	1842	1913	L. オイラー全集刊行開始
	801	Heinrich Weber					訃報
Weber, Simon	454	Weber	神学者		1866	1929	反モデルニスムス誓文に服従した教授一覧
Weber-Fontane, Elise	794	Elise Weber-Fontane	（作家 T. フォンターネの妹）				七十五歳祝賀
Webster	732	Webster	（英人）				ヨーロッパ-アジア間交通の進展（北東航路・シベリア鉄道）
Webster, Charles L.	795	C. L. Webster	マーク・トウェインの義理の甥。M. トウェインと1884年に出版社を起業	アメリカ	1851	1891	一時書店経営も失敗
Webster, Roland W.	78	Roland W. Webster	（米人）				南極探検予定
Weddigen, Friedrich Otto	672	Otto Weddigen	作家、劇作家、文学史家	ドイツ	1851	1940	ドイツ郷土劇コンクール
Wedekind, Frank	118	Wedekind、作者	劇作家、詩人、俳優、演劇プロデューサー。ドイツ表現主義、不条理演劇の先駆者で、ブレヒトに繋がる現代劇への道を切り拓いた。	ドイツ	1864	1918	「音楽」ウィーン興行は大騒乱
	124	作者					喜劇「音楽」興行評
	154	Wedekind 夫婦					ヴェデキント夫婦が舞台出演

人名	頁数	本文表記	人物紹介（肩書・略歴など）	出生地	生年	没年	トピック
	165	Wedekind	ヴィルヘルム2世を諷刺した詩により禁錮刑に処されたこともあり、また興行禁止をめぐる刺激的な活動により注目を集めた。ストリンドベリの妻だった女流作家フリーダ・ウールとの間に子がいる。「春のめざめ」、ルル二部作と呼ばれる「地霊」「パンドラの箱」など。同作はA. ベルクによりオペラ化された				葬儀（O. J. Bierbaum）
	200	Frank Wedekind					ヴェデキントが書肆B. カッシーラーとのトラブルにつき公開状
	273	Frank Wedekind					ヴェデキント「演劇、用語集」
	278	Frank Wedekind					遊興税反対署名者一覧
	287	Wedekind					新パトス文学会で詩の朗読
	296	Wedekind、Frank Wedekind					「パンドラの箱」を「ルル」と題して興行、ヴェデキント夫妻出演契約
	303	Frank Wedekind					「死の舞踏」興行禁止
	304	Frank Wedekind					「惚薬」興行
	315	Wedekind					「ヒデラまたは存在と所有」興行
	321	Wedekind					「ルル」でヴェデキントが切り裂きジャック役
	359	Frank Wedekind夫婦					ヴェデキント夫妻出演予定
	364	Wedekind					「検閲官」「惚薬」ベルリン興行
	375	Wedekind					演劇会パン創立
	383	ヱデキンド					演劇会パンの上演作品
	405	Wedekind					「春のめざめ」興行禁止
	408	Wedekind					「春のめざめ」興行禁止の波紋
	425	Wedekind					「春のめざめ」面当て興行
	444	Wedekind					ルル役女優が中傷に告訴
	474	Frank Wedekind夫婦、夫					ミュンヘンで「賢者の石」好評
	508	Frank Wedekind					「パンドラの箱」上演後に騒乱
	509	Wedekind					文学の夜と題した上演会
	522	Frank Wedekind					「パンドラの箱」興行
	543	Frank Wedekind					ヴェデキント興行禁止反対署名者一覧
	575	Frank Wedekind					「地霊」「音楽」「ヒデラ」興行
	602 603	Frank Wedekind、ヱデキンド					「パンドラの箱」興行禁止、ヴェデキント興行禁止事情
	606	Frank Wedekind					ベルリンで講演予定
	611	Wedekind					哲学的な講演「考えること」
	616	Wedekind					ヴェデキントが新作の女性版ファウストを一部朗読
	628	ヱデキンド					クライスト記念祭でヴェデキントが講演
	637	Frank Wedekind					公開状で興行禁止に抗議

W

人名	頁数	本文表記	人物紹介（肩書・略歴など）	出生地	生年	没年	トピック
	652	Frank Wedekind、作者自身					諷刺を諷刺した「オアハ」不評
	654	Frank Wedekind					クリスマスの予定アンケート
	660	Frank Wedekind					ヴェデキントが検定顧問を諷刺
	663	Wedekind					「死と悪魔」ウィーン興行禁止、「死と悪魔」禁止に作者コメント
	667	Wedekind					検閲回避のため秘密劇場で自作自演計画
	673	Frank Wedekind					ヴェデキント夫妻興行旅行
	677	Wedekind					秘密劇場で講演と興行予定
	689	Frank Wedekind					「地霊」宮廷劇場で興行予定
	694	Frank Wedekind					ヴェデキントが興行禁止批判「トルケマダ：検閲の心理学」
	696	Wedekind					現代作家を取り上げる最初の大学講義（ミュンヘン大学）
	703	Frank Wedekind、Wedekind					ベルリンに不公開劇場「成長するワークショップ」設立
	709	Wedekind					ヴェデキントが宮廷劇場に進出
	724	Frank Wedekind					グリルパルツァー賞をヴェデキントが逃しシュニッツラー受賞
	740	Frank Wedekind					新作オラトリオのテキスト
	752	Frank Wedekind					ヴェデキント宛書簡が宛名人不明の扱い
	755	Wedekind					ドイツ諸劇場（1912）の興行数
	760	Frank Wedekind、ヱデキンド					検閲官に対する怒りのためにヴェデキントが失神
	764	Frank Wedekind					世界議院協会を創設
	768	Frank Wedekind					「ヴェッテルシュタイン城」稽古
	778	Frank Wedekind					ヴェデキントがリブレット執筆
	798	Frank Wedekind、Wedekind					Johannes‐Fastenrath‐Stiftung賞、ヴェデキントが賞金を文士会などに寄付
	803	Wedekind					検書官の裁定のため文芸顧問に辞職者の可能性
	805	Frank Wedekind					「フランツィスカ」ウィーン興行につき新聞に感謝状
	820	Frank Wedekind					従来の作品の終章「情熱」
	821	Wedekind					ミュンヘンに女性劇作家会

W

人名	頁数	本文表記	人物紹介（肩書・略歴など）	出生地	生年	没年	トピック
	830	Frank Wedekind					新作の劇詩「サムソン」
	846	FRANK WEDEKIND					ミュンヘンで一大芝居騒動
	848	FRANK WEDEKIND					「フランク・ヴェデキントその性格と作品」出版
Wedekind, Tilly	154	Wedekind 夫婦	女優。F. ヴェデキントの妻、旧姓 Newes。ルル二部作で主役を演じたことにより有名となった	ドイツ	1885	1970	ヴェデキント夫婦が舞台出演
	297	Tilly					ヴェデキント夫妻出演契約
	359	Frank Wedekind 夫婦					ヴェデキント夫妻出演予定
	474	Frank Wedekind 夫婦					ミュンヘンで「賢者の石」好評
	673	妻					ヴェデキント夫妻興行旅行
	689	Tilly					「地霊」宮廷劇場で興行予定
Wedel-Jarlsberg	223	von Wedel-Jarlsberg	→ Nansen, Fridtjof Wedel-Jarlsberg				訃報（ビョルンソン）・詳細
Wedepohl, Th.	366	Th. Wedepohl	（劇作家）				新興行ドラマ一覧
Weege, Fritz	560	Fritz Wege	考古学者	ドイツ	1880	1945	ベルリン学士院ライプニッツ賞
Wegener, Georg	368	Wegener 教授	地理学者、外交官		1863	1939	ドイツ皇太子随行
	489	Georg Wegener					ベルリンで G. Wegener が講演
Wegener, Paul	300	Paul Wegener	俳優、作家、映画監督。初期の表現主義映画「ゴーレム」で知られる	ポーランド	1874	1948	芸術界知名士女の避暑地
	510	Paul Wegener、エエゲネル					俳優の契約期間につき裁判
	678	Wegener					L. ハルトの声帯模写公演
Wehner, Anton von	13	Von Wehner	政治家、官僚	ドイツ	1850	1915	バイエルン科学アカデミー150周年祝賀
	285	von Wehner					エアランゲン大学名誉学位
	297	文相					ミュンヘンのワルハラの所管
Weidling, Konrad	566	K. Weidling	書肆。1880年に父 Friedrich Wilhelm から書店を受け継いだ				ベルリン最古の書店（1614）
Weidmann, Moritz Georg	758	Weidmann	書肆。Weidmannsche 書店を1680年フランクフルト・アム・マインで創業		1658	1693	ソフォクレスの滑稽脚本「捜索犬」翻訳・あらすじ
Weigand	507	Prof. Weigand					新興行ドラマ一覧
Weigand, Wilhelm	115	Wicheln Weigand	詩人、作家。新ロマン主義から写実主義にかけて活躍。元の名は Wilhelm Schnarrenberger だが、祖母の姓 Weigand を名乗った	ドイツ	1862	1949	M. アルツバーシェフ「サーニン」翻訳裁判
	489	Weigand					葬儀（M. Greif）
	677	Wilhelm Weigand					「王達」あらすじ
	696	Wilhelm Weigand					興行情報
Weigelt, August	261	August Weigelt	（ウィーンの俳優）				ミュンヘンに野外（外光）劇場
Weigl, Robert	279	Weigl	彫刻家		1851	1902	ハイリゲンシュタットにベートーヴェン記念像
Weil, Robert	680	Robert Weil、Homunculus	作家、劇作家、コメディアン。ホムンクルス以外の筆名に Gustav Holm	オーストリア	1881	1960	ホムンクルスの名で朗読会を開催

W

W

人名	頁数	本文表記	人物紹介（肩書・略歴など）	出生地	生年	没年	トピック
Weilenbeck, Josef	227	Joseph Weilenbeck	俳優。盲目の俳優として知られる	チェコ	1820	1885	舞台装置せまり上げの失敗談
Weilsch	293	Dr. Weilsches Sanatorium	（Schlachtensee の医師）				疑獄事件で有名な夫人が自殺未遂で入院
Weimar, Hedwig	428 429	Hedwig Weimar（作名 Hedwig Hard）	女流作家。筆名 Hedwig Hard				売春婦を主人公とした作品のため逮捕
Weinberger	295	Weinberger	（無政府党員の職工）				ブダペストの無政府主義者達
Weinedel, Johann Carl	469	Weinedel 書店	B. G. Teubner の義理の兄			1808	書肆 B. G. Teubner 創業百年祭
Weingartner, Felix	101	Felix Weingartner	指揮者、作曲家。リストに作曲、ピアノを師事。G. マーラーの後任として1908年よりウィーン宮廷歌劇場の音楽監督、ウィーン・フィルハーモニーの首席指揮者に就任。歌劇場は三年で辞したが（後任は R. シュトラウス）、ウィーン・フィルでは二十年近くにわたりタクトを振った。P609ではオペラ「カインとアベル」は「処女作で同時に遺稿」と紹介されているがいずれの点でも史実と異なる	クロアチア	1863	1942	喫煙アンケート
	201	Weingartner					「エレクトラ」主役と監督に醜聞
	284	Weingartner					ウィーン宮廷オペラ人事の噂
	285	Weingartner					ウィーン宮廷オペラで失敗
	299	Weingartner					芸術界知名士女の避暑地
	335	Felix Weingartner					ウィーン宮廷オペラ留任の噂
	340	Weingartner					ウィーン宮廷オペラ人事の噂
	441	Felix Weingartner					新劇場の監督に就任の噂
	467	Eelix von Weingartner					ハンブルク歌劇場就任予定
	544	Felix Weingartner					ヴェデキント興行禁止反対署名者一覧
	609	Felix von Weingartner					処女作にして遺稿の「カインとアベル」
Weininger, Otto	682	Anti-Weininger	哲学者。「性と性格」	オーストリア	1880	1903	見出された女流作家
Weinstein, Max Bernhard	569	Weinstein	物理学者、化学者	リトアニア	1852	1918	ベルリン大学講義一覧
Weinzheimer, Friedrich August	702	Weinzheimer	画家	ドイツ	1882	1947	ライプツィヒ美術展覧会（1912）
Weirauch, Anna Elisabet	655	E. Weirauch	女流作家、劇作家、女優	ルーマニア	1887	1970	新興行ドラマ一覧
Weis, K.	563	K. Weis	（作曲家）				新興行オペラ一覧
Weise	598	Weise und Co.	（書肆）				「芸術世界」創刊
Weiser, Karl	6	Weiser	作家、劇作家、劇場監督、俳優。ヴァイマル宮廷劇場監督を務めた。受難劇「イエス」四部作など	ドイツ	1848	1913	葬儀（E. v. ヴィルデンブルッフ）
	207	Karl Weiser					新興行ドラマ一覧
	449	Weiser					キリスト劇アイゼナハ興行予定
	468	Karl Weiser					アイゼナハ市がキリスト受難劇を興行禁止
	516	Weiser					キリスト劇アイゼナハ興行禁止
	799	Karl Weiser					創傷伝染病で脚切断の劇場長
	817	Karl Weiser					K. Weiser の悲惨な末路
Weiskirchner, Richard	433	Weisskirchner	政治家　（商相）	オーストリア	1861	1926	オーストリア新内閣

人名	頁数	本文表記	人物紹介（肩書・略歴など）	出生地	生年	没年	トピック
Weiss, Albert	559	Albert Weiss	（建築家）				ベルリン建築会賞受賞
Weiss, Joseph	94	Joseph Weiss	（雑誌 *Bayerland* 主筆）				雑誌「バイエルラント」主筆後継
Weissgerber	297	Weissgerber	（新聞 *Le Temps* 紙記者）				L. Batul 夫人帰郷要求許可
Weissheimer, Wendelin	269	Wendelin Weissheimer	作曲家、指揮者、音楽ライター。F. リストの愛弟子で、R. ワーグナーの支援者	ドイツ	1838	1910	訃報
Wekerle, Sándor	75	Wekerle	政治家、首相（1892-1895、1906-1910、1917-1918）	ハンガリー	1848	1921	現総理の宴席での見事な早業
Welcker, Heinrich	152	Heinrich Welcker	（劇作家）				「聖ゲオルゲンの聖職者」好評
Welcker, Herrmann	712	Herrmann Welcker	解剖学者	ドイツ	1822	1897	F. シラーの頭蓋骨発見
Wellmann	23	Wellmann	（石鹼製造販売業者）				禿頭を使った最新の広告術
Wellmann, Max	281	Wellmann	薬学史家、文献学者	ポーランド	1863	1933	ベルリン学士院ライプニッツ賞
Wellman, Walter	48	Wellman	ジャーナリスト、探検家、飛行士。飛行船による北極圏の探索（1906～1907、1909）、大西洋横断（1910）を試みたがいずれも失敗	アメリカ	1858	1934	第二回北極探検（飛行船）
	60	Wellmann					Arctic 号で北極探検に出発
	376	Wellmann					飛行船で太平洋横断に出発
	379	Wellmann					横断飛行失敗し船で救助
Welsbach, Carl Auer von	807	Freiherr Auer von Welsbach	化学者、発明家。金属製フィラメントを開発	オーストリア	1858	1929	ベルリン学士院通信会員加入
Welschinger, Henri	283	Henri Welschinger	歴史家、ジャーナリスト	フランス	1846	1919	「1870年戦（普仏戦争）その原因及び責任」一部紹介
Welti, Albert	726	Albert Welti	画家。息子 Albert J. は作家で画家	スイス	1862	1912	訃報
Wenck, Ernst	785	Ernst Wenck	彫刻家	ポーランド	1865	1929	E. リヒター記念像競技会
Wenden, Henri	604	Henri Wenden	（劇作家）				興行禁止
Wendland, Waldemar	209	Wendlamd	オペラ作曲家	ポーランド	1873	1947	新興行オペラ一覧
	416	W. Wendland					新興行オペラ一覧
Wendriner, Richard Georg	407	Richard Georg Wendriner	作家、劇作家	ポーランド	1865	?	自由文学協会（ベルリン）設立
Wendt, Gustav	689	Gustav Wendt	政治家、教員	ドイツ	1848	1933	訃報
Wenker, Georg	560	Georg Wenker	言語学者。マールブルク言語研究所長を務め、ドイツ語の方言地図を作製	ドイツ	1852	1911	ベルリン学士院ライプニッツ賞
	575	Georg Wenker					訃報
Wennersten, Oscar	724	Wennersten	作家、劇作家	スウェーデン	1868	1922	「グスタフ・アドルフ」模範的興行
Wentzel-Heckmann, Elise	385	Elise Wentzel	女性事業家、芸術・学術のパトロン		1833	1914	巨額献金でベルリン科学アカデミー会員
Weppler	551	Weppler	（歌手）				名歌手輩出の地ヴッパタール
Werfel, Franz	648	Franz Werfel	作家、劇作家、詩人。アルマ・マーラーの最後の結婚相手としても知られる	チェコ	1890	1945	新進作者の詩集「世界の友」
Wergeland, Henrik	222	Henrik Wergeland	作家、詩人、劇作家、歴史家	ノルウェー	1808	1845	訃報（ビョルンソン）・詳細
Wermuth, Adolph	67	Adolph Wermuth	法学者、官僚、政治家	ドイツ	1855	1927	ドイツ新内閣の顔ぶれ・皇帝による更迭

人名	頁数	本文表記	人物紹介（肩書・略歴など）	出生地	生年	没年	トピック
	715	Wermuth					ベルリン市長交代
Werner	35	Werner	（ダルムシュタット宮廷劇場監督）				俳優組合衝突のため辞職
Werner, Anton von	612	Anton von Werner	画家、歴史画家。ドイツ芸術界屈指の権威として保守的な立場を代表。歴史画「ドイツ帝国成立の布告式」	ドイツ	1843	1915	王立教養芸術大学学長退隠
	792	Anton von Werner					戦争画多数をフランスに配慮して展覧会中止
Werner, Arthur M.	56	Arthur Werner	（騎馬巡査、G. Morosini のガードマン）				大富豪の娘と騎馬巡査が婚約
Werner, Fritz	591	Fritz Werner	（テナー歌手）				高額年俸歌手・俳優一覧
Werner, Heinrich	320	Heinrich Werner	作曲家、音楽教師、合唱指揮者	ドイツ	1800	1833	H. Werner 記念像設立
Werner, Selmar	763	Selmar Werner	彫刻家、画家、版画家	ドイツ	1864	1953	シラー記念像（ドレスデン）
Werner-Peters, Gustav	219	Gustav Werner-Peter	（H. コンラッディ全集編集者の一人）				H. Conradi 全集に新資料編入
Wert, Peter	540	Peter Wert	（劇作家）				タリア座（ハンブルク）興行評
Wertheimer, Charles	503	Charles Wertheimer	美術商、美術蒐集家	イギリス	1842	1911	訃報
Werther, Julius von	316	Julius von Werther	宮廷顧問官、劇場監督、劇作家、翻訳家	ドイツ	1838	1910	訃報
	478	Julius von Werther					「ファウスト」興行沿革
West, Victoria Sackville	813	Lady Victoria Sackville West	女流作家、詩人。ヴァージニア・ウルフとの関係でも知られる	イギリス	1892	1962	資産家の遺産譲与をめぐり奇獄
Westermann, Georg	595	Westermann 月報	書肆。1838年ブラウンシュヴァイクで創業。「月報」は同社刊の文化情報誌	ドイツ	1810	1879	剽窃疑惑の指摘は酷
	823	Westermann					創業七十五年祝賀
Westermarck, Edward Alexander	125	Westermarck	哲学者、社会学者。族外結婚と近親相姦のタブーに関する研究で知られる	フィンランド	1862	1939	E. ウェスターマークの道徳論と発禁について
Westphal, Hilda	748	Westphal	女性翻訳家				エミール・ゾラ忌
Wethermann, Betty	587	Betty Wethermann	（女性エコノミスト、社会活動家）				インドで有名な女性著述家
Weyler, Valeriano	389	Weyler	政治家、軍人。カナリア諸島、フィリピン、キューバなどで総司令官を歴任	スペイン	1838	1930	カタルーニャ暴動鎮圧
Whistler, James Abbott McNeill	60	Whistler	画家、版画家。印象派とは一線を画した独自の絵画世界を展開	アメリカ	1834	1903	訃報（A. N. Du-Mont）
	192	Whistler					アメリカ画展覧会（ベルリン）
White	752	White	（ダブリン大学教員）				ヴェデキント宛書簡が宛名人不明の扱い
White, Claude Grahame	224	White	飛行士。初期航空パイオニアの一人	イギリス	1879	1959	ロンドン-マンチェスター間飛行競争
	234	Grahame White					G. White が英仏間飛行計画
Whymper, Edward	549	Whymper	登山家、挿絵画家。マッターホルンに初登頂したが下山中に 4 名の隊員が滑落死。「アルプス登攀記」	イギリス	1840	1911	飛行機など高所からの落下
Wichelhaus, Karl Hermann	566	Wichelhans	化学者	ドイツ	1842	1927	英独仏の化学者会合
	661	Karl Hermann Wichelhaus					七十歳祝賀

人名	頁数	本文表記	人物紹介（肩書・略歴など）	出生地	生年	没年	トピック
Wichert, Ernst	432	E. Wichert	裁判官、作家、劇作家	ロシア	1831	1902	新興行ドラマ一覧
Wichert, Fritz	504	Fritz Wichert	美術史家。市民向けの文化教育施設（Akademie fuer Jedermann）を創設	ドイツ	1878	1951	マンハイムに世俗大学創立
Wickenburg, Albrecht von	545	伯爵 Wickenburg	オーストリアの外交官、詩人。ハイデルベルクを讃えた詩で知られる。妻は才媛で知られた Wilhelmine		1839	1911	訃報・略歴（A. Wilbrandt）
	647	Graf Albrecht von Wickenburg					訃報
Wickenburg, Maximilian von	433	Max Wickenburg	政治家　（内相）		1857	1918	オーストリア新内閣
Wickenburg-Almasy, Wilhelmine von	647	Graefin Wilhelmine von Wickenburg-Almasy	女流詩人、劇作家。A. v. Wickenburg の妻。父はオーストリアの宮廷長官 Moritz Almasy	ハンガリー	1845	1890	訃報（A. v. Wickenburg）
Wickhoff, Franz	32	Franz Wickhoff	美術史家	オーストリア	1853	1909	訃報
Widener, Peter Arrell Brown	578	Widener	実業家、美術蒐集家。富豪ワイドナー家の家長	アメリカ	1834	1915	レンブラント「粉挽車」の実作者
Widenmann	350	Widenmann	（軍医正）				ドイツ皇太子随行
Widmann, Adalbert von	433	Adalbert Widmann	政治家　（農相）			1968	オーストリア新内閣
Widmann, Benedict	90	Widmann	作曲家、指揮者		1820	1910	オーバーアマガウの受難劇
Widmann, Joseph Victor	103	Joseph-Wiedmann	作家、劇作家、ジャーナリスト、文芸評論家。スイスで活躍	チェコ	1842	1911	シラー生誕百五十年祭
	365	J. V. Widmann					新興行ドラマ一覧
	605	J. V. Widmann					新興行ドラマ一覧
	619	Josef Viktor Widmann					訃報
	682	Josef Viktor Widmann					J. V. Widmann 記念牌
Wiechert, Emil	680	Emil Wiechert	ドイツの物理学者。地震学の先駆的実験、電子の発見などに功績	ロシア	1861	1928	ベルリン学士院通信会員加入
Wieck, Marie	249	Marie Wieck	ピアニスト。クララ・シューマンの妹	ドイツ	1832	1916	R. シューマン百年祭（Zwickau）
	665	Marie Wieck					八十歳祝賀・R. シューマンの義理の妹
Wiecke, Paul	650	Paul Wiecke	俳優、劇場監督		1862	1944	舞台二十五周年祝賀
Wied, Gustav	133	Gustav Wied	作家、劇作家、評論家。第一次大戦勃発後に自殺。短篇集『影絵』。鷗外訳に「尼」「薔薇」がある。他に鷗外「大発見」の話題の元となった「２×２＝５」がある	デンマーク	1858	1914	新興行ドラマ一覧
	152	Wied					「大なる死者」あらすじ
	186	Gustav Wied					新興行ドラマ一覧
	188	Gustav Wied					紳士とはどのようなものかアンケート
	249	Gustav Wied					黙劇場（コペンハーゲン）
	264 265	Gustav Wied、Wied					新興行ドラマ一覧

人名	頁数	本文表記	人物紹介（肩書・略歴など）	出生地	生年	没年	トピック
	288	Gustav Wied					新興行ドラマ一覧
	408	Gustav Wied					都会嫌いのため別荘に居住
	465	Gustav Wied					Zum Grossen Wurstel 好評
	513	Gustav Wied、ヰイド					実は女性作家の作との評判
	634	G. Wied					新興行ドラマ一覧
Wiegand, Carl Friedrich	754	Carl Friedrich Wiegand	詩人、劇作家		1877	1942	シラー賞（ゲーテ・ブント）結果
Wiegand, Johannes	158	Johannes Wiegand	劇作家、劇場監督、教員	ドイツ	1874	1940	「世界の転換」興行
	238	Johannes Wiegand					新興行ドラマ一覧
	335	Wiegand					ブレーメン劇場創立
Wiegand, Theodor	490	Wiegand	考古学者	ドイツ	1864	1936	サモス島発掘事業は有望
Wiegandt, Carl	442	書肆 Wiegandt und Grieben	書肆経営者。書肆 Wiegandt und Grieben は1850年ベルリンで創業			1867	訃報（L. Grieben）
Wiegele, Franz	454	Wiegeln	画家	オーストリア	1887	1944	G. クリムトの後継者候補
Wiehe, Charlotte	588	Charlotte Wiehe	女優、ダンサー、歌手	デンマーク	1865	1948	女優 C. Wiehe 自伝出版
Wiehé-Bereny	70	Wiehé-Bereny	（コペンハーゲンの保険事業者）				40歳過ぎで支給の嫁入保険
Wieland, Christoph Martin	261	Wieland	作家、詩人、翻訳家、編集者。ヘルダー、ゲーテ、シラーと並びヴァイマル古典主義を代表する存在。著名な文芸雑誌「ドイツのメルキュール（*Der Teutsche Merkur*）」を創刊、編集。小説「アガトン物語」、叙事詩「オーベロン」	ドイツ	1733	1813	家についてヘルダーとヴィーラントが口論
	495	Wieland					名家自筆コレクション競売
	730	Wieland					ルソー生誕二百年祭・哲学文学の発展
	768	Wieland					ヴィーラントの死んだ日
	769 770	Wieland、Wieland 伝					ヴィーラントの死んだ日続報
	800	Wieland、ヰイランド					ゲーテ協会例会、ゲーテ協会人事など
	801	Wieland 祭、ヰイランド					ゲーテ協会でヴィーラント祭
Wiels	783	Wiels					史上初のアルコール製造説
Wien, Wilhelm	618	W. Wien	物理学者。ノーベル物理学賞（1911）	ロシア	1864	1928	ノーベル物理学賞候補（1911）
	637	Wien					ノーベル賞受賞式の予定
Wiesenthal（姉妹）	189	Wiesenthal 姉妹	女性舞踏家・振付家の Grete（1885-1970）が妹 Elsa、Bertha とともに活動したダンス・カンパニー	オーストリア			ウィーゼンタール姉妹が大人気
	587	Wiesenthal 姉妹					ホフマンスタールがウィーゼンタール姉妹のために書下ろし
Wieser, Friedrich von	372	Baron von Wieser	経済学者、社会学者	オーストリア	1851	1926	ベルリン大学百年祭名誉学位
Wiesmann, August	700	Weismann	生物学者（発生学・遺伝学）。生殖細胞の研究により知られる	ドイツ	1834	1914	フライブルク大学動物学人事

人名	頁数	本文表記	人物紹介（肩書・略歴など）	出生地	生年	没年	トピック
Wilamowitz-Moellendorff, Ulrich von	158	Wilamowitz-Moellendorff	古典文献学者。古代ギリシャの権威で、ニーチェとの論争でも知られる	ポーランド	1848	1931	「ギリシャ文明史」脱稿
	271	v. Wilamowitz					ベルリン学士院奨励金一覧
	301	von Wilamowitz					教育学者 A. Matthias 退任
	371	von Wilamowitz-Moellendorf					ベルリン大学百年祭
	372	von Wilamowitz-Moellendorf					ベルリン大学百年祭名誉学位
	426	Ulrich von Wilamowitz-Moellendorff					死刑不可廃論者一覧
	508	von Wilamowitz-Moellendorff					アイスキュロス「オレスティア」興行がバッティング
	570	von Wilamowitz-Moellendorff					ベルリン大学総長候補
Wilbrandt, Adolf	109	Adolf Wilbrandt	作家、戯作家、詩人、舞台監督。ブルク劇場監督を務めた。ソフォクレスやシェークスピアをドイツに紹介した一人。「パルミラのマイスター」「画家」「護民官グラックス」などのほか、ドイツで初めて同性愛を扱ったとされるモデル小説「フリドリンの秘密の結婚」がある	ドイツ	1837	1911	新作 *Villa Edith*
	191	Adolf Wilbrandt					P. ハイゼ八十歳賀帖署名者
	328	Adolf Wilbrandt					新興行ドラマ一覧
	365	A. Wilbrandt					新興行ドラマ一覧
	478	Wilbrandt					「ファウスト」興行沿革
	545 546	Adolf Wilbrandt、キルブラント、作者					訃報・略歴
	547	Wilbrandt、詩人					葬儀
	548	Wilbrandt					鑰匙小説（モデル小説）
	550	Wilbrandt					鑰匙小説（モデル小説）追加
	553	Wilbrandt 記念祭、キルブラント伝					A. ヴィルブラント記念祭
	596	Adolf Wilbrandt					A. ヴィルブラント最後の戯曲「ケルスキのジークフリート」興行
	686	Adolph Wilbrandt					F. Philippi のミュンヘン追憶記
Wilbrandt, Konrad	545	Konrad Wilbrandt	文筆家、政治家	ドイツ	1832	1921	訃報・略歴（A. Wilbrandt）
Wilbrandt, Robert	545	Robert Wilbrandt	経済学者。A. Wilbrandt の息子	オーストリア	1875	1954	訃報・略歴（A. Wilbrandt）
Wilczek, Johann Nepomuk	374	Graf Johann von Wilczek	極地探検家、芸術のパトロン	オーストリア	1837	1922	ベルリン大学百年祭名誉学位
Wildberg, B.	472	B. Wildberg	（劇作家）				新興行ドラマ一覧
Wilde, Oscar	11	Oscar Wilde	作家、劇作家。世紀末の唯美主義を代表する文学者。芸術至上主義を唱えた。人目をひく派手な言動で一世を風靡した。アルフレッ	アイルランド	1854	1900	O. ワイルドの幽霊
	134	Oscar Wilde					ホテルの給仕にチップをはずむ人はずまない人

人名	頁数	本文表記	人物紹介（肩書・略歴など）	出生地	生年	没年	トピック
	239	Wilde	ド・ダグラスらとの同性愛関係から懲役2年の判決で服役。各地を放浪し、困窮のうちにパリで没した。戯曲「サロメ」はフランス語で書かれたが、ダグラスにより英訳されたほか、R. シュトラウスによりオペラ化された。この他にダグラスに宛てた弁明の書「獄中記」、小説「ドリアン・グレイの肖像」、童話「幸福な王子」など				新興行オペラ一覧
	777	Oscar Wilde					「ドリアン・グレイの肖像」上場
	786	Oscar Wilde					性器露出のO. ワイルド墓碑像（ペール・ラシェーズ）に不許可
	791	Oscar Wilde、ワイルド					O. ワイルドとの関係につきA. ダグラスがA. ランサムに反論
	794	Oscar Wilde					A. ランサムへのA. ダグラス卿の苦情は申し分立たず
	823	Wilde					「つまらぬ女」でこけら落し
	830	Oscar Wilde					O. ワイルドに倣いダヌンツォがフランス語で新脚本
	839	Oscar Wilde 時代					O. ワイルド時代からすっぴん髭なしが流行
	846	WILDE					オペラ「サロメ」ストックホルム興行は一事件
Wilde, R.	562	R. Wilde	（劇作家）				新興行ドラマ一覧
Wildenbruch, Ernst von	5	Ernst von Wildenbruch	作家、劇作家、外交官。ビスマルク時代を代表する文学者の一人。プロイセン王族に血縁を持つ名家の出で、ベイルートのプロイセン総領事であった父の赴任地で生まれた。シラー風の文体の愛国的な歴史劇を執筆。P713にあるイタカ荘は、P. シュルツェ＝ナウムブルク設計のネオ・バロック様式の館。20世紀初頭のヴァイマルでもっともモダンな建物として知られていた。P46の墓標の設計案も同じくシュルツェ＝ナウムブルクによる	レバノン	1845	1909	訃報・ヴィルデンブルッフ紹介
	6	Ernst von Wildenbruch					葬儀
	25 26 27	Ernst von Wildenbruch、作者、旦那、伯					ヴィルデンブルッフのヴィルヘルム帝とビスマルクとの逸話
	46	Ernst von Wildenbruch					ヴィルデンブルッフ大記念標
	225	Wildenbruch 物					ヴィルデンブルッフ連続興行
	258	キルデンブルツホ					ヴィルデンブルッフ *Die Quitzows* のパロディーは発禁
	289	Wildenbruch					新興行オペラ一覧
	324	Ernst von Wildenbruch					J. v. Eckardt のビスマルク懐旧談
	370 371	Ernst von Wildenbruch、亡夫					ベルリン大学百年祭
	421	Ernst von Wildenbruch					ヴィルデンブルッフ記念碑
	492	キルデンブルツホ劇					ベルリン王立劇場連日興行
	603	Ernst von Wildenbruch 全集					ヴィルデンブルッフ全集など新刊情報
	706	Ernst von					ゲーテ協会例会予定

人名	頁数	本文表記	人物紹介（肩書・略歴など）	出生地	生年	没年	トピック
		Wildenbruch、夫					
	713	Ernst von Wildenbruch、Wildenbruch-Museum					ヴィルデンブルッフのイタカ荘をシラー財団に寄贈予定
	804	Ernst von Wildenbruch 記念像					ヴィルデンブルッフ記念像
	806	Wildenbruch					シェークスピア協会（独）沿革
	836	Ernst von Wildenbruch					ヴィルデンブルッフ記念像
Wildenbruch, Maria Karoline von	46	未亡人	E. v. ヴィルデンブルッフの妻。旧姓 Weber。作曲家 C. M. v. ウェーバーの孫		1847	1920	ヴィルデンブルッフ大記念標
	119	von Wildenbruch 夫人					マイニンゲンでの舞台開き
	371	未亡人					ベルリン大学百年祭
	706	妻 Maria					ゲーテ協会例会予定
	713	未亡人、夫人					ヴィルデンブルッフのイタカ荘をシラー財団に寄贈予定
Wildgans, Anton	803	Anton Wildgans	劇作家、詩人	オーストリア	1881	1932	ウィーンで一幕物上演予定
Wilhelm（Sweden）	761	Prinz Wilhelm	セーデルマンランド公爵。スウェーデン王グスタフ5世の次男	スウェーデン	1884	1965	ストックホルムのハウプトマン
Wilhelm, Adolf	530	Adolf Wilhelm	碑文研究家、古典文献学者	チェコ	1864	1950	プロイセン科学アカデミー通信会員
Wilhelm I（Deutsches Reich）	369	ヰルヘルム第一世	プロイセン王国7代王（1861-1888）、ドイツ帝国初代皇帝（1871-1888）。ビスマルクを宰相に軍備を拡張。普墺戦争、普仏戦争に勝利しドイツを統一	ドイツ	1797	1888	ヴィルヘルム1世像毀損
	516	Wilhelm 第一世					ヴィルヘルム1世騎馬像除幕
Wilhelm II（Deutsches Reich）	5	帝	プロイセン王国9代王、ドイツ帝国3代皇帝（1888-1918）。ヴィルヘルム1世の孫。ビスマルクを引退に追い込んだ後、ドイツ大海軍計画に着手。帝国主義を強力に推進したが失策が続き、第一次大戦で敗れ退位。オランダに亡命した	ドイツ	1859	1941	訃報・ヴィルデンブルッフ紹介
	6	帝					葬儀（E. v. ヴィルデンブルッフ）
	8	独逸帝					訃報（C. Coquelin）
	10	独逸帝					帝王の眠
	17	帝、独逸帝 Wilhelm II					ヘディンがベルリン地学会でチベット（西蔵）旅行談、各国王族の質入・借金
	25	皇帝					クルップ家で夫婦喧嘩
	26 27 28	独逸帝 Wilhelm、帝、天子様					ヴィルデンブルッフのヴィルヘルム帝とビスマルクとの逸話
	30	独帝					帝室同士の交際費
	49	独逸帝					ドイツ帝より二等宝冠章
	50	帝					フランクフルトの歌合戦

W

人名	頁数	本文表記	人物紹介（肩書・略歴など）	出生地	生年	没年	トピック
	61	独逸帝、帝					シャック・ギャラリーを新築
	65	独逸帝					カルヴァン生誕四百年祭
	67	皇帝、帝					ドイツ新内閣の顔ぶれ・皇帝による更迭
	71	国王					ライプツィヒ大学五百年祭式典、ライプツィヒ大学五百年記念名誉学位
	91	独逸帝維廉二世、帝					シャック・ギャラリー開館式
	100	独逸帝					ドイツ帝のそっくりさん、愛用の紙巻きタバコ
	101	独逸帝					ドイツ帝の青年時代を描いた小説
	103	帝					シラー生誕百五十年祭
	112	独逸帝					芝居での蓄音機の使用
	129	独逸帝					「浜辺の子供たち」称賛のドイツ帝には史劇奨励の底意
	158	独逸帝					フランス大使館が展覧会のレセプションにドイツ帝を招待
	162	独逸帝					ドイツ帝より一等宝冠章
	162 163	独逸帝普魯士王					ドイツ議会で大騒擾
	172	独逸帝					日本人を描いた戯曲「タイフーン」と黄禍論
	178	独逸帝					ドイツ帝のヴァトーに複製説
	179	独逸帝					ヴィルヘルム2世所蔵「ジェルサンの看板」の真贋
	190	Wilhelm Rex（独逸帝）					P. ハイゼ八十歳賀帖署名者
	196	独逸帝					ドイツ帝がT. ルーズベルトを歓迎の用意
	199	独逸帝					黄禍論が諸方で盛んに吹聴
	235	独逸帝					ビョルンソンの葬儀
	237	帝					T. ルーズベルトのベルリン大学演説「世界の平和」
	245	独逸帝、帝					ドイツ帝がT. ルーズベルトに軍隊分列式を披露、ベルリン軍医学校で新築式
	255	独逸帝					大学教授の国際交換に広がり
	258	独逸帝					訃報（L. Noster）
	267	独逸帝キルヘルム二世、キルヘルム二世					知名人の音楽の嗜好、ヴィルヘルム2世突然の来訪

人名	頁数	本文表記	人物紹介（肩書・略歴など）	出生地	生年	没年	トピック
	269	独逸帝					ドイツ帝の病状
	285	独逸帝					T. ルーズベルトがドイツ帝をノーベル賞に推薦とは虚説
	289	独逸帝					ドイツ帝がノルウェーに F. ナンセン像を寄贈
	290	独帝					英・独・仏の均衡による平和
	296	独逸帝					ドイツ帝がノルウェー王に F. ナンセン像を寄贈
	302	独逸帝					ベネズエラ大統領へのドイツ帝の親書が北米で波紋
	318	Wilhelm II					イタリア王の軍備縮小案に有力国君が不同意
	321	独逸帝					スイス射撃祭の受賞予想
	322	独逸帝					スイス射撃祭の結果
	327	独逸帝					ドイツ帝の文芸談話
	330	独逸帝					ケーニヒスベルクでドイツ帝が男は軍事で女は家事と演説、ドイツ帝の専制的演説に批判
	331	独逸帝					文言を補って階級と宗教の合一につき演説、猟の予定
	334	独逸帝					フリードリヒ大帝登場の戯曲興行につきドイツ帝の許可
	336	独逸帝					椋鳥記者によるドイツ帝ケーニヒスベルク演説の抜粋
	339 340	独逸帝、帝					ドイツ帝（フリードリヒ 3 世とヴィルヘルム 2 世）の騎馬像、ドイツ帝を御用新聞が弁護
	342	今のカイゼル					ベルリン大学百年記念貨幣
	350	独逸帝					A. フンボルト記念像（メキシコ）
	369 371	帝					ベルリン大学百年祭
	373	Kaiser Wilhelm II.					ベルリン大学百年祭名誉学位
	385	独逸帝					万国博のベルリン開催に異存
	405	独逸帝					ドイツ帝新設の研究所
	411	帝					勅意で「ニーベルンゲン」興行
	425	独逸帝					A. メンデルスゾーンがドイツ帝に献上のファルコニエーリ邸
	436	皇帝					皇太子が作譜し皇帝がリブレット執筆というオペラは訛伝

W

人名	頁数	本文表記	人物紹介（肩書・略歴など）	出生地	生年	没年	トピック
	439	Kaiser Wilhelm-Stiftung					カイザー・ヴィルヘルム協会職員に制服
	442	独逸帝					ドイツ帝より受勲の芸術家
	443	Kaiser Wilhelm-Gesellschaft、独逸帝					カイザー・ヴィルヘルム協会第一回会合、Pour le mérite 受勲者一覧
	446	独逸帝					ドイツ帝より二等宝冠賞
	449 450	独逸帝、帝、人君					ドイツ帝に落選されたロダンの弁
	462	独逸帝					交配により新種の牛を開発
	465	帝					名誉裁判所で自殺を図った軍人をドイツ帝が黙殺
	468	独逸帝					ドイツ帝が鹿の絵を注文
	475	Kaiser-Wilhelm-Gesellschaft					カイザー・ヴィルヘルム協会会長の印たる首飾り
	480	帝					「信仰と故郷」をドイツ帝が観覧・軍艦ヒルデブラント進水式
	481	独逸帝、帝					ドイツ帝が「信仰と故郷」激賞
	483	帝					王立歌場総支配人辞表をドイツ帝が却下
	490	プロイセン王					癇癪持ち女優が国王を起訴
	503	プロイセン国王（独逸帝）、国王					女優が国王を相手どり訴訟
	504	帝					ベルリン大学壁画図案をドイツ帝に呈出
	514	独逸帝					スウェーデン王夫妻とドイツ帝夫妻が観覧予定の演目
	517	独逸帝					ストラスブールで演説
	520	帝					高利の貸借に起因した決闘
	524	独逸帝					ヴィクトリア女王記念像除幕式
	525	独逸帝					ロンドンでドイツ帝歓迎の演劇、ロンドン訪問中のドイツ帝と妃
	539	独逸帝、帝					御忍びで大展覧会観覧
	552	独逸帝					ドイツ帝がサンスーシに飾る彫刻を買上
	583	プロイセン王（ドイツ帝）					ホーエンツォレルン家を題材とした作品の興行全面禁止
	589	ドイツ帝					ドイツ帝から Pour le mérite 賞
	601	ドイツ帝					皇族の舞台登場禁止に関する風説

人名	頁数	本文表記	人物紹介（肩書・略歴など）	出生地	生年	没年	トピック
	603	ヰルヘルム二世					O. ミルボーの脚本創作案
	614	ヰルヘルム二世					ドイツ帝・皇后・内親王が料理店見物
	640	ドイツ帝					ドイツ帝のため劇場が出張
	648	Kaiser Wilhelm-Gesellschaft					カイザー・ヴィルヘルム協会がラジウム研究を助成
	650	帝					ドイツ帝は「ニーベルンゲン」興行を欠かさず観劇
	665	ドイツ帝					ドイツ帝諷刺の作家が朗読会
	669	ドイツ帝					フリードリヒ大王記念展覧会
	670	帝					フリードリヒ大王記念演説
	700	Wilhelm II					先祖ピラミッドなる用語
	707	独逸帝					勅令により感染症研究所に R. コッホの名
	719	国王、ドイツ帝ヰルヘルム二世					ケルナーとシラー記念像除幕、訃報（L. Hasserlriis）・ハイネ記念像（Korfu →ハンブルク）
	721	帝					軍医の決闘辞退を帝が容認
	741	帝					フランクフルトに大学設立計画
	742	Kaiser-Wilhelm-Museum					L. テュアイヨンが制作中の作品
	774	帝					偽電報に軍隊が緊急集合
	775	帝					ドイツ帝が独立記念祭演説
	782	Kaiser Wilhelm II					プロイセン大資産家調べ
	785	ドイツ帝					ゲオルギオス 1 世暗殺事件
	788	ドイツ帝					ドイツ帝専用の巡回自動車
	798	Kaiser-Wilhelm-Gesellschaft					カイザー・ヴィルヘルム協会生物学部長を辞退
	808	ドイツ帝、Kaiser					A. カーネギーの逸話・略歴
	809	ドイツ帝					A. カーネギーとドイツ帝の会談
	810	帝					ハウプトマン戯曲の興行禁止は皇太子の意向
Wilhelm II (Wuerttemberg)	54	Württemberg 国王陛下、国王	ヴュルテンベルク王国 4 代王（1891-1918）	ドイツ	1848	1921	国王がお忍び旅行
	598	Wuerttemberg 王					ヴュルテンベルク王より A. Kampf が一代華族を授受
Wilhelm IV（Bayern）	40	Wilhelm	バイエルン公爵（1508-1550）。家督争いをした弟ルートヴィヒと共同統治	ドイツ	1493	1550	ビール有害無益宣告（1542）

W

人名	頁数	本文表記	人物紹介（肩書・略歴など）	出生地	生年	没年	トピック
Wilhelmina	10	Wilhelmina	オランダ4代女王 Wilhelmina Helena Pauline Maria von Oranien-Nassau（1890-1948）。ウィレム3世の長女	オランダ	1880	1962	帝王の眼
	40	后					オランダ女王が長女出産で国中大騒ぎ
Wilhelmine von Preussen	580	Markgraefin von Bayreuth	ブランデンブルク＝バイロイト辺境伯フリードリヒ3世妃。フリードリヒ大王の姉	ドイツ	1709	1758	ドイツで新著が迫害の風潮・再版の古書は猛烈な内容
Wilkinson	496	Wilkinson	（Stoke の牧師）				クロムウェルの髑髏ふたつ
Willcox	242	Willcox	（繊維による紙幣偽造防止の手法を考案したアメリカ人）				紙幣偽造防止の手法
Wille, Bruno	40 41	Bruno Wille、Wille	牧師、政治家、思想家、著述家、ジャーナリスト	ドイツ	1860	1928	拳銃突きつけによる脅迫事件
	46	Bruno Wille、Wille					拳銃脅迫事件の犯人
	261	Bruno Wille、ヰルレ					B. ウィレを脅迫した人物が今度はドイツ皇太子に脅迫行為
Willgardt, Karl	507	Karl Willgardt	（劇作家）				新興行ドラマ一覧
Willhain, Julius	607	Julius Willhain	俳優、舞台監督				メトロポル劇場舞台監督就任
William Curzon	60	Sir William Curzon	→ Wyllie, William Hutt Curzon				インド革命派学生が発砲事件
Willim, Melchior	385	Melchior Willim	医師。妻 Pauline Kirbach はヴュルテンベルク王国の元王族	ドイツ	1855	1910	訃報・元王族の妻は社会党員
Willing, Ava Lowle	199	Ava 本姓 Willing	アメリカ社交界の著名人。John Jacob Astor IV の最初の妻	アメリカ	1868	1958	離婚披露舞踏会
Williones	18	Williones	（イギリスの発明家）				性別判定器 Sexaphon
Willner, Alfred Maria	416	Willner	作曲家、オペラ台本作家、ジャーナリスト	オーストリア	1859	1929	新興行オペラ一覧
Willroider, Ludwig	254	Ludwig Willroider	画家、風景画家	オーストリア	1845	1910	訃報
Wills, S. O.	518	S. O. Wills	（アメリカの富豪）				富豪が教える金持になる法
Willy, Colette	411	Colette Willy	→ Colette				ゴンクール賞当落
Wilmanns, Wilhelm	449	Wilmans	ゲルマニスト	ドイツ	1842	1911	訃報・轢死
Wilpert, Joseph	318	Wilpert	宗教考古学者。カタコンベを研究	ポーランド	1857	1944	法王がカタコンベ研究者を引見
Wilson	199	Wilson 夫人	（多胎児出産を偽装したアメリカ女性）				多胎児の出産偽装が露見
Wilson, Benjamin Davis	303	Mount Wilson、ヰルソン山	政治家。マウント・ウィルソンの最初の探査記録者	アメリカ	1811	1878	太陽に関する共同研究会
Wilson, Edward Adrian	807	Wilson	画家、極地探検家、医師、鳥類学者	イギリス	1872	1912	奇抜な場所で書かれた絵画
Wilson, Woodrow	754	Woodrow Wilson	28代大統領（1913-1921）、政治学者	アメリカ	1856	1924	アメリカ大統領に就任
Winckelmann, Johann Joachim	305	Winckelmann	美術史家、美学者。芸術様式に関する研究を創始。新古典主義の理論的支柱となった。「ギリシア芸術模倣論」	ドイツ	1717	1768	カフェ・グレコ百五十年祭
Windelband, Wilhelm	462	Windelband	哲学者。新カント派。「哲学概論」	ドイツ	1848	1915	大病との報
Winkler	39	Winkler、船長	（コンゴの小型汽船船長）				小型汽船が滝に落下した事故
Winkler	360	Fraeulein Winkler	（O. Ludwig の妻 Emilie Winkler の姉妹）				訃報

人名	頁数	本文表記	人物紹介（肩書・略歴など）	出生地	生年	没年	トピック
Winship, Amy D.	360	Amy D. Winship	八十代で学位取得のアメリカ人女性。A. リンカーンと交友があったとされる				八十一歳で学位取得の女性
Winter	697	Winter	（ヘンネッシェン人形劇場のスタッフ）				ケルンのヘンネッシェン人形劇
Winter, Georg	665	Georg Winter	婦人科医		1856	1943	ケーニヒスベルク大学役員
Winter, Max	159	Max Winter	ジャーナリスト、作家、政治家。社会的ルポルタージュの先駆者	ハンガリー	1870	1937	疑獄事件を扱った小説が販売禁止
Winter, Oskar	88	Oskar Winter	（ミュンヘンの宮廷楽人）				訃報・自殺
Winterer, Otto	312	Winterer	政治家	ドイツ	1846	1915	内相が社会主義につき演説
Winterfeld-Warnow, Emmy von	672	von Winterfeld	女流作家、劇作家	ドイツ	1861	1938	ドイツ郷土劇コンクール
	701	Frau von Winterfeldt -Warnow					ホーエンツォレルン入国五百年記念興行募集脚本
Wirsén, Carl David af	424	Wirsen	詩人、文芸評論家。ノーベル文学賞選考委員を務めていた	スウェーデン	1842	1912	ストリンドベリのノーベル賞未受賞につき議論・国民募金
Wirth, Albrecht	290	A. Wirth	歴史家、言語学者、人種研究者	ドイツ	1866	1936	支那・東亜論
Wirth, Christoph	364	Christoph Wirth	教員。無線遠隔操作装置を研究開発。1918年には魚雷艇に応用された		1870	?	無人船の無線操作開発の噂は軍事上の大影響
Wirth, Mizi	592	Mizi Wirth	（オペラ歌手）				高額年俸歌手・俳優一覧
Wisbacher, Franz	735	Franz Wisbacher	詩人	ドイツ	1849	1912	訃報・轢死
Wise	51	Wise	（アメリカの巡査）				交通停止の権利と女の沓
Wislicenus, Paul Gustav	389	Paul Wislicenus	シェイクスピア研究者、歴史家、作家	ドイツ	1847	1917	シェークスピアの死面と論定
	707	Wislicenus					ヴァイマル・シェークスピア協会で曰く付きのデスマスク出品
Wissmann, Hermann von	267	Wissmann 少佐	軍人、探検家。ドイツ領東アフリカ総督を務めた	ドイツ	1853	1905	知名人の音楽の嗜好
	716	Wissmann					訃報（E. Wolf）
Witkowski, Georg	622	Witkowski	文芸史家、ゲルマニスト。主著「ゲーテ伝」は T. マン「ワイマルのロッテ」にも用いられた	ドイツ	1863	1939	シラーの家（Gohlis）公開
	638	Wittkowski					ドイツ愛書家協会年会
Witte, Jenny	467	Jenny Witte	（F. シュピールハーゲンの娘分）				訃報（F. シュピールハーゲン）
Witte, Kurt	445	Kurt Witte	画家	ドイツ	1882	1959	「キリストとバルナバ」に切り傷
Witte, Sergei	117	Witte 伯、伯	政治家、ロシア帝国初代首相（1905-1906）。要職を歴任し、シベリア鉄道、資本制の整備を推進。ポーツマス講和会議ではロシア側全権大使を務めた	ロシア	1849	1915	S. ウィッテの名に因む町名（オデッサ）が改称
	500	Graf Witte					S. ウィッテがクロポトキン批判の書を執筆中
Wittels, Fritz	386	Fritz Wittels、作者	医師、精神分析医、作家。モデル小説「よそ者エゼキエル」でスキャンダルを生じた	オーストリア	1880	1950	小説のモデル問題起訴、モデル事件裁判は作者に無罪
	397	Fritz Wittels					小説のモデル問題で再訴訟
Wittelsbach（家）	24	Wittelsbach 家	ドイツのバイエルン地方に発祥した名門貴族。皇帝も輩出した家門				皇太子嫡子権利放棄
	532	Wittelsbach-Brunnen					ヴィッテルスバッハ噴水（バイロイト）の建造

W

人名	頁数	本文表記	人物紹介（肩書・略歴など）	出生地	生年	没年	トピック
Wittelsbach, Otto von	408	Otto von Wittelsbach	バイエルン初代公爵オットー１世	ドイツ	1117	1183	O. v. ヴィッテルスバッハ記念像
Wittenbauer, Ferdinand	329	F. Wittenbauer	劇作家、叙情詩人、工学者	スロヴェニア	1857	1922	新興行ドラマ一覧
	366	F. Wittenbauer					新興行ドラマ一覧
	413	F. Wittenbauer					新興行ドラマ一覧
	579	F. Wittenbauer					新興行ドラマ一覧
Wittenberg, Etelka	496	Etelka Wittenberg	（1883年ハンガリー生まれの女性歌手。芸名 Violetta）				旅宿窃盗犯が女性歌手と逮捕
Wittich, Ernesto	822	E. Wittich	地理学者				太平洋が浅くなったと証明
Wittich, Luise von	209	Luise von Wittich	（オペラ台本家）				新興行オペラ一覧
Wittkowsky, Carl	492	Karl Wittkowsky	詩人、作詞家、台本作者				訃報
Wittmer	768	Wittmer 氏	（ペテルブルクの私立高等女学校創立者）				読書会中の男女学生が逮捕・放免
Wjalzewa, Anastassija	791	Wjalzewa	オペレッタ女優、歌手	ロシア	1871	1913	訃報
Woelfflin, Heinrich	425	Woelfflin	美術史家。バーゼル、ベルリン、ミュンヘン、チューリッヒ大学教授を歴任。「美術史の基礎概念」などにより形式的分析を確立。ルネサンスとバロックを五つの概念から分析するとともに、「古代」「古典」「バロック」などの時代区分をなした。父 Eduard は古典文献学者	スイス	1864	1945	国民劇興行のための五千人劇場設立運動
	447	Heinrich Woelfflin					ベルリン学士院加入
	466	Heinrich Woelfflin					建築様式の三つの源
	505	Heinrich Woelfflin					H. グリム創立の美術史研究所
	567	Woelfflin					ミュンヘン大学の招聘辞退
	608	Heinrich Woelfflin、ウヨルフリン					ミュンヘンに双璧なす美術史家
	620	Woelfflin					H. ヴェルフリン後任人事の噂
	666	Woelfflin					H. ヴェルフリンの女弟子に学位
	702	Woelfflin					A. ゴルドシュミットのためベルリン大学旧図書館内に大講堂
Woermann, Adolph	513	Adolf Woormann	実業家、政治家。アフリカにおけるドイツ植民地獲得にも関与	ドイツ	1847	1911	訃報
Woermann, Karl	130	Karl Woermann	美術史家、美術館長	ドイツ	1844	1933	ドレスデン絵画館館長引退
	201	Woermann					カール・ヴェルマン胸像除幕式
Woerner, Bernhardine	526	Woerner	（料理研究家）				ベジタリアンのための料理本
Woerner, Carolina	440	Carolina Woerner	女流詩人、劇作家。本名 Ursula Anna Woerner	ドイツ	1865	1911	訃報
Woerner, Roman	156	Roman Woerner	文学史家、翻訳者、編集者	ドイツ	1863	1945	ロシアのフィンランド併合反対署名者
Woess, Josef von	416	J. v. Woess	教会音楽家、作曲家	モンテネグロ	1863	1943	新興行オペラ一覧
Wohlbrueck, Olga	347	Olga Wohlbrueck	女優、作家、劇作家、演出家。ドイツ初の女性映画監督とされる	オーストリア	1867	1933	新興行ドラマ一覧
	410	Olga Wohlbrueck					小説「マリ・クレール」独訳出版
Wohlgemuth, Else	484	Wohlgemuth	女優	ドイツ	1881	1972	彫刻のモデルにオペラ女優
Wolf, Eugen	716	Eugen Wolf	（H. v. Wissmann とアフリカ旅行した人物）				訃報

人名	頁数	本文表記	人物紹介（肩書・略歴など）	出生地	生年	没年	トピック
Wolf-Ferrari, Ermanno	563	E. Wolf-Ferrari	作曲家。本名Ermanno Wolf。コミック・オペラ「スザンナの秘密」「恋する医者」、悲歌劇「マドンナの宝石」など	イタリア	1876	1948	新興行オペラ一覧
	657	E. Wolf-Ferrari					新興行オペラ一覧
	752	Wolf-Ferrari					ドイツ音楽界の現状批評
	763	Ermanno Wolf Ferrari					モリエール原作滑稽オペラ
Wolff	259	Geheimrat Wolff	（理科学者。J. Wolffの次男）				訃報（J. Wolff）
Wolff, Albert	305	Albert Wolff	指揮者、作曲家	フランス	1884	1970	「ベアトリース尼」に音楽なし
Wolff, Bernhard	512	Wolffsches Bureau	実業家。アヴァス（仏）、ロイター（英）とともに三大通信社の一角を占めたヴォルフ電信会社を創業	ドイツ	1811	1879	イタリア王とスウェーデン王とのテーブルスピーチを改削
Wolff, Fritz	554	Fritz Wolff	建築家。父は著名な彫刻家Friedrich Wilhelm Wolff	ドイツ	1847	1921	ベルリン無鑑査展覧会役員
Wolff, Hans	259	Hans Wolff	（歩兵中尉。J. Wolffの四男）				訃報（J. Wolff）
Wolff, Heinrich	259	Heinrich Wolff	（医師。J. Wolffの長男）				訃報（J. Wolff）
	255	倅					大病との報（J. Wolff）
Wolff, Julius	170	Julius Wolff	作家、詩人。新聞「ハルツ・ツァイトゥング」を創刊	ドイツ	1834	1910	クヴェトリンブルク名誉市民
	255	Julius Wolff					大病との報
	259	Julius Wolff					訃報
	273	Julius Wolff					J. Wolff記念像
	729	Julius Wolff					生家に記念牌
Wolff, Kurt	259	Kurt Wolff	（歩兵大尉。J. Wolffの三男）				訃報（J. Wolff）
Wolff, Pierre	655	Pierre Wolff	（劇作家）				新興行ドラマ一覧
Wolff, Richard	485	R. Wolff	劇作家				新興行ドラマ一覧
	668	R. Wolf					新興行ドラマ一覧
Wolff, Theodor	348	Th. Wolff	ジャーナリスト、作家、劇作家、評論家	ドイツ	1868	1943	新興行ドラマ一覧
	366	Th. Wolff					新興行ドラマ一覧
	486	Th. Wolff					新興行ドラマ一覧
Wolff Metternich zu Gracht, Paul	359	Wolff Metternich zu Gracht	外交官	ドイツ	1853	1934	女優と伯爵の結婚
Wolfgang	271	Wolfgang	→ Oettingen, Wolfgang von				ゲーテ協会二十五年祭「ゲーテとティシュバイン」出版
Wolfsfeld, Erich	572	Erich Wolfsfeld	画家、版画家	ポーランド	1884	1956	ベルリン大美術展覧会受賞者
Wolkonska, Maria	419	Wolkonska	L. トルストイの母。四男一女を出産		1790	1830	トルストイ履歴中の要点
Wolkonski（家）	419	Wolkonski氏	L. トルストイの母方の家系。侯爵家				トルストイ履歴中の要点
Wolkonski, Serge	421	Serge Wolkonski	劇場監督、音楽・演劇教育家。ロシア演劇界で指導的役割を果たした	エストニア	1869	1937	ベルリン演劇学校視察とロシア興行事情
Wollmann, Eugène	726	Wollmann	フランスの生物学者	ロシア	1883	1944	動脈硬化の予防法

人名	頁数	本文表記	人物紹介（肩書・略歴など）	出生地	生年	没年	トピック
Wolter, Charlotte	546	Charlotte Wolter、シヤルロツト	女優、メゾソプラノ歌手。19世紀後半を代表する悲劇女優	ドイツ	1834	1897	訃報・略歴（A. Wilbrandt）
Wolters, Wilhelm	207	Wilhelm Wolters	（劇作家）	ドイツ	1876	1930	新興行ドラマ一覧
	595	W. Wolters					新興行オペラ一覧
	633	W. Wolters					新興行ドラマ一覧
Wolzogen, Ernst Von	169 170	作者、Ernst von Wolzogen	作家、文化評論家、オペラ台本家、カバレッティスト。ミュンヘンで自由文学協会を創立したほか、1901年に最初のカバレット（ドイツ独自の文学的寄席）Ueberbrettl をベルリンで創設	ポーランド	1855	1934	駈歩小説「不愉快な美人」
	639	Ernst von Wolzogen					アフリカ紀行「ドラリカの詩人」
	714	Ernst von Wolzogen					文芸作品朗読の報酬
	759	Ernst von Wolzogen					三部作と小説を執筆中
	769	Ernst von Wolzogen					営業的文芸家の呼称
	825	Ernst von Wolzogen					ズーダーマン「ヨハネの火」オペラ化
Wondrich, Estella	852	エステラ・ヲンドリヒ (ESTELLA WONDRICH)	（翻訳家）				G. パスコリ独訳詩集が好評
Woodnorton（公爵）	367	Woodnorton 公爵	→ Philippe d'Orleans				ポルトガル王族の受入
Woodruff, Wilford	505	Wildorf-Woodruff	モルモン教会4代管長。本文 Wildorf は Wilford の誤り	アメリカ	1807	1898	モルモン教の一夫多妻主義
Woog, Raymond	496	Raymond Woog	画家	フランス	1875	?	1911年春のサロン出品者など
Woormann, Adolf	513	Adolf Woormann	→ Woermann, Adolph				訃報
Work, Romanie	200	Romanie Work	→ Romaniework				訃報（エチオピア帝 Menelik）
Worms, Gustave	400	Gustav Worms	俳優。Le Bargy らとともに19世紀末フランスを代表する俳優の一人	フランス	1837	1910	訃報
Worth, Charles Frederick	461	Worth	服飾業者、ファッション・デザイナー。世界的ブランド House of Worth を創業。「オートクチュールの父」と呼ばれる。事業は二人の息子 Gaston-Lucien と Jean-Philippe に継承された	イギリス	1825	1895	パリの新流行・女性用ズボン
	776	Worth					パリの裁縫屋達が模倣者撲滅
Worth, Jean-Philippe	162	Worth	服飾業者。兄 Gaston-Lucien とともにブランド House of Worth を経営		1856	1926	ダヌンツォにまつわる虚聞
Wosskiesenski	122	Wosskiesenski	（警視総監殺害容疑者）				警視総監殺害事件
Wotan	509	Wotan	ゲルマン神話に登場する最高神。北欧神話のオーディンに相当する				急病の代役も無許可で罰金
Wrangel af Sauss, Carl Gustav	708	Wrangel	軍人。名門 Wrangel 家の出身。A. ストリンドベリと再婚した S. v. Essen の元夫	スウェーデン	1842	1913	訃報（S. v. Essen）
	717	Wrangel					訃報・略歴（ストリンドベリ）
Wrba, Georg	332	Georg Wrba	彫刻家、版画家	ドイツ	1872	1939	ドレスデン芸術家協会展覧会
	810	Georg Wrba					A. Messel 記念像

人名	頁数	本文表記	人物紹介（肩書・略歴など）	出生地	生年	没年	トピック
Wried, Friedrich	33	Friedrich Wried	（ドレスデンの画家）				訃報・介護自殺
Wried, Friedrich（妻）	33	Friedrich Wried	（F. Wried の病妻）				訃報・介護自殺
Wright（兄弟）	46	Wright 兄弟	アメリカの発明家兄弟 Wilbur と Orville。自転車屋を開業しながら、1903年に世界初の動力式飛行機を開発				ICE 金賞受賞のためロンドン訪問、ベルリンの会社がライト兄弟の発明を購入との噂
	51	Wright 兄弟					すでに80機の飛行機を受注
	77	Wright 飛行機会社					ベルリン近郊にライト飛行機会社設立
	386	Wright 式					高上がり新記録（飛行機）
Wright, Orville	77	Orville Wright	飛行機発明家。ライト家の四男。兄ウィルバーと動力式の複葉機を開発	アメリカ	1871	1948	ベルリン近郊にライト飛行機会社設立
Wright, Wilbur	57	Wilbur Wright	飛行機発明家。ライト家の三男。弟オーヴィルと動力式の複葉機を開発	アメリカ	1867	1912	ベルリンで飛行機のテスト予定
	77	Wilbur Wright					飛行中の激震で鳥が大量死
Wrubel, Michail	274	Michael Wrubel	画家。ロシア象徴主義を代表する一人	ロシア	1856	1910	訃報
Wuerttemberg, August von	376	August von Wuerttemberg	軍人。プロイセン陸軍元帥を務めた	ドイツ	1813	1885	訃報・略歴（R. Lindau）
Wuerttemberg 王	598	Wuerttemberg 王	→ Wilhelm II（Wuerttemberg）				ヴュルテンベルク王より A. Kampf が一代華族を授受
Wuerttemberg 国王陛下	54	Württemberg 国王陛下、国王	→ Wilhelm II（Wuerttemberg）				国王がお忍び旅行
Wukadinowitsch	220	Wukadinowitsch	（C. D. グラッベの草稿発見者）				グラッベ全集未収録草稿はゲーテへの忌憚なき批評
Wulff, Leo	391	Leo Wulff					ハンブルクにオペレッテン劇場
Wundt, Wilhelm Max	156	Wilhelm Wundt	生理学者、哲学者、心理学者。現代心理学の祖の一人で、実験心理学の父と言われる。それまでの哲学的な心理学とは異なる実証的な心理学を構想。公認されたものとして初の心理学実験室をライプツィヒ大学に開設した。哲学者マックス・ヴントは息子。「生理学的心理学原論」「民族心理学」	ドイツ	1832	1920	ロシアのフィンランド併合反対署名者
	426	Wilhelm Wundt					死刑不可廃論者一覧
	670	Wilhelm Wundt					フリードリヒ大王二百年記念祭
	677	Wilhelm Wundt					ライプツィヒ大学引退予定
	736	Wilhelm Wundt					八十歳祝賀
	772	Wundt					ザクセン王がライプツィヒ大学講義を聴講
	786	Wihelm Wundt					哲学と心理学の分割の是非
Wurmfeld	288	Wurmfeld	（劇作家）				新興行ドラマ一覧
Wurmfeld, Richard	617	Richard Wurmfeld	（劇作家）				W. Kirchbach 遺稿脚本が出版
Wurster, Paul	677	Wurster	神学者	ドイツ	1860	1923	ライプツィヒ大学神学教授ポスト
Wustmann, Gustav	422	Gustav Wustmann	言語学者	ドイツ	1844	1910	訃報
Wyant, Alexander Helwig	192	Alexander Wyant	画家、風景画家	アメリカ	1836	1892	アメリカ画展覧会（ベルリン）

人名	頁数	本文表記	人物紹介（肩書・略歴など）	出生地	生年	没年	トピック
Wyk, Charles van	804	Charles van Wyk	彫刻家	オランダ	1875	1917	J. H. ファント・ホフ記念像（ハーグ）
Wyllie, William Hutt Curzon	60	Sir William Curzon	軍人、イギリスのインド連邦政府官吏	イギリス	1848	1909	インド革命派学生が発砲事件
	68	Curzon Wyllie					殺害犯の留学生に死刑宣告
Wynand, Paul	269	Wynand	彫刻家	ドイツ	1879	1956	ミューラー賞受賞者
Wynmalen, Henry	360	Wynmalen	飛行士	オランダ	1889	1964	Farman 式飛行機で高度記録
Yale, Elihu	430	Yale	東インド会社総督、商人、篤志家。イェール大学は彼の名前に因む	アメリカ	1649	1721	アメリカ有名大学エール一覧
Yates, Frederick	298	Yates	チェス棋士	イギリス	1884	1932	チェス大会（ハンブルク）
Yeats, William Butler	519	Yeats	詩人、劇作家、政治家。アイルランド文芸協会、アベイ劇場の創設などアイルランドの独立運動と文芸復興に尽力。神秘主義的な作風で知られる。詩集「アシーンの放浪とその他の詩」、日本の能に影響を受けた戯曲「鷹の井戸」など。ノーベル文学賞（1923）	アイルランド	1865	1939	英国の脚本家の分類
	823	W. B. Yeats					W. B. イェーツの初独訳出版
	841 842	W. B. YEATS 氏、YEATS 氏、イエエツ、W. B. YEATS					W. B. イエーツ全集刊行中
	850	イエツ氏、イエエツ氏					「詩歌とアイルランド」出版、「エレクトラ」主演の二女優
Yolande	659	Yolande	イエルサレム王国女王イザベラ 2 世（1212-1225）		1212	1225	A. Magnard「ベレニス」パリ興行
Young, Alexander	288	Alexander Young	（美術蒐集家）				クリスティーズで歴史的大商い
Young, Ella Flagg	325	Ella Flagg Young	女性教育者。全米教育協会初の女性会長	アメリカ	1845	1918	80％を女性が占める全アメリカ小学校教員の会
Young, James Carleton	530	James Carleton Young	書籍・自筆本蒐集家、著述家	アメリカ	1856	1918	名家著述・自筆コレクション
Young, John Cartes	216	John Cartes Young	（イギリス出身のアメリカ移民）				獄中で作曲の歌好評で特赦
Younghusband, Francis	276	Younghusband	イギリスの探検家、軍人、著述家。王立地理学協会会長。英領インド軍を率い1903～1904年チベットに侵攻。ラサ条約を締結するなど英国インド経営の辺境を拡大した。ヒマラヤ登山など	パキスタン	1863	1942	西蔵（チベット）探検の進展
	291	Francis Younghusband					支那のインドへの圧力は英国のラサ探索を妨害すると警告
	313	Francis Younghusband					英・支間のチベット問題に憤慨
Zabel, Eugen	642	Eugen Zabel	ドイツの作家、音楽・演劇評論家、ジャーナリスト	ロシア	1851	1924	エカチェリーナ 2 世を描いた小説がロシアで発禁
	650	Eugen Zabel					六十歳祝賀
Zacher, Julius	457	Julius Zacher	文献学者	ポーランド	1816	1887	訃報（B. Suphan）・ゲーテ・シラー文庫館長後任人事
Zahle, Carl Theodor	179	Zahle	政治家、弁護士。首相（1909-1910、1913-1920）（法相一時兼任）	デンマーク	1866	1946	大進歩の演劇取締緩和法案
	229	Zahle、首相					ビョルンソンの葬送
	255	Zahle					デンマーク Zahle 内閣退陣
	274	Zahle					内閣退陣に際して公文書中の冗漫な敬語を廃止

人名	頁数	本文表記	人物紹介（肩書・略歴など）	出生地	生年	没年	トピック
	287	前首相					デンマーク新内閣が前首相の方針を撤回
Zahn, Ernst	38	Ernst Zahn	作家	スイス	1867	1952	ドイツ貸本ランキング（1908）
Zanardelli, Giuseppe	91	Zanardelli	政治家、首相（1901-1903）	イタリア	1826	1903	G. Zanardelli 銅像除幕式
Zanardi-Landi, Caroline	777	Zanardi Landi	女流文筆家。自称フランス生まれ。旧姓 Caroline Kaiser		1882	1935	バイエルン王ルートヴィヒの落胤を称する伯爵夫人の自伝
Zander, Gustav	200	Zander	医師、理学療法士。近代的なスポーツ・トレーニングと健康療法の創始者	スウェーデン	1835	1920	七十五歳祝賀
Zandonai, Riccardo	636	R. Zandonai	作曲家、オペラ作曲家、指揮者	イタリア	1883	1944	新興行オペラ一覧
Zaniboni	343	Zaniboni	（ナポリ商業学校教授）				図書館蔵書の盗難販売が発覚
Zarathustra	110	Zarathustra	宗教家、ゾロアスター教の開祖。ニーチェの著書「ツァラトゥストラはかく語りき」でも知られる		前13C	前7C	M. クリンガーがニーチェの肖像とデスマスクに関して証言
	743	Zarathustra					「ツァラストラはかく語りき」翻訳
Zavrel, Franz	477	Franz Zavrel	（舞台監督）				H. Kyser の二作目の戯曲完成
Zecha	518	Zecha					犬は車を曳くのに不向きなこと
Zeh, August	572	August Zeh	（建築家、新劇場の桟敷考案者）				収容力5倍の大型劇場考案
	639	August Zeh					建築学会で大劇場案を報告
Zeisler, Moritz	531	Moritz Zeisler	俳優	チェコ	1856	1911	訃報
Zeiss, Carl	590	Zeiss	技術者、実業家。1846年に光学機器製造会社カール・ツァイス社を創業	ドイツ	1816	1888	ツァイス社員が身代金と引換え
Zeller, Max	571	Zeller	登山家				「アルペン山案内記」がオーストリア帝室侮辱の理由で発禁
Zenatello, Giovanni	9	Zenatello	オペラ歌手、テノール	イタリア	1876	1949	俳優社会のわがまま・ゲン担ぎ
Zendes, Torek de	167	Torek de Zendes	（オーストリアの伯爵夫人、エジプト総督 Abbas Hilmi Pasha の愛人）				エジプト総督の情婦がハレム入り
Zenner	281	Zenner					ベルリン学士院ライプニッツ賞
Zepler, Bogumil	415	B. Zepler	作曲家、オペラ作曲家	ポーランド	1858	1918	新興行オペラ一覧
	538	B. Zepler					新興行オペラ一覧
Zeppelin, Ferdinand von	53	Zeppelin 第二号船	軍人、発明家、企業家。硬式飛行船を考案し実用化に成功。ツェッペリン飛行船会社を創立した。ツェッペリンの名は硬式飛行船そのものを意味する名詞として定着。初期航空パイオニアの一人	ドイツ	1838	1917	ツェッペリン二号船修理中
	71	伯 Zeppelin					ライプツィヒ大学五百年記念名誉学位
	98	Zeppelin					ツェッペリン伯の出自
	110	Zeppelin 伯					ツェッペリン伯が手術後療養中
	127	Zeppelin 伯					1909年最も面白かった記事
	146	Zeppelin 伯、伯					飛行船による北極探検の計画
	178	Zeppelin 伯					北極探検の準備員が出発
	191	Zeppelin					P. ハイゼ八十歳賀帖署名者
	199	Zeppelin					北極探検予行準備と必要経費

Z

人名	頁数	本文表記	人物紹介（肩書・略歴など）	出生地	生年	没年	トピック
	220	Zeppelin II					暴風で吹き飛ばされた飛行船
	284	Zeppelin					北極探検の先遣隊が出発
	378	Zeppelin 4、Zeppelin 3					遠距離飛行の歴史
	425	Zeppelin					国民劇興行のための五千人劇場設立運動
	524	Zeppelin 飛行船					風に巻上げられ飛行船が破裂
Zickel, Martin	386	Martin Zickel	劇場監督、脚本家、演出家		1877	1932	スキャンダル裁判で興行許可取消
	429	Zickel					劇場監督交代
	462	Zickel					座長 Zickel を偽証罪で告発
	497	Zickel					猥褻事件および傷害事件
	543	Zickel					劇場監督交代
Ziegesar, Anton von	823	Anton von Ziegesar	(ヴァイマルの男爵。シルビアの又甥)				訃報
Ziegesar, Sylvie von	823	Sylvia	ザクセン・ゴータ公の侍医の娘。ゲーテ「シルヴィアに寄す」のモデル	ドイツ	1785	1858	訃報（A. v. Ziegesar）
Ziegler	700	Ziegler	(Schauburg 劇場監督)				評議会が劇場監督を交代
Ziegler, Franz	511	Ziegler	政治家、文筆家	ドイツ	1803	1876	ゲーテのフランクフルトなまり
	515	Franz Ziegler、チイグレル					ゲーテのなまりに関する証言
Ziegler, Klara	40	Klara Ziegler	女優。19世紀後半のドイツを代表する女優の一人。死後に財団が創立され演劇博物館（現在はドイツ演劇博物館）が作られた。夫は俳優で劇場監督の A. Christen	ドイツ	1844	1909	六十五歳祝賀
	120	Klara Ziegler					訃報
	122	Klara Ziegler					女優クララ・ツィーグラー略歴
	195	Klara Ziegler、Klara Ziegler-Museum					別荘を記念館
	277	Klara Ziegler-Museum					俳優の記念館は見るに足りず
Ziegler, Theobald	127	Theobald Ziegler	哲学者。哲学関係の著述のほか、「ゲーテの世界観と人生観」など	ドイツ	1846	1918	1909年最も面白かった記事
	253	Theobald Ziegler					D. F. Strauss 記念像除幕
	614	Theobald Ziegler					シュトラスブルク大学人事
	801	Theobald Ziegler					ゲーテ協会会長にふさわしい人物
Ziehen, Theodor	323	Ziehen	神経学者、精神科医、心理学者、哲学者。認識論における基礎理論を整備。担当医としてニーチェを診察したこともある。「認識論」「美学講義」	ドイツ	1862	1950	ベルリン大学役員一覧
	373	Ziehen					ベルリン大学百年祭名誉学位
	377	Ziehen					ベルリン大学役員一覧
	741	Ziehen					実証主義協会創立
Ziem, Félix	622	Felix Ziem	画家。バルビゾン派の一人	フランス	1821	1911	訃報
Ziener, Bruno	436	Bruno Ziener	俳優、映画監督	ドイツ	1870	1941	ハウプトマン「鼠」配役
Zille, Rudolf Heinrich	343	Heinrich Zille	画家、挿絵画家、版画家、写真家	ドイツ	1858	1929	「ベルリン絵入新聞」挿画懸賞

人名	頁数	本文表記	人物紹介（肩書・略歴など）	出生地	生年	没年	トピック
Zimmer, Heinrich	321	Heinrich Zimmer	言語学者、ケルト語学者	ドイツ	1851	1910	訃報
Zimmermann	570	Zimmermann					ベルリン大学講義一覧
Zimmermann, Alfred	256	Alfred Zimmermann	画家	ドイツ	1854	1910	訃報・溺死
Zimmermann, Arthur	832	Dr. Zimmermann	ドイツの政治家。第一次大戦中のツィンメルマン電報事件で知られる	ポーランド	1864	1940	在東京大使となる噂
Zimmermann, Georg	153	Georg Zimmermann					ドレスデンに新劇場建設
Zimmern, Helen	104	Miss Zimmern	女流作家、翻訳家。イギリスに帰化。ニーチェ「善悪の彼岸」などを英訳	ドイツ	1846	1934	音楽家トセリと駆落ちした元皇太子妃の近況
Zingerle, Anton	410	Anton Zingerle	古典文献学者	イタリア	1842	1910	訃報
Zinn, Alexander	110	Alexander Zinn	作家、劇作家、劇場監督、政治家	ドイツ	1880	1941	興行情報
	185	Alexander Zinn					新興行ドラマ一覧
Zippert, L.	348	Zippert	（劇作家）				新興行ドラマ一覧
	412	L. Zippert					新興行ドラマ一覧
Zobel, Auguste	20	Auguste Zobel	（女優殺害犯の女）				三角関係から殺人事件
Zobeltitz	350	von Zobeltitz	（軍人）				ドイツ皇太子随行
Zobeltitz, Fedor von	101	Fodor von Zobeltitz	作家、ジャーナリスト。兄 Hanns も作家、ジャーナリスト	ポーランド	1857	1934	喫煙アンケート
	386	Fedor von Zobeltitz					モデル事件裁判は作者に無罪
	715	Zobeltitz					H. Hyan の小説に対する訴訟
Zocchi, Emilio	769	Zocchi	彫刻家	イタリア	1835	1913	訃報
Zoder, Paul	680	Paul Zoder	劇作家	ドイツ	1872	1938	低地ドイツ方言劇 *De Last* 好評
Zoellner, Heinrich	289	Heinrich Zoellner	作曲家、指揮者、オペラ台本家。Margarethe は娘	ドイツ	1854	1941	新興行オペラ一覧
	580	H. Zoellner					新興行オペラ一覧
	693	Heinrich Zoellner					病身の娘のためスイス移住の予定
Zoellner, Johann Karl Friedrich	648	J. K. F. Zoellner	物理学者、天文学者	ドイツ	1834	1882	書肆 W. Engelmann 創業百年
Zoellner, Margarethe	429	Margarethe Zoellner	（女流劇作家、オペラ台本家。父は作曲家 Heinrich Zoellner）				小娘の作 *Jutta Sanden* 初興行
	432	M. Zoellner					新興行ドラマ一覧
	693	Margarethe Zoellner					病身の娘のためスイス移住の予定
	762	Margarethe Zoellner					ケルンで十八歳の女流作家 M. Zoellner の特集マチネ
Zoepfl, Friedrich	724	Zoepfl	司祭、歴史家	ドイツ	1885	1973	ベルリン大学でベルリン市について講義
Zola, Alexandrine	194	ゾラ夫人、未亡人	エミール・ゾラの妻	フランス	1839	1925	寄贈銅像めぐりゾラ夫人が訴訟
	748	ゾラ夫人					エミール・ゾラ忌
Zola, Émile	33	Emile Zola	作家、批評家。フランス自然主義を代表する文学者。自然主義文学運動を社会現象にまで高め、黄金期を築いた。晩年は社会・政治活動に尽力。政治的な圧力に抗し、ドレフュス	フランス	1840	1902	右翼数名がゾラ像（ブローニュの森）を引き倒そうとして逮捕
	134	Zola					ホテルの給仕にチップをはずむ人はずまない人

Z

人名	頁数	本文表記	人物紹介（肩書・略歴など）	出生地	生年	没年	トピック
	141	故 Emile Zola	事件などの冤罪を濯いだことで知られる。パリの自宅で一酸化炭素中毒のために死亡した際には反対派による暗殺説も囁かれた。この他、美術批評においても、当時批判を受けていたE. マネや印象派を擁護するなど時代をリードする役割を果たした。小説「製作」の主人公モデルはマネやP. セザンヌであったとされる。セザンヌとは中学時代からの友人であったが、「製作」の発表を機に不和が生じた。「居酒屋」、「ナナ」「ムーレ神父のあやまち」など全二十作からなる連作ルーゴン・マッカール叢書のほか、「労働」を含む四福音書叢書、ルルド、ローマ、パリを舞台とした三都市叢書がある				新進作家に対する訓戒
	163	Zola 門下					訃報（E. Rod）
	194	Emile Zola、ゾラ、亡夫					寄贈銅像めぐりゾラ夫人が訴訟
	206	Zola					ゾラ「制作」の主人公モデルにまつわる誤解
	313	ゾラ					ロシェット事件はゾラの小説「金」を想起
	382	Zola					新興行オペラ一覧
	415	Zola					新興行オペラ一覧
	446	Zola					ベルリン分離派総会・新役員
	490	ゾラ					「労働」新聞連載禁止（猥褻）
	568	Zola					「フロベールの日記」事件・猥褻書籍裁判沙汰事例
	623	Emile Zola					E. ゾラ記念像（エクス・アン・プロヴァンス）除幕
	716	Zola					不朽の名声と忘却
	748	Emile Zola					エミール・ゾラ忌
	769	Emile Zola					Du Paty 事件で陸相が引退
	783	Zola					ゾラの「小説を作る法」公開
	808	Zola					訃報・略歴（C. ルモニエ）
	822	Zola					P. モルガンの蔵書からゾラ自筆の「ナナ」発見
	826	Zola					G. ブランデス「現代のフランス文学」分類図
	836	Emile Zola					グラン・パレから E. ゾラ像紛失
	837	Zola					E. ゾラ像が地下室で発見
Zorn, Anders	191	Zorn	画家、彫刻家、版画家。スウェーデンを代表するエッチング画家。肖像画や官能的な女性像、水辺の風景画で国際的な評価を得た	スウェーデン	1860	1920	スウェーデン分裂派展覧会（ベルリン）
	557	Zorn					絵葉書発売禁止につき風刺
	582	Anders Zorn					裸体画絵葉書だけ没収
	624	Anders Zorn					ローマ国際美術展覧会受賞者
Zschokke, Heinrich	508	Zschokke	作家、劇作家、教育者	ドイツ	1771	1848	新興行オペラ一覧
Zuccari	168	Zuccari	（イタリアの霊媒師）				イタリアの名高い霊媒師
Zuegel, Heinrich von	380 381	Heinrich Zuegel	画家。動物画を得意とした。Willy は長男	ドイツ	1850	1941	六十歳祝賀
Zuegel, Willy	727	Willi Zuegel	彫刻家、磁器製作家。動物の塑像を得意とした。父は画家の Heinrich	ドイツ	1876	1950	チロル山中に T. Christomanos 記念像

人名	頁数	本文表記	人物紹介（肩書・略歴など）	出生地	生年	没年	トピック
Zuloaga, Ignacio	624	Zuloaga	画家。20世紀初頭のスペインを代表する画家の一人	スペイン	1870	1945	ローマ国際美術展覧会受賞者
Zum roten Schilde（家）	71	Zum roten Schilde	世界的財閥ロスチャイルド一族の源となったフランクフルト a. M. の家系				ロスチャイルド一族の系譜・総資産など
Zumbusch, Kaspar von	403	Kaspar von Zumbusch	彫刻家。ネオバロック様式を代表する彫刻家	ドイツ	1830	1915	八十歳祝賀
Zupitza, Julius	806	Zupitza	文献学者、言語学者、ドイツにおける本格的な英国学・英語学の創始者	ポーランド	1844	1895	シェークスピア協会（独）沿革
Zwehl, Hans Fritz von	797	H. Fritz von Zwehl	劇作家、作詞家、スクリプター		1883	1966	興行情報（ドレスデン）
Zweig, Stefan	599	Stefan Zweig	作家、劇作家、伝記作家、ジャーナリスト。新ロマン派の詩人として出発したが、多数の小説、伝記文学を残した。反戦的な思想を深め、第二次大戦中に英国に亡命。アメリカ、ブラジルに移住し、同地で二人目の妻シャルロッテと心中。歴史小説「マリー・アントワネット」「メアリー・スチュアート」など	オーストリア	1881	1942	新脚本「海辺の家」
	654	Stefan Zweig					クリスマスの予定アンケート
	656	St. Zweig					新興行ドラマ一覧
	706	Stefan Zweig					ブレスラウで一幕物興行予定
	715	Stefan Zweig					ブレスラウ自由文学協会で *Der verwandelte Komoediant* 試演
	731	Stefan Zweig					興行情報
	751	Stefan Zweig					「海辺の家」ウィーン興行
	759	Stefan Zweig					「海辺の家」ハンブルクで好評
Zwingli, Huldrych	495	Zwingli	宗教改革者。Ulrich Zwingli とも呼ばれる。ルターとは聖餐論をめぐり対立。カトリック陣営との戦いで戦死した	スイス	1484	1531	名家自筆コレクション競売
Zwink, Ottilie	246	Ottilie Zwink	(受難劇演者、女優)				オーバーアマガウの受難劇

Z

人名	頁数	本文表記	人物紹介（肩書・略歴など）	出生地	生年	没年	トピック
アメリカ夫人	271	アメリカ夫人	→ Castle, Mary Crittenden				コモ湖殺害女性の正体
アレツクス	254	アレツクス	→ Fischer, Alex				画家サラがモデルを務めた兄弟作家と拳銃決闘・怪我人なし
アンナス	246	アンナス	ユダヤの大祭司 Hannas				オーバーアマガウの受難劇
イギリス王	798	イギリス王	→ Edward VII				テーブル・マナーいろいろ（続）
イタリア王	318	イタリア王	→ Vittorio Emanuele III	イタリア	1869	1947	イタリア王の軍備縮小案に有力国君が不同意
	766	イタリア王					選挙権所有者名簿にイタリア王の名前
インド貴族某	798	インド貴族某	→ Mussaffer Eddin Mirza（shah）				テーブル・マナーいろいろ（続）
エスイツト教徒	367	エスイツト教徒	→ Jesus Christus				イタリアとスペインがポルトガルのイエズス会員の移住拒否
エピスコポス（僧官）	95	エピスコポス（僧官）、僧	（アイスランドの植民地の僧官）				「羊」と「子供」とを取り違えた笑い話
オオストリア皇儲	664	オオストリア皇儲	オーストリア＝ハンガリー皇帝フランツ・ヨーゼフ1世の世継 Franz Ferdinand von Oesterreich-Este。セルビア人民族主義者により暗殺されたサラエヴォ事件を機に第一次世界大戦が勃発	オーストリア	1863	1914	エステ荘が美術館
オオストリア帝	818	オオストリア帝	→ Franz Josef I				ボヘミア憲法破棄し国会解散
オペレットうたひ	586	オペレットうたひ、歌女	（大統領 A. Jara に迫られた女性歌手）				二十世紀に珍しい奇談・パラグアイの政争
カイゼル	342	今のカイゼル	→ Wilhelm II（Deutsches Reich）				ベルリン大学百年記念貨幣
ギリシア公使	750	ギリシア公使					トルコ政府が公使に旅券送付
キリスト	459	キリスト、キリスト教	→ Jesus Christus				A. ハルナックがヴァチカン政治史につき演説
	839	「ユデア王」（クリスト）					「ユダア王」宮廷上演
クリスツス	792	クリスツス・ドラマ	→ Jesus Christus				ベルリンで「アハシェロス」朗読
	817	クリスツス劇					K. Weiser の悲惨な末路
クリスト	772	クリスト教	→ Jesus Christus				ザクセン王がライプツィヒ大学講義を聴講
	832	クリスト教徒					B. ショー「アンドロクルスとライオン」あらすじ
	560	クリスト					G. Moore が聖書研究のうえ奇妙な脚本案出
	643	クリスト					盗難品オルカーニャ「キリストと聖母」発見
	789	クリスト					キリストの没年と年齢を算出
	803	クリスト教社会主義者					キリスト教社会主義者の首領の兄

人名	頁数	本文表記	人物紹介（肩書・略歴など）	出生地	生年	没年	トピック
							弟が殺人事件公判
ザツクゼン王	528	ザツクゼン王	→ Friedrich August III				ザクセン王侮辱で書籍没収
	578	ザツクゼン王					解雇された女優が王を告訴
	720	ザツクゼン王					ザクセン王誕生日に F. ホドラーが学芸アカデミーに加入
	772	ザツクゼン王					ザクセン王がライプツィヒ大学講義を聴講、軍服を着て観劇
ザツクゼン大公	723	ザツクゼン大公	ザクセン=ヴァイマル=アイゼナハ大公 Wilhelm Ernst（1901-1918）	ドイツ	1876	1923	シラーの墓と頭蓋骨の所有権
サツクセンの姫君	317	サツクセンの姫君	→ Toselli, Louise				トセリの家に投石事件
シクスツス	438	シクスツス堂	→ Sixtus IV				レンブラント「夜警」に小刀
スコットランドの一夫人	786	スコットランドの一夫人	（O. ワイルド墓碑像の制作依頼者）				性器露出の O. ワイルド墓碑像（ペール・ラシェーズ）に不許可
スパニア王	335	スパニア王	→ Manuel II　※ポルトガル王の誤り				仕立屋が皇后を告訴
ドイツ皇太子	723	ドイツ皇太子	→ Kronprinz Wilhelm von Preussen				著書「私の狩猟日記」発行
ドイツ大使（ロンドン）	750	在ロンドンのドイツ大使	→ Lichnowsky, Karl Max von				「エジプトにおける神・王・動物」出版
ドイツ帝	589	ドイツ帝	→ Wilhelm II（Deutsches Reich）				ドイツ帝から Pour le mérite 賞
	601	ドイツ帝					皇族の舞台登場禁止に関する風説
	640	ドイツ帝					ドイツ帝のため劇場が出張
	665	ドイツ帝					ドイツ帝諷刺の作家が朗読会
	669	ドイツ帝					フリードリヒ大王記念展覧会
	785	ドイツ帝					ゲオルギオス 1 世暗殺事件
	788	ドイツ帝					ドイツ帝専用の巡回自動車
	808	ドイツ帝、Kaiser					A. カーネギーの逸話・略歴
	809	ドイツ帝					A. カーネギーとドイツ帝の会談
ナポレオン	220	ナポレオン	→ Bonaparte, Charles Louis-Napoléon				P. Metternich-Sandor 講演
ナポレオン	268	ナポレオン	→ Bonaparte, Napoléon				古文書競売（アムステルダム）
	580	ナポレオン					ブレスラウ大学創立百年祭
	592	ナポレオン					「ジョコンダ」盗賊の刑を予測
	679	ナポレオン劇					興行情報
	749	ナポレオン					ナポレオンゆかりの荘園売却
	788	ナポレオン					ナポレオン敗軍を描いた脚本
	822	ナポレオン、Napoléon					ナポレオン旧蔵のロシア案内
ナポレオン一世	603	ナポレオン一世	→ Bonaparte, Napoléon				O. ミルボーの脚本創作案
ナポレオン三世	232	ナポレオン三世、ナポレオン、王	→ Bonaparte, Charles Louis-Napoléon				エドワード 7 世の病状とナポレオン 3 世の死病

人名	頁数	本文表記	人物紹介（肩書・略歴など）	出生地	生年	没年	トピック
	283	ナポレオン三世、帝					「1870年戦（普仏戦争）その原因及び責任」一部紹介
	293	ナポレオン三世					訃報（H. Salentin）
バアデン大公	61	バアデン大公	→ Friedrich II von Baden				ハイデルベルク学士会院開院
	796	バアデン大公、大公					バーデン大公暗殺未遂事件
バイエルン摂政	131	バイエルン摂政	→ Luitpold von Bayern				ルイポルト大金牌
	189	バイエルン摂政					P. ハイゼと H. v. Tschudi が受勲
パガニニ	249	パガニニ男爵	（フィレンツェの男爵）				パガニーーニ愛用のチェロ売買
ヒルデガルト	281	ヒルデガルト	→ Jaenicke, Hildegard				無理心中の A. Obrist の妻
フランス大統領	322	フランス大統領	→ Fallières, Clement Armand				スイス射撃祭の結果
ブリユクセル市長	351	ブリユクセル市長	政治家 Adolphe Max。1909年より没するまでブリュッセル市長を務めた	ベルギー	1869	1939	エジプト国民会議員のベルギー独立犠牲記念行列参加を禁止
プロイセン王（ドイツ帝）	490	プロイセン王	→ Wilhelm II（Deutsches Reich）				癲癇持ち女優が国王を起訴
	503	プロイセン国王（独逸帝）					女優が国王を相手どり訴訟
	583	プロイセン王（ドイツ帝）					ホーエンツォレルン家を題材とした作品の興行全面禁止
プロイセン王	580	プロイセン王	→ Friedrich Wilhelm III				ブレスラウ大学創立百年祭
プロイセン世子	809	プロイセン世子	→ Kronprinz Wilhelm von Preussen				ハウプトマン特集中断の背景
ベルジツク王	626	ベルジツク王	→ Albert I（Belgium）				ヴェルハーレンに爵位の噂
ベルリン警視総監	345	ベルリン警視総監	→ Jagow, Traugott von				自由劇場に干渉した警視総監への抗議集会
	660	ベルリン警視総監					ベルリン警視総監と女優の事件を材料とした戯曲興行
ポルトガル王（一家）	367	ポルトガル王の一家、ポルトガルの王族	（イギリスに亡命しようとしていたマヌエル2世らポルトガルの王族）				英王がポルトガル王族を迎えるべく客船を派遣、ポルトガル王族の受入
マイエル	522	マイエル	→ Meyer-Luebke, Wilhelm				マイヤーの会話辞典・文化的齟齬
マツクス	254	マツクス	→ Fischer, Max				画家サラがモデルを務めた兄弟作家と拳銃決闘・怪我人なし
マドンナ	438	マドンナ	→ Maria				レンブラント「夜警」に小刀
マリア	475	マリア座	→ Marie von Hessen-Darmstadt				女ズボンの着用者入場禁止
モンナ・リイザ	641	モンナ・リイザ	→ Giocondo, Lisa del				ルーヴル美術館「モナ・リザ」盗難のため配置換え
ヨハナアン	814	ヨハナアン	→ Johannes der Taeufer				伝承に残るサロメ
ヨハナン	410	ヨハナン	→ Johannes der Taeufer				「サロメ」興行で演出変更
ルゲンスキイ	851	ルゲンスキイ					訃報（I. Frapan-Akunian）・略歴
ルブネル	514	ルブネル	→ Rubner, Max				危険人物として入学拒否されたロシア学生が自殺

人名	頁数	本文表記	人物紹介（肩書・略歴など）	出生地	生年	没年	トピック
ロオマ大学教授	519	ロオマ大学教授	（ラテン語詩審査委員）				ラテン語詩の懸賞（ローマ）
ロオマ法王	583	ロオマ法皇	→ Pius X				法王の痛風は精神上の煩悶
ロシア画家	381	ロシア画家					疑獄事件 Steinheil 宅で展覧会
ロシア公使	282	ロシア公使	（在ドイツのロシア公使）				ユダヤ人虐殺を描いた絵画が展示取り下げ
ロシア帝	183	ロシア帝	→ Nikolai II				ロシア帝が護衛兵なしで散歩
	278	ロシア帝					ロシア帝を侮辱したものとして展覧会出品絵画を排除
	330	ロシア帝					モンテネグロ王のためにロシア帝が王冠注文
	368	ロシア帝					フィンランド国会がロシア帝勅語に起立せず
	567	ロシア帝					ヨーロッパの仏教・インド研究
	783	ロシア帝、帝					ロシア帝二女がチフス感染、ロシア帝の日課
	784	ロシア帝					ロシア帝がゴーリキーに帰国許可との噂
ロシア妃	379	ロシア妃	→ Alexandra Feodrovna				神経性脊柱炎との報
ヰクトル・エマヌエル	663	ヰクトル・エマヌエル記念祭	→ Vittorio Emanuele II				コンスタンティヌス帝記念祭
ヰルヘルム	145	伯林ヰルヘルムスタツト座	→ Friedrich Wilhelm III				*Halali* 初興行

人名	頁数	本文表記	人物紹介（肩書・略歴など）	出生地	生年	没年	トピック
悪士官	474	悪士官	→ Paterno				トリゴナ伯爵夫人殺害事件・続
有賀 長雄	356	有賀長雄	社会学者、国際法学者。日清・日露戦争に法律顧問として従軍	日本	1860	1921	日露協商に関する有賀長雄の評を在日ドイツ人が論評
英吉利王	235	英吉利王	→ Edward VII				ビョルンソンの葬儀
医師	129	かかり附の医師	→ Makowezki, Dushan				トルストイが流行性感冒
医師（コネチカット）	218	医師	→ Halsey, Robert				訃報（マーク・トウェイン）
医師（ベルリン）	679	ベルリン・グロオス・リヒテルフエルド医師	医師、衛生学者、微生物学者 Walter Kempner。Lydia Rabinowitsch-Kempner の夫	ポーランド	1869	1920	博士号取得の女性
伊太利王	146	伊太利王	→ Vittorio Emanuele III				イタリア王よりアヌンチャタ勲章
	214	伊太利王					法王拝謁辞退のルーズベルト
伊太利の妃	7	伊太利の妃	→ Elena del Montenegro				政権ある王侯ばかりの展覧会
犬養 毅	798	犬養	政治家。29代内閣総理大臣（1931-1932）。在任中の五・一五事件で暗殺	日本	1855	1932	ドイツ人による日本の政情分析と予想
井上 勝之助	502	井上勝之助	外交官、政治家。井上馨の養子。ドイツ大使、宮内省式部長官などを歴任	日本	1861	1929	日本のベルリン大使館
今の王（イギリス）	304	今の王	→ George V				英国王の料理人が交代
今一人	467	今一人	→ Spielhagen, Toni				病状（F. シュピールハーゲン）
廕昌（いんしょう）	290	支那公使	軍人、外交官。清朝と北京政府で要職を歴任		1859	1928	支那公使が日露協商に不平
	330	廕					シベリアに向けベルリン出発
印度革命派の学生	60	印度革命派の学生	→ Dhingra, Madan Lal				インド革命派学生が発砲事件
維廉帝	50	維廉帝					聖人像に帝王や大統領の顔
英王	290	英王	→ George V				英・独・仏の均衡による平和
	307	英王					英王即位式予定
	308	英王					英王の誓詞に宗教上の改正論
	318	英王					英王宣誓の詞を改正
英国王妃	182	英国王妃	→ Alexandra of Denmark				英国王妃が秘蔵の扇を公開
英国皇后	50	英国皇后	→ Alexandra of Denmark				ロシア皇太后に暗殺の恐れ
英国皇后陛下	287	英国皇后陛下	→ Alexandra of Denmark				キュリー夫人がデイビー勲章に加えアルバート勲章も受賞
英女皇	504	英女皇	ジョージ5世妃 Mary of Teck	イギリス	1867	1953	英女皇に目見えする女性の衣装につき内達
駅長	395	駅長	アスタポ駅駅長 Osolin				家出中のトルストイが病気でアスタポ駅下車
	401	駅長					訃報（L. トルストイ）・詳細
王（イギリス）	524	王	→ George V				ヴィクトリア女王記念像除幕式
王（イタリア）	693	王	→ Vittorio Emanuele III				負傷の王を社会民政党議員が慰問
王（スウェーデン）	146	王	→ Gustav V				外国移住防止に関する劇場主の献策を王が嘉納

人名	頁数	本文表記	人物紹介（肩書・略歴など）	出生地	生年	没年	トピック
王（スペイン）	475	王	→ Alfonso XIII				スペイン王の暗殺を企てた無政府主義者が自殺
王（スペイン）	640	王	→ Alfonso XIII				皇族の著作物につきスペイン宮廷で揉め事
王（デンマーク）	449	王	→ Frederik VIII				女流作家が興行許可を直訴
王（ノルウェー）	235	王	→ Haakon VII				ビョルンソンの葬儀
墺匈國皇后	293	墺匈国皇后	→ Elisabeth Amalie Eugenie von Wittelsbach				エリーザベト暗殺者の読書録
墺帝	357	墺帝	→ Franz Josef I				女流作家が墺帝から金牌
	380	墺帝					終身禁錮の Luccheni が縊死
	484	墺帝					彫刻のモデルにオペラ女優
	675	墺帝					ホフマンスタールがダヌンツォを罵倒
	718	墺帝					オーストリア帝が老優を引見
王妃（イタリア）	505	王妃	→ Elena del Montenegro				トリノ国際博覧会開催
王妃（スウェーデン）	724	王妃	→ Sophie Marie Viktoria von Baden				「グスタフ・アドルフ」模範的興行
王妃（バローダー）	582	Baroda の王妃	Shrimant Lakshmibai Mohite。バローダーのマハラジャ Sayajirao Gaekwad III の二人目の妃。女権論者として活躍		1871	1958	「印度生活に於ける婦女の地位」をロンドンで出版
王妃（ベルギー）	293	王妃	→ Élisabeth Gabriele Valérie Marie				ベルギー国王がブリュッセル博覧会に国内文士を招待
尾崎 行雄	798	尾崎	政治家。25期にわたり衆議院議員を務めた。「議会政治の父」と呼ばれる	日本	1858	1954	ドイツ人による日本の政情分析と予想
小山内 薫	176	小山内流	演出家、劇作家、作家。雑誌「新思潮」を創刊。自由劇場（会員制）、築地小劇場を創立した「新劇の父」	日本	1881	1928	タリア座（ハンブルク）が予約制で「ペール・ギュント」興行
夫と云つてゐた男	266	夫と云つてゐた男	→ Charlton, Porter				コモ湖女優殺害事件・続
男	147	男	→ Lamphere, Ray				連続殺人犯の焼死事件判明
女	303	女	→ Castle, Mary Crittenden				イタリア政府がアメリカへの殺害容疑者引き渡しを拒否
女	521	女	→ Varsani				F. モルナールが薬物自殺未遂
女きやうだいの尼	99	女きやうだいの尼	→ Tolstaya, Maria Nikolajewna				トルストイ妹の尼が強盗被害
外相（ノルウェー）	222	外相、主人	外交官、政治家 Johannes Irgens	ノルウェー	1869	1939	訃報（ビョルンソン）・詳細
学芸大臣（ベルギー）	55	学芸大臣、大臣	政治家 Édouard Descamps	ベルギー	1847	1933	国王の絵画売り払いに質疑
革命党の首領	362	革命党の首領	→ Costa, Afonso				1910年10月5日革命
桂 太郎	798	桂	軍人、政治家、元老。首相（1901-1906、1908-1911、1912-1913）	日本	1848	1913	ドイツ人による日本の政情分析と予想
家婢	283	家婢	（J. Mumby の内縁の妻であった家婢）				訃報（J. Mumby）・婚姻関係の家婢に遺産

人名	頁数	本文表記	人物紹介（肩書・略歴など）	出生地	生年	没年	トピック
川上 貞奴	314	川上貞奴	女優。夫の川上音二郎とヨーロッパを巡業。帝国女優養成所を設立	日本	1871	1946	パリで日本演劇博覧会
監視長	595	監視長	（ルーヴル美術館の監視長）				「ジョコンダ」盗難のため懲罰
議会の議長（総代）	231	議会の議長	→ Lian, Ole Olsen				ビョルンソンの葬送
	235	議会の総代					ビョルンソンの葬儀
后（オランダ）	40	后	→ Wilhelmina（Netherlands）				オランダ女王が長女出産で国中大騒ぎ
妃（スウェーデン）	514	瑞典王並妃	→ Sophie Marie Viktoria von Baden				スウェーデン王夫妻とドイツ帝夫妻が観覧予定の演目
妃（デンマーク）	30	妃	デンマーク王 Frederik VIII の妃 Lovisa av Sverige。スウェーデン王カール15世の長女	スウェーデン	1851	1926	帝室同士の交際費
妃（ドイツ）	17	妃	→ Auguste Victoria				ヘディンがベルリン地学会でチベット（西蔵）旅行談
	481	妃					ドイツ帝が「信仰と故郷」激賞
	514	独逸帝並妃					スウェーデン王夫妻とドイツ帝夫妻が観覧予定の演目
妃（ドイツ皇太子）	331	妃	→ Cecilie zu Mecklenburg				セイロンまで妃が同行
	368	妃					皇太子夫妻が出立、経過情報
妃（ノルウェー）	235	妃	ノルウェー国王 Haakon VII の妃 Maud of Wales。英国王エドワード 7 世の三女	イギリス	1869	1938	ビョルンソンの葬儀
妃（ブルガリア）	277	妃	ブルガリア王 Ferdinand I の妃 Eleonore von Reuss-Koestritz	ポーランド	1860	1917	ブルガリア王夫妻の歓迎興行
妃（ベルギー）	715	妃	→ Élisabeth Gabriele Valérie Marie				メーテルリンクのノーベル賞祝賀会に国王と妃が臨席
妃（ルーマニア）	7	Rumania の妃	→ Sylva, Carmen				政権ある王侯ばかりの展覧会
記者（ベルリン）	240	伯林の記者	→ Lebius, Rudolf				捏造紀行の作者が裁判で敗訴
記者	283	Guerre Sociale の記者	→ Herve, Gustave				処刑前後の Liaboeuf
北里 闌（たけし）	6	北里闌	国学者、言語学者。医学者北里柴三郎とは遠縁。「日本語源研究の道程」	日本	1869	1959	訃報（I. Frapan-Akunian）
貴婦人	386	貴婦人	→ Haselhoff-Lich, Irma				モデル事件裁判は作者に無罪
旧僕	254	旧僕	（作家 R. Sherard の元使用人）				旧僕から狙撃されるも不発
教皇	214	教皇	→ Pius X				法王拝謁辞退のルーズベルト
教務大臣（プロイセン）	155	教務大臣	→ Trott zu Solz, August von				教務大臣への「マグダラのマリア」興行交渉不調
清盛	838	清盛	→平 清盛				F. L. W. Meyer 紹介
基督	35 36	基督	→ Jesus Christus				笑い話ボヘミアンの鼻祖
	63	基督前					サハラ砂漠で古代都市発見

人名	頁数	本文表記	人物紹介（肩書・略歴など）	出生地	生年	没年	トピック
	76	基督教					遺稿「キリスト教勃興より現今に至るまでの絵画史」出版
	90	基督					オーバーアマガウの受難劇
	92	基督教					キエフのキリスト教徒がユダヤ教徒迫害
	236	基督教					キリスト教からイスラム教に改宗の兆候
	246	基督					オーバーアマガウの受難劇
	253	基督教徒					貴族院で火葬説に関する議事
	296	基督教教育					小学校教育と社会主義
	311	基督前					メソポタミア発掘の文章解読
	317	自由基督教					自由キリスト教及び宗教進歩大会
	383	基督教参考品					キリスト教参考品の博物館
	432	基督					神聖な数字
	465	基督教					キリスト教の多くの伝説がバビロニアに起源
	483	基督教					教義違反者とされた牧師の敬服すべき意見書
	704	基督劇					キリスト劇出版
	719	基督前					セイロン島の貯水池の歴史
栗原　元吉	843	栗生	英文学者。『スバル』の前身『明星』に「海外詩壇」を連載	日本	1883	1969	告訴したパロディー作家にダヌンツォが敗訴
君主（モナコ）	280	Monaco の君主	→ Albert I（Monaco）				欧州列強の中学制度研究
軍務大臣	106	軍務大臣	→ Schoenaich, Franz Xaver von				毒丸薬事件に懸賞金
警視総監（バイエルン・ミュンヘン）	602	警視総監	弁護士・官僚 Alfred Dillmann。バイエルン王国の警視総監を務めた		1849	1924	ヴェデキント興行禁止事情
	716	警視総監					スケッチ禁止の理由
警視総監（ベルリン）	455	警視総監	→ Jagow, Traugott von				O. ブラームが「鼠」検閲削除に抗議し警視総監を起訴
検閲官（ミュンヘン）	760	検閲官	（ミュンヘンの演劇検閲官）				検閲官に対する怒りのためにヴェデキントが失神
検書官（ミュンヘン）	803	検書官	（ミュンヘンの刊行物検閲官）				検書官の裁定のため文芸顧問に辞職者の可能性
検定顧問（ミュンヘン）	660	検定顧問（Zensurbeirat）	（ミュンヘンの文芸検定顧問。本文では「検書官」と区別され Zensurbeirat は検定顧問、文芸顧問と訳されている）				ヴェデキントが検定顧問を諷刺
	803	文芸顧問 Zensurbeirat					検書官の裁定のため文芸顧問に辞職者の可能性
現任海軍大臣	308	現任海軍大臣					怪しい旅人スパイ容疑で捕縛
皇后（ドイツ）	481	皇后	→ Auguste Victoria				ベルリン王立芸術院名誉会員

漢

人名	頁数	本文表記	人物紹介（肩書・略歴など）	出生地	生年	没年	トピック
	614	皇后					ドイツ帝・皇后・内親王が料理店見物
孔子	401	孔夫子	思想家。儒家の始祖。「夫子」は尊称	中国	前551	前479	トルストイの弁明
公使	356	公使	(トルコ公使)				トルコ公使にロシア政府が質問
公爵	812	公爵	→ Karl August				ゲーテゆかりの鉱泉百年祭
公爵家	252	公爵家	(de la Salle de Rochemaure 公爵家)				婚姻に関する裁判
公爵家（ザクセン＝ヴァイマル＝アイゼナハ）	706	公爵家	ザクセン＝ヴァイマル＝アイゼナハ大公国君主 Wettin 家（Ernst 系）				ゲーテ協会例会予定
	812	公爵家					ゲーテゆかりの鉱泉百年祭
侯爵夫人（ヴァンドーム）	7	Vendôme の侯爵夫人	ヴァンドーム公 Emmanuel の妻 Henriette Marie Charlotte Antoinette。「公爵夫人」が正しい	ベルギー	1872	1948	政権ある王侯ばかりの展覧会
侯爵夫人（シャルトル）	7	Chartres の侯爵夫人	シャルトル公ロベールの妻 Françoise d'Orléans。「公爵夫人」が正しい	フランス	1844	1925	政権ある王侯ばかりの展覧会
皇女達（ロシア）	783	皇女達	ロシア皇帝ニコライ 2 世長女 Olga（1895-1918）、次女 Tatjana（1897-1918）、三女 Maria（1899-1918）、四女 Anastasia（1901-1918？）				ロシア帝の日課
豪族	711	豪族	→市長（シチリア）				イタリア最後の義賊が書いた自伝的戯曲
皇太子（ドイツ）	221	皇太子	→ Kronprinz Wilhelm von Preussen				P. Pauli 舞台五十年祝賀公演
	428	皇太子					在日ドイツ大使交代の予定
	786	皇太子					ドイツ皇太子が再度執筆（『武器の中のドイツ』禁軍の部）
皇儲（ドイツ）	330	皇儲	→ Kronprinz Wilhelm von Preussen				妃は東アジアには同行せず
皇帝（ドイツ）	25	皇帝	→ Wilhelm II（Deutsches Reich）				クルップ家で夫婦喧嘩
	67	皇帝、帝					ドイツ新内閣の顔ぶれ・皇帝による更迭
	436	皇帝					皇太子が作譜し皇帝がリブレット執筆というオペラは訛伝
故英国王	242	故英国王	→ Edward VII				エドワード 7 世のデスマスク
故王（イギリス）	304	故王	→ Edward VII				英国王の料理人が交代
故王（ベルギー）	160	故王	→ Leopold II				レオポルド 2 世遺産争い
	180	故王、王					ベルギー故王にコンゴ株疑惑
	411	故王					レオポルト 2 世遺産争い
国王（イタリア）	253	国王	→ Vittorio Emanuele III				アルゼンチン独立百年祭（ローマ）で社会主義の演説に喝采
	256 257	国王、王					イタリア王が社会党員と面会
	274	国王					社会党系新聞社主催の自転車競争にイタリア王が大金牌

漢

人名	頁数	本文表記	人物紹介（肩書・略歴など）	出生地	生年	没年	トピック
国王（デンマーク）	87	国王	→ Frederik VIII				北極点到達に関する報告
国王（ドイツ）	71	国王	→ Wilhelm II（Deutsches Reich）				ライプツィヒ大学五百年祭式典、ライプツィヒ大学五百年記念名誉学位
	719	国王					ケルナーとシラー記念像除幕
国王（ノルウェー）	222	国王、王	→ Haakon VII				訃報（ビョルンソン）・詳細
	231	国王、王					ビョルンソンの葬送
国王（ベルギー）	55	国王	→ Leopold II				国王の絵画売り払いに質疑
国王（ベルギー）	160	国王	→ Albert I（Belgium）				レオポルド2世遺産争い
	390	国王					社会党が普通選挙の要求
	715	国王					メーテルリンクのノーベル賞祝賀会に国王と妃が臨席
黒人の boxer	290	黒人の boxer	→ Johnson, Arthur John				ジョンソン勝利のため北米で黒人が多数殺戮
国儲・国王（ザクセン）	104	Sachsen 国儲、国王	→ Friedrich August III				音楽家トセリと駆落ちした元皇太子妃の近況
国母（オランダ）	820	国母	オランダ王太后 Emma von Waldeck-Pyrmont。オランダ王ウィレム3世の妃。王の死後、娘 Wilhelmina の成人まで摂政（1890-1898）を務めた	ドイツ	1858	1934	オランダの政変
後藤 新平	559	後藤新平さん	政治家、官僚、医師。台湾民政長官、満鉄初代総裁など植民地経営のほか逓相、内相、外相、東京市長を歴任	日本	1857	1929	フランス新内閣
故白耳義王	516	故白耳義王	→ Leopold II				故ベルギー王の遺言に問題
小間使	96	小間使	G. プッチーニ家の使用人 Doria Manfredi。主人との浮気を疑われ自殺	イタリア	1885	1909	嫉妬で小間使いを自殺させたプッチーニの妻は無罪放免
載濤（さいとう）	289	載濤王	初代醇親王となった愛新覚羅奕譞の七子。光緒帝の弟。清朝最後の皇帝となった溥儀の叔父にあたる		1887	1970	ドイツから帰国予定の載濤王が辮髪を断髪との誤報
	324	載濤王					自ら辮髪を切って将校一同にも切らせるとの噂
作者	119	作者	→ Meier-Graefe, Julius				「アダムとイヴ」批評
作者	124	作者	→ Wedekind, Frank				喜劇「音楽」興行評
作者	166	作者	→ Rostand, Edmond				ロスタンがパントマイムなど制作に意欲
作者	386	作者	→ Wittels, Fritz				モデル事件裁判は作者に無罪
作者二人	152	作者二人	（「大なる死者」の作者二人）				「大なる死者」あらすじ
索遜王	49	索遜王	→ Friedrich August III				五十歳祝賀（P. Ulrich）・ザクセン王より称号
座主	143	座主	→ Jarno, Josef				ウィーンののんきな裁判

人名	頁数	本文表記	人物紹介（肩書・略歴など）	出生地	生年	没年	トピック
座長	540	座長	→ Brahm, Otto				警視庁の「鼠」削除命令を不服とした劇場側が勝訴
侍従武官	539	侍従武官	（ヴィルヘルム2世付きの武官）				御忍びで大展覧会観覧
市長（オデッサ）	117	市長	（オデッサ市長）				S. ウィッテの名に因む町名（オデッサ）が改称
市長（クリスチャニア）	231	市長	政治家、編集者 Hagbard Berner	ノルウェー	1839	1920	ビョルンソンの葬送
市長（シチリア）	30	市長	（作家 G. Salomone に復讐されたシチリアの市長）				シチリア詩人の殺害事件裁判
	711	村の豪族					イタリア最後の義賊が書いた自伝的戯曲
市長（ヒュネウェル）	499	市長	（カンザス州 Hunnewell 市長）				市長以下役員全員に女性選出
支那公使（ベルリン）	290	支那公使	→廕昌（いんしょう）				支那公使が日露協商に不平
釈迦	401	仏陀	仏教の開祖ゴータマ・シッダールタ。釈迦牟尼は尊称。マルコ・ポーロは Sagamoni borcam (Khakamouni) としてヨーロッパに紹介		前563	前483	トルストイの弁明
	404	釈迦					トルストイの埋葬
	567	釈迦、Sagamoni borcam					ヨーロッパの仏教・インド研究
社会党員	256 257	社会党員、男	（イタリア Asti のガラス製造会社経営の社会党員）				イタリア王が社会党員と面会
舎生	849	舎生	（『スバル』同人の別号）				新詩集「我が生の凡ての瞬間より」出版
従者	71	従者	（ゼルビア皇太子 Georg に殺害された従者）				セルビア前皇太子による殺害事件を社会主義新聞が糾弾
首相（イギリス）	474	首相	→ Asquith, Herbert Henry				「新聞切抜」ウィーン興行禁止
首相（ドイツ）	12	首相	→ Buelow, Bernhard von				八十歳祝賀（F. シュピールハーゲン）・首相列席
	127	首相					1909年最も面白かった記事
首相（ドイツ）	71	首相	→ Bethmann-Hollweg, Theobald von				ドイツ首相の年収
	78	首相					首相が近衛隊少佐に就任
	339	首相					ドイツ帝を御用新聞が弁護
	371	首相					ベルリン大学百年祭
	557	首相					絵葉書発売禁止につき風刺
	789	首相					陸軍拡張案演説・国家総動員
首相（フランス）	69	首相	→ Briand, Aristide				フランス新内閣
	387	首相					首相の発議で内閣総辞職
首相（フランス）	730	首相	→ Poincaré, Raymond				ルソー記念祭
首相の姪（スペイン）	314	首相の姪（士官の妻）	（スペイン首相 A. Maura の姪）				スペイン前首相狙撃事件様子
主人	666	主人	ベルリンの酒場 Das schwarze Ferkel（黒い子ブタ）の主人 Gustav Tuerk。ストリンドベリなど多くの芸術家が集った				P. Schlenther のストリンドベリ回想

人名	頁数	本文表記	人物紹介（肩書・略歴など）	出生地	生年	没年	トピック
女王	41	女王	→ Maria del Pilar				ケルン花祭
女王達、各女王（ベルギー）	160	女王達、各女王	→ Louise Marie (Belgium)、Stephanie (Belgium)、Clementine (Belgium)				レオポルド2世遺産争い
少年	315	少年	→ Roca, Manuel Posa				狙撃事件後の前首相と犯人
少年の両親	315	少年の両親	（首相暗殺未遂犯 M. P. Roca の両親）				狙撃事件後の前首相と犯人
情婦	96	情婦	→ Bonnemains, Marguerite de				訃報（Boulanger 未亡人）
情婦	319	情婦	→ Le Neave, Ethel				クリッペンと情婦が偽名で逃亡
	339	情婦					クリッペンと情婦ロンドン到着
情夫の士官	499	情夫の士官	（女優 Annie Dirkens の情夫、士官）				女優が情夫を使って意趣返し
	501	情夫の士官					A. Dirkens に出番なし
女学生	795	女学生	（ベルリン大学で文学研究者 E. シュミットの指導を受けていた女子学生）				ベルリン大学講義（E. シュミット）代行
	817	女学生					女学生が受講につき嘆願書
女皇陛下	41	女皇陛下	→ Victoria of the United Kingdom				浦島太郎のような実話
女優	266	女優	→ Castle, Mary Crittenden				コモ湖女優殺害事件・続
女優	660	女優	→ Durieux, Tilla				ベルリン警視総監と女優の事件を材料とした戯曲興行
新王（ベルギー）	121	新王	→ Albert I (Belgium)				レオポルド2世遺産争い
信玄	31	信玄袋	→武田 信玄				すりの珍談
瑞典王	118	瑞典王	→ Gustav V				スウェーデン王がノーベル賞受賞者 S. ラーゲルレーヴに叙勲
	514	瑞典王					スウェーデン王夫妻とドイツ帝夫妻が観覧予定の演目
	846	瑞典王					オペラ「サロメ」ストックホルム興行は一事件
末松 謙澄	770	末松	政治家。逓相・内相などを歴任。「源氏物語」の英訳など訳業でも知られる	日本	1855	1920	末松謙澄の英訳「源氏物語」が独訳
西班牙王	52	西班牙王	→ Alfonso XIII				ヴァレンシア博覧会開会
西班牙王	233	西班牙王	→ Manuel II				スペイン（ポルトガルの誤り）王室の財政困難の一兆候
蘇丹（スルタン）	35	蘇丹	オスマン帝国17代皇帝ムラト4世（1623-1640）		1612頃	1640	配達の遅れた手紙
西太后	98	西太后	清朝9代皇帝咸豊帝の妃。10代同治帝の母。清朝末期に摂政として政治の実権を掌握し続けた		1835	1908	葬儀で巨額の模型（船）を焚き上げたと西洋で報道
	643	西太后					B. Dernburg の支那事情講演
青年画家（ミラノ未来派）	334	青年画家	Umberto Boccioni (1882-1916)、Carlo Carrà (1881-1966)、Luigi Russolo (1885-1947)、Giacomo Balla (1871-1958)、Gino				ミラノの未来派画家達の宣言

人名	頁数	本文表記	人物紹介（肩書・略歴など）	出生地	生年	没年	トピック
			Severini（1883-1966）の5人。1910年に「未来派画家宣言」「未来派絵画技術宣言」				
聖母	25	聖母	→ Maria				寺院で絵画紛失
	643	聖母					聖母登場の「ガウェイン」興行禁止、盗難品オルカーニャ「キリストと聖母」発見
摂政（バイエルン）	13	摂政	→ Luitpold von Bayern				バイエルン科学アカデミー150周年祝賀
	32	Bavariaの摂政					有柁風船（飛行船）到着の図
	42	摂政					ミュンヘン芸術院百年祭
	48	摂政の宮					ミュンヘン芸術院百年祭
	224	バワリアの摂政					南極探検事業
	248	摂政					ミュンヘン回教美術展覧会
	471	バイエルン摂政					困窮芸術家に救助基金
	534	摂政					九十歳祝賀の美術展覧会
	651	バイエルンの摂政					裸体舞踏を褒めた摂政を新聞が論難
摂政王（バイエルン）	49	摂政王	→ Luitpold von Bayern				芸術高等学校創立百年で摂政王に頌辞
	51	摂政王					第10回国際美術展覧会
前海軍大臣	180	前海軍大臣	→ Thomson, Gaston				「名優ラシェルの情生涯」紹介
前首相（デンマーク）	287	前首相	→ Zahle, Carl Theodor				デンマーク新内閣が前首相の方針を撤回
前首相（ドイツ）	65	前首相	→ Buelow, Bernhard von				広小路に前首相の名前
先代の王（ベルギー）	294	先代の王	→ Leopold II				ベルギー国王がブリュッセル博覧会に国内文士を招待
前白耳義王	228	前白耳義王	→ Leopold II				故王の愛人狙撃未遂事件
	232	前白耳義王、前王、亡くなつた王					レオポルド2世遺産争い
前葡萄牙王	434	前葡萄牙王	→ Manuel II				マヌエル王が転居
総長（ハレ大学）	540	総長	数学者Friedrich Heinrich Albert Wangerin	ポーランド	1844	1933	ハレ大学自由学生団と大学当局の衝突
総督（ジブラルタル）	363	総督	軍人Archibald Hunter。英国領ジブラルタル総督を務めた	イギリス	1856	1936	1910年10月5日革命
太子摂政（バイエルン）	54	太子摂政座	→ Luitpold von Bayern				ワーグナー記念像設立予定（ミュンヘン）
	58	太子摂政					六十歳祝賀（v. Habermann）
大臣（イタリア）	473	大臣	（イタリアの大臣）				トリゴナ伯爵夫人殺害事件

漢

人名	頁数	本文表記	人物紹介（肩書・略歴など）	出生地	生年	没年	トピック
大帝伝記の著者	670	大帝伝記の著者	→ Koser, Reinhold				フリードリヒ大王二百年記念祭
大統領（フランス）	277	大統領	→ Fallières, Clement Armand				ブルガリア王夫妻の歓迎興行
	282	大統領					Liaboeuf 死刑中止哀願状・死刑執行
	731	大統領					ルソー生誕二百年記念祭
大統領（フランス）	783	大統領	→ Poincaré, Raymond				*Hélène Ardouin* 上演に喝采
大統領（ベネズエラ）	302	Venezuela の大統領	軍事独裁者 Juan Vicente Gómez。大統領（1908-1913、1922-1929、1931-1935）	ベネズエラ	1857	1935	ベネズエラ大統領へのドイツ帝の親書が北米で波紋
平 清盛	838	清盛	武将、公卿。本文「清盛の禿」とは情報収集を期待して市中に放った禿頭の童子達のこと	日本	1118	1181	F. L. W. Meyer 紹介
拓殖大臣（ベルギー）	180	拓殖大臣	→ Schollaert, François				ベルギー故王にコンゴ株疑惑
武田 信玄	31	信玄袋	戦国時代の甲斐の守護大名。名は晴信	日本	1521	1573	すりの珍談
男爵夫人	409	男爵夫人	→ Olivier 夫人				嫉妬から男爵夫人を殺害
知事（カルガ）	395	カルガの知事	（カルーガの知事）				家出中のトルストイが病気でアスタポ駅下車
知事（ワルシャワ）	76	Warschawa 知事	（ワルシャワの知事）				シベリア脱走の強姦罪の官吏
茅野 蕭々	845	茅生	ドイツ文学者、歌人。本名儀太郎	日本	1883	1946	リリエンクロン自伝的小説執筆
儲君（ドイツ）	290	儲君	→ Kronprinz Wilhelm von Preussen				東京では Mumm 大使が皇太子を待受
珍田 捨巳	502	珍田	外交官、牧師。侍従長、枢密顧問官、外務次官など要職を歴任	日本	1857	1929	日本のベルリン大使館
妻（ドイツ帝）	26	妻（meine Frau）	→ Auguste Victoria				ヴィルデンブルッフのヴィルヘルム帝とビスマルクとの逸話
連子（伯爵）	120	連子の伯爵	ベルギー王レオポルト 2 世と Caroline Lacroix の二人目の庶子 Philippe Henri Marie François		1907	1914	レオポルド 2 世遺産争い
嗹馬王	30	嗹馬王	→ Frederik VIII				帝室同士の交際費
	235	嗹馬王					ビョルンソンの葬儀
独逸皇太子	261	独逸皇太子	→ Kronprinz Wilhelm von Preussen				B. ウィレを脅迫した人物が今度はドイツ皇太子に脅迫行為
	290	独逸皇太子					ドイツ皇太子が世界周遊で日本にも来訪
	436	独逸皇太子					皇太子が作譜し皇帝がリブレット執筆というオペラは訛伝
独逸皇太子妃	407	独逸皇太子妃	→ Cecilie zu Mecklenburg				ドイツ皇太子妃の帰国予定
独逸皇儲	329	独逸皇儲	→ Kronprinz Wilhelm von Preussen				東アジア遊歴予定
	330	独逸皇儲					東アジア遊歴乗船予定、訪問国予定、帰国予定、旅次日程発表予定、乗船予定の船

漢

人名	頁数	本文表記	人物紹介（肩書・略歴など）	出生地	生年	没年	トピック
	331	独逸皇儲					セイロンまで妃が同行
	332	独逸皇儲					ドイツ皇太子がケーニヒスベルク大学の名誉講師
	350	独逸皇儲					ドイツ皇太子随行
	367	独逸皇儲					ドイツ皇太子随行員交代
	368	独逸皇儲					皇太子夫妻が出立、ドイツ皇太子随行、経過情報
独逸皇儲妃	329	独逸皇儲妃	→ Cecilie zu Mecklenburg				妃は東アジアには同行せず
独逸儲君	489	独逸儲君	→ Kronprinz Wilhelm von Preussen				ベルリンでG. Wegenerが講演
独逸帝	8	独逸帝	→ Wilhelm II（Deutsches Reich）				訃報（C. Coquelin）
	10	独逸帝					帝王の眠
	49	独逸帝					ドイツ帝より二等宝冠章
	61	独逸帝、帝					シャック・ギャラリーを新築
	65	独逸帝					カルヴァン生誕四百年祭
	100	独逸帝					ドイツ帝のそっくりさん、愛用の紙巻きタバコ
	101	独逸帝					ドイツ帝の青年時代を描いた小説
	112	独逸帝					芝居での蓄音機の使用
	129	独逸帝					「浜辺の子供たち」称賛のドイツ帝には史劇奨励の底意
	158	独逸帝					フランス大使館が展覧会のレセプションにドイツ帝を招待
	162	独逸帝					ドイツ帝より一等宝冠章
	172	独逸帝					日本人を描いた戯曲「タイフーン」と黄禍論
	178	独逸帝					ドイツ帝のヴァトーに複製説
	179	独逸帝					ヴィルヘルム2世所蔵「ジェルサンの看板」の真贋
	196	独逸帝					ドイツ帝がT. ルーズベルトを歓迎の用意
	199	独逸帝					黄禍論が諸方で盛んに吹聴
	235	独逸帝					ビョルンソンの葬儀
	245	独逸帝、帝					ドイツ帝がT. ルーズベルトに軍隊分列式を披露、ベルリン軍医学校で新築式
	255	独逸帝					大学教授の国際交換に広がり
	258	独逸帝					訃報（L. Noster）
	269	独逸帝					ドイツ帝の病状
	285	独逸帝					T. ルーズベルトがドイツ帝をノ

人名	頁数	本文表記	人物紹介（肩書・略歴など）	出生地	生年	没年	トピック
							ーベル賞に推薦とは虚説
	289	独逸帝					ドイツ帝がノルウェーにF. ナンセン像を寄贈
	296	独逸帝					ドイツ帝がノルウェー王にF. ナンセン像を寄贈
	302	独逸帝					ベネズエラ大統領へのドイツ帝の親書が北米で波紋
	321	独逸帝					スイス射撃祭の受賞予想
	322	独逸帝					スイス射撃祭の結果
	327	独逸帝					ドイツ帝の文芸談話
	330	独逸帝					ケーニヒスベルクでドイツ帝が男は軍事で女は家事と演説、ドイツ帝の専制的演説に批判
	331	独逸帝					文言を補って階級と宗教の合一につき演説、猟の予定
	334	独逸帝					フリードリヒ大帝登場の戯曲興行につきドイツ帝の許可
	336	独逸帝					椋鳥記者によるドイツ帝ケーニヒスベルク演説の抜粋
	350	独逸帝					A. フンボルト記念像（メキシコ）
	385	独逸帝					万国博のベルリン開催に異存
	405	独逸帝					ドイツ帝新設の研究所
	425	独逸帝					A. メンデルスゾーンがドイツ帝に献上のファルコニエーリ邸
	442	独逸帝					ドイツ帝より受勲の芸術家
	443	独逸帝					Pour le mérite 受勲者一覧
	446	独逸帝					ドイツ帝より二等宝冠賞
	449 450	独逸帝、帝、人君					ドイツ帝に落選されたロダンの弁
	462	独逸帝					交配により新種の牛を開発
	468	独逸帝					ドイツ帝が鹿の絵を注文
	481	独逸帝、帝					ドイツ帝が「信仰と故郷」激賞
	514	独逸帝					スウェーデン王夫妻とドイツ帝夫妻が観覧予定の演目
	517	独逸帝					ストラスブールで演説
	524	独逸帝					ヴィクトリア女王記念像除幕式
	525	独逸帝					ロンドンでドイツ帝歓迎の演劇、ロンドン訪問中のドイツ帝と妃
	539	独逸帝					御忍びで大展覧会観覧

人名	頁数	本文表記	人物紹介（肩書・略歴など）	出生地	生年	没年	トピック
	552	独逸帝					ドイツ帝がサンスーシに飾る彫刻を買上
	707	独逸帝					勅令により感染症研究所に R. コッホの名
独逸帝	77	独逸帝					ドイツ帝の像に発砲した学生に罰金
独逸帝（二名）	339	独逸帝	→ Friedrich III、Wilhelm II（Deutsches Reich）				ドイツ帝（フリードリヒ 3 世とヴィルヘルム 2 世）の騎馬像
独逸帝普魯士王	162 163	独逸帝普魯士王	→ Wilhelm II（Deutsches Reich）				ドイツ議会で大騒擾
独逸妃	381	独逸妃	→ Auguste Victoria				ドイツ妃誕生日に赤十字勲章
	525	独逸妃					ロンドン訪問中のドイツ帝と妃
独逸領事	590	独逸領事					ツァイス社員が身代金と引換え
徳川（家）	236	徳川時代	江戸幕府将軍家				パリの侠客 Liaboeuf 事件
独帝	30	独帝	→ Wilhelm II（Deutsches Reich）				帝室同士の交際費
	290	独帝					英・独・仏の均衡による平和
内務大臣（フランス）	763	内務大臣	→ Steeg, Théodore				パリで本格的「ファウスト」興行
亡くなつた王（ベルギー）	234	亡くなつた王	→ Leopold II				Mons 監獄前通りの命名競争
夏目 漱石	556	漱石さん	作家、英文学者	日本	1867	1916	猫文学いろいろ
拿破崙一世	11	拿破崙一世	→ Bonaparte, Napoléon				訃報（A. J. Rubay）・ナポレオン逸話
	199	拿破崙一世					セント・ヘレナ幽閉の逸話
	205	拿破崙一世					エルバ島でのナポレオン住居が売り家
拿破崙三世	53	拿破崙三世	→ Bonaparte, Charles Louis-Napoléon				八十三歳誕生日（Eugénie）
	173	拿破崙三世					訃報（Comte d'Orx）
日本女	587	日本女	（インドの女性教育家 Shikari に雇われていた日本人女性）				インドで有名な女性著述家
野口 米次郎	589	野口米次郎	詩人、英文学者、評論家、ジャーナリスト。英詩の署名に Yone Noguchi を用いた。イサム・ノグチの父	日本	1875	1947	日本の文芸取締がヨーロッパで評判・正宗白鳥「危険人物」
諾威王	63	諾威王	→ Haakon VII				O. ブラームに聖 Olaf 勲章
	131	諾威王					パリで療養中のビョルンソン
	296	諾威王					ドイツ帝がノルウェー王に F. ナンセン像を寄贈
婆さん	297	婆さん、女中の娘	（バルザックの女中の娘）				バルザック博物館開館式
伯爵夫人（Flandres）	7	Flandres の伯爵夫人	フランドル伯フィリップの妻 Marie Luise	ドイツ	1845	1912	政権ある王侯ばかりの展覧会

人名	頁数	本文表記	人物紹介（肩書・略歴など）	出生地	生年	没年	トピック
			Alexandra Karoline von Hohenzollern-Sigmaringen				
白人	290	白人	→ Jeffries, James Jackson				ジョンソン勝利のため北米で黒人が多数殺戮
秦 佐八郎	294	秦佐八郎、Ehrich-Hata 606	細菌学者。当時難病であった梅毒の特効薬サルヴァルサン606号をパウル・エーリヒと共に開発	日本	1873	1938	梅毒特効薬606号開発
	407	Ehrich-Hata 606					606号をサルヴァルサンと命名
犯人	439	犯人	→ Sigrist				レンブラント「夜警」修復見込・絵画の被害防止策
番人娘	258	番人娘、娘	→ Luise				不調の原因はベルリン落選展の絵と女性監視員が訴え
番人娘（父）	258	父	（展覧会監視員 Luise の父親）				不調の原因はベルリン落選展の絵と女性監視員が訴え
批評家四人	565	批評家四人	Arthur Bingham Walklely（1855-1926）、E. A. Baughan（未詳）、Gilbert Cannan（1884-1955）、Flawner Bannal。四人目の Bannal は架空だが、ファニーの父として五人目の批評家 Clement Scott（1841-1904）が登場				新作滑稽劇「ファニーの初めての劇」
福原 花子	837	福原花子	女優。1902～1921年まで欧米各地を巡業。O. ロダン、鷗外の作品のモデルとなった。本名太田ひさ	日本	1868	1945	ハナコがベルリンに登場
仏陀	401	仏陀	→釈迦				トルストイの弁明
古河 市兵衛	301	古河市兵衛	実業家。足尾、阿仁などで鉱山を経営。古河財閥を創始	日本	1832	1903	イエナ大学教授が日本の商工業を罵倒（黄禍論）・各国税金
文芸顧問（ミュンヘン）	803	文芸顧問 Zensurbeirat	→検定顧問（ミュンヘン）				検書官の裁定のため文芸顧問に辞職者の可能性
文相（バイエルン）	297	文相	→ Wehner, Anton von				ミュンヘンのワルハラの所管
文相（フランス）	249	文相	→ Faure, Maurice-Louis				ラテン語の読み方を変更
文相（プロイセン）	198	文相	→ Trott zu Solz, August von				壮兵団と T. ケルナーの記念像
	817	文相					女学生が受講につき嘆願書
米国公使（ドイツ）	196	米国公使	（在ドイツのアメリカ公使）				ドイツ帝が T. ルーズベルトを歓迎の用意
彼得	35	聖彼得寺	→ Petrus（Apostel）				ジャンヌ・ダルクが列福
白耳義王	119	白耳義王、Clespold	→ Leopold II				ベルギー故王の愛人
白耳義王	219	白耳義王	→ Albert I（Belgium）				国際展覧会開会
白耳義皇后	402	白耳義皇后	ベルギー国王アルベール1世の母 Maria Luise von Hohenzollern-Sigmaringen。「皇后」とあるが皇太后	ドイツ	1845	1912	インフルエンザ後に重体との報
白耳義故王	334	白耳義故王	→ Leopold II				ベルギー故王愛人に結婚の噂

漢

人名	頁数	本文表記	人物紹介（肩書・略歴など）	出生地	生年	没年	トピック
法皇	24	法皇	→ Pius X				ローマ社会党および法王近況
	58	法皇					サン・マルコ塔の鐘を録音
	96	法皇					関節痛のため面会謝絶
	202	法皇					T. ルーズベルトが法王への条件付き拝謁を辞退
	232	法皇					モデルニスムス宗教論争
	266	法皇					法王が新教攻撃の回文
	268	法皇					訃報（H. V. Sauerland）・法王風刺の歴史家
	290	法皇					法王-スペイン間に外交危機
	296	法皇					電話交換ミスに法王激怒
	307	法皇					イタリア美術品国外流出問題
	313	法皇					ヴェネチアの大鐘楼の再建
	318	法皇					法王がカタコンベ研究者を引見
	320	法皇					法王が記者を侮辱罪で告訴
	321	法皇					スペイン政府と法王交渉断絶
	325 326	法皇					法王追放に関するアンケート
	334	法皇					「聖者」の後篇となる小説執筆
	342	法皇					法王がシヨン会を取締
	350	法皇					モデルニスムスに対し新宣言
	353	法皇					法王がモデルニスムスを取締
	355	法皇					法王への非難に寺院派が激怒
	357	法皇					法王がローマ市長を非難
	388	法皇					新作 *Leila* は法王に屈従の作
	426	法皇					ギリシャ・ローマ両寺院合併論につき法王に謝罪
	439	法皇					ドイツ大学教員組織が反モデルニスムスの動向をけん制
	447	法皇					ドイツ大学教員組織が法王の反モデルニスムス宣文を拒否
	454	法皇					反モデルニスムス誓文に服従した教授一覧
	523	法皇					法王がダヌンツォの著作すべてを禁書目録に追加
	524	法皇					法王が痛風の悩み
	531	法皇					法王が卒倒したとの噂
	576	法皇					スピリチャリスム排斥の告文

人名	頁数	本文表記	人物紹介（肩書・略歴など）	出生地	生年	没年	トピック
	585	法皇					法王の病状は重体
	587	法王					容体悪化でカフェイン注射
	596	法皇					死刑廃止文書作成の噂
	769	法皇					寺院での活動写真を禁止
某貴婦人	386	某貴婦人	→ Haselhoff-Lich, Irma				小説のモデル問題起訴
法相（フランス）	475	法相	→ Perrier, Antoine				貴族院がルイ17世生き残り説を支持
某富豪の息子	835	某富豪の息子	→ Bleichroeder, Hans von				自殺した公女とその兄
正宗 白鳥	589	正宗白鳥	作家、劇作家、評論家。日本の自然主義文学を代表する一人	日本	1879	1962	日本の文芸取締がヨーロッパで評判・正宗白鳥「危険人物」
馬太	459	馬太伝	十二使徒の一人。「マタイによる福音書」を記したとされる				A. ハルナックがヴァチカン政治史につき演説
帝（オーストリア）	256	帝	→ Franz Josef I				毒書状事件死刑判決で減刑上申
	274	帝					毒書状事件減刑に帝が署名
帝（ドイツ）	5	帝	→ Wilhelm II（Deutsches Reich）				訃報・ヴィルデンブルッフ紹介
	6	帝					葬儀（E. v. ヴィルデンブルッフ）
	17	帝					ヘディンがベルリン地学会でチベット（西蔵）旅行談
	50	帝					フランクフルトの歌合戦
	103	帝					シラー生誕百五十年祭
	237	帝					T. ルーズベルトのベルリン大学演説「世界の平和」
	339 340	帝					ドイツ帝を御用新聞が弁護
	369 371	帝					ベルリン大学百年祭
	411	帝					勅意で「ニーベルンゲン」興行
	465	帝					名誉裁判所で自殺を図った軍人をドイツ帝が黙殺
	480	帝					「信仰と故郷」をドイツ帝が観覧・軍艦ヒルデブラント進水式
	483	帝					王立歌場総支配人辞表をドイツ帝が却下
	504	帝					ベルリン大学壁画図案をドイツ帝に呈出
	520	帝					高利の貸借に起因した決闘
	650	帝					ドイツ帝は「ニーベルンゲン」興行を欠かさず観劇

漢

人名	頁数	本文表記	人物紹介（肩書・略歴など）	出生地	生年	没年	トピック
	670	帝					フリードリヒ大王記念演説
	721	帝					軍医の決闘辞退を帝が容認
	741	帝					フランクフルトに大学設立計画
	774	帝					偽電報に軍隊が緊急集合
	775	帝					ドイツ帝が独立記念祭演説
	810	帝					ハウプトマン戯曲の興行禁止は皇太子の意向
帝（ロシア）	66	帝	→ Nikolai II				評判のロシア・スパイの経歴
	82	帝					ロシア探偵事情・私文書検閲
	600	帝					社会革命党員が歌劇場でロシア首相を銃撃
椋鳥記者	695	椋鳥記者	「椋鳥通信」執筆者である鷗外こと森林太郎	日本	1862	1922	ヴェデキントが興行禁止批判「トルケマダ：検閲の心理学」
武者小路 公共	176	武者小路伯	外交官、子爵。武者小路実篤の兄	日本	1882	1962	在ベルリン大使館員武者小路が「タイフーン」翻訳・興行予定
無名氏（画家）	661	十六世紀無名氏	(16世紀の無名画家)				教会から16世紀絵画盗難
無名氏（物語作者）	813	十六世紀の無名氏	歴史家、政治家 Aegidius Tschudi。「スイス年代記」中でヴィルヘルム・テル伝説に関し記述。著名なシラーの戯曲の元となった	スイス	1505	1572	「ヴィルヘルム・テル」原典（*Ur-Tell*）を書き直し上演
耶蘇	164	耶蘇教	→ Jesus Christus				耶蘇教はイエスと関わりなくギルガメシュの教えという説
	190	耶蘇					メーテルリンク「マグダラのマリア」興行とP. ハイゼの原作脚本
	252	耶蘇紀元前					バビロニアでの医者の報酬
	449	耶蘇劇					キリスト劇アイゼナハ興行予定
	483	耶蘇					教義違反者とされた牧師の敬服すべき意見書
	783	耶蘇後					史上初のアルコール製造説
用人	665	用人	Ferrers 伯爵家の用人 Johnson				Ferrers 伯爵夫人の肖像画
横浜に居る独逸人	356	横浜に居る独逸人					日露協商に関する有賀長雄の評を在日ドイツ人が論評
歴山三世	63	歴山三世	ロマノフ朝13代皇帝アレクサンドル3世（1881-1894）	ロシア	1845	1894	Heckelmann-Landessen-Harting 事件
老子	436	老子	思想家。春秋時代に活躍したとされる道教の祖				アモイ出身の学生がベルリン大学を卒業
羅馬法皇	42	羅馬法皇	→ Pius X				米国人が法王に自動車寄贈
	64	羅馬法皇、法皇					遺産をめぐり遺族が法王を起訴
露国皇后	107	露国皇后	→ Alexandra Feodrovna				重い神経衰弱・発作

人名	頁数	本文表記	人物紹介（肩書・略歴など）	出生地	生年	没年	トピック
露国皇太后	50	露国皇太后、皇太后	ロシア皇帝アレクサンドル3世妃 Maria Fyodorovna。デンマーク王クリスチャン9世の次女	デンマーク	1847	1928	ロシア皇太后に暗殺の恐れ
露帝	49	露帝	→ Nikolai II				ロシア帝誕生日にステッセルとネボガトフに特赦
	103	露帝					暗殺危惧し冬宮近くに飛行禁止令
	107	露帝					兵卒や下士官に変装して散歩
	132	露帝					離宮リヴァディア宮殿を建設
	137	露帝					日露戦争の要因となったロシア帝の秘密電報が公開
	290	露帝					ロシア帝が *Scouting for boys* を軍隊の必読書に選定
露帝の代人	47	露帝の代人	（ロシア皇帝ニコライ2世の代理）				ゴーゴリ記念像除幕式

【著者略歴】
山口　徹　Yamaguchi Toru
1971年、山梨県生まれ。早稲田大学大学院博士課程単位取得退学。早稲田大学助手、青山学院女子短期大学非常勤講師を経て、現在、弘前大学人文学部准教授。専攻は日本近現代文学。主な論文に「『青年』となったファウスト　シンボルからアレゴリーへ」、「鷗外史伝の方法とヴァルター・ベンヤミン」、「脱獄することば　内田百閒の描写」、「佐藤春夫『西班牙犬の家』の〈水源〉　ブランデス『十九世紀文学主潮史』」

鷗外「椋鳥通信」全人名索引

発行日	2011年10月28日　初版第一刷
著　者	山口　徹
発行人	今井　肇
発行所	翰林書房
	〒101-0051　東京都千代田区神田神保町2-2
	電　話　03-6380-9601
	FAX　03-6380-9602
	http://www.kanrin.co.jp
	Eメール● Kanrin@nifty.com
装釘	大久保友博＋島津デザイン事務所
印刷・製本	シ　ナ　ノ

落丁・乱丁本はお取替えいたします

ISBN978-4-87737-321-4